DIE ERZÄHLUNGEN AUS DEN TAUSENDUNDEIN NÄCHTEN

Vollständige deutsche Ausgabe
in sechs Bänden
Zum ersten Mal nach dem
arabischen Urtext der Calcuttaer
Ausgabe aus dem Jahre 1839
übertragen von Enno Littmann

ZWEITER BAND

Insel Verlag

Kassettenmotiv: © Henry Wilson, London

Insel Verlag Frankfurt am Main und Leipzig 2004
© Insel-Verlag Wiesbaden 1953
Alle Rechte vorbehalten, insbesondere das
des öffentlichen Vortrags sowie der Übertragung
durch Rundfunk und Fernsehen, auch einzelner Teile.
Kein Teil des Werkes darf in irgendeiner Form
(durch Fotografie, Mikrofilm oder andere Verfahren)
ohne schriftliche Genehmigung des Verlages reproduziert
oder unter Verwendung elektronischer Systeme verarbeitet,
vervielfältigt oder verbreitet werden.
Druck: Ebner & Spiegel, Ulm
Printed in Germany
Erste Auflage dieser Ausgabe 2004
ISBN 3-458-17214-9

1 2 3 4 5 6 – 09 08 07 06 05 04

WAS SCHEHREZÂD DEM KÖNIG SCHEHRIJÂR IN DER EINHUNDERTUNDSIEBENTEN BIS ZWEIHUNDERTUNDSIEBENZIGSTEN NACHT ERZÄHLTE

Als nun die *Hundertundsiebente Nacht* anbrach, fuhr Schehrezâd also fort: »Es ist mir berichtet worden, o glücklicher König, daß König Dau el-Makân, als er den Wesir und den Kammerherrn und Rustem und Bahrâm berufen hatte, sich zu dem Minister Dandân wandte, indem er sprach: ‚Wisse, o Wesir, die Nacht ist gekommen und hat ihre Schleier über uns gesenkt und gebreitet, und wir wünschen, daß du uns jene Geschichten erzählest, die du uns versprochen hast.' Da antwortete der Wesir: ‚Herzlich gern! Wisse, o glücklicher König, ich vernahm die Geschichte von einem Liebenden und seiner Geliebten, von ihren Gesprächen und allem, was ihnen widerfuhr an Merkwürdigkeiten und seltsamen Begebenheiten – eine Geschichte, die den Kummer aus den Herzen bannt und selbst über Schmerzen hinwegtrösten würde, wie sie der Erzvater Jakob empfand; das ist:

DIE ERZÄHLUNG VON TÂDSCH EL-MULÛK UND DER PRINZESSIN DUNJA: DEM LIEBENDEN UND DER GELIEBTEN

In längst vergangenen Zeiten stand hinter den Bergen von Ispahan eine Stadt, geheißen die Grüne Stadt, und darinnen lebte ein König namens Sulaimân Schâh. Der war freigebig und wohltätig, gerechten und aufrechten Sinnes, großmütig und huldreich; und zu ihm kamen die Reisenden aus allen Ländern, und sein Name wurde in allen Gegenden und Städten genannt, und er herrschte lange Zeit in Macht und Glück, doch er besaß weder Frauen noch Kinder. Nun hatte er einen Wesir, der es ihm gleichtat in Güte und Großmut, und eines Tages geschah es, daß er ihn zu sich berief und zu ihm sprach: ‚Mein Wesir, meine Geduld ist dahin, und mein Herz ist schwer, und ich finde meine Kraft nicht mehr, denn ich habe weder Weib noch Kind. Das ist nicht nach anderer Könige Art, die da herrschen über alle Menschen, über Fürsten und Bettler; denn sie suchen ihre Freude darin, daß sie Kinder hinterlassen, durch die sie ihre Zahl und Kraft verdoppeln. Spricht doch der Prophet – Allah segne ihn und gebe ihm Heil! –: ‚Vermählet euch und mehret euch, damit ich mich am Tage der Auferstehung eurer Überlegenheit vor den Völkern zu rühmen vermag!' Welches ist dein Rat, o Wesir? Rate mir, was am besten zu tun ist!' Als der Minister diese Worte hörte, rannen ihm die Tränen in Strömen aus den Augen, und er erwiderte: ‚Fern sei es von mir, o größter König unserer Zeit, daß ich über etwas rede, was der Erbarmende sich vorbehielt! Willst du, daß ich durch des allmächtigen Herren Groll in das höllische Feuer kommen soll? Kaufe dir eine Sklavin.' Da sprach der König: ‚Wisse, o Wesir, wenn ein König eine Sklavin kauft, von der er weder Rang noch Herkunft kennt, so kann er nicht wissen, ob sie niederen Ursprungs sei, damit er sich ihrer enthalte, oder vornehmen Blutes, damit er vertrauten Umgang mit ihr pflege. Wohnt er ihr also bei, so empfängt sie wohl gar, und ihr Sohn ist vielleicht ein Heuchler, ein Tyrann und Blutvergießer. Ja, eine solche Frau ist wohl einem trockenen Salzsee zu vergleichen, der da, obgleich gute Saat auf ihn gesät wird, doch nur wertloses Wachstum treibt, das nicht dauernd bleibt; und vielleicht widersetzt sich jener Sohn dem Zorne des Herren und tut nicht, was Er gebietet, noch enthält er sich dessen, was Er untersagt. Dazu will ich nie den Anlaß geben, indem ich mir eine Sklavin kaufe; nein, es ist mein Wunsch, daß du für mich um die Tochter eines der Könige freiest, deren Herkunft man kennt und die man weithin ob ihrer Schönheit nennt. Kannst du mir unter den Töchtern der Herrscher des Islams ein Mädchen von Geburt und Frömmigkeit nennen, so will ich sie zur Gemahlin verlangen und sie mir vor Zeugen vermählen, so daß ich mir dadurch die Gunst des Herren der Menschen erwerbe.' ‚Allah hat dir deinen Wunsch erfüllt und dich an dein Ziel gebracht,' entgegnete der Wesir, ‚denn wisse, o König, mir ist kund geworden, daß der König Zahr Schâh, der Herr des Weißen Landes, eine Tochter hat von herrlicher Schönheit, deren Liebreiz nicht Wort noch Rede auszudrücken vermag; sie hat nicht ihresgleichen in unserer Zeit, denn sie ist von höchster Vollkommenheit, ihr Wuchs von geradester Ebenmäßigkeit, ihr Blick ist tiefschwarz wie die Nacht, lang ihrer Locken Pracht, ihr Leib ist zart, schwer sind die Hüften gepaart; ihr Kommen bringt berückende Freud, doch ihr Gehen tödliches Herzeleid; Herz und Augen nimmt sie gefangen, so wie von ihr die Dichter sangen:

> *Die Schlanke – durch ihren Wuchs beschämt sie das Reis der Weide;*
> *Vor ihrem Gesichte verlieren Sonne und Mond ihren Schein.*
> *Ihr Speichel ist so süß wie Honig, der vermischt ward*
> *Mit edelem Wein; ihre Zähne erglänzen wie Perlenreihn.*
> *Und, ach, so zart ist ihr Leib; die Paradiesesjungfrauen*
> *Liehen ihr alle Schönheit; ihr Blick ist zauberisch klar.*
> *Wie viele hat sie getötet, die vor Kummer gestorben!*
> *Ja, auf dem Weg ihrer Liebe lauert Angst und Gefahr.*
> *Leb ich, so ist sie mein Tod; drum schweige ich von ihr.*
> *Und sterbe ich ihr ferne – nichts war das Leben mir!'*

Als der Wesir nun jene Jungfrau also beschrieben hatte, sprach er zum König Sulaimân Schâh: ‚Es ist mein Rat, o König, daß du an ihren Vater einen verständigen Gesandten schickst, der in den Geschäften erfahren und in allen Schicksalsfällen erprobt ist; der soll sie höflich von ihrem Vater für dich zur Gemahlin erbitten, denn wahrlich, sie hat auf Erden nicht ihresgleichen, weder fern noch nah. So wird dir durch ihr schönes Antlitz

Freude beschieden, und der Herr der Herrlichkeit ist mit dir zufrieden; denn es wird berichtet, daß der Prophet – Allah segne ihn und gebe ihm Heil! – sagte: Im Islam gibt es keine Möncherei.' Da ward der König hocherfreut, und seine Brust ward ihm leicht und weit, Sorge und Not waren nun tot; und er wandte sich zu dem Wesir, indem er sprach: ‚Wisse, mein Wesir, kein anderer soll diesen Auftrag übernehmen als du mit deiner vollendeten Einsicht und deiner trefflichen Erziehung: also geh nach Hause und tu alles, was du zu tun hast, und morgen halte dich bereit, für mich um diese Jungfrau, mit der du mir den Sinn erfüllt hast, zu freien; und kehre nicht zurück ohne sie!' Der Wesir erwiderte: ‚Ich höre und gehorche!' Darauf eilte er nach Hause und befahl, Geschenke zu rüsten, wie sie sich für Könige schicken, Edelsteine, Kostbarkeiten und allerlei, was nicht beschwert und doch von hohem Wert; und ferner arabische Rosse und Panzer, wie David sie machte, und Schatztruhen, dergleichen menschliche Worte nicht zu beschreiben vermögen. Dann ward das alles auf Kamele und Maultiere geladen, und der Wesir brach auf, begleitet von hundert Mamluken und hundert schwarzen Sklaven und hundert Sklavinnen, und Flaggen und Banner flatterten ihm zu Häupten. Der König aber trug ihm auf, nach wenigen Tagen zurückzukehren; und nachdem er fortgezogen war, da war es, als ob König Sulaimân Schâh auf feurigen Kohlen lag, denn die Liebe zu der Prinzessin quälte ihn Nacht und Tag.

Derweilen nun zog der Wesir dahin Tag und Nacht, indem er Steppen und Wüsten durchmaß, bis nur noch eines Tages Marsch zwischen ihm und seinem Ziele lag. Dort ließ er am Ufer eines Flusses haltmachen; und er berief einen seiner Vertrauten und befahl ihm, zum König Zahr Schâh vorauszueilen und ihm seine Ankunft zu melden. Jener Mann rief: ‚Ich höre und gehorche!' und ritt eiligst zu der Stadt. Es traf sich aber, daß der König gerade in einem seiner Lustgärten vor den Toren der Stadt saß, als der Bote sich näherte; sobald er ihn erblickte, erkannte er, daß es ein Fremder war, und befahl, ihn herbeizuführen. So trat der Bote vor ihn hin und meldete ihm, es nahe der Wesir des Großkönigs Sulaimân Schâh, des Herrn des Grünen Landes und der Berge von Ispahan. Da freute der König sich und hieß ihn willkommen. Und er führte ihn in seinen Palast und fragte: ‚Wo hast du den Wesir verlassen?' Der Bote antwortete: ‚Ich verließ ihn früh am Morgen am Ufer des und des Flusses, und morgen wird er dich erreichen. Allah erhalte dir seine Gunst und erbarme sich deiner Eltern!' Da befahl der König Zahr Schâh einem seiner Wesire, den größeren Teil der Gardehauptleute und Kammerherren, der Statthalter und Großen des Reiches mit sich zu nehmen und dem Gesandten zu Ehren des Königs Sulaimân Schâh entgegenzuziehen; denn dessen Herrschaft erstreckte sich auch über dies Land.

So weit Zahr Schâh. Der Wesir aber blieb an seiner Lagerstätte bis Mitternacht; dann brach er auf nach der Stadt. Als nun der Morgen kam mit hellem Strahl und die Sonne schien über Berg und Tal, sah er plötzlich, wie der Wesir des Königs Zahr Schâh mit dessen Kammerherren und mit den Großen und Gardehauptleuten des Reiches ihm entgegenkam, und beide Scharen trafen ein paar Parasangen vor der Stadt zusammen. Da war der Wesir des Erfolges seiner Sendung gewiß, und er begrüßte die Ankommenden, die nun vor ihm herzogen, bis sie des Königs Palast erreichten; dort ritten sie vor ihm durch das Tor bis zur siebenten Halle, die niemand zu Pferde betreten durfte, da sie nahe dem Sitz des Königs war. So saß der Minister ab und ging weiter zu Fuß, bis er in einen hohen Saal kam, an dessen oberem Ende ein marmorner Thron stand, mit Perlen und Edelsteinen besetzt und auf vier elfenbeinernen Füßen ruhend. Darauf lag ein Polster aus grünem Atlas, bestickt mit rotem Golde, und darüber hing ein Baldachin, geschmückt mit Perlen und Edelsteinen. Dort thronte der König Zahr Schâh, und vor ihm standen die Großen seines Reiches, ihres Amtes wartend. Als nun der Wesir zu ihm eintrat und vor ihm stand, da faßte er sich Mut und löste seiner Zunge Band; er begann mit der Wesire Beredsamkeit und sprach in der Rede der Wortgewandtheit. – –«

Da bemerkte Schehrezâd, daß der Morgen begann, und sie hielt in der verstatteten Rede an. Doch als die *Hundertundachte Nacht* anbrach, fuhr sie also fort: »Es ist mir berichtet worden, o glücklicher König, als der Wesir des Königs Sulaimân Schâh vor dem König Zahr Schâh stand, da faßte er sich Mut und löste seiner Zunge Band; er begann mit der Wesire Beredsamkeit und sprach in der Rede der Wortgewandtheit, und mit vollendeter Höflichkeit sprach er diese Verse, dem König geweiht:

> *Er kommt heran, er naht, im Prachtgewand sich neigend,*
> *Er schenkt den Tau der Huld der Ernte und dem Schnitter.*
> *Er ist ein Zaubrer; doch nicht Talisman noch Zauber*
> *Noch Schwarzkunst wehret ab der Augen Ungewitter.*
> *O sage doch den Tadlern: Wollet mich nicht tadeln;*
> *Denn sehet, seiner Liebe weih ich mich immer gern.*
> *Mein Herz hat mich verraten und ist zu ihm gegangen;*
> *Ja, auch der Schlaf neigt sich ihm zu und bleibt mir fern.*
> *O Herz, du bist ja nicht allein in deiner Liebe;*
> *Weckst du in mir auch Sehnsucht – bleibe ihm stets nah!*
> *Nichts gibt es, das mein Ohr mit seinem Klang erfreuet,*
> *Als wenn ich Lieder höre zum Preis für Zahr Schâh.*
> *Und würdest du dem König dein ganzes Leben opfern*
> *Für einen Blick seiner Augen, fürwahr, es reute dich nicht.*
> *Doch willst du seinem Heile ein fromm Gebet darbringen,*
> *So findest du bald Genossen und den, der Amen spricht.*

*O du Volk dieses Reiches, wenn jemand ihn verläßt
Und auf einen anderen hofft, der ist im Glauben nicht fest.*

Als der Wesir geendet hatte, hieß der König Zahr Schâh ihn näher treten und erwies ihm die höchsten Ehren; er ließ ihn neben sich sitzen und lächelte ihm zu und gab ihm huldreich Antwort. Und also plauderten sie bis zur Zeit des Morgenmahles; dann brachten die Diener die Tische in den Saal, und alle aßen, bis sie gesättigt waren. Darauf trug man die Tische wieder fort, und alle Versammelten zogen sich zurück, nur die Vertrauten des Königs blieben da. Als nun der Minister das sah, stand er auf und pries den König zum zweiten Mal, küßte den Boden vor ihm und sprach: ‚O mächtiger Herr und König von hoher Ehr! Ich habe die Reise hierher gemacht und bin zu dir gekommen in einer Sache, die dir Heil, Glück und Segen bringen möge. Denn ich nahe dir als Gesandter und Brautwerber, um deine Tochter, die edle und erlauchte Jungfrau, zur Gemahlin zu erbitten für Sulaimân Schâh, den Fürsten gerechten und aufrechten Sinnes, großmütig und huldreich, den Herrn des Grünen Landes und der Berge von Ispahan; er sendet dir Geschenke und Kostbarkeiten in Hülle und Fülle, denn er wünscht, dein Eidam zu werden. Und bist du ihm wohlgeneigt wie er dir?' Dann schwieg er, der Antwort harrend. Als König Zahr Schâh diese Worte vernommen hatte, sprang er auf und küßte ehrfurchtsvoll den Boden, so daß alle, die zugegen waren, staunten ob seiner Demütigung vor dem Gesandten und sich selber nicht mehr kannten. Dann pries der König Ihn, der da ist der Herr der Herrlichkeit und der Ehre, und erwiderte, indem er aufrecht stehen blieb: ‚Erlauchter Reicheshüter und hochgeehrter Gebieter, höre du an, was ich sage! Siehe, wir zählen für König Sulaimân Schâh unter die Zahl seiner Untertanen, und durch die Verbindung mit ihm, die wir glühend wünschen, fühlen wir uns geehrt; denn meine Tochter ist gleich einer seiner Sklavinnen, und es ist mein teuerster Wunsch, daß er mein Hort und meine verläßliche Stütze werde.' So berief er die Kadis und Zeugen, auf daß sie bezeugten, daß König Sulaimân Schâh seinen Wesir als Bevollmächtigten entsandt habe, damit er die Ehe schließe, und daß König Zahr Schâh den Bund mit seiner Tochter freudig begrüße. Nun schlossen die Kadis den Ehevertrag und flehten zum Himmel für das Glück und das Wohlergehen des Paares; alsdann ließ der Wesir die Gaben und die seltenen und kostbaren Geschenke, die er gebracht hatte, holen und breitete sie alle vor dem König Zahr Schâh aus.

Darauf begann der König sich mit der Aussteuer seiner Tochter zu befassen, und derweilen überhäufte er den Wesir mit Ehren und gab Feste für hoch und niedrig; zwei Monate lang dauerte die Freudenzeit, und nichts ward vergessen, was Herz und Auge erfreut. Doch als dann alles bereit war, wessen die Braut bedurfte, da ließ der König die Zelte hinausschaffen und vor der Stadt ein Lager aufschlagen; dort packten sie die Stoffe der Braut in Kisten, und sie rüsteten die griechischen Dienerinnen und die türkischen Sklavinnen, und der König versah die Prinzessin mit kostbaren Schätzen und wertvollen Edelsteinen. Und ferner ließ er eine Sänfte aus rotem Golde für sie machen, die mit Perlen und Juwelen besetzt war, und bestimmte zwanzig Maultiere für ihre Reise; jene Sänfte aber war wie eine der Kammern in einem Palaste, und wenn die Braut darin saß, dann sah sie aus, als wäre sie eine liebliche Huri in einem Paradieseshaus. Und als sie die Schätze und all das Gut in Ballen gepackt und auf die Maultiere und Kamele geladen hatten, da zog König Zahr Schâh drei Parasangen weit mit ihnen hinaus; dort bot er ihr und dem Wesir und seinem

Geleit Lebewohl und kehrte in Freude und Glück nach Hause zurück. Der Wesir aber zog mit der Königstochter immer weiter dahin, von Station zu Station und durchmaß die Wüsten. – –«

Da bemerkte Schehrezâd, daß der Morgen begann, und sie hielt in der verstatteten Rede an. Doch als die *Hundertundneunte Nacht* anbrach, fuhr sie also fort: »Es ist mir berichtet worden, o glücklicher König, daß der Wesir mit der Königstochter immer weiter dahinzog von Station zu Station und die Wüsten durchmaß, Tag und Nacht eilend ohne Unterlaß, bis zwischen ihm und seiner Stadt nur noch drei Tagemärsche lagen. Da schickte er einen Vorboten zum König Sulaimân Schâh, der ihm die Ankunft der Braut melden sollte. Und der Bote eilte zum König und brachte ihm die frohe Kunde. Darüber war Sulaimân Schâh hocherfreut und verlieh dem Boten ein Ehrengewand; er befahl seinen Truppen, in großem Aufzug auszuziehen, um die Prinzessin und ihr Geleit ehrenvoll einzuholen; ihr Zug solle einer prächtigen Parade gleichen, und sie sollten die Banner über ihren Häuptern entrollen. Und sie gehorchten seinem Befehl. Des ferneren aber ließ er durch einen Ausrufer in der ganzen Stadt verkünden, keine verschleierte Maid, keine vornehme Dame im Ehrenkleid, keine Greisin, gebrochen von der Zeit, solle es unterlassen, der Braut entgegenzuziehen. So zogen sie alle hinaus, um sie zu begrüßen, und die Vornehmen unter ihnen wetteiferten in ihrem Dienste, und sie kamen überein, sie am Abend in des Königs Palast zu führen. Die Großen des Reiches aber beschlossen, den Weg zu schmücken und sich zu beiden Seiten aufzustellen, wenn die Braut dahinzöge, geführt von ihren Eunuchen und Dienerinnen, und gekleidet in das Prachtgewand, das ihr Vater ihr gegeben hatte. Und als sie nun erschien, geleiteten die Truppen sie zur Rechten und zur Linken, und die Sänfte zog mit ihr dahin, bis sie sich dem Palaste nahten; und keiner blieb zurück, sondern alle kamen, um die Prinzessin zu sehen. Die Trommeln dröhnten, Speere wurden geschwungen, die Hörner schmetterten, Flaggen wehten, Rosse tänzelten, und Wohlgerüche ergossen ihren Duft, bis sie das Tor des Palastes erreichten und die Sklaven mit der Sänfte in die Pforte des Harems einzogen. Dort strahlte und glänzte alles von ihrer Schönheit und ihrer herrlichen Anmut. Als nun die Nacht kam, öffneten die Eunuchen die Tür zum Brautgemach, und sie stellten sich zu beiden Seiten des Eingangs auf; dann kam die Braut, und inmitten ihrer Mädchen glich sie dem Monde unter den Sternen oder der einen großen Perle unter all den anderen auf der Schnur. Dann trat sie in das Brautgemach, wo man ihr ein Ruhebett von Alabaster bereitet hatte, das mit Perlen und Edelsteinen besetzt war. Und wie sie sich dort gesetzt hatte, trat der König ein, und Allah füllte sein Herz mit der Liebe zu ihr, so daß er ihr das Mädchentum nahm und alle seine Sorge und Unruhe ein Ende hatten. Einen Monat lang blieb er bei ihr, doch in der ersten Nacht schon hatte sie empfangen; und als der Monat verstrichen war, da verließ er sie und setzte sich auf den Thron seiner Herrschaft und sprach Recht unter seinen Untertanen, bis die Monde seiner Gemahlin erfüllet waren. Am letzten Tage des neunten Monats kamen gegen Tagesanbruch die Wehen über sie; so setzte sie sich auf den Schemel der Entbindung, und Allah machte ihr die Geburt leicht, und sie brachte einen Knaben zur Welt, der alle Zeichen des Glückes an sich trug. Als nun der König von der Geburt des Sohnes hörte, war er hocherfreut, und er belohnte den Bringer der frohen Botschaft mit großen Schätzen; und in seiner Freude trat er ein zu dem Kinde und küßte es zwischen den Augen und staunte ob seiner glänzenden Schönheit; denn an ihm ward der Spruch des Dichters wahr:

Allah schenkte den ragenden Burgen in ihm einen Löwen,
Und den Himmeln der Herrschaft gab er einen leuchtenden Stern.
Es jauchzten bei seinem Aufgang die Speere, es jauchzten die Throne
Und die Gazellen all, die Kampfstätten und Kriegesherrn.
Leget ihn nicht an die Brust; denn siehe, er wird sich erspähen
Auf den Rücken der Rosse den Sitz, der ihm süßer dünkt!
Entwöhnet ihn des Säugens; denn siehe, er wird sich erspähen
In dem Blute der Feinde den Trank, der ihm süßer winkt!

Darauf nahmen die Wehefrauen den neugeborenen Knaben und durchschnitten die Nabelschnur und salbten ihm die Augen und nannten ihn Tâdsch el-Mulûk[1] Charân. Er wurde gesäugt an den Brüsten der Zärtlichkeit und aufgezogen im Schoße der Seligkeit; und die Tage entwichen, und die Jahre verstrichen, bis er sein siebentes Jahr erreichte. Da berief Sulaimân Schâh die Weisen und Gelehrten und befahl ihnen, seinen Sohn zu unterrichten im Schreiben, in den Wissenschaften und in der feinen Bildung. Das taten sie denn einige Jahre lang, bis er das gelernt hatte, was ihm vonnöten war; und als er nun alles wußte, was der König verlangte, da nahm er ihn den Erziehern und Lehrern und übergab ihn einem geschickten Meister, der den Knaben die Reitkunst lehrte, bis er sein vierzehntes Jahr erreichte; und sooft er zu irgendeinem Gange den Palast verließ, waren alle, die ihn sahen, von ihm entzückt. – –«

Da bemerkte Schehrezâd, daß der Morgen begann, und sie hielt in der verstatteten Rede an. Doch als die *Hundertundzehnte Nacht* anbrach, fuhr sie also fort: »Es ist mir berichtet worden, o glücklicher König, daß Tâdsch el-Mulûk Charân, der Sohn des Sulaimân Schâh, ein vollendeter Reiter wurde und alle seine Zeitgenossen übertraf, und wenn er zu irgendeinem Gange den Palast verließ, so waren alle, die ihn sahen, von seiner herrlichen Schönheit entzückt, ja man sang Lieder auf ihn,

1. Die Krone der Könige.

und selbst vornehme Damen wurden von der Liebe zu ihm berückt; denn er war von strahlender Lieblichkeit, wie ihm ja der Dichter das Lied geweiht:

> *Ich hielt ihn im Arm und ward trunken von dem lieblichen Dufte,*
> *Ihn, das zarte Reis, vom Hauche des Zephirs genährt –*
> *Trunken, doch nicht wie einer, der Wein geschlürfet, nein trunken*
> *Vom Wein des Honigtaus, den mir seine Lippe gewährt.*
> *Die Schönheit hat sich ganz offenbart in seiner Gestalt;*
> *Und darum zwang er auch die Herzen in seine Gewalt.*
> *Bei Allah, niemals komme Vergessen mir in den Sinn,*
> *Solange ich an die Fessel des Lebens gebunden bin.*
> *Leb ich, so lebe ich nur seiner Liebe; doch sterbe ich*
> *In sehnender Liebe zu ihm – o welch ein Glück für mich!*

Und als er das achtzehnte Lebensjahr erreichte, sproßte zarter Flaum auf seiner Wange, die verschönt war durch ein Mal von rosigem Schein und durch ein zweites wie ein Ambratüpfelchen klein. Er nahm Verstand und Auge gefangen, so wie von ihm die Dichter sangen:

> *Er ist an Josephs Statt Kalife in der Schönheit;*
> *Die Liebenden alle verzagen bei seiner Herrlichkeit Strahl.*
> *Verweile mit mir und schaue auf ihn, damit du siehest*
> *Das schwarze Kalifenpanier, seiner Wange Schönheitsmal.*

Und ein anderer sang:

> *Nie schauten deine Augen einen schöneren Anblick*
> *Unter den Dingen allen, die auf der Erde sind,*
> *Als das dunkele Mal, das auf der roten Wange*
> *Unter dem schwarzen Auge alle Herzen gewinnt.*

Und ein dritter:

> *Ich staune über das Mal, das deiner Wangen Feuer*
> *Anbetet und, wie ein Heide so dunkel, doch nicht verbrennt.*
> *O Wunder, dein Auge gleichet dem eines Gottesgesandten,*
> *Der wahre Wunder wirkt, wiewohl er Zauberei kennt.*

Und ach, seiner Wange Flaum, der zart und frisch erscheint,
Getränkt von all den Tränen, die um ihn geweint!

Und ein vierter:

Fürwahr ich wundere mich, daß die Menschen danach fragen,
In welchem Lande wohl das Wasser des Lebens fließt.
Ich sehe es doch im Munde des Zarten, Gazellengleichen,
Dem schon ein dunkeler Flaum, ob rosiger Lippe sprießt.
Wie wunderbar, daß Moses einst im fernen Land
Nicht abließ, als er dort das Wasser fließen fand!

Als er dann zum Manne herangewachsen war, ward seine Schönheit noch immer mehr offenbar. Und so gewann Tâdsch el-Mulûk Charân viele Freunde; ein jeder aber, der ihm nahe kam, wünschte, daß der Prinz nach seines Vaters Tode Sultan, er selber aber einer seiner Emire würde.

Nun gab er sich leidenschaftlich der Jagd hin, so daß er kaum eine Stunde davon ablassen mochte. Sein Vater, König Sulaimân Schâh, wollte ihn davon zurückhalten, weil er um ihn wegen der Gefahren der Wüste und der wilden Tiere besorgt war; doch er achtete nicht darauf. So geschah es einmal, daß er zu seinen Dienern sagte: ‚Nehmt für zehn Tage Vorrat und Futter mit!' Als sie seinem Befehle nachgekommen waren, brach er mit seinem Gefolge auf zu Jagd und Hatz, und sie ritten hinaus in die Wüste. Vier Tage waren sie unterwegs, bis sie zu einem grünen Gelände kamen, und dort sahen sie ein liebliches Bild von grasendem Wild, von Bäumen mit reifen Früchten behangen und Quellen, die lustig sprangen. Da sprach Tâdsch el-Mulûk zu seinen Gefährten: ‚Stellt hier die Jagdnetze auf, steckt sie in weitem Ringe fest, und dort am Eingang des Kreises sei unser Sammelplatz!' Sie gehorchten seinem Befehl und stellten die Netze in weitem Ringe auf. Darin fand sich eine große Menge von allerlei wilden Tieren und Gazellen zusammen, die erschrocken aufschrien und angesichts der Pferde flüchteten; nun ließ er die Hunde und Jagdleoparden und Falken los, und die Jäger schossen das Wild mit Pfeilen nieder und trafen es an den tödlichen Stellen. Als sie dann zum hinteren Ende des Netzrings kamen, hatten sie schon eine große Zahl der Tiere erlegt, nur die letzten flohen. Darauf saß Tâdsch el-Mulûk am Rande des Wassers ab und befahl, daß man ihm die Beute bringe; und nachdem er die besten Tiere für seinen Vater zurückgelegt und sie ihm geschickt und auch für die Großen des Reiches einige beigefügt hatte, verteilte er die übrigen. Dort blieb er nun noch die Nacht hindurch; und als der Morgen dämmerte, kam eine große Karawane von Sklaven, Dienern und Kaufleuten herbei und machte am Wasser auf dem grünen Gelände halt. Als aber Tâdsch el-Mulûk sie sah, sprach er zu einem seiner Gefährten: ,Bring mir Nachricht von den Männern dort und frage sie, weshalb sie hier haltgemacht haben!' Da ging der Bote zu ihnen und rief sie an: ,Sagt mir, wer ihr seid, und gebt mir unverzüglich Antwort.' Sie erwiderten: ,Wir sind Kaufleute, und wir haben hier haltgemacht, um zu rasten; denn die nächste Station ist zu weit für uns. Wir haben uns aber auch deshalb an dieser Stätte gelagert, weil wir Vertrauen haben zu König Sulaimân Schâh und zu seinem Sohne; denn wir wissen, daß alle, die in ihr Land kommen, Sicherheit und Ruhe finden; ferner haben wir kostbare Stoffe bei uns, die wir dem Prinzen Tâdsch el-Mulûk bringen.' Da kehrte der Bote zum Königssohne zurück und berichtete ihm den Sachverhalt, indem er ihm mitteilte, was er von den Kaufleuten gehört hatte. Der Prinz sagte darauf: ,Wenn sie etwas für mich gebracht haben, so will ich nicht in die Stadt einziehen noch von dieser Stelle gehen, ehe ich es mir habe vorlegen lassen.' Dann bestieg er sein Roß und ritt dahin, begleitet von seinen Mamluken, bis er die Karawane erreichte. Da erhoben die Kaufleute sich vor ihm und beteten für ihn um Gottes Hilfe und Segen, um dauernde Macht und Gnade allerwegen; und sie schlugen ein Zelt für ihn auf aus rotem Atlas, bestickt mit Perlen und Juwelen; darinnen aber breiteten sie auf einem seidenen Teppich einen königlichen Diwan, der vorn mit Smaragden besetzt war. Dort ließ Tâdsch el-Mulûk sich nieder, derweilen sich seine Diener vor ihn stellten, und er schickte hin und befahl den Kaufleuten, alles zu bringen, was sie bei sich hatten. So trugen sie ihre Waren herbei, und er sah alles an und nahm davon, was ihm gefiel, und zahlte ihnen den Preis. Dann saß er wieder auf, und schon wollte er fortreiten, da sah er sich nach der Karawane um, und sein Blick fiel auf einen Jüngling, der war der Jugend schönstes Bild, in ein schneeweißes Gewand gehüllt und von lieblicher Gestalt; seine Stirn war blütenrein, sein Antlitz erstrahlte wie der Vollmondschein; aber seine Schönheit schien zu verwelken, denn seine Wangen waren bleich wegen der Trennung von seinen Lieben. – –«

Da bemerkte Schehrezâd, daß der Morgen begann, und sie hielt in der verstatteten Rede an. Doch als die *Hundertundelfte Nacht* anbrach, fuhr sie also fort: »Es ist mir berichtet worden, o glücklicher König, daß Tâdsch el-Mulûk sich nach der Karawane umsah und daß sein Blick auf einen Jüngling fiel, der war der Jugend schönstes Bild, in ein schneeweißes Gewand gehüllt und von lieblicher Gestalt; aber seine Schönheit schien zu verwelken, denn seine Wangen waren bleich wegen der Trennung von seinen Lieben; und er begann laut zu schluchzen und zu stöhnen, und von seinen Lidern rannen die Tränen, während er diese Verse sprach:

Lang ward die Trennung, und immer währen Sorge und Schmerzen,
Während aus meinem Auge, o Freund, die Träne rinnt.

> *Von meinem Herzen nahm ich Abschied am Tage der Trennung;*
> *Jetzt bin ich allein, da Herz und Hoffnung entschwunden sind.*
> *Bis ich von ihr, deren Worte Krankheit und Leiden heilen,*
> *Abschied genommen, mein Freund, wolle bei mir verweilen!*

Als nun der Jüngling geendet hatte, weinte er eine Weile und fiel dann ohnmächtig nieder; und Tâdsch el-Mulûk sah ihn an und staunte über ihn. Doch als er wieder zu sich kam, hob er den verstörten Blick und sprach die Verse:

> *Hütet euch vor ihrem Blicke, der da zaubern kann,*
> *Dessen Strahlen noch keiner unversehrt entrann!*
> *Denn das schwarze Auge, wenn es gleich träumerisch blickt,*
> *Zerschneidet die funkelnden Schwerter, die zum Hiebe gezückt.*
> *Laßt euch nicht fangen, wenn ihr der Stimme Zauberklang hört!*
> *Sie ist wie des Weines Stärke, die den Verstand betört.*
> *Zart ist ihr Leib – berühret die Seide nur ihre Haut,*
> *Sie ließe ihr Blut entströmen; gehet zu ihr und schaut!*
> *Vom Knöchel bis zum Halse ein hohes, schlankes Bild –*
> *Und ach, der Wohlgeruch, der die Luft um sie erfüllt!*

Dann schluchzte er laut auf und sank in Ohnmacht. Als aber Tâdsch el-Mulûk ihn also sah, da war er bestürzt, und er trat auf ihn zu; und sobald der Jüngling wieder zu sich kam und den Königssohn zu seinen Häupten stehen sah, da sprang er auf und küßte den Boden vor ihm. Doch Tâdsch el-Mulûk fragte ihn: ‚Weshalb hast du uns nicht deine Waren vorgelegt?' und er antwortete: ‚Hoher Herr, unter meinem Vorrat ist nichts, was deiner erhabenen Durchlaucht wert sein könnte.' Da sagte der Prinz: ‚Du mußt mir doch zeigen, was du hast, und mich mit deinem Schicksal bekannt machen; denn ich sehe dich mit Tränen im Auge und betrübten Herzens. Wenn dir Unrecht geschehen ist, so wollen wir deinem Leid ein Ende machen; und wenn du in Schulden bist, so wollen wir deine Schulden bezahlen. Denn mir brennt das Herz um deinetwillen, seit ich dich gesehen.' Dann ließ Tâdsch el-Mulûk zwei Sitze bereiten, und man brachte ihm einen Stuhl aus Elfenbein und Ebenholz, belegt mit einem Gewebe aus Gold und Seide; und davor breitete man einen seidenen Teppich aus. Nun setzte er sich auf den Stuhl, befahl dem Jüngling, sich auf den Teppich zu setzen, und sprach: ‚Jetzt zeige mir deine Waren!' Da wiederholte der junge Kaufmann: ‚Hoher Herr, sprich nicht davon zu mir; denn meine Waren sind deiner nicht wert!' Aber Tâdsch el-Mulûk beharrte darauf und befahl seinen Sklaven, die Waren zu bringen. So brachten sie sie wider des Jünglings Willen; und als der sie sah, da flossen seine Tränen von neuem, und er weinte und seufzte und klagte; und schluchzend sprach er die Verse:

> *Bei deiner Wimpern schwarzglänzender Lieblichkeit,*
> *Bei deines Leibes sich wiegender Zierlichkeit,*
> *Bei deiner Lippen berauschendem Honigtau,*
> *Bei deines Sinnes unendlicher Gütigkeit,*
> *Du meine Hoffnung, mir ist dein Erscheinen im Traum*
> *Süßer als Schutz vor allem quälenden Leid.*

Darauf öffnete der Jüngling seine Ballen und breitete einzeln, Stück für Stück, seine Waren vor dem Prinzen aus, und unter ihnen nahm er auch ein Gewand aus Atlas hervor, das mit Gold durchwirkt und das zweitausend Dinare wert war. Doch als er es entfaltete, da fiel ein Stück Linnen heraus, das der junge Kaufmann eilig aufgriff und unter seinem Schenkel barg; und der Welt entrückt in seinem Sinn, sprach er diese Verse vor sich hin:

> *Wann werden durch dich geheilet meines Herzens Qualen?*
> *Ach, der Plejaden Gestirn ist näher, als du mir bist!*
> *In Fernsein und Verbannung, Sehnsucht und Liebesnöten,*
> *In Aufschub und Vertröstung vergeht meines Lebens Frist.*
> *Kein Wiedersehen belebt mich, die Trennung will mich nicht töten;*
> *Ich nahe nicht aus der Ferne, und du kommst nicht zu mir.*
> *Gerechtigkeit kennst du nicht, du kennst kein Erbarmen:*

> *Du leihest keine Hilfe, es gibt keine Flucht vor dir.*
> *Denn ach, die Liebe zu dir schloß alle Wege mir zu;*
> *Ich weiß nicht, wohin ich mich wende, ich finde keine Ruh!*

Ob dieser Verse staunte Tâdsch el-Mulûk, denn er wußte keine Ursache für sie. Aber da der Jüngling nach dem Linnen gegriffen und es unter dem Schenkel geborgen hatte, fragte er: ‚Was ist es mit diesem Linnen?' ‚Hoher Herr,' erwiderte der Kaufmann, ‚dies Linnen hat nichts mit dir zu tun.' Da sprach der Königssohn: ‚Zeige es mir!' doch jener erwiderte: ‚Hoher Herr, nur um dieses Stückes Linnen willen weigerte ich mich, dir meine Waren zu zeigen; denn ich kann es dich nicht sehen lassen.' – –«

Da bemerkte Schehrezâd, daß der Morgen begann, und sie hielt in der verstatteten Rede an. Doch als die *Hundertundzwölfte Nacht* anbrach, fuhr sie also fort: »Es ist mir berichtet worden, o glücklicher König, daß der Jüngling zu Tâdsch el-Mulûk sprach: ‚Nur um dieses Stückes Linnen willen weigerte ich mich, dir meine Waren zu zeigen; denn ich kann es dich nicht sehen lassen.' Da entgegnete Tâdsch el-Mulûk: ‚Ich muß und will es sehen!' und er drang in ihn und ward zornig. Nun zog der Jüngling es weinend und seufzend und klagend unter seinem Knie hervor, worauf er wieder in Seufzer ausbrach und diese Verse sprach:

> *Tadle den Freund doch nicht; denn das Tadeln tut ihm wehe!*
> *Ich rief: ‚Gerechtigkeit!' Allein er hörte es nicht.*
> *In Gottes Schutz stelle ich meinen Mond, der dort im Tale*
> *Des Stammes aus Wolkenkleidern aufgeht in hellem Licht.*
> *Ich schied von ihm; doch ich wünsche, daß selbst das Schönste im Leben*
> *Von mir sich trennen möchte, hätte ich ihn nur hier.*
> *Wie trat er für mich ein am Trennungstage frühmorgens,*
> *Und ach, die Tränen benetzten das Antlitz ihm und mir!*
> *Gott strafe nicht Lügen! Das Kleid der Entschuldigung ist zerrissen,*
> *Da ich mich von ihm trennte; allein ich flicke es nun.*

Ach, mir bleibt keine Stätte, darauf ich ruhen könnte;
Und seit ich dahingegangen, kann auch er nicht ruhn.
Jetzt hat das Schicksal uns mit harter Hand zerrissen,
Und es versagt uns beiden alle Freude und Lust.
Es goß nur lauter Leid, als es den Becher füllte,
Aus dem er nun getrunken, wie ich ihn trinken mußt.

Und als er geendet hatte, sprach Tâdsch el-Mulûk: ‚Ich sehe in deinem Verhalten keine Klarheit; so sage mir, weshalb du beim Anblick dieses Linnens weintest!' Der junge Kaufmann aber seufzte bei der Erwähnung des Linnens und sprach: ‚Hoher Herr, meine Geschichte ist wunderbar und mein Schicksal seltsam gar, soweit es mit diesem Stück Linnen zusammenhängt und mit der, die es besaß und die diese Figuren und Zeichen gestickt hat.' Dann breitete er die Leinwand aus, und siehe, man erblickte auf ihr die Gestalt einer Gazelle, in Seide gestickt und durchwirkt mit rotem Golde, und ihr gegenüber stand eine zweite Gazelle, in Silber gestickt, mit einem Halsring aus rotem Golde, an dem drei Chrysolithenröhrchen hingen. Als Tâdsch el-Mulûk das Linnen mit der kunstvollen Arbeit erblickte, rief er aus: ‚Preis sei Allah, der den Menschen lehrte, was er zuvor nicht wußte!'[1] Und sein Herz sehnte sich danach, die Geschichte dieses Jünglings zu hören, und so sprach er zu ihm: ‚Erzähle mir dein Erlebnis mit ihr, von der diese Gazellen sind!' Da sprach der Jüngling: ‚Vernimm denn, hoher Herr,

DIE GESCHICHTE VON 'AZÎZ UND 'AZÎZA

Mein Vater war ein großer Kaufmann, doch Allah hatte ihm kein anderes Kind beschert als mich. Nun hatte ich eine Base namens 'Azîza, mit der ich im Hause meines Vaters erzogen wurde; denn ihr Vater war tot, und vor seinem Tode hatte er

1. Koran, Sure 96, Vers 5.

mit meinem Vater vereinbart, daß ich mit ihr vermählt werden sollte. Als wir nun beide herangewachsen waren, ich zum Manne und sie zur Jungfrau, trennte man uns beide nicht, bis schließlich mein Vater zu meiner Mutter sprach und sagte: ‚Noch in diesem Jahre wollen wir den Ehevertrag zwischen 'Azîz und 'Azîza schließen.' Nachdem er sich hierüber mit meiner Mutter geeinigt hatte, begann er für das Hochzeitsfest Vorräte aufzuspeichern. Immer aber schliefen wir noch auf demselben Lager, denn wir wußten nichts von den Dingen; doch war sie klüger, verständiger und kenntnisreicher als ich.

Als nun mein Vater die Vorbereitungen für das Fest beendet hatte und nichts mehr zu tun blieb, als daß der Vertrag aufgesetzt wurde und ich die Hochzeit mit meiner Base vollzog, da bestimmte er für die Niederschrift des Vertrages die Zeit nach dem Freitagsgebet. Dann machte er die Runde bei seinen Freunden unter den Kaufleuten und anderen und teilte es ihnen mit; und meine Mutter ging aus und lud ihre Freundinnen und ihre Verwandten ein. Als der Freitag kam, säuberte man den Saal, der für das Fest bestimmt war, wusch den Marmorboden, breitete überall in unserm Hause Teppiche aus und stellte alles Erforderliche auf, nachdem man auch die Wände mit golddurchwirktem Brokat geschmückt hatte. Die Gäste hatten ihr Erscheinen nach dem Freitagsgebete zugesagt; und also ging mein Vater hin und befahl, Süßigkeiten und Schüsseln mit Zuckerwerk herzurichten, so daß nichts mehr fehlte, als daß der Vertrag geschrieben würde. Nun hatte meine Mutter mich ins Bad geschickt, und mir nach sandte sie ein neues, sehr prächtiges Gewand; und als ich den Baderaum verließ, da legte ich jenes prächtige Kleid an, das mit Wohlgerüchen getränkt war, und wie ich es trug, durchduftete es den ganzen Weg. Ich hatte damals die Absicht, mich in die große Moschee zu begeben, doch ich erinnerte mich an einen meiner Freunde, und so kehrte ich um, auf der Suche nach ihm, damit auch er bei der Schließung des Vertrages zugegen wäre; und ich sprach bei mir selber: ,Das wird gerade bis zur Zeit des Gebetes dauern.' Dann trat ich in eine Gasse ein, die ich noch nie betreten hatte; ich schwitzte aber infolge des Bades und der neuen Kleidung, die ich trug, und der Schweiß rann mir herab, während meine Kleidung Wohlgerüche ausströmte. Da breitete ich am oberen Ende der Straße ein gesticktes Tuch, das ich bei mir hatte, über eine Steinbank und setzte mich darauf, um auszuruhen. Mehr und mehr jedoch bedrückte mich die Hitze, so daß mir die Stirn naß war und Tropfen über meine Wangen rannen; aber ich konnte mir das Gesicht mit dem Tuche nicht abwischen, weil es unter mir lag. Gerade wollte ich da den langen Ärmel meines Festgewandes fassen, um mir die Wangen abzuwischen, als unerwartet von obenher ein weißes Tuch auf mich herabfiel, das sich weicher anfühlte als der Zephir und dem Auge lieblicher schien als dem Kranken die Heilung. Ich ergriff es mit der Hand und hob die Augen auf, um zu sehen, wo dies Tuch heruntergefallen sei; da traf mein Blick auf den Blick der Besitzerin dieses Gazellenbildes.' – –«

Da bemerkte Schehrezâd, daß der Morgen begann, und sie hielt in der verstatteten Rede an. Doch als die *Hundertunddreizehnte Nacht* anbrach, fuhr sie also fort: »Es ist mir berichtet worden, o glücklicher König, daß der Jüngling zu Tâdsch el-Mulûk sprach: ,Ich hob die Augen auf, um zu sehen, wo dies Tuch heruntergefallen sei, da traf mein Blick auf den Blick der Besitzerin dieses Gazellenbildes. Sie schaute durch die Öffnung eines messingenen Gitterfensters, nie haben meine Augen eine schönere als sie geschaut, kurz, meine Worte können sie nicht beschreiben. Als sie merkte, daß ich sie ansah, da steckte sie ihren Daumen in den Mund und legte Mittelfinger und Zeigefinger zusammen auf ihren Busen zwischen die Brüste; dann zog sie den Kopf zurück, schloß das Fenster und ging davon. In meinem Herzen aber brach ein Feuer aus, und es ward eine lodernde Flamme daraus; dieser eine Blick ließ tausend Seufzer in mir zurück, und ich blieb ratlos sitzen, da ich kein Wort von ihr vernahm, noch auch ihre Zeichen verstand. Noch einmal blickte ich zu dem Fenster empor, doch ich fand es verschlossen; und geduldig wartete ich bis zum Untergang der Sonne, doch ich hörte keinen Laut und sah niemanden. Als ich nun daran verzweifelte, sie nochmals zu sehen, stand ich auf, nahm das Tuch und öffnete es; und ihm entströmte ein Moschusduft, der mich mit solch hoher Wonne durchschauerte, daß ich im Paradiese zu sein glaubte. Dann breitete ich es vor mir aus, und heraus fiel ein feines Briefchen; und als ich das Papier entfaltete, entströmte ihm köstlicher Wohlgeruch, und ich fand auf ihm den folgenden Spruch:

> *Ich sandte ihm einen Brief, klagend ob Liebeskummer,*
> *Geschrieben in feiner Schrift – denn Schrift ist von mancherlei Art.*
> *Da sagte mein Freund: Warum hast du denn so geschrieben?*
> *Kaum kann ich die Zeichen erkennen, so fein sind sie und zart!*
> *Ich sprach darauf: Weil ich selber so schmächtig bin und fein.*
> *Der Liebenden Schrift soll immer also geartet sein.*

Nachdem ich die Verse gelesen hatte, warf ich einen Blick auf die Schönheit des Tuches, und da sah ich, daß auf einem Rand noch dieser Doppelvers geschrieben stand:

> *Es schrieb sein Wangenflaum – o welch ein herrlicher Schreiber! –*
> *Zwei Zeilen auf sein Antlitz in Schrift, so fein und schlank.*
> *Verwirrt sind Sonne und Mond vor ihm, wenn er erscheinet;*
> *Wenn er sich neigt, beschämt er die Zweige dünn und schwank.*

Und auf dem anderen Rande standen diese beiden Verse geschrieben:

> *Es schrieb sein Wangenflaum in Perlenschrift mit Ambra*
> *Zwei Zeilen, wie mit Gagat gemalt auf Äpfelfein.*
> *Er tötet mit den Blicken der träumerischen Augen,*
> *Und seine lieblichen Wangen berauschen, doch ohne Wein.*

Als ich die Verse auf dem Tuche las, da entbrannten Feuerflammen in meinem Herzen, und sehnendes Sinnen erfüllte mich mit Schmerzen. Und ich nahm das Tuch und den Brief und ging damit nach Hause; denn ich wußte kein Mittel, zu ihr zu gelangen, und ich war in der Auslegung der Liebessprache noch unbefangen. Doch ich kam zu Hause erst an, als bereits ein Teil der Nacht verstrichen war, und sah meine Base in Tränen dasitzen. Sowie sie mich aber erblickte, wischte sie sich die Tränen ab, trat auf mich zu, nahm mir die Überkleider ab und fragte mich nach dem Grunde meines Ausbleibens und erzählte mir: ‚All die Emire, die Vornehmen, die Kaufleute und die übrigen Gäste hatten sich in unserem Hause versammelt; und auch der Kadi und die Zeugen waren da. Sie aßen und blieben noch eine Weile sitzen, um dich zu erwarten und dann den Vertrag zu schreiben; doch als sie an deinem Kommen verzweifelten, da gingen sie auseinander und ihrer Wege. Dein Vater aber geriet in heftigen Zorn wegen all dessen, und er hat geschworen, er wolle den Ehevertrag jetzt erst im nächsten Jahre schreiben lassen, dieweil er viel Geld auf diese Festlichkeit verwendet hat.' Und schließlich fragte sie: ‚Was ist dir heute widerfahren, daß du so lange ausgeblieben bist und daß dies alles wegen deines Fernseins geschehen mußte?' Ich antwortete: ‚Liebe Base, frage nicht nach dem, was mir widerfahren ist!' Doch ich sprach ihr von dem Tuche und erzählte ihr alles, was vorgefallen war, von Anfang bis zu Ende. Da nahm sie den Brief und das Tuch und las, was darin geschrieben stand, und ihr rannen die Tränen die Wangen herab, und sie sprach die Verse:

> *Wer sagt, der Liebe Anfang sei ein freies Wählen,*
> *Dem sage nur: Du lügst; nein, sie ist nichts als Zwang.*
> *Und wer gezwungen ist, den trifft doch keine Schande.*
> *Der Liebe Echtheit kündet auch ein rech.er Klang. –*
> *Als falsch erklärt man nicht die Münzen, die da echt.*
>
> *Und wenn du willst, so sage auch: Ein süßes Leiden,*
> *Ein wunder Schmerz im Leibe oder auch ein Schlag,*
> *Ja, eine Gnade oder Plage oder ein Verhängnis,*
> *Dran sich die Seele trösten oder quälen mag –*
> *Ach, zwischen Leid und Freud find ich mich nicht zurecht.*
>
> *Und doch, der Liebe Tage sind wie frohe Feste,*
> *Ein immerwährend Lächeln einer schönen Maid,*
> *Ein unbeschreiblich Fächeln süßer Wohlgerüche,*
> *Und sie entrückt uns fern von aller Häßlichkeit,*
> *Nie suchte sie ein Herz sich aus, das feig und schlecht.*

Dann fragte sie mich: ‚Was hat sie dir denn gesagt, und was für Zeichen hat sie dir gemacht?' Ich erwiderte: ‚Sie hat nichts gesagt, sondern sie hat nur ihren Daumen in den Mund gesteckt, dann Zeigefinger und Mittelfinger zusammengetan und auf ihre Brust gelegt und nach unten gedeutet. Darauf hat sie ihren Kopf wieder zurückgezogen und das Fenster geschlossen, und ich habe sie nicht mehr gesehen. Aber sie hat mein Herz mit sich genommen. Bis zum Sonnenuntergange habe ich noch dort gesessen und gewartet, daß sie wieder aus dem Fenster schauen möchte; allein sie tat es nicht. Zuletzt verließ ich in meiner Verzweiflung jenen Ort und kam nach Hause. Das ist meine Geschichte. Nun bitte ich dich, hilf mir in meinem Elend!' Da hob sie ihr Haupt zu mir empor und sagte: ‚Lieber Vetter, selbst wenn du mein Auge verlangtest, so würde ich es für dich mir unter den Lidern herausreißen. Ich kann nicht anders, ich muß dir zu deinem und ihr zu ihrem Ziele verhelfen. Denn wisse, sie ist in Liebe zu dir entbrannt wie du zu ihr!' ,Wie sind denn ihre Zeichen zu deuten?' fragte ich. 'Azîza antwortete: ,Daß sie den Daumen in den Mund steckte, bedeutet, du seist bei ihr so viel wert wie ihre Seele im Vergleich zu ihrem Leibe, und sie sei fest entschlossen, sich mit dir zu vereinen. Das Tuch bedeutet den Gruß der Liebenden an die Geliebten, das Blatt ist ein Zeichen dafür, daß ihre Seele ganz an dir hängt. Dadurch aber, daß sie die beiden Finger auf ihren Busen zwischen die Brüste legte, will sie dir sagen: Komm nach zwei Tagen hierher, auf daß mein Leid bei deinem Anblick weiche! Wisse nämlich, mein Vetter, sie liebt dich, und sie vertraut auf dich. So weit kann ich ihre Zeichen deuten. Ja, könnte ich frei ein und aus gehen, so würde ich euch beide gar bald vereinen und den Saum meines Gewandes über euch decken.'

,Als ich dies von ihr vernahm – so fuhr der Jüngling fort –, dankte ich ihr für ihre Worte und sprach bei mir selber: ,Ich will zwei Tage warten.' So blieb ich denn zwei Tage zu Hause und ging weder aus noch ein; ich aß und trank auch nicht, sondern ich legte mein Haupt auf den Schoß meiner Base, während sie mich tröstete mit den Worten: ,Sei gefaßt und entschlossen, hab Zuversicht und guten Mut!' – –«

Da bemerkte Schehrezâd, daß der Morgen begann, und sie hielt in der verstatteten Rede an. Doch als die *Hundertundvierzehnte Nacht* anbrach, fuhr sie also fort: »Es ist mir berichtet worden, o glücklicher König, daß der Jüngling dem Tâdsch el-Mulûk des weiteren erzählte: ,Als nun die beiden Tage verstrichen waren, sprach meine Base zu mir: ,Hab Zuversicht und quäl dich nicht! Lege entschlossen dein Gewand an und geh zu ihr gemäß der Verabredung!' Dann ging sie hin und holte mir neue Gewänder und beräucherte mich mit duftenden Spezereien. Ich aber nahm mich zusammen, faßte mir ein Herz und trat hinaus; und ich ging dahin, bis ich in jene Gasse kam, und dort setzte ich mich eine Weile auf die Bank. Und siehe da, das Fenster tat sich auf, und ich erblickte sie mit meinem Auge. Doch wie ich sie sah, da sank ich ohnmächtig nieder. Als ich dann erwachte, nahm ich meine Kraft zusammen und faßte mir ein Herz, und wieder schaute ich sie an; allein die Sinne entschwanden mir. Wie ich aber dann wieder zu mir kam, erblickte ich in ihrer Hand einen Spiegel und ein rotes Tuch. Und indem sie mich anschaute, streifte sie die Ärmel von ihren Vorderarmen zurück, spreizte die fünf Finger ihrer einen Hand und schlug sich auf die Brust mit der Handfläche und den fünf Fingern. Dann hob sie ihre beiden Hände auf und hielt den Spiegel zum Fenster hinaus; hierauf nahm sie das rote Tuch und trat damit ins Zimmer zurück. Alsbald kam sie wieder und hielt das Tuch aus dem Fenster nach der Gasse zu hinunter; dreimal senkte und hob sie das Tuch, darauf rang sie es mit der Hand und legte es wieder zusammen, indem sie ihr Haupt neigte. Schließlich zog sie es zurück, schloß das Fenster und entschwand meinem Blick, ohne daß sie ein Wort zu mir gesprochen hätte. Ja, sie ließ mich allein in meiner Ratlosigkeit; denn ich wußte doch nicht, was sie mir angedeutet hatte. So blieb ich da, bis es Nacht ward. Erst gegen Mitternacht kam ich heim, und da fand ich meine Base, wie sie die Wange auf ihre Hand stützte und ihr die Tränen aus den Augen rannen. Und sie sprach diese Verse:

> *Was geht der Tadler mich an, der um deinetwillen mich schmähet?*
> *Wie gäb es einen Trost über dich, du Zweig so zart?*
> *O Antlitz, das mein Herz mir raubte und dann sich wandte,*

Vor dir hat keine Zuflucht die Liebe von Asras[1] Art!
Mit deinen Türkenblicken verwundest du die Herzen,
Wie nie die scharfe Klinge dem Feinde Wunden schlug.
Du ludest auf mich die Last der Liebe; doch ich Armer,
Ich habe zum Tragen des Hemdes nicht einmal Kraft genug!
Ja, ich hab Blut geweint, als meine Tadler sagten:
Aus deiner Liebsten Augen dräut dir ein tödlich Schwert.
O wäre doch mein Herz wie dein Herz, aber wehe,
Schmal wie dein schlanker Leib ist mir mein Leib verzehrt.
Du hast, Gebieterin, für die Schönheit einen Wächter,
Der hart ist gegen mich, einen Hüter, der Milde verneint.
Falsch ist's, wenn einer sagt, alle Schönheit sei in Joseph[2], –
Wie viele Josephs sind in deiner Anmut vereint!
Ich mühe mich ja so sehr, um deinen Blick zu meiden,
Aus Furcht vor den Augen der Späher. Welch Mühe voller Leiden!

Als ich ihre Verse vernahm, da wuchs mein Leid, und es mehrte sich meine Traurigkeit, so daß ich in einem Winkel des Hauses niedersank. Da aber eilte sie zu mir, hob mich auf, nahm mir die Überkleider ab und trocknete mein Gesicht mit ihrem Ärmel. Dann fragte sie mich nach dem, was mir widerfahren sei; und ich erzählte ihr alles, was ich erlebt hatte. Da sprach sie: ‚Lieber Vetter, ihr Zeichen mit der Hand und den fünf Fingern bedeutet, daß du nach fünf Tagen kommen sollst. Daß sie aber den Spiegel zeigte, das rote Tuch senkte und hob und ihr Haupt zum Fenster hinaus neigte, dies bedeutet: Warte bei dem Färberladen, bis mein Bote zu dir kommt.' Als ich ihre Worte hörte, da flammte das Feuer in meinem Herzen auf, und ich rief: ‚Bei Allah, liebe Base, du hast recht mit dieser Deutung; denn ich habe in der Gasse einen jüdischen Färber

1. ‚Und mein Stamm sind jene Asra, welche sterben, wenn sie lieben' (Heine, Der Asra). Die Asra (eigentlich 'Udhra) waren ein arabischer Stamm. Vgl. unten 383. bis 384. Nacht.
2. Joseph gilt als Urbild aller Schönheit.

gesehen.' Wieder brach ich in Tränen aus, doch meine Base sprach: ‚Fasse dich und sei festen Herzens! Sieh, andere werden jahrelang von Liebesgluten verzehrt und ertragen geduldig all das Feuer der Leidenschaft. Du aber hast nur eine einzige Woche zu warten; warum denn bist du so ungeduldig?' So tröstete sie mich mit Worten, und dann brachte sie mir Speise. Ich nahm einen Bissen und wollte ihn essen; doch es war mir nicht möglich, ja Speise und Trank widerstanden mir, sogar auch der süße Schlummer floh mich. Nun ward meine Farbe bleich, und meine Schönheit schwand dahin; denn ich hatte vordem noch nie geliebt, noch das Feuer der Leidenschaft gekostet – dies war das erste Mal! Ich ward krank, und auch meine Base ward krank um meinetwillen. Und sie begann mir von den Schicksalen der treu Liebenden zu erzählen, um mich zu trösten, jede Nacht, bis ich einschlief; wenn ich dann aufwachte, so fand ich, daß sie um meinetwillen wach geblieben war und daß ihr die Tränen über die Wange strömten. Dieser Zustand dauerte fort, bis die fünf Tage vorübergegangen waren. Da ging meine Base hin, wärmte Wasser für mich und wusch mich damit. Dann legte sie mir meine besten Gewänder an und sprach zu mir: ‚Geh hin zu ihr! Allah erfülle deinen Wunsch und gewähre dir, was du von deiner Geliebten erstrebst!' So ging ich fort und schritt dahin, bis ich zum Eingang der Gasse kam. Nun war jener Tag ein Sabbat, und daher fand ich, daß der Laden des Färbers geschlossen war. Ich setzte mich dort nieder, bis der Ruf zum Nachmittagsgebet erscholl, bis die Sonne erbleichte, bis zum Sonnenuntergangsgebet gerufen ward, ja bis die Nacht anbrach, ohne daß ich ein Zeichen von ihr sah, noch einen Laut oder eine Nachricht von ihr vernahm. Da fürchtete ich um mein Leben, wie ich so allein saß, und ich erhob mich und ging dahin wie ein Trunkener, bis ich nach Hause kam. Wie ich eintrat, erblickte ich meine Base 'Azîza: sie stand da und hielt sich mit ihrer einen Hand an einem Pflock, der in die Wand geschlagen war, und hatte die andere Hand auf ihre Brust gelegt. Tiefe Seufzer entrangen sich ihr, und sie sprach diese Verse vor mir:

> *Das Heimweh der Araberin, die fern von ihrem Stamme*
> *Vor Sehnsucht nach Arabiens Weiden und Myrten stöhnt,*
> *Wenn sie bei der reisigen Schar verweilt und die ihr das Leiden*
> *Durch gastlich Feuer, die Tränen durch kühlen Trank verschönt –*
> *Es kann nicht größer sein als meiner Liebe Weh!...*
> *Mein Lieb denkt aber nur, daß ich eine Schuld begeh.*

Als sie geendet hatte, wandte sie sich zu mir und blickte mich an; dann trocknete sie ihre Tränen und die meinen mit ihrem Ärmel, lächelte mich an und sprach: ‚Mein lieber Vetter, Gott lasse dich genießen, was er dir gegeben hat! Doch warum bist du nicht die Nacht über bei deiner Geliebten geblieben und hast dein Verlangen an ihr nicht gestillt?' Als ich das hörte, trat ich ihr mit dem Fuße gegen die Brust. Sie aber fiel auf die Estrade nieder, und ihre Stirn traf auf deren Kante, wo ein Pflock eingeschlagen war; der drang ihr in die Stirn. Wie ich sie dann anblickte, sah ich, daß ihr das Blut über das zerschlagene Antlitz rann.' – –«

Da bemerkte Schehrezâd, daß der Morgen begann, und sie hielt in der verstatteten Rede an. Doch als die *Hundertundfünfzehnte Nacht* anbrach, fuhr sie also fort: »Es ist mir berichtet worden, o glücklicher König, daß der Jüngling dem Tâdsch el-Mulûk des weiteren erzählte: ‚Als ich meiner Base mit dem Fuße gegen die Brust getreten hatte, fiel sie auf die Kante der Estrade nieder, und da drang ihr der Pflock in die Stirn, so daß ihr das Blut über das zerschlagene Antlitz rann. Darauf schwieg sie still und sprach keinen Laut mehr. Aber alsbald erhob sie sich, brannte die Wunde mit einem glühenden Lappendocht aus, legte sich eine Binde um und wischte das Blut auf, das auf den Teppich geträufelt war. Als ob nichts geschehen sei, trat sie dann lächelnden Antlitzes auf mich zu und sprach zu mir mit sanfter Stimme: ‚Bei Allah, lieber Vetter, ich habe diese Worte nicht gesagt, um dich oder sie zu verhöhnen. Ich war von Kopfschmerzen gequält, und ich hatte schon im Sinne, mich zur Ader zu lassen. Jetzt aber sind mir Kopf und Stirn leicht geworden; so berichte mir denn, wie es dir heute ergangen ist!' Da erzählte ich ihr alles, was mir von dem Mädchen an jenem Tage widerfahren war. Nachdem ich gesprochen hatte, weinte ich. Doch sie sagte: ‚Lieber Vetter, vernimm die frohe Botschaft, daß du dein Ziel erreichen und deine Hoffnung erfüllt sehen wirst. Denn siehe, das war ein Zeichen, daß sie dich erhört hat. Und durch ihr Fortbleiben will sie dich nur auf die Probe stellen, auf daß sie erfahre, ob du in der Liebe zu ihr ausdauernd und aufrichtig bist oder nicht. Geh nur morgen wieder zu ihr an dieselbe Stätte wie vorher, und sieh, was für Zeichen sie dir geben wird. Jetzt ist deine Freude nah, und das Ende deiner Trauer ist da!' Mit solchen Worten suchte sie mich in meinem Schmerze zu trösten, aber mein tiefer Gram nahm immer noch zu. Darauf brachte sie mir Speisen; aber ich stieß mit dem Fuße dagegen, so daß die Schüsseln nach allen Seiten hin umfielen, und ich rief: ‚Jeder, der liebt, ist von einem Wahne befangen! Speise lockt ihn nicht, Schlaf erquickt ihn nicht!' ‚Bei Allah,' sprach meine Base 'Azîza, ‚lieber Vetter, dies sind fürwahr die Zeichen der Liebe.' Unter Tränen sammelte sie die Scherben der Schüsseln, wischte die Speisen auf und setzte sich wieder, um mit mir zu plaudern, während ich zu Gott betete, es möchte Morgen werden. Wie dann der Morgen sich einstellte und die Welt mit seinem Licht und Glanz erhellte, da eilte ich hin zu ihr; ich trat eilends in jene Gasse ein und setzte mich auf jene Bank nieder. Und siehe da, das Fenster war geöffnet, und sie steckte lachend ihren Kopf heraus. Dann verschwand sie, kehrte aber alsbald zurück mit einem Spiegel, einem Beutel und einem Blumentopfe voll grüner Pflanzen, während sie in der einen Hand eine Lampe trug. Das erste, was sie tat, war, daß sie den Spiegel in die Hand nahm und in den Beutel legte; dann band sie ihn zu und warf ihn ins Zimmer. Darauf ließ sie ihre Haare über ihr Antlitz fallen, setzte die Lampe einen Augenblick auf die Pflanzen, und dann nahm sie alles zusammen auf, ging damit fort und schloß das Fenster zu. Doch mein Herz war zerrissen von diesem Elend, von ihren Zeichen, die so geheimnisvoll waren, und ihren Andeutungen, den sonderbaren, bei denen sie kein Wort gesprochen hatte. Darum wuchs meine Leidenschaft, und immer stärker ward meiner Liebe wilde Kraft. Doch ich kehrte wieder um, mit Tränen in den Augen und betrübten Herzens, bis daß ich ins Haus eintrat. Dort sah ich meine Base mit dem Gesichte der Wand zugekehrt sitzen; ihr brannte ja das Herz vor Kummer und Gram und Eifersucht, aber ihre Liebe hielt sie zurück, und sie verriet mir nichts von ihren Gefühlen, denn sie sah den wilden Sturm der Leidenschaft mein Herz durchwühlen. Als ich sie nun ansah, erblickte ich auf ihrem Haupte zwei Binden, die eine über der Wunde auf ihrer Stirn, die andere über ihrem Auge, das ihr von dem heftigen Weinen schmerzte; sie war wirklich im tiefsten Elend, und unter Tränen sprach sie diese Verse:

Ich zähle all die Nächte, ich zähle sie Nacht für Nacht;
Einst hab ich, ohne die Nächte zu zählen, das Leben verbracht.
Ihr meine Freunde, fürwahr, ich kann es nimmer begreifen,

Was Gott mit Leila¹ beschlossen, noch, was er mir zugedacht.
Er bestimmte sie einem andern, mir gab er die Liebe zu ihr:
Was gäbe es andres als Leila, das mir noch Schmerzen macht?

Als sie geendet hatte, blickte sie nach mir; aber während sie mich ansah, weinte sie. Dann trocknete sie ihre Tränen und trat auf mich zu; doch sie konnte in ihrem Liebesweh kein Wort hervorbringen. Noch eine ganze Weile verharrte sie im Schweigen, dann hub sie an: ‚Mein lieber Vetter, tu mir kund, wie es dir diesmal mit ihr ergangen ist!' Wie ich ihr alles berichtet hatte, sprach sie: ‚Gedulde dich, denn die Zeit deiner Vereinigung mit ihr ist wirklich da, und du bist der Erfüllung deines Hoffens nah. Das Zeichen, das sie dir mit dem Spiegel gab, und wie sie ihn in den Beutel steckte, bedeutet, du mögest bis zum Sonnenuntergange warten. Daß sie ihr Haar über ihr Antlitz fallen ließ, heißt: Wenn die Nacht naht und tiefes Dunkel sich über das Licht des Tages herabläßt, dann komm. Und das Zeichen, das sie dir mit dem Blumentopfe und den Pflanzen darin gab, bedeutet: Wenn du kommst, so tritt in den Garten ein, der hinter der Gasse liegt. Ihr Zeichen mit der Lampe aber sagt dir: Wenn du in den Garten eingetreten bist, so geh weiter, und wo du eine Lampe leuchten siehst, dorthin geh und setze dich unter ihr nieder: erwarte mich, denn die Liebe zu dir bringt mich ums Leben!' Als ich diese Worte meiner Base vernommen hatte, schrie ich auf im Übermaß der Leidenschaft und sagte: ‚Wie lange noch willst du mir Versprechungen machen? Wie oft soll ich noch zu ihr gehen, ohne mein Ziel zu erreichen und ohne einen wahren Sinn in deinen Deutungen zu finden?' Da lachte meine Base und erwiderte: ‚Nur noch so lange brauchst du zu warten, bis der Rest dieses

---

1. Leila ist ein typischer Name für die Geliebte geworden, nach zwei altarabischen Liebesgeschichten.

Tages vorübergeht, bis der lichte Tag sich senkt und die Nacht alles mit ihrem Dunkel umfängt. Dann wird dir ja die Vereinigung zuteil, und deine Hoffnungen werden erfüllt. Diese Worte sind wahr und ohne Falsch!' Dann sprach sie diese beiden Verse:

*Laß die Tage immer nur enteilen,
In die Sorgenhäuser tritt nicht ein!
Manches Ziel erscheint noch in der Ferne –
Dennoch ist die nahe Freude dein.*

Dann trat sie auf mich zu und begann mich mit sanften Worten zu trösten; aber sie wagte nicht, mir mit Speisen zu nahen, denn sie fürchtete, ich würde ihr zürnen, und hoffte im stillen, ich würde meine Neigung ihr zuwenden. So tat sie denn nichts anderes, als daß sie mir die Überkleider abnahm; dann sprach sie: ‚Lieber Vetter, setze dich, ich will dich unterhalten, damit du dich über die Zeit bis zum Abend hinwegtröstest! So Gott der Erhabene will, wirst du bei deiner Geliebten sein, wenn kaum die Nacht anbricht.' Ich achtete aber nicht auf sie, sondern wartete nur auf das Kommen der Nacht und sprach: ‚Ach Herr, laß es doch bald Nacht werden!' Als es dann Abend ward, weinte meine Base bitterlich und gab mir ein Körnchen reinen Moschus mit den Worten: ‚Lieber Vetter, nimm dies Körnchen in den Mund; und wenn du mit deiner Geliebten vereint bist und wenn du dann dein Begehren von ihr erreicht hast und sie dir deinen Wunsch gewährt hat, so sprich diesen Vers zu ihr:

*O ihr Liebenden, bei Allah, saget an:
Wenn ihn die Liebe plagt, was tut der Mann?'*

Dann küßte sie mich und beschwor mich, ihr diesen Vers erst zu sagen, wenn ich von ihr fortginge. ‚Ich höre und gehorche!' erwiderte ich. Darauf ging ich zur Abendzeit fort und schritt dahin, bis ich zu dem Garten kam. Seine Tür fand ich offen, und als ich eingetreten war, erblickte ich in der Ferne ein Licht. Auf das ging ich zu, und wie ich es erreicht hatte, fand ich eine große überdachte Laube; darauf war eine Kuppel aus Elfenbein und Ebenholz, aus deren Mitte die Lampe herabhing. Der Boden der Laube war mit seidenen Teppichen belegt, die mit Gold und Silber durchwirkt waren, und unter der Lampe stand dort eine große brennende Kerze in einem goldenen Leuchter. In der Laube befand sich auch ein Brunnenbecken, das mit allerlei Bildern geschmückt war; und daneben stand ein Tisch, über dem ein seidenes Tuch lag, ihm zur Seite ein großer Krug aus Porzellan, der mit Wein gefüllt war, und ein Kristallbecher mit goldenem Schmuck, und neben dem allem lag eine große silberne Platte, die zugedeckt war. Ich deckte sie auf und erblickte auf ihr alle Arten von Früchten, Feigen, Granatäpfeln, Weintrauben, Orangen, Limonen und Zitronen; dazwischen lagen mancherlei duftende Blumen, Rosen, Jasmin, Myrtenblüten, Eglantinen, Narzissen und viele andere wohlriechende Kräuter. Von jenem Orte ward ich ganz hingerissen, und ich war hocherfreut, von mir wichen Kummer und Leid; doch ich fand an der Stätte keine einzige lebende Seele.' – –«

Da bemerkte Schehrezâd, daß der Morgen begann, und sie hielt in der verstatteten Rede an. Doch als die *Hundertundsechzehnte Nacht* anbrach, fuhr sie also fort: »Es ist mir berichtet worden, o glücklicher König, daß der Jüngling dem Tâdsch el-Mulûk des weiteren erzählte: ‚Von jenem Ort ward ich ganz hingerissen, und ich war hocherfreut; doch ich fand an ihm keine einzige lebende Seele, weder Knecht, noch Magd, noch jemanden, der sich um jene Dinge kümmerte oder alles das bewachte. Da setzte ich mich in der Laube nieder, um die Ankunft meiner Herzensliebsten zu erwarten, bis die erste

Stunde der Nacht verstrichen war; dann verstrich eine zweite Stunde, eine dritte Stunde, aber immer noch kam sie nicht. Da packte mich nagender Hunger; denn ich hatte ja lange Zeit in meiner heftigen Leidenschaft keine Speise angerührt. Nun aber, als ich jenen Ort gesehen hatte und als ich erkannte, daß meine Base in der Deutung der Zeichen meiner Geliebten wahr gesprochen hatte, da fand ich Ruhe, da spürte ich den nagenden Hunger. Auch hatten die Düfte der Speisen, die auf dem Tische lagen, mein Verlangen erweckt, als ich dorthin gekommen war und meine Seele sich über die Vereinigung mit der Geliebten beruhigt hatte. So begehrte ich denn zu essen, trat an den Tisch heran, nahm die Decke ab und fand auf ihm eine große Schüssel aus Porzellan: darauf lagen vier geröstete und wohlgewürzte Küken. Und um die Schüssel herum waren vier Teller, einer mit türkischem Honig, ein anderer mit Granatapfelkernen, ein dritter mit Nußtörtchen, ein vierter mit Honiggebäck; was auf diesen Tellern lag, war teils süß und teils sauer. Nun begann ich zu essen; ich nahm von dem Honiggebäck und ein Stück Fleisch; dann ging ich zu den Nußtörtchen über und aß davon, soviel ich vermochte; darauf machte ich mich an den türkischen Honig und aß ein, zwei, drei oder vier Löffel voll davon, zuletzt aß ich noch ein Küken und einen Bissen Brot. Nun war aber mein Magen voll, meine Glieder erschlafften, und ich wurde so schläfrig, daß ich nicht mehr wach bleiben konnte. Nachdem ich mir die Hände gewaschen hatte, legte ich mein Haupt auf ein Kissen, und der Schlaf übermannte mich; was danach mit mir geschah, davon merkte ich nichts. Ich wachte erst wieder auf, als die Sonnenglut auf mir brannte; denn ich hatte ja seit mehreren Tagen keinen Schlaf gekostet. Als ich aber aufwachte, fand ich auf meinem Leibe Salz und Kohle. Da sprang ich auf und schüttelte meine Kleider, blickte nach rechts und links, fand aber niemanden; und ich entdeckte auch, daß ich auf dem Marmorpflaster ohne Decke geschlafen hatte. Nun war ich ratlos und tief betrübt; Tränen rannen über meine Wangen, und Trauer um mein Los nahm mich ganz gefangen. So ging ich nach Hause, und als ich dort ankam, fand ich meine Base, wie sie mit der Hand gegen ihre Brust schlug und Tränen gleich Regenschauern vergoß; und dabei sprach sie diese Verse:

> *Vom fernen Lande weht ein Zephirwind*
> *Und facht mit seinem Hauch die Liebe an.*
> *Du lieber Zephir, komme doch zu uns!*
> *Vom Schicksal hat sein Los, wer liebgewann.*
> *Ach, könnten wir in Liebe uns umfangen,*
> *So wie ein liebend Paar sich eng umschlingt.*
> *Doch Gott versagt mir, seit der Liebste fern,*
> *Ein Dasein, dem die Lebensfreude winkt.*
> *Ach, wüßte ich, ob sein Herz wie mein Herz*
> *Verzehrt wird von der Liebe Glut und Schmerz!*

Doch als sie mich erblickte, stand sie rasch auf, trocknete ihre Tränen und redete mich mit sanften Worten an: ‚Ach, mein Vetter, Allah ist dir in deiner Liebe gnädig gewesen, da sie, die du liebst, auch dich lieb hat, während ich über die Trennung von dir weine und klage, und du mich noch dazu tadelst und schiltst; doch Allah zürne dir nicht um meinetwillen!' Dann lächelte sie mir vorwurfsvoll ins Antlitz und liebkoste mich, nahm mir die Überkleider ab und breitete sie aus mit den Worten: ‚Bei Allah, dies ist nicht der Duft dessen, der sich der Geliebten erfreut hat! So berichte mir denn, wie es dir ergangen ist, lieber Vetter!' Da erzählte ich ihr alles, was mir widerfahren war. Sie aber lächelte zum zweiten Male vorwurfsvoll und sprach: ‚Ach, mein Herz ist voll Leid; aber wer deinem Herzen wehe tut, der soll nicht leben! Diese Frau benimmt sich sehr übermütig gegen dich. Bei Allah, mein Vetter, ich bin wahrlich für dich um ihretwillen in Sorge. Wisse denn, Sohn meines Oheims, das Salz hat zu bedeuten, daß du in Schlaf versunken warst und dadurch einer faden Speise gleich wardst, die man verabscheut, und daß du erst gesalzen werden mußt, damit die Natur dich nicht wieder von sich gibt. Denn du machst zwar den Anspruch darauf, zu den Leuten der echten und edlen Liebe zu gehören; aber der Schlaf ist doch den Liebenden versagt, und dein Anspruch auf die Liebe ist falsch. Allein ihre Liebe zu dir ist ebenso falsch, da sie dich nicht geweckt hat, als sie dich schlafen sah; wäre ihre Liebe echt, so hätte sie dich aufgeweckt. Das Zeichen mit der Kohle aber bedeutet: Allah schwärze dein Angesicht, da du fälschlich auf Liebe Anspruch gemacht hast! Du bist doch nur ein Kind, und der Sinn steht dir nur nach Essen und Trinken. Dies ist die Deutung ihrer Zeichen. Allah der Erhabene möge dich von ihr befreien!' Als ich ihre Worte vernommen hatte, schlug ich mit den Händen gegen meine Brust und rief aus: ,Bei Allah, das ist wahr! Ich habe ja geschlafen, aber die Liebenden schlafen nie. Nun habe ich gegen mich selbst gesündigt! Was konnte mir schädlicher sein als Essen und Schlafen? Was soll ich nun beginnen?' Nun begann ich laut zu weinen, und ich sprach zu meiner Base: ,Rate mir etwas, das ich tun kann! Erbarme dich meiner, auf daß Allah sich deiner erbarme! Sonst muß ich sterben.' Meine Base liebte mich leidenschaftlich. – –«

Da bemerkte Schehrezâd, daß der Morgen begann, und sie hielt in der verstatteten Rede an. Doch als die *Hundertundsiebenzehnte Nacht* anbrach, fuhr sie also fort: »Es ist mir berichtet worden, o glücklicher König, daß der Jüngling dem Tâdsch el-Mulûk des weiteren erzählte: ,Und ich sprach zu meiner Base: ,Rate mir etwas, das ich tun kann! Erbarme dich meiner, auf daß Allah sich deiner erbarme! Sonst muß ich sterben.' Meine Base liebte mich leidenschaftlich, und so antwortete sie: ‚Herzlich gern! Doch, mein lieber Vetter, ich habe dir schon mehrere Male gesagt: Könnte ich frei ein und aus gehen, so würde ich euch beide gar bald vereinen und den Saum meines Gewandes über euch decken. Ich tue ja dies alles für dich nur, um dir gefällig zu sein. So Gott der Erhabene will, werde ich die größte Mühe aufwenden, um euch beide zu vereinen. Nun höre auf mein Wort und folge meiner Weisung: geh noch einmal an dieselbe Stätte und warte dort; wenn es dann Abend wird, so setze dich wieder in die Laube, in der du gewesen bist. Aber hüte dich, etwas von den Speisen zu essen; denn das Essen macht schläfrig. Gib acht, daß du nicht einschlafest! Denn sie kommt erst zu dir, wenn ein Viertel der Nacht verstrichen ist. Allah schütze dich vor ihrer Arglist!'

Als ich ihre Worte vernommen hatte, freute ich mich, und ich begann zu Gott zu beten, es möchte bald Abend werden. Sowie es dunkel ward, wollte ich fortgehen; da sprach meine Base zu mir: ‚Wenn du mit ihr vereint bist, so sage ihr den Vers, den ich früher genannt habe, doch erst in dem Augenblicke, da du Abschied nimmst.' ‚Herzlich gern!' erwiderte ich. Nachdem ich dann fortgegangen und zum Garten gekommen war, fand ich den Raum wieder so hergerichtet, wie ich ihn vorher gesehen hatte; dort war, was man sich nur wünschen konnte an Speise und Trank, an duftenden Blumen und Naschwerk und dergleichen Dingen. Ich trat in die Laube und sog den Duft der Speisen ein; da gelüstete es mich nach ihnen, aber ich widerstand viele Male der Versuchung, sie anzurühren, bis ich es schließlich nicht mehr vermochte. Und so trat ich denn an den Tisch heran und nahm die Decke ab: wieder fand ich eine Schüssel mit Küken und um sie herum vier Teller mit Gerichten von viererlei Art. Ich nahm von allem je einen Bissen und aß von dem türkischen Honig, soviel mir bekömmlich war, auch verzehrte ich ein Stück Fleisch und trank von dem Scherbett. Der gefiel mir sehr, und so nahm ich löffelweise immer mehr davon, bis ich satt und mein Magen gefüllt war. Darauf sanken mir die Augenlider zu, ich nahm ein Kissen und legte es unter meinen Kopf, indem ich bei mir dachte: ‚Ich will mich nur anlehnen, ohne einzuschlafen.' Ich schloß aber doch die Augen und schlief ein.

Erst als die Sonne aufgegangen war, wachte ich wieder auf. Da fand ich auf meinem Leibe einen Knochenwürfel, ein Schnellholz, den Stein einer unreifen Dattel und einen Johannisbrotkern. Doch in dem Raume lagen keine Teppiche, noch war sonst etwas darin, und es schien, als ob auch am Tage vorher gar nichts dort gewesen wäre. Ich sprang auf, schüttelte alles von mir ab und ging zornig davon, bis ich zu Hause ankam. Dort traf ich meine Base, wie sie in Seufzer ausbrach und diese Verse sprach:

> *Der Leib schwindet hin, und das Herz ist verwundet,*
> *Und auf die Wangen strömt der Tränen Flut.*
> *Unnahbar ist der Geliebte, und dennoch –*
> *All, was die Schönheit tut, das ist auch gut.*
> *Du, Vetter, hast mein Herz mit Leid erfüllt,*
> *Mein Aug ist durch die Tränen schmerzverhüllt.*

Da tadelte ich meine Base und schalt sie, bis sie weinte. Doch sie trocknete ihre Tränen, trat auf mich zu, küßte mich und wollte mich an ihre Brust drücken, während ich mich fern von ihr hielt und mir selbst Vorwürfe machte. ‚Lieber Vetter,' sprach sie, ‚es scheint, du hast auch in dieser Nacht geschlafen!' ‚Ja,' erwiderte ich ‚doch als ich aufwachte, fand ich einen Knochenwürfel, ein Schnellholz, den Stein einer unreifen Dattel und einen Johannisbrotkern; und ich weiß nicht, warum sie das getan hat.' Dann begann ich zu weinen und wandte mich an sie mit den Worten: ‚Erkläre mir doch, was dies ihr Tun zu bedeuten hat; sage mir, was ich tun soll, und hilf mir in meinem Elend!' ‚Das will ich herzlich gern tun,' antwortete sie; ‚der Knochenwürfel und das Schnellholz, die sie dir auf die Brust gelegt hat, sollen dir sagen: Du bist hier, aber dein Herz ist fern. Und es ist, als ob sie zu dir spräche: So ist die Liebe nicht; drum zähle du dich nicht unter die Liebenden! Durch den Stein der unreifen Dattel deutet sie dir an: Wärest du wirklich ein Liebender, so wäre dein Herz von Leidenschaft entbrannt, und du hättest die Wonne des Schlafes nicht gekannt; denn die Dattel ist der süßen Liebe Bild, die das Herz mit glühendem Feuer erfüllt. Doch der Johannisbrotkern offenbart, daß des Liebenden Herz müde ward; und sie sagt dir: Ertrag unsere Trennung mit einer Geduld von Hiobs Art!'

Als ich diese Deutung von ihr vernommen hatte, da brannten die Feuer in meinem Herzen, und es wuchsen in meiner Seele die Schmerzen. Laut schrie ich auf: ‚Allah sandte mir den Schlaf, da ich ein Unglückskind bin!' Dann sprach ich zu ihr: ‚Liebe Base, so wert dir mein Leben ist, verschaffe mir ein Mittel, wie ich zu ihr gelangen kann!' Unter Tränen erwiderte sie: ‚O 'Azîz, du Sohn meines Oheims, siehe, mein Herz ist schwer von Trauer, und ich kann kaum reden. Doch geh heut abend wieder an jene Stätte und hüte dich einzuschlafen; dann wirst du dein Ziel erreichen. Dies ist mein Rat, und damit Gott befohlen!' Ich sagte darauf: ‚So Gott will, werde ich nicht schlafen; ich will nur das tun, was du mich heißest.' Nun ging meine Base hin und brachte mir Speisen mit den Worten: ‚Iß dich jetzt satt, damit du nachher nicht mehr daran denkst!' So aß ich mich denn satt; und als es Abend ward, holte meine Base mir ein prächtiges Gewand, das sie mir anlegte; dabei ließ sie mich schwören, ich wolle der Maid den genannten Vers sagen, und sie warnte mich noch einmal davor, einzuschlafen. Dann verließ ich sie und begab mich zu dem Garten, trat in jene Laube ein und schaute immer nur in den Garten; dabei hielt ich mir die Augen mit den Fingern offen und bewegte den Kopf hin und her, während die Nacht immer dunkler ward.' – –«

Da bemerkte Schehrezâd, daß der Morgen begann, und sie hielt in der verstatteten Rede an. Doch als die *Hundertundachtzehnte Nacht* anbrach, fuhr sie also fort: »Es ist mir berichtet worden, o glücklicher König, daß der Jüngling dem Tâdsch el-Mulûk des weiteren erzählte: ‚Ich ging in den Garten, trat in jene Laube ein und schaute immer nur in den Garten; dabei hielt ich mir die Augen mit den Fingern offen und bewegte den Kopf hin und her, während die Nacht immer dunkler ward. Schließlich wurde ich hungrig von dem Wachen, und da der Duft der Speisen zu mir drang, ward mein Hunger noch heftiger. So trat ich denn an den Tisch heran, nahm die Decke ab und aß von jedem Gericht einen Bissen, dazu ein Stück Fleisch. Dann nahm ich den Weinkrug und dachte bei mir: ‚Ich will nur einen Becher trinken.' Den trank ich auch; aber dann trank ich einen zweiten und einen dritten, bis es im ganzen zehn geworden waren. Da traf mich ein Lufthauch, und ich sank zu Boden wie ein erschlagener Kämpfer. So blieb ich liegen, bis es Morgen ward. Wie ich aber aufwachte, fand ich mich außerhalb des Gartens, mit einem scharfen Dolchmesser und einem runden Eisenplättchen auf der Brust. Zitternd vor Erregung nahm ich beides und ging damit nach Hause. Dort traf ich meine Base, wie sie klagte: ‚Fürwahr, ich bin in diesem Hause elend und voll Betrübnis; denn ich habe keinen Helfer als die Tränen!' Doch kaum war ich eingetreten, so fiel ich der Länge nach zu Boden; dabei warf ich das Messer und das Plättchen aus der Hand und sank in Ohnmacht. Als ich aus meiner Ohnmacht wieder zur Besinnung kam, berichtete ich ihr, was mir widerfahren war, und rief: ‚Sieh, ich habe mein Ziel doch nicht erreicht!' Und wie sie meine leidenschaftlichen Tränen sah, ward sie noch tiefer betrübt um mich und sprach: ‚Ich habe mit meiner Warnung vor dem Schlafe keinen Erfolg; denn du hast nicht auf meinen Rat gehört, und so nützen meine Worte dir nichts.' Darauf sprach ich zu ihr: ‚Ich bitte dich um Allahs willen, erkläre mir das Zeichen mit dem Messer und dem runden Eisenplättchen!' Sie antwortete: ‚Durch das runde Eisenplättchen deutet sie auf ihr rechtes Auge, und sie spricht bei ihm diesen Schwur aus: Bei dem Herrn der Welten und bei meinem rechten Auge, wenn du noch einmal wiederkommst und einschläfst, so werde ich dich mit diesem Messer töten! Darum bin ich besorgt um dich, lieber Vetter, wegen ihrer Tücke, und mein Herz ist voll Trauer um deinetwillen. Ich kann jetzt nichts mehr sagen. Wenn du dich selbst genau genug kennst, um sicher zu sein, daß du bei deiner Rückkehr zu ihr nicht einschläfst, so geh wieder hin und hüte dich einzuschlafen; dann wirst du dein Ziel erreichen. Wenn du aber, wissend, daß du bei deiner Rückkehr zu ihr doch wieder wie gewöhnlich einschläfst, trotzdem zu ihr gehst und in Schlaf versinkst, so wird sie dich töten.' ‚Was soll ich nun tun?' sprach ich; ‚liebe Base, ich bitte dich um Allahs willen, hilf mir in dieser Not!' ‚Das will ich herzlich gern tun,' gab sie zur Antwort, ‚ja, wenn du auf meine Worte hörst und meine Weisung befolgst, so wirst du deinen Wunsch erfüllt sehen.' Da rief ich: ‚Fürwahr, ich will auf deine Worte hören und deine Weisung befolgen.' ‚Wenn es Zeit ist zum Gehen, will ich es dir sagen', sprach sie und zog mich an ihren Busen. Darauf legte sie mich aufs Lager und knetete mich so lange, bis mich die Müdigkeit übermannte und ich in tiefen Schlaf versank. Dann nahm sie einen Fächer, setzte sich mir zu Häupten und fächelte mein Antlitz, bis der Tag sich neigte. Da weckte sie mich auf, und als ich die Augen aufschlug, fand ich sie mit dem Fächer in der Hand mir zu Häupten sitzen, weinend und ihre Kleider von ihren Tränen benetzt. Sobald sie sah, daß ich wach war, trocknete sie ihre Tränen und brachte mir etwas zu essen. Ich wollte es zurückweisen, doch sie sagte: ‚Hab ich dir nicht gesagt, du solltest mir gehorchen? So iß denn!' Ich aß und widersetzte mich ihr nicht. Dabei gab sie mir die Bissen in den Mund, und ich kaute, bis ich satt war. Dann gab sie mir gezuckerten Brustbeerenscherbett zu trinken, wusch mir die Hände, trocknete sie mit einem Tuche und besprengte mich mit Rosenwasser. Erfrischt setzte ich mich zu ihr. Als es nun bald dunkel ward, legte sie mir meine Kleider an und sagte: ‚Lieber Vetter, wache die ganze Nacht, schlafe nicht! Denn sie wird in dieser Nacht erst gegen Morgen zu dir kommen. So Gott will, wirst du heute nacht endlich mit ihr vereinigt werden. Vergiß aber meinen Auftrag nicht!' Dann brach sie in Tränen aus, und das Herz tat mir weh um ihretwillen, da sie so sehr weinte. Auf meine Frage: ‚Was ist das für ein Auftrag, den du mir gegeben hast?' antwortete sie: ‚Wenn du von ihr Abschied nimmst, so sag ihr den Vers, den ich dir früher genannt habe.'

Erfreut ging ich von dannen, begab mich zu dem Garten und trat in die Laube ein. Da ich gesättigt war, so setzte ich mich nieder und wachte, bis ein Viertel der Nacht vergangen war. Aber die Nacht kam mir so lang vor wie ein Jahr; dennoch blieb ich wach, bis drei Viertel der Nacht verstrichen waren und die Hähne bereits krähten. Da kam ein heftiges Hungergefühl über mich, weil ich so lange gewacht hatte; und so ging ich zu dem Tische und aß, bis ich satt war. Schon wurde mir der Kopf schwer, und ich wollte gerade einschlafen, als ich plötzlich in der Ferne ein Licht kommen sah. Sogleich sprang ich auf, wusch mir Hand und Mund und raffte mich zusammen. Und im nächsten Augenblick kam sie mit zehn Dienerinnen; in ihrer Mitte erschien sie wie der Vollmond unter den Sternen, und sie trug ein grünseidenes Prachtgewand, darauf sich Stickerei aus rotem Golde befand. Sie war, wie der Dichter sagt:

> *Stolz ist sie gegen die Liebenden, in ihren grünen Gewändern,*
> *Den wallenden, und im Haare, das frei herab ihr hängt.*
> *Ich fragte sie: Wie heißt du? Sie sprach: Ich bin die Schöne,*
> *Die aller Liebenden Herzen mit glühenden Kohlen versengt.*
> *Ich klagte ihr, was ich leide in meiner heißen Liebe.*
> *Sie sagte: Du klagst dem Felsen und wußtest nichts davon.*
> *Da rief ich: Wenn dein Herz ein Felsen ist, so wisse:*
> *Gott ließ aus Fels entspringen den allerklarsten Bronn.*

Als sie mich erblickte, sagte sie lächelnd: ‚Wie kommt es, daß du wach bist und dich nicht vom Schlafe hast übermannen lassen? Nun, da du die Nacht hindurch wach geblieben bist, weiß ich, daß du ein wahrhaft Liebender bist. Denn daran werden die Liebenden erkannt, daß sie die Nächte hindurch in ihrer Sehnsuchtsqual wachen.' Darauf wandte sie sich den Dienerinnen zu und gab ihnen ein Zeichen. Die entfernten sich; doch sie selbst trat auf mich zu, zog mich an ihren Busen und küßte mich. Auch ich küßte sie, und sie sog an meiner Oberlippe, während ich an ihrer Unterlippe sog. Dann legte ich meine Hand um ihren Leib und streichelte sie. Und alsbald ruhten wir beide gemeinsam auf dem Boden; da band sie ihre Hose auf, die ihr bis zu den Knöcheln hinabglitt. Nun begannen wir zu tändeln und uns zu umschlingen, zu kosen und zu flüstern von zarten Dingen, zu beißen und Leib an Leib zu legen, und im Umlauf um das heilige Haus und seine Pfeiler uns zu bewegen, bis ihre Glieder erschlafften und sie dahinsank und der Welt entrückt ward. Fürwahr, jene Nacht war eine Freude für das Herz und ein Trost für das Auge, so wie der Dichter von ihr gesagt hat:

> *Die schönste Nacht, die ich in der Welt verlebte, war jene,*
> *In der ich bei dem Becher verweilte für und für.*
> *In ihr hielt ich den Schlummer fern von meinen Augen;*
> *Doch Ohrgehenk und Spange vereinte ich bei mir.*

Eng umschlungen lagen wir da bis zum Morgen; als ich dann fortgehen wollte, hielt sie mich fest mit den Worten: ‚Warte, damit ich dir noch etwas sage!' – –«

Da bemerkte Schehrezâd, daß der Morgen begann, und sie hielt in der verstatteten Rede an. Doch als die *Hundertundneunzehnte Nacht* anbrach, fuhr sie also fort: »Es ist mir berichtet worden, o glücklicher König, daß der Jüngling dem Tâdsch el-Mulûk des weiteren erzählte: ‚Als ich fortgehen wollte, hielt sie mich fest mit den Worten: ‚Warte, damit ich dir noch etwas kundtue und dir einen Auftrag gebe!' So blieb ich denn stehen, während sie ein Tuch entfaltete, dies Stück Leinwand daraus hervornahm und vor mir ausbreitete; darauf sah ich das Bild von Gazellen, wie sie sich hier darstellen. In höchster Verwunderung nahm ich es hin; und nachdem ich mit ihr verabredet hatte, daß ich jede Nacht zu ihr in jenen Garten kommen wolle, ging ich hocherfreut davon. In meiner Freude aber vergaß ich an den Vers zu denken, den meine Base mir aufgetragen hatte. Denn als meine Geliebte mir das Linnen gab, auf dem das Gazellenbild war, sagte sie zu mir: ‚Dies ist die Arbeit meiner Schwester.' Auf meine Frage: ‚Wie heißt denn deine Schwester?' antwortete sie: ‚Sie heißt Nûr el-Huda. Bewahre dies Linnen gut auf!' Darauf hatte ich ihr Lebewohl gesagt und war hocherfreut davongegangen. Nun ging ich also nach Hause, trat bei meiner Base ein und fand sie auf dem Lager ruhend. Doch als sie mich erblickte, erhob sie sich mit Tränen im Auge. Dann kam sie auf mich zu, küßte mir die Brust und fragte: ‚Hast du meinen Auftrag ausgeführt und ihr den Vers gesagt?' ‚Fürwahr,' rief ich aus, ‚das habe ich vergessen. Nur das Bild dieser Gazellen hat es mich vergessen lassen!' Und ich warf das Stück Linnen vor sie hin!' Dann setzte sie sich wieder, doch sie konnte nicht mehr an sich halten; sie ließ ihren Tränen freien Lauf und sprach diese Verse:

> *Der du die Trennung suchst, gemach!*
> *Laß die Umarmung dich nicht trügen.*
> *Gemach! Des Schicksals Art ist Trug:*
> *Das Glück muß sich der Trennung fügen.*

Als sie geendet hatte, bat sie mich: ‚Lieber Vetter, gib mir dies Stück Linnen!' Ich gab es ihr; da nahm sie es hin, breitete es aus und schaute das Bild darauf an.

Wie es nun wieder Zeit für mich ward zu gehen, sprach meine Base zu mir: ‚Geh jetzt hin, Friede geleite dich! Wenn du dann jedoch von ihr scheidest, so sage ihr den Vers, den ich dir früher genannt habe, an den du aber nicht gedacht hast!' Da bat ich sie, ihn zu wiederholen; und sie tat es. Darauf ging ich zum Garten, trat in die Laube ein und fand die Maid auf mich wartend. Sobald sie mich erblickte, erhob sie sich, küßte mich und ließ mich an ihrem Busen ruhen. Dann aßen und tranken wir und stillten unser Verlangen, wie in der Nacht vorher. Als es aber Morgen ward, sagte ich ihr den Vers:

> *O ihr Liebenden, bei Allah, saget an:*
> *Wenn ihn die Liebe plagt, was tut der Mann?*

Doch wie sie das hörte, flossen ihre Augen von Tränen über, und sie sprach:

> *Er hütet seine Lieb, birgt sein Geheimnis treu*
> *Und harrt geduldig aus in allem, was es sei!*

Ich prägte mir den Vers ein und war nun froh, daß ich den Wunsch meiner Base erfüllt hatte. Dann ging ich heim, doch als ich bei ihr eintrat, fand ich sie auf ihrem Lager; meine Mutter saß ihr zu Häupten und weinte über ihr Elend. Kaum war ich eingetreten, so rief meine Mutter mich an: ‚Verderben über einen solchen Vetter, wie du es bist! Wie konntest du deine Base in ihrem elenden Zustande verlassen, ohne nach ihrer Krankheit zu fragen?' Doch als meine Base mich erblickte, hob sie ihr Haupt, richtete sich auf und fragte mich: ‚'Azîz, hast du ihr den Vers gesagt, den ich dich gelehrt habe?' ‚Jawohl,' antwortete ich; ‚und als sie ihn hörte, weinte sie und sprach einen anderen Vers, den ich mir eingeprägt habe.' Da bat sie mich, ich solle ihn ihr vortragen; und als ich das getan hatte, weinte sie heftig. Dann sprach sie diese beiden Verse:

> *Wie kann er die Liebe hüten, wenn sie ihm das Leben raubt,*
> *Und wenn das Herz ihm täglich in tausend Stücke springt?*
> *Wohl hat er die rechte Geduld gesucht, doch fand er nichts*
> *Als nur ein Herz, das immer mit quälender Sehnsucht ringt!*

Und sie fügte hinzu: ‚Wenn du wieder wie gewöhnlich zu ihr gehst, so sage ihr diese beiden Verse, die du gehört hast.' ‚Das will ich gern tun', antwortete ich und ging dann um die gewohnte Zeit zu ihr in den Garten. Dort erlebte ich mit ihr, was keine Zunge beschreiben kann. Wie ich mich aber zum Gehen wandte, sagte ich ihr jene beiden Verse; doch ihr rannen beim Hören die Tränen aus den Augen, und sie sprach das Dichterwort: *Wenn die Kraft, um sein Geheimnis zu hüten, sich ihm nicht bot,*
So weiß ich keinen Rat für ihn als nur den Tod!

Nachdem ich mir auch dies gemerkt hatte, ging ich heim. Doch wie ich zu meiner Base eintrat, fand ich sie ohnmächtig daliegen und meine Mutter ihr zu Häupten sitzen. Sobald sie meine Stimme vernahm, schlug sie die Augen auf und rief: ‚'Azîz, hast du ihr die beiden Verse gesagt?' ‚Jawohl,' erwiderte ich; ‚und als sie sie hörte, weinte sie und sprach einen anderen Vers.' Diesen Vers wiederholte ich ihr; wie aber meine Base ihn hörte, sank sie von neuem in Ohnmacht. Als sie dann wieder zu sich kam, sprach sie diese beiden Verse:

> *Ich habe gehört und gehorcht; dann bin ich gestorben. Nun bringe*
> *Von mir einen Gruß zu ihr, die mir das Liebesglück stahl!*
> *Jene, die glücklich sind, möge ihr Glück erfreuen –*
> *Dem armen Liebenden blieb ein Kelch der bitteren Qual!*

Als es dann wieder Abend ward, ging ich zum Garten wie gewöhnlich. Dort fand ich die Maid auf mich wartend; wir setzten uns, aßen und tranken, genossen unser Glück und schliefen bis zum Morgen. Und wie ich mich zum Gehen wandte, sagte ich ihr die Verse, die meine Base gesprochen hatte. Aber als sie die hörte, schrie sie laut auf und rief entsetzt: ‚Wehe, wehe! Bei Allah, die diese Verse gesprochen hat, ist jetzt tot!' Dann weinte sie und fuhr fort: ‚Ach, die diese Verse gesprochen hat, steht dir doch nicht nahe?' Ich antwortete: ‚Sie ist meine Base.' Da rief sie: ‚Du lügst! Bei Allah, wäre sie deine Base, du hättest sie ebenso lieb gehabt wie sie dich! Du hast sie getötet. Möge Allah dir den Tod geben, wie du ihn ihr gegeben hast! Bei Allah, hättest du mir kundgetan, daß du eine Base hast, ich hätte dich mir nicht nahen lassen.' Ich entgegnete ihr: ‚Sie hat mir doch die Zeichen erklärt, die du mir immer gabst! Sie hat mir doch gezeigt, wie ich zu dir gelangen könnte und was ich tun sollte! Wäre sie nicht gewesen, so wäre ich nie zu dir gelangt.' ‚Wußte sie denn um uns?' fragte sie; und ich gab zur Antwort: ‚Jawohl.' Darauf sagte sie nur noch: ‚Allah lasse dich deine Jugend beklagen, wie du sie ihre Jugend beklagen ließest! Geh, sieh nach ihr!' So ging ich denn kranken Herzens fort und schritt dahin, bis ich in unsere Gasse kam. Da hörte ich schon Wehklagen, und als ich danach fragte, sagte man mir: ,Wir haben 'Azîza tot hinter der Tür gefunden!' Dann trat ich ins Haus; doch als meine Mutter mich erblickte, rief sie: ,Du hast an ihr gesündigt! Die Verantwortung lastet auf deinen Schultern. Gott verzeihe dir ihr Blut nie!' – –«

Da bemerkte Schehrezâd, daß der Morgen begann, und sie hielt in der verstatteten Rede an. Doch als die *Hundertundzwanzigste Nacht* anbrach, fuhr sie also fort: »Es ist mir berichtet worden, o glücklicher König, daß der junge 'Azîz dem Tâdsch el-Mulûk des weiteren erzählte: ,Dann trat ich ins Haus; doch als meine Mutter mich erblickte, rief sie: ,Du hast an ihr gesündigt! Die Verantwortung lastet auf dir. Gott verzeihe dir ihr Blut nie! Verderben über einen solchen Vetter, wie du es bist!' Dann kam mein Vater, und wir versahen ihre Leiche, trugen sie hinaus und geleiteten sie zum Friedhofe. Dort begruben wir sie; wir ließen auch den Koran über ihrem Grabe lesen und blieben drei Tage lang bei der Gruft. Danach kehrten wir heim. Und wie ich, tief betrübt um meine Base, ins Haus trat, kam meine Mutter mit den Worten auf mich zu: ,Ich möchte wissen, was du ihr angetan hast, so daß ihr die Galle ins Blut drang. Mein Sohn, ich habe sie doch so oft nach dem Grunde ihres Leidens gefragt; aber sie hat mir kein Wort verraten. Drum bitte ich dich um Allahs willen, sage mir, was du ihr angetan hast, so daß sie sterben mußte!' Da gab ich zur Antwort: ,Ich habe gar nichts getan.' Doch sie sprach: ,Allah räche sie an dir! Fürwahr, sie hat mir nichts gesagt, sondern ihr Geheimnis bis zu ihrem Tode verborgen. Aber sie verzeiht dir; denn ich war bei ihr, und ehe sie starb, schlug sie die Augen auf und sagte: ,Frau meines Oheims, Allah vergebe deinem Sohne mein Blut und strafe ihn nicht für das, was er mir angetan hat! Sieh, jetzt führt Allah mich aus der vergänglichen irdischen Wohnstatt zu der ewigen Stätte im Jenseits.' ,Liebe Tochter,' rief ich da, ,der Himmel erhalte dich und deine Jugend!' Und ich fragte sie nach der Ursache ihres Leidens. Doch sie gab mir keine Antwort darauf, sondern lächelnd sagte sie nur noch: ,Frau meines Oheims, sage deinem Sohne, wenn er dorthin gehen will, wohin er jeden Tag geht, er solle beim Abschied diese beiden Worte sprechen: Treue ist trefflich – Verrat ist häßlich. Dies sage ich aus Sorge um ihn, und so will ich ihm Zeichen meiner Fürsorge nicht nur im Leben, sondern auch nach meinem Tode geben.' Dann gab sie mir etwas für dich und ließ mich schwören, es dir nicht eher zu geben, als bis ich dich um sie hätte weinen und klagen sehen. Ich habe es bei mir, und wenn ich dich so sehe, wie sie gesagt hat, dann gebe ich es dir.' Ich bat sie: ,Zeige es mir!' aber sie wollte es nicht tun.

Nun gab ich mich ganz den Wonnen meiner Liebe hin und dachte gar nicht mehr an den Tod meiner Base; denn ich war leichtfertigen Sinnes und wünschte in meinem Herzen, daß ich nicht nur die Nacht, sondern auch den Tag über immer bei meiner Geliebten weilen könnte. Ich konnte kaum warten, bis die Nacht anbrach, da eilte ich auch schon in den Garten, wo ich die Maid vor Ungeduld wie auf Kohlen sitzend traf. Kaum hatte sie mich erblickt, so flog sie mir entgegen, hängte sich an meinen Hals und fragte mich nach meiner Base. ,Sie ist tot!' antwortete ich, ,wir haben für sie beten und den Koran lesen lassen. Das geschah vor vier Nächten, und dies ist die fünfte Nacht seit ihrem Tode.' Als sie das hörte, schrie sie auf und weinte; dann sprach sie: ,Habe ich dir nicht gesagt, daß du sie getötet hast? Hättest du mich vor ihrem Tode um sie wissen lassen, so hätte ich ihr das Gute vergolten, das sie an mir getan hat. Sie hat mir doch einen großen Dienst erwiesen und dich mit mir vereinigt; ja, wäre sie nicht gewesen, wir wären nie zueinander gekommen. Aber nun fürchte ich, daß dich ein Unheil treffen wird, da du dich an ihr versündigt hast!' Ich antwortete: ,Sie hat mir vor ihrem Tode verziehen', und erzählte ihr dann, was meine Mutter mir berichtet hatte. ,Um Allahs willen,' rief sie, ,wenn du zu deiner Mutter gehst, so suche zu erfahren, was sie hat!' Darauf fuhr ich fort: ,Meine Mutter hat mir auch gesagt, daß meine Base ihr, ehe sie starb, einen Auftrag für mich gegeben hat des Inhalts: Wenn dein Sohn dorthin geht, wohin er gewöhnlich geht, so lehre ihn diese beiden Worte: Treue ist trefflich, Verrat ist häßlich.' Wie die Maid das vernahm, sprach sie: ,Allah der Erhabene erbarme sich ihrer! Sie hat dich vor mir gerettet; ich hatte dir ein Unheil zugedacht, aber jetzt will ich dir kein Leids und nichts Böses antun.' Erstaunt fragte ich sie: ,Was hattest du denn bisher im Sinne mir anzutun, wo wir doch einander lieb haben?' Sie erwiderte: ,Du bist ganz vernarrt in mich; aber du bist noch jung und unerfahren, dein Herz ist frei von Arglist, und du ahnst nichts von unserer Tücke und Falschheit. Wenn sie noch am Leben wäre, so wäre sie dir eine Helferin; sie allein ist die Ursache deiner Rettung, und sie hat dich vor dem Untergang bewahrt. Jetzt aber warne ich dich: Sprich mit keiner Frau, rede keine unseres Geschlechts an, weder jung noch alt! Hüte dich, und nochmals: hüte dich! Du bist noch unerfahren und kennst die Falschheit und List der Frauen nicht. Sie, die dir die Zeichen erklärte, lebt nicht mehr, und ich befürchte für dich, daß du in Unheil gerätst und dann niemanden findest, der dich daraus befreit, seit deine Base gestorben ist.' – –«

Da bemerkte Schehrezâd, daß der Morgen begann, und sie hielt in der verstatteten Rede an. Doch als die *Hundertundein-*

undzwanzigste Nacht anbrach, fuhr sie also fort: »Es ist mir berichtet worden, o glücklicher König, daß der Jüngling dem Tâdsch el-Mulûk des weiteren erzählte: ‚Da sprach die Maid zu mir: ‚Ich befürchte für dich, daß du in ein Unheil gerätst und dann niemanden findest, der dich daraus befreit. Welch ein Jammer um deine Base! Ach, hätte ich sie doch vor ihrem Tode kennen gelernt, daß ich zu ihr hätte gehen und ihr das Gute vergelten können, das sie an mir getan hat! Allah der Erhabene erbarme sich ihrer! Sie hat ihr Geheimnis verborgen, sie hat nichts von dem, was sie litt, offenbart. Ja, wäre sie nicht gewesen, du wärest nie zu mir gekommen! Nun habe ich noch eine Bitte an dich.' ‚Wie ist die?' fragte ich. Sie antwortete: ‚Die ist, daß du mich zu ihrem Grabe führest; so kann ich sie an der Stätte aufsuchen, wo sie in der Erde ruht, und Verse auf ihren Grabstein schreiben.' ‚Morgen, so Gott will!' erwiderte ich. Dann ruhte ich bei ihr in jener Nacht, während sie von Stunde zu Stunde klagte: ‚Ach, hättest du mir doch von deiner Base erzählt, ehe sie starb!' Doch als ich sie fragte: ‚Was bedeuten diese beiden Worte, die sie gesprochen hat: Treue ist trefflich, Verrat ist häßlich?' da gab sie mir keine Antwort.

Wie es Morgen ward, erhob sie sich, nahm einen Beutel mit Goldstücken und sprach zu mir: ‚Wohlan, zeige mir ihr Grab, auf daß ich zu ihm wallfahrte! Ich will Verse auf den Grabstein schreiben und eine Kuppel über der Stätte erbauen lassen, ich will zu Gott flehen, daß er sich ihrer erbarme, und diese Goldstücke als Almosen für ihre Seele verteilen.' ‚Ich höre und gehorche!' erwiderte ich und ging vor ihr her, während sie mir folgte und unterwegs Almosen verteilte; jedesmal, wenn sie eine Gabe austeilte, sprach sie: ‚Dies ist ein Almosen für die Seele der 'Azîza; sie hat, bis sie den Todeskelch trank, ihr Geheimnis bewahrt und ihre geheime Liebe nie offenbart!' So gab sie ohn Unterlaß Almosen aus dem Beutel mit den Worten: ,Für die Seele der 'Azîza!' bis das Geld zu Ende war und wir zu dem Grabe kamen. Wie sie dann die Grabstätte erblickte, weinte sie und warf sich darauf. Dann nahm sie einen Stichel aus Stahl und einen zierlichen Hammer hervor und grub mit dem Stichel auf den Stein, der zu Häupten des Grabes stand, in feiner Schrift diese Verse ein:

> Ich kam zu einem verfallenen Grabe in einem Garten;
> Von sieben Anemonen war drauf ein Blütenstrauß.
> Da sprach ich: Wes Grab ist dies? Die Erde gab mir zur Antwort:
> Vernimm in Ehrfurcht, dies ist eines Liebenden Totenhaus.
> Dann rief ich: Möge der Herr dich schützen, du Opfer der Liebe!
> Im Paradiese droben halt' er deine Stätte bereit!
> Unselige Geschöpfe sind doch die Leute der Liebe,
> Daß ihre Gräber noch der Staub des Elends entweiht.
> Vermöchte ich es, ich legte ein Blumenbeet um dich an
> Und mit der Flut meiner Tränen tränkte ich es dann.

Dann ging sie weinend in den Garten zurück, und ich mit ihr. Dort sprach sie zu mir: ,Ich bitte dich um Allahs willen, verlaß mich nie!' ,Ich höre und gehorche!' war meine Antwort.

Nun gab ich mich wieder ganz der Liebe zu ihr hin und besuchte sie immerfort. Und sooft ich eine Nacht bei ihr verbrachte, nahm sie mich freundlich auf und bewirtete mich ehrenvoll; dabei fragte sie mich dann stets nach den beiden Worten, die meine Base 'Azîza meiner Mutter gesagt hatte, und ich wiederholte sie ihr. So lebte ich denn dahin in frohem Behagen: ich dachte nur an Essen und Trinken, an Küssen und Umarmen und daran, immer neue feine Kleider zu tragen, bis ich dick und fett wurde und, frei von Sorge und Trauer, meine Base ganz vergaß.

Ein ganzes Jahr hatte ich so zugebracht; da, am Neujahrstage, ging ich ins Badehaus, erquickte mich dort und legte ein präch-

tiges Gewand an. Als ich herauskam, trank ich einen Becher
Wein und sog den Duft meines Gewandes ein, das mit allerlei Wohlgerüchen durchtränkt war. Da ward mir die Brust so
weit; denn ich wußte noch nichts von des Schicksals Tücke
noch von den Wechselfällen der Zeit. Wie es nun Abend ward,
machte ich mich voll Sehnsucht auf zu meiner Geliebten; doch
ich war trunken und wußte nicht, wohin ich ging. So ließ mich
denn auf meinem Wege zu ihr mein Rausch in eine Gasse geraten, die da die Vorstehersgasse heißt. Während ich also in
jener Gasse dahinschritt, blickte ich einmal auf, und siehe, da
war ich nah bei einer alten Frau, die ihres Weges ging, in der
einen Hand eine brennende Kerze und in der anderen ein gefaltetes Schreiben.' – «

Da bemerkte Schehrezâd, daß der Morgen begann, und sie
hielt in der verstatteten Rede an. Doch als die *Hundertundzweiundzwanzigste Nacht* anbrach, fuhr sie also fort: »Es ist mir berichtet worden, o glücklicher König, daß 'Azîz, der junge
Kaufmann, dem Tâdsch el-Mulûk des weiteren erzählte: ,Als
ich in die Gasse, die da die Vorstehersgasse heißt, gekommen
war, blickte ich einmal auf, und siehe, da war ich nahe bei einer
alten Frau, die ihres Weges ging, in der einen Hand eine brennende Kerze und in der anderen ein gefaltetes Schreiben. Als
ich an sie herantrat, weinte sie und sprach diese Verse:

> *Sei mir, du freundlicher Bote, aufs allerschönste willkommen!*
> *Wie süß sind deine Worte für mich! Wie freuen sie mich!*
> *O der du kommst von ihm, dem ich alles Gute wünsche, –*
> *Solange der Ostwind wehet, segne der Himmel dich!*

Als sie mich erblickte, fragte sie mich: ,Mein Sohn, kannst du
wohl lesen?' In meinem Übereifer erwiderte ich: ,Jawohl,
mein gutes Mütterchen!' Mit den Worten: ,So nimm diesen
Brief und lies ihn mir vor!' reichte sie mir das Schreiben. Ich

nahm es hin, öffnete es und las es ihr vor. Es war aber ein Brief in der Ferne geschrieben, mit vielen Grüßen an die Lieben. Als sie den Inhalt vernahm, freute sie sich der guten Botschaft und flehte Segen auf mein Haupt herab mit den Worten: ‚Allah vertreibe deine Sorgen, wie du meine Sorge vertrieben hast!' Dann nahm sie den Brief wieder und ging einige Schritte vorauf. Mich aber drängte ein Bedürfnis; und so hockte ich mich nieder, um Wasser zu lassen. Dann stand ich auf, brachte meine Kleider in Ordnung, ließ das Obergewand herunterfallen und wandte mich zum Gehen. Doch siehe, da kam die Alte wieder auf mich zu, beugte sich über meine Hand, küßte sie und sprach: ‚Lieber Herr, Gott gebe dir Freude an deiner Jugend! Ich bitte dich, komm einige Schritte mit mir bis zu jener Tür! Ich hab den Leuten gesagt, was du mir aus dem Briefe vorgelesen hast, aber sie wollten mir nicht glauben. Komm ein paar Schritte mit mir und lies ihnen den Brief drinnen vor! Nimm von mir im voraus die Fürbitte einer rechtschaffenen Frau entgegen!' Auf meine Frage: ‚Was ist es denn mit diesem Briefe?' antwortete sie: ‚Mein Sohn, dieser Brief kommt von meinem eigenen Sohne, der seit zehn Jahren fern von mir weilt. Er zog mit Waren aus und blieb so lange in der Fremde, daß wir die Hoffnung auf seine Rückkehr schon aufgegeben hatten und glaubten, er sei gestorben. Jetzt, nach dieser langen Zeit, ist dieser Brief von ihm zu uns gekommen. Nun hat er eine Schwester, die Tag und Nacht immerdar um ihn weint. Ich habe ihr gesagt, daß er wohlauf sei; aber sie hat es mir nicht glauben wollen, sondern sie hat gesagt: ‚Du mußt mir jemanden bringen, der diesen Brief in meiner Gegenwart vorliest, auf daß mein Herz Ruhe finde und meine Seele sich tröste.' Du weißt ja, mein Sohn, die Liebenden denken immer an Schlimmes; darum erweise mir die Güte, mit mir zu kommen und ihr diesen Brief vorzulesen. Du sollst dann draußen vor dem Vorhange stehen, während seine Schwester, wenn ich sie gerufen habe, von drinnen zuhört; so wirst du unseren Kummer stillen und unseren Wunsch erfüllen. Hat doch auch der Gesandte Allahs – Er segne ihn und gebe ihm Heil! – gesagt: Wer einen Bekümmerten von einer Kümmernis dieser Welt befreit, den wird Allah von hundert Kümmernissen befreien. Und nach einer anderen Überlieferung: Wer seinen Bruder von einer Kümmernis dieser Welt befreit, den wird Allah von zweiundsiebzig Kümmernissen des Jüngsten Gerichts befreien. Ich habe mich vertrauensvoll an dich gewandt; drum enttäusche mich nicht!' ‚Ich höre und gehorche,' antwortete ich, ‚geh nur vorauf!' So schritt sie voran, und ich folgte ihr eine Weile, bis sie zu dem Tor eines schönen, großen Hauses kam, wo die Tür mit rotem Kupfer beschlagen war. Ich blieb hinter der Tür stehen, während die Alte etwas in fremder Sprache rief. Und ehe ich mich dessen versah, kam mit leichtem und behendem Schritt eine Maid herbei. Sie hatte ihre Hosen bis zu den Knien aufgeschlagen, so daß ich an ihr ein Paar Waden erblickte, das Geist und Auge in Verwirrung bringt; und sie selbst war, wie der Dichter von ihr singt:

> *Die du den Schenkel entblößest, auf daß du dem Verliebten*
> *Ihn zeigest, und daß man ahne, wie schön der ganze Leib sei,*
> *Die du mit einem Becher zu deinem Geliebten eilest:*
> *Der Becher und der Schenke treibt Menschen zur Raserei.*

Nun waren ihre Beine, die zwei Säulen aus Alabaster glichen, mit goldenen, edelsteinbesetzten Fußspangen geziert, und die Maid hatte ihre Ärmel bis unter die Achseln emporgerafft und ihre Arme entblößt, so daß ich ihre weißen Handgelenke sehen konnte. An ihren Armen trug sie ein Paar Spangen, deren Schlösser mit großen Perlen besetzt waren; um ihren Hals hing eine

Kette aus kostbaren Edelsteinen; an ihren Ohren glitzerten Perlengehänge; und auf ihrem Haupte lag ein Tuch aus feinem Seidengewebe, das mit edlen Steinen besetzt war. Den Saum ihres Hemdes aber hatte sie unter die Schnur ihrer Hose geschoben, als ob sie geschäftig bei der Hausarbeit wäre. Als ich sie erblickte, stand ich sprachlos vor ihr; denn sie glich der strahlenden Sonne. Doch sie sagte in feiner Sprache und mit einer so süßen Stimme, wie ich sie noch nie gehört hatte: ,Mütterchen, ist dies der Mann, der gekommen ist, um uns den Brief vorzulesen?' Die Alte bejahte es und streckte mir die Hand mit dem Schreiben entgegen, während sie etwa vier Schritt von der Tür entfernt stand. Da streckte auch ich meine Hand aus, um den Brief von ihr entgegenzunehmen, und ich neigte Kopf und Schultern in das Tor hinein, um den Brief mehr aus der Nähe vorlesen zu können. Doch ehe ich wußte, was geschah, legte die Alte ihren Kopf auf meinen Rücken und stieß mich, mit dem Schreiben in der Hand, hinein. Und dann fand ich mich denn plötzlich drinnen im Hause und blieb in der Vorhalle stehen. Die Alte aber lief schneller als ein Blitzstrahl hinein und hatte nichts Eiligeres zu tun, als die Tür zu verschließen.' – –«

Da bemerkte Schehrezâd, daß der Morgen begann, und sie hielt in der verstatteten Rede an. Doch als die *Hundertunddreiundzwanzigste Nacht* anbrach, fuhr sie also fort: »Es ist mir berichtet worden, o glücklicher König, daß der junge 'Azîz dem Tâdsch el-Mulûk des weiteren erzählte: ,Als die Alte mich hineingestoßen hatte, fand ich mich plötzlich drinnen in der Vorhalle; die Alte aber lief schneller als ein Blitzstrahl hinein und hatte nichts Eiligeres zu tun, als die Tür zu verschließen. Sowie nun die Maid mich in der Halle sah, kam sie auf mich zu, zog mich an ihre Brust und warf mich auf den Boden; dann setzte sie sich rittlings auf meine Brust und preßte meinen Leib mit ihren Händen, bis ich fast die Besinnung verlor. Darauf faßte sie mich bei der Hand, ohne daß ich mich von ihr hätte losmachen können, da sie mich so fest an sich zog. Und dann ging sie mit mir weiter ins Haus, während die Alte mit der brennenden Kerze voranschritt; und als sie mich durch sieben Hallen geführt hatte, trat sie schließlich mit mir in einen großen Saal mit vier Estraden, in dem ein Reiter hätte Schlagball spielen können. Zuletzt ließ sie mich los und sagte zu mir: ‚Öffne deine Augen!' Ich tat es, aber ich war noch ganz schwindlig, da sie mich so fest an sich gezogen und meinen Leib gepreßt hatte. Nun sah ich, daß der ganze Saal aus feinstem Alabaster und Marmor erbaut war; alle Teppiche darin waren aus Seide und Brokat, sogar auch die Kissen und Polster. Dort waren auch zwei Bänke aus Messing und ein Lager aus rotem Golde, besetzt mit Perlen und Edelsteinen, ferner andere Gemächer und ein Staatsraum, der nur einem König deinesgleichen gebührt. Dann fragte sie mich: ‚Sprich, 'Azîz, was ist dir lieber, der Tod oder das Leben?' ‚Das Leben', erwiderte ich. ‚Wenn also das Leben dir lieber ist,' fuhr sie fort, ‚so vermähle dich mit mir!' Ich rief aber: ‚Es ist mir zuwider, mich mit einer, wie du es bist, zu vermählen!' Da sprach sie: ‚Wenn du dich mit mir vermählst, so wirst du sicher sein vor der Tochter der listigen Ränkeschmiedin.' Nun fragte ich sie: ‚Wer ist die Tochter der listigen Ränkeschmiedin?' Lächelnd antwortete sie: ‚Sie ist es, in deren Freundschaft du jetzt ein Jahr und vier Monate verbracht hast – Allah der Erhabene vernichte sie und suche sie heim durch einen, der noch stärker ist als sie! Doch, bei Allah, es gibt niemanden, der listenreicher wäre als sie! Wie viele Männer hat sie schon vor dir getötet und wie viele Untaten hat sie schon vollbracht! Wie bist du denn ihren Händen entronnen, nachdem du so lange Zeit in Freundschaft mit ihr gelebt hast, ohne daß sie dich tötete oder dir ein Leids antat?' Als ich ihre Worte vernommen hatte, verwunderte ich mich gar sehr, und ich fragte sie: ‚O Herrin, wer hat dir denn von ihr berichtet?' Sie antwortete: ‚Ich kenne sie, wie das Schicksal seine Wechselfälle kennt. Aber jetzt wünsche ich, daß du mir alles erzählst, was dir bei ihr begegnet ist, auf daß ich auch erfahre, auf welche Weise du aus ihren Händen gerettet wurdest.' Also erzählte ich ihr alles, was ich mit jenem Mädchen und auch mit meiner Base 'Azîza erlebt hatte. Doch wie sie von 'Azîzas Tod hörte, rief sie: ‚Allah erbarme sich ihrer!' und Tränen entströmten ihren Augen, und sie schlug in Trauer ihre Hände aufeinander. Dann sprach sie: ‚In Aufopferung schwand ihre Jugend dahin. Möge Allah dir ihren Verlust in seiner Güte ersetzen! Wahrlich, 'Azîz, sie ist nun dahingegangen und war doch die Ursache deiner Rettung aus den Händen der Tochter der listigen Ränkeschmiedin! Wäre sie nicht gewesen, so wärest du umgekommen. Und auch jetzt noch bin ich um dich besorgt, wegen der List und der Bosheit der anderen. Aber meine Zunge versagt mir, und ich kann nicht mehr sprechen.' ‚Ja, bei Allah!' seufzte ich, ‚es ist alles so gekommen.' Sie aber schüttelte den Kopf und sprach: ‚Wie 'Azîza gibt es heute keine mehr!' Dann fügte ich hinzu: ‚Und bei ihrem Tode hat sie mir noch aufgetragen, jenem Mädchen nur diese beiden Worte zu sagen: Treue ist trefflich, Verrat ist häßlich.' Als sie das hörte, sprach sie zu mir: ‚Bei Allah, 'Azîz, diese beiden Worte sind es, die dich aus ihrer Gewalt und vor dem Tode durch ihre Hand gerettet haben. Jetzt ist mein Herz nicht mehr ihretwegen um dich besorgt; sie wird dich nicht mehr töten. Ja, deine Base war dein Schutzengel zu ihren Lebzeiten und nach ihrem Tode. Aber weißt du, bei Allah, ich habe Tag für Tag nach dir verlangt, doch ich konnte dich bis zu dieser Stunde nicht in meine

Gewalt bringen; erst jetzt hat die List, die ich gegen dich ersann, über dich Erfolg gehabt. Du bist ja noch unerfahren und kennst weder die Listen der jungen Frauen noch das Unheil der alten.' ‚Nein, bei Allah!' rief ich; und sie fuhr fort: ‚Sei getrost und gutes Muts! Wer tot ist, findet Erbarmen; und wer lebt, erfährt Güte. Du bist ein schöner Jüngling, und ich verlange nach dir nur gemäß dem Gesetze Allahs und seines Propheten – Er segne ihn und gebe ihm Heil! Was du nur immer wünschest an Geld und Gut, das soll dir bald zuteil werden; niemals werde ich dir irgendeine Ausgabe verursachen. Auch habe ich immer gebackenes Brot genug, und das Wasser ist im Krug. Ich will nichts von dir, als daß du mit mir tust, wie der Hahn tut.' ‚Was ist denn das, was der Hahn tut?' fragte ich. Da lachte sie, klatschte in die Hände und fiel vor lauter Lachen auf den Rücken. Dann richtete sie sich wieder auf und sagte lächelnd: ‚Du Licht meines Auges, kennst du denn nicht das Geschäft des Hahnes?' ‚Nein, bei Allah,' rief ich, ‚ich kenne das Geschäft des Hahnes nicht!' Da entgegnete sie: ‚Das Geschäft des Hahnes ist, daß er ißt und trinkt und tritt!' Wie sie das gesagt hatte, fragte ich in meiner Verlegenheit: ‚Ist dies das Geschäft des Hahnes?' ‚Jawohl,' erwiderte sie; ‚und ich verlange von dir jetzt nur das eine: gürte deine Lenden und stähle deinen Willen, und mögest du nach Kräften die eheliche Pflicht erfüllen!' Wiederum klatschte sie in die Hände und rief: ‚Mütterchen, bringe die, so bei dir sind!' Und siehe, da kam die Alte mit vier rechtmäßigen Zeugen und mit einem seidenen Tuch in der Hand. Darauf zündete sie die vier Kerzen an; und als die Zeugen eingetreten waren, mich begrüßt und sich gesetzt hatten, legte die Maid einen großen Schleier um und beauftragte einen von ihnen, den Ehevertrag aufzusetzen. Dann ward der Vertrag niedergeschrieben, und sie selbst bezeugte, daß sie die ganze Mitgift erhalten habe, die erste und die zweite, und daß ich Anspruch auf zehntausend Dirhems von ihrem Vermögen hätte.' – –«

Da bemerkte Schehrezâd, daß der Morgen begann, und sie hielt in der verstatteten Rede an. Doch als die *Hundertundvierundzwanzigste Nacht* anbrach, fuhr sie also fort: »Es ist mir berichtet worden, o glücklicher König, daß der Jüngling dem Tâdsch el-Mulûk des weiteren erzählte: ,Als der Ehevertrag niedergeschrieben ward, bezeugte sie selbst, daß sie die ganze Mitgift erhalten habe, die erste und die zweite, und daß ich Anspruch auf zehntausend Dirhems von ihrem Vermögen hätte. Darauf gab sie den Zeugen ihren Lohn, und die gingen dorthin, von wo sie gekommen waren. Nun legte die Maid ihre Gewänder ab und kam herbei in einem feinen Hemde, das mit golddurchwirkten Spitzen besetzt war. Weiter legte sie auch ihre Hosen ab, nahm mich bei der Hand und führte mich zu dem Lager, indem sie sprach: ,Im Erlaubten ist keine Sünde!' Und sie ließ sich auf dem Lager nieder, legte sich auf den Rücken und zog mich an ihre Brust. Dann seufzte sie tief, wand sich und zog das Hemd bis über ihre Brust hinauf. Doch als ich sie so daliegen sah, konnte ich mich nicht mehr halten, sondern umarmte sie unter heißen Küssen, während sie seufzte und verschämt die Augen schloß und weinte, ohne daß eine Träne floß. Und wie sie mir zuflüsterte: ,Geliebter, tu es!' erinnerte sie mich sofort an eines Dichters Wort:

Als ich das Gewand aufhob vom Dache ihres Leibes,
Fand ich, sie war so eng, wie mein Sinn und mein Geld bedrängt.
Das Werk begann ich; sie seufzte. Da fragte ich: ,Warum das?'
Sie sprach: ,Ich seufze danach, daß man das Ganze mir schenkt!'

Und weiter flüsterte sie: ,Geliebter, tu dein Bestes! Ach, ich bin deine Sklavin. Wohlan, tu es ganz! Bei meinem Leben, laß es mich mit der Hand bis in mein Inneres hineintun!' So ließ sie mich ohne Unterlaß kosende Worte und Stöhnen und Seufzen hören, indem sie dazwischen mich küßte und in die Arme nahm, bis unter Liebesgestammel unser Glück zur höchsten Vollendung kam. Dann schliefen wir bis zum Morgen. Da wollte ich fortgehen, aber siehe, sie trat mir lächelnd in den Weg mit den Worten: ,Oh! Oh! Meinst du, daß man das Badehaus ebenso verlassen kann, wie man es betritt?[1] Ich glaube fast, du denkst, ich sei wie die Tochter der listigen Ränkeschmiedin! Hüte dich vor solchen Gedanken! Du bist jetzt wirklich mein Gatte nach Ehevertrag und Gesetz. Wenn du trunken bist, so werde wieder nüchternen Verstandes; denn dies Haus, in dem du bist, öffnet sich nur alljährlich an einem einzigen Tage. Geh hin und schau dir das große Tor an!' Da ging ich zu dem großen Tore hin und fand es verriegelt und vernagelt; und ich kehrte zurück und tat ihr kund, was ich gesehen. Nun sprach sie zu mir: ,'Azîz, wir haben hier Mehl, Korn, Granatäpfel und andere Früchte, Zucker, Fleisch, Schafe, Hühner und andere Lebensmittel, die uns auf viele Jahre hin genügen. Von jetzt ab wird sich dies Tor erst wieder nach einem Jahre auftun; und ich weiß, daß du dich erst nach dieser Zeit außerhalb dieses Hauses sehen wirst.' Ich erwiderte nur: ,Es gibt keine Macht, und es gibt keine Majestät außer bei Allah!' ,Was quält dich denn?' fragte sie mich; ,du kennst ja nun das Geschäft des Hahnes, das ich dich gelehrt habe!' Darauf lächelte sie, und auch ich lächelte; und so fügte ich mich denn ihrem Befehle. Ich blieb bei ihr, indem ich die Pflicht des Hahnes tat, indem ich aß und trank und trat, bis ein volles Jahr von zwölf Monaten bei uns verstrichen war. Während dieser Zeit ward sie von mir schwanger, und ich wurde durch sie mit einem Kinde geseg-

1. Beim Verlassen des Badehauses wird bezahlt.

net. Doch am Neujahrstage hörte ich, wie das Tor sich öffnete; und siehe, da traten Männer herein mit Kuchen aus Mehl und Zucker. Rasch wollte ich hinausgehen, aber sie befahl mir: ‚Warte bis zur Abendzeit! Wie du hereingekommen bist, so sollst du auch wieder hinausgehen.' So wartete ich denn bis zur Abendzeit und wollte nun endlich hinausgehen, zitternd vor Angst. Aber siehe da, sie rief: ‚Bei Allah, ich laß dich nicht hinaus, es sei denn, du schwörest mir, daß du noch in dieser Nacht zurückkehrest, ehe das Tor geschlossen wird!' Das versprach ich ihr, und so ließ sie mich feierliche Eide schwören, bei dem Schwerte und bei dem Heiligen Buche und bei der Scheidung, daß ich zu ihr zurückkehren würde. Dann verließ ich sie und ging zu dem Garten meiner einstigen Freundin. Als ich den wie gewöhnlich offen fand, ward ich zornig und sprach bei mir: ‚Nun bin ich ein ganzes Jahr lang diesem Orte fern gewesen, und wie ich jetzt unvermutet hierherkomme, finde ich ihn offen wie gewöhnlich! Ist die Maid wohl noch da wie früher, oder nicht? Ich muß doch einmal hineingehen und nachsehen, ehe ich zu meiner Mutter gehe, zumal es jetzt gerade Abendzeit ist!' Ich ging also in den Garten hinein.' – –«

Da bemerkte Schehrezâd, daß der Morgen begann, und sie hielt in der verstatteten Rede an. Doch als die *Hundertundfünfundzwanzigste Nacht* anbrach, fuhr sie also fort: »Es ist mir berichtet worden, o glücklicher König, daß 'Azîz dem Tâdsch el-Mulûk des weiteren erzählte: ‚Ich ging also in den Garten hinein und schritt weiter, bis ich zu der Laube kam. Dort fand ich die Tochter der listigen Ränkeschmiedin sitzen, den Kopf über die Kniee gebeugt und die Wange in die Hand geschmiegt; ihre Farbe war fahl, und ihre Augen waren eingesunken. Sowie sie mich erblickte, rief sie: ‚Preis sei Allah für deine glückliche Wiederkehr!' Und sie wollte sich erheben; aber sie sank vor

Freuden wieder zu Boden. Beschämt senkte ich mein Haupt vor ihr; dann trat ich auf sie zu, küßte sie und fragte sie: ‚Wie wußtest du, daß ich in dieser Nacht zu dir kommen würde?' ‚Ich wußte es nicht,' antwortete sie, ‚bei Allah, ich habe ein ganzes Jahr lang den Schlaf nicht gekannt noch seine Süßigkeit gekostet, sondern jede Nacht gewacht, um auf dich zu warten. So steht es um mich seit dem Tage, da du mich verließest und ich dir das Gewand aus neuem Linnen gab, und da du mir versprachest, nur ins Badehaus zu gehen und dann wiederzukommen! Ich saß da, um auf dich zu warten, die erste Nacht, die zweite Nacht, die dritte Nacht und so fort, bis du endlich nach dieser langen Zeit zu mir gekommen bist, während derer ich immer nur auf deine Wiederkehr harrte. So ergeht es den Liebenden. Jetzt bitte ich dich, erzähle mir, warum du dies ganze Jahr lang mir fern geblieben bist!' Da erzählte ich es ihr. Doch als sie vernahm, daß ich vermählt war, erblich sie. Ich fuhr dann fort: ‚Siehe, ich bin heute nacht zu dir gekommen, aber ich muß noch vor Tagesanbruch wieder scheiden.' Da rief sie: ‚Ist es ihr nicht genug, daß sie sich durch eine List mit dir vermählt und dich ein ganzes Jahr bei sich gefangen gehalten hat? Mußte sie dir auch noch den Eid bei der Scheidung schwören lassen, daß du noch in dieser Nacht vor Tagesanbruch zu ihr zurückkehren würdest? Mußte sie dich auch noch hindern, dich mit deiner Mutter oder mit mir in Ruhe zu unterhalten? War es denn so schwer für sie, daß du eine einzige ganze Nacht fern von ihr bei einer von uns bleiben solltest? Wie steht es denn um die, von der du ein ganzes Jahr fern gewesen bist und die dich eher gekannt hat als sie? Doch Allah erbarme sich deiner Base 'Azîza! Ihr widerfuhr, was noch niemandem widerfahren ist, und sie ertrug, was noch niemand ertragen hat! Sie ist gestorben, da du so grausam an ihr handeltest; und doch war sie es, die dich vor mir schützte. Ich glaubte damals, du liebtest mich, und so ließ ich dich deines Weges gehen, obgleich ich imstande war, dich nicht heil und gesund fortgehen zu lassen, und dich hätte gefangen halten und verderben können!' Dann weinte sie heftig und ward zornig; ihre Haare sträubten sich vor meinem Angesicht, und sie blickte mich mit grimmigen Augen an. Als ich sie in solcher Verfassung sah, erbebte ich aus Furcht vor ihr; denn sie glich einem drohenden Dämone, ich aber einer Bohne über dem Feuer. Darauf sprach sie zu mir: ,Du bist jetzt zu nichts mehr nütze, seit du vermählt bist und ein Kind hast. Du taugst jetzt nicht mehr für meine Gesellschaft; denn nur ein Junggeselle paßt für mich, während der Ehemann mir nichts nützt. Du hast mich zwar für jenen Haufen Dreck verkauft, aber, bei Allah, ich werde der Metze schon um deinetwillen Herzeleid bereiten; du sollst weder mir noch ihr erhalten bleiben!' Dann stieß sie einen lauten Schrei aus, und ehe ich mich dessen versah, kamen zehn Sklavinnen und warfen mich zu Boden. Während ich nun unter deren Händen dalag, ging sie hin, holte ein Messer und rief: ,Fürwahr, ich werde dich schlachten wie einen Ziegenbock. Und das ist noch nicht Strafe genug für das, was du an mir und vorher an deiner Base getan hast!' Wie ich mich so in der Gewalt der Sklavinnen am Boden erblickte, mein Gesicht von Staub beschmutzt, und wie ich sie das Messer wetzen sah, war ich des Todes gewiß.' – –«

Da bemerkte Schehrezâd, daß der Morgen begann, und sie hielt in der verstatteten Rede an. Doch als die *Hundertundsechsundzwanzigste Nacht* anbrach, fuhr sie also fort: »Es ist mir berichtet worden, o glücklicher König, daß der Wesir Dandân zu Dau el-Makân sprach: ,Darauf erzählte der junge 'Azîz dem Tâdsch el-Mulûk des weiteren: ,Wie ich mich so in der Gewalt der Sklavinnen am Boden erblickte, mein Gesicht von

Staub beschmutzt, und wie ich sie das Messer wetzen sah, war ich des Todes gewiß, und da flehte ich sie um Gnade an. Aber sie ward nur noch hartherziger und befahl den Sklavinnen, mir die Hände zu fesseln. Die taten es, warfen mich dann ausgestreckt auf den Rücken, setzten sich auf meinen Leib und packten meinen Kopf; zwei Sklavinnen aber setzten sich auf meine Fußknöchel, und zwei andere packten mich bei den Händen. Schließlich kam sie mit zwei Sklavinnen herbei; denen befahl sie, mich zu schlagen. Da schlugen die beiden mich so lange, bis ich in Ohnmacht fiel und mir die Stimme versagte. Als ich wieder zu mir kam, sprach ich bei mir selber: ,Wenn ich sofort mit dem Schlachtmesser getötet wäre, wäre es besser und leichter für mich gewesen, als so geschlagen zu werden!' Dabei mußte ich an die Worte meiner Base denken, die sie mir zu sagen pflegte: ,Möge Allah dich vor ihrer Bosheit beschützen!' Und ich schrie auf und weinte, bis mir die Stimme versagte und ich weder einen Laut hervorbringen noch atmen konnte. Dann wetzte sie das Messer von neuem und sprach zu den Sklavinnen: ,Deckt ihn auf!' Aber da gab mir der Herr ein, die beiden Worte zu sprechen, die meine Base mir gesagt und ans Herz gelegt hatte. So sprach ich denn: ,O Herrin, weißt du nicht: Treue ist trefflich, Verrat ist häßlich?' Als sie das hörte, schrie sie auf und rief: ,Allah erbarme sich deiner, o 'Azîza! Allah gebe ihr das Paradies für ihre verlorene Jugend! Ja, sie ist es, die dir zu ihren Lebzeiten und nach ihrem Dahinscheiden gedient hat, die dich durch diese beiden Worte aus meiner Gewalt befreit hat. Aber ich kann dich jetzt nicht so davonlassen, nein, ich muß an dir eine Spur hinterlassen, zum Schmerze für jene schamlose Metze, die dich von mir ferngehalten hat.' Dann rief sie den Sklavinnen zu und befahl ihnen, meine Füße mit einem Seil festzubinden. Weiter befahl sie: ,Setzt euch wieder auf ihn!' und sie taten es. Darauf ging sie von mir fort, holte eine kupferne Pfanne, hängte sie über dem brennenden Kohlenbecken auf, goß Sesamöl hinein und briet Käse darin, während ich wie von Sinnen dalag. Danach trat sie wieder auf mich zu, löste mir die Hosen und band einen Strick um meine Hoden; die Enden des Stricks nahm sie in die Hand, reichte sie zwei Sklavinnen und befahl ihnen, daran zu ziehen. Als die das taten, sank ich wieder in Ohnmacht, und vor Übermaß der Schmerzen war es mir, als versänke ich in eine andere Welt. Nun trat sie mit einem scharfen Rasiermesser an mich heran und schnitt mir das Glied ab, so daß ich nunmehr wie ein Weib war. Dann brannte sie mir die Wunde mit dem siedenden Öl aus und rieb sie mit einem Pulver ein, während ich in Ohnmacht dalag. Als ich aber wieder zu mir kam, war das Blut bereits gestillt. Da befahl sie den Sklavinnen, mich loszubinden, und sie gab mir einen Becher Wein zu trinken. Und dann sprach sie zu mir: ‚Nun geh hin zu ihr, mit der du dich vermählt hast, zu ihr, die dich mir nicht einmal eine einzige Nacht gönnte! Möge Allah sich deiner Base erbarmen, die dich gerettet und die ihr Geheimnis nie offenbart hat! Ja, hättest du mich nicht ihre beiden Worte hören lassen, so hätte ich dich getötet. Geh in diesem Augenblick fort, zu wem du willst! Ich wollte von dir nur das, was ich dir abgeschnitten habe; jetzt brauche ich nichts mehr von dir. Ich habe auch keinerlei Verlangen mehr nach dir. Auf denn, lege deine Hand auf deinen Kopf und flehe zu Allah um Erbarmen für deine Base!' Darauf gab sie mir einen Tritt mit ihrem Fuße. So erhob ich mich, und kaum imstande zu gehen, wankte ich ganz langsam dahin, bis ich zu unserer Haustür kam. Die fand ich offen; und da warf ich mich fassungslos ins Haus. Nun kam meine Gattin herbei und trug mich in die Halle hinein; da entdeckte sie, daß ich einem Weibe gleich geworden war. Ich aber versank in einen tiefen Schlaf. Als ich dann wieder aufwachte, fand ich mich beim Gartentor liegen.' – –«

Da bemerkte Schehrezâd, daß der Morgen begann, und sie hielt in der verstatteten Rede an. Doch als die *Hundertundsiebenundzwanzigste Nacht* anbrach, fuhr sie also fort: »Es ist mir berichtet worden, o glücklicher König, daß der Wesir Dandân vor König Dau el-Makân seine Geschichte in dieser Weise fortführte: ‚Darauf erzählte der junge 'Azîz dem Tâdsch el-Mulûk des weiteren: ‚Als ich dann wieder aufwachte, fand ich mich beim Gartentor liegen. Da erhob ich mich, seufzend und von Schmerzen gepeinigt, und begab mich zu meinem Elternhause. Nachdem ich dort eingetreten war, sah ich meine Mutter, wie sie um mich weinte und klagte: ‚Ach, wer weiß, in welchem Lande du weilst, mein Sohn!' Ich ging auf sie zu und warf mich ihr entgegen. Doch als sie mich sah und mich genau anblickte, erkannte sie, daß ich krank war; denn mein Gesicht war bleich und gelb. Nun dachte ich wieder an meine Base und an all das Gute, das sie mir erwiesen hatte, und nur zu spät sah ich ein, daß sie mich wahrhaft geliebt hatte. Und wie ich um sie weinte, weinte auch meine Mutter. Dann sprach sie zu mir: ‚Mein Sohn, wisse, dein Vater ist gestorben!' Da ward ich noch heftiger erregt, und ich weinte, bis ich in Ohnmacht sank. Als ich wieder zu mir kam, fiel mein Blick auf die Stätte, an der meine Base zu sitzen pflegte. Von neuem mußte ich weinen, und fast wäre ich im Übermaße meiner Tränen wieder in Ohnmacht gesunken. Und so weinte und klagte ich ohn Unterlaß bis Mitternacht. Da sprach meine Mutter zu mir: ‚Wisse, dein Vater ist vor zehn Tagen gestorben!' ‚Ach,' rief ich, ‚ich werde nie mehr an jemand anders denken können als an meine Base. Ja, ich verdiene all das, was mir widerfahren ist; denn ich habe ihrer nicht geachtet, während sie mich so treu liebte!' ,Was ist dir denn widerfahren?' fragte meine Mutter. Da erzählte ich ihr, was ich erlebt hatte. Eine Weile weinte sie still; doch dann ging sie hin und brachte mir etwas Speise und Trank. Ich aß und trank ein wenig; darauf wiederholte ich ihr meine Geschichte und tat ihr alles kund, was über mich hereingebrochen war. ,Preis sei Allah,' rief sie, ,daß dir nur dies widerfahren ist und daß sie dich nicht getötet hat!' Dann hegte und pflegte sie mich, bis ich gesund wurde; und als meine Genesung vollkommen war, sprach sie zu mir: ,Mein Sohn, jetzt will ich dir holen, was deine Base mir für dich anvertraut hat; denn es gehört dir, und sie hat mich schwören lassen, es dir nicht eher zu geben, als bis ich sähe, daß du ihrer gedächtest und um sie weintest und deine Verbindung mit der anderen gelöst hättest. Jetzt sehe ich, daß diese Bedingungen bei dir erfüllt sind.' Nun ging sie hin, öffnete eine Truhe und nahm daraus dies Stück Linnen, auf dem diese Gazellen abgebildet sind und das ich ihr einst gegeben hatte. Als ich es nahm, fand ich darin ein Blatt mit diesen Versen:

O Herrin der Schönheit, wer hat zur Härte dich verleitet,
Zum Tode für den, dessen Herz in Liebe zu dir zerbricht?
Wenn du auch meiner nicht mehr gedenkst, seit wir uns trennten,
So ist doch Gott mein Zeuge: ich vergesse dich nicht!
Du quältest mich zu Unrecht; und süß ist das mir dennoch.
Gewähre mir nur einmal die Huld, daß ich dich seh!
Erst jetzt kann ich begreifen, daß Liebe Schmerzen bringet
Und Seelenqualen, seit ich in Sehnsucht nach dir vergeh.
Ja, heftige Leidenschaft entflammte mein Herz, und ich schmachte,
In Liebesbanden gefangen durch deiner Augen Strahl.
Der Tadler selbst hatte Mitleid mit mir in meiner Liebe
Und klagte; doch du, o Hind[1], klagst nicht um meine Qual.
Bei Gott, müßt ich sterben, ich bliebe dir treu, du mein Augenlicht.
Ja, wenn ich vor Sehnsucht zerfließe, ich vergesse dich nicht.

1. Ein altarabischer Mädchenname.

Als ich diese Verse las, weinte ich heftig und schlug mir ins Gesicht. Dann faltete ich das Blatt auseinander und fand darin ein zweites verborgen. Als ich auch das öffnete, siehe, da stand auf ihm geschrieben: ‚Wisse, mein lieber Vetter, ich spreche dich frei von meinem Blut, und ich bete zu Allah, daß er dich mit der, die du liebst, einträchtiglich vereine. Doch wenn dir etwas Böses widerfährt von der Tochter der listigen Ränkeschmiedin, so kehre nicht zu ihr zurück; geh weder zu ihr noch zu einer anderen, sondern ertrage dein Leid! Wäre dir nicht eine lange Lebenszeit bestimmt, so wärest du längst zu Tode gekommen. Aber Preis sei Allah, der meinen Todestag dem deinen vorausgehen ließ! Nun grüße ich dich zum letzten Male. Hab acht auf dies Tuch mit dem Bilde der Gazellen und trenne dich nie von ihm; denn es war mein trauter Gefährte, wenn du mir fern warst!' – –«

Da bemerkte Schehrezâd, daß der Morgen begann, und sie hielt in der verstatteten Rede an. Doch als die *Hundertundachtundzwanzigste Nacht* anbrach, fuhr sie also fort: »Es ist mir berichtet worden, o glücklicher König, daß der Wesir Dandân vor König Dau el-Makân seine Geschichte in dieser Weise fortführte: ‚Darauf erzählte der junge 'Azîz dem Tâdsch el-Mulûk des weiteren: ‚Ich las, was meine Base für mich geschrieben und mir ans Herz gelegt hatte, und ihre Worte lauteten: ‚Hab acht auf dies Tuch mit den Gazellen und trenne dich nie von ihm; denn es war mein trauter Gefährte, wenn du mir fern warst! Ich beschwöre dich bei Gott, wenn das Schicksal dich mit der zusammenführt, die diese Gazellen gestickt hat, so bleib ihr fern, laß sie dir nicht nahe kommen, vermähle dich nicht mit ihr! Wenn es aber nicht geschieht, daß das Schicksal dich mit ihr zusammenführt, und wenn du den Weg zu ihr nicht findest, so nahe dich dann nie mehr einer aus dem Geschlechte der Frauen. Wisse, sie, die diese Gazellen gestickt hat, stickt ein solches Gazellenpaar alljährlich und schickt es in die fernsten Länder, damit ihr Ruf und ihre schöne Kunst, in der ihr kein Mensch gleichkommt, überall bekannt werde. Deiner Geliebten aber, der Tochter der listigen Ränkeschmiedin, kam dies Gazellentuch zu Händen, und sie pflegte damit den Menschen vor Augen zu treten und es ihnen zu zeigen, indem sie sprach: ‚Ich habe eine Schwester, die solches stickt.' Aber sie log mit ihren Worten – Allah zerreiße ihren Schleier! Und dies ist nun mein letztes Vermächtnis an dich, das ich dir vermache, weil ich weiß, daß nach meinem Tode die Welt dir zu eng werden wird; vielleicht wirst du deshalb in die Fremde ziehen und auf der Erde umherschweifen, und wenn du dann von der Künstlerin dieses Bildes hörst und dich danach sehnst, sie kennen zu lernen, so wirst du an mich denken; aber es wird dir nichts nützen, ja, meinen wahren Wert wirst du erst nach meinem Tode erkennen. Wisse denn, die Maid, die diese Gazellen gestickt hat, ist die Tochter des Königs der Kampferinseln, und sie ist eine edle Herrscherin.' Als ich dies Blatt gelesen und seinen Inhalt verstanden hatte, da weinte ich, und meine Mutter weinte mit mir. Immer mußte ich das Blatt ansehen und weinen, bis die Nacht anbrach. Und dabei blieb ich ein ganzes Jahr lang. Dann, im folgenden Jahre, rüsteten diese Kaufleute aus meiner Vaterstadt sich zur Reise, diese Kaufleute da, in deren Karawane ich mich befinde. Da riet meine Mutter mir, ich solle mich auch ausrüsten und mit ihnen reisen, da ich mich so vielleicht trösten und meine Trauer vergessen könnte; sie sprach zu mir: ‚Sei fröhlich und laß von dieser Trauer ab; zieh in die Ferne, ein Jahr lang oder zwei oder gar drei, bis die Karawane heimkehrt! Vielleicht wird dein Herz sich freuen und dein Kummer sich zerstreuen.' Mit solchen Worten sprach sie mir immer freundlich zu, bis ich meine Waren zurüstete und mit ihnen fortreiste. Doch meine Tränen sind während der ganzen Reise bisher nie getrocknet; jedesmal, wenn wir Rast machen, entfalte ich dies Tuch und schaue darauf diese Gazellen an, und dann denke ich an meine Base und weine um sie, wie du es eben gesehen hast. Ach, sie hat mich ja so innig geliebt; sie ist gestorben, da ich so grausam an ihr handelte. Ich habe ihr nur Böses getan, doch sie hat mir nur Gutes getan. Wenn diese Kaufleute nun von ihrer Reise heimkehren, so will auch ich mit ihnen nach Hause ziehen; denn dann bin ich ein volles Jahr in der Fremde gewesen. Aber meine Trauer hat nur noch zugenommen, und Kummer und Trübsal sind nicht von mir gewichen. Freilich bin ich zu den Kampferinseln mit dem Kristallschlosse gekommen. Das sind sieben Inseln, und über sie herrscht ein König namens Schehrimân. Der hat eine Tochter, Dunja genannt; und es ward mir gesagt, daß sie es ist, die die Gazellen stickt. Auch diese Gazellen da vor dir sind ein Zeichen ihrer Kunst. Als ich das damals hörte, da nahm meine Sehnsucht immer noch zu, und ich versank im Meere der Gedanken, die ließen mir keine Ruh. Auch beweinte ich mein Unglück, daß ich wie ein Weib geworden war, keine Kraft mehr hatte und das nicht mehr besaß, was zum Manne gehört. Seit dem Tage, an dem ich die Kampferinseln verließ, weint mein Auge und trauert mein Herz. So lange schon bin ich in diesem Elend, und ich weiß auch gar nicht, ob es mir möglich sein wird, in meine Heimat zurückzukehren und bei meiner Mutter zu sterben oder nicht. Ach, ich bin der Welt überdrüssig geworden!'

Dann weinte der junge Kaufmann von neuem, und seufzend und klagend blickte er auf das Bild der Gazellen; die Tränen rannen in Strömen auf seine Wangen, und er sprach diese beiden Verse:

Wie mancher sagte zu mir: ‚Die Freude muß doch kommen!'
Ich drauf: ‚Wie oft beim Kummer heißt es: die Freude muß kommen!'
‚Nach einer Weile!' sprach er; ich sagte: ‚Es nimmt mich wunder;
Wer bürgt mir für mein Leben? O du, dessen Gründe nichts frommen!'

Und ferner sprach er:

Gott weiß es ja, ich habe, seitdem du von mir schiedest,
So lange geweint, bis daß ich mir die Tränen lieh!
Da sprach zu mir mein Tadler: ‚Geduld! du wirst sie gewinnen.'
Ich rief: ‚O der du mich tadelst, Geduld – wie find ich die?'

Dies ist, o König, meine Geschichte! Hast du je eine seltsamere als sie gehört?'

Da war Tâdsch el-Mulûk aufs höchste erstaunt, und während er der Erzählung des jungen Kaufmanns zugehört hatte, ward in seinem Herzen Liebesfeuer entzündet durch den Bericht von der Anmut der Herrin Dunja.' – –«

Da bemerkte Schehrezâd, daß der Morgen begann, und sie hielt in der verstatteten Rede an. Doch als die *Hundertundneunundzwanzigste Nacht* anbrach, fuhr sie also fort: »Es ist mir berichtet worden, o glücklicher König, daß der Wesir Dandân vor Dau el-Makân weiter erzählte: ‚Als Tâdsch el-Mulûk die Geschichte des jungen Kaufmanns gehört hatte, war er aufs höchste erstaunt, und Liebesfeuer ward in seinem Herzen entzündet, wie er von der Anmut der Herrin Dunja vernahm und wußte, daß sie es war, die das Gazellenpaar gestickt hatte; und seine leidenschaftliche Sehnsucht ward immer heftiger. Zu dem jungen Kaufmann aber sprach er: ‚Bei Allah, dir ist widerfahren, desgleichen noch nie einem anderen Menschen widerfahren ist. Doch dir ist eine Lebensdauer bestimmt, die du erfüllen mußt. Nun möchte ich dich noch nach etwas fragen!' Als 'Azîz erwiderte: ‚Was ist das?' fuhr jener fort: ‚Erzähle mir, wie du jene Dame zu sehen bekamst, die dies Gazellenpaar gestickt hat!'

‚O mein Gebieter,' antwortete 'Azîz, ‚ich fand durch eine List Zutritt zu ihr, und zwar auf diese Weise. Als ich mit der Karawane in ihre Stadt gekommen war, ging ich aus und wanderte dort in den Gärten umher, die voll von hohen Bäumen waren. Der Wächter jener Gärten aber war ein alter, hochbetagter Mann. Den fragte ich: ‚Alterchen, wem gehört dieser Garten hier?' Er antwortete mir: ‚Er gehört der Prinzessin, der Herrin Dunja. Und wir stehen hier unten bei ihrem Palaste. Wenn sie sich ergehen will, so öffnet sie die geheime Pforte, wandelt im Garten umher und erfreut sich am Dufte der Blumen.' Darauf bat ich ihn: ‚Erweise mir die Gunst und laß mich in diesem Garten sitzen, bis sie kommt und an mir vorbeigeht; vielleicht habe ich dann das Glück, einen Blick von ihr zu erhaschen!' Der Alte erwiderte: ‚Darin liegt nichts Böses'; und nachdem er so gesprochen, gab ich ihm ein paar Dirhems mit den Worten: ‚Kaufe uns etwas zu essen!' Erfreut nahm er das Geld, machte das Gartentor auf und führte mich mit sich hinein; dort gingen wir immer weiter, bis wir an eine liebliche Stätte kamen, wo er mir sagte: ‚Bleib hier sitzen, bis ich wieder zu dir zurückkehre!' Vorher aber hatte er mir ein wenig Obst gegeben. Nun verließ er mich und blieb eine Weile fort; als er zurückkam, hatte er ein geröstetes Lamm bei sich, und von dem aßen wir, bis wir satt waren. Bei alledem jedoch sehnte mein Herz sich nach dem Anblick der Dame. Während wir beide so dasaßen, tat sich plötzlich die Tür auf, und der Alte sagte zu mir: ‚Auf, verbirg dich!' Als ich das getan hatte, siehe, da steckte ein schwarzer Eunuch seinen Kopf aus der Tür und rief: ‚Alter, ist jemand bei dir?' ‚Nein!' erwiderte der; da fuhr der Eunuch fort: ‚Schließ das Gartentor zu!' Und wie nun der Alte das Gartentor verriegelt hatte, siehe, da trat die Herrin Dunja aus der geheimen Pforte hervor. Bei ihrem Anblicke vermeinte ich, der Mond sei am Horizonte aufgegangen und erstrahle hell. Eine ganze Stunde war ich in ihren Anblick versunken, und ich verlangte nach ihr, wie der Durstige nach frischem Wasser verlangt. Als aber die Stunde vorüber war, verschwand sie wieder, nachdem sie die Pforte verschlossen hatte. Da ging auch ich aus dem Garten hinaus und suchte meine Herberge auf, wohl wissend, daß ich nie zu ihr gelangen würde und daß ich auch nicht ein Mann für sie war, zumal ich wie ein Weib geworden war und das nicht mehr besaß, was zum Manne gehört; auch war sie ja eine Königstochter, ich aber nur ein Kaufmann. Wie sollte ich also mit ihresgleichen oder mit irgendeiner anderen Maid vereint werden können? Als dann meine Gefährten dort sich zum Aufbruch rüsteten, machte ich mich gleichfalls reisefertig und zog mit ihnen fort; ihr Ziel war diese Stadt, und so gelangten wir schließlich an diese Stätte und trafen mit dir zusammen. Du hast mich befragt, und ich habe dir berichtet. Dies ist die Geschichte von dem, was mir widerfahren ist – und damit Gott befohlen!'

Als Tâdsch el-Mulûk jenen Bericht gehört hatte, wurden sein Sinn und seine Gedanken ganz von der Liebe zu der Herrin Dunja gefangen genommen, und er wußte nicht, was er tun sollte. Doch er erhob sich, bestieg sein edles Roß, nahm den 'Azîz mit sich und kehrte mit ihm zu der Stadt seines Vaters zurück. Dort bestimmte er für 'Azîz ein eigenes Haus und versorgte ihn darin mit allem, dessen er an Speise und Trank und Kleidung bedurfte. Dann verließ er ihn und begab sich zu seinem Schlosse, während die Tränen ihm auf die Wangen herniederrannen; denn oft kann das Hören den gleichen Eindruck wie Sehen und Begegnen gewähren. Und in dieser Verfassung blieb Tâdsch el-Mulûk immerdar, bis einmal sein Vater zu ihm eintrat und sah, daß seine Farbe erblichen, sein Leib abgezehrt und seine Augen voll Tränen waren; da wußte er, daß sein Sohn in Kummer war wegen etwas, das über ihn gekommen sein mußte, und so fragte er ihn denn: ‚Lieber Sohn, tu mir dein Leid kund; sag mir, was ist dir widerfahren, so daß deine Farbe erblichen und dein Leib abgezehrt ist?' Nun erzählte er ihm alles, was er erlebt hatte, was er von der Geschichte des 'Azîz und von dem Berichte über die Herrin Dunja gehört hatte, und ferner, daß er sie liebe, nur weil er von ihr gehört habe, ohne sie von Angesicht gesehen zu haben. Doch sein Vater sprach zu ihm: ‚Lieber Sohn, siehe, sie ist die Tochter eines Königs, dessen Land fern von dem unseren ist. Deshalb laß ab davon und geh in den Palast deiner Mutter!' – –«

Da bemerkte Schehrezâd, daß der Morgen begann, und sie hielt in der verstatteten Rede an. Doch als die *Hundertunddreißigste Nacht* anbrach, fuhr sie also fort: »Es ist mir berichtet worden, o glücklicher König, daß der Wesir Dandân vor Dau el-Makân des weiteren erzählte: ‚Der Vater des Tâdsch el-Mulûk sprach zu ihm: ‚Lieber Sohn, siehe, ihr Vater ist ein König, dessen Land fern von dem unseren ist. Deshalb laß ab davon und geh in den Palast deiner Mutter! Dort sind fünfhundert Mädchen, Monden gleich; und welche nur immer von ihnen dir gefällt, die nimm. Oder wir wollen für dich um eine Königstochter werben, die noch schöner ist als die Herrin Dunja.' Allein Tâdsch el-Mulûk erwiderte: ‚Lieber Vater, ich will niemals eine andere als sie, die Künstlerin der Gazellen, die ich gesehen habe; ich muß sie gewinnen, sonst werde ich in den Wüsten und Einöden umherirren und um ihretwillen den Tod suchen.' Da sprach sein Vater zu ihm: ‚Gib mir eine kurze Frist, bis ich zu ihrem Vater sende und um sie bei ihm werbe und dich an dein Ziel gelangen lasse, wie ich es selbst bei deiner Mutter erreicht habe. Vielleicht wird Allah dir zu deinem Wunsche verhelfen. Wenn aber ihr Vater nicht einwilligt, so werde ich ihm sein Land erschüttern durch ein Heer, dessen Nachhut noch hier bei mir ist, während der Vortrab schon bei ihm steht.' Dann ließ er den jungen 'Azîz rufen und sprach zu ihm: ‚Mein Sohn, kennst du den Weg zu den Kampferinseln?' Als der die Frage bejahte, fuhr der König fort: ‚Ich wünsche, daß du mit meinem Wesir dorthin reisest.' 'Azîz erwiderte: ‚Ich höre und gehorche, o größter König unserer Zeit!' Nun ließ der König seinen Wesir kommen und sprach zu ihm: ‚Ersinne mir einen Plan für die Sache meines Sohnes, einen Plan, der das Rechte trifft. Zieh hin zu den Kampferinseln und wirb um die Tochter ihres Königs für meinen Sohn!' Der Wesir beteuerte seinen Gehorsam; Tâdsch el-Mulûk aber kehrte zu seinem Hause zurück, von übergroßer Leidenschaft krank, und die Zeit erschien ihm endlos lang. Und als die Nacht ihn mit ihrem Dunkel umfing, begann er zu weinen und zu seufzen und zu klagen, und er sprach diese Verse:

> *Schwarz fällt die Nacht, und meine Tränen rinnen wieder,*
> *Da Liebe in meinem Innern wie heißes Feuer loht.*
> *Fraget die Nächte nach mir, sie werden euch erzählen,*
> *Daß ich nichts anderes kenne als Sorge und bittere Not.*
> *Ich sehe in meinem Kummer des Nachts, wie die Sterne sinken;*
> *Gleich Hagelkörnern fallen die Tränen auf mein Gesicht.*
> *So lieg ich einsam da und habe keinen Helfer,*
> *Gleichwie ein Liebender, dem es an Volk und Freunden gebricht.*

Als er die Verse zu Ende gesprochen hatte, sank er auf lange Zeit in Ohnmacht; und erst als es Morgen ward, kam er wieder zu sich. Da kam der Kammerdiener seines Vaters herein, trat ihm zu Häupten und entbot ihn zum König. So ging er denn mit dem Diener. Als aber sein Vater ihn erblickte und sein bleiches Antlitz sah, ermahnte er ihn zur Geduld und versprach ihm, er werde ihn mit der geliebten Prinzessin vereinigen. Dann rüstete er 'Azîz und den Wesir aus und gab ihnen die königlichen Geschenke mit. Jene reisten nun Tag und Nacht, bis sie in der Nähe der Kampferinseln ankamen; dort machten sie halt am Ufer eines Flusses, und der Wesir entsandte einen Boten an den König, um ihm ihre Ankunft zu melden. Der Bote ging, und kaum war eine Stunde verflossen, da kamen auch schon der Kammerherr und die Wesire des Königs ihnen entgegen. Eine Parasange weit von der Hauptstadt entfernt trafen sie mit den fremden Gästen zusammen, begrüßten sie und gaben ihnen das Ehrengeleit, bis sie mit ihnen vor den König traten. Da brachten die Fremden ihm die Geschenke dar und verblieben drei Tage als seine Gäste. Am vierten Tage aber machte der Wesir sich auf, ging zum König, trat vor ihn hin und berichtete ihm, weswegen er gekommen war. Der König wußte nicht, was er ihm antworten sollte; denn seine Tochter liebte die Männer nicht und verlangte nicht nach der Ehe. So senkte er denn eine Weile sein Haupt, dann hob er es wieder, rief einen der Eunuchen und sprach zu ihm: ‚Geh zu deiner Herrin Dunja und wiederhole ihr, was du gehört hast und weswegen dieser Wesir gekommen ist!' Der Eunuch ging dahin, und nachdem er eine Weile fortgeblieben war, kehrte er zum König zurück und berichtete ihm: ‚O größter König unserer Zeit, siehe, als ich zu der Herrin Dunja eingetreten war und ihr meinen Auftrag kundgetan hatte, da ward sie sehr zornig, kam mit einem Stock auf mich zu und wollte mir den Kopf entzweischlagen. Rasch wich ich vor ihr zurück; sie aber rief: ‚Wenn mein Vater mich zur Ehe zwingt, so werde ich den töten, mit dem ich vermählt werde!' Da sprach ihr Vater zu dem Wesir und zu 'Azîz: ‚Ihr habt es beide gehört, und nun wißt ihr es. Berichtet es dem König und überbringt ihm meinen Gruß! Sagt ihm, meine Tochter liebe die Männer nicht und verlange nicht nach der Ehe.'‘ – –«

Da bemerkte Schehrezâd, daß der Morgen begann, und sie hielt in der verstatteten Rede an. Doch als die *Hundertundeinunddreißigste Nacht* anbrach, fuhr sie also fort: »Es ist mir berichtet worden, o glücklicher König, daß der König Schehrimân zum Wesir und zu 'Azîz sprach: ‚Überbringt dem König meinen Gruß! Und berichtet ihm, wie ihr gehört habt, daß meine Tochter nicht nach der Ehe verlangt!' So kehrten sie unverrichteter Sache um und zogen dahin, bis sie wieder vor ihren König traten. Als sie ihm berichteten, was geschehen war, befahl er sofort den Hauptleuten, die Heere zusammenzurufen, auf daß sie zu Krieg und Feldzug auszögen. Der Wesir aber sprach zu ihm: ‚O Herr König, geruhe, das nicht zu tun! Jenen König trifft keine Schuld. Denn als seine Tochter von dem Antrage erfuhr, schickte sie eine Botschaft des Inhalts: ‚Wenn mein Vater mich zur Ehe zwingt, so werde ich den töten, mit dem ich vermählt werde, und danach werde ich mir selbst den Tod geben.' Die Weigerung kommt also nur von ihr.' Als der König die Worte des Ministers vernahm, war er um Tâdsch el-Mulûk besorgt und sagte sich: ‚Wenn ich gegen ihren Vater zu Felde ziehe und dann auch die Prinzessin in meine Gewalt bringe, sie aber sich den Tod gibt, so nützt mir das nichts.'

Dann tat der König seinem Sohne Tâdsch el-Mulûk kund, wie es stand; und wie der es gehört hatte, sprach er zu seinem Vater: ‚Lieber Vater, ich kann das Leben ohne sie nicht ertragen! Ich will zu ihr gehen, ich will durch eine List versuchen, mit ihr vereint zu werden, sollte ich auch dabei den Tod finden. Nichts anderes als dies will ich tun!' ‚Wie willst du denn zu ihr gehen?' fragte sein Vater; und er antwortete: ‚Ich will in der Verkleidung eines Kaufmanns gehen.' Darauf sagte der König: ‚Wenn du denn durchaus gehen mußt, so nimm den

Wesir und 'Azîz mit dir!' Dann ließ er ihm Geld aus seinem Schatzhause holen und beschaffte ihm Waren für hunderttausend Dinare; und er verabredete den Plan mit 'Azîz und dem Wesir. Doch als es Nacht wurde, ging Tâdsch el-Mulûk mit 'Azîz in dessen Wohnung; dort blieben die beiden jene Nacht über. Tâdsch el-Mulûk aber hatte das Herz voll Wunden; Speise und Schlaf wollten ihm nicht munden; ja, trübe Gedanken stürmten auf ihn ein, und die Sehnsucht nach der Geliebten rüttelte ihn auf, und er bat den Schöpfer flehentlich: ‚Gewähre mir die Vereinigung gnädiglich!' Und er weinte und seufzte und klagte und sprach die Verse:

> *Wird mir Vereinigung zuteil wohl nach der Trennung?*
> *Dann klag ich dir dereinst mein Liebesleid und sag:*
> *‚Ich dachte deiner, als die Nacht mich ganz vergessen;*
> *Du hieltest wach mich, als die Welt im Schlummer lag.'*

Darauf weinte er bitterlich, und auch 'Azîz weinte mit ihm; denn der gedachte seiner Base. So weinten beide ohn Unterlaß, bis der Morgen anbrach. Dann erhob Tâdsch el-Mulûk sich und ging zu seiner Mutter, gekleidet in Reiseausrüstung. Als sie ihn fragte, wie es um ihn stehe, berichtete er ihr alles. Da gab sie ihm fünfzigtausend Dinare und nahm Abschied von ihm. Wie er dann hinausging, betete sie, er möchte sicher ans Ziel gelangen und mit der Geliebten vereinigt werden. Darauf ging er zu seinem Vater und bat ihn um Erlaubnis zum Aufbruch. Der gewährte ihm die Erlaubnis und gab ihm ebenfalls fünfzigtausend Dinare; auch gab er Befehl, daß man für den Prinzen draußen vor der Stadt ein Prachtzelt aufschlage. Als das geschehen war, blieb Tâdsch el-Mulûk noch zwei Tage in dem Zelte. Dann brach er auf, froh darüber, daß er den 'Azîz zum Gefährten hatte, und er sprach zu ihm: ‚Bruder, ich werde mich nie von dir trennen können!' Da antwortete 'Azîz: ‚Auch ich denke so; ja, ich würde gern zu deinen Füßen sterben. Doch ach, mein lieber Bruder, mein Herz ist in Sorge um meine Mutter!' ‚Wenn wir unser Ziel erreichen,' fuhr Tâdsch el-Mulûk fort, ‚so wird alles gut sein.' So zogen sie dahin; der Wesir ermahnte ihn, nicht zu verzagen; doch 'Azîz pflegte ihn des Abends zu unterhalten, ihm Verse aufzusagen und ihm Geschichten und Erzählungen vorzutragen. Eiligst zogen sie dahin, Tag und Nacht, zwei volle Monate lang, bis dem Tâdsch el-Mulûk der Weg zu lang ward; und als die Liebesflammen mit neuer Heftigkeit in ihm brannten, sprach er die Verse:

> *Der Weg ist lang: es werden so schwer mir Kummer und Sorgen,*
> *Und in meinem Herzen brennet von neuem die Liebesglut.*
> *Ich schwöre, o du meine Sehnsucht, o du Ziel meiner Hoffnung,*
> *Bei dem, der den Menschen erschuf aus einem Tropfen Blut:*[1]
> *Ich habe durch dich, du mein Wunsch, solche Liebeslast getragen,*
> *Die hohe Berge nicht trügen, – in mancher schlaflosen Nacht.*
> *O Herrin meiner Welt, die Liebe hat mich vernichtet,*
> *Sie hat mich zu einem Toten ohn Lebenshauch gemacht.*
> *Beseelte mich nicht die Hoffnung, mit dir vereint zu werden,*
> *Mein Leib hätte nicht die Kraft, zu wandern auf dieser Erden!*

Als er zu Ende gesprochen hatte, weinte er wieder, und 'Azîz weinte mit ihm, da auch er wunden Herzens war. Das Herz des Wesirs aber ward durch ihr Weinen gerührt, und er sprach: ‚O Herr, sei froh und wohlgemut; alles wird gut werden!' Doch Tâdsch el-Mulûk erwiderte: ‚O Wesir, die Reise wird mir zu lang. Tu mir kund, wie weit wir noch von der Stadt entfernt sind!' ‚Es bleibt noch ein kurzer Weg', sagte 'Azîz. Dann setzten sie ihre Reise fort und durchmaßen Berg und Tal, Wüsten und Steppen zumal. Eines Nachts nun, als Tâdsch el-Mulûk im Schlafe lag, siehe, da erblickte er im Traum seine Geliebte bei sich, während er sie umarmte und an seine Brust

---

1. Vgl. Koran, Sure 96, Vers 2.

zog; in wildem Schreck und fast wie von Sinnen wachte er auf, und dann sprach er die Verse:

> *Ihr Freunde, das Herz ist voll von Liebe, die Tränen fließen;*
> *Heiß glüht meine Leidenschaft, und ihr Gefährte heißt Gram.*
> *Ich klage wie die Mütter, die ihre Kinder verloren;*
> *Ja, wie die Tauben klag ich, wenn nächtliches Dunkel kam.*
> *Und wenn aus deinem Lande die Winde zu mir wehen,*
> *So fühle ich, wie Kühlung sich auf die Erde legt.*
> *Dich grüße ich immerdar, sooft der Zephir säuselt,*
> *Sooft die Tauben girren, den Vogel sein Fittich trägt.*

Als Tâdsch el-Mulûk seine Verse beendet hatte, trat der Wesir auf ihn zu und sprach: ‚Freue dich, dies ist ein glückliches Vorzeichen! Sei gutes Muts und getrost; du wirst sicher dein Ziel erreichen!' Auch 'Azîz trat an ihn heran, sprach ihm Mut zu und begann ihn durch Plaudern und durch Erzählen von Geschichten abzulenken. Und so zogen sie weiter in angestrengten Märschen ununterbrochen Tag und Nacht, wiederum zwei Monate lang. Da, eines Tages, bei Sonnenaufgang leuchtete ihnen aus der Ferne etwas Weißes entgegen, und Tâdsch el-Mulûk fragte sofort den 'Azîz: ‚Was ist das Weiße dort?' ‚Mein Gebieter,' antwortete 'Azîz, ‚das ist das Weiße Schloß, und dort ist die Stadt, die dein Ziel ist!' Darüber freute der Prinz sich, und so zogen sie rasch weiter, bis sie der Stadt nahe waren. Und wie sie dort ankamen, war Tâdsch el-Mulûk hocherfreut, und es wichen von ihm Sorgen und Leid. Darauf zogen sie ein, als Kaufleute verkleidet, der Prinz aber in Gestalt eines vornehmen Kaufherrn; und sie kamen zu einer Stätte, die bekannt war als Herberge der Kaufleute, einem großen Chân. Als Tâdsch el-Mulûk fragte: ‚Ist dies die Stätte der Kaufleute?' erwiderte 'Azîz: ‚Jawohl, dies ist der Chân, in dem ich einst gewohnt habe.' So machten sie dort halt, ließen ihre Kamele niederknien, nahmen ihnen die Lasten ab und schafften ihre

Waren in die Speicher. Vier Tage lang ruhten sie sich aus; dann riet der Wesir ihnen, sich ein großes Haus zu mieten. Sie waren damit einverstanden, und so mieteten sie sich ein Haus mit großen Räumen, das für Festlichkeiten geeignet war; dort schlugen sie ihren Wohnsitz auf. Nun begannen der Wesir und 'Azîz Pläne für Tâdsch el-Mulûk zu machen; denn der Prinz selbst war ratlos und wußte nicht, was er tun sollte. Und da der Wesir keinen anderen Platz finden konnte als den, daß der Prinz sich als Kaufmann in der Halle des Tuchmarktes niederlasse, so wandte er sich an Tâdsch el-Mulûk und 'Azîz mit den Worten: ‚Wisset, wenn wir so untätig hier bleiben, werden wir unser Ziel nicht erreichen und gar nichts ausrichten. Mir ist nun etwas in den Sinn gekommen; und so Gott will, werden wir dadurch auf den rechten Weg geführt.‘ Da sprachen Tâdsch el-Mulûk und 'Azîz: ‚Tu, was dir gut dünkt! Denn Segen ruht auf alten Männern, zumal auf dir, der du in allen Dingen erfahren bist. Drum sage uns, was dir in den Sinn gekommen ist!‘ ‚Ich bin der Meinung,‘ sprach er zu Tâdsch el-Mulûk, ‚daß wir für dich einen Laden im Tuchbasar mieten, in dem du dann Handel treiben kannst. Denn alle Leute, Vornehme und Geringe, haben Tuch und Kleiderstoffe nötig. Wenn du geduldig in jenem Laden ausharrst, dann wird, so Allah der Erhabene will, deine Sache gut werden, besonders da du von schöner Gestalt bist. Mache aber 'Azîz zu deinem Geschäftsführer und laß ihn drinnen im Laden sitzen, damit er dir die Stoffe und Tuche reiche!‘ Als Tâdsch el-Mulûk diese Worte vernommen hatte, sagte er: ‚Dies ist ein rechter und trefflicher Rat!‘ Zugleich holte er einen prächtigen Kaufmannsanzug heraus, legte ihn an und machte sich auf den Weg; seine Diener folgten ihm, und er gab einem von ihnen tausend Dinare, um damit die Einrichtung des Ladens zu bestreiten. Sie gingen dahin, bis sie zum Tuchbasar kamen. Als aber die Kaufleute den Tâdsch el-Mulûk erblickten und ihre Augen auf seiner wunderbaren Schönheit ruhen ließen, wurden sie verwirrt, und die einen sagten: ‚Seht, Ridwân, der Hüter des Paradieses, hat die Tore geöffnet und unbewacht gelassen, so daß dieser Jüngling von so herrlicher Schönheit entweichen konnte!' Und ein anderer sagte: ‚Vielleicht ist dies einer von den Engeln.' Wie jene dann in den Kreis der Kaufleute eingetreten waren, fragten sie nach dem Laden des Marktvorstehers, und als man ihnen den Weg dorthin gewiesen hatte, gingen sie alsbald zu ihm und begrüßten ihn. Da erhoben sich der Vorsteher und alle Kaufleute, die bei ihm waren, ließen die Fremden sitzen und ehrten sie um des Wesirs willen; denn sie sahen, daß er ein betagter und ehrfurchtgebietender Mann war und von den Jünglingen Tâdsch el-Mulûk und 'Azîz begleitet wurde. Und sie sagten zueinander: ‚Sicherlich ist dieser Greis der Vater dieser beiden Jünglinge!' Nun fragte der Wesir: ‚Wer unter euch ist der Vorsteher des Basars?' Da riefen die Leute: ‚Dort ist er!' und als der dann vortrat, schaute der Wesir ihn an und betrachtete ihn genau; er sah, daß der Vorsteher ein hochbetagter Mann war, von ernstem und würdigem Aussehen, und daß er von Dienern und Burschen und schwarzen Sklaven umgeben war. Nun begrüßte der Vorsteher sie wie Freunde und empfing sie mit hohen Ehrenbezeugungen. Er ließ sie neben sich sitzen und sprach zu ihnen: ‚Habt ihr vielleicht ein Anliegen, das wir euch erfüllen könnten?' ‚Ja,' erwiderte der Wesir; ‚ich bin ein alter, hochbetagter Mann, und ich habe diese beiden Jünglinge bei mir, mit denen ich alle Gebiete und Länder durchreist habe. Jedesmal, wenn ich in eine große Stadt komme, so bleibe ich ein volles Jahr dort, damit die beiden sich in ihr umsehen und ihre Bewohner kennen lernen können. Seht, ich bin jetzt in diese eure Stadt gekommen und habe mich entschlossen, in ihr zu verweilen; und so erbitte ich von dir einen schönen Laden an bester Stätte, damit ich die beiden darin sitzen lasse. Sie sollen Handel treiben, sich aber auch in dieser Stadt umsehen und sich den Gebräuchen ihrer Bewohner anpassen, indem sie lernen, wie man hier kauft und verkauft, bietet und nimmt.' Der Vorsteher gab zur Antwort: ,Das soll gern geschehen!' Dann aber blickte er die beiden Jünglinge an, freute sich über sie und ward von heftiger Liebe zu ihnen entzündet. Dieser Vorsteher nämlich ward hingerissen von bezaubernden Blicken, und er ließ sich von der Neigung zu Knaben mehr als von den Mädchen berücken; und so gab er sich der Knabenliebe hin. Jetzt sprach er bei sich: ,Dies ist ein schönes Wild. Preis sei Ihm, der sie aus verächtlichem Wasser geschaffen und gebildet hat!'[1] Bei alledem stand er, der Vorsteher, vor ihnen, um gleichwie ein Bedienter ihnen aufzuwarten. Dann aber ging er hin und machte den Laden für sie bereit; der befand sich mitten in der großen Kaufhalle, und es gab keinen stattlicheren und geschätzteren Laden im ganzen Basar als gerade diesen, denn er war geräumig und verziert, und in ihm waren Borten aus Elfenbein und Ebenholz. Dann übergab er dem Wesir, der ja wie ein betagter Kaufmann aussah, die Schlüssel mit den Worten: ,Nimm hin, werter Herr; möge Allah den Laden zu einer gesegneten Stätte für deine beiden Söhne machen!' Nachdem der Wesir die Schlüssel hingenommen hatte, gingen die drei zu dem Chân, indem sie ihre Waren aufgespeichert hatten, und befahlen den Dienern, alles, was sie an Waren und Tuchen bei sich hatten, in jenen Laden zu schaffen. – –«

Da bemerkte Schehrezâd, daß der Morgen begann, und sie hielt in der verstatteten Rede an. Doch als die *Hundertundzwei-*

1. Vgl. Koran, Sure 32, Vers 7.

unddreißigste Nacht anbrach, fuhr sie also fort: »Es ist mir berichtet worden, o glücklicher König, daß der Wesir, nachdem er die Schlüssel des Ladens hingenommen hatte, zusammen mit Tâdsch el-Mulûk und 'Azîz zum Chân ging und daß sie den Dienern befahlen, alles fortzuschaffen, was sie an Waren, Tuchen und Kostbarkeiten bei sich hatten; und das war eine sehr große Menge, die Schätze Goldes wert war. Die Diener führten den Befehl aus. Dann gingen sie selbst zu dem Laden, und nachdem sie die Waren in ihm untergebracht hatten, begaben sie sich zur Nachtruhe. Am andern Morgen aber führte der Wesir die beiden Jünglinge mit sich ins Badehaus. Dort badeten sie, säuberten sich, legten prächtige Gewänder an, die von Wohlgerüchen dufteten, und genossen so alle Annehmlichkeit des Bades. Beide Jünglinge waren von strahlender Lieblichkeit, und im Badehaus schien es, als habe der Dichter ihnen die Worte geweiht:

> *Wohl seinem Badediener, wenn dessen Hand berühret*
> *Den Leib, der wie aus Wasser und Licht geschaffen ward!*
> *Ohn Unterlaß übt er sein Handwerk fein behutsam,*
> *Dann ist's, als gewönne er Moschus vom Leibe wie Kampfer so zart.*

Darauf verließen sie das Badehaus. Der Vorsteher aber hatte sich, als er hörte, sie seien zum Bade gegangen, hingesetzt, um auf sie zu warten. Und siehe, da kamen sie beide, schön wie Gazellen; ihre Wangen röteten sich mild; ihre Augen waren von dunklem Glanze erfüllt, ihr Antlitz war der strahlenden Schönheit Bild. Sie glichen zwei Monden, die im Glanze sich zeigen, oder zwei fruchtbeladenen Zweigen. Sowie er sie erblickte, sprang er auf und sprach: ‚Meine Söhne, möge euer Bad euch immer gut bekommen!' Da sagte Tâdsch el-Mulûk mit lieblicher Stimme: ‚Allah erweise dir Gutes, würdiger Vater, warum bist du nicht mit uns gekommen, um gemeinsam zu baden?' Dann beugten die beiden sich über die Hand des Vorstehers, küßten sie und gingen vor ihm her, bis sie zu dem Laden kamen. Das taten sie aus Höflichkeit und um ihn zu ehren, da er ja das Oberhaupt der Kaufleute im Basar war und ihnen zuvor eine Güte erwiesen hatte, als er ihnen den Laden gab. Nun sah er ihre Hüften sich bewegen, und da begann die Leidenschaft sich in ihm immer stärker zu regen; er schnaubte und schnaufte und konnte sich kaum noch beherrschen, er wollte sie mit den Augen verschlingen und begann diese Verse zu singen:

> *Das Herz liest das Kapitel alleinigen Besitzes;*
> *Den Abschnitt über die Teilung mit anderen schlägt es nicht auf.*
> *Kein Wunder ist's, wenn es ob solcher Last erbebet;*
> *Bewegen sich doch am Himmel die Sphären in ihrem Lauf!*

Und ferner sprach er:

> *Mein Aug erblickte zwei, die auf die Erde traten –*
> *Die beiden liebt ich auch, wenn sie ins Aug mir träten!*

Als sie solches von ihm hörten, beschworen sie ihn, mit ihnen wieder ins Bad zu gehen. Obgleich er seinen Ohren kaum traute, eilte er doch hin zu dem Badehause, und die beiden gingen dann mit ihm hinein; der Wesir aber hatte das Bad noch nicht verlassen. Als der von des Vorstehers Kommen hörte, ging er hin, begrüßte ihn mitten in der Vorhalle und lud ihn zum Eintritt ins Bad ein. Wie jener das ablehnte, faßte Tâdsch el-Mulûk ihn an der einen Hand und 'Azîz an der anderen, und so geleiteten sie ihn in eine besondere Kammer. Jener unreine Alte ließ sich von ihnen führen, und dabei ward seine Erregung immer stärker. Nun schwor Tâdsch el-Mulûk, kein anderer als er selbst dürfe den Vorsteher waschen; und 'Azîz schwor, kein anderer als er dürfe das Wasser auf ihn gießen. Obgleich der Alte gerade dies wünschte, lehnte er es doch ab; da sprach der Wesir zu ihm: ,Siehe, die beiden sind deine Söhne, laß sie dich waschen und säubern!' ,Gott bewahre sie dir!' rief der Vorsteher, ,bei Allah, Segen und Glück ließen sich in unserer Stadt nieder, als ihr mit den Eurigen kamt!' Und dann sprach er diese beiden Verse:

> *Du kamst, und es ergrünten bei uns die Hügel,*
> *Sie zeigten sich dem Beschauer im Blumenkleid.*
> *Es rief die Erde und alle, die auf ihr wohnen:*
> *Ein herzlicher Gruß sei dir, dem Gaste, geweiht!*

Sie dankten ihm für diese Worte; und Tâdsch el-Mulûk fuhr fort, ihn zu waschen, während 'Azîz das Wasser über ihn goß; er aber glaubte ins Paradies entrückt zu sein. Als sie schließlich ihren Dienst an ihm vollendet hatten, wünschte er ihnen den Segen des Himmels und setzte sich dann neben den Wesir, um mit ihm zu plaudern, während er dabei die Jünglinge ansah. Darauf brachten die Diener ihnen die Tücher; sie rieben sich ab, legten ihre Kleider wieder an und verließen das Bad. Der Wesir aber wandte sich an den Vorsteher mit den Worten: ,Werter Herr, siehe, das Bad ist doch ein Paradies auf Erden!' Jener antwortete darauf: ,Allah lasse es dir und deinen Söhnen zur Gesundheit gereichen und schütze die beiden vor dem bösen Blick! Habt ihr vielleicht etwas von dem, was die Meister der Sprache zum Lobe des Bades gesagt haben, in Erinnerung?' Da sprach Tâdsch el-Mulûk: ,Ich will dir zwei Verse vortragen', und er trug vor:

> *Siehe, das Leben im Bade ist wohl das schönste Leben,*
> *Doch ach, wir weilen darinnen immer nur kurze Zeit –*
> *Ein Paradies, in dem uns länger zu bleiben verwehrt ist,*
> *Ein Höllenfeuer, in das wir treten mit Freudigkeit!*

Als Tâdsch el-Mulûk seine Verse gesprochen hatte, hub 'Azîz

an: ‚Auch ich weiß zwei Verse zum Lobe des Bades.' Da bat der Vorsteher ihn, sie vorzutragen, und so sprach er:

> *Ein Haus, geschmückt mit Blumen auf großen Marmorblöcken,*
> *Ein schönes Haus – wenn rings die Feuer es umglühn,*
> *So hältst du es für die Hölle, doch ist's in Wahrheit der Himmel,*
> *Daran so viele Sonnen und Monde vorüberziehn.*

Die Verse, die 'Azîz sprach, gefielen dem Vorsteher, und indem er auf die Schönheit der Jünglinge schaute und sich an ihrer Beredsamkeit erbaute, rief er: ‚Bei Allah, ihr vereinet in euch Beredsamkeit und Lieblichkeit. Nun hört auch mir zu!' Dann begann er die Melodei und sang diese Verse dabei:

> *O Schönheit des Höllenfeuers und Qual des Paradieses –*
> *Zum Leben erweckt es wieder die Seelen und das Gebein.*
> *So staune über ein Haus, des Freuden sich immer erneuern,*
> *Und unter dem doch lohen die Flammen im Feuerschein!*
> *Ein Leben der Freude für jeden, der seinen Schritt zu ihm lenkt,*
> *Und doch haben es die Wasser mit ihren Tränen getränkt.*

Dann ließ er den Blick seines Auges in den Gärten ihrer Schönheit weiden, und wieder sprach er Verse, und zwar diese beiden:

> *Ich ging zu seiner Stätte, und dort erblickte ich Hüter,*
> *Die sahen mich immerdar mit lächelndem Antlitz an.*
> *Ich trat in sein Paradies, besuchte sein Höllenfeuer*
> *Und dankte der Güte des Mâlik, dankte auch dem Ridwân.*[1]

Als die anderen dies gehört hatten, waren sie über solche Verse verwundert. Nun lud der Vorsteher sie in sein Haus, doch sie lehnten ab und kehrten heim, um sich nach der großen Hitze des Bades auszuruhen. Nachdem sie das getan hatten, aßen sie und tranken und verbrachten die Nacht in ihrer Wohnung

---

1. Mâlik ist der Höllenwächter, Ridwân der Paradieseswächter; das kalte Bad wird mit dem Paradiese, das warme mit der Hölle verglichen.

vollkommen glücklich und zufrieden. Am andern Morgen aber erhoben sie sich aus dem Schlafe, vollzogen die religiöse Waschung, sprachen die Gebetsformeln und tranken den Morgentrunk. Sobald die Sonne höher am Himmel stand und die Läden und Basare geöffnet wurden, machten sie sich auf, verließen ihre Wohnstatt und begaben sich zum Basar, um den Laden zu eröffnen. Den hatten die Diener bereits aufs schönste eingerichtet: sie hatten Wollteppiche und Seidenteppiche darin ausgebreitet und zwei Diwane aufgestellt, deren jeder hundert Dinare wert war; und auf jeden Diwan hatten sie eine Lederdecke gelegt, die mit goldener Tresse umsäumt war, wie sie sich für Könige ziemte. Mitten in dem Laden war das feinste Hausgerät aufgestellt, dem vornehmen Raume entsprechend. Da setzte Tâdsch el-Mulûk sich auf den einen Diwan, 'Azîz aber auf den anderen, und der Wesir ließ sich in der Mitte des Ladens nieder, während die Diener sich vor ihnen aufstellten. Bald hörte auch das Volk der Stadt überall von ihnen und eilte in Scharen herbei, so daß sie von ihren Waren und ihren Stoffen mancherlei verkauften; denn in der ganzen Stadt verbreitete sich die Kunde von der Schönheit und Anmut des Tâdsch el-Mulûk. Mehrere Tage gingen so dahin, und dabei eilte das Volk jeden Tag in immer größerer Menge herbei. Darauf trat der Wesir an Tâdsch el-Mulûk heran, empfahl ihm, sein Geheimnis zu bewahren, und legte 'Azîz ans Herz, dem Prinzen treu zu dienen; er selbst aber ging in die Wohnung, um mit sich allein zu sein und über einen Plan nachzudenken, der ihnen von Nutzen sein könne. Derweilen begannen die beiden Jünglinge zu plaudern, und Tâdsch el-Mulûk sprach zu 'Azîz: ‚Vielleicht kommt bald jemand von der Herrin Dunja.' Doch er wartete Tage und Nächte darauf; das Herz war ihm schwer, Schlaf und Schlummer fand er nimmermehr. Denn die Sehnsucht nahm ihn ganz gefangen, und immer stärker ward sein leidenschaftliches Verlangen, so daß er die Süße des Schlafs nicht mehr kannte, ja Speise und Trank von sich verbannte; dennoch blieb er wie der herrliche Mond, der in der Nacht seiner Fülle am Himmel thront. Während er so dasaß, siehe, da kam einst ein altes Weib auf ihn zu. – –«

Da bemerkte Schehrezâd, daß der Morgen begann, und sie hielt in der verstatteten Rede an. Doch als die *Hundertunddreiunddreißigste Nacht* anbrach, fuhr sie also fort: »Es ist mir berichtet worden, o glücklicher König, daß der Wesir Dandân vor Dau el-Makân des weiteren erzählte: ,Während Tâdsch el-Mulûk so dasaß, siehe, da kam einst ein altes Weib auf ihn zu und trat an ihn heran. Begleitet von zwei Sklavinnen, war sie geradenwegs dahergekommen, bis sie vor dem Laden des Tâdsch el-Mulûk stillstand. Da erblickte sie seine ebenmäßige Gestalt und seiner Schönheit liebliche Gewalt, und vor lauter Erstaunen über sein herrliches Aussehen näßte sie ihre Hose und rief aus: ,Preis sei Ihm, der dich aus verächtlichem Wasser hervorgebracht[1] und dich zu einer Versuchung für das Auge gemacht!' Dann schaute sie ihn lange an und sprach: ,Das ist kein sterbliches Wesen, nein, das ist ein überirdischer Engel!' Darauf trat sie näher zu ihm und grüßte ihn; er aber gab ihr den Gruß zurück, indem er sich erhob und sie anschaute mit lächelndem Blick, wie ihm 'Azîz durch einen Wink geraten hatte. Und alsbald ließ er sie zu seiner Seite sitzen und begann ihr mit einem Fächer Kühlung zuzufächeln, bis sie sich erfrischt und ausgeruht hatte. Da sprach die Alte, zu Tâdsch el-Mulûk gewendet: ,Mein Sohn, der du so vollkommen bist an Gestalt und an Geist, bist du aus diesem Lande?' Mit Worten von gewählter Reinheit und mit einer Stimme von süßer Feinheit erwiderte

1. Koran, Sure 32, Vers 7.

er: ‚Bei Allah, edle Herrin, noch nie in meinem Leben betrat mein Fuß diese Landstriche vor dieser Zeit; auch habe ich hier nur haltgemacht, auf daß ich mich umschaue.‘ Da sprach sie: ‚Glückauf zu deiner Ankunft in einem Lande des Segens! Was hast du denn an Stoffen bei dir? Zeige mir etwas Schönes; der Schöne bringt nur das Schöne!‘ Als Tâdsch el-Mulûk ihre Worte vernahm, pochte sein Herz, aber er verstand den Sinn ihrer Rede nicht. Doch als 'Azîz ihm ein Zeichen zuwinkte, sprach er: ‚Ich habe bei mir alles, was du nur wünschest; ja, ich habe Sachen, die nur Königen und Prinzessinnen zukommen. So tu mir kund, für wen und was du kaufen willst, auf daß ich dir jedes Stück vorlege, das dem, für den es bestimmt ist, zukommt!‘ Das sagte er, um den Sinn ihrer Worte zu verstehen. Darauf antwortete sie: ‚Ich wünsche einen Stoff, wie er sich für die Herrin Dunja, die Tochter des Königs Schehrimân, geziemt.‘ Wie aber Tâdsch el-Mulûk den Namen des Mädchens hörte, das er liebte, war er hocherfreut und sprach zu 'Azîz: ‚Bring mir den Ballen dort her!‘ Da brachte 'Azîz ihn her und öffnete ihn vor dem Prinzen; der sagte nun zu der Alten: ‚Wähle aus, was ihr geziemt! Sieh, dies ist etwas, das sich nur bei mir findet.‘ Nun wählte sie etwas aus, das tausend Dinare wert war, und fragte nach dem Preise. Dabei plauderte sie mit ihm und rieb sich zwischen den Schenkeln mit der flachen Hand. Tâdsch el-Mulûk aber rief: ‚Soll ich mit deinesgleichen um diesen geringen Preis feilschen? Allah sei gepriesen, daß er mich mit dir bekannt gemacht hat!‘ ‚Allahs Name behüte dich!‘ antwortete die Alte, ‚dein schönes Antlitz stelle ich in den Schutz des Herrn der Morgenröte![1] Ach, das Antlitz ist so fein und die Stimme so rein! Glücklich die, die an deinem Busen ruhen und deine schlanke Gestalt umschlingen und sich

1. Koran, Sure 113, Vers 1.

deiner Jugend erfreuen darf, zumal wenn sie ebenso schön und lieblich ist wie du!' Da lachte Tâdsch el-Mulûk, bis er fast auf den Rücken fiel, und sprach bei sich: ,O Herr, du lässest die Wünsche gewinnen durch die alten Kupplerinnen; sie sind der Wünsche Erfüllerinnen!' Als sie dann fragte: ,Mein Sohn, wie heißt du?' erwiderte er: ,Ich heiße Tâdsch el-Mulûk.'¹ Die Alte sprach: ,Das ist wahrlich ein Name für Könige und die Söhne von Königen! Aber du bist gekleidet wie ein Kaufmann!' Da fiel 'Azîz ein: ,Weil seine Eltern und Verwandten ihn lieb hatten und ihn so sehr wertschätzten, haben sie ihn so genannt.' Mit den Worten: ,Du hast recht. Möge Allah euch vor dem bösen Blick behüten und vor der Gefahr von Feinden, die voll Neid auf euch sehen, wenn auch die Herzen vor euren Reizen vergehen!' nahm sie den Stoff und ging fort, immer noch voll Bewunderung ob seiner Schönheit und Lieblichkeit und seines Wuchses Ebenmäßigkeit.

Eilends schritt sie dahin, bis sie bei der Herrin Dunja eintrat; und sie sprach zu ihr: ,Hohe Herrin, ich bringe dir einen schönen Stoff.' ,Zeige ihn mir!' gebot die Prinzessin. Die Alte sprach: ,Hohe Herrin, hier ist er! Wende ihn nur um, mein Augapfel, und sieh ihn dir an!' Als dann die Herrin Dunja ihn sah, erstaunte sie und rief: ,Liebes Mütterchen, das ist ja wirklich ein schöner Stoff! Den habe ich noch nie in unserer Stadt gesehen.' Die Alte aber fuhr fort: ,Liebe Herrin, sein Verkäufer ist noch schöner als er. Man könnte glauben, Ridwân hätte die Tore des Paradieses geöffnet und hätte nicht mehr daran gedacht, und dann wäre ein Jüngling daraus entwichen, eben der, der diesen Stoff verkauft. Ach, ich wünschte, er könnte noch in dieser Nacht bei dir ruhen und an deiner Brust liegen. Denn er, der mit kostbaren Stoffen in deine Stadt gekommen

1. Die Krone der Könige.

ist, um sich dort umzusehen, er ist eine Versuchung für jedes Auge!' Die Herrin Dunja aber lächelte über die Worte der Alten und sprach: ‚Allah strafe dich, du Unglücksalte! Du redest töricht und hast keinen Verstand mehr.' Doch dann fügte sie hinzu: ‚Bring mir den Stoff wieder, damit ich ihn genau ansehe!' Als die Alte ihn ihr gereicht hatte und die Prinzessin ihn wiederum betrachtete und sah, daß es zwar ein kleines Stück, aber von sehr hohem Werte war, da hatte sie großes Gefallen an ihm; denn sie hatte nie in ihrem Leben etwas Ähnliches gesehen. Und wieder rief sie aus: ‚Bei Allah, wahrlich, das ist ein schöner Stoff!' Doch die Alte hub wieder an: ‚Liebe Herrin, bei Allah, wenn du den sähest, von dem er stammt, du würdest erkennen, daß er der schönste Jüngling ist, den es auf Erden gibt.' Nun fragte die Herrin Dunja: ‚Hast du ihn vielleicht gefragt, ob er irgendeinen Wunsch hat, den er uns wissen lassen könnte, damit wir ihm den erfüllen?' Da sprach die Alte und schüttelte den Kopf: ‚Gott erhalte dir deinen Scharfsinn! Bei Allah, er hat einen Wunsch. Mögest du deine Klugheit immer behalten! Ist denn irgend jemand frei und ledig von Wünschen?' ‚So geh hin zu ihm,' erwiderte die Prinzessin, ‚grüße ihn und sage ihm, er habe durch sein Kommen unser Land und unsere Hauptstadt geehrt, und wenn er irgendwelche Wünsche habe, so wollten wir sie ihm gern erfüllen!' Alsbald kehrte die Alte zu Tâdsch el-Mulûk zurück. Doch wie er sie erblickte, ward er vor lauter Freude fast wie von Sinnen; er sprang auf vor ihr, ergriff ihre Hand und bat sie, sich an seine Seite zu setzen. Als sie sich dann gesetzt und ausgeruht hatte, berichtete sie ihm, was die Herrin Dunja ihr gesagt hatte. Und nachdem er das vernommen hatte, war er hocherfreut, und die Brust ward ihm froh und weit; Glückseligkeit erfüllte sein Herz, und er sprach bei sich: ‚Jetzt ist mein Wunsch in Erfüllung gegangen!' Dann sagte er zu der Alten: ,Vielleicht bist du so gütig, eine Botschaft von mir für sie in Empfang zu nehmen und mir ihre Antwort zu überbringen?' ,Ich höre und gehorche!' entgegnete sie. Sofort rief er dem 'Azîz zu: ,Bringe Tintenkapsel und Schreibpapier und ein Schreibrohr aus Messing her zu mir!' Als der ihm diese Dinge gebracht hatte, nahm Tâdsch el-Mulûk das Schreibrohr in die Hand und schrieb diese Verse:

> *Ich schreibe einen Brief für dich, o Ziel meiner Hoffnung,*
> *Mit all dem Trennungsschmerze, der sich mir geweiht.*
> *Die erste Zeile erzählt vom Feuer in meinem Herzen,*
> *Die zweite von meiner Liebe und sehnsuchtsvollem Leid.*
> *Die dritte besagt: Mein Leben und meine Geduld ist geschwunden.*
> *Die vierte: All die Qual der Leidenschaft bleibt bestehn.*
> *Die fünfte: Wann wird mein Auge jemals dich erblicken?*
> *Die sechste: Wann ist der Tag, da wir vereint uns sehn?*

Dann schrieb er als Unterschrift: Dieser Brief kommt von dem Gefangenen der sehnsüchtigen Leidenschaft,* der da gebunden ist in der Neigung Haft,* daraus es für ihn keine Befreiung gibt,* es sei denn die Vereinigung mit ihr, die er liebt, * nachdem er so lang in der Ferne Entsagung geübt; * denn durch das Fernsein der Geliebten erträgt er zumal,* die allerbitterste Liebesqual.* Da ward sein Auge von Tränen benetzt, und diese beiden Verse schrieb er noch zuletzt:

> *Ich schrieb dir diese Zeilen, während die Tränen rannen:*
> *Ja, unaufhörlich strömten aus dem Auge die Zähren.*
> *Doch ich verzweifle nicht an meines Gottes Güte;*
> *Ich hoffe, ein Tag wird einst die Vereinigung gewähren.*

Darauf faltete er den Brief, versiegelte ihn und übergab ihn der Alten mit den Worten: ,Bring ihn der Herrin Dunja!' Sie sagte nur: ,Ich höre und gehorche!' Dann gab er ihr tausend Dinare und sagte: ,Liebe Mutter, nimm dies als ein Geschenk von mir und als Zeichen der Zuneigung an!' Sie nahm beides hin, flehte Gottes Segen auf ihn herab und wandte sich zum Gehen. Ohne Aufenthalt schritt sie dahin, bis sie bei der Herrin Dunja eintrat. Als die sie erblickte, fragte sie: ‚Nun, Mütterchen, was für Wünsche hat er, daß wir sie ihm erfüllen?' ‚Hohe Herrin,' antwortete sie, ‚schau, er sendet diesen Brief durch mich, und ich weiß nicht, was darin steht.' Darauf reichte sie der Prinzessin das Schreiben; die nahm es entgegen, aber als sie es gelesen und seinen Sinn verstanden hatte, rief sie aus: ‚Woher kommt es und wohin führt es, daß dieser Kaufmann mir Briefe durch Boten sendet?' Und dann schlug sie sich ins Angesicht und rief: ‚Woher bin ich denn, daß ich zum Volke hinabsteigen und mich mit ihm vereinen sollte? Wehe, wehe!' Und weiter sprach sie: ‚Bei Allah, wenn ich mich nicht vor dem Allmächtigen fürchtete, ich würde ihn totschlagen und an seinem Laden kreuzigen lassen!' Da fragte die Alte: ‚Was steht denn in diesem Briefe, daß er dein Herz so erregt und deinen Sinn so verstört hat? Enthält er etwa eine Klage über Bedrückung oder die Forderung des Preises für den Stoff?' ‚Wehe dir!' entgegnete die Prinzessin, ‚dergleichen steht nicht darin, nein, nur Gerede von Liebe und Zuneigung. Das alles kommt nur von dir her. Woher sollte dieser Teufel mich denn sonst kennen?' Darauf erwiderte die Alte: ‚Hohe Herrin, du bist in deinem hochragenden Schlosse: niemand kann zu dir eindringen, nicht einmal die Vögel der Luft! Gott bewahre dich und deine Jugend vor Schimpf und Tadel! Was geht das Bellen der Hunde dich an, da du doch eine Fürstin, die Tochter eines Fürsten bist? Sei mir drum nicht böse, wenn ich dir diesen Brief überbracht habe, ohne zu wissen, was darin steht! Dennoch möchte ich der Ansicht sein, du könntest ihm eine Antwort senden, in der du ihm mit dem Tode drohst und ihm dies törichte Geschwätz verbietest; dann wird er doch sicher ein Einsehen haben und dergleichen nicht wieder tun!' Aber die Herrin Dunja sprach: ‚Wenn ich ihm schreibe, so muß ich befürchten, daß er noch heftiger nach mir verlangt.' Dagegen sagte die Alte: ‚Sieh, wenn er erfährt, daß ihm mit Strafe gedroht wird, so wird er von seinem Gebaren ablassen.' Da rief sie: ‚Bringt Tintenkapsel und Papier und das Schreibrohr aus Messing her zu mir!' Und als man ihr diese Dinge gebracht hatte, schrieb sie diese Verse:

Der du die Liebe begehrst und die Qual der wachen Nächte
Und alle die Leidenschaft, die in Gedanken verzehrt,
Erstrebst du, dich zu vereinen, Vermessener, mit dem Monde –
Ja, wird denn je einem Menschen sein Wunsch vom Monde gewährt?
Wohlan, ich rate dir ab von dem, was du dir wünschest,
Laß ab davon; denn siehe, es birgt für dich Gefahr!
Doch kommst du noch einmal mit solchen Worten, so wisse,
Dir naht von mir eine Strafe voll schweren Leides, fürwahr!
Bei Ihm, der aus geronnenem Blute den Menschen erschaffen,
Der Licht von Sonne und Mond erstrahlen ließ zu ihrer Frist –
Wenn du noch einmal kommst mit dem, was du gesagt hast,
So will ich dich kreuzigen lassen am hölzernen Gerüst!

Dann faltete sie den Brief und übergab ihn der Alten mit den Worten: ‚Gib ihm dies und sage ihm, er solle aufhören mit solchem Gerede!' ‚Ich höre und gehorche!' antwortete die Alte, nahm den Brief erfreut entgegen und ging zu ihrer Wohnung; so verbrachte sie die Nacht in ihrem Hause. Am andern Morgen aber begab sie sich zu dem Laden des Tâdsch el-Mulûk, der, wie sie sah, schon auf sie wartete. Sobald er sie erblickte, ward er fast wie von Sinnen vor Freude; doch als sie an ihn herantrat, sprang er auf vor ihr und bat sie, an seiner Seite Platz zu nehmen. Nun holte sie das Schreiben hervor und reichte es ihm mit den Worten: ‚Lies, was darin steht!' Dann fügte sie hinzu: ‚Wisse, die Herrin Dunja ward zornig, als sie deinen Brief las. Aber ich habe sie besänftigt und mit ihr gescherzt, bis ich sie zum Lächeln brachte und bis sie Mitleid mit dir hatte und dir die Antwort schickte!' Tâdsch el-Mulûk dankte ihr dafür und befahl dem 'Azîz, ihr tausend Dinare zu geben. Doch wie er dann den Brief gelesen und verstanden hatte, weinte er heftig. Da hatte die Alte herzliches Mitleid mit ihm, und es ward ihr schwer, ihn weinen und klagen zu hören. So sprach sie denn zu ihm: ‚Mein Sohn, was steht denn in diesem Schreiben, daß du so weinen mußt?' ‚Ach,' erwiderte er, ‚sie droht mir mit dem Tode am Kreuze und verbietet mir, ihr Botschaften zu senden. Aber wenn ich ihr keine Botschaft senden darf, so ist der Tod mir lieber als das Leben. Nimm doch noch die Antwort auf ihr Schreiben mit dir, und dann laß sie tun, was sie will!' Da rief die Alte: ‚Bei deiner Jugend, ich kann nicht anders, ich muß mein Leben für dich wagen; ich muß dich zu deinem Ziele gelangen lassen und dir zu dem verhelfen, was dir am Herzen liegt!' ‚Was du auch tust,' sprach Tâdsch el-Mulûk darauf, ‚ich will es dir vergelten. Mögest du es durch sorgsames Abwägen finden; denn du verstehst es, die Dinge zu fügen, und du kennst die Bücher der Intrigen. Alles was man schwer erreicht, ist für dich leicht, und Allah ist mächtig über alle Dinge!' Dann nahm er ein Blatt und schrieb darauf diese Verse:

> *Sie hat mir mit dem Tode gedroht – o wehe mein Elend!*
> *Doch mir ist Sterben Erlösung; der Tod ist vom Schicksal bestimmt.*
> *Der Tod ist für den Liebenden schöner als langes Leben,*
> *Wenn es ihm Unheil bringt und ihm alle Hoffnung nimmt.*
> *Bei Allah, so kommet doch zum Freunde, der hilflos ist!*
> *Ich bin ja Euer Knecht – und Knechte liegen in Banden.*
> *O Herrin, habt Mitleid mit mir in meiner Liebe zu Euch!*
> *Denn wer die Edelen liebt, der wird doch nicht zuschanden.*

Dann seufzte er in tiefer Betrübnis und weinte, bis auch die Alte zu weinen begann. Darauf nahm sie das Blatt von ihm in Empfang und sprach: ‚Hab Zuversicht und quäl dich nicht! Ich werde dich sicherlich zu deinem Ziele gelangen lassen.‘ – –«

Da bemerkte Schehrezâd, daß der Morgen begann, und sie hielt in der verstatteten Rede an. Doch als die *Hundertundvierunddreißigste Nacht* anbrach, fuhr sie also fort: »Es ist mir berichtet worden, o glücklicher König, daß die Alte, als Tâdsch el-Mulûk weinte, zu ihm sprach: ‚Hab Zuversicht und quäl dich nicht! Ich werde dich sicherlich zu deinem Ziele gelangen lassen.‘ Dann machte sie sich auf und ließ ihn wie auf feurigen Kohlen zurück. Sie begab sich zur Herrin Dunja, und da sah sie, wie deren Antlitz immer noch von Zorn über das Schreiben des Tâdsch el-Mulûk verfärbt war. Dennoch reichte sie ihr den neuen Brief. Aber da ward die Prinzessin noch zorniger, und sie fuhr die Alte an: ‚Hab ich dir nicht gesagt, daß er noch heftiger nach mir verlangen würde?‘ Und als die Alte fragte: ‚Was ist denn das für ein Hund, daß er nach dir verlangen sollte?‘ erwiderte die Herrin Dunja: ‚Geh hin zu ihm und sage ihm: Wenn du ihr noch eine Botschaft zu senden wagst, so schlägt sie dir den Kopf ab!‘ Darauf bat die Alte: ‚Schreib mir diese Worte in einem Briefe auf! Den will ich dann mit mir nehmen, damit seine Furcht noch größer wird.‘ Die Prinzessin nahm ein Blatt und schrieb darauf diese Verse:

O der du um die Schläge des Schicksals dich nicht kümmerst,
Dir ist der Weg, der zur Vereinigung führt, versagt!
Ja, glaubst du denn, Vermeßner, du könnest Suhâ[1] gewinnen,
Und kannst den Mond nicht erreichen, der hell am Himmel ragt?

[1]. Der kleine Stern fünfter Größe, bei dem mittleren Sterne im Schwanze des Großen Bären, den nur Leute mit guten Augen erkennen können.

> *Wie kannst du nur auf mich hoffen und denken, dich mir zu nahen,*
> *Auf daß die Freude den schlanken Leib zu umfangen dir blüht?*
> *Laß ab von diesem Plan aus Furcht vor meinem Zorne*
> *An einem finstern Tage, der graue Scheitel zieht!*

Dann faltete sie den Brief und reichte ihn der Alten. Die nahm ihn hin und ging damit zu Tâdsch el-Mulûk. Als er sie sah, stand er auf und rief: ‚Allah lasse mich nie den Segen deines Kommens entbehren!' Die Alte erwiderte: ‚Da, nimm die Antwort auf deinen Brief!' Er nahm das Blatt, doch als er es gelesen hatte, begann er heftig zu weinen und rief: ‚Ach, jetzt sehne ich mich nach jemandem, der mir den Tod gibt, auf daß ich Ruhe finde. Denn Sterben ist mir leichter als dies Ungemach, das ich jetzt erdulde!' Darauf nahm er Tintenkapsel, Schreibfeder und Papier und schrieb einen Brief, dem er diese beiden Verse anvertraute:

> *O du meine Sehnsucht, laß ab, dich grausam zu versagen,*
> *Komm zu dem Liebenden doch, der in der Liebe ertrinkt!*
> *Glaub nicht, ich könne dies Leben voll grausen Leides ertragen;*
> *Siehe, wie fern der Geliebten mein Geist dem Leibe entsinkt!*

Darauf faltete er den Brief und gab ihn der Alten mit den Worten: ‚Sei mir nicht böse, daß ich dir nutzlose Mühe gemacht habe!' Dem 'Azîz aber befahl er, ihr tausend Dinare auszuzahlen. Dann fuhr er fort: ‚Liebe Mutter, jetzt ist nichts anderes mehr möglich; auf diesen Brief folgt entweder der Vereinigung Seligkeit oder der ewigen Trennung Leid.' Doch die Alte sagte: ‚Lieber Sohn, bei Allah, ich wünsche dir nur Gutes; ja, es ist mein Ziel, dich mit ihr zu vereinen. Denn du bist wie der Mond an strahlendem Lichte so reich, und sie ist der aufgehenden Sonne gleich. Wenn ich euch beide nicht zusammenführe, so ist auch mein Leben nichts nütze. Ich habe doch mein Leben in List und Trug verbracht, bis ich neunzig Jahre alt geworden bin; wie sollte ich da nicht zwei vereinen können, auch wenn es eine Sünde ist?' Dann nahm sie Abschied von ihm, indem sie seinem Herzen Mut zusprach, und wandte sich zum Gehen. Geradenwegs schritt sie dahin, bis sie bei der Herrin Dunja eintrat; den Brief aber hatte sie in ihrem Haare versteckt. Als sie nun bei der Prinzessin saß, kratzte sie sich auf dem Kopfe und sprach: ‚Hohe Herrin, vielleicht bist du so gütig, mir das Haar zu lausen; denn ich bin seit langer Zeit nicht im Bade gewesen.' Da entblößte die Herrin Dunja ihre Arme bis über die Ellenbogen, löste das Haar der Alten und begann ihr die Strähnen zu lausen, bis plötzlich das Blatt von ihrem Kopfe herabfiel. Als die Prinzessin das sah, fragte sie: ‚Was ist das für ein Blatt?' Und die Alte erwiderte: ‚Es ist mir so, als ob es an mir hängen blieb, wie ich beim Laden des Kaufmannes saß. Gib es mir her, damit ich es ihm wieder zustelle! Vielleicht steht eine Abrechnung darauf, die er nötig braucht.' Aber die Herrin Dunja öffnete es, las es und verstand, was es bedeutete; da rief sie: ‚Dies ist wieder eine von deinen Listen! Wenn du mich nicht aufgezogen hättest, so würde ich dich jetzt, in diesem Augenblicke, unbarmherzig schlagen. Allah hat mich wirklich mit diesem Kaufmann heimgesucht; und an allem, was mir von ihm widerfahren ist, bist du allein schuld! Ich weiß nicht einmal, aus welchem Lande er zu uns gekommen ist. Kein einziger anderer Mann als er würde es auch wagen, so kühn gegen mich zu werden. Nun muß ich doch auch fürchten, daß meine Sache ruchbar wird, und noch dazu mit einem Manne, der nicht zu meinem Volke gehört und nicht meinesgleichen ist.' Da trat die Alte zu ihr heran und sprach: ‚Kein Mensch würde es wagen, davon zu reden, aus Furcht vor deinem Zorn und aus Ehrfurcht vor deinem Vater. Es liegt doch nichts Böses darin, wenn du ihm antwortest!' ‚Mütterchen', erwiderte die Prinzessin, ‚dies ist ein Satan! Wie kann er es wagen, solche Worte zu führen, ohne vor des Sultans Zorn Furcht zu spüren? Jetzt weiß ich schon nicht mehr, was ich mit ihm machen soll: gebe ich Befehl, ihn zu töten, so wäre das nicht recht; lasse ich ihn aber ungehindert, so wird er nur noch kühner.' Nun riet die Alte ihr: ‚Schreib ihm doch einen Brief; vielleicht läßt er sich dadurch einschüchtern!' So verlangte die Prinzessin denn nach Papier, Tintenkapsel und Schreibfeder und schrieb ihm diese Verse:

> *Trotz allem Schelten verführt dich das Übermaß der Torheit.*
> *Wie oft verbot ich es dir durch Verse von eigener Hand!*
> *Doch dem Verbot zu Trotz wird dein Verlangen noch stärker.*
> *Und jetzt befehle ich: Mache Verborgenes nicht bekannt.*
> *Verbirg du deine Liebe, laß nie von ihr verlauten!*
> *Sprichst du ein Wort davon, so schone ich dich nicht mehr.*
> *Wenn du mir solche Briefe jetzt nur noch einmal sendest,*
> *Naht dir der Trennungsrabe und krächzet ‚Tod' vor dir her.*
> *Dann wird alsbald der Tod dich plötzlich überfallen,*
> *Und deine Heimstatt wird das Grab in der Erde dort.*
> *Dann lässest du die Deinen, Vermessener, in Trauer*
> *Um deinen Tod, und sie beklagen dich immerfort.*

Darauf faltete sie das Blatt und übergab es der Alten. Die nahm es hin, begab sich zu Tâdsch el-Mulûk und händigte es ihm aus. Wie er es las, erkannte er, daß die Prinzessin harten Herzens war und daß er nie zu ihr gelangen würde. So klagte er dem Wesir sein Leid und bat ihn um den Rat seiner Erfahrenheit. ‚Wisse,' sprach der Wesir zu ihm, ‚bei ihr kann jetzt nichts mehr fruchten, als daß du ihr einen Brief schreibst, in dem du sie verfluchest.' Da rief der Prinz: ‚'Azîz, mein lieber Bruder, schreib du ihr in meinem Namen, so gut du es verstehst!' So nahm 'Azîz ein Blatt und schrieb darauf diese Verse:

Herr, rette mich, ich flehe dich an bei den fünf Planeten![1]
Und ihr, durch die ich leide – mein Elend sende ihr!
Du weißt es ja, daß ich in feuriger Liebe vergehe:
Und doch, mein Lieb ist hart, hat kein Erbarmen mit mir.
Wie lange soll ich sie in meinem Schmerz noch schonen?
Wie lange soll sie mich Schwachen noch quälen mit Tyrannei?
Ich werde ja gepeinigt von Qualen ohne Ende,
Und finde keinen Helfer; o Herr, wer stände mir bei?
Wie sehnlich wünsche ich meine Liebe zu ihr zu vergessen!
Und doch, wie kann ich vergessen? Mir fehlt die Kraft im Leid.
Doch du, die du mir das Glück der Liebesnähe versagst,
Bist du denn gegen Unglück und Schicksalsschläge gefeit?
Lebst du nicht noch in Freuden? Ich aber bin verbannt
Um deinetwillen und ferne von Volk und Heimatland.

Darauf faltete 'Azîz den Brief und reichte ihn dem Tâdsch el-Mulûk. Der las ihn und hatte Gefallen daran, und dann reichte er ihn der Alten. Da nahm die Alte ihn hin, begab sich mit ihm zu der Herrin Dunja und überreichte ihn ihr. Doch als die ihn gelesen und seinen Inhalt verstanden hatte, da ward sie sehr zornig und rief: ‚An allem, was mir widerfährt, ist diese Unglücksalte schuld!' Dann rief sie nach den Sklavinnen und den Eunuchen und gebot: ‚Packt diese verfluchte Alte, die Ränkespinnerin, und schlagt mit euren Sandalen auf sie ein!' Da fielen die über sie her und schlugen sie mit den Sandalen, bis sie in Ohnmacht sank. Als sie dann wieder zu sich kam, sprach die Prinzessin zu ihr: ‚Bei Allah, du Unheilsvettel, fürchtete ich nicht den Erhabenen, so hätte ich dich totschlagen lassen!' Und wiederum rief sie: ‚Schlagt sie von neuem!' Da schlugen sie sie, bis sie wieder in Ohnmacht sank. Dann befahl sie ihnen, sie zu schleifen und vor die Tür zu werfen. Nun schleiften sie die Alte auf dem Gesicht dahin und warfen sie vor die Tür.

1. Merkur, Venus, Mars, Jupiter, Saturn.

Als sie sich erholt hatte, erhob sie sich und wankte dahin; doch sie mußte sich beim Gehen immer wieder hinsetzen. Endlich kam sie in ihre Wohnung, und dort blieb sie bis zum Morgen. Dann machte sie sich auf und ging zu Tâdsch el-Mulûk, dem sie alles berichtete, was ihr widerfahren war. Darüber war er sehr betrübt, und so sprach er zu ihr: ‚Liebe Mutter, was dir widerfahren ist, lastet schwer auf mir. Doch alles ist durch das Schicksal vorherbestimmt.' Sie erwiderte darauf: ‚Hab Zuversicht und quäl dich nicht! Ich werde nicht ruhen, bis ich dich mit ihr vereint habe, bis ich dich mit dieser Metze, die mich durch Schläge gepeinigt hat, verkuppelt habe.' Nun fragte Tâdsch el-Mulûk sie: ‚Sage mir doch, was ist der Grund ihres Hasses gegen die Männer!' Als sie antwortete: ‚Sie hat einen Traum gesehen, der dies verursacht hat', fragte er weiter: ‚Was war denn das für ein Traum?' Da erzählte sie ihm: ‚Eines Nachts sah sie im Traum einen Vogelsteller, der ein Netz auf der Erde ausspannte und ringsherum Weizenkörner streute. Dann setzte er sich in der Nähe hin; und alle die Vögel dort gingen in das Netz. Unter anderem sah sie ein Taubenpaar, ein Männchen und ein Weibchen. Während nun das Weibchen das Netz anschaute, verfing sich der Fuß des Männchens darin, und es begann zu zappeln. Da erschraken alle die anderen Vögel und flogen davon. Das Weibchen aber flatterte über dem Männchen hin und her, flog dann herunter zu dem Netz, während der Vogelsteller nicht aufpaßte, pickte nach der Masche, in die der Fuß des Männchens gefangen war, und begann mit seinem Schnabel daran zu zupfen, bis es den Fuß aus dem Netze befreit hatte. Dann flogen beide davon. Bald darauf kam der Vogelsteller, besserte das Netz aus und setzte sich weit davon nieder. Nach einer Weile kamen die Vögel wieder, und diesmal blieb das Netz am Weibchen hängen. Da flogen alle Vögel erschrokken von dannen, mit ihnen auch der Täuber; der aber kehrte nicht wieder zu seinem Weibchen zurück. Nun kam der Vogelsteller, nahm die Taube und schlachtete sie. Da wachte die Prinzessin erschrocken aus ihrem Traume auf und sprach: ‚Ein jeder Mann ist wie dieser Täuber; an ihm ist nichts Gutes, und an allen Männern ist nichts Gutes für die Frauen!'

Wie die Alte ihre Erzählung beendet hatte, sprach Tâdsch el-Mulûk zu ihr: ‚Liebe Mutter, ich möchte sie nur ein einziges Mal sehen, und wenn das auch meinen Tod bedeutet. Bitte, ersinne mir eine List, daß ich sie schauen kann!' ‚Wisse,' erwiderte sie, ‚sie hat einen Garten unterhalb ihres Schlosses; der dient ihr zur Zerstreuung. Dorthin geht sie einmal in jedem Monat durch eine geheime Pforte. Jetzt gerade nach zehn Tagen ist die Zeit, daß sie sich wieder dort ergeht. Wenn sie also hingehen will, dann komme ich zu dir und tue es dir kund, damit auch du dorthin gehen und ihr begegnen kannst. Hüte dich aber, den Garten rasch wieder zu verlassen! Denn wenn sie deine Schönheit und Anmut erblickt, so wird ihr Herz vielleicht von der Liebe zu dir ergriffen. Ist doch die Liebe das stärkste Mittel der Vereinigung.' ‚Ich höre und gehorche!' antwortete der Prinz. Dann verließ er den Laden zusammen mit 'Azîz; und sie beide nahmen die Alte mit sich zu ihrer Wohnung und zeigten sie ihr. Darauf sprach Tâdsch el-Mulûk zu 'Azîz: ‚Lieber Bruder, ich habe den Laden nicht mehr nötig; ich habe meinen Zweck mit ihm erreicht. Darum schenke ich ihn dir mit allem, was darin ist; denn du bist mit mir in die Fremde gezogen und hast dich von deiner Heimat getrennt.' 'Azîz nahm dies Geschenk von ihm an, und dann saßen die beiden im Gespräche beisammen. Der Prinz fragte seinen Freund nach seinen Abenteuern und Erlebnissen, und der erzählte ihm, was ihm alles begegnet war. Darauf gingen die beiden zum

Wesir, berichteten ihm, was Tâdsch el-Mulûk beschlossen hatte, und fragten ihn, wie sie es ausführen sollten. Er antwortete nur: ‚Auf, laßt uns zu dem Garten gehen!' Da zog nun ein jeder von ihnen seine prächtigsten Kleider an, und sie gingen fort, begleitet von drei weißen Sklaven. Sie begaben sich zu dem Garten, und sahen dort viele Bäume sprießen und zahlreiche Bäche fließen. Den Gärtner aber fanden sie am Tore sitzen. Als sie ihn grüßten, erwiderte er ihren Gruß. Dann reichte der Wesir ihm hundert Dinare mit den Worten: ‚Nimm, bitte, dies Geld und hole uns dafür etwas zu essen! Wir sind nämlich Fremdlinge, und ich möchte diesen beiden Jünglingen, die bei mir sind, die Sehenswürdigkeiten zeigen.' Der Gärtner nahm die Goldstücke und sprach zu ihnen: ‚Tretet in den Garten ein und sehet euch um; er ist ganz der eure. Setzt euch auch, bis ich euch zu essen bringe!' Während er zum Basar ging, traten der Wesir, Tâdsch el-Mulûk und 'Azîz in den Garten ein, in der Abwesenheit des Wächters. Nach einer Weile aber kam er zurück und brachte ein geröstetes Lamm und schneeweißes Brot. Das setzte er vor sie hin, und sie aßen und tranken. Danach brachte er ihnen Süßigkeiten; auch davon aßen sie, und dann wuschen sie sich die Hände. Nun saßen sie plaudernd beisammen, und da sprach der Wesir: ‚Erzähle uns von diesem Garten! Gehört er dir oder hast du ihn gepachtet?' Der Alte gab zur Antwort: ‚Er gehört nicht mir, sondern der Tochter des Königs, der Herrin Dunja.' Weiter fragte der Wesir: ‚Wieviel Lohn erhältst du im Monat?' ‚Einen einzigen Dinar, sonst nichts', war die Antwort des Alten. Dann schaute der Wesir den Garten genauer an und entdeckte darin ein hohes Bauwerk, das aber schon alt war. Darauf sagte er: ‚Alterchen, ich möchte hier etwas Gutes tun, das dich an mich erinnern soll.' Der andere fragte: ‚Hoher Herr, was für ein gutes Werk willst du denn tun?' ‚Nimm diese dreihundert Dinare!' antwortete der Wesir. Als aber der Gärtner von Gold reden hörte, rief er: ‚Hoher Herr, tu, was du nur willst!' Nun gab jener ihm die Dinare mit den Worten: ‚So Allah der Erhabene will, werden wir an dieser Stätte ein gutes Werk tun!' Dann verließen sie den Alten, begaben sich in ihre Wohnung und brachten dort die Nacht zu. Am nächsten Morgen berief der Wesir einen Anstreicher, einen Maler und einen geschickten Goldschmied zu sich und ließ für sie alle Werkzeuge, die sie nötig hatten, herbeischaffen. Dann ging er mit ihnen in den Garten und befahl ihnen, das Gebäude weiß anzustreichen und mit allerlei Malereien zu schmücken. Ferner ließ er Gold- und Lazurfarbe zubereiten und sprach zu dem Maler: ‚Male auf die Wand im Hintergrunde der Halle die Gestalt eines menschlichen Wesens, eines Vogelstellers, wie er sein Netz ausgebreitet hat, in das schon die Vögel hineingeflogen sind, und dann eine Taube, die sich mit ihrem Schnabel in den Maschen gefangen hat!' Als der Maler auf der einen Seite ein solches Bild fertiggemalt hatte, sprach der Wesir zu ihm: ‚Male auf der anderen Seite ein ähnliches Bild, doch stelle die Taube allein im Netze dar, den Vogelsteller aber, wie er die Taube packt und ihr das Messer an den Hals legt. Und schließlich male auf der dritten Seite einen großen Raubvogel, der den Täuber erjagt hat und seine Krallen in ihn schlägt!' Als dieser Befehl ausgeführt war und die Männer mit den Aufträgen, die der Wesir ihnen gegeben hatte, fertig waren, und als dieser ihnen dann ihren Lohn gegeben hatte, gingen sie davon. Auch der Wesir mit seinen Gefährten wandte sich zum Gehen und nahm Abschied von dem Gärtner; sie begaben sich in ihre Wohnung und setzten sich dort zum Plaudern nieder. Tâdsch el-Mulûk aber sprach zu 'Azîz: ‚Lieber Bruder, sing mir doch ein Lied, auf daß meine Brust sich weitet und dies quälende Sinnen von mir zieht und auch in meinem Herzen die feurige Flamme nicht mehr so heiß glüht!' Da hub 'Azîz an zu singen, und er ließ dies Lied erklingen:

> *All das, was die Liebenden je an bitterem Leid erduldet,*
> *Das trug ich ganz allein, bis mir die Geduld entschwand.*
> *Wenn du eine Tränke suchest, sieh, meine Zähren flossen,*
> *Daß draus für Wassersucher ein weites Meer entstand.*
> *Und willst du sehen, was die Hände der Liebe getan*
> *Am Volke, das da liebt, sieh meinen Leib nur an!*

Da brachen ihm die Tränen aus den Augen hervor, und weiter trug er diese Verse vor:

> *Wer nicht den Gazellenhals liebt und Antilopenaugen,*
> *Doch sagt, er kenne die Wonne der Welt, der spricht nicht wahr.*
> *Denn in der Liebe liegt ein Glück, das unter den Menschen*
> *Nur der erreicht, der selber gehört zu der Liebenden Schar.*
> *Gott befreie mein Herz niemals von der Liebe Macht,*
> *Geb' keinen Schlaf dem Auge, das um die Geliebte wacht!*

Darauf hub er von neuem an zu singen, und nun ließ er dies Lied erklingen:

> *Es meinte Avicenna bei Leitsätzen seiner Lehre,*
> *Für Liebeskrankheit wäre die Arznei der Sang,*
> *Die Nähe einer Maid, die der Geliebten gleiche,*
> *Dazu ein schöner Garten, Naschwerk und edler Trank.*
> *So nahm ich denn einmal eine andre als dich, zur Genesung,*
> *Als Zeit und Möglichkeit mir ihren Beistand liehn:*
> *Doch ich erkannte, die Liebe ist eine tödliche Krankheit,*
> *Und nur Gefasel ist Avicennas Medizin.*

Als 'Azîz seine Verse beendet hatte, wunderte Tâdsch el-Mulûk sich über seine Beredsamkeit und die Schönheit seines Vortrags, und er sprach: ,Du hast meinen Schmerz schon etwas gelindert.' Da hub der Wesir an: ,Ja, die Alten haben manches gekannt, was die Hörer in seinen Zauber bannt.' ,Wenn dir etwas Ähnliches gegenwärtig ist,' rief der Prinz, ,so laß mich hören, was du von solchen zarten Versen kennst, und unterhalt uns weiter!' Nun begann auch der Wesir zu singen, und er ließ dies Lied erklingen:

> Ich lebte im Glauben dahin, deine Gunst sei zu erkaufen
> Durch reichliche Geschenke und Gaben von Kostbarkeit;
> Ich Tor vermeinte, die Liebe zu dir sei etwas Leichtes –
> Ach, zarte Seelen litten um sie viel bitteres Leid –:
> Bis ich erkannte, daß du erwählest und dem gehörest,
> Den du freiwillig beglückst mit Liebeshuld so reich.
> Da wußte ich, du bist durch List nicht zu gewinnen,
> Und barg mein Haupt im Schutze des Fittichs, dem Vogel gleich;
> So machte ich mir im Nest der Liebe einen Hort,
> Und alle Tage und Nächte verbringe ich nur dort.

Lassen wir nun jene und wenden wir uns wieder zu der Alten! Die hatte sich in ihrem Hause eingeschlossen. Inzwischen aber ward die Prinzessin von der Sehnsucht danach erfüllt, sich im Garten zu ergehen, und da sie nur in Begleitung der Alten auszugehen pflegte, so ließ sie sie kommen, besänftigte und begütigte sie und sprach zu ihr: ,Siehe, ich möchte mich zu dem Garten begeben, auf daß ich mich am Anblick seiner Bäume und Früchte erfreue und daß meine Brust beim Dufte seiner Blumen sich von Kummer befreie.' ,Ich höre und gehorche!' antwortete die Alte; ,aber ich möchte noch in mein Haus gehen und mich umkleiden, ich bin dann sofort wieder bei dir.' Da sagte die Prinzessin: ,Geh in dein Haus, doch bleib mir nicht zu lange fort!' In Wirklichkeit aber ging die Alte, als sie fort war, zu Tâdsch el-Mulûk und sprach zu ihm: ,Mach dich bereit, zieh deine prächtigsten Gewänder an und geh zu dem Garten! Tritt zuerst beim Gärtner ein und begrüße ihn; dann verbirg dich zwischen den Bäumen!' Der Prinz rief: ,Ich höre und gehorche!' Nun verabredete sie noch ein Zeichen mit ihm, und dann begab sie sich zur Herrin Dunja. Nachdem sie fortgegangen war, kleideten der Wesir und 'Azîz den Tâdsch el-Mulûk in ein prächtiges Königsgewand, das fünftausend Dinare wert war, und legten ihm einen goldenen Gürtel um, der mit Juwelen und Edelmetall besetzt war. Dann begaben sie sich zu dem Garten. Wie sie beim Gartentor ankamen, fanden sie den Gärtner dort sitzen; und sobald der den Prinzen erblickte, stand er schon auf seinen Füßen, um ihn mit Achtung und Ehrerbietung zu begrüßen. Indem er das Tor öffnete, sprach er: ‚Tritt ein und ergehe dich in dem Garten!' Aber der Gärtner wußte nicht, daß die Prinzessin an jenem Tage in den Garten kommen würde. Als nun Tâdsch el-Mulûk eingetreten war und sich kaum eine Stunde lang dort aufgehalten hatte, hörte der Gärtner ein Geräusch, und ehe er sich dessen versah, waren schon die Eunuchen und die Dienerinnen aus der geheimen Pforte hervorgetreten. Bei deren Anblick ging er zu Tâdsch el-Mulûk, tat ihm kund, daß die Prinzessin nahe, und fragte ihn: ‚Hoher Herr, was ist jetzt zu tun? Die Prinzessin, die Herrin Dunja, ist hier!' Doch der Prinz erwiderte: ‚Sorge dich nicht! Siehe, ich werde mich an irgendeiner Stätte im Garten verbergen.' Nachdem der Gärtner ihm ans Herz gelegt hatte, er möge sich so sorgsam wie möglich verstecken, verließ er ihn und ging fort.

Als nun die Prinzessin mit ihren Dienerinnen und der Alten im Garten war, sprach die Alte bei sich: ‚Solange die Eunuchen bei uns sind, werden wir unser Ziel nicht erreichen.' Dann wandte sie sich an die Prinzessin mit den Worten: ‚Hohe Herrin, ich möchte dir etwas raten, was deinem Herzen wohltun könnte.' ‚Sprich, was du meinst!' erwiderte die Herrin Dunja. Da fuhr die Alte fort: ‚Hohe Herrin, sieh, jene Eunuchen da sind uns zu dieser Stunde nicht vonnöten; und deine Brust fühlt sich nicht frei, solange sie bei uns verweilen. Schick sie nur fort von uns!' ‚Du hast recht', sagte die Prinzessin, und sie entließ sie. Alsbald begann sie umherzuwandeln, während Tâdsch el-Mulûk sie in ihrer herrlichen Schönheit erblicken konnte, ohne daß sie darum wußte. Doch sooft er sie nur sah, wurde er durch den Anblick ihres strahlenden Liebreizes ohnmächtig. Währenddessen aber leitete die Alte sie im Gespräch unbemerkt bis zu dem Gebäude, das der Wesir hatte ausschmücken lassen. Dort trat die Prinzessin ein und schaute sich die Malereien an. Wie sie die Vögel und den Vogelsteller und die Tauben gewahrte, rief sie aus: ‚Allah sei gepriesen! Das ist ja die Darstellung dessen, was ich im Traume gesehen!' Dann begann sie die Figuren genauer anzusehen, die Vögel, den Vogelsteller und das Netz, und ward von Bewunderung erfüllt. ‚Liebes Mütterchen,' rief sie, ‚sieh, ich pflegte die Männer zu tadeln und zu hassen, aber nun schau einmal an, der Vogelsteller schlachtet das Weibchen, und das Männchen war entkommen und wollte herbeieilen, um das Weibchen zu befreien, doch da ist der Raubvogel ihm in den Weg gekommen und hat es zerrissen!' Die Alte tat ihr gegenüber, als wisse sie nichts davon, und hielt sie weiter im Gespräch fest, bis sie beide in die Nähe der Stätte kamen, an der Tâdsch el-Mulûk verborgen war. Da machte sie ihm ein Zeichen, er sollte unter den Fenstern des Gebäudes umherwandeln. Und während die Herrin nun dahinschritt, da fiel ihr Blick auf ihn: sie sah ihn an und betrachtete seine Lieblichkeit und seines Wuchses Ebenmäßigkeit. ‚Mütterchen,' rief sie, ‚woher kommt dieser schöne Jüngling?' Die Alte antwortete: ‚Ich weiß nichts von ihm. Doch ich glaube, er ist der Sohn eines mächtigen Königs; denn er ist vollendet schön und so wunderbar lieblich anzusehn!' Nun entbrannte die Herrin Dunja in Liebe zu ihm; es lösten sich die Bande des Zaubers, der sie gefangen hielt, und ihr Sinn ward berückt durch seine Schönheit und Lieblichkeit und seines Wuchses Ebenmäßigkeit, so daß sich heißes Verlangen nach ihm in ihr regte. Und sie sprach: ‚Mütterchen, wahrlich, dieser Jüngling ist schön!' Die Alte aber erwiderte nur: ‚Du sprichst die Wahrheit, hohe Herrin', und dann machte sie dem Prinzen ein Zeichen, er solle nach Hause gehen. Und er, vom Feuer der Liebe entbrannt, er, der nur noch die heftigste Leidenschaft empfand, ging fort, ohne zu verweilen. Von dem Gärtner nahm er Abschied und begab sich zu seiner Wohnung; er war ja so sehr von der Sehnsucht erregt, und doch wagte er der Alten nicht zu widersprechen. Als er dann dem Wesir und 'Azîz berichtete, die Alte habe ihm ein Zeichen gemacht, daß er fortgehen solle, begannen sie ihm Mut zuzusprechen, und sie sagten: ‚Hätte die Alte nicht gewußt, daß es von Vorteil sei, wenn du heimkehrtest, so hätte sie dir das Zeichen nicht gegeben.'

Lassen wir nun Tâdsch el-Mulûk und den Wesir und 'Azîz, und wenden wir uns wieder zur Prinzessin, der Herrin Dunja! Die war von Sehnsucht nach ihm entbrannt, so daß sie nur noch die heftigste Leidenschaft empfand, und sie sprach zu der Alten: ‚Ich weiß nicht, wie ich mit diesem Jüngling vereinigt werden kann außer allein durch dich.' Da rief die Alte: ‚Ich nehme meine Zuflucht zu Allah vor dem verfluchten Teufel! Du wolltest nichts von Männern wissen; wie kommt's, daß bangende Liebe zu diesem dich hat ergreifen müssen? Doch bei Allah, keiner als er ist deiner Jugendschönheit wert!' Die Herrin Dunja aber fuhr fort: ‚Liebes Mütterchen, steh mir bei, hilf mir, daß ich mit ihm vereinigt werde! Tausend Dinare sollen dir von mir zuteil werden und ein Ehrenkleid, das tausend Dinare wert ist. Wenn du mir aber nicht zur Begegnung mit ihm verhilfst, siehe, so muß ich sterben, das steht fest.' Darauf erwiderte die

Alte: ,Geh du in dein Schloß! Ich will auf Mittel und Wege sinnen, euch beide zu vereinen, ja ich will mein Leben für euer Glück opfern!' So ging denn die Herrin Dunja zu ihrem Schlosse, aber die Alte begab sich zu Tâdsch el-Mulûk. Kaum erblickte er sie, da stand er schon vor ihr auf den Füßen, um sie mit Achtung und Ehrerbietung zu begrüßen. Nachdem er sie zu seiner Seite sich hatte setzen lassen, sprach sie zu ihm: ,Wisse, die List ist geglückt!' und erzählte ihm, wie es ihr mit der Herrin Dunja ergangen war. Auf seine Frage: ,Wann wird die Zusammenkunft sein?' antwortete sie: ,Morgen.' Da gab er ihr tausend Dinare und ein Gewand, das ebensoviel wert war; sie nahm beides und wandte sich zum Gehen. Dann ging sie geradenwegs zur Herrin Dunja, und die empfing sie mit den Worten: ,Mütterchen, welche Kunde bringst du von dem Geliebten?' Die Alte erwiderte: ,Ich weiß jetzt, wo er wohnt, und morgen bin ich mit ihm bei dir.' Erfreut darüber gab die Herrin Dunja ihr tausend Dinare und ein Gewand, das ebensoviel wert war; da nahm die Alte beides mit sich und begab sich in ihre Wohnung, wo sie bis zum anderen Morgen blieb. Dann machte sie sich wieder auf und begab sich zu Tâdsch el-Mulûk, kleidete ihn in Frauengewänder und sprach zu ihm: ,Geh hinter mir her mit wiegendem Gang; doch geh nicht zu rasch und sieh dich nicht um, wenn jemand dich anredet!' Nachdem sie ihm diese Weisung gegeben hatte, ging sie hinaus, während er ihr im Frauengewand folgte. Unterwegs sprach sie ihm Mut zu, damit er keinerlei Furcht habe. Und so gingen die beiden, sie vorauf und er hinterdrein, geradenwegs zum Tore des Schlosses. Dort trat sie ein und ging dem Prinzen voran durch Türen und Hallen hindurch, bis sie mit ihm durch sieben Türen gekommen war. Vor der siebenten Tür aber hatte sie zu Tâdsch el-Mulûk gesagt: ,Sei mutigen Herzens! Wenn ich dich rufe mit den Worten: ‚Mädchen, tritt ein!' so sei nicht säumig, sondern spring herbei! Bist du dann in die Halle eingetreten, so schau nach links, dort wirst du einen Saal mit vielen Türen erblicken. Zähle fünf Türen ab, und tritt in die sechste ein: denn siehe, dort ist das Ziel deiner Sehnsucht!' Und auf seine Frage: ‚Wohin gehst du denn?' hatte sie geantwortet: ‚Ich gehe nirgend hin, außer daß ich vielleicht hinter dir zurückbleibe, wenn der Obereunuch mich aufhält, und mit ihm rede.' So ging sie ihm denn weiter voran, bis sie zu der Tür kam, bei der sich der Obereunuch befand. Als der den Tâdsch el-Mulûk in der Gestalt einer Dienerin erblickte, rief er die Alte an: ‚Was ist's mit diesem Mädchen, das du bei dir hast?' Die Alte gab zur Antwort: ‚Das ist eine Sklavin; die Herrin Dunja hat von ihr gehört, daß sie gut zu arbeiten versteht, und sie will sie kaufen.' Der Eunuch aber sagte: ‚Ich weiß weder von einer Sklavin noch von sonst etwas. Hier darf niemand eintreten, ohne daß ich ihn untersuche, so wie der König mir befohlen hat.' – –«

Da bemerkte Schehrezâd, daß der Morgen begann, und sie hielt in der verstatteten Rede an. Doch als die *Hundertundfünfunddreißigste Nacht* anbrach, fuhr sie also fort: »Es ist mir berichtet worden, o glücklicher König, daß der Türhüter zu der Alten sprach: ‚Ich weiß weder von einer Sklavin noch von sonst etwas. Hier darf niemand eintreten, ohne daß ich ihn untersuche, so wie der König mir befohlen hat.' Da sagte die Alte, indem sie sich zornig stellte: ‚Ich kannte dich als einen Mann von Verstand und von guter Erziehung; aber wenn deine Art sich geändert hat, so werde ich es der Herrin berichten und ihr kundtun, daß du ihrer Sklavin in den Weg getreten bist.' Darauf rief sie Tâdsch el-Mulûk mit den Worten: ‚Tritt ein, Mädchen!' Also trat er in die Halle ein, wie sie ihm befohlen hatte; der Eunuch aber schwieg still und sagte kein Wort.

Nun zählte Tâdsch el-Mulûk fünf Türen ab und trat in die sechste ein. Dort fand er die Herrin Dunja, wie sie dastand und auf ihn wartete. Und sowie sie ihn erkannte, zog sie ihn an ihre Brust, und auch er umarmte sie innig. Darauf trat die Alte zu den beiden ein; vorher hatte sie listigerweise die Sklavinnen fortgeschickt, da sie fürchtete, daß die Sache ruchbar würde. Nun sprach die Herrin Dunja zu ihr: ‚Sei du unsere Türhüterin!' Und dann blieb sie mit Tâdsch el-Mulûk allein; sie ruhten mit den Armen umwunden und innigst verbunden bis zur Zeit der Morgendämmerung. Als es aber hell ward, ging sie fort und schloß ihn ein. Sie selbst begab sich in ein anderes Zimmer und setzte sich nach ihrer Gewohnheit nieder. Da kamen auch die Sklavinnen; und sie erledigte, was sie mit ihnen zu tun hatte, und plauderte eine Weile mit ihnen. Dann sprach sie zu den Sklavinnen: ‚Geht nun fort von mir! Ich möchte mich für mich allein vergnügen.' Als die Sklavinnen sie verlassen hatten und sie wieder zu Tâdsch el-Mulûk gegangen war, da trat auch die Alte zu den beiden ein und brachte ihnen etwas Speise. Sie aßen davon und gaben sich wieder der Liebeständelei hin bis zum Morgengrauen. Am dritten Tage verschloß die Prinzessin wieder die Tür wie am Tage vorher. Und in dieser Weise blieben sie einen vollen Monat beieinander.

So stand es nun mit Tâdsch el-Mulûk und der Herrin Dunja. Was aber den Wesir und 'Azîz angeht, so waren sie, als Tâdsch el-Mulûk sich in das Schloß der Prinzessin begeben hatte und nun diese ganze Zeit über fortblieb, der festen Meinung, daß er nie wieder herauskommen würde und daß er sicherlich dort den Tod gefunden hätte. Da sprach 'Azîz zum Wesir: ‚Mein Vater, was sollen wir tun?' Der antwortete: ‚Mein Sohn, die Lage ist jetzt schwierig. Wenn wir nicht zu seinem Vater heimkehren und ihm berichten, so wird er uns deswegen tadeln.'

Zur selbigen Stunde machten die beiden sich bereit und begaben sich nach dem Grünen Lande und zu den beiden Säulen und zum Thronsitze des Königs Sulaimân Schâh; Tag und Nacht durchquerten sie die Flußtäler, bis sie endlich zum König eintraten. Dem berichteten sie, wie es seinem Sohne ergangen war, und daß man, seit er das Schloß der Prinzessin betreten, nichts mehr von ihm gehört habe. Da war er von Schrekken wie erschlagen, und bitteres Leid begann an ihm zu nagen; und er gab Befehl, man solle in seinem Lande zum Heiligen Kriege ausrufen. Dann ließ er die Truppen vor die Stadt ziehen und dort ein Lager für sie aufschlagen. Er selbst aber ließ sich in seinem Prachtzelte nieder und wartete, bis die Heerhaufen aus allen Gegenden sich versammelt hatten; denn sein Volk liebte ihn wegen seiner großen Gerechtigkeit und Mildtätigkeit. Und nun brach er auf, mit einem Heere so groß, daß es den Horizont versperrte, und zog aus auf der Suche nach seinem Sohne Tâdsch el-Mulûk.

Das also geschah von ihrer Seite. Tâdsch el-Mulûk und die Herrin Dunja aber lebten so weiter ein halbes Jahr lang; und dabei nahm ihre Liebe zueinander mit jedem Tage zu. In des Prinzen Herzen wühlte immer mehr der sehnenden Liebe Kraft und die allerwildeste Leidenschaft, bis daß er ihr schließlich seine geheimen Gedanken offenbarte und zu ihr sprach: ‚Wisse, o du Geliebte meines innersten Herzens, je länger ich bei dir verweile, desto mehr wächst in mir die Leidenschaft und der Sehnsucht Kraft, denn ich habe mein Ziel noch nicht ganz erreicht.' Sie erwiderte: ‚Was wünschest du noch, o du Licht meines Auges, du mein Herzallerliebster? Wenn du noch etwas anderes willst, als daß wir ruhen mit den Armen umwunden und innig verbunden, so tu, was dir gefällt; denn vor Gott hat niemand teil an uns in der Welt.' Doch er fuhr fort: ‚Danach steht nicht mein Begehr. Nein, ich möchte dir die Wahrheit über mich selbst kundtun. Wisse denn, ich bin kein Kaufmann, sondern ich bin ein König, der Sohn eines Königs. Mein Vater heißt der großmächtige König Sulaimân Schâh; er ist's der den Wesir als Gesandten zu deinem Vater geschickt hat, daß er um dich für mich werbe. Aber damals, als die Kunde davon zu dir kam, hast du nicht eingewilligt.' Dann erzählte er ihr die ganze Geschichte von Anfang bis zu Ende – doch hier noch einmal erzählen, würde die Hörer nur quälen –, und er schloß mit den Worten: ,Jetzt möchte ich mich zu meinem Vater begeben und ihn bitten, einen Gesandten an deinen Vater zu schicken, der bei ihm um dich werbe, auf daß wir in Ruhe leben können.' Als sie diese Worte vernahm, war sie hocherfreut; denn das war auch gerade ihr Wunsch. Und mit diesem Entschlusse begaben sie sich zur Ruhe.

Nun aber traf es sich nach der Bestimmung des Schicksals, daß der Schlaf in jener Nacht mehr Gewalt über sie gewann als in den anderen Nächten und daß sie schlummerten, bis die Sonne aufging. Um jene Zeit saß König Schehrimân auf dem Throne seiner Herrschaft, während die Emire seines Reiches vor ihm standen. Da kam zufällig der Vorsteher der Goldschmiedezunft zu ihm herein, mit einer großen Schachtel in der Hand. Er trat vor, öffnete sie vor dem König und nahm aus ihr ein feines Kästchen heraus, das hunderttausend Dinare wert war; denn darin befanden sich Edelsteine, Rubine und Smaragde so viele, wie sie keiner der Könige aus aller Welt sich hätte verschaffen können. Wie der König die sah, staunte er ob ihrer Schönheit, und sogleich sah er sich nach dem Obereunuchen um, eben dem, der mit der Alten jenes Erlebnis gehabt hatte, und gebot ihm: ,Kafûr, nimm dies Kästchen und bringe es der Herrin Dunja!' Da nahm der Eunuch das Kästchen in

Empfang und schritt dahin, bis er zu dem Gemache der Prinzessin kam. Als er dort die Tür verschlossen und die Alte auf der Schwelle schlafend fand, rief er: ‚Ihr schlaft noch um diese Stunde?' Doch wie die Alte die Stimme des Eunuchen hörte, erwachte sie aus ihrem Schlafe und rief erschrocken: ‚Warte, bis ich dir den Schlüssel bringe!' und lief davon, so schnell sie konnte.

Überlassen wir die ihrem Schicksal, und sehen wir, was der Eunuch weiter tat! Der hatte nämlich erkannt, daß die Alte ratlos war. Und so hob er die Tür aus den Angeln, trat in das Gemach ein und fand die Herrin Dunja und Tâdsch el-Mulûk wie sie eng umschlungen schliefen. Als er das sah, wußte er nicht, was er tun sollte. Gerade wollte er zum König zurückkehren, da wachte die Herrin Dunja auf. Beim Anblick des Eunuchen verfärbte sich ihr Antlitz und erblich; und sie sprach: ‚Kafûr, verbirg, was Allah verborgen hat!' Doch er antwortete: ‚Ich darf vor dem König nichts verheimlichen.' Dann schloß er die beiden ein und kehrte zum König zurück. Der fragte ihn: ‚Hast du das Kästchen deiner Herrin überreicht?' Da erwiderte der Eunuch: ‚Nimm das Kästchen zurück, hier ist es! Ich darf vor dir nichts verheimlichen. Wisse denn, ich habe bei der Herrin Dunja einen schönen Jüngling gesehen, der bei ihr auf demselben Lager schlief, und beide hielten einander umarmt.' Sogleich befahl der König, die beiden herzuschaffen. Und wie sie dann vor ihm standen, rief er ihnen zu: ‚Was ist das für ein Unterfangen!' In seinem heftigen Zorn ergriff er eine Geißel und wollte Tâdsch el-Mulûk schlagen. Aber die Herrin Dunja warf sich über ihn und rief ihrem Vater zu: ‚Töte mich zuvor!' Da schalt der König seine Tochter und befahl, man solle sie in ihre Kammer zurückführen. Doch dann fuhr er Tâdsch el-Mulûk an mit den Worten: ‚Weh dir! Woher kommst du? Wer ist dein Vater? Was brachte dich zu solcher Kühnheit gegen meine Tochter?' ,Wisse, o König,' erwiderte Tâdsch el-Mulûk, ,wenn du mich töten lässest, so bist du verloren; ihr werdet es bereuen, du und alle Untertanen deines Reiches!' Der König fragte: ,Warum denn? Da gab Tâdsch el-Mulûk zur Antwort: ,Wisse, ich bin der Sohn des Königs Sulaimân Schâh! Ehe du dich dessen versiehst, wird er mit seinen Rossen und Mannen über dich herfallen!' Als König Schehrimân diese Worte vernahm, wollte er seine Hinrichtung aufschieben und ihn ins Gefängnis werfen, um zu sehen, ob seine Worte wahr wären. Aber sein Wesir sprach zu ihm: ,O größter König unserer Zeit, ich halte dafür, daß du diesen Galgenstrick sofort hinrichten lässest, ihn, der sich an Prinzessinnen vergreift!' So befahl der König denn dem Scharfrichter: ,Schlag ihm den Kopf ab; denn er ist ein Verbrecher!' Da packte der Scharfrichter ihn an und schnürte ihn in Fesseln; dann hob er seinen Arm auf, indem er die Emire anblickte, als wolle er sie um Rat fragen, einmal, zweimal; denn er gedachte dadurch Zeit zu gewinnen. Doch der König schrie ihn an: ,Wie lange willst du noch um Rat fragen? Tust du es noch ein einziges Mal, so lasse ich auch dir den Kopf abschlagen!' Nun also hob der Scharfrichter seinen Arm so hoch, bis das Haar unter seiner Achsel sichtbar ward, und wollte wirklich den Hals des Prinzen durchschlagen. – –«

Da bemerkte Schehrezâd, daß der Morgen begann, und sie hielt in der verstatteten Rede an. Doch als die *Hundertundsechsunddreißigste Nacht* anbrach, fuhr sie also fort: »Es ist mir berichtet worden, o glücklicher König, daß der Scharfrichter seinen Arm so hoch hob, bis das Haar unter seiner Achsel sichtbar ward, und den Hals des Prinzen wirklich durchschlagen wollte; doch da erschollen plötzlich laute Schreie, und die

Leute schlossen ihre Läden. Der König rief dem Scharfrichter zu: ‚Halt ein!' und schickte sofort einen Boten, der ihm berichten sollte, was es gäbe. Der Bote ging und kam zurück mit der Nachricht: ‚Ich sah ein Heer gleich dem tosenden wogengepeitschten Meer. Die Reiter sprengten dahin, daß die Erde unter ihnen erdröhnte. Doch ich weiß nicht, was es mit ihnen zu bedeuten hat.' Da erschrak der König und war besorgt, sein Reich könne ihm entrissen werden. Und so wandte er sich an den Wesir mit den Worten: ‚Sind denn keine von unseren Truppen diesem Heere entgegengezogen?' Doch kaum hatte er diese Worte ausgesprochen, da kamen auch schon seine Kammerherren herein mit den Gesandten des Königs, der da herannahte, und unter ihnen befand sich auch der Wesir. Als dieser zuerst den Gruß aussprach, erhob der König sich vor den Fremden, bat sie näher zu treten und fragte sie nach dem Grunde ihres Kommens. Nun trat der Wesir aus ihrer Reihe hervor, näherte sich dem König und sprach zu ihm: ‚Wisse, daß er, der in dein Land eingefallen ist, kein König ist wie die Herrscher aus früherer Zeit noch wie die Sultane der Vergangenheit!' ‚Wer ist er denn?' fragte Schehrimân. Der Wesir antwortete: ‚Er ist der Herrscher voll Treue und Gerechtigkeit, dessen hohen Sinn die reisigen Leute verkünden weit und breit, Sultan Sulaimân Schâh, der Herr des Grünen Landes und der beiden Säulen und der Berge von Ispahan, er, der da eintritt für Recht und Gerechtigkeit, der aber abhold ist aller Tyrannei und Ungerechtigkeit! Er läßt dir sagen, sein Sohn sei bei dir in deiner Hauptstadt, er, den er innigst und von Herzen liebt. Wenn er ihn nun wohlbehalten antrifft, so ist erreicht, was er gewollt, und dir wird Lob und Dank gezollt; ist er aber in deinem Lande verloren gegangen oder hat ihn irgendein Leid betroffen, so mache dich gefaßt aufs Sterben und auf des

Landes Verderben, ja, dann soll dein Reich zur Wüste werden, darinnen die Raben krächzen. Siehe da, ich habe dir die Botschaft ausgerichtet und bin am Ende.'

Als König Schehrimân diese Worte von dem Gesandten vernommen hatte, geriet sein Herz in Sorgen, und er fürchtete für sein Königtum. Sofort berief er die Großen seines Reiches, die Wesire, die Kammerherren und die Statthalter; und als sie erschienen waren, sprach er zu ihnen: ‚Ihr da, geht hin und suchet nach jenem Jüngling!' Der war noch unter dem Arme des Scharfrichters, und durch das furchtbare Grauen, das ihn gepackt hatte, war sein Aussehen ganz verändert. Doch wie der Wesir nur einen Blick auf ihn warf und den Sohn seines Königs auf dem Blutleder sicher wiedererkannte, da warf er sich über ihn; ebenso taten auch die anderen Gesandten. Dann machten sie sich daran, seine Fesseln zu lösen, und küßten ihm Hände und Füße. Als aber Tâdsch el-Mulûk die Augen aufschlug und den Wesir seines Vaters und seinen Freund 'Azîz erkannte, da sank er in Ohnmacht, von Freude überwältigt.

König Schehrimân jedoch wußte nicht, was er tun sollte, und war in großer Angst, als er dessen gewiß war, daß jenes Heer nur wegen dieses Jünglings gekommen war. So ging er denn hin zu Tâdsch el-Mulûk, küßte ihm das Haupt, mit Tränen in den Augen, und flehte ihn an: ‚Mein Sohn, sei mir nicht böse, sei dem Missetäter wegen seines Tuns nicht böse! Hab Mitleid mit meinen grauen Haaren und laß mein Reich nicht verwüstet werden!' Da trat Tâdsch el-Mulûk zu ihm, küßte ihm die Hand und sprach: ‚Sorge dich nicht! Du bist für mich gleichwie mein Vater. Doch verhüte, daß meiner geliebten Herrin Dunja irgendein Leid zustoße!' ‚Hoher Herr,' erwiderte der König, ‚befürchte nichts für sie; nichts als Freude soll ihr zuteil werden!' und er fuhr fort, sich bei ihm zu entschuldigen und den Wesir des Königs Sulaimân Schâh zu begütigen, indem er ihm viel versprach, wenn er das, was er gesehen, dem König verheimlichen würde. Dann befahl er den Großen seines Reiches, den Prinzen Tâdsch el-Mulûk ins Bad zu geleiten, ihn in eines seiner eigenen prächtigsten Gewänder zu kleiden und dann alsbald mit ihm zurückzukehren. Diesem Befehle gemäß führten sie ihn ins Bad, legten ihm das Gewand an, das König Schehrimân für ihn bestimmt hatte, und kehrten dann mit ihm in die Regierungshalle zurück. Als der Prinz eintrat, erhob der König sich vor ihm und ließ alle Großen seines Reiches sich bei ihm aufstellen, ihm zu Diensten. Darauf setzte Tâdsch el-Mulûk sich nieder, um mit dem Wesir seines Vaters und mit 'Azîz über seine Erlebnisse zu plaudern. Die beiden erzählten ihm: ‚Wir sind inzwischen zu deinem Vater gezogen und haben ihm berichtet, du seiest in den Palast der Prinzessin gegangen und nicht wieder herausgekommen, und da seien wir über dein Schicksal in Sorge gewesen. Als er das hörte, rüstete er die Heere, und wir kamen in dies Land. Unser Kommen hat dir Erlösung aus äußerster Not und hohe Freude gebracht.' Da sprach er: ‚Lauter Gutes ist immer durch eure Hände gekommen von Anfang bis zu Ende.'

Inzwischen aber ging König Schehrimân zu seiner Tochter, der Herrin Dunja, und er fand sie jammernd und weinend um Tâdsch el-Mulûk. Ja, sie hatte ein Schwert genommen, es mit dem Heft in den Boden gestoßen und die Spitze gerade auf ihr Herz mitten zwischen ihre Brüste gerichtet. Schon neigte sie sich vornüber und war im Begriff, sich auf das Schwert zu stürzen, indem sie ausrief: ‚Es muß sein, ich muß mich töten; ich kann meinen Geliebten nicht überleben!' Da trat ihr Vater zu ihr ein, und als er sah, was sie tat, rief er mit lauter Stimme: ‚O Herrin der Prinzessinnen, halt ein, hab Mitleid mit deinem

Vater und dem Volke deines Landes!' Dann eilte er auf sie zu mit den Worten: ‚Ich flehe dich an, verhüte, daß deinem Vater um deinetwillen Leid widerfahre!' Und weiter erzählte er ihr alles, daß nämlich ihr Geliebter, der Sohn des Königs Sulaimân Schâh, sich ihr vermählen wolle, und er schloß mit den Worten: ‚Siehe, die Verlobung und die Vermählung hängen nur von deinem Ermessen ab!' Lächelnd erwiderte sie ihm: ‚Hab ich dir nicht gesagt, daß er der Sohn eines Sultans ist? Bei Allah, jetzt muß ich ihn gewähren lassen, wenn er dich an ein hölzernes Kreuz schlägt, das zwei Dirhems wert ist!' ‚O Tochter,' rief der König, ‚hab Erbarmen mit mir! Dann wird Allah mit dir Erbarmen haben.' Darauf befahl sie ihm: ‚Auf, spute dich, geh und bring ihn mir sogleich, ohne Verzug!' Er sagte nur: ‚Herzlich gern!' ging dann eilends von ihr fort, trat zu Tâdsch el-Mulûk ein und flüsterte ihm ins Ohr, was sich ereignet hatte. Der sprang auf und ging mit dem König, und beide begaben sich zur Prinzessin. Wie sie den Geliebten erblickte, fiel sie ihm um den Hals vor den Augen ihres Vaters, hängte sich an ihn und küßte ihn und rief: ‚Wie hab ich mich nach dir gesehnt, da du fern warst!' Dann sprach sie, zu ihrem Vater gewendet: ‚Hast du je einen gesehen, der sich an einer so herrlichen Gestalt hätte vergreifen können? Dazu ist er noch ein König, der Sohn eines Königs, ein Edelmann, dem alles Gemeine fernliegt!' Da ging König Schehrimân hinaus und schloß mit eigener Hand die Tür hinter sich. Und er begab sich zu dem Wesir des Königs Sulaimân Schâh und den Gesandten, die bei ihm waren, und er hieß sie ihrem Könige Bericht erstatten, daß sein Sohn in Wohlsein und Freude mit seiner geliebten Prinzessin das herrlichste Leben führe; sie zogen also zu ihrem Könige dahin, um ihm dies kundzutun. Darauf befahl König Schehrimân, den Truppen des Königs Sulaimân Schâh Geschenke zu bringen, ihre

Tiere mit Futter zu versorgen und sie selbst zu bewirten. Als der Befehl ausgeführt war, ließ er hundert Renner, hundert edle Dromedare, hundert Mamluken, hundert Odalisken, hundert Sklaven und hundert Sklavinnen bringen und sandte sie alle als Geschenk voraus. Er selbst aber ritt inmitten der Großen seines Reiches und seiner Garden dahin, bis sie außerhalb der Stadt waren. Doch als Sultan Sulaimân Schâh die Kunde davon erhielt, machte er sich auf und ging ihm gemessenen Schrittes entgegen. Denn der Wesir und 'Azîz hatten ihm bereits Bericht erstattet, und erfreut hatte er gerufen: ‚Preis sei Allah, der meinem Sohne seinen Wunsch erfüllt hat!' Und nun umarmte König Sulaimân Schâh den König Schehrimân und ließ ihn an seiner Seite auf dem Throne sitzen. Dann plauderten die beiden miteinander und freuten sich ihrer Unterhaltung. Darauf ward auch das Mahl für sie aufgetragen, und sie aßen, bis sie gesättigt waren; zum Nachtisch wurden ihnen süße Speisen, Früchte und Naschwerk gebracht, und sie ließen sich alles munden.

Nach einer kurzen Weile aber trat Tâdsch el-Mulûk vor sie hin, in Prachtgewand und Prunkwaffen. Sowie sein Vater ihn erblickte, stand er auf, schloß ihn in seine Arme und küßte ihn. Mit ihm waren aber auch alle, die da saßen, aufgestanden. Und nun setzten die beiden Könige ihn zwischen sich; darauf plauderten sie zu dritt eine Weile. Dann sprach König Sulaimân Schâh zu König Schehrimân: ‚Wisse, ich möchte den Ehevertrag zwischen meinem Sohne und deiner Tochter vor den Zeugen aufzeichnen lassen, auf daß ihre Vermählung kundgegeben werde, nach Brauch und Herkommen.' ‚Ich höre und gehorche!' antwortete König Schehrimân, und er sandte nach dem Kadi und den Zeugen. Die kamen alsbald herbei und zeichneten den Ehevertrag des Tâdsch el-Mulûk mit der Herrin

Dunja auf. Darauf wurden Geldgeschenke und Zuckerwerk verteilt, Weihrauch und Wohlgerüche wurden gestreut, und das war ein Tag der Freude und Fröhlichkeit, darob waren Führer und Mannen erfreut.

Während nun König Schehrimân die Aussteuer seiner Tochter herzurichten begann, sprach Tâdsch el-Mulûk zu seinem Vater: ‚Siehe, der Jüngling da, 'Azîz, ist ein edler Mensch. Er hat mir einen großen Dienst geleistet, er hat alle Mühen mit mir geteilt, er ist mit mir gereist und hat mich an das Ziel meiner Wünsche geführt; er hat mit mir ausgeharrt und hat mich im Ausharren gestärkt, bis ich erreichte, was ich erstrebte. Jetzt ist er schon zwei Jahre lang bei mir, fern von seiner Heimat. Drum möchte ich, daß wir ihm Waren von hier aus zurüsten; dann kann er leichten Herzens von dannen ziehen. Denn sein Land ist nahe.' ‚Trefflich ist deine Absicht', erwiderte sein Vater. Da rüsteten sie ihm hundert Lasten der prächtigsten und kostbarsten Stoffe aus; Tâdsch el-Mulûk aber ging zu ihm und überreichte ihm zum Abschied ein fürstliches Geldgeschenk mit den Worten: ‚Lieber Bruder und Freund, nimm diese Lasten hin und empfange sie von mir als ein Geschenk und ein Zeichen der Liebe, und ziehe in Frieden dahin nach deiner Heimat!' 'Azîz nahm alles von ihm hin, küßte den Boden vor dem Prinzen und seinem Vater und nahm Abschied von ihnen. Doch Tâdsch el-Mulûk ritt mit 'Azîz, bis er ihn drei Meilen weit begleitet hatte; da bot 'Azîz ihm Lebewohl und beschwor ihn, nunmehr umzukehren, und fügte hinzu: ‚Bei Allah, mein Gebieter, wäre nicht meine Mutter, so würde ich mich nicht von dir trennen; doch, guter Herr, laß mich nicht ohne Nachrichten von dir sein!' ‚So sei es!' versprach ihm der Prinz. Darauf kehrte Tâdsch el-Mulûk wieder um, während 'Azîz dahinzog, bis er sein Heimatland erreichte. Dort zog er ohne Aufenthalt weiter, bis er zu seiner Mutter kam. Er sah, daß sie mitten in der Halle ein Grabmal für ihn errichtet hatte, bei dem sie immer weilte. Und gerade, als er in die Halle eintrat, fand er die Mutter, wie sie ihr Haar gelöst und über das Grab gebreitet hatte, und wie sie weinend diese Verse sprach:

> *Wohl hab ich die Kraft, um alles, was da geschieht, zu tragen –*
> *Und dennoch, gilt es Trennung, so bricht mir fast das Herz.*
> *Wer hätte wohl die Geduld, den Lieben fern zu weilen?*
> *Wer fühlte bei plötzlicher Trennung nicht allertiefsten Schmerz?*

Dann schluchzte sie auf und sprach noch diese Verse:

> *Wie ging ich denn vorbei an Gräbern dort und grüßte*
> *Des Freundes Ruhestatt, ohn daß mir Antwort ward?*
> *Es sprach der Freund: ‚Wie kann dir eine Antwort werden?*
> *Ich bin doch jetzt ein Raub für Staub und Felsen hart!*
> *Der Staub fraß meine Schönheit, da vergaß ich dich;*
> *Und ach, von meinem Volk und Freunden trennt' ich mich!'*

Während sie so trauerte, kam plötzlich 'Azîz und trat auf sie zu. Doch als sie ihn sah, sank sie im Übermaß der Freude ohnmächtig nieder. Er aber sprengte ihr Wasser aufs Antlitz; so kam sie wieder zu sich, erhob sich, schloß ihn in ihre Arme und preßte ihn an sich. Auch er umarmte sie innig und sprach: ‚Friede sei über dir!' Da rief sie: ‚Auch über dir sei Friede!' und fragte ihn, warum er so lange in der Ferne gewesen sei. Nun berichtete er ihr alles, was er erlebt hatte, von Anfang bis zu Ende, und erzählte ihr auch, wie Tâdsch el-Mulûk ihm Geld und hundert Lasten an Stoffen gegeben hatte; und darüber war sie hocherfreut. Darauf blieb 'Azîz bei seiner Mutter in seiner Heimatstadt und trauerte über das Unheil, das ihm von der Tochter der listigen Ränkeschmiedin widerfahren war, von ihr, die ihn entmannt hatte.

Das ist die Geschichte von 'Azîz. Hören wir nun noch von

dem weiteren Schicksale des Tâdsch el-Mulûk! Der ging zu seiner geliebten Gemahlin ein und nahm ihr das Mädchentum. Inzwischen machte König Schehrimân sich daran, seine Tochter für die Reise mit ihrem Gemahl und ihrem Schwiegervater auszurüsten. Er befahl, Reisevorrat zu bringen, auch Geschenke und allerlei Kostbarkeiten. So ließen sie denn aufladen und brachen auf. Der König Schehrimân aber gab ihnen das Ehrengeleit drei Tage lang; da bat König Sulaimân Schâh ihn inständigst, wieder umzukehren. Jener kehrte also zurück; doch Tâdsch el-Mulûk und sein Vater und seine Gemahlin zogen mit dem Heere ohne Unterlaß dahin, Tag und Nacht, bis sie sich ihrer Hauptstadt nahten. Da verbreitete sich die Kunde von ihrem Kommen, und die Stadt schmückte sich. – –«

Da bemerkte Schehrezâd, daß der Morgen begann, und sie hielt in der verstatteten Rede an. Doch als die *Hundertundsiebenunddreißigste Nacht* anbrach, fuhr sie also fort: »Es ist mir berichtet worden, o glücklicher König, als Sulaimân Schâh sich seiner Hauptstadt näherte, da habe die Stadt sich geschmückt, ihm und seinem Sohne zu Ehren. So zogen sie denn ein; der König setzte sich auf den Thron seiner Herrschaft, mit seinem Sohne Tâdsch el-Mulûk zur Seite, verteilte Gaben und Geschenke und ließ die Gefangenen frei. Dann bereitete er seinem Sohne eine zweite Hochzeit. Es erscholl Gesang und Saitenklang einen ganzen Monat hindurch, und die Kammerfrauen schmückten die Herrin Dunja mit immer neuen Hochzeitsgewändern; dabei wurde sie nicht müde, sich in ihrem Schmuck zu zeigen, während jene nicht müde wurden, sie anzublicken. Nachdem nun Tâdsch el-Mulûk so wieder mit Vater und Mutter vereint war, ging er auch wieder zu seiner Gemahlin ein; und sie lebten hinfort immerdar herrlich und in Freuden, bis der Zerstörer aller Wonnen zu ihnen kam.

SCHLUSS DER GESCHICHTE DES KÖNIGS
'OMAR IBN EN-NU'MÂN UND SEINER SÖHNE

Darauf sprach Dau el-Makân zu dem Wesir Dandân: ‚Fürwahr, nur ein Mann wie du kann ein bekümmertes Herze trösten und Königen ein trauter Gefährte sein und ihnen seinen Rat in der schönsten Weise leihn!' All dies geschah, während sie Konstantinopel belagerten. Doch als schon vier Jahre darüber vergangen waren, da sehnten sie sich nach ihrem Heimatlande; die Truppen murrten, müde der langen Belagerungswacht und des ewigen Kämpfens bei Tag und bei Nacht. Nun berief König Dau el-Makân den Bahrâm und Rustem und Tarkâsch zu sich; und als sie gekommen waren, sprach er zu ihnen: ‚Wisset, all diese Jahre haben wir hier verweilt, ohne unser Ziel zu erreichen, vielmehr sind unsere Sorge und Not nur noch gewachsen. Wir kamen damals, um Blutrache zu nehmen für den König 'Omar ibn en-Nu'mân; aber da ward uns mein Bruder Scharkân ermordet, und so wurde unser Schmerz verdoppelt und ein Unglück an das andere gekoppelt! All das kam durch die alte Dhât ed-Dawâhi; denn sie ist es, die den Sultan in seiner Haupstadt vergiftete, und die seine Gemahlin, die Königin Sophia, mit sich nahm. Ja, nicht einmal das war ihr genug, sondern sie spann auch noch ihre Ränke um uns und schlachtete meinen Bruder ab. Darum habe ich mich durch einen heiligen Eid gebunden, nicht zu rasten, ehe ich Blutrache genommen habe. Was meinet ihr? Erwäget dies, was ich euch kundgetan, und gebt mir eure Antwort dann!' Da senkten sie das Haupt und sprachen: ‚Es ist an dem Wesir Dandân, zuerst seine Meinung zu sagen!' So trat denn der Wesir vor den König hin und hub an: ‚Wisse, o größter König unserer Zeit, unser Verweilen hier hat uns nichts genützt. Deshalb geht meine Meinung dahin, wir sollten jetzt aufbrechen und der Heimat zueilen, und dort zunächst eine Spanne Zeit verweilen; dann aber ziehen wir wieder von hinnen, um von neuem den Kampf gegen die Götzendiener zu beginnen!' ‚Trefflich ist dieser Rat,' erwiderte der König; ‚denn die Leute sehnen sich danach, die Ihrigen wiederzusehen. Und auch mich quält die Sehnsucht nach meinem Sohne Kân-mâ-kân und nach meines Bruders Tochter Kudija-Fakân; sie ist ja noch in Damaskus, und ich weiß nicht, was aus ihr geworden ist!'

Als die Truppen von diesem Beschlusse hörten, waren sie erfreut, und sie beteten für den Wesir Dandân. Dann gebot König Dau el-Makân dem Herold, zu verkünden, daß nach drei Tagen aufgebrochen werden solle. Da begannen alle, sich bereit zu machen, und am vierten Tage wurden die großen Trommeln geschlagen, die entrollten Banner wurden getragen, und der Wesir Dandân zog an der Spitze des Heeres voran, während der König in der Mitte ritt, zu seiner Seite der Großkammerherr. So zogen die Heerhaufen dahin, ohne Unterlaß, bei Tag und bei Nacht, bis sie in der Stadt Baghdad ankamen. Da freute sich alles Volk über ihr Kommen, und Sorge und Kummer ward von ihnen genommen. Die Daheimgebliebenen scharten sich um die Heimkehrenden; und jeder Emir ging in sein Haus.

Der König aber zog zu seinem Schlosse hinauf und begab sich zu seinem Sohne Kân-mâ-kân, der nun schon sein siebentes Lebensjahr vollendet hatte und bereits auszureiten pflegte. Nachdem er sich dann von der Reise ausgeruht hatte, ging er mit seinem Sohne ins Bad; und als er wiederkehrte, setzte er sich auf den Thron seiner Herrschaft nieder. Nun trat der Wesir Dandân vor ihn hin, und alle Emire und Vornehmen des Reiches fanden sich ein und stellten sich auf, ihm zu Diensten. Da verlangte Dau el-Makân nach seinem Gefährten, dem Heizer, der ihm einst zur Zeit seiner Fremdlingsschaft so viel Gutes erwiesen hatte. Man brachte ihn, und als er vor den König trat, erhob der sich, ihm zur Ehre, und ließ ihn zu seiner Seite sitzen. Dem Wesir aber hatte er schon früher erzählt, wieviel Wohltaten und Freundlichkeit ihm der Heizer erwiesen hatte; und darum hatten Emire und Wesir ihn mit Ehrerbietung empfangen. Nun war jedoch der Heizer dick und fett geworden durch das gute Essen und das ruhige Leben, so daß sein Nacken wie der eines Elefanten war, und sein Gesicht wie der Bauch eines Delphinen gar. Auch war er stumpfen Geistes geworden, da er sich nie von der Stätte, an der er sich befand, gerührt hatte; so erkannte er denn den König nicht an seinem Aussehen. Der aber wandte den Blick nach ihm und lächelte ihm zu, indem er ihn auf das herzlichste begrüßte und zu ihm sprach: ‚Wie rasch hast du mich vergessen!' Da ward der Heizer aufgerüttelt, starrte den König an, und als er ihn sicher erkannt hatte, sprang er auf die Füße und rief: ‚Mein Freund, wer hat dich zum Sultan gemacht?' Während Dau el-Makân über ihn lachte, trat der Wesir an den Heizer heran und erklärte ihm alles, indem er mit den Worten schloß: ‚Sieh, er war dein Bruder und Gefährte, aber jetzt ist er der König des Landes geworden. Dir wird sicherlich viel Gutes von ihm zuteil. Darum rate ich dir, wenn er zu dir sagt, du möchtest dir etwas von ihm wünschen, so wünsche dir nur etwas ganz Großes; denn du bist ihm sehr lieb.' Der Heizer sprach: ‚Ich fürchte, wenn ich mir etwas von ihm wünsche, so wird er es mir nicht gewähren oder nicht dazu imstande sein!' Doch der Wesir erwiderte: ‚Alles, was du nur wünschest, wird er dir geben; sei nur nicht schüchtern!' ‚Bei Allah,' rief nun der Heizer, ‚ja, ich werde mir das von ihm wünschen, was mir im Sinne liegt und von dem ich jede Nacht träume. Und ich hoffe zu Allah dem Erhabenen, daß er es mir gewähren wird.' Darauf der Wesir: ‚Sei gutes Muts! Bei Allah, wenn du auch verlangst, an Stelle seines Bruders Statthalter von Damaskus zu werden, so wird er deinen Wunsch erfüllen und dich mit diesem Amt bekleiden.' Nun stand der Heizer wieder auf, aber Dau el-Makân winkte ihm zu, er solle sitzen bleiben. Doch jener weigerte sich dessen, indem er sprach: ‚Das verhüte Gott! Die Tage sind vorüber, da ich in deiner Gegenwart sitzen bleiben durfte.' ‚Nein,' entgegnete der König, ‚sie dauern vielmehr immer noch fort; denn dir habe ich mein Leben zu verdanken. Bei Allah, wenn du von mir erbittest, was du nur willst, ich werde es dir geben. Doch erbitte es zuerst von Gott, dann von mir!' Da begann er: ‚Hoher Herr, ich fürchte...' ‚Fürchte dich nicht!' rief der König dazwischen. So fuhr jener fort: ‚Ich fürchte, wenn ich um etwas bitte, so wirst du es mir nicht gewähren.' ‚Was ist es denn?' fragte der König lächelnd und fügte hinzu: ‚Wenn du um die Hälfte meines Reiches bätest, so würde ich mich mit dir in die Herrschaft teilen. Also erbitte, was du nur willst, und mach keine langen Reden!' Wieder begann der Heizer: ‚Ich fürchte...' ‚Du sollst dich doch nicht fürchten!' unterbrach ihn der König. Da fuhr jener fort: ‚Ich fürchte, wenn ich um etwas bitte, so wirst du es mir nicht gewähren können!' Nun aber rief der König zornig: ‚Erbitte, was du willst!' Endlich sagte der Heizer: ‚Ich erbitte – zunächst von Gott – und dann von dir –, daß du mir eine Bestallung ausfertigen lässest zum Vorsteher aller Heizer in der Stadt Jerusalem!' Da lachten der König und alle, die anwesend waren, und Dau el-Makân sprach: ‚Wünsche dir etwas anderes!' ‚Hoher Herr,' erwiderte der Heizer, ‚habe ich dir nicht gesagt, daß ich fürchte, wenn ich etwas erbäte, so würdest du es mir nicht gewähren oder nicht dazu imstande sein?' Da stieß ihn der Wesir an, und nochmals und zum dritten Male, und bei jedem Male fing er an: ‚Ich erbitte von dir...' ‚Erbitte schnell!' rief der Sultan. Endlich sagte er: ‚Ich erbitte von dir, daß du mich zum Oberhaupt der Straßenkehrer in der Stadt Jerusalem oder in der Stadt Damaskus machst!' Da fielen alle Anwesenden um vor Lachen, und der Wesir gab ihm einen leichten Schlag. Der Heizer wandte sich um und sprach zum Wesir: ‚Was ist dir, daß du mich schlägst? Ich habe keine Schuld; du hast mir doch selbst gesagt, ich sollte mir etwas ganz Großes wünschen.' Und dann rief er aus: ‚Laßt mich in meine Heimat ziehen!' Nun erkannte der Sultan, daß er scherzte, und nachdem er eine kleine Weile auf seine Antwort gewartet hatte, wandte er sich an ihn mit den Worten: ‚Lieber Bruder, nun wünsche dir etwas Großes, das unserer Würde entspricht!' ‚O größter König unserer Zeit,' antwortete der Heizer, ‚ich erbitte zunächst von Gott, und dann vom König, daß du mich zum Statthalter von Damaskus einsetzest, an Stelle deines Bruders!' Wie der König dann sprach: ‚Allah hat deine Bitte erhört!' küßte der Heizer den Boden vor ihm. Dann gebot der König, man solle einen Sessel für ihn hinstellen, seinem Range entsprechend, und er bekleidete ihn mit dem Statthaltergewande. Ferner ließ er ihm die Bestallung für das Amt ausfertigen und setzte sein Siegel darunter. Dann sprach er zu dem Wesir Dandân: ‚Kein Geringerer als du soll ihn geleiten. Und wenn du heimkehren willst und wieder hierherkommst, so bringe meines Bruders Tochter Kudija-Fakân mit dir!' ‚Ich höre und gehorche!' antwortete der Wesir; dann ging er mit dem Heizer aus dem Schlosse hinab zur Stadt und rüstete sich zur Reise. Ferner befahl der König, man solle Diener und Gefolge für den Heizer auswählen und ihm eine neue Sänfte mit fürstlicher Ausstattung bringen; zu den Emiren aber sprach er: ‚Wer mich lieb hat, der erweise diesem Manne Ehre und bringe ihm ein großes Geschenk!' So brachten denn die Emire ihm Geschenke, ein jeder nach seinem Vermögen. Und der König gab ihm den Namen Sultan ez-Ziblikân[1] und den Ehrennamen ed-Mudschâhid[2]. Wie dieser nun alle seine Sachen bereit hatte, begab er sich mit dem Wesir Dandân hinauf ins Schloß zu dem König, um von ihm Abschied zu nehmen und ihn um Erlaubnis zum Aufbruch zu bitten. Der König erhob sich vor ihm, umarmte ihn und ermahnte ihn zur Gerechtigkeit gegen die Untertanen; ferner befahl er ihm, sich nach zwei Jahren für den Kampf gegen die Ungläubigen bereit zu halten. Dann nahmen sie schließlich Abschied voneinander; und er, Fürst el-Mudschâhid, genannt ez-Ziblikân, zog von dannen. Aber vorher hatte König Dau el-Makân ihm noch einmal das Wohl der Untertanen ans Herz gelegt, und die Emire hatten ihm die Mamluken und Diener gebracht, fünftausend an der Zahl, die nun hinter ihm ritten. Der Oberkammerherr stieg auch zu Roß und ebenso Bahrâm, der Hauptmann der Dailamiten, und Rustem, der Hauptmann der Perser, und Tarkâsch, der Hauptmann der Araber; und sie gaben ihm das Ehrengeleit. Drei Tage lang zogen sie mit ihm dahin; dann kehrten sie nach Baghdad zurück. Sultan ez-Ziblikân aber und der Wesir Dandân zogen mit ihren Truppen ohne Unterlaß weiter, bis sie nach Damaskus kamen. Nun war jedoch schon auf Vogelschwingen die Nachricht dort eingetroffen, daß König Dau el-Makân einen Sultan des Namens ez-Ziblikân über Damaskus eingesetzt und ihm den Ehrennamen el-Mudschâhid gegeben habe. Wie er also bei Damaskus anlangte, schmückte sich die Stadt

---

1. Der Name ist in scherzhafter Weise nach dem berühmten alten Namen ez-Zibrikân gebildet; *zibl* bedeutet ‚Mist' und spielt darauf an, daß der Heizer früher mit trockenem Mist geheizt hatte. – 2. ‚Der Glaubensstreiter', Beiname großer Kriegshelden.

für ihn, und alle Einwohner der Stadt gingen hinaus, um ihn zu sehen. So zog denn der neue Sultan in Damaskus mit großem Gepränge ein, ritt zur Burg hinauf und setzte sich auf den Sessel seiner Herrschaft nieder; doch der Wesir Dandân stand vor ihm, seiner Befehle gewärtig, und machte ihn mit Stellung und Rang der Emire bekannt, die eintraten, dem Herrscher die Hand küßten und auf ihn den Segen des Himmels herabflehten. König ez-Ziblikân trat auf sie zu und verteilte Ehrengewänder, Gaben und Geschenke. Dann öffnete er die Schatzkammern und nahm daraus Geldgeschenke für alle Krieger, für hoch und niedrig; auch sprach er Recht und richtete in Gerechtigkeit. Und dann begann er die Tochter des Sultans Scharkân, die Herrin Kudija-Fakân, für die Reise auszustatten und ließ für sie eine Sänfte aus Halbseide herstellen. Ferner rüstete er den Wesir aus und bot ihm eine große Summe Geldes zum Geschenk; der aber weigerte sich, indem er sprach: ‚Du bist erst kurze Zeit in der Herrschaft, und vielleicht hast du das Geld bald nötig. Später werden wir es von dir annehmen, wenn wir zu dir senden und dich um Geld bitten für den Heiligen Krieg oder einen anderen Zweck!'

Als nun der Wesir Dandân zur Reise bereit war, stieg Sultan el-Mudschâhid zu Roß, um ihm das Geleit zu geben; auch ließ er Kudija-Fakân kommen und in die Sänfte einsteigen, und er gab ihr zehn Mädchen mit, die ihrer warten sollten. Nachdem der Wesir Dandân aber aufgebrochen war, kehrte König el-Mudschâhid zurück, um sich den Regierungsgeschäften zu widmen, und beschäftigte sich mit der Kriegswehr, der Zeit gewärtig, da König Dau el-Makân zu ihm senden würde.

Lassen wir nun den Sultan ez-Ziblikân, und wenden wir uns wieder zu dem Wesir Dandân! Der legte ohne Unterlaß einen Tagesmarsch nach dem andern mit Kudija-Fakân zurück und zog dahin, bis er nach Ablauf eines Monats in er-Ruhbe ankam. Dann setzte er die Reise fort, und als er sich Baghdad näherte, ließ er dem König sein Kommen melden. Dau el-Makân aber bestieg alsbald sein Roß und ritt ihm entgegen. Da wollte der Wesir Dandân absitzen, aber der König bat ihn inständigst, es nicht zu tun, ja, er lenkte selbst sein Roß, bis er dem Wesir zur Seite ritt, und fragte ihn nach ez-Ziblikân el-Mudschâhid. Der Wesir berichtete ihm, jener sei wohlauf, und tat ihm ferner kund, daß Kudija-Fakân, die Tochter seines Bruders Scharkân, mitgekommen sei. Erfreut sagte der König: ‚Nun pflege der Ruhe von den Mühen der Reise drei Tage lang; danach komm zu mir!' ‚Herzlich gern!' antwortete der Wesir und begab sich dann zu seiner Wohnung, während der König zum Schlosse hinaufritt. Dort ging er zu der Tochter seines Bruders, Kudija-Fakân, die jetzt acht Jahre alt war. Wie er sie erblickte, hatte er seine Freude an ihr, aber auch die Trauer um ihren Vater erwachte wieder in ihm; und er ließ Kleider für sie machen, schenkte ihr Geschmeide und kostbaren Schmuck und gebot, daß man sie zusammen mit seinem Sohne Kân-mâ-kân wohnen lassen solle. Die beiden Kinder wuchsen heran zu den klügsten und tapfersten Menschen ihrer Zeit; nur zeigte es sich, daß Kudija-Fakân umsichtig und verständig war und auf den Ausgang der Dinge achtete, während Kân-mâ-kân großherzig und freigebig war und nie an den Ausgang einer Sache dachte. Sie wurden nun älter, und als sie ihr zehntes Lebensjahr vollendet hatten, begann Kudija-Fakân sich zu Rosse zu tummeln; und dann ritt sie mit ihrem Vetter aufs Feld hinaus und schweifte dort weit umher. Beide lernten auch, mit dem Schwerte zu schlagen und mit der Lanze zu stechen. Doch als sie beide das Alter von zwölf Jahren erreicht hatten, beendete der König die Vorbereitungen und vollendete die Rüstungen und Vorkehrungen, die er für den Heiligen Krieg traf. Darauf ließ er den Wesir Dandân kommen und sprach zu ihm: ‚Wisse, ich habe etwas beschlossen, das ich dir mitteilen will. Ich wünsche, daß du es dir überlegst und mir bald deine Antwort sagst.' ‚Was ist das, o größter König unserer Zeit?' fragte der Wesir, worauf der König fortfuhr: ‚Ich habe beschlossen, meinen Sohn Kânmâ-kân zum Sultan einzusetzen, auf daß ich noch zu meinen Lebzeiten Freude an ihm habe, und ich will ihm voraus in den Streit ziehen, bis mich der Tod ereilt. Was ist deine Meinung darüber?' Der Wesir küßte den Boden vor dem König und sprach: ‚Wisse, o König im Herrscherkleid, du größter Fürst des Jahrhunderts und aller Zeit, was du im Sinne hast, ist vortrefflich; nur ist jetzt nicht die Zeit dafür, aus zwei Gründen. Erstlich ist dein Sohn Kân-mâ-kân noch sehr jung, und zweitens lehrt die Erfahrung, daß, wer seinen Sohn zu seinen eigenen Lebzeiten als Herrscher einsetzt, dann nur noch kurze Zeit am Leben bleibt. Dies habe ich zu antworten.' ‚Vernimm, o Wesir,' sagte der König darauf, ‚wir wollen zum Vormund über ihn den Oberkammerherrn bestellen, der ja wie einer von uns geworden ist und zu uns gehört, da er mit meiner Schwester vermählt und mir gleichsam ein Bruder ist.' Der Wesir erwiderte: ‚Tu, was dir gut dünkt! Wir gehorchen deinem Befehle!' Da schickte der König nach dem Oberkammerherrn und ließ ihn zu sich kommen, desgleichen auch die Großen seines Reiches, und er sprach zu ihnen: ‚Ihr wisset, dieser mein Sohn Kân-mâ-kân ist der größte Held unter seinen Zeitgenossen, und keiner ist ihm gleich im Schwerterschlagen und Lanzenstoßen. So habe ich ihn drum zum Sultan über euch eingesetzt, und der Oberkammerherr, sein Oheim, ist zu seinem Vormund bestellt!' Der Kammerherr hub darauf an: ‚O größter König unserer Zeit, ich bin nur ein Reis, gepflanzt von deiner Huld!' Der König aber fuhr fort: ‚O Kammerherr, mein Sohn Kân-mâ-kân und meines Bruders Tochter Kudija-Fakân sind Geschwisterkinder: jetzt vermähle ich sie miteinander und nehme die Anwesenden dafür zu Zeugen!'

Darauf überwies er seinem Sohne so viel Schätze, wie die Zunge sie nicht einmal beschreiben kann, und trat zu seiner Schwester Nuzhat ez-Zamân ein, um ihr alles kundzutun. Erfreut sprach sie: ‚Siehe, die beiden sind ja meine Kinder. Allah erhalte dich ihnen und lasse dich für sie noch lange Zeit leben!' ‚Schwester,' erwiderte er, ‚siehe, ich habe in der Welt vollbracht, was mir am Herzen lag, und ich habe Vertrauen zu meinem Sohne; doch es wäre gut, wenn du auf ihn und auf seine Mutter dein Auge richtetest!' So legte er dem Kammerherrn und Nuzhat ez-Zamân die Sorge um seinen Sohn und um seines Bruders Tochter und um seine Gemahlin ans Herz, Tag und Nacht. Er selbst aber sah den Becher des Todes schon vor sich und war an sein Lager gebannt; doch der Kammerherr widmete sich der Regierung von Volk und Land. Nach einem Jahre berief der König seinen Sohn Kân-mâ-kân und den Wesir Dandân zu sich und sprach: ‚Mein Sohn, siehe, dieser Wesir wird dein Vater sein nach meinem Tode; denn wisse, ich gehe jetzt dahin aus dem Lande der Vergänglichkeit in das Land der Ewigkeit. Ich habe an der Welt mein Verlangen gestillt; doch es bleibt in meinem Herzen eine Sorge, die Allah durch deine Hand von mir nehmen möge!' Sein Sohn fragte: ‚Was ist denn das für eine Sorge, lieber Vater?' ‚Mein Sohn,' antwortete er, ‚es ist die Sorge, daß ich sterben könnte, ohne für deinen Großvater 'Omar ibn en-Nu'mân und deinen Oheim Scharkân Rache genommen zu haben an einer Alten, die da heißt Dhât ed-Dawâhi. So Allah dir Hilfe gewährt, säume nicht, die Blutrache an den Ungläubigen zu vollstrecken und unsere Schmach zuzudecken! Doch sei auf der Hut vor der Tücke der alten Vettel, und nimm stets den Rat an, den der Wesir Dandân dir gibt; denn er ist die Stütze unseres Reiches von alters her!' Sein Sohn versprach ihm, danach zu handeln. Dann aber flossen dem König die Augen von Tränen über, und die Krankheit fiel ihn noch heftiger an. Die Regierung des Reiches ruhte nun ganz in den Händen des Kammerherrn, seines Schwagers; der war ja ein erfahrener Mann, er sprach Recht, erließ Befehle und Verbote und wirkte so wiederum ein volles Jahr, während Dau el-Makân von seiner Krankheit geplagt ward. Vier Jahre lang ließ die Krankheit nicht ab in ihm zu wüten, und während dieser ganzen Zeit regierte der Oberkammerherr zur Zufriedenheit der Landesbewohner und der Großen des Reiches; ja das ganze Land segnete ihn.

Sehen wir nun, was während dessen mit dem Prinzen Kânmâ-kân geschah! Der war nur damit beschäftigt, die Rosse zu tummeln, die Lanze zu schwingen und mit Pfeilen zu schießen; seine Base Kudija-Fakân aber zog gleichfalls mit ihm aus vom frühen Morgen bis zum Abend. Dann ging sie zu ihrer Mutter, während er sich zu seiner Mutter begab, die er immer zu Häupten seines Vaters weinend sitzen fand; und er pflegte den Vater bis zum andern Morgen. Darauf zogen er und seine Base nach ihrer Gewohnheit wieder aus. Dau el-Makân aber ward unruhig ob der langen Schmerzenszeit, und so klagte er in diesen Versen sein Leid:

> *Verzehrt ist meine Kraft, die Zeit ist abgelaufen.*
> *Ich bin, wie ihr mich seht – ja, schauet mich nur an!*
> *Am Tag der Ehre war ich der Erste meines Volkes,*
> *Ich war es, der vor ihnen allen das Ziel gewann.*
> *O könnt ich vor dem Tode doch meinen Sohn noch sehen,*
> *Wie er statt meiner das Volk beherrscht, ein König groß,*
> *Und wie er auf die Feinde einherstürzt, Rache zu nehmen,*

Mit seines Schwertes Schlag und mit der Lanze Stoß!
Mich hat Enttäuschung jetzt in Scherz und Ernst ereilt,
Wenn mir nicht Gott der Herr das wunde Herze heilt.

Wie er so gesprochen hatte, lehnte er sein Haupt auf das Kissen zurück, die Augen fielen ihm zu, und er schlummerte ein. Im Traume sah er eine Gestalt, die zu ihm sprach: ‚Freue dich, denn dein Sohn wird als König im Lande Gerechtigkeit walten lassen, und die Menschen werden ihm untertan sein!' Da erwachte er aus seinem Traume, erfreut über diese frohe Kunde, die ihm geworden war. Dann aber nach wenigen Tagen suchte der Tod ihn heim.

Durch sein Hinscheiden ward das Volk von Baghdad mit tiefer Trauer geschlagen, und alle, hoch und niedrig, begannen um ihn zu klagen. Aber die Zeit ging an ihm vorbei, als ob er nie gewesen sei. Auch die Lage Kân-mâ-kâns ward gar anders; denn das Volk von Baghdad setzte ihn ab und wies ihm und den Seinen eine Stätte der Verbannung an. Als Kân-mâ-kâns Mutter das erleben mußte, ward sie tief betrübt und sprach: ‚Ich muß jetzt den Oberkammerherrn aufsuchen und auf die Gnade des Allgütigen und Allweisen hoffen.' So ging sie denn fort von ihrer Wohnstatt, bis sie zum Hause des Kammerherrn kam, der nun Sultan geworden war. Sie fand ihn auf seinem Teppich sitzen und trat dann zu seiner Gemahlin Nuzhat ez-Zamân ein. Dort weinte sie bitterlich und sprach: ‚Wahrlich, der Tote hat keinen Freund! Möge Allah euch niemals Mangel leiden lassen, all eure Jahre und all eure Zeit, und möget ihr immerdar über reich und arm herrschen in Gerechtigkeit! Deine Ohren haben es gehört, und deine Augen haben es gesehen: einst waren wir von Herrschaft und Macht, von Würde und Reichtum umgeben, und unser Dasein war das schönste Leben; jetzt aber wandte sich unser Geschick, verraten haben uns Zeit und Glück und sind uns genaht mit feindlichem Blick. Nun komme ich zu dir und muß dich um Wohltaten anflehen, ich, die ich selbst einst Wohltun übte. Denn ach, wenn der Mann gestorben ist, so werden Frauen und Töchter, die er hinterläßt, verachtet.' Dann sprach sie diese Verse:

> *Dein Trost sei, daß der Tod uns unbegreiflich scheinet;*
> *Was uns im Leben weit war, ist nun nicht mehr weit!*
> *Die Tage dieses Lebens sind nur Lagerstätten,*
> *Und deren Tränken sind gemischt mit bittrem Leid.*
> *Ach, nichts quält so mein Herz, wie Edle zu verlieren,*
> *Wenn sie die grausen Schläge des Schicksals uns entführen!*

Als Nuzhat ez-Zamân diese Worte hörte, gedachte sie ihres Bruders Dau el-Makân und seines Sohnes Kân-mâ-kân, und indem sie liebevoll an sie herantrat, sprach sie: ‚Jetzt bin ich, bei Gott, reich und du arm. Aber, bei Allah, wir haben es nur deshalb unterlassen, dich aufzusuchen, weil wir fürchteten, deinem Herzen weh zu tun; wir wollten nicht, daß es dir schiene, als ob wir dir Almosen darböten, obgleich doch all unser Gut von dir und von deinem Gatten kommt. Unser Haus ist dein Haus, unsere Stätte ist deine Stätte, all unser Hab und Gut gehört auch dir!' Darauf gab sie ihr prächtige Ehrenkleider und bestimmte für sie im Schlosse eine eigene Wohnung, die an die ihre anschloß; dort blieb die Witwe nun mit ihrem Sohne Kân-mâ-kân bei ihnen und hatte ein schöneres Leben. Auch dem Sohne gab Nuzhat ez-Zamân königliche Kleider, und sie teilte ihnen beiden Sklavinnen zu für ihren Dienst. Nach einer kurzen Weile erzählte sie dann ihrem Gatten von der Witwe ihres Bruders Dau el-Makân; da rief er mit Tränen im Auge: ‚Willst du wissen, wie die Welt nach deinem Tode ist, so schau, wie sie nach eines anderen Tode ist! Gib der Armen eine würdige Wohnstatt!' – –«

Da bemerkte Schehrezâd, daß der Morgen begann, und sie hielt in der verstatteten Rede an. Doch als die *Hundertundachtunddreißigste Nacht* anbrach, fuhr sie also fort: »Es ist mir berichtet worden, o glücklicher König, daß der Kammerherr, als Nuzhat ez-Zamân ihm von der Witwe ihres Bruders erzählte, zu ihr sprach: ‚Gib der Armen eine würdige Wohnstatt und mache sie reich in ihrer Not!'

Lassen wir nun jene und wenden wir uns zu Kân-mâ-kân und seiner Base Kudija-Fakân! Die beiden wuchsen heran und erblühten, wie zwei Zweige, die an Früchten reich, oder zwei strahlenden Monden gleich; und so vollendeten sie ihr fünfzehntes Lebensjahr. Kudija-Fakân war das schönste unter den Mädchen, die treulich behütet werden: lieblich war sie anzusehn; ihre Wangen waren rund und schön; ihr Leib war schmal, die Hüften schwer zumal; die ganze Gestalt war fein, ihre Lippen süßer als edler Wein; ihr Speichel glich dem Nektar; sie war, wie ein Dichter ihresgleichen in diesen beiden Versen beschrieben hat:

> *Es ist, als sei ihr Speichel klarer junger Wein,*
> *Als pflücke man Trauben ab von ihrer Lippe süß;*
> *Sie gleicht der schwanken Rebe, die sich biegend neigt –*
> *Preis Ihm, dem Hocherhabenen, der sie werden ließ!*

Ja, Allah der Erhabene hatte in ihr alle Reize vereint; ihr Wuchs beschämte die schlanken Zweige; es war, als ob die Rose um Nachsicht flehend sich vor ihrer Wange neige; und ihr Speichel gar spottete selbst des Weines, der stark und edel war. Sie war es, die Herz und Auge mit Freude durchdrang, so wie der Dichter einst von ihr sang:

> *Schön ist sie anzuschaun; vollkommen sind ihre Reize.*
> *Ihr dunkles Auge macht das Schwärzen mit Schminke zuschand.*
> *Es ist, als träfe ihr Blick das Herze des, der sie liebet,*
> *Dem Schwerte gleich in 'Alî's, des Fürsten der Gläubigen, Hand.*

Doch auch Kân-mâ-kân war von wunderbarer Lieblichkeit und von herrlicher Vollkommenheit, und an Gaben und Schönheit glich ihm niemand weit und breit; zwischen seinen Augen leuchtete die Tapferkeit und war immerdar für ihn zu zeugen bereit. Die härtesten Herzen sogar neigten sich ihm zu, der dunkeläugig und vollkommen an Anmut war. Doch als dunkler Flaum ihm sproßte auf Lippe und Wangen, da waren ihrer viele, die ihn besangen:

> *Erst dann verzieh man mir ob seiner, als Flaum ihm sproßte,*
> *Als auf des blühenden Jünglings Wange sich Schatten gelegt.*
> *Ein Reh – doch wenn die Augen auf seine Schönheit starren,*
> *So zückt sein Blick einen Dolch, der ihnen Wunden schlägt.*

Und ein anderer sprach:

> *Die Seelen der Liebenden malten auf seine Wang eine Zeichnung,*
> *Ameisengleich, die dem roten Blute Schönheit verleiht.*
> *O Wunder, selige Märtyrer weilen im Höllenfeuer,*
> *Und ihr Gewand ist dort noch das grüne Seidenkleid.*

Nun traf es sich an einem der Festtage, daß Kudija-Fakân ausging, um einigen ihrer Verwandten am Hofe ihre Glückwünsche zum Fest darzubringen. Sie war umgeben von ihren Dienerinnen, Anmut hüllte sie ein, die Rosen ihrer Wange beneideten ihr schönes Mal, eine Narzisse lächelte aus ihrem blitzenden Zahngeheg: da begann Kân-mâ-kân um sie herum zu eilen und warf seinen Blick auf sie, die wie der leuchtende Mond war. Doch schließlich festigte er sein Gemüt und löste seine Zunge zu einem Lied, indem er sprach:

> *Wann wird das Herz des Betrübten geheilt vom Schmerze des Fernseins?*
> *Wann lächelt des Wiedersehns Mond? Wann hat die Trennung ein End?*
> *O wüßte ich doch, ob ich je einmal eine Nacht verbringe*
> *Nahe der Lieben, die selbst einen Teil meiner Qualen kennt!*

Als Kudija-Fakân diese Verse hörte, blickte sie ihn tadelnd und vorwurfsvoll an; stolz und mit zorniger Miene sprach sie zu

Kân-mâ-kân: ‚Nennst du mich in deinen Versen, um mich bei deinem Volke bloßzustellen? Bei Allah, wenn du von diesem Gerede nicht ablässest, so werde ich über dich Klage führen bei dem Oberkammerherrn, dem Sultan von Chorasân und Baghdad, der in Recht und Gerechtigkeit herrscht! Dann wird Schmach und Verachtung dich treffen.' Kân-mâ-kân schwieg zornig und kehrte in seinem Grimm nach Baghdad zurück. Dann begab Kudija-Fakân sich zu ihrem Schlosse und führte Klage über ihren Vetter bei ihrer Mutter; die aber sprach zu ihr: ‚Liebe Tochter, er wollte dir wohl nichts Böses tun. Er ist doch nur eine Waise, und er hat doch auch nichts gesagt, was dir Schande bringt! Aber hüte dich, irgend jemandem etwas davon zu berichten. Denn sollte die Kunde davon zum Sultan dringen, so würde er seinem Leben ein frühes Ziel setzen, ja, er würde sein Andenken auslöschen und ihn machen wie den gestrigen Tag, dessen Andenken heute vergessen ist!' Dennoch wurde in Baghdad die Liebe Kân-mâ-kâns zu Kudija-Fakân bekannt, und die Frauen begannen darüber zu reden. Ihm aber ward die Brust enge, seine Geduld erlahmte, und seine Kraft versagte. Er konnte den Leuten seinen Zustand nicht verheimlichen, und er sehnte sich danach, den Schmerz des Fernseins, der in seinem Herzen brannte, kundzutun; aber immer fürchtete er den Tadel und den Zorn der Prinzessin. So dichtete er denn die Verse:

> *Bin ich einen Tag nur in Furcht vor dem Tadel*
> *Von ihr, deren reines Gemüt er erregt,*
> *So duld ich um sie, wie der Mann es erduldet,*
> *Der heilsuchend auf sich das Brenneisen legt. – –«*

Da bemerkte Schehrezâd, daß der Morgen begann, und sie hielt in der verstatteten Rede an. Doch als die *Hundertundneununddreißigste Nacht* anbrach, fuhr sie also fort: »Es ist mir berichtet worden, o glücklicher König, als der Oberkammerherr Sultan wurde, da habe man ihn König Sasân genannt. Er hatte den Thron der Herrschaft bestiegen und waltete bei dem Volke trefflich seines Amtes. Während er nun eines Tages auf dem Throne saß, da wurden auch ihm die Verse Kân-mâ-kâns hinterbracht. Jetzt bereute er, was geschehen war, ging zu seiner Gemahlin Nuzhat ez-Zamân und sprach: ‚Halfa-Gras und Feuer zu vereinen, fürwahr, – das birgt in sich die größte Gefahr. Man soll den Männern die Frauen nicht anvertrauen, solange die Augen noch blicken und die Lider noch nicken. Siehe, deines Bruders Sohn Kân-mâ-kân ist zum Mann herangewachsen, und man soll ihm den Eintritt vorenthalten zu den Frauen, die hinter den Vorhängen walten. Und erst recht soll man deine Tochter vor den Männern zurückhalten, da ihresgleichen sorgsam gehütet werden muß.' Sie erwiderte: ‚Du hast recht gesprochen, weiser König!'

Am nächsten Morgen kam Kân-mâ-kân nach seiner Gewohnheit und trat zu seiner Muhme Nuzhat ez-Zamân ein. Er sprach den Gruß, und sie gab ihn ihm zurück. Dann fügte sie hinzu: ‚Mein Sohn, ich habe etwas auf dem Herzen, das ich nicht gern ausspreche. Dennoch will ich es dir mitteilen, obgleich es mir schwer wird!' ‚Sprich!' erwiderte er; und so fuhr sie fort: ‚Wisse denn, dein Oheim, der Kammerherr, der Vater Kudija-Fakâns, hat gehört, was für Verse du an sie gerichtet hast, und er hat befohlen, sie dir fernzuhalten. Wenn du also, mein Sohn, wieder etwas von uns wünschest, so werde ich es dir hinter der Tür heraussenden. Du wirst Kudija-Fakân nicht wiedersehen und von jetzt ab auch nicht mehr hier eintreten.' Als er aber ihre Worte vernommen hatte, ging er auf und davon, ohne nur ein Wort zu sagen. Er begab sich zu seiner Mutter und tat ihr kund, was seine Muhme zu ihm gesagt hatte. Die Mutter erwiderte: ‚Das ist nur von deinem vielen Reden gekommen. Du weißt doch, daß die Kunde von deiner Liebe zu Kudîja-Fakân ruchbar geworden ist und sich überall verbreitet hat. Wie, du willst ihr Brot essen und hernach mit ihrer Tochter eine Liebschaft haben?' Da rief er: ‚Wer anders soll sie denn haben als ich? Sie ist meines Oheims Tochter, und ich habe das meiste Recht auf sie!' Aber seine Mutter entgegnete: ‚Laß ab von diesem Geschwätz! Schweig, damit die Kunde davon nicht zu König Sasân dringt! Sonst wird es durch dich dahin kommen, daß du sie ganz verlierst, dich selbst zugrunde richtest und deine Trauer nur noch mehrst. Schon heute abend haben sie uns kein Nachtmahl gesandt, von dem wir essen könnten; wir werden noch Hungers sterben. Ja, wenn wir in einem anderen Lande wären, so wären wir schon umgekommen vor nagendem Hunger oder vor dem Elend des Bettelns.' Wie Kân-mâ-kân diese Worte von seiner Mutter hörte, ward er noch betrübter; seine Augen füllten sich mit Tränen, er seufzte und klagte, und sprach diese Verse:

Laß ab doch von dem Tadel, der immer mich verfolget!
Nach ihr, die mich gefangen nahm, steht nur mein Sinn.
Verlange nicht Geduld von mir, nicht die geringste:
Denn meine Geduld ist jetzt – beim Gotteshaus! – dahin.
Wenn mir die Tadler Verbot aufzwingen, leist ich nicht Folge:
Hier steh ich, mit meinem Anspruch auf Liebe hab ich recht!
Sie wollten mir mit Gewalt versagen, daß ich sie besuche:
Hier steh ich, – beim Gnadenreichen! –, mein Handeln ist nicht schlecht.
Wenn ich sie nennen höre, so zittern meine Gebeine,
Gleichwie die Vögel zittern, wenn sie der Sperber jagt.
Wohlan, sag allen denen, die meine Liebe schelten,
Daß ich meine Base liebe – das sei vor Gott gesagt!

Als er diese Verse gesprochen hatte, sagte er zu seiner Mutter: ‚Mir bleibt bei meiner Muhme und bei den Leuten da keine

Stätte mehr; nein, ich will das Schloß verlassen und am äußersten Ende der Stadt wohnen.' Da verließ seine Mutter das Schloß zusammen mit ihm; sie kamen in die Gegend, wo armes Volk wohnte, und ließen sich dort nieder. Die Mutter aber ging von Zeit zu Zeit hinauf in das Schloß des Königs Sasân und holte von dort Nahrung für sich und ihren Sohn. Bald darauf ging Kudija-Fakân mit der Mutter Kân-mâ-kâns beiseite und sprach zu ihr: ,Ach, liebe Muhme, wie steht es um deinen Sohn?' ,Meine Tochter,' antwortete sie, ,siehe, sein Auge weint, sein Herz ist schwer, und er ist in das Netz der Liebe zu dir verstrickt!' Und sie wiederholte ihr seine Verse. Weinend sprach darauf Kudija-Fakân: ,Bei Allah, ich wies ihn nicht ab um seiner Worte willen noch auch aus Abneigung gegen ihn, sondern nur, weil ich wegen der Feinde um ihn besorgt war. Denn sieh, meine Sehnsucht nach ihm ist doppelt so groß wie die seine nach mir; ach, meine Zunge kann meine Leidenschaft für ihn gar nicht beschreiben. Hätte seine Zunge, wie das Herz ihm klopfte, nicht so unvorsichtig geklagt, dann hätte mein Vater ihm nicht seine Güte versagt, noch auch Trennung und Fernsein über ihn zu verhängen gewagt! Doch die Tage der Menschen rollen im Wechsel dahin, und das beste in allen Dingen ist ein geduldiger Sinn. Vielleicht wird er, der uns bestimmte, einander fern zu sein, uns gnädig gewähren, daß wir uns wiederfinden in trautem Verein.' Dann sprach sie diese beiden Verse:

> *O meines Oheims Sohn, ich trag in meiner Sehnsucht*
> *Das gleiche, was dein Herz erträgt in bittrer Pein.*
> *Doch ich verbarg den Menschen meine heiße Liebe –*
> *Warum verbargest du nicht auch die Liebe dein?*

Als die Mutter Kân-mâ-kâns das von ihr hörte, dankte sie ihr und flehte den Segen des Himmels auf sie herab. Dann ging sie fort und erzählte ihrem Sohne alles. Da ward sein Verlangen nach ihr noch stärker, und er faßte wieder Mut, nachdem er schon alle Hoffnung aufgegeben und fast abgeschlossen hatte mit dem Leben. Und nun rief er: ‚Bei Allah, ich will keine andere als sie!' und er sprach die Verse:

> *Weg mit dem Tadel! Ich höre nicht auf des Tadlers Worte.*
> *Ich machte das Geheimnis, das ich einst barg, offenbar.*
> *Ach, jetzt ist sie mir fern, der ich zu nahen hoffte;*
> *Sie ruht in süßem Schlummer – mein Auge wacht immerdar.*

Dann vergingen Nacht und Tag, während er wie auf glühenden Kohlen lag, bis er ein Alter von siebzehn Jahren erreicht hatte. Nun war er vollkommen schön und herrlich anzusehn. Eines Nachts aber, als er wach dalag, sprach er zu sich selber: ‚Was soll's, daß ich mich hier in Schweigen hülle, bis ich vergehe, ohne mein Lieb zu sehen? Ich habe keinen anderen Fehler als die Armut. Doch bei Allah, ich will jetzt dies Land verlassen; ich will davoneilen in die Wüsten und Einöden. Denn mein Dasein in dieser Stadt ist eine Folter; ich habe in ihr ja auch keinen Freund, keinen Gefährten, der mich trösten könnte. So will ich denn Trost für mich selbst suchen, fern vom Heimatlande, bis ich sterbe und Ruhe finde von all dieser Trübsal und Schande.' Dann kleidete er seine Gedanken in Verse und hub an:

> *Laß nur mein Inneres noch immer mehr erbeben!*
> *Die Feigheit vor dem Feinde ist nicht seine Art.*
> *Verzeihe mir, denn sieh, mein Herz gleicht einem Buche,*
> *Dem sicherlich die Träne zu seiner Aufschrift ward!*
> *Ja, meine Base gleicht einer Huri, die vom Himmel*
> *Herabkam, als der Wächter sie gütig uns gesandt.*
> *Wer Blicke der Augen wünscht und deren Schwertern trotzet,*
> *Bleibt doch nicht ungestraft, wenn sie von Zorn entbrannt. –*
> *Jetzt will ich Gottes Welt durchstreifen ohne Säumen,*
> *Auf daß ich mir mein Brot auch suche fern von ihr.*
> *Ich will die weite Welt durchstreifen und meine Seele*

> *Befrein und sie beschenken, – doch ach, so fern von ihr!*
> *Dann will ich frohen Herzens heimkehren, wohlbehalten,*
> *Wenn ich mit Recken stritt auf ihrem Kampfesfeld.*
> *Dann will ich auf der Heimkehr die Beute vor mich treiben,*
> *Wenn ich im Kampfe siegte über so manchen Held.*

Dann zog Kân-mâ-kân davon, ohne Schuhe, zu Fuß; gekleidet in ein Hemd, daran kurze Ärmel waren, auf dem Haupte eine Filzkappe von sieben Jahren; er hatte nur einen trockenen Brotlaib bei sich, der war drei Tage alt, und so zog er hinaus in des Dunkels finstere Gewalt. Er kam zum Arkadentore in Baghdad und blieb dort stehen. Als dann das Stadttor geöffnet wurde, war Kân-mâ-kân der erste, der hindurchging. Und er zog aufs Geratewohl umher in den Wüsten, Tag und Nacht.

Als es nun an jenem Tage Abend geworden war, suchte seine Mutter ihn; doch sie fand ihn nirgends. Da ward es ihr enge in der weiten Welt, und sie hatte an nichts mehr Freude, was sonst den Menschen gefällt. Sie wartete auf ihn, einen Tag, zwei Tage, drei Tage, bis schließlich zehn Tage vergangen waren, ohne daß sie Nachricht über ihn erhielt. Da krampfte sich ihr die Brust zusammen, sie schrie auf und rief mit Tränen im Auge: ,Mein Sohn, mein trauter Gefährte, du hast meine Trauer von neuem erregt. Ich trug genug des Kummers schon, nun bist du auch noch der Heimat entflohn. Da du fort bist, will ich Speise scheun, am Schlummer will ich mich nicht mehr freun; nichts bleibt mir, als daß ich traure und wein'. Mein Sohn, in welchem Land kann mein Ruf dich ereilen? In welcher Stadt magst du jetzt weilen?' Dann begann sie in Seufzer auszubrechen, und sie hub an, diese Verse zu sprechen:

> *Ich wußte wohl, daß ich nach deinem Fortgehn leide,*
> *Da Trennungsbogen Pfeile wider mich entsandt. –*
> *Jetzt hat er mich verlassen, seit er den Sattel schnallte;*

> *Ich leide Todesqual, zieht er durch Wüstensand.*
> *Zur Nacht drang an mein Ohr geheimnisvolles Girren*
> *Der Ringeltaube klagend, bis ich ‚Halt ein!' gebot.*
> *Bei deinem Leben, wäre ihr Schmerz gleich meinem Kummer,*
> *Sie trüge keinen Ring, der Fuß wäre ihr nicht rot.*[1]
> *Fort ist mein trauter Freund, und seit er von mir schied,*
> *Lernt ich, daß mich die Sorge des Kummers nimmer mied.*

Dann begann sie der Speise und dem Trank zu entsagen und überließ sich bitterem Weinen und Klagen. Durch Leute, die sie sahen, ward ihr Weinen bekannt, und es weinte mit ihr alles Volk in Stadt und Land. Die Leute begannen zu rufen: ‚Wo ist dein Auge, o Dau el-Makân?' Und klagend über die Härte des Schicksals sprachen sie: ‚Was widerfuhr wohl dem Kânmâ-kân, daß er seine Heimat verließ, von hier verbannt, während durch seinen Vater jeder Hungernde Sättigung fand, und jener einst mit Gerechtigkeit und Güte herrschte im Land?' Doch seine Mutter weinte und klagte immer mehr, bis daß die Kunde auch zu König Sasân drang. – –«

Da bemerkte Schehrezâd, daß der Morgen begann, und sie hielt in der verstatteten Rede an. Doch als die *Hundertundvierzigste Nacht* anbrach, fuhr sie also fort: »Es ist mir berichtet worden, o glücklicher König, daß dem König Sasân die Kunde über Kân-mâ-kân von den großen Emiren hinterbracht wurde, die ihm sagten: ‚Siehe, er, der Sohn unseres Königs und der Enkel des Königs 'Omar ibn en-Nu'mân, er hat sich, wie uns berichtet ist, aus der Heimat in die Fremde begeben.' Als König Sasân ihre Worte vernommen hatte, ergrimmte er wider sie, und er befahl, einen von ihnen am Galgen aufzuhängen. Da befiel das Grauen die Herzen aller anderen Großen, und

---

[1]. Der rote Fuß der Taube wird hier einer mit Henna gefärbten Hand verglichen. In Zeiten der Trauer trägt man keinen Schmuck und unterläßt das Färben.

keiner von ihnen wagte mehr zu reden. Doch als König Sasân wieder daran dachte, wie Dau el-Makân ihm so viel Gutes erwiesen und wie er ihm seinen Sohn ans Herz gelegt hatte, ward er um Kân-mâ-kân betrübt und sprach: ‚Ich muß doch in allen Landen nach ihm suchen lassen.' Dann ließ er den Tarkâsch kommen und befahl ihm, hundert Reiter auszuwählen und mit ihnen auf der Suche nach Kân-mâ-kân umherzuziehen. Der zog aus und blieb zehn Tage lang fort; aber dann kehrte er zurück und berichtete: ‚Ich habe keine Kunde über ihn vernommen, ich bin auf keine Spur von ihm gestoßen, und niemand ist mit Nachricht über ihn zu mir gekommen.' Da ward König Sasân betrübt über das, was er dem Jüngling angetan hatte. Seine Mutter aber fand keine Ruh noch Rast, auch die Geduld war nicht mehr ihr Gast, und zwanzig Tage vergingen ihr unter der Sorge Last.

Lassen wir jene nun, und wenden wir uns wieder zu Kân-mâ-kân! Als der Baghdad verlassen hatte, war er ratlos und wußte nicht, wohin er sich wenden sollte. Drei Tage lang zog er dort draußen allein umher, ohne einen Fußgänger oder einen Reiter zu sehen. Der Schlaf wollte sich ihm nicht mehr schenken, Schlummer sich nicht mehr auf seine Lider senken; denn er mußte immer an die Seinen und an die Heimat denken. Er begann sich von den Kräutern der Erde zu nähren, und er trank aus den Bächen; und er suchte Ruhe im Schatten der Bäume, wenn die Hitze zu stechen anfing. Dann verließ er die Richtung, in der er ging, und schlug eine andere ein; ihr folgend zog er wiederum drei Tage lang dahin. Am vierten Tage aber kam er in ein Gelände grünender Auen, mit bunten Gewächsen und mit Gebüsch lieblich anzuschauen. Dies Gelände hatte aus den Bechern der Wolken getrunken, als die Donnerschläge klirrten und die Wildtauben girrten; da waren die Hänge dort grün geworden, und den Auen entströmte süßer Duft. Nun mußte Kân-mâ-kân wieder an seine Vaterstadt Baghdad denken, und in seinem großen Leid sprach er die Verse:

> *Ich zog in die Ferne, auf Wiederkehr hoffend;*
> *Und dennoch, ich Armer, ich weiß nicht das ‚Wann!'*
> *Ich hab in der Liebe zu ihr, die unnahbar,*
> *Den Weg mir verbaut, der zum Heil führen kann.*

Nachdem er so gesprochen hatte, weinte er. Dann trocknete er seine Tränen, aß von jenen Früchten, um seinen Hunger zu stillen, nahm die religiöse Waschung vor und sprach die vorgeschriebenen Gebetsformeln, die er in dieser Zeit versäumt hatte. Und nun setzte er sich nieder und ruhte sich den ganzen Tag über an jener Stätte aus. Als es aber Nacht war, schlummerte er ein, und er schlief weiter bis Mitternacht: da wachte er auf und hörte eine menschliche Stimme, die diese Verse sprach:

> *Was ist das Leben denn, wenn nicht ein Blitz mir lächelt*
> *Vom Zahngeheg der Geliebten, noch auch ein Antlitz klar?*
> *Es beteten für sie Bischöfe in den Klöstern;*
> *Wetteifernd brachten sie ihr auf Knien Verehrung dar!*
> *Der Tod ist mir noch leichter als Sprödigkeit einer Geliebten,*
> *Wenn nicht einmal zur Nacht ihr Traumbild zu mir eilt.*
> *O Freude der Genossen, wenn sie sich froh vereinen*
> *Und wenn dort die Geliebte bei dem Liebenden weilt!*
> *Zumal zur Frühlingszeit, wenn seine Blüten prangen,*
> *Da tut die Jahreszeit ihr ganzes Füllhorn auf.*
> *O Zecher des Weines, du! da hast du vor dir liegen*
> *Die wunderschöne Welt und des Wassers rauschenden Lauf.*

Als Kân-mâ-kân diese Verse hörte, regte sich in ihm heftiger Schmerz; Tränen rannen ihm in Strömen über die Wange, und eine Feuerflamme drang ihm ins Herz. Dann erhob er sich, um nach dem Sprecher dieser Verse zu sehen; aber da er im Dunkel der Nacht niemanden erkennen konnte, so ward er noch leidenschaftlicher erregt, Schrecken und Unruhe ergriffen ihn, und er ging von der Stätte, an der er war, hinab bis zur Sohle des Tales; dort ging er am Ufer des Baches entlang und hörte denselben, den er vorher vernommen, nun in Seufzer ausbrechen und diese Verse sprechen:

> *Wenn du auch das Geheimnis der Liebe sorgsam hütest,*
> *So laß am Trennungstage den Tränen freien Lauf.*
> *Das hab ich der Geliebten mit Schwüren der Treue versprochen:*
> *In Sehnsucht ihrer zu harren höre ich nimmer auf.*
> *Mein Herz gedenket ihrer in Zärtlichkeit; mich freuet*
> *Der kühle Zephir, wenn die Sehnsucht wieder brennt.*
> *O du mein Freund, denkt wohl die Trägerin der Spangen*
> *An Treuschwur und Gelöbnis, seit wir uns getrennt?*
> *Kehren denn wohl die Nächte des trauten Beisammenseins wieder,*
> *In denen ein jeder dem andren von seinen Leiden erzählt?*
> *Sie sprach: ‚Dich quält die Torheit der Liebe zu mir.' Ich sagte:*
> *‚Wie viele Liebende hast du – Gott schütze dich! – schon gequält!'*
> *Gott laß mein Auge nie ihre Schönheit wiedersehen,*
> *Sollt es der süße Schlaf je fern von ihr umfangen!*
> *O Wunde meines Herzens, ich weiß dir keine Heilung,*
> *Als, mit der Lieben vereint, an ihrem Mund zu hangen.*

Als Kân-mâ-kân nun auch diese Verse von jener Stimme vernommen hatte, ohne jemanden zu sehen, wußte er, daß der Sprecher ein Liebender sein müsse wie er selbst, dem die Vereinigung mit der Geliebten versagt war. Und so sprach er zu sich: ‚Es wäre recht, daß dieser sein Haupt neben mein Haupt legte und daß ich ihn zu meinem Gefährten machte hier in der Fremde!' Dann räusperte er sich und rief: ‚O du, der du in der dunkeln Nacht dahinwanderst, komm zu mir heran und erzähle mir deine Geschichte; vielleicht wirst du in mir einen Helfer gegen dein Ungemach finden!' Als aber der andere, der jene Verse gesprochen hatte, diese Worte vernahm, rief er: ‚O du, der du auf meine Klage geantwortet hast und der du meine

Geschichte hören willst, was bist du für ein Held? Bist du ein Geisterwesen oder ein Mensch dieser Welt? Sprich jetzt zu mir unverweilt, eh dich der Tod ereilt! Denn siehe, ich ziehe bald zwanzig Tage in dieser Einöde umher, ohne daß ich je einen Menschen gesehen oder eine Stimme gehört hätte außer der deinen!' Wie Kân-mâ-kân diese Worte hörte, sprach er bei sich: ‚Diesem ist es ergangen wie mir. Auch ich wandere schon zwanzig Tage umher, ohne einen Menschen gesehen oder eine Stimme gehört zu haben.' Aber er sagte sich noch weiter: ‚Ich will ihm nicht eher antworten, als bis der Tag anbricht.' Dann schwieg er still; aber der andere rief wieder: ‚O du, der du gerufen hast, bist du ein Dschinn, so geh in Frieden dahin! Bist du aber ein Mensch wie wir, so bleib noch eine Weile hier, bis des Tages Licht aufsteigt und die Nacht mit ihrem Dunkel entweicht!' Der Rufer blieb an seiner Stätte, und so blieb auch Kân-mâ-kân, wo er war. Und beide trugen abwechselnd unter heißen Tränen Verse vor, bis die Nacht sich mit ihrem Dunkel verlor: da stieg das Tageslicht empor. Nun blickte Kân-mâ-kân den anderen an, und er sah, daß es einer von den Arabern der Wüste war; der war noch jung an Jahren, mit alten Kleidern angetan und trug in seinem Gehenk ein rostiges Schwert; und die Spuren der Liebesqual waren an ihm zu erkennen. Er ging auf ihn zu, trat an ihn heran und sprach den Gruß. Der Beduine erwiderte ihm den Gruß und wünschte ihm freundlich ein langes Leben; aber er hatte keine Achtung vor ihm, da er sah, daß der Prinz noch sehr jung war und so ärmlich aussah. Dann fuhr er fort: ‚Jüngling, von welchem Stamme bist du und zu welcher Sippe unter den Arabern rechnest du dich? Was ist's mit dir, daß du in der Nacht umherwanderst, wie die Helden es tun, und daß du zu nächtlicher Zeit Worte an mich gerichtet hast, wie sie nur ein Held verwegen und ein löwengleicher Degen spricht? Jetzt ist dein Leben in meiner Hand; aber ich will Mitleid mit deinen jungen Jahren haben und dich zu meinem Gefährten machen, und du sollst als mein Diener bei mir bleiben!'

Als Kân-mâ-kân so freche Worte vernommen von demselben, der ihm vorher mit schönen Versen entgegengekommen, da wußte er, daß jener keine Achtung vor ihm hatte und ihn in seine Gewalt bringen wollte; und so erwiderte er mit sanften und gewählten Worten: ‚O Häuptling der Araber, laß uns nicht davon sprechen, daß ich noch so jung bin; tu du mir lieber kund, warum du nachts dich durch die Wüsten schlägst und die Verse vorträgst. Ich höre, wie du sagst, ich sollte dir dienen. Ja, wer bist du denn, und was veranlaßt dich zu solcher Rede?' Jener antwortete: ‚Höre, Knabe, ich bin Sabbâh ibn Rammâh ibn Hammâm[1], und mein Stamm gehört zu den Arabern von esch-Schâm[2]. Ich habe eine Base, die heißt Nadschma; und wer sie erblickt, ist von ihr entzückt. Mein Vater ist gestorben, und ich wurde im Hause meines Oheims, des Vaters der Nadschma erzogen. Doch als ich älter ward und auch meine Base zur Jungfrau heranwuchs, hielt mein Oheim uns voneinander fern; denn ich war arm in der Welt und besaß wenig Geld. Da stellte ich mich in den Schutz der Großen unter den Arabern und der Stammesfürsten und bat sie, für mich bei ihm einzutreten. Vor denen scheute er sich, und so antwortete er, er wolle mir meine Base geben, aber er machte mir als Morgengabe für sie zur Bedingung fünfzig Rosse, fünfzig starke Reitkamelinnen, fünfzig Lastkamele mit Weizen beladen und ebenso viele mit Gerste beladen, zehn Sklaven und zehn Sklavinnen; so legte er mir eine Last auf, die ich nicht

---

1. Alte Beduinennamen, die hier etwas hochtrabend klingen. – 2. Das ist die Syrische Wüste.

tragen kann, indem er eine zu große Morgengabe von mir verlangte. Ich ziehe nun aus Syrien nach dem Irak und bin seit zwanzig Tagen unterwegs, ohne daß ich jemand gesehen hätte als dich. Mein Plan geht dahin, mich nach Baghdad zu begeben und dort aufzupassen, wer von den reichen Kaufleuten, die etwas bedeuten, auszieht; dann folge ich ihrer Spur alsbald, nehme ihnen ihr Hab und Gut mit Gewalt, ihr Geleite töte ich dort und treibe die Kamele mit den Lasten fort. Was für ein Mensch aber bist denn du?' Kân-mâ-kân erwiderte: ‚Mir ist es ergangen gleichwie dir; allein mein Leid ist noch schlimmer als das deine. Denn meine Base ist eine Prinzessin; und den Ihren genügt das nicht, was du genannt hast, nein, dergleichen stellt sie nicht zufrieden!' Da rief Sabbâh: ‚Du bist wohl von Sinnen, oder die heftige Liebe trieb deinen Verstand von hinnen! Wie kann deine Base eine Prinzessin sein, wo nichts von königlicher Art an dir ist und du nichts weiter als ein Bettler bist?' ‚Häuptling der Araber,' antwortete Kân-mâ-kân, ‚laß dich dies Aussehen nicht befremden! Vergangen ist vergangen. Willst du eine Erklärung von mir, so wisse: ich bin Kân-mâ-kân, der Sohn des Königs Dau el-Makân, des Sohnes Königs 'Omar ibn en-Nu'mân, des Herrn von Baghdad und des Landes Chorasân! Mir hat das Geschick schweres Unrecht getan: denn als mein Vater starb, da bestieg den Thron der König Sasân. Da mußte ich Baghdad verlassen, heimlich, damit kein Mensch mich sähe – nun hab ich dir die Erklärung kundgetan. Seit zwanzig Tagen habe ich niemanden gesehen als dich. Mir ist's wie dir ergangen; und mein Ziel ist wie dein Ziel!'

Wie Sabbâh dies hörte, rief er aus: ‚O Freude! Mein Wunsch ist erfüllt. Ich brauche nun keine andere Beute mehr als dich. Bist du von königlichem Stand und zogst aus in einem Bettlergewand, so suchen die Deinen nach dir alsbald, und finden sie dich in eines anderen Gewalt, so werden sie dich loskaufen mit vielem Gelde. Wohlan, wende deinen Rücken um, mein Bürschchen, und geh vor mir her!' ‚Tu das nicht, du Araberbruder!' bat Kân-mâ-kân, ‚denn die Meinen werden mich nicht loskaufen, weder um Silber noch um Gold, ja nicht einmal um einen roten Heller. Ich bin ein armer Mann, der weder viel noch wenig zahlen kann; drum laß ab von diesem Gebaren und nimm mich zu deinem Gefährten an! Komm, laß uns aus dem Lande Irak fortziehen und die Welt nach allen Seiten durchqueren! Vielleicht wird das Glück uns die Morgengabe, die wir brauchen, bescheren und uns Freude an unseren Basen durch Kuß und Umarmung gewähren.' Bei diesen Worten ergrimmte Sabbâh; ja, es wuchsen sein anmaßender Mut und seine Zornesglut und er schrie ihn an: ‚Du da, du widersprichst mir schon, du allergemeinster Hundesohn? Kehr mir den Rücken zu, sonst zahl ich dir bitteren Lohn!' Da lächelte Kân-mâ-kân und sprach: ‚Wie sollte ich dir den Rücken zukehren? Willst du mir nicht mein Recht gewähren? Will es dich vor der Schande bei den Arabern nicht bangen, wenn du einen Mann wie mich vor dir hertreibst, in Schmach und Elend gefangen, ohne ihn auf dem Kampfplatze erprobt zu haben, um ihn zu erkennen als tapferen Ritter oder als feigen Knaben?' Lachend erwiderte Sabbâh: ‚Gottes Wunder! Du bist noch ein Knabe an Jahren, aber im Reden bist du gut erfahren; solche Worte kommen nur von Helden kühn in Gefahren! Was für ein Recht verlangst du denn?' Nun sagte Kân-mâ-kân: ‚Wenn du mich als Gefangenen und als deinen Diener mit dir schleppen willst, so wirf deine Waffen hin, lege deine Oberkleider ab, tritt zu mir heran und ring mit mir! Wer dann von uns beiden den Gegner wirft, der kann mit ihm nach Gutdünken handeln und ihn zu seinem Sklaven verwandeln!'

Wieder lachte Sabbâh und sprach: ‚Da du so reich an Worten bist, mein' ich, daß der Tod dir nahe ist.'

Dann warf er seine Waffen fort, schürzte sein Gewand und trat auf Kân-mâ-kân zu; auch der trat auf ihn zu, und so packten die beiden einander. Aber da merkte der Beduine, daß der Prinz ihm überlegen war und ihn aufschnellen ließ wie in der Waage ein Zentner einen Dinar. Und nun blickte er auf seine Beine, die fest auf dem Boden standen; er fand, sie waren wie zwei Türme, von festen Grundmauern getragen, oder wie zwei Pflöcke, die in den Boden geschlagen, oder auch zwei Berge, die steil in die Lüfte ragen. Da fühlte er sich selber der Kräfte bar, und er bereute, daß er zum Ringkampfe mit ihm herangetreten war. Und er sprach bei sich: ‚Hätte ich ihn nur mit meinen Waffen bekämpft!' Darauf packte Kân-mâ-kân ihn mit eisernem Griffe an und schüttelte ihn. Der Beduine aber fühlte, daß ihm die Eingeweide im Leibe zerrissen, und er schrie: ‚Halt ein, o Knabe!' Allein der achtete seiner Worte nicht, sondern schüttelte ihn weiter, hob ihn vom Boden empor und ging mit ihm dem Flusse zu, um ihn hineinzuwerfen. Da rief der Beduine: ‚O du Held, was hast du vor?' Der Prinz entgegnete: ‚Ich will dich in diesen Fluß werfen. Der wird dich in den Tigris tragen, und der Tigris wird dich zum 'Îsa-Kanal[1] bringen, der 'Îsa-Kanal aber zum Euphrat, und der Euphrat wird dich in deiner Heimat landen: dann soll dein Stamm dich sehen und erkennen, dann sollen sie wissen, was für ein starker Mann du bist und wie echt deine Liebe ist!' Sabbâh aber schrie auf und rief: ‚O du Held im Blachgefild, handle nicht so roh und wild; laß mich los, beim Leben deiner Base, der Schönheit Bild!' Sofort legte Kân-mâ-kân ihn auf

---

1. Heute Nahr es-Saklâwîje, zwischen Tigris und Euphrat, nördlich von Baghdad.

die Erde; doch als jener sich frei merkte, lief er zu seinem Schwert und Schild, nahm beide in die Hände und setzte sich nieder, sinnend, wie er sich heimtückisch auf seinen Gegner stürzen könnte. Kân-mâ-kân las ihm seine Gedanken von den Augen ab und sprach zu ihm: ‚Ich weiß wohl, was in deinem Herzen vorgeht, seit du dein Schwert und deinen Schild in der Hand hast. Du, dem zum Ringkampfe der starke Arm und die Kraft fehlt, du meinst, wärst du nur hoch zu Roß und stürmtest mit deinem Schwerte auf mich einher, dann lebte ich schon längst nicht mehr. Wohlan, ich will dir gewähren, wozu es dich treibt, auf daß in deinem Herzen keine Enttäuschung bleibt. Gib mir den Schild und kämpfe gegen mich mit deinem Schwerte; sei es, daß du mich tötest oder ich dich!' ‚Da ist er!' rief der Beduine und warf ihm den Schild hin, zückte sein Schwert und stürmte auf Kân-mâ-kân los. Der aber fing den Schild mit der Rechten auf und begann sich mit ihm zu wehren. Sabbâh aber schlug auf ihn ein und rief bei jedem Hieb: ‚Dieser macht jetzt den Garaus!' – doch der ging ohne zu töten aus. Denn Kân-mâ-kân fing ihn mit dem Schilde auf, so daß er immer verloren ging; er selbst aber schlug nicht zurück, da er nichts zum Schlagen hatte. Dennoch hieb Sabbâh immer weiter mit dem Schwerte, bis sein Arm ermattete; als sein Gegner das an ihm bemerkte, da stürzte er auf ihn los, umschlang ihn mit den Armen, schüttelte ihn und warf ihn zu Boden. Dann drehte er ihn um, fesselte ihm die Hände auf dem Rücken mit dem Schwertriemen und schleifte ihn an den Füßen zum Flusse hin. Wieder rief Sabbâh ihn an: ‚Was willst du mit mir tun, o du Jüngling, du edelster Ritter unserer Zeit, du Held der Walstatt weit und breit?' Der Prinz erwiderte: ‚Habe ich dir nicht gesagt, daß ich dich auf dem Flusse zu deiner Sippe und deinem Stamme senden will, damit du dich nicht grämest noch sie um dich sich grämen, wenn du auch zur Hochzeit mit deiner Base dich verspätest!' Da packte den Sabbâh Todesgraus, und er weinte und schrie laut aus: ,Tu's nicht, du edelster Ritter unserer Zeit! Laß mich los; ich bin dir als ein Sklave zu dienen bereit!' Und wieder weinte er und klagte und sprach diese Verse:

> *Fern bin ich meinem Volk; ach, lang ist die Verbannung.*
> *O wüßte ich doch nur, ob ich als Fremdling sterbe,*
> *Ja, sterb, ohn daß mein Volk weiß um die Todesstätte,*
> *Und ob ich, ohn mein Lieb zu sehen, fern verderbe!*

Da hatte Kân-mâ-kân Mitleid mit ihm, und er sprach: ,Schwöre mir heilige Eide, mich immer als guter Freund zu geleiten und mich auf allen Wegen zu begleiten!' Darin willigte der Beduine ein und schwor es ihm. Nun ließ Kân-mâ-kân ihn los; Sabbâh aber sprang auf und wollte ihm die Hand küssen. Als der Prinz ihn davon zurückhielt, öffnete er seinen Sack und holte drei Gerstenbrote daraus hervor, legte sie vor Kân-mâ-kân hin und setzte sich neben ihm am Ufer des Flusses nieder; da aßen die beiden miteinander. Wie sie dann mit dem Essen fertig waren, vollzogen sie die religiöse Waschung, sprachen das Gebet und setzten sich wieder und erzählten, was sie von ihrem Volke und von den Wechselfällen der Zeit zu erdulden gehabt hatten. Darauf fragte Kân-mâ-kân: ,Wohin willst du gehen?' Und Sabbâh antwortete: ,Ich will nach Baghdad gehen, deiner Heimatstadt, und dort bleiben, bis mir Allah die Morgengabe zuteil werden läßt!' Da sagte der Prinz: ,Dort liegt die Straße vor dir; ich will hier bleiben.' Also nahm der Beduine Abschied von ihm und schlug die Straße nach Baghdad ein, während Kân-mâ-kân zu sich selber sagte: ,Ach, meine Seele, wer hätte die Stirn, als armer Bettler heimzukehren? Nein, bei Allah, ich will nicht mit leeren Händen heimkehren;

es muß doch noch alles gut für mich werden, so Allah der Erhabene will.' Dann trat er an den Fluß heran, nahm die religiöse Waschung vor und sprach die Gebetsformeln. Nachdem er sich niedergeworfen und seine Stirn auf die Erde gelegt hatte, sandte er ein Bittgebet zum Herrn empor und sprach: ,O Gott, der du uns den Regen gewährst und auch den Wurm im Gestein ernährst, ich bitte dich, gewähre mir meine Nahrung in deiner Allmächtigkeit und deiner gütigen Barmherzigkeit!' Dann sprach er noch den Gruß an die Engel als Schluß der Gebetsformeln. Wie ihm nun aber jeder Ausweg versperrt schien und er so dasaß, indem er nach rechts und nach links blickte, da kam plötzlich ein Reiter auf dem Rücken eines edlen Rosses mit hängenden Zügeln dahergeritten. Kân-mâ-kân richtete sich im Sitze auf; doch erst nach einer Weile kam der Reiter bei ihm an, ein Mann, in den letzten Atemzügen, dem Tode nahe, da er schwer verwundet war. Wie der nun bei ihm war, flossen ihm die Tränen über die Wange wie aus Wasserschläuchen, und er sprach zu Kân-mâ-kân: ,Häuptling der Araber, nimm mich, solange ich noch lebe, dir zum Freunde! Denn du wirst meinesgleichen nicht finden. Gib mir jetzt ein wenig Wasser zu trinken, wenn es auch für einen Verwundeten nicht gut sein mag, Wasser zu sich zu nehmen, zumal wenn das lebendige Blut noch rinnt! Bleibe ich am Leben, so werde ich dir schenken, was deine Armut und Not heilen wird; sterbe ich aber, so bist du gesegnet um deiner guten Absicht willen.' Nun ritt jener Reiter einen schönen Hengst von edelstem Schlag, den keine Zunge zu beschreiben vermag, und dessen Beine wie Marmorpfeiler dastanden. Kaum hatte Kân-mâ-kân den Mann und jenen Hengst erblickt, da ward er von heftigem Verlangen berückt; und er sprach bei sich: ,Wahrlich, ein Hengst, der diesem ähnlich wär, findet sich zu unserer Zeit nicht mehr!' Dann half er dem Reiter beim Absteigen, nahm sich seiner freundlich an und ließ ihn ein wenig Wasser einschlürfen. Nachdem er noch gewartet hatte, bis der Reiter ausgeruht war, wandte er sich an ihn mit den Worten: ‚Wer ist's, der solch ein Werk an dir vollbracht hat?' ‚Ich will dir die Wahrheit sagen,' antwortete der Reiter; ‚ich bin ein Pferdedieb, der alles unsicher macht; mein ganzes Leben lang stehle und raube ich Pferde bei Tag und bei Nacht. Ich bin Ghassân genannt und als Plage aller edlen Stuten und Hengste bekannt. Ich hörte von diesem Hengste im Lande der Griechen beim König Afridûn; der hatte ihn el-Katûl[1] benannt, mit dem Beinamen el Madschnûn[2]. So zog ich um seinetwillen nach Konstantinopel und lauerte ihm auf; und während ich so wartete, da kam eine alte Vettel, die bei den Griechen hoch in Ehren steht und deren Befehl bei ihnen überall gilt; sie ist Schawâhi Dhât ed-Dawâhi genannt und als Meisterin in jedem Truge bekannt. Die hatte dies Roß bei sich und außerdem nur noch zehn Sklaven als Diener für sie und für das Roß. Ihr Ziel war Baghdad und Chorasân, und sie war auf dem Wege zu König Sasân, um von ihm Frieden und Sicherung zu erlangen; doch ich folgte ihrer Spur, denn ich hatte nach dem Hengste Verlangen. Ich ging ihnen immer weiter nach, aber ich kam doch nicht an ihn heran; denn die Sklaven nahmen sich seiner zu eifrig an. Schließlich, als sie dies Land betraten und ich schon fürchtete, sie möchten doch in die Stadt Baghdad hineingeraten, und als ich gerade überlegte, wie ich den Hengst rauben könnte, da stieg plötzlich vor ihnen eine Staubwolke empor und legte der Welt einen Schleier vor. Doch als die Wolke sich wieder verlor, da traten fünfzig Reiter, vereint zum Überfall auf die Kaufleute, unter ihr hervor. Ihr Anführer, Kahardâsch

1. Der Töter. – 2. Der Tolle, das ist Tollkühne.

geheißen, glich dem reißenden Löwen, ein Held ruhmbedeckt; er war im Kampfe wie ein Leu, der die Mannen wie Teppiche auf den Boden streckt.' – –«

Da bemerkte Schehrezâd, daß der Morgen begann, und sie hielt in der verstatteten Rede an. Doch als die *Hundertundeinundvierzigste Nacht* anbrach, fuhr sie also fort: »Es ist mir berichtet worden, o glücklicher König, daß der verwundete Reitersmann dem Kân-mâ-kân des weiteren erzählte: ‚Nun sprengte Kahardâsch gegen die Alte und ihre Begleiter heran, stürzte auf sie und griff sie unter lautem Kriegsgeschrei an. Und es währte nur einen Augenblick, so hatte er die zehn Sklaven und die Alte in Fesseln gelegt; den Hengst nahm er ihnen fort, und dann zog er mit ihnen froh von dort. Da sprach ich bei mir selbst: ‚Meine Mühe ging verloren, und ich erreichte nicht das Ziel, das ich mir erkoren.' Dann wartete ich, um zu sehen, wie die Dinge laufen würden. Als nämlich die Alte sich in Gefangenschaft sah, sprach sie weinend zu dem Hauptmann Kahardâsch: ‚O du Ritter verwegen, du löwengleicher Degen, was willst du mit der Alten und mit den Sklaven beginnen, da es dir doch gelang, das Roß, das du suchtest, zu gewinnen?' Darauf begann sie, sich listig mit sanften Worten an ihn zu wenden, und schwor ihm, sie wolle ihm Rosse und Kamele senden. So ließ er denn sie und die Sklaven frei, und zog dann mit seinen Leuten weiter. Ich aber folgte ihnen, bis sie in diese Lande kamen; dabei hatte ich immer den Hengst im Auge und ging ihm nach. Endlich, als ich eine Gelegenheit dazu fand, stahl ich ihn, sprang auf ihn, holte eine Gerte aus meinem Sack und schlug auf ihn ein. Als jene das merkten, eilten sie mir nach, umringten mich überall und schossen nach mir mit Pfeilen und warfen mit Speeren zumal. Ich aber blieb fest auf ihm sitzen, und er schlug mit seinen Hufen nach vorn und rückwärts, um mich zu schützen, bis er schließlich mit mir aus ihrer Mitte durchbrach wie ein Pfeil, der von der Sehne schnellt, oder wie ein Stern, der vom Himmel fällt. Doch ich hatte bei des heftigen Kampfes Walten mehrere schwere Wunden erhalten; und jetzt bin ich seit drei Tagen auf seinem Rücken, ohne mich an Schlaf oder Speise zu erquicken; nun ist meine Kraft verzehrt, und das Leben ist mir nichts mehr wert. Du hast Gutes getan an mir und Erbarmen gehabt mit mir; doch ich sehe an dir ein dürftiges Kleid und deutliche Zeichen von bitterem Leid, und dennoch sind Spuren des früheren Wohlstandes an dir zu erkennen. Sag an, wer bist du? Woher kommst du? Wohin ziehst du?' Da erwiderte der Prinz: ‚Ich heiße Kân-mâ-kân, Sohn des Königs Dau el-Makân, des Sohnes Königs 'Omar ibn en-Nu'mân. Aber da mein Vater starb, wuchs ich als Waisenkind auf; und nach seinem Tode begann ein elender Kerl zu regieren und über hoch und gering die Herrschaft zu führen.' Dann erzählte er ihm seine ganze Geschichte von Anfang bis zu Ende. Der Pferdedieb aber, der Mitleid mit ihm hatte, sprach zu ihm: ‚Bei Allah, dein Stamm ist hehr und von hoher Ehr; eine Stellung der Macht ist für dich bereit, und du wirst der erste Ritter unserer Zeit! Vermagst du es, mich wieder aufs Roß zu heben, und bringst du mich, hinter mir reitend, wieder in mein Heimatland, so werde dir Ehre in dieser Welt und Lohn am Jüngsten Tage zuerkannt; denn siehe, ich habe keine Kraft mehr, um mich selbst aufrecht zu halten. Wenn aber das Jenseits mich ruft, so bist du dieses Rosses mehr wert als irgendein anderer.' ‚Bei Allah,' rief Kân-mâ-kân, ‚wenn ich dich auf meinen Schultern tragen oder meine Lebenszeit mit dir teilen könnte, ich täte es auch ohne das Roß. Denn ich bin aus einem Geschlecht, das Wohltun übt und den Bedrängten zu helfen liebt; und eine gute Tat um Allahs des Erhabenen willen hält von dem Täter siebenzig Heimsuchungen fern. Drum halte dich bereit zu reisen und vertrau auf den Allgütigen und Allweisen!' Schon wollte der Prinz ihn auf das Roß heben und die Reise antreten im Vertrauen auf Allah, der allen hilft, die zu ihm beten, da sprach der Pferdedieb zu ihm: ‚Warte noch ein wenig!' Nun schloß er seine Augenlider, hob seine Hände auf und sprach dann wieder: ‚Ich bezeuge, daß es keinen Gott gibt außer Allah, und ich bezeuge, daß Mohammed der Gesandte Allahs ist!' und fügte hinzu: ‚O allmächtiger Gott, sprich mich von der Todsünde rein; denn nur der Allmächtige kann die Todsünde verzeihn!' Darauf machte er sich zum Tode bereit und klagte in diesen Versen sein Leid:

> Ich quälte die Menschen, durchstreifte die Länder
> Und brachte mein Leben mit Weintrinken hin;
> Durchwatete Ströme, um Rosse zu stehlen,
> Zerstörte die Häuser mit listigem Sinn.
> Die Beute war reichlich, die Sünde gewaltig;
> Und doch war Katûl mir der höchste Gewinn.
> Ich hoffte, ich würd alle Wünsche erreichen
> Durch ihn, jenen Hengst, – da erlahmte mein Glück.
> Mein lebelang hab ich die Rosse gestohlen,
> Jetzt sandte die Allmacht mein Todesgeschick.
> Als Letztes nun laß ich den Preis meiner Mühe
> Dem Fremdling, dem armen, verwaisten, zurück.

Nachdem er diese Verse gesprochen hatte, schloß er die Augen, öffnete den Mund, röchelte noch einmal und schied dann von der Welt. Da ging Kân-mâ-kân hin, grub ein Grab für den Pferdedieb und barg ihn im Sande. Dann trat er an das Roß, küßte es und streichelte sein Gesicht und rief hocherfreut aus: ‚Niemand hat solch einen Hengst im Stall, ja auch König Sasân nicht einmal!'

So stand es also um Kân-mâ-kân. Wenden wir uns nun wieder zu König Sasân! Zu dem war die Kunde gedrungen, daß der Wesir Dandân mit der Hälfte des Heeres sich gegen ihn empört und daß sie geschworen hatten, sie wollten keinen anderen König haben als Kân-mâ-kân; dann hatte der Wesir den Truppen feierliche Eide abgenommen und war mit ihnen bis zu den Indischen Inseln, bis zum Berberlande und bis in den Sudan gekommen; dort sammelte sich um ihn ein gewaltiges Heer; das glich dem tobenden Meer, und man kannte bei ihm Anfang und Ende nicht mehr. Mit all diesen Truppen beschloß der Wesir auf Baghdad loszudringen, jenes Land unter seine Gewalt zu zwingen und alle Menschen, die ihm widerständen, umzubringen; dazu schwor er, nicht eher das Kriegsschwert wieder in die Scheide zu stoßen, als bis er Kân-mâ-kân auf den Thron gesetzt habe. Als die Kunde davon zu König Sasâns Ohren drang, war ihm, als ob er im Meere der Sorgen versank; denn er hatte auch erkannt, daß hoch und niedrig im Reiche sich gegen ihn gewandt. So lastete auf ihm der Kummer schwer, und seiner Betrübnis ward noch mehr. Und da öffnete er die Schatzkammern, verteilte die Gelder unter die Großen seines Reiches und wünschte, Kân-mâ-kân möchte zu ihm kommen, auf daß er sein Herz durch Güte und Wohltaten an sich zöge; er wollte ihn dann zum Emir über die Truppen machen, die ihm treu geblieben waren, um durch ihn den Funken zu ersticken, ehe er das Feuer entzündete.

Als all das dem Kân-mâ-kân durch reisende Kaufleute berichtet war, begann er, von seinem Rosse getragen, eilends gen Baghdad heimzujagen. König Sasân hörte, während er gerade ratlos auf seinem Throne dasaß, von dem Nahen des Kân-mâ-kân, und da befahl er, alle Truppen und alle Vornehmen von Baghdad sollten hinausziehen, um ihn zu empfangen. So zog denn ganz Baghdad aus und holte ihn ein; und alle gingen ihm vorauf zum Schlosse, wo sie die Schwellen küßten.

Die Sklavinnen und die Eunuchen eilten zu seiner Mutter und brachten ihr die frohe Botschaft von der Heimkehr ihres Sohnes. Da kam sie zu ihm und küßte ihn auf die Stirn. Er aber sprach: ‚Liebe Mutter, laß mich zu meinem Oheim gehen, dem König Sasân, der mich mit Huld überhäuft und mir so viel Gutes getan!' Schon waren die Gemüter aller Leute im Schlosse und bei Hofe durch die Schönheit jenes Hengstes wie berückt, und sie riefen: ‚Kein Mensch ward je durch solchen Besitz beglückt!' Darauf trat Kân-mâ-kân zu König Sasân ein und begrüßte ihn; der erhob sich vor ihm, aber Kân-mâ-kân küßte ihm Hände und Füße und brachte ihm den Hengst als Geschenk dar. Nun hieß der König den Prinzen willkommen mit den Worten: ‚Herzlich gegrüßt sei mir, mein Sohn Kân-mâ-kân! Bei Allah, die Welt ward mir zu enge, als du fern warest! Gott sei gepriesen ob deiner glücklichen Heimkehr!' Kân-mâ-kân antwortete ihm mit einem Segenswunsch. Danach blickte der König auf jenen Hengst mit Namen el-Katûl, und er erkannte, daß es derselbe war, den er gesehen hatte in dem und dem Jahr, damals als er die Kreuzesverehrer belagerte mit des Prinzen Vater Dau el-Makân und zur Zeit der Ermordung seines Oheims Scharkân. Und er sprach zu Kân-mâ-kân: ‚Hätte dein Vater es vermocht, so hätte er ihn um tausend edle Rosse erworben. Doch jetzt möge die Ehre heimkehren zu dem, der ihrer wert ist! Das Geschenk, das ich empfangen habe, sei nunmehr dein als meine Gabe! Mehr als irgendeinem anderen gebührt er dir; denn du bist aller Ritter Zier.' Dann befahl der König, man solle Ehrenkleider für den Prinzen bringen; auch machte er ihm Reitpferde zum Geschenk, bestimmte die Hauptgemächer im Schlosse für ihn, ließ ihm Ehre und Freude zuteil werden, gab ihm viel Geld und Gut, kurz, er überhäufte ihn mit den höchsten Ehren, da er um den Ausgang der Unternehmung des Wesirs Dandân besorgt war. Darüber war Kânmâ-kân hocherfreut, und frei von der früheren Schmach und Niedrigkeit, begab er sich in sein Haus und trat auf seine Mutter zu mit den Worten: ‚Liebe Mutter, wie steht es um meine Base?' ‚Bei Allah, mein Sohn,' erwiderte sie, ‚meine Sorge um dein Fernsein hat mich von allem anderen abgelenkt, sogar von deiner Geliebten, zumal sie der Grund war, weshalb du fortgingst und mich verließest.' Da klagte er ihr sein Leid und bat sie: ‚Liebe Mutter, geh doch zu ihr, sei freundlich zu ihr! Vielleicht gewährt sie meine Bitte, sie zu sehn; dann wird diese Pein von mir gehn.' Sie aber entgegnete: ‚Von Begierden werden die Nacken der Männer gebeugt; also laß ab von dem, was Unheil erzeugt! Fürwahr, ich werde nicht zu ihr gehen, noch ihr mit solchen Worten nahen.' Als er das von seiner Mutter vernahm, berichtete er ihr, was der Pferdedieb ihm gesagt hatte, daß nämlich die alte Dhât ed-Dawâhi in ihr Land gekommen sei und nach Baghdad kommen wolle; und er fügte hinzu: ‚Sie ist es, die meinen Oheim und meinen Großvater ermordet hat. Jetzt will ich, fürwahr, die Rache vollstrecken und unsere Schande zudecken!'

Darauf verließ er seine Mutter und begab sich zu einer Unglücksalten, einer Kupplerin und listigen Betrügerin, des Namens Sa'dâna; der klagte er sein Leid und alles, was er um der Liebe zu seiner Base Kudija-Fakân willen erduldete, und er bat sie, zu ihr zu gehen und sie ihm geneigt zu machen. ‚Ich höre und gehorche!' erwiderte die Alte, verließ ihn und ging in den Palast der Kudija-Fakân. Nachdem sie deren Herz für ihn gewonnen hatte, kehrte sie zu ihm zurück und tat ihm kund, Kudija-Fakân lasse ihn grüßen und habe ihr das Versprechen gegeben, daß sie um Mitternacht zu ihm komme. – –«

Da bemerkte Schehrezâd, daß der Morgen begann, und sie

hielt in der verstatteten Rede an. Doch als die *Hundertundzweiundvierzigste Nacht* anbrach, fuhr sie also fort: »Es ist mir berichtet worden, o glücklicher König, daß die Alte zu Kân-mâkân ging und ihm berichtete, seine Base lasse ihn grüßen und werde um Mitternacht zu ihm kommen. Hocherfreut darüber setzte Kân-mâ-kân sich hin, um zu warten, bis seine Base Kudija-Fakân ihr Versprechen erfülle. Und kaum war es Mitternacht, da kam sie schon zu ihm, gehüllt in einen Mantel aus schwarzer Seide, trat an ihn heran und weckte ihn aus dem Schlafe, indem sie zu ihm sprach: ‚Wie kannst du nur sagen, du liebest mich, wo du doch freien Herzens bist und guter Dinge des Schlafes genießt?' Er sprang auf und rief: ‚Bei Allah, o du meines Herzens Wunsch, ich schlief nur, weil ich mich danach sehnte, daß dein Traumbild mich besuche!' Da tadelte sie ihn mit sanften Worten, indem sie diese Verse sprach:

> *Wärest du treu in der Liebe, du hättest*
> *Dich dem Schlummer nicht hingegeben!*
> *Der du behauptest, auf Pfaden der Liebe*
> *Leidenschaftlich voll Sehnsucht zu leben –*
> *Ja, bei Gott, mein Vetter, der Schlaf kann*
> *Augen der wahrhaften Lieb nie umweben!*

Als Kân-mâ-kân dies von seiner Base hören mußte, schämte er sich vor ihr und begann sie um Verzeihung zu bitten. Nun umarmten sie einander und klagten über den Schmerz, den die Trennung bereitete, und blieben so beieinander, bis die Morgendämmerung aufstieg und sich an den Rändern des Himmels ausbreitete. Als dann Kudija-Fakân sich zum Gehen wandte, begann Kân-mâ-kân zu weinen und in Seufzer auszubrechen, und er hub an, diese Verse zu sprechen:

> *O die mir jetzt genaht, nachdem sie mich lange gemieden,*
> *In deren Munde von Perlen ein blitzend Geschmeide sich zeigt, –*

Ich küßte sie tausendmal, ich durfte den Leib umschlingen
Und bei ihr verweilen, die Wange an ihre Wange geneigt,
Bis daß der Morgen kam, der nun uns beide trennet,
Hell wie die Klinge des Schwertes, das blinkend der Scheide entsteigt!

Nachdem er so gesprochen hatte, nahm Kudija-Fakân Abschied von ihm und kehrte in ihr Gemach zurück. Dort vertraute sie ihr Geheimnis einigen Sklavinnen an; aber eine von diesen ging zum König und verriet es ihm. Der begab sich sogleich zu ihr, trat in ihr Gemach, zückte sein Schwert gegen sie und wollte sie töten. In dem Augenblicke stürzte ihre Mutter Nuzhat ez-Zamân herein und rief: ‚Um Gottes willen, tu ihr kein Leid an! Wenn du ihr aber ein Leid antust, so wird die Kunde davon sich unter dem Volk verbreiten, und du wirst ein Schandfleck sein unter den Königen unserer Zeit. Wisse doch, Kânmâ-kân ist kein Bastard! Sie ist ja mit ihm erzogen, und er ist ein Mann von Ehre und hohem Sinn, und er tut nichts, was man ihm zum Vorwurf machen könnte. Halt ein, übereile dich nicht! Denn bei den Leuten im Palaste und bei allem Volke von Baghdad ist schon die Kunde verbreitet, der Wesir Dandân habe die Truppen aus aller Herren Länder herbeigeholt und nahe nun mit diesen Heeren, um Kân-mâ-kân zum König zu erklären.' Sasân aber sprach: ‚Bei Allah, ich bringe ihn noch in solche Not, daß die Erde ihn nicht mehr stützt und der Himmel ihn nicht mehr schützt. Ich habe ihm doch nur deswegen so viel Huld erwiesen und ihn zu gewinnen gesucht, damit meine Untertanen und die Großen meines Reiches sich nicht ihm zuwendeten. Jetzt sollst du aber sehen, was geschehen wird!' Dann verließ er sie, um sich seinen Regierungsgeschäften zu widmen.

Lassen wir den König Sasân dahingehen, und wenden wir uns zu Kân-mâ-kân! Der ging am nächsten Tage wieder zu seiner Mutter und sprach zu ihr: ‚Liebe Mutter, ich habe mich entschlossen, auf Raub auszureiten, die Wege zu belagern und Rosse, Kamele, Neger und weiße Sklaven zu erbeuten. Hab ich dann viel Geld und Gut und wieder Ansehen in der Welt, so werbe ich um meine Base Kudija-Fakân bei meinem Oheim König Sasân.' Doch seine Mutter antwortete: ‚Mein Sohn, die Güter der Menschen laufen nicht frei für dich umher; nein, sie stehen im Schutze von Schwertgeklirr und Lanzengeschwirr, von Männern, die sich gegen Raubtiere wehren und blühende Länder verheeren, die Löwen erjagen und Panther als Beute heimtragen.' Kân-mâ-kân aber rief: ‚Fern sei es, daß ich von meinem Plane abstehe, ehe ich mich am Ziel meiner Wünsche sehe!' Alsbald schickte er die Alte zu Kudija-Fakân und ließ ihr sagen, er wolle ausziehen, um eine Morgengabe für sie zu gewinnen, die ihrer wert sei; zugleich trug er der Alten auf, die Prinzessin zu bitten, daß ihm eine Antwort von ihr zuteil werde. Die Alte ging mit den Worten: ‚Ich höre und gehorche!' fort und kehrte mit der Antwort zu ihm zurück, die Prinzessin werde um Mitternacht zu ihm kommen. So blieb er wach bis zur halben Nacht, und schon wollte die Unruhe ihn packen, siehe, da trat sie, ehe er sich dessen versah, zu ihm ein und sprach zu ihm: ‚Mein Leben sei dir ein Lösegeld für das Wachen!' Nun sprang er auf und rief: ‚O du meines Herzens Wunsch, mein Leben sei dir ein Lösegeld von allem Unglück!' Dann tat er ihr kund, was er beschlossen hatte; und wie sie weinte, sprach er zu ihr: ‚Weine nicht, liebe Base, ich will zu Ihm, der unsere Trennung bestimmt hat, flehen, daß Er uns gnädiglich vereine und wir uns wiedersehen.'

Darauf rüstete Kân-mâ-kân sich zur Abreise, ging zu seiner Mutter und nahm Abschied von ihr. Dann ging er vom Palaste hinab, gürtete sich mit seinem Schwerte, legte Turban und

Schleier an und bestieg seinen Hengst el-Katûl. So ritt er durch die Stadt, dem Vollmonde gleich, bis er zum Stadttore von Baghdad kam. Da war aber auch sein Freund Sabbâh ibn Rammâh, der gerade aus der Stadt hinausging. Wie der ihn sah, lief er hin und ergriff seinen Steigbügel und begrüßte ihn. Der Prinz erwiderte seinen Gruß, und sofort fragte Sabbâh: ‚Bruder, wie bist du zu diesem edlen Roß gekommen und zu diesem Schwert und zu den Gewändern, während ich doch jetzt nichts besitze als mein Schwert und meinen Schild?' Kânmâ-kân antwortete: ‚Der Jäger kehrt nur mit solcher Beute heim, wie sie seiner Willenskraft entspricht. Nachdem wir uns getrennt hatten, kam bald das Glück zu mir. Willst du nun mit mir kommen, vereint mit mir den Willen zur Tat machen und mich in diese Wüste da begleiten?' Da rief jener: ‚Beim Herrn der Kaaba, jetzt will ich dich nur noch meinen Herrn nennen!' Dann lief er vor dem Rosse her, das Schwert über die Schulter gehängt und den Sack auf dem Nacken, während Kân-mâ-kân hinter ihm ritt. Vier Tage lang zogen sie bis tief in die Wüste hinein, indem sie vom Fleische der Gazellen aßen und vom Wasser der Quellen tranken. Am fünften Tage aber erblickten sie einen hohen Hügel; an dessen Fuße befanden sich Frühlingslager der Nomaden und ein Teich mit fließendem Wasser zumal; Kamele, Rinder, Kleinvieh und Rosse erfüllten Berg und Tal, und ihre Jungen spielten um die Hürden überall. Kaum sah Kân-mâ-kân dieses Bild, da war er herzlich froh, und seine Brust ward von Freude erfüllt; und er beschloß den Angriff zu wagen, um Kamelstuten und Hengste als Beute davonzutragen. So sprach er denn zu Sabbâh: ‚Wohlan, vorwärts auf diese Herden geschwind, die von ihrem Volke allein gelassen sind! Ziehe mit mir gegen nah und fern in den Streit, bis das Geschick uns den Gewinn der Herden verleiht!' Aber

Sabbâh erwiderte: ‚Mein Gebieter, siehe, die Besitzer dieser Herden sind ein großes Volk; unter ihnen sind Degen, zu Roß und zu Fuß verwegen. Lassen wir uns auf diese schwierige Sache ein, so werden wir um ihrer Schrecken willen in großen Gefahren sein. Dann kehrt keiner von uns zu seinem Volke zurück, und von seiner Base wird er getrennt durch ein einsam Geschick.' Da mußte Kân-mâ-kân lachen fürwahr, denn er merkte, daß der andere ein Feigling war. Drum ließ er ihn stehen und stürmte den Hügel hinab im Tatendrang, indem er laut schrie und diese Verse sang:

> *O Volk des Nu'mân! Wir sind die Männer der Tat,*
> *Ein Volk der Herren, das feindliche Scharen schlägt;*
> *Ein Stamm, der, wenn sich das Kampfgetümmel ihm naht,*
> *Dort, wo es heiß ist, in tapferem Mute sich regt.*
> *Es schläft das Auge des Armen bei ihnen sanft,*
> *Er nimmt der Armut häßliches Bild nicht wahr.*
> *Nun seht, ich hoffe auf Hilfe vom gütigen Herrn,*
> *Dem Weltenschöpfer, der mächtig regiert immerdar!*

So stürmte er auf jene Kamelinnen los wie ein brünstiger Kamelhengst und trieb alles vor sich dahin: Kamele, Rinder, Kleinvieh und Rosse. Dann aber eilten die Sklaven auf ihn her mit blitzender Klinge und langem Speer; und an ihrer Spitze befand sich ein türkischer Reiter, gewaltig im Schlachtentanze, erprobt im Schwingen der funkelnden Klingen und der braunen Lanze. Der drang auf Kân-mâ-kân ein, laut rufend: ‚Wehe dir! Wüßtest du, wem all diese Herden gehören, du ließest dich nicht zu solchem Tun betören. Vernimm, sie gehören der griechischen Schar, den Helden vom Meer und dem tscherkessischen Heer; und das sind lauter grimme Recken zumal, hundert Ritter an der Zahl; sie haben allen Herrschern den Gehorsam abgeschworen, und ihnen ging ein Hengst durch Raub verloren. Da gelobten sie, nicht ohne ihn heimzukehren.'

Kaum drang diese Rede an Kân-mâ-kâns Ohr, so stieß er laut rufend die Worte hervor: ‚Ihr Schurken, dies ist der Hengst, den ihr meint, und den zu suchen ihr euch vereint, um den mit mir zu kämpfen euch erstrebenswert scheint. Tretet nur alle insgesamt gegen mich vor und tut, was sich euer Wille erkor!' Dann stieß er einen Schrei aus zwischen den Ohren von el-Katûl, und der schoß auf die Feinde los wie ein Ghûl[1]. Kân-mâ-kân aber lenkte ihn auf den Reiter zu, den durchbohrte er und warf ihn vom Rosse im Strauß; und jenem quollen die Nieren heraus. Weiter wandte er sich gegen einen zweiten, einen dritten und einen vierten, und allen raubte er das Leben. Bei diesem Anblick erschraken die Sklaven vor ihm, und er rief ihnen zu: ‚Ihr Bastardbrut, treibt Herden und Rosse herbei, sonst färbe ich meine Lanze mit eurem Blut!' Als sie die Herden herbeigetrieben hatten und sich schon davonmachen wollten, da kam auch Sabbâh herbei mit einem lauten Freudengeschrei. Doch nun wirbelte eine Staubwolke empor und legte der Welt einen Schleier vor; dann traten unter ihr hundert Ritter heraus, die sahen wie grimmige Löwen aus. Sabbâh aber floh in eiligem Lauf, verließ das Kampffeld und stieg auf den Hügel hinauf, und er begann dem Kampfesgrauen aus der Ferne zuzuschauen, indem er sprach: ‚Mein Heldenherz schlägt nur bei Spiel und Scherz!' Die hundert Reiter umringten den Kân-mâ-kân und drängten sich von allen Seiten und Richtungen um ihn heran. Einer von ihnen ritt hervor und rief: ‚Wohin des Wegs mit diesen Herden?' Kân-mâ-kân erwiderte: ‚Die nehm ich als meine Beute mit mir, und ihnen zu nahen verbiete ich dir. Doch wohlan zum Streit, hier steht vor ihnen ein dräuender Löwe bereit, ein gewaltiger Held, und ein Schwert, das da trifft, wo es nur niederfährt!' Als jener Reiter

1. Ein gefürchteter Wüstendämon.

diese Worte vernahm, blickte er den Prinzen an, und ihm ward offenbar, daß er ein löwengleicher Ritter war; doch sein Antlitz glich dem vollen Mond, der in der vierzehnten Nacht am Himmel thront, und die Tapferkeit leuchtete ihm aus den Augen. Nun war jener Reiter der Anführer der hundert Mannen, und sein Name war Kahardâsch. Und als er den Kân-mâkân anblickte in seiner vollendeten Ritterlichkeit und seiner strahlenden Schönheit, da verglich er seine Anmut mit der einer Maid, die er liebte, des Namens Chatûn. Ihr war von Gott verliehen solche Schönheit und Lieblichkeit, der Eigenschaften Vornehmheit, und eine so wunderbare Wesensart, daß die Zunge sie nicht beschreiben konnte und daß jedes Mannes Herz von ihr bezaubert ward. Doch die Ritter ihres Volkes fürchteten ihren hochgemuten Sinn, und die Recken jenes Landes gaben sich scheuer Achtung vor ihrer Hoheit hin. Und sie hatte geschworen, sie wolle sich nur dem als Gemahlin zu eigen geben, der sie im Kampfe besiege. Kahardâsch aber gehörte zu ihren Freiern. Als sie nun zu ihrem Vater gesagt hatte: ‚Keiner soll mir nahn, es sei denn, er bezwinge mich im Kampfe mit Schwert und Lanze auf dem Plan!' und als dem Kahardâsch diese Worte berichtet wurden, da scheute er sich doch davor, mit einem Mädchen zu kämpfen; denn er fürchtete die Schmach. Zwar hatte einer seiner vertrauten Freunde zu ihm gesagt: ‚Dich ziert höchste Vollkommenheit an Schönheit und Lieblichkeit. Und kämpftest du mit ihr, so würdest du sie, selbst wenn sie stärker wäre als du, dennoch bezwingen. Denn sobald sie deine Schönheit und Anmut sieht, wird sie vor dir weichen, so daß du sie überwindest; das Trachten der Frauen ist ja den Männern zugewandt, und all das ist dir nicht unbekannt!' Trotzdem hatte Kahardâsch sich geweigert und es abgelehnt, mit ihr zu kämpfen; vielmehr hatte er auf dieser seiner Weigerung bestanden, bis er und Kân-mâ-kân sich so zusammenfanden. Er glaubte also, jener sei seine geliebte Chatûn, und er ward von Furcht erfüllt, obgleich sie ihn liebte, da sie von seiner Schönheit und Tapferkeit gehört hatte. Nun ritt er auf Kân-mâ-kân zu und rief: ‚Du da, o Chatûn, du bist zu mir gekommen, um mich deine Tapferkeit erfahren zu lassen! Doch steig ab von deinem Roß, auf daß ich mit dir plaudere; denn ich habe diese Herden eingebracht, ich habe die Freunde verraten, ich habe für Ritter und Männer großer Taten die Straßen unsicher gemacht – all das nur um deiner Schönheit und Anmut willen, die ohnegleichen ist. So vermähle dich mir nun, auf daß die Prinzessinnen dir dienen und du die Königin dieser Länder wirst.' Kaum drangen diese Worte an Kân-mâ-kâns Ohr, da lohten die Feuer seines Zornes in ihm empor, und er rief: ‚Wehe, du persischer Hund! Weg mit Chatûn und mit dem, was du fälschlich vermutest! Zum Kampfe mit Speer und Schwert komm heran, auf daß ich dich bald in den Staub werfen kann!' Dann ritt er zum Strauß, umkreiste den Gegner und holte weit aus. Als aber Kahardâsch ihn genauer ansah, erkannte er in ihm einen Ritter verwegen, einen löwengleichen Degen; und sein Irrtum ward ihm klar, als er einen zartgrauen Flaum auf seiner Wange sah gleich Myrten, die inmitten von roten Rosen sprossen. Erschrocken ob seines Ansturms rief er seinen Mannen zu: ‚Ihr da! Einer von euch greife ihn an und zeige ihm des Schwertes schneidende Kraft und der Lanze bebenden Schaft! Wisset, der Kampf vieler gegen einen ist eine Schande, sei er auch ein Ritter voll Tapferkeit und ein Held unbesiegbar im Streit!' Da stürmte auf Kân-mâ-kân ein löwengleicher Ritter los, der saß auf einem schwarzen Roß mit weißen Hufen und einer Blesse auf der Stirn wie ein Dirhem groß; es verwirrte Augen und

Geist, als sei es el-Abdschar, das Roß des 'Antar, von dem es im Liede heißt:

> *Es kam zu dir der Renner, der in den Kampf gezogen,*
> *Der frohe, der oben und unten Hell mit Dunkel vermählt,*
> *Als habe der weiße Morgen ihn auf die Stirn getroffen*
> *Und habe von dort durch den Leib den Weg zu den Hufen gewählt.*

Er stürmte auf Kân-mâ-kân ein wie der Wind, und beide tummelten eine Weile umeinander im Kampf, Hieb wider Hieb austeilend, daß aller Sinne sich verwirrten und die Augen wie geblendet irrten. Als erster aber traf Kân-mâ-kân den Gegner mit einem wuchtigen Heldenhieb, der ihm Turban und Stahlhaube durchschlug und seinen Kopf erreichte; da fiel er vom Roß, wie wenn ein Kamel zu Boden stürzt. Darauf trat ein zweiter vor und sprengte auf ihn los, ebenso ein dritter und ein vierter und ein fünfter; doch er tat allen das gleiche wie dem ersten. Da stürmten alle übrigen auf ihn ein, überwältigt von Kampfeswut und in mächtiger Zornesglut; aber es dauerte nicht lange, bis er sie alle mit der Spitze seiner Lanze eingeheimst hatte. Als Kahardâsch diese Heldentaten sah, fürchtete er, das Ende sei nah; denn er erkannte in dem Jüngling die feste Entschlossenheit und war überzeugt, daß er einzig sei unter den Helden und Rittern weit und breit. Drum rief er Kân-mâ-kân zu: ‚Ich schenke dir dein Blut und das Blut meiner Gefährten; nimm von den Herden so viel, wie du willst, und zieh deines Weges dahin! Denn ich habe Erbarmen mit dir wegen deiner Jugendschönheit; du hast ein größeres Recht, am Leben zu bleiben.' Kân-mâ-kân erwiderte: ‚An Großmut der Edlen gebricht es dir nicht; doch laß dies Geschwätz, eile um dein Leben und sei unbesorgt um das, was der Tadel spricht! Laß dich aber nicht danach gelüsten, die Beute wieder zu fangen, sondern geh den graden Weg, um deine Rettung zu erlangen!'

Da entbrannte Kahardâsch von gewaltiger Wut, und in den Tod trieb ihn seiner Leidenschaft Glut; und er sprach zu Kânmâ-kân: ‚Weh dir! Wüßtest du, wer ich bin, du würdest mir auf dem Kampfesplan nicht mit solchen Worten nahn. Frage nach mir: ich bin als der starke Löwe bekannt, Kahardâsch genannt, der gegen die großen Könige Raubzüge machte, der den Reisenden die Wege versperrte und die Waren der Kaufleute heimbrachte! Dies Roß da, auf dem du sitzest, das suche ich; und ich wünsche, daß du mir kundtust, wie du zu ihm kamst und es an dich nahmst!' Jener erwiderte: ‚Wisse, dies Roß war auf dem Wege zu meinem Oheim, dem König Sasân, geführt von einer hochbetagten alten Frau, die zehn Sklaven zu ihrem Dienste bei sich hatte. Da fielst du über sie her und nahmst ihr das Roß ab. Zwischen uns und jener Alten aber besteht Blutfehde wegen meines Großvaters, des Königs 'Omar ibn en-Nu'mân, und meines Oheims, des Königs Scharkân.' ‚Du da', rief Kahardâsch, ‚wer ist dein Vater, du, der du keine freie Mutter hast?' ‚Wisse denn', erwiderte er, ‚ich bin Kân-mâ-kân, der Sohn von Dau el-Makân, des Sohnes von 'Omar ibn en-Nu'mân!' Als Kahardâsch diese Worte vernahm, sprach er: ‚Es läßt sich nicht leugnen, du besitzest Vollkommenheit, und du vereinest Anmut und Ritterlichkeit', und dann fuhr er fort: ‚Ziehe hin in Frieden; denn durch deinen Vater ward uns manche Güte und Wohltat beschieden!' Doch Kân-mâ-kân antwortete: ‚Bei Allah, ich gebe dir keine Ehre, du verächtliches Gebild, bis ich dich besiege auf dem Blachgefild!' Da ergrimmte der Beduine. Und nun sprengten beide aufeinander los mit lautem Kampfgeschrei, während ihre Rosse die Ohren anlegten und die Schweife hoben. So prallten sie denn mit solcher Macht zusammen, daß sie beide vermeinten, der Himmel sei geborsten. Darauf kämpften sie wie stößige Widder im harten

Strauß und holten abwechselnd immer wieder zu Lanzenstichen aus; schließlich führte Kahardâsch einen Lanzenstich gegen seinen Gegner, aber Kân-mâ-kân wich ihm aus. Dann wandte er sich rasch gegen ihn zurück und durchbohrte dem Kahardâsch die Brust, so daß die Lanzenspitze ihm zum Rücken herausstak. Alsbald sammelte er die Pferde und die Beute und rief die Sklaven an: ‚Auf, treibt, so rasch ein jeder kann!' Nun kam auch Sabbâh herab und trat auf Kân-mâ-kân zu mit den Worten: ‚Du fochtest einen wackeren Streit, du größter Ritter unserer Zeit! Siehe, ich habe für dich gebetet, und der Herr hat mein Flehen erhört.' Dann schnitt Sabbâh den Kopf des Kahardâsch ab; Kân-mâ-kân aber sprach lächelnd: ‚Du da, Sabbâh, ich hatte gedacht, du wärest ein Ritter in Kampf und Schlacht!' Der Beduine erwiderte: ‚Vergiß deinen Sklaven nicht bei dieser Beute; vielleicht kann ich es dadurch erreichen, daß ich mich mit meiner Base Nadschma vermähle.' ‚Gewiß,' sprach Kân-mâ-kân, ‚du sollst deinen Anteil daran erhalten. Jetzt aber sei Wächter über die Beute und die Sklaven!'

Dann machte Kân-mâ-kân sich auf den Weg dem Heimatlande zu und zog Tag und Nacht dahin ohne Ruh, bis daß er bei der Stadt Baghdad ankam, wo das ganze Heer von ihm vernahm; und die Soldaten sahen, welche Beute und wie große Herden er mitgebracht hatte, und wie der Kopf des Kahardâsch auf der Lanze Sabbâhs stak. Auch die Kaufleute erkannten jenen Kopf und sprachen erfreut: ‚Nun hat Allah die Welt von ihm befreit; denn er war ein Wegelagerer.' Und sie wunderten sich über seinen Tod und beteten für den, der ihn getötet hatte. Das Volk von Baghdad aber kam zu Kân-mâ-kân und fragte ihn nach seinen Erlebnissen; und er erzählte den Leuten, was ihm widerfahren war. Da blickten ihn alle Männer voll Ehrfurcht an, ja, selbst die Ritter und Helden wurden von Furcht vor ihm angetan. Er aber trieb alles, was er bei sich hatte, bis unter die Mauern des Palastes. Dort pflanzte er die Lanze, auf deren Spitze der Kopf des Kahardâsch stak, beim Schloßtor auf, machte dem Volke Geschenke und gab ihm die Pferde und Kamele, so daß die Einwohner von Baghdad ihn lieb gewannen und ihre Herzen sich ihm zuneigten. Darauf trat er an Sabbâh heran, wies ihm eine geräumige Wohnung an und gab ihm einen Anteil an der Beute. Und schließlich ging er zu seiner Mutter hinein und berichtete ihr, was er auf seiner Fahrt erlebt hatte.

Inzwischen war die Kunde von ihm zum König gedrungen. Der erhob sich von seinem Thron, schloß sich mit seinen Vertrauten ein und sprach zu ihnen: ‚Höret zu, ich will euch mein Geheimnis klarlegen und euch kundtun, welche Dinge mich im Verborgenen bewegen! Wisset, Kân-mâ-kân allein wird die Ursache unserer Vertreibung aus diesen Landen sein. Denn er hat Kahardâsch getötet, trotzdem die Stämme der Kurden und Türken bei jenem waren; und uns drohen von ihm die größten Gefahren. Doch am meisten müssen wir uns vor seinen Freunden fürchten; ihr habt ja gehört von dem Treiben des Wesirs Dandân; der hat meine Wohltaten verleugnet, nachdem ich ihm Gutes getan, ja er verriet mich und machte die Treue zum Wahn. Wie mir berichtet ward, führt er Truppen aus allen Provinzen heran; und den Kân-mâ-kân zum Sultan zu machen, das ist sein Plan. Denn die Herrschaft gehörte ja einst seinem Vater und seinem Großvater. Und es besteht kein Zweifel, daß er mich töten will; das ist ganz gewiß.' Als die Vertrauten seines Thrones diese Worte von ihm vernahmen, sprachen sie zu ihm: ‚O König, wahrlich, er ist dem nicht gewachsen. Und wüßten wir nicht, daß er von dir erzogen ist, so würde sich keiner von uns um ihn kümmern. Wisse, wir stehen dir zu Befehl. Willst du seinen Tod, so töten wir ihn; willst du seine Verbannung, so schaffen wir ihn fort.' Darauf erwiderte der König: ‚Sein Tod ist allein das Richtige. Doch ich muß euch darauf einen Eid abnehmen.' So schworen sie denn, den Kânmâ-kân gewißlich zu töten; wenn dann der Wesir Dandân käme und von dem Tode des Prinzen hörte, so würde er sein Vorhaben nicht mehr ausführen können. Wie sie nun den feierlichen Eid darauf geleistet hatten, erwies er ihnen die höchsten Ehren und begab sich dann in seine eigenen Gemächer. Aber die Hauptleute sagten sich von ihm los, und die Truppen weigerten sich, den Waffendienst zu tun, bis sie gesehen hätten, was sich begeben würde; denn sie sahen ja, daß der größere Teil des Heeres bei dem Wesir Dandân war.

Inzwischen drang die Nachricht davon auch zu Kudija-Fakân. Da ward sie von tiefem Kummer erfüllt, und sie sandte alsbald zu der Alten, die sonst mit Botschaften von ihrem Vetter zu ihr zu kommen pflegte. Wie die bei ihr war, befahl sie ihr, zu ihm zu gehen und ihm die Kunde zu hinterbringen. Als jene Alte zu ihm kam, sprach sie den Gruß aus, worüber er seine Freude bezeigte; dann hinterbrachte sie ihm die Kunde. Nachdem er sie vernommen hatte, sagte er: ‚Überbringe meiner Base meinen Gruß und sprich: Siehe, die Erde ist Allahs, des Allgewaltigen und Glorreichen; er gibt sie zum Erbe, wem er will von seinen Dienern.'[1] Wie schön ist doch das Wort des Dichters:

> *Gott herrschet! Wer sich vermißt, sein Ziel allein zu erreichen,*
> *Den stößt er zurück mit Macht, daß die Seele im Höllenpfuhl sei.*
> *Besäße ich oder ein andrer nur einen Finger breit Landes,*
> *Der Allah nicht gehört – das wäre Vielgötterei.'*

Da kehrte die Alte zu seiner Base zurück und berichtete ihr, was er ihr gesagt hatte, und erzählte ihr auch, daß Kân-mâ-kân

1. Koran, Sure 7, Vers 125.

in der Stadt weile. König Sasân aber wartete nur darauf, daß er aus Baghdad hinausziehen würde, um dann jemand hinter ihm her zu senden, der ihn ermorden sollte.

Nun traf es sich, daß Kân-mâ-kân zu Jagd und Hatz auszog, zusammen mit Sabbâh, der sich Tag und Nacht nie von ihm trennte. Und da erjagte er zehn Gazellen, unter ihnen eine mit dunklen Augen, die ängstlich nach rechts und links blickte. Die ließ er los: Sabbâh aber fragte ihn: ‚Warum hast du diese Gazelle losgelassen?' Lächelnd ließ Kân-mâ-kân auch die anderen frei und sprach: ‚Die Mannesehre gebietet, Gazellen freizulassen, die Junge haben. Die Gazelle da blickte nur deshalb hin und her, weil sie Junge hat. Darum habe ich sie freigelassen und mit ihr die übrigen, ihr zu Ehren.' Nun bat Sabbâh: ‚Laß auch mich frei, auf daß ich zu meinem Volke gehe!' Lächelnd stieß Kân-mâ-kân ihm mit dem unteren Lanzenende gegen die Brust, so daß er zu Boden fiel und sich wand wie eine Schlange. In demselben Augenblicke, siehe, da türmte sich eine Staubwolke auf, Pferdegetrappel erscholl, und unter der Wolke traten Ritter und Kämpen hervor. Solches begab sich, weil Leute dem König Sasân berichtet hatten, daß Kân-mâ-kân zu Jagd und Hatz ausgezogen war, und weil der König dann einen Emir der Dailamiten, namens Dschâmi', mit zwanzig Rittern ausgesandt, ihnen Geld gegeben und den Kân-mâ-kân zu ermorden befohlen hatte. Als sie nahe an ihn herangekommen waren, stürmten sie auf ihn ein; doch auch er drang auf sie ein und tötete sie bis auf den letzten Mann. Plötzlich kam auch König Sasân angeritten; aber als er zu seinen Leuten stieß und sie alle erschlagen fand, erschrak er und kehrte wieder um. Doch die Einwohner der Stadt ergriffen ihn und legten ihn in feste Bande.

Kân-mâ-kân war inzwischen von jener Stätte weiter geritten, zusammen mit dem Beduinen Sabbâh. Und während er so dahinzog, sah er unterwegs einen Jüngling bei der Tür eines Hauses; den begrüßte er. Der Jüngling aber ging, nachdem er seinen Gruß erwidert hatte, in das Haus und kehrte alsbald mit zwei Schüsseln zurück; in der einen war saure Milch, in der anderen lagen Brotbrocken und Fleischstücke, um die geschmolzene Butter brodelte. Die beiden Schüsseln setzte er vor Kân-mâ-kân hin mit den Worten: ‚Erweise uns die Ehre und iß von unserer Speise!' Doch Kân-mâ-kân lehnte es ab, zu essen; und da fragte der Jüngling ihn: ‚Was ist dir, Mann, daß du nicht essen willst?' ‚Wisse, ein Gelübde lastet auf mir', erwiderte Kân-mâ-kân. Als der Jüngling dann weiter fragte: ‚Was war der Anlaß zu deinem Gelübde?' antwortete der Prinz: ‚Vernimm, König Sasân hat mir die Herrschaft geraubt in feindseliger Tyrannei, obgleich jene Herrschaft meinem Vater und meinem Großvater vor mir gehörte. Er hat sich ihrer mit Gewalt bemächtigt nach dem Tode meines Vaters, indem er mich wegen meiner jungen Jahre beiseite schob. Da habe ich ein Gelübde getan, von niemandes Speise zu essen, bis ich meinem Herzen Rache an meinem Widersacher verschaffe.' ‚Freue dich,' rief der Jüngling, ‚Allah hat schon dein Gelübde vollendet. Denn wisse, er ist in einem Hause gefangen, und mich dünkt, er wird bald sterben.' Als Kân-mâ-kân fragte, in welchem Hause er eingekerkert sei, erwiderte der Jüngling: ‚In jenem hohen Kuppelbau.' Da erblickte der Prinz einen hohen Kuppelbau und sah, wie das Volk dort eindrang, um auf Sasân loszuschlagen, während er Todesqualen kostete. Alsbald ging Kân-mâ-kân dorthin, bis er den Bau erreichte und mit eigenen Augen sah, was in ihm vorging. Dann kehrte er zu dem Hause zurück, setzte sich bei dem Essen nieder und aß sich satt; was von dem Fleisch noch übrig blieb, tat er in seinen Sack. Darauf blieb er an jener Stätte sitzen, bis es dunkle Nacht ward und der Jüngling, bei dem er zu Gaste war, einschlief. Alsdann begab Kân-mâ-kân sich zu dem Kuppelbau, in dem Sasân gefangen lag. Ringsum waren Hunde, die ihn bewachten, und einer von ihnen sprang auf den Prinzen los. Dem warf er ein Stück Fleisch aus seinem Sacke zu. Ebenso warf er auch den anderen Hunden Fleischstücke zu, bis er an den Bau herankam und zu König Sasân vordrang; dem legte er die Hand auf den Kopf. ‚Wer bist du?' schrie jener mit lauter Stimme. Da antwortete der Prinz: ‚Ich bin Kân-mâ-kân, dem du nach dem Leben trachtetest; doch Allah hat dich in deinen bösen Plänen zu Fall gebracht. Genügte es dir nicht, daß du mir mein Reich, das Reich meines Vaters und Großvaters, genommen hast? Mußtest du mir auch noch nach dem Leben trachten?' Nun schwor Sasân den falschen Eid, er habe ihn nicht töten lassen wollen und das Gerede davon sei nicht wahr. Da vergab Kânmâ-kân ihm und sprach: ‚Folge mir!' Jener erwiderte: ‚Ich kann keinen einzigen Schritt tun, so schwach bin ich.' ‚Wenn es so steht,' erwiderte Kân-mâ-kân, ‚so wollen wir uns zwei Pferde verschaffen und zusammen hinausreiten.' Dann tat er, wie er gesagt hatte; er und Sasân saßen auf und ritten dahin bis zum Morgen. Da beteten sie das Morgengebet und zogen wieder weiter, bis sie zu einem Garten kamen; dort setzten sie sich nieder, um zu plaudern. Nun hub Kân-mâ-kân an und sprach zu Sasân: ‚Hast du im Herzen noch irgend etwas gegen mich?' ‚Nein, bei Allah!' antwortete Sasân. Darauf kamen sie überein, nach Baghdad zurückzukehren, und der Beduine Sabbâh sprach: ‚Ich will euch vorauseilen, um den Leuten die frohe Botschaft zu bringen!' So ritt er denn voraus und meldete Männern und Frauen die frohe Kunde; da zog das Volk mit Trommeln und Flöten ihm entgegen. Auch Kudija-Fakân erschien, dem Vollmonde gleich, der das Dunkel der Welt mit seinem strahlenden Lichte erhellt. Als Kân-mâ-kân auf sie zutrat, da sehnte sich Seele nach Seele, und Leib verlangte nach Leib. Nun redete das Volk der Welt immer nur noch von Kân-mâ-kân weit und breit, und die Ritter bezeugten von ihm, er sei der tapferste Held seiner Zeit; und sie sprachen: ‚Keiner darf über uns Sultan sein außer Kân-mâ-kân allein, und die Herrschaft seines Großvaters werde wieder wie ehedem sein!'

Was nun aber Sasân anlangt, so trat er zu Nuzhat ez-Zamân ein. Die sprach zu ihm: ‚Wahrlich, ich sehe, wie das Volk von nichts anderem redet als von Kân-mâ-kân und von ihm sagt, er habe Eigenschaften, die keine Zunge beschreiben kann.' ‚Hörensagen und Augenschein ist nicht dasselbe', antwortete Sasân; ‚ich habe ihn gesehen, aber ich habe keine von all den Eigenschaften der Vollkommenheit an ihm bemerkt. Es wird ja auch nicht alles gesagt, was man hört; aber das Volk äfft einer dem andern nach in dem Lob für ihn und der Liebe zu ihm, und Allah hat seinen Ruhm über die Zungen der Menschen laufen lassen, daß die Herzen des Volks von Baghdad sich ihm zugeneigt haben und auch dem Wesir Dandân, dem verräterischen, treulosen Mann; der führte Truppen aus allen Provinzen für ihn heran. Wer kann denn Herrscher der Länder sein und sich damit zufrieden geben, unter der Gewalt eines verwaisten, wertlosen Gebieters zu leben?' Als Nuzhat ez-Zamân dann fragte: ‚Was hast du denn zu tun beschlossen?' erwiderte er: ‚Ich habe beschlossen, ihn zu töten; dann soll der Wesir Dandân seinen Plan vereitelt sehen, sich wieder meinem Befehle unterwerfen und mir Gehorsam schwören, da ihm nichts mehr übrig bleibt, als daß seine Dienste mir gehören.' Aber Nuzhat ez-Zamân entgegnete ihm: ‚Wahrlich, Verrat ist gegen Fremde nicht schön; wieviel weniger gegen die, so uns nahe stehn! Das Richtige wäre, du vermähltest ihn mit deiner Tochter Kudija-Fakân und hörtest auf das, was uns in Versen der Vorzeit kundgetan:

> *Hat das Geschick über dich einen andren Mann erhoben,*
> *Wenngleich du würdiger bist, und fällt es dir auch schwer,*
> *So gib ihm doch das Recht der Würde, die ihm gebühret:*
> *Er würde dich ja erreichen, ob nah, ob fern er wär!*
> *Und red auch nicht von dem, was du über ihn erfahren;*
> *Sonst wärest du ein Mensch, der Vorteil fern von sich hält.*
> *Wie viele im Frauengemach sind schöner als die Gattin;*
> *Und doch hat das Geschick die Gattin hochgestellt!'*

Als Sasân diese Worte von ihr vernahm und der Sinn dieser Verse ihm zum Bewußtsein kam, sprang er zornig von ihrer Seite auf und rief: ‚Tät es nicht Schimpf und Schande eintragen, dich zu erschlagen, fürwahr, ich hiebe dir den Kopf mit dem Schwerte ab und brächte dich alsbald ins Grab!' Da antwortete sie: ‚Während du gegen mich ergrimmst, scherze ich doch nur mit dir!' Dann erhob sie sich rasch, küßte ihm Haupt und Hände und sprach: ‚Was du meinst, ist das Rechte. Wir wollen nun gemeinsam ein Mittel zu finden suchen, durch das wir ihn zu Tode bringen.' Über diese ihre Worte freute er sich und sprach: ‚Suche eiligst nach dem Mittel und befreie mich von meinem Kummer! Denn mir ist das Tor der Mittel und Wege zu eng geworden.' Da fuhr sie fort: ‚Ich werde dir sicher eine List ersinnen, um seinem Leben ein Ende zu machen.' ‚Auf welche Weise?' fragte er, und sie gab ihm zur Antwort: ‚Durch unsere Sklavin, Bakûn genannt; denn die ist in allen Listen gewandt.' Jene Sklavin aber war eine der ärgsten aller Unheilstifterinnen, und nach ihrer Religion wäre es Sünde, keine Schlechtigkeit zu ersinnen; sie hatte Kân-mâ-kân und Kudija-Fakân erzogen, ja, Kân-mâ-kân war ihr herzlich zugetan und pflegte in seiner großen Verehrung für sie zu ihren Füßen zu schlafen. Als König Sasân diese Worte seiner Gemahlin vernommen hatte, sprach er: ‚Ja, dieser Rat ist der rechte.' Dann ließ er die Sklavin Bakûn kommen, erzählte ihr, was vorgefallen war, und befahl ihr, dem Prinzen nach dem Leben zu trachten, indem er ihr allerlei Schönes versprach. ‚Deinem Befehle wird gehorcht,' erwiderte sie, ‚doch ich wünsche, o mein Herr, du möchtest mir einen Dolch geben, der mit dem Wasser des Todes getränkt ist, damit ich ihn dir desto rascher umbringen kann.' Sasân willfahrte ihr gern und holte für sie einen Dolch, der dem Todesgeschick zuvorkommen konnte.

Nun hatte diese Sklavin Geschichten und Verse vernommen und seltsame Berichte und Erzählungen in sich aufgenommen; und wie sie den Dolch empfangen hatte, ging sie aus dem Hause und dachte, wie sie ihm wohl den Garaus machte. Sie kam also zu Kân-mâ-kân, wie er dasaß und auf die Zusage einer Begegnung mit der Herrin Kudija-Fakân wartete. So geschah es, daß in jener Nacht seine Gedanken sich zu seiner Base wandten und die Flammen der Liebe zu ihr in seinem Herzen brannten. In dem Augenblicke trat plötzlich Bakûn zu ihm ein und sprach: ‚Jetzt ist es Zeit, zur Vereinigung zu gelangen; denn die Tage der Trennung sind vergangen.' Als er das hörte, fragte er: ‚Wie steht es mit Kudija-Fakân?' ‚Wisse, sie denkt nur an deine Liebe', antwortete Bakûn. Da sprang Kân-mâ-kân auf, legte seine Obergewänder ab und gab sie ihr und versprach ihr alles Schöne. Sie aber fuhr fort: ‚Höre, ich will diese Nacht bei dir verbringen; ich will dir etwas von dem, was ich gehört habe, erzählen und dich trösten durch Geschichten von Liebeskranken, die sich in ihrer Sehnsucht quälen.' Doch Kân-mâ-kân erwiderte: ‚Erzähle mir eine Geschichte, die mein Herz erfreut, und die mich von meinem Kummer befreit!' Mit den Worten: ‚Herzlich gern!' setzte sie sich an seiner Seite nieder, während jener Dolch in ihren Kleidern verborgen war, und fuhr dann fort: ‚Wisse, das Heiterste, was meine Ohren je vernahmen, ist

DIE GESCHICHTE VOM HASCHISCHESSER

Es war einmal ein Mann, der die Schönen liebte und für sie sein Geld ausgab, bis er ganz verarmte und nichts mehr besaß. Da ward die Welt ihm zu enge, und er begann, in den Straßen umherzuirren, um etwas zu suchen, wodurch er sich ernähren könnte. Und während er so umherwanderte, siehe, da drang ihm ein alter Nagel in eine Zehe, so daß sein Blut floß. Er setzte sich hin, wischte das Blut ab und verband sich die Zehe. Dann ging er schreiend weiter, bis er zu einem Badehause kam; in das ging er hinein und legte seine Kleider ab. Und wie er sich drinnen umsah, fand er, daß es ein sauberes Bad war. Nun setzte er sich auf das Becken des Springbrunnens und ließ sich in einem fort das Wasser über den Kopf rinnen, bis er müde ward.‘ – –«

Da bemerkte Schehrezâd, daß der Morgen begann, und sie hielt in der verstatteten Rede an. Doch als die *Hundertunddreiundvierzigste Nacht* anbrach, fuhr sie also fort: »Es ist mir berichtet worden, o glücklicher König, daß der Mann sich auf das Becken des Springbrunnens setzte und sich in einem fort das Wasser über den Kopf rinnen ließ, bis er müde ward. Dann ging er zu dem Kaltwasserraum, und da er dort niemanden vorfand, setzte er sich in eine stille Ecke, holte ein Stück Haschisch heraus und schluckte es hinunter. Als es ihm zu Kopfe gestiegen war, fiel er rücklings auf den Marmorboden hin. Und nun gaukelte das Haschisch ihm vor, ein vornehmer Kammerherr knete ihn und zwei Sklaven ständen ihm zu Häupten, der eine mit einer Schale, der andere mit den übrigen Badegeräten und dem, was ein Badewärter sonst noch braucht. Als er das sah, sagte er sich im Traume: ‚Es scheint, die irren sich in mir, oder es sind Leute von unserer Zunft, Haschischesser!‘ Dann streckte er seine Füße aus und glaubte zu hören, wie der Bademeister sagte: ‚O Herr, die Zeit ist nahe, daß du hinaufgehst; und heute bist du an der Reihe.‘ Lächelnd sagte er zu sich selber: ‚Wunderbar, o Haschisch!‘ Dann setzte er sich schweigend auf, träumte, daß der Bademeister kam, ihn bei der Hand nahm und ihm ein schwarzseidenes Tuch um den Leib legte. Die beiden Sklaven gingen hinter ihm mit den Schalen und den Geräten. So geleiteten sie ihn, bis sie ihn in eine Kammer führten, wo sie Weihrauch anzündeten. Dann sah er, wie der Raum voll war von allerlei Früchten und duftenden Blumen. Man schnitt eine Wassermelone für ihn auf und ließ ihn auf einem Stuhl von Ebenholz sitzen. Der Bademeister aber stand da und wusch ihn, während die beiden Sklaven Wasser über ihn gossen. Dann rieben sie ihn gut ab und sprachen: ‚O unser Herr Gebieter, Wohlergehen auf ewig!‘ Dann gingen sie wieder hinaus und machten die Tür zu. Wie er all dies geträumt hatte, nahm er das Tuch von seinem Leibe und fing an zu lachen, bis er fast in Ohnmacht fiel. Eine lange Weile lachte er weiter; dann aber sprach er bei sich: ‚Was ist's mit ihnen, daß sie mich wie einen Wesir anreden und ‚unser Herr Gebieter‘ zu mir sagen? Vielleicht haben sie jetzt einen Irrtum begangen; aber bald werden sie mich erkennen und sagen: ‚Das ist ein Taugenichts‘, und dann werden sie mir sattsam den Nacken verprügeln.‘ Da er sich nun heiß fühlte, so öffnete er die Tür, worauf er weiter träumte, ein kleiner Mamluk und ein Eunuch träten zu ihm ein. Der Mamluk hatte ein Bündel bei sich; das machte er auf und nahm drei seidene Tücher aus ihm hervor.

Das erste legte er ihm über den Kopf, das zweite um die Schultern, und das dritte gürtete er ihm um die Hüften. Der Eunuch aber brachte ihm Stelzsandalen, und die zog er an. Nun traten Mamluken und Eunuchen herein und führten ihn stützend, während er immerfort lachte, bis er hinaustrat und in die Halle hinaufstieg. Die fand er mit großen Teppichen ausgestattet, wie sie sich nur für Könige ziemen. Alsbald eilten die Diener auf ihn zu und setzten ihn auf einen Diwan; dann begannen sie ihn zu kneten, bis ihn der Schlaf übermannte. Und weiter sah er im Traume eine Jungfrau an seinem Busen; die küßte er und legte sie zwischen seine Schenkel; dann kniete er vor ihr, wie der Mann vor der Frau zu knien pflegt, nahm seine Rute in die Hand und zog und preßte die Jungfrau an sich. Mit einem Male rief jemand ihm zu: ‚Wach auf, du Taugenichts! Es ist schon Mittag, und du schläfst immer noch!‘ Da schlug er die Augen auf und fand sich am Rande des Kaltwasserbeckens liegen, mitten unter einer Schar von Leuten, die ihn auslachten, und dabei war sein Glied aufrecht, und das Tuch war von seinem Leib heruntergefallen. Nun ward es ihm klar, daß dies alles nur Irrgänge von Träumen und Täuschungen des Haschisch gewesen waren. Traurig blickte er den an, der ihn geweckt hatte, und sprach: ‚Ach, hätte ich doch zu Ende träumen können!‘ Aber die Leute riefen: ‚Schämst du dich nicht, du Haschischesser, hier nackt mit aufrechter Rute zu schlafen?‘ Und sie schlugen ihn, bis ihm der Nacken rot geworden war. Er aber war hungrig und hatte doch den Vorgeschmack der Glückseligkeit gekostet.‘

*

Als Kân-mâ-kân diese Erzählung der Sklavin gehört hatte, lachte er, bis er auf den Rücken fiel. Und er sprach zu Bakûn: ‚Amme, das ist ja eine wunderbare Geschichte; ich habe noch nie etwas gehört wie diese Erzählung. Weißt du vielleicht noch eine andere?' ‚Ja freilich', erwiderte sie. Und nun erzählte die Sklavin Bakûn dem Kân-mâ-kân ohne Unterlaß märchenhafte Begebenheiten und lustige Seltsamkeiten, bis der Schlaf ihn übermannte. Jene Sklavin aber blieb zu seinen Häupten sitzen, bis der größte Teil der Nacht vergangen war; da sprach sie bei sich selber: ‚Dies ist die Zeit, um die Gelegenheit auszunützen!' Rasch sprang sie auf, zückte den Dolch, stürzte sich auf Kânmâ-kân und wollte ihm die Kehle durchschneiden. Doch siehe da, die Mutter des Prinzen trat zu ihnen herein, und sowie Bakûn sie erblickte, eilte sie ihr entgegen; aber die Furcht kam über sie, und sie begann zu zittern, als hätte das Fieber sie gepackt. Verwundert ob ihres Anblicks weckte die Mutter des Kân-mâ-kân ihren Sohn aus dem Schlafe; und wie der erwachte, fand er seine Mutter zu seinen Häupten sitzen. So ward ihr Kommen der Anlaß zu seiner Rettung; und der Grund ihres Kommens war, daß Kudija-Fakân die Kunde von dem Plane zu seiner Ermordung vernommen und zu seiner Mutter gesagt hatte: ‚O Gattin meines Oheims, eile zu deinem Sohne, ehe die Hexe Bakûn ihn ermordet!' Und dann hatte sie ihr alles, was geschehen war, von Anfang bis zu Ende erzählt. Da war die Mutter fortgeeilt, ohne sich zu besinnen und ohne irgend etwas abzuwarten, und war gerade in dem Augenblick eingetreten, in dem Bakûn sich wider den Schlafenden erhob und ihm die Kehle durchschneiden wollte. Wie er nun aufwachte, sprach er zu seiner Mutter: ‚Du bist zur rechten Zeit gekommen, liebe Mutter; denn meine Amme Bakûn ist auch gerade bei mir in dieser Nacht.' Dann wandte er sich der Sklavin zu und fragte sie: ‚Bei meinem Leben, weißt du noch eine Geschichte, schöner als die andern, die du mir erzählt hast?' Bakûn erwiderte: ‚Was ist denn das, was ich dir vorher erzählt habe, im Vergleiche zu dem, was ich dir jetzt noch erzählen könnte! Das ist noch viel heiterer. Aber ich muß es dir zu anderer Zeit erzählen.' Dann machte sie sich auf, kaum noch an ihre Rettung glaubend, obwohl er ihr ein Lebewohl zurief; denn sie hatte in ihrer Schlauheit bemerkt, daß seine Mutter Kunde hatte von dem, was vorgefallen war.

Jene ging also ihres Weges. Aber seine Mutter sprach zu ihm: ,Lieber Sohn, dies ist eine gesegnete Nacht, da Allah der Erhabene dich von dieser Verfluchten gerettet hat.' ,Wie denn das?' fragte er, und sie berichtete ihm den Hergang von Anfang bis zu Ende. Da sprach er zu ihr: ,Liebe Mutter, siehe, wer am Leben bleiben soll, für den gibt es keinen Mörder; und selbst wenn die Mörderhand ihn trifft, so stirbt er doch nicht. Allein es ist das beste für uns, wenn wir von diesen Feinden fortziehen; doch Allah tut, was er will.'

Am andern Morgen verließ Kân-mâ-kân die Stadt und vereinigte sich mit dem Wesir Dandân. Nach seinem Fortgange aber ereigneten sich Dinge zwischen König Sasân und Nuzhat ez-Zamân, die auch sie zwangen, die Stadt zu verlassen. So kam sie denn gleichfalls zu ihnen, und ebenso vereinigten sich mit ihnen alle Reichswürdenträger des Königs Sasân, die auf ihre Seite hinüberneigten. Nun saßen sie zu einem Kriegsrat nieder, und man einigte sich auf den Plan, einen Raubzug gegen den König von Kleinasien zu machen und Rache an ihm zu nehmen. So brachen sie denn auf zum Kriege gegen die Romäer; aber sie fielen in die Gefangenschaft des Königs Rumzân, des Herrschers von Kleinasien, nachdem sich noch manche andere Dinge zugetragen hatten, die hier zu berichten zu weit führen würde, wie aus dem folgenden hervorgeht. Am Tage darauf befahl König Rumzân, Kân-mâ-kân und der Wesir Dandân und ihre Begleiter sollten zu ihm kommen. Und als sie dann vor ihn traten, ließ er sie neben sich sitzen und befahl die Tische mit den Speisen zu bringen. Als das geschehen war, aßen und tranken sie und beruhigten sich, nachdem sie bereits den sicheren Tod vor Augen gesehen hatten; denn als er sie kommen ließ, hatten sie zueinander gesagt: ‚Er hat nur deshalb nach uns geschickt, weil er uns töten lassen will.' Wie sie sich also nun sicher fühlten, sprach der König zu ihnen: ‚Ich habe einen Traum gesehen, und ich habe ihn den Mönchen erzählt, aber die sagten, keiner könne ihn mir deuten als der Wesir Dandân.' Da sagte der Wesir: ‚Gutes mögest du gesehen haben, o größter König unserer Zeit!' Der König aber fuhr fort: ‚O Wesir, ich sah mich selbst in einer Grube, die wie ein düsteres Brunnenloch aussah, und da waren Scharen von Leuten, die mich folterten. Ich wollte hinaufspringen; aber als ich hochsprang, fiel ich wieder auf meine Füße zurück, und es war mir unmöglich, aus jener Grube hinauszukommen. Dann blickte ich mich um und sah in ihr einen goldenen Gürtel; nach dem streckte ich die Hand aus, um ihn zu ergreifen; doch wie ich ihn von der Erde aufhob, sah ich, daß es zwei Gürtel waren. Als ich mir nun die beiden umlegte, siehe, da waren die beiden wieder nur ein Gürtel. Dies, o Wesir, ist mir im Traume geschehn, das ist's, was ich im süßen Schlummer gesehn.' ‚Wisse, o unser Herr und Sultan,' erwiderte Dandân, ‚dein Traumgesicht deutet darauf, daß du einen Bruder hast oder einen Bruderssohn, oder eines Oheims Sohn, oder irgendeinen, der zu deinem Hause, zu deinem Fleisch und Blut gehört, der jedenfalls einer eurer Edelsten ist.' Nachdem der König diese Deutung vernommen hatte, blickte er auf Kân-mâ-kân, Nuzhat ez-Zamân, Kudija-Fakân, den Wesir Dandân und die anderen Gefangenen, indem er bei sich selber sprach: ‚Wenn ich denen da den Kopf abschlagen lasse, so wird der Mut ihrer Truppen schwinden, da ja dann die Führer dahin sind, und ich kann bald in mein Land zurückkehren, auf daß die Herrschaft mir nicht verloren gehe!' Wie nun dieser Entschluß bei ihm feststand, ließ er den Henker rufen und befahl ihm, Kân-mâ-kân auf der Stelle den Hals zu durchschlagen. Doch siehe, im selben Augenblick trat die Amme des Königs vor und fragte ihn: ,O glückseliger König, was hast du da beschlossen?' Er antwortete: ,Ich habe beschlossen, diese Gefangenen, die in meiner Macht sind, töten zu lassen: dann will ich ihre Köpfe zu ihren Gefährten hinüberwerfen lassen und selbst mit meinen Truppen im Vollangriffe über sie herfallen; wir werden einen Teil töten und die übrigen in die Flucht schlagen, und dies wird die Entscheidungsschlacht sein. So werde ich bald in mein Land zurückkehren können, ehe sich in meinem Reiche schwerwiegende Ereignisse vollziehen.' Als die Amme von ihm diese Worte vernahm, trat sie an ihn heran und sagte in fremder Sprache: ,Wie kann es dich gut dünken, den Sohn deines Bruders, deine Schwester und die Tochter deiner Schwester töten zu lassen?' Bei diesen Worten der Amme ergrimmte der König gewaltig, und er schrie sie an: ,O du Verfluchte, hast du nicht berichtet, daß meine Mutter erschlagen wurde und daß mein Vater durch Gift umkam? Du gabst mir doch ein Juwel und sagtest, das habe meinem Vater gehört! Warum hast du mir denn nicht die Wahrheit gesagt?' Da antwortete sie: ,Alles, was ich dir berichtet habe, ist wahr; aber mit uns beiden ist es eine seltsame Sache, und unser beider Geschick ist wunderbar. Nun denn, ich heiße Mardschâna, und deine Mutter hieß Abrîza. Sie war voller Schöne und Lieblichkeit, ihr Mut ward im Sprichworte gefeiert, und sie war selbst unter den Helden berühmt ob ihrer Tapferkeit. Dein Vater war der König 'Omar ibn en-Nu'mân, der Herrscher von Baghdad und Chorasân; das ist gewißlich wahr und allen Zweifels bar. Er schickte einstmals seinen Sohn Scharkân auf einen Raubzug zusammen mit diesem Wesir Dandân, und von ihnen ward manche Tat getan. Nun war dein Bruder, der König Scharkân, den Truppen vorausgeritten und hatte sich von seinem Heere getrennt: da traf er mit deiner Mutter, der Prinzessin Abrîza, in ihrem Schlosse zusammen. Wir waren nämlich mit ihr an eine einsame Stätte gegangen, um zu ringen; dort stieß er auf uns, während wir gerade bei dem Kampfe waren. Und er rang mit deiner Mutter; aber sie besiegte ihn durch ihre strahlende Schönheit und ihre Tapferkeit. Dann behielt sie ihn fünf Tage lang als Gast in ihrem Schlosse; aber das wurde ihrem Vater hinterbracht durch seine Mutter, die alte Schawâhi, mit dem Beinamen Dhât ed-Dawâhi. Nachdem deine Mutter den Islam angenommen hatte von deinem Bruder Scharkân, führte er sie mit sich und geleitete sie heimlich nach der Stadt Baghdad. Nur ich und Raihâna und zwanzig andere Mädchen waren bei ihr; und auch wir hatten alle den Islam von König Scharkân angenommen. Als wir dann zu deinem Vater, dem König 'Omar ibn en-Nu'mân, kamen und er deine Mutter, die Prinzessin Abrîza, erblickte, da erfüllte die Liebe zu ihr sein Herz; und eines Nachts ging er zu ihr und blieb mit ihr allein, da wurde sie mit dir schwanger. Deine Mutter aber hatte drei Juwele, und die schenkte sie deinem Vater; er gab eins seiner Tochter Nuzhat ez-Zamân, das zweite deinem Bruder Dau el-Makân und das dritte deinem anderen Bruder, dem König Scharkân. Dies nahm die Prinzessin Abrîza ihm wieder ab und bewahrte es für dich auf. Als dann die Zeit ihrer Niederkunft nahte, sehnte deine Mutter sich nach den Ihren, und sie offenbarte mir ihr Geheimnis. Da begab ich mich zu einem schwarzen Sklaven namens el-Ghadbân, teilte ihm heimlich unseren Plan mit und veranlaßte ihn, daß er mit uns reiste. Jener Sklave führte uns aus der Stadt hinaus und floh mit uns, während deine Mutter ihrer Entbindung schon nahe war. Als wir gerade den Anfang unseres Landes erreicht hatten, an einer einsamen Gegend, da überfielen deine Mutter die Wehen der Geburt. Doch der Sklave hatte sich in Gedanken mit Gemeinheit beschäftigt, und so kam er nah an sie heran und verlangte das Schändliche von ihr. Da schrie sie ihn laut an und schauderte vor ihm zurück; und in ihrem großen Schrecken gebar sie dich sogleich. In dem Augenblicke aber kam aus der Richtung unseres Landes eine Staubwolke hervor, die stieg auf und wirbelte empor, bis sich die Welt im Dunkel verlor. Da fürchtete der Sklave für sein Leben, und in seiner Wut hieb er auf die Prinzessin Abrîza mit seinem Schwerte ein und tötete sie; dann stieg er zu Pferde und ritt davon. Wie er nun aber entwichen war, tat die Staubwolke sich auf, und es erschien dein Großvater, König Hardûb, der Herrscher von Kleinasien. Kaum hatte er deine Mutter, seine Tochter, entdeckt, wie sie dort tot lag, auf den Boden hingestreckt, da erfüllte ihn bitteres Leid und tiefe Traurigkeit. Er fragte mich, wie sie zu Tode gekommen sei und warum sie heimlich das Land ihres Vaters verlassen habe. Da erzählte ich ihm alles von Anfang bis zu Ende. Dies ist auch der Grund der Feindschaft zwischen dem Volke des Landes der Griechen und dem Volke des Reiches von Baghdad. Dann trugen wir deine ermordete Mutter fort und legten sie ins Grab; ich aber hatte dich bereits an mich genommen, und ich zog dich auf, und das Juwel, das die Prinzessin Abrîza gehabt hatte, hängte ich dir um den Hals. Als du später herangewachsen warst und das Mannesalter erreicht hattest, war es mir nicht möglich, dir den wahren Sachverhalt mitzuteilen; denn hätte ich ihn dir berichtet, so wären alsbald wieder Kriege unter euch ausgebrochen. Auch hatte dein Großvater mir Schweigen auferlegt, und ich konnte doch dem Befehle des Königs Hardûb, des Herrschers von Kleinasien, nicht zuwiderhandeln. Dies ist der Grund, weshalb ich dir diese Dinge verborgen und dir nicht gesagt habe, daß König 'Omar ibn en-Nu'mân dein Vater ist. Als du zur Herrschaft kamst, erzählte ich dir einen Teil der Wahrheit, aber das Ganze habe ich dir erst zu dieser Stunde berichten können, o größter König unserer Zeit; ich habe das Verborgene dir offenbar gemacht und den Beweis dafür erbracht. Dies ist es, wovon ich Kunde erhalten; mögest du nun deines Rates walten!' Die Gefangenen aber hatten alles gehört, was die Sklavin Mardschâna, die Amme des Königs, gesagt hatte; und nun schrie Nuzhat ez-Zamân plötzlich laut auf und rief: ‚So ist denn dieser König Rumzân mein Bruder von seiten meines Vaters 'Omar ibn en-Nu'mân, und seine Mutter war die Prinzessin Abrîza, die Tochter des Königs Hardûb, des Herrschers von Kleinasien! Ich erkenne auch diese Sklavin Mardschâna ganz deutlich.' Wie nun König Rumzân all das hörte, ergriff ihn heftige Erregung, und er war ratlos über sich selbst. Doch ließ er sofort Nuzhat ez-Zamân zu sich kommen, und als er sie ansah, da ward Blut zu Blut hingezogen. Er fragte sie nach ihren Lebensschicksalen, und sie erzählte ihm alles. Und was sie sagte, stimmte überein mit dem, was seine Amme Mardschâna berichtet hatte. Also ward der König dessen gewiß, daß er sicher und ohne Zweifel vom Volke des Irak abstammte und daß König 'Omar ibn en-Nu'mân sein Vater war. Und im Augenblicke löste er die Fesseln seiner Schwester Nuzhat ez-Zamân. Die trat auf ihn zu und küßte ihm die Hände mit Tränen in den Augen. Und da sie weinte, mußte auch der König weinen; brüderliche Zärtlichkeit erfüllte ihn, und sein Herz neigte sich dem Sohne seines Bruders zu, dem Sultan Kân-mâ-kân. Rasch sprang er auf und nahm dem Henker das Schwert aus der Hand. Nun glaubten die Gefangenen, ihre letzte Stunde sei gekommen, als sie ihn das tun sahen. Er aber befahl, sie nahe heranzuführen, und durchschnitt selber ihre Fesseln, indem er seiner Amme Mardschâna zurief: ‚Tu du deine Geschichte, die du mir erzählt hast, allen diesen noch einmal kund!' Da antwortete sie: ‚Wisse, o König, dieser Alte da ist der Wesir Dandân, und er ist der beste Zeuge für mich; denn er weiß, wie sich alles in Wahrheit zugetragen hat.' Dann hub sie an zur selbigen Stunde vor den Gefangenen und vor den Königen der Griechen und der Franken, die dort zugegen waren, und tat ihnen jene Geschichte kund, während die Königin Nuzhat ez-Zamân und der Wesir Dandân und alle anderen Gefangenen sie ihr bestätigten. Doch gerade wie die Sklavin Mardschâna ihre Erzählung beendigte, fiel ihr Blick auf das dritte Juwel, das Ebenbild der beiden, die einst Prinzessin Abrîza besessen hatte; das entdeckte sie am Halse des Sultans Kân-mâ-kân, und als sie es erkannte, tat sie einen lauten Schrei, von dem der Raum widerhallte. Zum Könige aber sprach sie: ‚O mein Sohn, wisse, jetzt, in diesem Augenblicke, bin ich noch fester von der Wahrheit überzeugt worden, denn das Juwel da, das sich am Halse dieses Gefangenen befindet, ist das gleiche, wie ich es dir um den Hals gelegt habe, ja, es ist sein Ebenbild. So ist denn dieser Gefangene der Sohn deines Bruders, er ist wirklich Kân-mâ-kân!' Dann wandte Mardschâna sich an Kân-mâ-kân selbst mit den Worten: ‚Laß mich dies Juwel sehen, o größter König unserer Zeit!' Der nahm es von seinem Halse, reichte es jener Sklavin, der Amme des Königs Rumzân, und die nahm es hin. Dann bat sie Nuzhat ez-Zamân um das dritte Juwel, und die gab es ihr. Als dann die beiden Edelsteine sich in der Hand der Sklavin befanden, reichte sie ihrerseits sie dem König Rumzân. Dem ward dadurch der wahrhafte Beweis kundgetan; und er war nunmehr überzeugt, er sei der Oheim des Sultans Kân-mâ-kân, und sein eigener Vater sei der König 'Omar ibn en-Nu'mân. Sogleich ging er auf den Wesir Dandân zu und umarmte ihn, dann umarmte er den König Kân-mâ-kân; und die beiden schrieen laut auf vor Freuden. Zur selbigen Stunde verbreitete sich die frohe Kunde; Pauken und Trommeln wurden geschlagen, Schalmeien wurden geblasen, und die Freude ward allgemein. Auch die Heere aus dem Irak und aus Syrien vernahmen den Freudenlärm bei den Griechen; so saßen sie denn allesamt auf, und mit ihnen der König ez-Ziblikân, der bei sich sprach: ‚Was mag wohl der Grund sein zu diesem Freudengeschrei beim Heere der Griechen und Franken?' Und das irakische Heer zog herbei, als ob es zum Kampfe entschlossen sei; es rückte auf das Blachgefild, die Stätte, die dem Kampfe mit Schwert und Lanze gilt. Da blickte König Rumzân auf und sah die anrückenden Scharen, die zum Kampfe gerüstet waren. Rasch fragte er, was das bedeute, und als man ihm Bericht erstattet hatte, befahl er, Kudija-Fakân, die Tochter seines Bruders Scharkân, solle ohne Verzug zum Heere von Syrien und dem Irak hinübereilen, um ihnen das seltsame Zusammentreffen der Ereignisse mitzuteilen, und daß es sich erwiesen habe, der König Rumzân sei der Oheim des Sultans Kân-mâ-kân. So eilte denn Kudija-Fakân selbst dahin und schlug sich Leid und Trauer aus dem Sinn, bis sie zum König ez-Ziblikân gelangte. Sie begrüßte ihn und tat ihm kund, wie seltsam die Ereignisse zusammengetroffen waren, und daß es sich erwiesen habe, der König Rumzân sei ihr Oheim und der Oheim von Kân-mâ-kân. Als sie bei ihm eingetreten war, hatte sie ihn vor Furcht um das Leben der Emire und Fürsten weinend gefunden. Aber als sie ihm die Dinge von Anfang bis zu Ende berichtet hatte, waren alle hocherfreut, und es schwand ihr Leid. Da saßen sie auf, der König ez-Ziblikân zumal, und mit ihm die Großen und Fürsten all. Voran ritt die Prinzessin Kudija-Fakân, und sie führte sie zum Prunkzelte des Königs Rumzân; und wie sie bei ihm eintraten, fanden sie ihn beisammen mit seinem Neffen Kân-mâ-kân. Der und auch der Wesir Dandân hatten mit ihm beraten über den König ez-Ziblikân. Sie waren übereingekommen, ihm die Stadt Damaskus in Syrien weiterhin anzuvertrauen und ihn als Unterkönig dort zu belassen, wie er es zuvor gewesen war, während sie selbst ins Irak ziehen wollten. So setzten sie denn den König ez-Ziblikân als Statthalter von Damaskus in Syrien ein, und dann befahlen sie ihm, dorthin zu ziehen; er brach darum mit seinen Truppen nach jener Stadt auf, während sie ihm eine Strecke weit zum Abschied das Geleit gaben. Darauf kehrten sie an ihre Lagerstätte zurück und ließen den Truppen verkünden, sich zum Aufbruch in das Land des Irak zu rüsten; die beiden Heere vereinigten sich also miteinander. Die Könige aber sagten einer zum andern: ‚Nie werden unsere Herzen Ruhe finden, noch auch wird unsere Zornesglut schwinden, als bis wir die Rache vollstrecken und die Schande zudecken durch Bestrafung der alten Schawâhi, genannt Dhât ed-Dawâhi!' Dann brach König Rumzân mit seinen Vertrauten und den Großen seines Reiches auf; und der Sultan Kân-mâ-kân war erfreut über seinen Oheim König Rumzân, und er segnete die Sklavin Mardschâna, weil sie sie einander zu erkennen gegeben hatte.

So zogen sie alle ohne Aufenthalt dahin, bis sie ihr Land erreichten. Dort hörte der Oberkammerherr Sasân von ihnen; drum zog er aus und küßte die Hand des Königs Rumzân, und der verlieh ihm ein Ehrengewand. Darauf setzte sich König Rumzân und ließ seinen Neffen, den Sultan Kân-mâ-kân, neben sich sitzen. Als aber Kân-mâ-kân zu seinem Oheim sprach:

‚Lieber Oheim, dies Königreich gebührt nur dir allein!' antwortete jener: ‚Das verhüte Gott, daß ich dir dein Reich streitig mache!' Doch der Wesir Dandân riet ihnen beiden, miteinander die Herrschaft zu teilen, indem ein jeder abwechselnd je einen Tag regiere; und dem stimmten beide zu. – –«

Da bemerkte Schehrezâd, daß der Morgen begann, und sie hielt in der verstatteten Rede an. Doch als die *Hundertundvierundvierzigste Nacht* anbrach, fuhr sie also fort: »Es ist mir berichtet worden, o glücklicher König, daß die beiden Könige dahin überein kamen, ein jeder solle abwechselnd je einen Tag regieren. Dann veranstalteten sie Gastmähler, für die sie viele Tiere schlachten ließen, und ihre Freude ward immer größer. Eine Weile lebten sie so dahin, während Sultan Kân-mâ-kân die Nächte bei seiner Base Kudija-Fakân verbrachte. Danach aber, als sie eines Tages dasaßen, erfreut über ihr Leben und die gute Wendung des Schicksals, da trat fern eine Staubwolke hervor, die stieg auf und wirbelte empor, bis sich die Welt im Dunkel verlor. Fast im selben Augenblick kam auch ein Kaufmann zu ihnen, der schrie und flehte laut um Hilfe, indem er rief: ‚O ihr größten Könige unserer Zeit, wie kommt es, daß ich im Lande der Ketzer sicher leben kann, in eurem Lande aber geplündert werde, dem Lande der Gerechtigkeit und Sicherheit?' Da trat König Rumzân an ihn heran und fragte ihn, was mit ihm sei. Jener erwiderte: ‚Ich bin ein Kaufmann und bin, der Heimat weit, umhergezogen seit einer langen Spanne Zeit; ja, fast auf die Dauer von zwanzig Jahren bin ich in der Welt umhergefahren. Und ich habe einen Freibrief aus der Stadt Damaskus, den mir der selige König Scharkân ausgestellt hat, weil ich ihm eine Sklavin zum Geschenk gemacht hatte. Als ich nun mit hundert Lasten von indischen Kostbarkeiten in dies Land kam und schon nahe bei Baghdad war, das doch euer unverletzliches Gebiet und die Stätte eures Schutzes und eurer Gerechtigkeit ist, da überfielen mich Banden, Araber und Kurden, zusammengewürfelt aus allen Landen; die erschlugen meine Dienerscharen und raubten mir meine Waren. Dies ist's, was mir widerfahren!' Dann fing der Kaufmann vor König Rumzân an zu weinen und brach klagend zusammen; der König aber hatte Mitleid und Erbarmen mit ihm, und ebenso bemitleidete ihn sein Neffe, der König Kân-mâ-kân, und beide schworen, sie wollten wider die Räuber zu Felde ziehen. So zogen sie denn aus wider sie mit hundert Rittern, von denen ein jeder so viel wie tausend Mannen zählte. Jener Kaufmann eilte ihnen voran, um sie auf den rechten Weg zu führen. Sie ritten ohne Unterlaß den Tag über und die ganze Nacht bis zum Morgengrauen; da befanden sie sich bei einem Tale, in dem sahen sie zahlreiche Bäche fließen und viele Bäume sprießen. Und sie entdeckten, daß die Räuber sich in jenem Tale zerstreut hatten; die Lasten des Kaufmanns hatten sie unter sich verteilt, und nur ein Teil war noch übrig. Nun stürmten die hundert Ritter ringsum auf sie ein und griffen sie von allen Seiten an. Den Kriegsruf erhob König Rumzân, und ebenso tat sein Neffe Kân-mâ-kân. Und es währte nicht lange, da hatten sie alle gefangen; das waren dreihundert Reiter, lauter zusammengelaufenes Beduinengesindel. Nach der Gefangennahme entrissen sie ihnen, was sie von den Waren des Kaufmanns noch bei sich hatten; dann legten sie ihnen starke Fesseln an und schleppten sie nach der Stadt Baghdad. Darauf setzte sich König Rumzân gemeinsam mit seinem Neffen, dem König Kân-mâ-kân, auf demselben Throne nieder. Dann ließen die beiden sich all die Leute vorführen und fragten sie nach ihrem Treiben und nach ihren Anführern. Jene antworteten: ‚Wir haben keine Anführer außer drei Männern, und zwar denen, die uns aus allen Gegenden und Ländern zusammengebracht haben!' ‚Zeigt uns eure Häuptlinge!' befahlen die Könige. Als jene das getan hatten, befahlen sie weiter, man solle die drei festhalten, die übrigen Gesellen aber freilassen, nachdem man ihnen alles Gold, das sie bei sich hatten, abgenommen und es dem Kaufmanne übergeben habe. Nun untersuchte der Kaufmann seine Stoffe und sein Geld, und er fand, daß ihm der vierte Teil verloren gegangen war; da versprachen sie ihm, sie wollten ihm alles ersetzen, was ihm abhanden gekommen sei. Schließlich zog er noch zwei Schreiben hervor, das eine in der Handschrift von Scharkân, das andere in der von Nuzhat ez-Zamân. Denn eben dieser Kaufmann war es ja gewesen, der Nuzhat ez-Zamân von dem Beduinen kaufte, als sie noch Jungfrau war, und sie ihrem Bruder zuführte; und dann war zwischen beiden geschehen, was berichtet ist. Hierauf prüfte König Kân-mâ-kân die beiden Schreiben, erkannte die Schrift seines Oheims Scharkân und vernahm die Geschichte seiner Muhme Nuzhat ez-Zamân. Alsdann begab er sich zu ihr mit jenem zweiten Schreiben, das sie für den später ausgeplünderten Kaufmann geschrieben hatte; auch erzählte er ihr die Geschichte des Kaufmanns von Anfang bis zu Ende. Nuzhat ez-Zamân erinnerte sich seiner wieder und erkannte ihre eigene Schrift; da ließ sie Gastgeschenke für ihn hinausbringen und empfahl ihn ihrem Bruder König Rumzân und ihrem Neffen König Kân-mâ-kân. Die geruhten ihm wegen seiner guten Dienste Geld, Sklaven und Diener zu schenken. Auch Nuzhat ez-Zamân sandte ihm noch hunderttausend Dirhems und fünfzig Lasten Waren und andere kostbare Geschenke. Dann ließ sie ihn holen, und als er kam, ging sie zu ihm hinaus, begrüßte ihn und tat ihm kund, sie sei die Tochter des Königs 'Omar ibn en-Nu'mân, ihr Bruder sei König Rumzân und ihr Neffe König Kân-mâ-kân. Hocherfreut darüber beglückwünschte er sie, daß sie wohlbehalten heimgekehrt und mit ihrem Bruder wieder vereinigt war, küßte ihr die Hände und dankte ihr für das, was sie an ihm getan hatte; dann schloß er mit den Worten: ,Bei Gott, an dir war die gute Tat nicht verloren.' Darauf zog sie sich in ihr Gemach zurück, während der Kaufmann noch drei Tage bei ihnen blieb. Dann nahm er Abschied von ihnen und machte sich auf nach dem Syrerlande.

Danach ließen die Könige jene drei Raubgesellen kommen, die der Wegelagerer Häuptlinge gewesen waren, und fragten sie nach ihrem Treiben. Einer von ihnen hub an und sprach: ,Wisset, ich bin ein Beduine, der am Wege zu lauern pflegte, um die kleinen Kinder und Jungfrauen aufzuheben und sie an die Händler für Geld weiterzugeben. So trieb ich es eine lange Spanne Zeit, bis noch zu diesen Tagen; aber da mußte der Satan mich plagen, daß ich mich diesen beiden Schurken hier anschloß, um mit ihnen das Gesindel der Araber und anderer Völker zusammenzubringen für Räuberei und Wegelagerei.' Da befahlen die Könige ihm: ,Erzähle uns das Wunderbarste, was du bei deinem Raub von Kindern und Jungfrauen erlebt hast!' Er antwortete darauf: ,Das Wunderbarste, was mir widerfahren ist, o ihr größten Könige unserer Zeit, ist dies. Vor zweiundzwanzig Jahren raubte ich eines Tages eine von den Töchtern Jerusalems; jene Maid war schön und lieblich, doch sie war eine Dienstmagd und trug zerlumpte Kleider, und auf ihrem Kopfe lag ein Fetzen von einem Mantel aus Kamelshaaren. Ich sah sie, wie sie aus dem Chân kam, sofort entführte ich sie mit List, setzte sie auf ein Kamel und eilte fort mit ihr. Zwar hatte ich im Sinne, sie zu meinem Volke in die Steppe zu führen und sie bei mir die Kamele hüten und den Mist im Tale sammeln zu lassen. Aber da sie so heftig weinte, machte ich

mich an sie und versetzte ihr jämmerliche Hiebe; dann nahm ich sie und brachte sie nach der Stadt Damaskus. Dort sah ein Händler sie bei mir; der war fast wie von Sinnen, als er sie erblickte. Auch gefiel ihm ihre feine Rede, und so wollte er sie von mir kaufen und bot mir einen immer höheren Preis für sie, bis ich sie ihm schließlich um hunderttausend Dirhems verkaufte. Während ich sie ihm übergab, vernahm ich aus ihrem Munde wunderbar feine Worte; und nachher ist mir berichtet worden, daß der Händler ihr ein schönes Gewand anzog, sie dem König, dem Statthalter von Damaskus, zum Geschenk anbot, und daß der ihm das Doppelte von der Summe gab, die der Mann mir bezahlt hatte. Dies, o größte Könige unserer Zeit, ist das Wunderbarste, was mir widerfahren ist. Aber, bei meinem Leben, jener Preis war zu niedrig für das Mädchen!'
Als die Könige diese Geschichte hörten, verwunderten sie sich. Doch wie Nuzhat ez-Zamân vernahm, was der Beduine erzählte, ward das Licht vor ihren Augen zur Finsternis, sie schrie auf und rief ihrem Bruder Rumzân zu: ‚Siehe, dies ist derselbe Beduine, der mich aus Jerusalem entführt hat, daran ist kein Zweifel!' Dann erzählte Nuzhat ez-Zamân ihnen alles, was sie auf ihrer Wanderschaft in der Fremde durch ihn zu leiden gehabt hatte, Not und Schläge, Hunger und Schmach und Verachtung; und sie schloß mit den Worten: ‚Jetzt steht mir das Recht zu, ihn zu töten!' Darauf zückte sie das Schwert und trat an den Beduinen heran, um ihn zu töten. Er aber schrie auf und rief: ‚O ihr größten Könige unserer Zeit, laßt nicht zu, daß sie mir das Leben nimmt, ehe ich euch noch andere seltsame Abenteuer erzählt habe, die mir widerfahren sind!' Nun sprach ihr Neffe Kân-mâ-kân zu ihr: ‚Liebe Muhme, laß ihn uns eine Geschichte erzählen; danach tu, was du willst!' Da ließ sie von ihm ab; und die Könige befahlen: ‚Jetzt erzähle uns

eine Geschichte!' ‚O ihr größten Könige unserer Zeit,' bat er darauf, ‚wenn ich euch eine wunderbare Geschichte erzähle, wollt ihr mir dann verzeihen?' Als die Könige ihm das zusagten, begann der Beduine ihnen das seltsamste Erlebnis, das ihm widerfahren war, zu erzählen.

DIE GESCHICHTE DES BEDUINEN HAMMÂD

Wisset, vor kurzer Zeit war ich eines Nachts von arger Schlaflosigkeit gequält, und ich glaubte schon gar nicht mehr, daß es noch Morgen werden könne. Als es aber wirklich Morgen ward, stand ich im selben Augenblick auf, gürtete mich mit meinem Schwerte, bestieg meinen Renner, legte die Lanze ein und zog aus zu Jagd und Hatz. Unterwegs begegnete mir eine Schar von Leuten; die fragten mich nach meinem Ziele. Nachdem ich es ihnen gesagt hatte, sprachen sie: ‚Wir wollen deine Gesellen sein.' So zogen wir denn alle zusammen weiter, und während wir unseres Weges dahineilten, siehe, da tauchte plötzlich ein Strauß vor uns auf. Wir jagten ihm nach, aber er entkam uns, indem er seine Flügel ausbreitete. Immerfort flüchtete er dahin, während wir ihm nachsetzten bis zum Mittag; da führte er uns in eine Wüste, in der kein Strauch und kein Wasser war und in der wir nichts hörten als das Zischen der Schlangen, das Klagen der Dschinnen und das Schreien der Ghûlinnen[1]. Als wir dort angekommen waren, entschwand der Strauß unseren Blicken, und wir wußten nicht, ob er gen Himmel geflogen oder ob die Erde ihn eingesogen. Nun lenkten wir unsere Pferde um und wollten von dort wegreiten; aber wir sahen, daß es nicht gut noch ratsam war, zu jener Zeit der drückenden Hitze umzukehren. Denn die heiße Tageszeit

1. Ghûle und Ghûlinnen sind dämonische Unholde der Wüste.

lastete schwer auf uns, wir wurden von brennendem Durste gequält, und unsere Pferde blieben stehen, so daß wir schon des Todes gewiß waren. In dieser Not erblickten wir plötzlich in der Ferne eine Wiese, die weit ausgedehnt war, mit einer fröhlich springenden Gazellenschar. Dort war auch ein Zelt aufgeschlagen; und neben dem Zelte befanden sich ein Pferd, das angebunden war, und eine Lanze mit schimmernder Spitze, die aufrecht in der Erde stand. Da schöpften wir neuen Lebensmut, nachdem wir schon fast alle Hoffnung aufgegeben hatten; und so lenkten wir unsere Pferde nach jenem Zelte, indem wir auf Wiese und Wasser losritten. Alle meine Gefährten, ich an ihrer Spitze, eilten dorthin, und wir machten nicht eher halt, als bis wir die Wiese erreicht hatten; bei einer Quelle hielten wir an, tranken und tränkten unsere Pferde. Mich aber ergriff eine heidnische Neugier, und so begab ich mich zur Tür jenes Zeltes. In ihm erblickte ich einen Jüngling, auf dessen Wangen noch kein Bart sproßte, und er war schön wie der junge Mond; zu seiner Rechten stand eine Maid, schlank wie ein Weidenzweig. Kaum hatte ich sie erblickt, so ward mein Herz von Liebe zu ihr erfüllt. Ich begrüßte jenen Jüngling, er erwiderte meinen Gruß, und dann fragte ich ihn: ‚Araberbruder, sag, wer bist du, und was ist dir jene Maid, die bei dir steht?' Der Jüngling senkte sein Haupt zu Boden; doch nach einer Weile hob er es wieder auf und sprach: ‚Sag du mir, wer du bist, und was jene Reiter bedeuten, die bei dir sind!' Da antwortete ich: ‚Ich bin Hammâd ibn el-Fazâri, der hochberühmte Ritter, der unter den Arabern so viel gilt wie fünfhundert Reitersmannen. Wir zogen aus unserem Lande fort zu Jagd und Hatz; doch da überkam uns der Durst, und deshalb bin ich an die Tür dieses Zeltes herangeritten, ob ich wohl bei euch einen Trunk Wasser fände.' Wie er diese Worte von mir vernahm, wandte er sich an die schöne Maid und sprach: ‚Bring diesem Manne Wasser und was an Speise vorhanden ist!' Da erhob sich die Maid; ihre Kleider rauschten über den Boden, die goldenen Spangen klirrten an ihren Füßen, und ihre Glieder verwirrten sich in ihrem langen Haare. Eine Weile blieb sie fort; dann kehrte sie zurück, in der rechten Hand eine silberne Schale voll kühlen Wassers, in der linken eine Schüssel mit Datteln, Milch und dem, was an Wildbret vorhanden war. Aber ich konnte weder Speise noch Trank von ihr hinnehmen in meiner glühenden Liebe zu ihr; so kleidete ich meine Gedanken in diese beiden Verse, die ich sprach:

> *Es ist, als sei die dunkle Schminke ihrer Hände*
> *Ein Rabe, der auf einem beschneiten Felde steht.*
> *Du siehst, wie neben ihrem Angesicht die Sonne*
> *Den Glanz verliert und wie der Mond in Furcht vergeht.*

Als ich nun dennoch gegessen und getrunken hatte, sprach ich zu dem Jüngling: ‚Höre, o Araberfürst, ich habe dir wahrheitsgetreu von mir berichtet; nun möchte ich, daß du mir von dir selbst erzählest und mir wahrheitsgemäß von dir berichtest!' Der Jüngling erwiderte: ‚Was diese Maid betrifft, so ist sie meine Schwester.' Da fuhr ich fort: ‚Ich wünsche, daß du sie mir gutwillig vermählest; wo nicht, so schlage ich dich tot und nehme sie mit Gewalt.' Wieder senkte der Jüngling sein Haupt zu Boden; doch nach einer Weile hob er seinen Blick zu mir auf und sprach: ‚Du sprichst die Wahrheit, wenn du sagst, du seiest ein Ritter, bekannt in der Welt, und ein weitberühmter Held; denn fürwahr, du bist der Löwe der Wüste. Allein, wenn ihr alle hinterrücks über mich herfallt und mich tötet mit Gewalt, und dann meine Schwester raubt, so wird das ein Schandfleck auf eurer Ehre sein. Ist es aber, wie ihr sagt, daß ihr Ritter, die man zu den Helden rechnet, seid, und fürchtet ihr euch nicht vor Kampf und Waffenstreit, so lasset mir ein wenig Zeit: inzwischen lege ich meine Rüstung an, gürte mich mit meinem Schwert, ergreife die Lanze und besteige mein Pferd. Dann wollen wir, ich und ihr, auf das Schlachtfeld reiten; gewinne ich den Sieg über euch, so töte ich euch alle bis auf den letzten Mann; doch wenn ihr mich besiegt und mich erschlagt, so gehört diese Maid, meine Schwester, euch.' Als ich diese Worte von ihm vernahm, sprach ich zu ihm: ‚Fürwahr, das ist nur billig und recht; dem zu widersprechen stände uns schlecht!' Darauf lenkte ich mein Pferd wieder um; doch die rasende Glut meiner Liebe zu der Maid ward immer stärker in mir entfacht. Wie ich dann zu meinen Gefährten zurückgekehrt war, beschrieb ich ihnen ihre Schönheit und Anmut, auch die Schönheit des Jünglings, der bei ihr war, seine Tapferkeit und seine Seelenstärke, und wie er sich rühme, es mit tausend Rittern aufnehmen zu können. Ferner berichtete ich meinen Genossen von all den Schätzen und Kostbarkeiten, die sich in dem Zelt befanden, und fügte hinzu: ‚Wisset, der Jüngling dort lebte nicht so einsam in diesem Lande, wäre er nicht ein Mann von großer Tapferkeit. Nun schlage ich euch vor, wer immer den Jüngling tötet, der soll seine Schwester erhalten!' Sie antworteten: ‚Wir sind es zufrieden.' Darauf legten also meine Gefährten ihre Kriegsrüstungen an, bestiegen ihre Rosse und ritten dem Jüngling entgegen; und sie trafen ihn, wie auch er sich gewappnet hatte und im Sattel saß. Seine Schwester aber war auf ihn zugeeilt und hatte sich an seinen Steigbügel gehängt. Ihr Schleier war von ihren Tränen benetzt, und in ihrer Angst um ihren Bruder rief sie: ‚Wehe!' und ‚O Herzeleid!' und sie klagte ihre Not in diesen Versen:

> *Vor Allah klage ich von Leiden und von Kummer,*
> *Auf daß der Gott des Thrones sie mit Schrecken schlägt,*

> *Sie, die mit Fleiß dich töten wollen, liebster Bruder,*
> *Wo doch kein Grund zum Streit noch Blutschuld sie erregt.*
> *Es wissen's alle Helden, du bist ein edler Ritter,*
> *Der tapferste von allen in Ost und Westen fern.*
> *Du hütest treu die Schwester, die wenig Kraft besitzet,*
> *Du bist ihr Bruder ja; sie fleht für dich zum Herrn.*
> *So lasse denn die Feinde nicht meine Seele knechten,*
> *Mich rauben mit Gewalt, noch fesseln hart und wild.*
> *Nie werde ich, bei Gott, an einer Stätte weilen,*
> *Wenn du nicht auch dort bist, sei sie auch freuderfüllt.*
> *Ich will in Lieb zu dir gern mich dem Tode weihn*
> *Und in den Staub mich betten und dann im Grabe sein.*

Als ihr Bruder ihre Verse vernahm, weinte er heftig, lenkte den Kopf seines Pferdes nach seiner Schwester um und antwortete auf ihr Lied, indem er sprach:

> *Bleib hier und sieh von mir heut wunderbare Taten,*
> *Wenn wir zusammentreffen und ich sie niederstrecke!*
> *Tritt auch der Löwen Fürst hervor aus ihren Reihen,*
> *Der allertapferste und allerkühnste Recke –*
> *Ich lasse einen Hieb von Väterart ihn kosten*
> *Und bohre bis zum Ende den Speer in seine Seite.*
> *Wenn ich für dich nicht kämpfe, o Schwester, läg ich lieber*
> *Erschlagen da und wäre den Geiern Fraß und Beute!*
> *Doch nein, solang ich kann, kämpf ich um deinetwillen –*
> *Und das ist eine Mär, die wird einst Bücher füllen.*

Nach diesen Versen fuhr er fort: ‚Liebe Schwester, höre auf das, was ich dir sage und was ich dir ans Herz lege!' ‚Ich höre und gehorche!' erwiderte sie. Dann sprach er weiter: ‚Wenn ich falle, so laß niemanden dich besitzen!' Da schlug sie sich ins Antlitz und rief: ‚Das verhüte Gott, lieber Bruder, daß ich, wenn ich dich dahingestreckt sehe, die Feinde mich besitzen lasse!' Da streckte der Jüngling seine Hand zu ihr hin und hob den Schleier von ihrem Antlitz: und uns leuchtete ihr Bild entgegen wie die Sonne aus dem Gewölk. Dann küßte er sie auf die Stirn und nahm Abschied von ihr. Darauf wandte er sich uns zu und rief: ‚Ihr Rittersleut, seid ihr Gäste heut, oder wünscht ihr Schwertkampf und Lanzenstreit? Kommt ihr als Gäste, so freut euch des gastlichen Mahles; wenn ihr aber den leuchtenden Mond begehret, so tretet Ritter für Ritter wider mich auf das Blachgefild, die Stätte, da Schwerthieb und Lanzenstich gilt!' Nun ritt ein tapferer Ritter wider ihn vor; dem rief der Jüngling zu: ‚Wie heißest du, und wie heißt dein Vater? Denn wisse, ich habe einen Eid geschworen, niemanden zu töten, der denselben Namen hat wie ich, und dessen Vatersname dem Namen meines Vaters gleich ist. Sollte das bei dir also sein, so will ich dir die Maid übergeben.' Der Ritter rief: ‚Ich heiße Bilâl¹'; da antwortete ihm der Jüngling, indem er sprach:

> *Du lügst, wenn du von Wohltat sprichst*
> *Und kommst mit List und Tücke an!*
> *Bist du ein Held, so hör mein Wort:*
> *Ich strecke Helden auf den Plan;*
> *Scharf wie der Neumond ist mein Stahl,*
> *Mein Stoß erschüttert Berg und Tal.*

Nun stürmten beide aufeinander los, und der Jüngling durchbohrte die Brust seines Gegners, daß die Lanzenspitze ihm zum Rücken herausfuhr. Dann trat ein zweiter vor; dem rief der Jüngling zu:

> *O Hund, du Mißgeburt von Dreck,*
> *Wie kann man hoch und niedrig gleichen?*
> *Der Löwe nur aus edlem Blut*
> *Braucht nicht vor mir im Feld zu weichen.*

Und der Jüngling zauderte nicht lange mit ihm, sondern ertränkte ihn alsbald in seinem eigenen Blut; dann rief er weiter: ‚Will noch einer vortreten?' Da kam ein anderer Ritter hervor und sprengte auf den Jüngling ein, indem er rief:

1. Bilâl bedeutet ‚Wohltat'.

> *Dir nahe ich, das Herz voll Zornesglut;*
> *Die ruft die Freunde mein zu Kampfeswut.*
> *Den Herrn der Araber erschlugst du heut;*
> *Drum wirst du heut vom Unheil nicht befreit.*

Doch als der Jüngling seine Verse hörte, erwiderte er mit diesen Worten:

> *Du lügst, gemeiner Satan, du!*
> *Du kamst mit Lug und Trug zu mir.*
> *Heut trifft die rasche Spitze dich*
> *Bei Schwerterkampf und Speerwurf hier.*

Darauf durchbohrte er ihn mit der Lanze, so daß die Spitze ihm zum Rücken herausfuhr. Und weiter rief er: ‚Will noch einer vortreten?' Da ritt ein vierter hervor; den fragte der Jüngling nach seinem Namen. Und als der Ritter erwiderte: ‚Ich heiße Hilâl[1]!' sprach der Jüngling diese Verse:

> *Du irrest, wenn du meinst in meinem Blut zu waten,*
> *Du kamest ja mit Lug und allem Falsch ins Land.*
> *Ich hier, aus dessen Mund du diese Verse hörest,*
> *Ich raube dir das Leben, wiewohl dir unbekannt.*

Dann stürmten die beiden aufeinander los und führten jeder einen Hieb gegen den anderen. Aber der Hieb des Jünglings kam dem des Ritters zuvor und streckte ihn zu Boden. Und nun tötete er alle, die gegen ihn heraussprengten. Wie ich aber meine Gefährten erschlagen daliegen sah, sprach ich bei mir selbst: ‚Wenn ich wider ihn in den Kampf ziehe, so werde ich ihn nicht überwinden; und wenn ich fliehe, so werde ich zu einem Schandfleck unter den Arabern.' Doch der Jüngling ließ mir keine Zeit, sondern sauste auf mich nieder, packte mich bei der Hand und riß mich aus dem Sattel. Ich fiel ohnmächtig zu Boden; schon hob er sein Schwert, um mir den

1. Neumond.

Kopf abzuschlagen, da klammerte ich mich an den Saum seines Gewandes, und er hob mich mit seiner Hand auf, wie wenn ich im Vergleiche zu ihm ein Sperling wäre. Als die Jungfrau das sah, freute sie sich über die Heldentaten ihres Bruders, trat auf ihn zu und küßte ihn auf die Stirn. Dann übergab er mich seiner Schwester mit den Worten: ‚Da hast du ihn! Sorge gut für ihn, denn er hat sich unter unseren Schutz begeben!' Nun faßte die Maid mich am Kragen meines Panzerhemdes und führte mich fort wie einen Hund. Ihrem Bruder aber nahm sie die Kriegsrüstung ab, legte ihm ein Gewand an und stellte einen Stuhl aus Elfenbein hin. Auf den setzte er sich, und sie sprach: ‚Allah lasse deine Ehre hell erstrahlen und schütze dich vor den Wechselfällen des Schicksals!' Da antwortete er ihr mit diesen Versen:

> *Es sprach zu mir die Schwester, als sie im Kampfe sah,*
> *Wie meines Ruhmes Strahlen dem Sonnenlichte gleichen:*
> *‚Fürwahr, du bist der kühnste und wunderbarste Held,*
> *Vor dessen Schwert die Löwen im Talesdickicht weichen.'*
> *Drauf sagt ich: ‚Frage du die Recken nur nach mir,*
> *Wenn sie, die Schlachtenkämpfer, besiegt den Rücken wenden.*
> *Ich bin durch Glück und Sieg auf Erden weitberühmt;*
> *Hoch fliegen meine Pläne bis zu des Weltraums Enden.*
> *Ja du, Hammâd, du lagest mit einem Leu im Streit,*
> *Der einer Viper gleich dich rasch dem Tode weiht.'*

Als ich seine Verse hörte, war ich ratlos, was ich tun sollte; ich überdachte meine Lage und wie ich nun in Gefangenschaft geraten war, und ich kam mir selbst verächtlich vor. Dann aber blickte ich auf die Maid, die Schwester des Jünglings, und auf ihre Schönheit, und ich sprach zu mir selber: ‚Sie ist die Ursache des Unheils.' Und voll Bewunderung ob ihrer Lieblichkeit begann ich in Tränen auszubrechen und hub an, diese Verse zu sprechen:

Mein Freund, laß ab vom Tadel und vom Schelten;
Denn sieh, auf Tadel achte ich nicht mehr.
Ich liebe eine Zarte, deren Anblick
Mein Herz erfüllt mit Liebesnöten schwer.
Und in der Liebe ward mir zum Gefährten
Ihr Bruder, jener Held so hoch und hehr.

Dann brachte die Jungfrau Speise für ihren Bruder, und er lud mich ein, mit ihm zu essen. Darüber war ich froh; denn nun war ich sicher, daß er mich nicht töten würde. Als er mit dem Essen fertig war, brachte sie ihm einen Krug Wein. Dem sprach er zu, und er trank, bis ihm der Rausch zu Kopfe stieg und sein Antlitz sich rötete. Da wandte er sich zu mir und rief: ‚Du da, Hammâd, weißt du, wer ich bin, oder nicht?' Ich erwiderte: ‚Bei deinem Leben, ich weiß es immer weniger.' Er fuhr fort: ‚O Hammâd, ich bin 'Abbâd ibn Tamîm ibn Tha'laba. Siehe, Allah hat dir dein Leben geschenkt und dich für deine künftige Hochzeit aufgespart.' Dann reichte er mir einen Becher auf mein Wohl, und ich trank ihn aus; auch einen zweiten, einen dritten und einen vierten reichte er mir, und ich leerte sie alle. So machte er mich zu seinem Zechgenossen, und er ließ mich schwören, daß ich nie treulos an ihm handeln wolle. Ich schwor ihm tausendundfünfhundert Eide, daß ich niemals Verrat an ihm begehen, sondern ihm stets ein treuer Freund sein wolle. Darauf befahl er seiner Schwester, mir zehn seidene Ehrenkleider zu bringen; sie tat es und legte sie mir über – dies Kleid, das ich jetzt am Leibe trage, ist eins von ihnen. Und weiter befahl er ihr, mir eine der schönsten Kamelinnen zu bringen; da brachte sie mir eine Kamelstute, beladen mit Kostbarkeiten und Wegzehrung. Schließlich befahl er ihr noch, mir einen Fuchshengst herbeizuholen; auch das tat sie. Und das alles machte er mir zum Geschenk. Damals blieb ich drei Tage lang bei ihnen, bewirtet mit Essen und Trinken; und was er mir schenkte, ist noch heute in meinem Besitz. Am vierten Tage aber sprach er zu mir: ‚Bruder Hammâd, ich will jetzt etwas schlafen und mich ausruhen; dir vertraue ich mein Leben an. Wenn du aber Reiter heranstürmen siehst, so fürchte dich nicht vor ihnen; denn wisse, die sind vom Stamme Tha'laba und suchen nur mit mir Händel.' Dann legte er sein Schwert als Kopfkissen unter sein Haupt und schlief ein. Doch wie er ganz fest schlief, flüsterte der Teufel mir den Plan ein, ihn zu ermorden. Rasch zog ich ihm das Schwert unter dem Kopfe weg und versetzte ihm einen Hieb, der ihm das Haupt vom Rumpfe rollen ließ. Als seine Schwester sah, was ich getan hatte, stürzte sie von der anderen Seite des Zeltes herbei, warf sich über ihren Bruder, zerriß ihre Kleider und klagte in diesen Versen ihr Leid:

> *Verkünde nun dem Stamm die schlimmste Trauermäre –*
> *Dem Ratschluß des Allweisen kann doch kein Mensch entfliehn –*
> *Da liegst du hingestreckt, o Bruder mein, am Boden:*
> *Noch gleicht dem vollen Mond dein Antlitz schön und kühn.*
> *Das war der Tag des Unheils, der Tag, da du sie trafest*
> *Und da dein Speer zerbrach nach mancher harten Schlacht.*
> *Seit du gefallen, freut kein Reiter sich der Rosse,*
> *Vom Weib wird nie ein Knabe dir gleich zur Welt gebracht.*
> *Denn heute ist Hammâd an dir zum Mörder worden;*
> *Er machte Treu zum Wahn, zur Lüge, was er schwor.*
> *Wohl will er sein Begehren durch diese Tat erreichen –*
> *Doch was der Satan riet, log er ihm alles vor.*

Und nach diesen Versen schrie sie mir zu: ‚O du Sohn verfluchter Ahnen, warum hast du meinen Bruder so tückisch ermordet? Er wollte dich doch in deine Heimat zurücksenden mit Wegzehrung und Geschenken, ja, er wollte mich auch mit dir vermählen am Ersten des Monats!' Dann zog sie ein Schwert hervor, das sie bei sich hatte, pflanzte es aufrecht in die Erde, mit der Spitze gegen ihre Brust, und stürzte sich hinein, so daß es ihr zum Rücken wieder herausfuhr und sie tot zu Boden sank. Trauer um sie erfüllte mich, und ich bereute, als die Reue nichts mehr fruchtete, und ich begann zu weinen. Dann aber trat ich eilig ins Zelt, nahm alles, was nicht beschwert und doch von hohem Wert, und ging meiner Wege; in meiner Angst und meiner Hast dachte ich gar nicht mehr an meine Gefährten, ja, ich begrub nicht einmal die Jungfrau noch den Jüngling. Dies Erlebnis ist noch seltsamer als das erste mit der jungfräulichen Sklavin, die ich aus Jerusalem entführte.'

Als Nuzhat ez-Zamân diese Rede des Beduinen gehört hatte, wurde das helle Tageslicht finster vor ihrem Angesicht. – –«

Da bemerkte Schehrezâd, daß der Morgen begann, und sie hielt in der verstatteten Rede an. Doch als die *Hundertundfünfundvierzigste Nacht* anbrach, fuhr sie also fort: »Es ist mir berichtet worden, o glücklicher König, als Nuzhat ez-Zamân diese Rede des Beduinen gehört hatte, sei das helle Tageslicht finster geworden vor ihrem Angesicht; und sie sprang auf, zückte das Schwert und holte damit gegen den Beduinen Hammâd aus, stieß es in seine Schulter und trieb es wieder zur Brust hinaus. Als aber die, so zugegen waren, sie fragten: ,Warum hast du ihn so eilig getötet?' antwortete sie: ,Allah sei gepriesen, der mich so lange leben ließ, bis ich mit eigener Hand Rache nehmen konnte!' Darauf befahl sie den Sklaven, die Leiche an den Füßen hinauszuschleifen und sie den Hunden vorzuwerfen.

Nun wandten sie sich den beiden anderen der drei Räuberhauptleute zu. Einer von ihnen war ein schwarzer Sklave, und zu dem sprachen sie: ,Wie heißt du da? Sag uns die Wahrheit!' ,Ich heiße el-Ghadbân', antwortete er, und dann berichtete er ihnen sein Erlebnis mit der Prinzessin Abrîza, der Tochter des

Königs Hardûb, des Herrschers von Kleinasien, wie er sie getötet habe und dann geflohen sei. Kaum aber hatte der Neger seine Worte beendet, so hieb ihm König Rumzân mit dem Schwerte die Kehle durch und rief: ,Allah sei gepriesen, der mich am Leben ließ, daß ich mit eigener Hand meine Mutter rächen konnte!' Dann erzählte er ihnen, was seine Amme Mardschâna ihm von eben diesem Sklaven, der da el-Ghadbân hieß, berichtet hatte.

Schließlich wandten sie sich dem dritten zu, und das war der Kameltreiber, den die Leute von Jerusalem gemietet hatten, um Dau el-Makân auf seinem Tiere nach dem Krankenhause in Damaskus zu bringen; er war aber damals hingegangen, hatte ihn bei dem Warmbade niedergeworfen und war dann seiner Wege gezogen. Zu ihm also sprachen sie: ,Berichte du uns jetzt von deinem Leben und sag uns die Wahrheit!' Da erzählte der Mann alles, was er mit dem Sultan Dau el-Makân erlebt hatte; wie er in Jerusalem den kranken Jüngling auf sein Tier geladen hatte, um ihn nach Damaskus ins Krankenhaus zu bringen; wie die Leute von Jerusalem ihm Geld gegeben hatten, wie er es genommen hatte und dann, nachdem er den Jüngling auf den Misthaufen bei dem Ofen des Badehauses geworfen hatte, weggelaufen sei. Und kaum hatte der seine Rede beendet, so ergriff der Sultan Kân-mâ-kân das Schwert, holte aus und hieb ihm den Kopf ab mit den Worten: ,Allah sei gepriesen, der mich am Leben ließ, bis ich diesem Schurken vergelten konnte, was er an meinem Vater getan hat! Denn ich habe diese selbe Geschichte von meinem Vater, dem Sultan Dau el-Makân, gehört.'

Nunmehr sprachen die Könige zueinander: ,Jetzt bleibt uns nur noch die alte Schawâhi, genannt Dhât ed-Dawâhi. Die Ursache all dieser Not war sie allein; denn sie brachte uns in das Unglück hinein. Wer kann sie uns bringen, auf daß wir an ihr die Rache vollstrecken und die Schmach zudecken?' Da sprach selbst der König Rumzân zu seinem Neffen König Kânmâ-kân: ,Das ist gewiß, sie muß hierher geschafft werden.' Zur selbigen Stunde schrieb König Rumzân einen Brief und sandte ihn an seine Großmutter, die alte Schawâhi, genannt Dhât ed-Dawâhi; darin tat er ihr kund, er habe die Reiche von Damaskus und Mosul und Irak erobert, die Macht der muslimischen Heere gebrochen und ihre Könige gefangen genommen, und dann fügte er hinzu: ,Es ist mein Wille, daß du zu mir kommst, zusammen mit der Königin Sophia, der Tochter des Königs Afridûn, des Herrschers von Konstantinopel, und solchen Vornehmen der Christenheit, die du bei dir zu haben wünschest; bring aber kein Heer, denn das Land ist ruhig, da es in unserer Gewalt ist!' Als das Schreiben bei der Alten eingetroffen war, und als sie es gelesen und die Handschrift des Königs Rumzân erkannt hatte, da war sie hocherfreut und rüstete sich alsbald zur Reise, zusammen mit der Königin Sophia, der Mutter Nuzhat ez-Zamâns, und mit ihren übrigen Begleitern. Sie zogen immer weiter dahin, bis sie vor Baghdad ankamen. Da eilte ein Bote voraus und meldete ihr Nahen. Nun sprach Rumzân: ,Die Klugheit erfordert, daß wir uns in fränkische Gewänder kleiden und dann der Alten entgegengehen, damit wir vor ihren Ränken und Listen sicher sind.' Die anderen sprachen: ,Wir hören und gehorchen!' Dann legten sie fränkische Gewänder an, und als Kudija-Fakân das sah, rief sie: ,Bei dem Herrn, den wir anbeten, wenn ich euch nicht kennte, so hätte ich gesagt, ihr wäret Franken!' Nun zogen sie aus, König Rumzân an der Spitze, mit tausend Reitern, um die Alte zu empfangen. Als er sie von Auge zu Auge erblickte, sprang er von seinem Rosse herunter und eilte auf sie zu. Und wie sie ihn sah und erkannte, ging auch sie ihm zu Fuße entgegen und umarmte ihn. Doch er drückte mit dem Arme so fest auf ihre Rippen, daß er sie fast zerbrach. Da rief sie: ‚Was soll das bedeuten, mein Sohn?' Kaum aber hatte sie diese Worte ausgesprochen, da nahten schon Kân-mâ-kân und der Wesir Dandân, und die Ritter eilten mit Kriegsgeschrei gegen ihre Mägde und Knappen herbei, nahmen sie alle gefangen und kehrten mit ihnen nach Baghdad zurück. Rumzân gab Befehl, die Stadt zu schmücken, und das tat das Volk drei Tage lang. Dann aber führte man die alte Schawâhi, genannt Dhât ed-Dawâhi, umher, angetan mit einer roten Zipfelmütze aus Palmblättern, die mit Eselsmist gekrönt war, und vor ihr rief ein Herold aus: ‚Dies ist der Lohn derer, die sich an Königen und Königskindern zu vergreifen wagen!' Dann ward sie beim Stadttore von Baghdad ans Kreuz geschlagen. Als ihre Begleiter sahen, was mit ihr geschah, da traten sie allesamt zum Islam über. Kân-mâ-kân aber und sein Oheim Rumzân und Nuzhat ez-Zamân und der Wesir Dandân waren von Staunen ergriffen über diese wunderbaren Erlebnisse, und sie befahlen den Schriftgelehrten, sie in den Büchern aufzuzeichnen, damit auch spätere Geschlechter sie lesen könnten. Dann verlebten sie den Rest ihrer Tage im schönsten Lebensglück, bis Der zu ihnen kam, der die Freuden schweigen heißt und der die Freundesbande zerreißt.

Hier endet die Überlieferung von den wechselvollen Schicksalen des Königs 'Omar ibn en-Nu'mân und seiner Söhne Scharkân und Dau el-Makân und seines Enkels Kân-mâ-kân und seiner Tochter Nuzhat ez-Zamân und deren Tochter Kudija-Fakân.«

Da sprach der König Schehrijâr zu Schehrezâd: ‚Ich wünsche, daß du mir eine Geschichte aus dem Leben der Vögel erzählst.«

Ihre Schwester aber sagte zu ihr: »Noch nie in all dieser Zeit habe ich den König so fröhlichen Sinnes gesehen wie in dieser Nacht. Und so hoffe ich denn, daß dein Geschick bei ihm zu einem glücklichen Ende führen möge.« Nun kam die Müdigkeit über den König, und er schlief ein. – – Da bemerkte Schehrezâd, daß der Morgen begann, und sie hielt in der verstatteten Rede an. Doch als die *Hundertundsechsundvierzigste Nacht* anbrach, fuhr sie fort und erzählte

DIE GESCHICHTE VON DEN TIEREN
UND DEM MENSCHEN

Es ist mir berichtet worden, o glücklicher König, daß in alter Zeit und in längst entschwundener Vergangenheit ein Pfau am Meeresgestade mit seinem Weibchen wohnte. Jene Gegend war die Heimat vieler Löwen, auch wohnten dort alle anderen wilden Tiere, doch war sie reich an Bäumen und an Bächen. Darum pflegte jener Pfau des Nachts mit seinem Weibchen auf einem der Bäume dort seine Zuflucht zu nehmen aus Furcht vor den wilden Tieren; am Morgen jedoch flogen die beiden fort, um den Tag über ihre Nahrung zu suchen. So lebten sie dahin, bis schließlich ihre Furcht so groß ward, daß sie nach einer anderen Wohnstätte suchten, zu der sie sich flüchten könnten. Und während sie nun auf der Suche nach einer solchen Wohnstatt waren, da tauchte plötzlich vor ihnen eine Insel auf, reich an Bäumen und Bächen. Dort, auf jener Insel, ließen sie sich nieder; sie aßen die Früchte der Bäume, die dort sprossen, und tranken aus den Bächlein, die dort flossen. Und während sie so friedlich lebten, kam plötzlich eine Ente auf sie zu; die war in großer Angst und lief rasch dahin, bis sie zu dem Baume kam, auf dem die beiden Pfauen saßen, dann ward sie ruhiger. Da nun der Pfau nicht zweifelte, daß es mit jener Ente irgendeine sonderbare Bewandtnis habe, so fragte er sie, was es mit ihr sei und warum sie solche Angst habe. Sie antwortete: ‚Ach, ich bin krank aus Kummer und Furcht vor dem Menschen! Darum hütet euch, und noch einmal, hütet euch vor den Menschenkindern!‘ Da sagte der Pfau: ‚Fürchte dich nicht mehr, seit du bei uns bist!‘ ‚Allah sei gepriesen,‘ rief die Ente, ‚Er, der Kummer und Gram jetzt bei euch von mir nahm, da ich um eure Freundschaft zu gewinnen zu euch kam!‘ Als sie ihre Worte beendet hatte, flog das Pfauenweibchen zu ihr hinab und sprach zu ihr: ‚Herzlich willkommen, sei uns gegrüßt und sei ohne Sorge! Wie sollte der Mensch zu uns gelangen können, da wir auf dieser Insel mitten im Meere sind? Hier vermag vom Lande her niemand zu uns zu kommen, und vom Meere aus kann uns keiner erkennen. Also sei gutes Muts, erzähle uns, was dir vom Menschen widerfahren und zugestoßen ist!‘ ‚Wisse, o Pfauin,‘ erwiderte die Ente, ‚ich habe auf dieser Insel mein lebelang in Sicherheit gewohnt, ohne daß mir etwas Widriges begegnet wäre. Aber neulich eines Nachts, als ich schlief, da sah ich im Traume die Gestalt eines Menschen; der redete mich an, und ich gab ihm Antwort. Doch dann hörte ich eine Stimme mir zurufen: ‚O du Ente, hüte dich vor dem Menschen, und laß dich nicht betören durch seine Worte und Einflüsterungen! Denn siehe, er ist voller Lug und Trug; drum hüte dich, ja, hüte dich, so sehr du kannst, vor seiner Arglist, denn er ist und bleibt voller Falsch und Verrat, so wie der Dichter von ihm gesungen hat:

> *Er gibt dir auf die Zunge Süßigkeiten;*
> *Doch er beschleicht dich wie ein schlauer Fuchs.*

Wisse auch, daß der Mensch den Fischen listig nachstellt und sie aus dem Meere herausholt, daß er die Vögel mit Lehmkugeln schießt und selbst die Elefanten durch seine List zu Falle bringt. Vor dem Unheil, das vom Menschen kommt, ist niemand sicher, und keiner entgeht ihm, weder Vogel noch Tier des Feldes. Nun habe ich dir zu wissen getan, was ich über den Menschen gehört habe!' Da erwachte ich aus meinem Traume mit Furcht und Zittern, und bis zu dieser Stunde kennt mein Herz keine Freude mehr, da ich immer in Todesangst bin, der Mensch könnte mich durch seine List zu Falle bringen und mich fangen mit seinen Schlingen. Als es dann Abend ward, erlahmte meine Kraft, und mein Mut ward erschlafft. Da es mich aber nach Speise und Trank verlangte, so ging ich betrübten Sinnes und bedrückten Herzens weiter. Als ich zu jenem Berge dort kam, traf ich beim Eingang einer Höhle einen jungen Löwen von gelber Farbe. Der freute sich sehr, als er mich sah; ihm gefiel mein buntes Farbenkleid und meiner Gestalt Anmutigkeit, und so rief er mich an und sprach: ‚Komm her zu mir!' Als ich zu ihm gekommen war, fragte er mich: ‚Wie heißt du, und zu welchem Stamme gehörst du?' ‚Ich heiße Ente,' erwiderte ich, ‚und ich gehöre zum Stamme der Vögel.' Dann fuhr ich fort: ‚Warum sitzest du zu dieser Zeit an diesem Orte?' Der Löwe antwortete mir: ‚Das tu ich, weil mein Vater, der Löwe, mich vor einigen Tagen vor dem Menschen gewarnt hat. Und gerade in der letzten Nacht habe ich im Traume die Gestalt eines Menschen gesehen.' Nun erzählte mir der junge Löwe das gleiche, was ich dir erzählt habe. Als ich seine Worte vernommen hatte, sprach ich zu ihm: ‚O Löwe, siehe, ich nehme meine Zuflucht zu dir, auf daß du den Menschen tötest und fest bleibst in deinem Entschlusse, ihm den Garaus zu machen. Ich bin ja in furchtbarer Angst vor ihm um mein Leben, und meine Furcht ist noch fürchterlicher geworden, da du dich sogar vor ihm fürchtest, obgleich du der König der wilden Tiere bist.'

Ohne Unterlaß, liebe Schwester, warnte ich den Jungleu vor dem Menschen und legte ihm ans Herz, ihn zu töten, bis er schließlich jählings von seiner Lagerstätte aufsprang, dahinlief, während ich ihm folgte, und den Rücken mit dem Schwanze peitschte. So liefen wir immer weiter, er voran und ich hinterdrein, bis zu einer Wegkreuzung. Da sahen wir, wie eine Staubwolke aufstieg, und als dann der Staub sich weiter emporhob, erschien darunter ein Esel, der ohne Sattel und Zaum entlaufen war; bald sprang er und lief, bald wälzte er sich auf der Erde. Wie der Löwe ihn sah, rief er ihn an. Da kam der Esel demütig herbei, und der Löwe sprach zu ihm: ‚O du dummes Vieh, zu welchem Stamme gehörst du, und warum bist du hierher gelaufen?' Jener antwortete: ‚Königssohn, ich bin vom Stamme der Esel, und ich bin hierher gelaufen, um mich vor dem Menschen zu flüchten.' Da fuhr der junge Löwe fort: ‚Fürchtest du denn, daß der Mensch dich tötet?' ‚Das nicht, o Königssohn,' erwiderte der Esel, ‚aber ich fürchte, daß er mich überlistet und mich reitet. Denn er hat etwas, das nennt er Sattel, und das will er mir auf den Rücken legen; und etwas, das nennt er Gurt, und das schnürt er mir um den Bauch; und etwas, das nennt er Schwanzriemen, und das legt er mir unter den Schwanz; und etwas, das nennt er Zaum, und das legt er mir ins Maul. Auch macht er für mich einen Stachel, mit dem sticht er mich und zwingt er mich, daß ich über meine Kraft laufe. Wenn ich strauchle, verflucht er mich; und wenn ich brülle, schimpft er mich. Und wenn ich dann alt werde und nicht mehr laufen kann, legt er auf mich einen Packsattel aus Holz und überliefert mich den Wasserholern; die laden dann Wasser aus dem Flusse auf meinen Rücken in Schläuchen und ähnlichen Dingen, wie Krügen. So lebe ich immer dahin in Niedrigkeit, Verachtung und Mühsal, bis ich sterbe; dann wirft man mich auf die Schutthaufen zum Fraße für die Hunde. Was kann schlimmer sein als solches Leid? Welches Unglück größer als dies?'

Als ich, o Pfauin, die Worte des Esels gehört hatte, überlief es mich wie eine Gänsehaut beim Gedanken an den Menschen, und ich sprach zu dem jungen Löwen: ,Hoher Herr, der Esel ist wahrlich zu entschuldigen, und seine Worte haben meine Angst noch furchtbarer gemacht.' Der junge Löwe aber fragte den Esel: ,Wohin läufst du denn jetzt?' ,Wisse,' erwiderte der Esel, ,ich erblickte den Menschen vor Sonnenaufgang aus der Ferne, da floh ich eilends vor ihm. Jetzt suche ich die Freiheit; ich will in meiner großen Furcht vor ihm immer weiter davonlaufen, vielleicht finde ich dann eine Stätte, die mir gegen den treulosen Menschen Schutz gewährt.'

Während jener Esel noch mit solchen Worten zu dem Jungleuen sprach, um von uns Abschied zu nehmen und dann weiterzulaufen, da stieg wieder eine Staubwolke vor uns auf. Nun brüllte der Esel und schrie, schaute nach der Richtung der Staubwolke hin und ließ einen lauten Wind streichen. Nach einer Weile aber zerteilte sich die Staubwolke und enthüllte einen Rappen, ein edles Roß, mit einer Blesse wie ein Dirhem groß; lieblich und zart waren die weißen Flecken jenes Rappen auf Stirn und an den Hufen, schön waren seine Beine und sein wieherndes Rufen. Er hörte nicht eher auf zu rennen, als bis er vor dem Welfen, dem Sohne des Löwen, stand. Als der ihn anschaute, bewunderte er seine Größe und sprach zu ihm: ,Von welchem Stamme bist du, du herrliches wildes Tier, und weshalb rennst du so ziellos in der weiten, breiten Steppe hier?' ,O Herr der wilden Tiere,' erwiderte jener, ,ich bin ein Roß, vom Stamme der Pferde; und ich renne so ziellos, weil ich vor dem Menschen fliehe.' Verwundert über diese Worte des Rappen rief der Jungleu: ,Sprich doch nicht solche Worte, denn die sind eine Schmach für dich, da du so groß und stark bist! Wie kannst du dich denn nur vor dem Menschen fürchten, obgleich du einen so starken Leib hast und so schnell läufst? Ich, der ich so klein bin, ich war entschlossen, dem Menschen entgegenzutreten, mich auf ihn zu stürzen und sein Fleisch zu fressen, auf daß ich der Angst dieser armen Ente ein Ende mache und sie in Frieden in ihrer Heimat wohnen lasse! Doch nun, da du hierher gekommen bist, hast du mir durch deine Worte das Herz zerrissen und hast mich von meinem Vorhaben abgebracht; denn dich hat der Mensch trotz deiner Stärke überwältigt, ja, er hat sich vor deiner Größe und Breite nicht gefürchtet, obwohl du ihn mit einem Schlage deines Hufes töten und ihm den Todesbecher zu trinken geben könntest, ohne daß er etwas wider dich vermöchte.' Wie der Rappe diese Worte des jungen Löwen vernahm, lachte er und sprach: ‚Bei weitem, bei weitem kann ich ihn nicht überwinden, o Sohn des Königs! Meine Größe, meine Breite, meine Stärke mögen dich nicht über den Menschen täuschen! In seiner großen Arglist und Tücke macht er mit mir etwas, das nennt er Fußfesseln; und dann legt er an meine vier Beine ein Paar Fesseln aus Palmfaserstricken, die mit Filz umwunden sind, und ferner bindet er mich mit meinem Kopfe an einen hohen Pflock, so daß ich gebunden stehen bleiben muß, ohne daß ich mich hinlegen und schlafen kann. Wenn er auf mir reiten will, so legt er sich eiserne Dinge an seine Füße, die heißen Steigbügel, und auf meinen Rücken legt er etwas, das er Sattel nennt und das er durch zwei Gurte unter meinem Bauche festbindet, und in meinen Mund legt er ein eisernes Ding, das er Gebiß nennt und an dem er ein ledernes Ding befestigt, das Zügel heißt. Reitet er dann auf meinem Rücken im Sattel, so packt er den Zügel mit der Hand und lenkt mich damit und drückt mir die Spitzen der Steigbügel in die Flanken, bis sie bluten. Frage nicht, o Sohn des Sultans, nach alledem, was ich von dem Menschen erdulden muß! Wenn ich alt werde und mein Rücken abmagert und ich nicht mehr rasch laufen kann, so verkauft er mich dem Müller, auf daß er mich die Mühle drehen lasse; dann muß ich immerfort, Tag und Nacht, um die Mühle laufen, bis ich ganz altersschwach bin. Schließlich verkauft er mich an den Schinder, der mich dann schlachtet, mir das Fell abzieht und mir den Schwanz auszieht und beides den Verfertigern der groben und feinen Siebe verkauft, während er selbst mein Fett ausschmilzt.' Als der junge Löwe die Worte des Pferdes gehört hatte, ward er noch zorniger und erregter, und er fragte: ‚Wann hast du den Menschen verlassen?' Das Pferd antwortete: ‚Ich habe ihn um Mittag verlassen, und er folgt meiner Spur.'

Während der Jungleu sich noch in dieser Weise mit dem Rappen unterhielt, da wirbelte plötzlich eine neue Staubwolke auf. Alsbald aber zerteilte sie sich, und aus ihr trat ein wildgewordenes Kamel hervor; das brüllte und schlug mit seinen Hufen auf die Erde und hörte damit erst auf, als es bei uns anlangte. Wie der junge Löwe sah, daß es so groß und stark war, vermeinte er, es sei der Mensch, und er wollte schon gerade darauflos springen, aber da rief ich ihm zu: ‚O Sohn des Sultans, dies ist nicht der Mensch! Dies ist ein Kamel, und es scheint, daß es vor dem Menschen flieht.' Während ich, liebe Schwester, so zu dem jungen Löwen sprach, trat das Kamel vor ihn hin und begrüßte ihn. Jener gab ihm den Gruß zurück und fragte dann: ‚Weshalb kommst du hierher?' Das Kamel erwiderte: ‚Ich komme hierher auf der Flucht vor dem Menschen.' Da hub der Löwe an: ‚Du, bei deiner mächtigen Gestalt und bei deiner Größe und Breite, wie kannst du dich vor dem Menschen fürchten? Du könntest ihm doch mit einem einzigen

Tritt deines Hufes den Garaus machen!' ‚Sohn des Sultans,' antwortete das Kamel, ‚wisse, der Mensch hat Listen, die niemand kennt, und nichts überwindet ihn als der Tod. Er zieht mir einen Strick durch die Nase, den nennt er Nasenring, wirft mir ein Halfter über den Kopf und übergibt mich dem kleinsten seiner Kinder; dann zieht mich das kleine Kind an dem Stricke dahin, trotzdem ich so groß und kräftig bin. Auch legt man mir die schwersten Lasten auf und macht weite Reisen mit mir, und man verwendet mich Tag und Nacht hindurch als schwergeplagtes Arbeitstier. Bin ich aber alt und schwach geworden, oder ist meine Kraft gebrochen, so behält er mich nicht mehr bei sich, sondern verkauft mich an den Schlachter, der mir dann den Hals abschneidet und mein Fell an die Gerber und mein Fleisch an die Garköche verschachert. Drum frage nicht mehr nach dem, was ich von dem Menschen erdulden muß!' Nun fragte der Löwe: ‚Zu welcher Zeit hast du den Menschen verlassen?' Das Kamel erwiderte: ‚Zur Zeit des Sonnenunterganges. Und ich glaube, wenn er nach meiner Flucht kommt und mich nicht findet, so wird er mich eilends suchen. Also laß mich, o Sohn des Sultans, in die Steppen und Wüsten flüchten!' ‚Warte ein wenig, o Kamel,' sagte der Löwe darauf, ‚auf daß du siehst, wie ich ihn zerreiße und dir von seinem Fleisch zu essen gebe, seine Knochen zerbreche und sein Blut trinke!' Doch das Kamel sprach: ‚Sohn des Sultans, ich bin um dich besorgt wegen des Menschen, denn er ist voll Tücke und Verschlagenheit.' Dann fügte es noch das Dichterwort hinzu:

> *Kehrt der Bedrücker ein in eines Volkes Land,*
> *So bleibet den Bewohnern nichts als fortzuziehn.*

Während das Kamel diese Worte zu dem jungen Löwen sprach, stieg wiederum Staub auf. Nach einer Weile verzog er sich, und da erschien ein alter Mann, klein und von hagerer Gestalt, der auf seiner Schulter einen Korb mit Zimmermannsgerät und auf dem Kopfe einen Ast und acht Bretter trug, und der kleine Kinder an der Hand führte. Er trottete seines Weges dahin und blieb erst stehen, als er nahe bei dem Löwen war. Doch wie ich ihn erblickte, liebe Schwester, da fiel ich vor Schrecken um; aber der junge Löwe machte sich auf und ging ihm entgegen, und als er bei ihm war, lächelte der Zimmermann ihn an und sprach zu ihm mit beredter Zunge: ‚O Königliche Majestät, deren Herrschaft in weite Fernen geht, möge Allah dir Glück am heutigen Abend geben und in all deinem Streben, er mehre deine Tapferkeit und stärke dein Leben! Schütze mich vor dem, was mich ereilt hat und mir ein schweres Los zugeteilt hat! Denn ich habe keinen Helfer außer dir.' So stand der Zimmermann vor dem Löwen und weinte, seufzte und klagte. Als aber der Jungleu sein Weinen und Klagen hörte, sprach er zu ihm: ‚Ich will dich schützen gegen das, was du fürchtest. Wer hat dir denn unrecht getan? Und was bist du, o Tier, dessengleichen ich noch nie in meinem Leben gesehen habe, du, der du die schönste Gestalt und die beredteste Zunge hast, die mir je begegnet sind? Was ist's mit dir?' Da antwortete der Zimmermann: ‚O Herr der wilden Tiere, ich selbst bin ein Zimmermann; der aber, der mir unrecht getan hat, das ist der Mensch. Der wird am Morgen, der auf diese Nacht folgt, auch bei dir sein, hier an dieser Stätte!' Als der junge Löwe diese Worte von dem Zimmermann vernahm, ward das helle Tageslicht finster vor seinem Angesicht, und er pfauchte und schnaubte, seine Augen sprühten Funken, und er brüllte laut: ‚Bei Allah, ich will diese Nacht hindurch bis zum Morgen wachen, und ich will nicht eher wieder zu meinem Vater gehn, als bis ich die Erfüllung meines Zieles gesehn!' Zu dem Zimmermann gewandt aber sprach er: ‚Fürwahr, ich sehe, daß deine Schritte kurz sind. Es ist mir aber nicht möglich, dich zu betrüben, da ich großmütig bin; und weil ich nun meine, daß du mit den wilden Tieren nicht Schritt halten kannst, so sage mir, wohin du gehst!' ‚Wisse,' erwiderte der Zimmermann, ‚ich bin auf dem Wege zum Wesir deines Vaters, dem Panther; denn als ihm berichtet wurde, daß der Mensch diese Gegend betreten habe, geriet er in große Furcht um sein Leben, und er schickte eins der wilden Tiere als Boten zu mir, damit ich ihm ein Haus mache, in dem er wohnen und eine Zuflucht finden könne, und das ihn vor seinem Feinde schütze, so daß keines der Menschenkinder ihm zu nahen vermöge. Und als der Bote zu mir kam, nahm ich diese Bretter und machte mich auf den Weg zu ihm.' Bei diesen Worten des Zimmermanns packte den Löwen der Neid gegen den Panther, und er rief: ‚Bei meinem Leben, es geht nicht anders, du mußt mir aus diesen Brettern ein Haus machen, ehe du dem Panther sein Haus machst. Wenn du dann mit der Arbeit für mich fertig bist, so geh zum Panther und mache für ihn, was er haben will!' Wie der Zimmermann den Löwen also sprechen hörte, fuhr er fort: ‚O Herr der wilden Tiere, ich darf jetzt nichts für dich machen; erst wenn ich für den Panther gemacht habe, was er verlangt, dann werde ich kommen, um dir zu Diensten zu sein, und werde dir ein Haus zimmern, das dich vor deinem Feinde beschützt.' Aber der Junglöw rief: ‚Bei Allah, ich lasse dich nicht von dieser Stätte gehen, bis du mir aus diesen Brettern ein Haus machst!' Darauf duckte er sich vor dem Zimmermann, sprang auf ihn zu und wollte mit ihm scherzen; dabei schlug er mit seiner Tatze nach ihm und warf den Korb von seiner Schulter herunter. Ohnmächtig fiel der Zimmermann nieder; da lachte der Löwe über ihn und sprach: ‚Du Zimmermann da, du bist wirklich schwach und hast keine Kraft; darum ist es auch entschuldbar, wenn du dich vor dem Menschen fürchtest.' Wie aber der Zimmermann auf den Rücken gefallen war, ergrimmte er heftig; doch er ließ es den Löwen nicht merken aus Furcht vor ihm, und so erhob er sich wieder, lächelte den Löwen an und sprach zu ihm: ‚Siehe da, ich will dir das Haus machen.' Darauf nahm er die Bretter, die er bei sich hatte, und nagelte das Haus zusammen, und zwar machte er es so groß, daß es gerade für das Maß des Löwen paßte. Die Tür ließ er auf; denn er hatte das Ganze nach Art einer Kiste gemacht, in der er eine weite Öffnung gelassen hatte, und für diese Öffnung machte er einen großen Deckel, durch den er viele Löcher bohrte. Nachdem er dann noch neue Nägel durch die Löcher getrieben hatte, sprach er zu dem Löwen: ‚Geh durch diese Öffnung in das Haus da hinein, damit ich es deiner Größe anpasse!' Erfreut trat der Löwe an jene Öffnung heran, doch er fand, daß sie eng war. Da sagte der Zimmermann zu ihm: ‚Geh nur hinein, aber kauere dich nieder auf deine vier Füße!' Das tat der Löwe; doch als er in der Kiste war, blieb sein Schwanz zuletzt draußen. Nun wollte er wieder rückwärts hinauskriechen; aber der Zimmermann rief: ‚Warte und gedulde dich, bis ich sehe, ob nicht auch dein Schwanz noch bei dir Platz hat!' Der junge Löwe gehorchte der Weisung; darauf rollte der Zimmermann den Löwenschwanz auf, stopfte ihn in die Kiste, und eilends legte er den Deckel über die Öffnung und nagelte ihn fest. Da schrie der Junglou: ‚Zimmermann, was ist das für ein enges Haus, das du für mich gemacht hast? Laß mich wieder hinaus!' Aber der Zimmermann rief: ‚Das sei ferne, ferne gar sehr! Wenn etwas geschehen ist, nützt Reue nichts mehr. Du wirst aus dieser Kiste nicht wieder herauskommen.' Dann lachte er auf und fuhr fort: ‚Fürwahr, du bist in den Käfig gegangen! Du kommst nie wieder heraus aus dem engen Haus, du gemeinstes aller wilden Tiere!' ‚Lieber Bruder,' erwiderte jener, ‚was sind das für Worte, die du an mich richtest?' Doch der Zimmermann fuhr fort: ‚Wisse, du Hund der Wüste, du bist dem Schicksal verfallen, das du fürchtetest. Das Unheil ist über dich gekommen, und Vorsicht wird dir nicht mehr frommen.' Als der junge Löwe seine Worte vernahm, da wußte er, o meine Schwester, daß jener der Mensch war, vor dem ihn sein Vater im Wachen und die geheimnisvolle Stimme im Traume gewarnt hatte; und auch ich war gewiß, daß er es war – das stand fest, und daran war kein Zweifel. Nun war ich um seinetwillen sehr um mein Leben besorgt; ich entfernte mich ein wenig von ihm und begann zu beobachten, was er mit dem jungen Löwen tun würde. Da sah ich, liebe Schwester, wie der Mensch eine Grube grub, dort an jener Stätte, dicht bei der Kiste, darin der Jungleu war; die warf er dann in die Grube, legte Brennholz darüber und verbrannte alles im Feuer. Ach, meine Schwester, da wurde meine Furcht gewaltig groß, und jetzt fliehe ich in meiner Angst schon seit zwei Tagen vor dem Menschen.'

Als aber die Pfauenhenne diese Worte von der Ente vernommen hatte, – –«

Da bemerkte Schehrezâd, daß der Morgen begann, und sie hielt in der verstatteten Rede an. Doch als die *Hundertundsiebenundvierzigste Nacht* anbrach, fuhr sie also fort: »Es ist mir berichtet worden, o glücklicher König, daß die Pfauenhenne, als sie diese Worte von der Ente vernahm, sich über die Maßen verwunderte und sprach: ‚Schwester, hier bist du sicher vor dem Menschen; denn wir leben auf einer Insel des Meeres, zu der es für den Menschen keinen Weg gibt. So wähle denn deinen Wohnsitz bei uns, bis Allah dein und unser Schicksal erleichtert!' Doch die Ente erwiderte: ‚Wahrlich, ich fürchte, daß mich ein Unglück ereilt zu nächtlicher Zeit – ach, vom

Schicksal wird niemand, wenn er auch flüchtet, befreit!', ‚Bleib nur bei uns,' bat die Pfauenhenne, ‚und sei wie wir!' Und sie ließ nicht eher von ihr ab, als bis sie wirklich blieb. Da sagte die Ente: ‚Liebe Schwester, du weißt ja, wie wenig Ausdauer ich habe; hätte ich dich nicht hier getroffen, ich wäre nicht geblieben.' Die Pfauenhenne aber sagte: ‚Wenn uns etwas auf der Stirn geschrieben steht, so muß es sich an uns erfüllen. Und wenn unser letztes Stündlein naht, wer will uns dann retten? Doch keine Seele stirbt, bevor sich ihr Maß an Glück und Lebenszeit erfüllet!'

Während die beiden in dies Gespräch vertieft waren, da stieg wiederum vor ihnen eine Staubwolke auf. Bei diesem Anblick schrie die Ente laut auf, lief zum Meere hinab und rief: ‚Seid auf der Hut, seid auf der Hut –, auch wenn es kein Entrinnen gibt vor dem, was dem Geschicke beliebt!' Nach einer Weile aber tat die Staubwolke sich auf, und es trat eine Antilope aus ihr hervor. Da beruhigten die Ente und die Pfauenhenne sich, und die Pfauin sprach zu der Ente: ‚Liebe Schwester, das, was du sahst und vor dem du warntest, ist ja eine Antilope; sieh, dort kommt sie auf uns zu, und von ihr droht uns nichts Böses. Denn sie frißt nur von den Gräsern, die auf der Erde wachsen, und wie du zum Stamme der Vögel gehörst, so gehört sie zum Stamme der Tiere des Feldes. Drum beruhige dich und sei unbesorgt; denn die Sorge verzehrt den Leib!' Noch hatte die Pfauin ihre Worte nicht beendet, da kam die Antilope schon bei ihnen an, um sich im Schatten des Baumes auszuruhen. Als sie aber die Pfauenhenne und die Ente sah, begrüßte sie die beiden und sprach zu ihnen: ‚Seht, ich bin erst heute zu dieser Insel gekommen, und noch nie habe ich eine Gegend gesehen, die reicher an Graswuchs oder schöner zu bewohnen wäre.' Darauf bat sie die beiden, mit ihr gut Freund zu werden. Als die Ente und die Pfauin ihre Freundlichkeit gegen sie sahen, traten sie beide an sie heran und begannen zu wünschen, mit ihr befreundet zu werden. Nun schworen sie alle einander treue Freundschaft; und hinfort brachten sie die Nächte an derselben Stätte zu, und sie aßen und tranken gemeinsam. Und immerdar aßen und tranken sie in Sicherheit, bis eines Tages ein Schiff dort vorbeikam, das auf dem Meere seinen Kurs verloren hatte. Es ging nahe bei ihnen vor Anker, die Mannschaft ging an Land und zerstreute sich auf der Insel. Bald erblickten jene Leute die Antilope, die Pfauenhenne und die Ente beieinander und gingen auf sie zu. Als die Pfauenhenne sie sah, flog sie auf den Baum hinauf und dann durch die Luft davon; die Antilope flüchtete in die Steppe, nur die Ente blieb wie gelähmt stehen. Da jagten die Leute sie, bis sie sie gefangen hatten; sie aber rief: ‚Die Vorsicht hat mir nichts gefrommt gegen das Verhängnis, das vom Schicksal kommt.' Dann gingen sie mit ihr zu ihrem Schiffe zurück. Als die Pfauenhenne sah, was der Ente widerfahren war, wollte sie die Insel verlassen; denn sie sagte sich: ‚Ich sehe, das Unheil lauert doch auf jeden einzelnen. Wäre dies Schiff nicht gewesen, so wäre die Trennung nicht zwischen mich und diese Ente getreten; ach, sie war ja die treueste Freundin!' Dann flog sie davon und traf wieder mit der Antilope zusammen; jene begrüßte sie, wünschte ihr Glück zur Errettung und fragte sie nach der Ente. Da gab sie zur Antwort: ‚Der Feind hat sie ergriffen; jetzt mag ich nicht mehr auf dieser Insel bleiben, seit sie dahin ist.' Dann weinte sie über ihre Trennung von der Ente und sprach den Vers:

> *Fürwahr, der Trennungstag hat mir das Herz zerrissen.*
> *Zerreiße Allah nun das Herz dem Trennungstage!*

Darauf sprach sie noch diesen Vers:

> *Ich wünsch, das Wiedersehn mög eines Tages kommen;*
> *Dann will ich ihm erzählen, was die Trennung tat.*

Die Antilope ward nun tiefbetrübt; doch sie erreichte es durch ihre Bitten, daß die Pfauenhenne ihren Entschluß, fortzuziehen, aufgab und bei ihr blieb. Beide aßen und tranken darauf wieder in Sicherheit; doch trauerten sie immerdar um die Trennung von der Ente. Einst sprach die Antilope zur Pfauin: ‚Liebe Schwester, du weißt ja, die Leute, die zu uns aus dem Schiffe kamen, die haben unsere Trennung von der Ente und ihren Tod verursacht. Sei also stets auf der Hut vor ihnen, und nimm dich in acht vor der Arglist und der Tücke der Menschenkinder!' Doch die Pfauenhenne sprach: ‚Ich weiß bestimmt, daß sie nur deshalb umkam, weil sie es unterließ, Gott zu preisen. Ich habe ihr doch gesagt: Sieh, ich bin um dich besorgt, weil du Gott nicht preisest; denn jedes Geschöpf Allahs preist Ihn, und das Unterlassen des Lobpreises wird mit dem Tode bestraft.' Als die Antilope die Worte der Pfauenhenne vernommen hatte, rief sie aus: ‚Allah lasse deine Gestalt immerdar schön sein!' Dann begann sie Gott zu preisen und ließ keine Stunde mehr davon ab. Es wird aber gesagt, daß die Antilope bei ihrem Lobpreise ruft: ‚Preis sei Ihm, der da straft und belohnt, der in Macht und in Herrlichkeit thront!'

Es wird auch überliefert

DIE GESCHICHTE VON DEM EINSIEDLER UND DEN TAUBEN

Es war einmal ein Knecht Gottes; der pflegte Gott auf einem Berge zu dienen. Und auf jenem Berge hatte auch ein Taubenpaar sein Nest. Jener Einsiedler aber hatte sein täglich Brot in zwei Teile geteilt. – –«

Da bemerkte Schehrezâd, daß der Morgen begann, und sie hielt in der verstatteten Rede an. Doch als die *Hundertundacht-*

undvierzigste Nacht anbrach, fuhr sie also fort: »Es ist mir berichtet worden, o glücklicher König, daß der Einsiedler sein täglich Brot in zwei Teile geteilt hatte; die eine Hälfte davon hatte er für sich, die andere Hälfte für jenes Taubenpaar bestimmt. Auch betete er für die beiden um zahlreiche Nachkommenschaft; und so mehrten sich denn die Tauben und nisteten immer bei dem Berge, auf dem der Einsiedler wohnte. Der Grund aber, weshalb die Tauben sich zu dem Gottesmanne gesellten, war ihr Eifer im Lobpreise Gottes. Und es wird gesagt, daß die Tauben bei ihrem Lobpreise rufen: ,Preis sei Ihm, der die Geschöpfe erschaffen, der die Nahrung verteilt, der den Himmel aufgebaut und die Erde hingebreitet hat!' Jenes Taubenpaar führte mit seinen Nachkommen immerdar ein sorgenloses Leben, bis der Einsiedler starb; da ward das traute Beisammensein der Tauben gestört, und sie zerstreuten sich in die Städte und Dörfer und Berge.

Und weiter wird berichtet

DIE GESCHICHTE VON DEM FROMMEN HIRTEN

Einst lebte auf einem Berge ein Hirte; der war ein frommer, verständiger und keuscher Mann. Er hatte Herden von Schafen und Ziegen, die er hütete und durch deren Milch und Wolle er seinen Unterhalt gewann. Jener Berg aber, auf dem der Hirte zu Hause war, hatte viele Bäume, Weideplätze und Raubtiere; doch jene wilden Tiere konnten weder dem Hirten noch seinen Herden etwas zuleide tun. So lebte er denn immerdar in Sicherheit auf seinem Berge, und die Dinge dieser Welt kümmerten ihn nicht, da er glückselig war und sich seinem Gebete und seinem Gottesdienste widmete. Nun fügte es Allah, daß er in eine heftige Krankheit verfiel; da zog der Gottesmann sich in die Höhle des Berges zurück, die Herden aber gingen bei Tage allein auf ihre Weide und kehrten am Abend zu der Höhle heim. Und weiter wollte Allah der Erhabene den Hirten prüfen und seinen Gehorsam und seine Standhaftigkeit auf die Probe stellen; darum schickte er einen Engel zu ihm. Der Engel trat in der Gestalt einer schönen Frau zu ihm ein und setzte sich vor ihm nieder. Als nun der Hirte diese Frau bei sich sitzen sah, erschauerte er vor ihr am ganzen Leibe und rief ihr zu: ‚O du Weib, was ist's, das dich getrieben hat, hierher zu kommen? Ich habe doch kein Verlangen nach dir, und zwischen mir und dir ist nichts, das dich nötigt, bei mir einzutreten!' Da gab sie ihm zur Antwort: ‚O du Mann, siehst du nicht meine Schönheit und Anmut, spürst du nicht meinen süßen Duft? Weißt du nicht, daß die Frauen der Männer bedürfen, gleichwie die Männer der Frauen? Was ist es denn, das dich von mir zurückhält? Ich habe es mir doch gewünscht, dir nahe zu sein; ich habe die Gemeinschaft mit dir ersehnt, und ich bin zu dir gekommen, dir zu gehorchen und mich dir nicht zu versagen! Es ist ja auch niemand bei uns, den wir zu fürchten brauchten; so will ich denn bei dir bleiben, solange du auf diesem Berge verweilst, und dir eine traute Gefährtin sein. Ich selbst biete mich dir an, weil du der weiblichen Dienste bedarfst; und wenn du mir beiwohnst, so wird deine Krankheit von dir weichen, deine Gesundheit wird wieder zu dir zurückkehren, und du wirst es bereuen, daß dir bisher in deinem Leben so viel vom Verkehr mit den Frauen entgangen ist. Fürwahr, ich gebe dir einen guten Rat; nimm ihn an und nahe dich mir!' ‚Hebe dich hinweg von mir,' sprach der Hirte, ‚o du tückisches, trügerisches Weib; ich traue dir nicht, und ich will dir nicht nahen! Ich trage kein Verlangen nach deiner Nähe und deinem Umgang; denn wer dich begehrt, entsagt dem Jenseits, doch wer das Jenseits begehrt, entsagt dir; ja, du hast die Männer zu allen Zeiten verführt. Allah der Erhabene ist gegenüber seinen Dienern auf der Wacht[1], und wehe dem, der durch den Umgang mit dir sich hat betören lassen!' Doch sie fuhr fort: ‚O du, der du abseits vom Wahren stehst und fern vom rechten Wege in die Irre gehst, wende dein Antlitz mir zu, sieh meine Reize an und nutze die Gelegenheit, daß ich dir nahe bin, wie es die Weisen vor dir getan haben. Die hatten doch mehr Erfahrung und ein richtigeres Urteil als du, und trotzdem verschmähten sie es nicht, sich der Frauen zu erfreuen, sondern sie begehrten Liebesgenuß und Nähe der Frauen, anders als du, der du dem allem entsagt hast; dennoch schadete es ihnen weder in geistlichen noch in weltlichen Dingen. Also laß ab von deinem Bestreben, und du wirst einen schönen Ausgang erleben!' Aber der Hirte erwiderte: ‚Alles, was du sagst, verdamme und verabscheue ich; alles, was du mir bietest, verschmähe ich; denn du bist tückisch und falsch, bei dir ist weder Treu noch Glauben. Wieviel Häßliches birgst du unter deiner Schönheit! Wie viele Fromme hast du schon verführt, so daß ihr Ende Reue und Elend war! Drum hebe dich weg von mir, du, die du dich schmückst, um andere zu verderben!' Damit warf er seinen Mantel über sein Gesicht, um ihr Antlitz nicht zu sehen, und begann den Namen des Herrn anzurufen. Als nun der Engel seinen trefflichen Gehorsam gegen Gott erkannte, ging er von ihm fort und stieg zum Himmel empor.

Nun befand sich nicht weit von dem Hirten ein Dorf, darin ein Gottesmann lebte, der die Stätte des Hirten nicht kannte; der vernahm einmal im Traum, wie eine Stimme zu ihm sagte: ‚In deiner Nähe, an der und der Stätte lebt ein frommer Mann; geh zu ihm und gehorche seinem Befehle!' Als es Morgen

1. Vgl. Koran, Sure 89, Vers 13.

ward, machte er sich auf den Weg zu ihm; wie dann die Hitze des Tages ihn bedrückte, kam er zu einem Baume, bei dem sich ein Quell sprudelnden Wassers befand. Dort machte er Rast und setzte sich in den Schatten jenes Baumes; da erblickte er, wie die wilden Tiere und die Vögel zu dem Quell kamen, um aus ihm zu trinken. Doch als sie den Gottesmann dort sitzen sahen, erschraken sie vor ihm, kehrten um und liefen davon. Der Fromme aber sprach: ‚Es gibt keine Macht und es gibt keine Majestät außer bei Allah! Ich ruhe hier nur zum Schaden für diese Tiere und Vögel.' Dann erhob er sich, indem er sich selbst Vorwürfe machte, und sprach: ‚Fürwahr, es war ein Schaden für diese Lebewesen, daß ich heute an dieser Stätte saß. Wie kann ich dereinst bestehen vor meinem Schöpfer, der auch diese Vögel und Tiere geschaffen hat? Denn ich war doch die Ursache, weshalb sie von ihrer Tränke und von ihrem täglichen Brote und ihrer Weide fortliefen. Wehe, wie werde ich beschämt dastehen vor meinem Herrn am Tage, an dem er die ungehörnten Schafe an den gehörnten rächen wird!'[1] Dann weinte er und sprach diese Verse:

> *Fürwahr, so ist es, bei Allah, wenn die Menschen wüßten,*
> *Warum sie geschaffen, sie würden nicht sorglos sein und schlafen!*
> *Erst kommt der Tod, und dann die Erweckung, dann der Gerichtstag*
> *Mit seinem Tadel und mit den furchtbaren Schrecken der Strafen.*
> *Wir sind, wenn wir Verbote oder Gebote machen,*
> *Gleichwie die Höhlengefährten*[2] *– wir schlafen und wir wachen.*

Darauf weinte er wieder, weil er unter dem Baume bei dem Quell gesessen und die Tiere und Vögel von ihrer Tränke vertrieben hatte; und er wandte sich ab und ging eilends davon, bis er zu dem Hirten kam. Zu ihm trat er ein und begrüßte ihn;

1. Vgl. Matthäus 25, 32 und 33.
2. Die Siebenschläfer; vgl. Koran, Sure 18.

der gab ihm den Gruß zurück, umarmte ihn und sprach unter Tränen: ‚Was hat dich zu dieser Stätte geführt, an der noch kein Mensch bei mir eingetreten ist?‘ Der Gottesmann erwiderte: ‚Ich schaute im Traume jemanden, der mir deine Stätte beschrieb und mir gebot, zu dir zu gehen und dich zu begrüßen; so bin ich denn zu dir gekommen, gehorsam dem Befehle, der mir zuteil ward.‘ Da küßte der Hirte ihn, und seine Seele freute sich über die Vereinigung mit ihm, und beide blieben auf dem Berge zusammen, indem sie Allah in jener Höhle dienten. Schön war ihrer beider Gottesdienst, und sie widmeten sich dort immerdar dem Dienste ihres Herrn, indem sie sich von dem Fleische und der Milch ihrer Herden nährten und weder Reichtum noch Kinder begehrten, bis die letzte Gewißheit zu ihnen kam. Und dies ist das Ende ihrer Geschichte.«

* * *

Da sprach der König: »O Schehrezâd, du hast mich nun schon gelehrt, meine Königsherrschaft für eitlen Tand zu erachten und die Hinrichtung so vieler Frauen und Mädchen zu bereuen! Sag, weißt du noch eine Geschichte von den Vögeln?« »Jawohl!« erwiderte sie und begann

DIE GESCHICHTE VOM WASSERVOGEL
UND DER SCHILDKRÖTE

Man erzählt, o König, daß einst ein Vogel hoch gen Himmel flog und sich dann auf einem Felsen mitten im Wasser niederließ; das war aber ein fließendes Gewässer. Und wie er dort so saß, erblickte er den Leichnam eines Menschen, den die Strömung dahintrieb und auf jenen Felsen warf; der war angeschwollen und aufgetrieben. Nun lief der Vogel an die Leiche heran, betrachtete sie genauer und sah, daß es ein menschlicher Leichnam war, an dem sich Spuren von Schwerthieben und Lanzenstichen befanden. Da sprach der Wasservogel bei sich selber: ‚Ich glaube, dieser Erschlagene war ein Missetäter; da hat sich wohl eine Schar von Leuten gegen ihn zusammengetan und ihn getötet, so daß sie nun vor ihm und seiner Schlechtigkeit Ruhe haben.' Verwundert und staunend blieb er dort. Aber da flogen plötzlich Geier und Adler rings von allen Seiten auf jene Leiche zu. Als der Wasservogel das sah, erschrak er heftig und sagte sich: ‚An dieser Stätte kann ich nicht länger bleiben.' Dann flog er davon, um sich eine Stätte zu suchen, an der er bleiben wollte, bis die Leiche aufgefressen wäre und die Raubvögel sie verlassen hätten. Und so flog er weiter, bis er einen Fluß fand, in dessen Mitte ein Baum wuchs. Auf dem ließ er sich nieder, tief bekümmert und betrübt, daß er seine Heimat verlassen hatte, und er sprach zu sich selber: ‚Die Trauer verfolgt mich doch immer! Da saß ich nun so ruhig, als ich jene Leiche sah, und freute mich schon so sehr darüber, weil ich mir sagte, das wäre Nahrung, die Gott mir gesandt hätte; aber nun ward meine Freude zu Leid, und zu Kummer und Gram meine Fröhlichkeit. Denn die Raubvögel haben mir die Nahrung genommen und weggefressen und mir so meine Beute fortgeschnappt. Wie darf ich nun noch hoffen, daß ich in dieser Welt vor Trübsal sicher sein werde und mich auf sie verlassen kann? Es heißt ja im Sprichwort: Die Welt ist die Stätte dessen, der keine Stätte besitzt, und nur der läßt sich von ihr betören, der keinen Verstand besitzt. Ja, der vertraut ihr sein Hab und Gut, seine Kinder, sein Volk und seinen Stamm an. Wer von ihr betört ist, der verläßt sich immerdar auf sie und lebt in seinem Wahne auf der Erde dahin, bis er unter ihr liegt, und bis die den Staub auf ihn streuen, die ihm unter den

Menschen die liebsten und nächsten waren. Aber dem echten Manne steht nichts besser an als auszuharren in den Sorgen und Trübsalen der Welt. So habe ich denn auch meine Stätte und mein Heimatland verlassen, wiewohl es mir schwer fiel, von meinen Brüdern zu scheiden und Freunde und Gefährten zu meiden.'

Während er in seine Gedanken vertieft war, da kam ein Schildkrötenmännchen im Wasser herangeschwommen, nahte sich dem Wasservogel, begrüßte ihn und sprach: ‚Mein Herr, was ist's, das dich in die Verbannung getrieben und weit von deiner Stätte fortgeführt hat?' Jener gab zur Antwort: ‚Die Feinde haben sich dort niedergelassen; und der Weise kann die Nähe seines Feindes nicht ertragen. Wie trefflich lautet doch das Dichterwort:

> *Kehrt der Bedrücker ein in eines Volkes Land,*
> *So bleibet den Bewohnern nichts als fortzuziehn!'*

Da sprach die Schildkröte: ‚Wenn es so ist, wie du sagst, und die Lage sich so verhält, wie du sie schilderst, so will ich immerdar bei dir bleiben und mich nicht mehr von dir trennen, auf daß ich dir deine Wünsche erfülle und mich deinem Dienste widme. Denn es heißt, daß niemand sich verlassener fühlt als der Fremdling, der von seinem Volke und seiner Heimat getrennt ist; und ferner heißt es, daß der Trennung von den Guten kein einziges anderes Unglück gleich zu achten ist. Aber der beste Trost für den Verständigen ist in der Fremde die Geselligkeit und bei Unglück und Kummer die Beharrlichkeit. Und so hoffe ich denn, daß du es mir danken wirst, wenn ich dir Gesellschaft leiste; denn ich will dir ein Diener und Helfer sein.' Als der Wasservogel die Worte der Schildkröte vernommen hatte, sprach er zu ihr: ‚Fürwahr, du hast recht mit deinen Worten! Denn, bei meinem Leben, ich leide immer Schmerz und Kummer, seit ich meiner Stätte fern bin, seit ich von meinen Brüdern geschieden und meine Freunde gemieden. In der Trennung liegt auch eine Lehre für die, so sich lenken lassen, und sie gibt denen zu denken, so Gedanken erfassen. Und wenn der echte Mann keinen Freund findet, der ihn tröstet, so bleibt das Glück ihm fern in alle Ewigkeit, und er ist auf immer dem Unglück geweiht. Ja, der Verständige sucht nur bei dem treuen Gefährten Trost gegen die Sorgen in allen Lebenslagen, und er wappnet sich mit Geduld und Ausdauer; denn das sind zwei hochgepriesene Eigenschaften, sie schützen gegen das Unglück und die Wechselfälle der Zeit, und in allen Dingen vertreiben sie Angst und Leid.' ,Leid sei dir fern!' erwiderte die Schildkröte, ,denn es macht dir dein Leben zur Qual, und es raubt dir die Mannhaftigkeit.' So sprachen sie noch immer weiter miteinander, bis schließlich der Wasservogel zur Schildkröte sprach: ,Ich werde doch immer in Furcht leben vor den Wechselfällen der Zeit und vor des Schicksals Unbeständigkeit!' Wie die Schildkröte diese Worte des Wasservogels hörte, kroch sie an ihn heran, küßte ihn auf die Stirn und sprach zu ihm: ,Immerdar war das Volk der Vögel durch dich gesegnet und ließ sich durch deinen Rat zum Guten belehren; wie könntest du dich da mit Gram und Kummer beschweren?' So fuhr sie fort das Herz des Wasservogels zu beruhigen, bis er seinen Frieden wiedergefunden hatte.

Darauf flog der Wasservogel wieder zu der Stätte, an der die Leiche angetrieben war; und als er dort ankam, sah er nichts mehr von den Raubvögeln, und von jenem Leichnam entdeckte er nur noch die Knochen. Da kehrte er zurück und berichtete der Schildkröte, daß die Feinde seine Wohnstätte verlassen hätten; und er fügte hinzu: ,Wisse, ich möchte doch zu meiner alten Wohnstätte zurückkehren, um die Gesellschaft meiner Freunde nicht mehr zu entbehren. Fürwahr, der Verständige erträgt es nicht, seiner Heimat fern zu sein.' Nun begaben sich die beiden an jenen Ort; und ihnen widerfuhr nichts von dem, was sie befürchtet hatten. Da sprach der Wasservogel die Verse:

> *Wie manches Unglück gibt es, gegen das dem Manne*
> *Die Kraft versagt, und wo bei Gott die Hilfe steht!*
> *Schwer war's –, wie seine Maschen sich immer enger schlossen,*
> *Kam Rettung. Ach, ich glaubte, die Rettung sei zu spät!*

Darauf lebten die beiden zusammen auf jener Insel. Doch während der Wasservogel in Freuden und in Sicherheit lebte, sandte plötzlich das Geschick einen hungrigen Falken gegen ihn. Der schlug ihm seine Krallen in den Leib und tötete ihn. Und so hatte ihm auch die Vorsicht nicht mehr genützt, als seine Zeit erfüllet war. Der Grund aber, weshalb er getötet wurde, war der, daß er es versäumte, Gott zu preisen. Es heißt, daß sein Lobpreis also lautet: ,Preis sei unserem Herrn, dieweil Er bestimmt und lenkt! Preis sei unserem Herrn, die weil Er Reichtum und Armut schenkt!' Dies ist es, was mit dem Wasservogel und den Raubvögeln geschah.«

* * *

Da sprach der König: »O Schehrezâd, du hast mir durch deine Erzählung noch mehr Ermahnungen und Lehren zuteil werden lassen. Weißt du auch etwas von den Geschichten über die Tiere des Feldes?« »Jawohl!« erwiderte sie, und sie begann

DIE GESCHICHTE VOM WOLF
UND VOM FUCHS

Wisse, o König, einst lebten ein Fuchs und ein Wolf in derselben Höhle; dort hausten sie miteinander und dort schliefen sie des Nachts, aber der Wolf behandelte den Fuchs grausam. Eine ganze Weile lebten sie so dahin; aber da geschah es doch einmal, daß der Fuchs den Wolf ermahnte, milde zu sein und von dem bösen Tun abzulassen, indem er sprach: ,Wisse, wenn du in deiner Anmaßung beharrst, so ist es leicht möglich, daß Allah dem Menschen über dich Macht verleiht. Denn der ist voller Listen, Schlauheit und Falschheit; er fängt die Vögel aus der Luft und die Fische aus dem Meere, er zerbricht die Berge und versetzt sie von einem Orte zu dem andern, und all das kommt von seinen Listen und von seiner Schlauheit. Drum übe du Milde und Billigkeit, und laß ab von Bosheit und Ungerechtigkeit! Das ist besser für dein Leben!' Doch der Wolf kümmerte sich nicht um seine Worte, sondern gab ihm eine harte Antwort, indem er sprach: ,Wie kommst du dazu, über große und wichtige Dinge zu reden?' Dann gab er dem Fuchs einen Schlag auf die Backe, daß er bewußtlos niederfiel. Als dieser dann wieder zu sich kam, lächelte er dem Wolfe freundlich zu und trat an ihn heran, indem er ihn mit diesen beiden Versen wegen der unziemlichen Worte um Verzeihung zu bitten begann:

> *Hab ich denn eine Sünde früher einmal begangen*
> *Aus Liebe zu dir, und hab ich getan denn, was nicht frommt,*
> *So reut mich mein Vergehen, und möge deine Verzeihung*
> *Den Sünder umfassen, wenn er Vergebung erbittend kommt.*

Da nahm der Wolf seine Abbitte an und hörte auf, ihn zu mißhandeln; doch er sprach zu ihm: ,Rede nicht von dem, was dich nichts angeht; sonst mußt du hören, was dir widersteht!' – – «

Da bemerkte Schehrezâd, daß der Morgen begann, und sie hielt in der verstatteten Rede an. Doch als die *Hundertundneunundvierzigste Nacht* anbrach, fuhr sie also fort: »Es ist mir berichtet worden, o glücklicher König, daß der Wolf zum Fuchse sagte: ‚Rede nicht von dem, was dich nichts angeht; sonst mußt du hören, was dir widersteht!' ‚Ich höre und gehorche!' antwortete der Fuchs, ‚hinfort will ich unterlassen, was dir mißfällt. Denn der Weise spricht: ‚Rede nicht von dem, wonach du nicht gefragt bist; antworte nicht, wenn du nicht aufgefordert bist; laß ab von dem, was dich nichts angeht, und kümmere dich nur um das, was dich angeht; verschwende guten Rat nicht an die Bösen, denn sie werden dir mit Bösem vergelten!'

Als der Fuchs nun die Worte, die ihm der Wolf zur Antwort gab, gehört hatte, lächelte er ihm wieder freundlich zu; aber in seinem Herzen sann er auf eine List wider ihn und sprach bei sich: ‚Wahrlich, ich muß mir Mühe geben und bewirken, daß dieser Wolf ins Verderben stürzt.' So trug er geduldig weitere Mißhandlungen vom Wolfe, indem er bei sich sprach: ‚Hochmut und arge Reden führen zum Tod und stürzen in Not. Ja, es heißt: Übermut tut selten gut; wer töricht ist, bereut, doch wer vorsichtig ist, wird vom Unheil befreit. Gerechtigkeit ist der Edelen Kleid; und vornehmer Sinn ist der edelste Gewinn. Ich will mich nun vor diesem Tyrannen verstellen; dann muß er sicherlich zu Falle kommen.' Darauf sprach der Fuchs zum Wolfe: ‚Siehe, der Herr verzeiht seinem Diener, der da fehlt, und vergibt seinem Knechte, wenn er Sünden begangen hat. Ich bin nur ein armer Knecht; und daß ich dir Rat erteilte, war von mir nicht recht. Wüßtest du, welcher Schmerz mich durch deinen Schlag getroffen hat, so wüßtest du auch, daß selbst ein Elefant ihn nicht ertragen und aushalten könnte. Doch ich beklage mich nicht über den Schmerz dieses Schlages um der Freude willen, die mir durch ihn widerfahren ist; denn wenn er für mich auch etwas gewaltig Schweres war, so ist sein Ergebnis doch Freude. Der Weise spricht: ‚Der Schlag des Erziehers schmerzt anfangs sehr, aber zuletzt ist er süßer als geklärter Honig.' Der Wolf aber sagte: ‚Ich habe dir deine Schuld vergeben und deinen Fehltritt verziehen. Nun nimm dich vor meiner Stärke in acht und bekenne dich als meinen Knecht; du hast erfahren, wie streng ich bin gegen den, der sich mir feindlich zeigt.' Da warf sich der Fuchs in Verehrung vor ihm nieder und sprach zu ihm: ‚Allah gebe dir ein langes Leben! Mögest du immerdar deine Feinde überwinden!' Und so fuhr der Fuchs fort, in seiner Furcht vor dem Wolfe ihn heuchlerisch zu umschmeicheln.

Eines Tages nun kam der Fuchs zu einem Weinberge und sah dort in der Mauer ein Loch. Mißtrauisch sprach er zu sich selber: ‚Dies Loch hat sicher einen besonderen Grund. Heißt es doch im Sprichwort: Wer eine Grube in der Erde sieht und nicht zur Seite geht und nicht vorsichtig an sie herantritt, der täuscht sich selbst und setzt sich dem Verderben aus. Es ist ja bekannt, daß einige Menschen das Abbild eines Fuchses im Weinberge aufstellen, ja, sogar Weintrauben auf Tellern vor ihn hinsetzen, auf daß ein Fuchs es sehe, herankomme und ins Verderben renne. Fürwahr, ich sehe dies Loch als eine Falle an. Im Sprichworte heißt es: Vorsicht ist die Hälfte der Klugheit. Aus Vorsicht also muß ich dies Loch einmal erst genauer untersuchen, um zu sehen, ob ich bei ihm eine Falle finde, die zum Verderben führt. Die Gier soll mich nicht dazu verleiten, daß ich mich selbst in das Unheil stürze.' Dann ging er näher an das Loch heran, schlich vorsichtig drum herum und schaute es genau an; und siehe da, es war eine tiefe Grube, die der Herr des Weinbergs gegraben hatte, um die Tiere darin zu fangen, die ihm die Reben verdarben. Da sprach der Fuchs zu sich selber: ‚Nun bist du ans Ziel gekommen, das du dir vorgenommen!' Weiter erblickte er auf ihr eine dünne, feine Decke, und dann trat er zurück mit den Worten: ‚Preis sei Allah, daß ich mich vor ihr in acht genommen habe! Aber ich hoffe, daß mein Feind, der Wolf, der mein Leben so elend gemacht hat, in sie hineinfällt; dann steht mir der Weinberg frei und gehört mir allein, und ich kann in Sicherheit dort leben.' Darauf schüttelte er den Kopf, lachte laut und sang:

> *Säh ich doch zu dieser Stunde*
> *Einen Wolf da in der Falle!*
> *Lang hat er mein Herz verbittert,*
> *Grausam mich getränkt mit Galle.*
> *Blieb ich doch hinfort am Leben!*
> *Stürbe doch der Wolf noch heute!*
> *Dann ist frei von ihm der Weinberg,*
> *Und ich hab drin meine Beute!*

Darauf lief er eiligst zurück, bis er wieder zum Wolf kam, und dem rief er zu: ‚Fürwahr, Allah hat dir den Weg zu dem Weinberge leicht und mühelos gemacht. Das ist ein Zeichen deines Glücks. Wohl bekomme dir jene leichte Beute und das reichliche Futter, das Allah dir erschlossen und ohne Anstrengung zugänglich gemacht hat!' Der Wolf aber fragte: ‚Was führt dich zu deiner Behauptung?' ‚Wisse,' erwiderte der Fuchs, ‚ich kam zu dem Weinberge, und da fand ich, daß sein Herr tot ist; ein Wolf hat ihn zerrissen. So ging ich in den Garten hinein und sah an den Reben herrliche Früchte schweben!' Der Wolf zweifelte nicht an den Worten des Fuchses, die Gier packte ihn, und er machte sich auf, bis er zu dem Loche kam, ganz betört von seiner Lüsternheit. Der Fuchs aber blieb stehen, warf sich zu Boden, so daß er wie ein Toter dalag, und sprach diesen Vers:

> *Begehrst du von der jungen Maid ein Stelldichein?*
> *Wohlan, die Lüste lasten auf der Männer Nacken!*

Wie nun der Wolf dicht vor dem Loche stand, rief der Fuchs ihm zu: ,Geh hinein in den Weinberg! Dir ist sogar die Mühe erspart, hinüberzuklettern, oder in die Gartenmauer ein Loch zu graben; nun steht bei Allah die Vollendung der guten Gaben!' So ging der Wolf einige Schritte weiter, um in den Weinberg einzudringen; aber als er mitten auf der Decke war, die über dem Loche lag, fiel er hinein. Da schüttelte der Fuchs sich gewaltig vor lauter Freuden; denn nun war es zu Ende mit seinen Sorgen und Leiden. Er ließ ein Lied erklingen und begann diese Verse zu singen:

> *Das Schicksal hat sich meiner Qual erbarmet;*
> *Es hatte Mitgefühl mit meiner Not*
> *Und schenkte mir, was ich so sehr begehrte,*
> *Und wandte von mir ab, was mich bedroht.*
> *Ich will ihm wahrlich alle Schuld vergeben,*
> *Die es an mir verbrach in früher Zeit. –*
> *Der Wolf da kann jetzt nimmermehr entrinnen*
> *Aus der Gefahr, die ihn dem Tode weiht.*
> *Mein ist der Weinberg jetzt, mein ganz allein!*
> *Kein Dummkopf teilt sich mehr mit mir darein!*

Dann blickte er in die Grube, und wie er den Wolf aus Reue und Gram um sich selber weinen sah, weinte er mit ihm. Da hob der Wolf seinen Kopf zum Fuchs empor und fragte ihn: ,Weinst du aus Mitleid mit mir, Herr Reineke?'[1] ,Nein, bei dem, der dich in diese Grube gestürzt hat,' rief der Fuchs, ,ich

---

1. Im Arabischen ,Vater der kleinen Burg', ein Beiname des Fuchses nach seinem Bau; hier als höfliche Anrede gebraucht.

weine, weil du schon so lange gelebt hast, und ich traure, weil du nicht schon vor diesem Tage in die Grube da gefallen bist. Wärest du früher hineingefallen, ehe wir zusammentrafen, so hätte ich Ruhe und Frieden gehabt; doch du wurdest aufgespart, bis deine Stunde kam und deine Zeit erfüllet ward.' Da sprach der Wolf zu ihm, als ob er scherze: ‚Du böser Bube, geh zu meiner Mutter und sage ihr, was mir widerfahren ist, damit sie auf meine Befreiung sinne!' Aber der Fuchs antwortete ihm: ‚Deine große Begehrlichkeit und deine gewaltige Lüsternheit haben dich ins Verderben gestürzt; ja, du bist in eine Grube gefallen, aus der du nicht entrinnen kannst. Weißt du denn nicht, du dummer Wolf, daß es im Sprichwort heißt: Wer die Folgen nicht bedenkt, dem wird vom Geschick keine Freundschaft geschenkt, und sein Weg wird nicht an den Gefahren vorbeigelenkt.' Nun bat der Wolf: ‚Lieber Herr Reineke, einst hast du mir Liebe gezeigt und warst meiner Freundschaft geneigt; und meine gewaltige Kraft hielt dich in banger Haft. Hasse mich doch nicht so grimmig wegen dessen, was ich dir antat! Denn wer Macht hat und doch verzeiht, der erhält seinen Lohn von Allah. Sagt doch auch der Dichter:

> *Säe die Saat des Guten, wenngleich auf unrechtem Felde!*
> *Nie geht das Gute verloren, wo es nur immer gesät.*
> *Denn mag die Zeit auch noch so lange darüber vergehen,*
> *Das Gute erntet immer allein, wer es gesät.*'

Da erwiderte der Fuchs: ‚O du dümmstes Raubtier der Welt und albernstes aller Tiere im Feld, hast du denn deinen Hochmut und deine Anmaßung und deine Überhebung vergessen, wo du doch das Recht der Freundschaft nicht achtetest und dich nicht durch das Dichterwort warnen lassen wolltest:

> *Tu kein Unrecht, auch wenn die Macht dazu dir gegeben;*
> *Denn Rache lauert immer auf den, der das verbricht.*

> *Dein Auge mag wohl schlafen; doch der Bedrückte wachet*
> *Und flucht dir, und das Auge Allahs schlummert nicht.'*

Wieder bat der Wolf: ‚Lieber Herr Reineke, trag mir die Schuld nicht nach, die ich früher verübt; denn vom Edlen erwartet man, daß er vergibt, und gute Taten sind der beste Schatz. Wie schön sagt der Dichter:

> *Tu Gutes schnell, wenn es in deiner Macht;*
> *Denn nicht zu jeder Zeit hast du die Macht.'*

So bat der Wolf demütig den Fuchs immer weiter und fügte hinzu: ‚Vielleicht vermagst du etwas zu tun, was mich vor dem Verderben rettet.' Aber der Fuchs sprach: ‚Du dummer, betrogener Wolf, du Übeltäter und Verräter, verlange nicht mehr zu entrinnen; denn dies ist Lohn und Vergeltung für dein ruchloses Beginnen.' Dann begann er zu lachen aus offenem Rachen, und er sprach diese beiden Verse:

> *Glaub nicht, mich zu überlisten;*
> *Denn dein Ziel erreichst du nie.*
> *Was du wünschest, ist unmöglich.*
> *Du sätest Qual – nun ernte sie!*

Da sprach der Wolf: ‚O du sanftmütiges unter den Tieren, das traue ich dir nicht zu, daß du mich in dieser Grube lässest!' Dann weinte er und klagte, aus seinen Augen begannen die Tränen hervorzubrechen, und er hub an, diese Verse zu sprechen:

> *O der du mehr als einmal mir deine Hilfe geliehen*
> *Und dessen Gabenreichtum schier unermeßlich ist,*
> *Nie hat in meinem Leben mich ein Leid getroffen,*
> *Bei dem ich nicht gefunden, daß du mein Retter bist.*

‚O du einfältiger Feind,' rief der Fuchs, ‚wie kommst du jetzt zu Demut und Unterwürfigkeit, zu Erniedrigung und Nachgiebigkeit, nach all der Verachtung und Großtuerei, dem Hochmut und der Tyrannei. Fürwahr, aus Furcht vor deiner Feindschaft trat ich dir freundlich entgegen, und ich schmeichelte dir, ohne Hoffnung auf deine Güte zu hegen. Doch jetzt hat dich die Rache ereilt, so daß die zitternde Angst bei dir weilt.' Dann sprach er diese beiden Verse:

> O der du immer nur auf Trug bedacht,
> Du kamst durch deinen bösen Plan zu Fall.
> So koste nun das Leid der bittren Not
> Und bleibe fern den andren Wölfen all!

Und wiederum bat der Wolf: ‚O du Milder, sprich doch mit Feindeszunge nicht, noch schau mit feindlichem Gesicht; erfülle die Pflicht der Freundschaft, die uns verbindet, ehe die Zeit zur Hilfe entschwindet. Mach dich auf und suche mir nach einem Strick; dann binde das eine Ende an einen Baum und laß das andere zu mir herunter, damit ich mich daran festhalten kann! Vielleicht kann ich so aus meiner Not befreit werden, und dann will ich dir alle Schätze geben, die ich besitze!' Doch der Fuchs erwiderte: ‚Du hast schon viel zu viel von dem geredet, was dir doch nicht die Rettung bringt; drum hoffe nicht mehr darauf, denn du wirst niemals das von mir erhalten, wodurch du dich retten kannst. Denke vielmehr an das Böse, das du mir früher getan hast, an all die Tücke und Arglist, die du wider mich ersonnen hast! Wie nahe bist du jetzt dem Tode durch Steinigung! Wisse, jetzt wird deine Seele die Welt verlassen, von ihr scheiden und aus ihr fortziehen; dann soll sie ins Verderben eilen, an einer grausen Stätte weilen und immer ein furchtbares Schicksal teilen!' ‚Lieber Herr Reineke,' hub der Wolf wieder an, ‚kehre doch bald zurück zur Freundlichkeit und beharre nicht in grollender Feindseligkeit! Wisse, wer eine Seele aus dem Verderben errettet, der erhält sie am Leben; und wenn einer nur eine einzige Seele am Leben erhält, so ist es, als hätte er die ganze Menschheit am Leben erhalten.[1] Folge nicht dem Bösen; denn die Weisen haben es verboten. Und es ist doch klar, daß es nichts Böseres gibt, als wenn ich hier in der Grube sitze und Todesqualen herunterschlucke und den Untergang vor Augen habe, während es in deiner Macht steht, von des Unglücks Ketten mich zu erretten. Ach, nimm es doch ernst mit meiner Befreiung und handle gütig an mir!' ‚O du dummer Tölpel,' rief da der Fuchs, ‚siehe, wenn du nach außen schöntust und sprichst, aber Gemeines ersinnst und verbrichst, so vergleiche ich dich mit dem Falken bei dem Rebhuhn und bemesse dein Tun nach ihm.' ‚Wie war denn das?' fragte der Wolf. Da erzählte der Fuchs

DIE GESCHICHTE VOM FALKEN
UND VOM REBHUHN

Eines Tages kam ich in einen Weinberg, um von seinen Trauben zu fressen; und wie ich gerade dort war, erblickte ich einen Falken, der auf ein Rebhuhn niederschoß. Schon hatte er es gepackt und hielt es in den Klauen, da entkam es ihm dennoch, schlüpfte in sein Nest und verbarg sich darin. Aber der Falke folgte ihm und rief ihm zu: ‚O du Tor, ich sah dich im Felde hungrig, da hatte ich Mitleid mit dir; und ich pickte ein paar Körner für dich auf und hielt dich fest, damit du fressen solltest. Du aber bist mir davongelaufen, und ich sehe keinen Grund für dein Fortlaufen, als daß du die Gabe nicht annehmen wolltest. Nun komm doch heraus, nimm die Körner, die ich dir gebracht habe, und friß sie – mögen sie dir wohl bekommen!' Als das Rebhuhn die Worte des Falken hörte, glaubte es ihm und kam hervor. Doch da schlug der Falke ihm die Krallen in den Leib und packte es ganz fest. Das Rebhuhn schrie: ‚Ist dies,

1. Koran, Sure 5, Vers 35.

was du mir vom Felde mitgebracht hast, wie du sagtest, und das du mir botest mit den Worten: Friß es, möge es dir wohl bekommen? Du hast mich belogen; möge Allah das, was du von meinem Fleische frissest, in deinem Magen zu einem tödlichen Gifte machen!' Als nun der Falke das Rebhuhn gefressen hatte, fielen ihm die Federn aus, seine Kraft verfiel, und er starb auf der Stelle.'

*

Dann fuhr der Fuchs fort: ‚Wer seinem Bruder eine Grube gräbt, fällt in dies Grab bald selbst hinab. Du hast zuerst treulos an mir gehandelt.' Da sprach der Wolf zum Fuchs: ‚Laß ab, solche Reden zu führen und Sprichwörter zu zitieren. Erinnere mich nicht an meine früheren Missetaten, ich habe doch genug an der Not, in die ich jetzt geraten! Ich bin jetzt an einer Stätte, an der selbst ein Feind mich bemitleiden würde, wieviel mehr ein Freund! Ersinne mir lieber ein Mittel, durch das ich frei werden kann; sei du jetzt meine Rettung! Und wenn dir das beschwerlich fällt, so bedenke, daß der Freund für den Freund oft die größte Mühe auf sich lädt, ja daß er sein Leben wagt um das, worin für jenen die Rettung aus der Gefahr besteht. Es heißt sogar, daß ein Freund, der nicht versagt, einen leiblichen Bruder an Wert überragt. Wenn du mir zur Rettung verhilfst und ich wirklich gerettet werde, so will ich dir eine Kenntnis sammeln, die dir zur Rüstung dienen wird; und ich will dich seltene Künste lehren, die dir die reichsten Weinberge öffnen, so daß du die Früchte von den Reben pflücken kannst. Darum hab Zuversicht und quäl dich nicht!' Lachend erwiderte der Fuchs: ‚Wie schön ist, was die Gelehrten von einem so großen Dummkopf, wie du es bist, gesagt haben!' ‚Was haben die Gelehrten denn gesagt?' fragte der Wolf. Der Fuchs gab zur Antwort: ‚Die Gelehrten haben erklärt, in einem groben Leibe wohne auch eine grobe Natur, und die sei fern dem Verstand, doch nahe dem Unverstand. Wenn du meinst, du betrogener, törichter Betrüger, der Freund solle Mühe auf sich laden, um seinen Freund zu befreien, so ist das richtig, wie du es sagst; aber laß mich doch trotz deiner Dummheit und Torheit wissen, wie ich in dir einen Freund sehen kann, da du so treulos bist! Hältst du mich noch für deinen Freund, wo ich dir ein schadenfroher Feind bin? Und dies ist ein Wort, das ist schlimmer als Pfeilschuß und Mord, wenn du das verstehen kannst. Wenn du nun weiter sagst, du wollest mir eine Kenntnis verschaffen, die mir zur Rüstung dienen werde, und du wollest mich Künste lehren, durch die ich in die reichsten Weinberge gelangen und die Früchte von den Reben pflücken könnte, wie kommt es denn, o du Verräter und Betrüger, daß du kein Mittel weißt, um dem Verderben zu entrinnen? Wie weit bist du davon entfernt, dir selber helfen zu können, und wie weit bin ich davon entfernt, deinen Rat anzunehmen! Hast du ein Mittel, so wende es für dich selber an zu deiner Rettung aus dieser Not, in der du – so bete ich zu Allah – noch lange sein mögest. Nun schau, du Tor, ob du noch ein Mittel hast, und rette dich dadurch vor dem Tode, ehe du deine Lehren an einen anderen verschwendest! Allein bei dir geht's wie bei einem Manne, den eine Krankheit befallen hatte; zu dem kam einer, der an derselben Krankheit litt, um ihn zu heilen, und sprach zu ihm: ‚Soll ich dich von deiner Krankheit heilen?‘ Da fragte der Mann: ‚Warum hast du nicht damit angefangen, dich selbst zu heilen?‘ ließ ihn stehen und ging davon. Du törichter Wolf, bei dir ist es genau so; drum bleib in deinem Loch zurück und ertrage dein Geschick!‘

Als der Wolf die Worte des Fuchses vernommen hatte, erkannte er, daß er nichts Gutes von ihm zu erwarten hatte, und so weinte er über sein Unglück und sprach: ‚Einst lebte ich unbekümmert um mein Geschick; doch wenn Allah mich jetzt aus dieser Not errettet, so will ich von meiner Anmaßung gegen den, der schwächer ist als ich, ablassen, will eine härene Kutte anlegen und will auf die Berge steigen, um Allah den Erhabenen anzurufen und in Furcht vor seiner Strafe zu leben; ja, ich will mich von allen Tieren des Feldes absondern und will immerdar die Glaubensstreiter und die Armen speisen.' Dann weinte und klagte er weiter. Da ward das Herz des Fuchses gerührt, und wie er die demütigen Worte des Wolfes vernahm und sein Gelöbnis, von Stolz und Übermut abzulassen, war es, als ob ihn das Mitleid mit ihm ergriff. Fröhlich sprang er auf, trat an den Rand der Grube heran, setzte sich auf seine Hinterbeine und ließ seinen Schwanz in die Grube hinabhängen. Aber da machte sich der Wolf ans Werk, streckte eine Vorderpfote nach dem Schwanze des Fuchses aus und zog ihn an sich, bis er bei ihm unten in der Grube war. Und nun sprach der Wolf zu ihm: ‚O Fuchs, der du kein Mitleid kennst, wie konntest du über mich frohlocken, du, der du einst mein Gefährte warst und unter meiner Macht standest? Jetzt bist du zu mir in die Grube gefallen, und die Strafe hat dich rasch ereilt. Haben doch die Weisen gesagt: Wenn einer von euch seinen Bruder schmäht, weil er an den Zitzen einer Hündin saugt, so soll er auch daran saugen. Und wie schön spricht der Dichter:

> *Wenngleich das Schicksal lange Zeit auf Menschen lastet,*
> *Ereilt es doch zuletzt auch andere als uns.*
> *Drum sag den Schadenfrohen, die uns höhnen: Wachet!*
> *Die Schadenfrohen trifft dieselbe Not wie uns.*

Der gemeinsame Tod ist doch das Schönste. So will ich dir denn ein rasches Ende machen, ehe du siehst, wie ich sterbe!' Da sprach der Fuchs bei sich selber: ‚Ach, ach! Jetzt bin ich doch mit diesem Tyrannen zu Fall gekommen! Diese Lage erfordert List und Trug; denn es heißt: Die Frau bereitet ihren Schmuck für den Tag des Festes; und im Sprichwort sagt man: Meine Träne, dich halt ich zurück für ein schweres Mißgeschick.[1] Wenn ich jetzt dies grausame Raubtier nicht überliste, so komme ich unweigerlich um. Wie schön ist doch das Dichterwort:

Leb durch Verrat! Dies ist eine Zeit,
Deren Söhne wie Löwen des Dickichts sind.
Laß strömen die Bäche der Tücke, auf daß
Des Lebens Mühle sich drehe geschwind.
Und pflücke die Früchte; doch nimm vorlieb
Mit Gras, wenn jene zu hoch für dich sind!'

Alsdann sprach er zum Wolfe: ‚Beeile dich nicht, mich zu töten; denn das ist nicht der rechte Lohn für mich. Du würdest es sonst bereuen, o Held unter den Tieren, den Kraft und gewaltige Tapferkeit zieren! Wenn du ein wenig wartest und genau auf das achtest, was ich dir erzählen will, so wirst du den Plan verstehen, den ich ersonnen habe. Doch wenn du mich eilends tötest, so wirst du nichts mehr in der Hand haben, und wir werden hier beide den Tod finden.' ‚O du Verräter und Betrüger,' rief der Wolf, ‚was für eine Rettung erhoffst du noch für mich und für dich, so daß du mich bittest, ich solle mich mit dir gedulden? Sprich und berichte mir von deinem Plane, den du ersonnen hast!' Da erwiderte der Fuchs: ‚Was meinen Plan angeht, den ich erdacht habe, so ist es gar nicht nötig, daß du mich schön für ihn belohnst. Sieh, als ich hörte, was du versprachst und wie du dein früheres Tun beichtetest und es bedauertest, nicht schon früher Buße und gute Werke getan zu haben, und als ich dann weiter vernahm, was du zu tun gelobtest, wenn du aus deiner Not befreit würdest, daß du

1. Vgl. Band I, Seite 75, Anmerkung 1.

nämlich aufhören wolltest, deinesgleichen und andere zu quälen, daß du keine Trauben noch irgendwelche anderen Früchte mehr essen wolltest, daß du dich der Demut hingeben, deine Krallen beschneiden, deine Hauer ausbrechen, die Kutte anlegen und Allah dem Erhabenen Opfer darbringen wolltest, da ergriff mich Mitleid mit dir – und wahre Worte sind die besten –, trotzdem ich vorher dein Verderben herbeigesehnt hatte. Also wie ich vernahm, daß du Buße tatest, und was du zu tun gelobtest, wenn Allah dich erretten würde, da hielt ich es für meine Pflicht, dich aus deiner Not zu befreien; so ließ ich denn meinen Schwanz zu dir hinunterhängen, damit du dich an ihm festhalten und dich retten könntest. Aber du konntest doch von deiner gewohnten Gewalttätigkeit und Roheit nicht lassen und wolltest nicht durch Milde Rettung und Heil gewinnen; nein, du zogst so heftig, daß ich glaubte, mein Leben hätte mich verlassen, und so sind wir nun beide an die Stätte des Verderbens und des Todes geraten. Jetzt kann uns beide nur noch eines retten, und wenn du mir darin folgst, so werden wir befreit; danach aber geziemt es dir, daß du dein Gelübde erfüllest, und ich will dann dein Gefährte sein.' ,Was ist's, darin ich dir folgen soll?' fragte der Wolf. Der Fuchs erwiderte: ,Stell dich aufrecht auf deine Hinterbeine, dann will ich auf deinen Kopf steigen, so daß ich nahe der Erdoberfläche komme. Darauf will ich hochspringen, und wenn ich oben bin, will ich fortgehen und dir etwas holen, an dem du dich festhalten kannst, so daß auch du schließlich gerettet wirst.' Aber der Wolf entgegnete ihm: ,Ich kann mich auf deine Worte nicht verlassen. Denn die Weisen sagen: Wer Vertrauen übt, wo er hassen sollte, geht fehl; und wer auf einen, der kein Vertrauen verdient, baut, wird betrogen; wer es mit einem, den man durch Versuche kennen gelernt hat, noch einmal versucht, bei dem kehrt die Reue ein, und seine Tage gehen nutzlos dahin; wer nicht zwischen den verschiedenen Lagen unterscheiden kann und nicht jeder Lage das zuerteilt, was ihr gebührt, sondern alle Dinge nach einem einzigen Falle beurteilt, der hat wenig Glück und viel Unglück. Wie gut sagt der Dichter:

> *Immer denke nur an Schlechtes;*
> *Argwohn ist der beste Rat.*
> *Nichts bringt so den Mann ins Unheil*
> *Wie Vertraun und gute Tat.*

Und ein anderer:

> *Glaub fest an schlechte Meinung, so wirst du stets gerettet;*
> *Wer wachsam lebt, den wird das Unglück immer fliehn.*
> *Begegne deinem Feind mit lächelndem, offenem Antlitz,*
> *Und rüste in deinem Herzen ein Heer zum Kampf wider ihn!*

Und ein dritter:

> *Dem du am meisten traust, der ist dein schlimmster Feind;*
> *Drum hüte dich vor Menschen; sei heuchlerisch ihr Freund!*
> *Du leidest doch nur Schaden, denkst du vom Schicksal gut;*
> *So denke schlecht von ihm, sei vor ihm auf der Hut!'*

Darauf erwiderte ihm der Fuchs: ‚Argwohn ist nicht lobenswert zu jeder Zeit; nein, gute Meinung ist ein Zeichen der Vollkommenheit, und sie ist es, die schließlich von Furcht befreit. Dir geziemt nun, o Wolf, ein Mittel zur Errettung aus deiner Not zu finden, so daß wir beide heil entkommen; das ist doch besser, als wenn wir sterben. Also laß ab von Argwohn und Haß! Wenn du gut von mir denkst, so kann nur eins von zwei Dingen geschehen; entweder ich bringe dir etwas, an dem du dich festhalten kannst, so daß du aus deiner Not gerettet wirst, oder ich handle treulos an dir, indem ich mich selbst rette und dich deinem Schicksale überlasse. Dies aber ist unmöglich; denn ich bin dann nicht sicher davor, daß ich ebenso heimgesucht werde wie du; und das wäre dann die gerechte Strafe für die Treulosigkeit. Es heißt ja auch im Sprichwort: Treue ist trefflich; Verrat ist häßlich. Also geziemt es sich für dich, daß du mir vertraust; denn ich bin nicht ganz unerfahren in den Wechselfällen des Schicksals. Darum warte nicht länger damit, unsere Rettung möglich zu machen; die Sache drängt zu sehr, als daß wir noch lange Reden darüber führen könnten!' Nun sagte der Wolf: ‚Obgleich ich nur wenig Vertrauen zu deiner Treue habe, so wußte ich doch, was in deinem Innern vorging, nämlich daß du mich befreien wolltest, weil du von meiner Reue hörtest; und ich sprach bei mir: Wenn er mit seinen Worten die Wahrheit sagt, so wird er seine Sünde wieder gutmachen; wenn er aber die Unwahrheit sagt, so steht seine Bestrafung in der Hand des Herrn. Ich will dir also in dem folgen, was du mir geraten hast. Aber verrätst du mich, so wird der Verrat dich ins Verderben bringen.' Darauf richtete der Wolf sich in der Grube auf seinen Hinterbeinen empor und ließ den Fuchs auf seine Schultern klettern, so daß er in gleicher Höhe mit der Oberfläche der Erde war; der Fuchs sprang von den Schultern des Wolfes aus in die Höhe und erreichte den Erdboden. Doch wie er nun außerhalb der Grube war, sank er zuerst ohnmächtig hin. Als der Wolf dann rief: ‚Lieber Freund, vergiß meine Not nicht und säume nicht, mich zu befreien!' da brach der Fuchs in ein schallendes Gelächter aus und sprach: ‚O du Betrogener, nur deshalb fiel ich dir in die Hände, weil ich meinen Scherz und Spaß mit dir trieb. Das war nämlich so: als ich von deiner Reue hörte, da kam solch fröhliche Heiterkeit über mich, daß ich aufsprang und lustig tanzte, und dabei geriet mein Schwanz in die Grube; du aber zogst mich daran zu dir hinunter. Dann hat Allah der Erhabene mich wieder aus deiner Hand befreit. Warum sollte ich jetzt nicht dabei behilflich sein, dich zu Tode zu bringen, dich, der du zum Volke Satans gehörst? Höre, gestern sah ich mich im Traume auf deiner Hochzeit tanzen; da erzählte ich den Traum einem Deuter, und der sagte mir: Du wirst in einen Abgrund stürzen, aber du wirst auch wieder aus ihm gerettet werden. Jetzt weiß ich, daß dies die Erfüllung meines Traumgesichtes ist, wie ich in deine Hand gefallen und doch wieder entkommen bin. Und du weißt doch, du betrogener Tor, daß ich dein Feind bin; wie kannst du nur in deiner Dummheit und Torheit noch verlangen, daß ich dich befreien soll, zumal du meine harten Worte vernommen hast? Warum sollte ich mich denn bemühen, dich zu retten? Sagen doch die Gelehrten: Der Tod eines Übeltäters schafft den Menschen Ruhe und reinigt die Erde. Und dennoch, müßte ich nicht fürchten, daß ich durch Treue gegen dich noch größeres Leid mir zuziehen würde als durch Verrat, so würde ich noch Mittel finden, dich zu befreien.' Wie der Wolf diese Worte des Fuchses hörte, biß er sich vor Reue in die Vorderpfoten. – –«

Da bemerkte Schehrezâd, daß der Morgen begann, und sie hielt in der verstatteten Rede an. Doch als die *Hundertundfünfzigste Nacht* anbrach, fuhr sie also fort: »Es ist mir berichtet worden, o glücklicher König, daß der Wolf sich vor Reue in die Vorderpfoten biß, als er die Worte des Fuchses vernahm. Dann gab er ihm gute Worte, aber das half und nützte ihm nichts. Schließlich sprach er zu ihm mit leiser Stimme: ,Ihr Volk der Füchse gehört doch zu den Leuten, die die süßeste Zunge haben und den feinsten Scherz treiben. Dies ist ja nur ein Scherz von dir; aber doch nicht zu jeder Zeit sind Spiel und Scherz angebracht.' ,Du Tor,' erwiderte der Fuchs, ,der Scherz hat eine Grenze, die der Spötter nicht überschreiten darf. Glaube doch nicht, Allah werde dir noch einmal wieder Gewalt über mich geben, nachdem er mich aus deinen Händen befreit hat!' Nun bat der Wolf: ‚Um unserer früheren Brüderschaft und Freundschaft willen ist es doch deine Pflicht, mich zu befreien zu suchen. Und wenn du mich wirklich befreist, so will ich dir sicherlich einen schönen Lohn zuteil werden lassen.' Der Fuchs gab zur Antwort: ‚Die Weisen sagen: Nimm den boshaften Tor nicht zum Bruder; denn er macht dir Beschwer, doch keine Ehr. Nimm auch den Lügner nicht zum Bruder; denn, wenn an dir etwas Gutes ist, so wird er es verschweigen, doch wenn an dir etwas Schlechtes ist, so wird er es zeigen. Ferner sagen die Weisen: Gegen alles gibt es ein Mittel, nur nicht gegen den Tod; alles läßt sich heilen, nur nicht die Verdorbenheit des inneren Wesens; alles läßt sich abwehren, nur nicht das Schicksal. Wenn du aber sagst, du wollest mir einen Lohn zuteil werden lassen, den ich um dich verdient hätte, so vergleiche ich dich bei deinem Lohnen mit der Schlange, die dem Beschwörer entfloh. Ein Mann sah sie in ihrer Angst und fragte sie: ‚Was ist dir, o Schlange?' Sie antwortete: ‚Ich bin dem Beschwörer entflohen, und jetzt sucht er mich. Wenn du mich vor ihm rettest und mich bei dir verbirgst, so will ich dir einen schönen Lohn zuteil werden lassen und dir lauter Gutes tun!' Da der Mann den Lohn gewinnen wollte und das Entgelt begehrte, so nahm er sie und tat sie in seine Busentasche. Als nun der Beschwörer vorbei und seines Weges gegangen war und die Schlange keine Ursache zur Furcht mehr hatte, sagte der Mann zu ihr: ‚Wo ist der Lohn? Jetzt habe ich dich vor dem gerettet, was du befürchtetest und besorgtest.' Doch die Schlange erwiderte ihm: ‚Sage mir, in welches Glied und an welcher Stelle ich dich beißen soll. Du weißt ja, das ist der höchste Lohn, den wir verleihen.' Dann versetzte sie ihm einen Biß, an dem er starb. Dich aber, du Dummkopf, vergleiche ich mit jener Schlange, wie sie an dem Manne handelte. Hast du nicht das Dichterwort gehört:

> *Trau keinem Mann, wenn du ihm Groll ins Herz gesenket,*
> *Glaub nimmer, daß der Groll verging und nicht mehr trifft;*
> *Sieh auf die Schlangen: wenn sie auch weich sich anfühlen lassen,*
> *Sie zeigen geschmeidige Falten und bergen das tödliche Gift.'*

Da hub der Wolf wieder an: ‚O du, der so fein spricht, du Schöngesicht, sei nicht im unklaren darüber, wer ich bin und wie die Menschen sich vor mir fürchten! Du weißt doch, daß ich Burgen bezwinge und den Weinbergen die Stämme mit den Wurzeln entringe. Tu, was ich dir befehle, und diene vor mir wie der Knecht vor seinem Herrn!' Aber der Fuchs rief: ‚O dummer Narr, der du bist, und der du erstrebst, was unmöglich ist, ich wundere mich doch wirklich über deine Torheit und deine eherne Stirn, daß du mir noch befehlen willst, dir zu dienen und dir aufzuwarten, als wäre ich dein Knecht, den du mit deinem Gelde gekauft hättest; aber du wirst bald sehen, was sich hier zuträgt, wie man dir den Schädel mit Steinen zertrümmert und dir die treulosen Hauer ausschlägt!'

Dann stellte der Fuchs sich auf einem Hügel auf, der den Weinberg überragte, und rief den Besitzern des Weinbergs ohne Unterlaß, bis er sie auf sich gelenkt hatte und sie ihn erblickten und alle zusammen eiligst auf ihn zuliefen. Er selbst aber blieb so lange stehen, bis die Leute in seine Nähe kamen und auch nahe bei der Grube waren, darinnen der Wolf sich befand, und dann machte er sich auf und davon. Da blickten die Leute des Weinbergs in die Grube, und als sie den Wolf darin sahen, fielen sie mit schweren Steinen über ihn her und drangen immerfort mit Steinen und Knütteln auf ihn ein und stachen nach ihm mit Speeren, bis sie ihm den Garaus gemacht hatten; dann gingen sie fort. Der Fuchs aber kehrte noch einmal zu jener Grube zurück und trat neben die Stätte, wo der Wolf getötet war. Wie er ihn nun tot daliegen sah schüttelte er den Kopf in übermäßig frohem Sinn und sprach dann diese Verse vor sich hin:

> *Das Schicksal nahm die Seele des Wolfes hinweg, sie entschwebte –*
> *Weit, weit sei diese Seele, die jetzt ihr Ende fand!*
> *Wie hast du dich, o Wolf, gemüht, mich zu verderben –*
> *Heut kam zu dir das Unheil und bleibt an dich gebannt.*
> *Du fielst in eine Grube, in die niemand gerät,*
> *Ohn daß er spürt, wie dort der Hauch des Todes weht.*

Darauf lebte der Fuchs allein im Weinberg sicher und ohne Furcht vor Gefahr, bis daß der Tod zu ihm kam. Das ist die Geschichte vom Wolf und vom Fuchs. Doch ferner erzählt man

DIE GESCHICHTE
VON DER MAUS UND DEM WIESEL

Einst hatten eine Maus und ein Wiesel ihre Wohnung bei einem Bauern; jener Bauer aber war ein armer Mann, und einer seiner Freunde war erkrankt. Als dem der Arzt enthülsten Sesam verschrieb, bat der Bauer einen seiner Bekannten um Sesam, damit er ihn für den Kranken enthülse. Jener gab ihm ein Maß voll Sesam zum Enthülsen, und der arme Bauer brachte ihn seiner Frau und befahl ihr, ihn herzurichten. Sie weichte ihn ein, breitete ihn aus, enthülste ihn und machte ihn zurecht. Als das Wiesel den Sesam sah, kam es herbei und schleppte unaufhörlich den ganzen Tag lang Körner davon in sein Loch, bis es das meiste fortgeschafft hatte. Nun aber kam die Frau wieder herzu und sah deutlich, daß der Sesam abgenommen hatte. Verwundert blieb sie stehen; dann setzte sie sich hin, um aufzupassen, wer dorthin käme, und um zu erfahren, warum das

Korn abnahm. Als das Wiesel wieder herbeikam, um wie gewöhnlich Körner fortzuschleppen, und die Frau dort sitzen sah, merkte es, daß sie es beobachtete, und sprach bei sich: ‚Fürwahr, dies Tun könnte einen schlimmen Ausgang haben; ich fürchte, daß die Frau dort mich beobachtet. Wer die Folgen nicht bedenkt, dem wird vom Schicksal keine Freundschaft geschenkt. Ich muß also eine gute Tat tun, durch die ich meine Unschuld beweise und alles Böse, was ich getan habe, wieder abwasche.' Dann fing es an, die Körner, die in seinem Loche waren, wieder fortzuschleppen; es brachte sie heraus und legte sie zu dem Reste. Die Frau beobachtete es, und wie sie das Tun des Wiesels ansah, sprach sie bei sich: ‚Dies Tier ist nicht die Ursache des Verlustes; denn es bringt ja den Sesam aus dem Loche dessen, der ihn gestohlen hat, und legt ihn zu dem anderen. Es handelt wirklich gut an uns, daß es das Korn zurückbringt. Und wer Gutes tut, dem muß auch mit Gutem gelohnt werden. Dies Tier hat wirklich dem Sesam nicht geschadet. Ich will aber weiter aufpassen, bis der Räuber kommt und ich erfahre, wer er ist.' Das Wiesel nun erriet, was für Gedanken der Frau gekommen waren, und darum lief es zu der Maus und sprach zu ihr: ‚Schwester, an dem ist nichts Gutes, der die Pflichten der Nachbarschaft verabsäumt und in der Freundschaft unbeständig ist.' Die Maus erwiderte: ‚Jawohl, lieber Freund, Gott segne dich und deine nachbarliche Freundschaft! Doch was bewegt dich zu diesen Worten?' ‚Wisse,' entgegnete das Wiesel, ‚der Hausherr hat Sesam mitgebracht; nun hat er mit den Seinen davon gegessen, sie sind satt und brauchen ihn nicht mehr, und so haben sie noch viel übrig gelassen. Alle Lebewesen haben schon davon genommen; wenn du jetzt auch davon nimmst, so bist du seiner eher wert als die anderen, die davon gegessen haben.' Da quietschte die Maus vor Vergnügen und tänzelte, spitzte die Ohren und schwänzelte, und von der Gier nach dem Sesam verführt, machte sie sich sofort auf und kam aus ihrem Loche heraus. Nun sah sie den getrockneten und enthülsten Sesam so hell schimmern, während die Frau noch dort saß und aufpaßte. Aber die Maus dachte nicht an die Folgen; und obgleich die Frau einen Knittel zurechtgelegt hatte, konnte die Maus sich nicht mehr bezwingen, sondern lief auf den Sesam zu, wühlte ihn durcheinander, warf die Körner hin und her und begann davon zu fressen. Da hieb die Frau mit dem Knittel auf sie ein und zerschlug ihr den Kopf; so kam sie um, weil sie gierig war und auf den Ausgang der Dinge nicht achtete.«

* * *

Da sprach der König: »O Schehrezâd, bei Allah, dies ist eine schöne Geschichte! Weißt du aber auch noch eine Erzählung von der Schönheit der treuen Freundschaft und davon, wie sie in der Not aushält, so daß sie aus dem Verderben errettet?« »Jawohl!« erwiderte sie, »mir ist auch berichtet worden

DIE GESCHICHTE
VOM RABEN UND VON DER KATZE

Einst hatten ein Rabe und eine Katze Brüderschaft geschlossen. Und während die beiden nun zusammen unter einem Baume saßen, erblickten sie plötzlich einen Panther, der gerade auf jenen Baum zulief; doch sie hatten ihn nicht eher bemerkt, als bis er in der Nähe des Baumes war. Da flog der Rabe hoch in den Baum, die Katze aber blieb erschrocken stehen und rief dem Raben zu: ‚Lieber Freund, weißt du ein Mittel mich zu retten, wie ich es von dir erhoffe?' Der Rabe antwortete ihr: ‚Man erwartet von Brüdern, daß sie im Falle der Not nach einem Ausweg suchen, wenn das Unglück über sie hereinbricht. Wie schön sagt doch der Dichter:

> *Der ist der echte Freund, der bei dir bleibt,*
> *Sich schadet, um dir Vorteil zu bereiten;*
> *Der, wenn des Schicksals Laune dich vertreibt,*
> *Sich für dich hingibt, um dich heim zu leiten.*

Es waren aber in der Nähe des Baumes Hirten, die Hunde bei sich hatten; nun flog der Rabe fort und schlug dabei mit den Flügeln auf die Erde, krächzte und schrie. Dann näherte er sich den Hirten, schlug mit seinem Flügel einem Hunde ins Gesicht und flog wieder ein wenig in die Höhe, während die Hunde ihm nachsetzten und ihn verfolgten. Da erhob auch ein Hirte sein Haupt und sah einen Vogel, der nahe dem Erdboden auf und nieder flog; so folgte auch er ihm. Der Rabe aber flog immer nur so weit, daß er den Hunden gerade noch entrinnen konnte und sie doch gierig machte, ihn zu zerreißen; dann stieg er wieder ein wenig auf, und die Hunde liefen hinter ihm her. So kam er schließlich zu dem Baum, unter dem sich der Panther befand. Als jedoch die Hunde den Panther erblickten, sprangen sie auf ihn los; und der wandte sich zur Flucht, nachdem er bereits vermeint hatte, er würde die Katze fressen. So wurde die Katze durch die List ihres Freundes, des Raben, gerettet.

Und diese Geschichte, o König, zeigt, daß die Liebe der lauteren Brüder vor Not und Tod behütet und bewahrt.

Ferner wird erzählt

DIE GESCHICHTE
VOM FUCHS UND VOM RABEN

Einst bewohnte ein Fuchs einen Bau im Gebirge; und jedesmal, wenn ihm ein Junges geboren wurde und dann fett geworden war, fraß er es vor Hunger auf. Denn hätte er es nicht gefressen, sondern bei sich bleiben lassen und es gehütet und gepflegt, so wäre er Hungers gestorben. Aber das schmerzte ihn doch. Nun hatte auf dem Gipfel jenes Gebirges ein Rabe sein Nest, und der Fuchs sprach bei sich selber: ‚Ich will mit diesem Raben Freundschaft schließen und ihn zum Gefährten in der Einsamkeit machen, der mir hilft, mein täglich Brot zu suchen; denn er vermag in solchen Dingen manches, was mir unmöglich ist.‘ So machte sich der Fuchs auf den Weg zum Raben, bis er so nahe bei ihm war, daß jener seine Worte vernehmen konnte; da begrüßte er ihn und fuhr fort: ‚Lieber Nachbar, ein Muslim hat auf seinen muslimischen Nachbar zweierlei Anrecht, erstlich das Recht der Nachbarschaft und zweitens das Recht des islamischen Glaubens. Wisse nun, mein Freund, ich bin dein Nachbar, und du hast einen Anspruch auf mich, denn ich erfüllen muß, zumal wir schon so lange Zeit Nachbarn sind, und da in meiner Brust so viel Liebe zu dir aufgespeichert ist, die mich dazu trieb, freundlich zu dir zu reden, und mich veranlaßte, um deine Brüderschaft zu werben. Was hast du mir darauf zu antworten?‘ Der Rabe erwiderte dem Fuchs: ‚Wahre Rede ist die beste Rede. Vielleicht sprichst du mit deiner Zunge etwas, das nicht in deinem Herzen ist. Ich fürchte, deine Brüderschaft ist nur mit der Zunge äußerlich, und Feindschaft wohnt dir im Herzen innerlich; denn du bist ein Fresser, ich aber einer, der gefressen wird. Es ist daher richtiger für uns, daß wir uns nicht in Liebe und Freundschaft verbinden. Was hat dich denn bewogen, zu erstreben, was du nicht erreichen kannst, und zu wünschen, was unmöglich ist? Du gehörst ja zum Stamm der Raubtiere, ich aber zu dem der Vögel. Eine solche Brüderschaft führt nicht zu einem guten Ende.' Da hub der Fuchs wieder an: ‚Wer die Stätte der trefflichen Dinge kennt und eine gute Wahl trifft in dem, was er von ihnen auswählt, der wird am ehesten dazu kommen, daß er den Brüdern nützt. Ich habe den Wunsch, dir nahe zu sein, und ich habe dich zum Gefährten gewählt, damit wir beide einander zu unseren Zielen verhelfen und unsere Freundschaft uns Gewinn bringt. Ich kenne Geschichten von der Trefflichkeit guter Freundschaft, und wenn du es wünschest, will ich sie dir gern erzählen.' Der Rabe entwortete: ‚Ich erlaube dir, sie mitzuteilen; sprich und erzähle mir davon, auf daß ich sie höre und verstehe und ihren Zweck erkenne.' ‚Höre, mein Freund,' so sprach der Fuchs, ‚vom Floh und von der Maus wird etwas erzählt, durch das bewiesen wird, was ich dir sagte.' Als der Rabe fragte: ‚Wie war das?' begann der Fuchs

DIE GESCHICHTE
VOM FLOH UND VON DER MAUS

Man erzählt, daß einst eine Maus im Hause eines Kaufmannes lebte, der eine große Menge von Waren und viel Geld besaß. Eines Nachts nun kroch ein Floh in das Bett jenes Kaufherrn; da fand er, daß der Mann einen zarten Leib hatte, und weil er selbst durstig war, so trank er von dessen Blut. Aber da der Flohstich ihn schmerzte, so erwachte der Kaufmann aus dem Schlafe, richtete sich im Sitze empor und rief seine Sklavinnen und einen seiner Diener. Die kamen eilends herbei, schürzten ihre Ärmel auf und suchten nach dem Floh. Als der aber merkte, daß man nach ihm suchte, wandte er sich zur Flucht, traf auf ein Mauseloch und hüpfte hinein. Wie die Maus ihn sah, fragte sie ihn: ‚Was führt dich zu mir, dich, der du weder von meiner Art noch von meinem Stamme bist, den nichts vor Grobheit, Mißhandlung und Gewalttat sichert?' Der Floh gab ihr zur Antwort: ‚Sieh, ich bin in deine Wohnung geflohen, um mich vor dem Tode zu retten; ich bin als Schutzflehender zu dir gekommen, es gelüstet mich nicht nach deinem Hause, dir soll von mir nichts Böses widerfahren, das dich aus deiner Wohnung vertreiben könnte. Nein, ich hoffe vielmehr, dir deine Güte gegen mich aufs beste zu lohnen; dann sollst du erleben und preisen, wie meine Worte sich erfüllen.' Auf diese Worte des Flohs – –«

Da bemerkte Schehrezâd, daß der Morgen begann, und sie hielt in der verstatteten Rede an. Doch als die *Hundertundeinundfünfzigste Nacht* anbrach, fuhr sie also fort: ‚Es ist mir berichtet worden, o glücklicher König, daß die Maus auf diese Worte des Flohes erwiderte: ‚Wenn die Sache so ist, wie du sie beschrieben und erzählt hast, so bleib in Sicherheit hier, dir soll nichts Böses widerfahren; du sollst nur das erleben, was dir Freude macht, nur das soll dir begegnen, was auch mir begegnet. Ich will dich mit meiner Liebe überschütten; du brauchst es nicht zu bereuen, wenn dir das Blut des Kaufmanns entgeht, noch darüber zu trauern, daß du früher bei ihm Nahrung fandest. Begnüge dich mit dem, was dir an Lebensunterhalt sich bietet; das ist sicherer für dich. Ich habe vernommen, o Floh, daß einer der lehrhaften Dichter einmal diese Verse sprach:

> *Ich gab mich zufrieden, mein Leben war einsam;*
> *Mit dem, was sich darbot, verbracht ich die Zeit:*
> *Mit trockenem Brote, mit Wasser zum Trinken,*
> *Mit körnigem Salz und mit schäbigem Kleid.*

*Erleichtert mir Allah das Leben, so freut's mich.
Wo nicht, so genügt mir, was Er mir verleiht.*

Als der Floh die Worte der Maus vernommen hatte, sprach er: ‚Schwester, ich höre auf deine Ermahnung und füge mich dir in Gehorsam, ich habe auch keine Kraft dir zu widersprechen, bis die Aufgabe des Lebens in dieser guten Absicht erfüllt wird.' Die Maus erwiderte darauf: ‚Für die echte Freundschaft genügt die aufrichtige Absicht.' So ward das Band der Freundschaft zwischen ihnen beiden geknüpft; und darauf lebte der Floh des Nachts im Bette des Kaufmanns, ohne mehr zu nehmen, als er gerade zum Leben notwendig hatte, am Tage aber lebte er bei der Maus in ihrem Loche. Nun begab es sich, daß der Kaufmann eines Abends viele Goldstücke mit nach Hause brachte und sie genau anzusehen begann. Wie die Maus den Klang der Dinare hörte, steckte sie den Kopf aus ihrem Loche heraus und sah sie an, bis schließlich der Kaufmann das Geld unter ein Kissen barg und sich zum Schlafe niederlegte. Da sprach sie zum Floh: ‚Siehst du nicht die Gelegenheit, die sich darbietet, und den großen Glücksfall? Weißt du ein Mittel, das uns in den Stand setzt, jene Dinare dort zu gewinnen?' Doch der Floh erwiderte: ‚Wenn einer ein Ziel erstrebt, so muß er ihm auch gewachsen sein; ist er aber zu schwach dazu, so gerät er in eine Lage, vor der er sich hüten sollte, und er erreicht seinen Wunsch nicht, eben weil ihm die Kraft dazu fehlt, mag auch alle Stärke des Listenreichen aufgewandt werden; dann gleicht er dem Sperling, der Körner picken will, aber dabei ins Netz fällt, so daß der Vogelsteller ihn fängt. Du hast doch nicht die Kraft, die Dinare zu nehmen und aus dem Hause zu schleppen, und auch ich habe nicht die Fähigkeit dazu, ja, ich kann nicht einmal einen einzigen von den Dinaren tragen. Was gehen dich also die Goldstücke an?'

Da sagte die Maus: ‚Sieh, ich habe in meinem Loche hier siebenzig Ausgänge hergestellt, aus denen ich hinausschlüpfen kann, wann ich nur will; und ferner habe ich für die Vorräte einen sicheren Platz bereitet. Gelingt es dir, ihn durch eine List aus dem Hause hinauszutreiben, so glaube ich an den Erfolg mit Sicherheit, wenn nur das Geschick mir seine Hilfe leiht.' ‚Ich übernehme es dir, ihn aus dem Hause zu treiben', sprach der Floh, hüpfte alsbald auf das Lager des Kaufmanns und stach ihn so furchtbar, wie jener es zuvor noch niemals von ihm erlebt hatte; dann eilte er davon an einen Ort, an dem er vor dem Manne sicher war. Der Kaufmann erwachte und suchte nach dem Floh, fand ihn aber nicht; da legte er sich auf die andere Seite und schlief weiter. Aber der Floh biß ihn noch einmal, noch schmerzhafter als vorher. Nun verlor der Kaufmann die Geduld, verließ sein Lager und ging hinaus zu einer Bank neben der Haustür; dort legte er sich nieder und wachte nicht wieder auf bis zum Morgen. Inzwischen hatte die Maus sich daran gemacht, die Goldstücke wegzuschleppen, bis sie nichts mehr von ihnen übrig gelassen hatte. Als es aber Morgen geworden war, lenkte der Verdacht des Kaufmanns sich auf die Leute, und er machte sich allerlei Gedanken.'

*

Nach dieser Geschichte sprach der Fuchs weiter zum Raben: ‚Wisse, daß ich dir dies nur erzählt habe, o Rabe voller Einsicht, begabt mit der Erfahrung und des Verstandes Licht, damit der Lohn deiner Güte gegen mich dir zuteil werde, wie die Maus ihren Lohn für die Güte gegen den Floh erhielt. Sieh nur, wie er ihr vergalt und ihr den schönsten Lohn zuteil werden ließ!'

Doch der Rabe entgegnete: ‚Wenn der Wohltäter will, so erweist er Güte oder auch nicht; man braucht auch nicht dem eine Güte zu erweisen, der eine Wohltat um den Preis der Trennung von den Lieben verlangt. Wenn ich dir Gutes tue, der du doch mein Feind bist, so hat das zur Folge, daß ich mich von den Meinen trennen muß; und dazu bist du, o Fuchs, voller Lug und Trug. Und jemandem, dessen Natur Lug und Trug ist, kann man auch auf einen Eid hin nicht trauen; wem man aber nicht einmal auf einen Eid hin trauen darf, der ist ganz ohne Treu und Glauben. Vor kurzem ist mir doch über dich berichtet worden, wie du an einem deiner Freunde, dem Wolf, treulos und verräterisch gehandelt hast, so daß du ihn durch deine Tücke und List ins Verderben stürztest; und du hast so an ihm gehandelt, obgleich er von deinem Stamme war und du lange Zeit mit ihm befreundet warst. Hast du ihn nicht einmal verschont, wie soll ich da an deine Aufrichtigkeit glauben können? Wenn du so an deinem Freunde, der von deinem eigenen Stamme war, gehandelt hast, wie wirst du dann erst an deinem Feinde handeln, der nicht von deinem Stamme ist? Ich kann dich und mich nur dem Sakerfalken und den Raubvögeln vergleichen.' Als der Fuchs fragte: ‚Wie war denn das?' erzählte der Rabe

DIE GESCHICHTE VOM SAKERFALKEN
UND VON DEN RAUBVÖGELN

Es war einmal ein Sakerfalk, ein trotziger Tyrann.' – –«

Da bemerkte Schehrezâd, daß der Morgen begann, und sie hielt in der verstatteten Rede an. Doch als die *Hundertundzweiundfünfzigste Nacht* anbrach, fuhr sie also fort: »Es ist mir berichtet worden, o glücklicher König, daß der Rabe sagte: ‚Man erzählt, es sei einmal ein Sakerfalke gewesen, der in den Tagen seiner Jugendkraft ein trotziger Tyrann war; darum fürchteten ihn die Raubvögel und die wilden Tiere, und niemand war vor seiner Bosheit sicher. Ja, es gab viele Fälle von seiner Tyrannei und Gewalttätigkeit; denn es war seine Gewohnheit, alle anderen Vögel zu quälen. Doch als die Jahre über ihn dahingingen, versagte seine Kraft, und seine Stärke erlahmte, und er mußte oft hungern; so mußte er sich desto mehr anstrengen nach dem Schwinden seiner Kraft. Darum beschloß er, den Versammlungsort der Vögel aufzusuchen, um dort die Überreste zu fressen; da beruhte denn seine Kraft auf List, nicht mehr auf wirklicher Stärke.

*

Du bist ebenso, o Fuchs; wenn deine Kraft versagt, so versagt deine List doch nicht. Ich zweifle nicht daran, daß dein Streben nach meiner Freundschaft für dich nur ein Vorwand ist, um Nahrung zu finden. Auch gehöre ich nicht zu denen, die ihre Hand hinhalten und in die deine legen; denn Allah hat mir Stärke der Schwingen, Vorsicht des Geistes und scharfen Blick des Auges verliehen, und ich weiß, wer sich stärker stellt, als er ist, der ermüdet und kommt wohl gar um. Ich fürchte nur, daß es dir, wenn du dich stärker stellst, als du wirklich bist, ebenso ergehen wird wie dem Sperling.' ‚Wie erging es denn dem Sperling?' fragte der Fuchs und bat: ‚Um Allahs willen erzähle mir doch seine Geschichte!' Da erzählte der Rabe

DIE GESCHICHTE

VOM SPERLING UND VOM ADLER

Es ist mir berichtet worden, daß einmal ein Sperling zu einer Schafhürde flog. Wie er nun jene Hürde anschaute und sitzen blieb, um sie zu betrachten, da stieß plötzlich ein Adler auf ein junges Lamm nieder, packte es mit seinen Krallen fest und flog davon. Als der Sperling das sah, schlug er mit den Flügeln und rief: ‚Ich will tun, wie der da getan hat!' Und in seinem Eigendünkel glaubte er einem gleich zu sein, der größer war als er. Alsbald flog er davon und setzte sich auf einen fetten Widder mit dichtem Vlies, dessen Wolle verfilzt und klebrig war, weil er immer in seiner Jauche und seinem Dunge gelegen hatte. Und sowie er sich auf dem Rücken des Tieres niedergelassen hatte, schlug er mit seinen Flügeln, aber seine Füße verwickelten sich in die Wolle. Nun wollte er davonfliegen, aber er konnte sich nicht wieder frei machen. All dies geschah vor den Augen des Hirten; der hatte gesehen, was zuerst mit dem Adler vor sich ging und dann mit dem Sperling. Ergrimmt eilte er auf den Sperling zu, packte ihn, riß ihm die Flügelfedern aus und band ihm die Füße mit einer Schnur zusammen; dann brachte er ihn seinen Kindern und warf ihn vor sie hin. ‚Was ist dies?' fragte eins der Kinder. Da antwortete er: ‚Dies ist einer, der es einem Höheren gleichtun wollte und dadurch ins Verderben geriet.'

*

‚Dir könnte es ebenso ergehen, o Fuchs! Ich warne dich, es einem gleichtun zu wollen, der stärker ist als du, auf daß du nicht ins Verderben gerätst. Das ist's, was ich dir zu sagen hab, und nun zieh in Frieden ab!' Da der Fuchs nun keine Hoffnung mehr hatte, die Freundschaft des Raben zu gewinnen, so wandte er sich zum Gehen; dabei stöhnte er in seinem Leid und knirschte mit den Zähnen vor Grimmigkeit. Doch als der Rabe sein Weinen und Stöhnen vernahm, so daß ihm der Schmerz und die Trauer des Fuchses zum Bewußtsein kam, sprach er: ‚O Fuchs, was ist dein Leid, das dir Zähneknirschen leiht?' Der Fuchs rief: ‚Ich knirsche nur deshalb mit den Zähnen, weil ich gesehen habe, daß du ein größerer Halunke bist als ich!' Dann lief er eiligst fort, kehrte zurück zum Heimatsort und begab sich in seine Höhle dort. Und dies ist die Geschichte von den beiden, o König!«

* * *

Da sprach der König: »O Schehrezâd, wie schön und trefflich sind diese Geschichten! Weißt du wohl noch eine ähnliche von erbaulichen Erzählungen?« Sie gab zur Antwort: »Man erzählt auch

DIE GESCHICHTE
VOM IGEL UND VON DEN HOLZTAUBEN

Einst schlug ein Igel seine Wohnung neben einer Palme auf, die ein Holztauber mit seiner Täubin sich erwählt hatte; die beiden hatten sich dort ihr Nest gebaut, und sie führten auf ihr ein behagliches Leben. Nun sprach der Igel bei sich selbst: ‚Sieh da, der Tauber und die Täubin essen die Datteln von der Palme, während ich nicht zu ihnen gelangen kann. So bleibt mir nichts übrig, als eine List gegen die beiden anzuwenden.' Darauf grub er unter der Palme ein Loch und machte es zur Wohnung für sich und sein Weibchen; daneben aber richtete er eine Betstätte her. In die zog er sich zurück und trug Frömmigkeit, Gottesdienst und Weltentsagung zur Schau. Wie der Tauber ihn nun in Gottesdienst und Gebet versunken sah, ward er durch so viel Selbstentsagung gerührt, und er sprach zu dem Igel: ‚Wieviel Jahre lebst du schon so?' ‚Dreißig Jahre lang', antwortete der Igel. ‚Und was ist deine Nahrung?' ‚Was von der Palme herabfällt.' ‚Und was ist deine Kleidung?' ‚Stacheln, deren Rauheit mir von Nutzen ist.' ‚Warum hast du dir denn gerade eine solche Lebensweise hier ausgesucht und keine andere?' ‚Ich habe sie jedem anderen Lebenswege vorgezogen, um die Irrenden rechtzuleiten und die Unwissenden zu belehren.' Nun sagte der Tauber: ‚Ich hatte gedacht, daß du anders lebtest als so; doch nun verlangt es mich nach deinem Wandel.' Aber der Igel erwiderte: ‚Ich fürchte, daß deine Rede deinem Tun widersprechen wird; dann wirst du wie der Säemann sein, der zur Zeit der Aussaat es unterließ zu säen, indem er sprach: ‚Ich fürchte, die Tage reichen nicht mehr hin, um mich zum Ziele zu führen; und so würde ich nur beginnen, meine Habe fortzuwerfen, wenn ich mit dem Säen eile.' Doch als die Erntezeit kam und er sah, wie die Leute die Ernte einbrachten, da packte ihn Reue über das, was ihm durch seine Säumigkeit entgangen war; und er starb vor Kummer und Ärger.' Weiter sprach der Tauber zum Igel: ‚Was soll ich denn tun, um mich von den Banden der Welt zu befreien und mich ganz dem Dienste des Herrn hinzugeben?' Der Igel gab ihm zur Antwort: ‚Beginne damit, dich zu rüsten für das künftige Leben und dich mit karger Nahrung zufrieden zu geben!' ‚Wie kann ich das tun?' fragte der Tauber, ‚ich bin doch ein Vogel, und ich kann die Palme, auf der meine Nahrung wächst, nicht verlassen. Ja, könnte ich es auch tun, so wüßte ich doch keine Stätte, an der ich wohnen könnte.' Darauf antwortete ihm der Igel: ‚Du kannst dir von den Datteln der Palme so viele herunterschütteln, daß sie als Mundvorrat für dich und dein Weibchen ein Jahr lang genügen. Dann kannst du in einem Neste unter dem Baume wohnen und beten, der Schönheit des rechten Weges teilhaftig zu werden. Dann wende dich zu den abgeschüttelten Früchten, trag sie alle fort und speichere sie auf als Vorrat für die Zeit der Not. Hast du sie dann aufgezehrt und dauert die Zeit lange, so begnüge dich mit karger Nahrung.' Da sprach der Tauber: ‚Gott vergelte dir mit Gutem deine treffliche Absicht; denn du hast mich auf das künftige

Leben vorbereitet und mich auf den rechten Weg geleitet!'
Dann mühten sich der Tauber und sein Weibchen so lange
damit ab, die Datteln hinunterzuwerfen, bis keine Frucht mehr
auf der Palme übrig geblieben war. Der Igel aber hatte nun
sein Futter gefunden, und hocherfreut füllte er seine Wohnung
mit den Datteln und speicherte sie als Vorrat für sich auf, indem er bei sich sprach: ‚Der Tauber und sein Weibchen werden, wenn sie Nahrung nötig haben, mich darum bitten und
nach dem verlangen, was ich in Besitz habe; denn sie vertrauen
darauf, daß ich enthaltsam und fromm bin. Und wenn sie dann
meinen guten Rat und meine Ermahnungen hören, so werden
sie nahe an mich herankommen; ich aber will sie packen und
auffressen, und dann gehören dieser Ort und alle Datteln, die
von der Palme herabfallen, mir ganz allein, und daran habe
ich genug.'

Nun kamen der Tauber und die Täubin von der Palme herunter, nachdem sie alle Früchte abgeschüttelt hatten. Als sie
aber die Datteln nicht fanden, die der Igel alle in seine Höhle
geschafft hatte, sprach der Tauber zu ihm: ‚O Igel, frommer
Vater, du Prediger und Berater, wir finden keine Spur mehr
von den Datteln, und wir kennen keine anderen Früchte, von
denen wir uns nähren könnten.' Der Igel erwiderte:‚Vielleicht
haben die Winde sie davongeweht; doch die Abkehr von der
Nahrung und die Einkehr zu dem Ernährer sind es, darin das
rechte Heil besteht. Und Er, der die Mundwinkel gespalten,
wird ihnen die Nahrung nicht vorenthalten.' Und so ließ er
sie weiter dergleichen Ermahnungen hören und fuhr fort, sie
mit seiner Frömmigkeit und mit schönen Worten zu betören,
bis sie ihm Vertrauen schenkten und ihren Weg zu ihm lenkten. So traten sie in das Tor seiner Höhle ein, ohne zu fürchten,
er könnte ein Betrüger sein. Er aber sprang an das Tor und

streckte fletschend die Zähne hervor. Als der Tauber nun gewahrte, wie sich des Igels Falschheit offenbarte, rief er ihm zu: ‚Welch ein Unterschied zwischen heute abend und dem gestrigen Tage! Weißt du nicht, daß ein Helfer für die Unterdrückten lebt? Hüte dich vor Lug und Trug, auf daß es dir nicht ergehe, wie es einst den beiden Gaunern erging, die den Kaufmann überlisten wollten!‘ ‚Wie war denn das?‘ fragte der Igel. Da erzählte der Tauber

DIE GESCHICHTE VOM KAUFMANN
UND VON DEN BEIDEN GAUNERN

Es ist mir berichtet worden, daß es einmal einen Kaufmann gab, der aus einer Stadt namens Sinda stammte und der großen Reichtum besaß. Der schnürte eines Tages seine Kamellasten, rüstete seine Waren und zog mit dem allem zu einer anderen Stadt, um sie dort zu verkaufen. Es folgten ihm aber zwei Leute, die zu den Schelmen gehörten; die hatten das, was ihnen gerade an Gütern und Waren zur Hand war, aufgeladen, und indem sie sich dem Kaufmanne gegenüber auch als Kaufleute ausgaben, zogen sie mit ihm dahin. Wie sie nun am ersten Rastorte haltmachten, verabredeten die beiden sich, ihn zu überlisten und ihm seine Habe zu nehmen. Zugleich aber sann jeder von beiden auf Lug und Trug wider den anderen; denn ein jeder sagte sich: ‚Wenn ich meinen Gefährten hinterrücks beiseite schaffen kann, so wird es mir wohlergehen, und ich erhalte dann all diesen Reichtum allein.‘ Dann schmiedeten sie einen argen Plan widereinander, und ein jeder von beiden nahm etwas Speise und tat Gift hinein. Der eine tat das gleiche wie der andere; ein jeder setzte dem andern die vergiftete Speise vor. Dann aßen beide davon und starben zumal. Vorher hatten sie bei dem Kaufmann gesessen und mit ihm geplaudert; doch als sie ihn verlassen hatten und lange ausblieben, suchte er nach ihnen, um zu erfahren, was mit ihnen geschehen sei. Da fand er beide tot, und so erkannte er, daß sie Ränkeschmiede waren, die ihn hatten überlisten wollen, deren List sich aber wider sie selbst gewandt hatte. So wurde der Kaufmann gerettet, und er erhielt auch noch, was die beiden besessen hatten.«

* * *

Da sprach der König: »O Schehrezâd, du hast meine Andacht auf alles gelenkt, was ich außer acht gelassen hatte. Nun erzähle mir noch mehr solche Gleichnisse.« Da erzählte sie

DIE GESCHICHTE
VOM DIEB MIT DEM AFFEN

Es ist mir berichtet worden, o König, daß ein Mann einmal einen Affen besaß; dieser Mann aber war ein Dieb, der nie einen Marktplatz der Stadt, darinnen er wohnte, betrat, ohne daß er ihn mit großer Beute wieder verließ. Nun traf es sich, daß er eines Tages einen Mann sah, der alte Kleider zum Verkaufe feilhielt und sie auf dem Markte ausrief; aber niemand fragte nach ihrem Preise, während jeder, dem er sie anbot, sich weigerte, sie zu kaufen. Und weiter traf es sich, daß der Dieb, der den Affen bei sich hatte, bemerkte, wie der Mann mit den alten Kleidern diese in ein Bündel tat und sich müde niedersetzte, um auszuruhen. Da ließ er den Affen vor dem Manne seine Kunststücke machen, um seinen Blick durch das Schauspiel abzulenken, und dann stahl er ihm jenes Bündel. Alsbald nahm er den Affen und ging an eine einsame Stätte, wo er das Bündel öffnete. Wie er dann die alten Kleider sah, legte er sie in ein kostbares Tuch und ging damit zu einem anderen Markte. Dort hielt er das Tuch mit seinem Inhalte feil; er machte es zur Bedingung, daß es nicht vorher geöffnet würde, doch er lockte die Leute durch den billigen Preis an. Nun erblickte ein Mann es, und das kostbare Tuch gefiel ihm; so kaufte er es unter jener Bedingung und ging damit nach Hause, in dem Glauben, er habe einen guten Kauf gemacht. Doch als seine Frau es sah, fragte sie: ‚Was ist das?' Er antwortete: ‚Ein kostbarer Stoff, den ich unter Preis gekauft habe; ich will ihn verkaufen und den Gewinn daraus einstecken.' ‚Du Narr,' rief sie, ‚wird etwa dieser kostbare Stoff unter Preis verkauft, es sei denn, daß er gestohlen ist? Weißt du nicht, daß, wer etwas kauft, ohne es zu prüfen, schlecht fährt und dem Weber gleicht.' Als er nun fragte: ‚Was ist das für eine Geschichte mit dem Weber?' erzählte sie ihm

DIE GESCHICHTE
VOM TÖRICHTEN WEBER

Es ist mir berichtet worden, daß einst ein Weber in einem Dorfe lebte, der schwer arbeitete und nur mit Mühe seinen Lebensunterhalt verdiente. Nun begab es sich, daß einer der reichen Leute in der Nähe seines Dorfes ein Gastmahl gab; dazu lud er alles Volk ein, und so kam auch der Weber dorthin. Als er aber sah, wie den Gästen, die feine Gewänder trugen, die auserlesensten Speisen vorgesetzt wurden und wie der Hausherr sie besonders ehrte, weil er ihre schöne Kleidung bemerkt hatte, da sprach er bei sich selbst: ‚Wenn ich dies Handwerk mit einem anderen vertauschte, das weniger Mühe macht, das höher geachtet und besser bezahlt wird, so würde ich viel Geld ansammeln und mir auch prächtige Gewänder kaufen, um mehr geachtet zu werden; ja, dann stände ich in den Augen

der Menschen groß da und würde sein wie diese Leute hier.'
Dann sah er, wie einer der Gaukler, die bei dem Feste zugegen waren, auf eine hoch emporragende Mauer kletterte, sich von dort auf den Boden hinabstürzte und doch auf seine Füße zu stehen kam. Da sprach der Weber wieder bei sich: ‚Was der tut, das muß ich auch tun; das wird mir sicher möglich sein.' Alsdann kletterte er auf die Mauer und stürzte sich hinunter; doch als er auf den Boden fiel, zerbrach sein Genick, und er war auf der Stelle tot.

*

Ich erzähle dir dies nur, damit du dir dein Brot in einer Weise verdienst, die du verstehst und genau kennst; sonst wird die Gier dich packen, und du wirst nach Dingen trachten, denen du nicht gewachsen bist.' Aber ihr Mann erwiderte: ‚Nicht jeder Weise wird gerettet durch seine Weisheit, noch gerät jeder Tor ins Verderben durch seine Torheit. Habe ich es doch erlebt, wie manch ein Schlangenbeschwörer, der die Tiere genau kannte und verstand, dennoch von der Schlange gebissen wurde und starb, während ein anderer, der sie nicht kannte und ihre Art nicht verstand, dennoch ihr Herr ward.' So hörte er denn nicht auf seine Frau, sondern fuhr fort, Waren zu erstehen, und gewöhnte sich daran, von den Dieben unter Preis zu kaufen, bis daß Verdacht auf ihn fiel und er umkam.

* * *

DIE GESCHICHTE VOM PFAU
UND VOM SPERLING

Zur Zeit jenes Webers lebte ein Sperling, der jeden Tag einen der Könige der Vögel zu besuchen pflegte und immerdar des Morgens und des Abends bei ihm war; denn er war der erste, der früh zu ihm kam, und der letzte, der ihn spät verließ. Nun begab es sich, daß eine Schar von Vögeln sich auf einem hohen Berge versammelte, und daß sie dort zueinander sprachen: ‚Wir sind jetzt unser viele geworden, und viel Streit ist unter uns entstanden. Darum müssen wir einen König haben, der für unsere Angelegenheit sorgt; dann werden wir einig sein, und der Streit wird bei uns aufhören.' Jener Sperling kam gerade bei ihnen vorüber, und er riet ihnen, den Pfau zum König zu machen; denn das war der König, den er zu besuchen pflegte. So erwählten sie denn den Pfau und machten ihn zum König über ihre Schar. Da erwies er ihnen allerlei Wohltaten, und er machte jenen Sperling zu seinem Sekretär und Wesir. Dieser pflegte nun bisweilen seinen Dienst zu verlassen und sich nach dem, was sonst vorging, umzuschauen. Eines Tages aber blieb er lange aus, und da geriet der Pfau in große Unruhe; doch während er so ungeduldig wartete, kam plötzlich der Sperling zu ihm herein. Da rief der Pfau: ‚Was hat dich so lange aufgehalten, dich, der du mir von meinen Dienern der nächste bist, und der mir von allen der liebste ist?' Der Sperling gab zur Antwort: ‚Ich habe etwas gesehen, das mich mit Grauen erfüllte und mich erschreckte.' ‚Was hast du denn gesehen?' fragte der Pfau; und der Sperling erwiderte: ‚Ich habe einen Mann gesehen, der ein Netz hatte; das stellte er dicht bei meinem Neste auf, dann schlug er ringsum die Pflöcke fest, streute Körner mitten hinein und setzte sich abseits nieder. Da blieb ich dort, um zu sehen, was er beginnen würde; und während ich so wartete, kam ein Kranich mit seinem Weibchen, getrieben vom Schicksal und Verhängnis, und beide fielen mitten in das Netz und begannen zu schreien. Da sprang der Vogelsteller auf und fing die beiden. Das hat mich tief bekümmert, und darum bin ich lange fortgeblieben, o größter König unserer

Zeit. Ich will auch nicht mehr in dem Neste dort wohnen, da ich vor dem Netz auf der Hut sein muß.' Der Pfau aber sagte: ‚Verlaß deine Stätte nicht; denn alle Vorsicht schützt dich gegen das Schicksal nicht!' Gehorsam dem Befehle seines Herrn antwortete der Sperling: ‚Ich will ausharren und nicht weichen, um dem Könige zu gehorchen!' Doch er blieb weiter auf seiner Hut und waltete seines Amtes: er holte Speise für den Pfau, und der aß, bis er satt war, und trank Wasser nach dem Essen; dann ging der Sperling fort.

Wie er nun eines Tages wieder Ausschau hielt, da erblickte er zwei Sperlinge, die auf der Erde miteinander stritten. Nun sprach er bei sich selbst: ‚Wie kann ich der Wesir des Reiches sein und zusehen, wie die Sperlinge vor meinen Augen miteinander kämpfen! Bei Allah, ich muß Frieden zwischen ihnen stiften.' Rasch flog er zu ihnen, um sie zu versöhnen. Aber da warf der Vogelsteller sein Netz über sie alle hin; und so fiel auch jener Sperling hinein. Nun trat der Vogelsteller heran, ergriff ihn und gab ihn seinem Gefährten, indem er sprach: ‚Gib gut acht auf ihn; der ist fett. Ich habe noch nie einen schöneren als ihn gesehen!' Aber der Sperling sprach bei sich selbst: ‚Nun bin ich dem verfallen, was ich befürchtete; daß ich mich sicher fühlte, lag nur am Pfau. So half mir denn die Vorsicht gegen den Schlag des Schicksals nicht. Ach, auch für den Vorsichtigen gibt es vor dem Verhängnisse keinen Zufluchtsort; und wie schön ist doch das Dichterwort:

> *Was nicht geschehen soll, geschieht auch nie durch Listen;*
> *Doch was geschehen soll, das wird geschehen.*
> *Ja, was geschehen soll, geschieht zu seiner Stunde;*
> *Allein ein Tor kann es doch nie verstehen.«*

* * *

Da sprach der König: »O Schehrezâd, erzähle mir noch mehr solche Geschichten!« Sie gab zur Antwort: »In der kommenden Nacht, wenn der König, dem Allah Macht verleihe, mich am Leben läßt! – –«

Da bemerkte Schehrezâd, daß der Morgen begann, und sie hielt in der verstatteten Rede an. Doch als die *Hundertunddreiundfünfzigste Nacht* anbrach, erzählte sie

DIE GESCHICHTE VON 'ALÎ IBN BAKKÂR UND SCHAMS EN-NAHÂR

Es ist mir berichtet worden, o glücklicher König, daß in alten Zeiten und in längst entschwundenen Vergangenheiten unter dem Kalifate des Harûn er-Raschîd ein Kaufmann lebte, der einen Sohn hatte des Namens Abu el-Hasan 'Alî ibn Tâhir. Jener Kaufmann besaß viel Geld und war reich gesegnet mit den Gütern der Welt; sein Sohn aber war schön von Gestalt und bei allen Menschen beliebt, ja, er durfte ohne Erlaubnis den Palast des Kalifen betreten, da alle Nebenfrauen und Sklavinnen des Herrschers ihn gern hatten. Zudem war er des Königs Tafelgenosse und pflegte ihm Lieder aufzusagen und seltsame Geschichten vorzutragen; doch trotzdem pflegte er auch Handel zu treiben und auf dem Basar der Händler zu bleiben. Und bei seinem Laden pflegte ein Jüngling, ein Prinz aus dem Königshause der Perser, namens 'Alî ibn Bakkâr, zu sitzen, um sich mit ihm zu unterhalten. Jener Jüngling war von schönem Wuchs, von lieblicher Gestalt und vollkommener Schönheit; er hatte rosenrote Wangen und Brauen, die sich ineinander schlangen; seine Rede war süß, sein Mund lächelte, und er liebte Frohsinn und Heiterkeit.

Nun begab es sich, daß die beiden wieder einmal plaudernd

und lachend beieinander saßen; da kamen plötzlich zehn Jungfrauen, wie Monde anzuschauen, und eine jede von ihnen besaß Schönheit und Lieblichkeit und des Wuchses Ebenmäßigkeit. Unter ihnen aber war eine Maid, die ritt auf einer Mauleselin mit silberbeschlagenem Sattel und goldenen Steigbügeln; sie trug einen Überwurf aus feinem Gewebe und um ihren Leib einen seidenen Gürtel, der mit Gold gewirkt war, und sie selbst war, wie der Dichter von ihr sagt:

> *Sie hat eine Haut, die ist wie Seide, und eine Stimme*
> *Von weichem Klange, die nie viel plaudert noch auch schwätzt;*
> *Und Augen, von denen sprach Allah: Werdet! und siehe, sie wurden;*
> *Ein Augenpaar, das die Herzen wie Wein in Rausch versetzt.*
> *O Liebe zu ihr, quäl mich allnächtlich mit neuer Pein;*
> *Am Jüngsten Tag erst möge der Liebesqual Ende sein!*

Als die Mädchen den Laden des Abu el-Hasan erreichten, stieg jene Maid von der Mauleselin ab und setzte sich bei dem Laden nieder, begrüßte den Kaufmann, und er erwiderte ihren Gruß. Doch als 'Alî ibn Bakkâr sie erblickte, ward er von ihrer Schönheit berückt und wollte sich erheben. Da sprach sie zu ihm: ‚Bleib sitzen, wo du bist! Wir sind zu dir gekommen, und du willst nun fortgehen? Das wäre doch nicht recht.' ‚Bei Allah,' rief er, ‚hohe Herrin, ich fliehe vor dem, was ich geschaut habe. Sagt doch die Stimme der Verzückung:

> *Sie ist eine Sonne, ihr Thron ist am Himmel:*
> *So tröste mit mannhaftem Troste das Herz!*
> *Nie kann sie zu dir auf die Erde sich neigen,*
> *Nie steigst du im Fluge zu ihr himmelwärts.'*

Als sie das hörte, lächelte sie und fragte Abu el-Hasan: ‚Wie heißt dieser Jüngling? Und von wannen ist er?' Der Kaufmann erwiderte: ‚Er ist ein Fremdling.' Und als sie weiter fragte: ‚Aus welchem Lande?' fuhr er fort: ‚Er ist ein persischer Prinz, und sein Name ist 'Alî ibn Bakkâr; es geziemt sich, den Fremdling zu ehren.' Da sprach sie: ‚Wenn meine Sklavin zu dir kommt, so bringe ihn zu mir.' ‚Herzlich gern!' erwiderte Abu el-Hasan. Dann erhob sie sich und ging ihres Weges.

Solches geschah von ihrer Seite. Doch was 'Alî ibn Bakkâr anging, so hatte er vor Verwirrung die Sprache verloren. Nach einer Weile aber kam die Sklavin zu Abu el-Hasan und sprach zu ihm: ‚Meine Herrin verlangt nach dir und deinem Freunde.' Da stand er auf und nahm 'Alî ibn Bakkâr mit sich; und beide folgten der Sklavin nach dem Palaste des Harûn er-Raschîd. Dort führte sie sie in ein Gemach und bat sie, sich zu setzen. Eine Weile plauderten die beiden miteinander; da wurden die Speisetische vor sie hingesetzt, und sie aßen und wuschen sich danach die Hände. Dann brachte man ihnen Wein, und sie wurden trunken. Schließlich hieß sie sie aufstehen, und nachdem sie das getan hatten, führte sie sie in ein anderes Gemach; das wölbte sich über vier Säulen, es war mit vielerlei Teppichen und Decken ausgestattet und mit so viel Schmuck verziert, wie wenn es ein Paradiesesgemach wäre; da staunten sie ob all der Pracht, die sie sahen. Und während sie noch alle diese kostbaren Seltenheiten betrachteten, da kamen zehn Jungfrauen wie Monde anzuschauen, in bezauberndem, schwebendem Gange, die Blicke entzückend und die Sinne berückend, und sie reihten sich auf gleich den schwarzäugigen Jungfrauen des Paradieses. Nach einer kurzen Weile aber kamen zehn andere Mädchen und begrüßten die beiden Jünglinge; diese Mädchen trugen Lauten und andere Musikinstrumente in der Hand. Alle setzten sich nieder, stimmten die Saiten und begannen vor den Gästen die Lauten zu schlagen, zu singen und Lieder vorzutragen; und wahrlich, eine jede von ihnen war eine Versuchung für die Diener Gottes. Unterdessen kamen aber noch zehn andere Mädchen, wie jene hochbusig und vom gleichen Alter, mit schwarzen Augen und rosigen Wangen, mit zusammengewachsenen Brauen und versonnenen Blicken, eine Versuchung für die Männer der Frömmigkeit und für die Augen ein Bild der Lieblichkeit; und sie trugen Gewänder von vielfarbiger Seide und Schmuck, der den Verstand bezauberte und verwirrte. Die blieben bei der Tür stehen. Und nach ihnen kamen noch einmal zehn Mädchen, die noch schöner waren als jene, und die trugen so prächtige Gewänder, wie sie niemand beschreiben kann. Auch sie blieben an der Tür stehen. Zuletzt aber traten zwanzig Mädchen zur Tür hinein, und in ihrer Mitte war eine Maid des Namens Schams en-Nahâr, dem Monde gleich unter den Sternen. Die wiegte sich in bezauberndem, schmiegsamem Gange, umwallt von ihrem reichen Haare; sie trug ein blaues Gewand und einen Mantel aus Seide, der mit Borten von Gold und Edelsteinen besetzt war; und auch der Gürtel, der ihren Leib schmückte, war mit mancherlei Edelsteinen geziert. So schritt sie dahin in stolzem, wiegendem Gange, bis sie sich auf das Prunklager niedersetzte. Doch als 'Alî ibn Bakkâr sie erblickte, sprach er diese Verse:

> *Siehe, sie ist der Anfang meines Leidens;*
> *Sie bringt unendlich Weh und lange Pein.*
> *Bei ihr fühl ich, wie meine Seele hinschmilzt*
> *Im Liebesbrand; verzehrt wird mein Gebein.*

Nach diesen Versen sprach er zu Abu el-Hasan: ,Wenn du gut an mir gehandelt hättest, so hättest du mir dies alles kundgetan, ehe ich hier eingetreten wäre; denn dann hätte ich mich damit vertraut machen und meine Seele gegen das, was sie betroffen hat, mit Geduld wappnen können.' Dann weinte er und stöhnte und klagte. Abu el-Hasan aber sprach zu ihm: ,Lieber Bruder, ich wollte dir doch nur Gutes tun; allein ich scheute mich, dir dies zu sagen, damit durch die Leidenschaft nicht etwas geschähe, was dich vor ihr zurückhalten und euch beide trennen könnte. Doch hab Zuversicht und quäl dich nicht! Denn wisse, ihre Gunst ist dein; und sie sinnt darauf, mit dir vereint zu sein.' ,Wie heißt diese Maid?' fragte 'Alî ibn Bakkâr nun. Da antwortete ihm Abu el-Hasan: ,Sie heißt Schams en-Nahâr.[1] Sie ist eine der Odalisken des Beherrschers der Gläubigen Harûn er-Raschîd, und dieser Ort hier ist das Kalifenschloß.' Schams en-Nahâr aber saß da und schaute auf die Schönheit des 'Alî ibn Bakkâr, während er ihre Reize bewunderte; und so entbrannten die beiden in Liebe zueinander. Dann befahl sie den Sklavinnen, sich zu setzen, eine jede von ihnen an ihre Stätte auf einem Diwan; und wie sich dann eine jede vor einem Fenster gesetzt hatte, befahl sie ihnen zu singen. Da griff eine von ihnen zur Laute und begann zu singen:

> *Verkünde die Botschaft immer aufs neue;*
> *Hör offen die Antwort, die sich dir bot! –*
> *Ich stehe vor dir, o du König der Schönen,*
> *Und klage dir meine bittere Not.*
> *Du mein Gebieter, mein teures Herze,*
> *O du mein Leben, du kostbare Zier,*
> *Gewähre mir einen Kuß zum Geschenke;*
> *Wo nicht, so gib ihn als Darlehen mir!*
> *Ich geb ihn dir wieder, ohn daß du verlierest,*
> *Genau wie er war, ganz unversehrt.*
> *Und wenn du dann noch mehr verlangest,*
> *So nimm ihn, wie ihn dein Herz begehrt!*
> *O der du mir anlegst die Tracht von Leid,*
> *Dich freue stets der Gesundheit Kleid!*

'Alî ibn Bakkâr war entzückt, und er rief ihr zu: ,Sing mir noch mehr solche Lieder vor!' So griff sie denn wieder in die Saiten und sang diese Verse:

[1]. Die Sonne des Tages.

> *Durch lange Trennung, o du mein Lieb,*
> *Gabst du meinen Augen der Tränen viel;*
> *O Glück meines Auges, o mein Begehr,*
> *O du mein Glaube, mein höchstes Ziel,*
> *Hab Mitleid mit ihr, deren Blick versinkt*
> *Und in Tränen des Liebesleids ertrinkt!*

Als sie ihren Gesang beendet hatte, sprach Schams en-Nahâr zu einer anderen Sklavin: ‚Laß du uns etwas hören!' Da begann sie zu singen und ließ dies Lied erklingen:

> *Ich ward berauscht von seinem Blick, doch nicht von edlem Wein,*
> *Und zwischen Schlaf und Auge schlich sein stolzer Gang sich ein.*
> *Sein lockig Haar berückte mich, doch nicht der Rebensaft;*
> *Nicht Traubenblut, sein hoher Mut hat mich dahingerafft.*
> *Die Schläfe mit der Locken Zier hat meine Kraft gewandt;*
> *Durch das, was sein Gewand verhüllt, verschwand mir der Verstand.*

Als Schams en-Nahâr den Gesang der Sklavin hörte, seufzte sie lange Zeit, und das Lied ging ihr zu Herzen. Darauf befahl sie einer dritten Sklavin zu singen; und die griff zur Laute und hub an:

> *Ein Antlitz, gleich der Leuchte des Himmels strahlend hell,*
> *Auf dem die Jugendschöne erglänzt wie ein sprudelnder Quell!*
> *Der Flaum beschrieb seine Wangen mit einer Schrift so zart,*
> *In deren Gekräusel sich der Liebe Sinn offenbart.*
> *Die Schönheit rief von ihm: Ich wußte, als ich ihn erblickt,*
> *Nur Gottes Hand hat solch ein feines Gewebe gestickt.*

Als auch sie ihr Lied gesungen hatte, sprach 'Alî ibn Bakkâr zu einem Mädchen neben ihm: ‚Jetzt sing du, o Maid, und laß uns etwas hören!' Da ergriff sie die Laute und hub an:

> *Zu kurz ist der Begegnung Zeit*
> *Für all die lange Sprödigkeit;*
> *Wie lang der quälende Verzicht!*
> *Das ziemt den Edelmenschen nicht.*
> *Ergreifet drum des Glückes Zeit*
> *Und der Begegnung Seligkeit!*

Als sie geendet hatte, brach 'Alî ibn Bakkâr in strömende Tränen aus. Doch wie Schams en-Nahâr sah, daß er weinte und stöhnte und klagte, ward sie ergriffen von der sehnenden Liebe Kraft und verzehrt von heftigster Leidenschaft. Sie erhob sich von ihrem Lager und ging zu der Tür der Kammer; doch auch 'Alî ibn Bakkâr erhob sich und trat ihr entgegen. Da schlangen sie die Arme umeinander und sanken, der Welt entrückt, ohnmächtig an der Kammertür nieder. Die Sklavinnen aber eilten herbei, hoben die beiden auf und trugen sie in die Kammer hinein; dort besprengten sie sie mit Rosenwasser. Als die beiden dann wieder zu sich kamen, fanden sie Abu el-Hasan nicht mehr; denn er hatte sich neben einem Lager versteckt: Da rief die Dame: ‚Wo ist Abu el-Hasan?' Nun zeigte er sich ihr neben dem Lager; und sie begrüßte ihn und sprach: ‚Ich bitte Allah, daß er Es mir ermögliche, dir zu lohnen, du Gütiger.' Dann wandte sie sich zu 'Alî ibn Bakkâr und sprach zu ihm: ‚O mein Gebieter, die Liebe hat in dir ihre höchste Kraft entfaltet, und doch ist sie in mir noch doppelt so stark. Allein es bleibt uns nichts, als geduldig zu ertragen, was uns betroffen hat.' Da rief er: ‚Bei Allah, meine Herrin, die Begegnung mit dir beruhigt mich nicht; auch erlischt nicht die Flamme in meinem Herzen, erblicke ich dein Angesicht. Die Liebe zu dir ist in meinem Herzen so fest, daß sie nicht eher aufhört, als bis mich das Leben verläßt.' Dann begann er wieder zu weinen, und seine Tränen rannen auf seine Wange hinab wie lose Perlen. Und wie Schams en-Nahâr ihn weinen sah, begann sie mit ihm zu weinen. Da sprach Abu el-Hasan: ‚Bei Allah, mich wundert euer Gebaren, und ich staune ob dessen, was euch widerfahren! Ja, euer Zustand ist seltsam anzusehn, und euer Gebaren ist kaum zu verstehn. Da weinet ihr so, wo ihr doch vereint seid; wie soll es erst werden, wenn ihr getrennt und fern voneinander seid?' Dann fuhr er fort: ‚Dies ist doch nicht die Zeit, zu trauern und zu weinen; nein, es ist die Zeit der Vereinigung und der Freude. So freut euch denn, seid froh und weinet nicht!' Darauf winkte Schams en-Nahâr einer Sklavin; die ging fort und kehrte mit anderen Sklavinnen zurück, die einen Tisch voll silberner Schüsseln mit allerlei köstlichen Speisen trugen. Nachdem diese den Tisch vor den beiden niedergesetzt hatten, begann Schams en-Nahâr zu essen und gab 'Alî ibn Bakkâr die Bissen in den Mund, so lange, bis sie gesättigt waren. Dann wurde der Tisch hinweggenommen, und sie wuschen sich die Hände. Nun brachte man ihnen die Räuchergefäße mit allerlei Weihrauch von Aloeholz und verschiedenen Arten von Ambra, ferner auch die Fläschchen zum Sprengen von Rosenwasser; und sie besprengten und beräucherten sich. Darauf wurden ihnen Schalen aus ziseliertem Golde vorgesetzt, darinnen sich mancherlei Scherbets, Früchte und Naschwerk befanden, alles, was das Herz begehrt und die Augen erquickt. Schließlich brachte man ihnen eine Schale aus Karneol, die mit Wein gefüllt war. Schams en-Nahâr wählte zehn Sklavinnen zu ihrem Dienste aus und dazu zehn Sängerinnen, während sie die übrigen Mädchen in ihre Gemächer zurücksandte. Nun befahl sie einigen von denen, die geblieben waren, die Lauten zu schlagen, und die taten nach ihrem Befehl. Und eine von ihnen begann zu singen:

> *Mein Leben geb ich für den, der lächelnd wiedergrüßte,*
> *Der Hoffnung auf Gunst mir weckte, als ich verzweifelt war.*
> *Jetzt haben der Sehnsucht Hände, was ich verbarg, enthüllet;*
> *Sie machten mein innerstes Herze den Tadlern offenbar.*
> *Die Tränen des Auges traten jetzt zwischen ihn und mich,*
> *Als liebten die Tränen des Auges ihn ebenso wie ich.*

Als die Sängerin ihr Lied beendet hatte, füllte Schams en-Nahâr den Becher und trank ihn aus; dann füllte sie ihn wieder und reichte ihn 'Alî ibn Bakkâr. – –«

Da bemerkte Schehrezâd, daß der Morgen begann, und sie hielt in der verstatteten Rede an. Doch als die *Hundertundvierundfünfzigste Nacht* anbrach, fuhr sie also fort: »Es ist mir berichtet worden, o glücklicher König, daß Schams en-Nahâr den Becher füllte und ihn 'Alî ibn Bakkâr reichte; dann befahl sie einer anderen Sklavin zu singen, und die hub an und trug diese Verse vor:

> *Es gleichet meine Träne im Rinnen meinem Weine;*
> *Mein Auge vergießt das gleiche, was in dem Becher blinkt.*
> *Bei Gott, ich weiß nicht, ob der Wein von meinen Lidern*
> *Geflossen, oder mein Mund von meinen Tränen trinkt.*

Nach diesem Gesange trank 'Alî ibn Bakkâr seinen Becher aus und gab ihn Schams en-Nahâr zurück. Sie füllte ihn wieder und reichte ihn nun Abu el-Hasan, und der leerte ihn. Dann griff sie selbst zur Laute und sprach: ‚Keiner soll zu meinem Becher singen als ich selbst!' Darauf stimmte sie die Saiten und begann mit ihrem Spiele diese Verse zu begleiten:

> *Der Tränen seltsam Strom fließt über seine Wangen;*
> *In seiner Brust entbrennt die Glut der Liebesqual.*
> *Er weint in ihrer Nähe aus Furcht, er müsse scheiden:*
> *Ob nah er oder fern, die Träne rinnt zumal.*

Und ferner die Verse eines anderen:

> *Mein Leben geb ich für dich, o Trinkgenoß, den die Schönheit*
> *Vom leuchtenden Scheitel hinab bis zu den Füßen umhüllt!*
> *In deinen Händen der Becher glänzt wie die Sonne, im Munde*
> *Plejadengleich die Zähne, darüber des Vollmondes Bild!*
> *Und siehe da, deine Becher, die mir die ganze Besinnung*
> *Geraubt, sie kreisen gleichsam aus deinen Augen hervor.*
> *Und ist es nicht sonderbar, daß du ein voller Mond bist*

In Fülle strahlend, und daß der Liebenden Glanz sich verlor?
Du neigst dich und du meidest, so wie es dir beliebet –
Bist du ein Gott, der tötet oder lebendig macht?
Nach deinem Bild allein hat Gott die Schönheit erschaffen
Und hat aus deinem Wesen des Zephirs Duft entfacht.
Du bist kein menschlich Wesen aus diesem Erdenland,
Du bist ein Engel, von deinem Schöpfer herabgesandt.

Als 'Alî ibn Bakkâr und Abu el-Hasan und die anderen, so zugegen waren, das Lied der Schams en-Nahâr vernahmen, war es ihnen, als würden sie vor Entzücken hoch emporgehoben; und sie scherzten und lachten miteinander. Doch während sie so fröhlich waren, da trat plötzlich eine Sklavin herein, zitternd vor Furcht, und rief: ‚Gebieterin, die Eunuchen des Beherrschers der Gläubigen stehen an der Tür, 'Afîf, Masrûr und Mardschân und noch andere, die ich nicht kenne!' Wie sie die Worte der Sklavin hörten, wären sie vor Angst fast gestorben. Schams en-Nahâr aber lächelte und sprach: ‚Fürchtet euch nicht!' Dann sagte sie zu der Sklavin: ‚Steh du ihnen Rede, während wir diesen Ort verlassen!' Sie hieß 'Alî und Abu el-Hasan in der Kammer bleiben, verschloß die Türen und ließ die Vorhänge vor ihnen herunter; nachdem sie auch die Tür der Halle verschlossen hatte, ging sie durch die geheime Pforte hinaus in den Garten. Dort setzte sie sich auf ihr Lager, befahl einer Sklavin, ihr die Füße zu kneten, und hieß die anderen Sklavinnen in ihre Gemächer gehen. Und nun befahl sie der Sklavin, die Leute an der Tür hereinzurufen. Da traten Masrûr und die, so bei ihm waren, herein; es waren zwanzig Eunuchen, mit Schwertern in ihren Händen. Nachdem sie vor Schams en-Nahâr den Gruß gesprochen hatten, fragte sie sie: ‚Weshalb seid ihr gekommen?' Sie antworteten: ‚Der Beherrscher der Gläubigen läßt dir seinen Gruß entbieten. Er sehnt sich nach deinem Anblick, und er läßt dir sagen, er habe heute viel Freude und Glück erlebt, und er wünsche seine Freude dadurch zu krönen, daß du jetzt bei ihm seiest. Willst du nun zu ihm gehen, oder soll er zu dir kommen?' Da küßte sie den Boden und sprach: ,Ich höre und gehorche dem Befehle des Beherrschers der Gläubigen!' Dann gab sie Befehl, die Wirtschafterinnen und Sklavinnen herbeizurufen; und als diese gekommen waren, tat sie ihnen kund, daß sie dem Befehle des Kalifen nachkomme. Nun war zwar die Stätte in allem aufs beste hergerichtet, aber sie sprach dennoch zu den Eunuchen: ,Gehet hin zum Beherrscher der Gläubigen und saget ihm, daß ich ihn nach einer kurzen Weile erwarte, damit ich ihm vorher ein Lager mit Teppichen und allem Zubehör herrichten kann!' So gingen denn die Diener eiligst zum Beherrscher der Gläubigen; Schams en-Nahâr aber legte ihre Obergewänder ab und begab sich rasch zu ihrem Geliebten 'Alî ibn Bakkâr. Sie zog ihn an ihre Brust und nahm Abschied von ihm, während er bitterlich weinte und rief: ,Gebieterin, dieser Abschied vernichtet mein Selbst und raubt mir das Leben! Doch ich will Allah bitten, daß Er mir Geduld verleihe, alles zu ertragen, womit Er mich durch meine Liebe heimgesucht hat.' Doch sie erwiderte: ,Bei Allah, vernichtet werde nur ich! Denn du wirst wieder zum Basar hinausziehen und dich mit Freunden vereinen, die dich trösten; dann bist du geborgen, und deine Liebe bleibt verborgen. Ich aber, ich werde in Not und Qual geraten, und ich werde keinen finden, der mich tröstet, zumal ich dem Kalifen schon versprochen habe, bei ihm zu sein. Daraus kann mir die größte Gefahr erwachsen, weil ich mich nach dir sehne und dich liebe und voll Leidenschaft zu dir hingerissen werde und ob der Trennung von dir traurig bin. Mit welcher Zunge soll ich singen und mit welchem Herzen soll ich dem Kalifen nahen? Mit welchen Worten soll ich den Beherrscher der Gläubigen unterhalten und mit welchem Blick soll ich auf die Stätte schauen, an der du nicht bist? Wie kann ich bei einem Feste sein, bei dem du nicht bist, und mit welchem Geschmack soll ich Wein trinken, wenn du nicht zugegen bist?' Da sprach Abu el-Hasan zu ihr: ‚Sei nicht ratlos, fasse dich in Geduld und versäume es nicht, den Beherrscher der Gläubigen heute abend zu unterhalten; zeige ihm auch keine Mißachtung, sondern harre aus in Festigkeit!' Kaum hatte er so zu ihr gesprochen, da kam schon eine Sklavin und meldete: ‚O Herrin, die Pagen des Beherrschers der Gläubigen kommen!' Sogleich hub sie an und sagte zu der Sklavin: ‚Nimm Abu el-Hasan und seinen Freund und führe sie zu dem oberen Balkon, der auf den Garten schaut. Dort lasse sie, bis die Dunkelheit anbricht; dann finde Mittel und Wege, daß sie hinausgehen können!' Die Sklavin nahm die beiden, führte sie auf den Balkon hinauf, schloß die Tür hinter ihnen zu und ging ihrer Wege. Doch als die beiden sich gesetzt hatten und auf den Garten niederschauten, kam auch schon der Kalif; vor ihm schritten gegen hundert Eunuchen mit Schwertern in den Händen, und rings um ihn waren zwanzig Mädchen, Monden gleich, angetan mit den prächtigsten Gewändern. Eine jede von ihnen trug ein Diadem auf dem Haupte, das mit Juwelen und Saphiren besetzt war, und eine jede hielt eine brennende Fackel in der Hand. Der Kalif schritt mit majestätischem Gange in ihrer Mitte dahin, während die Jungfrauen ihn auf allen Seiten umgaben und Masrûr, 'Afîf und Wasîf vor ihm hergingen. Da erhob sich Schams en-Nahâr mit allen ihren Sklavinnen; und sie empfingen ihn am Gartentore und küßten den Boden vor ihm. Dann gingen auch sie vor ihm her, bis er sich auf das Lager niederließ; und nun stellten sich alle Sklavinnen und Eunuchen, die in dem Garten waren, vor ihm auf. Dann kamen die schönen Mädchen und die Sängerinnen, die trugen in ihren Händen brennende Kerzen, Geräte mit Wohlgerüchen und Weihrauch und die Musikinstrumente. Nun befahl der Herrscher den Sängerinnen, sich zu setzen, und eine jede von ihnen ließ sich an ihrem Platze nieder. Auch Schams en-Nahâr kam und setzte sich auf einen Schemel neben dem Lager des Kalifen und plauderte mit ihm. All das geschah, indem Abu el-Hasan und 'Alî ibn Bakkâr zuschauten und zuhörten; der Kalif aber sah sie nicht. Dann begann er mit Schams en-Nahâr zu scherzen und zu tändeln, und sie waren froh und guter Dinge. Hierauf befahl der Herrscher, den Pavillon zu öffnen; nachdem das geschehen war, machte man auch die Fenster auf und zündete die Kerzen an, so daß der Raum im Dunkeln hell war wie der Tag. Dann schafften die Eunuchen die Trinkgeräte herbei, von denen Abu el-Hasan später erzählte: ‚Da sah ich Trinkgeräte und Meisterwerke, wie mein Auge sie noch nie geschaut hatte, und Schalen aus Gold und Silber und allen anderen edlen Metallen mit Edelsteinen, unbeschreiblich schön, so daß ich zu träumen vermeinte, da ich ob alledem, was ich sah, so gewaltig erstaunte.‘ 'Alî ibn Bakkâr aber hatte seit dem Augenblicke, da Schams en-Nahâr ihn verließ, bewußtlos am Boden gelegen im Übermaß der Leidenschaft und Sehnsucht; als er nun wieder zu sich kam, erblickte er all diese Dinge, die so einzigartig waren, und er sprach zu Abu el-Hasan: ‚Bruder, ich fürchte, daß der Kalif uns sieht oder von unserer Sache erfährt; am meisten aber gilt meine Sorge dir. Denn sieh, was mich angeht, so weiß ich, daß ich sicher sterben muß; und daß ich dahingehe, geschieht durch der sehnenden Liebe Kraft und das Übermaß der heftigen Leidenschaft, und weil ich von der Geliebten Abschied nahm, nachdem ich ihr so nahe kam. Doch ich flehe zu Gott, daß er uns aus dieser Gefahr errette.‘ Nun schauten 'Alî ibn Bakkâr und Abu el-Hasan vom Balkon hinab auf den Kalifen und das Glück, das ihm beschieden war, bis das Mahl vor ihm völlig hergerichtet war.

Darauf wandte der Kalif sich zu einer der Sklavinnen und sprach: ,Gharâm, laß uns etwas von deinen bezaubernden Liedern hören!' Da griff sie zur Laute, stimmte sie und begann zu singen:

> Das Heimweh der Araberin, die fern von ihrem Stamme
> Vor Sehnsucht nach Arabiens Weiden und Myrten stöhnt,
> Wenn sie bei der reisigen Schar verweilt und die ihr Leiden
> Durch das gastliche Feuer, die Tränen durch Trank verschönt –
> Es kann nicht größer sein als meiner Liebe Weh! . . .
> Mein Lieb denkt aber nur, daß ich eine Schuld begeh.

Als Schams en-Nahâr diese Verse hörte, glitt sie von dem Schemel, auf dem sie saß, hinab und sank ohnmächtig zu Boden und ward der Welt entrückt; da kamen die Sklavinnen und hoben sie auf. Doch auch 'Alî ibn Bakkâr sank in Ohnmacht, als er sie vom Balkon aus sah. Abu el-Hasan aber sprach: ,Fürwahr, das Schicksal hat die Leidenschaft zu gleichen Teilen unter euch beide verteilt!' Während dann die beiden miteinander sprachen, kam die Sklavin, die sie auf den Balkon geführt hatte, zu ihnen und sprach: ,Abu el-Hasan, erheb dich mit deinem Freunde! Geht beide hinunter; denn die Welt ist uns eng geworden, und ich fürchte, daß alles ruchbar wird oder daß der Kalif von euch beiden erfährt. Wenn ihr nicht in diesem Augenblicke hinuntergeht, so sind wir des Todes!' Abu el-Hasan erwiderte: ,Wie soll dieser Jüngling sich mit mir erheben, er, der nicht die Kraft hat, um aufzustehen?' Da sprengte die Sklavin Rosenwasser auf ihn, bis er aus seiner Ohnmacht erwachte. Nun hob Abu el-Hasan ihn auf, und die Sklavin stützte ihn; so führten die beiden ihn vom Balkon hinunter und gingen eine kurze Strecke weiter, bis die Sklavin eine kleine eiserne Tür auftat und die beiden Freunde dort hinausließ. Diese erblickten draußen eine Bank am Ufer des Tigris und setzten sich auf sie. Die Sklavin aber klatschte in die Hände; da kam zu ihr ein Mann in einem kleinen Boote. Zu dem sprach sie: ‚Nimm diese beiden jungen Männer und lande sie auf dem anderen Ufer!' Dann stiegen sie in das Boot; doch als der Fährmann mit ihnen fortruderte und sie sich von dem Garten getrennt hatten, blickte 'Alî ibn Bakkâr zum Kalifenschlosse und zu dem Pavillon und dem Garten zurück und sagte ihnen mit diesen beiden Versen Lebewohl:

> *Zum Abschied streck ich aus die eine schwache Hand;*
> *Die andre ist dem Feuer im Herzen zugewandt.*
> *Mög dies doch nicht das Ende von unsrem Glücke sein!*
> *Sei diese Zehrung nicht die letzte Zehrung mein!*

Dann sprach die Sklavin zu dem Fährmann: ‚Fahr sie rasch dahin!' Und er begann kräftig zu rudern, während die Sklavin noch bei ihnen war. – –«

Da bemerkte Schehrezâd, daß der Morgen begann, und sie hielt in der verstatteten Rede an. Doch als die *Hundertundfünfundfünfzigste Nacht* anbrach, fuhr sie also fort: »Es ist mir berichtet worden, o glücklicher König, daß der Fährmann die beiden zum anderen Ufer ruderte, während die Sklavin noch bei ihnen war. Wie sie nun jenseits angekommen waren, das Festland erreicht hatten, gelandet und ausgestiegen waren, da nahm die Sklavin von ihnen Abschied mit den Worten: ‚Ich hatte euch nicht verlassen wollen; aber ich darf nicht weiter mit euch gehen als bis zu dieser Stätte.' Dann kehrte sie wieder zurück. 'Alî ibn Bakkâr aber war vor Abu el-Hasan niedergesunken und lag ausgestreckt auf dem Boden, und er konnte sich nicht erheben. Da sprach Abu el-Hasan zu ihm: ‚Dieser Ort ist nicht sicher, und wir müssen fürchten, daß wir hier unser Leben verlieren, wegen der Räuber und Banditen und Diebe.' Da stand 'Alî ibn Bakkâr auf und ging eine kurze Strecke dahin; aber er konnte kaum noch weitergehen. Nun hatte Abu el-Hasan Freunde in jener Gegend; und so ging er zu einem von ihnen, auf den er sich verlassen konnte und der ihm vertraut war, und pochte an seine Tür. Eilends kam der Freund heraus, und als er die beiden sah, hieß er sie willkommen und führte sie in sein Haus, hieß sie sich setzen, plauderte mit ihnen und fragte sie, wo sie gewesen wären. Da antwortete Abu el-Hasan: ‚Wir sind zu dieser Zeit ausgegangen wegen eines Mannes, mit dem ich Geschäfte abgeschlossen hatte und der mir Geld schuldet. Ich hatte nämlich gehört, er wolle mit meinem Gelde abreisen; deshalb ging ich heute abend aus, um ihn aufzusuchen, und zur Gesellschaft nahm ich diesen meinen Freund, 'Alî ibn Bakkâr, mit mir. Doch als wir kamen, um ihn zu sehen, da verbarg er sich vor uns, und wir fanden ihn nicht; so mußten wir mit leeren Händen ohne Geld umkehren. Allein es war uns lästig, zu dieser Nachtzeit heimzukehren; und da wir nicht wußten, wohin wir gehen sollten, kamen wir zu dir, da wir deine Freundschaft und deine gewohnte Güte kennen.' ‚Herzlich willkommen!' sagte drauf der Hausherr und bemühte sich, ihnen alle Ehre anzutun; und sie blieben den Rest der Nacht bei ihm. Als es aber Morgen ward, verließen sie ihn und kehrten ohne Verzug zur Stadt zurück, gingen hinein und kamen zum Hause des Abu el-Hasan. Der bat seinen Freund 'Alî ibn Bakkâr inständigst, einzutreten, führte ihn in sein Haus, und beide legten sich eine Weile aufs Bett, um zu ruhen. Als sie wieder aufwachten, befahl Abu el-Hasan seinen Dienern, das Haus mit den prächtigsten Teppichen zu schmücken; und sie taten es. Er sagte sich nämlich: ‚Ich muß doch diesen Jüngling trösten und von seinem Kummer ablenken; denn ich kenne seine Not besser als irgendein anderer.' Dann rief er nach Wasser für 'Alî ibn Bakkâr; und als man es gebracht hatte, erhob sich dieser, vollzog die religiöse Waschung, sprach die vorgeschriebenen Gebete, die er am Tage und in der Nacht vorher versäumt hatte, und setzte sich nieder, um sich durch das Plaudern mit Abu el-Hasan zu trösten. Als jener das bemerkte, trat er auf ihn zu und sprach zu ihm: ‚Lieber Herr, es wäre das beste für deinen Zustand, wenn du diese Nacht über bei mir bliebest, auf daß deine Brust sich weite und die Qual der Sehnsucht, die dich verzehrt, gelindert werde und du dich bei mir zerstreuest; dann wird das Feuer, das in deinem Herzen brennt, gelöscht werden.' 'Alî ibn Bakkâr erwiderte: ‚Tu, o Bruder, was dir gut dünkt! Ich kann doch in keiner Weise dem entrinnen, was mich betroffen hat. Drum tu, was du willst!' So rief denn Abu el-Hasan seine Diener, ließ einige seiner besten Freunde einladen und sandte nach Sangeskundigen und Musikanten. Als alle gekommen waren, ließ er ihnen Speise und Trank bereiten; und sie setzten sich, aßen und tranken und waren guter Dinge, den ganzen Tag hindurch bis zum Abend. Dann zündeten sie die Kerzen an, und die Becher der Freundschaft und guten Kameradschaft kreisten bei ihnen; wie ihnen nun so wohl war, griff die Sängerin zur Laute und begann zu singen:

> *Ich ward vom Schicksal getroffen mit dem Geschoß eines Blickes,*
> *Der warf mich nieder. Ich hab vom Liebsten Abschied genommen.*
> *Das Schicksal ward mir feind, und meine Geduld versagte.*
> *Doch ahnte ich zuvor, es müsse also kommen.*

Wie 'Alî ibn Bakkâr die Worte der Sängerin vernahm, sank er ohnmächtig zu Boden; und in seiner Ohnmacht blieb er liegen, bis die Morgendämmerung aufstieg, so daß Abu el-Hasan fast an ihm verzweifelte. Doch als der Tag anbrach, kam er wieder zu sich und verlangte nach Hause zu gehen. Abu el-Hasan hinderte ihn nicht, da er befürchtete, es würde mit ihm schlecht enden. So ließ er denn seine Diener ihm eine Maulseelin bringen, und die ließen ihn aufsitzen. Darauf ritt er fort, während Abu el-Hasan und einige der Diener mit ihm gingen, bis sie ihn in seine Wohnung gebracht hatten. Als er sich dann in seinem Hause beruhigt hatte, dankte Abu el-Hasan Gott für seine Errettung aus dieser Gefahr und blieb noch eine Weile bei ihm sitzen, um ihn zu trösten; 'Alî aber vermochte sich nicht zu fassen, da die Leidenschaft und die Sehnsucht in ihm übermächtig waren. Doch schließlich erhob Abu el-Hasan sich, nahm Abschied von ihm und wandte sich, um in sein eigenes Haus zurückzukehren. – –«

Da bemerkte Schehrezâd, daß der Morgen begann, und sie hielt in der verstatteten Rede an. Doch als die *Hundertundsechsundfünfzigste Nacht* anbrach, fuhr sie also fort: »Es ist mir berichtet worden, o glücklicher König, daß Abu el-Hasan von 'Alî ibn Bakkâr Abschied nahm; und da sprach dieser zu ihm: ‚Lieber Bruder, laß mich nicht ohne Nachricht!' ‚Ich höre und gehorche!' erwiderte jener, verließ ihn und ging zu seinem Laden. Den öffnete er und begann auf Nachricht von Schams en-Nahâr zu warten; doch niemand brachte sie ihm. Die Nacht über blieb er in seinem Hause, und als es Morgen ward, ging er fort, bis er zum Hause des 'Alî ibn Bakkâr kam. Er trat zu ihm ein und fand ihn auf seinem Bette liegen, während seine Freunde um ihn standen und die Ärzte bei ihm waren; und ein jeder von ihnen verschrieb ihm etwas, und alle fühlten seinen Puls. Doch als Abu el-Hasan eingetreten war und er ihn sah, lächelte er; dann grüßte Abu el-Hasan ihn, fragte ihn, wie es ihm gehe, und blieb bei ihm sitzen, bis die Leute fortgegangen waren. Nun fragte er: ‚Was bedeutet dies alles?' Da erwiderte

'Alî ibn Bakkâr: ‚Es hatte sich über mich das Gerücht verbreitet, ich sei krank, und meine Freunde hörten davon. Ich aber hatte nicht Kraft genug, um aufzustehen und hinauszugehen, so daß ich den, der da sagte, ich sei krank, hätte Lügen strafen können. Ich mußte vielmehr auf meinem Bette liegen bleiben, so wie du mich hier siehst; da kamen denn meine Freunde, um mich zu besuchen. Doch sag, Bruder, hast du die Sklavin gesehen oder hast du Kunde von ihr vernommen?' Jener antwortete: ‚Seit sie uns am Ufer des Tigris verließ, habe ich sie nicht mehr gesehen', und dann fügte er hinzu: ‚Lieber Bruder, hüte dich davor, daß du ins Gerede kommst, und laß dies Weinen!' Aber 'Alî ibn Bakkâr sprach: ‚Ach, Bruder, ich kann mich nicht fassen!' Dann hub er an, diese Verse zu sprechen:

> *Sie schenkte ihrer Hand Gewalt, die meine Hand nie hatte.*
> *Die Zeichnung auf dem Handgelenk hat meine Kraft gebannt.*
> *Sie fürchtete für ihre Hand die Pfeile ihres Auges;*
> *Drum legte sie, dem Panzer gleich, sich Streifen um die Hand.*
> *Aus Torheit fühlte meinen Puls der Arzt, dieweil ich sagte:*
> *Die Krankheit ist in meinem Herz, laß meine Hand in Ruh!*
> *Sie sagte zu dem Traumgebild, das kam und dann entschwebte:*
> *Bei Gott, beschreib ihn, laß nichts aus und füge nichts hinzu!*
> *Der Traum darauf: Ich lasse ihn, und mag vor Durst er sterben.*
> *Ich rief: Steh ab vom Wasserquell! Da trat er nicht heran.*
> *Sie träufte Perlen aus Narzissenwangen, und sie tränkte*
> *Die Rosen, und mit Hagelkorn biß sie auf Lotos dann.*[1]

Nach diesen Versen sprach er: ‚Abu el-Hasan, ich bin von einem Schicksalsschlage heimgesucht, vor dem ich mich sicher

---

1. Das Gedicht scheint aus allerlei allegorischen Wendungen, stehenden Ausdrucksweisen und Bildern zusammengestoppelt zu sein. Die Mädchen färben die Hände mit Henna und tätowieren sie mit Indigo. Im letzten Verse sind die Rosen natürlich die Wangen; das Hagelkorn sind die weißen Zähne, der Lotos (eigentlich ‚Brustbeeren') ist das Zahnfleisch.

wähnte, und die schönste Ruhe, die es für mich gibt, ist der Tod.' Doch Abu el-Hasan erwiderte: ‚Hab Geduld! Allah wird dir Genesung geben.' Dann verließ er seinen Freund, ging wieder zu seinem Laden und öffnete ihn. Kaum aber hatte er dort eine kleine Weile gesessen, da kam die Sklavin zu ihm und sprach den Gruß. Er gab ihr den Gruß zurück, und wie er sie anblickte, sah er, daß ihr das Herz pochte und daß sie in Sorgen war und die Zeichen des Kummers an sich trug. Dann sprach er zu ihr: ‚Sei willkommen! Wie steht es um Schams en-Nahâr?' Sie gab zur Antwort: ‚Ich werde dir gleich über sie berichten; doch wie steht es um 'Alî ibn Bakkâr?' Da berichtete er ihr alles, was geschehen war, und wie es um ihn stand; sie aber klagte schmerzlich und seufzte und war erstaunt ob dessen, was geschehen. Dann sprach sie: ‚Wisse, meiner Herrin ergeht es noch seltsamer. Nachdem ihr fortgegangen wart und euch auf den Weg gemacht hattet, kehrte ich um, mit pochendem Herzen in Sorge um euch; denn ich glaubte kaum noch an eure Rettung. Wie ich dann zurückgekehrt war, fand ich meine Herrin in dem Pavillon liegen; sie sprach nicht und gab niemandem eine Antwort. Der Beherrscher der Gläubigen aber saß ihr zu Häupten; er fand niemand, der ihm ihr Leid erklärte, und wußte nicht, was ihr fehlte. Bis Mitternacht verharrte sie in ihrer Ohnmacht; dann kam sie wieder zu sich, und der Beherrscher der Gläubigen fragte sie: ‚Was ist's, das dich betroffen hat, o Schams en-Nahâr? Was ist's, das dich in dieser Nacht so überwältigt hat?' Wie sie die Worte des Kalifen vernahm, küßte sie seine Füße und sprach zu ihm: ‚O Beherrscher der Gläubigen, Allah mache mich zum Lösegeld für dich! Ein Mischgericht hat mich krank gemacht und Feuer in meinem Leib entzündet; da ward ich ohnmächtig vor dem Übermaß meiner Schmerzen, und ich wußte nicht, wie mit mir geschah.'

‚Was hast du denn heute zu dir genommen?' fragte der Kalif. Da antwortete sie: ‚Ich habe zum Frühstück etwas gegessen, was ich noch nie genossen habe.' Dann tat sie, als sei sie wieder zu Kräften gekommen, und verlangte nach etwas Wein, trank ihn und bat den Herrscher, er möchte wieder frohen Mutes sein. So setzte er sich denn wieder auf sein Lager im Pavillon, und das Fest begann von neuem. Doch als ich zu ihr kam, fragte sie mich, wie es euch ergehe; und ich berichtete ihr, was ich mit euch getan hatte, und wiederholte ihr die Verse, die 'Alî ibn Bakkâr beim Abschied gesprochen hatte. Da weinte sie heimlich, und hernach ward sie wieder ruhig. Der Kalif aber, der sich gesetzt hatte, befahl einer Sklavin zu singen, und sie hub an:

> *Fürwahr, mein Leben ist nichts wert, seit du geschieden.*
> *Ach käme aus der Ferne ein Bote doch von dir!*
> *Es ziemet sich, daß ich nun Tränen Blutes weine,*
> *Wenn du jetzt Tränen weinest, weil du fern von mir!*

Als meine Herrin diese Verse hörte, sank sie ohnmächtig auf das Lager zurück.' – –«

Da bemerkte Schehrezâd, daß der Morgen begann, und sie hielt in der verstatteten Rede an. Doch als die *Hundertundsiebenundfünfzigste Nacht* anbrach, fuhr sie also fort: »Es ist mir berichtet worden, o glücklicher König, daß die Sklavin zu Abu el-Hasan sagte: ‚Als meine Herrin diese Verse hörte, sank sie ohnmächtig auf das Lager zurück; da ergriff ich ihre Hand und sprengte Rosenwasser auf ihr Antlitz, bis sie wieder zu sich kam. Dann sprach ich zu ihr: ‚Stelle doch dich und all, was dein Schloß enthält, nicht bloß vor der Welt! Beim Leben deines Geliebten, fasse dich!' Doch sie erwiderte: ‚Kann all dies mir Schlimmeres bringen als den Tod, den ich doch suche, und in dem – bei Allah! – meine Ruhe liegt?' Während wir so miteinander sprachen, sang eine Sklavin die Dichterworte:

> *Vielleicht, so sagten sie, folgt der Geduld die Ruhe.*
> *Ich sprach: Wo ist Geduld geblieben, seit er ging?*
> *Die Stricke der Geduld entzwei zu schneiden – also*
> *Ward zwischen uns beschlossen, als er mich umfing.*

Kaum hatte sie diese Verse beendet, da sank Schams en-Nahâr von neuem ohnmächtig nieder. Als der Kalif das sah, kam er eilends zu ihr, befahl, den Wein fortzutragen und hieß alle Sklavinnen in ihre Kammern gehen. Er selbst aber blieb die übrige Nacht bei ihr, bis es Morgen ward. Da ließ der Beherrscher der Gläubigen die Ärzte und die Männer der Heilwissenschaft kommen und befahl ihnen, sie zu pflegen, ohne zu wissen, daß sie an Liebe und Sehnsucht krankte. Und ich blieb so lange bei ihr, bis ich glaubte, ihr Zustand habe sich gebessert; und dies ist's, was mich verhinderte, zu euch zu kommen. Dann aber ließ ich einige ihrer vertrautesten Dienerinnen, die sehr um sie besorgt sind, bei ihr, als sie mir befahl, zu euch zu gehen, um Kunde von 'Alî ibn Bakkâr zu bringen, und alsbald zu ihr zurückzukehren.' Wie Abu el-Hasan ihre Worte vernommen hatte, war er erstaunt und sprach: ‚Bei Allah, ich habe dir alles von ihm berichtet; so kehre denn zu deiner Herrin zurück, grüße sie, ermahne sie eindringlich zur Geduld und sprich zu ihr: Hüte das Geheimnis! Sage ihr auch, ich wisse um ihre Not, die ein schwierig Ding ist und sorgsamer Überlegung bedarf.' Da dankte die Sklavin ihm, sagte ihm Lebewohl und kehrte zu ihrer Herrin zurück.

Lassen wir sie dahineilen, und sehen wir, was Abu el-Hasan tat! Er blieb in seinem Laden, bis der Tag zur Neige ging; und wie es dann dunkel geworden war, erhob er sich, trat aus dem Laden hinaus, verschloß ihn und ging zum Hause des 'Alî ibn Bakkâr. Nachdem er dort angeklopft hatte, kam einer der Diener heraus und ließ ihn ein. Doch als er zu seinem Freunde eintrat, lächelte dieser, hocherfreut über sein Kommen, und sprach zu ihm: ‚Ach, Abu el-Hasan, du hast mich heute durch dein Ausbleiben mit Sehnsucht nach dir erfüllt; meine Seele ist dir ja mein ganzes Leben lang verpfändet!' Abu el-Hasan aber erwiderte: ‚Laß diese Worte! Wenn deine Heilung in meiner Hand stände, ich würde sie dir in reichem Maße bringen, ehe du mich darum bätest; ja, könnte ich dein Lösegeld sein, ich würde dich mit meinem Leben loskaufen! Heute ist die Sklavin Schams en-Nahârs zu mir gekommen und hat mir berichtet, daß sie nur deshalb nicht eher habe kommen können, weil der Kalif bei ihrer Herrin weilte. Sie hat mir auch berichtet, wie es ihrer Herrin ergangen ist.' Dann erzählte er ihm alles, was er von der Sklavin gehört hatte. 'Alî ibn Bakkâr aber ward tief betrübt und weinte. Dann wandte er sich zu Abu el-Hasan und sprach zu ihm: ‚Ich bitte dich um Allahs willen, lieber Bruder, hilf mir in der Not, von der ich heimgesucht bin, und tu mir kund, wie ich aus ihr einen Ausweg finden kann. Und ferner bitte ich, sei so gut und bleib diese Nacht über bei mir, damit ich durch deine Gesellschaft Trost finde!' Abu el-Hasan fügte sich seiner Bitte und versprach ihm, er wolle bei ihm nächtigen; so blieben sie denn jene Nacht über beieinander und plauderten. Und als es ganz finstere Nacht geworden war, da seufzte 'Alî ibn Bakkâr und weinte und klagte. Dann begann er in heiße Tränen auszubrechen und hub an, diese Verse zu sprechen:

> *Dein Bild in meinem Auge, dein Name auf meinen Lippen,*
> *Deine Stätte in meinem Herzen – wie wärest du da fern?*
> *So traure ich denn nur, dies Leben könnte enden,*
> *Ohn daß zum Wiedersehn uns führt des Glückes Stern.*

Und dann sprach er diese Verse eines anderen Dichters:

> *Sie brach mit dem Schwerte des Blicks die Schutzwehr meines Helmes,*
> *Zerriß mir den Panzer der Fassung mit dem Speer der Gestalt.*
> *Sie zeigte mir unter dem Moschus des Males ihrer Schönheit*
> *Den Kampfer des Morgenrots, das den Amber der Nacht durchwallt.*
> *Doch als sie erschrak, da biß sie auf Karneole mit Perlen*[1]*,*
> *Den kostbaren, die im Meere des süßen Zuckers stehn.*
> *Sie seufzte in ihrem Gram; und als ihre Hand sich preßte*
> *Auf ihre Brust, da sah ich, was ich noch nie gesehn:*
> *Denn Federn von Korallen schrieben dort mit Amber*
> *Auf die kristallne Platte fünf zarte Zeilen hin. –*
> *Du Träger des rechten Schwertes, ich warne dich, wenn sie schauet,*
> *Hab ihres versonnenen Auges gefährlichen Blick im Sinn.*
> *Und hüte dich, Mann des Speeres, wohl vor des Stoßes Kraft,*
> *Wenn sie dir einstens naht mit des Wuchses schlankem Schaft!*

Nachdem 'Alî ibn Bakkâr diese Verse beendet hatte, stieß er einen lauten Schrei aus und sank ohnmächtig nieder. Schon glaubte Abu el-Hasan, seine Seele sei aus seinem Körper entwichen: denn 'Alî verharrte in seiner Ohnmacht, bis der Morgen aufging. Dann aber kam er wieder zu sich und begann mit Abu el-Hasan zu plaudern, und dieser blieb bei ihm sitzen, bis der frühe Vormittag vorüber war. Darauf verließ er ihn und ging zu seinem Laden; und kaum hatte er ihn geöffnet, da kam auch schon die Sklavin zu ihm und trat an seine Seite. Als er sie erblickte, machte sie ihm ein Zeichen des Grußes; er grüßte sie wieder, und dann überbrachte sie ihm den Gruß ihrer Herrin und fragte: ‚Wie steht es um 'Alî ibn Bakkâr?' Er gab ihr zur Antwort: ‚O Mädchen, frage nicht danach, wie es ihm ergeht, noch nach der heißen Sehnsucht, die ihn ergriffen hat! Denn er schläft nicht bei Nacht und ruht nicht bei Tage; das Wachen hat ihn ausgezehrt, und die Sorge hat ihn ganz verstört, und er ist in einem Zustande, der keinen Freund erfreuen

1. Vgl. Seite 307, Anmerkung.

kann.' Doch sie fuhr fort: ‚Meine Herrin läßt dich und ihn grüßen. Sie hat ihm auch einen Brief geschrieben, sie, der es noch schlimmer ergeht als ihm, und den hat sie mir mit den Worten übergeben: ‚Komm nur mit einer Antwort darauf wieder zu mir, und tu, was ich dir befohlen habe!' Hier ist nun der Brief bei mir; willst du mit mir zu ihm gehen, auf daß wir die Antwort von ihm erhalten?' ‚Ich höre und gehorche!' sprach Abu el-Hasan, schloß den Laden und nahm die Sklavin mit sich; doch er ging mit ihr einen anderen Weg als den, auf dem er gekommen war, und er führte sie weiter, bis sie beim Hause des 'Alî ibn Bakkâr ankamen. Dort bat er sie, an der Tür stehen zu bleiben, und trat ein. – –«

Da bemerkte Schehrezâd, daß der Morgen begann, und sie hielt in der verstatteten Rede an. Doch als die *Hundertundachtundfünfzigste Nacht* anbrach, fuhr sie also fort: »Es ist mir berichtet worden, o glücklicher König, daß Abu el-Hasan mit der Sklavin zum Hause des 'Alî ibn Bakkâr ging, sie bat, an der Tür stehen zu bleiben, und dann selbst in das Haus eintrat. Sowie 'Alî ibn Bakkâr ihn erblickte, freute er sich über sein Kommen. Abu el-Hasan aber sprach zu ihm: ‚Der Grund meines Kommens ist, daß jemand eine Sklavin zu dir geschickt hat mit einem Briefe, der seinen Gruß an dich enthält und in dem er dir sagen läßt, er habe bisher nicht zu dir kommen können, da irgendein Grund ihn verhindert habe. Die Sklavin steht an der Tür. Willst du ihr erlauben einzutreten?' 'Alî sprach: ‚Führt sie herein!' denn Abu el-Hasan hatte ihm ein Zeichen gemacht, daß sie die Sklavin der Schams en-Nahâr war, und er hatte das Zeichen verstanden. Als er sie dann sah, erbebte er vor Freuden und fragte sie durch ein Zeichen: ‚Wie geht's dem Herrn? Allah gebe ihm Heilung und Gesundheit!' Sie erwiderte: ‚Er ist wohlauf', zog den Brief hervor und übergab ihn ihm; er nahm ihn hin, küßte und öffnete ihn und las ihn. Dann reichte er ihn dem Abu el-Hasan, der diese Verse darin geschrieben fand:

> *Der Bote mein soll dir jetzt Kunde von mir bringen;*
> *Solang du mich nicht schaust, genüge dir sein Wort.*
> *Mit Leidenschaft für dich hast du dein Lieb erfüllet;*
> *Sein müdes Auge muß nun wachen immerfort.*
> *So will ich mit Geduld das schwere Leid ertragen –*
> *Ein Mensch greift niemals in den Lauf des Schicksals ein.*
> *Sei froh; denn du wirst nie aus meinem Herzen weichen*
> *Und keinen Augenblick fern meinen Augen sein!*
> *Sieh, wie dein Leib verzehrt ist; denk, was ihm geschehn.*
> *Und aus den Zeichen schließ, wie mir es mag ergehn!*

Und ferner: ‚Ohne Finger schreib ich einen Brief dir hier, * und ohne Zunge sprech ich zu dir. * Um dir meinen Zustand ganz zu schildern, so hab ich ein Auge, das keinen Schlummer kennt, * und ein Herz, von dem der Kummer sich niemals trennt. * Denn mir ist, als hätte ich nie von Freude gewußt, * und als wiche die Sorge nie aus meiner Brust; * als hätte ich nie auf etwas Fröhliches geblickt * und sei niemals durch ein heiteres Leben erquickt. * Ach, mir ist, als sei mein ganzes Wesen nur Leidenschaftlichkeit * und Liebeskummer und bitteres Leid. * Krankheit quält mich immerdar, * und die Sehnsucht doppelt sich gar. * Es wachsen des Verlangens Schmerzen, * und heiße Liebe regt sich in meinem Herzen.[1] * Und ich bitte zu Gott, daß Er uns ein baldiges Wiedersehen gebe, * auf daß der Kummer sich von dem Herzen hebe. * Nun wünsche ich, daß du mir ein Wort von dir senden möchtest, durch das ich mich trösten kann. Dir aber geziemt es, rechte Geduld zu üben, bis Allah Hilfe gewährt. Und damit Gott befohlen!'

---

1. Von hier ab bis zu den nächsten Versen befindet sich eine Lücke in der zweiten Kalkuttaer Ausgabe sowie in den Kairoer Ausgaben; ich habe sie nach der ersten Kalkuttaer Ausgabe ergänzt.

Nachdem 'Alî ibn Bakkâr diesen Brief ganz gelesen hatte, sprach er: ,Mit welcher Hand kann ich zu schreiben wagen? Und mit welcher Zunge soll ich mein Leiden klagen?' So quälte der Jüngling sich selbst; dann setzte er sich auf, nahm ein Blatt in seine Hand und schrieb: ,Im Namen Allahs, des barmherzigen Erbarmers! Dein Brief kam an, o Herrin; und er gab Ruhe einem Geiste, den die Liebessehnsucht verzehrte, * und brachte Heilung einem zerrissenen Herzen, das die Krankheit mit Wunden beschwerte. *Dein abgezehrter Sklave verstand * all die gütigen Worte, die du ihm gesandt. * Und bei deinem Haupt, o meine Herrin, siehe, mir geht es so, wie der Dichter sprach:

> *Das Herz ward enge, doch der Kummer weit;*
> *Das Auge wachet, und der Leib erschlafft.*
> *Geduld entfloh, die Trennung währt so lang;*
> *Der Geist ward irr, das Herz hinweggerafft.*

Wisse, wenn das Feuer der Sorge entbrannt, * wird es durch die Klage nicht gebannt. * Doch besänftigt sie den Kummer dessen, den die Sehnsucht plagt * und an dem der Trennungsschmerz nagt. * So will ich mich trösten durch das Wörtlein: ,Auf Wiedersehn.' * Und der Dichter sagte doch schön:

> *Wäre nicht in der Liebe immer Freud und Leid,*
> *Wo bliebe da der Boten und Briefe Süßigkeit?'*

Als Abu el-Hasan diesen Brief las, erfüllten die Worte darin ihn mit tiefem Schmerz, und ihr Sinn verwundete ihm das Herz. Dann reichte er ihn der Sklavin, und als sie ihn hingenommen hatte, sprach 'Alî ibn Bakkâr zu ihr: ,Überbring meinen Gruß der Herrin dein; künde ihr meine Sehnsucht und meine Pein, und wie die Liebe mir durchdrang Fleisch und Gebein. Sag ihr, daß ich einer Seele bedarf, die mich errettet aus diesem Meere von Leid und mich von all meiner Qual befreit.

Das Schicksal mit seinen Schlägen drängte wider mich heran;
ach, gibt es noch einen Helfer, der mich von seinem Unheil
befreien kann?' Dann weinte er, und die Sklavin weinte mit
ihm, nahm Abschied von ihm und verließ ihn. Abu el-Hasan
ging mit ihr hinaus und sagte ihr Lebewohl. So kehrte sie denn
wieder heim, während Abu el-Hasan zu seinem Laden ging;
den öffnete er und setzte sich dort nieder wie gewöhnlich. – –«

Da bemerkte Schehrezâd, daß der Morgen begann, und sie
hielt in der verstatteten Rede an. Doch als die *Hundertundneun-
undfünfzigste Nacht* anbrach, fuhr sie also fort: »Es ist mir berichtet worden, o glücklicher König, daß Abu el-Hasan der
Sklavin Lebewohl sagte und zu seinem Laden ging; den öffnete
er und setzte sich dort nieder wie gewöhnlich. Doch wie er so
dasaß, fühlte er, daß sich ihm das Herz zusammenkrampfte und
die Brust ihm enge ward; da war er ratlos über seine Lage und
blieb den ganzen Tag und die Nacht hindurch in sorgenvollen
Gedanken. Am nächsten Tage ging er zu 'Alî ibn Bakkâr und
setzte sich bei ihm nieder, bis sich die anderen Leute entfernten.
Dann fragte er ihn, wie es ihm ergehe. Da begann 'Alî zu klagen über der sehnenden Liebe Kraft und über seine heftige
Leidenschaft, und er sprach die Dichterworte:

Es klagten über die Schmerzen der Sehnsucht die Menschen schon früher;
Ja, Toten und Lebenden wurde durch Trennung der Sinn verstört.
Aber ein solches Gefühl, wie meine Rippen umschließen,
Habe ich nie gesehen und nie davon gehört.

Und ferner die Worte eines anderen Dichters:

In Liebe zu dir ertrug ich, was Kais, dem Liebesbetörten,
Durch seine Liebe zu Lubna nie beschieden ward. [1]

---

[1]. Kais ibn Dharîh war berühmt durch seine Liebe zu Lubna wie der
noch bekanntere Kais ibn el-Mulauwah, mit dem Beinamen Madschnûn,
durch seine Liebe zu Laila; beide lebten im 7. Jahrhundert n. Chr.
Wahrscheinlich ist auch hier Laila zu lesen.

Ich jagte doch auch nie die wilden Tiere der Wüste,
Wie Kais es tat; und Torheit ist ja von mancherlei Art.

Da sprach Abu el-Hasan zu ihm: ‚Ich habe noch nie gesehen oder gehört, daß einer so von Liebe ergriffen war, wie du es bist! Wie ist eine solche Leidenschaft und ein solches Hinsiechen nur möglich, da du doch mit einer Geliebten verbunden bist, die deine Liebe erwidert? Ja, wie wäre es erst, wenn du ein Mädchen liebtest, das Abneigung gegen dich hätte und dich verriete, so daß dein Geheimnis offenbar würde?' Da war – so erzählte Abu el-Hasan – 'Alî ibn Bakkâr zufrieden mit meinen Worten; und er ward durch sie beruhigt und dankte mir dafür. Nun hatte ich einen Freund, dem es bekannt war, wie es um mich und 'Alî stand; er wußte, daß wir beide eines Sinnes waren, aber niemand außer ihm kannte unser Geheimnis. Der pflegte zu mir zu kommen und mich zu fragen, wie es 'Alî ibn Bakkâr ergehe. Nach einer Weile aber fragte er mich auch nach der geliebten Maid; da ersann ich eine List gegen ihn und sprach: ‚Sie hat ihn zu sich eingeladen; und es ist zwischen beiden nicht mehr geschehen, als jetzt geschehen kann. So viel, was die beiden angeht; ich aber habe mir einen wohlüberlegten Plan ausgedacht, den ich dir unterbreiten möchte.'

Als der Freund nun fragte, was das für ein Plan sei, antwortete Abu el-Hasan: ‚Wisse, Bruder, ich bin ein Mann, der dafür bekannt ist, daß er viel zwischen Männern und Frauen vermittelt; und ich fürchte, lieber Bruder, wenn die Sache mit den beiden ruchbar wird, so wird es dazu kommen, daß ich selbst zugrunde gehe, daß mein Besitz weggenommen wird und daß meine Ehre und die Ehre der Meinen verloren geht. Darum habe ich beschlossen, mein Hab und Gut beisammenzuschaffen, mich auszurüsten und nach der Stadt Basra zu ziehen; dort will ich so lange bleiben, bis ich sehe, was aus ihnen beiden wird, aber ohne daß irgend jemand etwas von mir weiß. Denn die Liebe hat über die beiden Gewalt gewonnen, und es gehen Botschaften zwischen ihnen hin und her. Jetzt steht es so, daß eine Sklavin zwischen ihnen die Vermittlerin ist; noch verbirgt sie ihr Geheimnis, aber ich fürchte, die Angst könnte sie überwältigen, so daß sie es jemandem offenbart. Dann würde die Sache mit den beiden bekannt werden, und das würde zu meinem Verderben und meinem Untergang führen; ich würde ja auch keine Entschuldigung vor der Welt haben.' Da antwortete ihm sein Freund: ‚Du hast mir da eine gefährliche Sache verkündet, vor derengleichen der verständige und erfahrene Mann Furcht empfindet. Allah behüte dich vor dem Unheil dessen, was dich zu Sorge und Schrecken bewegt, und errette dich vor dem, dessen Ausgang Furcht in dir erregt! Dieser Plan ist der richtige.' So kehrte denn Abu el-Hasan in sein Haus zurück und begann seine Angelegenheiten zu ordnen und sich zur Reise nach Basra zu rüsten. Kaum waren drei Tage vergangen, da hatte er schon alles geordnet, und er machte sich auf die Reise nach der Stadt Basra. Nach wiederum drei Tagen kam sein Freund, um ihn zu besuchen; da er ihn aber nicht fand, fragte er die Nachbarn nach ihm, und die antworteten ihm: ‚Er hat sich vor drei Tagen nach Basra begeben; denn er hat Geschäfte mit den Kaufleuten dort. Er ist dorthin gereist, um von seinen Schuldnern Geld einzufordern; aber er wird bald wiederkommen.' Da war der Mann ratlos und wußte nicht, wohin er sich wenden sollte. Und er sprach: ‚Ach, hätte ich mich doch nie von Abu el-Hasan getrennt!' Dann ersann er einen Weg, auf dem er zu Alî ibn Bakkâr Zutritt erlangen könnte; er ging zu dem Hause des Jünglings und sprach zu einem seiner Diener: ‚Bitte deinen Herrn um Erlaubnis, daß ich eintreten und ihn begrüßen darf!' Der Diener ging hinein und meldete es seinem Herrn; dann kam er wieder heraus und bat den Gast einzutreten. Der ging also hinein und fand 'Alî ibn Bakkâr auf die Kissen hingestreckt. Er begrüßte ihn, und jener gab ihm den Gruß zurück und hieß ihn willkommen. Darauf entschuldigte sich der fremde junge Mann, daß er so lange ausgeblieben sei, und fügte hinzu: ‚O Herr, zwischen Abu el-Hasan und mir besteht aufrichtige Freundschaft; ich pflegte ihm meine Geheimnisse anzuvertrauen und niemals eine Stunde ihm fern zu sein. Nun mußte ich aber in Geschäften mit einer Anzahl meiner Freunde einige Tage lang abwesend sein. Als ich dann wieder zu ihm ging, fand ich seinen Laden geschlossen; da fragte ich die Nachbarn nach ihm, und die sagten, er habe sich nach Basra begeben. Ich weiß, daß er keinen zuverlässigeren Freund hat als dich; darum bitte ich dich um Gottes willen, tu mir kund, was es mit ihm ist!' Als 'Alî ibn Bakkâr seine Worte vernommen hatte, verfärbte sich sein Antlitz, er ward unruhig und sprach: ‚Bis zu diesem Tage wußte ich nichts von seiner Abreise, und wenn es ist, wie du sagst, so ist mir Leid widerfahren.' Dann sprach er die Verse:

> *Einst pflegte ich zu weinen um vergangne Freuden,*
> *Als meine Freunde all an meiner Seite weilten.*
> *Doch heute hat mein Schicksal sie von mir geschieden;*
> *Nun weine ich um die, so meine Liebe teilten.*

Darauf senkte 'Alî ibn Bakkâr in Gedanken sein Haupt; doch nach einer Weile hob er es wieder, zu einem seiner Diener gewendet, und sprach zu ihm: ‚Geh zum Hause des Abu el-Hasan und frage, ob er dort weilt oder auf Reisen ist. Und wenn man dir sagt, er sei auf Reisen, so erkunde, wohin er sich begeben hat.' Der Diener ging und blieb eine Weile fort; als er dann wieder zu seinem Herrn kam, berichtete er: ‚Als ich nach Abu el-Hasan fragte, taten seine Leute mir kund, er sei nach Basra gereist; aber ich fand eine Sklavin an der Tür stehen, und als die mich sah, erkannte sie mich, obwohl ich sie nicht kannte, und sie sprach zu mir: ,Bist du nicht der Diener des 'Alî ibn Bakkâr?' Wie ich das bejahte, fuhr sie fort: ,Ich habe eine Botschaft an ihn von jemandem, der ihm der liebste unter den Menschen ist.' Dann kam sie mit mir, und jetzt steht sie an der Tür.' Da sprach 'Alî ibn Bakkâr: ,Führe sie herein!' Der Diener ging hinaus und führte sie herein; der Fremde aber, der bei 'Alî war, schaute die Sklavin an und fand, daß sie von lieblichem Aussehen war. Nun trat sie auf den Sohn des Bakkâr zu und begrüßte ihn. – –«

Da bemerkte Schehrezâd, daß der Morgen begann, und sie hielt in der verstatteten Rede an. Doch als die *Hundertundsechzigste Nacht* anbrach, fuhr sie also fort: »Es ist mir berichtet worden, o glücklicher König, daß die Sklavin, nachdem sie zu 'Alî ibn Bakkâr hereingekommen war, auf ihn zutrat, ihn begrüßte und leise mit ihm sprach; doch während ihrer Rede schwor und beteuerte er von Zeit zu Zeit, er habe nicht davon gesprochen. Dann nahm sie Abschied von ihm und ging fort.

Es war aber jener Mann, der Freund des Abu el-Hasan, ein Juwelier. Und als die Sklavin von dannen gegangen war, fand er Gelegenheit zum Reden und sprach zu 'Alî ibn Bakkâr: ,Sicherlich und ohne Zweifel hat der Haushalt des Kalifen eine Forderung an dich, oder du hast Geschäfte mit ihm.' ,Wer hat dir davon berichtet?' fragte 'Alî. Jener erwiderte: ,Ich weiß es durch diese Sklavin; denn sie dient der Schams en-Nahâr, und sie kam vor einiger Zeit zu mir mit einem Blatte, auf dem geschrieben stand, sie wünsche ein Halsband aus Juwelen, und da schickte ich ihr ein kostbares Halsband.' Wie 'Alî ibn Bakkâr das hörte, ward er so sehr erregt, daß der Juwelier fürchtete, es gehe mit ihm zu Ende. Doch er faßte sich wieder und sprach: ‚Lieber Bruder, ich bitte dich um Gottes willen, sag, woher kennst du sie?' Der Juwelier erwiderte: ‚Dränge mich nicht mit dieser Frage!' Aber 'Alî fuhr fort: ‚Ich lasse dich nicht, es sei denn, daß du mir die Wahrheit sagest!' Nun sagte der Juwelier: ‚Ich will es dir sagen, wenn du kein Mißtrauen gegen mich hegst und meine Worte dich nicht zur Zurückhaltung bewegen. Ich will dir kein Geheimnis verhehlen, sondern dir die ganze Wahrheit offenbaren, doch nur unter der Bedingung, daß du mir kundtust, wie es in Wirklichkeit um dich steht und was der Grund deiner Krankheit ist.' Nun erzählte einer dem andern die Wahrheit. Dann sagte 'Alî: ‚Bei Allah, mein Bruder, ich habe mein Geheimnis nur deshalb vor allen anderen verborgen, weil ich fürchtete, die Leute könnten voreinander die Schleier lüften.' Da sprach der Juwelier zu ihm: ‚Ich wünschte nur deshalb mit dir zusammenzutreffen, weil ich dir große Liebe entgegenbringe und in allen Dingen eifrig um dich besorgt bin und mit deinem Herzen Mitleid habe, da die Trennung es quält. Vielleicht kann ich dir ein Tröster sein an Stelle meines Freundes Abu el-Hasan, solange er in der Ferne weilt; nun hab Zuversicht und quäl dich nicht!' 'Alî ibn Bakkâr dankte ihm für seine Worte und sprach dann diese beiden Verse:

> *Spräch ich: Ihr Fernsein will ich in Geduld ertragen,*
> *So würden Trän' und Seufzer mich der Lüge zeihn.*
> *Wie könnt ich Tränen bergen, die herniederströmen*
> *Auf meiner Wangen Schalen, fern der Geliebten mein?*

Darauf schwieg 'Alî ibn Bakkâr eine Weile, und dann sprach er zu dem Juwelier: ‚Weißt du, was die Sklavin mir zugeflüstert hat?' Als jener erwiderte: ‚Nein, bei Allah, lieber Herr!' fuhr er fort: ‚Sie glaubte, ich hätte dem Abu el-Hasan geraten, nach Basra zu reisen, und ich hätte so eine List ersonnen, um den Wechsel der Briefe und das Zusammentreffen zu verhindern. Ich aber schwor ihr, daß dem nicht also sei; dennoch glaubte sie mir nicht, sondern sie ging zu ihrer Herrin fort, indem sie auf ihrer bösen Meinung beharrte. Denn sie war dem Abu el-Hasan zugetan und geneigt.' Da sprach der junge Juwelier: ‚Lieber Bruder, ich habe das aus dem Benehmen der Sklavin entnommen und geschlossen; aber so Gott der Erhabene will, werde ich dir zu deinem Ziele verhelfen!' Doch 'Alî ibn Bakkâr erwiderte ihm: ‚Wer kann mir denn dazu verhelfen? Was willst du mit ihr tun, da sie doch scheu ist wie ein Wild der Wüste?' Jener aber rief: ‚Bei Allah, ich will mir sicherlich alle Mühe geben, dir zu helfen, und all meine List aufwenden, zu ihr zu gelangen, ohne daß ich das Geheimnis verrate und Schaden anstifte.' Darauf bat er, fortgehen zu dürfen, und 'Alî ibn Bakkâr bat ihn noch einmal: ‚Lieber Bruder, sorge, daß du das Geheimnis hütest!' Dann blickte er ihn mit Tränen im Auge an. Und nun nahm der Juwelier Abschied von ihm und wandte sich zum Gehen. – –«

Da bemerkte Schehrezâd, daß der Morgen begann, und sie hielt in der verstatteten Rede an. Doch als die *Hundertundeinundsechzigste Nacht* anbrach, fuhr sie also fort: »Es ist mir berichtet worden, o glücklicher König, daß der Juwelier von ihm Abschied nahm und sich zum Gehen wandte, ohne daß er wußte, wie er es beginnen sollte, dem 'Alî ibn Bakkâr zu helfen. Und wie er so in Gedanken über sein Tun weiter dahinging, sah er auf dem Wege einen Brief liegen. Den nahm er, blickte die Aufschrift an und las sie; die lautete: ‚Von der Liebenden, der verachteten, an den Geliebten, den hochgeachteten.' Dann öffnete er den Brief und fand in ihm diese beiden Verse geschrieben:

> *Es kam der Bote, der mich einlud, dir zu nahen;*
> *Doch glaubte ich immer nur, er sei vom Wahn betört.*
> *Drum freute ich mich nicht, nein, ward noch mehr bekümmert;*
> *Ich wußte, daß mein Bote dein Wort nicht recht gehört.*

Des ferneren: ‚Wisse, mein Gebieter, ich kenne den Grund nicht, weshalb der Briefwechsel zwischen dir und mir abgebrochen ist. Müßte ich dich grausam schelten, so will ich dir doch mit Treue vergelten. Und schwand die Liebe dir aus dem Sinn, so will ich sie bewahren, auch wenn ich in der Ferne bin. Und ich will gegen dich so sein, wie der Dichter sagt:

> *Sei stolz: ich trag's! Verzieh: ich wart! Sei hoch: ich beug mich!*
> *Geh fort: ich komme! Sprich: ich hör! Befiehl: ich horche!'*

Als er das Blatt gelesen hatte, kam ihm plötzlich die Sklavin entgegen, die sich beim Gehen nach rechts und nach links umsah. Sobald sie den Brief in der Hand des Juweliers erblickte, sprach sie zu ihm: ‚O Herr, dieser Brief ist mir entfallen!' Er gab ihr keine Antwort, sondern ging weiter; und die Sklavin ging hinter ihm her, bis er zu seinem Hause kam. Dort trat er ein, die Sklavin hinter ihm; nun hub sie wieder an: ‚O Herr, gib mir diesen Brief; gib ihn mir zurück, denn er ist mir entfallen!' Er sprach darauf, zu ihr gewendet: ‚Gute Sklavin, sei ohne Furcht und unbetrübt! Denn Allah behütet mit Seinem Schutze und sieht es gern, wenn das Geheimnis gehütet wird. Drum tu mir alles kund, der Wahrheit gemäß; denn ich kann Geheimnisse bewahren. Aber ich bitte dich, schwöre mir einen Eid, daß du mir nichts verbergen willst von allem, was deine Herrin angeht! Vielleicht wird Allah mir beistehen, um ihr zum Ziele zu verhelfen und das Schwere durch meine Hand leicht machen.' Auf seine Worte entgegnete die Sklavin: ‚O Herr, ein Geheimnis, das du hütest, geht nicht verloren, und ein Vorhaben, um dessen Ausführung du dich mühst, schlägt nicht fehl. Wisse, mein Herz fühlt sich zu dir hingezogen, und ich will dir mein Geheimnis offenbaren; du aber gib mir den Brief!' Darauf berichtete sie ihm alles, was geschehen war, und fügte hinzu: ,Allah ist Zeuge für das, was ich sage!' Er gab ihr zur Antwort: ,Du sagst die Wahrheit; ich selbst habe sichere Kenntnis von diesen Dingen.' Dann erzählte er ihr die Geschichte von 'Alî ibn Bakkâr und wie er dessen Geheimnis erfahren hatte, kurz, er berichtete ihr alles von Anfang bis zu Ende. Als sie das hörte, war sie erfreut. Dann kamen die beiden überein, daß sie den Brief nehmen solle und ihn dem 'Alî ibn Bakkâr geben; dann solle sie zu dem Juwelier zurückkehren und ihm über alles, was geschehen, berichten. Er gab ihr also den Brief; sie nahm ihn hin und versiegelte ihn wieder, wie er vorher gewesen war, indem sie sprach: ,Meine Herrin Schams en-Nahâr hat ihn mir versiegelt übergeben. Wenn er ihn gelesen hat und mir eine Antwort mitgibt, will ich sie dir bringen.' Dann verabschiedete die Sklavin sich und begab sich zu 'Alî ibn Bakkâr. Den traf sie, wie er sehnsüchtig wartete, und sie gab ihm den Brief. Als er ihn gelesen hatte, schrieb er einen Brief als Antwort und übergab ihn ihr. Sie nahm ihn hin und kehrte mit ihm zu dem Juwelier zurück. Rasch ergriff er das Schreiben, brach das Siegel auf und las den Inhalt. Und er fand darin geschrieben:

> *Der Bote, bei dem einstens unsre Briefe*
> *Verborgen waren, hat im Zorn versagt.*
> *Drum wähl mir einen treuen Freund als Boten,*
> *Der Wahrheit liebt und nicht zu lügen wagt.*

Des ferneren: ,Wisse, ich habe nichts Falsches gesprochen, * und ich habe die Treue nicht gebrochen. * Von mir kam keine Grausamkeit, * und ich hab das gegebene Wort nicht entweiht. * Den Liebesbund zerriß ich nicht, * und das Band der Liebe zerschnitt ich nicht. * Ach, ich bin der Trauer nie entronnen, * und seit der Trennung hab ich nichts als schweres Leid gewonnen. * Von dem, was du sagst, weiß ich nichts, * und außer dem, was du liebst, lieb ich nichts. * Bei dem, der das Geheime und Verborgene kennt, ich sehne mich ganz allein * danach, mit ihr, die ich liebe, vereint zu sein! * Meine einzige Sorge ist, die Leidenschaft zu verhehlen, * obgleich mich heftige Schmerzen quälen. * So künde ich meine Not unverhohlen * und damit Gott befohlen!'

Als nun der Juwelier diesen Brief gelesen und seinen Inhalt verstanden hatte, weinte er heftig. Die Sklavin aber sprach zu ihm: ‚Verlaß diesen Ort nicht, bis ich wieder zu dir zurückkehre! Zwar hat er mich eines schweren Vergehens beschuldigt; aber er selbst ist entschuldigt. Ich will dich jetzt mit meiner Herrin Schams en-Nahâr zusammenführen und dabei jede List anwenden, die mir nur immer möglich ist; ich verließ sie auf ihrem Lager liegend, und sie erwartet, daß ich ihr eine Antwort bringe.' Dann kehrte die Sklavin zu ihrer Herrin zurück; der Juwelier aber verbrachte die Nacht mit sorgenvollem Sinne. Als der Morgen anbrach, betete er das Frühgebet und setzte sich nieder, um auf ihr Kommen zu warten. Bald kam sie auch schon mit freudiger Miene und trat zu ihm ein. ‚Wie steht es, o Mädchen?' fragte er. Da erwiderte sie: ‚Ich begab mich von dir zu meiner Herrin und überreichte ihr den Brief, den ’Alî ibn Bakkâr geschrieben hatte. Als sie ihn gelesen und seinen Sinn verstanden hatte, ward sie bestürzt; ich aber sprach zu ihr: ‚Hohe Herrin, fürchte nicht, daß alles für euch beide verloren sei, weil Abu el-Hasan fort ist! Denn ich habe einen Mann gefunden, der an seine Stelle tritt, der noch besser und vornehmer ist als er, und der die Geheimnisse wohl zu hüten versteht.' Und ich erzählte ihr, wie du zu Abu el-Hasan stehst und wie du sein Vertrauen und das des 'Alî ibn Bakkâr gewonnen hast; ferner auch, wie mir jener Brief entfallen war und wie du ihn fandest; und zuletzt teilte ich ihr mit, was zwischen uns beiden verabredet ist.' Der Juwelier war sehr überrascht; sie aber fuhr fort: ‚Meine Herrin wünscht deine eigenen Worte zu hören, auf daß sie dadurch über den Bund, der zwischen euch beiden besteht, sich vergewissere. Drum entschließe dich, sogleich mit mir zu ihr zu gehen!' Doch als der Juwelier die Worte der Sklavin vernommen hatte, da fühlte er, daß dies ein gewagtes Unterfangen war und eine große Gefahr, in die man sich nicht rasch und übereilt stürzen soll. So sprach er denn zu der Sklavin: ‚Schwester, sieh, ich bin nur ein Mann des Volkes, und ich bin nicht wie Abu el-Hasan, der von hohem Stande ist und großes Ansehen genießt; er pflegt auch im Palaste des Kalifen ein und aus zu gehen, da man dort seine Ware braucht. Ja, wenn Abu el-Hasan zu mir redet, so stehe ich zitternd vor ihm, aus Furcht vor seinen Worten. Wenn nun deine Herrin mit mir zu sprechen wünscht, so muß es anderswo sein als im Palaste, fern von der Stätte des Beherrschers der Gläubigen, denn mein Verstand rät mir, deinen Worten nicht zu folgen.' Also weigerte er sich, mit ihr zu gehen. Die Sklavin aber versprach, für seine Sicherheit zu bürgen, und sagte: ‚Fürchte dich nicht und sei ohne Sorgen vor Unheil!' Das wiederholte sie mehrere Male; und dennoch, als er sich schließlich erhob, um mit ihr zu gehen, knickten seine Beine zusammen, und seine Hände zitterten. Da rief er: ‚Gott verhüte, daß ich mit dir gehe! Ich habe keine Kraft dazu.' Doch die Sklavin erwiderte: ‚Beruhige dein Herz! Wenn es dir zu schwer fällt, zu dem Palast des Kalifen zu gehen, und wenn es dir unmöglich ist, mich zu begleiten, so will ich sie bewegen, zu dir zu kommen. Verlaß du deine Wohnung nicht, bis ich mit ihr zu dir zurückkehre!' Dann ging die Sklavin, und kaum war sie eine kurze Weile fort geblieben, da kehrte sie schon wieder zu ihm zurück und sagte zu ihm: ‚Gib acht, daß kein anderer bei dir ist, kein Diener und keine Sklavin!' Er antwortete ihr: ‚Ich habe nur eine hochbetagte schwarze Sklavin bei mir, die mir dient.' Da ging sie hin, verriegelte die Tür zwischen der Dienerin des Juweliers und ihm und schickte seine Diener aus dem Hause. Darauf ging die Sklavin fort, und als sie zurückkehrte, folgte ihr eine Dame, die mit ihr in das Haus des Juweliers eintrat und die Stätte mit dem Dufte von Wohlgerüchen erfüllte. Als der Juwelier sie sah, sprang er auf und legte ihr Polster und Kissen zurecht. Sie setzte sich darauf, und er ließ sich vor ihr nieder. Eine Weile wartete sie, ohne zu sprechen, bis sie sich ausgeruht hatte; dann entschleierte sie ihr Antlitz, und es deuchte dem Juwelier, die Sonne sei in seinem Hause aufgegangen. Dann sprach sie zu ihrer Sklavin: ‚Ist dies der Mann, von dem du mir gesprochen hast?' Jene erwiderte: ‚Jawohl!' Nun wandte die Dame sich zu dem Juwelier und fragte ihn, wie es ihm gehe. ‚Es geht mir gut,' erwiderte er, ‚und ich bete für dein Wohlergehen und das Wohlergehen des Beherrschers der Gläubigen!' Und sie fuhr fort: ‚Du hast mich bewogen, zu dir zu kommen und dich in mein Geheimnis einzuweihen.' Darauf fragte sie ihn nach seiner Frau und seinen Kindern, und er tat ihr alles kund, was ihn anging und wie es um ihn stand. Er sagte ihr auch: ‚Ich habe noch ein anderes Haus außer diesem hier; das habe ich für die Zusammenkünfte mit den Freunden und Gefährten bestimmt, und darin befindet sich nur die Sklavin, von der ich deiner Dienerin erzählt habe.' Dann fragte sie ihn weiter, wie er zuerst von der Sache erfahren habe, wie es um Abu el-Hasan stehe und weshalb er fortgereist sei. So erzählte er ihr denn, was jenem in den Sinn gekommen war und ihn zu der Reise veranlaßt hatte. Da seufzte sie, weil Abu el-Hasan nun fern war, und sie sprach zu dem Juwelier: ‚Freund, wisse, die Seelen der Menschen werden durch die Wünsche zusammengeführt, und die Menschen mit den Menschen. Keine Tat wird ohne Worte vollendet, kein Ziel wird ohne Mühe erreicht, keine Ruhe wird ohne Anstrengung gewonnen.' − −«

Da bemerkte Schehrezâd, daß der Morgen begann, und sie hielt in der verstatteten Rede an. Doch als die *Hundertundzweiundsechzigste Nacht* anbrach, fuhr sie also fort: »Es ist mir berichtet worden, o glücklicher König, daß Schams en-Nahâr zu dem Juwelier sprach: ‚Keine Ruhe wird ohne Anstrengung gewonnen. Und der Erfolg kommt nur durch die Hilfe eines Hochherzigen. Nun habe ich dir unser Geheimnis offenbart, und es steht in deiner Hand, uns bloßzustellen oder uns zu schützen; mehr sage ich nicht, da du ein hochherziger Mann bist. Du weißt auch, daß diese meine Sklavin mein Geheimnis bewahrt; deswegen steht sie bei mir in hohen Ehren, und ich habe sie auserwählt, meine wichtigsten Angelegenheiten zu führen. Darum sei sie auch dir werter als alle anderen, weihe sie in deine Geheimnisse ein und sei gutes Muts; du bist sicher vor dem Unglücke, das du um unsertwillen fürchtest. Jeden Ort, der dir verschlossen ist, wird sie dir öffnen. Sie wird dir von mir Botschaften für 'Alî ibn Bakkâr bringen; so sei du denn der Vermittler zwischen uns beiden!'

Darauf erhob Schams en-Nahâr sich, obwohl sie kaum imstande war aufzustehen, und ging davon; der Juwelier aber schritt vor ihr her, bis sie zur Haustür kam. Dann kehrte er zurück und setzte sich an seine Stätte; von der Schönheit, die er an ihr gesehen, war er entzückt; von der Stimme, die er von ihr vernommen, war er berückt; von der Anmut und feinen Art, die er an ihr wahrgenommen, war er beglückt. Und so blieb er sitzen in Gedanken an all ihre Schönheit, bis seine Seele sich beruhigte. Nun verlangte er nach Speise, und er aß gerade genug, um seinen Hunger zu stillen. Schließlich wechselte er die Kleider, verließ das Haus, begab sich zu dem Jüngling 'Alî ibn Bakkâr und klopfte an seine Tür. Eiligst kamen die Diener herbei, ließen ihn ein und gingen vor ihm her bis zu ihrem Herren. Den fand er auf seinem Lager liegend, und wie der den Juwelier erblickte, sprach er zu ihm: ‚Du hast mich lange auf dich warten lassen und hast mir Sorge auf Sorge gehäuft.' Darauf schickte er die Diener hinaus und befahl, die Türen zu schließen. Und nun sprach er zu dem Juwelier: ‚Lieber Bruder, ich habe kein Auge geschlossen, seit du von mir gegangen bist. Gestern kam auch die Sklavin zu mir mit einem versiegelten Briefe von ihrer Herrin Schams en-Nahâr'; und er erzählte ihm alles, was zwischen ihnen vorgefallen war, und fügte noch hinzu: ‚Bei Allah, ich weiß nicht, was ich tun soll, und meine Geduld versagt. Früher hatte ich doch Abu el-Hasan zum trauten Gefährten, und der kannte die Sklavin!' Wie der Juwelier seine Worte vernommen hatte, lächelte er; aber 'Alî ibn Bakkâr sprach zu ihm: ‚Wie kannst du über meine Worte lachen, du, dessen Kommen ich als ein glückliches Vorzeichen ansah und den ich mir zu einer Rüstung wider die Wechselfälle des Schicksals machte?' Dann seufzte er und weinte und sprach diese Verse:

> *Gar mancher lachte wohl beim Anblick meiner Tränen –*
> *Er hätte auch geweint, ertrüg er, was ich trug!*
> *Niemand hat Mitgefühl mit des Geplagten Leiden,*
> *Als wer wie er vom Unglück gequält ward lang genug.*
> *Mein Lieben, Sehnen, Seufzen, mein Denken und mein Trauern*
> *Gilt alles der Geliebten, die mir im Herzen weilt.*
> *Sie wohnt im Herzen mir und geht niemals von dannen,*
> *Und doch, wie selten ist's, daß sie selbst zu mir eilt!*

Ich hab kein Lieb zur Freude als einzig sie allein,
Und niemand wählte ich als sie, mir Freund zu sein.

Als der Juwelier diese Worte von ihm vernommen und den Sinn der Verse verstanden hatte, weinte er mit ihm und berichtete ihm, was zwischen ihm, der Sklavin und ihrer Herrin vorgefallen war, seit er ihn verlassen hatte. 'Alî ibn Bakkâr lauschte auf seine Erzählung; doch bei jedem Worte, das er von ihm vernahm, ward die Farbe in seinem Antlitze abwechselnd bleich und rot, und seine Brust wogte auf und nieder. Und als der Bericht ganz zu Ende war, weinte 'Alî ibn Bakkâr und sprach: ‚Lieber Bruder, ich bin doch sicherlich dem Untergange geweiht. O, daß doch mein Ende nahe wäre; dann hätte ich Ruhe vor dieser Not! Dennoch bitte ich dich, du wollest in deiner Güte mein Helfer und Tröster bei allen Dingen sein, bis Allah erfüllt, was er mit mir vorhat; ich will dir auch mit keinem Worte widersprechen.' Da antwortete ihm der Juwelier: ‚Nichts kann dieses Feuer in dir auslöschen als die Vereinigung mit ihr, die du liebst. Doch das muß an einem anderen Orte als an dieser gefährlichen Stätte sein. Nein, das muß bei mir an der Stätte sein, an der die Sklavin und ihre Herrin zu mir gekommen sind; das ist ja der Ort, den sie sich selbst erwählt hat. Dort also sollt ihr beiden zusammentreffen und einander klagen, was ihr an Schmerzen der Liebe erlitten habt!' ‚Lieber Herr,' erwiderte 'Alî ibn Bakkâr, ‚tu, was du willst! Allah wird es dir lohnen. Und was du für richtig hältst, das vollende; doch tue es bald, damit ich nicht in diesem Leid umkomme!' Nun blieb ich – so erzählte der Juwelier – in jener Nacht bei ihm und unterhielt ihn, bis es Morgen ward und der Tag anbrach. – –«

Da bemerkte Schehrezâd, daß der Morgen begann, und sie hielt in der verstatteten Rede an. Doch als die *Hundertunddrei-*

undsechzigste Nacht anbrach, fuhr sie also fort: »Es ist mir berichtet worden, o glücklicher König, daß der Juwelier erzählte: ‚Nun blieb ich in jener Nacht bei ihm und unterhielt ihn, bis der Tag anbrach. Dann betete ich das Frühgebet, verließ ihn und begab mich zu meiner Wohnung. Kaum aber hatte ich dort ein wenig verweilt, da kam auch schon die Sklavin zu mir und grüßte mich. Ich gab ihr den Gruß zurück und berichtete ihr, wie es mir mit 'Alî ibn Bakkâr ergangen war. Da sagte die Sklavin: ‚Wisse, der Kalif hat uns verlassen, und in unserem Hause ist jetzt niemand; dort ist es sicherer und auch schöner für uns.' Ich erwiderte ihr: ‚Du hast zwar recht; aber dort ist es doch nicht so wie in dieser meiner Wohnung, die paßt noch besser und ist noch sicherer für uns.' Die Sklavin sagte darauf: ‚Es sei, wie du es für gut befindest. Ich gehe jetzt zu meiner Herrin, um ihr zu berichten, was du mir mitgeteilt hast, und ihr deinen Plan zu unterbreiten.' Dann ging sie fort und trat zu ihrer Herrin ein; der unterbreitete sie jene Worte; und wie sie dann zu meiner Wohnung zurückkehrte, sprach sie zu mir: ‚Es soll so sein, wie du gesagt hast. Nun richte die Stätte für uns her und erwarte uns!' Dann entnahm sie ihrer Tasche einen Beutel mit Goldstücken und sagte: ‚Meine Herrin läßt dich grüßen und dir sagen, du möchtest dies nehmen und dafür besorgen, was die Gelegenheit erfordert.' Ich aber schwor, ich würde nichts davon annehmen; und da nahm die Sklavin den Beutel, kehrte zu ihrer Herrin zurück und sprach zu ihr: ‚O Herrin, er hat das Geld nicht angenommen, sondern mir zurückgegeben.' ‚Es ist gut so', erwiderte jene.

Nachdem nun die Sklavin fortgegangen war – so erzählte der Juwelier weiter – machte ich mich auf und ging in mein anderes Haus. Dorthin schaffte ich alles, was die Gelegenheit erforderte, prächtige Gefäße und Teppiche; ich ließ Geschirr aus Porzellan und Glas, aus Silber und Gold dorthin bringen und rüstete alles, was an Speise und Trank nötig war. Als die Sklavin wiederkam und sah, was ich getan hatte, gefiel es ihr, und sie hieß mich 'Alî ibn Bakkâr bringen. Ich aber sprach: ‚Niemand anders soll ihn bringen als du allein!' So ging sie denn zu ihm und führte ihn herbei, in bestem Befinden und in strahlender Schönheit. Ich ging ihm entgegen und hieß ihn willkommen; dann bot ich ihm einen Sitz auf einem Lager, das sich für ihn geziemte, und stellte vor ihm einige duftende Blumen hin in Gefäßen aus Porzellan und Kristall von mancherlei Farben. Darauf trug man einen Tisch auf mit Speisen aller Art, deren Anblick das Herz erfreut. Und schließlich setzte ich mich zu ihm, um mit ihm zu plaudern und ihn zu trösten. Die Sklavin aber ging wieder von dannen und blieb bis zum Abend fort. Erst nach Sonnenuntergang kam sie zurück mit Schams en-Nahâr und nur zwei anderen Dienerinnen. Sobald sie 'Alî ibn Bakkâr erblickte und er sie, erhob er sich und umarmte sie, und auch sie umarmte ihn, und dann sanken beide ohnmächtig zu Boden. Nach einer langen Weile kamen sie wieder zu sich, und nun klagten sie einander die Schmerzen der Trennung. Darauf setzten sie sich und plauderten miteinander in zarten, süßen und feinen Worten und besprengten sich mit Wohlgerüchen. Alsdann huben sie an und dankten mir für das, was ich an ihnen getan hatte; ich aber fragte sie: ‚Wünschet ihr etwas zu essen?' Da sie es bejahten, setzte ich ihnen etwas Speise vor, und sie aßen, bis sie gesättigt waren, und wuschen sich dann die Hände. Darauf führte ich sie in ein anderes Zimmer und brachte ihnen Wein; und sie tranken und wurden trunken und neigten sich einander zu. Da sprach Schams en-Nahâr zu mir: ‚Lieber Herr, mache deine Güte vollkommen und bringe uns eine Laute oder ein anderes Musikinstrument, auf daß unsere

Freude zu dieser Stunde vollkommen werde.' ,Herzlich gern!' erwiderte ich, ging hin und brachte eine Laute. Die nahm sie und stimmte sie; dann legte sie sie auf ihren Schoß und schlug sie so wunderbar schön, daß sie die Trauernden berückte und die Betrübten entzückte, und dann sang sie diese beiden Verse:

> *Ich wachte, bis es schien, als liebte ich das Wachen;*
> *Ich schmolz – es schien, die Krankheit sei das Wesen mein.*
> *Auf meine Wangen flossen die Tränen, und sie brannten –*
> *Wüßt ich, wird nach der Trennung ein Wiedersehen sein?*

Dann begann sie wieder Lieder zu singen, bis daß die Gedanken sich zu verwirren anfingen; ja, sie sang mannigfaltige Weisen und liebliche Lieder, so daß die Hörer fast zu tanzen begannen vor der Freude Macht, erstaunt ob all der Schönheit, die sie ihnen gebracht; uns blieb keine Vernunft und kein Gedanke mehr. Eine Zeit lang hatten wir so im Sitzen verweilt, und die Becher waren unter uns kreisend geeilt, da begann die Sklavin zu singen, und sie ließ diese Verse erklingen:

> *Mein Lieb versprach zu kommen; er hat sein Wort gehalten*
> *In einer Nacht, die mir gleich vielen Nächten zählt.*
> *O Freudennacht, die uns ein gütig Schicksal schenkte,*
> *In der uns kein Verleumder und kein Tadler quält!*
> *Mit seiner rechten Hand hielt mich mein Lieb umschlungen;*
> *Erfreut umschlang ich ihn mit meiner Linken dann.*
> *Ich herzte ihn und sog den Wein von seinen Lippen;*
> *Und ich genoß den Honig und den Honigmann.*

Während wir im Meer der Freude versunken waren – so erzählte der Juwelier weiter –, da trat plötzlich eine kleine Sklavin zu uns herein, die zitterte und rief: ,O Herrin, sieh, wie du fortkommst! Die Leute haben euch umringt, sie sind über euch gekommen; wir wissen nicht, was das zu bedeuten hat!' Als ich diese Worte hörte, sprang ich erschrocken auf, da kam auch schon eine Sklavin, die rief: ,Das Unheil hat euch ereilt!'

Nun ward die weite Welt mir eng; ich sah nach der Tür, aber ich fand keinen Ausweg. Und so sprang ich vom Dache aus in den Hof eines Nachbarn hinüber und verbarg mich dort. Dann hörte ich, wie die Leute in mein Haus eindrangen, und wie durch sie ein gewaltiger Lärm entstand; ich glaubte daher, unsere Sache sei dem Kalifen zu Ohren gekommen und er habe den Wachhauptmann geschickt, um über uns herzufallen und uns zu ihm zu bringen. So war ich ratlos und blieb bis Mitternacht dort, ohne daß ich mich von der Stelle, an der ich war, rühren konnte. Dann aber bemerkte mich der Herr des Hauses und erschrak; ja, er geriet meinetwegen in große Angst, eilte aus dem Hause und kam auf mich zu, das gezückte Schwert in der Hand, und rief: ‚Wer ist das, der da bei uns ist?' Ich antwortete: ‚Ich bin's, dein Nachbar, der Juwelier!' Da er mich erkannte, ließ er ab von mir; dann kam er mit einem Lichte, trat auf mich zu und sprach zu mir: ‚Lieber Bruder, was dir heute nacht widerfahren ist, tut mir herzlich leid.' ‚Bruder,' rief ich, ‚sage mir, wer sind die Leute, die in meinem Hause waren, die dort eindrangen und die Tür erbrachen, so daß ich zu dir fliehen mußte? Ich weiß nichts von allem.' Er antwortete mir: ‚Die Räuber, die gestern bei unseren Nachbarn einbrachen und den und den totschlugen und seine Habe raubten, die hatten gestern auch gesehen, wie du deine Sachen holtest und in dies Haus brachtest. Darum brachen sie ein, raubten, was du besitzest, und schlugen deine Gäste tot.'

Darauf begab ich mich mit meinem Nachbarn in das Haus; wir fanden es ganz leer, nichts war mehr darin. Ich war nun völlig ratlos, und ich sprach: ‚Um den Verlust der Sachen gräme ich mich nicht, wenngleich ich einige unter ihnen von meinen Freunden geliehen habe. Die sind nun auch dahin, aber das schadet nichts; denn meine Freunde wissen, daß ich keine

Schuld habe, da mein Besitz geraubt, mein Haus geplündert ist. Aber ich fürchte, daß die Liebe zwischen 'Alî ibn Bakkâr und der Odaliske des Beherrschers der Gläubigen bekannt wird und mir den Tod bringt.' Dann wandte ich mich zu meinem Nachbarn und sprach zu ihm: ‚Du bist mein Bruder und mein Nachbar, und du wirst meine Blöße bedecken. Was rätst du mir nun zu tun?' Der Mann antwortete mir: ‚Ich rate dir abzuwarten; denn die Leute, die in dein Haus eingedrungen sind und dir das Deine geraubt haben, die haben auch eine vornehme Gesellschaft aus dem Hause des Kalifen getötet; ferner haben sie auch einige von den Leuten des Wachhauptmanns erschlagen. Jetzt suchen die Palastwachen nach ihnen auf allen Wegen, und wenn sie sie finden, so erreichst du dein Ziel, ohne daß du dich abmühst.' Als der Juwelier diese Worte gehört hatte, ging er zu seinem anderen Hause zurück, zu dem, das er bewohnte. – –«

Da bemerkte Schehrezâd, daß der Morgen begann, und sie hielt in der verstatteten Rede an. Doch als die *Hundertundvierundsechzigste Nacht* anbrach, fuhr sie also fort: »Es ist mir berichtet worden, o glücklicher König, daß der Juwelier, als er die Worte gehört hatte, zu seinem anderen Hause, zu dem, das er bewohnte, zurückging, indem er bei sich sprach: ‚Was mir widerfahren ist, das ist es, was Abu el-Hasan befürchtete und weshalb er nach Basra ging. Jetzt ist es über mich gekommen!'

Nun wurde die Plünderung seines Hauses bei den Leuten bekannt, und sie kamen von allen Seiten und von allen Orten herbei. Unter ihnen waren solche, die über ihn schadenfroh waren, doch auch solche, die ihm seinen Kummer tragen helfen wollten; er aber klagte ihnen seine Not und verschmähte in seinem Kummer Speise und Trank. Während er so betrübt dasaß, trat einer von seinen Dienern zu ihm herein und sprach zu ihm: ‚Es steht jemand an der Tür, der dich sprechen will und den ich nicht kenne.' Da ging der Juwelier zu ihm hinaus und begrüßte ihn; aber auch er kannte den Menschen nicht. Der Mann flüsterte ihm zu: ‚Ich habe dir etwas unter vier Augen zu sagen.' Da führte er ihn ins Haus und fragte: ‚Was hast du mir zu sagen?' Der Mann gab zur Antwort: ‚Komm mit mir zu deinem anderen Hause!' Als der Juwelier weiter fragte: ‚Kennst du denn mein anderes Haus?' erwiderte jener: ‚Ich kenne deine ganze Geschichte, und ich habe auch das Mittel, durch das Allah dich von deinem Kummer befreien wird.' Da sprach ich bei mir selber – so erzählte der Juwelier –: ‚Ich will mit ihm gehen, wohin er will'; und so machten wir uns auf den Weg, bis wir zu dem Hause kamen. Aber als der Mann das Haus sah, sprach er: ‚Es hat ja keine Tür und keinen Türhüter; darin können wir nicht sitzen. Wir wollen anderswohin gehen.' Dann ging der Mann immer weiter von Ort zu Ort, und ich folgte ihm, bis die Nacht hereinbrach; doch ich richtete keine Frage an ihn. Und dann gingen wir immer noch weiter, bis wir auf das offene Feld kamen. Da sprach er: ‚Folge mir!' und begann rascher zu gehen, während ich hinter ihm her eilte und mir zum Laufen Mut machte, bis wir den Strom erreichten; dort stiegen wir in ein Boot, und der Fährmann ruderte uns an das andere Ufer. Er stieg aus dem Boote und ich stieg nach ihm aus. Dann faßte der Mann mich bei der Hand und führte mich in eine Gasse, in die ich mein ganzes Leben lang noch nicht gekommen war; ich wußte auch nicht, in welcher Gegend sie lag. Endlich blieb der Mann an der Tür eines Hauses stehen, öffnete sie, ging hinein, indem er mich mit sich führte, und schloß die Tür mit einem eisernen Riegel. Darauf ging er mit mir durch eine Halle, und wir traten zu zehn Männern ein, die alle wie ein und derselbe Mann aussahen, da sie

Brüder waren. Wir begrüßten sie, und sie gaben uns den Gruß zurück; dann baten sie uns niederzusitzen, und wir taten es. Ich aber war fast tot vor übergroßer Müdigkeit, und daher brachten sie Rosenwasser und sprengten es mir ins Gesicht; auch gaben sie mir Wein zu trinken und setzten mir Speise vor. Und da einige von ihnen mit mir aßen, sagte ich mir: Wenn in der Speise etwas Schädliches wäre, so würden sie nicht davon mit mir essen.' Nachdem wir uns dann die Hände gewaschen hatten, kehrte ein jeder von uns zu seinem Platze zurück. Nun fragten sie: ‚Kennst du uns?' Ich erwiderte: ‚Nein, ich hab euch in meinem ganzen Leben noch nicht gesehen. Ich hab auch weder den, der mich zu euch gebracht hat, noch diesen Ort je gesehen.' Dann fuhren sie fort: ‚Erzähle uns deine Geschichte, aber sage in nichts die Unwahrheit!' ‚Vernehmet,' erwiderte ich, ‚ein seltsam Los ward mir zugeteilt, und ein wunderbares Geschick hat mich ereilt! Wisset ihr denn etwas über mich?' Sie antworteten: ‚Ja; wir sind es, die gestern nacht deine Habe geraubt und deinen Freund mit der, die bei ihm sang, entführt haben.' Da rief ich: ‚Allah lasse seinen Schleier tief über euch herabfallen! Wo ist mein Freund und die, so bei ihm sang?' Sie deuteten mit den Händen nach einer Seite hin und sprachen: ‚Dort! Aber, bei Allah, ihr Geheimnis ist niemandem von uns bekannt, sondern nur dir; und seit wir sie hierher gebracht haben, bis zu diesem Augenblick, haben wir sie nicht angesehen, auch haben wir sie nicht gefragt, wie es um sie stehe, da wir sahen, daß sie Leute von vornehmem und hohem Stande sind. Das hat uns auch davon abgehalten, sie zu töten. Nun erzähle du uns die Wahrheit über sie; du sollst deines und ihres Lebens sicher sein!'

Als ich diese Worte vernahm – so erzählte der Juwelier –, wäre ich beinahe vor Angst und Schrecken gestorben; und ich sprach zu ihnen: ‚Ihr Brüder, wenn der Edelmut verloren ist, so wird er doch noch bei euch allein gefunden; und wenn ich ein Geheimnis habe, dessen Enthüllung ich befürchte, so wird es nur in eurer Brust geborgen sein.' Mit solchen überschwenglichen Redensarten sprach ich zu ihnen; aber dann fand ich doch, daß es nützlicher und besser war, ihnen bald alles zu erzählen, als damit zurückzuhalten. Und so berichtete ich ihnen alles, was mir widerfahren war, bis ich die Erzählung beendet hatte. Nachdem sie meine Geschichte gehört hatten, fragten sie: ‚Also dieser Jüngling ist 'Alî ibn Bakkâr, und diese Dame ist Schams en-Nahâr?' Wie ich das bejahte, machte es ihnen Sorge, und sie gingen hin und entschuldigten sich bei den beiden. Zu mir aber sprachen sie: ‚Von dem, was wir aus deinem Hause genommen haben, ist ein Teil bereits dahin; doch hier ist der Rest.' Dann gaben sie mir den größten Teil meiner Habe zurück und versprachen, die Dinge wieder an ihre Stätte in meinem Hause zu bringen, ja sogar auch das Fehlende zu ersetzen. Da ward mein Herz beruhigt; doch sie spalteten sich in zwei Parteien, die einen waren für mich, die anderen wider mich. Danach verließen wir jenes Haus.

So weit, was mir geschah. Was aber 'Alî ibn Bakkâr und Schams en-Nahâr anging, so waren sie vor übergroßer Furcht dem Tode nahe. Ich war darum inzwischen zu 'Alî ibn Bakkâr und zu Schams en-Nahâr herangetreten, hatte sie begrüßt und sie gefragt: ‚Was mag wohl aus der Sklavin und den beiden Dienerinnen geworden sein? Und wo sind sie?' Doch sie erwiderten: ‚Wir wissen nichts von ihnen.' Darauf machten wir uns also auf den Weg und zogen dahin, bis wir zu der Stelle kamen, an der das Boot lag. Man ließ uns einsteigen, und wir bemerkten, daß es dasselbe war, mit dem wir am Tage vorher übergesetzt waren. Der Fährmann ruderte uns bis zum anderen

Ufer hinüber; aber kaum hatten wir uns dort niedergesetzt, als Reiter von allen Seiten wie Raubvögel auf uns losstürmten und uns umzingelten; da sprangen die Leute, die bei uns waren, rasch wie Adler auf, das Boot kehrte zu ihnen zurück, sie sprangen hinein, und der Fährmann ruderte mit ihnen fort; so gelangten sie mitten in den Strom und entkamen. Wir jedoch blieben auf dem Festlande am Ufer des Stromes und vermochten weder fortzugehen noch stille zu stehen. Als die Reiter uns fragten: ‚Woher seid ihr?' wußten wir nicht, was wir antworten sollten. Ich aber – so berichtete der Juwelier – sprach zu ihnen: ‚Jene da, die ihr bei uns gesehen habt, sind Schurken; wir kennen sie nicht. Wir sind Sänger; und sie wollten uns entführen, damit wir vor ihnen singen sollten. Wir konnten uns von ihnen durch milde und sanfte Worte befreien, und sie haben uns gerade in diesem Augenblick losgelassen. Was weiter mit ihnen geschah, habt ihr ja gesehen.' Da blickten die Reiter auf Schams en-Nahâr und 'Alî ibn Bakkâr und sprachen zu mir: ‚Du hast mit deinen Worten nicht die Wahrheit gesagt! Doch nun sei aufrichtig und tu uns kund, wer ihr seid, woher ihr seid, wo euer Haus ist und in welchem Viertel ihr wohnt!' Ich wußte nicht, was ich ihnen antworten sollte; aber Schams en-Nahâr sprang auf, ging auf den Anführer der Reiter zu und sprach leise zu ihm. Da saß er von seinem Rosse ab und ließ sie reiten, ergriff den Zügel und führte sie weiter. Ebenso tat ein anderer mit dem Jüngling 'Alî ibn Bakkâr und ein dritter mit mir. So führte der Anführer der Reiter uns immer weiter, bis zu einer Stelle am Ufer des Flusses; dort rief er in fremder Sprache, und es kamen zu ihm eine Anzahl von Leuten, die zwei Boote bei sich hatten. In das eine stieg der Anführer mit uns, in das andere stiegen seine Gefährten. Man ruderte uns davon, bis wir zum Kalifenschloß gelangten; doch dabei erlitten wir Todesqualen vor übergroßer Furcht. Schams en-Nahâr stieg dort aus, wir aber fuhren weiter, bis wir zu der Stelle kamen, von der ein Weg zu unserer Wohnstätte führte. Wir landeten also und gingen zu Fuß weiter, wobei einige der Reiter uns Gesellschaft leisteten, bis wir nach Hause kamen. Nachdem wir dort eingetreten waren, nahmen wir Abschied von den Reitern, die uns geleitet hatten, und sie machten sich auf den Weg. Wir aber, die wir doch nun in unser Haus eingetreten waren, wir konnten uns nicht von der Stelle rühren und konnten den Morgen nicht vom Abend unterscheiden. In diesem Zustande verharrten wir, bis es Morgen ward. Und als es dann wieder Abend ward, sank 'Alî ibn Bakkâr ohnmächtig nieder. Und Frauen und Männer weinten um ihn, wie er so regungslos dalag. Dann kamen einige der Seinen zu mir, rüttelten mich auf und sprachen: ,Erzähle uns, was unserem Sohne widerfahren ist und was dieser Zustand, in dem er sich befindet, zu bedeuten hat!' Ich erwiderte: ,Ihr Leute, höret meine Worte!' – –«

Da bemerkte Schehrezâd, daß der Morgen begann, und sie hielt in der verstatteten Rede an. Doch als die *Hundertundfünfundsechzigste Nacht* anbrach, fuhr sie also fort: »Es ist mir berichtet worden, o glücklicher König, daß der Juwelier erzählte: ,Ich erwiderte ihnen: ,Ihr Leute, höret meine Worte; zwingt mich nicht mit Gewalt, sondern wartet ab! Er wird bald wieder zu sich kommen und euch seine Erlebnisse selbst erzählen.' Darauf bestand ich, und ich erregte in ihnen Furcht vor dem öffentlichen Ärgernis, das unter uns entstehen würde. Während wir noch also redeten, bewegte 'Alî ibn Bakkâr sich plötzlich auf seinem Lager. Da waren die Seinen erfreut, die anderen Leute aber entfernten sich; doch seine Angehörigen hinderten mich, ihn auch zu verlassen. Dann sprengten sie Rosenwasser auf sein Antlitz, und als er zu sich kam und die Luft einatmete, fragten sie ihn, wie es ihm ergangen sei; er wollte zu ihnen sprechen, aber seine Zunge konnte nicht rasch antworten. So winkte er ihnen zu, sie sollten mich fortlassen, auf daß ich zu meinem Hause gehen könnte. Da erst ließen sie mich gehen; ich zog dahin, kaum noch an meine Rettung glaubend, und kam nach Hause, gestützt auf zwei Leute, bis ich schließlich wieder bei den Meinen war. Als die mich in diesem Zustande sahen, begannen sie zu weinen und sich ins Antlitz zu schlagen; ich machte ihnen jedoch mit der Hand ein Zeichen, sie möchten stille sein. Da wurden sie denn ruhig, und die beiden Männer gingen ihrer Wege. Dann sank ich auf mein Lager nieder und blieb dort die ganze Nacht hindurch liegen; erst am Vormittag wachte ich wieder auf, und da sah ich die Meinen um mich versammelt. Die fragten mich: ‚Welch Unheil hat dich denn bedroht und brachte dich in solche Not?' Ich sprach: ‚Bringt mir etwas zu trinken!' Da brachten sie mir zu trinken, und ich trank, bis ich meinen Durst gelöscht hatte. Dann sprach ich: ‚Was geschehen ist, ist geschehen!' Darauf gingen sie ihrer Wege. Nun entschuldigte ich mich bei meinen Hausgenossen und fragte sie, ob von dem, was aus meinem Hause geraubt war, etwas zurückgekommen sei. Sie antworteten: ‚Einiges ist zurückgebracht. Denn ein Mensch kam und warf es in die Haustür, ohne daß wir ihn sahen.' So tröstete ich mich denn und blieb zwei Tage lang auf meinem Lager, ohne mich von der Stelle rühren zu können. Danach faßte ich wieder Mut und ging fort, um mich ins Bad zu begeben. Doch ach, ich war in großer Sorge, und mein Herz war bekümmert um 'Alî ibn Bakkâr und Schams en-Nahâr; denn ich hatte die ganze Zeit hindurch keine Kunde von ihnen vernommen, und ich konnte weder in das Haus des 'Alî ibn Bakkâr gehen noch auch in meinem eigenen Hause Ruhe finden, aus Furcht um mein Leben. Da bereute ich vor Gott dem Erhabenen alles, was ich getan hatte, und pries Ihn für meine Rettung. Nach einer Weile gab meine Seele mir ein, in jener Richtung weiterzugehen und dann nach einer Stunde etwa heimzukehren. Doch gerade, als ich weitergehen wollte, sah ich dort eine Frau stehen; ich schaute sie genauer an, es war die Sklavin der Schams en-Nahâr. Sowie ich sie erkannte, lief ich fort, in großer Eile; doch sie folgte mir, und Schrecken vor ihr befiel mich. Ja, sooft ich mich nach ihr umsah, packte mich die Angst vor ihr aufs neue, während sie rief: ‚Bleib stehen, auf daß ich dir etwas sage!‘ Ich kümmerte mich aber nicht um sie, sondern eilte weiter bis zu einer Moschee in einer Gegend, in der keine Menschen wohnten. Dort sprach sie: ‚Tritt in diese Moschee ein, auf daß ich dir ein Wort sage! Fürchte nichts!‘ Und weil sie mich inständigst beschwor, trat ich in die Moschee ein und sie hinter mir. Nachdem ich zwei Rak'as[1] gebetet hatte, ging ich auf sie zu und sprach seufzend: ‚Was wünschest du?‘ Da fragte sie mich, wie es mir ergangen sei; ich erzählte ihr darauf, was über mich gekommen war, und berichtete ihr auch, was dem 'Alî ibn Bakkâr widerfahren war. Und dann fragte ich sie: ‚Was hast du zu melden?‘ ‚Wisse,‘ erwiderte sie, ‚als ich sah, wie die Männer die Tür deines Hauses erbrachen und eindrangen, erschrak ich vor ihnen, und ich fürchtete, es seien Leute vom Kalifen, die mich und meine Herrin holen wollten, und daß wir nun alsbald des Todes sein würden. Da floh ich über die Dächer zusammen mit den beiden Dienerinnen; an einer hohen Stelle sprangen wir hinunter, doch wir kamen zu Leuten, bei denen wir Zuflucht fanden und die uns zum Kalifenpalaste zurückbrachten, während wir uns in einem argen Zustande befanden. Aber wir verbargen unsere Not, und wir lagen wie auf Kohlen,

1. Siehe Band 1, Seite 390, Anmerkung.

bis es wieder dunkle Nacht war. Dann öffnete ich das Flußtor und rief den Fährmann, der uns in der Nacht zuvor gefahren hatte; zu ihm sprach ich: ‚Wir haben keine Kunde von unserer Herrin; drum nimm mich ins Boot, ich will den Strom entlang fahren und nach ihr suchen; vielleicht erfahre ich etwas von ihr.' Er nahm mich in das Boot und fuhr mit mir immerfort auf dem Strome umher, bis es Mitternacht ward. Da sah ich, wie ein anderes Boot in der Richtung nach dem Flußtore fuhr; in ihm war ein Mann, der ruderte, und ein anderer, der aufrecht stand, doch zwischen beiden lag eine Frau dahingestreckt. Der Mann ruderte bis ans Ufer, und als die Frau ausstieg, sah ich sie genau an: es war Schams en-Nahâr selbst. Rasch sprang auch ich ans Land zu ihr hin, ganz von Sinnen vor Freuden, daß ich sie wiedersah, nachdem ich schon alle Hoffnung für sie aufgegeben hatte.' – –«

Da bemerkte Schehrezâd, daß der Morgen begann, und sie hielt in der verstatteten Rede an. Doch als die *Hundertundsechsundsechzigste Nacht* anbrach, fuhr sie also fort: »Es ist mir berichtet worden, o glücklicher König, daß die Sklavin dem Juwelier des weiteren erzählte: ‚Ich war ganz von Sinnen vor Freuden, nachdem ich schon alle Hoffnung für sie aufgegeben hatte. Und als ich dann vor sie hintrat, befahl sie mir, dem Manne, der sie gebracht hatte, tausend Goldstücke zu geben. Darauf trugen wir sie hinein, ich und die beiden Dienerinnen, und legten sie auf ihr Lager. Sie verbrachte die Nacht dort in tiefer Trauer; und als es Morgen ward, verbot ich den Dienerinnen und den Eunuchen, zu ihr hineinzugehen und während jenes ganzen Tages ihr zu nahen. Am Tage darauf erholte sie sich wieder von ihrer Trauer; doch wie ich sie sah, schien es mir, als sei sie aus dem Grabe auferstanden. Da sprengte ich Rosenwasser auf ihr Antlitz, wechselte ihre Kleider, wusch ihre

Hände und Füße und redete ihr mit sanften Worten zu, bis ich ihr ein wenig zu essen und zu trinken geben durfte, obwohl sie zu nichts davon Lust verspürte. Sobald sie aber die frische Luft eingeatmet hatte und ihre Kraft zurückgekehrt war, begann ich sie zu tadeln, indem ich sprach: ‚O Herrin, schau, hab Mitleid mit dir selbst! Du hast doch gesehen, was uns widerfahren ist. Und auch über dich ist so viel Leid gekommen, daß es wahrlich genug ist; ja, du warst sogar dem Tode nahe.' Sie gab mir zur Antwort: ‚Bei Allah, gutes Mädchen, der Tod wäre mir leichter als das, was mir widerfahren ist; ich hatte ja auch schon den sicheren Tod vor Augen. Denn als die Räuber uns aus dem Hause des Juweliers geraubt hatten, fragten sie mich: ‚Wer bist du?' Ich antwortete: ‚Ich bin eine Sängerin'; und das glaubten sie mir. Dann befragten sie 'Alî ibn Bakkâr über seine Person, indem sie sprachen: ‚Wer bist du und was treibst du?' Und er gab zur Antwort: ‚Ich bin ein Mann des niederen Volkes.' Dann schleppten sie uns immer weiter, bis sie mit uns zu ihrer Behausung gelangten; wir zogen mit ihnen in großer Furcht eilends dahin. Als sie aber mit uns in ihrem Hause anhielten, betrachteten sie mich und sahen, was für Kleider, Halsbänder und Edelsteine ich an mir trug; da schöpften sie Verdacht gegen mich und sprachen: ‚Diese Halsbänder gehören nicht irgendeiner Sängerin. Sei ehrlich gegen uns und sage uns die Wahrheit! Was ist's mit dir?' Ich gab ihnen keinerlei Antwort, da ich bei mir sprach: ‚Jetzt werden sie mir wegen des Schmucks und der Gewänder, die ich trage, das Leben nehmen'; und so sagte ich kein Wort. Dann wandten die Räuber sich zu 'Alî ibn Bakkâr und sprachen zu ihm: ‚Und du, wer bist du und woher bist du? Du siehst nicht aus wie ein Mann des niederen Volks!' Auch er schwieg, und wir wahrten unser Geheimnis; doch wir weinten. Da rührte Allah die Herzen der Räuber zu

Mitleid mit uns, und sie sprachen: ‚Wer ist der Besitzer des Hauses, in dem ihr beiden waret?' Wir antworteten: ‚Ein Freund von uns, der und der, ein Juwelier.' Nun rief einer von ihnen: ‚Den kenne ich gut, und ich kenne auch das andere Haus, in dem er wohnt. Ich will ihn noch in dieser Stunde zu euch bringen.' Sie kamen überein, mich in ein Zimmer für mich allein zu bringen und den 'Alî ibn Bakkâr in ein anderes, auch für sich allein. Zu uns aber sprachen sie: ‚Ruhet euch aus und fürchtet nicht, daß euer Geheimnis verraten werde! Vor uns seid ihr sicher.' Darauf ging der eine von ihnen zu dem Juwelier und brachte ihn herbei. Der offenbarte ihm unser Geheimnis, und wir wurden wieder mit ihm vereinigt. Dann holte einer von ihnen ein Boot; sie ließen uns einsteigen und fuhren mit uns zum anderen Ufer hinüber, setzten uns an Land und gingen wieder fort. Aber da kamen Reiter von den Wachtruppen und fragten uns, wer wir seien; nun sprach ich mit dem Wachhauptmann und sagte zu ihm: ‚Ich bin Schams en-Nahâr, die Odaliske des Kalifen; ich hatte Wein getrunken und war ausgegangen, um einige Bekannte unter den Frauen der Wesire zu besuchen. Aber die Räuber kamen, entführten mich und brachten mich an diese Stätte; erst als sie euch erblickten, flohen sie eiligst. Ich bin imstande, dich zu belohnen.' Als der Wachhauptmann meine Worte hörte, erkannte er mich und stieg von seinem Reittier ab. Mich aber ließ er aufsitzen; und ebenso ließ er dem 'Alî ibn Bakkâr und dem Juwelier ein Reittier geben. Doch jetzt brennt in meinem Herzen eine Feuerflamme der Sorge um sie, besonders auch um den Juwelier, den Freund des 'Alî ibn Bakkâr. So geh denn hin zu ihm, grüße ihn und suche bei ihm Kunde über 'Alî ibn Bakkâr!' Aber ich begann zu ihr zu reden, ich tadelte sie wegen dessen, was durch sie geschehen war, und warnte sie, indem ich sprach: ‚O Herrin, fürchte für dein Leben!' Da schrie sie mich an und zürnte mir ob meiner Worte; so verließ ich sie denn und wollte zu dir kommen, aber ich konnte dich nicht finden. Und da ich mich scheute, zu dem Sohne des Bakkâr zu gehen, so blieb ich stehen und wartete auf dich, um dich nach ihm zu fragen und um zu erfahren, wie es um ihn steht. Nun bitte ich dich, sei so gut und nimm ein wenig Geld von mir an! Denn du hast doch sicher manches von deinen Freunden geliehen, das dir verloren gegangen ist, so daß du den Leuten ihren Verlust an den Geräten ersetzen mußt.' Da gab ich – so erzählte der Juwelier – zur Antwort: ,Ich höre und gehorche; geh voran!' Und ich ging mit ihr weiter, bis wir in die Nähe meiner Wohnung kamen. Dort sprach sie: ,Warte hier, bis ich wieder zu dir zurückkomme!' – – «

Da bemerkte Schehrezâd, daß der Morgen begann, und sie hielt in der verstatteten Rede an. Doch als die *Hundertundsiebenundsechzigste Nacht* anbrach, fuhr sie also fort: »Es ist mir berichtet worden, o glücklicher König, daß die Sklavin, nachdem sie zu dem Juwelier gesagt hatte: ,Warte hier, bis ich wieder zu dir zurückkomme!' fortging und alsbald mit dem Gelde zurückkehrte. Sie überreichte es mir mit den Worten: ,O Herr, an welchem Orte können wir dich wiedertreffen?' Ich erwiderte ihr: ,Sofort will ich gehen und mich zu meinem Hause begeben, und ich will um deinetwillen das Schwerste auf mich nehmen und auf Mittel sinnen, wie du zu ihm gelangen kannst; denn jetzt ist es fast unmöglich, ihn zu erreichen.' Als sie bat: ,Tu mir den Ort kund, an dem ich zu dir kommen kann!' antwortete ich: ,In meinem Hause.' Darauf verabschiedete sie sich von mir und ging fort. Ich nahm das Geld und brachte es in meine Wohnung; dort zählte ich es und fand, daß es fünftausend Dinare waren. Alsbald gab ich einige davon den Meinen;

und allen, von denen ich etwas geliehen hatte, ersetzte ich ihre Verluste. Dann nahm ich meine Diener mit und ging mit ihnen zu dem Hause, aus dem die Sachen geraubt waren; ich ließ Maurer, Zimmerleute und Baumeister kommen, und die richteten es wieder so her, wie es gewesen war. Ferner brachte ich meine Sklavin dorthin; und nun vergaß ich, was mir widerfahren war. Danach machte ich mich auf und ging zum Hause des 'Alî ibn Bakkâr. Wie ich dort ankam, trat mir einer seiner Sklaven entgegen und sprach zu mir: ,Der Herr läßt nach dir suchen Tag und Nacht; ja, er hat uns versprochen, wer nur immer dich zu ihm brächte, den wolle er freilassen. Sie streifen umher und suchen dich, aber sie wissen nicht, wo du bist. Unser Herr hat jetzt seine Kraft wiedergewonnen; doch es ist so, daß er abwechselnd zu sich kommt und das Bewußtsein verliert. Jedesmal aber, wenn er bei Besinnung ist, nennt er deinen Namen und sagt: Ihr müßt ihn zu mir bringen, wenn auch nur auf einen Augenblick, und dann sinkt er wieder in seine Bewußtlosigkeit zurück.' Nun ging ich mit dem Sklaven zu ihm hinein und fand ihn außerstande zu sprechen. Als ich ihn so sah, setzte ich mich ihm zu Häupten; da öffnete er die Augen, und sobald er mich erblickte, sprach er: ,Sei herzlich willkommen!' Dann richtete ich ihn auf, so daß er saß, und drückte ihn an meine Brust. Er aber fuhr fort: ,Wisse, lieber Bruder, seit ich mich gelegt habe, bis zu diesem Augenblicke, habe ich mich noch nicht wieder aufrichten können. Dank sei Allah, daß ich dich wiedersehe!' Darauf hob ich ihn weiter empor, bis er auf den Füßen stand, und ich führte ihn einige Schritte und wechselte seine Kleider, und er trank auch etwas Wein; all das geschah, damit er wieder Zuversicht gewönne. Als ich nun die Zeichen der wiederkehrenden Kraft an ihm bemerkte, erzählte ich ihm, was ich mit der Sklavin erlebt hatte, ohne daß jemand zuhörte, und dann fügte ich hinzu: ‚Fasse Mut und nimm deine Kraft zusammen; ich weiß ja, was du leidest!' Als er lächelte, fuhr ich fort: ‚Du wirst jetzt nur noch erleben, was dich freut und dir Heilung bringt.' Darauf befahl 'Alî ibn Bakkâr, Speise zu holen; und als das geschehen war, gab er seinen Dienern einen Wink, und sie entfernten sich. Zu mir sprach er: ‚Lieber Bruder, hast du gesehen, was mir widerfahren ist?' und er bat mich um Verzeihung und fragte mich, wie es mir in all dieser Zeit ergangen sei. Ich erzählte ihm alles, was ich erlebt hatte, von Anfang bis zu Ende. Er war erstaunt und befahl dann den Dienern, dies und jenes zu bringen; sie brachten kostbare Dekken und Teppiche und andere wertvolle Dinge von Gold und Silber, mehr als ich verloren hatte, und er schenkte mir das alles. Ich schickte es in mein Haus und blieb die Nacht über bei ihm. Als der Morgen zu dämmern begann, sprach er zu mir: ‚Wisse, alles hat ein Ende; und das Ende der Liebe ist der Tod oder die Vereinigung. Ich aber bin dem Tode näher; ach, wäre ich doch nur gestorben, ehe all dies geschehen mußte! Und wäre Allah uns nicht gnädig gewesen, so wären wir der Schande verfallen. Ich weiß jetzt auch nicht mehr, was mich aus meiner Not befreien kann; und wenn ich nicht Gott fürchtete, so würde ich meinen eigenen Tod bald herbeiführen. Wisse, lieber Bruder, ich bin wie ein Vogel im Käfig, und meine Seele geht gewißlich dem Untergange entgegen ob all der Nöte. Dennoch hat sie eine festgesetzte Zeit und ein bestimmtes Ziel, dem sie geweiht.' Dann weinte er und klagte und sprach die Verse:

> *Genug der Tränen sind dem Liebenden geflossen,*
> *Und Gram erregt ihn so, daß er Geduld nicht kennt.*
> *Einst hatte Gott, der Hüter geheimer Lieb, verbunden:*
> *Nun aber hat sein Aug, was er verband, getrennt.*

Als er die Verse zu Ende gesprochen hatte, sagte der Juwelier zu ihm: ‚Lieber Herr, vernimm, ich habe mich entschlossen, in mein Haus zu gehen, da mir die Sklavin vielleicht Kunde zurückbringt.' 'Alî ibn Bakkâr erwiderte: ‚Das sei dir nicht verwehrt! Geh und komm eilends zu mir zurück, um mir die Kunde zu melden; du kennst ja meine Not!' Da nahm ich Abschied – so erzählte der Juwelier – und begab mich nach Hause. Und kaum hatte ich mich gesetzt, da kam auch schon die Sklavin, in Tränen erstickend. Wie ich sie fragte, warum das sei, gab sie zur Antwort: ‚O Herr, wisse, jetzt kam über uns, was kommen mußte, das, was wir befürchteten! Als ich gestern von dir fortgegangen war, da traf ich meine Herrin zornig über eine der beiden Sklavinnen, die in jener Nacht bei uns waren; und sie befahl, die Sklavin zu schlagen. Die aber geriet in Angst, entlief ihrer Herrin und eilte hinaus; dort traf sie einer der Türhüter, der griff sie auf und wollte sie zu ihrer Herrin zurückbringen. Doch da machte sie ihm Andeutungen, und er tat zärtlich zu ihr und fragte sie so lange über alles, was sie anging, bis sie ihm erzählte, was wir erlebt haben. Nun drang die Kunde zum Kalifen; der befahl, meine Herrin Schams en-Nahâr und all ihren Hausrat in sein Schloß zu schaffen, und setzte eine Wache von zwanzig Eunuchen über sie. Bis jetzt bin ich noch nicht wieder bei ihr gewesen; ich habe ihr auch den Grund nicht mitteilen können, doch ich vermute, daß dies der Grund ist, und ich bin in Sorge um mein Leben. Ach, Herr, ich bin ratlos, und ich weiß nicht, was ich tun soll, ich sehe keinen Ausweg für mich noch für sie; sie hat niemanden, der ihr Geheimnis treuer und besser hütet als ich.' – –«

Da bemerkte Schehrezâd, daß der Morgen begann, und sie hielt in der verstatteten Rede an. Doch als die *Hundertundachtundsechzigste Nacht* anbrach, fuhr sie also fort: »Es ist mir berichtet worden, o glücklicher König, daß die Sklavin zum Juwelier sprach: ‚Meine Herrin hat niemanden, der ihr Geheimnis besser und treuer hütet als ich. Nun geh du und begib dich, o Herr, eilends zu 'Alî ibn Bakkâr; tu ihm dies kund, damit er sich bereit hält und auf seiner Hut ist! Wenn alles entdeckt wird, so wollen wir auf ein Mittel sinnen, durch das wir unser Leben retten können.' Darüber ergriff mich – so erzählte der Juwelier – schwere Sorge, und das Weltall ward finster vor meinen Augen ob der Worte der Sklavin; als sie sich erhob, um zu gehen, sprach ich zu ihr: ‚Was meinst du? Es ist ja keine Zeit mehr zu verlieren!' Sie antwortete: ‚Ich meine, daß du zu 'Alî ibn Bakkâr eilen solltest, wenn er wirklich dein Freund ist und wenn du ihn zu retten wünschest. Dir liegt es ob, ihm unverzüglich diese Kunde zu bringen; nicht mehr zu zögern und ihm keinen Augenblick mehr fernzubleiben; meine Pflicht aber ist es, eifrig nach neuen Nachrichten zu spüren.' Dann verabschiedete sie sich von mir und ging fort. Und als die Sklavin fort war, machte ich mich auf und verließ nach ihr mein Haus; ich ging zu 'Alî ibn Bakkâr und fand ihn, wie er in seiner Sehnsucht nur an das Wiedersehen dachte und sich unmögliche Hoffnungen machte. Als er aber sah, daß ich rasch zu ihm zurückgekehrt war, sprach er zu mir: ‚Ich sehe, du bist schon zurück; du bist ja auf der Stelle gekommen.' Ich erwiderte ihm: ‚Halt ein! Hör auf, dem unnützen Zeug nachzuhängen, und laß von den Gedanken ab, die dich bedrängen! Jetzt ist etwas geschehen, ein Ereignis, das dich dein Leben und dein Gut kosten kann.' Als er diese Worte hörte, erblaßte er, und in großer Erregung fragte er mich: ‚Bruder, sag, was ist geschehen?' ‚O Herr,' erwiderte ich, ‚wisse, das und das ist geschehen; du bist sicher des Todes, wenn du bis zum Abend in diesem deinem Hause bleibst.' Da war 'Alî ibn Bakkâr entsetzt, und fast hätte sein Geist den Leib verlassen. Dann sprach er: ‚Wir sind Allahs Geschöpfe, und zu Ihm kehren wir zurück!' und fragte mich: ‚Was soll ich tun, lieber Bruder, was ist dein Rat?' Ich antwortete: ‚Mein Rat ist der: nimm von deiner Habe mit dir, so viel du vermagst, und von deinen Sklaven solche, denen du traust; dann laß uns in ein anderes Land ziehen, ehe dieser Tag zu Ende geht!' ‚Ich höre und gehorche!' erwiderte er und sprang auf; aber er war verstört und ratlos, und bald ging er aufrecht, bald sank er zusammen. Dann nahm er, so viel er vermochte, verabschiedete sich bei den Seinen, gab ihnen seine letzten Aufträge, nahm drei beladene Kamele mit sich und bestieg sein Reittier, während ich das gleiche tat. Heimlich und verkleidet zogen wir davon und ritten immer weiter dahin, den Rest des Tages und die Nacht hindurch; erst gegen Ende der Nacht luden wir ab, banden unsere Kamele fest und legten uns zum Schlafe nieder. Aber weil die Müdigkeit uns überkommen hatte, hielten wir keine Wache. Und da überfielen uns die Räuber: sie raubten alles, was wir bei uns hatten, und töteten die Sklaven, als die uns verteidigen wollten. Dann ließen sie uns zurück, wo wir waren, im größten Elend, da sie uns ja alles genommen hatten; sie trieben die Tiere davon und zogen ab. Nachdem wir uns dann erhoben hatten, gingen wir zu Fuß, bis es Morgen ward. Da erreichten wir ein Dorf und gingen hinein; wir begaben uns zur Moschee und traten dort ein, nackt wie wir waren. Dann hockten wir in einer Ecke der Moschee jenen ganzen Tag über, und als es Abend geworden war, blieben wir auch die Nacht hindurch dort, ohne zu essen und zu trinken. Und als es dann Morgen geworden war, beteten wir das Frühgebet und setzten uns wieder. Da aber kam ein Mann herein, grüßte uns und betete zwei Rak'as. Dann wandte er sich zu uns und fragte: ‚Ihr Leute, seid ihr Fremdlinge?' ‚Jawohl,' antworteten wir, ‚die Räuber haben uns unterwegs überfallen und uns nackt ausgezogen. Dann sind wir in dies Dorf gekommen; wir kennen aber niemanden hier, bei dem wir Unterkunft suchen könnten.' Der Mann fuhr fort: ‚Wollt ihr mit mir in mein Haus kommen?' Da sprach ich – so erzählte der Juwelier – zu 'Alî ibn Bakkâr: ‚Wohlan, laß uns mit ihm gehen! Dann sind wir vor zweierlei sicher: erstlich davor, daß wir fürchten müssen, es könne jemand zu uns in diese Moschee kommen, der uns kennt und uns dann der Öffentlichkeit preisgeben würde; und zweitens davor, daß wir, die wir Fremdlinge sind, kein Obdach finden.' 'Alî ibn Bakkâr erwiderte: ‚Tu, was du willst!' Nun fragte der Mann uns zum zweiten Male: ‚Ihr armen Leute, erfüllt mir die Bitte und kommt mit mir in mein Haus!' ‚Wir hören und gehorchen!' gab ich zur Antwort. Darauf legte der Mann etwas von seinen Kleidern ab und bedeckte uns damit, indem er sich bei uns entschuldigte und uns freundlich zusprach. Dann gingen wir mit ihm zu seinem Hause; er pochte an die Tür, und es kam ein kleiner Sklave, der die Tür öffnete. Jener Mann, der Herr des Hauses, trat ein, und wir folgten ihm; darauf befahl er ein Bündel von Kleidern und Musselin zu bringen. Und er legte uns beiden Kleider an und gab uns auch jedem ein Stück Musselin, das wir uns als Turban ums Haupt wanden. Wie wir uns gesetzt hatten, kam eine Sklavin zu uns mit einem Tische; den stellte sie vor uns hin, indem sie sprach: ‚Esset!' Da aßen wir ein wenig, und nachdem der Tisch wieder abgetragen war, blieben wir bis zum Abend bei ihm.

Nun begann 'Alî ibn Bakkâr zu seufzen, und er sprach zu dem Juwelier: ‚Wisse, lieber Bruder, ich gehe dem sicheren Tode entgegen; so will ich dir ein Vermächtnis anvertrauen. Wenn du siehst, daß ich tot bin, so geh zu meiner Mutter und melde es ihr, und bitte sie, hierher zu kommen, auf daß sie die Trauerfeier für mich abhalte und bei der Waschung meines Leichnams zugegen sei. Sprich ihr auch Trost zu, daß sie meinen Verlust in Geduld ertrage!' Dann sank er ohnmächtig nieder, und als er wieder zu sich kam, hörte er in der Ferne ein Mädchen singen und Verse vortragen. Er hörte ihr zu und lauschte auf ihre Stimme, dabei war er bald bewußtlos, bald bei klarem Verstande, und er weinte aus Leid und Trauer über sein Elend. So hörte er denn, wie jenes Mädchen, das da sang, diese Verse vortrug:

> *Der Abschied kam so schnell und schied uns voneinander*
> *Nach treulicher Gemeinschaft im trautesten Verein.*
> *Das Wechselspiel der Nächte hat uns jetzt geschieden.*
> *O wüßt ich doch, wann wird das Wiedersehen sein?*
> *Wie bitter ist doch nach Zusammensein die Trennung!*
> *O brächte sie dem Liebespaar nie solchen Schmerz!*
> *Kurz ist der Todeskampf, und dann ist er zu Ende;*
> *Doch Trennung vom Geliebten quälet lang das Herz.*
> *Ach, könnten wir doch nur den Weg zur Trennung finden --*
> *Wir ließen bald die Trennung den Trennungsschmerz empfinden!*

Als 'Alî ibn Bakkâr den Gesang des Mädchens vernommen hatte, tat er einen tiefen Seufzer – sein Geist verließ seinen Leib. Als ich sah, daß er tot war – so erzählte der Juwelier –, übergab ich seine Leiche der Obhut des Hausherrn mit den Worten: ‚Wisse, ich gehe jetzt nach Baghdad, um seiner Mutter und seinen Verwandten die Kunde zu bringen, auf daß sie kommen und sein Begräbnis ausrichten.' Ich begab mich also nach Baghdad, trat in mein Haus und wechselte meine Kleider und ging dann zum Hause des 'Alî ibn Bakkâr. Als seine Diener mich sahen, kamen sie zu mir und fragten nach ihm. Ich aber bat sie, mir die Erlaubnis zum Eintritt bei seiner Mutter zu erwirken. Sie gab mir die Erlaubnis, und nachdem ich bei ihr eingetreten war und den Gruß gesprochen hatte, sagte ich: ‚Allah bestimmt das Leben der Menschen nach seinem Befehl. Und wenn er etwas beschlossen hat, so gibt es kein Entrinnen vor seinem Beschlusse. Keine Seele kann in den Tod gehen ohne Erlaubnis Allahs gemäß einer ewigen festgesetzten Vorherbestimmung.' Aus diesen Worten erriet die Mutter des 'Alî ibn Bakkâr, daß ihr Sohn gestorben war; sie weinte laut und sprach dann: ‚Um Gottes willen, sag mir, ist mein Sohn gestorben?' Doch ich konnte ihr vor Tränen und übergroßer Trauer keine Antwort geben; und wie sie mich in dieser Verfassung sah, erstickte sie vor Tränen und sank ohnmächtig zu Boden. Als sie dann wieder zu sich kam, fragte sie: ‚Was ist mit meinem Sohne geschehen?' Ich antwortete: ‚Möge Gott dich einst um seinetwillen reichlich belohnen!' und ich erzählte ihr alles, was mit ihm geschehen war, von Anfang bis zu Ende. Sie fragte auch, ob er mir einen Auftrag gegeben habe; das bejahte ich und erzählte ihr, was er mir ans Herz gelegt hatte, und fügte noch hinzu: ‚Beeile dich, sein Begräbnis auszurichten!' Nachdem die Mutter des 'Alî ibn Bakkâr meine Worte gehört hatte, sank sie von neuem in Ohnmacht; und als sie dann wieder zu sich kam, entschloß sie sich, den Auftrag auszuführen. Ich aber ging zu meinem Hause, und unterwegs dachte ich nach über seine Jugendschönheit, die nun dahin war; doch während ich in solche Gedanken versunken war, ergriff plötzlich eine Frau meine Hand. – –«

Da bemerkte Schehrezâd, daß der Morgen begann, und sie hielt in der verstatteten Rede an. Doch als die *Hundertundneunundsechzigste Nacht* anbrach, fuhr sie also fort: »Es ist mir berichtet worden, o glücklicher König, daß der Juwelier erzählte: ‚Da ergriff plötzlich eine Frau meine Hand; ich schaute sie an, und es war die Sklavin, die von Schams en-Nahâr zu kommen pflegte, doch der Gram schien sie überwältigt zu haben. Als wir einander erkannten, weinten wir beide gemeinsam, bis wir das Haus erreichten. Dort sprach ich zu ihr: ‚Hast du schon die Kunde von dem Jüngling 'Alî ibn Bakkâr vernommen?' ‚Nein, bei Allah', erwiderte sie; und so meldete ich ihr die Kunde von ihm und erzählte, was mit ihm geschehen war, während wir beide weinten. Dann fragte ich sie: ‚Wie steht es um deine Herrin?' Und nun erzählte sie mir: ‚Der Beherrscher der Gläubigen wollte in seiner großen Liebe zu ihr keines Menschen Wort gegen sie hören, sondern legte alles, was sie anging, in gutem Sinne aus. Denn er sprach zu ihr: ‚Schams en-Nahâr, du bist mir teuer, und ich halte zu dir, deinen Feinden zum Trotz.' Ferner befahl er, ihr ein Gemach mit goldenem Schmuck und eine schöne Kammer einzurichten; und sie lebte bei ihm nun infolge solcher Güte in aller Freude des Lebens und in hoher Gunst. Dann traf es sich, daß er eines Tages nach seiner Gewohnheit beim Weine saß, während seine Odalisken bei ihm waren; die ließ er sich nach ihrem Range setzen, und Schams en-Nahâr hieß er an seiner Seite sitzen. Doch sie kannte Geduld nicht mehr, und ihre Not war ihr zu schwer. Da befahl er einer der Sklavinnen zu singen; die griff zur Laute, stimmte die Saiten, schlug sie erst leise und dann lauter und begann zu singen:

> *Ein Liebender bat mich um Liebe; da hab ich ihn erhöret;*
> *Doch meine Tränen schreiben mir Leid ins Angesicht.*
> *Es ist, als ob die Tränen des Auges von uns sprechen,*
> *Berichten, was ich verhehle, verhehlen, was ich bericht.*
> *Was such ich Heimlichkeit und will die Lieb verbergen?*
> *Das Übermaß der Sehnsucht nach dir enthüllt ja mein Leid.*
> *Jetzt ward der Tod mir lieb, seit der Geliebte fehlet;*
> *O wüßt ich doch, was ihn nach meinem Tode freut!*

Als Schams en-Nahâr den Gesang der Sklavin vernommen hatte, vermochte sie nicht mehr aufrecht zu sitzen, sondern sank ohnmächtig nieder. Da warf der Kalif den Becher fort, zog sie an sich und schrie laut auf; und auch die Sklavinnen erhoben ein Geschrei. Der Beherrscher der Gläubigen nun wandte sie und bewegte sie; doch sie war tot. Und in heftigem Schmerze um ihr Hinscheiden befahl er, alle Geräte, alle Lauten und alle anderen Musikinstrumente, die in dem Saale waren, zu zerbrechen. Dann trug er ihren Leichnam in ihre Kammer und blieb die Nacht über bei ihr. Als es aber Tag ward, rüstete er ihr Leichenbegängnis; er befahl, sie zu waschen, sie in das Leichenhemd zu kleiden und beizusetzen. Er trauerte tief um sie, ohne zu fragen, was mit ihr geschehen sei oder was sie betroffen habe.' Dann setzte die Sklavin noch hinzu: ‚Ich bitte dich um Allahs willen, lasse mich den Tag wissen, an dem die Leiche des 'Alî ibn Bakkâr ankommt, auf daß ich bei seinem Begräbnis zugegen sein kann!' Ich gab ihr zur Antwort: ‚Mich kannst du überall finden, wo du willst; aber wo soll ich dich finden, und wer kann dir dort, wo du bist, nahen?' Darauf fuhr sie fort: ‚Als Schams en-Nahâr gestorben war, ließ der Beherrscher der Gläubigen noch am selben Tage ihre Sklavinnen frei; zu ihnen gehöre auch ich, und wir weilen jetzt bei ihrem Grabe an der und der Stätte.' Da ging ich mit ihr und kam zu der Grabstätte; so erwies ich Schams en-Nahâr die letzte Ehre und ging dann meiner Wege. Dann wartete ich, bis der Leichenzug des 'Alî ibn Bakkâr kam, und zog mit dem Volke von Baghdad hinaus, ihm entgegen; unter den Frauen sah ich auch die Sklavin, die am tiefsten von allen trauerte. Niemals ist in Baghdad ein größeres Leichenbegängnis gewesen. Wir zogen in dichtem Gedränge immer weiter, bis wir zum Friedhofe kamen; dort bestatteten wir ihn zur Gnade

Allahs des Erhabenen. Und ich besuche immer noch sein Grab und das Grab der Schams en-Nahâr.'

Dies also ist die Geschichte der beiden – Allah der Allmächtige erbarme sich ihrer! – –

Und doch ist diese Geschichte nicht wunderbarer als die von König Schehrimân.« Da fragte der König sie: »Wie ist denn die?« – –

Da bemerkte Schehrezâd, daß der Morgen begann, und sie hielt in der verstatteten Rede an. Doch als die *Hundertundsiebenzigste Nacht* anbrach, fuhr sie also fort: »Mir ist berichtet worden, o glücklicher König,

DIE GESCHICHTE VON KAMAR EZ-ZAMÂN

Es lebte in alten Zeiten und in längst entschwundenen Vergangenheiten ein König des Namens Schehrimân, dem waren viele Truppen und Diener und Wachen untertan; doch war er hochbetagt, und sein Gebein war schwach, und er hatte keinen Sohn. Darüber machte er sich viele Gedanken, er ward traurig und unruhig, und so klagte er einst einem seiner Wesire seine Not, indem er sprach: ‚Ich fürchte, wenn ich sterbe, wird mein Reich verloren gehen; denn ich habe keinen Sohn, der es nach meinem Tode verwalten könnte.' Jener Wesir antwortete ihm: ‚Vielleicht wird Gott doch noch etwas geschehen lassen. Drum vertraue auf Allah, o König, und bete zu ihm inständigst!' Da ging der König hin, vollzog die religiöse Waschung, betete zwei Rak'as und flehte zu Allah dem Erhabenen in reiner Absicht. Dann ließ er seine Gemahlin zu seinem Lager kommen und ruhte mit ihr zur selbigen Stunde. Sie aber empfing von ihm durch die Macht Allahs des Erhabenen. Und als ihre Monate erfüllet waren, gebar sie einen Knaben, der so schön war wie der Mond in der Nacht seiner Fülle. Den nannte er Kamar ez-Zamân[1], und hocherfreut über ihn, ordnete er ein Freudenfest an. Da ward die Stadt sieben Tage lang geschmückt, die Trommeln wurden geschlagen, und Boten eilten mit der Freudennachricht durch die Lande. Ammen und Wärterinnen wurden für ihn bestellt, und er wurde mit Sorgfalt und Liebe erzogen, bis er fünfzehn Jahre alt war. Und er übertraf alle durch Schönheit und Lieblichkeit und seines Wuchses Ebenmäßigkeit; sein Vater aber liebte ihn so sehr, daß er sich Tag und Nacht nicht von ihm trennen konnte. Im Übermaße seiner Liebe klagte er einst einem seiner Minister: ‚Wesir, ich bin in Sorge um meinen Sohn Kamar ez-Zamân wegen der Wechselfälle der Zeit und der Schicksale, und ich möchte ihn noch zu meinen Lebzeiten vermählen.' Der Wesir antwortete ihm: ‚Wisse, o König, die Eheschließung ist eine der trefflichsten Handlungen; es ist recht und billig, daß du deinen Sohn bei deinen Lebzeiten vermählst, ehe du ihn zum Herrscher machst.' Da sprach König Schehrimân: ‚Man bringe meinen Sohn Kamar ez-Zamân!' Der trat nun vor ihn und senkte sein Haupt aus Ehrfurcht vor seinem Vater zu Boden. Sein Vater redete ihn an: ‚Kamar ez-Zamân, ich will dich vermählen und mich deiner noch zu meinen Lebzeiten erfreuen.' ‚Lieber Vater,' erwiderte er, ‚wisse, ich trage kein Verlangen danach, mich zu vermählen, und meine Seele neigt sich nicht den Frauen zu; denn ich habe über ihre List und Tücke viel gelesen und gehört, wie ja auch ein Dichter sagt:

> *Wenn ihr mich nach den Frauen fragt, so wisset:*
> *Ich kenn die Art der Frauen alleweil.*
> *Ergraut des Mannes Haupt und schmilzt sein Geld,*
> *Hat er an ihrer Liebe keinen Teil.*

[1]. Der Mond der Zeit.

Und ein anderer sagt:

> Den Frauen leiste nicht Folge; das ist der schönste Gehorsam.
> Ein Mann, der seinen Halfter den Frauen gibt, hat kein Glück.
> Wenn er auch tausend Jahre sich um das Wissen bemühet –
> Sie halten ihn vor Vollendung des hohen Zieles zurück.'

Nach diesen Versen fuhr er fort: ‚Lieber Vater, das Heiraten ist etwas, das ich niemals tun werde, auch wenn ich den Becher des Todes trinken müßte!' Als aber der Sultan Schehrimân diese Worte aus dem Munde seines Sohnes vernommen hatte, da ward das helle Licht finster vor seinem Angesicht, und er war tief betrübt. – –«

Da bemerkte Schehrezâd, daß der Morgen begann, und sie hielt in der verstatteten Rede an. Doch als die *Hundertundeinundsiebenzigste Nacht* anbrach, fuhr sie also fort: »Es ist mir berichtet worden, o glücklicher König, daß dem König Schehrimân, als er diese Worte aus dem Munde seines Sohnes vernommen hatte, das helle Licht finster ward vor dem Angesicht und daß er tief betrübt war, weil sein Sohn Kamar ez-Zamân den Rat sich zu vermählen, den er ihm gegeben hatte, nicht befolgen wollte. Aber in seiner großen Liebe zu ihm wollte er seinen Rat nicht wiederholen, und er zürnte ihm nicht, sondern er trat zu ihm und sprach ihm freundlich und gütig zu mit aller Liebe, die ein Herz gewinnen kann. Derweilen aber nahm Kamar ez-Zamân mit jedem Tage zu an Schönheit und Lieblichkeit, Anmut und Zierlichkeit. Nun wartete König Schehrimân ein ganzes Jahr; und da sah er, daß sein Sohn in Reinheit und Feinheit der Rede vollkommen war. Alle Welt ward berauscht von seiner Herrlichkeit; jedes hauchende Lüftchen kündete von seinem Liebreiz weit und breit. Er ward eine Verführung für die Liebenden durch seine Lieblichkeit, und eine blühende Aue für die Sehnsuchtsvollen durch seine Vollkommenheit. Seine Rede war wie ein zartes Gedicht; den Vollmond beschämte sein Angesicht. Sein Wuchs war von vollkommener Ebenmäßigkeit, von Liebreiz und Zierlichkeit, als wäre er ein Weidenzweig oder dem Rohre des Schilfes gleich. Seine Wange stand durch ihrer Röte Schein für Rose und Anemone ein. Er war aller Schönheit Hort, wie es von ihm hieß in des Dichters Wort:

> *Er kam, und alle riefen: Gepriesen sei Allah,*
> *Der Hocherhabene; denn Er schuf ihn und gab ihm Gestalt!*
> *Allüberall ist er allein der Fürst der Schönen;*
> *Sie alle haben sich gebeugt vor seiner Gewalt.*
> *In seinem Lippentau ist zarter, süßer Honig;*
> *Und seine Zähne sind wie Perlen aufgereiht.*
> *An Lieblichkeit ist er, nur er allein vollkommen;*
> *Ja, alle Welt verwirrt sich ob seiner Lieblichkeit.*
> *Die Schönheit selber schrieb ihm auf die Wange sein:*
> *Ich bezeuge, es gibt keinen Schönen außer ihm ganz allein.*

Als dann Kamar ez-Zamân ein weiteres Jahr vollendet hatte, berief ihn sein Vater zu sich und sprach zu ihm: ‚Mein Sohn, willst du nicht auf mich hören?' Da fiel Kamar ez-Zamân vor seinem Vater in Ehrfurcht und Bescheidenheit zu Boden und antwortete: ‚Lieber Vater, wie sollte ich nicht auf dich hören, da doch Allah mir geboten hat, dir zu gehorchen und mich dir nicht zu widersetzen?' König Schehrimân fuhr nun fort: ‚Mein Sohn, wisse, ich will dich vermählen und noch bei meinen Lebzeiten meine Freude an dir haben; und dann will ich dich, ehe ich sterbe, zum Herrscher über mein Reich machen.' Wie der Prinz diese Worte von seinem Vater vernahm, senkte er eine Weile sein Haupt; dann hob er es wieder und sprach: ‚Lieber Vater, dies ist etwas, das ich niemals tun werde, auch wenn ich den Becher des Todes trinken müßte. Ich weiß gewiß, daß Allah der Erhabene es mir zur Pflicht gemacht hat, dir zu gehorchen; aber um Gottes willen, quäle mich nicht mit dem Heiraten und glaube nicht, daß ich mich zeit meines Lebens vermählen werde! Denn ich habe Bücher von den Alten und den Neuen gelesen und habe daraus gelernt, wie die Männer durch die Frauen verführt und ins Elend geraten sind, wie ihre Tücke endlos ist, und welches Unheil durch sie entsteht zu jeglicher Frist. Wie schön sagt doch der Dichter:

> *Wen die dreisten Dirnen fingen,*
> *Der sieht keine Rettung mehr,*
> *Baut er sich auch tausend Burgen*
> *Bleiumgossen ringsumher.*
> *Ja, ihr Bau ist ganz vergeblich,*
> *Unnütz stehn die Festen da;*
> *Denn die Frauen überlisten*
> *Jeden Mann, ob fern, ob nah –*
> *Sie, die ihre Finger färben,*
> *Die das Haar in Zöpfe drehn,*
> *Sie, die ihre Wimpern schminken,*
> *Die auf Gifttrank sich verstehn!*

Wie vortrefflich sagt auch ein anderer:

> *Die Frauen sind, wenngleich man sie ob Keuschheit rühmt,*
> *Nur Kehricht, bei dem die Geier schweben, um zu wühlen.*
> *Zwar gestern galt noch dir allein ihr lispelnd Wort;*
> *Doch morgen wird ihre Wade und Hand ein andrer fühlen –*
> *Ein Gasthaus, in dem du wohnst, von dem du dich morgens trennst,*
> *In dem nach dir ein andrer wohnt, den du nicht kennst.*

Nachdem König Schehrimân diese Worte von seinem Sohne Kamar ez-Zamân vernommen, und nachdem der Sinn seiner Verse ihm zum Bewußtsein gekommen, gab er in seiner übergroßen Liebe zu ihm keine Antwort; vielmehr war er nur noch huldvoller und gütiger gegen ihn. Er ließ auch die Versammlung alsbald auseinandergehen; und nachdem man sich getrennt hatte, rief der König seinen Minister, zog sich mit ihm zurück und sprach zu ihm: ‚Wesir, sage mir, was soll ich mit meinem Sohne Kamar ez-Zamân tun in Dingen der Ehe?'– –«

Da bemerkte Schehrezâd, daß der Morgen begann, und sie hielt in der verstatteten Rede an. Doch als die *Hundertundzweiundsiebenzigste Nacht* anbrach, fuhr sie also fort: »Es ist mir berichtet worden, o glücklicher König, daß der König seinen Minister rief, sich mit ihm zurückzog und zu ihm sprach: Wesir, sage mir, was soll ich mit meinem Sohne Kamar ez-Zamân tun in Dingen der Ehe? Ich habe dich doch über seine Vermählung um Rat gefragt, und du bist es, der mir geraten hat, ihn zu vermählen, ehe ich ihn zum Herrscher mache. Nun habe ich ihm schon mehrere Male von der Ehe gesprochen, aber er hat sich mir widersetzt. Gib mir jetzt deinen Rat, Wesir, was soll ich tun?' Da antwortete der Minister: ‚Großer König, warte noch ein Jahr mit ihm; und wenn du dann mit ihm darüber reden willst, so sprich nicht heimlich mit ihm, sondern rede zu ihm an einem Regierungstage, wenn alle Emire und Wesire anwesend sind und alle Krieger vor dir stehen. Wenn also alle diese versammelt sind, so schicke alsbald nach deinem Sohne Kamar ez-Zamân und laß ihn kommen! Und wenn er dann gekommen ist, so sprich mit ihm über die Vermählung in Gegenwart der Wesire, der Großen im Lande und der Männer von Stande! Dann wird er sich vor ihnen schämen und in ihrer Gegenwart dir nicht mehr widersprechen können.' Über diese Worte des Wesirs war König Schehrimân hocherfreut; er hieß diesen Rat gut und verlieh dem Minister ein prächtiges Ehrengewand.

Noch ein weiteres Jahr geduldete sich König Schehrimân mit seinem Sohne Kamar ez-Zamân. Und der nahm mit jedem Tage zu an Schönheit und Lieblichkeit, an Anmut und Vollkommenheit, bis er fast zwanzig Jahre alt war. So kleidete ihn

Allah in das Gewand der Lieblichkeit und krönte ihn mit der Krone der Vollkommenheit; da war sein Blick ein größerer Zauberer als Harût[1], und das Spiel seiner Augen war verführerischer als et-Taghût[2]. Seine Wangen erglänzten in rosigem Kleide, und seine Wimpern beschämten des Schwertes Schneide. Die Weiße seiner Stirn war gleich wie des Mondes Pracht, und die Schwärze seines Haares war wie die finstere Nacht. Sein Leib war schmaler als ein Faden im Gewand, und seine Hüften waren schwerer als Hügel von Sand. Die Sinne wurden verwirrt durch die weichen Formen seiner Gestalt, und sein zarter Leib beklagte sich ob seiner Hüften schwerer Gewalt. Ja, seine Reize entzückten alle Welt, so wie ein Dichter von ihm in diesen Versen sprach:

Ich schwöre bei seiner Wange und bei seinem lächelnden Mund,
Und bei den Pfeilen, die er gefiedert, mit Zauber im Bund;
Bei seinen weichen Formen, seines Blickes zartem Licht;
Bei seiner weißen Stirn, seinen Locken, so schwarz und dicht;
Und bei der Braue, die mir den Apfel des Auges stiehlt,
Die mich überwältigt, wenn sie verbietet oder befiehlt;
Bei seiner Locken Fülle, die um seine Schläfen weht,
Die bald die Liebenden tötet, wenn er von dannen geht;
Bei seinen rosigen Wangen, dem Haarflaum, so wunderbar fein,
Und den korallenen Lippen, der Zähne Perlenreihn;
Bei seinem duftenden Atem und bei dem Tau so rein,
Der in seinem Munde fließet, süßer als alter Wein;
Bei seinen schweren Hüften, die beben, mag er gehn
Oder auch ruhn, und bei seinem Leibe, so schlank und schön;
Bei seiner mildtätigen Hand, seiner Zunge Redlichkeit,
Und bei seiner edlen Geburt, seiner Macht, so hoch und weit:

1. Die Kairoer Ausgabe hat hier ‚Harût und Marût'. Das sind zwei gefallene Engel, die sich von irdischen Frauen verführen ließen und die Menschen in der Zauberei unterrichteten; vgl. Koran, Sure 2, Vers 96.
2. Taghût wird als Name eines altarabischen Götzen oder als Bezeichnung des Teufels angesehen.

Der Moschus ist ein Abglanz von seinem Wangenmal;
Von seinem Hauche duften die Wohlgerüche zumal.
So auch die strahlende Sonne; vor ihm muß sie erbleichen;
Der Mond kann nicht einmal dem Span seines Nagels gleichen.

Der König Schehrimân, der den Rat des Wesirs gutgeheißen hatte, wartete also noch ein weiteres Jahr bis zu einem Festtage. – –«

Da bemerkte Schehrezâd, daß der Morgen begann, und sie hielt in der verstatteten Rede an. Doch als die *Hundertunddreiundsiebenzigste Nacht* anbrach, fuhr sie also fort: »Es ist mir berichtet worden, o glücklicher König, daß der König Schehrimân, der den Rat des Wesirs gutgeheißen hatte, noch ein weiteres Jahr wartete bis zu einem Festtage. Das war ein Regierungstag, und an ihm füllte sich die Halle des Königs mit den Emiren und Wesiren, mit den Großen im Lande, den Kriegern und den Männern von Stande. Da sandte er nun nach seinem Sohne Kamar ez-Zamân; und als der gekommen war, küßte er dreimal den Boden vor seinem Vater und trat dann vor ihn, indem er seine Arme auf dem Rücken gekreuzt hielt. Nun sprach sein Vater zu ihm: ‚Wisse, mein Sohn, ich habe dich diesmal vor diese Versammlung und vor all die Großen des Reiches, die hier bei uns sind, entboten, damit ich dir einen Befehl erteile, dem du nicht widersprechen sollst. Der ist, daß du dich vermählest; denn ich wünsche dir eine Prinzessin zur Frau zu geben, damit ich an dir meine Freude habe, ehe ich sterbe.' Als Kamar ez-Zamân dies von seinem Vater vernommen hatte, senkte er sein Haupt eine Weile zu Boden. Aber dann ergriff ihn plötzlich die Torheit der Jugend und kindische Unvernunft, und er sprach: ‚Niemals werde ich mich vermählen, auch wenn ich den Becher des Todes trinken müßte. Du bist ein Mann von großem Alter, aber von keinem Verstand.

Hast du mich nicht früher schon zweimal vor diesem Male über die Ehe befragt, ohne daß ich dir darin willfahrt bin?' Darauf löste Kamar ez-Zamân die Arme von seinem Rücken, streifte in seiner Wut die Ärmel vor seinem Vater bis zu den Ellbogen auf und redete viele Worte vor ihm gestörten Geistes. Zuerst war sein Vater beschämt und verlegen, weil dies vor den Großen seines Reiches geschah und vor den Kriegsmannen, die zu der Festversammlung erschienen waren. Dann aber ergriff ihn königlicher Zorn, und er schrie seinen Sohn an, daß er zitterte. Und den Mamluken, die vor ihm standen, rief er zu: ,Packt ihn!' Da stürzten sie auf ihn zu, ergriffen ihn und führten ihn vor den Thron. Nun befahl der König ihnen, ihm die Hände auf dem Rücken zu fesseln; sie taten es, und so stand er gebunden vor dem König, indem er sein Haupt vor Furcht und Angst senkte, und die Schweißtropfen glänzten wie Perlen auf seiner Stirn und auf seinem Antlitz, und Scham und Verwirrung bedrückte ihn schwer. Sein Vater aber schalt und schmähte ihn, indem er sprach: ,Wehe dir, du Bastardblut, du schändliche Brut! Wie darfst du mir so antworten vor meinen Kriegern und meinem Heere? Freilich, bisher hat dich noch niemand gezüchtigt.' – –«

Da bemerkte Schehrezâd, daß der Morgen begann, und sie hielt in der verstatteten Rede an. Doch als die *Hundertundvierundsiebenzigste Nacht* anbrach, fuhr sie also fort: »Es ist mir berichtet worden, o glücklicher König, daß König Schehrimân zu seinem Sohne Kamar ez-Zamân sprach: ,Wie darfst du mir so antworten vor meinen Kriegern und meinem Heere? Freilich, bisher hat dich noch niemand gezüchtigt. Weißt du nicht, daß dies, was du getan hast, eine Schande gewesen wäre, wenn einer aus dem gemeinen Volke es getan hätte?' Darauf befahl der König den Mamluken, seine Fesseln zu lösen und ihn in einen

Turm der Festung einzusperren. Da ergriffen die Mamluken ihn und brachten ihn zu einem alten Turm; dort befand sich ein verfallener Saal und mitten in dem Saale ein alter, bröckliger Brunnen. Doch zuvor fegten sie ihn aus und säuberten den Boden; dann setzten sie für Kamar ez-Zamân eine Lagerstatt hinein, bedeckten sie mit einer Matratze und einer Lederdecke und legten ihm ein Kissen hin. Auch brachten sie ihm eine große Laterne und eine Wachskerze, da jener Ort auch am Tage dunkel war. Nachdem die Mamluken nun den Kamar ez-Zamân dorthin gebracht hatten, stellten sie bei der Tür des Saales einen Eunuchen auf. Und nun legte der Prinz sich auf das Lager, gebrochenen Geistes und betrübten Herzens, und machte sich selbst Vorwürfe; und er bereute, was er seinem Vater angetan hatte, jetzt, wo die Reue nichts mehr nützte. Und er sprach: ‚Allah verfluche das Heiraten und die falschen Mädchen und Frauen! Hätte ich doch nur auf meinen Vater gehört und mich verheiratet! Wenn ich das getan hätte, so wäre es besser für mich gewesen als dieser Kerker!'

So weit Kamar ez-Zamân. Was aber seinen Vater anlangt, so blieb er den Tag über bis zur Zeit des Sonnenuntergangs auf seinem Throne. Dann zog er sich mit dem Minister zurück und sprach zu ihm: ‚Wisse, Wesir, du bist die Ursache von alledem, was zwischen mir und meinem Sohne vorgefallen ist; denn du hast mir damals den Rat gegeben. Was rätst du mir aber jetzt zu tun?' ‚Großer König,' erwiderte er, ‚laß deinen Sohn vierzehn Tage lang im Kerker! Dann laß ihn vor dich bringen und befiehl ihm, sich zu vermählen; fürwahr, er wird dir nie mehr widersprechen!' – –«

Da bemerkte Schehrezâd, daß der Morgen begann, und sie hielt in der verstatteten Rede an. Doch als die *Hundertundfünfundsiebenzigste Nacht* anbrach, fuhr sie also fort: »Es ist mir berichtet worden, o glücklicher König, daß der Wesir zu König Schehrimân sprach: ‚Laß deinen Sohn vierzehn Tage lang im Kerker! Dann laß ihn vor dich bringen und befiehl ihm, sich zu vermählen; fürwahr, er wird dir nie mehr widersprechen!' Der König nahm den Rat des Wesirs an, und in jener Nacht legte er sich, unruhigen Herzens um seines Sohnes willen, zum Schlafe nieder; denn er liebte ihn innig, da er keinen anderen Sohn als ihn hatte, und bis dahin hatte er niemals einschlafen können, wenn er nicht vorher seinen Arm unter den Hals des schlafenden Kamar ez-Zamân gelegt hatte. So verbrachte er denn die Nacht sorgenvollen Sinnes um seinetwillen und warf sich von der einen Seite auf die andere, als ob er auf Kohlen vom Holze der Wüstensträucher läge. Böse Gedanken kamen ihm, und er konnte die ganze Nacht über nicht schlafen; seine Augen vergossen Tränen, und er sprach die Verse:

> *Die Nacht wird mir so lang, und die Verleumder schlafen.*
> *Genug sei dir ein Herz, das Trennungsweh zerbricht!*
> *Und wie die Nacht den Gram so lange hinzieht, ruf ich:*
> *Kehrst du denn niemals wieder, schönes Morgenlicht?*

Dann sprach er die Worte eines anderen Dichters:

> *Ich sah, wie die Plejaden die Blicke von ihm wandten,*
> *Und wie der Nordstern ihm mit Schlaf die Augen band,*
> *Und wie der Bahre Töchter[1] in Trauer weiterzogen –*
> *Da wußt ich, daß ihr Morgen auf immerdar entschwand.*

Lassen wir nun den König Schehrimân und wenden uns zu seinem Sohne Kamar ez-Zamân! Als die Nacht über ihn hereinbrach, setzte der Eunuch die Laterne vor ihn hin, zündete

---

1. ‚Die Töchter der Bahre' sind ursprünglich die drei in einer Reihe stehenden Sterne des ‚Großen Bären' oder ‚Großen Wagens', da der bei den Arabern als Bahre gedacht wird; dann ist der Name auch auf das ganze Sternbild übertragen.

die Kerze an und steckte sie in einen Leuchter; auch setzte er ein wenig Speise vor ihn hin. Da aß der Prinz; doch er machte sich immer Vorwürfe darüber, daß er sich so ungebührlich gegen seinen Vater benommen hatte, und er sprach zu seiner Seele: ‚O Seele, weißt du nicht, daß der Mensch an seine Zunge gebunden ist, und daß die menschliche Zunge es ist, die ihn ins Verderben stürzt?' Und seine Augen vergossen Tränen, und er weinte über das, was er getan hatte, aus betrübtem Herzen und einem Innern voll Schmerzen; ja, er bereute bitterlich, was er seinem Vater angetan hatte. Und er sprach die Verse:

> *Es stirbt der Mensch allein durch Straucheln seiner Zunge;*
> *Der Tod wird ihm durch Stolpern des Fußes nicht zuteil.*
> *Das Straucheln mit dem Munde büßt er mit seinem Kopfe;*
> *Doch fehlt er mit dem Fuße, wird er gemächlich heil.*

Als Kamar ez-Zamân dann mit dem Essen fertig war, bat er um Wasser, sich die Hände zu waschen. Da wusch der Eunuch ihm die Speisereste von den Händen; dann vollzog er selber die religiöse Waschung, sprach das Abendgebet und dann auch das Nachtgebet und setzte sich nieder. – –«

Da bemerkte Schehrezâd, daß der Morgen begann, und sie hielt in der verstatteten Rede an. Doch als die *Hundertundsechsundsiebenzigste Nacht* anbrach, fuhr sie also fort: »Es ist mir berichtet worden, o glücklicher König, daß Kamar ez-Zamân, nachdem er das Abendgebet und dann auch das Nachtgebet gesprochen hatte, sich auf seine Lagerstatt niedersetzte und den Koran rezitierte. Er sprach die folgenden Suren: die Kuh, das Haus 'Imrân, die Sure Jasîn, der Barmherzige, ‚Gepriesen ist der Herrscher', das reine Bekenntnis, und die beiden Talismansuren[1]; dann schloß er mit der Anrufung[2], stellte sich in den

---

1. Das heißt: die 2., 3., 36., 55., 67., 112., 113., 114. Sure. – 2. Wahrscheinlich ist die 1. Sure gemeint.

Schutz Gottes, indem er sprach: ‚Ich nehme meine Zuflucht zu Gott vor dem verfluchten Teufel', und legte sich auf die Lagerstatt nieder; auf ihr lag eine Matratze, die auf beiden Seiten mit Satin aus Ma'dan[1] überzogen und mit Seide aus dem Irak gefüllt war, und unter seinem Haupte hatte er ein Kissen aus Straußendaunen. Doch ehe er sich zum Schlafen niederlegte, warf er die Obergewänder ab, zog die Hosen aus und schlief in einem Hemde aus feiner Wachsleinwand, während sein Haupt mit einem blauen Kopftuch aus Merw bedeckt war. So lag nun Kamar ez-Zamân zu jener Stunde in jener Nacht da und war gleichwie der volle Mond, wenn er in der vierzehnten Nacht am Himmel thront. Dann hüllte er sich in eine seidene Decke ein und versank in Schlummer, während die Laterne zu seinen Füßen und die Kerze zu seinen Häupten brannten. Ruhig schlummerte er weiter, das erste Drittel der Nacht hindurch, und wußte nicht, was im Schoße der Zukunft verborgen war und was Allah, der alle Geheimnisse kennt, ihm bestimmt hatte.

Nun wollten es das Schicksal und das vorherbestimmte Verhängnis, daß dieser Turm und diese Halle alt und seit vielen Jahren verlassen waren, und daß sich in der Halle ein römischer Brunnen befand, bewohnt von einer Dämonin, die ihn zum Aufenthalt gewählt hatte; sie war aus dem Geschlechte des Iblîs[2], des Verfluchten, und sie hieß Maimûna, die Tochter von ed-Dimirjât, einem berühmten Geisterkönig. – –«

Da bemerkte Schehrezâd, daß der Morgen begann, und sie hielt in der verstatteten Rede an. Doch als die *Hundertundsiebenundsiebzigste Nacht* anbrach, fuhr sie also fort: »Es ist mir berichtet worden, o glücklicher König, daß jene Dämonin Maimûna hieß, die Tochter von ed-Dimirjât, einem berühmten

1. Das ist wahrscheinlich eine Stadt in Persien oder Nordmesopotamien.
2. Iblîs = Diabolos = Teufel.

Geisterkönig. Als Kamar ez-Zamân das erste Drittel der Nacht geschlafen hatte, stieg jene Dämonin aus dem römischen Brunnen empor und wollte gen Himmel fliegen, um unbemerkt zu lauschen. Doch wie sie oben im Brunnen war, sah sie, ganz gegen die Gewohnheit, ein Licht im Turme leuchten; sie hatte ja schon eine lange Reihe von Jahren in dem Brunnen gewohnt, und als sie nun den Lichtschein bemerkte, verwunderte sie sich sehr und sprach bei sich: ‚So etwas habe ich doch hier noch nie erlebt.' Sie dachte sich, daß dies einen besonderen Grund haben müsse, und so bewegte sie sich in der Richtung des Lichtes weiter. Da sah sie, daß es aus der Halle kam. Dann fand sie den Eunuchen an der Tür schlafen, und wie sie noch weiter in die Halle vorgedrungen war, fand sie ein Lager aufgeschlagen, auf dem eine menschliche Gestalt ruhte, und eine brennende Kerze zu ihren Häupten und eine brennende Laterne zu ihren Füßen. Erstaunt über das Licht schlich die Dämonin Maimûna ganz langsam heran; sie senkte ihre Flügel, blieb vor dem Lager stehen, nahm die Seidendecke vom Antlitze des Kamar ez-Zamân und blickte ihn an. Von seiner Schönheit und seiner Anmut überwältigt, blieb sie eine lange Weile dort stehen, und sie sah, wie das Licht seines Antlitzes heller war als das der Kerze, ja, sein Angesicht strahlte von hellem Licht; selbst im Schlafe erweckten seine Augen Liebespein, seine Augäpfel waren von dunklem Schein, rötlich glühten die Wangen sein, seine Lider waren müd anzuschauen, gewölbt wie Bogen waren seine Brauen; süß wie Moschus duftete sein Hauch, und so sagt von ihm der Dichter auch:

> *Ich küßte ihn, da wurden noch schwärzer seine Augen,*
> *Die zaubernden, und die Wangen erglühten rot und schön.*
> *O Herze, wenn die Tadler behaupten, seinesgleichen*
> *Gäb es an Schönheit wieder, sprich: Laßt mich ihn sehn!*

Wie die Dämonin Maimûna, die Tochter von ed-Dimirjât, ihn sah, pries sie Allah und sprach: ,Gesegnet ist Allah, der herrlichste Schöpfer!' Jene Dämonin gehörte nämlich zu den gläubigen Geistern. Nachdem sie so eine Weile dagestanden und das Antlitz des Kamar ez-Zamân angeschaut hatte, indem sie Gottes Einheit bekannte und den Jüngling um seine Schönheit und Anmut beneidete, sprach sie bei sich selber: ,Bei Allah, ich will ihm nichts antun und ihn vor Schaden durch andere bewahren, ja, ich will ihn behüten vor allen Gefahren; denn dieses liebliche Angesicht verdient nur, daß man es anschaut und zum Lobe Gottes von ihm spricht. Aber wie konnten die Seinen es über sich gewinnen, ihn hier an diesem öden Ort zu lassen? Wenn einer von unseren Mârids[1] jetzt zu ihm aufstiege, er würde ihn sicherlich umbringen.' Darauf neigte die Dämonin sich über ihn und küßte ihn auf die Stirn; dann zog sie die Decke wieder über sein Antlitz und verhüllte es, öffnete ihre Flügel und flog gen Himmel empor. Als sie über den Söller jener Halle emporgestiegen war, flog sie in der Luft immer weiter und stieg immer höher in den Wolken, bis sie den untersten Himmel erreicht hatte; da hörte sie plötzlich Flügelschläge in der Luft. Sie flog jenem Schalle entgegen, und als sie ihm nahe kam, sah sie, daß es ein Dämon war, namens Dahnasch. Nun schoß sie wie ein Sperber auf ihn herab, und als Dahnasch sie bemerkte und erkannte, daß sie Maimûna, die Tochter des Geisterkönigs war, erschrak er vor ihr, und seine Glieder erbebten. Und so flehte er sie um Gnade an, indem er sprach: ,Ich beschwöre dich bei dem allerhöchsten Namen, dem geehrten, und bei dem Talisman, dem hochverehrten, der auf dem Siegel Salomos eingegraben ist, sei gütig zu mir und tu mir nichts zuleide!' Als Maimûna diese Worte von

---

1. Vgl. Band I, Seite 52, Anmerkung.

Dahnasch vernommen hatte, empfand ihr Herz Mitleid mit ihm, und sie sprach: ‚Du hast mich mit einem mächtigen Schwur beschworen, du Verfluchter; aber trotzdem lasse ich dich nicht frei, bis du mir sagst, woher du zu dieser Zeit kommst.' ‚Hohe Herrin,' erwiderte er, ‚wisse, ich komme vom äußersten Ende des Landes China und mitten von den Inseln dort her, und ich will dir ein Wunder kundtun, das ich in dieser Nacht erlebt habe. Wenn du findest, daß meine Worte wahr sind, so laß mich meiner Wege ziehen und schreib mir mit deiner eigenen Hand einen Freibrief, daß ich dein Freigelassener bin, damit keiner von den Scharen der Dämonen mir entgegentritt, sei er von denen, die oben in der Höhe fliegen, oder von denen, die unten in der Tiefe hausen, oder von denen, die ins Meer tauchen!' Maimûna aber entgegnete ihm: ‚Was ist's, das du heute nacht gesehen hast, du Lügner, du Verfluchter? Tu es mir kund; doch lüge nicht, wenn du etwa vermeinst, du könntest meiner Hand durch Lüge entrinnen! Denn ich schwöre dir bei dem Zeichen, das in den Stein des Siegelringes Salomos, des Sohnes Davids, – über beiden sei Heil! – eingegraben ist, wenn deine Worte nicht wahr sind, so rupfe ich dir mit meiner eigenen Hand deine Federn aus, reiße dir die Haut ab und zerbreche dir deine Knochen!' Der Dämon Dahnasch ibn Schamhûrisch, der Geflügelte, sprach: ‚Hohe Herrin, ich nehme diese Bedingung an.' – –«

Da bemerkte Schehrezâd, daß der Morgen begann, und sie hielt in der verstatteten Rede an. Doch als die *Hundertundachtundsiebzigste Nacht* anbrach, fuhr sie also fort: »Es ist mir berichtet worden, o glücklicher König, daß Dahnasch zu Maimûna sprach: ‚Hohe Herrin, ich nehme diese Bedingung an.' Dann fuhr er fort: ‚Wisse, meine Gebieterin, ich komme heute nacht von den äußersten Inseln des Landes China; das ist des

Königs el-Ghajûr Land, und er ist als Herr der Inseln und der Meere und der sieben Schlösser bekannt. Und dort sah ich eine Tochter jenes Königs, so schön, wie Allah keine zu ihrer Zeit erschaffen hat. Ich kann sie dir nicht beschreiben; denn meine Zunge vermag sie nicht so zu schildern, wie es sich gebührt. Trotzdem will ich dir etwas von ihren Reizen berichten und will der Wahrheit nahezukommen versuchen. Ihr Haar ist dunkel wie die Nächte des Scheidens und Voneinandergehens, ihr Antlitz aber ist hell wie die Tage des seligen Wiedersehens; und schön hat der Dichter von ihr gesungen:

> *Sie löste eines Nachts drei Locken ihres Haares –*
> *Und zeigte mir, wie nun vier Nächte draus entstanden.*
> *Sie blickte auf zum Mond am Himmel mit ihrem Antlitz,*
> *Und zeigte mir, wie sich zwei Monde zugleich verbanden.*

Ihre Nase ist wie des gefegten Schwertes Schneide; ihre Wangen sind wie Purpurwein, ja, wie rote Anemonen sind sie beide. Ihre Lippen scheinen Korallen und Karneole zu sein; der Tau ihres Mundes ist lieblicher als alter Wein, und sein Geschmack löscht die Feuerpein. Ihre Zunge bewegt ein reicher Verstand; stets ist ihr eine Antwort zur Hand. Ihr Busen berückt einen jeden, der ihn erblickt – Preis sei Ihm, der ihn geschaffen und gebildet hat! – Und an ihn schließen sich zwei runde Arme an, deren Lob einst der verzückte Dichter kundgetan:

> *Zwei Arme – hätten sie nicht an Spangen ihren Halt,*
> *So flössen sie aus den Ärmeln mit eines Stromes Gewalt.*

Und sie hat zwei Brüste wie Kästchen aus Elfenbein, von deren Glanze Sonne und Mond ihr Licht entleihn; und einen Leib mit Falten so zart wie ein koptisches Gewebe von ägyptischer Art, gewirkt mit einer Faltenzier gleich dem gekräuselten Papier. Der schließt sich an einen schlanken Rumpf, undenkbar dem menschlichen Verstand, über Hüften gleich Hügeln aus Wüstensand; die ziehen sie nieder, wenn sie aufstehen will, und wecken sie, wenn sie schlafen will, wie der Dichter so trefflich von ihnen singt:

> Die Hüften hängen ihr an einem zarten Rumpfe,
> Und diese Hüften handeln schlecht gegen sie und mich.
> Sie halten stets mich fest, wenn ich nur an sie denke,
> Und ziehen sie herab zum Boden, erhebt sie sich.

Und diese Hüften werden getragen von zwei Schenkeln, rund und weich, und zwei Waden, Perlensäulen gleich. All dies wiederum ruht auf zwei zarten Füßen, schlank und scharf wie die Spitzen von Spießen, dem Werke Gottes, dessen Schutz und Vergeltung wir genießen. Und immer staune ich deswegen, wie sie in ihrer Kleinheit all das, was darüber ist, zu tragen vermögen. Ich habe meine Beschreibung kurz gemacht, weil ich fürchte, sie würde sonst zu lange dauern.' – –«

Da bemerkte Schehrezâd, daß der Morgen begann, und sie hielt in der verstatteten Rede an. Doch als die *Hundertundneunundsiebzigste Nacht* anbrach, fuhr sie also fort: »Es ist mir berichtet worden, o glücklicher König, daß der Dämon Dahnasch ibn Schamhûrisch zu der Dämonin Maimûna sagte: ,Ich habe meine Beschreibung kurz gemacht, weil ich fürchte, sie würde sonst zu lange dauern.' Wie Maimûna die Beschreibung jenes Mädchens und ihrer Schönheit und Anmut gehört hatte, war sie erstaunt. Dahnasch aber fuhr fort: ,Der Vater des Mädchens ist ein König voll Macht, ein Ritter zum Kampfe entfacht, der durch das Schlachtengetümmel watet bei Tag und bei Nacht, der dem Tode ins Auge schaut und der sich vor dem Verderben nicht graut; denn er ist ein herrischer Tyrann und ein gewalttätiger, siegreicher Mann, der da herrscht über Krieger und Heere, über Länder und Inseln im Meere, über Städte und Dörfer im Land, König el-Ghajûr genannt, als der Herr der Inseln und der Meere und der sieben Schlösser bekannt.

Er liebt seine Tochter, diese Maid, die ich dir beschrieben habe, heiß und innig, und in seiner Liebe zu ihr hat er die Schätze aller Könige aufgespeichert und ihr damit sieben Schlösser erbaut, ein jedes von besonderer Art; das erste aus Kristall, das zweite aus Marmor, das dritte aus chinesischem Stahl, das vierte aus Edelsteinen und Juwelen, das fünfte aus Mosaik von Ton und buntem Achat, das sechste aus Silber, und das siebente aus Gold. Und all die sieben Schlösser hat er mit kostbarem Hausrat angefüllt, mit seidenen Teppichen, mit Gefäßen aus Gold und Silber und mit allen Geräten jeglicher Art, wie Könige sie brauchen. Und er gebot seiner Tochter, in jedem Schlosse einen Teil des Jahres zu wohnen und dann in ein anderes zu ziehen. Ihr Name aber ist Prinzessin Budûr.[1]

Als nun ihre Schönheit bekannt wurde und ihr Ruhm sich im Lande verbreitete, schickten alle Könige zu ihrem Vater und freiten bei ihm um sie. Da sprach er mit ihr über die Ehe und wollte sie überreden; aber sie hatte eine Abneigung dagegen und sprach zu ihrem Vater: ‚Lieber Vater, mich verlangt es ganz und gar nicht danach, vermählt zu werden; sieh, ich bin Herrin und Gebieterin und Prinzessin, ich herrsche über die Menschen, und ich will nicht, daß ein Mann über mich herrscht.‘ Doch jedesmal, wenn sie eine Werbung abwies, ward das Verlangen der Freier nach ihr nur noch größer. So schickten denn schließlich alle Könige der fernen Inseln Chinas Geschenke und Kostbarkeiten an ihren Vater und bewarben sich um sie in ihren Briefen. Da sprach ihr Vater wiederum mit ihr über die Ehe viele Male: aber sie willfahrte ihm nicht. Endlich ward sie seiner sogar überdrüssig und sprach zu ihm in ihrem Zorne: ‚Vater, wenn du nur noch einmal mir von der Ehe redest, so gehe ich in den Palast, nehme ein Schwert, stecke es aufrecht

1. Vollmonde.

in den Boden und setze mir die Spitze auf den Leib; dann werfe ich mich darauf, so daß es mir zum Rücken wieder herausfährt und ich so meinem Leben ein Ende mache.' Als der König solche Worte von ihr vernommen hatte, da ward das helle Licht finster vor seinem Angesicht, und sein Herz entbrannte heftig aus Sorge um sie; denn er fürchtete nun, sie würde sich das Leben nehmen, und er war ratlos, was er mit ihr und mit den Königen, die um sie freiten, tun solle. So sprach er zu ihr: ‚Wenn es dein fester Wille ist, dich nicht zu vermählen, so gehe nicht mehr aus noch ein!' Dann führte ihr Vater sie in den Palast, schloß sie darin ein, setzte zehn alte Weiber als Aufseherinnen für sie ein und verbot ihr, in die sieben Schlösser zu gehen; ja, er tat, als sei er zornig wider sie, und schickte Briefe an alle die Könige und ließ sie wissen, sie sei mit Umnachtung des Verstandes geschlagen. Seit einem Jahre nun lebt sie in Abgeschlossenheit.' Dann sagte der Dämon Dahnasch noch zu der Dämonin Maimûna: ‚Ich aber, hohe Herrin, gehe jede Nacht zu ihr, schaue sie an und habe meine Freude an ihrem Antlitz; und ich küsse sie auf die Stirn, während sie schläft, aber weil ich sie so lieb habe, füge ich ihr keinen Schaden und kein Leid zu, noch auch schlafe ich bei ihr. Ihre Jugend ist so schön und ihre Anmut so herrlich; und jeder, der sie sieht, entbrennt in eifersüchtiger Liebe zu ihr. Ich beschwöre dich, Herrin, kehre mit mir zurück, schau ihre Schönheit und Lieblichkeit und ihres Wuchses Ebenmäßigkeit; und dann, wenn du willst, so züchtige mich oder laß mich binden; tu, was du willst, denn du kannst gebieten und verbieten.' Darauf senkte der Dämon Dahnasch sein Haupt zu Boden und ließ seine Flügel hängen. Die Dämonin Maimûna aber lachte über seine Worte, spie ihm ins Angesicht und sprach: ‚Was für ein Ding ist das Mädchen, von dem du sprichst? Das ist doch nur eine Topfscherbe zum Abwischen von Unrat! Pah, pah! Bei Allah, ich dachte, du kämest mit wunderbaren Dingen und würdest mir eine seltsame Kunde überbringen, du Verfluchter! Wie wäre es erst, wenn du meinen Geliebten erblicktest! Ich habe heute nacht einen jungen Menschen gesehen, wenn du den auch nur im Traume sähest, so würdest du vor Bewunderung gelähmt, und der Speichel würde dir laufen.' Da fragte Dahnasch sie: ‚Was ist's mit diesem Jüngling?' ‚Wisse, Dahnasch,' erwiderte sie, ‚diesem Jüngling ist es ebenso ergangen, wie deiner Geliebten von der du mir erzählt hast. Sein Vater hat ihm viele Male befohlen, er solle sich vermählen; aber er weigerte sich dessen. Und da er nicht gehorchte, ward sein Vater zornig über ihn und schloß ihn in dem Turme ein, in dem ich wohne. Heute nacht stieg ich dort empor und erblickte ihn.' Dahnasch sagte darauf: ‚Hohe Herrin, zeig mir diesen Jüngling, auf daß ich sehe, ob er schöner ist als meine Geliebte, die Prinzessin Budûr, oder nicht. Denn ich kann nicht glauben, daß in unserer Zeit jemand gefunden wurde, der ihr gleicht.' Maimûna aber rief: ‚Du lügst, du Verfluchter, du elendester Mârid und gemeinster Satan! Ich bin sicher, daß sich in dieser Welt niemand findet, der meinem Geliebten gleich wäre.' – –«

Da bemerkte Schehrezâd, daß der Morgen begann, und sie hielt in der verstatteten Rede an. Doch als die *Hundertundachtzigste Nacht* anbrach, fuhr sie also fort: »Es ist mir berichtet worden, o glücklicher König, daß die Dämonin Maimûna zum Dämon Dahnasch sprach: ‚Ich bin sicher, daß sich in dieser Welt niemand findet, der meinem Geliebten gleicht. Bist du denn verrückt, daß du deine Geliebte mit meinem Geliebten vergleichen willst?' ‚Ich beschwöre dich bei Allah, Gebieterin,' bat er, ‚komm mit mir und schau meine Geliebte an; dann will ich mit dir zurückkehren und deinen Geliebten ansehen!' Sie gab ihm zur Antwort: ‚Das soll sicherlich geschehen, du Verfluchter, denn du bist ein listiger Satan. Aber nur dann will ich mit dir und sollst du mit mir kommen, wenn wir eine Wette machen. Die soll so sein: Wenn deine Geliebte, die du so sehr liebst und deren du dich mir gegenüber rühmst, wirklich schöner ist als mein Geliebter, von dem ich dir erzählt habe, den ich so sehr liebe und dessen ich mich dir gegenüber rühme, so hast du die Wette gegen mich gewonnen. Wenn aber mein Geliebter schöner ist, so habe ich die Wette gegen dich gewonnen.' ‚Hohe Herrin,‘ erwiderte Dahnasch, ‚ich nehme diese Wette von dir an und bin mit ihr einverstanden. Komm mit mir zu den Inseln!‘ Doch Maimûna rief: ‚Nein! Die Stätte meines Geliebten ist näher als der Ort, an dem deine Geliebte weilt; hier unter uns ist sie. Also flieg du mit mir hinunter, damit du zuerst meinen Geliebten siehst; danach wollen wir zu deiner Geliebten fliegen.‘ Dahnasch entgegnete: ‚Ich höre und gehorche!‘ Dann schwebten die beiden hinab und kamen in die Halle, die in dem Turme war. Dort ließ Maimûna den Dahnasch neben dem Lager stehen, streckte ihre Hand aus und zog die seidene Decke von dem Antlitz des Kamar ez-Zamân, des Sohnes des Königs Schehrimân, und sein Angesicht glänzte und gleißte, schien und schimmerte hell. Maimûna blickte es an, wandte sich im selben Augenblick zu Dahnasch und sprach: ‚Wohlan, du Verfluchter, dorthin geblickt! Sei doch nicht ganz und gar verrückt! Eine Jungfrau bin ich, und doch bezaubert er mich.‘ Da schaute Dahnasch ihn an und betrachtete ihn eine lange Weile; dann schüttelte er sein Haupt und sprach zu Maimûna: ‚Bei Allah, Gebieterin, du bist entschuldbar. Aber du mußt noch etwas anderes erwägen, nämlich, daß ein Mädchen und ein Jüngling von verschiedener Art sind. Bei Allah, dieser dein Geliebter gleicht am ehesten von aller Kreatur meiner Geliebten an Schönheit und Lieblichkeit, an Anmut und Vollkommenheit; und es ist, als wären sie beide zugleich in derselben Form der Herrlichkeit gegossen.' Als Maimûna diese Worte aus dem Munde des Dahnasch vernahm, ward das helle Licht dunkel vor ihrem Angesicht, und sie schlug ihm mit ihrem Flügel so heftig auf den Kopf, daß er fast daran gestorben wäre. Dann sprach sie zu ihm: ,Ich beschwöre dich beim Lichte seines glorreichen Angesichtes, eile fort, du Verfluchter, in diesem Augenblick, heb deine Geliebte, die du so sehr liebst, empor und bringe sie rasch hierher, auf daß wir beide nebeneinander legen und sie anschauen können, während sie Seite an Seite schlafen; dann wird sich uns zeigen, wer von beiden herrlicher und schöner ist. Führst du meinen Befehl nicht sofort aus, du Verfluchter, so laß ich meine Funken wider dich sprühen und dich in meinem Feuer verglühen; dann zerreiße ich dich in Stücke und werfe dich in den Wüstensand, zur Warnung für jeden, der da wohnt und wandert im Land!' ,Hohe Herrin,' erwiderte Dahnasch, ,dein Befehl ist mir Pflicht. Ich weiß aber, daß meine Geliebte schöner und lieblicher ist.' Dann flog der Dämon Dahnasch unverzüglich davon; Maimûna aber flog mit ihm, um ihn zu bewachen. Eine Weile blieben sie fort, danach kehrten sie zurück, indem sie die Prinzessin trugen; sie war gekleidet in ein feines venetianisches Hemd mit zwei goldenen Säumen und bestickt mit den feinsten Stickereien; und auf den Rändern der Ärmel waren diese Verse gewirkt:

> *Drei Dinge haben sie gehindert, zu uns zu kommen*
> *Aus Furcht vor Spähern und vor des Neiders böser Gewalt:*
> *Der helle Glanz der Stirn und ihrer Spangen Klirren,*
> *Der süße Ambraduft entströmend ihrer Gestalt.*
> *Bedeckt sie mit dem Zipfel des Ärmels die Stirne auch,*
> *Mag sie den Schmuck abtun – wie schön bleibt doch ihr Hauch!*

So trugen Dahnasch und Maimûna die Prinzessin dahin, bis sie sie niederließen und zur Seite des Jünglings Kamar ez-Zamân auf das Lager legten. – –«

Da bemerkte Schehrezâd, daß der Morgen begann, und sie hielt in der verstatteten Rede an. Doch als die *Hundertundeinundachtzigste Nacht* anbrach, fuhr sie also fort: »Es ist mir berichtet worden, o glücklicher König, daß der Dämon Dahnasch und die Dämonin Maimûna die Prinzessin Budûr dahintrugen, bis sie sich niederließen und sie zur Seite des Kamar ez-Zamân auf das Lager legten. Dann enthüllten sie die Gesichter der beiden, und sie waren einander von allen Menschen am ähnlichsten, als ob sie Zwillinge oder einzige Geschwister wären; ja, beide waren eine Verführung für die Gottesfürchtigen, wie von ihnen der Dichter in seinen klaren Worten sagt:

> *Mein Herz, o liebe nicht nur eine einz'ge Schöne,*
> *Sonst bringet sie dir Not in Liebesspiel und Pein:*
> *Umfaß mit deiner Liebe die Schönen all, du findest,*
> *Wenn eine dich verschmäht, wird doch die andre dein!*

Und ein anderer sagt:

> *Ich sah mit meinem Auge zwei Schlafende am Boden;*
> *Auch wenn sie auf dem Auge mir lägen, liebt ich sie.*

Nun sahen Dahnasch und Maimûna die beiden eine Weile an; dann sprach Dahnasch: ,Bei Allah, vortrefflich, Gebieterin, meine Geliebte ist doch schöner!' Aber Maimûna sprach: ,Nein, mein Geliebter ist schöner! Wehe dir, Dahnasch, du bist blind an Augen und Verstand, du kannst zwischen zart und grob nicht unterscheiden. Willst du die Wahrheit verbergen? Siehst du nicht seine Schönheit und Lieblichkeit und seines Wuchses Ebenmäßigkeit? Wehe dir, höre, was ich dir über meinen Geliebten sagen will! Und wenn du deine Geliebte in Wahrheit liebst, so sing du ebenso von ihr wie ich von meinem Geliebten.' Dann küßte Maimûna den Kamar ez-Zamân viele Male auf die Stirn, und sie sang auf ihn dies Lied:

Was geht der Tadler mich an, der um deinetwillen mich schmähet?
Wie gäb es einen Trost über dich, du Zweig, so zart?
Du hast ein dunkles Auge, das von Zauber sprühet,
Vor dir hat keine Zuflucht die Liebe von Asras[1] *Art.*
Mit deinen Türkenblicken verwundest du die Herzen,
Wie nie die scharfe Klinge dem Feinde Wunden schlug.
Du ludest auf mich die Last der Liebe; doch ich Arme,
Ich hab zum Tragen des Hemdes nicht einmal Kraft genug!
Du weißt, wie ich dich liebe; die Sehnsucht ist mein Wesen,
Und Lieb zu einem andren als dir ist mir verwehrt.
O wäre doch mein Herz wie dein Herz, ja, dann wäre
Schmal wie dein schlanker Leib mir nicht mein Leib verzehrt.
Doch ach, er ist ein Mond mit aller seiner Anmut
Im Kreise der Menschenkinder, er ist der Schönheit Zier.
Die mich ob Liebe tadeln, sprachen: Wer ist denn jener,
Um den du also leidest? Ich sprach: Beschreibt ihn mir!
Du hartes Herze sein, o lerne doch die Zartheit
Von seinem Wuchs; dann wirst du mild und mir geneigt.
Du hast, Geliebter mein, für die Schönheit einen Wächter,
Der hart ist gegen mich, der keine Milde zeigt.
Falsch ist's, wenn einer sagt, alle Schönheit sei in Joseph;[2]
Wie viele liebliche Josephs sind vereint in dir!
Die Geister fürchten mich, wenn ich nur vor sie trete;
Und doch, wenn ich dich sehe, erbebt das Herze mir.
Ich mühe mich, aus Ehrfurcht deinen Blick zu meiden,
Und doch, zu dir zieht's mich. Welch Mühe voller Leiden![3]

Als Dahnasch das Lied der Maimûna zum Preise ihres Geliebten hörte, geriet er in höchstes Entzücken und in die größte Verwunderung. – –«

1. Vgl. Seite 33, Anmerkung 1. – 2. Vgl. Seite 33, Anmerkung 2. –
3. Der Schlußvers, der offenbar ein Zusatz ist und den Zusammenhang stört, ist in der Übersetzung weggelassen.

Da bemerkte Schehrezâd, daß der Morgen begann, und sie hielt in der verstatteten Rede an. Doch als die *Hundertundzweiundachtzigste Nacht* anbrach, fuhr sie also fort: »Es ist mir berichtet worden, o glücklicher König, daß der Dämon Dahnasch, als er das Lied der Maimûna zum Preise ihres Geliebten hörte, vor lauter Entzücken zitterte und sprach: ‚Du hast ein Lied über ihn, den du liebst, gesungen und du hast ihn schön beschrieben. So muß denn auch ich mir wohl alle Mühe geben, so viel ich vermag, und etwas zum Preise meiner Geliebten singen.' Darauf trat Dahnasch zu der Prinzessin Budûr, küßte ihre Stirn, blickte Maimûna an und dann wieder seine geliebte Budûr, und dann sang er dies Lied, obwohl die Dichtung ihn sonst mied:

> *Sie tadeln wegen der Liebe zur Schönen, und sie schelten;*
> *Die Toren sind ungerecht, ja, sie sind ungerecht.*
> *Gewähre dem Sklaven der Liebe, daß er dich wiedersehe;*
> *Denn muß er Trennung kosten und fern sein, geht's ihm schlecht.*
> *Ich bin gequält in Sehnsucht durch meine Tränenströme,*
> *Die blutgleich sind, von denen mein Auge überquillt.*
> *Es ist kein Wunder um das, was ich in Liebe leide;*
> *O Wunder, nach deinem Scheiden kennt man mein Leibesbild!*
> *Nie will ich dich wiedersehn, wenn Argwohn mich beseelt*
> *Oder mein Herz die Liebe vergißt oder sich drum quält.*

Dann sprach er noch diese Verse:

> *Ich ging an ihren Stätten vorbei am Rande des Tales;*
> *Ich ward erschlagen; der Zahler des Blutpreises war nicht dort.*
> *Ich wurde trunken vom Weine der Sehnsucht, und da tanzte*
> *Das Auge der Tränen mir zum Hirtenlied immerfort.*
> *Ich strebe nach dem Glücke des Wiedersehns, doch mir ziemet,*
> *Daß bei den vollen Monden*[1] *das Glück sich offenbart.*
> *Ich weiß nicht, über welches von dreien ich mich beklage –*
> *So zähle ich sie auf; hör du, was aufgezählt ward:*

1. Budûr.

Ihr Blick, der Träger des Schwertes? Ihr Leib, der Lanzenschwinger?
Oder ist's ihr Schläfenhaar, dem Kettenpanzer gleich?
Ich fragte nach ihr einen jeden, der mir nur immer begegnet
Von Leuten in der Stadt oder in der Wüste Reich.
Sie sprach: Ich bin in deinem Herzen; schau hinein,
Du siehst mich dann. Ich sprach: Wo mag mein Herz wohl sein?

Als Maimûna diese Verse von Dahnasch vernahm, sprach sie: ‚Das hast du gut gemacht, Dahnasch! Aber sag, wer von diesen beiden ist am schönsten?' Er antwortete: ‚Meine Geliebte Budûr ist schöner als dein Geliebter.' Da rief Maimûna: ‚Du lügst, Verfluchter! Nein, mein Geliebter ist schöner als deine Geliebte.' Aber er wiederholte: ‚Meine Geliebte ist schöner.' So stritten sie weiter mit Worten, bis schließlich Maimûna den Dahnasch anschrie und auf ihn dreinschlagen wollte; da demütigte er sich vor ihr, mäßigte seine Worte und sprach: ‚Möge die Wahrheit dich nicht verletzen! Laß uns mit Rede und Gegenrede aufhören; denn jeder von uns bezeugt, daß sein Lieb am schönsten ist! So möge jeder von uns sein Wort zurücknehmen; wir wollen jemanden suchen, der gerecht zwischen uns entscheidet, und an seinen Spruch wollen wir uns halten.' ‚Ich bin damit einverstanden', sprach Maimûna und klopfte mit der Hand auf die Erde. Da kam ein Dämon heraus, der hatte ein blindes Auge, war buckelig und krätzig; seine Augen waren der Länge nach durch sein Gesicht geschlitzt, er hatte auf dem Kopfe sieben Hörner, und vier Haarsträhnen hingen ihm bis auf die Knöchel; seine Hände waren wie Worfschaufeln, seine Beine wie Masten, er hatte Klauen wie die eines Löwen und Hufe wie die eines Wildesels. Als jener Dämon aus der Erde emporgestiegen war und Maimûna erblickte, küßte er den Boden vor ihr und blieb stehen, indem er die Hände auf dem Rücken kreuzte; und er fragte: ‚Was ist dein Begehr, o Herrin und Königstochter?' Sie erwiderte: ‚Kaschkasch, ich wünsche, daß du zwischen mir und dem verfluchten Dahnasch da entscheidest.' Dann erzählte sie ihm alles von Anfang bis zu Ende. Nun schaute der Dämon Kaschkasch das Antlitz des Jünglings und das Antlitz der Jungfrau an, und er sah die beiden schlafend daliegen, wie sie einander umschlungen hielten, da jeder von beiden seinen Arm unter den Hals des anderen gelegt hatte; sie waren einander gleich an Schönheit und Lieblichkeit und einander ebenbürtig an Holdseligkeit. Erstaunt ob ihrer Herrlichkeit und Anmut schaute Kaschkasch sie an; dann wandte er sich zu Maimûna und Dahnasch, nachdem er den Jüngling und die Jungfrau lange betrachtet hatte, und er sprach diese Verse:

> *Gehe zu der, die du liebst, und meide die Worte des Neiders;*
> *Denn der Neidhart ist doch niemals der Liebe gut.*
> *Der Barmherzige schuf nie einen schöneren Anblick*
> *Als ein liebend Paar, das auf Einem Bette ruht.*
> *Sie liegen innig umschlungen, bedeckt vom Kleide der Freude,*
> *Und als Kissen dient einem des anderen Arm und Hand.*
> *Wenn die Herzen einander in treuer Liebe verbunden,*
> *Sind sie wie Stahl geschmiedet; kein Mensch zerschlägt das Band.*
> *Und wenn dir in deinem Leben je ein Getreuer begegnet,*
> *Trefflich ist solch ein Freund! Drum lebe für ihn allein!*[1]
> *O der du wegen der Liebe das Volk der Liebenden tadelst,*
> *Kannst du dem kranken Herzen Arzt und Retter sein?*
> *Vereine uns, o Herr, in deiner Barmherzigkeit,*
> *Eh daß wir sterben, sei's auch nur eines Tages Zeit!*

Dann wandte der Dämon Kaschkasch sich von neuem zu Maimûna und Dahnasch und sprach zu ihnen: ‚Bei Allah, wenn ihr die Wahrheit hören wollt, so sage ich euch offen, die beiden sind gleich an Schönheit und Lieblichkeit, an Anmut und Vollkommenheit, und es ist kein Unterschied zwischen beiden, nur

---

1. Die Reihenfolge der Verse ist hier nach Band I, Seite 255, geändert.

daß sie verschiedenen Geschlechtes sind. Doch ich habe noch einen anderen Gedanken, und der ist, daß wir je einen von den beiden aufwecken, ohne daß der andere es weiß; und wer dann von heißerer Liebe zu dem anderen entzündet wird, der soll ihm an Schönheit und Anmut unterlegen sein.' Maimûna sprach: ‚Der Rat ist gut', und Dahnasch: ‚Ich bin damit einverstanden.' Nun verwandelte Dahnasch sich in die Gestalt eines Flohes und biß den Kamar ez-Zamân; der aber fuhr erschrocken aus seinem Schlafe auf. – –«

Da bemerkte Schehrezâd, daß der Morgen begann, und sie hielt in der verstatteten Rede an. Doch als die *Hundertunddreiundachtzigste Nacht* anbrach, fuhr sie also fort: »Es ist mir berichtet worden, o glücklicher König, daß Dahnasch sich in die Gestalt eines Flohes verwandelte und den Kamar ez-Zamân biß, und daß dieser erschrocken aus seinem Schlafe auffuhr. Dann kratzte er die Stelle des Bisses an seinem Nacken, weil der Schmerz ihn so sehr brannte, und dabei bewegte er sich zur Seite. Und da sah er neben sich etwas liegen, dessen Hauch süßer als duftiger Moschus und dessen Leib weicher als Rahm war. Darüber wunderte Kamar ez-Zamân sich gar sehr, und so setzte er sich auf und schaute auf jenes Wesen, das an seiner Seite ruhte; und er sah, daß es eine Jungfrau war, strahlend wie ein kostbarer Edelstein oder wie eine hohe Kuppel im Sonnenschein, ihre Gestalt war wie eine Linie aufrecht und fein; ihr Wuchs war zierlich klein, ihr Busen schwellend und ihre Wange von rosenrotem Schein, wie der Dichter von ihr sagt:

> *Noch nie war viererlei vereint so wie bei ihr,*
> *Für die ich all mein Herzblut gern vergießen würde:*
> *Der helle Glanz der Stirne und der Locken Nacht,*
> *Der Wangen Rosen und des lächelnden Mundes Zierde.*

Und ein anderer sagt:

> *Sie kommt wie ein Mond und neigt sich gleichwie ein Zweig der Weide;*
> *Sie blickt wie eine Gazelle, ihr Hauch ist Ambra fein.*
> *Es ist, als sei der Gram mir fest ins Herz geschmiedet;*
> *Wenn sie von dannen geht, so findet er sich ein.*

Als Kamar ez-Zamân die Prinzessin Budûr, die Tochter des Königs el-Ghajûr, erblickte und sie in ihrer Schönheit und Anmut an seiner Seite ruhen sah, und weiter sah, daß sie nur ein venetianisches Hemd trug ohne Hosen, daß auf ihrem Haupte ein goldgesticktes, juwelenbesetztes Tuch lag, daß in ihren Ohren ein Paar von Ringen war, die wie Sterne leuchteten, und daß um ihren Hals eine Kette lag von einzigartig kostbaren Perlen, wie sie kein König besaß, – als er das mit eigenen Augen sah, da verwirrte sich ihm der Verstand, und es regte sich in ihm die natürliche Begierde, und Allah erfüllte ihn mit dem Verlangen nach der Umarmung. So sprach er bei sich: ‚Was Allah will, das geschieht; doch was er nicht will, das geschieht nicht.' Dann streckte er seine Hand aus und wendete sie um und öffnete den Halssaum ihres Hemdes: da ward ihr Busen ihm sichtbar, und er erblickte ihre Brüste wie zwei Kästchen aus Elfenbein, und nun ward seine Liebe zu ihr noch heißer, und es verlangte ihn übermächtig nach ihr. Er wollte sie wecken, doch sie wachte nicht auf, weil Dahnasch sie in einen tiefen Schlaf versenkt hatte. Da schüttelte er sie hin und her und sprach: ‚Mein Lieb, erwache und sieh mich an; ich bin Kamar ez-Zamân!' Dennoch erwachte sie nicht, ja, sie bewegte nicht einmal ihr Haupt. Eine lange Weile sann er über sie nach und sprach bei sich selber: ‚Wenn ich recht vermute, so ist dies die Jungfrau, mit der mein Vater mich vermählen wollte – und drei Jahre lang habe ich mich dessen geweigert! Aber, so Gott will, wenn der Morgen kommt, will ich zu meinem **Vater** sagen: Vermähle mich mit ihr! Dann will ich sie genießen, und damit soll es sein Bewenden haben.' – –«

Da bemerkte Schehrezâd, daß der Morgen begann, und sie hielt in der verstatteten Rede an. Doch als die *Hundertundvierundachtzigste Nacht* anbrach, fuhr sie also fort: »Es ist mir berichtet worden, o glücklicher König, daß Kamar ez-Zamân bei sich selber sprach: ,Bei Allah, morgen früh will ich zu meinem Vater sagen: Vermähle mich mit ihr! Und ich will keinen halben Tag vergehen lassen, bis mich die Vereinigung mit ihr erfreut; dann genieße ich ihre Schönheit und Lieblichkeit.' Darauf neigte Kamar ez-Zamân sich über Budûr, um sie zu küssen. Die Dämonin Maimûna aber begann zu zittern und stand beschämt da, während der Dämon Dahnasch vor Freude verging. Doch als Kamar ez-Zamân sie auf den Mund küssen wollte, kam die Scheu vor Allah dem Erhabenen über ihn, und er wandte sein Haupt ab, und indem er sein Antlitz nach der anderen Seite neigte, sprach er zu seinem Herzen: ,Fasse dich in Geduld!' Und weiter dachte er nach, indem er sich sagte: ,Ich will mich gedulden; vielleicht hat mein Vater, als er auf mich erzürnt war und mich in diesen Kerker schickte, auch diese Jungfrau hierher gebracht, ihr geboten zu schlafen, damit er mich durch sie auf die Probe stelle, und ihr aufgetragen, sie solle nicht sogleich aufwachen, wenn ich sie wecken wolle, und ihr gesagt: Was Kamar ez-Zamân auch mit dir tut, das laß mich wissen. Vielleicht steht mein Vater gar irgendwo verborgen, wo er mich erblicken kann, ohne daß ich ihn sehe, und alles sieht, was ich mit dieser Jungfrau tue. Dann würde er mich morgen schelten und rufen: Wie konntest du sagen, du habest kein Verlangen nach der Ehe, wo du doch diese Jungfrau geküßt und umarmt hast? Darum will ich mich ihrer enthalten, auf daß ich nicht vor meinem Vater bloßgestellt werde;

das Rechte ist, daß ich diese Jungfrau zu dieser Stunde nicht berühre und sie nicht mehr anschaue; nur will ich etwas von ihr nehmen, das mir ein Zeichen und eine Erinnerung an sie sein soll; dann wird ein Erkennungszeichen für mich und sie bestehen.' Dann hob Kamar ez-Zamân die Hand der Prinzessin und nahm von ihrem kleinen Finger einen Siegelring, der viel Geld wert war, da sein Stein aus dem kostbarsten Juwel bestand; um ihn aber waren diese Verse eingegraben:

> *Glaub nicht, ich könne je den Bund mit dir vergessen,*
> *Und weilest du mir fern auch noch so lange Zeit.*
> *Gebieter mein, erweise mir Großmut doch und Güte:*
> *Mein Kuß sei deiner Wange und deinem Mund geweiht.*
> *Bei Allah, ich will niemals von deiner Seite gehn,*
> *Magst du auch in der Liebe die Grenzen übersehn.*

Jenen Siegelring zog Kamar ez-Zamân von dem kleinen Finger der Prinzessin Budûr und schob ihn auf seinen eigenen; dann wandte er ihr den Rücken zu und begann wieder zu schlummern. Als nun die Dämonin Maimûna das sah, war sie erfreut, und sie sprach zu Dahnasch und Kaschkasch: ‚Habt ihr beiden gesehen, wie keusch mein Geliebter Kamar ez-Zamân an dieser Jungfrau gehandelt hat? So ist denn dies die Vollendung seiner Vortrefflichkeit. Seht doch, wie er diese Jungfrau in ihrer Schönheit und Anmut betrachtete, und sie doch nicht umarmte noch küßte und seine Hand nicht nach ihr ausstreckte, sondern ihr den Rücken zuwandte und wieder einschlief!' Beide antworteten: ‚Ja, wir haben gesehen, wie vollkommen schön er gehandelt hat.' Nun aber verwandelte Maimûna sich und nahm die Gestalt eines Flohes an; dann drang sie in das Gewand der Budûr, der Geliebten des Dämonen, ein, kroch auf ihre Wade und dann weiter auf ihren Schenkel, und als sie vier Fingerbreit unterhalb ihres Nabels war, da stach sie sie. Alsbald öffnete die Prinzessin ihre Augen und setzte sich aufrecht; und sie sah einen Jüngling an ihrer Seite ruhen, der in seinem Schlafe tief atmete, das schönste der Geschöpfe Allahs des Erhabenen, dessen Augen die schönen Paradiesesjungfrauen beschämten; seiner Lippen Tau war von süßem Geschmack und heilsamer als Theriak; es schien, als wäre sein Mund wie das Siegel Salomonis rund, seine Lippen waren von der Korallen Art, und seine Wangen wie rote Anemonen zart, wie ihn ein Dichter in diesen Versen schildert:

> *Mein Herz hat sich ob Zainab[1] und Nawâr[1] getröstet*
> *Um zarten Flaumes willen auf rosenroten Wangen.*
> *Jetzt liebe ich ein Reh in duftigem Gewande*
> *Und habe keine Lieb zur Maid im Schmuck der Spangen.*
> *Mein Freund ist in der Halle und auch in meiner Kammer,*
> *Und er ersetzt die Freundin mir im Hause traun.*
> *Der du mich schiltst, daß ich Zainab und Hind[1] verlassen –*
> *Was mich bewog, ist klar wie Licht im Morgengraun.*
> *Willst du, ich soll Gefangner einer Gefangnen sein,*
> *Die hinter Schloß und Riegel ist und Mauerstein?*

Als die Prinzessin Budûr den Kamar ez-Zamân so anblickte, ergriffen sie die Leidenschaft und der sehnenden Liebe Kraft. – – «

Da bemerkte Schehrezâd, daß der Morgen begann, und sie hielt in der verstatteten Rede an. Doch als die *Hundertundfünfundachtzigste Nacht* anbrach, fuhr sie also fort: »Es ist mir berichtet worden, o glücklicher König, daß die Prinzessin Budûr, als sie den Kamar ez-Zamân sah, von Leidenschaft und der sehnenden Liebe Kraft ergriffen ward und zu sich selber sprach: ‚O Schmach, da ist ein fremder Jüngling, den ich nicht kenne! Wie kommt es, daß er an meiner Seite auf demselben Lager ruht?' Dann sah sie ihn noch einmal an und betrachtete seine

1. Mädchennamen.

Schönheit und Anmut. Nun sprach sie: ‚Bei Allah, er ist ein schöner Jüngling; und fast wird mir das Herz von Verlangen nach ihm zerrissen. Ach, wie gerate ich durch ihn in Schande! Bei Allah, wenn ich wüßte, daß dieser Jüngling es ist, der um mich bei meinem Vater geworben hat, ich hätte ihn nicht zurückgewiesen, nein, ich hätte mich mit ihm vermählt und hätte seine Anmut genossen!' Und wieder blickte sie auf sein Antlitz und sprach: ‚Mein Gebieter, du mein Augenlicht, wach auf aus dem Schlafe, erfreue dich meiner Schönheit und Lieblichkeit!' Dann bewegte sie ihn mit der Hand; doch Maimûna, die Geisterfürstin, hatte ihn in einen tiefen Schlaf versenkt und drückte mit ihrem Flügel auf sein Haupt, so daß er nicht aufwachen konnte. Darauf begann die Prinzessin Budûr ihn mit der Hand zu schütteln, indem sie rief: ‚Bei meinem Leben, höre doch auf mich! Wach auf aus deinem Schlafe! Sieh die Narzisse und ihren zarten Flaum! Erfreue dich meines Leibes und seiner Geheimnisse! Kose und tändle mit mir von jetzt an bis zum Morgen! Ich beschwöre dich bei Allah, erhebe dich, mein Gebieter, lehne dich gegen das Kissen, schlaf doch nicht!' Aber Kamar ez-Zamân gab ihr keine Antwort, sondern atmete tief in seinem Schlafe. Da rief sie: ‚Ach, ach! Du bist stolz auf deine Schönheit und Lieblichkeit, deine Anmut und Zierlichkeit. Aber so schön, wie du bist, bin ich auch. Was bedeutet denn solch ein Benehmen von dir? Hat man dich gelehrt, du sollst spröde gegen mich sein? Oder hat mein Vater, der unselige Alte, mit dir geredet und dir einen Eid abgenommen, in dieser Nacht nicht mit mir zu sprechen?' Aber Kamar ez-Zamân tat den Mund nicht auf und erwachte nicht. Da ward ihre Liebe zu ihm nur noch heißer, und Allah erfüllte ihr Herz mit Leidenschaft zu ihm. Und sie sah ihn mit einem Blicke an, der tausend Seufzer in ihr erweckte; ihr Herz pochte, ihr ganzes

Inneres geriet in Aufregung, und ihre Glieder zitterten. Nun sprach sie zu Kamar ez-Zamân: ‚Mein Gebieter, sprich doch mit mir! Mein Lieb, sag mir ein Wort! Mein Geliebter, gib mir eine Antwort! Sage mir, wie du heißest! Du hast mir den Verstand geraubt.' Doch während alledem blieb Kamar ez-Zamân in Schlaf versunken und erwiderte ihr mit keinem Worte. Da seufzte die Prinzessin Budûr und rief: ‚Ach, ach! Weshalb bist du so hoffärtig?' Doch als sie ihn dann wieder rüttelte und seine Hand umwandte, erblickte sie ihren Siegelring an seinem kleinen Finger. Da stieß sie einen Schrei der Verwunderung aus, und dann blickte sie ihn liebevoll an, indem sie sprach: ‚Ach, ach! Bei Allah, du bist mein Geliebter und du liebst mich! Aber nun zierst du dich wohl und tust spröde gegen mich, obgleich du, mein Lieb, zu mir gekommen bist, während ich schlief und nicht wußte, was du tatest, und mir den Siegelring genommen hast; doch ich will ihn dir nicht wieder vom Finger ziehen.' Darauf öffnete sie den Busen seines Hemdes, neigte sich über ihn und küßte ihn; dann streckte sie ihre Hand aus und suchte, ob sie an ihm etwas fände, das sie mitnehmen könnte; aber sie fand nichts. Und nun griff sie mit der Hand auf seine Brust, und da seine Haut so glatt war, glitt ihre Hand bis auf seinen Leib, bis auf seinen Nabel und fiel auf sein Glied; da erschauerte und bebte ihr Herz, und die Begierde ward heftig in ihr, denn das Verlangen der Frauen ist stärker als das der Männer. Doch sie schämte sich ihrer selbst. Dann nahm sie ihm seinen Siegelring vom Finger und schob ihn auf den ihren an Stelle dessen, den er ihr genommen hatte; und sie küßte seinen Mund, küßte seine Hände und bedeckte seinen ganzen Leib mit Küssen. Zuletzt aber preßte sie sich an ihn, zog ihn an ihren Busen, umarmte ihn, indem sie ihm den einen Arm unter den Nacken, den anderen unter seine Achsel legte, schmiegte sich an ihn und schlief wieder an seiner Seite ein. – –«

Da bemerkte Schehrezâd, daß der Morgen begann, und sie hielt in der verstatteten Rede an. Doch als die *Hundertundsechsundachtzigste Nacht* anbrach, fuhr sie also fort: »Es ist mir berichtet worden, o glücklicher König, daß die Prinzessin Budûr an der Seite des Kamar ez-Zamân einschlief, nachdem sie getan hatte, was erzählt worden ist. Nun sprach Maimûna zu Dahnasch: ‚Hast du gesehen, du Verfluchter, wie stolz und zurückhaltend mein Geliebter gehandelt hat, und wie leidenschaftlich sich deine Geliebte an meinen Geliebten gedrängt hat? Kein Zweifel, mein Geliebter ist schöner als deine Geliebte; doch ich vergebe dir.' Dann schrieb sie ihm einen Freibrief, wandte sich zu Kaschkasch und sprach zu ihm: ‚Schlüpfe mit Dahnasch unter seine Geliebte, heb sie mit ihm empor und hilf ihm sie wieder an ihre Stätte zurückzubringen; denn die Nacht ist fast vergangen, und es ist nur noch eine kleine Weile von ihr übrig.' ‚Ich höre und gehorche!' erwiderte Kaschkasch. Da traten Kaschkasch und Dahnasch zu der Prinzessin Budûr, schlüpften unter sie, hoben sie empor und schwebten mit ihr davon, bis sie sie wieder an ihre Stätte gebracht hatten; dort legten sie sie auf ihr Lager nieder. Maimûna aber blieb zurück, versunken in den Anblick des schlummernden Kamar ez-Zamân, bis die Nacht fast ganz verstrichen war; dann verschwand sie wieder.

Als nun die Morgendämmerung anbrach, erwachte Kamar ez-Zamân aus seinem Schlafe; er wandte sich nach rechts und links, aber er fand kein Mädchen an seiner Seite. Da sprach er zu sich selber: ‚Was hat das zu bedeuten? Es schien, als wollte mein Vater in mir das Verlangen erwecken, mich mit der Jungfrau, die bei mir war, zu vermählen; und nun hat er sie heimlich wieder weggenommen, damit mein Verlangen nach der Ehe noch wachse!' Dann schrie er den Eunuchen, der an der Tür schlief, mit den Worten an: ‚Du verfluchter Kerl da, steh auf!' Der Eunuch aber, vom Schlafe noch wirr im Kopfe, sprang auf und brachte Becken und Kanne. Da begab Kamar ez-Zamân sich zum Abort, verrichtete seine Notdurft und kam wieder zurück; dann vollzog er die religiöse Waschung, betete das Frühgebet und setzte sich nieder, indem er Allah den Erhabenen pries. Darauf blickte er nach dem Eunuchen, und als er ihn dienstbereit vor sich stehen sah, rief er: ‚Du da, Sawâb, wer ist hierher gekommen und hat die Jungfrau von meiner Seite genommen, während ich schlief?' ‚Hoher Herr,' fragte der Eunuch, ‚was für eine Jungfrau?' Kamar ez-Zamân erwiderte: ‚Die Jungfrau, die heute nacht an meiner Seite ruhte!' Über diese Worte erschrak der Eunuch, und er sprach: ‚Bei Allah, bei dir ist keine Jungfrau gewesen noch irgend jemand anders. Wie hätte eine Jungfrau zu dir eintreten können, da ich doch an der Tür schlief und die Tür verriegelt war? Bei Allah, hoher Herr, zu dir ist weder ein Mann noch eine Frau eingetreten!' Da rief Kamar ez-Zamân: ‚Du lügst, elender Sklave! Wie kannst du dich auch noch unterstehen, mich zu betrügen und mir zu verheimlichen, wohin die Jungfrau, die heute nacht bei mir geruht hat, gegangen ist, und mir zu verschweigen, wer sie von mir fortgenommen hat!' Nun sagte der Eunuch, der immer noch erschrocken war: ‚Bei Allah, hoher Herr, ich habe weder eine Jungfrau noch einen Jüngling gesehen.' Kamar ez-Zamân aber ergrimmte über die Worte des Eunuchen und sprach zu ihm: ‚Du Verfluchter, mein Vater hat dich das Betrügen gelehrt. Komm her!' Nun trat der Eunuch an Kamar ez-Zamân heran; der packte ihn an seinem Kragen und warf ihn zu Boden, wobei dem Erschrockenen ein Wind entfuhr. Dann kniete der Prinz auf ihm nieder, stieß ihn mit dem Fuße und würgte ihn, bis er in Ohnmacht fiel. Darauf schleppte er ihn hinaus, band ihn an das Brunnenseil und ließ ihn in den Brunnen hinab, bis er das Wasser erreichte, und senkte ihn hinein. Nun war es aber gerade die kühle Jahreszeit und kaltes Winterwetter; doch Kamar ez-Zamân tauchte den Eunuchen ins Wasser, zog ihn hoch, tauchte ihn wieder ein, und so ließ er ihn immerfort auf und nieder tauchen, bis der Eunuch um Hilfe rief und jämmerlich schrie, während der Prinz sagte: ‚Bei Allah, du Verfluchter, ich ziehe dich nicht eher aus diesem Brunnen heraus, bis du mir alles genau über diese Jungfrau berichtest und mir sagst, wer sie fortgenommen hat, während ich schlief.' – –«

Da bemerkte Schehrezâd, daß der Morgen begann, und sie hielt in der verstatteten Rede an. Doch als die *Hundertundsiebenundachtzigste Nacht* anbrach, fuhr sie also fort: »Es ist mir berichtet worden, o glücklicher König, daß Kamar ez-Zamân zu dem Eunuchen sprach: ‚Bei Allah, ich ziehe dich nicht eher aus diesem Brunnen heraus, als bis du mir alles über diese Jungfrau erzählst, und mir sagst, wer sie fortgenommen hat, während ich schlief.' Jener, der bereits den Tod vor Augen gesehen hatte, erwiderte: ‚Hoher Herr, laß mich los, dann will ich dir die Wahrheit sagen und dir alles berichten!' Da zog er ihn aus dem Brunnen empor; doch der Eunuch war wie von Sinnen wegen der großen Kälte, die er hatte aushalten müssen, wegen der Pein des Untertauchens, der Angst vor dem Ertrinken und der Schläge. Er zitterte wie ein Rohr im Sturmwinde, seine Zähne waren krampfhaft aufeinander gepreßt, seine Kleider waren naß, und sein Leib war besudelt und zerrissen von den rauhen Wänden des Brunnens; und so war er in einem jammervollen Zustande. Wie Kamar ez-Zamân ihn so sah, tat er ihm leid; doch als der Eunuch sich auf ebener Erde sah, sprach er: ‚Hoher Herr, laß mich fortgehen, damit ich meine Kleider ausziehe, sie presse und in der Sonne ausbreite; ich will andere anziehen und dann rasch wieder zu dir kommen und dir die volle Wahrheit berichten.' ‚Du nichtsnutziger Sklave,' erwiderte Kamar ez-Zamân, ‚hättest du nicht den Tod vor Augen gesehen, so hättest du nie die Wahrheit bekannt und nicht so zu mir gesprochen; nun geh hin, vollende, was du tun willst, und kehre rasch zu mir zurück, und dann sage mir die Wahrheit!' Da lief der Eunuch hinaus, aber er glaubte kaum noch an seine Rettung; bald lief er, bald fiel er hin und stand wieder auf, bis er zum König Schehrimân, dem Vater des Kamar ez-Zamân, eintrat. Den traf er, wie er mit seinem Wesir im Gespräche über Kamar ez-Zamân dasaß. Gerade sagte der König zu dem Minister: ‚Ich habe diese Nacht nicht schlafen können, da mein Herz um meinen Sohn Kamar ez-Zamân besorgt war. Ach, ich fürchte, es könnte ihm in dem alten Turm ein Unheil zustoßen. Was nützt es überhaupt, daß er im Kerker ist?' Da antwortete der Minister: ‚Sei unbesorgt um ihn! Bei Allah, ihm wird gar nichts Böses widerfahren. Laß ihn einen Monat lang im Kerker, bis sein Sinn milder, sein Widerstand gebrochen und sein Geist ruhiger wird!' Während sie so miteinander sprachen, da kam plötzlich der Eunuch zu ihnen hereingestürzt, in einem solchen Zustande, daß der König über ihn erschrak. Und der Eunuch rief: ‚O unser Herr und Sultan, dein Sohn ist von Sinnen geworden, er ist wahnsinnig geworden, er hat mir das und das angetan, so daß ich in dem Zustande bin, in dem du mich siehst, und dabei sagte er immer: ‚Eine Jungfrau ist in dieser Nacht bei mir gewesen und ist heimlich wieder fortgegangen. Wo ist sie?' Und er drang in mich, ich sollte es ihm sagen und ihm auch melden, wer sie fortgenommen hätte. Ich habe aber doch weder eine Jungfrau noch einen Jüngling gesehen. Die Tür war die ganze Nacht hindurch geschlossen, und ich schlief bei der Tür und hatte den Schlüssel unter meinem Kopfe, und mit eigener Hand habe ich heute früh geöffnet.' Als der König Schehrimân solches über seinen Sohn Kamar ez-Zamân hörte, schrie er auf und rief: ‚Wehe um meinen Sohn!' Zugleich aber ward er sehr zornig gegen den Wesir, der die Ursache von alledem gewesen war, und er befahl ihm: ‚Packe dich und kläre mir die Sache mit meinem Sohne auf! Sieh, was seinem Geiste widerfahren ist!' Sofort machte der Wesir sich auf und eilte hinaus; doch dabei stolperte er über die Säume seiner Gewänder in seiner Angst vor dem Zorne des Königs. Und er ging mit dem Eunuchen zu dem Turme, als die Sonne bereits am Himmel stand.

Der Wesir trat nun zu Kamar ez-Zamân ein und fand ihn auf dem Lager sitzend, indem er den Koran rezitierte; da grüßte er ihn und setzte sich an seiner Seite nieder, indem er sprach: ‚Hoher Herr, dieser nichtsnutzige Eunuch brachte uns eine Nachricht von dir, die uns beängstigte und erschreckte und über die der König erzürnt ward.' Kamar ez-Zamân aber fragte: ‚Was hat er euch denn von mir gesagt, daß mein Vater sich Sorge machen konnte? In Wahrheit hat er nur mir Sorge gemacht.' Da gab der Wesir zur Antwort: ‚Er kam in einem unkenntlichen Zustande zu uns und sagte zu deinem Vater etwas, von dem der Himmel dich behüten möge. Der Sklave hat uns etwas vorgelogen, was sich von dir zu erzählen nicht geziemt. Gott bewahre dir deine Jugend, er bewahre dir deines Verstandes Vortrefflichkeit und deiner Zunge Beredsamkeit. Es sei ferne, daß von dir etwas Unschönes komme!' ‚Wesir,' fragte Kamar ez-Zamân, ‚was hat denn dieser elende Sklave von mir gesagt?' Da erwiderte der Minister: ‚Er hat uns berichtet, dein Verstand sei geschwunden; denn du habest ihm gesagt, in der vergangenen Nacht sei eine Jungfrau bei dir gewesen, und du seiest in ihn gedrungen, er solle dir sagen, wohin sie gegangen sei, und du habest ihn deswegen sogar gefoltert.' Wie Kamar ez-Zamân diese Worte hörte, ergrimmte er gewaltig, und er sprach zu dem Wesir: ,Jetzt ist es mir klar geworden, daß ihr den Eunuchen angewiesen habt, so zu tun, wie er tat.' – –«

Da bemerkte Schehrezâd, daß der Morgen begann, und sie hielt in der verstatteten Rede an. Doch als die *Hundertundachtundachtzigste Nacht* anbrach, fuhr sie also fort: »Es ist mir berichtet worden, o glücklicher König, daß Kamar ez-Zamân, als er die Worte des Wesirs hörte, gewaltig ergrimmte und dann zu ihm sprach: ,Jetzt ist es mir klar geworden, daß ihr den Eunuchen angewiesen habt, so zu tun, wie er tat, und daß ihr ihm verboten habt, mir etwas über die Jungfrau, die heute nacht bei mir geruht hat, zu sagen. Du aber, Wesir, bist verständiger als der Eunuch; also sage mir auf der Stelle, wohin ging die Jungfrau, die in dieser Nacht an meinem Busen geruht hat? Denn ihr habt sie doch zu mir geschickt und habt ihr gesagt, sie solle an meinem Busen ruhen. Wir haben auch bis zum Morgen nebeneinander geschlummert; aber als ich aufwachte, fand ich sie nicht mehr vor. Wo ist sie jetzt?' Da sprach der Wesir zu ihm: ,Mein Gebieter Kamar ez-Zamân, der Name Allahs umschirme dich! Bei Gott, wir haben in dieser Nacht niemanden zu dir geschickt. Du hast allein geschlafen, die Tür ist verschlossen gewesen, und vor ihr hat der Eunuch geschlafen. Niemand ist zu dir gekommen, weder eine Jungfrau noch auch irgend jemand anders. Nun kehre doch wieder zu deinem klaren Verstande zurück, hoher Herr, und mache dir keine Sorgen mehr!' Voll Zorn über diese Worte rief Kamar ez-Zamân: ‚Wesir, jene Jungfrau ist meine Geliebte, die Schöne mit den schwarzen Augen und den roten Wangen, die ich diese ganze Nacht hindurch in meinen Armen gehalten habe.' Der Wesir war ob der Worte des Prinzen erstaunt und fragte ihn: ‚Hast du jene Jungfrau in dieser Nacht mit deinen Augen im Wachen oder im Traum gesehen?' ‚O du Unglücksalter,' erwiderte Kamar ez-Zamân, ‚meinst du, ich hätte sie mit meinen Ohren gesehen? Ich habe sie mit meinen leibhaftigen Augen im Wachen gesehen, ich habe sie mit meiner eigenen Hand umgewendet, ich habe die Hälfte einer vollen Nacht bei ihr gewacht, und dabei schaute ich auf ihre Schönheit und Lieblichkeit, auf ihre Anmut und Zierlichkeit. Ihr aber hattet sie angewiesen und beauftragt, daß sie kein Wort mit mir reden sollte; darum stellte sie sich schlafend, und ich schlief an ihrer Seite bis zum Morgen; da wachte ich aus meinem Schlafe auf und fand sie nicht mehr.' Da sprach der Wesir zu ihm: ‚Mein Gebieter Kamar ez-Zamân, vielleicht hast du dies alles im Schlafe gesehen; es müssen Irrgänge von Träumen sein oder Phantasien, die dadurch entstanden sind, daß du Speisen von zu verschiedener Art gegessen hast, oder endlich auch Einflüsterungen der gemeinen Satane.' ‚O du Unglücksalter,' rief wiederum Kamar ez-Zamân, ‚wie kannst du mich auch noch verspotten und sagen, dies seien Irrgänge von Träumen, während doch dieser Eunuch mir die Jungfrau bereits eingestanden hat, als er soeben zu mir sagte, er wolle zu mir zurückkehren und mir von ihr berichten?' Und im selben Augenblick sprang Kamar ez-Zamân auf, stürzte auf den Wesir los und packte mit der Hand seinen langen Bart; den hielt er fest, wickelte ihn um seine Hand, riß den Wesir von dem Lager und warf ihn zu Boden. Schon fühlte der Wesir, wie ihm seine Lebensgeister schwanden, da sein Bart so heftig gezerrt ward. Doch Kamar ez-Zamân fuhr fort, ihn mit Füßen zu stoßen, gegen die Brust und die Rippen zu schlagen und ihm mit der Hand Hiebe auf den Kopf zu versetzen, bis er ihn fast umgebracht hatte. Nun sagte sich der Wesir: ›Wenn der Sklave, der Eunuch, sich durch eine Lüge aus den Händen dieses wahnsinnigen Jünglings befreit hat, so steht es mir noch eher als ihm zu, mein Leben gleichfalls durch eine Lüge zu retten; sonst bringt er mich um. Jetzt will ich also lügen und mich aus seinen Händen befreien. Er ist ja wahnsinnig, ohne Zweifel ganz wahnsinnig.‹ Also wandte der Wesir sich an Kamar ez-Zamân und sprach zu ihm: ›Hoher Herr, sei mir nicht böse, dein Vater hat mir befohlen, dir nichts von dieser Jungfrau zu sagen. Jetzt aber bin ich schwach und erschöpft, und die Schläge schmerzen mich; denn ich bin ein alter Mann, und es fehlt mir an Mark und Kraft, noch mehr Schläge zu ertragen. Drum hab ein wenig Geduld mit mir, ich will dir gern alles von dem jungen Mädchen erzählen und berichten!‹ Als Kamar ez-Zamân diese Worte von ihm vernahm, hörte er auf, ihn zu schlagen und sprach: ›Warum hast du mir nicht von dem Mädchen berichtet, eh daß ich dir Schmach antun und dich schlagen mußte? Nun steh auf, du Unglücksalter, und erzähle mir von ihr!‹ Der Wesir gab zur Antwort: ›Du fragst doch nach jener Jungfrau mit dem schönen Antlitz und dem vollendeten Wuchs?‹ ›Jawohl,‹ erwiderte Kamar ez-Zamân, ›sage mir, Wesir, wer hat sie zu mir geführt und sie an meiner Seite ruhen lassen, und wer hat sie in der Nacht wieder von mir genommen? Und wo ist sie zu dieser Stunde? Ich will selbst zu ihr gehen; und wenn mein Vater, der König Schehrimân, mir dies angetan hat, um mich durch diese schöne Jungfrau zu prüfen, auf daß ich mich mit ihr vermähle, so bin ich bereit, die Ehe mit ihr einzugehen und meiner Qual ein Ende zu machen. Denn er hat mir das alles ja nur deshalb angetan, weil ich mich weigerte zu heiraten. Aber jetzt willige ich ein, mich zu vermählen, und noch einmal, ich willige ein, mich zu vermählen. Tu das meinem Vater kund, Wesir, und rate ihm, mich jener Jungfrau zu vermählen! Denn ich will keine andere haben, und mein Herz liebt keine andere als sie. Steh auf, eile zu meinem Vater und rate ihm, mich eilends zu vermählen; und dann bringe mir die Antwort auf der Stelle zurück!' ,Gern!' sprach der Wesir; aber er glaubte kaum noch, daß er aus seinen Händen entrinnen könnte. Dann verließ er ihn und eilte aus dem Turme hinaus; aber er stolperte beim Gehen im Übermaß von Furcht und Angst, und er lief ohne Aufenthalt, bis er bei König Schehrimân eintrat. – –«

Da bemerkte Schehrezâd, daß der Morgen begann, und sie hielt in der verstatteten Rede an. Doch als die *Hundertundneunundachtzigste Nacht* anbrach, fuhr sie also fort: »Es ist mir berichtet worden, o glücklicher König, daß der Wesir aus dem Turme hinauseilte und ohne Aufenthalt lief, bis er bei König Schehrimân eintrat. Und wie er dort war, rief der König ihn an: ,Wesir, was ist denn über dich gekommen, und wer hat dich durch seine Bosheit so hart mitgenommen? Warum seh ich dich so jämmerlich, daß du voller Entsetzen zu mir kommst?' Doch jener sprach: ,Mein König, ich bringe dir eine frohe Botschaft!' ,Wie lautet die?' fragte der König. Der Wesir gab zur Antwort: ,Wisse, dein Sohn Kamar ez-Zamân hat den Verstand verloren und ist wahnsinnig geworden.' Als der König diese Worte aus dem Munde des Wesirs vernahm, da ward das Tageslicht finster vor seinem Angesicht; und er sprach: ,Wesir, erkläre mir die Art seines Wahnsinnes!' ,Hoher Herr, ich höre und gehorche!' erwiderte der Wesir und tat ihm kund, daß es ihm so und so mit dem Prinzen ergangen war, und berichtete ihm, wie die Sache bei ihm schließlich ausgelaufen war. Da sprach der König: ‚Freue dich, o Wesir! Für die frohe Botschaft von dem Wahnsinn meines Sohnes teile ich dir die Freudennachricht mit, daß ich dir den Kopf abschlagen und dir meine Gunst entziehen werde, du elendester der Wesire, du schändlichster der Emire! Ich weiß, daß du von Anfang an der Anlaß zum Wahnsinn meines Sohnes gewesen bist, als du deine Meinung sagtest und mir jenen unseligen, unheilvollen Rat gabst. Bei Allah, wenn mein Sohn wirklich von Leid oder Wahnsinn betroffen ist, so lasse ich dich an die Hochwand meines Palastes nageln und gebe dir Trübsal zu kosten.' Dann sprang der König auf, ging mit ihm zu dem Turme und trat dort zu Kamar ez-Zamân ein. Als die beiden ankamen, stand Kamar ez-Zamân eilends auf und erhob sich von dem Lager, auf dem er saß; er küßte den Boden vor seinem Vater, trat zurück und senkte den Kopf zu Boden, indem er die Arme auf seinem Rücken kreuzte; so stand er eine ganze Weile vor seinem Vater. Dann hob er das Haupt wieder zu ihm auf, und während die Tränen ihm aus den Augen flossen und sich auf seine Wangen ergossen, sprach er die Verse:

> *Hab ich vor dieser Zeit mich gegen dich versündigt*
> *Und hab ich etwas, das sich nicht geziemt, getan,*
> *So will ich meine Schuld bereun, und deine Gnade*
> *Mög jetzt den Frevler, da er naht, umfahn!*

Da umarmte der König seinen Sohn Kamar ez-Zamân, küßte ihn auf die Stirn und ließ ihn zu seiner Seite auf dem Lager sitzen. Dann wandte er sich zu dem Wesir, blickte ihm mit zornigem Auge an und sprach: ‚Du Hund von Wesir, wie konntest du von meinem Sohne sagen, es stehe so und so um ihn, und mein Herz seinetwillen in Schrecken setzen?' Darauf wandte der König sich wieder seinem Sohne zu und fragte ihn: ‚Mein Sohn, wie heißt der heutige Tag?' Jener antwortete:

‚Heute ist Samstag, morgen ist Sonntag, dann kommt Montag und dann Dienstag und dann Mittwoch und dann Donnerstag und zuletzt Freitag.' Da sprach der König: ‚Mein Sohn, mein Kamar ez-Zamân, Allah sei gepriesen, der dir den Verstand bewahrt hat! Wie heißt nun aber der Monat, in dem wir jetzt stehen, auf arabisch?' Der Prinz erwiderte: ‚Er heißt Dhu el-Ka'da, dann kommt Dhu el-Hiddscha und dann el-Muharram und dann Safar und dann der erste Rabî' und dann der zweite Rabî' und dann der erste Dschumâda und dann der zweite Dschumâda und dann Radschab und dann Scha'bân und dann Ramadân und dann Schauwâl.' Darüber freute der König sich sehr; und er spie dem Wesir ins Gesicht und sprach: ‚Du elender Alter, wie konntest du behaupten, mein Sohn sei wahnsinnig geworden. Jetzt hat es sich gezeigt, daß du allein wahnsinnig bist!' Da schüttelte der Wesir den Kopf und wollte reden; doch er besann sich und wollte noch ein wenig warten, um zu sehen, was ferner geschehen würde. Nun fragte der König weiter: ‚Mein Sohn, was ist's mit den Worten, die du zu dem Eunuchen und dem Wesir gesagt hast, als du zu ihnen sprachest: In dieser Nacht habe ich neben einer schönen Jungfrau geruht. Und was ist's mit der Jungfrau, von der du da redest?' Kamar ez-Zamân aber lachte über die Worte seines Vaters und sprach zu ihm: ‚Vater, wisse, ich habe nicht mehr Kraft genug, um Spott zu ertragen; drum füge nichts mehr hinzu und sage kein Wort mehr darüber! Ich habe durch all das, was ihr mir antut, die Geduld verloren. Nun sei dessen gewiß, lieber Vater, daß ich bereit bin, mich zu vermählen, doch nur unter der Bedingung, daß du mich mit jener Jungfrau vermählst, die in dieser Nacht an meiner Seite geruht hat. Denn ich weiß bestimmt, du hast sie zu mir geschickt und in mir die Sehnsucht nach ihr erweckt, und danach hast du noch vor

Tagesanbruch jemanden zu ihr geschickt und sie wieder von meiner Seite fortführen lassen.' Da rief der König: ,Der Name Allahs umschirme dich, mein Sohn! Allah bewahre deinen Verstand vor dem Wahnsinn!' – –«

Da bemerkte Schehrezâd, daß der Morgen begann, und sie hielt in der verstatteten Rede an. Doch als die *Hundertundneunzigste Nacht* anbrach, fuhr sie also fort: »Es ist mir berichtet worden, o glücklicher König, daß König Schehrimân zu seinem Sohne Kamar ez-Zamân sprach: ,Der Name Allahs umschirme dich, mein Sohn! Allah bewahre deinen Verstand vor dem Wahnsinn! Was für ein Wesen ist denn diese Jungfrau, die ich, wie du sagst, in dieser Nacht zu dir geschickt und dann vor Tagesanbruch wieder von deiner Seite habe fortführen lassen? Bei Allah, mein Sohn, ich weiß davon nichts. Ich beschwöre dich um Gottes willen, sage mir, sind das Irrgänge von Träumen oder Phantasien infolge schlechter Nahrung? Sieh, du bist diese Nacht hindurch von Gedanken über die Ehe geplagt und von dem Gerede über sie beunruhigt gewesen – Gott verdamme die Heirat und ihre Stunde und den, der sie mir anriet! Es ist also gar kein Zweifel, daß dein Geist wegen der Ehe getrübt war, und daß du im Traume gesehen hast, wie eine schöne Jungfrau dich umarmte; und nun glaubst du, du hättest sie im Wachen gesehen. All das, lieber Sohn, sind nur Irrgänge von Träumen.' Doch Kamar ez-Zamân erwiderte: ,Laß ab von diesem Gerede! Schwöre mir bei Allah, dem Schöpfer, dem Allwissenden, der die stolzen Tyrannen richtet und die Perserkönige vernichtet, daß du nichts von der Jungfrau noch von der Stätte, da sie sich aufhält, weißt!' Da sprach der König: ,Bei Allah, dem Allmächtigen, dem Gotte des Moses und des Abraham, ich weiß nichts davon, ich habe keine Kunde darüber; das ist nur durch Irrgänge von Träumen geschehen, die du im Schlafe gesehen!' Doch Kamar ez-Zamân fuhr fort: ‚Ich will dir ein Gleichnis vorlegen und dir dadurch beweisen, daß es im Wachen geschehen ist.' – –«

Da bemerkte Schehrezâd, daß der Morgen begann, und sie hielt in der verstatteten Rede an. Doch als die *Hundertundeinundneunzigste Nacht* anbrach, fuhr sie also fort: »Es ist mir berichtet worden, o glücklicher König, daß Kamar ez-Zamân zu seinem Vater sprach: ‚Ich will dir ein Gleichnis vorlegen und dir dadurch beweisen, daß es im Wachen geschehen ist. Also ich frage dich, ist es jemals einem Menschen begegnet, daß er im Traume sah, wie er einen schweren Kampf kämpfte, und daß er danach aus dem Schlafe erwachte und ein blutbesudeltes Schwert in seiner Hand fand?' Der König erwiderte: ‚Nein, bei Allah, mein Sohn, das ist noch nie vorgekommen.' Da sprach Kamar ez-Zamân weiter zu seinem Vater: ‚Ich will dir erzählen, was mir begegnet ist. Wisse denn, mir war in dieser Nacht, als ob ich aus dem Schlafe erwachte, gerade um Mitternacht, und da fand ich an meiner Seite eine Jungfrau ruhen, die den gleichen Wuchs und die gleiche Gestalt wie ich hatte. Ich umarmte sie und wendete sie mit meiner eigenen Hand um; dann nahm ich ihren Siegelring und schob ihn auf meinen Finger, während sie meinen Ring nahm und auf ihren Finger schob. Und ich ruhte an ihrer Seite, doch ich enthielt mich ihrer aus Scheu vor dir und aus Furcht davor, du könntest sie zu mir geschickt haben, um mich durch sie zu prüfen; ja, ich glaubte, du wärest an irgendeiner Stelle verborgen, um zu sehen, was ich mit ihr tun würde. Deswegen scheute ich mich auch, sie auf den Mund zu küssen, immer noch in Gedanken an dich; denn ich vermeinte, du wolltest in mir das Verlangen zur Ehe erwecken. Als ich dann aber bei Tagesanbruch aus meinem Schlafe erwachte, fand ich von der Jungfrau keine Spur mehr und vermochte auch keine Kunde mehr über sie zu erlangen; darauf kam es zwischen mir und dem Eunuchen und dem Wesir zu dem, was geschehen ist. Wie kann nun all dies Traum und Täuschung sein, während der Ring doch eine Wirklichkeit ist? Wäre der Ring nicht da, so würde ich alles für einen Traum halten. Aber hier ist ja der Ring an meinem kleinen Finger! O König, sieh dir doch den Ring an, wie wertvoll er ist!' Darauf reichte Kamar ez-Zamân den Ring seinem Vater, und der nahm ihn, betrachtete ihn und drehte ihn um. Und zu seinem Sohne gewendet, sprach er: ‚Mit diesem Ringe hat es eine seltsame Bewandtnis, und an ihm hängt ein gewaltiges Geheimnis! Und was dir in dieser Nacht mit jener Jungfrau begegnet ist, das ist ein großes Rätsel; ich weiß auch nicht, von wannen dieser Gast zu uns gekommen ist. Doch die Ursache dieser ganzen Verwirrung ist nur der Wesir. Nun beschwöre ich dich bei Allah, mein Sohn, fasse dich in Geduld, bis der Herr dich von dieser Not befreit und dir die große Freude bringt; so sagt auch ein Dichter:

> *Vielleicht, daß das Geschick noch seine Zügel wendet*
> *Und doch noch Gutes bringet trotz des Schicksals Neid,*
> *Mir meine Hoffnung fördert, meinen Wunsch erfüllet,*
> *Und daß noch neue Freude sprießt aus altem Leid!*

Mein Sohn, jetzt bin ich überzeugt, daß du nicht wahnsinnig bist; aber dein Erlebnis ist seltsam, und nur Allah der Erhabene kann es dir entschleiern.' Da rief Kamar ez-Zamân: ‚Ich beschwöre dich bei Allah, lieber Vater, erweise mir die Güte und laß für mich nach jener Jungfrau forschen, laß sie eilends zu mir kommen; sonst muß ich vor Kummer sterben und unbekannt verderben!' Und dann zeigte der Prinz seine Leidenschaft, indem er, zu seinem Vater gewendet, diese Verse sprach:

Hat dein Versprechen, daß du selber kämst, getrogen,
So nah dem Sehnenden als Traumgebilde bei Nacht! –
Man sprach: Wie kann ein Traumbild dem Aug des Jünglings nahen,
Wenn es vom Schlaf gemieden wird und immer wacht?

Nachdem Kamar ez-Zamân diese Verse gesprochen hatte, blickte er seinen Vater verzagt und gebrochenen Herzens an; er begann in Tränen auszubrechen und hub an, diese Verse zu sprechen: – –«

Da bemerkte Schehrezâd, daß der Morgen begann, und sie hielt in der verstatteten Rede an. Doch als die *Hundertundzweiundneunzigste Nacht* anbrach, fuhr sie also fort: »Es ist mir berichtet worden, o glücklicher König, daß Kamar ez-Zamân, als er jene Verse gesprochen hatte, weinte und klagte und seufzte, da sein Herz verwundet war. Dann sprach er weiter in Versen:

Nehmt euch in acht vor ihrem zauberischen Blicke,
Vor dessen Strahlen keiner jemals Rettung fand!
Und laßt euch nicht verführen durch ihre zarte Rede;
Denn seht, der starke Wein berauschet den Verstand!
Berührte je die Rose der zarten Maid die Wange,
Sie weinte und ihr Auge wär an Tränen reich.
Und käme durch ihr Land der Zephir nur im Traume,
Er wich' aus ihrem Lande, der Zephir, hold und weich.
Ihr Halsband klaget ob des Klingens ihres Gürtels,
Stumm wird der Klang der Reifen an ihrer Hände Paar.
Und will der Fußring ihr das Ohrgehänge küssen,
So wird dem Blick der Liebe Geheimes offenbar.
Der mich ob Liebe tadelt, kennet keine Nachsicht.
Was nützten denn die Blicke, wär nicht das Verstehn?
Dich, Tadler, strafe Gott, du übest keine Milde!
Die Schönheit dieses Rehes blendet, die es sehn.[1]

[1]. Burton hat dies Gedicht nicht übersetzt, weil es keinen Sinn gebe und den Zusammenhang störe. Es ist aber in der Kalkuttaer Ausgabe wie in Kairoer Ausgaben enthalten. Freilich hätte Kamar ez-Zamân zum Preise seiner Geliebten ein passenderes und klareres Gedicht wählen sollen trotz

Nach diesen Versen sprach der Wesir zum König: ‚O größter König unserer Zeit, wie lange willst du bei deinem Sohne verweilen, während du von deinem Heere getrennt bist? Vielleicht wird gar die Ordnung in deinem Lande gestört, weil du den Großen deines Reiches fern bist. Der verständige Mann wird, wenn er verschiedene Wunden an seinem Leibe hat, zuerst die gefährlichste von ihnen heilen. Daher bin ich der Meinung, du solltest deinen Sohn von dieser Stätte fortführen und zu dem Schlosse bringen, das bei dem Palaste ist und aufs Meer schaut; dort schließe dich mit deinem Sohne ein, doch zwei Tage in der Woche, jeden Montag und Donnerstag, behalte für die Ratsversammlungen und für die Truppenschau vor! An diesen beiden Tagen empfange die Emire und Wesire, die Kammerherren und Statthalter, die Großen des Reiches und die Würdenträger des Landes, dazu die übrigen Krieger und die Untertanen; sie mögen dann ihre Anliegen dir unterbreiten, so daß du über alles, was sie angeht, entscheidest; sprich ihnen Recht, nimm und gib, gebiete und verbiete! Die übrigen Tage der Woche kannst du dann bei deinem Sohne Kamar ez-Zamân zubringen, so lange, bis Allah dir und ihm Trost schenkt. Fühle dich, o König, nicht zu sicher vor den Launen des Glücks und den Wechselfällen des Geschicks; denn der Weise ist immer auf der Hut, und wie trefflich sagt der Dichter:

> *Du dachtest gut von den Tagen, solange sie dir gut waren,*
> *Auf das drohende Unheil des Schicksals gabst du nicht acht.*
> *Von dem Frieden der Nächte ließest du dich umgaukeln;*
> *Aber oft kommt das Dunkel auch in sternklarer Nacht.*

seiner Verzweiflung! – Nach anderer Überlieferung von 1001 Nacht wird hier erzählt, daß der Prinz in ein Zimmer im Schlosse gebracht wurde und dort krank zu Bette lag, während sein Vater Tag und Nacht bei ihm blieb; erst von hier aus kam der Prinz in das Schloß im Meere.

*Ihr Menschenkinder alle, ist die Zeit auch gut
Für einen unter euch, er sei doch auf der Hut!'*

Als der Sultan diese Worte aus dem Munde des Wesirs vernommen hatte, sah er ein, daß sie richtig waren und daß sein Rat ihm Nutzen brachte; sie machten tiefen Eindruck auf ihn, und er begann zu fürchten, daß die Ordnung des Reiches gestört werden könne. So erhob er sich denn auf der Stelle und befahl, seinen Sohn von jener Stätte nach dem Schlosse beim Palaste, das aufs Meer schaute, zu bringen. Jenes Schloß stand mitten im Meere, und man gelangte zu ihm auf einem Damme, der zwanzig Ellen breit war; auf allen Seiten waren Fenster, die den Ausblick auf das Meer gewährten. Der Boden war mit buntem Marmor getäfelt; die Decke war mit vielen prächtigen Gemälden bemalt und mit Gold und Lasur verziert. Jetzt stattete man es für Kamar ez-Zamân auch mit kostbaren Seidenteppichen und gestickten Decken aus, bedeckte die Wände mit ausgesuchtem Brokat und hängte Vorhänge auf, die mit Edelsteinen besetzt waren. Dorthin brachte man für Kamar ez-Zamân ein Lager aus Wacholderholz, das mit Perlen und kostbaren Steinen ausgelegt war, und auf ihm setzte der Prinz sich nieder. Aber ach, durch seine große Sorge um die Jungfrau und durch seine heftige Liebe zu ihr war seine Farbe erblichen und sein Leib abgezehrt, und er konnte weder essen noch trinken noch schlafen; ja, er ward wie einer, der seit zwanzig Jahren krank ist. Nun setzte sein Vater sich ihm zu Häupten und grämte sich sehr um ihn. An jedem Montag und Donnerstag empfing der König die Emire und die Kammerherren, die Statthalter und die Großen des Reiches, die Krieger und die Untertanen in jenem Schlosse; die traten dann vor ihn, verrichteten ihre verschiedenen Dienste und blieben bis zum Abend bei ihm. Darauf gingen sie ihrer Wege, während der König wieder zu seinem Sohne in jenes

Zimmer trat und sich Tag und Nacht nicht von ihm trennte; und dabei blieb er viele Tage und Nächte hindurch.

So stand es um Kamar ez-Zamân, den Sohn des Königs Schehrimân. Aber die Prinzessin Budûr, die Tochter des Königs el-Ghajûr, des Herren der Inseln und der sieben Schlösser, – die hatte, als die Dämonen sie fortgetragen und wieder auf ihr Lager gelegt hatten, weiter geschlafen, bis der Morgen dämmerte. Da erwachte sie aus ihrem Schlafe, setzte sich auf und blickte nach rechts und nach links, aber sie fand den Jüngling, der an ihrem Busen gelegen hatte, nicht mehr. Da erbebte ihr Innerstes, sie ward wie von Sinnen, und sie stieß einen lauten Schrei aus, der alle ihre Sklavinnen, Wärterinnen und Aufseherinnen weckte. Sie eilten herbei, und die Älteste von ihnen trat vor und sprach: ‚Hohe Herrin, was ist dir widerfahren?' Da antwortete sie: ‚Du elende Alte, wo ist mein Geliebter, der schöne Jüngling, der in dieser Nacht an meinem Busen ruhte? Sag mir, wohin ist er gegangen?' Wie die Aufseherin diese Worte aus ihrem Munde vernahm, ward das helle Tageslicht finster vor ihrem Angesicht; und in großer Furcht vor ihrem Zorne sprach sie: ‚Herrin Budûr, was sollen diese unziemlichen Worte!' Doch die Prinzessin Budûr rief: ‚Weh dir, du elende Alte, wo ist mein Geliebter, der schöne Jüngling, von Antlitz so lieblich, von Gestalt so zierlich, mit den schwarzen Augen und den zusammengewachsenen Brauen, der in dieser Nacht vom Abend bis fast zum Anbruch des Tages an meiner Seite geruht hat?' ‚Bei Allah,' erwiderte sie, ‚ich habe weder einen Jüngling noch sonst irgend jemanden gesehen. Ich beschwöre dich, hohe Herrin, treib nicht solchen Scherz, der über das Maß hinausgeht und der uns das Leben kosten kann! Denn vielleicht kommt dieser Scherz deinem Vater zu Ohren; und wer wird uns dann aus seiner Hand erretten?' – –«

Da bemerkte Schehrezâd, daß der Morgen begann, und sie hielt in der verstatteten Rede an. Doch als die *Hundertunddreiundneunzigste Nacht* anbrach, fuhr sie also fort: »Es ist mir berichtet worden, o glücklicher König, daß die Aufseherin zu der Prinzessin Budûr sprach: ,Ich beschwöre dich, hohe Herrin, treib nicht solchen Scherz, der über das Maß hinausgeht! Denn vielleicht kommt dieser Scherz deinem Vater zu Ohren; und wer wird uns dann aus seiner Hand erretten?' Aber die Prinzessin bestand darauf: ,Ein Jüngling hat in dieser Nacht an meiner Seite geruht, der hat von allen Menschen das schönste Antlitz.' Da rief die Aufseherin: ,Der Herr behüte deinen Verstand! Niemand hat bei dir in dieser Nacht geruht.' Nun blickte Budûr auf ihre Hand und sah den Ring des Kamar ez-Zamân an ihrem Finger; ihren eigenen Ring aber fand sie nicht. Und sie sprach zu der Aufseherin: ,Weh dir, du Verfluchte, du Betrügerin! Willst du mich belügen und mir einreden, es habe niemand bei mir geruht, und willst du mir noch bei Allah falsch schwören?' Doch die Aufseherin gab zur Antwort: ,Bei Allah, ich habe dich nicht belogen, und ich habe nicht falsch geschworen!' Da ward die Prinzessin Budûr von Zorn über sie gepackt, sie zückte ein Schwert, das sie bei sich hatte, traf die Aufseherin damit und schlug sie tot. Der Eunuch aber und die Sklavinnen und Nebenfrauen schrien über sie, eilten zu ihrem Vater und taten ihm kund, was mit ihr geschehen war. Unverzüglich ging der König zu seiner Tochter, der Prinzessin Budûr, und sprach zu ihr: ,Liebe Tochter, was ist dir?' Doch sie rief: ,Vater, wo ist der Jüngling, der in dieser Nacht an meiner Seite geruht hat?' Nun ward sie von Sinnen, sie blickte mit den Augen nach rechts und nach links und zerriß ihr Kleid bis zum Saume. Und wie ihr Vater das sah, befahl er den Sklavinnen, sie festzuhalten; die ergriffen sie, fesselten sie und legten ihr eine eiserne Kette um den Hals, mit der sie sie an ein Fenster des Palastes anschlossen, und sie ließen sie dort.

So weit die Prinzessin Budûr. Ihrem Vater aber, dem König el-Ghajûr, ward die Welt zu enge, als er sah, was seiner Tochter widerfahren war; denn er liebte sie, und ihr Schicksal ging ihm sehr zu Herzen. Deshalb berief er die Ärzte, die Sterndeuter und die Talismanschreiber und sprach zu ihnen: ‚Wer meine Tochter von dieser ihrer Krankheit heilt, dem will ich sie zur Gemahlin geben und die Hälfte meines Reiches schenken; wenn aber einer zu ihr geht und sie nicht heilt, so lasse ich ihm den Hals durchschlagen und seinen Kopf vor dem Tore des Palastes aufpflanzen.' Und so geschah es denn, daß er alle, die zu ihr gingen und sie nicht heilten, enthauptete und ihre Köpfe vor dem Tore des Palastes aufpflanzen ließ, bis er um ihretwillen vierzig Ärzte hatte köpfen und vierzig Sterndeuter hatte kreuzigen lassen; da hielten sich alle von ihr fern, kein Arzt vermochte sie zu heilen, die Künste aller Gelehrten und Talismanschreiber versagten bei ihr. Der Prinzessin Budûr aber mehrte sich die heftige Leidenschaft, und sie ward bedrängt von der sehnenden Liebe Kraft; da begann sie in Tränen auszubrechen und hub an, diese Verse zu sprechen:

> *Mein Mond, die Liebe zu dir ist stets an meiner Seite,*
> *Und der Gedanke an dich, mein Gefährte, im Dunkel der Nacht.*
> *Dann loht im Herzen mir bei Nacht eine heiße Flamme,*
> *Und ihre Glut ist gleich des höllischen Feuers Macht.*
> *Bedrückt vom Übermaße der brennenden Liebesmüh,*
> *Die mich so peinigt, bin ich von Schmerzen krank in der Früh.*

Dann seufzte sie und sprach weiter diese Verse:

> *Mein Gruß gilt dem Geliebten, wo er nur immer weilet,*
> *Und immer sehn' ich mich nach dem Geliebten mein.*
> *Doch ist mein Gruß an dich kein Gruß des Abschiednehmens;*
> *Mein Gruß soll immer schöner und immer lieber sein.*

Denn sieh, ich liebe dich, ich liebe auch dein Land,
Und doch bin ich jetzt fern von meinem Lieb verbannt.

Als die Prinzessin Budûr diese Verse gesprochen hatte, weinte sie, bis ihr die Augen wund waren und ihre Wangen erblichen. Und in diesem Zustande blieb sie drei Jahre lang.

Nun hatte sie einen Milchbruder, des Namens Marzuwân, der war in die fernsten Länder gereist und war während jener ganzen Zeit nicht bei ihr gewesen. Er liebte sie inniger, als Geschwister einander zu lieben pflegen, und als er heimkehrte, ging er sofort zu seiner Mutter und fragte sie nach seiner Schwester, der Prinzessin Budûr. Sie gab ihm zur Antwort: ,Mein lieber Sohn, deine Schwester ist vom Wahnsinn betroffen, und sie trägt schon seit drei Jahren eine eiserne Kette um den Hals. Kein Arzt und kein Mann der Wissenschaft hat sie heilen können.' Wie Marzuwân diese Worte gehört hatte, sprach er: ,Ich muß sofort zu ihr gehen; vielleicht entdecke ich, was ihr fehlt, und vermag sie zu heilen.' Doch da wandte die Mutter ein: ,Du sollst sie sicherlich besuchen; aber warte bis morgen, auf daß ich dir durch eine List dazu verhelfe.' Darauf ging sie zu Fuß zum Schlosse der Prinzessin Budûr und begann ein Gespräch mit dem Eunuchen, der die Torwache hatte; sie gab ihm ein Geschenk und sagte: ,Ich habe eine Tochter, die ist mit der Prinzessin aufgezogen, und ich habe sie seitdem vermählt; da aber deiner Herrin solches Unheil widerfahren ist, denkt meine Tochter immer an sie. Nun möchte ich dich bitten, sei so gut und laß meine Tochter auf eine kurze Weile zu ihr gehen, damit sie sie selbst sieht; dann soll sie dorthin zurückkehren, von wo sie gekommen ist, ohne daß jemand etwas davon weiß.' Der Eunuch antwortete: ,Das kann nur bei Nacht geschehen; wenn dann der Sultan gekommen ist, um seine Tochter zu sehen, und wieder fortgegangen ist, dann tritt du mit deiner Tochter ein.' Da küßte die alte Frau dem Eunuchen die Hand, ging nach Hause und wartete bis zum Abend des nächsten Tages; und als es Zeit war, erhob sie sich unverzüglich und führte ihren Sohn Marzuwân, den sie in Frauentracht gekleidet hatte, an der Hand zum Schlosse. Dort ging sie mit ihm weiter, bis sie ihn zu dem Eunuchen gebracht hatte, gerade wie der Sultan von seiner Tochter fortgegangen war. Als der Eunuch sie sah, stand er auf und sprach: ‚Geh hinein, doch komm bald wieder!' Nachdem die alte Frau mit ihrem Sohne eingetreten war, nahm sie ihm die Frauenkleider ab; nun sah Marzuwân die Prinzessin Budûr in ihrem traurigen Zustande an und begrüßte sie. Dann nahm er die Zauberbücher, die er mitgebracht hatte, zündete eine Kerze an und begann einige Beschwörungsformeln zu lesen. Die Herrin Budûr aber erkannte ihn, sobald sie ihn erblickte, und sie sprach zu ihm: ‚Lieber Bruder, du bist lange auf Reisen gewesen, und wir haben keine Nachricht von dir gehabt.' Er antwortete ihr: ‚Das ist wahr; doch Allah hat mich wohlbehalten heimkehren lassen. Nun wollte ich wieder auf Reisen gehen; aber die Nachrichten, die ich über dich hören mußte, haben mich zurückgehalten, und mein Herz ist um dich entbrannt. So bin ich denn zu dir gekommen, um dich von deiner Krankheit zu erlösen.' ‚Ach Bruder,' rief sie, ‚glaubst du denn wirklich, daß es Wahnsinn sei, was über mich gekommen ist?' Als er das bejahte, sprach sie: ‚Nein, bei Allah, es ist nur, wie der Dichter sagt:

> *Sie sprachen: Du rasest in Liebe; da gab ich ihnen zur Antwort:*
> *Ja, nur die Rasenden kennen des Lebens Süßigkeit.*
> *Wer liebt, kann dem Geschicke niemals Halt gebieten;*
> *Und wenn der Wahnsinn trifft, geschieht es zu seiner Zeit.*
> *Jawohl, ich rase. Bringt ihn, um den ich rase, mir her!*
> *Und heilt er meinen Wahnsinn, so tadelt mich nicht mehr!'*

Nun erkannte Marzuwân, daß sie liebeskrank war, und er sprach zu ihr: ‚Erzähle mir dein Erlebnis und alles, was dir widerfahren ist! Vielleicht steht es in meiner Hand, etwas zu tun, das dich erlösen kann.' – –«

Da bemerkte Schehrezâd, daß der Morgen begann, und sie hielt in der verstatteten Rede an. Doch als die *Hundertundvierundneunzigste Nacht* anbrach, fuhr sie also fort: »Es ist mir berichtet worden, o glücklicher König, daß Marzuwân zur Prinzessin Budûr sprach: ‚Berichte mir dein Erlebnis und alles, was dir begegnet ist! Vielleicht zeigt Allah mir ein Mittel, durch das ich dich erlösen kann.' ‚Lieber Bruder,' erwiderte sie, ‚höre nun mein Erlebnis! Wisse denn, ich erwachte eines Nachts aus dem Schlafe, es war im letzten Drittel der Nacht, und richtete mich auf; da sah ich an meiner Seite den schönsten Jüngling, den es gibt, und den keine Zunge beschreiben kann; er war wie ein Weidenzweig so zart, oder wie von des Schilfrohres Art. Da glaubte ich, mein Vater habe ihm dies befohlen, um mich durch ihn auf die Probe zu stellen; denn er hatte mich zur Ehe veranlassen wollen, als die Könige bei ihm um mich warben. Und dieser Gedanke hielt mich auch davon zurück, ihn zu wecken, da ich fürchtete, es würde meinem Vater hinterbracht werden, wenn ich etwas täte oder ihn umarmte. Am Morgen aber sah ich seinen Siegelring statt meines eigenen, den er mir genommen hatte, an meiner Hand. Das ist meine Geschichte und die Ursache meines Wahnsinns. Ach, Bruder, mein Herz hängt an ihm, seit ich ihn gesehen habe, mich plagt die Liebe und Sehnsucht so sehr, ich koste die Süße des Schlafes nicht mehr; ich kann nichts mehr tun als weinen und klagen und meine Leiden Tag und Nacht in Verse kleiden.' Dann begann sie in Tränen auszubrechen und hub an, diese Verse zu sprechen:

> *Gibt es denn, seit ich liebe, für mich noch süße Wonnen?*
> *Ach, der Gazellengleiche ist mir stets im Sinn.*
> *Das Blut der Liebenden macht ihm nur gar leichte Sorge,*
> *Der Liebeskranken Herzblut fließt um ihn dahin.*
> *Um ihn beneide ich mein Auge und mein Denken;*
> *Ein Teil von mir will über den andren Wächter sein.*
> *Doch seine Augen senden mörderische Pfeile,*
> *Die treffen, und sie dringen mir tief ins Herz hinein.*
> *Werd ich vor meinem Tode ihn noch wiedersehen,*
> *Solange noch mein Fuß auf dieser Erde wallt?*
> *Ich berge mein Geheimnis; aber meine Tränen*
> *Verraten, was ich fühle; der Späher sieht es bald.*
> *Das Wiedersehn ist fern, wenn du mir nahe bist;*
> *Bist fern du, weilt dein Geist bei mir zu jeder Frist.*

Dann sprach die Prinzessin Budûr weiter zu Marzuwân: ‚Sieh zu, lieber Bruder, wie du mir in meiner Not helfen kannst!‘ Da neigte Marzuwân sein Haupt eine Weile zu Boden, verwundert und ratlos, was er tun solle. Doch schließlich hob er sein Haupt wieder empor und sprach zu ihr: ‚Es ist alles richtig, was dir widerfahren ist, wenn auch die Geschichte mit diesem Jüngling über meinen Verstand hinausgeht. Dennoch will ich durch alle Länder ziehen und nach dem suchen, was dich heilen kann; vielleicht wird Allah es so fügen, daß du durch meine Hand geheilt wirst. Fasse dich in Geduld und ängstige dich nicht!‘ Dann sagte Marzuwân ihr Lebewohl, betete für sie um Standhaftigkeit und ging fort von ihr, während sie diese Verse sprach:

> *Dein Bild kehrt immerdar zu meinem Herzen wieder,*
> *Wallt auch der Pilgerschritt in fernem Land und Reich.*
> *Die Wünsche bringen dich doch meinem Herzen nahe.*
> *Wie wäre selbst ein Blitz dem Geisteslichte gleich?*
> *O sei nicht fern! Denn du bist meiner Augen Licht.*
> *Doch bist du fort, so schminke ich sie in Trauer nicht.*

Darauf begab Marzuwân sich in das Haus seiner Mutter und verbrachte dort die Nacht. Am nächsten Morgen aber machte er sich reisefertig; und dann brach er auf und zog unablässig von Land zu Land und von Insel zu Insel, einen ganzen Monat lang, bis er zu einer Stadt kam, die et-Tairab hieß. Dort ging er umher, um bei den Einwohnern nach Neuigkeiten zu forschen; denn er dachte, er könne vielleicht ein Heilmittel für die Prinzessin Budûr finden. Sooft er in eine Stadt kam oder an ihr vorbeizog, hatte er gehört, daß die Prinzessin Budûr, die Tochter des Königs el-Ghajûr, den Verstand verloren habe. Doch wie er in der Stadt et-Tairab ankam, hörte er von Kamar ez-Zamân, dem Sohne des Königs Schehrimân, daß er erkrankt sei und daß Trübsinn und Wahnsinn über ihn gekommen seien. Nun fragte Marzuwân nach dem Namen der Stadt des Prinzen. Da sagte man ihm: ‚Er ist auf einer der Inseln von Chalidân, und die ist von dieser unserer Stadt zur See einen vollen Monat entfernt, zu Lande aber sechs Monate.‘ Da bestieg Marzuwân ein Schiff, das nach den Inseln von Chalidân fuhr; das fuhr bei günstigem Winde einen Monat lang, bis sie die Inseln von Chalidân in Sicht bekamen. Und wie sie schon so weit waren und ihnen nichts mehr übrig blieb als an den Strand zu gelangen, da erhob sich plötzlich ein Sturmwind wider sie, warf die Masten um und zerriß die Leinwand, so daß die Segel ins Meer fielen und das Schiff mit Mannschaft und Ladung kenterte. – –«

Da bemerkte Schehrezâd, daß der Morgen begann, und sie hielt in der verstatteten Rede an. Doch als die *Hundertundfünfundneunzigste Nacht* anbrach, fuhr sie also fort: »Es ist mir berichtet worden, o glücklicher König, daß, als das Schiff mit seiner ganzen Ladung gesunken war, ein jeder sich selbst zu retten suchte; den Marzuwân aber trieben die Wogen dahin, bis sie ihn unterhalb des Königspalastes, in dem Kamâr ez-Zaman war, gegen das Ufer warfen. Nun fügte es sich, nach der Bestimmung des Schicksals, daß dies der Tag war, an dem sich bei König Schehrimân seine Würdenträger und die Großen seines Reiches versammelten, um seine Befehle entgegenzunehmen; und der König saß da, während sein Sohn Kamar ez-Zamân das Haupt auf seinen Schoß gelegt hatte und ein Eunuch ihm die Fliegen verscheuchte. Der Prinz hatte zwei Tage lang nicht gesprochen und weder gegessen noch getrunken, so daß er dünner als eine Spindel geworden war. Der Wesir stand zu seinen Füßen, nahe dem Fenster, das auf das Meer führte; und wie er seinen Blick hob, sah er den Marzuwân, wie er in der Brandung fast den Tod gefunden hatte und kaum noch atmen konnte. Da ward das Herz des Wesirs von Mitleid mit ihm bewegt, und so trat er vor den König, neigte sein Haupt vor ihm und sprach: ‚Ich bitte dich, o König, erlaube mir, daß ich zum Hofe des Palastes hinuntergehe und die Pforte dort öffne! Denn ich möchte einen Menschen retten, der fast im Meere ertrunken ist, und ihm Hilfe in seiner Not bringen; vielleicht wird Allah um dessen willen deinen Sohn aus seiner Not befreien.' Doch der König antwortete: ‚O Wesir, es ist genug an dem, was meinem Sohn durch dich und um deinetwillen widerfahren ist. Es kann sein, daß dieser Halbertrunkene, wenn du ihn gerettet hast, unser Elend sieht und meinen Sohn in dieser seiner Not erblickt und dann an mir seine Schadenfreude hat. Aber ich schwöre bei Allah, wenn dieser Halbertrunkene kommt und meinen Sohn sieht und dann fortgeht und irgend jemandem unser Geheimnis verrät, so lasse ich zuerst dir und dann ihm den Kopf abschlagen; denn du, Wesir, bist die Ursache all dessen, was uns widerfahren ist, von Anfang bis zu Ende. Nun tu, was dir gutdünkt!' Da machte der Wesir sich auf, öffnete die geheime Pforte des Palastes, die zum Meere führte, und ging am Ufersteig zwanzig Schritte entlang; dann ging er zum Meere hinab und fand den Marzuwân, wie er mit dem Tode rang. Darauf streckte er seine Hand aus, ergriff den Ertrinkenden beim Schopfe und zog ihn daran empor. Jener kam nun aus dem Meere heraus, in bewußtlosem Zustande, den Leib voll Wasser und mit hervorquellenden Augen. Der Wesir wartete eine Weile, bis Marzuwân wieder zu sich kam; dann zog er ihm die Kleider aus und legte ihm neue an, und nachdem er ihm den Turban eines seiner Diener um den Kopf gewunden hatte, sprach er zu ihm: ‚Wisse, ich bin die Ursache deiner Errettung von dem Ertrinken gewesen, sei du nun nicht die Ursache meines und deines Todes!' – –«

Da bemerkte Schehrezâd, daß der Morgen begann, und sie hielt in der verstatteten Rede an. Doch als die *Hundertundsechsundneunzigste Nacht* anbrach, fuhr sie also fort: »Es ist mir berichtet worden, o glücklicher König, daß der Wesir, als er sein Rettungswerk an Marzuwân vollendet hatte, zu ihm sprach: ‚Wisse, ich bin die Ursache deiner Errettung von dem Ertrinken gewesen; sei du nun nicht die Ursache meines und deines Todes!' Da fragte Marzuwân: ‚Wie wäre denn das?' ‚Du wirst', so sprach der Wesir, ‚noch in dieser Stunde hinaufgehen und unter Emire und Wesire treten, die alle schweigen und kein Wort reden wegen Kamar ez-Zamân, des Sohnes des Sultans.' Sobald Marzuwân den Namen Kamar ez-Zamân hörte, wußte er, daß jener es war, von dem er in den Landen hatte reden hören und den er suchte. Aber er stellte sich unwissend und fragte den Wesir: ‚Und wer ist Kamar ez-Zamân?' Der Minister gab ihm zur Antwort: ‚Er ist der Sohn des Sultans Schehrimân, und er liegt krank dahingestreckt auf seinem Lager; er hat keine Ruhe, er ißt nicht, trinkt nicht und schläft nicht, weder bei Nacht noch bei Tage; ja, er ist dem Tode nahe, und wir haben die Hoffnung aufgegeben, daß er am Leben bleiben wird, da wir seines Todes gewiß sind. Nimm dich davor in acht, ihn zu lange anzusehen oder irgendwo anders hinzublicken als auf die Stelle, auf die du deinen Fuß setzest! Sonst ist es um dein und mein Leben geschehen.' ,Um Gottes willen, o Wesir,' rief Marzuwân, ,ich bitte dich, sei so gütig und erzähle mir mehr von diesem Jüngling, den du da beschreibst; aus welchem Grunde befindet er sich in einem solchen Zustande?' Da gab der Wesir zur Antwort: ,Ich kenne nur diesen einen Grund: seit drei Jahren hat sein Vater von ihm verlangt, er solle sich vermählen, aber er wollte es nicht tun. Schließlich ward sein Vater zornig auf ihn und setzte ihn gefangen. Am andern Morgen aber glaubte der Jüngling, er habe, während er auf seinem Lager ruhte, eine Jungfrau neben sich gesehen, die von strahlender Anmut war und deren Schönheit keine Zunge zu beschreiben vermag. Und er erzählte uns, er habe ihren Ring von ihrem Finger gestreift und ihn sich selbst angelegt, und seinen eigenen Ring habe er ihr auf den Finger gesteckt. Wir aber wissen nicht, was es in Wirklichkeit mit dieser Sache auf sich hat. Um Gottes willen, mein Sohn, wenn du mit mir zum Schlosse hinaufgehst, so blicke nicht auf den Prinzen, sondern geh deiner Wege! Denn das Herz des Sultans ist von Grimm wider mich erfüllt.' Nun sagte Marzuwân sich: ,Bei Allah, dies ist der, den ich suche!' Dann ging er hinauf, hinter dem Wesir her, bis er im Schlosse ankam. Dort setzte der Wesir sich zu Füßen des Prinzen Kamar ez-Zamân. Marzuwân aber konnte nichts anderes tun, als zum Prinzen zu gehen, bis er vor ihm stand, und ihn anzustarren. Der Wesir starb fast vor Schrecken bei lebendigem Leibe und begann, den Marzuwân anzustarren und ihm Zeichen zu machen, er solle seiner Wege gehen. Doch der tat, als sähe er das nicht, und blickte den Kamar ez-Zamân so lange an, bis er die Gewißheit hatte, daß er es war, den er suchte. – –«

Da bemerkte Schehrezâd, daß der Morgen begann, und sie hielt in der verstatteten Rede an. Doch als die *Hundertundsiebenundneunzigste Nacht* anbrach, fuhr sie also fort: »Es ist mir berichtet worden, o glücklicher König, daß Marzuwân, nachdem er den Kamar ez-Zamân angeblickt und so erkannt hatte, daß er es war, den er suchte, ausrief: ‚Preis sei Allah, Ihm, der seine Gestalt gleich ihrer Gestalt, seine Wange gleich ihrer Wange, seine Farbe gleich ihrer Farbe geschaffen hat!' Da schlug Kamar ez-Zamân die Augen auf und lauschte mit den Ohren auf seine Rede. Und als Marzuwân sah, daß der Prinz auf die Worte, die er zu ihm sprach, lauschte, trug er diese Verse vor:

> *Ich seh dich tief erregt, bekümmert, voller Klagen,*
> *Und wie dein Ohr sich neigt, sprech ich von Schönheit zart.*
> *Hat Liebe dich verwundet? Bist du vom Pfeil getroffen?*
> *Nur wer verwundet ward, der ist von solcher Art!*
> *Wohlan, so tränk mich denn mit Bechern Weins und tue*
> *Mir Lieder von Suleima, Rabâb und Tan'um*[1] *kund!*
> *Der Weinbergssonne ist ein Krug ihr Himmelszeichen,*
> *Der Schenke ist ihr Aufgang, ihr Untergang ist mein Mund.*
> *Mich packt die Eifersucht auf ihrer Kleider Falten,*
> *Wenn sie den schlanken Leib mit den Gewändern schmückt;*
> *Ja, ich beneide Becher, deren Rand sie küsset,*
> *Wenn sie, gleichwie zum Kusse, sie an die Lippen drückt.*
> *Glaubt nicht von mir, ich sei vom scharfen Schwert verwundet,*
> *Nein, Blicke trafen mich mit ihrer Pfeile Kraft.*
> *Als sie mir nahte, sah ich ihre Fingerspitzen*
> *So rot gefärbt wie von des Drachenblutes Saft.*
> *Ich sprach: ‚Du schmücktest so die Hand, ob ich gleich fern war!*
> *Ist das der Lohn für ihn, den Leidenschaft erfüllt?'*
> *Da warf sie mir ins Herz die heiße Glut der Liebe*
> *Und sprach, wie einer spricht, der Liebe nicht verhüllt:*

---

1. Altarabische Mädchennamen.

›Dies ist, bei deinem Leben, nicht Schminke, mit der ich färbte;
Drum schilt mich nicht ob Härte und ob Verstellungslist!
Nein, wahrlich, als ich damals dich scheiden sehen mußte,
Dich, der du mir doch Arm und Hand und Knöchel bist,
Da habe ich Blut geweint in meiner Trennungsnot,
Und wischte es ab mit der Hand; vom Blute ward sie rot.‹ –
Hätt ich doch nur vor ihr geweint in meiner Sehnsucht,
Eh ich bereuen mußte, so wäre mein Herz geheilt.
Und doch sie weinte vor mir; da mußte ich mit ihr weinen
Und sprechen: Der Preis sei dem, der vorangeht, zuerteilt.
Drum tadelt mich doch nicht, weil ich sie liebe; denn wahrlich,
Beim Geiste der Liebe, ich bin durch sie an Schmerzen reich.
Ich weine nur um sie, deren Wange die Schönheit schmücket,
Und ihr ist bei den Persern und Arabern keine gleich.
Sie hat das Wissen Lukmâns[1], die schöne Gestalt von Joseph,
Die Sangeskunst von David, Marias Züchtigkeit.
Doch ich hab Jakobs Trauer, die Kümmernis des Jonas,
Den Fluch von Adam her und Hiobs bittres Leid.
Sterb ich aus Liebe zu ihr, so gebt ihr nicht den Tod;
Nein, fragt sie, wer das Recht an meinem Blut ihr bot!*

Als Marzuwân dies Lied vorgetragen hatte, kam heilende Kühlung in das Herz des Kamar ez-Zamân; er seufzte, wandte die Zunge in seinem Munde und sprach zu seinem Vater: ›Lieber Vater, laß diesen Jüngling kommen und zu meiner Seite sitzen!‹ – –«

Da bemerkte Schehrezâd, daß der Morgen begann, und sie hielt in der verstatteten Rede an. Doch als die *Hundertundachtundneunzigste Nacht* anbrach, fuhr sie also fort: »Es ist mir berichtet worden, o glücklicher König, daß Kamar ez-Zamân zu seinem Vater sprach: ›Lieber Vater, laß diesen Jüngling kommen und zu meiner Seite sitzen!‹ Als der Sultan dies von seinem Sohne Kamar ez-Zamân vernahm, war er hocherfreut, obgleich sein Herz zuerst gegen Marzuwân eingenommen war und er be-

1. Ein altarabischer Weiser.

reits bei sich beschlossen hatte, ihm das Haupt abschlagen zu lassen. Doch nun, wie er seinen Sohn reden hörte, entschwand sein Zorn, er stand auf und führte den Jüngling Marzuwân heran und ließ ihn neben Kamar ez-Zamân sitzen. Dann hub der König an und sprach zu dem Fremdling: ‚Preis sei Allah für deine wohlbehaltene Ankunft!' Jener erwiderte: ‚Allah erhalte dir deinen Sohn!' Und er rief den Segen des Himmels auf den König herab. Nun fragte der König ihn: ‚Aus welchem Lande bist du?' Jener gab zur Antwort: ‚Von den Inseln des inneren Meeres, aus dem Lande des Königs el-Ghajûr, des Herrn der Inselfesten, der Meere und von den sieben Palästen.' Und weiter sprach der König Schehrimân: ‚Möge dein Kommen für meinen Sohn ein Segen sein, und möge Allah ihn von seiner Not befreien!' Jener erwiderte: ‚So Allah der Erhabene will, wird nur Gutes geschehen!' Darauf neigte Marzuwân sich über Kamar ez-Zamân und flüsterte ihm ins Ohr, ohne daß der König und die Würdenträger es merkten: ‚Hoher Herr, sei stark, hab Zuversicht und quäl dich nicht! Sie, um deren willen du in diesem Elend bist – frage nicht nach ihrer Not um deinetwillen! Du hast dein Geheimnis gehütet und bist krank geworden; aber sie hat ihr Geheimnis offenbart, und man sagte von ihr, sie sei irre geworden; und jetzt schmachtet sie im Gefängnis, um ihren Hals trägt sie eine eherne Kette, und sie ist im größten Elend. Doch, so Allah der Erhabene will, sollt ihr beide durch meine Hand geheilt werden.' Als Kamar ez-Zamân diese Worte vernahm, kam neue Lebenskraft über ihn, sein Herz ward stark, und ein Schauer der Freude durchlief ihn; und er gab seinem Vater ein Zeichen, daß er ihn aufrichten möge. Der König ward vor Freude fast wie von Sinnen, und er eilte zu seinem Sohne und richtete ihn auf. Nachdem nun Kamar ez-Zamân sich aufrecht gesetzt hatte, schwenkte der

König aus Sorge um seinen Sohn sein Taschentuch; da entfernten sich alle Emire und Wesire; und er legte zwei Kissen für den Prinzen zurecht, an die er sich beim Sitzen anlehnen konnte. Ferner befahl der König, daß man den Palast mit Safran durchduften solle; dann gab er Befehl, die Stadt zu schmücken, und zu Marzuwân sprach er: ‚Bei Allah, mein Sohn, dein Kommen hat Glück und Segen gebracht!' Darauf erwies er ihm die höchsten Ehren und ließ Speisen für ihn bringen. Als die gebracht waren, trat Marzuwân heran, indem er zu Kamar ez-Zamân sprach: ‚Tritt herzu und iß mit mir.' Der gehorchte ihm, trat herzu und aß mit ihm. Derweilen aber rief der König den Segen des Himmels auf Marzuwân herab und sprach: ‚Wie schön ist es doch, daß du gekommen bist, mein Sohn!' Und wie der Vater nun seinen Sohn essen sah, ward er noch froher und glücklicher, und er ging alsbald fort und berichtete es der Mutter und dem ganzen Hause. So ward die frohe Botschaft von der Genesung des Prinzen im Palaste verkündet, und da der König die Schmückung der Stadt befohlen hatte, nahm auch das Volk an der Freude teil, und es war ein hoher Festtag. Marzuwân aber verbrachte die Nacht bei Kamar ez-Zamân, und auch der König blieb bei den beiden in seiner Freude und seinem Glück. ‒ ‒«

Da bemerkte Schehrezâd, daß der Morgen begann, und sie hielt in der verstatteten Rede an. Doch als die *Hundertundneunundneunzigste Nacht* anbrach, fuhr sie also fort: »Es ist mir berichtet worden, o glücklicher König, daß König Schehrimân in jener Nacht bei den beiden blieb, hocherfreut über die Genesung seines Sohnes. Als es dann Morgen geworden und der König gegangen war und Marzuwân mit Kamar ez-Zamân allein blieb, erzählte er ihm alles von Anfang bis zu Ende. Er begann mit den Worten: ‚Wisse, ich kenne sie, mit der du vereint gewesen bist.

Sie heißt Prinzessin Budûr, die Tochter des Königs el-Ghajûr.'
Und dann berichtete er ihm alles, was der Prinzessin Budûr
widerfahren war, von Anfang bis zu Ende. Auch erzählte er ihm
von ihrer großen Liebe zu ihm, und er schloß, indem er sprach:
,So ist es denn ihr gerade so mit ihrem Vater ergangen wie dir
mit deinem Vater. Du bist ohne Zweifel der, den sie liebt, wie
sie die ist, die du liebst. Nun sei stark und hab Zuversicht; denn
ich will dich zu ihr führen und dich bald mit ihr wieder vereinen, und ich will an euch handeln, wie der Dichter gesagt hat:

> *Wenn je ein Freund der Freundin abhold ward*
> *Und immer in der Abkehr noch beharrt,*
> *So eine und verbinde ich die beiden,*
> *Gleichwie der Zapfen in der Schere Schneiden.'*

Und dann fuhr Marzuwân fort, Kamar ez-Zamân zu ermutigen, zu stärken und zu trösten und ihm zuzureden, er möchte
essen und trinken. Nachdem der Prinz darauf die Speisen gegessen und den Wein getrunken hatte, kehrte seine Lebenskraft zu ihm zurück, neuer Mut erfüllte ihn, und so ward er
von seinem Elend befreit. Währenddessen unterhielt Marzuwân ihn durch Lieder und Erzählungen, bis Kamar ez-Zamân
sogar aufstand und ins Badehaus zu gehen verlangte. Darauf
führte Marzuwân ihn an der Hand, und beide gingen ins Badehaus, wo sie den Leib badeten und sich wuschen. – –«

Da bemerkte Schehrezâd, daß der Morgen begann, und sie
hielt in der verstatteten Rede an. Doch als die *Zweihundertste
Nacht* anbrach, fuhr sie also fort: »Es ist mir berichtet worden,
o glücklicher König, daß damals, als Kamar ez-Zamân, der
Sohn des Königs Schehrimân, ins Bad ging, sein Vater aus
Freude darüber befahl, die Gefangenen freizulassen, den Großen seines Reiches prächtige Ehrenkleider verlieh, den Armen
Almosen spendete und die Stadt schmücken ließ; so prangte

denn die Hauptstadt sieben Tage lang im Schmuck. Nun aber sagte Marzuwân zu Kamar ez-Zamân: ‚Wisse, hoher Herr, ich bin nur zu Einem Zwecke von der Prinzessin Budûr gekommen, und nur Ein Grund hat mich zu meiner Reise veranlaßt; der ist, daß ich sie von ihrem Leid befreie. So bleibt uns denn nur noch übrig, daß wir auf ein Mittel sinnen, zu ihr zu gelangen. Und da dein Vater die Trennung von dir nicht zu ertragen vermag, so meine ich, du solltest ihn morgen um die Erlaubnis bitten, zur Jagd in die Steppe ziehen zu dürfen. Dann nimm zwei Satteltaschen voll Geld mit dir, besteige einen Renner und führe ein Handpferd an der Leine mit; ich will dann dasselbe tun wie du und mit dir ausreiten. Deinem Vater sage, du wollest dich in der Steppe erholen, jagen, dich des Blickes in die weite Ferne erfreuen und dort eine Nacht zubringen. Wenn wir dann aber fortgeritten sind, wollen wir unserer Wege ziehen; dann laß auch keinen von den Dienern uns begleiten!‘ ‚Der Rat ist gut‘, erwiderte Kamar ez-Zamân und freute sich sehr darüber. Und da er sich nun stark fühlte, ging er zu seinem Vater und erzählte ihm von dem Plane. Der König gab ihm die Erlaubnis, auf die Jagd zu gehen, indem er zu ihm sprach: ‚Lieber Sohn, an tausend Tagen! Gesegnet sei Er, der dich wieder so stark gemacht hat! Ich habe nichts dagegen; doch bleib nur eine einzige Nacht fort, komme morgen wieder zu mir! Du weißt ja, mein Leben hat nur durch dich Wert für mich; ich kann es auch noch kaum glauben, daß du von deiner Krankheit genesen bist. Denn du bist für mich wie der, von dem der Dichter sang:

> *Besäß ich auch jederzeit Salomons Teppich*
> *Und dazu der Perserkönige Reich:*
> *Und könnte mein Auge dein Antlitz nicht schauen –*
> *Sie wären dem Flügel der Mücke nur gleich.*‘

Darauf rüstete der König seinen Sohn Kamar ez-Zamân und mit ihm den Marzuwân aus: er gab Befehl, für sie vier Rosse zu schirren, dazu ein Dromedar für das Geld und ein Lastkamel, das die Zehrung und das Wasser tragen sollte. Und Kamar ez-Zamân gab Anweisung, daß niemand mit ihm hinausziehen solle, um ihn zu bedienen. Dann nahm sein Vater Abschied von ihm, indem er ihn an seine Brust drückte und ihn küßte und zu ihm sprach: ‚Ich bitte dich um Allahs willen, bleib nicht länger fern von mir als eine einzige Nacht; in ihr wird der Schlaf mich fliehen, denn mir geht es, wie der Dichter sprach:

> *Bist du mir nah, bin ich glücklich, ja glücklich;*
> *Doch weil' ich dir fern, bin ich traurig, ja traurig.*
> *Für dich möcht ich sterben! Ist Lieb ein Verbrechen,*
> *So ist mein Verbrechen gar schaurig, ja schaurig.*
> *Brennt Lohe der Liebe in dir wie in mir?*
> *Ich leide die Qualen der Höllenglut hier.*‘

Der Prinz erwiderte: ‚Lieber Vater, so Gott will, bleibe ich nur eine Nacht fort.‘ Dann sagte er ihm Lebewohl und ging fort. Und nun machten Kamar ez-Zamân und Marzuwân sich auf, bestiegen die Rosse, führten das Dromedar mit dem Gelde und das Kamel mit dem Wasser und der Zehrung mit sich und zogen der Steppe entgegen. – –«

Da bemerkte Schehrezâd, daß der Morgen begann, und sie hielt in der verstatteten Rede an. Doch als die *Zweihundertunderste Nacht* anbrach, fuhr sie also fort: »Es ist mir berichtet worden, o glücklicher König, daß Kamar ez-Zamân und Marzuwân aufbrachen und der Steppe entgegenzogen. So ritten sie dahin von Tagesanbruch bis zum Abend; da stiegen sie ab, aßen und tranken, fütterten ihre Tiere und ruhten eine Weile aus. Dann saßen sie wieder auf und ritten weiter. Drei Tage zogen sie so dahin; doch am vierten Tage kamen sie in ein weites Gelände, in dem sich ein Dickicht befand. Dort stiegen sie ab; und nun nahm Marzuwân ein Kamel und ein Pferd, schlachtete beide, schnitt ihr Fleisch in Stücke und legte ihre Knochen bloß. Auch nahm er Hemd und Hose von Kamar ez-Zamân, zerschnitt sie und besudelte sie mit dem Blute des Pferdes. Und schließlich nahm er den Rock des Prinzen, zerriß ihn und tränkte ihn mit dem Blute und warf dann alles auf die Wegkreuzung. Als sie danach gegessen und getrunken hatten, wieder aufgesessen waren und weiterritten, fragte Kamar ez-Zamân seinen Begleiter nach dem, was er getan hatte, indem er sprach: ‚Lieber Bruder, was bedeutet dies, was du getan hast? Was soll uns das nützen?' Jener gab zur Antwort: ‚Wisse, dein Vater, der König Schehrimân, wird, wenn wir noch eine zweite Nacht nach dem Tage, an dem wir von ihm Abschied genommen haben, ausbleiben und nicht sogleich wieder zu ihm kommen, alsbald aufsitzen und unserer Spur nachreiten. Und wenn er dann zu jener Stätte kommt, an der ich das Blut vergossen habe, und dein Hemd und deine Hose zerrissen und blutbefleckt sieht, so wird er denken, dir sei von den Wegelagerern oder von den wilden Tieren ein Leid widerfahren. So wird er nicht mehr hoffen, dich zu finden, sondern er wird in die Stadt zurückkehren; und wir werden durch diese List unser Ziel erreichen.' Da rief Kamar ez-Zamân: ‚Bei Allah, das ist eine treffliche List. Was du getan hast, ist gut.' Dann ritten die beiden Tag und Nacht weiter; doch während dieser ganzen Zeit klagte Kamar ez-Zamân immer, wenn er mit sich allein war, und weinte, bis er endlich nahe dem Ziele wieder froh ward, und da sprach er diese Verse:

> *Erweisest du Härte dem Freunde, der deiner stündlich denket?*
> *Nachdem du seiner begehrtest, versagst du dich ihm schon?*

> *Verriet ich dich je in der Liebe, so sei mir die Huld verwirket!*
> *Und habe ich je gelogen, so sei die Trennung mein Lohn!*
> *Ich habe keine Schuld, daß ich die Härte verdiente;*
> *Doch wenn ich je gefehlt, so hab ich es längst bereut.*
> *Es ist ein Wunder der Zeit, daß du dich von mir trennest –*
> *Doch immer neue Wunder bringt uns ja die Zeit!*

Als Kamar ez-Zamân diese Verse gesprochen hatte, rief Marzuwân: ‚Sieh, das sind die Inseln des Königs el-Ghajûr dort vor uns!' Da freute Kamar ez-Zamân sich sehr, und er dankte dem Marzuwân für alles, was er getan hatte, küßte ihn auf die Stirn und drückte ihn an sich. – –«

Da bemerkte Schehrezâd, daß der Morgen begann, und sie hielt in der verstatteten Rede an. Doch als die *Zweihundertundzweite Nacht* anbrach, fuhr sie also fort: »Es ist mir berichtet worden, o glücklicher König, daß Kamar ez-Zamân, als Marzuwân zu ihm sprach: ‚Sieh, das sind die Inseln des Königs el-Ghajûr', sich freute und ihm für alles, was er getan hatte, dankte, ihn küßte und an seine Brust drückte. Und als sie die Inseln erreicht hatten, zogen sie in die Hauptstadt ein, und Marzuwân führte den Prinzen in einen Chân; dort ruhten sie sich drei Tage lang von der Reise aus. Darauf nahm Marzuwân ihn bei der Hand und ging mit ihm in das Badehaus; und dann legte er ihm Kaufmannskleider an. Ferner versah er ihn mit einer goldenen geomantischen Tafel, mit allem Zubehör und mit einem vergoldeten Astrolabium aus Silber. Und dann sprach er zu ihm: ‚Wohlan, hoher Herr, nimm deinen Stand unterhalb des Königspalastes und ruf aus:

> *Ich bin der Berechner, der schreibkundige Mann!*
> *Ich bin's, der das Gesuchte und den Suchenden erkennen kann!*
> *Ich bin der Weise, klug und gewandt!*
> *Ich bin der Sterndeuter, überall bekannt!*
> *Wo ist der, der da sucht?*

Wenn der König dich hört, so wird er nach dir schicken und dich zu seiner Tochter, der Prinzessin Budûr, die du liebst, hineinführen. Und wenn du dann zu ihr eingetreten bist, so sprich zu ihm: ‚Gewähre mir eine Frist von drei Tagen; ist sie dann wieder gesund, so gib sie mir zur Frau; ist sie es aber nicht, so tu mit mir, wie du mit denen vor mir getan hast!' Der König wird es dir bewilligen; und sobald du mit ihr allein bist, gib dich ihr zu erkennen. Dann wird sie wieder zu Kräften kommen, wenn sie dich sieht, ihr Wahnsinn wird von ihr weichen, und sie wird in einer einzigen Nacht genesen; darauf gib ihr zu essen und zu trinken! Ihr Vater aber wird dich in seiner Freude über ihre Genesung mit ihr vermählen und sein Reich mit dir teilen; denn das hat er sich selbst zur Bedingung gemacht. Und nun Glück auf!' Als Kamar ez-Zamân diese Worte vernommen hatte, sprach er: ‚Möge deine Güte mir nie fehlen!' Und er nahm die Geräte von ihm entgegen und verließ den Chân, gekleidet und ausgerüstet, wie wir erzählt haben. Er schritt dahin, bis er unten am Palast des Königs el-Ghajûr stand, und begann zu rufen:

> *Ich bin der Berechner, der schreibkundige Mann!*
> *Ich bin's, der das Gesuchte und den Suchenden erkennen kann!*
> *Ich schlage das Zauberbuch auf*
> *Und berechne der Dinge Lauf!*
> *Ich kann den Sinn der Träume künden*
> *Und das Verlorene durch Talismane wiederfinden!*
> *Wo ist der, der da sucht?*

Als die Leute der Stadt diesen Ausruf hörten, kamen sie zu ihm; denn sie hatten seit langer Zeit keinen Schreibkundigen und keinen Sterndeuter gesehen. So standen sie denn um ihn herum, begannen ihn zu betrachten und sahen ihn in der Blüte der Schönheit, der Anmut und vollkommensten Lieblichkeit; und während sie so dastanden, in Verwunderung über seine Schönheit und Herrlichkeit und seines Wuchses Ebenmäßigkeit, trat einer an ihn heran und sprach zu ihm: ‚Um Allahs willen, du schöner junger Mann, der so gewählt reden kann, setze doch dein Leben nicht aufs Spiel, begib dich nicht selbst in Todesgefahr im Streben nach der Vermählung mit der Prinzessin Budûr, der Tochter des Königs el-Ghajûr! Sieh nur mit deinen eigenen Augen auf die Häupter, die dort hängen! Die, denen sie gehörten, sind alle aus diesem Grunde getötet worden.' Doch Kamar ez-Zamân hörte nicht auf sein Wort, sondern fuhr fort, mit lauter Stimme zu rufen:

Ich bin der Weise, der schreibkundige Mann!
Ich bin der Sterndeuter, der berechnen kann!

Darauf wollte das Volk ihn von seinem Tun zurückhalten; allein er kümmerte sich gar nicht um die Leute, sondern er sprach bei sich: ‚Nur wer die Sehnsucht leidet, kennt sie.' Und weiter rief er mit lauter Stimme: ‚Ich bin der Weise, ich bin der Sterndeuter!' – –«

Da bemerkte Schehrezâd, daß der Morgen begann, und sie hielt in der verstatteten Rede an. Doch als die *Zweihundertunddritte Nacht* anbrach, fuhr sie also fort: »Es ist mir berichtet worden, o glücklicher König, daß Kamar ez-Zamân sich um das Gerede der Leute aus der Stadt nicht kümmerte, sondern zu rufen fortfuhr: *Ich bin der schreibkundige Mann!*
Ich bin's, der berechnen kann!
Ich bin der Sterndeuter!

Da wurden alle Leute der Stadt ärgerlich über ihn, und sie sprachen: ‚Du bist doch nur ein törichter, eigensinniger, dummer Jüngling! Hab Mitleid mit deiner Jugend, deinem zarten Alter, deiner Schönheit und Anmut!' Dennoch rief Kamar ez-Zamân immer weiter: ‚Ich bin der Sterndeuter, der Berechner! Ist einer da, der sucht?' Während er so rief und das Volk ihn zurückhalten wollte, hörte plötzlich der König el-Ghajûr seine Stimme und das Lärmen des Volkes; und er sprach zum Wesir: ‚Geh hinab und bring uns diesen Sterndeuter!' Da ging der Wesir eilends hinab, holte Kamar ez-Zamân mitten aus der Volksmenge heraus und führte ihn zum König hinauf. Als dieser nun vor dem Herrscher stand, küßte er den Boden und sprach die Verse:

> *Der Zierden acht hast du zum Ruhm in dir vereint,*
> *Und durch sie diene dir das Schicksal allezeit:*
> *Dein Wissen, Frömmigkeit, dein Ruhm und Edelmut,*
> *Dein Wort und tiefer Sinn, dein Sieg, die Herrlichkeit.*

Nachdem der König el-Ghajûr ihn angeblickt hatte, ließ er ihn neben sich sitzen und wandte sich an ihn mit den Worten: ‚Um Gottes willen, mein Sohn, wenn du kein Sterndeuter bist, so setze dein Leben nicht aufs Spiel und geh nicht auf meine Bedingung ein! Denn ich habe es mir zur Bedingung gemacht, daß ich einem jeden, der zu meiner Tochter hineingeht und sie nicht heilt, den Kopf abschlagen lasse; aber wer nur immer sie gesund macht, den will ich mit ihr vermählen. Laß dich durch deine Schönheit und Anmut nicht irreführen; bei Gott, bei Gott, wenn du sie nicht heilst, so werde ich dir den Kopf abschlagen lassen!' Da antwortete Kamar ez-Zamân: ‚Das steht dir frei, und ich willige ein; ich habe es vorher gewußt, ehe ich zu dir kam.' Darauf ließ der König el-Ghajûr die Kadis kommen, um sie als Zeugen wider ihn zu haben, und übergab ihn dem Eunuchen mit den Worten: ‚Führe diesen zur Prinzessin Budûr!' Da nahm der Eunuch ihn bei der Hand und ging mit ihm in die Vorhalle; aber Kamar ez-Zamân eilte ihm vorauf, und der Eunuch begann zu laufen und rief ihm zu: ‚Du da, eile doch nicht in dein eigenes Verderben! Ich habe noch nie einen Sterndeuter so wie dich in sein eigenes Unheil rennen sehen. Du weißt aber ja nicht, welche Nöte dir bevorstehen!' Nun wandte Kamar ez-Zamân sein Antlitz von dem Eunuchen ab. – –«

Da bemerkte Schehrezâd, daß der Morgen begann, und sie hielt in der verstatteten Rede an. Doch als die *Zweihundertundvierte Nacht* anbrach, fuhr sie also fort: »Es ist mir berichtet worden, o glücklicher König, daß der Eunuch zu Kamar ez-Zamân sprach: ,Gedulde dich, eile nicht so!' Nun wandte der sein Antlitz von ihm ab und begann diese Verse zu sprechen:

> *Ich bin ein Weiser, doch vor deiner Schönheit töricht;*
> *Ich weiß nicht, was ich sagen soll, verwirrt im Sinn.*
> *Nenn ich dich Sonne, – deine Schönheit schwindet niemals*
> *Vor meinem Blicke; doch die Sonnen sinken hin.*
> *Dich schmückt vollkommne Zier, die der beredte Mann*
> *Nicht künden und von der kein Sänger singen kann.*

Dann hielt der Eunuch den Kamar ez-Zamân vor dem Vorhange über der Tür an, und der Prinz sprach zu ihm: ,Was von beiden ist dir lieber: soll ich deine Herrin von hier aus behandeln und heilen, oder soll ich zu ihr hineingehen und sie hinter dem Vorhange genesen machen?' Verwunder über seine Worte entgegnete der Eunuch: ,Wenn du sie von hier aus heilest, so ist das ein größerer Beweis deiner Vortrefflichkeit.' Und nun setzte Kamar ez-Zamân sich vor dem Vorhange nieder, nahm Tintenkapsel, Rohrfeder und Papier und schrieb darauf diese Worte: ,Dies ist der Brief dessen, in dem die Leidenschaft schwelt, * den die Liebe quält, * und dessen Tage der Kummer zählt. * Wehe dem, dessen Lebenshoffnung verloren geht, * und dem der sichere Tod vor Augen steht! * Sein Herze ist von Trauer schwer, * und es hat keinen Retter noch Helfer mehr. * Und von seinem wachen Blick * hält kein Tröster den Gram zurück. * Der Tag vergeht ihm, von Flammen entfacht, * und in bitterer Qual die Nacht. * Sein Leib ist von Hagerkeit entstellt, * seit er von ihr, die er liebt, keine Kunde erhält.' Darauf schrieb er diese Verse:

> Ich schreibe, und mein Herze begehrt nur dein zu denken,
> Das Auge ist mir wund vom Blute, das es weint.
> Den Leib bedeckt das Feuer der Sehnsucht und der Trauer
> Mit einem Hemd der Hagerkeit, dem Leid sich eint.
> Ich klag die Liebe an bei dir, seit sie mich peinigt
> Und der Geduld in mir die Stätte weggerafft:
> Sei huldvoll, hab Erbarmen, bezeuge deine Neigung;
> Mein Herze ist zerrissen durch der Liebe Kraft.

Und unter die Verse schrieb er diese gereimten Worte: ‚Die Herzen genesen * beim Anblick der geliebten Wesen. * Wem von der Geliebten Unrecht geschah, * dessen Arzt ist Allah. * Wer von euch oder uns Verrat begeht, * erreicht nicht, wonach sein Begehren steht. * Es gibt nichts Schöneres als einen Liebenden, der in Treue harrt * einer Geliebten, durch die er gepeinigt ward.'

Als Unterschrift aber schrieb er: ‚Von ihm, der von Leidenschaft betört, * der von Liebe verstört, * dem der Schlaf verscheucht ward durch der sehnenden Liebe Kraft, * der gefangen ward von rasender Leidenschaft, * von Kamar ez-Zamân,* dem Sohne des Schehrimân, * an die schönste Perle ihrer Zeit,* die auserlesene Paradiesesmaid, * die Herrin Budûr, * die Tochter des Königs el-Ghajûr. * Wisse, daß ich zur Nachtzeit wache; und bei Tage mir quälende Sorgen mache; * an mir zehren immer mehr Krankheit und Hagerkeit, * Liebe und Sehnsuchtsleid. * Meiner Seufzer sind viel; * der Tränen ist kein Ziel. * Ich bin von der Liebe gebannt, * die Leidenschaft brachte mich an des Grabes Rand, * und der Trennungsschmerz hat mein Herz verbrannt. * Wie ein Schuldner bin ich der Sehnsucht geweiht, * ich bin ein Weggenosse dem Leid. * Ich bin der Schlaflose, dessen Auge sich nimmer schließt, * der Liebessklave, dessen Träne immer fließt. * Nie erlischt das Feuer in meinem Herzen, * nie ruhen meiner Sehnsucht glühende Schmerzen.'

An den Rand aber schrieb er diesen schönen Vers:

> *Ein Gruß, der aus den Schätzen der Huld des Herren eilt*
> *Zu ihr, bei der mein Herz und meine Seele weilt.*

Und dazu schrieb er noch diese Verse:

> *Gewähre mir Kunde von dir; vielleicht wird deine Botschaft*
> *An mir Erbarmen üben, dem Herzen Tröstung leihn.*
> *In meiner Leidenschaft zu dir und meiner Liebe*
> *Erscheint gering mir, was ich dulde, Leid und Pein.*
> *Behüte Gott ein Volk, des Wohnstatt mir so fern ist;*
> *Ich schloß die Lieb zu ihm im festen Schreine ein.*
> *Jetzt hat das Schicksal mich mit seiner Huld begnadet*
> *Und warf mich in den Staub am Tor der Liebsten mein.*
> *Ich sah Budûr an meiner Seite auf dem Lager,*
> *Der Mond meiner Zeit[1] erglänzte durch ihrer Sonne Schein.*

Nachdem Kamar ez-Zamân dann den Brief versiegelt hatte, schrieb er als Aufschrift diese Verse:

> *Frag meinen Brief nach dem, was hier mein Schreibrohr schrieb;*
> *Die Züge künden dir mein Leiden und meine Lieb!*
> *Beim Schreiben brachen Tränen aus meinem Auge hervor,*
> *Und ach, die Sehnsucht klagte dem Blatte durch mein Rohr.*
> *Nie hält die Träne ein, aufs Blatt hinabzufließen;*
> *Wenn meine Tränen trocknen, will ich mein Blut vergießen.*

Und zuletzt schrieb er auf die Rückseite des Briefes:

> *Ich sende deinen Ring, den ich einst eingetauscht,*
> *Als wir uns nahe waren; schick du mir deinen Ring!*

Darauf legte Kamar ez-Zamân den Ring der Prinzessin Budûr in den gefalteten Brief und übergab ihn dem Eunuchen; der nahm ihn und trat mit ihm zu seiner Herrin ein. – –«

1. Mond = *kamar,* Zeit = *zamân.*

Da bemerkte Schehrezâd, daß der Morgen begann, und sie hielt in der verstatteten Rede an. Doch als die *Zweihundertundfünfte Nacht* anbrach, fuhr sie also fort: »Es ist mir berichtet worden, o glücklicher König, daß Kamar ez-Zamân den Ring in den Brief legte und ihn dem Eunuchen übergab, und daß der ihn darauf nahm und mit ihm zur Prinzessin Budûr eintrat. Sie nahm das Schreiben aus der Hand des Eunuchen entgegen, öffnete es und fand darin ihren eigenen Ring. Dann las sie das Blatt, und als sie den Inhalt verstanden hatte, erkannte sie, daß es von ihrem Geliebten kam und daß er selbst es war, der vor dem Vorhange stand. Und da ward sie vor Freude fast wie von Sinnen, da schwoll und weitete sich ihre Brust vor lauter Jubel, und sie sprach diese Verse:

Ich habe lange getrauert, weil das Geschick uns trennte,
Und immer rannen mir aus meinen Augen die Tränen.
Ich schwor, wenn je das Schicksal uns wieder vereinen sollte,
Ich wolle nie wieder die Trennung mit meiner Zunge erwähnen.
Die Freude ist plötzlich zu mir gekommen und hat über Nacht
Durch die Größe dessen, was mich erfreut, mich zum Weinen gebracht.
O Auge, dich geleiten die Tränen zu jeder Zeit;
Sie rinnen in meiner Freude und auch in meinem Leid.

Nach diesen Worten erhob sich die Herrin Budûr alsbald, preßte ihre Füße fest gegen die Mauer und zerrte mit ihrer ganzen Kraft an dem eisernen Ring, bis sie ihn am Halse zerbrochen und auch die Kette zerrissen hatte. Dann eilte sie hinter dem Vorhange hervor, warf sich Kamar ez-Zamân entgegen und küßte ihn auf den Mund, gleichwie die Tauben sich schnäbeln. Und sie umarmte ihn mit allem Ungestüm ihrer Leidenschaft und ihrer Sehnsucht und rief: ‚Mein Geliebter, wache ich oder träume ich? Hat Allah uns wirklich in seiner Güte vereint, nachdem wir so lange getrennt waren? Preis sei

Ihm, der uns zusammengeführt hat, nachdem wir schon verzweifelt waren!'

Als der Eunuch sie also sah, lief er eilends zum König el-Ghajûr, küßte den Boden vor ihm und sprach: ‚Hoher Herr, wisse, dieser Sterndeuter ist der Oberste und der Weiseste aller Sterndeuter! Er hat deine Tochter geheilt, während er vor dem Vorhange stand, ohne zu ihr hineinzugehen!' Der König aber sprach: ‚Sieh genau zu, ob diese Kunde wahr ist!' ‚O Herr,' antwortete der Eunuch, ‚erhebe dich und schau sie an, wie sie die Kraft gefunden hat, die eisernen Ketten zu zerbrechen, wie sie zu dem Sterndeuter hinauseilte, ihn küßte und umarmte!' Nun erhob sich der König el-Ghajûr und ging zu seiner Tochter; als sie ihn erblickte, sprang sie auf, verhüllte ihr Haupt und sprach diese beiden Verse:

> *Ich liebe siwâk, den Zahnreiber, nicht; denn wenn ich ihn nenne,*
> *So sage ich siwâk, das heißt, einen andren als dich.*
> *Doch liebe ich arâk, den Strauch; denn wenn ich ihn nenne,*
> *So sage ich arâk, das heißt, ich sehe dich.*[1]

Da freute ihr Vater sich so sehr über ihre Genesung, daß er fast den Verstand verlor, und er küßte sie auf die Stirn; denn er hatte sie sehr lieb. Dann wandte der König el-Ghajûr sich an Kamar ez-Zamân, erkundigte sich nach seinem Wohlergehen und fragte ihn: ‚Aus welchem Lande kommst du?' Der Prinz berichtete ihm darauf von seiner Herkunft und seinem Stande und tat ihm kund, daß der König Schehrimân sein Vater sei. Dann erzählte er ihm seine ganze Geschichte von Anfang bis zu Ende und berichtete ihm alles, was er mit der Herrin Budûr erlebt hatte, und berichtete somit auch, wie er den Ring

---

1. Wortspiele mit *siwâk* ‚Zahnreiber' und *siwâ-k* ‚ein anderer als du'; *arâk* ‚Salvadora Persica' und *arâ-k* ‚ich sehe dich'. Die Zahnreiber werden aus den Zweigen des *arâk*-Strauches gemacht.

von ihrem Finger genommen und ihr seinen Ring angelegt hatte. Voll Erstaunen über dies alles rief der König el-Ghajûr: ‚Eure Geschichte verdient in den Büchern aufgezeichnet zu werden, auf daß sie noch nach eurem Tode gelesen werde von Geschlecht zu Geschlecht!' Dann ließ er alsbald die Kadis und die Zeugen kommen und ließ die Eheurkunde schreiben für die Herrin Budûr und Kamar ez-Zamân. Ferner gab er Befehl, die Stadt sieben Tage lang zu schmücken, und die Diener breiteten die Tische mit allerlei Speisen aus. So ward ein Freudenfest gefeiert, die Stadt ward geschmückt, alle Krieger legten ihre prächtigsten Gewänder an, und die Freudenbotschaft ward überall unter Trommelklang verkündet. Kamar ez-Zamân aber ging zur Herrin Budûr ein. Ihr Vater freute sich über ihre Genesung und ihre Vermählung und dankte Gott, daß er sie in Liebe mit einem schönen jungen Prinzen vereint hatte. Nun ward die Braut vor ihm entschleiert, und beide glichen einander an Schönheit und Lieblichkeit, an Anmut und Zierlichkeit. Und in selbiger Nacht ruhte Kamar ez-Zamân bei ihr und erreichte bei ihr das Ziel seiner Wünsche; und auch sie stillte ihr Verlangen nach ihm und genoß seine Schönheit und Anmut. Bis zum Morgen blieben sie in enger Umarmung vereint. Am nächsten Tage aber ließ der König ein Festmahl bereiten und lud alles Volk zu ihm ein, von den Inseln im Binnenmeer und im Meere draußen. Da brachte man die Tische mit den auserlesensten Speisen, und einen vollen Monat lang blieben die Tische gedeckt.

Nachdem Kamar ez-Zamân so seine Sehnsucht gestillt und das Ziel seiner Wünsche erreicht hatte, und nachdem er in seinem Glück eine lange Weile bei der Herrin Budûr gewesen war, da mußte er seines Vaters, des Königs Schehrimân, gedenken; er sah ihn im Traum, wie er zu ihm sprach: ‚Mein

Sohn, kannst du mir dies antun?' Und dann sprach der Vater diese Verse im Traume zu ihm:

> *Der Mond, der im Dunkel schien, erschreckte mich durch sein Schwinden*
> *Und ließ so meine Augen nur noch die Sterne sehn.*
> *Gemach, meine Seele! Vielleicht wird er bald wiederkehren.*
> *Ertrag, mein Herz, geduldig, was dir durch ihn geschehn!*

Als Kamar ez-Zamân seinen Vater, der ihm Vorwürfe machte, im Traum gesehen hatte, wachte er am Morgen betrübt und traurig auf. Und wie dann die Herrin Budûr ihn nach dem Grunde fragte, tat er ihr kund, was er gesehen hatte. – –«

Da bemerkte Schehrezâd, daß der Morgen begann, und sie hielt in der verstatteten Rede an. Doch als die *Zweihundertundsechste Nacht* anbrach, fuhr sie also fort: »Es ist mir berichtet worden, o glücklicher König, daß Kamar ez-Zamân, nachdem er der Herrin Budûr kundgetan hatte, was er im Traum gesehen, mit ihr zu ihrem Vater ging, und daß die beiden ihm davon erzählten und ihn um Erlaubnis baten, fortreisen zu dürfen. Als er dem Prinzen diese Erlaubnis gegeben hatte, sprach die Herrin Budûr: ‚Lieber Vater, ich kann es nicht ertragen, mich von ihm zu trennen.' ‚So reise denn mit ihm!' erwiderte ihr Vater und gab ihr die Erlaubnis, ein volles Jahr mit ihrem Gemahl fortzubleiben und dann jedes Jahr einmal zu kommen, um den Vater zu besuchen. Da küßte sie ihrem Vater die Hand, und ebenso tat Kamar ez-Zamân. Darauf begann der König el-Ghajûr seine Tochter und ihren Gemahl für die Reise auszurüsten; er versah sie mit Wegzehrung und mit allen Dingen, die zur Reise nötig waren, ließ für sie Rosse kommen, die durch Brandmarken ausgezeichnet waren, ferner Dromedare, und für seine Tochter eine Sänfte, ließ Maultiere und Lastkamele für sie beladen und gab ihnen Sklaven und andere Leute zur Bedienung mit. So ließ er ihnen alles, was sie für die Reise brauchten, herbeischaffen. Am Tage des Aufbruchs aber, als König el-Ghajûr von Kamar ez-Zamân Abschied nahm, verlieh er ihm zehn prächtige Ehrenkleider, die mit Gold bestickt und mit Edelsteinen besetzt waren; dazu gab er ihm zehn Rosse, zehn Kamelinnen und einen Schatz Goldes, und er empfahl seine Tochter, die Herrin Budûr, seinem Schutze. Nachdem er sie noch bis zum Ende des Inselreiches begleitet hatte, nahm er von Kamar ez-Zamân Abschied, trat zu seiner Tochter, der Herrin Budûr, die in ihrer Sänfte war, heran, zog sie an seine Brust und küßte sie; dann sprach er unter Tränen:

> *Der du die Trennung suchst, gemach!*
> *Umarmung ist der Liebe Lohn.*
> *Gemach! Des Schicksals Art ist Trug;*
> *Dem Glücke winkt die Trennung schon.*

Dann ging er von seiner Tochter fort, trat wieder zu ihrem Gemahl Kamar ez-Zamân und nahm noch einmal Abschied von ihm und küßte ihn. Schließlich aber trennte er sich von den beiden und kehrte mit seinem Heere in seine Hauptstadt zurück, nachdem er ihnen den Befehl zum Aufbruch gegeben hatte.

Nun zogen Kamar ez-Zamân und seine Gemahlin, die Herrin Budûr, und ihr Gefolge dahin, den ersten, den zweiten, den dritten und vierten Tag; und nachdem sie so einen ganzen Monat hindurch immer weiter gereist waren, machten sie bei einer Wiese halt, einem weiten Land, in dem sich viel Futterkraut befand. Dort schlugen sie ihre Zelte auf, aßen und tranken und gingen zur Ruhe. Auch die Herrin Budûr legte sich nieder, und als Kamar ez-Zamân zu ihr ins Zelt trat, fand er sie schlafend daliegen; sie war in ein Hemd aus aprikosenfarbener Seide gekleidet, das ihre ganze Gestalt erkennen ließ, und auf ihrem Haupte lag ein goldgewirktes Kopftuch, das mit Perlen und

Edelsteinen besetzt war. Plötzlich hob der Lufthauch ihr Hemd hoch und wehte es bis über den Nabel hinaus, so daß auch ihre Brüste entblößt wurden und an ihr ein Leib sichtbar ward, der weißer als Schnee war; in jeder seiner Falten hätte eine Unze von Behennußöl Platz gefunden. Da wurde er von noch heftigerer Liebesleidenschaft ergriffen, und er sprach:

> *Spräch man zu mir, wenn eine heiße Flamme glüht*
> *Und wenn ein brennend Feuer durch Herz und Brust mir zieht:*
> *Verlangt es dich denn mehr, mit ihr vereint zu sein*
> *Als kühles Wasser trinken? – ich riefe: Sie allein!*

Dann legte Kamar ez-Zamân seine Hand auf die Schnur ihrer Hose, zog daran und löste sie, da sein Herz nach ihr verlangte. Plötzlich erblickte er einen Edelstein, rot wie Drachenblut, der an der Schnur befestigt war. Er band ihn los, schaute ihn an und sah, daß auf ihm zwei Reihen von Namen in einer Schrift, die er nicht lesen konnte, eingegraben waren. Verwundert sprach er bei sich: ‚Wäre dieser Stein nicht ein großes Kleinod für sie, so hätte sie ihn nicht in dieser Weise an die Schnur ihrer Hose festgebunden und ihn nicht an der sichersten Stelle bei sich verborgen, um ihn nicht zu verlieren. Was mag sie wohl damit tun? Und was für ein Geheimnis mag an ihm hängen?' Dann nahm er den Stein und verließ das Zelt, um ihn bei Licht zu betrachten. – –«

Da bemerkte Schehrezâd, daß der Morgen begann, und sie hielt in der verstatteten Rede an. Doch als die *Zweihundertundsiebente Nacht* anbrach, fuhr sie also fort: »Es ist mir berichtet worden, o glücklicher König, daß er den Stein nahm, um ihn bei Licht zu betrachten; und wie er ihn so in der Hand hielt und genau anschaute, da stieß ein Vogel auf ihn herab, riß ihm den Stein aus der Hand, flog damit fort und ließ sich dann wieder auf die Erde nieder. In seiner Sorge um den Stein lief er hinter dem Vogel her; der aber flog mit derselben Schnelligkeit, wie Kamar ez-Zamân lief, vor ihm dahin. Der Prinz folgte ihm immer weiter von Ort zu Ort und von Hügel zu Hügel, bis es Abend ward und die Dunkelheit anbrach. Da setzte sich der Vogel auf einen hohen Baum; Kamar ez-Zamân blieb ratlos unter ihm stehen, und seine Kräfte verließen ihn vor Hunger und Erschöpfung. Schon gab er sich verloren und wollte wieder umkehren, doch er kannte den Weg nicht mehr, auf dem er gekommen war, und so brach dort die Finsternis über ihn herein. Da rief er: ‚Es gibt keine Majestät und es gibt keine Macht außer bei Allah dem Erhabenen und Allmächtigen!' Dann legte er sich unter dem Baume, auf dem der Vogel saß, nieder und schlief bis zum Morgen. Als er darauf aus seinem Schlafe erwachte, sah er, wie auch der Vogel aufgewacht war und gerade von dem Baume fortflog. Nun ging Kamar ez-Zamân hinter ihm her, und jener Vogel flog langsam weiter, mit derselben Schnelligkeit, wie der Prinz ging. Da mußte er lächeln, und er sprach: ‚Gottes Wunder! Gestern flog dieser Vogel so rasch, wie ich lief; und heute weiß er, daß ich müde aufgewacht bin und nicht mehr so rasch laufen kann wie vorher, und darum fliegt er so langsam, wie ich gehe. Bei Allah, das ist seltsam! Doch ich muß diesem Vogel folgen, mag er mich zum Leben oder zum Tode führen. Ich will hinter ihm her gehen, wohin er sich auch wenden mag; denn er wird sicherlich in einem bewohnten Lande sich aufhalten.' So ging denn Kamar ez-Zamân weiter, während der Vogel über ihn flog und jede Nacht auf einem Baume zubrachte; zehn Tage lang folgte er ihm, und dabei nährte er sich von den Früchten der Erde und trank vom Wasser ihrer Bäche. Am elften Tage jedoch kam er zu einer bewohnten Stadt; da plötzlich flatterte der Vogel davon, so rasch wie ein Augenlid zuckt, flog in jene

Stadt hinein und entschwand den Blicken des Prinzen. Der verstand nicht, was das bedeutete, und wußte nicht, wohin der Vogel entschwunden war; und verwundert rief er aus: ‚Preis sei Allah, der mich behütet hat, bis ich zu dieser Stadt gekommen bin!' Dann setzte er sich an einem Bache nieder, wusch sich Hände, Füße und Gesicht und ruhte eine Weile aus. Dabei dachte er an sein früheres Leben in Sorglosigkeit und Glück und in Vereinigung mit der Geliebten, und betrachtete seinen jetzigen Zustand, Ermattung, Sorgen, Einsamkeit in der Fremde, Hunger und Trennungsschmerz. Die Tränen rannen ihm aus den Augen, und er sprach:

> *Ich barg, was mir von dir geschah; doch es kam an den Tag.*
> *Der Schlaf meines Auges wich, so daß es schlummerlos lag.*
> *Ich rief, wenn mir das Elend mein Herze fast zerbricht:*
> *O Schicksal, quäle mich nicht immer, verwunde mich nicht.*
> *Seht doch, wie meine Seele in Not und Fährlichkeit schwebt!*
>
> *Wenn nur der Herr der Liebe gerecht mit mir verfährt,*
> *So wäre meinem Auge der Schlummer nicht verwehrt.*
> *O Herrin, erbarm dich dessen, den Sehnsucht krank gemacht,*
> *Sei gnädig dem mächtigen Manne, den Liebe ins Elend gebracht,*
> *Ihm, der einst reich gewesen und jetzt in Armut lebt!*
>
> *Die Tadler quälten dich, ich folgte ihnen nicht;*
> *Ich machte taub die Ohren und stumm mein Angesicht.*
> *Sie sprachen: Du liebst eine Schlanke. Und meine Antwort war:*
> *Ich wählte sie unter vielen und ließ die andere Schar.*
> *Laßt ab, das Auge wird blind, wenn das Schicksal Unheil webt!*

Nachdem er so gesprochen, ruhte Kamar ez-Zamân sich wiederum aus; dann erhob er sich und ging langsam weiter, bis er in die Stadt kam. – –«

Da bemerkte Schehrezâd, daß der Morgen begann, und sie hielt in der verstatteten Rede an. Doch als die *Zweihundertundachte Nacht* anbrach, fuhr sie also fort: »Es ist mir berichtet worden, o glücklicher König, daß Kamar ez-Zamân, nachdem er so gesprochen, sich ausruhte und dann in das Tor der Stadt eintrat, ohne zu wissen, wohin er sich wenden sollte. So wanderte er durch die Stadt von einem Ende bis zum anderen; durch das Landtor war er eingetreten, und dann war er immer weiter gegangen, bis er zum Meerestor kam, ohne daß ihm einer von ihren Bewohnern begegnete. Die Stadt lag nämlich an der Küste des Meeres. Nachdem er nun durch das Meerestor hinausgegangen war, schritt er weiter dahin, bis er zu den Gärten und Hainen der Stadt gelangte. Dort trat er ein und ging unter den Bäumen weiter; schließlich kam er zu einem Garten, vor dessen Tor er stehen blieb. Da trat der Gartenwächter zu ihm heraus und grüßte ihn. Als der Prinz den Gruß zurückgegeben hatte, hieß der Gärtner ihn willkommen und sprach zu ihm: ‚Preis sei Allah, daß du vor den Bewohnern dieser Stadt entkommen bist, ohne Schaden zu nehmen! Tritt schnell in diesen Garten ein, ehe dich einer von ihnen sieht!' Ganz erstaunt trat Kamar ez-Zamân in den Garten ein und fragte den Gärtner: ‚Was ist es denn mit den Bewohnern dieser Stadt, und wie steht es um sie?' Jener gab zur Antwort: ‚Wisse, die Einwohner der Stadt sind alle Magier. Doch um Gottes willen, sage mir, wie bist du zu dieser Stätte gekommen? Weshalb hast du überhaupt unser Land betreten?' Nun berichtete Kamar ez-Zamân dem Gärtner alles, was er erlebt hatte, von Anfang bis zu Ende. Hocherstaunt sprach jener darauf: ‚Wisse, mein Sohn, das Land der Muslime ist weit von hier entfernt. Zwischen ihm und uns liegt eine Reise von vier Monaten zur See, zu Lande aber dauert sie ein ganzes Jahr. Wir haben ein Schiff, das jedes Jahr in See sticht und mit Waren nach dem ersten muslimischen Lande fährt; von hier fährt es in das Meer der Ebenholzinseln und von dort nach den Chalidân-Inseln, über die der König Schehrimân herrscht.' Nun dachte Kamar ez-Zamân eine Weile nach und kam zu der Erkenntnis, daß es das beste für ihn sei, in dem Garten bei dem Gärtner zu bleiben und ihm als Tagelöhner zu dienen. So sprach er denn zu ihm: ‚Willst du mich als Tagelöhner in diesem Garten annehmen?' ‚Ich höre und willfahre!', sprach jener und lehrte ihn alsbald, wie man das Wasser zu den Beeten leitet. Dann begann Kamar ez-Zamân das Wasser dorthin zu leiten und das Unkraut mit der Hacke herauszuschlagen. Der Gärtner gab ihm einen kurzen blauen Rock, der ihm bis an die Knie reichte. Doch während Kamar ez-Zamân bei dem Gärtner die Bäume bewässerte, weinte er Ströme von Tränen; und da er so allein in der Fremde war, konnte keine Nacht und kein Tag ihm Ruhe bringen, und er begann, Lieder über seine Geliebte zu singen, darunter auch dies Lied:

> *Ihr gabt uns ein Versprechen; habt ihr es nicht gehalten?*
> *Ihr gabt uns euer Wort; habt ihr's nicht wahr gemacht?*
> *Wir wachten um der Liebe willen, und ihr schliefet.*
> *Und wer da schläft, ist doch nicht dem gleich, der da wacht.*
> *Wir schworen euch, wir wollten die Liebe heimlich halten;*
> *Euch reizte der Verleumder; er sprach, da sprachet ihr.*
> *O meine Freunde ihr, in Leiden und in Freuden,*
> *Allzeit seid ihr allein das Ziel der Wünsche mir.*
> *Bei einem von den Menschen weilt mein gefoltert Herze;*
> *Hätt er doch Huld und Mitleid mit meiner Not gekannt!*
> *Nicht jedes Auge ist gleich meinem Aug verwundet;*
> *Nicht jedes Herze ist gleich meinem Herz gebannt.*
> *Ihr tatet unrecht, spracht: Die Liebe tut das Unrecht.*
> *Ja, ihr habt wahrlich recht; denn also ist die Welt.*
> *Fragt den Verliebten, der die Treue allzeit wahret,*
> *Auch wenn ein lodernd Feuer sein Herz in Flammen hält!*
> *Wenn über mich mein Gegner in der Liebe richtet,*
> *Bei wem beklag ich mich? Wem künd ich dann mein Leid?*

Und trüg ich nach der zarten Liebe nicht Verlangen,
So wär mein Herze nicht dem Liebesdienst geweiht!

So stand es um Kamar ez-Zamân, den Sohn des Königs Schehrimân; seine Gemahlin aber, die Herrin Budûr, die Tochter des Königs el-Ghajûr, suchte, wie sie aufwachte, nach ihrem Gatten, doch fand sie ihn nicht. Nun sah sie, daß ihre Hose geöffnet war; da suchte sie nach dem Knoten, in dem sich der Edelstein befand, doch sie bemerkte, daß er gelöst war und daß der Stein fehlte. Und sie sprach bei sich selbst: ‚Gottes Wunder! Wo ist mein Gemahl? Es ist, als hätte er den Stein genommen und wäre fortgegangen; aber er kennt doch das Geheimnis nicht, das er birgt. Wohin mag er denn nur gegangen sein? Es muß eine seltsame Sache sein, die ihn veranlaßt hat fortzugehen; denn er konnte es nicht ertragen, sich auch nur eine Stunde von mir zu trennen. Allah verfluche den Stein und jene Stunde!' Darauf sann die Herrin Budûr nach, indem sie sich sagte: ‚Wenn ich zu den Dienern hinausgehe und ihnen kundtue, daß mein Gemahl verschwunden ist, so werden sie meiner begehren; darum muß ich eine List anwenden.' Alsdann zog sie Gewänder ihres Gatten Kamar ez-Zamân an, band sich einen Turban um ihr Haupt, der dem seinen glich, zog die Stiefel an und band den Schleier vor Kinn und Mund; in der Sänfte aber ließ sie eine Sklavin sitzen. Nun trat sie aus ihrem Zelte hervor und rief die Reitknechte; als die ihr das Roß gebracht hatten, saß sie auf und gab Befehl, die Lasten zu schnüren. Nachdem das geschehen war, gebot sie aufzubrechen. Darauf setzte die Karawane ihren Marsch fort; die Prinzessin aber wußte sich so gut zu verstellen, daß niemand zweifelte, sie sei Kamar ez-Zamân selber, und sie glich ihm ja auch an Gestalt und Antlitz. So zog sie mit ihrem Gefolge dahin, Tag und Nacht, bis sie zu einer Stadt kam, die am Salzmeere lag. Dort ließ sie vor den

Toren haltmachen und ihre Zelte aufschlagen, um auszuruhen. Dann fragte sie nach jener Stadt, und es ward ihr gesagt: ‚Dies ist die Ebenholzstadt. Über sie herrscht der König Armanûs, und er hat eine Tochter des Namens Hajât en-Nufûs.' – –«

Da bemerkte Schehrezâd, daß der Morgen begann, und sie hielt in der verstatteten Rede an. Doch als die *Zweihundertundneunte Nacht* anbrach, fuhr sie also fort: »Es ist mir berichtet worden, o glücklicher König, daß damals, als die Herrin Budûr vor den Toren der Ebenholzstadt haltmachen ließ, um auszuruhen, der König Armanûs einen Boten aussandte, um zu erfahren, welcher König dort vor den Toren seiner Hauptstadt lagerte. Als der Bote bei den Zelten ankam, fragte er die Leute, und die berichteten ihm, es sei ein Prinz, der von dem Wege abgeirrt sei; er ziehe aber nach den Chalidân-Inseln zum König Schehrimân. Da kehrte der Abgesandte zu König Armanûs zurück und erstattete ihm Bericht; und als der König seine Worte vernommen hatte, zog er mit den Großen seines Reiches aus, dem Fremden entgegen. Wie er bei den Zelten ankam, stieg die Herrin Budûr von ihrem Rosse, und auch der König Armanûs saß ab. Sie begrüßten einander, und er führte sie in die Stadt hinein, stieg mit ihr zu seinem Schlosse hinauf und befahl, die Tische auszubreiten und die Schüsseln mit vielerlei Speisen aufzutragen; auch gab er Befehl, das Gefolge der Herrin Budûr in das Gästehaus zu bringen. So blieb man drei Tage dort. Darauf begab der König sich zu der Herrin Budûr; sie war aber an jenem Tage im Bade gewesen, und nun leuchtete ihr Angesicht wie von des vollen Mondes Licht, so daß alle Welt durch sie berückt ward und das Herz der Menschen bei ihrem Anblicke entzückt ward. Als König Armanûs zu ihr eintrat, trug sie ein Seidengewand, das mit Gold gewirkt und mit Edelsteinen besetzt war. Und er sprach zu ihr: ‚Mein Sohn, sieh, ich bin ein alter, schwacher Greis, und ich bin nie mit einem Sohne gesegnet worden, sondern nur mit einer Tochter, die dir an Schönheit und Anmut gleicht. Ich habe jetzt nicht mehr die Kraft, das Reich zu lenken; drum soll sie dein sein, mein Sohn, und wenn dies mein Land dir gefällt und du hier bleiben und hier wohnen willst, so will ich dich mit ihr vermählen und dir mein Königreich geben, auf daß ich ruhen kann.' Da senkte die Herrin Budûr ihr Haupt, und vor Verlegenheit perlte ihre Stirn von Schweißtropfen, und sie sprach bei sich selbst: ‚Was soll ich arme Frau tun? Wenn ich nicht einwillige, sondern ihn verlasse, so bin ich nicht sicher vor ihm; dann wird er wohl ein Heer hinter mir hersenden und mich töten lassen. Wenn ich ihm aber willfahre, so wird mein Geheimnis an den Tag kommen. Nun habe ich auch noch meinen geliebten Kamar ez-Zamân verloren, und ich weiß nicht, was aus ihm geworden ist. So kann ich mich denn nur dadurch retten, daß ich schweige und einwillige und bei ihm bleibe, bis Allah vollendet, was geschehen soll.' Dann hob die Herrin Budûr ihr Haupt, und indem sie sich dem König Armanûs fügte, sprach sie: ‚Ich höre und gehorche!' Erfreut darüber befahl der König dem Ausrufer, auf den Ebenholzinseln bekanntzugeben, man solle ein Freudenfest feiern und die Häuser schmücken. Und er versammelte die Kammerherren, die Statthalter, die Emire, die Wesire, die Großen des Reiches und die Kadis der Stadt; dann entsagte er der Herrschaft, setzte die Herrin Budûr als Sultan ein und legte ihr das Gewand der Königswürde an. Darauf traten alle Emire vor die Herrin Budûr in dem festen Glauben, er sei ein Jüngling; und ein jeder von ihnen, der sie anblickte, ward durch das Übermaß ihrer Schönheit und Anmut so erregt, daß er seine Hosen näßte. Als nun König Budûr zum Herrscher eingesetzt war und die Trommeln schlugen, um diese Freudenbotschaft zu verkünden, und als sie sich dann auf ihren Thron niedergesetzt hatte, da machte sich der König Armanûs an die Ausstattung seiner Tochter Hajât en-Nufûs. Und nach einigen Tagen ward die Herrin Budûr zu Hajât en-Nufûs hineingeführt; da waren sie wie zwei Monde, die zu gleicher Zeit aufgehen, oder zwei Sonnen, die vereint am Himmel stehen. Nachdem man dann die Kerzen für sie angezündet und das Lager für sie ausgebreitet hatte, wurden die Türen geschlossen und die Vorhänge herabgelassen. Nun setzte sich die Herrin Budûr mit der Prinzessin Hajât en-Nufûs nieder; da dachte sie an ihren geliebten Kamar ez-Zamân und ward von bitterem Leide angetan. Sie weinte, weil er von ihr getrennt und fern war, und sie sprach:

> *Du Ferner, um den mein Herz sich immer schmerzlicher sorget,*
> *Kein Hauch blieb mir im Leibe, seit du mir nicht mehr nah.*
> *Einst hatte ich ein Auge, das ob des Wachens klagte;*
> *Jetzt schmolzen es die Tränen. Ach, wär das Wachen noch da!*
> *Als du von dannen gingst, blieb mir das zarte Sehnen –*
> *Nun fragt nach ihm, welch Los er in der Fremde fand!*
> *Wenn meine Augen nicht von Tränen überströmten,*
> *Dann würde von meinen Flammen die weite Erde verbrannt.*
> *Ich klage zu Gott um den Freund, den ich verloren habe,*
> *Der meinem Liebeskummer kein Erbarmen weiht.*
> *Ich tat ihm nichts zuleide, als daß ich mich nach ihm sehne;*
> *Den Menschen bringt die Liebe doch immer Freud und Leid.*

Als die Herrin Budûr diese Worte gesprochen hatte, küßte sie die Prinzessin Hajât en-Nufûs, die neben ihr saß, auf den Mund. Dann erhob sie sich sofort, nahm die religiöse Waschung vor, und betete so lange, bis die Prinzessin einschlummerte. Darauf legte sie sich zu ihr auf das Lager und blieb, indem sie ihr den Rücken zuwandte, bis zum Morgen bei ihr. Als aber der Tag anbrach, kamen der König und seine Gemahlin zu ihrer Tochter und fragten sie, wie es ihr ergangen sei. Da erzählte sie ihnen, was sie erlebt und welche Verse sie gehört hatte.

Während so Hajât en-Nufûs mit ihren Eltern sprach, war die Königin Budûr inzwischen hinausgegangen und hatte sich auf ihren Herrscherthron gesetzt. Nun kamen die Emire und all die Häuptlinge und die Großen des Reiches zu ihr und wünschten ihr Glück zu ihrer Herrschaft; sie küßten den Boden vor ihr und flehten den Segen des Himmels auf sie herab. Sie aber schaute sie lächelnd an, gab ihnen Ehrengewänder, verlieh den Emiren und Großen des Reiches höhere Würden und größere Lehen und beschenkte die Truppen; da gewannen sie sie lieb, und alles Volk betete für eine lange Dauer ihrer Herrschaft, indem sie glaubten, sie sei ein Mann. Sie erteilte Gebote und Verbote, sprach Recht, befreite die Gefangenen und schaffte die Gebühren ab; so saß sie in der Regierungshalle, bis die Nacht einbrach. Dann ging sie wieder in das Gemach, das für sie bereitet war, und fand dort die Prinzessin Hajât en-Nufûs auf dem Lager sitzend. Sie setzte sich zu ihr, streichelte ihr den Rücken, liebkoste sie und küßte sie auf die Stirn. Dann aber sprach sie diese Verse:

> *Nun wurde mein Geheimnis durch die Tränen ruchbar;*
> *Mein hagrer Leib auch machte mein Sehnen offenbar.*
> *Ich barg die Lieb, sie wurde kund am Trennungstage*
> *Den Neidern durch mein Elend, das nicht verborgen war.*
> *Der du die Lagerstatt verlassen hast, du brachtest*
> *Die Krankheit meinem Leibe und meinem Geiste Not.*
> *Du wohnest tief im Herzen, und meine Augen strömen*
> *Von Tränen, meine Wimpern sind vom Blute rot.*
> *Mein Herzblut geb ich hin für ihn, der ferne weilet,*
> *Auf immerdar; und meine Sehnsucht ist ihm kund.*
> *Ich hab ein Auge, das aus Lieb zu ihm dem Schlafe*
> *Entsagt hat; allezeit ist es von Tränen wund.*
> *Die Feinde glaubten wohl, ich würde es ertragen;*
> *Doch nein, mein Ohr soll ihnen niemals Beachtung leihn.*

*Ihr Glaube ward zuschanden an mir, und ich erreichte
Durch Kamar ez-Zamân das Ziel der Wünsche mein.
Er hat die Tugenden vereint, die vor ihm niemals
Ein König aus der Vorzeit so wie er besaß.
Durch seine Huld und Güte vergaßen jetzt die Menschen
Die Großmut Ibn Zâïdas*[1], *die Huld Muâwijas*[2]*.
Wär nicht die Zeit zu kurz, versagte mein Gesang
Vor deiner Schönheit nicht – ich priese dich noch lang.*

Dann erhob die Königin Budûr sich, wischte ihre Tränen ab, nahm die religiöse Waschung vor und betete. Wiederum betete sie so lange, bis der Schlaf die Prinzessin Hajât en-Nufûs übermannte, sodaß sie einschlummerte. Darauf ging die Herrin Budûr hin und schlief an ihrer Seite bis zum Morgen. Nun erhob sie sich, sprach das Frühgebet und setzte sich auf ihren Herrscherthron nieder. Sie erließ Gebote und Verbote, sprach Recht und Gerechtigkeit.

Während sie damit beschäftigt war, kam inzwischen der König Armanûs zu seiner Tochter und fragte sie, wie es ihr ergangen sei. Da berichtete sie ihm alles, was sie erlebt hatte; sie wiederholte ihm auch die Verse, die die Königin Budûr gesprochen hatte, und schloß mit den Worten: ‚Lieber Vater, ich habe noch nie einen verständigeren und bescheideneren Mann gesehen als meinen Gatten; nur weint und seufzt er immer.' Ihr Vater erwiderte ihr: ‚Meine Tochter, gedulde dich mit ihm noch diese dritte Nacht. Wenn er dann nicht zu dir eingeht und dir das Mädchentum nimmt, so ist es an uns, zu erwägen und zu handeln; dann werde ich ihn der Herrschaft entkleiden

---

1. Ma'n ibn Zâïda, berühmt durch Freigebigkeit und Edelmut, lebte im 8. Jahrhundert n. Chr. unter den letzten Omaijaden und den ersten Abbasiden. – 2. Muâwija I., der erste omaijadische Kalif, regierte 661 bis 680; er war ein kluger Politiker und behandelte auch manchmal seine Feinde mit Milde, um sie für sich zu gewinnen.

und ihn aus unserem Lande verjagen.' Nachdem er diesen Plan mit seiner Tochter verabredet hatte, verbarg er sein Vorhaben bei sich. – –«

Da bemerkte Schehrezâd, daß der Morgen begann, und sie hielt in der verstatteten Rede an. Doch als die *Zweihundertundzehnte Nacht* anbrach, fuhr sie also fort: »Es ist mir berichtet worden, o glücklicher König, daß König Armanûs, nachdem er diesen Plan mit seiner Tochter verabredet hatte, sein Vorhaben bei sich verbarg. Als dann die Nacht kam, erhob sich die Königin Budûr von dem Throne der Herrschaft und begab sich zum Schlosse. Dort trat sie in das Gemach ein, das für sie bereitet war. Sie sah, wie die Kerzen brannten und wie die Herrin Hajât en-Nufûs dasaß. Und wieder mußte sie an ihren Gatten denken und an all das, was ihnen jene kurze Zeit an Trennungsschmerz gebracht hatte. Da begann sie zu weinen und zu klagen und in Seufzer auszubrechen, und sie hub an, diese Verse zu sprechen:

> *Die Kunde von mir hat, ich schwör's, die Welt durchdrungen,*
> *Gleichwie die Sonne auf der ganzen Steppe brennt.*
> *Es sprachen ihre Zeichen, allein ihr Sinn war dunkel;*
> *Und darum wächst mein Sehnen und findet nie ein End.*
> *Ich hasse nun die schöne Geduld, seitdem ich liebe.*
> *Hast du je den Verliebten die Liebe hassen sehn?*
> *Ein Blick, der krank macht, hat mit Ungestüm getroffen.*
> *Und wer vom Blicke krank ward, um den ist's rasch geschehn.*
> *Er ließ die Locken wallen und senkte seinen Schleier;*
> *Da sah ich hell und dunkel die Schönheit der Gestalt.*
> *In seinen Händen stehen mir Krankheit und Genesung;*
> *Nur, wer die Krankheit schuf, heilt Liebesleiden bald.*
> *Der Gürtel ruht berauscht an ihrem weichen Rumpfe,*
> *Und voller Neid erheben sich die Hüften nicht.*
> *Die Lockenpracht an ihrer hellen Stirne gleichet*
> *Der dunklen Nacht, durchbrochen von des Morgens Licht.*

Nachdem sie diese Verse gesprochen hatte, wollte sie wieder zu beten beginnen; aber Hajât en-Nufûs ergriff sie an ihrem Saume und hielt sie fest, indem sie rief: ,O mein Gebieter, hast du vor meinem Vater, der dir doch so viel Gutes getan hat, keine Scheu, daß du mich bis jetzt allein lässest?' Als Budûr solches von ihr vernahm, blieb sie an derselben Stätte aufrecht sitzen und fragte: ,Mein Lieb, was sagst du da?' ,Ich sage,' antwortete jene, ,daß ich noch nie jemanden gesehen habe, der so hochmütig ist wie du! Muß denn ein jeder, der schön ist, auch so hochmütig sein? Doch ich sage dies nicht, um in dir Verlangen nach mir zu erwecken, sondern nur, weil ich um dich wegen des Königs Armanûs besorgt bin. Denn er hat beschlossen, wenn du nicht heute nacht zu mir eingehst und mir das Mädchentum nimmst, dich morgen früh abzusetzen und dich aus seinem Lande zu vertreiben. Ja, vielleicht wird der Zorn in ihm so mächtig werden, daß er dich töten läßt. Sieh, mein Gebieter, ich habe Mitleid mit dir, und darum warne ich dich. Nun kannst du deinen Entschluß fassen.' Wie die Herrin Budûr diese Worte aus ihrem Munde vernommen hatte, senkte sie ihr Haupt zu Boden, ratlos, was sie tun sollte. Dann sprach sie bei sich selber: ,Wenn ich mich weigere, bin ich verloren; und wenn ich willfahre, so wird mein Geheimnis ruchbar. Da bin ich jetzt Königin über alle Ebenholzinseln, und sie unterstehen meiner Herrschaft; und nur hier kann ich wieder mit Kamar ez-Zamân vereint werden, da er keinen anderen Weg zu seinem Lande hat als über die Ebenholzinseln. Ach, ich bin ratlos, was soll ich tun? Ich will meine Sache in Allahs Hände befehlen; denn er ist der beste Lenker. Ich bin doch kein Mann, daß ich diese Jungfrau öffnen könnte!' Darauf sprach die Königin Budûr zu Hajât en-Nufûs: ,Mein Lieb, daß ich dich allein gelassen und mich dir versagt habe, ist ganz gegen meinen Willen geschehen.' Und dann erzählte sie ihr, was sie erlebt hatte, von Anfang bis zu Ende, zeigte sich ihr und bat sie: ‚Ich flehe dich um Gottes willen an, verrate mich nicht, bewahre mein Geheimnis, bis Allah mich mit meinem geliebten Kamar ez-Zamân wieder vereinigt. Dann komme, was kommen mag.' – –«

Da bemerkte Schehrezâd, daß der Morgen begann, und sie hielt in der verstatteten Rede an. Doch als die *Zweihundertundelfte Nacht* anbrach, fuhr sie also fort: »Es ist mir berichtet worden, o glücklicher König, daß die Herrin Budûr der Hajât en-Nufûs ihre Geschichte kundtat und sie um Schweigen bat. Als diese nun ihre Worte vernommen hatte, war sie über die Erlebnisse der Königin sehr verwundert; und sie hatte Mitleid mit ihr, flehte zum Himmel, daß sie wieder mit ihrem geliebten Kamar ez-Zamân vereinigt werden möchte, und sagte: ‚Liebe Schwester, sei unbesorgt und ohne Furcht! Hab nur Geduld, bis Allah vollendet, was vorher bestimmt ist!' Darauf sprach sie die Verse:

> *Bei mir ist das Geheimnis in einem verschlossenen Hause;*
> *Sein Schlüssel ist verloren; und das Haus ist verriegelt.*
> *Nur der verläßliche Mann bewahret das Geheimnis;*
> *Und das Geheimnis ist bei den besten Menschen versiegelt.*

Nach diesen Versen fuhr sie fort: ‚Schwester, es ist der edle Mann, in dessen Brust das Geheimnis wie im Grabe ruhen kann. Ich werde dein Geheimnis nie verraten.' Dann scherzten sie miteinander, umarmten und küßten sich und schliefen fast bis zur Zeit des Rufes zum Frühgebet. Da erhob sich Hajât en-Nufûs, holte eine junge Taube, schlachtete sie über ihrem Hemde und befleckte sich mit dem Blute; und nachdem sie ihre Hose abgelegt hatte, rief sie laut. Da eilten ihre Dienerinnen zu ihr und stimmten die Freudenrufe an. Nun kam auch ihre Mutter zu ihr herein, fragte sie, wie es ihr ergangen sei, pflegte sie und blieb bis zum Abend bei ihr. Die Königin Budûr aber ging, als es Morgen ward, ins Bad, wusch sich und betete das Frühgebet; dann begab sie sich in die Regierungshalle, setzte sich auf den Herrscherthron und sprach Recht unter dem Volke. Wie nun König Armanûs die Freudenrufe hörte, fragte er, was es gebe; da ward ihm berichtet, daß seine Tochter zur Frau gemacht sei. Darüber freute er sich, und seine Brust schwoll vor lauter Jubel; er ließ ein großes Festmahl bereiten, bei dessen Feier das Volk lange Zeit verweilte.

Lassen wir nun die beiden und wenden wir uns zu König Schehrimân! Er hatte, nachdem sein Sohn mit Marzuwân zu Jagd und Hatz ausgeritten war, wie zuvor berichtet wurde, gewartet, bis die Nacht hereinbrach; als aber sein Sohn dann noch nicht kam, verbrachte er die Nacht schlaflos, ja, die Nacht ward ihm lang, quälende Unruhe bedrängte ihn, seine Erregung ward immer stärker, und er glaubte, es würde nie Tag werden. Als aber der Morgen gekommen war, wartete er bis zum Mittag auf seinen Sohn; und wie er auch dann noch nicht heimkehrte, da ahnte sein Herz die Trennung schon, und es entbrannte in Sorge um seinen Sohn. Laut rief er: ‚Wehe, mein Sohn!' Dann weinte er, bis die Tränen seine Gewänder näßten und aus zerrissenem Herzen sich die Worte preßten:

> *Das Volk der Liebe hab ich immerdar getadelt;*
> *Da mußte ihre Süße und Bitterkeit mir nahn.*
> *Ich trank in vollen Zügen den Becher ihrer Härte;*
> *Und ihrem Herrn und Diener ward ich ein Untertan.*
> *Das Schicksal schwor, es wolle ob unsrer Trennung walten;*
> *Und jetzo hat das Schicksal seinen Schwur gehalten.*

Nachdem er diese Verse gesprochen hatte, trocknete er seine Tränen und ließ den Truppen durch einen Herold den Befehl zum Aufbruch mitteilen, und er gebot, sie sollten sich zu einer langen Reise beeilen. Da saß das ganze Heer auf, und der Sultan zog aus, das Innere von Sorge um seinen Sohn Kamar ez-Zamân entbrannt, und mit einem Herzen, das nur noch Trauer empfand; und man zog in Eilmärschen dahin. Nun teilte der König sein Heer in sechs Teile, einen rechten und einen linken Flügel, die Vorhut und den Nachtrab und dazu zwei mittlere Abteilungen, und ließ ihnen sagen, daß alle am nächsten Tage an dem Kreuzwege zusammentreffen sollten. Da trennten sich die Heeresabteilungen, setzten den Marsch fort und zogen den Rest des Tages hindurch immer weiter, bis die Nacht anbrach. Aber auch die ganze Nacht hindurch ritten sie dahin, bis sie am folgenden Mittag alle an jene Stelle kamen, an der vier Wege zusammenliefen. Sie wußten nun nicht, welchen Weg der Prinz eingeschlagen hatte, aber sie sahen alsbald die Überreste der zerrissenen Kleider und das zerfetzte Fleisch; auch erblickten sie die noch vorhandenen Blutspuren und beschauten jedes Stück von den Kleidern und von dem Fleische auf allen Seiten. Als der König Schehrimân das sah, stieß er aus dem Grunde seines Herzens einen lauten Schrei hervor und rief: ,Wehe, mein Sohn!' Und er schlug sich ins Gesicht, raufte sich den Bart, zerriß seine Kleider, und da er ja fest an den Tod seines Sohnes glaubte, so weinte und klagte er immer lauter. Auch die Krieger weinten mit ihm; denn sie alle glaubten, daß Kamar ez-Zamân umgekommen sei, und sie streuten sich Staub auf das Haupt. Dann brach die Nacht über sie herein, während sie noch weinten und klagten, bis sie der Verzweiflung nahe waren. Das Herz des Königs aber war von brennenden Seufzern entflammt, und er sprach diese Verse:

> *O tadelt den Betrübten nicht ob seiner Trauer;*
> *Ihm ward genug zuteil an kummervoller Not.*
> *Er weint im Übermaß der Sorge und des Schmerzes;*

Und seine Qualen künden, welch Feuer in ihm loht.
O glücklich, wer da liebt, wenn ihm das Leid geschworen,
Sein Auge solle niemals ohne Tränen sein.
Er zeigt das Leid, da ihn der helle Mond verlassen,
Der schöner als die andren erstrahlt mit seinem Schein.
Ach, ihm gab jetzt der Tod den vollen Kelch zu trinken
Am Tag, da jener ging und aus der Heimat schwand.
Ja, er verließ das Land und zog von uns ins Elend
Und bot auch keinem Bruder zum Abschied noch die Hand.
Er aber brachte uns nur Trennungsschmerz und Kummer
Und lauter Pein und Sorge, da er uns verließ.
Jetzt ist er fortgegangen und ist von uns geschieden;
Der Herr beschenkte ihn mit Seinem Paradies.

Als König Schehrimân diese Verse gesprochen hatte, kehrte er mit seinen Truppen in seine Hauptstadt zurück. – –«

Da bemerkte Schehrezâd, daß der Morgen begann, und sie hielt in der verstatteten Rede an. Doch als die *Zweihundertundzwölfte Nacht* anbrach, fuhr sie also fort: »Es ist mir berichtet worden, o glücklicher König, daß König Schehrimân, als er diese Verse gesprochen hatte, mit seinen Truppen in seine Hauptstadt zurückkehrte; er war ja sicher, daß sein Sohn umgekommen war, und nahm an, daß entweder ein wildes Tier oder ein Wegelagerer über ihn hergefallen sei und ihn in Stücke gerissen hätte. Dann ließ er auf den Chalidân-Inseln ausrufen, daß die Bewohner aus Trauer um seinen Sohn Kamar ez-Zamân sich schwarz kleiden sollten; auch ließ er zu seinem Gedächtnisse ein Gebäude errichten, das er ,das Haus der Trauer' nannte. Und nun pflegte er nur jeden Montag und Donnerstag in seiner Regierungshalle über seine Krieger und seine Untertanen Recht zu sprechen, während er an den übrigen Tagen der Woche in das Trauerhaus ging und dort nur trauerte und in Klageliedern seinem Schmerze Ausdruck lieh. Und so sprach er:

> *Der Tag der Sehnsucht ist der Tag, da du vor mir stehst;*
> *Der Tag des Unglücks aber der Tag, da du von mir gehst.*
> *Verbringe ich auch die Nacht in Angst und von Unheil bedroht,*
> *So ist deine Nähe mir süßer als Freisein von aller Not.*

Und ferner sprach er:

> *Mein Leben gab ich hin für ihn, der durch sein Gehen*
> *Die Herzen tief verletzte, sie quälte und zerbrach.*
> *So mag die Freude denn die Witwenfrist erfüllen,*
> *Seit ich bei seinem Fortgang ihr dreifache Scheidung sprach.*

So stand es um den König Schehrimân. Doch die Königin Budûr, die Tochter des Königs el-Ghajûr, war als Herrscherin im Ebenholzlande geblieben; und dort pflegte das Volk mit den Fingern auf sie zu weisen und zu sagen: ‚Das ist der Eidam des Königs Armanûs!' Und jede Nacht ruhte sie zusammen mit der Herrin Hajât en-Nufûs und klagte unter Tränen um ihre Sehnsucht nach ihrem Gemahle Kamar ez-Zamân; dann pflegte sie ihr seine Schönheit und Anmut zu schildern und wünschte mit ihm vereint zu sein, wäre es auch nur im Traume. Und dabei sprach sie:

> *Gott weiß es ja, ich habe, seitdem du von mir schiedest,*
> *So lange geweint, bis daß ich mir die Tränen lieh.*
> *Da sprach zu mir mein Tadler: ‚Geduld! Du wirst sie gewinnen.'*
> *Ich rief: ‚O der du mich tadelst, Geduld – wie find ich die?'*

Lassen wir nun die Königin Budûr, und wenden wir uns wieder zu Kamar ez-Zamân! Der war schon eine ganze Weile bei dem Gärtner dort im Garten geblieben. Aber er weinte Tag und Nacht und klagte in Versen um die vergangenen Tage der Glückseligkeit und Nächte der Fröhlichkeit. Dann pflegte der Gärtner zu ihm zu sagen: ‚Am Ende des Jahres wird das Schiff nach dem Lande der Muslime fahren.' In solchen Gedanken lebte der Prinz dahin, bis er eines Tages sah, wie das

Volk sich versammelte. Als er sich darüber wunderte, kam gerade der Gärtner zu ihm und sagte: ‚Mein Sohn, laß heute die Arbeit ruhen und leite kein Wasser mehr zu den Bäumen; denn heute ist ein Feiertag, und die Leute besuchen einander! Also ruhe dich aus, doch hab ein Auge auf den Garten; denn ich will für dich nach dem Schiffe Ausschau halten! Es ist ja nur noch eine kurze Weile, bis ich dich in das Land der Muslime heimsenden kann.' Darauf verließ er den Garten, während Kamar ez-Zamân allein dort zurückblieb. Nun dachte er von neuem über seine Lage nach; da brach ihm schier das Herz, und seine Tränen rannen. Ja, er weinte so heftig, daß er in Ohnmacht sank. Als er dann wieder zu sich kam, erhob er sich und ging im Garten umher; und er dachte, verstört und voll Leid, an die Unbilden der Zeit und an die lange Fremdlingsschaft und Einsamkeit. Plötzlich aber strauchelte er und fiel vornüber; seine Stirn schlug auf eine hervorstehende Baumwurzel und ward von ihr aufgerissen, das Blut floß von der Stirn herab und mischte sich mit seinen Tränen. Da wischte er sich das Blut ab, trocknete seine Tränen und verband sich die Stirn mit einem Stück Zeug. Dann wanderte er in jenem Garten weiter, nachdenklich und trüben Geistes. Und zufällig traf sein Blick auf einen Baum, in dessen Krone sich zwei Vögel stritten; der eine von beiden fiel über den anderen her, schlug den Schnabel in seinen Hals und riß ihm den Kopf vom Leibe; dann flog er mit dem Kopfe von dannen, während der Leib des toten Vogels vor Kamar ez-Zamân auf den Boden fiel. Und wie er so dalag, ließen sich zwei große Vögel zu ihm hernieder, und der eine blieb bei seinem Kopfende, der andere bei seinem Schwanzende stehen; beide senkten ihre Flügel und ihre Schnäbel über ihn, reckten ihre Hälse nach ihm aus und weinten. Da mußte auch Kamar ez-Zamân weinen, wie er die beiden Vögel um ihren Gefährten trauern sah; denn er dachte an die Trennung von seiner Gemahlin und an seinen Vater. --«

Da bemerkte Schehrezâd, daß der Morgen begann, und sie hielt in der verstatteten Rede an. Doch als die *Zweihundertunddreizehnte Nacht* anbrach, fuhr sie also fort: »Es ist mir berichtet worden, o glücklicher König, daß Kamar ez-Zamân, wie er die beiden Vögel um ihren Gefährten trauern sah, ob der Trennung von seiner Gemahlin und seinem Vater weinen mußte. Und als er dann die beiden Vögel weiter beobachtete, sah er, daß sie ein Grab gruben und den getöteten Vogel darin bestatteten. Dann flogen sie in die Lüfte davon und blieben eine Weile seinem Blicke entschwunden; aber bald darauf kehrten sie mit dem Mörder zurück und ließen sich mit ihm auf das Grab des Getöteten nieder. Dort hockten sie auf dem Mörder, bis sie ihn getötet hatten, rissen ihm den Leib auf, zerrten seine Eingeweide heraus und ließen sein Blut auf das Grab des getöteten Vogels fließen; dann zerpickten sie sein Fleisch, rissen seine Haut in Stücke, holten alles, was in seinem Leibe war, heraus und verstreuten es nach verschiedenen Seiten hin. Das alles geschah, während Kamar ez-Zamân zuschaute und sich verwunderte; und wie er so die Stätte betrachtete, an der die beiden den anderen Vogel getötet hatten, fiel sein Blick auf etwas, das er glitzern sah. Er trat hinzu und fand den Kropf des Vogels; den nahm er auf, und als er ihn öffnete, fand er darin den Edelstein, der die Ursache der Trennung von seiner Gemahlin gewesen war. Doch als er ihn erblickte und erkannte, fiel er vor Freuden ohnmächtig zu Boden. Nachdem er dann wieder zu sich gekommen war, rief er: ,Preis sei Allah! Dies ist ein gutes Zeichen, das mir die Wiedervereinigung mit meiner Geliebten verkündet.' Dann betrachtete er ihn genau, führte ihn über die Augen, band ihn an seinen Arm und freute sich über sein Glück. Darauf ging er wieder umher und wartete auf den Gärtner bis zum Abend; aber der kam nicht. So legte sich Kamar ez-Zamân an seiner gewohnten Stätte nieder und schlief bis zum Morgen. Da machte er sich an seine Arbeit, band sich einen Strick aus Palmfasern um den Leib, nahm Axt und Korb, ging durch den Garten, und als er zu einem Johannisbrotbaum kam, hieb er mit der Axt auf seine Wurzeln. Da es klang, als ob der Schlag auf Metall stieße, räumte er die Erde an der Stelle hinweg, und nun entdeckte er eine Falltür; die öffnete er. – –«

Da bemerkte Schehrezâd, daß der Morgen begann, und sie hielt in der verstatteten Rede an. Doch als die *Zweihundertundvierzigste Nacht* anbrach, fuhr sie also fort: »Es ist mir berichtet worden, o glücklicher König, daß Kamar ez-Zamân, nachdem er die Falltür geöffnet hatte, einen Eingang und eine Treppe fand. Auf ihr stieg er hinab, und da entdeckte er einen alten Saal aus der Zeit der 'Âd und Thamûd[1], der aus dem Felsen herausgehauen war und eine gewölbte Decke hatte. Er sah, daß sie voll war von leuchtendem rotem Golde, und sprach bei sich: ,Jetzt hat die Not ein Ende; Glück und Freude sind zu mir gekommen!' Dann stieg er wieder hinauf aus dem Gewölbe in den Garten, legte die Falltür so hin, wie sie vorher gewesen war, ging zu seiner Arbeitsstätte zurück und leitete Wasser zu den Bäumen, bis der Tag zur Neige ging. Da kam auch der Gärtner und sprach zu ihm: ,Mein Sohn, freue dich, du wirst bald in die Heimat zurückfahren können. Die Kaufleute haben sich für die Reise gerüstet, und das Schiff wird nach drei Tagen zur Ebenholzstadt unter Segel gehen; das ist die erste muslimische Stadt. Wenn du dort angelangt bist, mußt du noch sechs Monate zu Lande weiter reisen, bis du die Chalidân-Inseln,

1. Vgl. Band I, Seite 78, Anmerkung.

über die der König Schehrimân herrscht, erreichest.' Erfreut sprach Kamar ez-Zamân:

> *Laßt nicht von ihm, der niemals von euch lassen konnte,*
> *Macht's ihm, der schuldlos ist, durch Härte nicht so schwer!*
> *Ein anderer als ich hätt seit der langen Trennung*
> *Wohl seine Art geändert und kennte euch nicht mehr!*

Darauf küßte Kamar ez-Zamân dem Gärtner die Hand und sprach zu ihm: ‚Mein Vater, wie du mir eine frohe Botschaft bringst, so will auch ich dich durch eine große Freudennachricht erfreuen.' Darauf erzählte er ihm von der Halle, die er gefunden hatte, und der Gärtner sprach erfreut: ‚Mein Sohn, seit achtzig Jahren bin ich in diesem Garten, und ich habe noch nie etwas entdeckt; du aber bist noch nicht ein Jahr lang bei mir und hast schon diesen Schatz gefunden. Er ist eine Gabe des Himmels für dich, er wird jetzt deiner Not ein Ende machen, und er wird dir helfen, daß du zu den Deinen zurückkehren kannst und mit deinen Lieben wieder vereinigt wirst.' Doch Kamar ez-Zamân erwiderte: ‚Wir müssen ihn unter uns teilen!' Dann führte er den Gärtner zu jener Stätte und zeigte ihm das Gold, das sich in zwanzig Krügen befand; zehn davon nahm er, und zehn nahm der Gärtner, indem er sprach: ‚Mein Sohn, fülle dir Schläuche mit den Sperlingsoliven, die in diesem Garten wachsen; solche gibt es nur in unserem Lande, und die Kaufleute führen sie nach allen Ländern aus. Tu sie mit dem Golde hinein und nimm sie als Deckmantel, indem du zuerst das Gold in die Schläuche legst und dann die Oliven auf das Gold. Dann verschließe die Schläuche und nimm sie mit dir auf das Schiff.' Nun machte Kamar ez-Zamân sich sofort daran, fünfzig Schläuche zu füllen; er tat das Gold hinein und versteckte es, indem er die Oliven, die er auf das Gold legte, als Deckmantel benutzte; auch den Edelstein legte er in einen der

Schläuche. Darauf setzte er sich mit dem Gärtner nieder, um zu plaudern; und da er jetzt die Gewißheit hatte, daß er mit den Seinen wieder vereint und bald bei ihnen sein würde, sprach er bei sich selber: ‚Wenn ich zu der Ebenholzinsel komme, will ich von dort nach dem Lande meines Vaters reisen; und überall will ich nach meiner geliebten Budûr fragen. Ach, wüßte ich nur, ob sie in ihr Land zurückgekehrt oder ob sie nach dem Lande meines Vaters weitergezogen ist, oder ob ihr auf dem Wege etwas zugestoßen ist!' Und dann sprach er:

> Sie pflanzten mir Liebe ins Herz und zogen fort;
> Jetzt ist das Haus der Geliebten am fernen Ort.
> Mich haben die Zelte verlassen und ihre Bewohner;
> Die Einkehrstätte, die mich nicht kennt, ist weit.
> Auch meine Geduld entschwand, seit sie entschwanden;
> Mich flohen der Schlummer und meine Festigkeit.
> Seit sie mich verließen, verließen mich die Freuden;
> Ach, eine Stätte der Ruhe finde ich nie.
> Sie machten beim Abschied die Tränen des Auges mir rinnen,
> Und immer ob ihres Fernseins vergieße ich sie.
> Sehne ich mich danach, sie dereinst zu sehen,
> Und wird das Seufzen zu viel, das Warten zu lang,
> So denk ich an ihre Gestalt, und in meinem Herzen
> Wohnt Liebe und treues Gedenken und Sehnsucht so bang.

Während Kamar ez-Zamân nun noch dort blieb, um das Ende der drei Tage zu erwarten, erzählte er dem Gärtner die Geschichte von den Vögeln und alles, was mit ihnen geschehen war; und jener verwunderte sich darüber. Darauf legten beide sich nieder und schliefen bis zum Morgen. Am nächsten Morgen aber erkrankte der Gärtner; zwei Tage lang lag er krank danieder, doch am dritten Tage ward die Krankheit in ihm so heftig, daß man an seiner Genesung verzweifelte und Kamar ez-Zamân um ihn tief bekümmert ward. Da kam plötzlich der Kapitän mit den Seeleuten, und sie fragten nach dem Gärtner;

man sagte ihnen, er sei krank. Dann fragten sie weiter: ‚Wo ist denn der Jüngling, der mit uns nach der Ebenholzinsel fahren will?' ‚Dies ist euer Diener, der vor euch steht', erwiderte Kamar ez-Zamân und wies sie an, die Schläuche nach dem Schiffe zu bringen. Die nahmen sie auf und sagten noch zu dem Prinzen: ‚Beeile dich; denn der Wind ist günstig!' ‚Ich höre und gehorche!' gab er zurück. Dann brachte er seinen Reisevorrat aufs Schiff und begab sich noch einmal zu dem Gärtner, um ihm Lebewohl zu sagen. Aber er fand ihn schon im Todeskampf, und so setzte er sich ihm zu Häupten und drückte ihm die Augen zu. Und als dann seine Seele den Leib verlassen hatte, versah er den Leichnam und bestattete ihn zur Erde, indem er die Seele der Barmherzigkeit Allahs des Erhabenen empfahl. Wie er dann aber wieder zu dem Schiffe kam, fand er, daß es bereits Segel gesetzt hatte und abgefahren war; und er sah es immer weiter in See fahren, bis es seinen Blicken entschwand. Nun ward Kamar ez-Zamân bestürzt und ratlos, wie einer, der vergeblich auf Antwort sinnt und auch selbst nicht zu reden beginnt. So ging er zum Garten zurück und setzte sich nieder, von Sorgen gebückt und von Kummer bedrückt; er streute sich Staub aufs Haupt und schlug sich ins Gesicht. – –«

Da bemerkte Schehrezâd, daß der Morgen begann, und sie hielt in der verstatteten Rede an. Doch als die *Zweihundertundfünfzehnte Nacht* anbrach, fuhr sie also fort: »Es ist mir berichtet worden, o glücklicher König, daß Kamar ez-Zamân, als das Schiff abgefahren war, zu jenem Garten zurückkehrte und sich niedersetzte, von Sorgen gebückt und von Kummer bedrückt. Dann aber mietete er den Garten von seinem Besitzer und stellte einen Mann an, der unter seiner Leitung ihm beim Bewässern der Bäume half. Darauf begab er sich zu der Falltür, stieg in das Gewölbe hinab, füllte das übrige Gold in fünfzig Schläuche, legte Oliven darauf und fragte nach dem Schiffe. Als man ihm sagte, es fahre in jedem Jahre nur einmal, da wuchs seine Unruhe, und er seufzte über sein Mißgeschick, besonders darüber, daß er den Stein verloren hatte, der von der Herrin Budûr war, und er begann zu weinen in den Nächten und an den Tagen und sein Leid in Gedichten zu klagen.

Lassen wir nun Kamar ez-Zamân hinter uns und folgen wir dem Schiff! Das fuhr bei günstigem Winde dahin und erreichte die Ebenholzinsel. Nun geschah es, wie es vom Schicksale bestimmt war, daß die Königin Budûr an dem Fenster saß, das auf das Meer führte, und daß sie das Schiff erblickte, wie es am Strande vor Anker ging. Da klopfte ihr das Herz, und sie stieg sofort mit den Emiren und Kammerherren und Statthaltern zu Pferde, ritt an den Strand und machte bei dem Schiffe halt, als die Waren gerade ausgeladen und in die Speicher gebracht wurden. Dann ließ sie den Kapitän zu sich kommen und fragte ihn, was er bringe. Der erwiderte ihr: ‚O König, ich bringe in diesem Schiffe Drogen, Augenschminken, Heilpulver, Salben, Pflaster, allerlei kostbare Güter und Waren, prächtige Stoffe und Tücher aus jemenischem Leder, in solchen Mengen, daß Kamele und Maultiere sie nicht zu tragen vermögen, dazu Essenzen, Gewürze, sumatranisches Aloeholz, Tamarinden und Sperlingsoliven, die es in diesem Lande nur selten gibt.' Als die Königin Budûr von Sperlingsoliven reden hörte, begehrte ihr Herz danach, und sie fragte den Schiffsführer: ‚Wieviel Oliven hast du mitgebracht?' Er antwortete: ‚Ich habe fünfzig Schläuche voll mitgebracht; ihr Besitzer aber ist nicht mit uns gekommen. Der König möge so viel von ihnen nehmen, wie er will!' Nun befahl sie: ‚Bringt sie an Land, damit ich sie sehe!' Da rief der Kapitän die Seeleute an, und sie brachten die fünfzig Schläuche. Die Königin öffnete einen, sah die Oliven an und sprach: ‚Ich will diese fünfzig Schläuche nehmen und euch den Preis dafür zahlen, wie hoch er auch sein mag.' Der Kapitän gab darauf zur Antwort: ‚Diese Oliven haben in unserem Lande keinen Wert; der die Schläuche damit gefüllt hat, ist hinter uns zurückgeblieben, und er ist ein armer Mann.' Darauf fragte sie weiter: ‚Und wieviel beträgt ihr Wert hier?' ‚Tausend Dirhems', erwiderte der Mann. Nun sagte sie: ‚Ich will sie für tausend Dirhems nehmen', und sie befahl, die Schläuche ins Schloß zu bringen. Als es dann Nacht geworden war, befahl sie, einen Schlauch bringen zu lassen, und sie öffnete ihn, während niemand im Zimmer war außer ihr und Hajât en-Nufûs. Sie stellte eine Schüssel vor sich hin und schüttete den Schlauch auf sie aus, und plötzlich fiel auch ein Haufen roten Goldes in die Schüssel hinein. Da sagte sie zu der Herrin Hajât en-Nufûs: ‚Dies ist ja lauter Gold!' Alsbald ließ sie alle anderen Schläuche bringen, untersuchte sie und fand sie alle fast voll von Gold, während alle Oliven zusammen kaum einen einzigen Schlauch füllten. Während sie nun in dem Golde umhersuchte, fand sie den Stein in ihm; sie nahm ihn in die Hand, betrachtete ihn genau, und siehe da, es war der Stein, der früher an der Schnur ihrer Hose befestigt gewesen war und den Kamar ez-Zamân mitgenommen hatte. Als sie dessen sicher war, stieß sie einen Freudenschrei aus und sank ohnmächtig zu Boden. – –«

Da bemerkte Schehrezâd, daß der Morgen begann, und sie hielt in der verstatteten Rede an. Doch als die *Zweihundertundsechzehnte Nacht* anbrach, fuhr sie also fort: »Es ist mir berichtet worden, o glücklicher König, daß die Königin Budûr, als sie den Stein sah, einen Freudenschrei ausstieß und ohnmächtig zu Boden sank. Nachdem sie dann wieder zu sich gekommen war, sprach sie bei sich selber: ‚Dieser Stein war die Ursache meiner

Trennung von meinem geliebten Kamar ez-Zamân; aber er ist jetzt ein Vorbote des Glücks.' Und zu der Herrin Hajât en-Nufûs sagte sie, daß die Auffindung des Steines ein Vorzeichen der Wiedervereinigung sei. Als es aber Morgen geworden war, setzte sie sich auf den Herrscherthron und ließ den Schiffsführer kommen; und wie dieser vor sie trat, küßte er den Boden vor ihr, und sie fragte: ,Wo hast du den Besitzer dieser Oliven gelassen?' ,O größter König unserer Zeit,' erwiderte er, ,wir haben ihn im Lande der Magier zurückgelassen; er ist ein Gärtner.' Da fuhr sie fort: ,Wenn du ihn mir nicht bringst, so ahnst du nicht, welches Unheil dir und deinem Schiffe widerfahren wird.' Dann ließ sie die Warenhäuser der Kaufleute versiegeln und sprach zu ihnen: ,Wisset, der Besitzer dieser Oliven ist mein Schuldner, und ich habe Geld von ihm zu beanspruchen. Wenn ihr ihn mir nicht herbeischafft, so lasse ich euch alle töten und ziehe eure Waren ein.' Jene nun begaben sich zu dem Kapitän und versprachen ihm, die Miete für sein Schiff zu ersetzen, wenn er zurückfahre und ein zweites Mal komme, indem sie noch hinzufügten: ,Mache, daß wir von diesem ungerechten Tyrannen loskommen!' Da ging der Kapitän an Bord und ließ die Segel spannen; Allah aber hatte ihm eine günstige Fahrt vorherbestimmt, und so kam er eines Nachts bei der Insel an und ging sofort zu dem Garten hinauf. Kamar ez-Zamân, dem die Nacht zu lang geworden war und der an seine Geliebte denken mußte, saß da und weinte über sein Geschick und sprach:

> *Wie manche Nacht, in der die Sterne stille stehen,*
> *Kam über ihn, der Sorgen nicht ertragen kann.*
> *Gleichwie den Auferstehungstag in ferner Zukunft*
> *So wacht er sehnsuchtsvoll das Tageslicht heran.*

Da klopfte der Kapitän an das Tor; Kamar ez-Zamân öffnete es und ging zu ihm hinaus. Sofort ergriffen ihn die Seeleute und brachten ihn an Bord; dann spannten sie die Segel und fuhren ab. Tag und Nacht segelten sie dahin; und da Kamar ez-Zamân nicht wußte, weshalb dies alles geschah, fragte er sie nach dem Grunde. Sie gaben ihm zur Antwort: ‚Du bist ein Schuldner des Königs, der über die Ebenholzinseln herrscht, des Eidams des Königs Armanûs; du willst ihm sein Geld stehlen, du elender Kerl!' ‚Bei Allah,' rief er, ‚mein Lebelang bin ich noch nicht in dem Lande gewesen; ich kenne es nicht.' Doch sie fuhren weiter mit ihm, bis sie bei den Ebenholzinseln ankamen; und dort brachten sie ihn alsbald zur Herrin Budûr. Sowie sie ihn nur sah, erkannte sie ihn, und sie rief: ‚Laßt ihn bei den Eunuchen; sie sollen ihn ins Bad führen!' Dann hob sie die Sperre über die Kaufleute auf und schenkte dem Kapitän ein Ehrengewand, das zehntausend Dinare wert war. Und als sie an jenem Abend in den Palast kam, erzählte sie der Herrin Hajât en-Nufûs, was geschehen war, und fügte hinzu: ‚Bewahre das Geheimnis, bis ich mein Ziel erreiche und eine Tat tue, die aufgezeichnet werden und nach meinem Tode Königen und Untertanen vorgelesen werden soll!'

Wie sie befohlen hatte, man solle Kamar ez-Zamân ins Bad führen, hatten die Diener es getan und ihm ein königliches Gewand angelegt. Und als der Prinz aus dem Bade kam, war er wie ein Weidenzweig so zart, oder wie ein Stern, durch dessen Glanz das Licht von Sonne und Mond übertroffen ward; und seine Lebensgeister kehrten wieder in ihn zurück. Dann machte er sich auf den Weg zu ihr und trat in den Palast ein. Als sie ihn erblickte, zwang sie ihr Herz sich zu gedulden, bis sie ihr Vorhaben ausgeführt hätte. Zunächst schenkte sie ihm weiße Sklaven und Eunuchen, Maultiere und Kamele, und gab ihm einen Schatz Geldes. Dann ließ sie ihn von Würde zu Würde aufsteigen, bis sie ihn zum Schatzmeister gemacht und ihm die

Staatsgelder anvertraut hatte. So erwies sie ihm ihre Huld und machte ihn zu ihrem Vertrauten und machte die Emire mit seiner hohen Ehrenstellung bekannt; da gewannen sie alle ihn lieb. Und die Königin Budûr mehrte ihm seine Einkünfte jeden Tag; doch Kamar ez-Zamân wußte nicht, weshalb sie ihn so auszeichnete. Aus der Fülle seines Reichtums begann er zu schenken und Freigebigkeit zu üben, und er widmete seine Dienste dem König Armanûs, so daß dieser ihn hochschätzte und die Emire und alles Volk, hoch und gering, ihn lieb gewannen und bei seinem Leben schworen. Bei alledem mußte Kamar ez-Zamân immer wieder staunen, wie die Königin Budûr ihn so sehr auszeichnete; und so sprach er bei sich selber: ‚Bei Allah, diese große Zuneigung muß doch einen Grund haben; vielleicht erweist dieser König mir solche sich immer noch häufenden Ehren nur, weil er etwas Böses vorhat. Jetzt muß ich ihn bitten, daß er mir die Erlaubnis gibt, aus seinem Lande fortzureisen.' Darauf begab er sich zu der Königin Budûr und sprach zu ihr: ‚O König, du hast mir überreiche Ehren erwiesen; aber du wirst das Maß deiner Güte voll machen, wenn du mir erlaubst fortzureisen, indem du mir alles wieder nimmst, was du mir gnädig geschenkt hast.' Die Königin Budûr lächelte und sprach zu ihm: ‚Was treibt dich dazu, nach Reisen zu trachten und der Gefahren nicht zu achten? Du stehst doch jetzt in hohen Ehren und genießest Wohltaten, die sich immer mehren!' Da antwortete Kamar ez-Zamân ihr: ‚O König, diese Gunst ist, wenn sie keinen Grund hat, das größte Wunder, zumal du mir Würden verliehen hast, wie sie nur für einen alten Mann berechtigt sind, und ich bin doch fast noch ein kleines Kind.' Nun sprach die Königin Budûr: ‚Der Grund davon ist, daß ich dich liebe, weil deine Anmut so übergroß ist und weil du von so strahlender, herrlicher Schönheit bist. Und wenn du mir gewährst, was ich von dir verlange, so will ich dich noch höher ehren und Gaben und Gunstbezeugungen dir mehren. Ja, ich will dich zum Wesir machen, trotz deiner Jugend, wie mich die Leute hier zum Sultan über sich eingesetzt haben, als ich im selben Alter war. Es ist kein Wunder heute, wenn die Jungen herrschen; wie vortrefflich hat doch der Dichter gesagt:

> *Es scheint, daß unsere Zeit dem Volke Lots gehöre;*
> *Sie zeiget große Lust, die Kleinen zu befördern.*'

Als Kamar ez-Zamân diese Worte hörte, schämte er sich, und seine Wangen wurden rot, bis sie zu flammen schienen. Und er sprach: ‚Es verlangt mich nicht, in dieser Gunst zu stehen, die dahin führt, Sünde zu begehen. Ich will so leben, daß ich arm an weltlichen Gütern bin, doch reich an Tugend und mannhaftem Sinn.' Doch die Königin Budûr erwiderte: ‚Ich lasse mich durch deine Zurückhaltung, die aus Stolz und Sprödigkeit geboren ist, nicht täuschen. Denn trefflich sprach der Dichter:

> *Ich sprach ihm von der Zeit der Liebe; doch er sagte:*
> *Wie lange willst du dich mit schmerzhaft Wort bemühn?*
> *Da zeigte ich ihm Gold, und er hub an zu sprechen:*
> *Wohin soll ich vor des Geschickes Allmacht fliehn?*'

Als Kamar ez-Zamân diese Worte vernahm und auch zum Verständnis der Verse kam, sprach er: ‚O König, ich bin nicht gewöhnt, solche Dinge zu tun; und ich bin nicht stark genug dazu, daß solche Lasten auf mir ruhn, die selbst ein älterer als ich kaum tragen kann, geschweige denn ich ganz junger Mann!' Über diese Worte lächelte die Königin Budûr, und dann sprach sie: ‚Das ist doch ganz sonderbar, wo das richtige Urteil fehlt, zeigt sich der Irrtum klar! Wenn du noch jung bist, wie kannst du da befürchten, sündhaft zu sein, und dich des Vergehens zeihn? Du bist ja ein Knabe, der noch nicht im Alter der Verantwortlichkeit steht; und ein Kind wird doch nicht gescholten oder getadelt, wenn es sich vergeht! Du zwingst dich ja nur selbst zu einem Wortgefecht; doch dich zu genießen habe ich ein Recht. Drum höre nun auf, dich zu sträuben und auszuweichen; denn Allahs Befehl ist ein vorherbestimmtes Zeichen. Ich muß mich doch am meisten von allen fürchten, in Irrtum zu verfallen. Schön sprach der Dichter:

> *Mein Speer war groß; da sprach zu mir der Knabe:*
> *Stich mir ins Herz und sei ein starker Mann!*
> *Ich sprach: Das ist nicht recht. Er gab zur Antwort:*
> *Bei mir ist's recht. Und rasch folgt ich ihm dann.'*

Als Kamar ez-Zamân diese Worte hören mußte, da verwandelte sich das helle Tageslicht zur Finsternis vor seinem Angesicht, und er rief aus: ‚O König, du hast bei dir schöne Sklavinnen und Frauen, und ihresgleichen sind in unserer Zeit nicht zu schauen. Können die dir nicht genug auch ohne mich sein? Tu mit ihnen, was du willst, und laß mich allein!' Da erwiderte sie: ‚Du hast recht gesprochen; und doch werden ihm, der dich liebt, durch sie Schmerz und Kummer nicht gebrochen. Denn wenn Natur und Neigung verdorben sind, so gehorchen sie bösem Rate geschwind. Drum wirf die Gegengründe fort und höre auf das Dichterwort:

> *Siehst du nicht auf dem Markte die Früchte aufgereiht?*
> *Die Feigen dem, und jenem die Sykomorenfrucht!*

Und ein anderer sprach:

> *Bei mancher ist die Spange stumm, doch hell erklingt ihr Gürtel;*
> *Der eine ist ein reicher Mann; der andre klagt ob Not.*
> *Du willst, ich soll durch ihren Reiz in Torheit dich vergessen.*
> *Ich will kein Ketzer sein, seit ich mein Herz dem Glauben bot.*
> *Beim Wangenflaum, der ihr Gelock bald in den Schatten stellt,*
> *Mich trennt von deiner Liebe nicht die reinste Maid der Welt.*

Und wieder ein anderer:

> O du, der Schönheit Perle, ich glaub an deine Liebe;
> Als einziges Bekenntnis hab ich dich erkoren.
> Ich ließ die Frauen nur allein um deinetwillen;
> Die Menschheit glaubt, ich sei ein Mönch, der Welt verloren.

Und wieder ein anderer:

> Vergleich den zarten Knaben nicht mit einer Maid,
> Hör nicht auf den Verleumder, der dich des Unrechts zeiht!
> Ein Mädchen, dem das Antlitz die Füße küsset, ist
> Doch fern von einem Rehe, das den Boden küßt!

Und wieder ein anderer:

> Für dich geb ich mein Leben; ich hab nur dich erwählt,
> Weil nie der Frauen Leid noch Niederkunft dich quält.
> Doch wollte ich den Frauen meine Neigung weihn,
> Dann wär für meine Kinder die weite Welt zu klein.

Und wieder ein anderer:

> Sie hatte mich gebeten, und es geschah doch nie;
> Da rief sie denn erzürnt ob ihrer Liebesmüh:
> Erfüllest du an mir nicht deine Mannespflicht,
> So tadle, wenn du morgen gehörnt aufwachst, mich nicht![1]

Und wieder ein anderer:

> Sie sprach zu mir, als ich bei ihr nicht ruhen wollte:
> Einfältger Narr, du bist der größte Tor der Welt!
> Zu mir die rechte Richtung hat dir nicht gefallen;
> Ich zeig dir eine Richtung, die dir wohlgefällt!

Und wieder ein anderer:

> Sie bot die zarte Lende mir;
> Ich sprach: Ich komme nicht zu dir.
> Da wandte sie sich ab und sprach:

---

1. Ein Vers der Kalkuttaer Ausgabe, der in dem Kairoer Druck vom Jahre 1325 d. H. fehlt, ist auch hier ausgelassen.

> *Wer töricht ist, der lieget brach.*
> *Wie man es tat in alter Zeit,*
> *Das hat man ganz vergessen heut.*
> *Sie drehte sich, da schaute ich*
> *Das, was geschmolz'nem Silber glich.*
> *O Herrin, das war gut getan,*
> *Ja, gut; mich ficht kein Kummer an!*
> *Du tatest gut, du schenkest mehr,*
> *Als wenn es Gottes Gnade wär.*

Und wieder ein anderer:

> *Der Mann erhebt die Hände zum Gebet;*
> *Die Frau erhebt die Füße, wenn sie fleht.*
> *O, welch ein fromm Beginnen ist es doch;*
> *Und Gott erhebt es in der Tiefe hoch.'*

Als Kamar ez-Zamân all diese Verse von ihr gehört hatte und nun sicher war, daß er ihrem Begehren nicht ausweichen konnte, da sprach er: ‚O König unserer Zeit, wenn es denn sein muß, so versprich mir, daß du dergleichen nur ein einziges Mal mit mir tust, obschon das kaum dazu dienen wird, deine verdorbene Natur zu bessern. Aber danach sollst du es nie wieder von mir verlangen; vielleicht wird Allah dann die Schuld von mir nehmen.' Sie erwiderte: ‚Das verspreche ich dir; und ich hoffe, daß Allah Verzeihung an uns übt und uns in seiner Gnade die schwere Sünde vergibt. Denn der Himmelsgürtel der Verzeihung ist nicht so eng, daß er nicht auch uns umfaßt, uns entsühnt von der schweren Sündenlast, und uns zum Lichte der rechten Leitung hinausführt, aus der Finsternis des Irrtums fort! Und wie schön ist doch das Dichterwort:

> *Das Volk verdächtigt uns und hat darauf bestanden*
> *Mit seiner Seele, seinem Herzen, immerdar aufs neue.*
> *Komm, was sie denken, laß uns tun und so das Unrecht,*
> *Das sie uns tun, verhüten, doch einmal nur – dann Reue!'*

Darauf gab sie ihm das feste Versprechen und schwur ihm einen Eid bei der Existenz Gottes, daß dies nur einmal zwischen ihnen geschehen solle, einmal für alle Zeiten, möge auch das Verlangen nach ihm ihr Tod und Verderben bereiten. Unter dieser Bedingung ging er mit ihr zu einem Gemach, das sie allein kannte, damit sie das Feuer löschte, das in ihr brannte. Er aber sprach: ‚Es gibt keine Majestät und es gibt keine Macht außer bei Allah, der erhaben und allmächtig ist! Dies ist von dem Glorreichen und Allweisen vorherbestimmt seit langer Frist.' Darauf löste er seine Hosen, von Scham übergossen, während vor übergroßer Angst die Tränen aus seinen Augen flossen. Doch lächelnd hieß sie ihn mit ihr zum Lager gehen, und sprach: ‚Nach dieser Nacht sollst du nie mehr etwas Widerwärtiges sehen.' Und sie neigte sich zu ihm und küßte ihn, indem sie sich eng an ihn schmiegte und dabei Wade zu Wade fügte. Dann sprach sie zu ihm: ‚Lege deine Hand zwischen die Schenkel an die Stelle, die dir bekannt; vielleicht, daß es dann, nachdem es lag, wieder aufstehen kann!' Doch er weinte und sprach: ‚Ich verstehe nichts von dergleichen Dingen.' ‚Bei Allah,' rief sie, ‚wenn du tust, was ich dir befohlen habe, so wird dir daraus Freude erwachsen!' Nun streckte er die Hand aus, doch ihm erbebten die Eingeweide; und er fand ihren Schenkel weicher als Rahm und zarter als Seide. Doch da durch die Berührung in ihm die Lust erweckt wurde, so führte er die Hand hierhin und dorthin, bis sie zu einer Kuppel kam, die reich an Segnungen und Bewegungen war. Darauf sprach er bei sich selber: ‚Ist es möglich, daß dieser König ein Zwitter sein kann, weder ein Weib noch ein Mann?' So sagte er dann laut: ‚O König, ich finde bei dir kein Werkzeug, wie es ein Mann sonst hat. Was trieb dich denn zu solcher Tat?' Da lachte die Königin Budûr, bis sie auf den Rücken fiel, und rief: ‚O du mein Geliebter, wie schnell hast du die Nächte vergessen, die wir zusammen verlebten!' Darauf gab sie sich ihm zu erkennen, und er wußte nun, daß sie seine Gemahlin war, die Prinzessin Budûr, die Tochter des Königs el-Ghajûr, des Herrn der Insel und der Meere. Er drückte sie an sich, und auch sie umarmte ihn; er küßte sie, und sie küßte ihn wieder. Dann legten sie sich auf das Lager der Vereinigung nieder, und sie sprachen die Dichterworte:

> *Als ihn der schlanke Arm in meine Nähe lockte,*
> *Zum weichen Leibe hin mit heißer Liebespein,*
> *Und ihm das harte Herz mit seiner Zartheit tränkte,*
> *Da willigt' er nach langem Sträuben endlich ein.*
> *Aus Furcht, die Tadler möchten ihn sehen, wenn er käme,*
> *Erschien er, von der Rüstung geschützt und fest umfaßt.*
> *Der Rumpf klagt ob der Hüften, die auf die Füße drücken*
> *Bei ihrem Schreiten, wie auf das Kamel die Last.*
> *Gegürtet ist er mit dem Schwerte seiner Blicke,*
> *Gepanzert in der Locken Pracht, die dunkel glüht.*
> *Sein Duft verkündet mir die Freude seines Kommens,*
> *Ich fliege wie ein Vogel, der aus dem Käfig flieht.*
> *Die Wange breit' ich hin zum Wege seiner Schuhe;*
> *Er heilt mir mit dem Pulver des Staubs der Augen Leid.*
> *Der Liebe Banner knüpf ich, wenn ich ihn umarme;*
> *Des Glückes Knoten lös ich; ach, einst war's mir so weit.*
> *Nun rüste ich ein Fest, er folget seinem Rufe*
> *Voll Freuden; fern ist ihm des grauen Alters Not.*
> *Der Vollmond streut die Sterne der Zähne in dem Munde,*
> *Sie tanzen in dem Antlitz, das wie von Wein so rot.*
> *Ich aber geb mich in der Nische ihrer Freuden*
> *Ganz dem hin, dessen Tun selbst Sündern Reue lieh.*
> *Ich schwöre bei den Versen des Lichts[1] in seinem Antlitz:*
> *Die Sure vom Bekenntnis[2] vergeß ich bei ihm nie.*

1. Anspielung auf Sure 93, die ‚Sure des lichten Tags'. – 2. Sure 112 ist die ‚Sure der Reinigung' oder ‚Sure des Einheitsbekenntnis'. Durch sie ‚reinigt' der Muslim sich von der Vielgötterei und bekennt sich zum einigen Gott; so ‚bekennen' sich hier die Liebenden allein zueinander.

Darauf erzählte die Königin Budûr dem Prinzen Kamar ez-Zamân alles, was sie erlebt hatte, von Anfang bis zu Ende; und auch er berichtete ihr alle seine Erlebnisse. Doch danach begann er zu schelten, indem er zu ihr sprach: ‚Was hat dich denn nur zu dem veranlaßt, was du mir heute nacht angetan hast?' Sie antwortete: ‚Sei mir nicht böse! Das ist nur zum Scherze geschehen, und um Lust und Freude noch zu erhöhen.' Als dann der helle Tag sich erhob und die Welt mit seinen feurigen Strahlen durchwob, sandte die Königin Budûr zum König Armanûs, dem Vater der Prinzessin Hajât en-Nufûs; sie tat ihm kund, wie es sich mit ihr in Wahrheit verhielt, berichtete ihm, daß sie die Gattin des Kamar ez-Zamân sei, erzählte ihm, was sie beide erlebt hatten und wodurch sie voneinander getrennt wurden, und ließ ihn wissen, daß seine Tochter Hajât en-Nufûs noch immer eine Jungfrau sei. Wie König Armanûs, der Herrscher über die Ebenholzinseln, die Geschichte der Königin Budûr, der Tochter des Königs el-Ghajûr, vernommen hatte, war er über sie höchlichst erstaunt, und er befahl, daß man sie mit goldenen Lettern aufzeichne. Dann wandte er sich zu Kamar ez-Zamân und fragte ihn: ‚Prinz, willst du mein Eidam werden und dich mit meiner Tochter Hajât en-Nufûs vermählen?' Der gab zur Antwort: ‚Laß mich zuerst die Königin Budûr um Rat fragen; denn ihr verdanke ich ungezählte Wohltaten.' Und als er sich mit ihr beriet, sagte sie: ‚Das ist ein guter Plan! Drum vermähle dich mit ihr, und ich will ihr eine Dienerin sein; denn ich bin in ihrer Schuld für mancherlei Wohltat, Güte und Huld. Denke auch zumal daran, daß wir hier in ihrem Palaste sind und daß ihr Vater uns mit Güte überhäuft hat.' Da Kamar ez-Zamân nun sah, daß die Königin Budûr jenen Plan billigte und keine Eifersucht gegen Hajât en-Nufûs hegte, so kam er hierin mit ihr überein. – –«

Da bemerkte Schehrezâd, daß der Morgen begann, und sie hielt in der verstatteten Rede an. Doch als die *Zweihundertundsiebenzehnte Nacht* anbrach, fuhr sie also fort: »Es ist mir berichtet worden, o glücklicher König, daß Kamar ez-Zamân mit seiner Gemahlin, der Königin Budûr, hierin übereinkam; so berichtete er denn dem König Armanûs, was sie gesagt hatte, daß sie nämlich dem Plane zustimme und der Hajât en-Nufûs eine Dienerin sein wolle. Als König Armanûs diese Worte aus dem Munde des Kamar ez-Zamân vernahm, war er hocherfreut. Dann ging er hin und setzte sich auf seinen Herrscherthron, ließ alle Wesire und Emire, Kammerherrn und Großen des Reiches kommen und verkündete ihnen die Geschichte von Kamar ez-Zamân und seiner Gemahlin, der Prinzessin Budûr, von Anfang bis zu Ende; und er fügte hinzu, er wolle seine Tochter Hajât en-Nufûs mit Kamar ez-Zamân vermählen und ihn an Stelle seiner Gemahlin, der Prinzessin Budûr, zum Sultan über sie einsetzen. Da sprachen sie alle: ‚Dieweil Kamar ez-Zamân der Gemahl der Prinzessin Budûr ist, die vorher Sultan über uns war, während wir glaubten, sie sei der Eidam unseres Königs Armanûs, so wollen wir ihn als Sultan über uns anerkennen und seine Untertanen sein und ihm stets die Treue wahren.' Darüber freute König Armanûs sich sehr. Dann berief er die Kadis und die Zeugen und die höchsten Würdenträger des Reiches zu sich, und er ließ das Ehebündnis zwischen Kamar ez-Zamân und der Prinzessin Hajât en-Nufûs schließen. Nun ließ er Freudenfeste feiern und prunkvolle Gastmähler herrichten; er verlieh prächtige Ehrenkleider an alle Emire und Hauptleute des Heeres, ließ Almosen an die Armen und Bedürftigen verteilen und befreite alle Gefangenen. Das Volk freute sich über die Thronbesteigung des Königs Kamar ez-Zamân und wünschte ihm lange Dauer des Ruhms, der

Glückseligkeit und der Herrlichkeit. Wie nun Kamar ez-Zamân Sultan geworden war, hob er die Abgaben auf und entließ die Leute, die noch in Gefangenschaft geblieben waren. Und er herrschte, gepriesen von seinen Untertanen, und lebte mit seinen beiden Gemahlinnen in Glück und Seligkeit, in Treue und Fröhlichkeit, indem er abwechselnd je eine Nacht bei jeder von beiden verbrachte. So blieb es auch lange Zeit; fern waren ihm Sorgen und Traurigkeit, und selbst sein Vater, der König Schehrimân, geriet bei ihm in Vergessenheit, ja auch die Ehre und Gunst, deren er sich einst bei ihm erfreut. Da segnete Allah der Erhabene ihn mit zwei Knaben, die seine Gattinnen ihm gebaren, und die wie zwei leuchtende Monde waren. Der ältere von beiden war der Sohn der Königin Budûr und erhielt den Namen el-Malik el-Amdschad; der jüngere aber war ein Sproß der Königin Hajât en-Nufûs und ward el-Malik el-As'ad genannt. Und el-As'ad war noch schöner als el-Amdschad. Die beiden wuchsen auf, von Glanz und zärtlicher Liebe umgeben und in der Erziehung zum vornehmen Leben; sie lernten die Schreibkunst und die Wissenschaften, die Staatskunst und das Rittertum, und sie wurden so zu einem Bilde der Vollkommenheit und der höchsten Schönheit und Lieblichkeit, und sie erregten das Entzücken der Frauen wie der Männer weit und breit. Sie blieben eng miteinander verbunden, bis sie siebenzehn Jahre alt waren; sie aßen zusammen und tranken zusammen und trennten sich nie, zu keiner Zeit und zu keiner Stunde, so daß alle Menschen sie darum beneideten. Nachdem sie das Mannesalter erreicht hatten und in allem vollkommen geworden waren, pflegte ihr Vater, wenn er auf Reisen ging, sie abwechselnd in der Regierungshalle seinen Platz einnehmen zu lassen; und dann sprach ein jeder von ihnen je einen Tag Recht unter dem Volke. Nun wollte es das Schicksal, dem keiner entgeht, und das Verhängnis, das fest geschrieben steht, daß die Liebe zu el-As'ad, dem Sohne der Hajât en-Nufûs, das Herz der Königin Budûr, der Gemahlin seines Vaters, entzündete; und ebenso drang die Liebe zu el-Amdschad, dem Sohne der Königin Budûr, in das Herz der Hajât en-Nufûs, der Gemahlin seines Vaters. Und so begann eine jede von den beiden Frauen mit dem Sohne ihrer Eheschwester zu tändeln, ihn zu küssen und an die Brust zu ziehen; und wenn seine rechte Mutter das sah, so glaubte sie, das seien nur Zeichen der Neigung und Liebe, wie sie Mütter zu ihren Kindern haben. Ja, die Liebe hatte sich so tief in die Herzen der beiden Frauen eingedrückt, und sie wurden von den Jünglingen so berückt, daß eine jede von ihnen, sobald der Sohn ihrer Eheschwester zu ihr eintrat, ihn sogleich an die Brust zog und sich nie von ihm trennen wollte. Doch schließlich, als es ihnen zu lange währte, zu hangen und zu bangen, und als sie keinen Weg sahen, um an das Ziel ihrer Wünsche zu gelangen, wiesen sie Trank und Speise zurück und trennten sich von des Schlummers süßem Glück. Nun ritt der König wieder einmal auf die Jagd und befahl seinen beiden Söhnen nach ihrer Gewohnheit je einen Tag abwechselnd an seiner Stelle zu sitzen, um Recht zu sprechen. – –«

Da bemerkte Schehrezâd, daß der Morgen begann, und sie hielt in der verstatteten Rede an. Doch als die *Zweihundertundachtzehnte Nacht* anbrach, fuhr sie also fort: »Es ist mir berichtet worden, o glücklicher König, daß der König wieder einmal auf die Jagd ritt und seinen beiden Söhnen befahl, nach ihrer Gewohnheit je einen Tag abwechselnd an seiner Stelle zu sitzen, um Recht zu sprechen. So setzte sich denn am ersten Tage el-Amdschad, der Sohn der Königin Budûr, auf den Herrscherthron, erließ Gebote und Verbote, setzte ein und setzte ab, gab und versagte. Da schrieb ihm die Königin Hajât en-Nufûs, die Mutter des Prinzen el-As'ad, einen Brief, in dem sie um seine Neigung bat; sie offenbarte ihm, daß sie ihn leidenschaftlich liebe, sie warf die Hülle der Scham ab und ließ ihn wissen, daß sie wünsche, mit ihm in Liebe vereint zu sein. Sie nahm ein Blatt und schrieb darauf diese Zeilen: ‚Von der Elenden, die vor Liebe brennt, * der Betrübten, die von dir getrennt, * deren Jugend durch die Liebe zu dir hinschwindet * und die sich um deinetwillen in endlosen Qualen windet! * Wollte ich dir die langen Leiden zu schildern wagen, * und was ich alles an Trübsal ertragen * – wie die Leidenschaften an mir nagen, * welch Leiden mir Weinen und Seufzen flicht, * wie mein betrübtes Herz zerbricht, * wie der Gram mich begleitet * und die Sorge mich geleitet, * was ich leide, von dir getrennt zu sein * an Kümmernis und brennender Pein, * so würden der Worte im Briefe zu viel, * und ich käme nicht an der Beschreibung Ziel. * Himmel und Erde engen mich ein, * und meine einzige Hoffnung bist du allein. * Den Tod mußte ich schon vor mir schauen, * und ich rang mit der Vernichtung Grauen. * In mir wächst die brennende Qual, * der Schmerz um Fernsein und Trennung zumal. * Wollt ich schildern, welche Wunden die Sehnsucht mir schlug, * so wären der Blätter nie genug. * Und im Übermaße von Unglück und zehrendem Leid * hab ich dir diese Verse geweiht:

> *Wenn ich dir schildern wollte, welch Feuer ich erdulde,*
> *Welch Siechtum, welche Unruh und welche Leidenschaft,*
> *So würde auf der Erde Schreibrohr, Papier und Tinte,*
> *Ja, auch ein jedes Blatt gar bald hinweggerafft.*‘

Dann hüllte die Königin Hajât en-Nufûs dies Blatt in ein Stück kostbarer Seide, das mit Moschus und Ambra getränkt war, und legte dazu einige ihrer seidenen Haarbänder, die Schätze wert waren; dann schlug sie das Ganze in ein Tuch und übergab es einem Eunuchen, dem sie befahl, es dem Prinzen el-Amdschad zu bringen. --«

Da bemerkte Schehrezâd, daß der Morgen begann, und sie hielt in der verstatteten Rede an. Doch als die *Zweihundertundneunzehnte Nacht* anbrach, fuhr sie also fort: »Es ist mir berichtet worden, o glücklicher König, daß sie das Blatt mit der Botschaft dem Eunuchen übergab, dem sie befahl, es dem Prinzen el-Amdschad zu bringen. Da ging jener Eunuch fort, ohne zu wissen, was für ihn in dem geheimnisvollen Schoße der Zukunft verborgen war; doch Er, der die geheimen Dinge kennt, lenkt alles, wie es Ihm gefällt! Wie nun der Eunuch zum Prinzen el-Amdschad eingetreten war, küßte er den Boden vor ihm, überreichte ihm das Tuch und überbrachte ihm so die Botschaft. Der Prinz nahm das Tuch aus den Händen des Eunuchen entgegen, öffnete es, sah den Brief, öffnete auch den und las ihn. Und als er seinen Inhalt verstanden hatte, erkannte er, daß die Gemahlin seines Vaters in ihrem innersten Wesen eine Verräterin war und daß sie seinen Vater Kamar ez-Zamân in ihrem Herzen betrogen hatte. Da ergrimmte er gewaltig, und er schalt die Frauen wegen ihres Tuns, indem er rief: ,Allah verfluche die Frauen, die Verräterinnen, die keinen Verstand und keinen Glauben haben!' Dann zog er sein Schwert und schrie den Eunuchen an: ,Weh dir, du elender Mohr! Bringst du da die Botschaft, die Verrat birgt, von der Frau deines Herrn? Bei Allah, an dir ist nichts Gutes, du Schwarzgesicht, dessen schwarze Taten im Himmelsbuche stehen, du Kerl von häßlichem, törichtem Wesen und eklig anzusehen!' Und alsbald traf er ihn mit dem Schwert auf den Nacken und trennte ihm den Kopf vom Rumpfe. Dann faltete er das Tuch wieder über seinem Inhalte zusammen und steckte es in seine Tasche, ging zu seiner Mutter und erzählte ihr, was geschehen war. Dabei schmähte und beschimpfte er sogar auch sie, indem er sprach: ,Von euch ist jede einzelne immer noch elender als die andere. Bei Allah dem Allmächtigen, wenn ich nicht befürchtete, gegen meinen Vater Kamar ez-Zamân und meinen Bruder el-Malik el-As'ad unrecht zu handeln, so würde ich hingehen und ihr den Kopf abschlagen, wie ich ihrem Eunuchen den Hals durchschlagen habe.' Dann verließ er seine Mutter, die Königin Budûr, in überschäumender Wut. Als aber der Königin Hajât en-Nufûs, der Gemahlin seines Vaters, berichtet wurde, was er mit ihrem Eunuchen getan hatte, da verwünschte und verfluchte sie ihn und spann Ränke wider ihn. Krank vor Wut, Zorn und Sorgen, verbrachte el-Malik el-Amdschad jene Nacht und fand auch keine Freude mehr an Speise, Trank und Schlaf.

Am nächsten Morgen ging sein Bruder, el-Malik el-As'ad, hin und setzte sich auf den Thron seines Vaters, um unter dem Volke Recht zu sprechen. Doch seine Mutter, Hajât en-Nufûs, erwachte ganz krank, da sie ja wußte, daß el-Malik el-Amdschad den Eunuchen erschlagen hatte. Wie nun el-Malik el-As'ad sich an jenem Tage niedergesetzt hatte, sprach er Recht und Gerechtigkeit, setzte ein und ab, erließ Gebote und Verbote, gab und spendete; und so saß er auf dem Herrscherthron bis um die Zeit des Nachmittagsgebetes. Da schickte die Königin Budûr, die Mutter des Prinzen el-Malik el-Amdschad, zu einer listigen alten Frau und offenbarte ihr, was sie in ihrem Herzen empfand; und sie nahm ein Blatt, um ihm eine Botschaft an el-Malik el-As'ad, dem Sohne ihres Gemahles, anzuvertrauen. Und indem sie ihm das Übermaß ihrer leidenschaftlichen Liebe zu ihm klagte, schrieb sie ihm diese Worte: ,Von ihr, die vor Liebe und Sehnsucht zugrunde geht, * an ihn, der unter den Menschen als schönster und edelster dasteht, * der sich brüstet mit seiner Lieblichkeit * und stolz ist auf seine Zierlichkeit, * der kein Gehör dem Wunsche nach Liebesvereinigung mit ihm leiht, * der mit seiner Gunst die nicht beglückt, * die sich vor dem Grausamen, Harten demütig bückt, * von ihr, die der Liebeskummer bannt, * zu el-Malik el-As'ad's Hand, * an den Jüngling im herrlichen Schönheitskleid, * geschmückt mit strahlender Lieblichkeit, * einem mondhellen Angesicht, * und einer Stirn von glänzendem, schimmerndem Licht. * Dies ist mein Brief an ihn, der durch seine Liebe meinen Leib hinschwinden heißt, * der mir Haut und Gebein zerreißt. * Wisse, meine Geduld ist dahin, * und ich bin ratlos in meinem Sinn. * Sehnsucht und Wachen quälen mich, * Geduld und Schlummer fliehen mich, * Kummer und Schlaflosigkeit verzehren mich. * Sehnsüchtige Liebe brennt in mir, * Krankheit und Siechtum weilen in mir. * Mein Leben sei dir dargebracht, * und wenn der Tod einer zärtlich Liebenden dir Freude macht, * so möge Allah dir ein langes Leben verleihn * und dich von allem Übel befrein!' Und nach diesen Zeilen schrieb sie noch diese Verse:

> *Das Schicksal hat bestimmt, daß ich dich lieben solle;*
> *Ach, deine Schönheit ist dem hellen Monde gleich.*
> *Du trägst die Zartheit und der Rede Wohllaut in dir;*
> *Du bist vor allen Menschen am Glanz der Schönheit reich.*
> *Ich gebe mich zufrieden, daß du mir Qual bereitest;*
> *Vielleicht gewährst du mir noch einen einz'gen Blick.*
> *Ja, glücklich, wer den Tod durch Liebe zu dir findet;*
> *Wer Lieb und Sehnsucht nicht empfindet, kennt kein Glück!*

dazu fügte sie noch diese Verse:

> *Dir, As'ad, klage ich die Flammenglut der Liebe;*
> *Erbarm dich der Betörten, in der die Sehnsucht loht.*
> *Wie lange soll die Hand des Leidens mit mir spielen,*

Die Liebe und die Sorge, das Wachen und die Not?
Bald sink ich wie ins Meer, bald klage ich, o Wunder,
Ob Feuersglut im Herzen, du Ziel der Wünsche mein! –
Der du mich tadelst, laß den Tadel, flieh die Liebe;
Sonst würd dein Auge bald ein Tränenrinnsal sein!
Wie viele Male rief ich im Schmerz der Trennung: Wehe!
Und doch, das Weherufen, es tat mir niemals gut.
Du machst mich krank durch Härte; ich kann sie nicht ertragen;
Du bist der Arzt, hilf mir mit dem, was nötig tut.
O Tadler, laß das Tadeln, nimm dich davor in acht,
Daß dich die Liebeskrankheit nicht trifft und elend macht!

Darauf tränkte die Königin das Blatt der Botschaft mit stark duftendem Moschus und umwand es mit Bändern aus ihrem Haare; die waren aus irakischer Seide und hatten Troddeln aus smaragdgrünen Streifen, die mit Perlen und Edelsteinen besetzt waren. Darauf übergab sie das Ganze der Alten und befahl ihr, es dem Prinzen el-Malik el-As'ad, dem Sohne ihres Gemahls, des Königs Kamar ez-Zamân, zu überbringen. Die Alte ging, ihr zu Gefallen, hin und trat alsbald zu el-Malik el-As'ad ein, der sich in seinem eigenen Gemache befand, als sie kam. Sie überreichte ihm das Blatt mit dem, was es enthielt, und blieb eine Weile stehen, um auf eine Antwort zu warten. Da las el-Malik el-As'ad den Brief und verstand seinen Inhalt; dann umwand er es wieder mit den Haarbändern und steckte es in seine Tasche. Doch er ergrimmte gar sehr, sein Zorn kannte keine Grenzen mehr, und er fluchte den trügerischen Weibern. Und so sprang er auf, zog sein Schwert aus der Scheide, traf die Alte im Nacken und trennte ihr den Kopf vom Rumpfe. Dann machte er sich auf und ging zu seiner Mutter Hajât en-Nufûs; die fand er auf ihrem Lager liegen, krank durch ihr Erlebnis mit el-Malik el-Amdschad, und er schmähte sie und fluchte ihr. Darauf verließ er sie, begab sich zu seinem

Bruder el-Malik el-Amdschad und erzählte ihm, was er von seiner Mutter, der Königin Budûr, hatte erleben müssen. Auch berichtete er ihm, daß er die Alte, die mit der Botschaft zu ihm gekommen war, totgeschlagen hatte, und fügte hinzu: ‚Bei Allah, lieber Bruder, wenn ich mich nicht vor dir gescheut hätte, so wäre ich im selben Augenblick zu ihr geeilt und hätte ihr den Kopf von den Schultern geschlagen!' ‚Bei Allah, lieber Bruder,' erwiderte el-Malik el-Amdschad, ‚wisse, gestern, als ich auf dem Herrscherthrone saß, ist mir dasselbe widerfahren wie dir heute. Deine Mutter schickte mir eine Botschaft, die ähnliche Worte enthielt.' Und so erzählte er ihm alles, was er mit der Königin Hajât en-Nufûs erlebt hatte, indem er hinzufügte: ‚Bei Allah, mein Bruder, wenn ich mich nicht vor dir gescheut hätte, so wäre ich zu ihr geeilt und hätte mit ihr dasselbe getan wie mit dem Eunuchen.' Dann blieben die beiden den Rest der Nacht hindurch im Gespräche beisammen und fluchten den treulosen Weibern. Aber sie verpflichteten sich gegenseitig, diese Sache geheimzuhalten, damit ihr Vater, der König Kamar ez-Zamân, nicht davon höre und die beiden Frauen nicht töte. So verbrachten sie die Nacht in Betrübnis bis zum Morgen.

Am nächsten Morgen kam der König mit seinem Heere von der Jagd zurück und setzte sich eine Weile auf seinen Herrscherthron. Dann entließ er die Emire und begab sich in den Palast; dort fand er seine beiden Gemahlinnen schwerkrank auf ihren Lagern. Aber sie hatten bereits Ränke gegen ihre Söhne gesponnen und hatten sich verabredet, sie zu Tode zu bringen, da sie sich ja ihnen gegenüber bloßgestellt hatten und befürchteten, daß sie nun in ihrer Gewalt sein würden. Doch als der König sie in diesem Zustande erblickte, fragte er sie, was ihnen fehle. Da erhoben sie sich vor ihm, küßten ihm die Hände und sagten, indem sie die Sache umkehrten: ‚Wisse, o König, deine beiden Söhne, die doch in deiner Güte aufgewachsen sind, haben sich an deinen Frauen vergangen und haben dich verraten und mit Schmach befleckt.' Als Kamar ez-Zamân diese Worte von seinen Frauen hören mußte, ward das helle Tageslicht finster vor seinem Angesicht, und er entbrannte von so gewaltiger Wut, daß er vor Übermaß des Zornes fast den Verstand verlor. Er fuhr seine Frauen an: ‚Erklärt mir diese Sache näher!' Da sprach die Königin Budûr: ‚Wisse, o größter König unserer Zeit, dein Sohn el-As'ad, der Sproß von Hajât en-Nufûs, sendet mir seit geraumer Zeit Botschaften und Briefe und will mich zum Ehebruch verleiten; ich verbot es ihm, aber er ließ sich nicht hindern. Als du nun fortgezogen warst, stürzte er sich trunken mit einem gezückten Schwerte in der Hand auf mich; doch er traf damit meinen Eunuchen und tötete ihn. Dann setzte er sich mit dem Schwerte in der Hand auf meine Brust, und ich fürchtete, er würde mich, wenn ich mich ihm widersetzte, ebenso erschlagen, wie er meinen Eunuchen erschlagen hatte. So tat er denn seinen Willen an mir mit Gewalt. Und wenn du mir nicht zu meinem Rechte wider ihn verhilfst, o König, so töte ich mich selbst mit eigener Hand; denn ich mag nicht mehr in der Welt leben, nachdem diese verruchte Tat geschehen ist.' Danach berichtete ihm Hajât en-Nufûs, von Tränen erstickt, eine gleiche Geschichte, wie ihre Eheschwester Budûr sie erzählt hatte. – –«

Da bemerkte Schehrezâd, daß der Morgen begann, und sie hielt in der verstatteten Rede an. Doch als die *Zweihundertundzwanzigste Nacht* anbrach, fuhr sie also fort: »Es ist mir berichtet worden, o glücklicher König, daß die Königin Hajât en-Nufûs ihrem Gatten, dem König Kamar ez-Zamân, eine gleiche Geschichte erzählte wie die Königin Budûr und mit den

Worten schloß: ‚So ist auch mir das gleiche von deinem Sohne el-Amdschad widerfahren.' Dann begann sie zu weinen und zu klagen und sprach: ‚Wenn du mir nicht wider ihn zu meinem Rechte verhilfst, so berichte ich es meinem Vater, dem König Armanûs.' Nun weinten beide Frauen bitterlich vor ihrem Gemahl, dem König Kamar ez-Zamân. Als aber der König die Tränen seiner beiden Gemahlinnen sah und ihre Worte vernommen hatte, glaubte er, daß alles wahr sei; und da ergrimmte er gewaltig über alle Maßen. So machte er sich auf und wollte über seine beiden Söhne herfallen, um sie zu töten; aber da trat ihm sein Schwäher, der König Armanûs, entgegen, der gerade zu ihm hereinkam, um ihn zu begrüßen, da er gehört hatte, daß er von der Jagd zurückgekehrt sei. Als er ihn sah, wie er das gezückte Schwert in der Hand hielt und wie ihm das Blut vor dem Übermaße seines Ingrimms aus der Nase tropfte, fragte er ihn, was mit ihm sei. Jener erzählte ihm alles, was ihm von seinen Söhnen el-Amdschad und el-As'ad angetan war, und fügte hinzu: ‚Jetzt will ich zu ihnen eilen, auf daß ich sie mit dem schmählichsten Tode bestrafe und sie zum schmachvollsten warnenden Beispiele mache.' Sein Schwäher, der König Armanûs, der auch wider sie ergrimmte, gab ihm zur Antwort: ‚Gut ist, was du tun willst, mein Sohn! Allah segne die beiden nicht, noch segne er je Söhne, die sich so gegen ihre Eltern vergehen! Doch, mein Sohn, es heißt im Sprichwort: ‚Wer die Folgen nicht bedenkt, dem wird vom Schicksal kein Glück geschenkt.' Sie sind ja doch deine Söhne, und darum gebührt es sich, daß du sie nicht mit eigener Hand tötest; denn sonst würdest du ihre Todesqual hinunterwürgen müssen und später ihren Tod bereuen, wenn die Reue nichts mehr fruchtet. Darum schicke sie mit einem deiner Mamluken fort, auf daß er sie in der Wüste töte, fern von deinen Augen, wie es im Sprichwort heißt: ‚Fern von meinem Freunde ist es besser und schöner, wo das Auge nicht sieht und das Herz nicht betrübt wird.' Als König Kamar ez-Zamân von seinem Schwäher, dem König Armanûs, diese Worte vernommen hatte, sah er ein, daß sie das Richtige trafen; so steckte er denn sein Schwert wieder in die Scheide, kehrte um und setzte sich auf den Thron seiner Herrschaft. Dann berief er seinen Schatzmeister, einen hochbetagten Greis, erfahren in allen Angelegenheiten und in den Wechselfällen der Zeiten; zu dem sprach er: ‚Geh zu meinen Söhnen el-Amdschad und el-As'ad, lege ihnen starke Fesseln an, tu sie in zwei Kisten und lade sie auf ein Maultier; dann besteige ein Reittier und zieh mit ihnen mitten in die Wüste. Dort bringe sie um, fülle zwei Flaschen mit ihrem Blute und komm schnell damit zu mir zurück!' ‚Ich höre und gehorche!' sprach der Schatzmeister; dann machte er sich sofort auf, begab sich zu el-Amdschad und el-As'ad und traf sie unterwegs, wie sie gerade aus der Vorhalle des Palastes traten. Sie hatten ihre feinsten und prächtigsten Gewänder angelegt und wollten sich zu ihrem Vater, dem König Kamar ez-Zamân, begeben, um ihn zu begrüßen und zu seiner wohlbehaltenen Rückkehr von dem Jagdzuge zu beglückwünschen. Als der Schatzmeister sie erblickte, legte er Hand an sie und sprach zu ihnen: ‚Meine Söhne, bedenkt, ich bin ein Sklave, dem man gebietet; nun hat mir euer Vater einen Befehl erteilt – sagt, wollt ihr seinem Befehle gehorchen?' Sie antworteten: ‚Jawohl', und so trat denn der Schatzmeister auf sie zu, fesselte sie, legte sie in zwei Kisten, lud sie auf den Rücken eines Maultieres und zog mit ihnen aus der Stadt hinaus. Und er ritt mit ihnen in der Wüste immer weiter, bis es fast Mittag geworden war. Dann machte er an einer öden und wüsten Stätte halt, stieg von seinem Pferde ab, nahm die beiden Kisten von dem

Rücken des Maultieres herunter, öffnete sie und holte el-Amdschad und el-As'ad aus ihnen hervor. Wie er die beiden erblickte, weinte er bitterlich um ihre Schönheit und Anmut. Doch dann zog er sein Schwert aus der Scheide und sprach zu ihnen: ‚Bei Allah, meine lieben Herren, es fällt mir schwer, euch ein Leids anzutun; doch mich trifft keine Schuld an all dieser Not, denn ich bin nur ein Sklave unter Gebot. Euer Vater, der König Kamar ez-Zamân, hat mir befohlen, euch den Kopf abzuschlagen.' Sie gaben ihm zur Antwort: ‚Emir, tu, was der König dir befohlen hat! Wir wollen alles, was Allah der Allmächtige und Allgewaltige über uns verhängt hat, in Geduld ertragen; du bist schuldlos an unserem Blute.' Dann umarmten sie einander und nahmen voneinander Abschied. El-As'ad aber sprach zu dem Schatzmeister: ‚Um Allahs willen, lieber Oheim, laß mich nicht die Todesqualen meines Bruders hinunterwürgen, laß mich den Kelch des Anblicks seiner Leiden nicht trinken; töte mich vor ihm, das ist leichter für mich.' Doch da sprach el-Amdschad ebenso und flehte den Schatzmeister an, ihn vor seinem Bruder zu töten, indem er sprach: ‚Mein Bruder ist jünger als ich, erspare es mir, seine Qualen zu sehen!' Nun weinten beide so bitterlich, daß ihrem Schmerze kein andrer glich, und der Schatzmeister weinte mit ihnen. – –«

Da bemerkte Schehrezâd, daß der Morgen begann, und sie hielt in der verstatteten Rede an. Doch als die *Zweihundertundeinundzwanzigste Nacht* anbrach, fuhr sie also fort: »Es ist mir berichtet worden, o glücklicher König, daß der Schatzmeister mit den beiden weinte. Dann umarmten die beiden Brüder einander und nahmen voneinander Abschied; und der eine von ihnen sprach zu dem anderen: ‚All dies kommt durch die Falschheit der Verräterinnen, meiner Mutter und deiner Mutter; dies ist nun die Vergeltung für mein Verhalten gegen deine Mutter und für dein Verhalten gegen meine Mutter! Es gibt keine Majestät und es gibt keine Macht außer bei Allah dem Erhabenen und Allmächtigen; wir sind Gottes Geschöpfe, und zu Ihm kehren wir zurück!' Darauf umarmte el-As'ad seinen Bruder von neuem, und er begann in Seufzer auszubrechen und hub an, diese Verse zu sprechen:

> O du, zu dem wir klagen und uns flüchten,
> Bereit für alles, was da kommen kann!
> Mir hilft nichts mehr, als an dein Tor zu klopfen;
> Weist du mich ab, wo klopfe ich dann an?
> Du, dessen Huld sich birgt im Worte ‚Sei!‘,
> Hort alles Guten, steh mir gnädig bei!

Als el-Amdschad hörte, wie sein Bruder klagte, weinte er und schloß ihn an seine Brust und sprach diese beiden Verse:

> O der du mehr als einmal mir deine Hilfe liehest,
> Und dessen Gabenreichtum schier unermeßlich ist,
> Nie hat in meinem Leben mich ein Leid getroffen,
> Bei dem ich nicht gefunden, daß du mein Retter bist.

Dann sprach el-Amdschad zu dem Schatzmeister: ‚Ich bitte dich bei dem Einen, dem Allbezwinger, bei dem König, dem Alldurchdringer, töte mich vor meinem Bruder el-As'ad; dann erlischt das Feuer in meinem Herzen, und dann brennen nicht mehr die Schmerzen.' El-As'ad aber weinte und rief: ‚Nein, ich will zuerst sterben!' Schließlich sprach el-Amdschad: ‚Am schönsten wäre es, wir umarmten einander, so daß, wenn das Schwert auf uns herniedersaust, es uns mit einem einzigen Streiche tötet!' Nachdem nun die beiden einander umarmt und Wange an Wange gepreßt hatten, legte der Schatzmeister weinend die Stricke um sie und band sie fest. Darauf zog er sein Schwert und sprach: ‚Bei Allah, liebe Herren, es wird mir schwer, euch zu töten! Habt ihr jetzt noch einen Wunsch, den ich euch erfüllen, einen Auftrag, den ich ausführen, eine Botschaft, die ich ausrichten könnte?' Da gab el-Amdschad zur Antwort: ‚Wir haben keinen Wunsch mehr; aber einen Auftrag will ich dir geben, der lautet: Lege meinen Bruder el-As'ad zuunterst und mich zuoberst, damit der Schwertstreich zuerst auf mich falle; wenn du uns dann getötet hast und zum König zurückkehrst und er dich fragt, ob du vor unserem Tode noch etwas von uns vernommen habest, so antworte ihm: ‚Deine Söhne lassen dich grüßen und dir sagen: Du wußtest nicht, ob sie unschuldig oder schuldig waren; dennoch hast du sie töten lassen, ohne dich ihrer Schuld zu vergewissern und ohne ihre Sache zu untersuchen.' Dann sprich zu ihm diese beiden Verse:

> *Die Weiber sind Teufel, zu unsrem Verderben erschaffen;*
> *Ich flüchte zu Gott vor diesen teuflischen Schlingen.*
> *Sie sind der Quell der Leiden, die unter den Menschen*
> *Erscheinen, in Sachen der Welt und in Glaubensdingen.'*

Dann schloß el-Amdschad mit den Worten: ‚Wir wünschen nichts von dir, als daß du diese beiden Verse, die du soeben vernommen hast, unserem Vater wiederholest!' – –«

Da bemerkte Schehrezâd, daß der Morgen begann, und sie hielt in der verstatteten Rede an. Doch als die *Zweihundertundzweiundzwanzigste Nacht* anbrach, fuhr sie also fort: »Es ist mir berichtet worden, o glücklicher König, daß el-Amdschad zu dem Schatzmeister sprach: ‚Wir wünschen nichts von dir, als daß du diese beiden Verse, die du soeben vernommen hast, unserem Vater wiederholest. Doch ich bitte dich um Allahs willen, hab noch etwas Geduld mit uns, damit ich auch diese beiden Verse vor meinem Bruder sprechen kann.' Dann weinte er bitterlich und hub an zu sprechen:

> *Ein Vorbild sind für uns der Vorzeit Fürsten,*
> *Die alle längst dahingeschwunden sind.*
> *Wie viele zogen schon auf diesem Wege,*
> *Die Hohen und die Niedern, Greis und Kind!*

Als der Schatzmeister diese Worte von el-Amdschad vernahm, weinte er heftig, so daß sein Bart feucht ward. El-As'ads Augen aber begannen in Tränen auszubrechen, und er hub an, diese Verse zu sprechen:

> *Das Schicksal schreckt nach dem Geschehen durch die Spuren;*
> *Die Träne gilt nicht nur dem Leib und der Gestalt.*
> *Wie trüb sind manche Nächte! Gott tilg, was wir an ihnen*
> *Verschulden; doch sie trübte auch des Geschicks Gewalt.*
> *Der Zeiten Ungunst hat den Ibn Zubair vernichtet;*
> *Ihn schützte nicht die Flucht zu Kaaba und schwarzem Stein.*[1]
> *O wäre doch für 'Alî*[2] *ein andrer eingetreten –*
> *Trat doch auch Châridscha für 'Amr als Opfer ein!*[3]

Die strömenden Tränen färbten seine Wange, und er klagte weiter mit diesem Gesange:

> *Die Nächte und die Tage des Lebens sind gezeichnet*
> *Durch Trug; und List und Tücke beherrschen alle ganz.*
> *Das Wüstentrugbild ist für sie gleich weißen Zähnen,*
> *Des Dunkels Graun für sie gleich schwarzem Augenglanz.*
> *Ich habe mich versündigt an dieser argen Welt*
> *Dem Schwert gleich, das der Streiter noch in der Scheide hält.*

Dann begann er von neuem in Seufzer auszubrechen und hub an, diese Verse zu sprechen:

1. 'Abdallâh ibn Zubair, in Mekka Gegenkalife gegen die Omaijaden, fiel dort im Jahre 692. – 2. 'Alî, der vierte Kalife, wurde 661 ermordet. – 3. 'Amr, der Eroberer Ägyptens (um 640), sollte in der Moschee von einem Verschworenen ermordet werden. Aber gerade an dem Tage hatte 'Amr, da er krank war, den Châridscha beauftragt, statt seiner das öffentliche Gebet zu sprechen, und so wurde letzterer für ihn ermordet.

> *Der du nach der gemeinen Welt verlangest, wisse,*
> *Sie ist das Netz des Unheils und der Trübsal Haus;*
> *Ein Haus, das heute dich noch lachen läßt, doch morgen*
> *Schon weinen – solchem Hause werde der Garaus!*
> *Ohn Ende ist ihr Streit; und wer in ihr gefangen,*
> *Wird niemals frei; denn der Gefahren sind so viel.*
> *Wie mancher schaute stolz auf ihren Trug, ja, zeigte*
> *Sich trotzig, schritt hinaus weit über Maß und Ziel –*
> *Da wandte sie den Rücken des Schilds ihm zu und ließ ihn*
> *Die Dolche kosten, stets auf Rache nur bedacht.*
> *So wisse denn, daß ihre Streiche plötzlich treffen,*
> *Verzieht sie noch so lange, säumt auch des Schicksals Macht!*
> *Gib acht, auf daß dein Leben nicht verloren gehe*
> *In ihrem eitlen Tand, ohn daß du sie bezwingst!*
> *Schneid ab das Band der Sehnsucht, das dich an sie kettet,*
> *Auf daß du, recht geleitet, ein göttlich Ziel erringst!*

Als el-As'ad diese Verse gesprochen hatte, umarmte er seinen Bruder el-Amdschad so fest, daß es schien, als ob die beiden ein Leib wären. Schon zog der Schatzmeister sein Schwert und wollte die beiden treffen, als plötzlich sein Pferd scheute und in die Wüste davonrannte. Jenes Pferd aber hatte tausend Goldstücke gekostet, und es trug einen prächtigen Sattel, der viel Geld wert war. Darum warf der Schatzmeister das Schwert aus der Hand und eilte seinem Rosse nach. – –«

Da bemerkte Schehrezâd, daß der Morgen begann, und sie hielt in der verstatteten Rede an. Doch als die *Zweihundertunddreiundzwanzigste Nacht* anbrach, fuhr sie also fort: »Es ist mir berichtet worden, o glücklicher König, daß der Schatzmeister, als er mit brennender Angst im Herzen seinem Rosse nacheilte, immer weiter hinter ihm herlief, um es zu ergreifen, bis es in ein Dickicht eindrang. Da folgte er ihm in jenes Dickicht hinein; das Roß drang immer weiter vor, schlug mit den Hufen auf den Boden, so daß der Staub in die Höhe stob und sich empor in die Lüfte hob, es schnaubte und fauchte angsterfüllt, und es wieherte und wurde wild. Denn in jenem Dickicht hauste ein Löwe, ein furchtbares Ungeheuer; sein Anblick erschreckte, und seine Augen sprühten Feuer; grimmig sah sein Antlitz aus, und seine Gestalt erfüllte die Herzen mit Graus. Als der Schatzmeister sich umschaute und diesen Löwen erblickte, der auf ihn zukam, und als er keinen Ausweg sah, um vor ihm zu fliehen, aber auch kein Schwert bei sich hatte, da sprach er bei sich selber: ‚Es gibt keine Majestät und es gibt keine Macht außer bei Allah dem Erhabenen und Allmächtigen! In dieser Not bin ich wegen der Sünde an el-Amdschad und el-As'ad geraten; diese ganze Fahrt war unselig von Anfang an.'

Inzwischen aber war für el-Amdschad und el-As'ad die Hitze so drückend geworden, und sie litten an so heftigem Durste, daß die Zunge ihnen aus dem Munde herniederhing, und sie riefen um Hilfe in ihrer Qual, aber niemand half ihnen. Da sprachen sie: ‚Ach, wären wir doch getötet worden; dann hätten wir Ruhe vor dieser Pein! Jetzt wissen wir nicht, wohin das Pferd gelaufen ist, und der Schatzmeister ist hinter ihm hergeeilt und hat uns hier gefesselt liegen lassen! Wenn er doch nur käme und uns tötete! Das wäre leichter für uns als diese Qual zu erdulden.' Nun hub el-As'ad an: ‚Lieber Bruder, harre aus! Sicherlich kommt uns Hilfe von Allah dem Gepriesenen und Erhabenen; denn nur weil er uns gnädig war, ist das Pferd davongelaufen, und es ist uns kein Leid widerfahren als dieser Durst.' Dann schüttelte er sich, bewegte sich nach rechts und nach links, so daß seine Fesseln sich lösten, erhob sich und löste auch die Fesseln seines Bruders. Darauf ergriff er das Schwert des Emirs und sprach zu seinem Bruder: ‚Bei Allah, wir wollen nicht eher von hier fortgehen, als bis wir ihn aufgespürt und erfahren haben, was aus ihm geworden ist.' Alsbald begannen sie, der Spur nachzugehen; und die führte sie zu dem Dickicht. Dort sprachen sie zueinander: ‚Das Pferd und der Schatzmeister sind sicher noch nicht durch dies Dickicht hindurchgedrungen.' Nun sagte el-As'ad zu seinem Bruder: ‚Bleib du hier stehen! Ich will in das Gebüsch hineingehen und es durchsuchen.' Doch el-Amdschad erwiderte: ‚Ich laß dich nicht allein hineingehen, nein, wir wollen zusammen gehen. Leben wir, so leben wir gemeinsam; und sterben wir, so sterben wir gemeinsam.' So gingen denn beide zugleich hinein, und sie erblickten den Löwen, wie er gerade auf den Schatzmeister losgesprungen war; jener aber lag unter ihm wie ein kleiner Vogel und flehte zu Gott und streckte die Arme gen Himmel. Als el-Amdschad das sah, hob er das Schwert, stürzte sich auf den Löwen und versetzte ihm einen Hieb zwischen die Augen, der ihm den Garaus machte, und tot sank der Löwe zu Boden. Der Schatzmeister aber sprang auf, erstaunte über dies Wunder, und als er el-Amdschad und el-As'ad, die Söhne seines Herrn, dort stehen sah, warf er sich vor ihnen nieder und sprach zu ihnen: ‚Bei Allah, hohe Herren, es ist mir unmöglich, mich so an euch zu versündigen, daß ich euch töte! Möge es nie einen Menschen geben, der euch das Leben nimmt, ja, ich will mein eigenes Leben für euch hingeben!' – –«

Da bemerkte Schehrezâd, daß der Morgen begann, und sie hielt in der verstatteten Rede an. Doch als die *Zweihundertundvierundzwanzigste Nacht* anbrach, fuhr sie also fort: »Es ist mir berichtet worden, o glücklicher König, daß der Schatzmeister zu el-Amdschad und el-As'ad sprach: ‚Ich will mein eigenes Leben für euch hingeben!' Dann warf er sich ihnen ungestüm entgegen, umarmte sie und fragte sie, wie sie sich ihrer Fesseln entledigt hätten und hierher gekommen wären. Da erzählten sie ihm, wie sie durstig geworden waren, wie sich dann die

Fesseln von dem einen gelöst hatten und wie der dann den anderen befreit hatte, und daß dies alles nur um ihres reinen Gewissens willen geschehen sei; dann berichteten sie, wie sie der Spur gefolgt waren, bis sie ihn gefunden hatten. Als er ihre Worte vernahm, dankte er ihnen für das, was sie getan hatten, und ging mit ihnen aus dem Dickicht hinaus. Dort draußen sprachen sie zu ihm: ‚Lieber Oheim, führe nur den Befehl unseres Vaters aus!' Doch er rief: ‚Allah verhüte, daß ich euch ein Leids antue! Vernehmet vielmehr, was ich tun will: ich will eure Kleider nehmen und euch in meine Gewänder kleiden; dann will ich zwei Flaschen mit dem Blute des Löwen füllen, zum König gehen und ihm sagen, ich hätte euch getötet. Ihr aber ziehet hinaus ins Land, Gottes Erde ist weit! Doch wisset, liebe Herren, daß die Trennung von euch mir schwer wird.' Dann weinten alle drei, der Schatzmeister und die beiden Jünglinge. Nun legten die beiden ihre Gewänder ab, und der Schatzmeister gab ihnen seine Kleider. Er selbst aber ging zum König, nachdem er die Gewänder genommen, sie zu zwei Bündeln zusammengebunden und von dem Blute des Löwen zwei Flaschen gefüllt hatte; er legte die beiden Bündel vor sich auf den Rücken des Rosses, nahm dann Abschied von den beiden Prinzen und begab sich zur Stadt. So ritt er dahin, bis er zum König kam; und er trat zu ihm ein und küßte den Boden vor ihm. Der König sah, daß sein Antlitz verstört war; das kam zwar von seinem Abenteuer mit dem Löwen, aber der König dachte, es rühre von der Tötung seiner Söhne her, und so war er erfreut. Er fragte nun: ‚Hast du das Werk vollbracht?' ‚Ja, Herr!' erwiderte der Schatzmeister und reichte ihm die beiden Bündel mit den Kleidern und die beiden mit Blut gefüllten Flaschen. Weiter fragte der König: ‚Wie ist es dir mit ihnen ergangen? Und haben sie dir etwa einen letzten Auftrag gegeben?' Der Schatzmeister gab zur Antwort: ‚Ich fand sie geduldig und in ihr Schicksal ergeben. Und sie sprachen zu mir: ‚Unser Vater ist unschuldig; bring ihm unseren Gruß und sprich zu ihm: ‚Dich trifft keine Schuld an unserem Tode und an unserem Blute', und wir geben dir den Auftrag, diese beiden Verse vor ihm zu wiederholen:

> *Die Weiber sind Teufel, zu unserm Verderben erschaffen;*
> *Ich flüchte zu Gott vor diesen teuflischen Schlingen.*
> *Sie sind der Quell der Leiden, die unter den Menschen*
> *Erscheinen, in Sachen der Welt und in Glaubensdingen.'*

Als der König diese Worte aus dem Munde des Schatzmeisters gehört hatte, senkte er sein Haupt lange Zeit zu Boden, und er erkannte an der Bedeutung dieser Worte seiner Söhne, daß sie zu Unrecht getötet waren; dann dachte er nach über die Arglist der Frauen und über das Unheil, das von ihnen kommt. Schließlich nahm er die beiden Bündel und öffnete sie; und unter Tränen wandte er die Kleider seiner Söhne um. – –«

Da bemerkte Schehrezâd, daß der Morgen begann, und sie hielt in der verstatteten Rede an. Doch als die *Zweihundertundfünfundzwanzigste Nacht* anbrach, fuhr sie also fort: »Es ist mir berichtet worden, o glücklicher König, daß der König Kamar ez-Zamân, als er die beiden Bündel geöffnet und die Kleider seiner Söhne unter Tränen umgewandt hatte, und als er dann das Gewand seines Sohnes el-As'ad auseinanderfaltete, in dessen Tasche einen Brief fand, der von der Hand seiner Gemahlin Budûr geschrieben und mit Bändern aus ihrem Haare umwunden war. Er öffnete den Brief und las ihn, und als er den Inhalt verstanden hatte, da wußte er, daß seinem Sohne el-As'ad ein Unrecht geschehen war. Dann durchsuchte er auch das Kleiderbündel el-Amdschads und fand in seiner Tasche einen Brief, der von der Hand seiner Gemahlin Hajât en-Nufûs geschrieben und auch mit Bändern aus ihrem Haare umwunden war. Er öffnete den Brief und las ihn, und als er den Inhalt verstanden hatte, wußte er, daß auch diesem Sohne ein Unrecht geschehen war. Da schlug er die Hände zusammen und rief: ‚Es gibt keine Majestät und es gibt keine Macht außer bei Allah dem Erhabenen und Allmächtigen! Ich habe also meine Söhne zu Unrecht getötet!' Dann schlug er sich selbst vor das Antlitz und rief: ‚Weh um die Söhne, weh! Welch lange Trauer, die ich vor mir seh!' Und er befahl, zwei Gräber in einem Hause zu errichten, das nannte er das ‚Haus der Trauer', und auf die Gräber ließ er die Namen seiner beiden Söhne einmeißeln. Nun warf er sich auf das Grab el-Amdschads, und er weinte und stöhnte und klagte und sprach diese Verse:

> *O Mond, du bist jetzt in den Staub gesunken,*
> *Die hellen Sterne weinen um dich nun!*
> *O Reis, seit du zerbrachest, wird kein Auge*
> *Auf deines Schaftes zartem Spiele ruhn.*
> *Aus Eifersucht raubt ich dich meinem Auge,*
> *Bis in der andren Welt es dich erblickt.*
> *Schlaflos ertrinke ich in seinen Tränen,*
> *Und in den Höllenpfuhl bin ich entrückt.*

Dann warf er sich auf das Grab el-As'ads, und er weinte und stöhnte und klagte, bis er in einen Tränenstrom ausbrach und diese Verse sprach:

> *Ach, gern wollt ich das Unheil mit dir teilen;*
> *Doch anders wollte Gott, als ich gedacht!*
> *Schwarz machte ich die Welt vor meinem Blicke;*
> *Des Auges Schwärze hab ich weiß gemacht.*
> *Die Tränen, die ich wein', versiegen nimmer;*
> *Mein wundes Herze ist an Schwären reich.*
> *Wie schwer ist es für mich, dich dort zu wissen,*
> *Wo Knecht und Edelmann einander gleich!*

Dann weinte und klagte der König immer lauter; doch schließlich hörte er auf, seinen Schmerz unter Tränen in Verse zu kleiden, und schloß sich, fern von seinen Freunden und Gefährten, in dem Hause der Trauer ein. Dort saß er nun und beweinte seine Söhne, indem er sich von seinen Frauen und all seinen Genossen fernhielt.

Also stand es um den König. El-Amdschad und el-As'ad aber waren unterdessen in der Wüste immer weitergezogen. Sie aßen von den Kräutern der Erde und tranken aus den Regenlachen, einen ganzen Monat lang, bis ihr Weg sie zu einem Gebirge von schwarzem Feuersteine führte, dessen Ende nicht abzusehen war. Bei jenem Gebirge gabelte sich der Weg; ein Zweig zog sich auf mittlerer Höhe durch das Gebirge hin, der andere stieg zum Gipfel empor, sie schlugen den Weg ein, der zur Höhe hinauflief, und zogen fünf Tage lang auf ihm dahin, aber da sahen sie noch kein Ende. Nun überwältigte sie die Müdigkeit; denn sie waren nicht daran gewöhnt, auf Berge zu klimmen noch überhaupt zu Fuße zu wandern. Und da sie auch die Hoffnung, das Ziel zu erreichen, aufgaben, kehrten sie um und schlugen den anderen Weg ein, der sich auf mittlerer Höhe durch das Gebirge hinzog. – –«

Da bemerkte Schehrezâd, daß der Morgen begann und sie hielt in der verstatteten Rede an. Doch als die *Zweihundertundsechsundzwanzigste Nacht* anbrach, fuhr sie also fort: »Es ist mir berichtet worden, o glücklicher König, daß el-Amdschad und el-As'ad, die Söhne des Königs Kamar ez-Zamân, als sie auf dem Wege zum Gipfel umgekehrt waren und den Weg auf mittlerer Höhe eingeschlagen hatten, den ganzen Tag hindurch auf ihm weitergingen, bis es Abend ward. Da sprach el-As'ad, der von dem langen Wandern müde geworden war, zu seinem Bruder: ‚Lieber Bruder, ich kann jetzt nicht mehr weitergehen; denn ich bin zu schwach.' Doch el-Amdschad erwiderte: ‚Lieber Bruder, nimm deine ganze Kraft zusammen! Allah wird die Not von uns wenden.' Dann gingen die beiden noch eine Weile in der Dunkelheit weiter, bis die Finsternis sie ganz umhüllte; da ermüdete el-As'ad gar sehr, und seine Erschöpfung kannte keine Grenzen mehr, und während er rief: ‚Lieber Bruder, ich bin todmüde vom Gehen', warf er sich auf den Boden und weinte. Nun hob sein Bruder el-Amdschad ihn auf und trug ihn weiter; bald ging er mit seiner Last dahin, bald setzte er sich und ruhte aus, bis daß der Morgen dämmerte. Da trug er ihn auf eine Bergeshöhe, und dort fanden sie eine Quelle fließenden Wassers und daneben einen Granatapfelbaum und eine Gebetsnische. Sie trauten kaum ihren Augen, als sie das sahen; doch alsbald ließen sie sich bei jener Quelle nieder, tranken von ihrem Wasser, aßen von den Früchten des Granatapfelbaumes und ruhten dort, bis die Sonne aufging. Dann richteten sie sich auf, wuschen sich im Quellwasser, aßen wieder von den Granatäpfeln, die auf dem Baume hingen, und ruhten bis zur Zeit des Nachmittagsgebetes. Nun gedachten sie weiterzuwandern; aber el-As'ad konnte nicht mehr gehen, da seine Füße geschwollen waren. So blieben sie dort drei Tage lang, bis sie sich ausgeruht hatten, und dann zogen sie im Gebirge weiter, Tag und Nacht; wie sie aber so über die Berge wanderten, von Müdigkeit und Durst völlig erschöpft, winkte ihnen plötzlich in der Ferne eine Stadt. Hocherfreut zogen sie auf sie zu, und wie sie in ihrer Nähe waren, dankten sie Allah dem Erhabenen, und el-Amdschad sprach zu el-As'ad: ‚Lieber Bruder, bleib du hier sitzen; ich will zu dieser Stadt hingehen und nachsehen, was es für eine Stadt ist, wem sie gehört, und wo in Gottes weiter Welt wir uns befinden. Dann werden wir auch erfahren, durch was für ein Land wir gezogen sind, als wir das Gebirge da durchquerten; wären wir an seinem Fuße entlang gewandert, so hätten wir diese Stadt in einem ganzen Jahre nicht erreicht. Allah sei gepriesen, daß wir nun gerettet sind!' Aber el-As'ad erwiderte: ‚Bei Allah, Bruder, ich will in diese Stadt hinuntergehen, kein andrer soll es tun; denn ich stehe mit meinem Leben für dich ein. Wenn du mich jetzt allein lässest und hinabgehst und mir fern bist, so mache ich mir tausend Gedanken um dich, die Sorgen um dich werden mich schier ertränken, und ich werde die Trennung von dir nicht ertragen können.' ‚So geh und bleib nicht lange fort!' sprach el-Amdschad. Nun ging el-As'ad zum Fuße des Berges hinab, nachdem er einige Goldstücke mitgenommen hatte, und sein Bruder blieb allein zurück, um auf ihn zu warten. Er ging rasch den Berg hinunter, bis er in die Stadt kam; dort ging er durch die Straßen und traf auf seinem Wege einen alten hochbetagten Mann mit einem langen Barte, der ihm auf die Brust herabwallte und sich dort in zwei Spitzen teilte; in seiner Hand trug der Mann einen Stab, auf seinem Leibe kostbare Gewänder und auf seinem Haupte einen großen roten Turban. Als el-As'ad ihn erblickte, verwunderte er sich über seine Kleidung und sein Aussehen, trat auf ihn zu, grüßte ihn und sprach: ‚Wo ist der Weg zum Markt, hoher Herr?' Wie der Alte die Frage des Jünglings vernahm, lächelte er ihm freundlich zu und sprach: ‚Mein Sohn, mich deucht, du bist ein Fremdling.' El-As'ad gab zur Antwort: ‚Jawohl, ich bin ein Fremdling.' – – «

Da bemerkte Schehrezâd, daß der Morgen begann, und sie hielt in der verstatteten Rede an. Doch als die *Zweihundertundsiebenundzwanzigste Nacht* anbrach, fuhr sie also fort: »Es ist mir berichtet worden, o glücklicher König, daß der Alte, dem el-As'ad begegnete, ihm freundlich zulächelte und sprach: ‚Mein Sohn, mich deucht, du bist ein Fremdling', und daß el-

As'ad zur Antwort gab: ‚Jawohl, ich bin ein Fremdling.' Dann fuhr der Alte fort: ‚Du hast unser Land durch dein Kommen beglückt, mein Sohn, und du hast das Land deines Volkes durch dein Fernsein untröstlich gemacht. Was willst du auf dem Markte tun?' ‚Lieber Oheim,' erwiderte el-As'ad, ‚ich habe einen Bruder, den ich im Gebirge zurücklassen mußte. Wir kommen aus einem fernen Lande, und wir sind schon drei Monate lang auf der Reise. Als wir diese Stadt hier erblickten, da habe ich ihn, meinen älteren Bruder, auf dem Berghang verlassen, und ich bin hierher gekommen, um etwas zu essen zu kaufen; damit will ich zu meinem Bruder zurückgehen, und dann wollen wir uns davon nähren.' Da sagte der Alte: ‚Mein Sohn, freue dich frohester Kunde! Wisse, ich gebe heute ein Fest, und ich habe viele Gäste bei mir; dazu habe ich die besten und schönsten Speisen bereitet, die sich das Herz nur wünschen kann. Willst du nun mit mir zu meinem Hause gehen, damit ich dir dort geben kann, was du wünschest? Ich will keinen Preis, kein Entgelt von dir nehmen; aber ich will dir über diese Stadt Auskunft geben. Allah sei gepriesen, daß ich gerade dir begegnet bin und daß du niemand anders getroffen hast!' ‚Handle nach deiner Güte,' antwortete el-As'ad, ‚doch tu es bald! Denn mein Bruder wartet auf mich, und er denkt nur an mich.' Darauf ergriff der Alte die Hand el-As'ads und führte ihn durch eine enge Gasse, indem er ihm zulächelte und sprach: ‚Preis sei Ihm, der dich vor dem Volke dieser Stadt behütet hat!' Und so führte er ihn dahin, bis er in ein geräumiges Haus eintrat; darin befand sich eine Halle, in deren Mitte vierzig hochbetagte alte Männer saßen, im Kreise um ein brennendes Feuer aufgereiht; rings um das Feuer in ihrer Mitte saßen sie auf den Knien, beteten es an und warfen sich vor ihm nieder. Wie el-As'ad das sah, erschrak er über sie, und seinen

Leib überlief ein Schauern; doch er wußte nicht, was es mit ihnen auf sich hatte. Nun rief der Alte jenen Leuten zu: ‚Ihr Priester des Feuers, welch ein gesegneter Tag ist dies!' Dann rief er weiter: ‚Du da, Ghadbân!' Da kam ein schwarzer Sklave herbei, von mächtiger Gestalt und furchtbarem Aussehen; sein Antlitz war voll Graus, und seine Nase sah wie flachgedrückt aus. Diesem Neger gab er ein Zeichen, und flugs bog der die Arme el-As'ads auf den Rücken und fesselte sie. Darauf befahl der Alte ihm: ‚Führe ihn in das Verlies unter der Erde, laß ihn dort liegen und sage der Sklavin Soundso, sie solle ihre Arbeit tun und ihn Tag und Nacht foltern.' Da packte der Neger ihn, führte ihn in jenes Verlies und übergab ihn der Sklavin. Die übernahm ihre Folterarbeit, bei der sie ihm einen Laib Brot am Morgen und einen Laib am Abend, ferner einen Krug mit salzigem Wasser in der Frühe und einen anderen zur Nachtzeit zu geben hatte. Nun sprachen die Priester zueinander: ‚Wenn die Zeit des Feuerfestes kommt, dann wollen wir ihn auf dem Berge dem Feuer als Opfer darbringen.' Die Sklavin aber ging zu ihm hinab und versetzte ihm schmerzhafte Schläge, bis das Blut ihm an den Seiten herablief und er in Ohnmacht sank; dann legte sie einen Laib Brot und stellte einen Krug mit salzigem Wasser zu seinen Häupten, ging davon und ließ ihn allein. Um Mitternacht erwachte el-As'ad, und wie er merkte, daß er gefesselt und voll Striemen war, und wie die Schläge ihn schmerzten, da weinte er bitterlich. Nun dachte er an sein früheres Ansehen und Glück und an seine Herrschaft und Macht zurück, und auch daran, daß er jetzt von seinem Vater und seiner Heimat getrennt war. – –«

Da bemerkte Schehrezâd, daß der Morgen begann, und sie hielt in der verstatteten Rede an. Doch als die *Zweihundertundachtundzwanzigste Nacht* anbrach, fuhr sie also fort: »Es ist mir berichtet worden, o glücklicher König, daß el-As'ad merkte, wie er gebunden und voll Striemen war, und daß die Schläge ihn schmerzten; da dachte er an sein früheres Ansehen und Glück und an seine Herrschaft und Macht zurück, und er weinte und begann in Seufzer auszubrechen, und er hub an, diese Verse zu sprechen:

> *Verweilt bei den Trümmern des Hauses und fragt nach unsrem Geschicke;*
> *Glaubt nicht, wir wohnten noch wie ehedem im Land!*
> *Die Zeit, die alle trennt, hat jetzt auch uns geschieden,*
> *Obgleich unsrer Neider Herz noch kein Genüge fand.*
> *Mich foltert mit der Geißel eine verruchte Sklavin;*
> *Mit Feindschaft wider mich erfüllte sich ihr Sinn.*
> *Vielleicht vereinet Gott uns doch noch einmal wieder*
> *Und treibt durch seine Strafe die Feinde vor uns hin.*

Als el-As'ad diese Verse gesprochen hatte, streckte er die Hand nach seinen Häupten aus, und da fand er ein Brot und einen Krug mit salzigem Wasser; er aß ein wenig davon, nur so viel, um sein Leben zu fristen, und desgleichen trank er etwas von dem Wasser. Doch bis zum Morgen konnte er nicht wieder einschlafen wegen der vielen Wanzen und Läuse. Als aber der Morgen dämmerte, kam die Sklavin wieder zu ihm herunter, um seine Kleider zu wechseln; denn seine Gewänder waren mit Blut getränkt und klebten ihm am Leibe fest, so daß jetzt die Haut mit dem Hemde abriß. Da schrie er auf und wehklagte und sprach: ‚Mein Gott, wenn dies dein Wille ist, so laß mir noch mehr widerfahren! Herr, du übersiehest meinen Unterdrücker nicht; so nimm Rache für mich an ihm!' Dann begann er in Seufzer auszubrechen, und er hub an, diese Verse zu sprechen:

> *Geduld gebührt deinem Spruche, o Gott, im Lenken der Welt;*
> *Ich füge mich still darein, wenn es dir so gefällt.*
> *Geduld gebühret dem, was du bestimmest, o Herr;*

> *Geduld, auch wenn ich in Feuer von Dornen geworfen wär.*
> *Sie übten Gewalt und Feindschaft an mir und grausamen Hohn;*
> *Vielleicht gewährest du dereinst mir guten Lohn.*
> *Laß nie, o Herr, den Frevler fern deinem Auge sein!*
> *Denn du, o Herr des Schicksals, nur du trittst für mich ein.*

Und dann sprach er die Worte eines anderen Dichters:

> *Mit deinen Sorgen quäl dich nie;*
> *Vertrau dem Schicksal alle Müh!*
> *Manch Ding schaut sich betrüblich an;*
> *Doch später hast du Freude dran.*
> *Oft wird zur Weite, was bedrängt;*
> *Oft wird die Weite eingeengt.*
> *Denn Allah tut, was er nur will;*
> *Und seinem Willen füg dich still!*
> *Freu dich am Guten, das du hast;*
> *Vergiß dadurch vergangne Last!*

Als er diese Verse gesprochen hatte, fiel die Sklavin wieder mit Schlägen über ihn her, bis er in Ohnmacht sank. Sie warf ihm noch einen Laib Brot zu, stellte einen Krug mit salzigem Wasser hin und ging fort von ihm. So ließ sie ihn dort liegen, wie er war, mutterseelenallein, tief betrübt, indem ihm das Blut an den Seiten herabrann, mit eisernen Banden gefesselt und fern von den Lieben. Nun weinte er und dachte an seinen Bruder und an seine frühere Herrlichkeit. – –«

Da bemerkte Schehrezâd, daß der Morgen begann, und sie hielt in der verstatteten Rede an. Doch als die *Zweihundertundneunundzwanzigste Nacht* anbrach, fuhr sie also fort: »Es ist mir berichtet worden, o glücklicher König, daß el-As'ad an seinen Bruder und an seine frühere Herrlichkeit dachte. Und er wimmerte und jammerte, und er zagte und klagte; dann begann er in heiße Tränen auszubrechen und hub an, diese Verse zu sprechen:

> *O Geschick, halt ein! Wie lange hast du grausam mich gequält,*
> *Und die Brüder mir geraubet, Tag' und Nächte ungezählt!*

Ist's nicht Zeit, daß du gerührt wirst durch mein langes Fernesein
Und daß du dich milde zeigest? Ach, dein Herz ist wie von Stein!
Böses tatst du meinen Freunden, als du helle Schadenfreud
Allen meinen Feinden schenktest ob dem angetanen Leid.
Ja, des Feindes Herz frohlockte, als er alles dieses sah:
Denn voll heißer Sehnsucht saß ich einsam in der Fremde da.
All das Elend, das mir widerfahren, war noch nicht genug,
Diese Trennung von den Freunden, die den Blick mit Trübheit schlug;
Und so bin ich denn gepeinigt durch den engen Kerker hier:
Ach, mich tröstet kein Gefährte, nur Verzweiflung bleibet mir,
Und ein Tränenstrom, der wie ein Regen aus den Wolken rinnt,
Und ein Heimweh, dessen heiße Flammen unauslöschlich sind,
Und ein Schmerz und eine Sehnsucht, Denken an vergangne Lust,
Und ein Seufzen und ein Stöhnen aus der schmerzdurchwogten Brust.
Qual des Sehnens muß ich kosten, Trauer hält mich immer fest,
Und ich bin in Leid versunken, das mich nimmer ruhen läßt.
Ach, ich finde keinen trauten Freund, der mir Erbarmen zeigt,
Der zum Kranken kommt und freundlich sich in Trauer zu ihm neigt.
Lebet denn noch ein Gefährte, der in Liebe sich mir eint,
Der um die durchwachten Nächte und die Leiden mit mir weint?
Klagen möcht ich ihm den Kummer, der in meinem Herzen brennt,
Wenn mein Auge immer wach ist und den Schlummer nicht mehr kennt.
Ach, so lange wird die Nacht mir, wenn die Folter nimmer ruht,
Und im Feuer meiner Sorgen brenn ich, in der Flammenglut.
Und die Wanzen und die Flöhe trinken von dem Blute mein
Gleichwie aus der Hand des jungen, zarten Schenken roten Wein.
Und der Leib, der durch die Bisse läst'gen Ungeziefers schwand,
Gleichet, ach, dem Geld der Waise in des bösen Richters Hand.
Und so wohne ich in einem Grabe, das drei Ellen mißt;
Ach, in Fesseln und im Blute wälz ich mich zu jeder Frist.
Meine Tränen sind mein Wein, und Kettenklirren ist mein Sang,
Meine Zukost ist mein Denken und mein Bett die Sorge bang.

Als er all diese Worte zu Ende gesprochen hatte, seufzte und klagte er von neuem, und er dachte daran, wie er früher gelebt hatte, und daran, daß er von seinem Bruder getrennt war.

Also stand es um ihn. Sein Bruder el-Amdschad aber wartete auf el-As'ad bis zum Mittag; da jener dann noch nicht zurückkehrte, begann dem Wartenden das Herz zu schlagen, der Schmerz um die Trennung bedrückte ihn schwer, und seinen Augen entströmte ein Tränenmeer. – –«

Da bemerkte Schehrezâd, daß der Morgen begann, und sie hielt in der verstatteten Rede an. Doch als die *Zweihundertunddreißigste Nacht* anbrach, fuhr sie also fort: »Es ist mir berichtet worden, o glücklicher König, daß el-Amdschad auf seinen Bruder el-As'ad bis zum Mittag wartete; da jener dann noch nicht zurückkehrte, begann dem Wartenden das Herz zu schlagen, der Schmerz um die Trennung bedrückte ihn schwer, und seinen Augen entströmte ein Tränenmeer. Und weinend rief er: ,Weh, mein liebes Brüderlein! Weh, der Gefährte mein! Weh meine Sorgenpein! Wie sehr hatte ich gefürchtet, daß wir getrennt werden könnten!' Dann ging er den Berghang hinab, während seine Tränen ihm über die Wangen rannen, und trat in die Stadt ein; in ihr ging er weiter, bis er zum Markte kam. Dort fragte er die Leute nach dem Namen der Stadt und nach ihren Bewohnern. Man gab ihm zur Antwort: ,Sie heißt die Stadt der Magier, und ihre Bewohner beten zum Feuer anstatt zum allmächtigen König.' Dann fragte er weiter nach der Ebenholzstadt, und man antwortete ihm: ,Von hier bis dort ist es zu Lande eine Reise von einem Jahre, zur See aber eine Fahrt von sechs Monaten; ihr König hieß früher Armanûs, doch er hat sich jetzt einen Sultan zum Schwiegersohn genommen und ihn an seiner Statt den Thron besteigen lassen. Dieser König nun heißt Kamar ez-Zamân; der ist ein Mann der Güte und Gerechtigkeit, der Treue und Freigebigkeit.' Wie el-Amdschad von seinem Vater sprechen hörte, begann er zu weinen und zu seufzen und zu klagen, und er wußte nicht, wohin er sich wenden sollte. Doch dann kaufte er sich ein wenig Zehrung und begab sich an eine entlegene Stätte; dort setzte er sich nieder und wollte essen, aber er mußte wieder an seinen Bruder denken, und so begann er zu weinen, und er aß widerstrebend nur einen Bissen, um sein Leben zu fristen. Dann stand er wieder auf und ging in der Stadt umher, um Kunde von seinem Bruder zu erhalten. Da fand er einen muslimischen Mann, einen Schneider, der in seinem Laden saß; bei dem setzte er sich nieder und erzählte ihm seine Geschichte. Darauf sagte der Schneider: ‚Wenn er in die Hände eines der Magier gefallen ist, so wird es dir schwer werden, ihn wiederzusehen; aber vielleicht wird Allah euch doch noch vereinigen.' Dann fügte er hinzu: ‚Willst du bei mir wohnen, mein Bruder?' Als el-Amdschad einwilligte, freute der Schneider sich darüber. Nun blieb der Prinz eine Reihe von Tagen bei ihm, während dieser ihn tröstete, ihm Mut zusprach und ihn im Schneiderhandwerk unterrichtete, bis er es gelernt hatte. Eines Tages aber ging er hinaus an die Meeresküste und wusch seine Kleider; dann ging er ins Badehaus und legte reine Gewänder an. Als er von dort wieder herauskam und sich dann die Stadt ansah, begegnete ihm auf seinem Wege eine Frau von großer Schönheit und Zierlichkeit; ihr Wuchs war von zarter Ebenmäßigkeit, sie war ein Bild der Lieblichkeit und die größte Schönheit ihrer Zeit. Als sie ihn erblickte, hob sie ihren Schleier von ihrem Antlitz, winkte ihm mit den Brauen und den Augen zu und lockte ihn mit ihren Blicken, indem sie diese Verse sprach:

> *Ich sah dich kommen, und da senkt ich meine Blicke;*
> *Es schien, als wärst du Schlanker einer Sonne Strahl.*
> *Denn ach, du bist der schönste Mann, der je erschienen,*
> *Und schöner noch als gestern bist du heut zumal.*
> *Wenn man die Schönheit teilte, käme wohl ein Fünftel*

> *Auf Joseph, oder nur ein Teil vom fünften Teil:*
> *Und alles andre wär dann ganz allein dein eigen.*
> *Ach, jede Seele gäb für dich ihr Seelenheil!*[1]

Als el-Amdschad diese Worte aus ihrem Munde vernahm, wandten sich seine Gedanken ihr zu, und sein Herz sehnte sich nach ihr. Da spielte mit ihm der Liebe Gewalt, und indem er ihr ein Zeichen zuwinkte, sprach er diese Verse:

> *Über den Rosen der Wangen stehen die Dornen der Lanzen.*
> *Wer ist es wohl, der sich getraute, sie zu pflücken?*
> *Nein, strecke nicht die Hände nach ihnen aus; denn lange*
> *Sind sie zum Kampf bereit, wenn wir den Blick erst zücken.*
> *Sag ihr, die Gewalt antat und zur Verführung wurde, –*
> *Ja, übt sie Gerechtigkeit, verführt sie nur noch mehr –:*
> *Ist dein Gesicht verschleiert, so lockt es noch mehr in die Irre;*
> *Für eine Schönheit wie deine ist Glanz die beste Wehr.*
> *Sie gleicht der Sonne; du kannst ihr nicht ins Antlitz schauen;*
> *Nur wenn sie von leichtem Nebel bedeckt ist, kannst du es sehn.*
> *Die Zarte wurde treu behütet vor jeder Kränkung;*
> *So fraget die Hüter des Stammes: Was soll mit mir geschehn?*
> *Wenn man mich töten will, so werde ihre Absicht,*
> *Die böse, nicht zur Tat! Man lasse uns doch allein!*
> *Denn, stürmen sie wider mich an, sie bringen kein größeres Unheil*
> *Als jene schöne Maid, stürmt sie mit dem Blick auf mich ein.*

Wie sie diese Verse aus dem Munde el-Amdschads gehört hatte, begann sie in Seufzer auszubrechen, und indem sie ihm wieder zunickte, hub sie an, diese Verse zu sprechen:

> *Du hast, nicht ich, den Weg der Züchtigkeit betreten;*
> *Gewähre deine Gunst; denn nahe ist die Zeit,*
> *Der du den Morgen bringst durch deiner Stirne Leuchten,*
> *Der du die Nacht hinbreitest durch deiner Locken Kleid!*
> *Durch göttliche Gestalt zwingst du mich zur Verehrung,*
> *Ja, du verlocktest mich, längst hast du mich verführt.*

---

1. Der letzte Vers fehlt in der Kalkuttaer Ausgabe; er ist nach der Kairoer Ausgabe (1325 d. H.) übersetzt.

Kein Wunder, wenn mein Herz im Liebesfeuer brennet;
Denn Feuer ist's, was dem, der Göttern dient, gebührt.
Du kaufest eine wie mich umsonst und ohne Preis;
Doch mußt du mich dann wieder verkaufen, so nimm den Preis.

Als el-Amdschad solche Worte von ihr hörte, fragte er sie: ‚Willst du zu mir kommen, oder soll ich zu dir kommen?' Da senkte sie beschämt ihr Haupt nieder und sprach die Worte des Hocherhabenen: ‚Die Männer haben den Vorrang vor den Frauen um dessen willen, was Allah den einen vor den anderen vorausgegeben hat.'[1] Diesen ihren Wink verstand el-Amdschad. – –«

Da bemerkte Schehrezâd, daß der Morgen begann, und sie hielt in der verstatteten Rede an. Doch als die *Zweihundertundeinunddreißigste Nacht* anbrach, fuhr sie also fort: »Es ist mir berichtet worden, o glücklicher König, daß el-Amdschad den Wink der Frau verstand und nun wußte, daß sie mit ihm dorthin gehen wollte, wohin er ging. Er fühlte sich verpflichtet, die Dame an einen geziemenden Ort zu führen; aber da er sich schämte, mit ihr zum Hause des Schneiders, der sein Meister war, zu gehen, so schritt er ihr zunächst ziellos voran. Sie ging hinter ihm her, und so wanderten die beiden immer weiter, von Gasse zu Gasse und von Platz zu Platz, bis sie müde ward und ihn fragte: ‚Mein Gebieter, wo ist dein Haus?' Er gab zur Antwort: ‚Vor uns; wir haben nur noch ein wenig bis dorthin zu gehen!' Dann bog er mit ihr in eine schöne Straße ein, und sie gingen in ihr weiter, er voran und sie hinter ihm, bis er zum Ende kam und nun bemerkte, daß es eine Sackgasse war. Da sprach er: ‚Es gibt keine Majestät und es gibt keine Macht außer bei Allah dem Erhabenen und Allmächtigen!' Als er sich aber umblickte, sah er am Abschluß der Straße ein hohes Tor mit zwei steinernen Bänken; doch das Tor war verschlossen. Da

1. Koran, Sure 4, Vers 38.

setzte el-Amdschad sich auf die eine Bank und sie auf die andere; und als sie ihn fragte: ‚Mein Gebieter, worauf wartest du?' senkte er sein Haupt eine Weile zu Boden. Dann hob er es wieder und sprach: ‚Ich erwarte meinen Mamluken; der hat den Schlüssel. Ich hatte ihm befohlen, er solle uns Speise und Trank und was zum Weine gehört herrichten, bis ich aus dem Bade zurückkäme.' Aber bei sich selber sprach er: ‚Vielleicht wird ihr die Zeit zu lang werden; dann wird sie ihrer Wege gehen und mich hier allein lassen, und ich werde auch meiner Wege gehen.' Als ihr nun wirklich die Zeit zu lang ward, sprach sie zu ihm: ‚Mein Gebieter, der Mamluk läßt uns aber lange warten, und wir müssen hier auf der Straße sitzen!' Dann ging sie mit einem Steine zu dem Riegel des Tores. Doch el-Amdschad rief: ‚Sei nicht voreilig! Warte bis der Mamluk kommt!' Aber sie hörte nicht auf ihn, sondern schlug mit dem Steine auf den Riegel, so daß er in zwei Teile zersprang und das Tor sich auftat. Und als el-Amdschad sprach: ‚Was hat dich angefochten, daß du dies tun konntest?' antwortete sie ihm: ‚O laß nur, mein Gebieter! Was tut's? Ist dies nicht dein Haus und deine Wohnung?' Er aber erwiderte: ‚Jawohl; doch es ist nicht nötig, den Riegel zu zerbrechen!' Dann trat die Dame in das Haus ein, während el-Amdschad aus Furcht vor den Besitzern des Hauses ratlos stehen blieb und nicht wußte, was er tun sollte. Da sprach die Dame zu ihm: ‚Weshalb trittst du nicht ein, du mein Augenlicht und mein Herzblut?' Er antwortete: ‚Ich höre und gehorche! Aber der Mamluk läßt mich doch lange warten, und ich weiß nicht, ob er etwas von dem, was ich ihm geboten und befohlen habe, getan hat oder nicht.' Darauf trat er mit ihr ein, voll Todesangst vor den Besitzern des Hauses. Und drinnen in dem Hause fand er eine schöne Halle mit vier Estraden, die einander gegenüberlagen; auf ihnen befanden sich Nischen und erhöhte Sitze, und alles war mit Teppichen aus Seide und Brokat bedeckt. Inmitten der Halle war ein kostbarer Springbrunnen, und an seinem Rande standen gedeckte Tische, in die Edelsteine und Juwelen eingelegt waren; die waren mit Früchten und Blumen beladen, und daneben standen die Trinkgeräte. Dort stand auch ein Leuchter mit einer großen Kerze darin; und der ganze Raum war angefüllt mit kostbaren Stoffen, Truhen und Schemel standen dort, und auf jedem Schemel lag ein Kleiderbündel und darüber ein Beutel voll Goldstücke und Silberstücke. Der Fußboden war mit Marmor getäfelt, und das ganze Haus zeugte von dem Wohlstande seines Besitzers.

Wie el-Amdschad all das sah, war er ganz ratlos; und er sprach bei sich selber: ‚Jetzt bin ich verloren! Wahrlich, wir sind Allahs Geschöpfe, und zu Ihm kehren wir zurück.‘ Aber als die Dame jene Stätte betrachtete, freute sie sich gar sehr, ja, ihre Freude kannte keine Grenzen mehr; und sie rief: ‚Bei Allah, mein Gebieter, dein Mamluk hat nichts versäumt; er hat die Halle gefegt, die Speisen gekocht und die Früchte aufgetragen. Ich bin doch gerade zur schönsten Zeit gekommen!‘ Aber el-Amdschad achtete ihrer nicht, da sein Herz von Furcht vor den Besitzern des Hauses erfüllt war; und so sprach sie zu ihm: ‚Nicht doch, mein Gebieter, mein liebes Herz! Was stehst du so da?‘ Dann seufzte sie tief und gab el-Amdschad einen Kuß, der so schallte, wie wenn eine Walnuß aufgeknackt wird, und sie fuhr fort: ‚Mein Gebieter, wenn du mit einer anderen dich verabredet hast, so will ich mich gürten und ihr aufwarten.‘ Aus einem Herzen voll Grimm lachte el-Amdschad laut auf, trat herzu und setzte sich nieder; dabei atmete seine Brust schwer, und er dachte in seinem Inneren: ‚Ein schmählicher Tod für mich, wenn der Besitzer des Hauses kommt!‘ Die

Dame aber setzte sich an seine Seite und scherzte und lachte, während el-Amdschad voller Sorgen mit finsterer Miene dasaß, und sich tausend Gedanken machte und bei sich selber sprach: ,Bald muß der kommen, dem dieser Saal gehört. Was soll ich dann zu ihm sagen? Er wird mich totschlagen, das ist ganz sicher, und dann ist es aus mit mir.' Nun erhob sich die Dame, streifte die Ärmel auf, holte einen Untersatz, auf den sie dann die Tischplatte legte, und begann zu essen; und sie sprach zu el-Amdschad: ,Iß, mein Gebieter!' Da machte auch el-Amdschad sich daran, zu essen; aber die Speise mundete ihm nicht, vielmehr mußte er immer nach der Tür hinschauen. Schließlich, als die Dame sich sattgegessen hatte, trug sie den Tisch ab, setzte die Platte mit den Früchten darauf und begann von der Feinkost zu naschen. Dann brachte sie den Wein herbei, öffnete den Krug, füllte einen Becher und reichte ihn el-Amdschad; der nahm ihn aus ihrer Hand hin, aber er dachte bei sich: ,Wehe, wehe, der Hausherr! Wenn der kommt und mich sieht!' Seine Augen waren auf die Vorhalle gerichtet, während er den Becher in der Hand hielt. Und wirklich, wie er gerade so dasaß, kam plötzlich der Herr des Hauses. Das war ein früherer weißer Sklave, einer von den vornehmsten Leuten der Stadt; denn er war Stallmeister beim König. Der hatte sich jene Halle zu seinem Vergnügen eingerichtet, um sich in ihr zu erholen und sich dorthin zurückzuziehen, mit wem er wollte. An diesem Tage nun hatte er einen Liebling eingeladen und die Stätte für ihn herrichten lassen. Jener Mann hieß Bahâdur; er hatte eine offene Hand, übte Milde und Freigebigkeit und war stets zu Almosen und Spenden bereit. Als er nun näher kam – –«

Da bemerkte Schehrezâd, daß der Morgen begann, und sie hielt in der verstatteten Rede an. Doch als die *Zweihundertund-*

zweiunddreißigste Nacht anbrach, fuhr sie also fort: »Es ist mir berichtet worden, o glücklicher König, daß Bahâdur, der Besitzer der Halle, der Stallmeister, als er dem Tore näher kam und es offen sah, ganz langsam weiterging und seinen Kopf vorstreckte. Da erblickte er el-Amdschad und die Dame und vor ihnen die Platte mit den Früchten und den Weinkrug. Gerade in diesem Augenblicke hielt el-Amdschad den Becher in der Hand, während sein Auge auf die Tür gerichtet war. Wie nun sein Blick dem des Hausherrn begegnete, da erblich er, und sein Leib erbebte. Doch als Bahâdur ihn bleich und in Verwirrung sah, gab er ihm ein Zeichen, indem er den Finger auf den Mund legte, als wollte er sagen: ‚Schweig und komm zu mir her!' Da stellte el-Amdschad den Becher aus der Hand und stand auf, um zu ihm zu gehen; und als die Dame fragte: ‚Wohin?' schüttelte er den Kopf und gab ihr durch ein Zeichen zu verstehen, daß er Wasser lassen wolle. Dann ging er barfuß in die Vorhalle hinaus, und als er Bahâdur sah, erkannte er in ihm den Herrn des Hauses, eilte auf ihn zu, küßte ihm beide Hände und sprach zu ihm: ‚Ich beschwöre dich bei Allah, hoher Herr, ehe du mir ein Leid antust, höre, was ich dir zu sagen habe!' Und nun berichtete er ihm seine ganze Geschichte von Anfang bis zu Ende; er erzählte ihm, wie er sein Land und seine königliche Stellung hatte verlassen müssen, wie er nicht aus freien Stücken den Saal betreten hatte, und daß vielmehr die Dame es gewesen war, die den Riegel zerbrochen, die Tür geöffnet und all dies Unheil angerichtet hatte. Als Bahâdur die Worte el-Amdschads angehört und sein Geschick erfahren hatte und nunmehr wußte, daß er ein Königssohn war, hatte er Mitleid und Erbarmen mit ihm. Dann sprach er zu ihm: ‚Höre auf mein Wort, Amdschad, und gehorche mir! So will ich dir dafür bürgen, daß du vor dem, was du befürchtest, sicher bewahrt bleibst. Wenn du mir aber zuwiderhandelst, so töte ich dich.' El-Amdschad gab zur Antwort: ‚Befiehl mir, was du willst; ich werde dir nie zuwiderhandeln, da ich ein Freigelassener deiner Großmut bin!' Nun fuhr Bahâdur fort: ‚Geh alsbald in das Haus zurück, setze dich an den Platz, an dem du warest, und sei guter Dinge. Dann will ich zu dir hineintreten – ich heiße Bahâdur –, und wenn ich zu dir komme, so schilt mich und fahr mich an und sprich: ‚Warum bist du so lange ausgeblieben?' Nimm keine Entschuldigung von mir an, sondern schlag mich; wenn du aber Nachsicht mit mir übst, so nehme ich dir das Leben. Jetzt geh hinein und sei lustig! Und was du nur immer zu dieser Zeit von mir verlangst, das wirst du sogleich bereit vor dir finden. Verlebe diese Nacht ganz, wie du willst; morgen früh aber geh deiner Wege! Solches tu ich, um dich zu ehren, da du ein Fremdling bist; denn ich liebe die Fremdlinge und erachte es für meine Pflicht, sie zu ehren.' Da küßte el-Amdschad ihm die Hand und kehrte in den Saal zurück, nachdem sein Antlitz wieder die natürliche Röte und Weiße angenommen hatte. Sobald er eingetreten war, rief er der Dame zu: ‚Gebieterin, du hast deine Stätte durch deine Gegenwart froh gemacht! Dies wird eine gesegnete Nacht!' Sie aber sagte: ‚Das ist doch wunderbar an dir, daß du mich jetzt so freundlich begrüßest!' ‚Bei Allah, Gebieterin,' erwiderte el-Amdschad, ‚ich glaubte sicher, mein Mamluk Bahâdur hätte mir einige Juwelenhalsbänder gestohlen, von denen jedes zehntausend Dinare wert ist. Wie ich aber gerade jetzt hinausging und immer noch daran dachte, suchte ich nach ihnen und fand sie an ihrer Stelle. Nur weiß ich nicht, warum der Mamluk so lange ausbleibt; ich werde ihn doch gehörig bestrafen müssen.' Da war die Dame mit der Antwort el-Amdschads zufrieden; und nun begannen die beiden zu scherzen und zu trinken und guter Dinge zu sein. So vergnügten sie sich weiter, bis die Sonne zur Rüste gehen wollte; da trat Bahâdur ein, der seine Kleider gewechselt, sein Gewand gegürtet und Stiefel, wie sie die Mamluken tragen, angelegt hatte. Er sprach den Gruß, küßte den Boden und kreuzte die Arme auf der Brust; und er senkte seinen Kopf nieder wie jemand, der seine Schuld eingesteht. Mit zornigem Auge schaute el-Amdschad ihn an und rief ihm zu: ‚O du elendester aller Mamluken, warum bist du so lange ausgeblieben?' ‚Hoher Herr,' entgegnete er, ‚ich war damit beschäftigt, meine Kleider zu waschen, und ich wußte nicht, daß du hier bist; du hattest mich ja für den Abend und nicht für den Tag herbestellt.' Aber el-Amdschad schrie ihn an mit den Worten: ‚Du lügst, elendester aller Mamluken; bei Allah, ich muß dich schlagen!' Und sofort sprang er auf, warf Bahâdur zu Boden, nahm einen Stock und schlug ihn leicht. Aber nun sprang auch die Dame auf, riß ihm den Stock aus der Hand und fiel mit so heftigen Schlägen über Bahâdur her, daß ihm vor Schmerz die Tränen aus den Augen rannen und daß er um Hilfe rief und mit den Zähnen knirschte. Da rief el-Amdschad der Dame zu: ‚Tu das nicht!' während sie immer sagte: ‚Laß mich meinen Zorn an ihm stillen!' Doch er nahm ihr den Stock wieder ab und schob sie beiseite. Da stand Bahâdur wieder auf, wischte sich die Tränen aus dem Gesichte und wartete ihnen von neuem eine Weile auf. Dann säuberte er den Saal und zündete die Kerzen an; aber jedesmal, wenn er hinausging oder hereinkam, beschimpfte und verfluchte die Dame den Bahâdur, während el-Amdschad sie zornig anfuhr: ‚Um des erhabenen Allah willen, laß ab von meinem Mamluken; er ist dergleichen nicht gewohnt!' Dann fuhren sie fort zu essen und zu trinken, indem Bahâdur ihnen aufwartete, bis gegen Mitternacht; da ward er schließlich müde von dem Aufwarten und von den Schlägen, er sank mitten in dem Saale nieder und begann zu schnarchen und zu schnauben. Die Dame aber, die trunken war, sprach zu el-Amdschad: ‚Auf, nimm dies Schwert, das da hängt, und schlag diesem Mamluken den Kopf ab! Tust du es nicht, so ist es dein eigenes Verderben.' Doch er entgegnete: ‚Was fällt dir ein, meinen Mamluken töten zu wollen?' Sie gab zur Antwort: ‚Unser Vergnügen wird nur noch vollkommener werden, wenn er tot ist. Wenn du es nicht tust, so gehe ich hin und schlage ihn tot.' Da rief el-Amdschad: ‚Um Allahs willen, tu es nicht!' Aber sie rief: ‚Ich tu es doch!' nahm das Schwert herab, zückte es und ging auf Bahâdur zu, um ihn zu töten. Nun sagte el-Amdschad sich: ‚Dieser Mann hat uns Gutes erwiesen, er hat uns beschützt, er ist freundlich gegen uns gewesen, er hat sich selbst zu meinem Mamluken gemacht – wie könnten wir ihm das mit dem Tode lohnen! Nein, das soll nimmermehr geschehen!' Da rief er denn der Dame zu: ‚Wenn mein Mamluk wirklich den Tod finden soll, so kommt es mir eher zu, ihn zu töten, als dir!' Dann riß er ihr das Schwert aus der Hand, reckte seinen Arm empor und hieb auf den Nacken der Dame, so daß ihr der Kopf vom Rumpfe flog und dann auf den Hausherrn niederfiel. Der erwachte, setzte sich aufrecht, schlug die Augen auf und sah, wie el-Amdschad mit dem bluttriefenden Schwerte in der Hand vor ihm stand; und weiter blickte er nach der Dame hin, da sah er sie tot am Boden liegen. Er fragte, was mit ihr sei, und el-Amdschad berichtete, was sie getan hatte, und schloß mit den Worten: ‚Sie bestand darauf, dich zu töten; dies ist nun ihr Lohn.' Da sprang Bahâdur auf, küßte den Prinzen auf die Stirn und sprach zu ihm: ‚Hoher Herr, ach, hättest du sie doch verschont! Nun bleibt uns aber nichts anderes zu tun, als sie sogleich fortzuschaffen, ehe es Tag wird.' Dann gürtete Bahâdur sein Gewand, nahm die Leiche der Dame, hüllte sie in einen Mantel, legte sie in einen Korb, hob ihn auf die Schulter und sprach zu el-Amdschad: ‚Du bist hier fremd und kennst niemanden; so bleib denn, wo du jetzt bist, und warte auf mich bis zur Morgendämmerung. Wenn ich dann zu dir zurückkehre, so will ich dir sicherlich viel Gutes erweisen und mich bemühen, Nachricht von deinem Bruder zu erhalten. Kehre ich aber bei Sonnenaufgang nicht wieder zu dir zurück, so wisse, daß es mit mir aus ist, und dann Gott befohlen! Dann gehört dies Haus dir, und alles, was an Geld und Gut darinnen ist, ist dein.' Darauf verließ er, mit dem Korbe auf der Schulter, den Saal, zog mit ihm durch die Gassen dahin und schlug den Weg zum offenen Meere ein, um die Last hineinzuwerfen. Doch wie er schon nahe der Küste war, wandte er sich um und sah den Präfekten und die Hauptleute der Wache, die von allen Seiten auf ihn zu kamen. Als sie ihn erkannten, wunderten sie sich, öffneten den Korb und fanden eine Leiche darin. Da ergriffen sie ihn und legten ihn die Nacht hindurch bis zum Morgen in eiserne Fesseln. Darauf brachten sie ihn und den Korb, wie er war, zum König und erstatteten Bericht über ihn. Wie der König dies alles gesehen und gehört hatte, ergrimmte er gewaltig und rief dem Stallmeister zu: ‚Wehe dir! Du tust immer dergleichen; du tötest die Leute und wirfst sie ins Meer und nimmst ihnen alle ihre Habe! Wie viele Morde magst du schon vor diesem begangen haben!' Bahâdur aber senkte sein Haupt. – –«

Da bemerkte Schehrezâd, daß der Morgen begann, und sie hielt in der verstatteten Rede an. Doch als die *Zweihundertunddreiunddreißigste Nacht* anbrach, fuhr sie also fort: »Es ist mir berichtet worden, o glücklicher König, daß Bahâdur sein Haupt vor dem König zu Boden senkte. Doch der König schrie ihn an und sprach: ‚Du da, wer hat diese Frau getötet?' Er gab zur Antwort: ‚Hoher Herr, ich habe sie getötet. Es gibt keine Majestät und es gibt keine Macht außer bei Allah dem Erhabenen und Allmächtigen!' Da befahl der König in seinem Grimme, ihn zu hängen; und der Henker führte ihn auf des Königs Befehl fort. Der Präfekt begleitete ihn mit einem Ausrufer, der da in den Straßen der Stadt ausrief, das Volk solle sich die Hinrichtung des königlichen Stallmeisters Bahâdur ansehen. Und so zogen sie in allen Gassen und Straßen umher.

So weit Bahâdur; el-Amdschad aber wartete inzwischen, und als der Tag dämmerte und die Sonne aufging, Bahâdur aber nicht zu ihm zurückkam, da rief er: ‚Es gibt keine Majestät und es gibt keine Macht außer bei Allah dem Erhabenen und Allmächtigen! Was mag ihm begegnet, was mag ihm zugestoßen sein?' Während er darüber nachsann, rief der Ausrufer aus, das Volk solle sich die Hinrichtung Bahâdurs ansehen, und er werde zur Mittagszeit gehängt werden. Als el-Amdschad das hören mußte, weinte er und sprach: ‚Fürwahr, wir sind Allahs Geschöpfe, und zu Ihm kehren wir zurück! Er will sich zu Unrecht für mich opfern, während ich es doch bin, der sie getötet hat. Bei Allah, das soll nimmermehr geschehen!' Und alsbald verließ er den Saal, schloß die Tür ab, eilte durch die Stadt dahin, bis er Bahâdur eingeholt hatte. Da trat er vor den Präfekten hin und bat ihn: ‚Hoher Herr, töte Bahâdur nicht; er ist unschuldig! Bei Allah, ich allein habe sie getötet, kein anderer.' Als der Präfekt seine Worte vernommen hatte, führte er ihn zusammen mit Bahâdur zum König hinauf und berichtete ihm, was er von el-Amdschad gehört hatte. Da blickte der König den Prinzen an und fragte ihn: ‚Hast du die Frau getötet?' ‚Jawohl!' gab der zur Antwort. Der König fuhr fort: ‚Erzähle mir, warum du sie getötet hast, und sage mir die

Wahrheit!' Da gab jener ihm zur Antwort: ,O König, ich erlebte eine wunderbare Geschichte, und seltsam ist, was ich berichte. Würde es mit Sticheln in die Augenwinkel geschrieben, so wäre es eine Warnung für die, so sich warnen lassen.' Dann erzählte er dem König seine Geschichte und tat ihm alles kund, was ihm und seinem Bruder widerfahren war, von Anfang bis zu Ende. Der König war darob über die Maßen erstaunt, und er sprach zu dem Prinzen: ,Jetzt weiß ich, daß du ohne Schuld bist. Doch sag, Jüngling, willst du als Wesir bei mir bleiben?' ,Ich höre und gehorche!' erwiderte el-Amdschad; und da verlieh der König ihm und Bahâdur prächtige Ehrenkleider, und er schenkte ihm ein schönes Haus mit Eunuchen und Dienern, ja, er gab ihm gnädigst alles, was er brauchte; dazu setzte er ihm Gehalt und Einkünfte fest und befahl, man solle nach seinem Bruder el-As'ad suchen. Nun setzte el-Amdschad sich auf den Stuhl des Wesirs, sprach Recht und Gerechtigkeit, setzte ein und setzte ab, nahm und gab. Und er sandte den Ausrufer in die Straßen der Stadt, der nach seinem Bruder el-As'ad rief. Eine Weile rief der Mann immerfort aus, in allen Straßen und Gassen; aber dem Wesir kam keine Kunde von seinem Bruder zu Ohren, und jegliche Spur von ihm schien verloren.

Also war es el-Amdschad ergangen. Aber el-As'ad ward indessen von den Magiern Tag und Nacht, früh und spät, ein ganzes Jahr lang gefoltert, bis das Magierfest herannahte. Nun machte Bahrâm der Magier sich zur Reise bereit und rüstete ein Schiff für sich aus. – –«

Da bemerkte Schehrezâd, daß der Morgen begann, und sie hielt in der verstatteten Rede an. Doch als die *Zweihundertundvierunddreißigste Nacht* anbrach, fuhr sie also fort: »Es ist mir berichtet worden, o glücklicher König, daß Bahrâm der Magier, als er ein Schiff für die Reise gerüstet hatte, den Prinzen el-As'ad mit sich nahm; er hatte ihn in eine große Kiste getan, die Kiste verschlossen und an Bord bringen lassen. Und gerade zu jener Zeit, in der Bahrâm die Kiste mit el-As'ad aufs Schiff bringen ließ, traf es sich, durch Geschick und Vorherbestimmung, daß el-Amdschad in der Nähe stand und aufs Meer blickte. Wie er all die Sachen sah, die aufs Schiff geschafft wurden, pochte ihm das Herz; und da befahl er seinen Dienern, ihm sein Reittier heranzuführen. Dann saß er auf und ritt, begleitet von einer Schar aus seinem Gefolge, am Meere entlang; bei dem Schiffe des Magiers machte er halt und befahl seinen Leuten, hinaufzugehen und es zu durchsuchen. Die Leute stiegen hinauf und durchsuchten das ganze Schiff, aber sie fanden nichts; so gingen sie wieder an Land und taten das el-Amdschad kund. Der ritt darauf nach Hause zurück. Doch wie er dort ankam und sein Schloß betrat, krampfte sich ihm das Herz zusammen, er blickte mit seinen Augen überall umher, und da sah er zwei Verse, die auf einer Wand geschrieben standen; das waren diese beiden Verse:

> *O du mein Freund, du weilest fern den Blicken, –*
> *Dem Herz und Sinne kann dich nichts entrücken.*
> *Du ließest mich zurück in bittrem Kummer*
> *Und raubtest, schlafend, meinem Aug den Schlummer.*

Als el-Amdschad diese Verse las, mußte er an seinen Bruder denken, und er weinte.

Lassen wir ihn nun und sehen wir, was mit Bahrâm dem Magier geschah! Der bestieg das Schiff und rief und schrie die Matrosen an, eiligst die Segel zu setzen. Da spannten sie die Segel aus und gingen in See und fuhren dahin Tag und Nacht. Jeden zweiten Tag nahm der Magier den Prinzen el-As'ad heraus und gab ihm ein wenig Zehrung zu essen und ein wenig Wasser zu trinken, bis sie in die Nähe des Feuerberges kamen.

Da erhob sich ein Sturm wider sie, und das Meer wogte mit dem Schiffe auf und ab, so daß es den richtigen Kurs verlor. Nun gerieten die Fahrenden auf eine falsche Fährte und trieben in andere Gewässer, die nicht ihr Ziel waren. Schließlich gelangten sie zu einer Stadt, die an der Meeresküste erbaut war und die eine Burg besaß, deren Fenster auf jenes Meer blickten; über diese Stadt herrschte eine Frau, die Königin Mardschâna geheißen war. Nun sprach der Kapitän zu Bahrâm: ‚Lieber Herr, wir sind vom rechten Wege abgetrieben, und wir müssen jetzt diese Stadt anlaufen, damit wir uns dort ausruhen. Danach möge Allah tun, was er will!' Bahrâm antwortete: ‚Was du tust und was du meinst, ist richtig; ich will handeln, wie du es für recht hältst.' Dann fuhr der Kapitän fort: ‚Wenn die Königin zu uns sendet und uns ausforscht, was sollen wir ihr denn zur Antwort geben?' Bahrâm erwiderte: ‚Ich habe hier ja diesen Muslim bei mir. Dem wollen wir Mamlukenkleider anlegen und ihn dann mit uns an Land nehmen. Wenn die Königin ihn sieht, so wird sie denken, er sei wirklich ein Mamluk, und ich will zu ihr sprechen: ‚Ich bin ein Sklavenhändler, der mit weißen Sklaven Handel treibt; ich hatte schon viele Mamluken bei mir, aber ich habe sie alle verkauft außer diesem einen, der nun bei mir geblieben ist.' Da sagte der Kapitän: ‚Das sind treffliche Worte!' Bald darauf erreichten sie die Stadt, zogen die Segel ein und gingen vor Anker; und als das Schiff still lag, kam die Königin Mardschâna mit ihrer Garde, machte bei dem Schiffe halt und rief den Kapitän heraus. Der kam zu ihr ans Land und küßte den Boden vor ihr, worauf sie fragte: ‚Welche Ladung ist in deinem Schiffe da, und wen hast du bei dir?' Er gab zur Antwort: ‚O mächtigste Königin unserer Zeit, ich habe einen Kaufmann bei mir, der mit weißen Sklaven handelt.' ‚Bring ihn her zu mir!' befahl sie; und da kam auch Bahrâm ans Land, begleitet von el-As'ad, der in Mamlukenkleidern hinter ihm ging. Als nun Bahrâm vor sie hintrat, den Boden küßte und sich wieder aufrichtete, fragte sie ihn: ‚Was für ein Gewerbe hast du?' ‚Ich bin ein Sklavenhändler', erwiderte er. Da blickte sie auf el-As'ad von dem sie wirklich glaubte, daß er ein Mamluk sei, und fragte ihn: ‚Wie ist dein Name?' Den Prinzen erstickten fast die Tränen, doch antwortete er ihr: ‚Mein Name ist el-As'ad.' Gerührt fragte sie weiter: ‚Kannst du schreiben?' und als er es bejahte, ließ sie ihm Tintenkapsel, Schreibrohr und Papier reichen und sprach zu ihm: ‚Schreib etwas, auf daß ich es sehe!' Da schrieb er diese beiden Verse:

> *Du Einsichtsvoller, sage, was vermag der Mensch,*
> *Wenn ihn das Unglück stets auf allen Wegen hetzt?*
> *Gott warf gefesselt ihn ins Meer und sprach zu ihm:*
> *Sei auf der Hut, daß dich das Wasser nicht benetzt!*

Als sie das Blatt gelesen hatte, fühlte sie Mitleid mit ihm, und so sprach sie zu Bahrâm: ‚Verkaufe mir diesen Mamluken!' Doch er gab ihr zur Antwort: ‚Hohe Herrin, es ist mir nicht möglich, ihn zu verkaufen; hab ich doch schon alle meine Mamluken verkauft, so daß mir nur noch dieser einzige übrig geblieben ist!' Da rief die Königin Mardschâna: ‚Ich muß ihn dir abnehmen, entweder durch Kauf oder als Geschenk!' Aber Bahrâm erwiderte: ‚Ich will ihn weder verkaufen noch verschenken.' Da ergriff sie el-As'ad sofort bei der Hand, nahm ihn mit sich und führte ihn in die Burg hinauf. Dem Magier aber ließ sie sagen: ‚Wenn du nicht noch heute nacht von unserer Stadt absegelst, so nehme ich dir alle deine Habe und lasse dein Schiff zertrümmern.' Als jener diese Botschaft vernahm, grämte er sich sehr und sprach: ‚Dies ist wahrhaftig keine Reise, über die man sich freuen kann!' Dann begann er sich wieder reisefertig zu machen, holte alles ein, was er haben wollte, und wartete, bis die Nacht einbrach, um in ihr wieder abzufahren; zu den Matrosen aber sprach er: ‚Verseht euch mit Proviant und füllet eure Schläuche mit Wasser; wir wollen gegen Ende der Nacht in See gehen!' Da besorgten die Seeleute ihre Geschäfte und warteten bis zum Abend. Dann brach die Nacht über sie herein.

Wenden wir uns nun von ihnen zur Königin Mardschâna! Die war mit el-As'ad fortgegangen und hatte ihn in die Burg geführt. Dort ließ sie die Fenster, die auf das Meer blickten, öffnen und befahl den Sklavinnen, die Speisen zu bringen. Jene trugen nun die Speisen auf, und die beiden aßen. Dann befahl die Königin, den Wein zu bringen. – –«

Da bemerkte Schehrezâd, daß der Morgen begann, und sie hielt in der verstatteten Rede an. Doch als die *Zweihundertundfünfunddreißigste Nacht* anbrach, fuhr sie also fort: »Es ist mir berichtet worden, o glücklicher König, daß die Königin Mardschâna den Sklavinnen befahl, den Wein zu bringen. Die trugen ihn auf, und da trank sie mit el-As'ad. Allah aber, der Gepriesene und Erhabene, erfüllte ihr Herz mit der Liebe zu el-As'ad; und sie begann den Becher immer wieder zu füllen und ihm zu reichen, bis ihm der Verstand entfloh. Da erhob er sich, um ein Bedürfnis zu verrichten, und verließ den Saal; als er darauf eine offene Tür sah, ging er durch sie hindurch und schritt weiter, bis ihn sein Weg in einen großen Garten führte, in dem sich Fruchtbäume und Blumen von allerlei Art befanden. Dort, unter einem Baume, hockte er nieder und tat, was er nötig hatte; dann erhob er sich wieder und ging zu dem Springbrunnen, der in dem Garten war. Aber noch ehe er seine Kleider wieder zugebunden hatte, fiel er auf den Rücken nieder; und die Luft des Gartens betäubte ihn, er versank in Schlaf, und die Nacht brach über ihn herein.

Also stand es um den Prinzen. Bahrâm aber rief, als es Nacht geworden war, den Matrosen zu: ‚Spannt die Segel! Wir wollen abfahren!' ‚Wir hören und gehorchen!' erwiderten sie, ‚doch gib uns noch so lange Zeit, bis wir alle unsere Schläuche gefüllt haben; dann wollen wir die Segel setzen.' Nun gingen die Matrosen noch einmal mit ihren Schläuchen an Land, um sie zu füllen; sie zogen um das Schloß herum, und da sie nichts als die Gartenmauern fanden, kletterten sie über sie hinüber, stiegen in den Garten hinab und folgten den Fußspuren, die zum Springbrunnen führten. Wie sie bei ihm ankamen, fanden sie el-As'ad auf dem Rücken liegen. Sofort erkannten sie ihn, und hocherfreut trugen sie ihn davon, nachdem sie ihre Schläuche gefüllt hatten. Dann stiegen sie wieder über die Mauer, brachten den Prinzen eilends zu Bahrâm und riefen ihm zu: ‚Freue dich, denn dein Wunsch ist erfüllt, dein Kummer ist gestillt! Deine Trommel hat geschlagen, deine Flöte hat geblasen! Deinen Gefangenen, den die Königin Mardschâna dir mit Gewalt abgenommen hatte, haben wir wiedergefunden, und hier bringen wir ihn dir.' Dann warfen sie el-As'ad vor ihn hin. Als Bahrâm ihn erblickte, da hüpfte sein Herz vor lauter Freud, und seine Brust schwoll ihm vor Seligkeit. Er schenkte ihnen Ehrenkleider und befahl ihnen, eiligst die Segel zu setzen. Da spannten sie die Segel und fuhren ab in der Richtung auf den Feuerberg; bis zum Morgen segelten sie so weiter.

Lassen wir Bahrâm dahinfahren und kehren wir zur Königin Mardschâna zurück! Als el-As'ad sie verlassen hatte, wartete sie eine ganze Weile auf ihn; doch da er nicht zurückkehrte, erhob sie sich und suchte nach ihm, aber sie konnte keine Spur von ihm finden. Nun ließ sie Fackeln anzünden und befahl den Sklavinnen, nach ihm zu suchen; ja, sie selbst ging zum Garten hinab, und als sie das Tor offen stehen sah, wußte sie, daß er dort hineingegangen war. Sie eilte in den Garten, aber sie fand dort nur seine Sandalen beim Springbrunnen, und obwohl sie im ganzen Garten auf der Suche nach ihm umherstreifte, entdeckte sie keine Spur von ihm; trotzdem suchte sie weiter nach ihm in allen Ecken des Gartens, bis es Morgen ward. Da fragte sie nach dem Schiffe, und man sagte ihr, es sei im ersten Drittel der Nacht abgefahren; da wußte sie, daß jene ihn mit sich genommen hatten, und sie ward zornig und traurig. Alsbald gab sie Befehl, man solle sogleich zehn große Schiffe ausrüsten; auch sie selbst rüstete sich zum Streite und bestieg eins von den zehn Schiffen mit ihren Mamluken, Sklavinnen und Leibgarden, die alle in prächtigen Rüstungen gekleidet und kriegsgemäß bewaffnet waren. Die Segel wurden gespannt, und sie ließ den Kapitänen sagen: ‚Wenn ihr das Schiff des Magiers einholt, so sind euch von mir Ehrenkleider und Geldgeschenke gewiß. Wenn ihr es aber nicht einholt, so lasse ich euch bis zum letzten Mann hinrichten.' Da wurden die Seeleute von Furcht und großer Hoffnung beseelt, und sie segelten rasch dahin jenen Tag und die nächste Nacht, und dann noch den zweiten Tag und den dritten Tag; erst am vierten Tag kam ihnen das Schiff Bahrâms des Magiers in Sicht. Und ehe noch der Tag zur Rüste ging, umringte das Geschwader von allen Seiten das Magierschiff, gerade als Bahrâm den Prinzen el-As'ad hervorgeholt hatte und ihn schlug und folterte, während der Gequälte nach Hilfe und Rettung schrie; aber er fand keinen Helfer, keinen Retter unter den Menschen, und die heftigen Schläge schmerzten ihn. Während also der Magier sein Opfer peinigte, blickte er zufällig auf, und da sah er, wie das Geschwader sein Schiff umringt hatte und es umschloß, gleichwie das Weiße im Auge das Schwarze umschließt. Nun sah Bahrâm den sicheren Tod vor Augen, er seufzte auf und rief: ‚O du da, As'ad, dies alles geschieht um deinetwillen!' Dann packte er ihn bei der Hand und befahl seinen Leuten, ihn ins Meer zu werfen, und er höhnte: ‚Bei Allah, ich bringe dich zu Tode, ehe ich selber sterbe!' Alsbald ergriffen die Matrosen ihn an Händen und Füßen und warfen ihn mitten ins Meer. Doch Allah, der Gepriesene und Erhabene, der da wollte, daß er gerettet würde und seines Lebens Ende noch nicht erreichte, erlaubte, daß er wieder auftauchte, nachdem er bereits gesunken war; dann ruderte er mit Händen und Füßen, bis Gott ihm half und ihm Rettung brachte, denn die Wogen hoben ihn und trugen ihn weit von dem Schiffe des Magiers fort, und er erreichte das Festland. Dort stieg er ans Ufer, aber er glaubte kaum noch an seine Rettung. Wie er nun auf dem festen Lande war, legte er seine Kleider ab, preßte sie und breitete sie aus. Nackt saß er da und weinte über seine Not, über all die Schicksalsschläge, die ihn getroffen hatten, über Foltern und Gefangenschaft und Einsamkeit in der Fremde, und dann sprach er diese beiden Verse:

> *Mein Gott, ich kann's nicht tragen, ich weiß mir keine Hilfe;*
> *Beengt ist mir die Brust, zerschnitten ist mein Seil.*
> *Und wem soll denn der Arme seine Nöte klagen*
> *Als seinem Herrn? Du bist der Herren Herr, mein Heil!*

Nach diesen Worten stand er auf und legte seine Kleider wieder an; doch er wußte nicht, wohin er gehen sollte, wohin er kommen würde. So begann er, sich von den Kräutern der Erde und den Früchten der Bäume zu nähren und von dem Wasser der Bäche zu trinken, er zog dahin Tag und Nacht, und endlich sah er eine Stadt in der Ferne winken. Erfreut beschleunigte er seinen Schritt, und als er sie erreichte – –«

Da bemerkte Schehrezâd, daß der Morgen begann, und sie hielt in der verstatteten Rede an. Doch als die *Zweihundertundsechsunddreißigste Nacht* anbrach, fuhr sie also fort: »Es ist mir berichtet worden, o glücklicher König, daß el-As'ad, als er die Stadt erreichte, von der Nacht überrascht wurde; so war denn auch das Stadttor geschlossen. Nun traf es sich durch die Vorherbestimmung des Schicksals, daß diese Stadt dieselbe war, in der er gefangen gewesen und in der sein Bruder el-Amdschad Minister des Königs war. Da also el-As'ad das Tor verschlossen fand, so kehrte er in der Richtung des Friedhofes um, nach der Stätte der Gräber. Und wie er dort ankam, fand er ein Grabgebäude mit einem Tor ohne Tür; in das ging er hinein und legte sich nieder zu schlafen, indem er sein Gesicht mit dem Arm bedeckte.

Inzwischen hatte Bahrâm der Magier die Königin Mardschâna, als sie mit ihrem Geschwader ihn eingeholt hatte, durch List und Zauberei geschlagen, war wohlbehalten in der Richtung nach seiner Heimat umgekehrt und sofort frohen Mutes dahingesegelt. Als er dann bei dem Friedhofe vorbeifuhr, stieg er dort, wie das Geschick es vorherbestimmt hatte, aus dem Schiffe ans Land und schritt zu Fuß zwischen den Gräbern weiter. Da sah er das Grabgebäude, in dem el-As'ad schlief, offen stehen, und verwundert sprach er: ‚Ich will doch einmal in dies Grab hineinschauen!' Und wie er hineinschaute, sah er el-As'ad in einer Ecke des Gebäudes, das Gesicht vom Arme bedeckt, schlafend liegen. Er schaute dem Schläfer ins Gesicht, erkannte ihn und rief: ‚Lebst du denn immer noch?' Und alsbald packte er ihn und schleppte ihn in sein Haus, wo er ja ein unterirdisches Verlies hatte, das zur Folterung der Muslime bestimmt war. Auch hatte er eine Tochter des Namens Bustân. Er legte nun an el-As'ad schwere Fesseln, warf ihn in jenes Verlies und gab seiner Tochter den Auftrag, ihn Tag und Nacht zu foltern, bis er tot wäre. Zuerst versetzte er ihm selbst noch heftige Schläge, dann schloß er das Verlies ab und gab die Schlüssel seiner Tochter. Bald darauf aber öffnete seine Tochter Bustân das Verlies wieder und ging hinab, um ihn zu schlagen. Da erblickte sie in ihm einen Jüngling von zartem Wesen und schönem Aussehen, der geschwungene Augenbrauen und tiefschwarze Augensterne hatte. Ihr Herz ward von Liebe zu ihm erfüllt, und sie fragte ihn: ‚Wie ist dein Name?' Er gab ihr zur Antwort: ‚Mein Name ist el-As'ad.'[1] Da rief sie: ‚Mögest du wirklich glücklich sein! Und glücklich seien deine Tage! Du verdienst es nicht, gefoltert und geschlagen zu werden. Ich weiß, daß dir ein Unrecht geschieht.' Und sie begann ihm freundlich zuzusprechen, und sie löste seine Fesseln. Dann fragte sie ihn nach dem islamischen Glauben, und er tat ihr kund, er sei der rechte Glaube, und unser Herr Mohammed habe durch Wunder ohnegleichen und offenkundige Zeichen die Wahrheit erwiesen; der Feuerdienst aber sei schädlich und fromme nichts. Und ferner unterrichte er sie in den Glaubenslehren des Islams, bis sie sich von ihm bekehren ließ und ihr Herz von der Liebe zum wahren Glauben durchdrungen ward. Auch erfüllte Allah der Erhabene ihr Inneres mit der Liebe zu el-As'ad, und so sprach sie die beiden Sätze des Glaubensbekenntnisses und gehörte hinfort zum Volke der Glückseligkeit. Dann brachte sie ihm zu essen und zu trinken, unterhielt sich und betete mit ihm; auch bereitete sie ihm Hühnerbrühen, bis er wieder zu Kräften kam, seine Schwäche von ihm wich und er seine frühere Gesundheit wiedererlangte. Solches geschah ihm von der Tochter Bahrâms des Magiers. Als nun eines Tages die Jungfrau von el-As'ad kam, blieb sie an der Tür stehen, und da kam gerade der Ausrufer vorbei und rief: ‚Wer einen schönen Jüngling, der so und so aussieht, bei sich hat und ihn herbeibringt, der soll so viel Geld haben, wie

[1]. Der Glückliche.

er verlangt! Wer ihn aber bei sich hat und ihn verleugnet, der soll vor der Tür seines Hauses aufgehängt werden; dessen Habe soll geplündert, und sein Blut soll ungerächt vergossen werden!' Nun hatte el-As'ad aber Bustân, die Tochter Bahrâms, bereits mit allem, was ihm widerfahren war, bekannt gemacht; als sie daher jenen Ausruf hörte, wußte sie sogleich, daß er der Gesuchte war. Alsbald ging sie wieder zu ihm hinein und berichtete ihm, was sie gehört hatte. Da ging er hinaus und begab sich zum Hause des Wesirs; und wie er den Wesir von weitem erblickte, rief er aus: ‚Bei Allah, dieser Wesir ist ja mein Bruder el-Amdschad!' Dann ging er zusammen mit der Jungfrau, die ihm folgte, in das Schloß hinauf und warf sich, sowie er seinen Bruder el-Amdschad traf, an seine Brust. Auch el-Amdschad erkannte ihn und fiel ihm um den Hals; so umarmten die beiden einander, umgeben von den Mamluken, die von ihren Rossen abgestiegen waren. Eine Weile versanken el-As'ad und el-Amdschad in Ohnmacht; doch als sie wieder zu sich gekommen waren, nahm el-Amdschad seinen Bruder und führte ihn zum Sultan, dem er alles berichtete. Der Sultan befahl darauf, daß Haus Bahrâms zu plündern. – –«

Da bemerkte Schehrezâd, daß der Morgen begann, und sie hielt in der verstatteten Rede an. Doch als die *Zweihundertundsiebenunddreißigste Nacht* anbrach, fuhr sie also fort: »Es ist mir berichtet worden, o glücklicher König, daß der Sultan befahl, el-Amdschad solle das Haus des Bahrâm plündern und ihn selbst hängen lassen. Da schickte der Wesir Leute aus, um dies zu tun; die begaben sich zum Hause Bahrâms, plünderten es und brachten seine Tochter zum Wesir. Und der empfing sie mit allen Ehren; denn el-As'ad hatte seinem Bruder alles berichtet, wie er gefoltert worden war und wie die Tochter Bahrâms ihm Gutes erwiesen hatte; darum erwies er ihr hohe Ehre.

Dann erzählte auch el-Amdschad seinem Bruder alles, was er mit der Dame erlebt hatte, wie er dem Tode durch den Strick entgangen war, und wie er Wesir geworden war. So klagte einer dem andern, wie er unter der Trennung vom Bruder gelitten hatte. Darauf ließ der König den Magier kommen und befahl, ihm den Kopf abzuschlagen. Bahrâm aber fragte: ‚Mächtigster König, bist du wirklich entschlossen, mich töten zu lassen?' Als der König diese Frage bejahte, bat Bahrâm: ‚Hab noch ein wenig Geduld mit mir, o König!' Dann senkte er sein Haupt zu Boden, und als er es wieder erhob, sprach er das Glaubensbekenntnis und wurde Muslim als Schutzbefohlener des Sultans; darüber freuten sich alle. Dann erzählten el-Amdschad und el-As'ad ihm alles, was sie erlebt hatten; er wunderte sich darüber und sprach zu den beiden: ‚Hohe Herren, rüstet euch zur Heimreise; ich will euch begleiten.' Beide waren darüber und über seine Bekehrung zum Islam hocherfreut, aber dennoch weinten sie bitterlich; da sprach Bahrâm zu ihnen: ‚Hohe Herren, weinet nicht! Ihr werdet doch schließlich wieder mit den Euren vereinigt werden, wie auch Ni'ma und Nu'm vereinigt wurden.' Als sie fragten: ‚Wie erging es denn Ni'ma und Nu'm?' erzählte Bahrâm

DIE GESCHICHTE VON NI'MA IBN ER-RABÎ' UND SEINER SKLAVIN NU'M

Man berichtet – doch Allah weiß es am besten –, daß einst in der Stadt Kufa ein Mann lebte, der zu den Vornehmen seines Volkes gehörte, der hieß er-Rabî' ibn Hâtim; er besaß viel Geld, und es war gut um ihn bestellt. Auch war ihm ein Sohn geschenkt, den hatte er Ni'mat Allâh[1] genannt. Eines Tages

1. ‚Huld Allahs'; abgekürzt: Ni'ma, das ist ‚Huld'.

nun, als er sich auf dem Hof der Sklavenhändler befand, erblickte er eine Sklavin, die zum Verkaufe feilgeboten wurde und die auf ihrem Arme ein kleines Mädchen von wunderbarer Schönheit und Anmut trug. Da winkte er-Rabî' dem Makler und fragte ihn: ‚Wieviel kostet diese Sklavin mit ihrer Tochter?' Jener erwiderte: ‚Fünfzig Dinare.' Da sagte er-Rabî': ‚Schreib den Kaufvertrag, nimm das Geld und übergib es ihrem Herrn!' Darauf zahlte er dem Makler den Preis der Sklavin, gab ihm auch seinen Maklerlohn, nahm die Sklavin und ihre Tochter entgegen und ging mit den beiden nach Hause. Als nun seine Gemahlin die Sklavin sah, fragte sie ihn: ‚Lieber Vetter, was ist das für eine Sklavin?' Er gab ihr zur Antwort: ‚Ich habe sie gekauft, weil ich diese Kleine, die sie auf dem Arme trägt, haben wollte; wisse, wenn sie aufwächst, so wird es im Lande der Araber und Perser keine geben, die ihr gleicht oder die schöner wäre als sie.' Da sagte seine Base: ‚Du hast recht', und sie fragte die Sklavin: ‚Wie ist dein Name?' Jene erwiderte: ‚Hohe Herrin, mein Name ist Taufîk.' Weiter fragte die Dame: ‚Und wie heißt deine Tochter?' Die Sklavin antwortete: ‚Sa'd.'[1] Da sagte die Dame: ‚Du hast ihr den rechten Namen gegeben; denn du bist glücklich, und glücklich ist, wer dich gekauft hat!' Dann fuhr sie fort: ‚Lieber Vetter, wie willst du sie nennen?' ‚Wie du willst', gab er zur Antwort. Und als sie nun sagte: ‚Wir wollen sie Nu'm[2] nennen', sprach er-Rabî': ‚Das ist ein trefflicher Gedanke von dir.'

Die kleine Nu'm wurde nun mit Ni'ma, dem Sohne des er-Rabî', in derselben Wiege aufgezogen, und die beiden waren stets beieinander, bis sie das Alter von zehn Jahren erreichten;

1. Glück – 2. Mitglieder derselben Familie oder desselben Haushalts haben oft Namen, die von derselben Sprachwurzel abgeleitet sind; hier Ni'ma und Nu'm.

und beide übertrafen einander an Schönheit. Der Knabe pflegte zu ihr zu sagen: ‚Meine Schwester', und sie sagte stets zu ihm: ‚Mein Bruder'. Jetzt aber trat er-Rabî' zu seinem Sohne Ni'ma, als der dies Alter erreicht hatte, und sprach zu ihm: ‚Mein Sohn, Nu'm ist nicht deine Schwester, sondern deine Sklavin, die ich für dich gekauft habe, als du noch in der Wiege lagst. Darum nenne sie hinfort nicht mehr Schwester!' Ni'ma gab seinem Vater zur Antwort: ‚Wenn es so ist, dann will ich sie heiraten!' Dann ging er zu seiner Mutter und tat ihr dies kund; sie sagte nur: ‚Mein Sohn, sie ist deine Dienerin.' So nahm denn Ni'ma ibn er-Rabî' jene Sklavin zur Frau und gewann sie lieb; darüber vergingen nun einige Jahre, während die beiden in ihrem Glücke dahinlebten. In ganz Kufa aber gab es kein schöneres, lieblicheres und anmutigeres Mädchen als Nu'm. Inzwischen war sie auch herangewachsen, hatte den Koran und die Bücher der Wissenschaften gelesen, dazu auch das Spielen auf mancherlei Arten von Musikinstrumenten gelernt. Ja, sie sang und spielte die Instrumente so herrlich, daß sie alle Menschen ihres Zeitalters darin übertraf. Und als sie nun eines Tages mit ihrem Gatten Ni'ma ibn er-Rabî' beim Weine saß, griff sie zur Laute, stimmte die Saiten, und zur Freude begann sie diese beiden Verse zu singen:

> *Solange du mein Herr bist, in dessen Gunst ich weile,*
> *Mein Schwert, mit dem den Nacken des Unheils ich zerteile,*
> *Kann weder Zaid noch 'Amr*[1] *durch Zuspruch mich erfreuen,*
> *Nur du allein, wenn Schläge des Schicksals mich bedräuen.*

Ni'ma geriet in das höchste Entzücken und rief: ‚Bei meinem Leben, o Nu'm, sing uns noch etwas zum Tamburin und zu anderen Musikinstrumenten!' Da begann sie wieder zu singen und ließ dies Lied erklingen:

1. Das heißt: jeder Beliebige; etwa = Hinz und Kunz.

O du, in dessen Hand mein Zügel ruht, bei deinem Leben,
Ich will in meiner Liebe den Neidern widerstreben;
Ich will die Tadler erzürnen, mich nur zu dir bekennen,
Ich will von meiner Lust, von meinem Schlaf mich trennen;
Ich will ein Grab mir graben für deine Liebe zart
Ganz tief in meinem Innern, ohn daß mein Herz es gewahrt.

Da rief der Jüngling: ‚Das ist herrlich, o Nu'm!' Während sie so sich des schönsten Lebens erfreuten, sprach el-Haddschâdsch[1], der Statthalter, der in seinem Schlosse saß, bei sich: ‚Ich will doch ein Mittel ersinnen, um diese Sklavin, die da Nu'm heißt, zu entführen und sie dem Beherrscher der Gläubigen 'Abd el-Malik ibn Marwân[2] zu schicken; denn in seinem Palaste findet sich keine ihresgleichen, keine, die schöner singt als sie.' Darauf ließ er eine alte Aufwärterin kommen und sprach zu ihr: ‚Geh zum Hause des Herrn er-Rabî' und geselle dich zu der Sklavin Nu'm; dann suche Mittel und Wege zu finden, um sie zu entführen, denn auf der ganzen Erde gibt es nichts ihresgleichen!' Die Alte versprach zu tun, was el-Haddschâdsch ihr geboten hatte; und am nächsten Morgen legte sie ihre härenen Gewänder an, hängte um ihren Hals einen Rosenkranz mit Tausenden von Kugeln und nahm in ihre Hand einen Stab und eine jemenische Bettelschale. – –«

Da bemerkte Schehrezâd, daß der Morgen begann, und sie hielt in der verstatteten Rede an. Doch als die *Zweihundertundachtunddreißigste Nacht* anbrach, fuhr sie also fort: »Es ist mir berichtet worden, o glücklicher König, daß die Alte zu tun versprach, was el-Haddschâdsch ihr geboten hatte, und daß sie am nächsten Morgen ihre härenen Gewänder anlegte, um ihren Hals einen Rosenkranz mit Tausenden von Kugeln hängte und

1. El-Haddschâdsch war vom Jahre 694 ab zwanzig Jahre Statthalter in Kufa. – 2. 'Abd el-Malik regierte von 685 bis 705.

in ihre Hand einen Stab und eine jemenische Bettelschale nahm. So zog sie dahin und rief immerfort: ‚Allah sei gepriesen! Allah sei gelobt! Es gibt keinen Gott außer Allah! Allah ist der Größte! Es gibt keine Majestät und es gibt keine Macht außer bei Allah dem Erhabenen und Allmächtigen!' So pries sie Gott und betete immerfort, während ihr Herz doch voll Arglist und Tücke war, bis sie zum Hause des Ni'ma ibn er-Rabi' kam; das war um die Zeit des Mittagsgebetes. Da pochte sie an die Tür; der Türhüter machte ihr auf und fragte sie: ‚Was wünschest du?' Sie antwortete: ‚Ich bin eine arme Dienerin Gottes; die Zeit des Mittagsgebetes hat mich hier überrascht, und nun möchte ich in diesem gesegneten Hause mein Gebet verrichten.' Der Pförtner erwiderte jedoch: ‚Gute Alte, dies ist das Haus des Ni'ma ibn er-Rabi'; dies ist keine Moschee und kein Gebetshaus!' Aber sie fuhr fort: ‚Ich weiß, es gibt keine Moschee und kein Gebetshaus, das dem Hause des Ni'ma ibn er-Rabi' gleichkäme. Ich bin eine Aufwärterin aus dem Palaste des Beherrschers der Gläubigen, und ich bin ausgezogen, um Andacht zu üben und zu wallfahrten!' Da sagte der Pförtner: ‚Es geht nicht an, daß du hier eintrittst.' So wurden noch manche Worte zwischen ihnen gewechselt, bis die Alte sich schließlich an ihn hängte und rief: ‚Darf jemandem wie mir der Eintritt in das Haus des Ni'ma ibn er-Rabi' verboten werden, mir, die ich zu den Häusern der Fürsten und der Großen Zutritt habe?' Da kam Ni'ma heraus, und als er ihre Worte hörte, lachte er und sagte der Alten, sie möge hinter ihm eintreten. Nun ging Ni'ma wieder hinein, begleitet von der Alten, die ihm folgte, und er kam mit ihr zu Nu'm. Die Alte grüßte sie mit viel schönen Worten, und als sie auf Nu'm blickte, ward sie verwirrt und erstaunt über ihre unvergleichliche Anmut. Dann sprach sie zu ihr: ‚Gebieterin, ich empfehle dich dem

Schutze Allahs, der dich und deinen Herrn an Schönheit und Anmut einander ebenbürtig gemacht hat!' Dann trat die Alte in die Gebetsnische und begann sich zu verneigen und sich niederzuwerfen und zu beten, so lange, bis der Tag zur Rüste ging und die Nacht alles mit ihrem Dunkel umfing. Da sagte die Sklavin: ‚Gute Mutter, ruhe doch deine Füße eine Weile aus!' Aber die Alte erwiderte: ‚Gebieterin, wer nach dem Jenseits trachtet, der ermüdet sich im Diesseits; wer sich aber im Diesseits nicht ermüdet, der gelangt nicht zu den Stätten der Frommen im Jenseits.' Dann brachte Nu'm der Alten Speise und sprach zu ihr: ‚Iß von meiner Speise und bete für mich um Gottes Gnade und Barmherzigkeit!' Doch die Alte gab zur Antwort: ‚Gebieterin, ich faste; aber du bist eine junge Frau, dir geziemt es, zu essen und zu trinken und guter Dinge zu sein, und Gott wird dir seine Gnade zuteil werden lassen; denn Allah der Erhabene sagt: ‚Außer dem, der da bereut und glaubt und eine gute Tat tut.'¹ In solchen Gesprächen blieb Nu'm eine Weile bei der Alten sitzen; dann sagte sie zu Ni'ma: ‚Mein Gebieter, bitte diese Alte inständigst, daß sie eine Zeit lang bei uns bleibt; denn ihr Antlitz trägt die Zeichen der Frömmigkeit.' Er antwortete ihr: ‚Laß ihr ein Zimmer einräumen, in das sie sich zur Andacht zurückziehen kann, und laß dann niemanden zu ihr hineingehen! Vielleicht wird Allah, der Gepriesene und Erhabene, uns durch den Segen, der von ihr kommt, Wohlergehen zuteil werden lassen und uns nie voneinander trennen!' Darauf brachte die Alte auch die ganze Nacht mit Gebeten und mit Hersagen von Koransprüchen zu; und als Allah es wieder Morgen werden ließ, kam sie zu Ni'ma und Nu'm, sprach den Morgengruß vor ihnen und fügte hin-

1. Koran, Sure 25, Vers 70; das heißt: alle andern Sünder sollen bestraft werden.

zu: ‚Ich empfehle euch dem Schutze Allahs.' Da fragte Nu'm sie: ‚Wohin willst du gehen, gute Mutter? Mein Herr hat mir doch befohlen, dir ein Zimmer einräumen zu lassen, in das du dich zu Andacht und Gebet zurückziehen kannst!' Doch die Alte erwiderte: ‚Allah gebe ihm langes Leben und bewahre euch beiden seine Huld! Ich wünsche nur von euch, daß ihr dem Türhüter Auftrag gebet, er solle mir nie den Eintritt zu euch verwehren. So Gott will, werde ich zu den heiligen Orten wallfahrten und Tag und Nacht für euch beten, wenn ich Andacht und Gottesdienst beendet habe.' Dann verließ sie das Haus; aber die Sklavin Nu'm weinte, weil sie sich von ihr trennen mußte, und sie ahnte nichts von dem Grunde, der die Alte zu ihr geführt hatte. Jene aber begab sich alsbald zu el-Haddschâdsch, und als sie bei ihm war, fragte er sie: ‚Was bringst du?' Sie antwortete: ‚Ich habe die Sklavin geschaut; und ich habe gesehen, daß sie die Schönste ist, die zu unserer Zeit je vom Weibe geboren ist.' Da sprach el-Haddschâdsch zu ihr: ‚Wenn du tust, was ich dir befohlen habe, so soll dir von mir reicher Lohn zuteil werden.' Sie sagte darauf: ‚Ich erbitte mir eine Frist von dir, einen vollen Monat.' Er sprach: ‚Ich gebe dir einen Monat Frist.' Und von nun an begann die Alte, das Haus Ni'mas und seiner Sklavin Nu'm immerfort zu besuchen. – –«

Da bemerkte Schehrezâd, daß der Morgen begann, und sie hielt in der verstatteten Rede an. Doch als die *Zweihundertundneununddreißigste Nacht* anbrach, fuhr sie also fort: »Es ist mir berichtet worden, o glücklicher König, daß die Alte von nun an das Haus von Ni'ma und Nu'm immerfort zu besuchen begann; und die beiden erwiesen ihr immer mehr Ehre. Jeden Abend und jeden Morgen kam die Alte zu ihnen, und alle, die im Hause waren, hießen sie willkommen. Und schließlich, als die Alte eines Tages mit Nu'm allein war, sprach sie zu ihr: ‚Gebieterin, bei Allah, wenn ich zu den heiligen Orten komme, so bete ich stets für dich; und ich wünsche immer, du wärest bei mir und sähest die heiligen Männer, die dort zusammenkommen und die alles für dich erbitten können, was du nur begehrst.' Da bat die Sklavin Nu'm: ‚Um Allahs willen, gute Mutter, nimm mich mit dir!' Die Alte jedoch erwiderte: ‚Bitte die Mutter deines Gatten um Erlaubnis; dann will ich dich mitnehmen!' Da sprach die Sklavin zu ihrer Schwiegerin, der Mutter Ni'mas: ‚Gebieterin, bitte meinen Herrn, daß er mich und dich eines Tages mit meiner Mutter, der Alten, ausziehen läßt, auf daß wir mit den Fakiren an den heiligen Stätten beten und Gott anrufen!' Als dann Ni'ma kam und sich gesetzt hatte, trat die Alte zu ihm und wollte ihm die Hände küssen; er aber wehrte sie ab, und sie betete für ihn und verließ das Haus. Am nächsten Tage jedoch kam die Alte wieder, als Ni'ma nicht zu Hause war; da trat sie auf Nu'm zu und sprach zu ihr: ‚Wir haben gestern für dich gebetet, jetzt mache dich unverzüglich auf, sieh dir alles an und kehre nach Hause zurück, ehe dein Herr kommt!' Da sprach die Sklavin zu ihrer Schwiegerin: ‚Ich bitte dich, um Allahs willen, gib mir Erlaubnis, daß ich mit dieser heiligen Frau fortgehe und die Heiligen Gottes an den geweihten Stätten anschaue; ich will schnell heimkehren, ehe mein Herr zurückkommt!' Ni'mas Mutter aber sagte: ‚Ich fürchte, daß dein Herr es doch erfährt.' Da versicherte die Alte: ‚Bei Allah, ich werde nicht zulassen, daß sie sich niedersetzt; sie soll nur zuschauen, indem sie aufrecht steht, und soll sich nicht lange aufhalten.' So entführte sie nun die Sklavin mit List und brachte sie in das Schloß des Statthalters el-Haddschâdsch; dort ließ sie ihre Ankunft melden, nachdem sie die Sklavin in ein Zimmer eingeschlossen hatte. Da eilte el-Haddschâdsch herbei, schaute sie an und sah, daß sie die Schönste unter allen ihren Zeitgenossen war und daß er ihresgleichen noch nie erblickt hatte. Doch wie Nu'm ihn ansah, verschleierte sie ihr Antlitz vor ihm; er verließ sie aber nicht eher, als bis sein Kammerherr, den er hatte rufen lassen, herbeikam. Dann ließ er fünfzig Reiter mit ihm aufsitzen und befahl ihm, die Sklavin auf ein schnelles und edles Dromedar zu setzen, mit ihr nach Damaskus zu eilen und sie dem Beherrscher der Gläubigen 'Abd el-Malik ibn Marwân zu übergeben. Auch setzte er ein Schreiben auf und sprach: ‚Gib dies Schreiben dem Kalifen und nimm die Antwort von ihm entgegen; dann kehre eilends zu mir zurück!' Sogleich nahm der Kammerherr die Sklavin, setzte sie auf ein Reitkamel und brach mit ihr auf; doch ihr standen die Tränen im Auge, weil sie von ihrem Herrn getrennt wurde. So zog er dahin, bis er in Damaskus ankam; dort bat er um Erlaubnis, vor den Beherrscher der Gläubigen kommen zu dürfen. Als der ihm diese Erlaubnis gewährt hatte, erschien der Kammerherr vor ihm und berichtete ihm über die Sklavin. Der Kalif ließ ihr ein eigenes Gemach anweisen und ging dann in seinen Harem; dort suchte er seine Gemahlin auf und sprach zu ihr: ‚El-Haddschâdsch hat für mich von den Fürstentöchtern in Kufa ein Sklavin um zehntausend Dinare gekauft und mir zusammen mit ihr dies Schreiben übersandt.' – –«

Da bemerkte Schehrezâd, daß der Morgen begann, und sie hielt in der verstatteten Rede an. Doch als die *Zweihundertundvierzigste Nacht* anbrach, fuhr sie also fort: »Es ist mir berichtet worden, o glücklicher König, daß die Gemahlin des Kalifen, als er ihr von der Sklavin erzählt hatte, zu ihm sprach: ‚Allah mehre seine Huld gegen dich!' Darauf ging die Schwester des Kalifen 'Abd el-Malik zu der Sklavin hinein, und als sie sie erblickte, rief sie aus: ‚Bei Allah, der Mann, in dessen Haus du bist, ist nicht betrogen, und wenn dein Preis auch hunderttausend Dinare gewesen wäre.' Da hub Nu'm, die Sklavin, an und fragte sie: ‚O du mit dem schönen Antlitz, sag, welchem König gehört dieser Palast? Und welche Stadt ist dies?' Jene antwortete ihr: ‚Dies ist die Stadt Damaskus, und dies ist der Palast meines Bruders, des Beherrschers der Gläubigen, 'Abd el-Malik ibn Marwân.' Und dann fuhr sie fort: ‚Wußtest du denn all dies nicht?' Nu'm erwiderte: ‚Bei Allah, hohe Herrin, ich wußte es nicht.' Da fragte die Prinzessin weiter: ‚Hat denn der Mann, der dich verkauft und den Preis für dich erhalten hat, dir nicht gesagt, daß der Kalif dich erworben hat?' Wie Nu'm diese Worte hörte, vergoß sie Tränen, und weinend sprach sie bei sich selber: ‚Fürwahr, die List, die man wider mich ersann, ist gelungen.' Dann dachte sie weiter nach und sagte sich: ‚Wenn ich davon spreche, wird mir keiner glauben; darum will ich schweigen und mich in Geduld fassen, denn ich weiß, daß Allahs Hilfe nahe ist.' Darauf senkte sie schüchtern ihr Haupt; ihre Wangen aber waren von der Reise her und von der Sonne gerötet. So ließ die Schwester des Kalifen sie für jenen Tag allein und kam erst am nächsten Tage wieder zu ihr mit Kleidern und Halsbändern aus Edelsteinen, die sie ihr anlegte. Dann trat auch der Beherrscher der Gläubigen zu ihr ein und setzte sich an ihre Seite. Seine Schwester sprach zu ihm: ‚Schau auf diese Sklavin, in der Allah vollkommene Schönheit und Anmut vereinigt hat!' Nun sagte der Kalif zu Nu'm: ‚Lüpfe den Schleier von deinem Antlitz!' Aber sie nahm den Schleier nicht von ihrem Gesicht, und so konnte er ihre Züge nicht sehen. Er sah nur ihre Handgelenke, und doch wurde sein Herz sogleich von Liebe zu ihr erfüllt. Da sprach er zu seiner Schwester: ‚Ich will sie erst nach drei Tagen wieder besuchen, wenn sie mit dir vertraut geworden ist'; und er stand auf und verließ sie. Nu'm, die Sklavin, aber begann über ihr Los nachzusinnen und über die Trennung von ihrem Herrn Ni'ma zu seufzen; und als die Nacht kam, erkrankte sie an einem hitzigen Fieber; sie konnte weder essen noch trinken, ihr Antlitz wurde bleich, und ihre Schönheit schwand dahin. Als man dies dem Kalifen berichtete, war er um ihren Zustand besorgt und ging mit den Ärzten und den weisen Männern zu ihr; aber keiner vermochte sie zu heilen.

Während es nun so um Nu'm stand, war ihr Herr Ni'ma inzwischen längst nach Hause gekommen. Er setzte sich auf sein Lager und rief: ,Nu'm!' Aber keine Nu'm antwortete ihm. Da sprang er eilends auf und rief laut; aber niemand kam zu ihm, da alle Dienerinnen im Hause sich aus Furcht vor ihrem Herrn verborgen hatten. Nun ging Ni'ma zu seiner Mutter; die fand er dasitzen, die Wange in die Hand geschmiegt, und er fragte sie: ,Liebe Mutter, sag, wo ist Nu'm?' Sie gab ihm zur Antwort: ,Mein Sohn, sie ist bei einer, bei der sie sicherer ist als bei mir, bei der frommen Alten. Sie ist mit ihr fortgegangen, um zu den Fakiren zu wallfahrten und dann heimzukehren.' Er fragte weiter: ,Seit wann ist das ihre Gewohnheit? Und zu welcher Zeit ist sie heute fortgegangen?' ,Früh am Tage ist sie fortgegangen', erwiderte die Mutter. Und wieder fragte er: ,Wie konntest du ihr das erlauben?' ,Mein Sohn, sie hat mich dazu überredet', entgegnete sie. Da rief Ni'ma: ,Es gibt keine Majestät und es gibt keine Macht außer bei Allah dem Erhabenen und Allmächtigen!' Dann ging er von Hause fort, fast wie von Sinnen, begab sich zum Hauptmann der Wache und sprach zu ihm: ,Spielst du mir Streiche und lässest mir meine Sklavin aus meinem Hause entführen? Ich werde bei dem Beherrscher der Gläubigen über dich Klage führen!'

Der Wachhauptmann fragte: ‚Wer hat sie denn entführt?' Er antwortete: ‚Eine Alte, die so und so aussieht; sie trägt ein härenes Gewand und hat in der Hand einen Rosenkranz mit Tausenden von Kugeln.' Darauf sagte der Wachhauptmann: ‚Schaff mir die Alte her, so will ich dir deine Sklavin befreien!' Ni'ma rief: ‚Wer kennt denn die Alte?' ‚Das Verborgene kennt nur Allah, der Gepriesene und Erhabene', erwiderte der Wachhauptmann, der wohl wußte, daß sie eine Zwischenträgerin des Statthalters el-Haddschâdsch war. Nun sagte Ni'ma zu ihm: ‚Ich verlange meine Sklavin nur von dir. Zwischen mir und dir soll el-Haddschâdsch richten!' Jener erwiderte ruhig: ‚Geh, zu wem du willst!' Da ging Ni'ma zum Schlosse des Statthalters el-Haddschâdsch; denn sein Vater war einer von den vornehmen Leuten von Kufa. Und wie er zum Statthalterschlosse kam, ging der Kammerherr zu el-Haddschâdsch hinein und erstattete ihm Bericht. Der Statthalter befahl: ‚Bringt ihn mir her!' Und als Ni'ma vor ihm stand, fragte el-Haddschâdsch ihn: ‚Was ist's mit dir?' Ni'ma antwortete: ‚Mir ist es soundso ergangen.' Dann befahl der Statthalter: ‚Bringt mir den Hauptmann der Wache; wir wollen ihm Befehl geben, nach der Alten zu suchen.' Als nun der Wachhauptmann vor el-Haddschâdsch erschien, sagte dieser, der wohl wußte, daß der Hauptmann die Alte kannte: ‚Ich verlange von dir, daß du nach der Sklavin des Ni'ma ibn er-Rabî' suchest.' ‚Das Verborgene kennt nur Allah der Erhabene', versetzte jener. Doch el-Haddschâdsch fuhr fort: ‚Du mußt dennoch mit Reitersleuten ausziehen, auf allen Straßen nach der Sklavin ausschauen und in allen Landen nach ihr forschen.' – –«

Da bemerkte Schehrezâd, daß der Morgen begann, und sie hielt in der verstatteten Rede an. Doch als die *Zweihundertundeinundvierzigste Nacht* anbrach, fuhr sie also fort: »Es ist mir berichtet worden, o glücklicher König, daß el-Haddschâdsch zu dem Hauptmann der Wache sprach: ‚Du mußt dennoch mit Reitersleuten ausziehn, nach der Sklavin in allen Landen forschen und auf allen Wegen nach ihr ausschauen; du mußt die Sklavin suchen.' Darauf wandte er sich zu Ni'ma und sprach zu ihm: ‚Wenn deine Sklavin nicht wiederkehrt, so gebe ich dir zehn Sklavinnen aus meinem Hause und zehn Sklavinnen aus dem Hause des Wachhauptmanns.' Und von neuem befahl er dem Hauptmanne: ‚Geh und suche nach der Sklavin!' Der nun ging davon, während Ni'ma tief bekümmert war und am Leben verzweifelte; dieser war damals vierzehn Jahre alt, und auf seinen Wangen wuchs noch kein Flaum. Und er begann zu weinen und zu klagen, und er schloß sich von den Seinen ab; bis zum Morgen weinte er zusammen mit seiner Mutter. Da kam sein Vater und sprach zu ihm: ‚Mein Sohn, el-Haddschâdsch hat sicher die Sklavin überlistet und entführt, aber von Stunde zu Stunde bringt Allah Rettung.' Doch Ni'ma ward immer noch mehr betrübt, ja, er wußte nicht mehr, was er sagte, und wußte nicht mehr, wer zu ihm kam. Drei Monate lang war er krank; sein Aussehen veränderte sich, und sein Vater verzweifelte schon an ihm. Auch die Ärzte besuchten ihn, und sie sagten nur: ‚Es gibt kein Heilmittel für ihn außer der Sklavin.'

Wie nun sein Vater eines Tages so dasaß, ward ihm Kunde von einem geschickten persischen Arzt gebracht, von dem man ihm sagte, daß er Heilkunst, Astrologie und Geomantie genau kenne. Den ließ er-Rabî' holen; und als der Arzt bei ihm eintraf, ließ er ihn zu seiner Seite sitzen und hieß ihn ehrenvoll willkommen. Dann sprach er zu ihm: ‚Sieh nach, wie es um meinen Sohn steht!' Der Arzt sagte zu Ni'ma: ‚Gib mir deine Hand!' Der Jüngling reichte ihm seine Hand hin, und der Arzt befühlte ihm den Puls und sah ihm ins Gesicht; dann lächelte er, wandte sich zu dem Vater und sprach zu ihm: ‚Dein Sohn leidet nur am Herzen.' ‚Du hast recht, weiser Mann,' erwiderte er-Rabî', ‚doch denke über den Fall meines Sohnes mit all deinen Kenntnissen nach, tu mir alles, was ihn betrifft, kund und verheimliche mir nichts über seinen Zustand!' Da antwortete der Perser: ‚Er liebt eine Sklavin; und diese Sklavin ist jetzt entweder in Basra oder in Damaskus. Und es gibt kein Heilmittel für deinen Sohn außer der Wiedervereinigung mit ihr.' Nun rief er-Rabî': ‚Wenn du die beiden vereinigst, so soll dir von mir ein Lohn zuteil werden, der dich erfreut, und durch den du dein ganzes Leben in Hülle und Fülle wirst verbringen können.' ‚Das kann leicht und rasch geschehen!' erwiderte der Perser, und zu Ni'ma gewandt, fuhr er fort: ‚Befürchte nichts, fasse Mut! Hab Zuversicht und quäl dich nicht!' Dann sprach er zu er-Rabî': ‚Bring mir viertausend Dinare von deinem Gelde!' Der brachte sie und übergab sie dem Perser; und dieser hub wieder an: ‚Ich wünsche, daß dein Sohn mit mir nach Damaskus reist; und so Gott der Erhabene will, werden wir nur mit der Sklavin wiederkommen.' Dann wandte der Perser sich von neuem an den Jüngling und fragte ihn: ‚Wie ist dein Name?' Jener antwortete: ‚Ni'ma', und der Perser fuhr fort: ‚Ni'ma, richte dich auf und vertraue auf Allah den Erhabenen! Denn Er wird dich gewißlich mit deiner Sklavin wiedervereinigen.' Wie der Jüngling sich aufgerichtet hatte, sprach der Arzt zu ihm: ‚Fasse Mut! Wir wollen heute noch aufbrechen; drum iß und trink und sei guter Dinge, auf daß du dich für die Reise kräftigst!' Darauf machte der Perser sich an seine Geschäfte und besorgte sich alle seltsamen Dinge, die er nötig hatte. Vom Vater Ni'mas empfing er im ganzen zehntausend Dinare, auch erhielt er von ihm Pferde und Kamele und andere Tiere, die er zum Fortschaffen der Lasten für die Reise benötigte. Dann nahm Ni'ma Abschied von seinem Vater und seiner Mutter und zog mit dem Arzte zunächst nach Aleppo; aber dort erhielten sie noch keine Kunde über die Sklavin. Darauf reisten sie weiter nach Damaskus, wo sie sich drei Tage lang ausruhten. Am vierten Tage mietete der Perser einen Laden, schmückte die Borten mit Goldleisten und kostbaren Stoffen und füllte sie mit feinen Porzellanschalen und Deckeln. Und vor sich stellte er mancherlei Geräte, Flaschen mit allerlei Salben und Tränken, und um die Flaschen setzte er Becher aus Kristall, dazu stellte er auch die geomantische Tafel und das Astrolabium vor sich auf und legte das Kleid der weisen Männer und der Ärzte an. Den Ni'ma aber ließ er zu sich kommen, kleidete ihn in ein Hemd und ein Obergewand aus Seide, legte ihm als Gürtel ein Tuch aus golddurchwirkter Seide um und sprach zu ihm: ‚Ni'ma, du bist von heute ab mein Sohn; nenne mich stets nur Vater, ich werde dich immer als Sohn anreden!' ‚Ich höre und gehorche!' erwiderte Ni'ma. Bald versammelte sich auch schon das Volk von Damaskus bei dem Laden des Persers und schaute bewundernd auf den schönen Ni'ma und auf den schönen Laden und all die Dinge, die darin waren. Der Perser nun sprach mit Ni'ma nur auf Persisch, und dieser redete mit ihm in derselben Sprache; denn er hatte sie nach der Sitte der Söhne vornehmer Leute gelernt. Der persische Arzt wurde rasch bei dem Volke von Damaskus bekannt, und die Leute begannen ihm ihre Leiden zu beschreiben; dann gab er ihnen die Arzneien. Ferner brachte man ihm auch Flaschen, die mit dem Wasser der Kranken gefüllt waren; er schaute sie an und sagte: ‚Der, dessen Wasser in dieser Flasche ist, leidet an der und der Krankheit.' Und der Kranke sagte jedesmal: ‚Fürwahr, dieser Arzt hat recht.' In dieser

Weise erledigte er die Anliegen der Leute, und das Volk von Damaskus strömte in Scharen zu ihm; sein Ruf verbreitete sich in der Stadt, auch in den Häusern der Vornehmen. Während er nun eines Tages so dasaß, kam auch eine Alte zu ihm, die auf einem Esel ritt; dessen Satteldecke war aus Brokat, der mit Edelsteinen besetzt war. Sie machte bei dem Laden des Persers halt, indem sie die Zügel des Esels anzog, winkte den Perser heran und sprach zu ihm: ,Fasse mich an der Hand!' Nachdem er ihr die Hand gegeben hatte, stieg sie von dem Esel herunter und fragte: ,Bist du der persische Arzt, der aus dem Irak gekommen ist?' Als er dies bejahte, fuhr sie fort: ,So wisse denn, ich habe eine Tochter, die ist krank'; und sie zog eine Flasche hervor. Nachdem der Perser nun auf das, was in der Flasche war, geschaut hatte, sprach er zu der Alten: ,Meine Herrin, wie heißt diese Jungfrau? Ich muß es erfahren, damit ich ihr Horoskop berechnen kann und weiß, welche Stunde für sie zum Trinken der Arzneien die richtige ist!' Sie erwiderte: ,Bruder Perser, ihr Name ist Nu'm.' – –«

Da bemerkte Schehrezâd, daß der Morgen begann, und sie hielt in der verstatteten Rede an. Doch als die *Zweihundertundzweiundvierzigste Nacht* anbrach, fuhr sie also fort: »Es ist mir berichtet worden, o glücklicher König, daß der Perser, als er den Namen Nu'm hörte, anfing zu rechnen und auf seiner Hand zu schreiben und dann sagte: ,Meine Herrin, ich kann ihr keine Arznei verordnen, bis ich weiß, aus welchem Lande sie ist, da das Klima hier von anderer Art ist; tu mir also kund, in welchem Lande sie aufgewachsen ist und wie alt sie jetzt ist!' Die Alte gab ihm zur Antwort: ,Sie ist vierzehn Jahre alt, und das Land von Kufa im Irak ist die Stätte, an der sie aufwuchs.' Dann fragte er noch: ,Seit wieviel Monaten ist sie in diesem Lande?' ,Sie hält sich in diesem Lande erst seit wenigen Monaten auf', erwiderte die Alte. Wie aber Ni'ma die Worte der Alten hörte und den Namen seiner Sklavin vernahm, klopfte ihm das Herz, und er wurde der Welt entrückt. Nun sprach der Perser zu der Alten: ‚Die und die Arznei wird gut für sie sein.' Jene sagte darauf: ‚So mische, was du für recht hältst, und gib mir, was du verordnest, unter dem Segen Allahs des Erhabenen!' Mit diesen Worten warf sie ihm zehn Dinare auf den Ladentisch. Darauf sah sich der Arzt nach Ni'ma um und befahl ihm, die nötigen Pulver für die Arznei bereit zu halten. Da schaute auch die Alte auf Ni'ma und sprach: ‚Ich empfehle dich dem Schutze Gottes, mein Sohn, sie ist von gleicher Art wie du.' Den Perser aber fragte sie: ‚Bruder Perser, ist dies dein Mamluk oder dein Sohn?' ‚Er ist mein Sohn', erwiderte der persische Arzt. Dann mischte Ni'ma die nötigen Pulver und tat sie in eine Schachtel, nahm ein Blatt Papier und schrieb darauf diese beiden Verse:

> *Gewährt mir die huldvolle Nu'm die Huld nur eines Blickes,*
> *Dann müssen die glückliche Su'da[1] und Dschuml[1], die liebliche, weichen.*
> *Man sprach: ‚Vergiß sie doch; du findest gleich ihr wohl zwanzig.'*
> *Und doch – ich vergesse sie nie, und keine kann ihr gleichen.*

Dann versteckte er das Blatt im Innern der Schachtel, versiegelte sie und schrieb auf den Deckel in kufischer Schrift: ‚Ich bin Ni'ma ibn er-Rabî' aus Kufa.' Darauf legte er die Schachtel vor die Alte hin; die nahm sie, verabschiedete sich von den beiden und kehrte nach dem Palaste des Kalifen zurück. Als sie dann mit der Arznei zu der Sklavin gekommen war, legte sie die Schachtel vor sie hin und sprach zu ihr: ‚Gebieterin, wisse, ein persischer Arzt, der geschickteste und in allen Krankheitsdingen erfahrenste Mann, den ich je gesehen habe, ist jetzt in unsere Stadt gekommen. Nachdem er die Flasche gesehen und

1. Altarabische Mädchennamen.

ich ihm deinen Namen genannt hatte, erkannte er schon deine Krankheit und verordnete die Arznei für dich. Dann mischte sein Sohn auf seinen Befehl die Heilmittel für dich; aber in ganz Damaskus gibt es keinen, der lieblicher, anmutiger und jugendschöner wäre als sein Sohn. Auch hat keiner einen solchen Laden wie er.' Da nahm Nu'm die Schachtel und las den Namen ihres Herrn und den Namen seines Vaters, die auf dem Deckel geschrieben standen; und wie sie das sah, erblich sie und sprach bei sich selber: ‚Ohne Zweifel ist der Besitzer des Ladens auf der Suche nach mir hierher gekommen.' Dann sagte sie zu der Alten: ‚Beschreib mir diesen Jüngling!' Die gab ihr zur Antwort: ‚Er heißt Ni'ma, und auf seiner rechten Wimper ist ein Mal; er trägt prächtige Kleider und ist von vollkommener Schönheit.' Nun rief die Sklavin: ‚Reiche mir die Arznei, unter dem Segen und dem Schutze Allahs des Erhabenen!' Und lächelnd nahm sie die Arznei und trank sie; dann sagte sie: ‚Dies ist wirklich eine gesegnete Arznei.' Darauf suchte sie weiter in der Schachtel nach und fand das Blatt. Das öffnete sie, las es, und als sie seinen Sinn verstanden hatte, war sie sicher, daß es von ihrem Herrn war. Und nun ward sie gutes Mutes und fröhlich. Als die Alte sie lächeln sah, sprach sie zu ihr: ‚Dies ist wirklich ein segensreicher Tag!' Nu'm aber rief: ‚Aufwärterin, ich möchte etwas zu essen und zu trinken haben!' Und die Alte rief den Dienerinnen zu: ‚Bringt die Tische und die schönsten Speisen für eure Herrin!' Jene setzten ihr die Speisen vor, und gerade wie sie sich gesetzt hatte, um zu essen, kam 'Abd el-Malik ibn Marwân herein, und als er sah, daß die Sklavin dasaß und Speise zu sich nahm, war er hocherfreut. Darauf sprach die Aufwärterin zu ihm: ‚O Beherrscher der Gläubigen, ich wünsche dir Glück zur Genesung deiner Sklavin Nu'm! Es ist nämlich ein weiser Mann in diese Stadt gekommen, der in den Krankheiten und ihrer Behandlung so erfahren ist, wie ich noch keinen je gesehen habe; von dem habe ich eine Arznei geholt, und sie hat nur einmal davon genommen, da war sie schon wieder gesund, o Beherrscher der Gläubigen!' Da sagte der Kalif zu ihr: ‚Hier hast du tausend Dinare; sorge dafür, daß sie nun ganz gesund wird!' Erfreut über die Genesung der Sklavin ging er davon; die Alte aber ging zum Laden des Persers, gab ihm die tausend Dinare und teilte ihm mit, daß sie die Sklavin des Kalifen sei, und ferner überreichte sie ihm ein Blatt, das Nu'm geschrieben hatte. Der Perser nahm es und reichte es an Ni'ma weiter; doch wie der es ansah und ihre Schrift erkannte, sank er ohnmächtig nieder. Als er wieder zu sich gekommen war, öffnete er das Blatt und fand darauf folgende Worte geschrieben: ‚Von der Sklavin, die ihre Wonne[1] nicht mehr kennt, die ihres Verstandes beraubt ist und von dem Geliebten ihres Herzens getrennt. Des ferneren, vernimm, dein Brief hat mich erreicht; er machte mir die Brust weit und erfüllte meinen Sinn mit Freudigkeit. Und es geschah nach den Worten des Dichters:

> *Es kam der Brief; o daß die Finger, die ihn schrieben*
> *Und ihm den Duft verliehn, dir stets erhalten blieben!*
> *Es war, als gäbe man Moses heim in der Mutter Hand*
> *Oder als brächte man dem Jakob Josephs Gewand.*'[2]

Als Ni'ma diese Verse las, rannen ihm die Augen von Tränen über. Da fragte die Aufwärterin ihn: ‚Was ist's, das dich weinen macht, mein Sohn? Möge Allah deine Augen niemals weinen lassen!' Doch der Perser hub an und sprach: ‚Herrin, wie sollte denn mein Sohn nicht weinen, da sie doch seine Sklavin ist und er ihr Herr, Ni'ma ibn er-Rabî' aus Kufa? Die

---

1. Arabisch *ni'ma*.– 2. Nach dem Koran (Sure 12, Vers 96) erlangte Jakob durch Auflegen von Josephs Hemd die Sehkraft wieder.

Genesung dieser Sklavin hängt nur davon ab, daß sie ihn sieht; und sie hat keine andere Krankheit als die Liebe zu ihm.'– –«

Da bemerkte Schehrezâd, daß der Morgen begann, und sie hielt in der verstatteten Rede an. Doch als die *Zweihundertunddreiundvierzigste Nacht* anbrach, fuhr sie also fort: »Es ist mir berichtet worden, o glücklicher König, daß der Perser zu der Alten sprach: ‚Wie sollte denn mein Sohn nicht weinen, da sie doch seine Sklavin ist und er ihr Herr, Ni'ma ibn er-Rabî' aus Kufa? Die Genesung dieser Sklavin hängt nur davon ab, daß sie ihn sieht; und sie hat keine andere Krankheit als die Liebe zu ihm. So nimm denn, o Herrin, diese tausend Dinare zurück, und dir soll von mir noch mehr zuteil werden; nur sieh uns mit dem Auge der Barmherzigkeit an! Denn wir wissen nicht, wie wir unsere Sache zu glücklichem Ende führen können, außer allein durch dich.' Da sprach die Alte zu Ni'ma: ‚Bist du wirklich ihr Herr?' Als er diese Frage bejahte, fuhr sie fort: ‚Du sprichst die Wahrheit; denn sie nennet unablässig deinen Namen.' Nun berichtete Ni'ma ihr alles, was ihm widerfahren war, von Anfang bis zu Ende; und die Alte sagte: ‚Jüngling, nur durch mich sollst du wieder mit ihr vereint werden.' Dann saß sie auf, kehrte sogleich zurück und trat zu der Sklavin ein; sie schaute ihr ins Antlitz und sagte lächelnd zu ihr: ‚Es geziemte sich für dich, meine Tochter, daß du weintest und krank wärest, weil du von deinem Herrn Ni'ma ibn er-Rabî' dem Kufier getrennt bist!' Da rief Nu'm: ‚So ist denn der Schleier für dich gelüftet, und die Wahrheit ist dir offenbar geworden.' Die Alte erwiderte: ‚Hab Zuversicht und fasse neuen Mut! Fürwahr, ich will euch beide wieder vereinen, sollte es mich auch mein eigenes Leben kosten!' Dann kehrte sie zu Ni'ma zurück und sprach zu ihm: ‚Ich bin wieder zu deiner Sklavin gegangen und bei ihr gewesen, und ich habe gesehen, daß sie sich noch mehr nach dir sehnt als du nach ihr. Denn der Beherrscher der Gläubigen verlangt danach, mit ihr sich zu vereinen; aber sie versagt sich ihm. Wenn du nun einen festen Willen und ein starkes Herz hast, so will ich euch beide vereinen, ich will mein Leben aufs Spiel setzen, ich will ein Mittel finden und eine List ersinnen, daß du in das Schloß des Beherrschers der Gläubigen eindringen kannst und mit der Sklavin vereint wirst, da sie selbst nicht hinausgehen darf.' Ni'ma rief: ,Allah vergelte es dir mit Gutem!' Dann verabschiedete sie sich von ihm, ging wieder zu der Sklavin und sprach zu ihr: ,Wisse, dein Herr vergeht fast in Liebe zu dir, und er möchte zu dir kommen und mit dir vereint werden. Was sagst du dazu?' Nu'm antwortete: ,Mir ergeht es wie ihm. Auch ich vergehe, und ich sehne mich nach der Vereinigung mit ihm.' Da nahm die Alte ein Bündel mit allerlei Schmucksachen und einen Frauenanzug, ging zu Ni'ma und sprach zu ihm: ,Laß uns in einen Raum gehen, in dem wir allein sind!' Er führte sie nun in ein Zimmer hinter dem Laden; dort färbte sie ihm die Hände, schmückte ihm die Handgelenke, flocht ihm die Haare schön und legte ihm ein Mädchengewand an; ja, sie schmückte ihn schön, wie sich Mädchen nur schmücken können, so daß es schien, als wäre er eine der Paradiesesjungfrauen. Und als die Aufwärterin ihn so sah, rief sie aus: ,Gesegnet ist Allah, der beste Schöpfer! Bei Gott, du bist noch schöner als die Sklavin!' Dann fuhr sie fort: ,Wenn du nun gehst, so schiebe die linke Schulter vor und nimm die rechte zurück und wiege die Hüften hin und her!' Er ging vor ihr her, wie sie es ihn geheißen hatte, und da sie nun sah, daß er den Gang der Frauen gelernt hatte, sprach sie zu ihm: ,Warte, bis ich morgen abend zu dir komme, so Allah der Erhabene will! Dann werde ich dich führen und mit dir in den Palast gehen. Wenn du aber die Kammerherren und die Eunuchen erblickst, so sei kühn, neige deinen Kopf nieder und sprich mit niemandem, ich werde für dich mit ihnen reden; und bei Allah steht der Erfolg.' Am nächsten Tage, nachdem es wieder Morgen geworden war, kam die Aufwärterin zu ihm und führte ihn zum Palaste hinauf. Die Alte trat zuerst ein, und Ni'ma folgte ihr. Da wollte der Kämmerling ihn am Eintritt hindern; aber die Alte fuhr ihn an: ,Du unseligster Sklave, dies ist doch die Sklavin der Nu'm, der Favoritin des Beherrschers der Gläubigen. Wie kannst du sie hindern einzutreten?' Darauf fügte sie hinzu: ,Tritt nur ein, Mädchen!' So trat er denn mit der Alten ein, und sie gingen bis zu der Tür, die zum Hofe des Palastes führte. Da sagte die Alte zu ihm: ,Ni'ma, nimm deinen Mut zusammen und sei starken Herzens; tritt in den Schloßhof ein und wende dich nach links; dann zähle fünf Türen und gehe durch die sechste ein, denn sie ist die Tür zu dem Raum, der für dich bereitet ist! Fürchte dich nicht, und wenn jemand dich anredet, so sprich nicht mit ihm und bleib nicht stehen!' Dann ging sie mit ihm noch weiter, bis sie zu den Türen kam; da trat ihr der Kammerherr entgegen, der über jene Türen die Wache hatte, und sprach zu ihr: ,Was ist das für ein Mädchen?' – –«

Da bemerkte Schehrezâd, daß der Morgen begann, und sie hielt in der verstatteten Rede an. Doch als die *Zweihundertundvierundzigste Nacht* anbrach, fuhr sie also fort: »Es ist mir berichtet worden, o glücklicher König, daß der Kammerherr der Alten entgegentrat und sie fragte: ,Was ist das für ein Mädchen?' Da gab sie ihm zur Antwort: ,Unsere Herrin wünscht sie zu kaufen.' Doch der Eunuch entgegnete: ,Hier darf niemand ohne Erlaubnis des Beherrschers der Gläubigen eintreten; darum geh mit ihr wieder zurück. Ich kann sie nicht durchlassen; denn so ist mir befohlen.' Da sagte die Aufwärterin zu ihm: ‚O du Oberkammerherr, nimm doch Vernunft an! Nu'm, die Sklavin des Kalifen, dessen Herz an ihr hängt, ist gerade wieder genesen, und noch glaubt der Beherrscher der Gläubigen kaum an ihre Genesung. Sie will diese Sklavin kaufen; darum hindere sie nicht einzutreten, auf daß Nu'm nicht höre, du habest sie zurückgewiesen, sonst könnte sie dir zürnen und in ihrer Krankheit einen Rückfall erleiden, und wenn sie dir zürnt, so könnte es dir den Kopf kosten.' Dann fuhr sie fort: ‚Tritt ein, Mädchen, und höre nicht auf seine Worte; sage aber der Herrin nicht, daß der Kammerherr dich am Eintritt hat hindern wollen!' Da senkte Ni'ma sein Haupt, ging in den Schloßhof und wollte sich nach der linken Seite wenden; aber er irrte sich und wandte sich nach der rechten Seite. Und weiter wollte er fünf Türen zählen und in die sechste eintreten; aber er zählte sechs Türen und trat in die siebente ein. Wie er nun durch jene Tür trat, erblickte er einen Raum, dessen Boden mit Brokatteppichen bedeckt war und dessen Wände mit Decken aus golddurchwirkter Seide behangen waren. Dort waren auch Räucherpfannen mit Aloeholz, Ambra und starkriechendem Moschus; und an der Rückseite sah er ein Lager, das auch mit Brokatstoffen bedeckt war. Auf das setzte Ni'ma sich, und als er so großen Reichtum schaute, wußte er nicht, was im Verborgenen für ihn geschrieben stand. Doch wie er so in Gedanken über sein Los dasaß, trat plötzlich die Schwester des Beherrschers der Gläubigen zu ihm ein, begleitet von ihrer Dienerin. Als sie den Jüngling dort sitzen sah, hielt sie ihn für ein Mädchen, und so trat sie auf ihn zu und fragte ihn: ‚Wer bist du, Mädchen? Was ist's mit dir? Wer hat dich hierhergebracht?' Ni'ma aber redete nicht und gab ihr keine Antwort. Da fuhr sie fort: ‚Mädchen, wenn du eine der Nebenfrauen meines Bruders bist und er dir zürnt, so will ich für dich bei ihm sprechen und ihn dir wieder geneigt machen.' Aber immer noch gab Ni'ma keine Antwort; da sagte sie zu ihrer Dienerin: ‚Stell dich bei der Zimmertür auf und laß niemanden eintreten!' Dann trat sie auf ihn zu, blickte ihn an und staunte über seine Anmut; und wieder hub sie an zu sprechen: ‚Mädchen, sage mir, wer du bist, wie du heißest und warum du hierher gekommen bist; ich habe dich noch nie in unserem Palaste gesehen.' Da Ni'ma auch jetzt noch keine Antwort gab, ward die Schwester des Königs zornig; sie legte ihre Hand an Ni'mas Brust, und als sie fühlte, daß er keine Mädchenbrüste hatte, wollte sie ihm sein Gewand abnehmen, um zu erfahren, was es für eine Bewandtnis mit ihm habe. Da rief Ni'ma: ‚Hohe Herrin, ich bin dein Mamluk; kaufe mich! Ich stelle mich in deinen Schutz; so schütze mich denn!' Sie antwortete: ‚Dir geschieht kein Leid! Wer bist du? Und wer hat dich in mein Zimmer hier gebracht?' Ni'ma erwiderte: ‚Prinzessin, ich bin bekannt unter dem Namen Ni'ma ibn er-Rabî' der Kufier; und ich habe mein Leben aufs Spiel gesetzt um meiner Sklavin Nu'm willen, die el-Haddschâdsch mit List entführt und hierher gesandt hat.' Da wiederholte sie: ‚Dir geschieht kein Leid'; und dann rief sie nach ihrer Dienerin und befahl ihr: ‚Geh zu dem Gemache der Nu'm!'

Inzwischen nun war die alte Aufwärterin in das Gemach der Nu'm getreten und fragte sie: ‚Ist dein Herr zu dir gekommen?' ‚Nein, bei Gott!' gab Nu'm zur Antwort, und die Alte sagte: ‚Vielleicht hat er sich versehen und deine Stätte nicht gefunden; dann wäre er in ein anderes Gemach eingetreten und nicht in das deine!' Da rief Nu'm, die Sklavin: ‚Es gibt keine Majestät und es gibt keine Macht außer bei Allah dem Erhabenen und Allmächtigen! Jetzt ist unsere Lebenszeit abgelaufen, alle drei sind wir des Todes.' Nun saßen die beiden Frauen da, in

Gedanken verloren, und gerade zu dieser Zeit kam die Sklavin der Schwester des Kalifen zu ihnen herein, verneigte sich grüßend vor Nu'm und sprach zu ihr: ‚Meine Herrin lädt dich bei sich zu Gaste.' ‚Ich höre und gehorche!' gab Nu'm zur Antwort, während die Aufwärterin ihr zuflüsterte: ‚Vielleicht ist dein Herr bei der Schwester des Kalifen; vielleicht ist der Schleier des Geheimnisses schon gelüftet!' Doch Nu'm erhob sich sofort und schritt dahin, bis sie bei der Schwester des Kalifen eintrat; da sprach diese zu ihr: ‚Hier ist dein Herr, er sitzt bei mir; es scheint, daß er das rechte Zimmer verfehlt hat. Aber so Allah der Erhabene will, braucht ihr beiden, du und er, keine Furcht zu haben.' Als Nu'm diese Worte aus dem Munde der Schwester des Kalifen vernahm, beruhigte sich ihre Seele, und sie trat auf ihren Herrn zu. Und auch er, als er sie erblickte – –«

Da bemerkte Schehrezâd, daß der Morgen begann, und sie hielt in der verstatteten Rede an. Doch als die *Zweihundertundfünfundvierzigste Nacht* anbrach, fuhr sie also fort: »Es ist mir berichtet worden, o glücklicher König, daß Ni'ma, als er seine Sklavin Nu'm erblickte, auf sie zuging. Und beide drückten einander an die Brust und sanken ohnmächtig zu Boden. Als sie wieder zu sich kamen, sprach die Schwester des Kalifen zu ihnen: ‚Setzt euch, wir wollen über die Rettung aus dieser Not, in die wir gekommen sind, beraten!' ‚Wir hören und gehorchen, o Herrin!' erwiderten die beiden, ‚du hast nur zu befehlen.' Sie sagte darauf: ‚Bei Allah, euch soll von uns nie etwas Böses widerfahren!' Dann befahl sie ihrer Dienerin, Speise und Trank zu holen; und als die alles gebracht hatte, setzten sie sich und aßen, bis sie gesättigt waren. Dann lagerten sie sich zum Weine, die Becher kreisten bei ihnen hin und her, und bald kannten sie keine Sorge mehr. Ni'ma aber sprach: ‚O wüßte ich doch, was hiernach geschehen wird!' Da fragte die Schwester des Kalifen ihn: ,Sag, Ni'ma, hast du Nu'm, deine Sklavin, lieb?' ,Hohe Herrin,' rief er, ,es ist doch nur die Liebe zu ihr, die mich in diese Lebensgefahr, in der ich schwebe, getrieben hat.' Dann wandte sie sich zu Nu'm: ,Sag, Nu'm, hast du deinen Herrn Ni'ma lieb?' ,Hohe Herrin,' rief sie, ,es ist doch nur die Liebe zu ihm, die mir den Leib verzehrt und mein Aussehen so verändert hat.' Darauf fuhr die Prinzessin fort: ,Bei Allah, ihr seid wirklich zwei Menschen, die einander lieben; drum möge es keinen geben, der euch trennt! Habt Zuversicht und sorgt euch nicht!' Darüber waren beide hocherfreut, und Nu'm bat um eine Laute. Als man ihr die gebracht hatte, nahm sie sie hin, stimmte sie, griff in die Saiten, und nun begann sie zu singen und ließ dies Lied erklingen:

Als die Verleumder immer nur uns zu trennen suchten,
Wiewohl auf mir und dir sich keine Blutschuld fand,
Und als sie unsere Ohren viel Kriegslärm hören ließen,
Und als kein Schützer mir, kein Freund zur Seite stand –
Begann ich mit meinen Augen, mit meinem Hauch, meinen Zähren
Wie mit Schwert und Feuer und Wasser mich gegen sie zu wehren.

Darauf gab Nu'm die Laute ihrem Herrn Ni'ma und bat ihn: ,Sing uns ein Lied!' Da nahm er sie, stimmte sie und begann zu singen und ließ darauf dies Lied erklingen:

Der Mond gliche dir, hätte er nicht Flecken im Gesicht;
Die Sonne wäre dir gleich, verfinsterte sie sich nicht!
Ich staune – und doch, wie ist die Liebe so wundersam
Mit ihrem Hangen und Bangen und ihrer Sorgen Gram.
Der Weg deucht mir so nah, wenn ich zur Liebsten gehe,
Und doch so weit, wenn ich die Trennung vor mir sehe!

Wie er sein Lied beendet hatte, füllte Nu'm einen Becher für ihn und reichte ihn ihm dar; und er nahm ihn hin und trank ihn aus.

Darauf füllte sie einen zweiten Becher und reichte ihn der Schwester des Kalifen; die trank ihn aus, griff dann selbst zur Laute, spannte und stimmte die Saiten und sang diese beiden Verse:

> *Gram und Trauer wohnen in meinem Herzen,*
> *Und in mir toben der Liebe brennende Schmerzen.*
> *Ein jeder Blick sieht, wie abgezehrt ich bin;*
> *Vom Leid der Sehnsucht siecht der Leib mir hin.*

Darauf füllte sie den Becher und reichte ihn Ni'ma dar; der trank, griff wieder zur Laute, stimmte ihre Saiten und sang diese beiden Verse:

> *Du, der ich meine Seele gab, die du sie quältest,*
> *Von der ich sie befreien will, doch nicht vermag,*
> *Schenk einem Liebenden, was ihn vom Tod errettet,*
> *Eh daß er stirbt – dies ist des Herzens letzter Schlag!*

So sangen sie eine Weile lang, und sie tranken zu Liedern und Lautenklang, in lauter Lust und Fröhlichkeit, in Freude und in Seligkeit – da plötzlich trat der Beherrscher der Gläubigen zu ihnen ein. Als sie ihn erblickten, sprangen sie auf und küßten den Boden vor ihm. Er aber schaute auf Nu'm und auf die Laute in ihrer Hand, und da rief er: ,Nu'm, gelobt sei Allah, der die Sorge und die Krankheit von dir genommen hat!' Dann wandte er seine Blicke auf Ni'ma, der noch in Mädchenkleidern war, und fragte: ,Schwester, was ist das für eine Jungfrau an der Seite Nu'ms?' Seine Schwester gab ihm rasch zur Antwort: ,Beherrscher der Gläubigen, du hast da für den Harem eine liebliche Sklavin, und Nu'm mag nur in ihrer Gesellschaft essen und trinken.' Dann sprach sie die Dichterworte:

> *Zwei Gegensätze sind sie, und doch, getrennt, gleich schön.*
> *Der Einen Anmut strahlt durch die der Andren hell.*

Da sagte der Kalif: ,Bei Allah dem Allmächtigen, sie ist ebenso schön wie Nu'm; morgen will ich ihr ein Gemach neben dem ihrer Freundin anweisen und ihr Teppiche und Stoffe, ja, alles, was ihr gebührt, dorthin bringen lassen, Nu'm zu Ehren!' Nun rief die Schwester des Kalifen nach Speisen und setzte sie ihrem Bruder vor; der aß und blieb in ihrer Gesellschaft dort. Dann füllte er einen Becher und winkte der Nu'm zu, sie möge ein Lied singen. Da griff sie zur Laute, nachdem sie zuvor zwei Becher geleert hatte, und sang diese beiden Verse:

> *Wenn mir mein Trinkgenoß den Becher wieder füllet*
> *Und auch den dritten Becher, von schäumendem Weine schwer,*
> *Will ich die ganze Nacht stolz mit der Schleppe rauschen,*
> *O Herr der Gläubigen, als wäre ich dein Herr.*

Der Beherrscher der Gläubigen war entzückt, er füllte einen neuen Becher, reichte ihn der Nu'm und gebot ihr, noch mehr vorzutragen. Nachdem sie den Becher geleert hatte, ließ sie die Saiten erklingen und begann dies Lied zu singen:

> *Du edelster der Menschen in dieser unsrer Zeit,*
> *Dem keiner gleich zu sein sich rühmet weit und breit,*
> *Du Einziger an Güte und hoheitsvollem Sinn,*
> *Dein Ruf dringt, Herr und König, zu allen Ländern hin.*
> *Du bist der Fürst der Fürsten auf Erden ringsumher,*
> *Du gibst der Gaben viel, ohn Widerruf, ohne Beschwer.*
> *Der Herr behüte dich, dem Feind zu Trutz und Qual,*
> *Und schmücke deinen Stern mit Glück und Sieg zumal!*

Als der Kalif diese Verse aus Nu'ms Munde vernahm, rief er: ,Bei Allah, gut! Wie vortrefflich, liebe Nu'm! Deine Zunge ist beredt, fürwahr, und deine Worte sind so klar!' So blieben sie in Lust und Freuden bis Mitternacht zusammen; da sprach die Schwester des Kalifen: ,Vernimm, o Beherrscher der Gläubigen, ich las einmal in Büchern die Geschichte eines Mannes von hohem Rang.' ,Was ist das für eine Geschichte?' fragte der Kalif. Seine Schwester begann darauf zu erzählen: ,Vernimm, o Beherrscher der Gläubigen, es lebte einmal in der Stadt Kufa ein Jüngling, der hieß Ni'ma ibn er-Rabî'. Und er hatte eine Sklavin, die er sehr liebte und die ihn wieder liebte; sie war auch mit ihm auf demselben Lager aufgezogen. Als sie aber heranwuchsen und ihre Liebe zueinander sich festigte, da traf sie das Geschick mit seinem Leid, und mit Unglück quälte sie die Zeit; denn Trennung ward über die beiden verhängt. Böse Menschen überlisteten die Sklavin und entführten sie, als sie einmal sein Haus verließ, mit Tücke aus ihrem Heim. Dann verkaufte sie ihr Räuber für zehntausend Dinare an einen König. Nun liebte aber die Sklavin ihren Herrn ebensosehr, wie er sie liebte; und so verließ ihr Herr sein Haus und Heim und sein Leben im Wohlstand, zog aus, um sie zu suchen, und sann auf Mittel, um wieder mit ihr vereint zu werden.' ‒ ‒«

Da bemerkte Schehrezâd, daß der Morgen begann, und sie hielt in der verstatteten Rede an. Doch als die *Zweihundertundsechsundvierzigste Nacht* anbrach, fuhr sie also fort: »Es ist mir berichtet worden, o glücklicher König, daß die Schwester des Kalifen weiter erzählte: ‚Ni'ma verließ Haus und Heimat und sann immer auf Mittel, um wieder mit seiner Sklavin vereinigt zu werden; dabei setzte er sein Leben aufs Spiel und gab sein Herzblut dahin, bis es ihm schließlich gelang, seine Sklavin wiederzufinden. Sie hatte ihrerseits den Namen Nu'm. Wie er nun endlich mit ihr vereint war, blieb ihr Zusammensein nur von kurzer Dauer; denn plötzlich erschien vor ihnen der König, der sie von ihrem Räuber gekauft hatte, und er sprach sofort das Todesurteil über sie aus, ohne Gnade von sich aus zu üben und ohne die Vollstreckung seines Urteils über sie aufzuschieben. Was sagst du, o Beherrscher der Gläubigen, nun dazu, daß dieser König so wenig Gerechtigkeit walten ließ?' Der Beherrscher der Gläubigen erwiderte: ‚Das ist wirklich eine höchst seltsame Sache. Jener König hätte bei seiner

Macht doch Gnade walten lassen sollen; und es geziemte ihm, daß er drei Dinge zu ihren Gunsten im Auge behielt. Erstlich waren sie zwei Menschen, die einander lieb hatten; zweitens waren sie in seinem Hause und in seiner Gewalt; und drittens muß der König sein Urteil über Untertanen mit Überlegung fällen – wieviel mehr aber in einer Sache, die ihn selber angeht! Jener König hat also eine unkönigliche Tat getan.' Darauf bat seine Schwester ihn: ‚Mein Bruder, bei dem König des Himmels und der Erden beschwöre ich dich, befiehl der Nu'm, ein Lied zu singen, und achte auf das, was sie singen wird!' Er sprach: ‚Nu'm, sing mir ein Lied!' So begann sie denn zu singen und ließ diese Verse erklingen:

> *Das Schicksal ist voll Trug und hört nicht auf zu trügen;*
> *Es bricht die Herzen und läßt als Erbe leidvoll Sinnen.*
> *Es trennt die Freunde wieder, nachdem es sie vereinigt;*
> *Und dann siehst du die Tränen heiß auf die Wangen rinnen.*
> *Er lebte, und ich lebte; mein Leben war voll Wonne,*
> *Da uns die Zeit so oft ein Wiedersehn gebracht.*
> *Doch jetzo will ich Blut und Ströme von Tränen weinen*
> *Aus Gram um deinen Verlust bei Tage und bei Nacht.*

Als der Beherrscher der Gläubigen dies Lied hörte, war er tief gerührt. Da sprach seine Schwester zu ihm: ‚Lieber Bruder, wer über eine Sache gegen sich selbst entschieden hat, der muß dabei beharren und nach seinem Worte handeln. Du hast jetzt mit diesem Urteil gegen dich selbst entschieden.' Dann rief sie: ‚Ni'ma, steh auf; und auch du, Nu'm, steh auf!' Nachdem die beiden aufgestanden waren, fuhr die Schwester des Kalifen fort: ‚O Beherrscher der Gläubigen, sie, die hier steht, ist Nu'm, die Entführte, die el-Haddschâdsch ibn Jûsuf eth-Thakafi geraubt und dir gesandt hat; und er hat gelogen, als er in seinem Briefe behauptete, er habe sie für zehntausend Dinare gekauft. Und er, der hier steht, ist Ni'ma ibn er-Rabî', ihr

Herr; und ich beschwöre dich bei der Ehre deiner reinen Vorfahren und bei Hamza, 'Akîl und el-'Abbâs¹, vergib den beiden, verzeih ihnen ihr Vergehen und schenke sie einander, auf daß du reichen Lohn für sie im Himmel gewinnst! Sie sind in deiner Gewalt, sie haben von deiner Speise gegessen, von deinem Weine getrunken; und ich stehe hier als Fürbitterin für sie und flehe dich an, mir ihr Blut zu schenken.' Da erwiderte der Kalif: ‚Du hast recht; ich selbst habe hierüber entschieden, und wenn ich eine Entscheidung getroffen habe, so nehme ich sie nicht wieder zurück.' Dann fragte er: ‚Nu'm, ist dies dein Herr?' Sie antwortete: ‚Ja, o Beherrscher der Gläubigen!' Er fuhr fort: ‚Seid unbesorgt, ich schenke euch einander.' Dann fragte er weiter: ‚Ni'ma, wie hast du erfahren, wo sie ist? Wer hat dir diesen Ort verraten?' Er gab zur Antwort: ‚O Beherrscher der Gläubigen, höre auf meine Geschichte und vernimm, was ich berichte! Bei deinen reinen Eltern und Vorfahren, ich will dir nichts verschweigen.' Dann erzählte er ihm alles, was er selbst erlebt hatte, was der persische Arzt und die Aufwärterin an ihm getan hatten, wie sie ihn in den Palast geführt und wie er sich in den Türen geirrt hatte. Darüber war der Kalif aufs höchste verwundert; und dann rief er: ‚Bringt mir den Perser!' Als man ihn herbeigeführt hatte, machte er ihn zu einem seiner Vertrauten, verlieh ihm Ehrengewänder und bestimmte ein schönes Geschenk für ihn, indem er hinzufügte: ‚Wenn ein Mann dies alles zustande bringt, so geziemt uns, ihn zu unserem Vertrauten zu machen.' Darauf bewies der Kalif auch an Ni'ma und Nu'm seine Güte und gab ihnen Ge-

---

1. El-'Abbâs war der Stammvater der Abbasiden; Hamza war dessen Bruder, 'Akîl sein Neffe. Diese Ahnen wären besser bei der Anrede an einen abbasidischen Kalifen angebracht gewesen; freilich hatten Abbasiden und Omaijaden einen gemeinsamen Stammvater.

schenke; und schließlich beschenkte er auch die Aufwärterin. Sieben Tage lang blieben die beiden bei ihm in Freuden und Glück und im herrlichsten Leben; dann bat Ni'ma ihn um die Erlaubnis, mit seiner Sklavin abreisen zu dürfen. Nachdem er ihnen erlaubt hatte, nach Kufa zu reisen, zogen sie von dannen, und Ni'ma wurde wieder mit seinem Vater und seiner Mutter vereint. Dort lebten sie im schönsten und herrlichsten Leben, bis Der zu ihnen kam, der die Freuden schweigen heißt und die Freundesbande zerreißt.

SCHLUSS DER GESCHICHTE DES PRINZEN KAMAR EZ-ZAMÂN

Als el-Amdschad und el-As'ad diese Erzählung aus dem Munde Bahrâms vernommen hatten, waren sie aufs höchste verwundert, und sie riefen: ‚Dies ist fürwahr eine wunderbare Geschichte!' – –«

Da bemerkte Schehrezâd, daß der Morgen begann, und sie hielt in der verstatteten Rede an. Doch als die *Zweihundertundsiebenundvierzigste Nacht* anbrach, fuhr sie also fort: »Es ist mir berichtet worden, o glücklicher König, daß el-Amdschad und el-As'ad, als sie aus dem Munde Bahrâms des Magiers, der zum Muslim geworden war, diese Geschichte vernommen hatten, darüber aufs höchste erstaunt waren; und nun blieben sie die Nacht über beieinander. Als es aber Morgen ward, saßen el-Amdschad und el-As'ad zu Pferde und wollten sich zum König begeben. Sie baten um die Erlaubnis, zu ihm eintreten zu dürfen, und er gewährte sie ihnen. Nachdem sie dann zu ihm eingetreten waren, empfing er sie mit hohen Ehren; und dann saßen sie eine Weile im Gespräch beieinander. Während sie aber so dasaßen, begann plötzlich das Volk der Stadt zu schreien und zu lärmen und um Hilfe zu rufen. Da stürzte auch der Kammerherr zum König herein und berichtete ihm: ‚Ein König hat sich mit seinem Heere vor der Stadt gelagert, sie haben die Schwerter gezückt, und wir wissen nicht, was ihr Ziel und ihr Begehr ist!' Der König besprach den Bericht des Kammerherrn mit seinem Wesir el-Amdschad und dessen Bruder el-As'ad. Da sagte el-Amdschad: ‚Ich will zu ihm hinauseilen und erfahren, was es mit ihm für eine Bewandtnis hat.' So eilte denn el-Amdschad zur Stadt hinaus und traf den König mit seinem großen Heere und den berittenen Mamluken. Als diese el-Amdschad erblickten, wußten sie, daß er als Gesandter von dem König der Stadt kam. Darum führten sie ihn vor den Sultan; und als el-Amdschad bei ihm ankam, küßte er den Boden vor ihm. Doch siehe, der König war eine Frau, die einen Schleier vor ihrem Antlitz trug; und sie sprach zu ihm: ‚Wisse, ich habe kein anderes Anliegen an euch in dieser Stadt, und ich bin zu keinem anderen Zwecke gekommen, als um nach einem bartlosen Mamluken zu suchen. Wenn ich ihn bei euch finde, so seid unbesorgt! Finde ich ihn aber nicht, so wird zwischen mir und euch ein grimmer Kampf entbrennen.' Da fragte el-Amdschad: ‚Hohe Königin, wie sieht dieser Mamluk aus, was für eine Bewandtnis hat es mit ihm, und wie heißt er?' Sie gab zur Antwort: ‚Er heißt el-As'ad; und ich heiße Mardschâna. Dieser Mamluk war mit Bahrâm dem Magier zu mir gekommen; der wollte ihn nicht verkaufen, und so nahm ich ihn mit Gewalt. Doch er überfiel ihn und raubte ihn mir wieder bei Nacht. Was aber seine Gestalt angeht, so sieht er soundso aus.' Als el-Amdschad dies gehört hatte, wußte er, daß sein Bruder el-As'ad gemeint war. So sprach er denn zu ihr: ‚Größte Königin unserer Zeit, gelobt sei Allah, der uns Hilfe gebracht hat! Dieser Mamluk ist mein Bruder!' Dann erzählte er ihr seine

Geschichte und tat ihr kund, was ihnen beiden im fremden Lande widerfahren war und warum sie die Ebenholzinseln verlassen hatten. Die Königin Mardschâna wunderte sich darüber und freute sich, daß sie el-As'ad wiedergefunden hatte; und sie verlieh seinem Bruder el-Amdschad ein Ehrenkleid. Darauf kehrte der Wesir zum König zurück und berichtete ihm, was geschehen war; alle waren darüber erfreut, und alsbald zog der König mit el-Amdschad und el-As'ad der Königin entgegen. Als sie dann zu ihr hineingeführt waren, setzten sie sich und plauderten mit ihr; und wie sie so im Gespräch beieinander waren, da stieg plötzlich eine Staubwolke empor und legte der Welt einen Schleier vor; doch nach einer Weile zerteilte sich die Wolke, und da erschien ein gewaltiges Heer gleich dem brandenden Meer. Die Krieger waren mit Panzern und Waffen gerüstet; und nun zogen sie auf die Stadt zu, und dann umschlossen sie sie, wie der Ring den kleinen Finger umschließt, und zückten ihre Schwerter. Da riefen el-Amdschad und el-As'ad: ‚Fürwahr, wir sind Allahs Geschöpfe, und zu Ihm kehren wir zurück! Was bedeutet dies große Heer? Das sind Feinde, sicherlich; und wenn wir uns nicht mit dieser Königin Mardschâna zum Kampfe wider sie verbünden, werden sie unsere Stadt erobern und uns töten. Jetzt bleibt uns nichts anderes übrig, als daß wir zuerst zu ihnen hinausziehen und erkunden, was für eine Bewandtnis es mit ihnen hat.' Sofort machte el-Amdschad sich auf, ritt zum Stadttore hinaus und am Heerlager der Königin Mardschâna vorbei. Wie er nun bei dem neuen Heere ankam, erkannte er es als das Heer seines Großvaters, des Königs el-Ghajûr, des Vaters seiner Mutter, der Prinzessin Budûr. – –«

Da bemerkte Schehrezâd, daß der Morgen begann, und sie hielt in der verstatteten Rede an. Doch als die *Zweihundertund-*

achtundvierzigste Nacht anbrach, fuhr sie also fort: »Es ist mir berichtet worden, o glücklicher König, daß el-Amdschad, wie er bei dem neuen Heere ankam, es erkannte als das Heer seines Großvaters, des Königs el-Ghajûr, des Herrn der Inseln und der Meere und der sieben Schlösser. Als er dann vor ihm stand, küßte er den Boden und überbrachte ihm seine Botschaft. Der König erwiderte: ‚Ich bin König el-Ghajûr geheißen; und ich komme als ein fahrender Mann. Denn das Geschick hat mich durch den Verlust meiner Tochter Budûr betrübt; sie hat mich verlassen und ist nie wieder zu mir zurückgekehrt; und ich habe nie wieder eine Kunde von ihr noch von ihrem Gemahle Kamar ez-Zamân vernommen. Wißt ihr etwas von ihnen beiden?' Als el-Amdschad dies hörte, senkte er eine Weile nachdenklich sein Haupt, und als er dessen sicher war, daß jener sein Großvater, der Vater seiner Mutter war, hob er es wieder, küßte dann den Boden vor ihm und tat ihm kund, daß er selber der Sohn seiner Tochter Budûr sei. Kaum hatte der König vernommen, daß dieser Mann der Sohn seiner Tochter Budûr war, da warf er sich an seine Brust, und beide begannen zu weinen. Dann rief der König el-Ghajûr: ‚Allah sei gelobt, mein Sohn, daß ich wohlbehalten mit dir vereint bin!' Darauf erzählte el-Amdschad ihm, daß es der Königstochter Budûr und auch seinem eigenen Vater Kamar ez-Zamân wohlergehe; und ferner tat er ihm kund, daß die beiden in einer Stadt lebten, die da die Ebenholzstadt heiße; und schließlich berichtete er ihm auch, daß sein Vater Kamar ez-Zamân gegen ihn und gegen seinen Bruder erzürnt sei und befohlen habe, sie zu töten, daß aber der Schatzmeister sich ihrer erbarmt und sie am Leben gelassen habe. Da sagte der König el-Ghajûr: ‚Ich will mit dir und deinem Bruder zu deinem Vater gehen und euch mit ihm aussöhnen und dann bei euch bleiben.' Von neuem küßte el-

Amdschad den Boden vor ihm und freute sich seiner. Nun verlieh der König el-Ghajûr seinem Enkel el-Amdschad ein Ehrengewand, und der kehrte mit frohem Antlitz zu seinem König zurück und berichtete ihm über den König el-Ghajûr. Darüber war sein König aufs höchste erstaunt, und dann entsandte er die Gastgeschenke, Schafe, Pferde, Kamele, Proviant und dergleichen; dasselbe ließ er auch der Königin Mardschâna überbringen, und als man ihr kundtat, was geschehen war, sprach sie: ‚Ich will euch mit meinem Heere begleiten, und auch ich will mich um Aussöhnung bemühen.'

Doch plötzlich stieg wieder eine Staubwolke empor und legte der Welt einen Schleier vor, bis sich das Tageslicht im Dunkel verlor; und man hörte hinter ihr Rufen und Schreien und Pferdegewieher, und bald sah man Schwerter blitzen und vorwärts gerichtete Lanzenspitzen. Als nun diese Krieger der Stadt nahe kamen und die andern beiden Heere erblickten, schlugen sie die Trommeln. Der König der Stadt aber rief, als er das gewahrte: ‚Dies kann nur ein Tag des Segens sein. Allah sei gelobt, der uns mit diesen beiden Heeren da in Frieden vereint hat! Und so Er will, wird Er uns auch mit diesem neuen Heere friedlich zusammentreffen lassen.' Dann fuhr er fort: ‚Amdschad! As'ad! Zieht hinaus und bringt uns Kunde von diesen Truppen! Sie sind fürwahr eine gewaltige Schar, noch nie habe ich eine größere gesehen.' Nun ritten el-Amdschad und sein Bruder el-As'ad hinaus; zwar hatte der König das Stadttor vorher verriegeln lassen aus Furcht vor dem Heere, das die Stadt umzingelt hatte, doch nun öffneten die beiden Prinzen die Torflügel und ritten dahin, bis sie bei dem Heere, das gerade eingetroffen war, ankamen. Da sahen sie, daß es ein sehr großes Heer war, und als sie in seiner Mitte waren, erfuhren sie, daß es das Heer des Königs der Ebenholzinseln war und daß ihr

Vater Kamar ez-Zamân sich bei ihm befand. Sobald sie ihn erblickten, küßten sie vor ihm den Boden und begannen zu weinen. Und wie Kamar ez-Zamân sie erkannte, warf er sich ihnen entgegen, weinte bitterlich, bat sie um Verzeihung und preßte sie eine lange Weile an seine Brust. Und dann erzählte er ihnen, wie sehr er nach ihrem Fortgehen durch den heißen Schmerz um die Trennung von ihnen gelitten hatte. Darauf berichteten el-Amdschad und el-As'ad ihm, daß auch der König el-Ghajûr gekommen war. Nun bestieg Kamar ez-Zamân sein Roß inmitten seines Gefolges und nahm seine beiden Söhne el-Amdschad und el-As'ad mit sich. Sie ritten dahin, bis sie sich dem Heerlager des Königs el-Ghajûr nahten; dort eilte einer von ihnen vorauf und meldete diesem König die Ankunft des Kamar ez-Zamân. Jener ritt ihm sofort entgegen, und als sie zusammentrafen, wunderten sie sich über all diese Ereignisse und über den Zufall, durch den sie hier an dieser Stätte vereinigt waren. Die Leute der Stadt aber rüsteten ihnen Gastmähler mit vielerlei Speisen und Süßigkeiten, und dann brachten sie ihnen Pferde, Kamele, Proviant und andere Gastgeschenke, ja, alles, dessen die Krieger bedurften.

Während sie noch damit beschäftigt waren, stieg plötzlich wiederum eine Staubwolke empor und legte von neuem der Welt einen Schleier vor; die Erde erdröhnte vom Stampfen der Rosse, und der Schall der Trommeln erklang wie stürmende Winde. Und dann erschien das Heer selbst, vollgewappnet und gepanzert und ganz in Schwarz gekleidet; in seiner Mitte befand sich ein sehr alter Mann, dem sein Bart bis auf die Brust herabwallte, und auch er trug schwarze Gewänder. Als man nun von der Stadt aus diese gewaltigen Heerhaufen erblickte, sagte der Beherrscher der Stadt zu den Königen: ,Allah sei gelobt, daß ihr alle auf Seinen allmächtigen Befehl an demselben Tage zusammengetroffen seid und daß ihr euch alle als Freunde erkannt habt! Doch was hat dies gewaltige Heer erregt, das der Welt einen Schleier vorlegt?' ‚Fürchte dich nicht!' erwiderten die Könige, ‚wir sind drei Fürsten, und jeder von uns hat zahlreiche Streitkräfte. Wenn jene dort Feinde sind, so wollen wir auf deiner Seite wider sie kämpfen, und wären sie auch noch dreimal so stark!' Während sie so miteinander sprachen, kam plötzlich ein Abgesandter von jenem neuen Heere auf die Stadt zu. Man führte ihn vor Kamar ez-Zamân, den König el-Ghajûr, die Königin Mardschâna und den König, der über die Stadt herrschte. Der Bote küßte den Boden und sprach: ‚Mein König kommt aus dem Lande der Perser. Er hat vor vielen Jahren seinen Sohn verloren, und er zieht nun in der ganzen Welt umher, um ihn zu suchen. Wenn er ihn bei euch findet, so seid ohne Sorge! Findet er ihn aber nicht, so soll Krieg zwischen ihm und euch entbrennen, und er wird eure Stadt verwüsten.' Kamar ez-Zamân hub an: ‚Das soll ihm nicht gelingen! Doch sag, wie heißt er im Lande der Perser?' Da gab der Bote zur Antwort: ‚Er heißt der König Schehrimân, der Herr der Inseln von Chalidân. Und er hat diese Truppen in all den Ländern zusammengebracht, die er auf der Suche nach seinem Sohn durchzogen hat.' Kaum hatte aber Kamar ez-Zamân diese Worte von dem Abgesandten vernommen, da schrie er laut und sank ohnmächtig zu Boden, und eine ganze Weile blieb er in seiner Ohnmacht liegen. Als er wieder zu sich kam, weinte er bitterlich und sprach zu el-Amdschad und el-As'ad und zu ihren Hauptleuten: ‚Geht hin, meine Söhne, mit dem Boten und begrüßt euren Großvater, meinen Vater, den König Schehrimân! Bringt ihm frohe Kunde von mir! Er trauert um meinen Verlust, und bis auf diesen Tag trägt er die schwarzen Gewänder um meinetwillen.' Dann erzählte er den Königen, die dort versammelt waren, alles, was er in den Tagen seiner Jugend erlebt hatte; und die Könige hörten mit Staunen zu. Darauf zogen auch sie mit Kamar ez-Zamân aus und kamen zu seinem Vater. Da begrüßte Kamar ez-Zamân seinen Vater, sie umarmten einander und sanken vor Übermaß der Freude lange Zeit in Ohnmacht. Doch als sie wieder zu sich kamen, erzählte er seinem Vater alles, was ihm widerfahren war; und auch die anderen Könige begrüßten Schehrimân. Dann entließen sie Mardschâna wieder in ihr Land zurück, nachdem sie sie zuvor mit el-As'ad vermählt und sie gebeten hatten, sie möchte nie aufhören, ihnen Botschaften zu senden; so reiste sie denn ab. Darauf wurde el-Amdschad mit Bustân, der Tochter des Bahrâm, vermählt, und dann zogen alle nach der Ebenholzstadt. Dort begab sich Kamar ez-Zamân zu seinem Schwäher und berichtete ihm alles, was er erlebt hatte und wie er mit seinen Söhnen wiedervereinigt war. Der wünschte ihm hocherfreut Glück zur wohlbehaltenen Heimkehr. Darauf ging König el-Ghajûr, der Vater der Prinzessin Budûr, zu seiner Tochter und begrüßte sie, und so ward seine Sehnsucht nach ihr erfüllt. Alle aber blieben einen vollen Monat in der Ebenholzstadt beieinander; dann zog König el-Ghajûr mit seiner Tochter in seine Heimat. – –«

Da bemerkte Schehrezâd, daß der Morgen begann, und sie hielt in der verstatteten Rede an. Doch als die *Zweihundertundneunundvierzigste Nacht* anbrach, fuhr sie also fort: »Es ist mir berichtet worden, o glücklicher König, daß König el-Ghajûr mit seiner Tochter und seinem Heere in seine Heimat zog; er nahm auch el-Amdschad mit sich, und so machten sie sich auf den Weg nach ihrem Lande. Als el-Ghajûr dann wieder in seiner Hauptstadt zur Ruhe gekommen war, setzte er el-Amdschad an seiner Statt zum Herrscher ein. Kamar ez-Zamân aber setzte seinen Sohn el-As'ad an seiner Stelle zum Herrscher in der Stadt seines Großvaters Armanûs ein; und dieser war damit einverstanden. Darauf rüstete Kamar ez-Zamân zur Reise und zog mit seinem Vater, dem König Schehrimân, fort, bis sie zu den Inseln von Chalidân kamen. Da ward die Stadt ihnen zu Ehren geschmückt, und die Trommeln wurden einen ganzen Monat lang zur Verkündigung der frohen Botschaft geschlagen. Und Kamar ez-Zamân herrschte an seines Vaters Stelle, bis Der zu ihnen kam, der die Freuden schweigen heißt und der die Freundesbande zerreißt. Allah aber kennt alle Dinge am besten!«

* * *

Da sprach der König: »Schehrezâd, dies ist wirklich eine ganz wundersame Geschichte!« Doch sie erwiderte: »Hoher König, sie ist nicht wundersamer als

DIE GESCHICHTE VON 'ALÂ ED-DÎN ABU ESCH-SCHAMÂT

Wie ist denn die?« fragte er; da erzählte sie: »Es ist mir berichtet worden, o glücklicher König, daß in alten Zeiten und in längst entschwundenen Vergangenheiten ein Kaufmann in Kairo lebte, namens Schams ed-Dîn; der war einer der besten und zuverlässigsten Kaufleute, und er besaß Eunuchen und Diener, schwarze Sklaven und Sklavinnen, Mamluken und großen Reichtum, und er war der Vorsteher der Kaufmannsgilde von Kairo. Er hatte auch eine Gemahlin, die er sehr liebte und die ihn liebte; doch hatte er schon vierzig Jahre mit ihr gelebt, ohne daß ihm von ihr ein Sohn oder eine Tochter geschenkt wäre. Als er nun eines Tages in seinem Laden saß, sah er, wie von den anderen Kaufleuten ein jeder einen Sohn oder zwei oder gar noch mehr Söhne hatte, die gleich ihren Vätern in den Läden saßen. Jener Tag aber war ein Freitag, und so ging der Kaufmann in das Badehaus und vollzog die Freitagswaschung. Als er wieder herauskam, nahm er den Spiegel des Barbiers, besah sein Gesicht darin und sprach: ‚Ich bezeuge, daß es keinen Gott gibt außer Allah, und ich bezeuge, daß Mohammed der Prophet Allahs ist.' Dann blickte er auf seinen Bart und sah, daß die weißen Haare darin die schwarzen bedeckten, und dachte daran, daß die weißen Haare Vorboten des Todes sind. Seine Frau aber wußte die Zeit seiner Heimkehr, und so hatte sie sich gebadet und für ihn zurechtgemacht, wie sie es zu tun pflegte. Als er nun zu ihr hereintrat, sprach sie zu ihm: ‚Guten Abend!' Doch er gab ihr zurück: ‚Das Gute sehe ich nicht.' Da sie schon vorher der Dienerin befohlen hatte, den Tisch für den Abend zu decken, brachte diese nun das Essen; und die Frau sprach zu ihrem Gatten: ‚Iß, mein Gebieter!' Doch er versetzte nur: ‚Ich will nichts essen', stieß den Tisch mit dem Fuße um und wandte sein Gesicht von ihr ab. Da fragte sie ihn: ‚Warum tust du das? Was hat dich verstimmt?' Er gab ihr zur Antwort: ‚Du bist die Ursache meines Kummers.' – –«

Da bemerkte Schehrezâd, daß der Morgen begann, und sie hielt in der verstatteten Rede an. Doch als die *Zweihundertundfünfzigste Nacht* anbrach, fuhr sie also fort: »Es ist mir berichtet worden, o glücklicher König, daß Schams ed-Dîn zu seiner Frau sagte: ‚Du bist die Ursache meines Kummers.' Da fragte sie ihn: ‚Warum denn?' Und er erwiderte ihr: ‚Als ich heute meinen Laden öffnete, sah ich, wie ein jeder Kaufmann einen Sohn oder zwei oder gar noch mehr Söhne bei sich hat, die gleich ihren Vätern in den Läden sitzen. Und da sagte ich mir: Er, der deinen Vater zu sich genommen hat, wird auch dich nicht verschonen. Du hast mir aber in der Hochzeitsnacht einen Eid abgenommen, daß ich mir neben dir keine andere Gemahlin nehmen würde, noch auch eine Kebse, weder eine Abessinierin noch eine Griechin noch irgendeine andere Sklavin, und daß ich keine Nacht fern von dir zubringen wolle. Nun steht es aber so, daß du unfruchtbar bist, und die Ehe mit dir ist, als ob man auf einen Fels schlage.' Nun rief sie: ,Allah ist mein Zeuge, daß die Schuld nicht an mir, sondern an dir liegt; denn dein Same ist zu dünn.' Er fragte: ,Was ist denn mit einem Manne, dessen Same zu dünn ist?' Sie gab zur Antwort: ,Der kann keine Frau schwanger machen und kein Kind erzeugen.' Da fragte er weiter: ,Wo gibt es denn etwas, das Samen dicker macht? Ich will es mir kaufen, vielleicht wird es den meinen dicker machen.' Sie erwiderte: ,Suche danach bei den Drogenhändlern!' Nach dieser Nacht erwachte der Kaufmann am nächsten Morgen voll Reue darüber, daß er seiner Frau Vorwürfe gemacht hatte, und auch sie bereute ihre Vorwürfe gegen ihn. Dann begab er sich auf den Markt und fand einen Drogenhändler; zu dem sprach er: ,Friede sei über dir!' Und als jener ihm den Gruß zurückgegeben hatte, fragte er ihn: ,Gibt es bei dir ein Mittel, das den Samen dicker macht?' Der Mann antwortete ihm: ,Ich hatte wohl eins; aber es ist ausverkauft. Doch frage bei meinem Nachbarn an!' Darauf ging er bei allen herum und fragte nach, aber sie lachten ihn aus; schließlich kehrte er zu seinem Laden zurück und setzte sich traurig nieder. Nun war auf dem Markte ein Haschischraucher, der Obmann der Straßenmakler, der Opium in jeder Art genoß und auch dem grünen Haschisch frönte. Jener Obmann hieß Scheich Mohammed Simsim; er war ein armer Teufel und pflegte jeden Tag dem Kaufmann einen guten Morgen zu wünschen. Seiner Gewohnheit gemäß kam er nun zu ihm und sprach: ,Friede sei mit dir!' Der Kaufmann gab ihm den Gruß verdrießlich zurück, und da fragte jener: ‚O Herr, was ist dir, daß du verdrießlich bist?' Da erzählte er ihm alles, was zwischen ihm und seiner Frau vorgefallen war, und er schloß mit den Worten: ‚So bin ich denn seit vierzig Jahren mit ihr verheiratet, aber sie hat mir weder einen Sohn noch eine Tochter zur Welt gebracht. Da wurde mir gesagt: daß sie nicht von dir schwanger wird, liegt daran, daß dein Same zu dünn ist. Und nun habe ich nach einem Mittel gesucht, das meinen Samen dicker macht, aber ich habe keines gefunden.' Der andere erwiderte ihm: ‚O Herr, ich habe einen Samenverdicker; was würdest du von einem Manne sagen, der nach diesen vierzig Jahren, die dahingegangen sind, es fertig bringt, daß deine Frau von dir schwanger wird?' Der Kaufmann rief: ‚Wenn du das tust, so werde ich dich reichlich belohnen.' ‚Gib mir einen Dinar!' sagte der Obmann; und der Kaufmann sprach: ‚Hier hast du zwei Dinare.' Jener nahm sie und fuhr fort: ‚Gib mir die Porzellanschüssel dort!' Der Kaufmann gab sie ihm, der Makler nahm sie hin und ging zu einem Haschischverkäufer; von dem kaufte er etwa zwei Unzen feines griechisches Opium, etwas chinesische Kubebe, Zimmet, Gewürznelken, Kardamom, Ingwer, weißen Pfeffer und Bergeidechse; das alles zerstieß er und kochte es in feinem Olivenöl. Dann kaufte er noch drei Unzen Weihrauch und etwa einen Becher voll Schwarzkümmel, weichte das Ganze ein und machte es mit griechischem Bienenhonig zu einer Latwerge. Die legte er in die Schüssel, kehrte mit ihr zu dem Kaufmann zurück und gab sie ihm mit den Worten: ‚Hier ist der Samenverdicker. Du mußt davon mit einer Spatel einnehmen, nachdem du vorher Lammfleisch und Haustaube, stark gepfeffert und gewürzt, gegessen hast. Also nimm davon mit einer Spatel, dann iß zu Abend, und dann trink Scherbett aus feinem Zucker.' Da holte der Kaufmann all das zusammen, schickte das Fleisch und die Tauben zu seiner Frau, indem er ihr sagen ließ: ‚Koche dies gut; nimm auch den Samenverdicker und hebe ihn bei dir auf, bis ich ihn brauche und verlange!' Sie tat, wie er sie geheißen hatte, und stellte ihm die Speisen hin. Nachdem er dann zu Abend gegessen hatte, verlangte er nach der Schüssel und nahm von ihr ein; es schmeckte ihm gut, und so aß er das Ganze auf. Nun ruhte er bei seiner Frau; da empfing sie von ihm in derselben Nacht. Als dann der erste, der zweite und der dritte Monat vergangen waren, hörte ihre Reinigung auf, und das Blut floß nicht mehr; da erkannte sie, daß sie schwanger war. Und wie die Tage ihrer Schwangerschaft erfüllet waren, kamen die Wehen über sie, und die Freudenrufe erschallten im Hause. Die Wehmutter aber hatte große Mühe bei ihrer Entbindung; und sie segnete das Neugeborene im Namen Mohammeds und 'Alîs, sprach ‚Allâhu Akbar'[1] und rief ihm den Gebetsruf ins Ohr. Dann wickelte sie es ein und gab es seiner Mutter. Die legte den Knaben an ihre Brust und gab ihm zu trinken; und er trank, bis er satt war, und schlief ein. Die Wehmutter blieb noch drei Tage bei ihr, bis man Marzipanbrote und Süßigkeiten bereitet hatte; die wurden am siebenten Tage verteilt. Dann sprengte man Salz[2], und der Kaufmann trat zu seiner Frau ein und wünschte ihr Glück zur Genesung. Und er fragte: ‚Wo ist das von Allah anvertraute Gut?' Da brachte sie ihm ein Kindlein von strahlender Schönheit, das Werk des allgegenwärtigen Lenkers; es war zwar nur ein Knäblein von sieben Tagen, aber jeder, der es sah, sagte von ihm, es sei ein Jahr alt. Der Kaufmann schaute ihm ins Gesicht und sah, daß es dem leuchtenden Vollmonde glich

1. Vgl. Band I, Seite 685, Anmerkung. – 2. Zum Schutz gegen den bösen Blick.

und auf beiden Wangen Schönheitsmale hatte. Als er dann seine Frau fragte, wie sie ihn nennen wolle, sprach sie: ‚Wenn es ein Mädchen wäre, so hätte ich den Namen bestimmt; aber dies ist ein Knabe, und so sollst du allein ihm einen Namen geben.' Nun pflegten die Leute jener Zeit ihre Kinder nach Vorzeichen zu benennen; und da gerade zu der Zeit, in der sie sich über den Namen berieten, ein Mann seinem Freunde zurief: ‚Du da, Herr 'Alâ ed-Dîn!' so sagte der Kaufmann: ‚Wir wollen ihn 'Alâ ed-Dîn Abu esch-Schamât¹ nennen.' Nun übergab er das Kind den Ammen und Pflegerinnen, und es trank zwei Jahre hindurch die Milch. Dann ward es entwöhnt; denn es war gewachsen und gediehen und konnte nun auf dem Boden gehen. Doch als der Knabe sieben Jahre alt war, brachten sie ihn aus Furcht vor dem bösen Blick in ein unterirdisches Gemach, und sein Vater sprach: ‚Er soll das Gemach nicht eher verlassen, als bis ihm der Bart sproßt!' Seine Pflege vertraute er einer Sklavin und einem schwarzen Sklaven an; die Sklavin bereitete ihm die Mahlzeiten, und der Mohr brachte sie ihm. Auch ließ sein Vater ihn beschneiden und feierte diesen Tag durch ein großes Festmahl. Dann ließ er einen Lehrer für ihn kommen, der ihn im Schreiben, im Koranlesen und in den Wissenschaften unterrichtete, bis er alles gelernt hatte und reiche Kenntnisse besaß.

Nun traf es sich eines Tages, daß der Sklave, als er ihm die Speisen gebracht hatte, die Falltür offen stehen ließ. Da lief 'Alâ ed-Dîn aus dem Gemache heraus und kam zu seiner Mutter, bei der gerade eine Gesellschaft von vornehmen Frauen zu Besuch war. Und während nun die Frauen mit seiner Mutter plauderten, trat dieser Knabe zu ihnen ein, gleich einem weißen

1. Der Ruhm des Glaubens, der mit den Schönheitsmalen. 'Alâ ed-Dîn ist in Europa als Aladdin bekannt geworden.

Sklaven, der vom Übermaße seiner Schönheit berauscht war. Kaum hatten die Frauen ihn erblickt, da verschleierten sie ihre Gesichter und riefen seiner Mutter zu: ,Allah strafe dich, Frau! Wie kannst du diesen fremden Mamluken zu uns hereintreten lassen? Weißt du nicht, daß die Züchtigkeit zu den Vorschriften des Glaubens gehört?' Sie sprach: ,Rufet Allahs Namen an![1] Das ist ja mein Kind, die Frucht meines Leibes, der Sohn des Vorstehers der Kaufmannsgilde Schams ed-Dîn, das Kind, von der Amme gehegt, mit dem Halsband geschmückt und mit zarten Krusten und Krumen gepflegt!' Als die Frauen riefen: ,Unser Leben lang haben wir noch keinen Sohn von dir gesehen', erwiderte sie: ,Sein Vater war um ihn wegen des bösen Blicks besorgt, und darum ließ er ihn in einem Gemache unter der Erde aufziehen.' – –«

Da bemerkte Schehrezâd, daß der Morgen begann, und sie hielt in der verstatteten Rede an. Doch als die *Zweihundertundeinundfünfzigste Nacht* anbrach, fuhr sie also fort: »Es ist mir berichtet worden, o glücklicher König, daß die Mutter 'Alâ ed-Dîns den Frauen erwiderte: ,Sein Vater war um ihn wegen des bösen Blicks besorgt, und darum ließ er ihn in einem Gemache unter der Erde aufziehen. Vielleicht hat jetzt der Sklave die Falltür offen stehen lassen, und so ist er herausgekommen. Wir wollten ihn nicht eher aus dem Gemache herauskommen lassen, als bis ihm der Bart sprossen würde.' Die Frauen wünschten ihr Glück zu ihm; der Knabe aber ging von ihnen fort und lief in den Hof des Hauses. Dann stieg er zur offenen Empfangshalle hinauf und setzte sich nieder. Während er dort saß, kamen zufällig die Sklaven mit dem Maultiere seines Vaters. Denen rief 'Alâ ed-Dîn zu: ,Wo ist dies Maultier gewesen?'

[1] Dadurch wird der böse Blick und anderes Unheil abgewendet, wenn man von etwas Schönem spricht.

Sie gaben zur Antwort: ‚Wir haben deinen Vater begleitet, als er auf ihm zum Laden ritt, und jetzt haben wir es zurückgebracht.' Nun fragte er weiter: ‚Was für ein Gewerbe hat mein Vater?' und sie erwiderten ihm: ‚Dein Vater ist der Vorsteher der Kaufmannsgilde im Lande Ägypten, und er gilt als Fürst bei den Söhnen der Araber.' Da ging 'Alâ ed-Dîn zu seiner Mutter und fragte sie: ‚Mutter, sag, was für ein Gewerbe hat mein Vater?' ‚Mein Sohn,' antwortete sie, ‚dein Vater ist ein Kaufmann, und er ist der Vorsteher der Kaufmannsgilde im Lande Ägypten und gilt als Fürst bei den Söhnen der Araber. Seine Sklaven brauchen ihn beim Verkaufen nur dann zu fragen, wenn der Preis der Ware mindestens tausend Dinare beträgt; wenn aber der Preis einer Ware nur neunhundert Dinare oder noch weniger beträgt, so fragen sie ihn nicht um Rat, sondern verkaufen nach eigenem Ermessen. Auch kommt keine Ware aus der ganzen Welt an, mag es viel oder wenig sein, ohne durch seine Hand zu gehen; und er verfügt darüber, wie es ihm beliebt. Und ebenso wird keine Ware in Ballen verschnürt und in fremde Länder verschickt, ohne daß dein Vater darüber zu bestimmen hätte. Allah der Erhabene hat deinem Vater großen, unermeßlichen Reichtum gegeben, mein Sohn!' Da sagte er: ‚Liebe Mutter, Allah sei gelobt, daß ich der Sohn des Mannes bin, der als Fürst bei den Söhnen der Araber gilt und der Vorsteher der Kaufmannsgilde ist. Aber weshalb, liebe Mutter, sperrt ihr mich in das unterirdische Gemach und haltet mich dort gefangen?' ‚Lieber Sohn,' antwortete sie, ‚wir haben dich nur deshalb in das Gemach gesperrt, weil wir um dich wegen der Augen der Menschen besorgt sind. Das böse Auge ist Wahrheit; ja, die meisten der Leute, die im Grabe ruhen, sind Opfer des bösen Auges.' Er aber entgegnete ihr: ‚Liebe Mutter, wohin soll der Mensch vor dem Schicksale fliehen?

Auch die Vorsicht schützt vor dem Geschicke nicht; und keiner entgeht dem, was geschrieben steht. Fürwahr, Er, der meinen Großvater zu sich nahm, wird auch mich und meinen Vater nicht verschonen; mag er auch heute noch am Leben sein, morgen kann er schon tot sein. Wenn aber mein Vater nun plötzlich stirbt und ich dann vortrete und sage: ‚Ich bin 'Alâ ed-Dîn, der Sohn des Kaufmannes Schams ed-Dîn' – dann wird mir kein Mensch Glauben schenken, und die alten Leute werden sagen: Unser Leben lang haben wir nicht gesehen, daß Schams ed-Dîn einen Sohn oder eine Tochter hatte. Dann wird der Staatsschatz kommen und den Besitz meines Vaters einziehen. Allah habe den selig, der da gesagt hat: Der Edle stirbt, sein Reichtum geht dahin, und die gemeinsten Männer nehmen seine Frauen. Darum, liebe Mutter, sprich du mit meinem Vater, auf daß er mich in den Basar mitnimmt und mir einen Laden öffnet, in dem ich dann mit Waren sitzen kann, und daß er mich lehrt, Handel zu treiben, zu nehmen und zu geben.' Da sprach sie zu ihm: ‚Mein Sohn, sobald dein Vater kommt, will ich es ihm sagen.' Als nun der Kaufmann nach Hause kam, sah er seinen Sohn 'Alâ ed-Dîn Abu esch-Schamât bei der Mutter sitzen. Da fragte er sie: ‚Warum hast du ihn aus dem Gemache herausgeholt?' ‚Lieber Vetter,' erwiderte sie, ‚ich habe ihn nicht herausgeholt, sondern die Sklaven haben vergessen das Gemach abzuschließen und haben die Tür offen gelassen. Während ich hier saß, in Gesellschaft einiger vornehmer Damen, die bei mir waren, trat er plötzlich zu uns ein.' Dann berichtete sie ihm auch, was sein Sohn gesagt hatte. ‚Lieber Sohn,' hub nun der Vater an, ‚morgen, so Allah der Erhabene will, werde ich dich mit mir in den Basar nehmen. Aber, mein Sohn, wer auf den Basaren und in den Läden sitzen will, der muß in allen Dingen vollkommene Höflichkeit den Menschen entgegenbringen.' Erfreut über die Worte seines Vaters verbrachte 'Alâ ed-Dîn die Nacht. Als es wieder Morgen ward, führte sein Vater ihn ins Badehaus und kleidete ihn in ein Gewand, das viel Geld wert war. Und nachdem sie dann gefrühstückt und ihre Scherbette getrunken hatten, bestieg er sein Maultier und ließ seinen Sohn auf einem andern reiten. So nahm er ihn mit sich, indem er selbst voraufritt, und begab sich mit ihm zum Basar. Da sahen die Leute auf dem Basar, daß der Vorsteher der Kaufmannsgilde einherkam, mit einem Jüngling hinter sich, so schön wie die Mondscheibe in der vierzehnten Nacht, und einer sprach zum andern: ‚Sieh da diesen Jüngling hinter dem Vorsteher der Kaufmannschaft! Wir dachten gut von ihm; aber er ist wie der Lauch, grau und von innen grün.' Und der Scheich Mohammed Simsim, der Obmann, von dem wir schon früher sprachen, rief den Kaufleuten zu: ‚Ihr Handelsherren, wir wollen es nicht mehr dulden, daß er unser Oberhaupt sei, nimmermehr!' Nun war es Sitte, wenn der Vorsteher der Kaufmannschaft morgens von Hause kam und sich in seinen Laden setzte, daß der Obmann des Basars zu ihm trat und vor den Kaufleuten die erste Sure des Korans aufsagte; die pflegten nämlich zusammen mit dem Obmann zu dem Vorsteher der Kaufleute zu gehen und die erste Koransure zu sprechen und ihm einen guten Morgen zu wünschen; dann pflegte ein jeder von ihnen sich zu seinem Laden zu begeben. Als aber an jenem Tage der Vorsteher der Kaufmannschaft sich wie gewöhnlich in seinen Laden setzte, kamen die Kaufleute nicht wie sonst zu ihm. Da rief er den Obmann und fragte ihn: ‚Warum versammeln die Kaufleute sich nicht bei mir wie sonst?' Der gab zur Antwort: ‚Ich verstehe es nicht, die unangenehmen Dinge zu melden. Wisse, die Kaufleute sind übereingekommen, dich als Oberhaupt abzusetzen und nicht mehr die erste Sure vor dir zu sprechen.' ‚Warum das?' fragte Schams ed-Dîn; da fragte der Obmann ihn: ‚Was ist's mit diesem Knaben, der an deiner Seite sitzt? Du bist doch ein alter Mann und das Oberhaupt der Kaufleute! Ist dieser Knabe etwa dein Mamluk oder ein Verwandter deiner Frau? Ich glaube, du hegst unerlaubte Liebe und Neigung zu ihm.' Aber da schrie der Vorsteher ihn an und rief: ‚Schweig, Allah mache dich und deine Art zuschanden! Dies ist mein Sohn!' Jener erwiderte jedoch: ‚Wir haben unser Leben lang nie gesehen, daß du einen Sohn hast!' Da sagte Schams ed-Dîn: ‚Als du mir den Samenverdicker brachtest, empfing meine Frau und brachte den Knaben zur Welt. Aber weil ich um ihn wegen des bösen Auges besorgt war, so zog ich ihn in einem Gemach unter der Erde auf, und ich wollte, er solle nicht eher jenen Raum wieder verlassen, als bis er seinen Bart mit der Hand fassen könnte. Doch seine Mutter war nicht damit einverstanden, und er bat mich, ich möchte für ihn einen Laden öffnen, Waren dort bei ihm niederlegen und ihn lehren, wie man Handel treibt.' Darauf ging der Obmann zu den anderen Kaufleuten zurück und machte sie mit dem wahren Sachverhalt bekannt; und sie alle machten sich gemeinsam mit dem Obmann auf und begaben sich zu dem Vorsteher der Kaufmannschaft, traten vor ihn hin und sprachen die erste Sure; und dann wünschten sie ihm Glück zu seinem Sohne und sprachen: ‚Der Herr behüte die Wurzel und den Zweig! Aber selbst der Ärmste unter uns muß, wenn ihm ein Sohn oder eine Tochter geboren wird, für seine Freunde eine Schüssel voll Mehlbrei mit Honig zubereiten und seine Bekannten und Verwandten einladen. Das hast du nicht getan.' Er antwortete ihnen: ‚Das bin ich euch noch schuldig; wir wollen uns in dem Garten versammeln!' – –«

Da bemerkte Schehrezâd, daß der Morgen begann, und sie hielt in der verstatteten Rede an. Doch als die *Zweihundertundzweiundfünfzigste Nacht* anbrach, sprach ihre Schwester Dinazâd zu ihr: »Schwester, erzähle uns deine Geschichte weiter, wenn du wach bist und noch nicht schläfst!« Jene gab zur Antwort: »Herzlich gern! Es ist mir berichtet worden, o glücklicher König, daß der Vorsteher der Kaufmannschaft den anderen Kaufleuten ein Gastmahl versprach und zu ihnen sagte: ,Wir wollen uns in dem Garten versammeln.' Am nächsten Morgen schickte er den Hausdiener in die Halle und in den Pavillon, die sich im Garten befanden, und befahl ihm, dort Teppiche zu legen. Auch schickte er dorthin, was man zum Kochen brauchte, Schafe, zerlassene Butter und andere Dinge, wie sie die Gelegenheit erforderte; dann ließ er zwei Tische herrichten, einen im Pavillon und einen in der Halle. Darauf gürteten sich der Kaufherr Schams ed-Dîn und sein Sohn 'Alâ ed-Dîn, und der Vater sprach: ,Mein Sohn, wenn ein Mann mit grauen Haaren eintritt, so will ich ihn empfangen und ihn an den Tisch, der im Pavillon ist, setzen. Du aber, mein Sohn, wenn du einen bartlosen Jüngling eintreten siehst, so empfange ihn und führe ihn in die Halle und weise ihm einen Platz an dem Tische dort an.' 'Alâ ed-Dîn fragte darauf: ,Vater, warum lässest du zwei Tische bereiten, einen für die Männer, und einen für die jungen Leute?' ,Mein Sohn,' entgegnete er, ,wisse, der bartlose Jüngling scheut sich, mit den Männern zu essen.' Das hielt sein Sohn auch für richtig.

Wie nun die Kaufleute kamen, empfing Schams ed-Dîn die Männer und bat sie, sich im Pavillon zu setzen, während sein Sohn 'Alâ ed-Dîn die jungen Leute empfing und ihnen in der Halle Plätze anwies. Dann trug man die Speisen auf, und die Gäste aßen und tranken, waren lustig und vergnügten sich und tranken die Scherbette, während die Diener den Weihrauch aufsteigen ließen. Die Alten saßen da und redeten von Wissenschaft und von den Überlieferungen über den Propheten. Unter ihnen war ein Kaufmann des Namens Mahmûd el-Balchi; der war nach außen hin ein Muslim, aber im Innern ein Magier, er führte ein schlechtes Leben und war der Knabenliebe ergeben. Dieser Mann schaute auf das Antlitz des 'Alâ ed-Dîn mit einem Blicke, der tausend Seufzer in ihm aufsteigen ließ, und es war, als ob der Satan ihm in dem Antlitz des Knaben ein Juwel vorhielt; da ergriff ihn der sehnenden Liebe Kraft und die heftigste Leidenschaft, und sein Herz ward von der Liebe zu dem Knaben erfüllt. Jener Kaufmann, der Mahmûd el-Balchi hieß, pflegte seine Stoffe und Waren von dem Vater des 'Alâ ed-Dîn zu kaufen. Nun stand dieser Mahmûd auf, um ein wenig umherzugehen, und er richtete seine Schritte auf die jungen Leute zu; die erhoben sich, um ihn zu begrüßen. 'Alâ ed-Dîn aber hatte sich gerade gedrungen gefühlt, sein Wasser zu lassen, und so war er fortgegangen, um sein Bedürfnis zu stillen. Da wandte Mahmûd, der Kaufmann, sich an die jungen Leute mit den Worten: ‚Wenn ihr den 'Alâ ed-Dîn dazu bewegt, mit mir zu reisen, so gebe ich einem jeden von euch ein Gewand, das viel Geld wert ist.' Dann verließ er sie und kehrte wieder zu dem Kreise der Männer zurück. Die jungen Leute aber blieben dort sitzen, bis 'Alâ ed-Dîn zu ihnen zurückkehrte; da standen sie auf, um ihn zu begrüßen, und ließen ihn auf dem Ehrenplatze am Ende der Halle sitzen. Nun sagte ein Jüngling zu seinem Nachbarn: ‚Herr Hasan, erzähle mir von deinem Kapital, mit dem du Handel treibst; wie bist du dazu gekommen?' Jener antwortete: ‚Als ich herangewachsen und groß geworden war und das Mannesalter erreicht hatte, sagte ich zu meinem Vater: ‚Lieber Vater, gib mir Waren!' Doch er sagte: ‚Mein Sohn, ich habe nichts; geh aber hin und leih dir Geld von einem Kaufmann und fang an, damit Handel zu treiben; lerne, wie man kauft und verkauft, wie man gibt und nimmt!' Ich begab mich also zu einem der Kaufleute und lieh von ihm tausend Dinare; dafür kaufte ich mir Stoffe, reiste damit nach Damaskus und gewann für sie das Doppelte. Dann kaufte ich Waren in Damaskus und reiste damit nach Aleppo; dort verkaufte ich sie und gewann wiederum das Doppelte. Auch in Aleppo kaufte ich Waren und zog damit nach Baghdad, wo ich sie verkaufte und zum dritten Male das Doppelte gewann. So handelte ich immer weiter, bis mein Kapital an die zehntausend Dinare betrug.' In derselben Weise redete ein jeder von den jungen Leuten mit seinem Nachbarn, bis die Reihe an 'Alâ ed-Dîn Abu esch-Schamât kam und er erzählen mußte. Als man ihn fragte: ‚Wie ist's mit dir, Herr 'Alâ ed-Dîn?' antwortete er ihnen:‚Ich bin in einem Gemache unter der Erde erzogen, und ich bin erst in dieser Woche aus ihm herausgekommen. Ich gehe jetzt zum Laden und von ihm nach Hause zurück.' Da sagten die anderen: ‚Du bist es gewohnt, zu Hause zu sitzen, und du kennst die Freuden des Reisens noch nicht; das Reisen ist ja auch Sache der Männer.' Er erwiderte: ‚Ich habe kein Bedürfnis zu reisen; für mich ist die Ruhe unschätzbar.' Darauf sagte einer von den Jünglingen zu seinem Nachbarn: ‚Der da ist wie ein Fisch; wenn er das Wasser verläßt, so stirbt er!' Und alle sagten zu 'Alâ ed-Dîn: ‚Die Söhne der Kaufleute sehen ihren Ruhm nur im Reisen um des Gewinnes willen.' Er aber ward zornig über dies Gerede, und er verließ die jungen Leute, mit Tränen im Auge und mit Trauer im Herzen; er stieg auf ein Maultier und begab sich nach Hause. Dort sah ihn seine Mutter, wie er von wachsendem Zorn erfüllt war und ihm die

Tränen im Auge standen; so fragte sie ihn: ‚Was macht dich weinen, mein Sohn?' Er gab ihr zur Antwort: ‚Alle die Söhne der Kaufleute haben mich beschimpft und gesagt, daß die Kaufmannssöhne nur im Reisen um des Geldgewinnes willen ihren Ruhm sehen.'--«

Da bemerkte Schehrezâd, daß der Morgen begann, und sie hielt in der verstatteten Rede an. Doch als die *Zweihundertunddreiundfünfzigste Nacht* anbrach, fuhr sie also fort: »Es ist mir berichtet worden, o glücklicher König, daß 'Alâ ed-Dîn zu seiner Mutter sagte: ‚Die Söhne der Kaufleute haben mich beschimpft und gesagt, daß die Kaufmannssöhne nur im Reisen um des Gewinnes willen ihren Ruhm sehen.' Da fragte seine Mutter ihn: ‚Mein Sohn, willst du denn reisen?' ‚Jawohl!' rief er, und da fragte sie weiter: ‚Nach welchem Lande willst du reisen?' ‚Nach der Stadt Baghdad,' erwiderte er; ‚denn dort verdient man für das, was man bei sich hat, das Doppelte.' Darauf entgegnete sie: ‚Lieber Sohn, sieh, dein Vater hat viel Geld; und wenn er dir nicht aus seinem Gelde Waren zurüsten will, so werde ich es aus meinem eigenen Vermögen tun.' Er aber sagte: ‚Am schönsten gibt, wer rasch gibt! Wenn ein gutes Werk für mich geschehen soll, so ist jetzt die Zeit dazu.' Da rief sie die Sklaven und schickte sie zu den Packern; ferner öffnete sie einen Warenspeicher und ließ Stoffe für ihn herausholen, die von den Packern zu zehn Lasten verschnürt wurden.

Wenden wir uns nun von seiner Mutter zu seinem Vater zurück! Der hatte inzwischen im Garten nach seinem Sohne 'Alâ ed-Dîn ausgeschaut, ihn aber nicht gefunden; und als er nach ihm fragte, hieß es, er habe sein Maultier bestiegen und sei nach Hause geritten. Nun saß auch er auf und ritt hinter ihm her. Wie er sein Haus betrat, sah er schon die fertig geschnürten Ballen und fragte sofort, was das zu bedeuten habe. Da erzählte seine Frau ihm, was die Söhne der Kaufleute seinem Sohne 'Alâ ed-Dîn eingeredet hatten; und er rief: ‚Mein Sohn, Allah mache das Reisen in der Fremde zuschanden! Der Prophet Allahs – Er segne ihn und gebe ihm Heil! – hat gesagt: Es gehört zum Glücke des Menschen, daß er in seiner Heimat das tägliche Brot findet. Und die Alten sagten: Unterlaß das Reisen, wäre es auch nur eine Meile!' Darauf fragte er seinen Sohn: ‚Bist du wirklich entschlossen zu reisen und willst du von diesem Entschlusse nicht mehr abstehen?' Sein Sohn gab ihm zur Antwort: ‚Ich will mit Waren nach Baghdad reisen; sonst lege ich meine Gewänder ab, ziehe Derwischkleider an und wandre als Pilgrim durch die Welt!' Nun sprach sein Vater: ‚Ich bin nicht arm noch mittellos, sondern ich habe viel Gut', und er zeigte ihm alles, was er an Geld, Stoffen und anderen Waren besaß, indem er hinzufügte: ‚Ich habe Stoffe und Waren, die für jedes Land sich eignen.' Unter anderem zeigte er ihm vierzig verschnürte Ballen, von denen ein jeder die Aufschrift trug, daß sein Preis tausend Dinare sei; dann sagte er: ‚Mein Sohn, nimm diese vierzig Lasten zusammen mit den zehn, die von deiner Mutter sind, und reise unter dem Schutze Allahs des Erhabenen! Aber, mein lieber Sohn, ich bin um dich besorgt wegen eines Waldes, der an deinem Wege liegt und der da der Löwenbusch heißt, und wegen eines Tales dort, das den Namen Hundetal trägt; in ihnen sind ohne Barmherzigkeit alle Seelen dem Tode geweiht.' Als der Sohn fragte: ‚Warum das, lieber Vater?' antwortete der Vater ihm: ‚Wegen eines Beduinen, eines Wegelagerers, der 'Adschlân heißt.' 'Alâ ed-Dîn aber sprach: ‚Das Leben kommt von Allah; habe ich teil an ihm, so wird mir kein Schaden widerfahren!' Darauf ritt 'Alâ ed-Dîn mit seinem Vater nach dem Markte der

Lasttiere; dort sprang ein Karawanenführer von seinem Maultiere ab, küßte den Boden vor dem Vorsteher der Kaufmannschaft und sprach zu ihm: ‚Bei Allah, es ist lange her, mein Gebieter, daß du uns in Geschäften nicht mehr verwendet hast.' Er erwiderte darauf: ‚Jede Zeit hat ihren Lauf und ihre Männer. Allah der Erhabene habe den Mann selig, der da sprach:

> *Ein alter Mann schritt, tiefgebückt, am Wanderstab;*
> *Bis auf die Kniee wallte ihm sein Bart herab.*
> *Ich fragte ihn: Weshalb denn neigst du dich so tief?*
> *Da hob er seine Hände zu mir auf und rief:*
> *Im Staub liegt meine Jugend, ach, sie wich von mir;*
> *Nun schreite ich gebückt und suche nur nach ihr.'*

Nach diesen Versen fuhr er fort: ‚Meister, nicht ich, sondern mein Sohn will reisen.' Der Treiber erwiderte: ‚Gott erhalte ihn dir!' Darauf schloß der Vorsteher der Kaufmannschaft einen Vertrag zwischen seinem Sohne und dem Karawanenführer, indem er bestimmte, daß der Jüngling ihm gleichsam ein Sohn sein solle, empfahl ihn seiner Obhut und sprach zu ihm: ‚Hier hast du hundert Dinare für deine Burschen!' Dann kaufte der Vorsteher der Kaufmannschaft sechzig Maultiere, ferner eine Lampe und eine Grabesdecke für den heiligen 'Abd el-Kâdir el-Dschilâni[1] und sprach: ‚Mein Sohn, solange ich fern von dir bin, ist dieser Mann dein Vater statt meiner; gehorche ihm in allem, was er sagt!' Darauf begab er sich mit den Maultieren und den Dienern nach Hause; und an jenem Abend veranstalteten sie eine Koranvorlesung und ein Fest für den Scheich 'Abd el-Kâdir el-Dschilâni. Am nächsten Morgen aber gab der Vorsteher der Kaufleute seinem Sohne zehntausend Dinare und sagte: ‚Wenn du nach Baghdad kommst und

[1]. Ein berühmter sufischer Heiliger, der 1166 in Baghdad starb und dort begraben ist.

siehst, daß die Stoffe leicht zu verkaufen sind, so verkaufe sie; wenn du aber den Markt für sie schlecht findest, so lebe von diesem Gelde!' Und nun wurden die Maultiere beladen, alle nahmen voneinander Abschied, und dann zog die Karawane dahin, bis sie außerhalb der Stadt war. Inzwischen hatte auch Mahmûd el-Balchi sich zur Reise nach Baghdad gerüstet, hatte seine Lasten hinausgeschafft und seine Zelte vor den Toren der Stadt aufgeschlagen; denn er hatte sich gesagt: ‚Du kannst dich dieses Jünglings nur in der Einsamkeit erfreuen, wo kein Aufpasser und kein Späher dich stört!' Er schuldete aber dem Vater des Jünglings tausend Dinare, die er ihm noch von einem früheren Geschäfte her zahlen mußte, und so ging er denn zu ihm, um Abschied von ihm zu nehmen. Jener sagte zu ihm: ‚Gib die tausend Dinare meinem Sohn 'Alâ ed-Dîn!' und er empfahl ihn seiner Obhut, indem er sprach: ‚Er soll dir wie ein Sohn sein.' Und so schloß 'Alâ ed-Dîn sich dem Mahmûd el-Balchi an. – –«

Da bemerkte Schehrezâd, daß der Morgen begann, und sie hielt in der verstatteten Rede an. Doch als die *Zweihundertundvierundfünfzigste Nacht* anbrach, fuhr sie also fort: »Es ist mir berichtet worden, o glücklicher König, daß 'Alâ ed-Dîn sich dem Mahmûd el-Balchi anschloß. Dieser Mahmûd nun trug dem Koche 'Alâ ed-Dîns auf, nichts für ihn zu kochen; sondern er selber versah den Jüngling und dessen Karawane mit Speise und Trank. Darauf wurde die Reise angetreten. Von dem Kaufherrn Mahmûd el-Balchi ist noch zu sagen, daß er vier Häuser besaß, eins in Kairo, eins in Damaskus, eins in Aleppo und eins in Baghdad.

Die Karawane zog nun immer weiter durch Wüsten und Steppen dahin, bis sie in die Nähe von Damaskus kam. Da schickte Mahmûd el-Balchi seinen Sklaven zu 'Alâ ed-Dîn, und der traf ihn sitzend und lesend an. Er trat auf ihn zu und küßte ihm die Hände; und als 'Alâ ed-Dîn nach seinem Begehr fragte, antwortete er: ‚Mein Herr läßt dich grüßen und bittet dich zu Gaste in seinem Zelte.' Aber 'Alâ ed-Dîn erwiderte: ‚Ich will erst meinen Vater Kamâl ed-Dîn, den Führer der Karawane, um Rat fragen.' Dann fragte er ihn um Rat, ob er gehen solle; doch der Führer sagte zu ihm: ‚Geh nicht!' Von Damaskus zogen sie weiter nach Aleppo, und auch dort veranstaltete Mahmûd el-Balchi ein Gastmahl und sandte zu 'Alâ ed-Dîn, um ihn einzuladen. Der fragte den Führer um Rat; und wiederum riet er ihm ab. Als sie dann von Aleppo weitergezogen waren, und als nur noch eine Tagereise zwischen ihnen und Baghdad lag, rüstete Mahmûd el-Balchi zum dritten Male ein Fest und sandte zu 'Alâ ed-Dîn, um ihn einzuladen. Wieder fragte der den Führer um Rat, und der riet ihm wie vorher ab. Dennoch sprach 'Alâ ed-Dîn: ‚Diesmal muß ich hingehen.' Darauf legte er unter den Kleidern ein Schwert um und begab sich zu Mahmûd el-Balchi. Der erhob sich und kam ihm entgegen und begrüßte ihn; dann setzte er ihm ein prächtiges Mahl vor, man aß und trank und wusch sich zuletzt die Hände. Da neigte sich Mahmûd zu 'Alâ ed-Dîn hinüber, um ihm einen Kuß zu rauben, aber der fing ihn mit der Hand auf und rief: ‚Was willst du da tun?' Jener erwiderte: ‚Sieh, ich habe dich hierher kommen lassen; ich will an dieser Stätte mit dir der Freude pflegen, und wir wollen die Worte des Dichters auslegen:

> *Kannst du nicht zu mir kommen, nur ein Augenblickchen,*
> *So lang, wie ein Schäfchen gemolken, ein Ei gebraten wird,*
> *Und, was an zartem Feinbrote dir nur zusagt, essen,*
> *Und nehmen, was dir an silberner Münze entgegenklirrt,*
> *Und ohne Müh ertragen, was dir behagen soll,*
> *Ein Zöllchen oder ein Spännchen oder ein Händchen voll?'*

Darauf wollte Mahmûd el-Balchi den Jüngling vergewaltigen; doch der sprang auf, zog sein Schwert und rief: ‚Wehe über dein graues Haar! Fürchtest du dich nicht vor Allah, der im Zorne gewaltig ist? Gott habe den Mann selig, der da sprach:

> *Bewahr dein weißes Haar vor Schmutz, der es beflecket!*
> *Denn weiße Farben nehmen rasch die Flecken an.'*

Nach diesen Worten sprach 'Alâ ed-Dîn weiter zu Mahmûd el-Balchi: ‚Diese Ware ist ein von Allah anvertrautes Gut; wenn ich sie einem anderen als dir für Gold hätte verkaufen können, so hätte ich sie dir für Silber verkauft. Aber bei Allah, du Schandbube, ich werde mich nie mehr zu dir gesellen!' Darauf kehrte 'Alâ ed-Dîn zu dem Karawanenführer Kamâl ed-Dîn zurück und sprach zu ihm: ‚Der da ist ein Wüstling! Ich werde nie mehr mit ihm zusammen sein, und ich will auch nicht mit ihm weiterreisen.' ‚Mein Sohn,' erwiderte jener, ‚habe ich dir nicht gesagt, du solltest nicht zu ihm gehen? Aber wenn wir uns jetzt von ihm trennen, mein Sohn, so fürchte ich Gefahr für unser Leben; darum laß uns auch weiter in derselben Karawane reisen!' Doch 'Alâ ed-Dîn rief: ‚Es ist unmöglich, daß ich je wieder mit ihm zusammen reise.' So ließ er denn seine Lasten aufladen und zog mit seinen Leuten weiter, bis sie zu einem Tale kamen. Dort wollte er haltmachen; aber der Karawanenführer sprach: ‚Macht hier nicht halt, zieht weiter, beschleunigt den Schritt! Vielleicht können wir Baghdad noch erreichen, ehe die Tore der Stadt geschlossen werden; denn dort öffnet und schließt man die Tore stets mit der Sonne, aus Furcht, daß die Ketzer sich der Stadt bemächtigen und die Bücher der heiligen Wissenschaft in den Tigris werfen könnten.' ‚Lieber Vater,' erwiderte 'Alâ ed-Dîn, ‚ich bin nicht mit diesen Waren ausgezogen und in dies Land gekommen, um Handel zu treiben, sondern um mir die Welt anzusehen.' Der Karawanenführer wiederholte: ‚Mein Sohn, ich bin um dich und um dein Gut wegen der Beduinen besorgt.' Da rief 'Alâ ed-Dîn: ‚Du, Mann, bist du Diener oder Herr? Ich will erst morgen in Baghdad einziehen, damit das Volk der Stadt meine Waren sieht und weiß, wer ich bin!' ‚Tu, was du willst,' sprach der Führer, ‚ich habe dir meinen Rat gegeben; sieh nun selber zu, wie du mit heiler Haut davonkommst!' Trotzdem befahl 'Alâ ed-Dîn, die Lasten von den Maultieren abzuladen. So lud man denn ab, schlug die Zelte auf und blieb dort ruhig bis Mitternacht. Da ging 'Alâ ed-Dîn hinaus, um einem Rufe der Natur zu folgen, und sah plötzlich in der Ferne etwas aufblitzen. Rasch fragte er den Karawanenführer: ‚Meister, was ist das, was dort blinkt?' Der Führer setzte sich auf, spähte sorgfältig aus und erkannte in dem, was da blinkte, Lanzenspitzen, Stahlwaffen und Schwerter von Beduinen. Ja, da waren sie, Beduinen mit ihrem Häuptling, dem Araberscheich des Namens 'Adschlân Abu Nâib. Und als die Beduinen sich ihnen näherten, erkannten sie die Ballen und sagten einer zum andern: ‚Ha, eine Nacht der Beute!' Wie die Leute der Karawane hörten, daß jene so redeten, rief Kamâl ed-Dîn, der Führer: ‚Hinweg, ihr elendes Beduinengesindel!' Aber Abu Nâib traf ihn mit seinem Wurfspeere in die Brust, und die Spitze drang blinkend aus seinem Rücken hervor; da sank er tot an der Zelttür nieder. Nun rief der Wasserträger: ‚Hinweg, ihr gemeines Beduinengesindel!' Doch der ward von einem Schwerthieb auf den Nacken getroffen, und die Schneide fuhr leuchtend durch seine Halssehnen hindurch; und auch er sank tot nieder. All das geschah, während 'Alâ ed-Dîn dastand und zuschaute. Darauf umringten die Beduinen die Karawane von allen Seiten, erschlugen die Leute und ließen von der ganzen Schar des 'Alâ ed-Dîn keinen einzigen Mann übrig; dann luden sie die Lasten auf die Maultiere und zogen davon. 'Alâ ed-Dîn aber sprach bei sich selber: ‚Dein Kleid und dein Maultier hier wird dich sicher das Leben kosten!' Darum legte er sein Gewand ab, warf es auf den Rücken des Maultieres und blieb so nur in Hemd und Hose; dann blickte er vor sich nach der Zelttüre hin und sah dort eine Lache vom Blute der Erschlagenen. In ihr wälzte er sich mit Hemd und Hose, bis er wie ein Toter aussah, der in seinem eigenen Blute ertrunken war.

Sehen wir nun, was der Araberscheich 'Adschlân weiter tat! Er fragte seine Leute: ‚Ihr Araber, kam diese Karawane aus Ägypten hierher, oder zog sie von Baghdad aus?' – –«

Da bemerkte Schehrezâd, daß der Morgen begann, und sie hielt in der verstatteten Rede an. Doch als die *Zweihundertundfünfundfünfzigste Nacht* anbrach, fuhr sie also fort: »Es ist mir berichtet worden, o glücklicher König, daß die Leute des Beduinenhäuptlings, als er sie fragte: ‚Ihr Araber, kam diese Karawane aus Ägypten hierher, oder zog sie von Baghdad aus?' ihm zur Antwort gaben: ‚Diese kam aus Ägypten hierher auf Baghdad zu.' Dann fuhr er fort: ‚Gehet zu den Erschlagenen zurück; ich glaube, der Herr dieser Karawane ist noch nicht tot!' Nun kehrten die Beduinen zu den Toten zurück und begannen noch mehr auf sie loszustechen und dreinzuschlagen, bis sie zu 'Alâ ed-Dîn kamen. Er hatte sich zwischen die Leichen gelegt; doch als sie ihn erreichten, riefen sie: ‚Du stellst dich nur tot; wir werden dir jetzt den Garaus machen.' Und ein Beduine hob seinen Speer und wollte ihn in die Brust des 'Alâ ed-Dîn stoßen; doch da betete der Jüngling: ‚Deinen Segen, o Herr 'Abd el-Kâdir, du Heiliger von Dschilân!' Darauf sah er eine Hand, die den Speer von seiner Brust auf die des Meisters Kamâl ed-Dîn, des Karawanenführers, lenkte, so daß der Beduine jenen traf, und 'Alâ ed-Dîn war gerettet. Dann machten die Araber sich mit den beladenen Maultieren auf und davon. Vorsichtig blickte 'Alâ ed-Dîn wieder auf; aber als er sah, daß diese Raubvögel mit ihrem gefundenen Fressen fortgeflogen waren, richtete er sich hoch, sprang auf und lief davon. Doch Abu Nâïb der Beduine sprach zu seinen Gefährten: ‚Ich sehe dort eine Gestalt sich regen, ihr Araber!' Da eilte einer von ihnen vor, und als er den laufenden 'Alâ ed-Dîn sah, rief er ihm zu: ‚Die Flucht soll dir nichts nützen! Wir sind hinter dir!' Und er spornte seine Stute an und jagte hinter ihm her. 'Alâ ed-Dîn aber hatte vor sich eine Tränkrinne mit Wasser neben einem Brunnengebäude entdeckt; rasch kletterte er in eine Fensternische des Brunnengebäudes hinein, streckte sich in ihr aus und stellte sich schlafend; dabei betete er: ‚O gütiger Schützer, breite über mich die Decke deines Schutzes, die nicht hinweggenommen werden kann!' Schon stand der Beduine bei dem Brunnenhaus in seinen Steigbügeln auf und reckte die Hand aus, um 'Alâ ed-Dîn zu packen; da rief der Jüngling: ‚Deinen Segen, o Herrin Nafîsa![1] Jetzt ist es Zeit für dich.' Und plötzlich stach ein Skorpion den Beduinen in die Hand, so daß er laut aufschrie und rief: ‚Ha, kommt her zu mir, ihr Araber, ich bin gestochen!' Er fiel von seiner Stute herunter, doch da kamen seine Gefährten und halfen ihm wieder aufsitzen, und als sie ihn fragten, was mit ihm geschehen sei, antwortete er: ‚Mich hat ein junger Skorpion gestochen!' Dann erreichten sie ihre Karawane wieder und ritten fort.

Lassen wir sie nun dahinziehen und wenden wir uns zu 'Alâ ed-Dîn und Mahmûd el-Balchi zurück! Der Jüngling blieb in der Fensternische des Brunnengebäudes liegen; aber der alte Kaufmann hatte inzwischen den Befehl zum Aufladen ge-

[1]. Eine muslimische Heilige, die 824 n. Chr. in Kairo starb.

geben und war weitergezogen, bis er zum Löwenbusche kam.
Als er dort die Leute des 'Alâ ed-Dîn alle erschlagen fand, freute
er sich und ritt dahin, bis er zu dem Brunnenhause mit der
Tränkrinne kam. Sein Maultier aber war durstig, und so
wandte er sich zur Seite, um aus der Rinne zu trinken; da sah
es den Schatten des 'Alâ ed-Dîn und scheute vor ihm. Nun
hob Mahmûd el-Balchi seinen Blick und sah 'Alâ ed-Dîn dort
liegen, ohne Gewänder, nur noch mit Hemd und Hose bekleidet; und er fragte ihn: ‚Wer hat dies mit dir gemacht und dich
in solches Elend gebracht?' 'Alâ ed-Dîn erwiderte: ‚Die Araber!' Da fuhr jener fort: ‚Mein Sohn, die Maultiere und die
Waren befreiten dich aus Todesgefahren! Tröste dich mit den
Worten dessen, der da sprach:

Wenn eines Mannes Haupt vom Tod gerettet wird,
Dann ist doch Geld und Gut dem Span des Nagels gleich.

Doch jetzt komm herunter, mein Sohn, und fürchte nichts
Böses!' Da stieg 'Alâ ed-Dîn aus der Fensternische des Brunnengebäudes herunter, der Kaufmann gab ihm ein Maultier
zu reiten, und sie zogen dahin, bis sie zu dem Hause des Mahmûd el-Balchi in der Stadt Baghdad kamen. Dieser führte seinen Gast ins Bad, indem er zu ihm sprach: ‚Das Geld und die
Ballen sind dein Lösegeld gewesen, mein Sohn! Wenn du nun
auf mich hören willst, so will ich dir dein Geld und Gut doppelt ersetzen.' Als der Jüngling wieder aus dem Bade kam,
führte Mahmûd ihn in eine goldgeschmückte Halle mit vier
Estraden; dann ließ er einen Tisch mit vielerlei Speisen bringen, und sie aßen und tranken. Doch nun neigte sich Mahmûd
el-Balchi wieder zu 'Alâ ed-Dîn hinüber, um ihm einen
Kuß zu rauben. Aber der Jüngling fing ihn mit der Hand
auf und sprach: ‚Läßt du dich denn immer noch von deinen
schlechten Absichten auf mich leiten? Hab ich dir nicht gesagt,

wenn ich diese Ware einem anderen als dir um Gold hätte verkaufen können, so hätte ich sie dir um Silber verkauft?' Doch Mahmûd erwiderte: ‚Ich werde dir nur um diesen Preis Waren und ein Maultier und Kleider geben; denn meine Leidenschaft zu dir richtet mich zugrunde. Wie schön hat doch der Dichter gesagt:

> *Nach Überlieferung von einem seiner Meister*
> *Sprach Abu Bilâl, der Scheich, der uns mehr als andere gilt:*
> *Wer liebt, wird durch Umarmen und Küssen nie geheilet*
> *Von seinem Leid, – nein, nur wenn er den Trieb gestillt.'*

Da rief 'Alâ ed-Dîn: ‚Dies ist etwas, das nie geschehen soll! Behalte dein Gewand und dein Maultier und mach mir die Tür auf, daß ich hinausgehen kann!' Nun öffnete der Kaufmann die Tür: 'Alâ ed-Dîn schritt hinaus, während die Hunde hinter ihm her bellten, und ging fort. Und wie er so im Dunkel dahin wanderte, erblickte er das Tor einer Moschee; er trat in die Vorhalle des Gotteshauses und verbarg sich darin. Da kam ein Lichtschein auf ihn zu, und als er genauer hinschaute, erkannte er zwei Laternen in den Händen von zwei Sklaven, die vor zwei Kaufleuten hergingen. Der eine von diesen beiden war ein alter Mann von schönem Angesicht; der andere war ein Jüngling. Nun hörte er, wie der Junge zu dem Alten sagte: ‚Um Allahs willen, lieber Oheim, gib mir meine Base zurück!' Der Alte aber erwiderte: ‚Hab ich dich nicht schon viele Male zurückgehalten, während du die Scheidung gleich der Heiligen Schrift immer im Munde führtest?' Zufällig blickte der Alte nach rechts und sah jenen Jüngling, so schön wie die Mondscheibe; er sprach zu ihm: ‚Friede sei über dir!' Und nachdem 'Alâ ed-Dîn ihm den Gruß zurückgegeben hatte, fuhr jener fort: ‚Mein Sohn, wer bist du?' Er gab zur Antwort: ‚Ich bin 'Alâ ed-Dîn, der Sohn des Schams ed-Dîn, des Vorstehers der

Kaufmannsgilde in Kairo. Ich bat meinen Vater um Waren, und er rüstete mir fünfzig Maultierlasten an Stoffen und Waren aus.' – – «

Da bemerkte Schehrezâd, daß der Morgen begann, und sie hielt in der verstatteten Rede an. Doch als die *Zweihundertundsechsundfünfzigste Nacht* anbrach, fuhr sie also fort: »Es ist mir berichtet worden, o glücklicher König, daß 'Alâ ed-Dîn erzählte: ‚Mein Vater rüstete mir fünfzig Maultierlasten an Stoffen und Waren aus und gab mir zehntausend Dinare. Ich reiste dann, bis ich zu dem Löwenbusche kam; dort fielen die Araber über mich her und nahmen mir mein Geld und mein Gut ab. Nun bin ich in diese Stadt gekommen, und als ich noch nicht wußte, wo ich übernachten sollte, erblickte ich diese Stätte und verbarg mich hier.' Da fragte der Alte ihn: ‚Mein Sohn, was meinst du dazu, wenn ich dir tausend Dinare und ein Gewand im Werte von tausend Dinaren und auch noch ein Maultier im Werte von tausend Dinaren gebe?' 'Alâ ed-Dîn aber fragte den Alten: ‚Zu welchem Zwecke willst du mir das geben, mein Oheim?' Da fuhr jener fort: ‚Dieser Jüngling, der mich begleitet, ist der Sohn meines Bruders, und sein Vater hat keinen anderen als ihn. Und ich habe eine einzige Tochter, die heißt Zubaida die Lautnerin, ein schönes und anmutiges Mädchen. Die habe ich ihm zur Gemahlin gegeben, und er liebt sie sehr, während sie ihn nicht mag. Und als er sich einmal mit dem dreifachen Eide der Scheidung versah, konnte seine Gemahlin nichts Rascheres tun als ihn verlassen.[1] Da drang er in alle Leute, mich zu bitten, daß ich sie ihm zurückgeben möchte;

[1]. Nach muslimischem Brauch kann ein Ehemann seiner Frau zweimal schwören: ‚Ich scheide mich von dir', und sie beide Male ohne weiteres zurücknehmen. Tut er es aber dreimal, sei es zu verschiedenen Zeiten oder im selben Augenblicke, so kann er sie erst dann wieder heiraten,

aber ich sagte ihm, das sei nur durch einen Mittelsmann erlaubt. Nun bin ich mit ihm übereingekommen, daß wir einen Fremdling zum Mittelsmanne nehmen, damit ihm hier niemand es später vorhalten könne. Und da du ein Fremdling bist, so komm mit uns; wir wollen dich gesetzlich mit ihr vermählen, du kannst dann diese Nacht bei ihr bleiben und mußt dich morgen früh wieder von ihr scheiden. Dann geben wir dir, was ich dir versprochen habe.' 'Alâ ed-Dîn sagte sich: ‚Bei Allah, es ist doch viel schöner, die Nacht bei einer jungen Frau, im Hause und im Bette zu verbringen, als auf den Straßen oder in einer offenen Halle zu nächtigen.' So ging er denn mit ihnen zum Kadi. Und als der Kadi auf 'Alâ ed-Dîn blickte, ward sein Herz von Liebe zu ihm erfüllt, und er sprach zu dem Vater der Frau: ‚Was ist euer Begehr?' Der Alte erwiderte ihm: ‚Unser Begehr ist, diesen Jüngling zum Mittelsmanne für unsere Tochter und jenen jungen Mann zu machen. Wir wollen ihn aber durch einen Vertrag im voraus verpflichten, zehntausend Dinare als Morgengabe zu zahlen. Wenn er die Nacht bei ihr zugebracht hat und sich morgen früh von ihr scheidet, so wollen wir ihm ein Gewand im Werte von tausend Dinaren und ein Maultier im Werte von tausend Dinaren und außerdem tausend Dinare in Gold geben; wenn er sich aber nicht von ihr scheidet, so soll er zehntausend Dinare bezahlen.' Darauf schlossen sie den Vertrag mit dieser Bedingung, und der Vater der Frau erhielt ein Schriftstück darüber. Dann nahm er 'Alâ ed-Dîn mit sich, kleidete ihn in ein neues Gewand und führte ihn zum Hause seiner Tochter. Dort ließ er ihn an der Tür stehen;

---

wenn sie inzwischen die Ehe mit einem anderen eingegangen und von diesem wieder geschieden ist. Dieser ‚Mittelsmann' (arabisch *muhallil* oder *mustahill*) kann auch zum Scheine für einen solchen Zweck gedungen werden.

er selbst aber trat zu seiner Tochter ein und sagte zu ihr: ‚Hier hast du ein Schriftstück über deine Morgengabe. Ich habe dich mit einem schönen Jüngling namens 'Alâ ed-Dîn Abu esch-Schamât vermählt; nimm ihn daher aufs beste auf!' Darauf gab er ihr das Schriftstück und ging nach Hause.

Nun hatte der Vetter der jungen Frau eine Wirtschafterin, die oft zu seiner Base Zubaida der Lautnerin ging, und der er manches Gute tat; zu der sprach er: ‚Mütterchen, wenn meine Base Zubaida diesen schönen Jüngling sieht, so wird sie mich nachher nicht mehr annehmen wollen. Darum bitte ich dich, eine List zu ersinnen und sie von ihm fernzuhalten.' ‚Bei deiner Jugend,' entgegnete sie, ‚ich werde nicht dulden, daß er ihr naht!' Darauf ging sie zu 'Alâ ed-Dîn und sprach zu ihm: ‚Mein Sohn, ich gebe dir einen guten Rat, um Allahs des Erhabenen willen, und nimm du meinen Rat an; denn ich bin um dich wegen jener Frau da besorgt. Laß sie allein schlafen, rühr sie nicht an, komme ihr nicht einmal nahe!' ‚Warum denn?' fragte er; und sie gab ihm zur Antwort: ‚Ihr Leib ist voll Aussatz, und ich fürchte, sie wird dich in deiner schönen Jugend anstecken.' Da sagte er: ‚Ich habe sie nicht nötig.' Dann begab sie sich zu der jungen Frau und sagte ihr dasselbe von 'Alâ ed-Dîn, was sie ihm von ihr gesagt hatte. Da sagte jene: ‚Ich habe ihn nicht nötig. Laß ihn nur allein schlafen und morgen früh seiner Wege gehen!' Dann rief sie eine Dienerin und sprach zu ihr: ‚Nimm den Tisch mit den Speisen und gib ihm zu essen!' Die Dienerin trug den Tisch mit den Speisen herbei und setzte ihn vor den Jüngling hin, und er aß, bis er gesättigt war. Darauf setzte er sich wieder und trug mit schöner Stimme die Sure Jâ-Sîn[1] vor. Die junge Frau hörte ihm zu, und sie fand, daß seine Stimme so lieblich klang, wie wenn das Volk Davids

1. Die 36. Sure des Korans.

Psalmen sang. Da sprach sie bei sich selber: ‚Allah strafe die Alte da, die mir von ihm sagte, er sei mit dem Aussatze behaftet! Wer ein solches Gebrest an sich trägt, der hat keine so schöne Stimme. Das ist alles nur über ihn gelogen.' Darauf nahm sie eine Laute von indischer Arbeit in die Hand, stimmte ihre Saiten und sang mit einer Stimme so süß, daß die Vögel am Himmel innehielten; dabei trug sie diese beiden Verse vor:

Ich lieb ein schlankes Reh mit schwarzen, versonnenen Augen,
Bei dessen Gang vor Neid die Weidenzweige erbeben.
Mich weist es ab; eine andre beglückt es durch sein Kommen –
Das ist eine Gunst von Gott; er kann sie, wem er will, geben.

Als er sie diese Verse singen hörte, begann er, nachdem er die Sure beendet hatte, gleichfalls zu singen, indem er diesen Vers vortrug:

Meinen Gruß der Gestalt, vom Gewande umfangen,
Und den Rosen auch in den Gärten der Wangen!

Da begann die junge Frau, von wachsender Liebe zu ihm ergriffen, den Vorhang zu lüften. Und als 'Alâ ed-Dîn sie erblickte, sprach er diese beiden Verse:

Sie kommt wie ein Mond und neigt sich gleichwie ein Zweig der Weide;
Sie blickt wie eine Gazelle, ihr Hauch ist Ambra fein.
Es ist, als sei der Gram mir fest ins Herz geschmiedet;
Wenn sie von dannen geht, so findet er sich ein.

Darauf trat sie hervor, die Hüften wiegend und lieblich sich biegend, ein Werk des Schöpfers, der seine Gaben gütig austeilt; und ein jeder warf auf den andern einen Blick, der gab ihm tausend Seufzer zurück. Und als die Pfeile der beiden Blicke, die einander trafen, fest in seinem Herzen lagen, begann er diese beiden Verse vorzutragen:

Sie sah den Mond am Himmel und ließ mich der Nächte gedenken,
Die wir gemeinsam einst verbrachten am grünenden Rain.

Wir beide, wir sahn einen Mond, und dennoch, ich erblickte
Ihr Auge nur, und sie schaute mir in das Auge hinein.

Als sie ihm nun näher kam und nur noch zwei Schritte zwischen ihnen lagen, hub er an, diese beiden Verse vorzutragen:

Sie löste eines Nachts drei Locken ihres Haares
Und zeigte mir, wie nun vier Nächte draus entstanden.
Sie blickte auf zum Mond am Himmel mit ihrem Antlitz,
Und zeigte mir, wie nun zwei Monde zugleich sich fanden.

Als sie aber dicht vor ihn trat, rief er ihr zu: ‚Bleib mir fern, damit du mich nicht ansteckst!' Da entblößte sie ihr Handgelenk, und es schien durch die Adern in zwei Teile geteilt zu sein und schimmerte so weiß wie des Silbers heller Schein. Und nun sprach sie zu ihm: ‚Bleib du mir fern, der du mit dem Aussatze behaftet bist, damit du mich nicht ansteckst!' Da fragte er sie: ‚Wer hat dir denn gesagt, daß ich aussätzig sei?' Sie antwortete: ‚Das alte Weib hat es mir gesagt.' Darauf rief er: ‚Die Alte hat auch mir gesagt, daß du mit dem Aussatze behaftet seist'; und alsbald entblößte er vor ihr seine Unterarme, und sie erkannte, daß auch seine Haut wie reines Silber war. Da zog sie ihn an ihren Busen, und er drückte sie an seine Brust, und beide umarmten einander. Dann zog sie ihn mit sich nieder, er löste ihre Gewänder, und in ihm regte sich, was sein Vater ihm hinterlassen hatte; und er rief: ‚Deine Hilfe, o Scheich Zacharias, o Vater der Adern!' Dann legte er seine Hände an ihre Seiten, setzte die Ader der Süße an das Tor der Schlucht und drang ein, bis er zum Gittertor kam; er ging am Siegestor vorbei, und dann kam er auf den Montags-, Dienstags-, Mittwochs- und Donnerstagsmarkt, er sah, daß der Teppich in seiner Größe der Estrade entsprach, und er schob den Deckel auf die Schachtel, bis er sie traf. Doch als es Morgen ward, rief er: ‚Ach, die Freude, die noch nicht ihr Ende erreichte! Der Rabe hat sie geraubt und ist weggeflogen!' Wie sie ihn nun fragte, was diese Worte bedeuten sollten, antwortete er ihr: ‚Herrin, ich darf nur noch diese eine Stunde bei dir verbringen!' Sie fragte weiter: ‚Wer sagt das?' und er erwiderte ihr: ‚Dein Vater hat mir einen schriftlichen Vertrag abgenommen, daß ich zehntausend Dinare als Morgengabe für dich zahlen muß; wenn ich sie nicht noch heute abliefere, so werde ich im Hause des Kadis in Haft genommen. Aber jetzt habe ich nicht einmal einen halben Para von den zehntausend Dinaren in der Hand!' Darauf sagte sie: ‚Mein Gebieter, ist der Ehevertrag in deiner Hand oder bei jenen?' Er gab zur Antwort: ‚Der Vertrag ist in meiner Hand; aber ich besitze gar nichts.' Da hub sie an: ‚Das ist ein leichtes Ding! Fürchte nichts! Hier hast du hundert Dinare; hätte ich mehr, ich würde dir gern so viel geben, wie du willst; aber mein Vater hat in seiner großen Liebe zum Sohne seines Bruders alles, was jener von mir an Mitgift bekommen hat, in sein Haus schaffen lassen, ja, auch all meinen Schmuck hat er dorthin gebracht. Wenn er dir nun in der Frühe einen Boten von seiten des geistlichen Gerichts schickt' – –«

Da bemerkte Schehrezâd, daß der Morgen begann, und sie hielt in der verstatteten Rede an. Doch als die *Zweihundertundsiebenundfünfzigste Nacht* anbrach, fuhr sie also fort: »Es ist mir berichtet worden, o glücklicher König, daß die junge Frau zu 'Alâ ed-Dîn sprach: ‚Wenn man dir in der Frühe einen Boten von seiten des geistlichen Gerichts schickt und mein Vater und der Kadi dir sagen lassen, du sollst dich von mir scheiden, so frage du die beiden: ‚Nach welchem Gesetze ist es erlaubt, daß ich mich, nachdem ich mich am Abend vermählt habe, am nächsten Morgen schon wieder scheiden lasse?' Dann küsse die Hand des Kadis und gib ihm ein schönes Geschenk; ebenso küsse jedem Zeugen die Hand und gib ihm zehn Dinare. Darauf werden sie alle mit dir reden wollen, und wenn sie dich fragen: ‚Warum scheidest du dich nicht von ihr und nimmst die tausend Dinare, das Maultier und das Gewand, wie wir es vertraglich mit dir ausbedungen haben?' so erwidere du ihnen: ‚Mir ist jedes Haar ihres Hauptes so viel wert wie tausend Dinare; ich will mich nie von ihr scheiden, ich nehme weder das Gewand noch irgend etwas anderes.' Und wenn dann der Kadi zu dir sagt: ‚Zahle die Morgengabe!' so antworte ihm: ‚Ich bin augenblicklich ohne Geld.' Dann werden der Kadi und die Zeugen Mitleid mit dir haben und dir eine Frist gewähren.' Während sie noch so miteinander redeten, da klopfte plötzlich der Bote des Kadis an die Tür; 'Alâ ed-Dîn ging zu ihm hinaus, und der Bote sprach zu ihm: ‚Der Effendi läßt dich rufen, dein Schwiegervater verlangt nach dir.' Daraufhin gab 'Alâ ed-Dîn ihm fünf Dinare und sprach zu ihm: ‚O Diener des Gerichts, nach welchem Gesetze ist es erlaubt, daß ich mich, nachdem ich mich am Abend vermählt habe, am nächsten Morgen schon wieder scheiden muß?' Der Bote gab zur Antwort: ‚Nach gar keinem unserer Gesetze ist das erlaubt. Und wenn du das geistliche Recht nicht kennst, so will ich wohl dein Vertreter vor Gericht sein.' Darauf gingen sie zum Gericht, und der Kadi sprach zu 'Alâ ed-Dîn: ‚Warum scheidest du dich nicht von der Frau und nimmst, was dir nach dem Vertrage zufällt?' Der aber trat auf den Kadi zu, küßte ihm die Hand, legte fünfzig Dinare hinein und sprach: ‚Hoher Herr Kadi, nach welchem Gesetze ist es erlaubt, daß ich mich, nachdem ich mich am Abend vermählt habe, am nächsten Morgen schon wieder scheiden lassen muß, wider meinen Willen?' Der Kadi antwortete: ‚Die Scheidung durch Zwang ist nach keiner muslimischen Rechtslehre erlaubt.' Doch da hub der

Vater der jungen Frau an: ‚Wenn du dich nicht scheiden willst, so bezahle mir die Morgengabe aus, zehntausend Dinare!' Als 'Alâ ed-Dîn nun bat: ‚Gewähre mir drei Tage Frist', entschied der Kadi: ‚Drei Tage Frist sind nicht genug; er soll dir zehn Tage Aufschub geben!' Das wurde vereinbart, und er mußte sich verpflichten, nach diesen zehn Tagen entweder die Morgengabe zu zahlen oder sich scheiden zu lassen. Er ging aber von ihnen, nachdem er diese Verpflichtung angenommen hatte, kaufte Fleisch und Reis, zerlassene Butter und alles, was er sonst noch an Speisen nötig hatte, und begab sich nach dem Hause zurück. Dort trat er zu der jungen Frau ein und erzählte ihr genau, wie es ihm ergangen war. Da rief sie: ‚Zwischen Nacht und Tag geschehen Wunderdinge! Wie vortrefflich ist doch das Wort des Dichters:

> *Bezähme deinen Sinn, wenn dich der Zorn ergreifet;*
> *Und sei geduldig, wenn ein Unglück dich befällt!*
> *Denn siehe da, die Nächte sind vom Schicksal schwanger,*
> *Sie lasten schwer und bringen manch Wunderding zur Welt.'*

Dann machte sie die Speisen bereit und brachte den Tisch herbei; und beide aßen und tranken, waren lustig und guter Dinge. Nun bat er sie, ein wenig Musik zu machen. Da nahm sie die Laute in die Hand, und sie spielte so schön, daß der härteste Stein darüber Freude empfand, und daß die Saiten riefen: König David, du hast uns gespannt! Und dann spielte sie eine schnellere Weise.

Während sie so dasaßen, in Glück und Fröhlichkeit, in Frohsinn und Seligkeit, wurde plötzlich an die Tür geklopft. Die junge Frau sprach: ‚Geh hin und sieh, wer an der Tür ist!' Da ging er hinunter, machte die Tür auf und sah dort vier Derwische stehen. Als er sie fragte, was sie begehrten, gaben sie ihm zur Antwort: ‚Lieber Herr, wir sind Bettelmönche, die in der Fremde reisen, und wir pflegen unsere Seelen mit Musik und zarter Dichtkunst zu speisen. Wir möchten nun diese Nacht bei dir bleiben und uns die Zeit bis zum Morgen vertreiben; dann wollen wir unserer Wege gehn, und dein Lohn wird bei Allah dem Erhabenen stehn. Und keiner ist unter uns, der nicht Heldenlieder und Gedichte und Strophen auswendig wüßte.' Er sprach: ‚Ich muß erst jemand um Rat fragen', ging zurück und berichtete seiner jungen Frau darüber. Und als sie ihm sagte, er solle ihnen die Tür öffnen, tat er es, führte sie hinauf, ließ sie sich setzen und hieß sie willkommen. Darauf brachte er ihnen Speise, doch sie aßen nicht, sondern sprachen: ‚Lieber Herr, unsere Speise besteht darin, daß wir Allahs Namen im Herzen sprechen und mit unseren Ohren den Gesängen lauschen. Wie vortrefflich ist doch das Wort des Dichters:

> *Wir wünschen nur in Gesellschaft zu sein;*
> *Denn am Essen erkennt man das Vieh allein.*

Wir vernahmen soeben schöne Musik bei dir; doch seit wir hinaufgekommen sind, ist sie verstummt. Wer mag wohl die Spielerin gewesen sein? War es eine weiße oder eine schwarze Sklavin oder ein Mädchen von Stand?' Er gab ihnen zur Antwort: ‚Meine Gattin war es'; und dann erzählte er ihnen alles, was er erlebt hatte, indem er mit den Worten schloß: ‚So hat nun mein Schwiegervater mir als Brautpreis die Zahlung von zehntausend Dinaren auferlegt, aber man hat mir eine Frist von zehn Tagen gewährt.' Einer von den Derwischen sagte darauf: ‚Sei nicht traurig, sondern denke nur an Gutes! Ich bin der Scheich des Klosters, und mir sind vierzig Derwische untertan, über die ich Gewalt habe. Von denen werde ich dir die zehntausend Dinare einsammeln, und dann kannst du den Brautpreis, den du deinem Schwiegervater schuldest, voll auszahlen. Doch jetzt heiße deine Frau uns eine Weise vorspielen, auf daß wir uns erfreuen und erquicken; denn manchen ist die Musik wie ein Mahl, anderen wie eine Arznei, und wieder anderen eine Erfrischung wie der Fächer.'

Jene vier Derwische aber waren der Kalif Harûn er-Raschîd, der Wesir Dscha'far der Barmekide, Abu Nuwâs el-Hasan ibn Hâni[1] und Masrûr, der Träger des Schwertes der Rache. Sie waren bei jenem Hause vorbeigekommen, weil der Kalif sich beklommen gefühlt und zu seinem Minister gesagt hatte: ‚Wesir, es ist mein Wunsch, daß wir zur Stadt hinuntergehen und in ihr umherwandeln; denn mir ist die Brust beklommen.' Darauf hatten sie Derwischkleidung angelegt und waren in die Stadt hinuntergegangen; und wie sie bei jenem Hause vorbeikamen, hatten sie die Musik gehört, und so hatten sie gewünscht, zu erfahren, was es damit auf sich habe. Dann blieben sie die Nacht über in einträchtiger Freude, indem das Wort bei ihnen die Runde machte, bis der Morgen das Tageslicht brachte. Da legte der Kalif hundert Dinare unter den Gebetsteppich, und dann nahmen sie Abschied und gingen ihrer Wege. Als aber die Dame den Teppich aufhob, erblickte sie die hundert Dinare unter ihm und sprach zu ihrem Gatten: ‚Nimm diese hundert Dinare, die ich unter dem Teppich gefunden habe! Die Derwische haben sie dorthin gelegt, ehe sie weggingen, ohne daß wir es bemerkten.' Da nahm 'Alâ ed-Dîn das Geld und ging auf den Markt; dort kaufte er Fleisch, Reis, zerlassene Butter, kurz, alles, was er nötig hatte. Am Abend zündete er die Kerzen an und sprach zu seiner Frau:

---

[1]. Abu Nuwâs war einer der größten arabischen Dichter; von seinen Gedichten sind besonders die Weinlieder berühmt. Er lebte am Kalifenhofe in Baghdad, wo er auch wegen seines glänzenden Witzes beliebt war. In späterer Zeit ist er im ganzen Orient immer mehr zu einem Typus der Spaßmacher geworden.

‚Die Derwische haben mir die zehntausend Dinare, die sie mir versprochen haben, doch nicht gebracht; aber freilich, das sind arme Teufel.' Während sie noch miteinander sprachen, klopften plötzlich die Derwische an die Tür; und die Frau rief: ‚Geh hinunter und mach ihnen auf!' Da öffnete er ihnen, und als sie hinaufgegangen waren, fragte er sie: ‚Habt ihr die zehntausend Dinare, die ihr mir versprochen habt, mitgebracht?' Sie antworteten: ‚Es war uns noch nicht möglich, etwas davon aufzutreiben. Doch fürchte nichts Schlimmes; morgen, so Gott der Erhabene will, kochen wir dir etwas mit Goldmacherkunst. Sag deiner Gattin, sie möchte uns eine schöne Weise hören lassen, auf daß unsere Herzen dadurch erquickt werden; denn wir lieben die Musik!' Da spielte sie eine Weise auf der Laute und sang, daß der härteste Stein vor Freuden sprang. Und alle verbrachten die Nacht in eitel Freude und Seligkeit, in Unterhaltung und Fröhlichkeit, bis der Morgen sich erhob und die Welt mit seinen feurigen Strahlen durchwob. Da legte der Kalif hundert Dinare unter den Gebetsteppich. Dann nahm man Abschied, und die Gäste wandten sich, um ihrer Wege zu gehen. So kamen sie immer wieder zu ihm, an neun Abenden, und in jeder Nacht legte der Kalif hundert Dinare unter den Teppich, bis die zehnte Nacht anbrach; da kamen sie nicht. Der Grund ihres Fernbleibens aber war dieser, daß der Kalif nach einem Großkaufmann gesandt und ihm befohlen hatte: ‚Schaffe mir fünfzig Lasten Stoffe herbei, wie sie aus Kairo kommen.' – –«

Da bemerkte Schehrezâd, daß der Morgen begann, und sie hielt in der verstatteten Rede an. Doch als die *Zweihundertundachtundfünfzigste Nacht* anbrach, fuhr sie also fort: »Es ist mir berichtet worden, o glücklicher König, daß der Beherrscher der Gläubigen jenem Kaufmann befahl: ‚Schaffe mir fünfzig

Lasten Stoffe herbei, wie sie aus Kairo kommen, deren jede tausend Dinare wert ist; schreibe auf jede Last ihren Preis, und bringe mir auch einen abessinischen Sklaven!' Der Kaufmann schaffte alles herbei, was ihm befohlen war. Darauf übergab der Kalif dem Sklaven ein Becken und eine Kanne aus Gold nebst anderen Geschenken, ferner auch die fünfzig Lasten; und er ließ einen Brief schreiben im Namen von Schams ed-Dîn, dem Oberhaupte der Kaufmannsgilde in Kairo, dem Vater des 'Alâ ed-Dîn. Dann sprach er zu dem Sklaven: ‚Nimm diese Lasten und was sonst noch bei ihnen ist, geh damit zu dem und dem Stadtviertel, in dem das Haus des Oberhauptes der Kaufleute ist, und frage: ‚Wo ist mein Herr 'Alâ ed-Dîn Abu esch-Schamât?' Dann werden die Leute dich zu dessen Stadtviertel und Haus führen.' Der Sklave nahm die Lasten und die Geschenke, die dabei waren, in Empfang und machte sich auf den Weg, gemäß dem Befehle des Kalifen.

Lassen wir ihn dahingehen und sehen wir, was der Vetter der jungen Dame inzwischen tat! Der ging zu ihrem Vater und sprach zu ihm: ‚Komm, wir wollen zu 'Alâ ed-Dîn gehen und ihn von meiner Base scheiden lassen!' So brachen die beiden auf, gingen dahin und begaben sich zu 'Alâ ed-Dîn. Als sie in die Nähe seines Hauses kamen, bemerkten sie dort fünfzig Maultiere, beladen mit fünfzig Lasten von Stoffen, ferner einen Sklaven, der auf einer Mauleselin ritt. Den fragten sie, wem diese Lasten gehörten. Er antwortete: ‚Meinem Herrn 'Alâ ed-Dîn Abu esch-Schamât! Sein Vater hatte ihn mit Waren ausgerüstet und hatte ihn nach der Stadt Baghdad geschickt. Aber da überfielen die Beduinen ihn und nahmen ihm sein Geld und Gut. Als die Kunde davon seinem Vater berichtet ward, schickte er mich zu ihm mit neuen Lasten als Ersatz für die verlorenen; er sandte ihm durch mich auch ein Maultier, das mit fünfzigtausend Dinaren beladen ist, ferner ein Bündel von Kleidern, das viel Geld wert ist, einen Zobelpelz und ein Becken und eine Kanne aus Gold.' ,Das ist ja mein Eidam,' rief der Vater der Dame, ,ich will dir sein Haus zeigen.' Während nun 'Alâ ed-Dîn in schwerer Sorge zu Hause saß, klopfte es plötzlich an die Tür. Da rief er: ,Ach, Zubaida, Allah ist allwissend! Doch ich fürchte, dein Vater sendet mir einen Schergen vom Kadi oder gar vom Präfekten.' Sie aber sprach: ,Geh hinunter und sieh, was es gibt!' Das tat er; und wie er die Tür öffnete, sah er seinen Schwäher, den Vorsteher der Kaufmannschaft, den Vater der Zubaida, und ferner bemerkte er einen abessinischen Sklaven von dunkler Hautfarbe, doch von gefälligem Aussehen, der auf einer Maulöselin ritt. Sofort stieg der Sklave ab und küßte ihm die Hände. Als 'Alâ ed-Dîn fragte ,Was wünschest du?' erwiderte er: ,Ich bin der Sklave meines Herrn 'Alâ ed-Dîn Abu esch-Schamât, des Sohnes Schams ed-Dîns, des Oberhauptes der Kaufleute im Lande Ägypten. Er, sein Vater, hat mich mit diesem anvertrauten Gut zu ihm geschickt.' Dann überreichte er ihm den Brief. 'Alâ ed-Dîn nahm ihn hin, öffnete ihn, las ihn und fand darin folgendes geschrieben:

> ,O du, mein Brief, wenn dich mein trauter Freund erblickt,
> So küsse du vor ihm den Boden, küß den Schuh!
> Doch sei behutsam auch, und übereil dich nicht;
> In seiner Hand liegt meine Seele, meine Ruh.

Zuvor seien dir in Herzlichkeit Grüße und Wünsche und Empfehlungen geweiht! So schreibt Schams ed-Dîn an seinen Sohn Abu esch-Schamât: Wisse, lieber Sohn, mir ist zu Ohren gekommen, daß man deine Leute getötet und dir dein Geld und Gut abgenommen. Darum sende ich dir zum Ersatz diese fünfzig Lasten ägyptischer Stoffe, ein Gewand, einen Zobelpelz, ein Becken und eine Kanne aus Gold. Sei ohne Sorge;

das verlorene Gut war ja dein Lösegeld, mein Sohn! Möge dir nie Leid widerfahren! Deine Mutter und die Unsrigen sind in bestem Wohlsein und gesund; sie lassen dich alle vielmals grüßen. Ferner, mein Sohn, ist mir berichtet worden, daß man dich als Zwischengatten für die Dame Zubaida die Lautnerin angenommen hat, daß man dir aber für sie eine Morgengabe von fünfzigtausend Dinaren abverlangt. Diesen Betrag sende ich dir mit den Lasten durch deinen Sklaven Salîm.'

Als 'Alâ ed-Dîn den Brief zu Ende gelesen hatte, nahm er die ganze Sendung entgegen. Dann wandte er sich an seinen Schwäher und sprach zu ihm: ‚Lieber Schwiegervater, nimm diese fünfzigtausend Dinare als Morgengabe für deine Tochter Zubaida hin! Nimm auch die Warenlasten und verkaufe sie! Dann soll der Gewinn dir gehören, mir brauchst du nur ihren Grundwert zurückzuerstatten.' ‚Nein, bei Allah,' rief jener, ‚ich nehme nichts an. Über die Morgengabe für deine Gattin einige du dich mit ihr selber!' Darauf traten 'Alâ ed-Dîn und sein Schwäher in das Haus, nachdem sie zuvor die Waren hineingeschafft hatten. Nun fragte Zubaida ihren Vater: ‚Lieber Vater, wem gehören diese Lasten?' Er gab ihr zur Antwort: ‚Sie gehören 'Alâ ed-Dîn, deinem Gatten; sein Vater hat sie ihm geschickt zum Ersatz für all das, was die Beduinen ihm geraubt haben. Er hat ihm auch fünfzigtausend Dinare geschickt und ein Bündel Kleider und einen Zobelpelz und eine Mauleselin und ein Becken und eine Kanne von Gold. Über deine Morgengabe kannst du nun verfügen.' Alsbald öffnete 'Alâ ed-Dîn die Truhe und gab ihr ihre Morgengabe. Der Jüngling aber, der Vetter der Dame, bat: ‚Lieber Oheim, laß doch den 'Alâ ed-Dîn sich wieder von meiner Frau scheiden!' Jener erwiderte ihm: ‚Das geht nun nicht mehr an; er hat doch den Kontrakt für sich.' So ging denn der Jüngling tief bekümmert von dannen, legte sich krank in seinem Hause nieder und starb, da er zu Tode verwundet war.

Doch 'Alâ ed-Dîn, der nun im Besitze der Warenlasten war, ging zum Basar, holte, was er an Speise und Trank und zerlassener Butter brauchte, und richtete alles zum Festmahle her wie jeden Abend. Dabei sagte er zu Zubaida: ‚Schau, jene lügnerischen Derwische haben uns ein Versprechen gegeben und es gebrochen!' Sie aber gab ihm zur Antwort: ‚Du bist der Sohn des Vorstehers der Kaufmannschaft, und du hattest nicht einmal einen halben Para in der Hand! Und nun gar erst die armen Derwische!' Da fuhr er fort: ‚Allah der Erhabene hat uns so viel gegeben, daß wir sie entbehren können. Aber ich will ihnen nicht mehr die Tür aufmachen, wenn sie wieder zu uns kommen.' ‚Warum denn nicht?' rief sie, ‚das Glück ist doch erst zu uns gekommen, als sie uns besuchten, und sie legten uns doch jede Nacht hundert Dinare unter den Teppich. Du mußt ihnen auf jeden Fall die Tür auftun, wenn sie kommen.' Als nun der Tag mit seinem Lichte zur Rüste ging und die Nacht alles mit Dunkel umfing, zündeten sie die Kerzen an; und er sprach: ‚Wohlan, Zubaida, spiele uns etwas vor!' Da ward auch schon an die Tür geklopft, und sie rief: ‚Geh hin, schau, wer an der Tür ist!' Er ging hinunter, machte die Tür auf, und als er die Derwische erblickte, sagte er: ‚Ah, willkommen, ihr Lügner! Tretet nur ein!' So gingen sie denn mit ihm hinauf, und er bat sie, sich zu setzen, und brachte ihnen den Speisetisch. Sie aßen und tranken, waren lustig und guter Dinge. Darauf huben sie an: ‚Lieber Herr, unsere Herzen waren um dich in Sorge! Wie ist es dir nun mit deinem Schwiegervater ergangen?' Er antwortete: ‚Allah hat uns mehr ersetzt, als wir wünschen konnten!' Doch sie fuhren fort: ‚Bei Allah, wir haben uns um deinetwillen geängstet!' – –«

Da bemerkte Schehrezâd, daß der Morgen begann, und sie hielt in der verstatteten Rede an. Doch als die *Zweihundertundneunundfünfzigste Nacht* anbrach, fuhr sie also fort: »Es ist mir berichtet worden, o glücklicher König, daß die Derwische zu 'Alâ ed-Dîn sprachen: ,Bei Allah, wir haben uns um deinetwillen geängstet! Wir sind nur deshalb nicht zu dir gekommen, weil wir kein Geld in Händen hatten.' Er aber sprach zu ihnen: ,Schnelle Hilfe ist mir von Gott dem Herrn zuteil geworden! Mein Vater hat mir fünfzigtausend Dinare geschickt, dazu fünfzig Lasten Stoffe, von denen jede einzelne tausend Dinare wert ist, und ein Gewand und einen Zobelpelz und eine Maulesehn und einen Sklaven und ein Becken und eine Kanne von Gold! Mit meinem Schwiegervater habe ich Frieden geschlossen, meine Gattin ist jetzt von Rechts wegen mein, und ich preise Allah für das alles!' Als nun gerade der Kalif fortging, um ein Bedürfnis zu verrichten, beugte der Wesir Dscha'far sich zu 'Alâ ed-Dîn hinüber und sprach zu ihm: ,Benimm dich fein; denn du bist in Gegenwart des Beherrschers der Gläubigen!' Jener fragte: ,Was habe ich denn getan und dabei Mangel an gutem Benehmen vor dem Beherrscher der Gläubigen gezeigt? Wer von euch ist denn der Beherrscher der Gläubigen?' Der Wesir entgegnete: ,Er, der mit dir redete und der hinausgegangen ist, um ein Bedürfnis zu verrichten, ist der Beherrscher der Gläubigen, der Kalif Harûn er-Raschîd, und ich bin der Wesir Dscha'far; der dort ist Masrûr, der Träger des Schwertes seiner Rache, und der andere ist Abu Nuwâs el-Hasan ibn Hâni! Und nun, 'Alâ ed-Dîn, überlege einmal mit Verstand und bedenke, wie viele Tagereisen es von Kairo nach Baghdad sind!' ,Fünfundvierzig Tage', antwortete er; und Dscha'far fuhr fort: ,Deine Lasten wurden dir vor nur zehn Tagen geraubt; wie könnte die Kunde davon deinen

Vater erreicht haben? Wie hätte er dir andere Lasten packen und sie dir auf eine Entfernung von fünfundvierzig Tagen in zehn Tagen zukommen lassen können?' ,Hoher Herr,' fragte 'Alâ ed-Dîn, ,woher ist mir denn dies zuteil geworden?' ,Vom Kalifen, dem Beherrscher der Gläubigen,' erwiderte Dscha'far, ,weil er dich so sehr lieb gewonnen hat.' Während sie so miteinander redeten, trat plötzlich der Kalif wieder ins Zimmer. 'Alâ ed-Dîn sprang auf, küßte den Boden vor ihm und sprach zu ihm: ,Allah behüte dich, o Beherrscher der Gläubigen, und gebe dir ein langes Leben; und möge es den Menschen nie an deiner Huld und Güte fehlen!' Der Kalif sagte darauf: ,Mein lieber 'Alâ ed-Dîn, bitte Zubaida, uns zur Feier des guten Ausganges etwas vorzuspielen!' Da spielte sie auf der Laute eine Weise, so zart und von so wunderbarer Art, daß der härteste Stein darüber Freude empfand, und daß die Saiten riefen: König David, du hast uns gespannt! So verbrachten sie die Nacht bis zum Morgen in der frohesten Weise. Am andern Tage früh sprach der Kalif zu 'Alâ ed-Dîn: ,Komm morgen in die Regierungshalle!' Der antwortete: ,Ich höre und gehorche, o Beherrscher der Gläubigen, so Gott der Erhabene will und du wohlauf bist!'

Darauf nahm 'Alâ ed-Dîn zehn runde Platten und legte kostbare Geschenke darauf; und am nächsten Tage ging er damit zur Regierungshalle. Während nun der Kalif im Staatssaale auf dem Throne saß, trat 'Alâ ed Dîn plötzlich zur Tür ein, indem er diese beiden Verse sprach:

> *An jedem Morgen möge Glück und Ruhm dich grüßen,*
> *Und mag der Neider auch in seiner Wut vergehn!*
> *Dir seien licht und hell auf immerdar die Tage,*
> *Doch schwarz die Tage jener, die dir widerstehn!*

,Willkommen, 'Alâ ed-Dîn', rief der Kalif, und jener erwiderte: ,O Beherrscher der Gläubigen, siehe, der Prophet –

Allah segne ihn und gebe ihm Heil! – hat Geschenke angenommen; so mögen denn diese zehn Platten mit dem, was darauf ist, eine Gabe von mir an dich sein!' Der Beherrscher der Gläubigen nahm sie von ihm an, verlieh ihm ein Ehrengewand, machte ihn zum Vorsteher der Kaufmannschaft und gab ihm einen Sitz in der Regierungshalle. Während er nun dort saß, trat auch sein Schwäher, der Vater Zubaidas, herein; und wie er den 'Alâ ed-Dîn, mit einem Ehrengewande angetan, auf seinem eigenen Platze sitzen sah, sprach er zum Beherrscher der Gläubigen: ,O größter König unserer Zeit, warum sitzt der da auf meinem Platze und trägt das Ehrenkleid?' Der Kalif gab ihm zur Antwort: ,Ich habe ihn zum Vorsteher der Kaufmannschaft gemacht; denn Ämter werden auf Zeit vergeben, nicht für das ganze Leben. Du bist jetzt abgesetzt.' Jener sagte darauf: ,Er ist ja von unserer Gilde und gehört zu unserer Verwandtschaft. Du hast trefflich gehandelt, o Beherrscher der Gläubigen. Möge Allah stets für unsere Sachen die Besten von uns zu Führern machen! Wie mancher fing klein an und wurde zum großen Mann!' Darauf ließ der Kalif einen Firman für 'Alâ ed-Dîn ausstellen und übergab ihn dem Präfekten; der übergab ihn dem Ausrufer, und dieser verkündete in der Regierungshalle: ,Allein 'Alâ ed-Dîn Abu esch-Schamât ist von jetzt an der Vorsteher der Kaufmannschaft! Man gehorche seinen Worten, und man achte seine Würde an allen Orten! Ehrung und Achtung und hoher Stand sind ihm nunmehr zuerkannt.' Als dann die Staatsversammlung beendet war, traten der Präfekt und der Ausrufer vor 'Alâ ed-Dîn, und der Ausrufer wiederholte: ,Allein Herr 'Alâ ed-Dîn Abu esch-Schamât ist von jetzt an der Vorsteher der Kaufmannschaft!' Dann führte er ihn in den Straßen von Baghdad umher, und immerfort rief der Ausrufer: ,Allein Herr 'Alâ ed-Dîn Abu esch-

Schamat ist von jetzt an der Vorsteher der Kaufmannschaft!' Am nächsten Tage eröffnete er einen Laden für seinen Sklaven und ließ ihn dort sitzen, um Handel zu treiben, während er selbst zum Palaste ritt, um seinen Platz in der Regierungshalle des Kalifen einzunehmen. – –«

Da bemerkte Schehrezâd, daß der Morgen begann, und sie hielt in der verstatteten Rede an. Doch als die *Zweihundertundsechzigste Nacht* anbrach, fuhr sie also fort: »Es ist mir berichtet worden, o glücklicher König, daß 'Alâ ed-Dîn zum Palaste zu reiten pflegte, um seinen Platz in der Regierungshalle des Kalifen einzunehmen. Nun begab es sich eines Tages, als er nach seiner Gewohnheit auf seinem Platze saß, daß jemand zum Kalifen sprach: ‚O Beherrscher der Gläubigen, möge dein Haupt den und den aus deiner Tafelrunde lange überleben! Er ist zur Barmherzigkeit Allahs des Erhabenen eingegangen. Dein Leben aber sei von langer Dauer!' Da fragte der Kalif: ‚Wo ist 'Alâ ed-Dîn Abu esch-Schamât?' Als dieser darauf vor ihn trat und er ihn erblickte, verlieh er ihm ein prächtiges Ehrengewand, machte ihn zu seinem Tischgenossen und bestimmte für ihn monatliche Einkünfte von tausend Dinaren. So weilte denn 'Alâ ed-Dîn bei ihm in der Tafelrunde. Doch eines Tages, als er nach seiner Gewohnheit auf seinem Platze saß, um dem Kalifen aufzuwarten, begab es sich, daß ein Emir mit Schwert und Schild in die Regierungshalle trat und rief: ‚O Beherrscher der Gläubigen, möge dein Haupt den Hauptmann der Sechzig[1] überleben! Er ist heute gestorben.' Da verlieh der Kalif dem 'Alâ ed-Dîn ein neues Ehrengewand und setzte ihn zum Hauptmann der Sechzig ein an Stelle des früheren, der weder Sohn noch Tochter noch Frau gehabt hatte. Und 'Alâ ed-Dîn ging alsbald fort und legte seine Hand auf

[1]. Das ist der Titel eines höheren Offiziers.

die Habe jenes Mannes. Dann sprach der Kalif zu 'Alâ ed-Dîn: ‚Begrab ihn in der Erde und nimm alles, was er an Geld, Sklaven, Sklavinnen und Dienern hinterlassen hat!' Darauf schwenkte er das Taschentuch[1] und entließ die Versammlung. 'Alâ ed-Dîn aber ritt dahin, zur Rechten geleitet von Ahmed ed-Danaf, dem Hauptmanne zur Rechten des Kalifen, der seine Vierzig bei sich hatte, und zur Linken von Hasan Schumân, dem Hauptmanne zur Linken des Kalifen, der gleichfalls seine Vierzig bei sich hatte. Da wandte 'Alâ ed-Dîn sich an den Hauptmann Hasan Schumân und seine Leute und sprach zu ihnen: ‚Sprecht für mich mit dem Hauptmanne Ahmed ed-Danaf, auf daß er mich durch einen vor Gott beschworenen Vertrag zu seinem Sohne annehme!' Da nahm Ahmed ihn als Sohn an und sprach zu ihm: ‚Ich und meine vierzig Mann, wir werden jeden Tag vor dir her zur Regierungshalle ziehen.' Nachdem 'Alâ ed-Dîn nun eine Reihe von Tagen im Dienste des Kalifen verbracht hatte, begab es sich einmal, daß er, nachdem er die Regierungshalle verlassen hatte, zu seinem Hause ritt und dort den Ahmed ed-Danaf und seine Leute ihrer Wege ziehen ließ. Dann setzte er sich zu seiner Gattin Zubaida der Lautnerin, als die Kerzen bereits angezündet waren. Nach einer kurzen Weile ging sie fort, um ein Bedürfnis zu verrichten. Während er nun auf seinem Platze saß, hörte er plötzlich einen lauten Schrei. Eilends lief er hin, um zu schauen, wer da geschrien hatte. Da sah er, daß seine Frau Zubaida die Lautnerin es war, die den Schrei ausgestoßen hatte. Sie lag auf dem Boden dahingestreckt; er legte seine Hand auf ihre Brust und entdeckte, daß sie tot war. Das Haus ihres Vaters aber befand sich gegenüber dem Hause 'Alâ ed-Dîns; und da jener den Schrei gehört hatte, fragte er: ‚Was gibt's, mein Herr 'Alâ ed-Dîn?' Jener erwiderte:

1. Zum Zeichen, daß die Staatsversammlung beendet ist.

,Dein Haupt, lieber Vater, möge deine Tochter Zubaida die Lautnerin überleben! Doch, mein Vater, der Tote wird geehrt, indem man ihn begräbt!' Am nächsten Morgen begruben sie sie in der Erde, und 'Alâ ed-Dîn und ihr Vater begannen einander zu trösten.

So starb Zubaida die Lautnerin. 'Alâ ed-Dîn aber legte Trauerkleider an und hielt sich von der Regierungshalle fern; denn sein Auge weinte, und sein Herz trauerte. Da sprach der Kalif zu Dscha'far: ,Wesir, warum hält 'Alâ ed-Dîn sich von der Regierungshalle fern?' Und der Wesir gab ihm zur Antwort: ,O Beherrscher der Gläubigen, er trauert um seine Frau Zubaida, und er wird von den Trauerbesuchern in Anspruch genommen.' Darauf sagte der Kalif des weiteren zum Wesir: ,Es geziemt sich, daß wir ihm unser Beileid aussprechen.' ,Ich höre und gehorche!' erwiderte jener. Nun machten der Kalif und der Wesir, begleitet von einigen Dienern, sich auf und begaben sich zu Pferde nach dem Hause des 'Alâ ed-Dîn. Und wie er so dasaß, traten plötzlich der Kalif und der Wesir mit ihren Begleitern bei ihm ein. Er stand auf, um sie zu begrüßen; dann küßte er den Boden vor dem Kalifen, und der sprach zu ihm: ,Allah ersetze dir gnädig deinen Verlust!' 'Alâ ed-Dîn erwiderte: ,Allah erhalte dich uns immerdar, o Beherrscher der Gläubigen!' Dann fuhr der Kalif fort: ,Mein lieber 'Alâ ed-Dîn, warum hältst du dich von der Regierungshalle fern?' Er gab zur Antwort: ,Ich trauere um meine Frau Zubaida, o Beherrscher der Gläubigen!' Aber der Kalif sprach: ,Tu den Gram von deiner Seele ab! Siehe, jene ist zur Barmherzigkeit Allahs des Erhabenen eingegangen. Die Trauer kann dir gar nichts nützen!' ,O Beherrscher der Gläubigen,' sagte 'Alâ ed-Dîn darauf, ,ich werde erst dann von der Trauer um sie ablassen, wenn ich tot bin und neben ihr begraben werde.' Doch wieder hub der Kalif an: ‚Bei Allah ist Ersatz für einen jeden, der dahingegangen ist. Gegen den Tod schützt kein Mittel, kein Reichtum. Vortrefflich hat der Dichter gesprochen:

> *Ein jeder Sohn des Weibes, mag er auch lange leben,*
> *Wird eines Tages doch auf buckliger[1] Bahre getragen.*
> *Wie kann er denn die Wonnen des Lebens noch genießen,*
> *Wenn einst an seinen Wangen im Staube die Würmer nagen?'*

Als der Kalif dann seinen Beileidsbesuch beendete, ermahnte er 'Alâ ed-Dîn noch, sich der Regierungshalle nicht mehr fernzuhalten, und begab sich wieder in seinen Palast. Nachdem 'Alâ ed-Dîn jene Nacht noch in seinem Hause verbracht hatte, ritt er, als es Morgen geworden war, zur Regierungshalle. Dort trat er zum Kalifen ein und küßte den Boden vor ihm; und der Kalif erhob sich ihm zu Ehren ein wenig von seinem Throne, hieß ihn willkommen, begrüßte ihn und hieß ihn seinen gewohnten Platz wieder einnehmen, indem er hinzufügte: ,'Alâ ed-Dîn, heute abend bist du mein Gast!' Hernach ging er auch mit ihm in seinen Palast, rief eine Sklavin namens Kût el-Kulûb und sprach zu ihr: ,'Alâ ed-Dîn hatte eine Gattin namens Zubaida, die ihn über Sorge und Gram hinwegzutrösten pflegte; sie ist zur Barmherzigkeit Allahs des Erhabenen eingegangen. Nun wünsche ich, daß du ihm auf der Laute eine Weise vorspielst.' – –«

Da bemerkte Schehrezâd, daß der Morgen begann, und sie hielt in der verstatteten Rede an. Doch als die *Zweihundertundeinundsechzigste Nacht* anbrach[2] fuhr sie also fort: »Es ist mir

---

1. Die Bahre sieht ‚bucklig' aus, wenn der Leichnam auf ihr getragen wird. – 2. In der Kalkuttaer Ausgabe ist die Zahl 261 übersprungen. Daher stimmen die Zahlen der 261. bis 270. Nacht in der Übersetzung nicht mit dem arabischen Texte überein. Als 270. Nacht habe ich die Geschichte von Ali Baba eingesetzt; vgl. Seite 659, Anmerkung.

berichtet worden, o glücklicher König, daß der Kalif zu der Sklavin Kût el-Kulûb sprach: ‚Nun wünsche ich, daß du ihm auf der Laute eine Weise vorspielst, fein und zart, und von wundersamer Art, damit er sich über Sorge und Trauer hinwegtröste.' Als sie nun eine wundersame Weise vortrug, sprach der Kalif: ,'Alâ ed-Dîn, was sagst du zu der Stimme der Sklavin?' Jener erwiderte: ‚Zubaida hatte eine schönere Stimme als sie; aber sie läßt mit solcher Kunst die Laute erklingen, daß selbst die härtesten Felsen vor Freude springen.' Wie der Kalif dann weiter fragte: ‚Gefällt sie dir?', gab er zur Antwort: ‚Ja, o Beherrscher der Gläubigen!' Da sprach der Kalif: ‚Bei meinem Leben und bei den Gräbern meiner Ahnen, ich schenke sie dir samt ihren Mägden!' Alâ ed-Dîn meinte, der Kalif scherze mit ihm; aber als es Morgen ward, ging der Fürst zu seiner Sklavin Kût el-Kulûb und sprach zu ihr: ‚Ich habe dich dem 'Alâ ed-Dîn zum Geschenke gemacht!' Darüber war sie erfreut, denn sie hatte ihn gesehen und lieb gewonnen. Nun begab sich der Kalif aus dem Schlosse wieder in die Regierungshalle, ließ die Träger rufen und sprach zu ihnen: ‚Schafft die Habe der Kût el-Kulûb zum Hause 'Alâ ed-Dîns und tragt sie selbst, von ihren Mägden begleitet, in einer Sänfte dorthin!' Jene brachten darauf die Sklavin mit ihren Mägden und ihrer Habe zum Hause 'Alâ ed-Dîns und führten sie in die Wohnräume, während der Kalif im Staatssaale bis gegen Abend sitzen blieb. Als die Versammlung aufgelöst wurde, ging er in seinen Palast.

So weit der Kalif! Was aber Kût el-Kulûb anging, so war sie in die Wohnräume im Hause des 'Alâ ed-Dîn mit ihrer Begleitung eingezogen; das waren aber vierzig Mägde und dazu noch die Eunuchen. Nun sprach sie zu zweien von den letzteren: ‚Einer von euch setze sich auf einen Schemel zur Rechten der Tür, und der andere setze sich auf einen Schemel zu ihrer

Linken! Wenn 'Alâ ed-Dîn kommt, so küsset beide den Boden vor ihm und sprechet zu ihm: ‚Unsere Herrin Kût el-Kulûb bittet dich, zu ihr in die Wohnräume zu kommen; denn der Kalif hat sie dir samt ihren Mägden geschenkt.' ‚Wir hören und gehorchen!' antworteten die beiden und taten, wie sie ihnen geboten hatte. Wie dann 'Alâ ed-Dîn kam, fand er zwei Eunuchen des Kalifen an der Tür sitzen. Darüber war er erstaunt, und er sprach bei sich selber: ‚Vielleicht ist dies gar nicht mein Haus? Oder was gibt es denn sonst hier?' Doch sobald die Eunuchen ihn erblickten, sprangen sie auf, küßten ihm die Hände und sprachen: ‚Wir sind vom Haushalte des Kalifen, wir sind Mamluken der Kût el-Kulûb. Und sie entbietet dir ihren Gruß und läßt dir sagen, daß der Kalif sie dir samt ihren Mägden geschenkt hat, und sie bittet dich, sie zu besuchen.' Darauf befahl er ihnen: ‚Saget ihr: Er heißt dich willkommen; aber solange du in seinem Hause bist, wird er die Gemächer, in denen du weilst, niemals betreten; denn was des Herren war, darf nicht des Dieners sein. Fragt sie auch, wie hoch ihre täglichen Ausgaben waren, als sie sich im Schlosse des Kalifen befand!' Die beiden gingen zu ihr hinauf und überbrachten diese Botschaft. Doch als sie sagen ließ, ihre Ausgaben betrügen hundert Dinare täglich, sprach er bei sich: ‚Es war doch nicht nötig für mich, daß der Kalif mir Kût el-Kulûb schenkte, damit ich so viel Geld für sie ausgebe; aber das läßt sich nicht ändern!' Sie wohnte nun also eine Reihe von Tagen bei ihm, während er ihr täglich hundert Dinare überwies. Eines Tages jedoch blieb 'Alâ ed-Dîn wieder der Regierungshalle fern; da sprach der Kalif zum Wesir: ‚Dscha'far, ich habe Kût el-Kulûb nur deshalb dem 'Alâ ed-Dîn gegeben, damit sie ihn über den Verlust seiner Frau tröste. Warum bleibt er uns denn schon wieder fern?' ‚O Beherrscher der Gläubigen,' erwiderte jener, ‚der sprach die Wahrheit, der da sagte: Wer ein Lieb gefunden, dem sind die Freunde aus den Augen entschwunden.' Aber der Kalif fuhr fort: ‚Vielleicht hat ihn doch ein triftiger Grund von uns ferngehalten. Immerhin, wir wollen ihn besuchen!' Nun hatte 'Alâ ed-Dîn einige Tage zuvor zu dem Wesir gesagt: ‚Ich habe dem Kalifen geklagt, wie sehr ich über den Tod meiner Frau Zubaida der Lautnerin betrübt bin, und da hat er mir Kût el-Kulûb geschenkt.' Da hatte der Wesir entgegnet: ‚Wenn er dich nicht liebte, so hätte er sie dir nicht geschenkt. Doch sag, 'Alâ ed-Dîn, bist du schon zu ihr eingegangen?' ‚Nein, bei Allah!' hatte er erwidert, ‚ich weiß weder, wie hoch noch wie breit sie ist.' Und als der Wesir ihn gefragt hatte, warum das sei, hatte er geantwortet: ‚Wesir, was dem Herrn gebührt, das gebührt nicht dem Untertanen.'

Der Kalif und Dscha'far verkleideten sich nun und gingen hin, um 'Alâ ed-Dîn zu besuchen. Bei seinem Hause machten sie halt, und als sie eintraten, erkannte 'Alâ ed-Dîn sie dennoch; darum küßte er dem Kalifen die Hände. Als der ihn aber ansah, bemerkte er die Spuren der Trauer in seinem Antlitze, und er fragte: ‚Sag, 'Alâ ed-Dîn, was ist der Grund für diese Trauer, von der du befangen bist? Bist du denn nicht zu Kût el-Kulûb eingegangen?' ‚O Beherrscher der Gläubigen,' erwiderte er, ‚was dem Herrn gebührt, das gebührt nicht dem Diener. Bis jetzt bin ich noch nicht zu ihr eingegangen, und ich weiß weder, wie hoch noch wie breit sie ist. Geruhe nun, mich von ihr zu befreien!' Da sprach der Kalif: ‚Ich möchte sie sehen und sie fragen, wie es um sie steht!' ‚Ich höre und gehorche, o Beherrscher der Gläubigen!', gab 'Alâ ed-Dîn zur Antwort. Nun ging der Kalif zu ihr. – –«

Da bemerkte Schehrezâd, daß der Morgen begann, und sie hielt in der verstatteten Rede an. Doch als die *Zweihundertund-*

zweiundsechzigste Nacht anbrach, fuhr sie also fort: »Es ist mir berichtet worden, o glücklicher König, daß der Kalif zu Kût el-Kulûb ging. Als sie ihn erblickte, erhob sie sich und küßte den Boden vor ihm. Wie er sie dann fragte: ‚Ist 'Alâ ed-Dîn zu dir eingegangen?' antwortete sie ihm: ‚O Beherrscher der Gläubigen, ich habe ihn bitten lassen, zu mir zu kommen; aber er willigte nicht ein.' Darauf befahl der Kalif, sie in den Palast zurückzubringen; zu 'Alâ ed-Dîn aber sprach er: ‚Bleib uns nicht fern!' Dann kehrte er zu seinem Palaste zurück, während 'Alâ ed-Dîn jene Nacht über in seinem Hause blieb. Als es wieder Morgen ward, machte er sich auf und ritt zur Regierungshalle; dort setzte er sich auf den Platz des Hauptmannes der Sechzig. Da gab der Kalif dem Schatzmeister Befehl, er solle dem Wesir Dscha'far zehntausend Dinare auszahlen; und als der ihm diesen Betrag übergeben hatte, gebot der Kalif dem Wesir: ‚Ich beauftrage dich, zum Markte der Sklavinnen hinabzugehen und für Alâ ed-Dîn eine Sklavin um zehntausend Dinare zu kaufen!' Der Wesir gehorchte dem Befehle des Herrschers und ging hinab, indem er den 'Alâ ed-Dîn mit sich nahm und ihn zum Markte der Sklavinnen führte. Nun traf es sich, daß an diesem Tage der Polizeipräfekt von Baghdad, den der Kalif in dies Amt eingesetzt hatte und dessen Name Emir Châlid war, auch zu dem Markte hinabging, um für seinen Sohn eine Sklavin zu kaufen. Das war aus diesem Grunde geschehen. Er hatte eine Frau, namens Chatûn[1]; und die hatte ihm einen häßlichen Sohn geboren, der hieß Habzalam Bazzâza[2]. Der war schon zwanzig Jahre alt und hatte noch nicht reiten gelernt; aber sein Vater war ein Held verwegen und ein

---

1. Türkisch ‚die Herrin', Bezeichnung vornehmer Damen, auch als Mädchenname gebraucht. – 2. Kein wirklicher Eigenname; er ließe sich etwa übersetzen: ‚Schwarzbeule Dickwanst'.

tapferer Degen, er war im Reiten der Rosse erfahren und watete im finsteren Meer der Gefahren. Eines Nachts nun hatte Habzalam Bazzâza einen Traum, der zeigte, daß er mannbar war, und wie er seiner Mutter davon erzählte, freute sie sich und berichtete es seinem Vater, indem sie hinzufügte: ‚Ich möchte, daß wir ihn verheiraten; denn er ist für die Ehe reif.' Doch dieser entgegnete ihr: ‚Der Bursche da ist so häßlich anzusehen, er hat einen so widerwärtigen Geruch, er ist so schmutzig und garstig, daß ihn keine Frau nehmen wird.' Da sagte sie: ‚Dann wollen wir ihm eine Sklavin kaufen.' So geschah es nach dem Ratschlusse Allahs des Erhabenen, daß an dem Tage, an dem der Wesir mit 'Alâ ed-Dîn zum Markte ging, auch Emir Châlid, der Präfekt, mit seinem Sohne Habzalam Bazzâza sich dorthin begab. Und wie sie auf dem Markte waren, erblickten sie an der Hand eines Maklers eine Sklavin, die Schönheit und Anmut besaß und ein vollendetes Ebenmaß; da sprach der Wesir zu dem Manne: ‚Makler, biete ihrem Eigentümer tausend Dinare für sie!' Als der aber mit ihr an dem Präfekten vorbeiging, sah Habzalam Bazzâza sie, und der Blick ließ tausend Seufzer in ihm zurück; ergriffen von heftiger Leidenschaft und von der Liebe zu ihr wie hinweggerafft, schrie er auf: ‚Lieber Vater, kauf mir diese Sklavin!' Der rief den Makler und fragte die Sklavin nach ihrem Namen. ‚Ich heiße Jasmin', gab sie zur Antwort. Dann sprach der Vater: ‚Mein Sohn, wenn sie dir gefällt, so biete ich höher!' Also fragte er: ‚Makler, wieviel ist für sie geboten?' Und wie der antwortete: ‚Tausend Dinare', bot er ihm tausendundeinen Dinar. Darauf ging der Makler zu 'Alâ ed-Dîn und der bot zweitausend Dinare. Sooft nun der Sohn des Präfekten einen Dinar höher bot, erhöhte 'Alâ ed-Dîn sein Angebot um tausend Dinare. Ärgerlich fragte der Sohn des Präfekten: ‚Makler, wer überbietet mich bei dem Preise der Sklavin?' Der Makler gab ihm zur Antwort: ‚Der Wesir Dscha'far will sie für 'Alâ ed-Dîn Abu esch-Schamât kaufen.' Als schließlich 'Alâ ed-Dîn zehntausend Dinare geboten hatte, war ihr Eigentümer damit einverstanden und nahm diesen Preis für sie an. So erhielt 'Alâ ed-Dîn sie und sprach zu ihr: ‚Ich schenke dir die Freiheit um Allahs des Erhabenen willen.' Dann ließ er sogleich eine Urkunde darüber ausstellen, daß er sie zur Frau nehme, und begab sich heim. Als aber der Makler mit seinem Maklerlohn zurückkehren wollte, rief der Sohn des Präfekten ihn und fragte ihn: ‚Wo ist die Sklavin?' Jener antwortete: ''Alâ ed-Dîn hat sie um zehntausend Dinare gekauft, ihr die Freiheit geschenkt und ihr seinen Ehekontrakt ausfertigen lassen!' Da ward der Jüngling tief betrübt, er begann noch heftiger zu seufzen und kehrte, krank von der Liebe zu ihr, nach Hause zurück; dort warf er sich auf das Lager, wies alle Nahrung ab und ward immer stärker von der Liebesleidenschaft ergriffen. Als seine Mutter ihn so krank sah, sprach sie zu ihm: ‚Gott schütze dich, mein Sohn, wie kommt es, daß du krank bist?' ‚Kaufe mir Jasmin, liebe Mutter!' klagte er. Da rief sie: ‚Wenn der Blumenhändler[1] vorbeikommt, will ich dir einen Korb voll Jasmin kaufen!' Aber er erwiderte: ‚Ich meine doch nicht den Jasmin, den man riecht; das ist eine Sklavin, die Jasmin heißt, die mein Vater mir nicht gekauft hat!' Wie sie nun ihren Gatten fragte: ‚Warum hast du ihm diese Sklavin nicht gekauft?' sagte der: ‚Was dem Herrn gebührt, das gebührt nicht dem Diener! Ich habe keine Macht, sie zu nehmen; denn kein Geringerer hat sie gekauft als 'Alâ ed-Dîn, der Haupt-

---

1. Der Jasmin wird noch heute in den Städten des Orients ausgerufen; in Kairo ruft der Verkäufer: ‚Vater des Duftes, o Jasmin!' oder ‚Herrlicher Jasmin, Jasmin des Duftes!' oder ‚Doppelt schöner Jasmin, doppelt schöner!' oder ‚Herrlich, o Jasmin!'

mann der Sechzig.' Da ward das Leiden des Burschen noch ärger, bis der Schlaf ihn ganz verließ und er alle Speise abwies und seine Mutter sich mit den Trauerbinden umwand.

Wie sie nun so in Trauer um ihren Sohn zu Hause saß, da trat plötzlich eine Alte zu ihr ein, die bekannt war als die Mutter des Erzdiebes Ahmed Kamâkim. Dieser Erzdieb pflegte mitten durch eine Wand zu bohren und oben auf eine Mauer zu klimmen und die Schminke von den Augenwimpern zu stehlen. Diese bösen Eigenschaften hatte er schon zu Beginn seiner Laufbahn; dann machte man ihn zum Wachhauptmann, aber da stahl er Geld. Und gerade als er die Tat beging, überraschte der Präfekt ihn, packte ihn und schleppte ihn vor den Kalifen. Der gab Befehl, ihn auf dem Blutplatze hinrichten zu lassen. Aber da flehte der Dieb den Schutz des Wesirs an, dessen Fürsprache der Kalif niemals unbeachtet ließ. Doch wie der nun Fürbitte für ihn einlegte, fragte der Kalif ihn: ‚Wie kannst du für eine Viper, die den Menschen schädlich ist, Fürsprache einlegen?' ‚O Beherrscher der Gläubigen,' gab er zurück, ‚setze ihn gefangen! Der Erbauer des ersten Gefängnisses war ein weiser Mann; denn ein Grab der Lebendigen ist die Kerkerhaft, während sie den Feinden Freude verschafft.' Darauf gab der Kalif Befehl, ihn in Fesseln zu legen und auf die Fesseln zu schreiben: Bestimmt, bis zum Tode an ihm zu bleiben und erst auf der Bank des Leichenwäschers zu lösen. So warf man ihn denn gefesselt ins Gefängnis. Nun pflegte seine Mutter zum Hause des Präfekten Emir Châlid zu gehen und auch ihren Sohn im Kerker zu besuchen. Wenn sie dann zu ihm sprach: ‚Habe ich dir nicht immer gesagt, du solltest von dem bösen Tun ablassen?' so antwortete er ihr: ‚Das hat Allah über mich verhängt. Doch, Mutter, wenn du zu der Frau des Präfekten gehst, so bitte sie, für mich bei ihm Fürsprache einzulegen.' Als nun die Alte zur Frau des Präfekten kam, fand sie sie mit den Binden der Trauer umwunden; da fragte sie: ‚Was ist dir, daß du so traurig bist?' Jene gab zur Antwort: ‚Um meines Sohnes Habzalam Bazzâza willen!' ‚Gott schütze deinen Sohn,' fuhr die Alte fort, ‚was hat ihn denn betroffen?' Darauf erzählte die Mutter ihr die Geschichte. Weiter fragte die Alte: ‚Was würdest du von jemand sagen, der einen Streich spielen würde, durch den dein Sohn gerettet wird?' ‚Was willst du denn tun?' entgegnete die Mutter. Und nun hub die Alte an: ‚Ich habe einen Sohn, der heißt Ahmed Kamâkim der Erzdieb. Der liegt gefesselt im Kerker, und auf seinen Fesseln steht geschrieben: Bestimmt, bis zum Tode an ihm zu bleiben. Lege du nun die prächtigsten Gewänder an, die du hast, schmücke dich auf das schönste und tritt deinem Gatten mit lächelnder Miene entgegen. Wenn er dann von dir verlangt, was die Männer von den Frauen verlangen, so versage dich ihm und sei ihm nicht zu Willen! Vielmehr sprich zu ihm: ‚Bei Allah, wunderbar! Wenn der Mann etwas von seiner Frau wünscht, so dringt er so lange in sie, bis sie ihm den Wunsch erfüllt; doch wenn die Frau etwas von ihrem Manne wünscht, so gewährt er es ihr nicht.' Fragt er dann: ‚Was wünschest du?' so erwidere ihm: ‚Erst schwöre es mir!' Wenn er dann bei seinem Haupte oder bei Allah schwört, so sage zu ihm: ‚Schwöre mir bei der Scheidung von mir!'[1] und sei ihm nicht eher zu Willen, als bis er dir bei der Scheidung schwört. Hat er dir aber den Eid bei der Scheidung geschworen, so sprich zu ihm: ‚Du hast im Kerker einen Hauptmann namens Ahmed Kamâkim, und der hat eine arme Mutter; die hat sich an mich gewandt und mich gebeten, bei dir Fürsprache einzulegen, indem sie sprach: ‚Be-

[1]. Wenn ein Mann den Schwur bei der Scheidung bricht, so ist die Frau berechtigt, ihn zu verlassen und die Ehe zu lösen.

wirke, daß er für meinen Sohn bei dem Kalifen eintritt, so daß dieser ihm verzeiht und er den Himmelslohn gewinnt!' Darauf sagte Chatûn: ‚Ich höre und gehorche!' Als nun der Präfekt zu seiner Frau eintrat – –«

Da bemerkte Schehrezâd, daß der Morgen begann, und sie hielt in der verstatteten Rede an. Doch als die *Zweihundertunddreiundsechzigste Nacht* anbrach, fuhr sie also fort: »Es ist mir berichtet worden, o glücklicher König, daß die Frau des Präfekten, als ihr Gatte zu ihr eintrat, jene Worte zu ihm sprach. Wie er ihr dann bei der Scheidung geschworen hatte, war sie ihm zu Willen, und er verbrachte die Nacht bei ihr. Als es dann Morgen ward, wusch er sich, betete das Frühgebet und ging zum Gefängnisse. Dort rief er: ‚Du da, Ahmed Kamâkim, du Erzdieb, bereust du dein Tun?' Der antwortete: ‚Ich bereue vor Allah, und ich bekehre mich, und ich spreche mit Herz und Mund: Ich bitte Allah um Verzeihung.' Da ließ der Präfekt ihn aus dem Kerker herausholen und nahm ihn, gefesselt wie er war, mit sich zur Regierungshalle. Dort trat er vor den Kalifen und küßte den Boden vor ihm. Als der nun fragte: ‚Emir Châlid, was wünschest du?' führte er den Ahmed Kamâkim, der die gefesselten Arme hin und her bewegte, vor den Thron. Der Herrscher rief: ‚Du da, Kamâkim, bist du immer noch am Leben?' ‚O Beherrscher der Gläubigen,' erwiderte jener, ‚bedenke, daß die Lebensfrist des Elenden von langer Dauer ist!' Doch der Kalif fuhr fort: ‚Emir Châlid, warum hast du ihn hierher gebracht?' Der gab zur Antwort: ‚Er hat eine arme verlassene Mutter, die niemanden hat außer ihm; sie hat sich an deinen Sklaven gewandt, er möchte bei dir, o Beherrscher der Gläubigen, für ihn eintreten, damit du ihn von den Fesseln befreiest, weil er ja sein früheres Tun bereut, und damit du ihn wieder zum Wachhauptmann machest, wie er es einst war!' Da fragte der Kalif den Ahmed Kamâkim: ‚Bereust du dein früheres Tun?' Er antwortete: ‚Ich bereue vor Allah, o Beherrscher der Gläubigen!' Darauf ließ der Herrscher den Schmied kommen, der dem Diebe die Fesseln auf der Bank des Leichenwäschers löste; auch setzte er ihn wieder zum Wachhauptmann ein und ermahnte ihn, stets auf guten und rechten Wegen zu wandeln. Der Dieb küßte dem Kalifen die Hände und ging davon, bekleidet mit dem Gewande des Wachhauptmannes; und seine Ernennung wurde verkündet.

Nachdem er nun bereits eine Weile im Amte gewesen war, ging seine Mutter zur Frau des Präfekten, und die sprach zu ihr: ‚Preis sei Allah, der deinen Sohn aus dem Kerker befreit hat, so daß er nun gesund und wohlauf ist! Aber warum sagst du ihm nicht, er solle ein Mittel ersinnen, um die Sklavin Jasmin meinem Sohne Habzalam Bazzâza zu bringen?' ‚Ich will es ihm sagen', erwiderte sie; dann ging sie von ihr fort und begab sich zu ihrem Sohne, den sie trunken antraf. Sie sprach zu ihm: ‚Mein Sohn, deine Befreiung aus dem Kerker ist allein durch die Frau des Präfekten bewirkt; und die wünscht nun von dir, daß du ihr ein Mittel ersinnest, durch das 'Alâ ed-Dîn Abu esch-Schamât zu Tode kommt, die Sklavin Jasmin aber ihrem Sohne Habzalam Bazzâza zuteil wird.' ‚Nichts leichter als das,' antwortete er, ‚ich muß noch heute nacht etwas bewerkstelligen!' – Jene Nacht war nämlich die erste Nacht im neuen Monate, und der Beherrscher der Gläubigen pflegte in ihr bei der Herrin Zubaida zu verweilen, um eine Sklavin oder einen Mamluken freizulassen oder etwas ähnliches zu tun. Und ferner pflegte der Kalif dann sein Herrschergewand abzutun, den Rosenkranz, den Dolch und den königlichen Siegelring zurückzulassen und das alles auf einen Stuhl in der Halle zu legen. Auch hatte der Kalif eine goldene Lampe, an der drei

Juwelen auf einen Goldfaden aufgereiht waren, und diese Lampe hielt er sehr wert. Er pflegte das Gewand, die Lampe und die übrigen Kostbarkeiten den Eunuchen anzuvertrauen und dann in das Gemach der Herrin Zubaida einzutreten. Nun wartete Ahmed Kamâkim der Erzdieb, bis die Mitternacht dunkelte und der Kanopus funkelte, bis das Auge der Kreatur sich mit Schlaf erfüllte und der Schöpfer sie in den Schleier der Dunkelheit hüllte. Dann nahm er das gezückte Schwert in die Rechte und seinen Fanghaken in die Linke. Er schlich zu dem Saale des Kalifen, legte die Leiter an, warf den Fanghaken auf das Saaldach, hielt sich daran fest und klomm auf der Leiter zum Dache hinauf. Dort hob er die Falltür des Saaldaches auf und ließ sich durch sie in die Halle hinunter. Die Eunuchen fand er schlafend; rasch betäubte er sie mit Bendsch, und dann nahm er das Gewand des Kalifen, den Rosenkranz, den Dolch, das Taschentuch, den Ring und die Lampe mit den Juwelen. Nun kletterte er an derselben Stelle wieder zurück, an der er emporgestiegen war, und begab sich zum Hause des 'Alâ ed-Dîn Abu esch-Schamât. Dieser hatte gerade an jenem Abend die Hochzeit mit der Sklavin gefeiert und war zu ihr eingegangen, und sie hatte von ihm empfangen. Ahmed Kamâkim nun, der Erzdieb, stieg über das Dach in den Saal des 'Alâ ed-Dîn hinab, hob aus dem Fußboden in der Mitte des Saales eine Marmorplatte auf, grub darunter ein Loch und legte die meisten der gestohlenen Dinge hinein; nur eins behielt er bei sich. Dann fügte er die Marmorplatte mit Gips fest ein, wie sie vorher gewesen war, und kletterte an derselben Stelle wieder zurück, an der er emporgestiegen war. Und er sprach bei sich: ‚Jetzt will ich mich hinsetzen und mich betrinken; die Lampe des Kalifen will ich vor mich hinstellen, und bei ihrem Lichte will ich aus dem Becher zechen.' So ging er denn nach Hause. Als es aber Morgen ward, ging der Kalif in die Halle hinaus; dort fand er die Eunuchen vom Bendsch berauscht und weckte sie auf. Als er dann die Hand auf den Stuhl legte, fand er weder Gewand noch Ring, weder Rosenkranz noch Dolch, weder Taschentuch noch Lampe. Da ergrimmte er gewaltig; er legte das Gewand des Zornes an, das war ein rotes Gewand[1], und setzte sich in der Regierungshalle nieder. Nun trat der Wesir vor, küßte den Boden vor ihm und sprach: ‚Allah wende alles Unheil vom Beherrscher der Gläubigen ab!' Der aber rief: ‚Wesir, das Unheil ist übermäßig groß.' Als der Wesir fragte: ‚Was mag geschehen sein?' erzählte er ihm alles, was sich begeben hatte. In demselben Augenblicke erschien auch der Präfekt und ihm zur Seite Ahmed Kamâkim der Erzdieb; er sah, wie gewaltig der Kalif ergrimmt war. Sowie der Herrscher ihn erblickte, rief er ihn an: ‚Emir Châlid, wie steht es um Baghdad?' Jener gab zur Antwort: ‚Es ist wohlbehalten und sicher.' ‚Du lügst', sprach der Kalif. Da fragte jener: ‚Weshalb, o Beherrscher der Gläubigen?' Der erzählte ihm das Geschehene und fügte hinzu: ‚Ich gebiete dir, mir das alles zurückzubringen.' ‚O Beherrscher der Gläubigen,' erwiderte der Emir, ‚der Wurm des Essigs stammt von ihm und ist in ihm.[2] Kein Fremder kann je an diese Stätte gelangen.' Aber der Kalif sprach: ‚Wenn du mir diese Sachen nicht bringst, so lasse ich dich hin-

1. Rot ist die Farbe des Zornes, da die Wangen im Zorne sich röten. ‚Rote Augen' werden als Zeichen der Wut im Orient oft erwähnt; im Volksaberglauben sind auch die Augen der Hexen rot. Ein rotes Gewand als Zorneskleid ist sonst unbekannt. Daher ist der Ausdruck hier vielleicht nur bildlich zu verstehen; die Worte ‚das war ein rotes Gewand' sind wohl der erklärende Zusatz eines Abschreibers.
2. Ein arabisches Sprichwort. Statt ‚des Essigs' wird auch gesagt ‚des Käses'. Es wird gebraucht, wenn eine angesehene Familie durch ein mißratenes Mitglied bloßgestellt wird.

richten!' Der Emir erwiderte: ‚Ehe du mich töten lässest, laß Ahmed Kamâkim den Erzdieb töten; denn allein der Wachhauptmann kennt den Dieb und Schurken.' Da hub Ahmed Kamâkim an und sprach zum Kalifen: ‚Nimm meine Fürbitte für den Präfekten an! Ich will dir für den Dieb verantwortlich sein, und ich will seine Spur verfolgen, bis ich ihn entdecke. Doch gib mir zwei Kadis und zwei Zeugen; denn wer dies getan hat, scheut sich nicht vor dir, noch vor dem Präfekten, noch vor sonst jemandem.' Der Kalif sprach: ‚Du sollst haben, was du verlangst. Laß aber zuerst in meinem Schlosse nachsuchen, danach im Hause des Wesirs und dann im Hause des Hauptmanns der Sechzig!' ‚Du hast recht gesprochen, o Beherrscher der Gläubigen,' entgegnete Ahmed Kamâkim, ‚denn vielleicht ist der Missetäter jemand, der im Schlosse des Herrschers oder im Hause eines seiner höchsten Würdenträger erzogen ist.' Dann rief der Kalif noch: ‚Bei meinem Haupte, wer dieser Tat überführt wird, den werde ich unweigerlich töten lassen, wäre er auch mein eigener Sohn!' Nun erhielt also Ahmed Kamakâm, was er verlangte, dazu einen Firman mit der Vollmacht, in die Häuser einzudringen und sie zu durchsuchen. – –«

Da bemerkte Schehrezâd, daß der Morgen begann, und sie hielt in der verstatteten Rede an. Doch als die *Zweihundertundvierundsechzigste Nacht* anbrach, fuhr sie also fort: »Es ist mir berichtet worden, o glücklicher König, daß Ahmed Kamâkim erhielt, was er verlangte, dazu einen Firman mit der Vollmacht, in die Häuser einzudringen und sie zu durchsuchen. So ging er denn fort, in der Hand einen Stab, der zu einem Drittel aus Bronze, zu einem Drittel aus Kupfer und zu einem Drittel aus Stahl und Eisen gemacht war. Er durchsuchte das Schloß des Kalifen, dann das Haus des Wesirs Dscha'far und machte die Runde bei den Kammerherren und Statthaltern, bis er zu dem

Hause des 'Alâ ed-Dîn Abu esch-Schamât kam. Als dieser den Lärm vor seinem Hause hörte, verließ er seine Gattin Jasmin, eilte hinunter und öffnete die Tür. Da fand er den Präfekten inmitten einer erregten Menge und fragte ihn sofort: ‚Was gibt es, Emir Châlid?' Als der ihm die ganze Geschichte erzählt hatte, rief 'Alâ ed-Dîn: ‚Tretet in mein Haus ein und durchsucht es!' Doch der Präfekt sprach: ‚Verzeih, hoher Herr! Du bist der Getreue, und es sei ferne, daß ein Getreuer zum Schurken werde!' Aber 'Alâ ed-Dîn sprach: ‚Mein Haus muß unbedingt durchsucht werden.' So traten denn der Präfekt, die Richter und die Zeugen ein; Ahmed Kamâkim ging auf dem Fußboden der Halle entlang und kam zu der Marmorplatte, unter der er die Kostbarkeiten vergraben hatte. Da stieß er mit voller Kraft den Stab auf die Marmorplatte, so daß sie zerbrach. Und siehe da, unter ihr glitzerte etwas. Der Hauptmann rief: ‚Im Namen Allahs! O Wunder Gottes! Unser Kommen war so segensreich, daß uns dadurch ein Schatz entdeckt wurde. Laßt mich zu dem Schatze hinuntersteigen und sehen, was er enthält!' Als aber der Kadi und die Zeugen jene Stätte genauer anschauten, fanden sie dort alle die geraubten Sachen. Darauf schrieben sie eine Urkunde des Inhaltes, daß sie die Sachen im Hause des 'Alâ ed-Dîn gefunden hätten, und sie setzten ihre Siegelabdrücke darunter. Ferner befahlen sie, den 'Alâ ed-Dîn festzunehmen, rissen ihm seinen Turban vom Haupte und nahmen über all sein Geld und Gut ein Verzeichnis auf. Derweilen aber legte Ahmed Kamâkim der Erzdieb seine Hand auf die Sklavin Jasmin, die von 'Alâ ed-Dîn empfangen hatte, und übergab sie seiner Mutter mit den Worten: ‚Übergib sie an Chatûn, die Frau des Präfekten!' Die nun nahm Jasmin in Empfang und ging mit ihr zu der Frau des Präfekten. Sobald Habzalam Bazzâza sie erblickte, ward er wieder gesund, sprang rasch auf und wollte sich hocherfreut ihr nähern. Sie aber zog einen Dolch aus ihrem Gürtel und rief: ‚Bleib mir fern! Sonst töte ich dich und mich!' Da schrie seine Mutter Chatûn ihr zu: ‚Du Metze, laß meinen Sohn sein Verlangen an dir tun!' ‚Du Hündin,' gab Jasmin ihr zur Antwort, ‚nach welchem Gesetze ist es gestattet, daß eine Frau sich mit zwei Männern vermähle? Und wie wäre es den Hunden erlaubt, das Lager der Löwen zu betreten?' Da wuchs in dem Burschen die Leidenschaft, und krank durch der versengenden Liebe Kraft, wollte er von Nahrung nichts mehr wissen, sondern er legte sich wieder auf seine Kissen. Da rief die Frau des Präfekten von neuem: ‚O du Metze, wie kannst du mir solche Qual um meinen Sohn bereiten! Fürwahr, ich werde dich noch foltern; und was 'Alâ ed-Dîn angeht, so wird er ja sicherlich gehängt werden!' ‚Dann werde ich an meiner Liebe zu ihm sterben', erwiderte Jasmin. Nun machte die Frau des Präfekten sich daran, ihr den Schmuck und die seidenen Gewänder, die sie trug, abzureißen; dann zog sie ihr Hosen aus Sackleinwand und ein härenes Hemd an, schickte sie in die Küche hinunter und machte sie zu einer der Dienstmägde, indem sie sprach: ‚Deine Strafe soll sein, daß du das Brennholz zerkleinerst, die Zwiebeln schälst und das Feuer unter die Kochtöpfe legst.' Jasmin gab ihr zur Antwort: ‚Ich bin bereit, alle Strafe und Knechtschaft zu dulden; aber ich bin nicht bereit, deinen Sohn auch nur anzusehen!' Doch Allah machte die Herzen der Mägde ihr geneigt, und die verrichteten bald die Dienste in der Küche für sie.

So erging es Jasmin. Sehen wir nun, wie es 'Alâ ed-Dîn Abu esch-Schamât erging! Der wurde inzwischen mit den gestohlenen Sachen zum Kalifen gebracht; jene Leute führten ihn zur Regierungshalle, und während der Herrscher noch auf dem Throne saß, erschienen sie plötzlich mit 'Alâ ed-Dîn und dem geraubten Gut. Der Kalif fragte: ‚Wo habt ihr das gefunden?' Als man ihm antwortete: ‚Mitten im Hause des 'Alâ ed-Dîn Abu esch-Schamât', ward er von Zorn erfüllt. Er nahm die Sachen hin, fand aber die Lampe nicht; da rief er: ‚'Alâ ed-Dîn, wo ist die Lampe?' Der antwortete: ‚Ich habe nicht gestohlen; ich weiß von nichts; ich habe nichts gesehen; ich habe keine Kunde.' Aber der Kalif sprach zu ihm: ‚O du Verräter! Wie konnte ich dich zu mir ziehen, während du mich verwarfest; dir trauen, während du mich verrietest?' Dann gab er Befehl, ihn zu hängen. Nun ging der Präfekt mit ihm zur Stadt hinunter, während der Ausrufer über ihn verkündete: ‚Dies ist der Lohn, und zwar der geringste Lohn für den, der an einem der rechtmäßigen Kalifen Verrat übt!' Und das Volk versammelte sich bei dem Galgen.

So stand es nun um 'Alâ ed-Dîn. Wenden wir uns jetzt zu Ahmed ed-Danaf, dem Meister[1] des 'Alâ ed-Dîn! Der saß mit seinen Leuten in einem Garten; und während sie fröhlich und vergnügt beieinander waren, trat plötzlich einer von den Wasserträgern der Regierungshalle zu ihnen ein, küßte die Hand des Ahmed ed-Danaf und sprach zu ihm: ‚Hauptmann Ahmed ed-Danaf, du sitzest hier ruhig, während das Wasser zu deinen Füßen fließt, und du weißt nicht, was geschehen ist!' ‚Was gibt's denn?' fragte Ahmed ed-Danaf; und der Wasserträger antwortete: ‚Deinen Sohn, den du durch einen Vertrag vor Allah angenommen hast, den 'Alâ ed-Dîn, hat man zum Galgen geführt!' Sofort rief Ahmed ed-Danaf: ‚Was für Rat weißt du, Hasan Schumân?' Der erwiderte: ‚'Alâ ed-Dîn ist unschuldig an dieser Sache. Das ist ein böser Streich, den ihm ein Feind gespielt hat!' ‚Was rätst du denn?' fragte Ahmed

[1]. Der Ausdruck ist dem Zunftwesen entlehnt. Der ‚Meister' ist der Adoptivvater des ‚Schülers'; vgl. oben Seite 613.

wieder. Jener darauf: ‚Wir müssen ihn befreien, so Gott der Herr will.' Alsbald ging Hasan Schumân zum Gefängnisse und sagte zum Kerkermeister: ‚Gib uns einen, der den Tod verdient!' Da gab er ihm einen, der unter allen Geschöpfen dem 'Alâ ed-Dîn Abu esch-Schamât am ähnlichsten sah. Dem ward das Haupt verhüllt, und Ahmed ed-Danaf nahm ihn zusammen mit 'Alî ez-Zaibak aus Kairo in Empfang. Als man nun gerade 'Alâ ed-Dîn zum Galgen führte, trat Ahmed ed-Danaf vor und setzte seinen Fuß auf den des Henkers. Doch der Henker rief: ‚Gib mir Raum, auf daß ich meines Amtes walte!' Da rief Ahmed: ‚Verfluchter, nimm diesen Mann hier und hänge ihn anstatt des 'Alâ ed-Dîn Abu esch-Schamât! Denn ihm ist unrecht geschehen. Wir wollen Ismael durch den Widder loskaufen.'[1] Also nahm der Henker jenen Mann und hängte ihn an Stelle des 'Alâ ed-Dîn. Dann nahmen Ahmed ed-Danaf und 'Alî ez-Zaibak aus Kairo den 'Alâ ed-Dîn und gingen mit ihm zur Halle des Ahmed ed-Danaf. Als sie dort eingetreten waren, sprach 'Alâ ed-Dîn: ‚Allah lohne es dir mit Gutem, mein Meister!' Darauf fragte er: ,'Alâ ed-Dîn, was ist denn das für eine Tat, die du getan hast?' – –«

Da bemerkte Schehrezâd, daß der Morgen begann, und sie hielt in der verstatteten Rede an. Doch als die *Zweihundertundfünfundsechzigste Nacht* anbrach, fuhr sie also fort: »Es ist mir berichtet worden, o glücklicher König, daß Ahmed ed-Danaf den 'Alâ ed-Dîn fragte: ‚Was ist denn das für eine Tat, die du getan hast? Gott habe den Mann selig, der da sprach: Wenn jemand dir traut, so verrate ihn nicht, wenn du auch ein Verräter bist. Der Kalif gab dir doch eine hohe Stellung an seinem

---

[1]. Nach dem Glauben der Araber war es Ismael, nicht Isaak, der von Abraham geopfert werden sollte und der vor dem Opfertode durch den Widder gerettet wurde.

Hofe und nannte dich den ‚getreuen Vertrauensmann'; wie konntest du so an ihm handeln und ihm seine Kleinodien stehlen?' ‚Bei dem allerhöchsten Namen Allahs, mein Meister,' erwiderte 'Alâ ed-Dîn ‚das ist nicht meine Tat; ich habe keine Schuld daran; ich weiß auch nicht, wer sie getan hat.' Da sprach Ahmed ed-Danaf: ‚Diese Tat hat offenbar nur ein Feind getan; aber einem jeden werden seine Taten vergolten. Doch, 'Alâ ed-Dîn, du kannst nicht mehr in Baghdad bleiben; denn Könige geben eine Sache nicht auf, mein Sohn, und wenn sie einmal nach einem Manne suchen, so hat er lange Not.' ‚Wohin soll ich denn gehen, mein Meister?' fragte 'Alâ ed-Dîn; und Ahmed gab ihm zur Antwort: ‚Ich will dich nach Alexandrien bringen; das ist eine gesegnete Stadt, ihre Schwelle ist grün, und das Leben in ihr ist angenehm.' ‚Ich höre und gehorche, mein Meister!' erwiderte 'Alâ ed-Dîn. Darauf sprach Ahmed ed-Danaf zu Hasan Schumân: ‚Gib acht! Wenn der Kalif nach mir fragt, so antworte ihm: Er ist fortgegangen, um eine Runde durch das Land zu machen.' Dann nahm er den 'Alâ ed-Dîn mit sich und verließ die Stadt Baghdad; sie zogen beide dahin, bis sie zu den Weinpflanzungen und Gärten kamen; da trafen sie zwei Juden, Steuereinnehmer des Kalifen, die auf Mauleselinnen beritten waren. Ahmed ed-Danaf fuhr sie an: ‚Her mit dem Schutzgeld!' Als die Juden fragten: ‚Warum sollen wir dir das Schutzgeld geben?' antwortete er ihnen: ‚Ich bin der Wächter dieses Tales.' Nun gab ihm ein jeder von den beiden hundert Dinare; danach erschlug Ahmed ed-Danaf die beiden, nahm die Mauleselinnen und bestieg die eine, während er 'Alâ ed-Dîn auf der anderen reiten ließ. So ritten sie nach der Stadt Ajâs[1], brachten die

1. Hafenplatz in Kilikien, am Westufer des Meerbusens von Iskenderun, der heute seine frühere Bedeutung ganz verloren hat.

Maultiere in einen Chân und blieben die Nacht über dort. Am nächsten Morgen verkaufte 'Alâ ed-Dîn sein Maultier; das des Ahmed ed-Danaf vertraute er der Obhut des Pförtners im Chân an. Dann bestiegen die beiden ein Schiff im Hafen von Ajâs und fuhren nach Alexandrien. Dort ging Ahmed ed-Danaf mit 'Alâ ed-Dîn an Land, und als sie beide auf dem Markte ankamen, rief gerade ein Makler einen Laden mit einer Wohnung dahinter für neunhundertundfünfzig Dinare aus. 'Alâ ed-Dîn bot tausend; und der Verkäufer nahm sein Gebot an; das Anwesen aber gehörte dem Staatsschatze. Dann nahm 'Alâ ed-Dîn die Schlüssel in Empfang und machte den Laden auf; als er auch die Wohnung öffnete, fand er, daß sie mit Teppichen und Kissen ausgestattet war. Ferner entdeckte er in ihr einen Vorratsraum; in dem befanden sich Segel und Masten, Taue und Kisten, Säcke voller Glasperlen und Muscheln, Steigbügel, Äxte, Keulen, Messer, Scheren und ähnliche Dinge, da der frühere Besitzer ein Althändler gewesen war. Nun setzte 'Alâ ed-Dîn Abu esch-Schamât sich in dem Laden nieder, und Ahmed ed-Danaf sagte zu ihm: ‚Mein Sohn, jetzt ist der Laden und die Wohnung mit allem, was darinnen ist, dein Eigentum geworden. So bleib denn hier, verkaufe und kaufe, und sei nicht unzufrieden; denn Allah der Erhabene hat den Handel gesegnet.' Drei Tage lang blieb er noch bei ihm; doch am vierten Tage nahm er Abschied von ihm, indem er sprach: ‚Bleib hier, bis ich mich aufmache und wieder zu dir komme mit der Nachricht, daß der Kalif dir Sicherheit gewährt, und bis ich erfahren habe, wer dir diesen Streich gespielt hat!' Dann fuhr er wieder fort, bis er nach Ajâs kam; dort nahm er die Mauleselin im Chân in Empfang, ritt weiter nach Baghdad und traf mit Hasan Schumân und seinen Leuten zusammen. Als er den fragte: ‚Hasan, hat der Kalif nach mir gefragt?' antwortete jener: ‚Nein, du bist ihm nicht einmal in den Sinn gekommen.'

Nun blieb er wieder im Dienste des Kalifen und begann Nachforschungen anzustellen. Eines Tages bemerkte er, wie der Kalif sich an den Wesir Dscha'far wandte und zu ihm sprach: ‚Sieh dort, Wesir, wie 'Alâ ed-Dîn an mir gehandelt hat!' ‚O Beherrscher der Gläubigen,' erwiderte jener, ‚du hast ihn ja mit dem Tode am Galgen bestraft; und ist seine Strafe nicht an ihm vollzogen worden?' Der Kalif darauf: ‚Wesir, ich möchte hingehen und ihn hängen sehen.' Da erwiderte der Wesir: ‚Tu, was dir beliebt, o Beherrscher der Gläubigen!' Nun begab sich der Kalif mit dem Wesir Dscha'far zum Galgenfelde. Dort hob er seinen Blick und sah den Gehängten; aber es war ein anderer als 'Alâ ed-Dîn Abu esch-Schamât, der getreue Vertrauensmann. ‚O Wesir,' rief er, ‚dies ist ja gar nicht 'Alâ ed-Dîn!' Jener fragte: ‚Wie weißt du, daß es ein anderer ist?' Der Kalif entgegnete: ‚Alâ ed-Dîn war kurz, und dieser da ist lang!' ‚Ein Gehängter wird länger', sagte der Wesir. Doch der Kalif hub wieder an: ‚'Alâ ed-Dîn war hell, doch dieser da hat ein dunkles Antlitz.' Und der Wesir erwiderte: ‚Weißt du nicht, o Beherrscher der Gläubigen, daß der Tod schwarz macht?' Darauf befahl der Kalif, den Leichnam von dem Galgen herabzunehmen; und als das geschehen war, fand er die Namen der beiden ersten Kalifen[1] auf seine Fersen geschrieben. Da sprach der Kalif: ‚Wesir, 'Alâ ed-Dîn war ein Sunnit; aber dieser da ist ein Ketzer.' ‚Preis sei Allah, der die verborgenen Dinge kennt,' rief der Wesir, ‚wir wissen nicht, ob dieser da 'Alâ ed-Dîn ist oder ein anderer!' Nun befahl der

---

1. Das ist Abu Bakr und 'Omar. Die Schiïten sollen manchmal diese beiden Namen oder den Namen 'Omars allein auf ihre Fersen oder ihre Sohlen schreiben, damit sie stets auf sie treten können.

Kalif, den Leichnam zu beerdigen. Und nachdem man ihn bestattet hatte, war 'Alâ ed-Dîn vergessen und verschollen.

So weit 'Ala ed-Dîn. Wenden wir uns jetzt wieder zu Habzalam Bazzâza, dem Sohn des Präfekten! Der ward so lange von Liebe und Leidenschaft verzehrt, bis er starb und im Staube eingescharrt wurde. Was aber die Sklavin Jasmin anlangt, so erfüllte sie die Zeit ihrer Schwangerschaft, die Wehen kamen über sie, und sie genas eines Knäbleins, das so schön war wie der Mond. Die Mägde fragten sie: ‚Wie willst du ihn nennen?' Da antwortete sie: ‚Wenn sein Vater noch am Leben wäre, so würde er ihm den Namen geben. Doch nun will ich ihn Aslân[1] nennen.' Sie säugte ihn zwei volle Jahre lang; dann entwöhnte sie ihn, und der Knabe begann zu kriechen und zu gehen. Eines Tages aber begab es sich, daß seine Mutter mit dem Dienste in der Küche beschäftigt war und daß der Knabe fortlief und die Treppe zur Empfangshalle sah und auf ihr hinaufging. Der Emir Châlid, der dort gerade saß, nahm ihn und setzte ihn auf seinen Schoß und pries seinen Herrn für das, was er geschaffen und gebildet hatte. Als er darauf sein Gesicht genauer anschaute, sah er, daß er von allen Geschöpfen am meisten dem 'Alâ ed-Dîn Abu esch-Schamât glich. Seine Mutter Jasmin aber suchte nach ihm, und da sie ihn nicht finden konnte, stieg sie zur Empfangshalle empor. Dort sah sie den Emir Châlid sitzen und den Knaben auf seinem Schoße spielen; Allah aber hatte im Herzen des Emirs die Liebe zu dem Knaben erweckt. Wie nun das Kind sich umwandte und seine Mutter erblickte, wollte es sich auf sie stürzen, aber Emir Châlid hielt es auf seinem Schoße fest und sprach zu ihr: ‚Komm hierher, Sklavin!' Als sie näher getreten war, fuhr er fort: ‚Wessen Sohn ist dieser Knabe?' Sie erwiderte: ‚Dies ist mein Sohn und

1. Arabisiert aus dem türkischen Arslan: ‚Löwe'.

die Frucht meines Herzens.' ‚Wer ist sein Vater?' forschte er weiter; und sie antwortete: ‚Sein Vater war 'Alâ ed-Dîn Abu esch-Schamât; aber jetzt ist er dein Sohn.' Er darauf: ‚'Alâ ed-Dîn war ein Verräter.' Doch sie: ‚Der Himmel behüte ihn vor dem Verrat! Es sei ferne, es ist nicht wahr, daß der Getreue ein Verräter wäre!' Da hub er wieder an: ‚Wenn dieser Knabe groß wird und herangewachsen ist und dich fragt, wer sein Vater sei, so sage ihm: ‚Du bist der Sohn des Emirs Châlid, des Präfekten, des Obersten der Wachmannschaft.' ‚Ich höre und gehorche!' erwiderte sie. Dann ließ Emir Châlid, der Präfekt, den Knaben beschneiden, erzog ihn sorgfältig und holte für ihn einen Schreiblehrer, der ihn im Schreiben und Lesen unterrichtete. Der Knabe las den Koran einmal und zum zweiten Male und lernte ihn auswendig. Und zum Emir Châlid pflegte er ‚Mein Vater' zu sagen. Dieser begann nun Kampfspiele zu veranstalten und Reiter zu versammeln; dann ging er hin und lehrte den Knaben das Kriegshandwerk und zeigte ihm, wohin er mit Lanze und Schwert zielen sollte, bis daß er im Rittertum vollendet und ein tapferer Jüngling geworden war; damals hatte er ein Alter von vierzehn Jahren erreicht, und er erwarb den Rang eines Emirs.

Nun begab es sich eines Tages, daß Aslân mit Ahmed Kamâkim dem Erzdiebe zusammentraf; sie befreundeten sich miteinander, und der Jüngling folgte ihm in die Schenke. Und siehe, da holte Ahmed Kamâkim die Juwelenlampe hervor, die er mit den Kleinodien des Kalifen gestohlen hatte, setzte sie vor sich hin, schwang den Becher bei ihrem Lichte und ward trunken. Nun sagte Aslân zu ihm: ‚Hauptmann, schenk mir diese Lampe!' Doch jener erwiderte: ‚Ich kann sie dir nicht geben.' ‚Warum denn nicht?' fragte Aslân; und der andere gab zur Antwort: ‚Weil Menschenleben um ihretwillen verloren gegangen sind.' Weiter fragte Aslân: ‚Welches Menschenleben ist um ihretwillen verloren gegangen?' Da erzählte der Dieb: ‚Es war einmal ein Mann, der kam hierher und wurde zum Hauptmanne der Sechzig gemacht; der hieß Alâ ed-Dîn Abu esch-Schamât, und der kam um ihretwillen zu Tode.' Wiederum fragte Aslân: ‚Was geschah denn mit ihm? Auf welche Weise kam er denn zu Tode?' Ahmed antwortete: ‚Du hattest einen Bruder, der hieß Habzalam Bazzâza; als er sechzehn Jahre alt und für die Ehe reif geworden war, bat er seinen Vater, ihm eine Sklavin zu kaufen.' Und dann berichtete er ihm, was geschehen war, von Anfang bis zu Ende; so tat er ihm auch kund, wie Habzalam Bazzâza krank geworden und was dem 'Alâ ed-Dîn zu Unrecht widerfahren war. Aslân sprach bei sich selber: ‚Vielleicht war diese Sklavin Jasmin meine Mutter; vielleicht ist gar 'Alâ ed-Dîn Abu esch-Schamât mein Vater!' Traurig ging der Jüngling Aslân fort und traf unterwegs den Hauptmann Ahmed ed-Danaf. Als dieser ihn erblickte, rief er: ‚Preis sei Ihm, dem niemand gleicht!' ‚Mein Meister, worüber staunst du?' fragte ihn Hasan Schumân; und er entgegnete: ‚Über die Gestalt dieses Jünglings Aslân; denn er gleicht von allen Geschöpfen am meisten dem 'Alâ ed-Dîn Abu esch-Schamât.' Darauf rief Ahmed ed-Danaf: ‚Du da, Aslân!' Und als der ihm Antwort gab, fragte er ihn: ‚Wie heißt deine Mutter?' ‚Sie heißt die Sklavin Jasmin', erwiderte er. Darauf sprach Ahmed: ‚Aslân, hab Zuversicht und quäl dich nicht! Wisse, dein Vater kann niemand anders sein als 'Alâ ed-Dîn Abu esch-Schamât. Doch, mein Sohn, geh zuerst zu deiner Mutter und frage sie nach deinem Vater!' ‚Ich höre und gehorche!' sagte der Jüngling, ging alsbald zu seiner Mutter und fragte sie. Als sie ihm aber antwortete: ‚Dein Vater ist der Emir Châlid', rief er: ‚Niemand anders als 'Alâ ed-Dîn

Abu esch-Schamât ist mein Vater!' Da weinte seine Mutter und fragte ihn: ,Wer hat dir das erzählt, mein Sohn?' Er gab zur Antwort: ,Der Hauptmann Ahmed ed-Danaf hat es mir erzählt.' Nun berichtete sie ihm alles, was geschehen war, und fügte hinzu: ,Lieber Sohn, jetzt ist die Wahrheit an den Tag gekommen, die Lüge aber ist abgetan. Wisse denn, 'Alâ ed- Dîn Abu esch-Schamât ist wirklich dein Vater, aber nicht er, sondern der Emir Châlid hat dich aufgezogen und dich zu seinem Sohne gemacht. Wenn du nun, mein Sohn, wieder mit dem Hauptmann Ahmed ed-Danaf zusammentriffst, so sprich zu ihm: ,Meister, ich beschwöre dich bei Allah, nimm du für mich Blutrache an dem Mörder meines Vaters 'Alâ ed-Dîn Abu esch-Schamât!' Sofort verließ Aslân seine Mutter. – –«

Da bemerkte Schehrezâd, daß der Morgen begann, und sie hielt in der verstatteten Rede an. Doch als die *Zweihundertundsechsundsechzigste Nacht* anbrach, fuhr sie also fort: »Es ist mir berichtet worden, o glücklicher König, daß Aslân seine Mutter verließ und dahinging, bis er zu dem Hauptmann Ahmed ed-Danaf kam; dem küßte er die Hand. Als jener ihn fragte: ,Was ist dir, Aslân?' erwiderte er: ,Ich weiß jetzt gewiß, daß 'Alâ ed-Dîn Abu esch-Schamât mein Vater ist; und ich bitte dich, nimm du für mich Blutrache an seinem Mörder!' ,Wer ist's, der deinen Vater gemordet hat?' fragte Ahmed; und der Jüngling antwortete: ,Ahmed Kamâkim der Erzdieb!' Weiter fragte Ahmed: ,Wer hat dir das kundgetan?' Aslân entgegnete: ,Ich sah bei ihm die Juwelenlampe, die mit den Kostbarkeiten des Kalifen verloren gegangen ist. Da bat ich ihn, mir diese Lampe zu schenken; er aber wollte es nicht tun, sondern er sprach: ,Um ihretwillen sind Menschenleben verloren gegangen'; und dann hat er mir erzählt, daß er es war, der in den Palast einbrach und die Sachen stahl und sie im Hause meines Vaters versteckte.' Darauf sagte Ahmed ed-Danaf: ‚Wenn du siehst, daß Emir Châlid, der Präfekt, seine Kriegsrüstung anlegt, so bitte ihn, er möchte dir auch eine Rüstung anlegen. Und wenn du dann mit ihm ausziehst und vor dem Beherrscher der Gläubigen eine tapfere Tat getan hast, und wenn der Kalif dann zu dir sagt: ‚Bitte dir eine Gnade von mir aus, Aslân!' – so sprich zu ihm: ‚Ich erbitte mir von dir diese Gnade, daß du Blutrache für meinen Vater an seinem Mörder nimmst.' Er wird zu dir sagen: ‚Dein Vater lebt ja noch, Emir Châlid, der Präfekt!' Du aber sprich zu ihm: ‚Mein Vater ist 'Alâ ed-Dîn Abu esch-Schamât; der Emir Châlid hat nur so weit Anspruch auf mich, als er mich aufgezogen hat.' Und dann erzähle ihm alles, was du mit Ahmed Kamâkim dem Erzdiebe erlebt hast. Zuletzt bitte ihn: ‚O Beherrscher der Gläubigen, laß ihn durchsuchen; so will ich dir die Lampe aus seiner Tasche ziehen!' ‚Ich höre und gehorche!' sprach Aslân und ging fort. Er traf den Emir Châlid, wie er sich gerade gerüstet hatte, um sich zur Regierungshalle des Kalifen zu begeben. So sprach er denn zu ihm: ‚Ich bitte dich, lege auch mir die Kriegsrüstung an und nimm mich mit dir zur Regierungshalle des Kalifen!' Der Emir gab ihm die Rüstung und nahm ihn mit sich zum Staatssaale. Darauf zog der Kalif mit seinen Truppen vor die Stadt hinaus; dort wurden die Pavillons und die Zelte aufgeschlagen, die Truppen gliederten sich in Reihen und zogen mit Schlagball und Schlegel aus. Das Spiel begann, indem ein Reiter die Kugel mit dem Schlegel traf, während ein anderer sie zu ihm zurückschlug. Unter den Truppen aber war ein Spion, der bestochen war, um den Kalifen zu töten; der nahm den Ball und traf ihn mit dem Schlegel, indem er auf das Gesicht des Kalifen zielte. Doch siehe da, Aslân fing ihn ab, so daß er den Kalifen nicht erreichte, und trieb ihn zu dem zurück, der ihn geschleudert hatte. Den traf der Ball zwischen die Schultern, so daß der Mann zu Boden fiel. ‚Allah segne dich, Aslân!' rief der Kalif. Darauf saßen sie alle ab und ließen sich auf die Stühle nieder. Nun befahl der Kalif, den Mann zu bringen, der den Ball geschleudert hatte. Als dieser vor ihm stand, fragte er ihn: ‚Wer hat dich zu dieser Tat verleitet? Bist du Feind oder Freund?' Jener erwiderte: ‚Ich bin ein Feind, und ich hatte die Absicht, dich zu töten.' ‚Aus welchem Grunde?' fragte der Kalif, ‚bist du denn kein Muslim?' ‚Nein,' erwiderte der Mann, ‚ich bin ein Ketzer.' Da gab der Kalif Befehl, ihn zu töten. Zu Aslân aber sprach er: ‚Erbitte dir eine Gnade von mir!' Der Jüngling erwiderte darauf: ‚Ich erbitte mir von dir die Gnade, daß du Blutrache für meinen Vater an seinem Mörder nimmst.' Da sagte der Kalif: ‚Dein Vater lebt ja und steht auf seinen beiden Füßen!' ‚Wer ist denn mein Vater?' fragte Aslân. ‚Emir Châlid, der Präfekt', antwortete der Kalif. ‚O Beherrscher der Gläubigen,' hub Aslân wieder an, ‚der ist nur mein Vater, sofern er mich aufgezogen hat. Mein wahrer Vater ist 'Alâ ed-Dîn Abu esch-Schamât!' ‚Dann war dein Vater ein Verräter!' rief der Kalif. Doch der Jüngling erwiderte: ‚O Beherrscher der Gläubigen, das sei ferne, daß der Getreue ein Verräter würde! Worin hat er dich denn verraten?' ‚Er hat mir mein Gewand und die Kleinodien, die dabei waren, gestohlen', sagte der Kalif. ‚O Beherrscher der Gläubigen,' gab Aslân zur Antwort, ‚das sei ferne, daß mein Vater ein Verräter wäre! Doch, hoher Herr, als dein Gewand dir verloren ging und dir dann wieder zurückgebracht wurde, hast du da gesehen, daß auch die Lampe zurückgekommen ist?' Der Kalif sprach: ‚Die haben wir nicht gefunden!' ‚Ich habe sie bei Ahmed Kamâkim gesehen,' rief Aslân, ‚und ich bat ihn darum; aber er wollte sie mir nicht geben, sondern er sprach: ‚Um ihretwillen sind Menschenleben verloren gegangen', und er erzählte mir, wie Habzalam Bazzâza, der Sohn des Emirs Châlid, aus Liebe zu der Sklavin Jasmin krank wurde, und wie er selbst von den Ketten befreit wurde, ja, er gestand mir, daß er es gewesen ist, der das Gewand und die Lampe geraubt hat. Du aber, o Beherrscher der Gläubigen, nimm du Blutrache für meinen Vater an seinem Mörder!' Da gebot der Kalif: ‚Ergreift den Ahmed Kamâkim!' Der Befehl wurde ausgeführt. Dann fragte er: ‚Wo ist der Hauptmann Ahmed ed Danaf?' Auch der ward vor ihn gebracht. Ihm befahl der Kalif: ‚Durchsuche den Kamâkim!' Da legte er seine Hand in die Tasche des Diebes und zog aus ihr die Juwelenlampe hervor. ‚Her mit dir, du Schurke!' schrie der Kalif, ‚woher hast du diese Lampe?' Er antwortete: ‚Ich habe sie gekauft, o Beherrscher der Gläubigen!' Der Kalif fragte weiter: ‚Wo hast du sie gekauft? Und wer ist imstande, dergleichen dir zu verkaufen?' Dann schlug man ihn, bis er gestand, daß er es war, der das Gewand und die Lampe gestohlen hatte. Darauf sprach der Kalif: ‚Wie konntest du diese Tat begehen, du Schurke, durch die du 'Alâ ed-Dîn Abu esch-Schamât, den getreuen Vertrauensmann, zugrunde gerichtet hast!' Nun befahl der Kalif, ihn und den Präfekten in Gewahrsam zu nehmen. Aber der Präfekt rief: ‚Mir geschieht unrecht, o Beherrscher der Gläubigen! Du hast mir befohlen, ihn hängen zu lassen, und ich hatte keine Kunde von diesem bösen Streich; denn der Plan ist zwischen der Alten und Ahmed Kamâkim und meiner Frau ausgeheckt, ich weiß nichts davon. Ich flehe deinen Schutz an, Aslân!' Da legte Aslân Fürbitte für ihn beim Kalifen ein. Als der Beherrscher der Gläubigen dann weiter fragte: ‚Was hat Allah mit der Mutter dieses Knaben getan?' sagte Châlid: ‚Sie ist bei mir.' ‚Ich gebiete dir,' erwiderte der Herrscher, ,daß du deiner Frau befiehlst, ihr eigenes Gewand und ihren Schmuck ihr wieder anzulegen und sie in ihre frühere vornehme Stellung einzusetzen, ferner, daß du die Siegel vom Hause des 'Alâ ed-Dîn abnimmst und seinem Sohne sein Hab und Gut zurückgibst.' ,Ich höre und gehorche!' sprach der Präfekt; dann ging er hin und gab seiner Frau den Befehl. Die legte der Mutter Aslâns ihr eigenes Gewand an, während er die Siegel vom Hause des 'Alâ ed-Dîn abnahm und dem Jüngling die Schlüssel gab. Darauf sprach der Kalif: ,Erbitte dir von mir eine Gnade, Aslân!' Der gab ihm zur Antwort: ,Ich erbitte mir als Gnade von dir, daß du mich wieder mit meinem Vater vereinigst!' Da weinte der Kalif und sprach: ,Wahrscheinlich war dein Vater der, der gehängt wurde, und ist gestorben; aber, bei meinen Vorfahren, wer mir die frohe Botschaft bringt, daß er noch am Leben ist, dem will ich alles geben, was er wünscht!' Nun trat Ahmed ed-Danaf vor, küßte den Boden vor ihm und sprach: ,Gewähre mir Straflosigkeit, o Beherrscher der Gläubigen!' ,Sie sei dir gewährt!' antwortete der Kalif; und Ahmed fuhr fort: ,Ich bringe dir die frohe Botschaft, daß 'Alâ ed-Dîn Abu esch-Schamât, der getreue Vertrauensmann, wohlauf und am Leben ist.' Als der Kalif ausrief: ,Was sagst du da?' sprach Ahmed weiter: ,Bei deinem Haupte, meine Rede ist wahr! Ich habe einen anderen für ihn eintreten lassen, einen von denen, die den Tod verdienten, und habe ihn nach Alexandrien gebracht; dort habe ich ihm einen Trödelladen eröffnet.' Nun sagte der Kalif: ,Ich befehle dir, ihn zu bringen.' – –«

Da bemerkte Schehrezâd, daß der Morgen begann, und sie hielt in der verstatteten Rede an. Doch als die *Zweihundertundsiebenundsechzigste Nacht* anbrach, fuhr sie also fort: »Es ist mir berichtet worden, o glücklicher König, daß der Kalif zu

Ahmed ed-Danaf sprach: ‚Ich befehle dir, ihn zu bringen.' ‚Ich höre und gehorche!' antwortete der. Darauf befahl der Kalif, ihm zehntausend Dinare auszuhändigen, und Ahmed machte sich auf den Weg nach Alexandrien.

Wenden wir uns nun von Aslân zu seinem Vater 'Alâ ed-Dîn Abu esch-Schamât! Der hatte inzwischen alles verkauft, was in seinem Laden war; nur noch wenig war ihm geblieben, darunter auch ein lederner Beutel. Wie er diesen Beutel schüttelte, fiel aus ihm ein geschliffener Stein heraus, so groß, daß er die Handfläche füllte; der war an einer goldenen Kette befestigt und hatte fünf Flächen, auf denen Zaubernamen und magische Zeichen eingegraben waren, die sahen aus wie Ameisenspuren. Er rieb die fünf Flächen[1]; aber niemand gab ihm Antwort. So sprach er denn bei sich selbst: ‚Das ist wohl nur ein Achatstein!'[2] und er hängte ihn im Laden auf. In dem Augenblicke kam gerade ein Konsul[3] auf seinem Wege vorbei; der blickte auf, sah den Stein dort hängen und setzte sich im Laden des 'Alâ ed-Dîn nieder, indem er sprach: ‚Mein Herr, ist dieser Stein zu verkaufen?' ‚Alles, was ich hier habe, ist zu verkaufen', erwiderte jener. Der Konsul fragte: ‚Verkaufst du mir ihn für achtzigtausend Dinare?' 'Alâ ed-Dîn entgegnete: ‚Biete höher!' Darauf der andere: ‚Verkaufst du ihn für hunderttausend Dinare?' 'Alâ ed-Dîn sprach: ‚Ich verkaufe ihn dir für hunderttausend Dinare; zahle mir das Geld!' Nun hub der Konsul an: ‚Ich kann eine solche Summe nicht bei mir tragen; denn in Alexandrien gibt es Räuber und Schurken. Komm du

---

1. Um zu sehen, ob dadurch ein Zaubergeist erscheinen würde.
2. Das heißt mit natürlichen Linien. – 3. Das ist ein vornehmer Europäer. Da in der Neuzeit die Konsuln den Morgenländern als Vertreter der europäischen Mächte bekannt wurden, übertrugen sie den Namen auch auf andere reiche Leute aus dem Abendlande.

mit mir zu meinem Schiffe; dann will ich dir das Geld geben, dazu einen Ballen Angorawolle, einen Ballen Atlas, einen Ballen Sammet und einen Ballen Tuch.' 'Alâ ed-Dîn erhob sich und schloß den Laden, nachdem er den Stein dem Fremden gegeben hatte; die Schlüssel übergab er seinem Nachbarn mit den Worten: ‚Nimm diese Schlüssel und bewahre sie, während ich mit diesem Konsul zum Schiffe gehe, so lange bei dir auf, bis ich mit dem Preise für meinen Stein wiederkehre. Wenn ich aber lange ausbleibe und wenn inzwischen der Hauptmann Ahmed ed-Danaf, der mir hier meine Stätte bereitet hat, zu dir kommt, so gib ihm die Schlüssel und sage ihm, wie es steht.' Darauf begab er sich mit dem Konsul zu dem Schiffe. Als sie an Bord gegangen waren, stellte der Konsul ihm einen Stuhl hin und bat ihn, sich zu setzen; dann rief er: ‚Bringt das Geld!' Und nun zahlte er ihm den Preis aus und gab ihm auch noch die fünf Ballen, die er ihm versprochen hatte. Zuletzt sprach er: ‚Mein Herr, erfreue mich, indem du einen Bissen oder einen Trunk Wasser annimmst!' 'Alâ ed-Dîn erwiderte: ‚Wenn du Wasser hast, so gib mir zu trinken!' Da ließ der Konsul Scherbett bringen, aber es war Bendsch darin. Als 'Alâ ed-Dîn getrunken hatte, fiel er auf den Rücken. Sofort nahmen die Schiffsleute die Stühle fort, setzten die Stangen zum Abstoßen ein und spannten die Segel. Der Wind war ihnen günstig, bis sie mitten auf das offene Meer kamen. Da befahl der Kapitän, den 'Alâ ed-Dîn aus der Kabine heraufzubringen; das geschah, und dann gab man ihm das Gegenmittel gegen das Bendsch zu riechen. 'Alâ ed-Dîn schlug die Augen auf und fragte: ‚Wo bin ich?' Der Kapitän rief: ‚Du bist hier bei mir, gebunden und in Gewahrsam. Hättest du vorher auch noch öfter gesagt ‚Biete höher!' ich hätte dir immer mehr geboten.' ‚Was ist dein Beruf?' fragte 'Alâ ed-Dîn;

und jener antwortete: ‚Ich bin ein Kapitän, und ich will dich zu meiner Herzliebsten bringen.' Während sie noch so miteinander sprachen, kam plötzlich ein Schiff mit vierzig muslimischen Kaufleuten in Sicht. Der Kapitän griff sie mit seinem Schiffe an, und er ließ die Enterhaken auf ihr Schiff werfen; dann ging er mit seinen Leuten an Bord, plünderte das Schiff und nahm es als Beute mit nach der Stadt Genua. Dort ging der Kapitän, der den 'Alâ ed-Dîn bei sich hatte, zu einem Palasttore, das auf das Meer führte; aus ihm trat eine verschleierte Dame hervor und fragte: ‚Hast du mir den Zauberstein und seinen Besitzer gebracht?' Als er antwortete: ‚Ich habe beide gebracht', fuhr sie fort: ‚Gib mir den Stein!' Er gab ihn ihr, kehrte zum Hafen zurück und feuerte Kanonen zum Zeichen seiner glücklichen Heimkehr ab. Da wußte der König der Stadt, daß jener Kapitän heimgekehrt war, und so zog er aus, um ihn zu begrüßen. Er fragte ihn: ‚Wie war deine Reise?' Da antwortete der Kapitän: ‚Sie war sehr gut! Ich habe ein Schiff mit einundvierzig muslimischen Kaufleuten erbeutet.' Der König fuhr fort: ‚Lande sie im Hafen!' Da ließ der Kapitän sie gefesselt an Land bringen, unter ihnen auch 'Alâ ed-Dîn. Nun ritten der König und der Kapitän weiter, während sie die Gefangenen vor sich zu Fuß gehen ließen, bis sie zur Staatshalle kamen. Dort setzten sie sich und ließen den ersten Gefangenen vorführen. ‚Woher bist du, Muslim?' fragte der König; und als jener antwortete: ‚Aus Alexandria', fuhr er fort: ‚Henker, richte ihn hin!' Da traf ihn der Henker mit dem Schwerte und hieb ihm den Kopf ab. Dem zweiten und dem dritten und den anderen erging es ebenso, bis die vierzig getötet waren und nur noch 'Alâ ed-Dîn als der letzte von allen übrig war. Der hatte ihre Seufzer mit anhören müssen und sprach nun bei sich selbst: ‚Jetzt sei Gott dir gnädig, 'Alâ ed-Dîn!

Dein Leben ist zu Ende.' Als der König ihn fragte: ,Und du, aus welchem Lande bist du?' antwortete er: ,Aus Alexandrien.' Da rief der König: ,Henker, schlag ihm den Kopf ab!' Schon hob der Henker seinen Arm mit dem Schwerte und wollte den Hals des 'Alâ ed-Dîn durchschlagen, da trat plötzlich eine alte Frau von ehrwürdigem Aussehen vor den König. Der erhob sich ihr zu Ehren; dann sprach sie: ,O König, habe ich dir nicht gesagt, wenn der Kapitän mit den Gefangenen käme, so möchtest du das Kloster mit einem oder zwei Gefangenen bedenken, auf daß sie in der Kirche dienen?' Der König gab ihr zur Antwort: ,Ehrwürdige Mutter, wärest du nur eine Weile eher gekommen! Immerhin nimm diesen einen Gefangenen, der noch übrig ist!' Da wandte sie sich zu 'Alâ ed-Dîn und sprach zu ihm: ,Willst du in der Kirche dienen, oder soll ich den König dich töten lassen?' ,Ich will in der Kirche dienen', antwortete er. So nahm sie ihn denn in Empfang, verließ mit ihm die Staatshalle und begab sich zur Kirche. Nun fragte 'Alâ ed-Dîn: ,Was für einen Dienst soll ich denn verrichten?' Sie antwortete: ,Frühmorgens mußt du aufstehen; dann mußt du fünf Maultiere nehmen und mit ihnen in den Wald gehen, dort trockenes Brennholz hacken; das mußt du zerkleinern und in die Klosterküche bringen. Danach mußt du die Teppiche aufnehmen, die Marmorplatten fegen und scheuern und die Teppiche wieder hinlegen, wie sie vorher lagen. Dann mußt du einen halben Ardebb[1] Weizen holen, ihn sieben, mahlen und kneten und Backwerk für das Kloster bereiten. Dann mußt du eine Wêbe[2] Linsen nehmen, sie sieben, mit der Handmühle mahlen und kochen. Dann mußt du die vier Springbrunnen füllen, nachdem du das Wasser in Fässern herbeigeschafft hast;

1. Vgl. Band I, Seite 300, Anmerkung. – 2. Ein ägyptisches Hohlmaß = dreiunddreißig Liter.

und dann mußt du dreihundertundsechsundsechzig Holznäpfe füllen, indem du das Backwerk hineinbröckelst und die Linsensuppe darüber gießest, und jedem Mönche und Patriarchen mußt du einen Napf bringen.' Da rief 'Alâ ed-Dîn aus: ‚Gib mich dem König zurück und laß ihn mich töten; das ist leichter für mich als dieser Frondienst!' Doch die Alte fuhr fort: ‚Wenn du den Dienst, der dir obliegt, getreu versiehst, so wirst du dem Tode entgehen; wenn du ihn aber nicht richtig ausführst, so werde ich den König dich töten lassen.' Nun saß 'Alâ ed-Dîn da, von Sorgen gedrückt. In der Kirche aber waren zehn blinde Krüppel; von denen sprach einer zu ihm: ‚Bring mir einen Topf!' Da brachte er den Topf, und der Blinde verrichtete seine Notdurft darin; dann sprach er: ‚Wirf den Kot fort!' Als 'Alâ ed-Dîn es getan hatte, sprach der Blinde: ‚Der Messias segne dich, du Diener der Kirche!' Doch plötzlich kam die Alte zurück und rief: ‚Warum hast du deinen Dienst in der Kirche nicht verrichtet?' Er antwortete: ‚Wieviel Hände habe ich denn, daß ich imstande wäre, all diese Arbeit zu tun?' ‚Du Narr,' sprach sie, ‚ich habe dich doch nur zur Arbeit hierher gebracht!' Aber leise fügte sie hinzu: ‚Mein Sohn, nimm diesen Stab,' – der war aus Messing und hatte an der Spitze ein Kreuz –, geh auf die Straße, und wenn dir der Präfekt der Wache dieser Stadt begegnet, so sprich zu ihm: ‚Ich rufe dich zum Dienste der Kirche um des Herrn, des Messias, willen!' Er wird dir nicht widersprechen dürfen, und so laß ihn den Weizen nehmen, sieben, mahlen, durchs Feinsieb gießen, kneten und Backwerk daraus bereiten. Wenn dir irgendeiner widerspricht, so schlage ihn; fürchte dich vor niemandem!' ‚Ich höre und gehorche!' erwiderte er und tat, wie sie gesagt hatte. Immerfort preßte er hoch und niedrig zum Dienste, siebenzehn Jahre lang.

Als er nun eines Tages in der Kirche saß, kam plötzlich wieder einmal die Alte zu ihm und sprach: ‚Geh aus dem Kloster hinaus!' ‚Wohin soll ich denn gehen?' fragte er. Sie antwortete: ‚Verbringe die Nacht in einer Schenke oder bei einem deiner Freunde!' Wiederum fragte er: ‚Warum schickst du mich aus der Kirche weg?' Und da erwiderte sie ihm: ‚Wisse, Husn Marjam[1], die Tochter des Königs Juhanna[2], des Herrschers dieser Stadt, will in die Kirche kommen, um zu wallfahrten, und da ziemt es sich nicht, daß jemand ihr im Wege wäre!' Scheinbar gehorchte er ihren Worten, und er verließ vor ihren Augen die Kirche; aber in seinem Inneren sprach er: ‚Ob wohl die Prinzessin unseren Frauen gleicht oder schöner ist als sie? Ich will nicht eher weggehen, als bis ich sie mir angeschaut habe!' So verbarg er sich denn in einer Kammer, die ein Fenster nach der Kirche hatte. Während er nun von dort in die Kirche schaute, trat die Prinzessin ein; und er warf auf sie einen Blick, der ließ tausend Seufzer in ihm zurück. Denn er sah, daß sie dem Vollmond glich, der aus den Wolken hervorstrahlt; und bei ihr war eine junge Dame. – –«

Da bemerkte Schehrezâd, daß der Morgen begann, und sie hielt in der verstatteten Rede an. Doch als die *Zweihundertundachtundsechzigste Nacht* anbrach, fuhr sie also fort: »Es ist mir berichtet worden, o glücklicher König, daß 'Alâ ed-Dîn, als er auf die Prinzessin schaute, bei ihr eine junge Dame erblickte, zu der sie sprach: ‚Du hast mich aufgeheitert, Zubaida!' Nun blickte 'Alâ ed-Dîn jene Dame genauer an und erkannte in ihr seine Gattin Zubaida die Lautnerin, die doch längst gestorben war. Die Prinzessin sprach dann weiter zu Zubaida: ‚Wohlan, spiele uns eine Weise auf der Laute vor!' Doch jene gab zur Antwort: ‚Ich kann dir keine Weise vorspielen, ehe du mir

1. ‚Schönheit Mariae'. – 2. Christlich-arabische Form für Johannes.

nicht meinen Wunsch erfüllst und mir gewährst, was du mir versprochen hast.' ,Was habe ich dir denn versprochen?' fragte die Prinzessin; und jene erwiderte: ,Du hast mir versprochen, mich mit meinem Gatten 'Alâ ed-Dîn Abu esch-Schamât, dem getreuen Vertrauensmann, wieder zu vereinigen.' Da sagte die Prinzessin: ,Zubaida, hab Zuversicht und quäl dich nicht! Spiel uns eine Weise vor zum Danke für unsere Wiedervereinigung mit deinem Gatten 'Alâ ed-Dîn!' ,Wo ist er denn?' fragte die Dame. Die Prinzessin antwortete ihr: ,Er ist in dieser Kammer dort, und er hört, was wir reden.' Da spielte sie eine Weise auf der Laute und sang, daß selbst der härteste Stein vor Freuden sprang. Doch wie 'Alâ ed-Dîn das hörte, regte sich die Sehnsucht in seiner Brust, er stürzte aus der Kammer hinaus, eilte auf die beiden zu und umarmte seine Gattin Zubaida die Lautnerin. Auch sie erkannte ihn; da umschlangen sie einander und sanken ohnmächtig zu Boden. Nun trat die Prinzessin Husn Marjam heran, sprengte Rosenwasser auf sie und rief sie so ins Bewußtsein zurück; dann sprach sie: ,Gott hat euch wieder vereinigt!' ,Durch deine Freundschaft, hohe Herrin!' setzte 'Alâ ed-Dîn hinzu. Dann wandte er sich zu seiner Gattin Zubaida der Lautnerin und sprach zu ihr: ,Du warst doch gestorben, Zubaida, und wir haben dich ins Grab gebettet! Wie bist du denn wieder lebendig geworden und an diese Stätte gekommen?' ,O mein Gebieter,' gab sie ihm zur Antwort, ,ich bin nicht wirklich gestorben, sondern ein mächtiger Dämon aus der Geisterwelt hat mich ergriffen und ist mit mir an diesen Ort geflogen. Die aber, die ihr begraben habt, war eine Dämonin; sie hatte meine Gestalt angenommen und sich tot gestellt. Doch nachdem ihr sie begraben hattet, spaltete sie das Grab, kam aus ihm hervor und begab sich wieder zum Dienste bei ihrer Herrin Husn Marjam, der Tochter des

Königs. Ich selbst aber war wie betäubt, und als ich meine Augen öffnete, sah ich mich vor Husn Marjam, dieser Prinzessin hier; ich fragte sie: ,Warum hast du mich hierher bringen lassen?' Da erwiderte sie mir: ,Es ist mir vorherbestimmt, daß ich mich mit deinem Gatten 'Alâ ed-Dîn Abu esch-Schamât vermählen werde. Willst du nun, Zubaida, mich annehmen, auf daß ich neben dir seine Gattin sei? Dann soll eine Nacht mir, die andere dir gehören.' ,Ich höre und gehorche, o Herrin!' sprach ich, ,doch sag, wo ist mein Gatte?' Sie antwortete: ,Auf seiner Stirne steht geschrieben, was Allah ihm bestimmt hat; sobald an ihm erfüllt ist, was auf seiner Stirne steht, muß er unweigerlich hierher kommen. Wir wollen uns über die Trennung von ihm mit Liedern und Lautenspiel trösten, bis Gott uns mit ihm vereint.' So blieb ich denn diese ganze Zeit über bei ihr, bis Allah uns in dieser Kirche hier zusammenführte.' Darauf wandte Husn Marjam sich ihm zu mit den Worten: ,Mein Gebieter 'Alâ ed-Dîn, nimmst du mich zum Weibe dein und willst du mir ein Gatte sein?' ,Hohe Herrin,' sprach er, ,ich bin ein Muslim, du aber bist eine Christin! Wie kann ich mich dir vermählen?' Da rief sie: ,Allah verhüte, daß ich eine Ungläubige wäre! Nein, ich bin eine Muslimin. Seit achtzehn Jahren halte ich am Glauben des Islams fest, und ich halte mich frei von jeglichem Glauben, der dem muslimischen widerspricht.' Doch er fuhr fort: ,Ich möchte in meine Heimat zurückkehren.' ,Wisse,' erwiderte sie, ,ich sehe auf deiner Stirne Dinge geschrieben, die du erst erfüllen mußt, ehe du an dein Ziel kommst. Freue dich auch, o 'Alâ ed-Dîn, daß dir ein Sohn geboren ist, des Namens Aslân; der sitzt jetzt auf deinem Platze bei dem Kalifen, und er hat das Alter von achtzehn Jahren erreicht. Und wisse ferner, daß die Wahrheit an den Tag gekommen, die Lüge aber abgetan ist; denn der Herr hat den Schleier von dem gelüftet, der die Kleinodien des Kalifen gestohlen hat. Das ist Ahmed Kamâkim der Erzdieb, der Schurke, und er sitzt jetzt gefangen und gefesselt im Kerker. Und weiter erfahre, daß ich es bin, die dir den Zauberstein sandte; ich tat ihn in den ledernen Beutel, der in dem Laden war; ich bin es, die den Kapitän zu dir schickte, auf daß er dich und den Zauberstein brächte. Vernimm denn, dieser Kapitän ward von der Liebe zu mir ergriffen und bewarb sich um meine Gunst; ich aber weigerte mich, ihm zu Willen zu sein, vielmehr sprach ich zu ihm: ‚Ich werde mich dir nicht eher hingeben, als bis du mir den Zauberstein und seinen Besitzer bringst.‘ Ich gab ihm hundert Beutel voll Geld und entsandte ihn in Gestalt eines Kaufmannes, während er doch ein Kapitän ist. Als man dich dann zum Tode führen wollte, nachdem bereits die vierzig Gefangenen hingerichtet waren, schickte ich dir diese Alte.‘ Da rief 'Alâ ed-Dîn: ‚Allah lohne es dir statt unser mit allem Guten! Vortrefflich hast du gehandelt.‘ Darauf erneuerte Husn Marjam ihr islamisches Glaubensbekenntnis vor ihm; und als er der Wahrheit ihrer Worte gewiß war, sprach er zu ihr: ‚Tu mir die Kräfte dieses Zaubersteines kund und sage mir, woher er stammt!‘ Darauf erzählte sie ihm: ‚Dieser Stein stammt aus einem verzauberten Schatze, und er besitzt fünf Kräfte, die uns zu ihrer Zeit von Nutzen sein werden, wenn wir ihrer bedürfen. Meine Ahne, die Mutter meines Vaters, war eine Zauberin, die geheime Zeichen zu deuten verstand und die verborgenen Schätze fand; so kam auch dieser Zauberstein aus einem Schatze in ihren Besitz. Als ich herangewachsen war und das Alter von vierzehn Jahren erreicht hatte, las ich das Evangelium und die anderen heiligen Schriften, und dabei fand ich den Namen Mohammeds – Allah segne ihn und gebe ihm Heil! –, ich las nämlich die vier Bücher, die

Tora¹, das Evangelium², die Psalmen und den Koran. Da glaubte ich an Mohammed und nahm den Islam an; denn ich ward in meinem Sinne fest überzeugt, daß niemand der Anbetung würdig ist als Allah der Erhabene, und daß dem Herrn der Welt allein der islamische Glaube gefällt. Meine Ahne hatte mir, als sie krank ward, diesen Stein gegeben und mich seine fünf Zauberkräfte gelehrt. Und ehe sie starb, sprach mein Vater zu ihr: ‚Wirf eine geomantische Figur für mich und sieh, wie mein Schicksal enden und was mir begegnen wird!' Da weissagte sie, er³ werde sterben, getötet von einem Gefangenen, der aus Alexandrien käme. Mein Vater aber schwor, er werde jeden Gefangenen, der von dort käme, hinrichten lassen, und setzte auch den Kapitän davon in Kenntnis, indem er hinzufügte: ‚Du mußt ohne Ausnahme die Schiffe der Muslime angreifen und kapern, und wenn du jemanden aus Alexandrien findest, so mußt du ihn töten oder mir bringen.' Der Kapitän gehorchte seinem Befehle, bis er schließlich so viele Menschen getötet hatte, wie er Haare auf seinem Kopfe hatte. Dann starb meine Ahne; nun machte ich mich daran, eine geomantische Figur zu werfen, denn ich überlegte bei mir und sprach: ‚Ich möchte wissen, wer sich mit mir vermählen wird.' Da ward mir kund, daß kein anderer als ein Mann des Namens 'Alâ ed-Dîn Abu esch-Schamât, der getreue Vertrauensmann, sich mit mir vermählen werde. Darüber war ich verwundert, und ich wartete, bis die Zeit verging und ich mit dir vereint wurde.' Nun gab 'Alâ ed-Dîn ihr das Ehegelöbnis und fügte hinzu: ‚Ich möchte in meine Heimat zurückkehren.' ‚Wenn das dein Wille ist,' gab sie zur Antwort, ‚so komm mit mir!'

1. Die Bücher Mosis. – 2. Tora und Evangelium oft = Altes und Neues Testament. – 3. Wörtlich ‚der Ferne' (um die üble Vorbedeutung zu vermeiden).

Darauf nahm sie ihn mit sich und verbarg ihn in einer Kammer ihres Palastes. Nachdem sie dann zu ihrem Vater eingetreten war, sprach der zu ihr: ‚Liebe Tochter, ich bin heute sehr niedergeschlagen; setze dich zu mir, daß ich mich mit dir durch Trinken erheitere!' Da setzte sie sich zu ihm, ließ den Tisch mit dem Weine kommen, füllte ihm den Becher und reichte ihm den Wein, bis er die klare Besinnung verlor. Darauf tat sie ihm Bendsch in einen Becher, er trank den Becher und fiel rücklings hin. Nun ging sie zu 'Alâ ed-Dîn, führte ihn aus der Kammer hervor und sprach zu ihm: ‚Auf, erhebe dich! Dein Widersacher liegt dahingestreckt; tu mit ihm, was du willst. Ich habe ihn trunken gemacht und ihn durch Bendsch betäubt.' 'Alâ ed-Dîn trat herzu, und wie er ihn betäubt daliegen sah, band er ihm die Hände fest auf dem Rücken zusammen und legte ihm Ketten an die Füße. Dann gab er ihm das Gegenmittel gegen Bendsch, und dadurch kam der König wieder zu sich. – –«

Da bemerkte Schehrezâd, daß der Morgen begann, und sie hielt in der verstatteten Rede an. Doch als die *Zweihundertundneunundsechzigste Nacht* anbrach, fuhr sie also fort: »Es ist mir berichtet worden, o glücklicher König, daß 'Alâ ed-Dîn dem Könige, dem Vater der Husn Marjam, das Gegenmittel gegen Bendsch gab; als dieser nun wieder zu sich kam, sah er 'Alâ ed-Dîn und seine eigene Tochter auf seiner Brust sitzen, und da rief er: ‚Meine Tochter, handelst du so an mir?' Sie erwiderte ihm: ‚Wenn ich wirklich deine Tochter bin, so werde Muslim; denn ich bin eine Muslimin geworden. Die Wahrheit offenbarte sich mir, und ich nahm sie an; doch auch die Lüge, und die habe ich abgetan. Ich habe mich Allah, dem Herrn der Welten, ergeben; ich bin frei von jeglichem Glauben, der dem Islam widerspricht, in dieser und in jener Welt. Wenn du nun

Muslim werden willst, – herzlich gern! Wo nicht, so ist es besser, daß du getötet wirst, als daß du am Leben bleibst.' Auch 'Alâ ed-Dîn ermahnte ihn. Aber er weigerte sich und ward verstockt. Da zückte 'Alâ ed-Dîn einen Dolch und durchschnitt ihm die Kehle von Ader zu Ader. Dann schrieb er auf ein Blatt, was sich zugetragen hatte, und legte es ihm auf die Stirn. Darauf nahm er mit, was nicht beschwert und doch von hohem Wert; und beide verließen den Palast und begaben sich zur Kirche. Dort nahm die Prinzessin den Zauberstein hervor, legte ihre Hand auf die Seite, auf der ein Ruhelager abgebildet war, und rieb sie; da ward plötzlich ein Ruhelager vor sie hingestellt. Auf das stieg sie hinauf, und 'Alâ ed-Dîn und seine Gattin Zubaida die Lautnerin taten desgleichen. Nun hub die Prinzessin an: ,Bei dem, was auf diesem Steine geschrieben stehet, bei den Zaubernamen und magischen Zeichen und den Charakteren der Wissenschaft, erhebe dich mit uns, o Lager!' Da erhob sich das Lager mit ihnen und flog durch die Luft bis zu einem Tale, in dem kein Pflanzenwuchs war. Nun hob sie die anderen vier Flächen des Steins nach oben, die aber mit dem Bilde des Lagers wandte sie der Erde zu. Da senkte sich das Lager mit ihnen auf die Erde. Darauf drehte sie die Fläche, auf der das Bild eines Prunkzeltes gezeichnet war, sich zu und rieb sie, indem sie sprach: ,Es werde ein Prunkzelt in diesem Tale aufgeschlagen!' Da erhob sich das Prunkzelt vor ihnen, und sie setzten sich in ihm nieder. Jenes Tal war öde; keine Pflanze, kein Wasser war darin. Darum wandte sie vier andere Flächen des Steines nach oben und sprach: ,Bei den Namen Allahs, hier sollen Bäume wachsen und daneben soll ein Strom fließen!' Sofort sproßten die Bäume, und zu ihrer Seite floß ein Strom daher, der brauste und brandete wie die Wogen im Meer. An ihm vollzogen sie die religiöse Waschung, beteten und tranken von seinem Wasser. Und wieder drehte sie drei andere Seiten des Zaubersteines um, bis sie zu einer Fläche kam, auf der sich das Bild eines Tisches befand. Sie sprach: ‚Bei dem Namen Allahs, der Tisch werde gebreitet!' Da ward ein Tisch vor ihnen gebreitet, auf dem allerlei köstliche Speisen lagen. Nun aßen und tranken sie, waren froh und guter Dinge.

Inzwischen aber war der Sohn des Königs hereingekommen, um seinen Vater zu wecken; da fand er ihn tot, und er fand auch das Blatt, das 'Alâ ed-Dîn beschrieben hatte. Das las er, und so erfuhr er, was darauf stand. Sofort suchte er nach seiner Schwester, und da er sie nicht fand, ging er zu der Alten in die Kirche. Als er die dort angetroffen hatte, fragte er sie nach seiner Schwester; aber sie gab ihm zur Antwort: ‚Seit gestern habe ich sie nicht mehr gesehen!' Da eilte er zu den Truppen und rief ihnen zu: ‚Aufs Pferd, ihr Reiter!' Er erzählte ihnen, was geschehen war, und dann saßen die Reiter auf und ritten dahin, bis sie sich dem Prunkzelte näherten. Da erblickte Husn Marjam plötzlich eine Staubwolke, die legte der Welt einen Schleier vor; doch als sie aufstieg und sich verlor, da trat ihr Bruder mit den Truppen unter ihr hervor. Die riefen: ‚Wohin wollt ihr fliehen, da wir euch doch auf der Spur sind?' Die Prinzessin fragte 'Alâ ed-Dîn: ‚Wie fest stehen deine Füße im Kampfe?' Er antwortete: ‚Wie ein Pflock in der Kleie! Ich verstehe mich nicht im Kampfe zu wehren, ich weiß nichts von Schwertern und Speeren.' Da zog sie den Zauberstein hervor und rieb die Fläche, auf der ein Roß mit seinem Reiter abgebildet war. Plötzlich erschien ein Reiter von der Wüste her; der kämpfte ohne Unterlaß mit ihnen und hieb mit dem Schwerte auf sie ein, bis er ihren Widerstand gebrochen und sie verjagt hatte.

Nun sprach die Prinzessin zu 'Alâ ed-Dîn: ‚Willst du nach Kairo oder nach Alexandrien reisen?' ‚Nach Alexandrien', gab er zur Antwort. Da stiegen sie wieder auf das Lager; sie sprach die Zauberformel darüber aus, und so fuhr es mit ihnen durch die Luft, und im Augenblick konnten sie schon bei Alexandrien hinabsteigen. 'Alâ ed-Dîn führte die Frauen in eine Höhle, ging zur Stadt und brachte ihnen von dort Kleider, die er ihnen anlegte. Darauf begab er sich mit ihnen zu seinem Laden und führte sie in die Wohnung. Als er dann ausging, um ihnen Speise zur Mittagsmahlzeit zu holen, traf er mit einem Male den Hauptmann Ahmed ed-Danaf, der gerade von Baghdad kam. Er sah ihn auf der Straße, empfing ihn mit offenen Armen, begrüßte ihn und hieß ihn willkommen. Der Hauptmann Ahmed ed-Danaf überbrachte ihm frohe Botschaft von seinem Sohne Aslân, der bald sein zwanzigstes Lebensjahr erreicht habe. Seinerseits wiederum erzählte 'Alâ ed-Dîn dem Hauptmanne alles, was er erlebt hatte, von Anfang bis zu Ende. Dann führte er ihn in den Laden und zu seinem Gemache in der Wohnung; Ahmed ed-Danaf aber war über alles aufs höchste erstaunt. Sie verbrachten nun die Nacht gemeinsam dort bis zum Morgen. Und am nächsten Tage früh verkaufte 'Alâ ed-Dîn den Laden und legte den Preis dafür zu seinem anderen Gelde. Darauf tat Ahmed ed-Danaf dem 'Alâ ed-Dîn kund, daß der Kalif ihn zu sich entbiete. Doch 'Alâ ed-Dîn sprach: ‚Ich will zuerst nach Kairo reisen, um meinen Vater und meine Mutter und meine Angehörigen zu begrüßen.' Nun stiegen sie alle zusammen auf das Ruhelager und begaben sich nach Kairo, der glückseligen Stadt. Sie stiegen in der Straße ed-Derb el-Asfar[1] ab, weil sein Elternhaus dort stand, und er klopfte an die Haustür. Da rief seine Mutter: ‚Wer pocht noch an das Tor, seit ich meine Lieben verlor?' Er antwortete: ‚Ich bin's, 'Alâ ed-Dîn!' Rasch kamen seine Eltern herab und schlossen

1. Im nördlichen Teile von Kairo belegen.

ihn in die Arme. Darauf sandte er seine Frauen und seine Habe ins Haus, trat selber mit Ahmed ed-Danaf ein, und dann pflegten sie der Ruhe drei Tage lang. Als er nun nach Baghdad aufbrechen wollte, sprach sein Vater zu ihm: ‚Bleibe bei mir, mein Sohn!' Doch er antwortete: ‚Ich kann die Trennung von meinem Sohne Aslân nicht ertragen.' So nahm er denn Vater und Mutter mit sich, und alle zogen nach Baghdad. Ahmed ed-Danaf eilte zum Kalifen voraus und brachte ihm die frohe Botschaft, daß 'Alâ ed-Dîn heimkehre, und erzählte ihm seine Geschichte. Da zog der Kalif aus, um ihn zu empfangen, und nahm auch den Jüngling Aslân mit sich; als sie zusammentrafen, umarmten sie ihn. Dann gab der Kalif Befehl, Ahmed Kamâkim den Erzdieb herbeizuholen; als das geschehen war und der Dieb vor ihm stand, sprach der Kalif: ‚'Alâ ed-Dîn, da hast du deinen Feind in deiner Gewalt.' Sofort zog 'Alâ ed-Dîn sein Schwert, hieb auf Ahmed Kamâkim ein und schlug ihm den Kopf ab. Und nun ließ der Kalif ein großes Fest für 'Alâ ed-Dîn feiern, nachdem er die Kadis und die Zeugen hatte kommen und den Ehevertrag für 'Alâ ed-Dîn und Husn Marjam hatte schreiben lassen. Als der dann zu ihr einging, fand er, daß sie eine undurchbohrte Perle war. Ferner machte der Kalif den Jüngling Aslân zum Hauptmann der Sechzig und verlieh beiden prächtige Ehrenkleider. Und sie lebten herrlich und glücklich, bis Der zu ihnen kam, der die Freuden schweigen heißt und die Freundesbande zerreißt.«

Darauf erzählte Schehrezâd

DIE GESCHICHTE VON 'ALÂ ED-DÎN
UND DER WUNDERLAMPE[1]

Es ist mir berichtet worden, o größter König unserer Zeit, daß in einer Stadt Chinas ein armer Schneidersmann lebte; der hatte einen Sohn namens 'Alâ ed-Dîn. Und dieser Knabe war von Jugend auf ein Tunichtgut und Taugenichts. Als er aber zehn Jahre alt war, wollte sein Vater ihn ein Handwerk lernen lassen; und da er arm war, so war es ihm nicht möglich, viel Geld für ihn auszugeben, um ihn in einem Handwerk oder einer Wissenschaft oder einem anderen Beruf unterrichten zu lassen. So nahm sein Vater ihn denn mit sich in seine eigene Werkstatt, um ihn selbst das Schneiderhandwerk zu lehren. Weil der Knabe jedoch nun einmal ein Tunichtgut war und immer nur die Gewohnheit hatte, mit den Knaben des Stadtviertels zu spielen, so blieb er niemals auch nur einen einzigen ganzen Tag in der Werkstatt, sondern er lauerte immer nur auf den Augenblick, in dem sein Vater ausging, um eine Besorgung zu machen oder um einen Kunden zu besuchen; dann lief er sofort weg und trieb sich draußen in den Gärten herum, zusammen mit den anderen bösen Buben, Lehrlingen von sei-

---

1. In der ersten Ausgabe des Insel-Verlags sind an dieser Stelle die Geschichten von 'Alâ ed-Dîn und der Wunderlampe und von 'Alî Baba und den vierzig Räubern eingefügt; der Gleichmäßigkeit wegen behalte ich diese Anordnung bei. Beide Geschichten fehlen in den orientalischen Ausgaben von 1001 Nacht; aber sie sind durch die Gallandsche französische Übersetzung allgemein in Europa bekannt geworden und gehören zu den schönsten Erzählungen des ganzen Werkes. Die Geschichte von 'Alâ ed-Dîn und der Wunderlampe übersetze ich wörtlich nach der von Zotenberg herausgegebenen arabischen Handschrift, die in Paris aufbewahrt wird und die ihrerseits freilich bereits starke europäische Einflüsse zeigt.

nem Schlage. So trieb er es stets; er gehorchte seinen Eltern nicht und lernte auch kein Handwerk. Sein Vater grämte und betrübte sich so sehr über die Untugend seines Sohnes, daß er krank ward und starb. Der Knabe 'Alâ ed-Dîn aber blieb bei seiner Art. Wie seine Mutter nun überlegte, daß ihr Gatte dahingeschieden war, daß ihr Sohn aber ein Tunichtgut war, der zu gar nichts taugte, da verkaufte sie den Laden mit allem, was in ihm war, und begann Baumwolle zu spinnen, um durch ihrer Hände Arbeit den Lebensunterhalt für sich und ihren mißratenen Sohn 'Alâ ed-Dîn zu gewinnen. Der aber wurde, da er nun sah, daß er der Strenge seines Vaters entronnen war, in seiner Unart und Nichtsnutzigkeit noch bestärkt. Ja, er gewöhnte sich sogar daran, nur zur Essenszeit nach Hause zu kommen. Seine arme, unglückliche Mutter aber mußte ihn von dem ernähren, was sie durch Spinnen mit eigener Hand verdiente, bis er fünfzehn Jahre alt geworden war.

Ferner ist mir berichtet worden, o größter König unserer Zeit, daß 'Alâ ed-Dîn, als er fünfzehn Jahre alt geworden war, eines Tages auf der Straße saß und mit den bösen Buben spielte; da kam plötzlich ein maurischer Derwisch und blieb stehen, um den Kindern zuzuschauen; er blickte auf 'Alâ ed-Dîn und sah seine Gestalt genauer an als seine Genossen. Dieser Derwisch stammte aus dem fernsten Westlande, und er war ein Zauberer, der durch seine Kunst einen Berg auf den andern türmen konnte und der auch in der Astrologie erfahren war. Nachdem er den 'Alâ ed-Dîn genau betrachtet hatte, sprach er bei sich selber: ‚Dieser Knabe da ist der, den ich suche, ja, er ist es; um ihn aufzuspüren, habe ich meine Heimat verlassen.' Dann nahm er einen der Knaben beiseite und fragte ihn nach 'Alâ ed-Dîn, wessen Sohn er sei, und erhielt von ihm Auskunft über alles, was jenen anging. Darauf trat er an 'Alâ ed-Dîn heran, nahm ihn beiseite und fragte ihn: ‚Mein Sohn, bist du nicht der Sohn des Schneiders Soundso?' ‚Jawohl, mein Herr,' erwiderte ihm der Knabe, ‚aber mein Vater ist längst tot.' Wie der maurische Zauberer das hörte, warf er sich auf 'Alâ ed-Dîn, umarmte ihn, begann ihn zu küssen und weinte, so daß die Tränen über seine Wangen strömten. Als 'Alâ ed-Dîn dies Gebaren des Mauren sah, wunderte er sich darüber, und er fragte ihn und sprach: ‚Warum weinst du, mein Herr? Und woher kennst du meinen Vater?' Mit trauriger, gebrochener Stimme antwortete ihm der Maure: ‚Mein Sohn, wie kannst du eine solche Frage an mich richten, nachdem du mir kundgetan hast, daß dein Vater, mein Bruder, tot ist? Ja, dein Vater war mein Bruder! Ich bin jetzt aus meinem Lande hierher gekommen, und nach meinem Aufenthalt in der Fremde war ich schon froh, da ich hoffte, ihn wiederzusehen und durch ihn Trost zu finden! Du aber hast mir jetzt kundgetan, daß er tot ist. Ach, das Blut konnte es mir nicht verhehlen, daß du der Sohn meines Bruders bist; ich habe dich aus all den Knaben heraus erkannt, obwohl dein Vater, als ich mich von ihm trennte, noch nicht verheiratet war.'

Ferner ist mir berichtet worden, o größter König unserer Zeit, daß der maurische Zauberer zu 'Alâ ed-Dîn, dem Schneiderssohne, sprach: ‚Mein Sohn 'Alâ ed-Dîn, jetzt ist es mir versagt, Trost und Freude zu finden durch deinen Vater, meinen Bruder, den ich nach meinem Fernsein noch einmal vor meinem Tode zu sehen hoffte. Ach, das Schicksal der Trennung hat ihn mir geraubt; aber dem Geschicke kann niemand entgehen, und gegen das, was Allah der Erhabene beschlossen hat, gibt es kein Mittel.' Dann nahm er 'Alâ ed-Dîn bei der Hand und sprach zu ihm: ‚Mein Sohn, ich habe jetzt keinen Trost mehr als dich allein; du trittst nun für deinen Vater ein, denn du bist nun sein Stellvertreter. Wer Nachkommen hinterläßt, der ist nicht tot, mein Sohn!' Nun legte der Zauberer seine Hand in die Tasche, holte zehn Dinare hervor und gab sie dem 'Alâ ed-Dîn mit den Worten: ‚Mein Sohn, wo ist euer Haus, und wo ist sie, deine Mutter, die Frau meines Bruders?' 'Alâ ed-Dîn nahm ihn bei der Hand und zeigte ihm den Weg zu ihrem Hause. Da sagte der Zauberer zu ihm: ‚Mein Sohn, behalte dies Geld und gib es deiner Mutter; grüße sie von mir und sage ihr, daß dein Oheim aus der Ferne wiedergekommen ist. So Gott will, komme ich am morgigen Tage zu euch, um sie selbst zu begrüßen und um das Haus zu schauen, in dem mein Bruder gewohnt hat, und auch um zu sehen, wo sein Grab ist.' Darauf küßte 'Alâ ed-Dîn die Hand des Mauren und lief in seiner Freude eilends zu seiner Mutter; er kam zu ungewohnter Zeit zu ihr, da er ja sonst immer nur zur Essenszeit bei ihr einzutreten pflegte. Fröhlich ging er zu ihr hinein und rief: ‚Mutter, ich bringe dir gute Botschaft, mein Oheim ist aus der Fremde heimgekehrt und läßt dich grüßen.' ‚Mein Sohn,' erwiderte sie, ‚willst du mich etwa verspotten? Wer ist dein Oheim? Woher hast du einen lebendigen Oheim?' Doch 'Alâ ed-Dîn sagte darauf: ‚Mutter, wie konntest du zu mir sagen, ich hätte keine Oheime und keine Verwandten, die am Leben wären, wo doch dieser Mann mein Oheim ist? Er hat mich ja umarmt und hat mich geküßt mit Tränen im Auge. Und er hat mir gesagt, ich sollte dir dies mitteilen.' ‚Mein Sohn,' gab sie ihm zur Antwort, ‚ja, ich weiß, du hattest einen Oheim, aber der ist gestorben; und ich habe keine Kunde davon, daß du einen zweiten Oheim hättest.'

Ferner ist mir berichtet worden, o größter König unserer Zeit, daß der maurische Zauberer am nächsten Morgen ausging und sich wieder nach 'Alâ ed-Dîn umzuschauen begann;

denn er hatte die Absicht, sich nicht mehr von ihm zu trennen. Und während er in den Straßen der Stadt umherging, traf er auf 'Alâ ed-Dîn, der wie gewöhnlich mit den bösen Buben spielte. Nachdem er an ihn herangetreten war, ergriff er ihn bei der Hand, umarmte ihn, küßte ihn und nahm aus seinem Beutel zwei Dinare heraus, indem er sprach: ‚Geh zu deiner Mutter, gib ihr diese beiden Dinare und sprich zu ihr: ‚Mein Oheim möchte heute abend bei uns speisen; darum nimm diese beiden Dinare und bereite uns ein schönes Abendessen!' Vor allem aber zeige mir noch einmal den Weg zu eurem Hause!' ‚Das will ich gern tun, mein Oheim', rief 'Alâ ed-Dîn, ging vor ihm her und zeigte ihm den Weg zum Hause. Dann verließ der Maure ihn und ging seines Weges. 'Alâ ed-Dîn aber ging heim und erzählte es seiner Mutter; auch gab er ihr die beiden Dinare mit den Worten: ‚Mein Oheim wünscht bei uns zu Abend zu speisen.' Die Mutter des 'Alâ ed-Dîn machte sich sofort auf, ging zum Basar und kaufte alles Nötige ein. Dann kam sie wieder nach Hause und begann das Abendessen vorzubereiten; von ihren Nachbarn entlehnte sie, was sie an Schüsseln und anderem Geschirr nötig hatte, und als es Abend ward, sprach sie zu ihrem Sohne 'Alâ ed-Dîn: ‚Mein Sohn, das Abendessen ist gerichtet. Vielleicht kennt dein Oheim nicht den Weg zu unserem Hause; drum geh ihm eine Strecke weit entgegen!' ‚Ich höre und gehorche!' antwortete er. Doch während sie noch miteinander redeten, ward plötzlich an die Tür geklopft. 'Alâ ed-Dîn ging hin, um zu öffnen; da war es der maurische Zauberer mit einem Diener, der Wein und Früchte trug. 'Alâ ed-Dîn ließ sie ein; der Diener ging seines Weges, der Maure aber trat hinein, begrüßte die Mutter 'Alâ ed-Dîns und begann zu weinen. Dann fragte er sie: ‚Wo ist die Stätte, an der mein Bruder zu sitzen pflegte?' Da zeigte die Mutter des

Knaben dem Fremdling die Stätte, an der ihr Gatte zu seinen Lebzeiten gesessen hatte; jener aber ging dorthin, sank auf die Kniee und küßte den Boden, indem er sprach: ‚Ach, wie armselig ist mein Glück, wie traurig ist mein Geschick, seit ich dich nicht mehr habe, mein Bruder, o du Ader meines Auges!' In dieser Art und Weise jammerte und klagte er, so daß die Mutter 'Alâ ed-Dîns wirklich glauben mußte, er sei in Wahrheit ihr Schwager. Ja, er wurde sogar ohnmächtig von seinem vielen Weinen und Greinen; da trat sie zu ihm und redete mit ihm, und nachdem sie ihn vom Boden aufgerichtet hatte, sprach sie zu ihm: ‚Was hilft es, wenn du dich zu Tode peinigst?'

Ferner ist mir berichtet worden, o größter König unserer Zeit, daß die Mutter 'Alâ ed-Dîns fortfuhr, den maurischen Zauberer zu trösten; sie bat ihn, sich zu setzen, und nachdem er sich gesetzt hatte, begann er, noch ehe der Tisch aufgetragen wurde, mit ihr zu plaudern, indem er sprach: ‚Frau meines Bruders, wundere dich nicht darüber, daß du mich zeit deines Lebens noch nicht gesehen und mich auch zu Lebzeiten meines entschlafenen Bruders nicht kennen gelernt hast! Denn ich habe schon vor vierzig Jahren dies Land verlassen und bin der Heimat fern geblieben. Ich bin nach Hinterindien und Vorderindien gereist, ich habe ganz Arabien durchstreift; dann zog ich nach Ägyptenland und wohnte eine lange Weile in seiner großen Hauptstadt, die zu den Weltwundern gehört; und zuletzt begab ich mich nach dem fernsten Westen, und in jenem Lande blieb ich dreißig Jahre lang. Eines Tages aber, o Frau meines Bruders, während ich so dort saß, begann ich an mein Heimatland und an meinen Bruder, der jetzt dahingeschieden ist, zu denken. Da ergriff mich übermächtige Sehnsucht danach, ihn wiederzusehen; ich begann zu weinen und darüber zu klagen, daß ich so fern von ihm in der Fremde war; und schließlich machte mich die Sehnsucht nach ihm so unruhig, daß ich beschloß, nach diesem Lande zu reisen, meiner Heimat, in der ich geboren bin, um meinen Bruder wiederzusehen. Denn ich sprach bei mir selber: ‚Mann, wie lange bist du schon in der Fremde, fern deinem Heimatlande, und dabei hast du nur einen einzigen Bruder und sonst keine Geschwister; drum auf, reise hin, sieh ihn noch einmal, ehe du stirbst! Wer kennt die Schicksalsschläge der Zeit und die Wechselfälle der Tage? Das wäre doch ein herbes Leid, wenn ich stürbe, ehe ich meinen Bruder noch einmal sähe! Allah hat dir ja – Ihm sei Dank! – großen Reichtum verliehen, während dein Bruder vielleicht in Mangel und Armut lebt; dann könntest du ihm helfen und zugleich sein Antlitz sehen.' Da machte ich mich denn sogleich auf, rüstete mich zur Reise, sprach nach dem Freitagsgebete die erste Sure, bestieg mein Reittier und kam zu dieser Stadt nach vielen Mühsalen und Beschwerden, die ich im Schutze des Herrn, des Allmächtigen und Hocherhabenen, geduldig ertrug; und so zog ich hier ein. Während ich nun vorgestern in den Straßen der Stadt umherging, sah ich, wie der Sohn meines Bruders, ’Alâ ed-Dîn, mit den Knaben spielte; und beim allmächtigen Gott, o Frau meines Bruders, als ich ihn erblickte, da ward mein Herz zu ihm gerissen, denn Blut wird zu Blut hingezogen, und die Stimme meines Herzens sprach zu mir, daß dies meines Bruders Sohn sei. Ich vergaß all meine Mühsal und Bekümmernis, als ich ihn sah, und fast wäre ich vor Freuden geflogen; doch als er mir kundtat, daß der Selige zur Barmherzigkeit Allahs des Erhabenen eingegangen ist, da ward ich im Übermaße meines Grames und Kummers ohnmächtig; vielleicht hat ’Alâ ed-Dîn dir schon berichtet, wie es mich überwältigt hat. Aber jetzt habe ich ein wenig Trost durch

'Alâ ed-Dîn gefunden, der nun an die Stelle des Entschlafenen tritt; denn wer Nachkommen hinterläßt, ist nicht tot.'

Ferner ist mir berichtet worden, o größter König unserer Zeit, daß der maurische Zauberer, nachdem er seine Ansprache an die Mutter 'Alâ ed-Dîns mit den Worten: ,Wer Nachkommen hinterläßt, der ist nicht tot' geschlossen hatte, sah, wie sie darüber weinte, und sich dann zu 'Alâ ed-Dîn wandte; dabei war es seine Absicht, daß sie nicht mehr an ihren Gatten denken sollte und daß er sie darüber hinwegtröste, um so seinen listigen Plan an ihr zu vollenden. ,Mein Sohn 'Alâ ed-Dîn,' redete er ihn an, ,was für ein Handwerk hast du gelernt? Was für einen Beruf hast du? Hast du ein Handwerk gelernt, das euch beide, dich und deine Mutter, ernährt?' Da ward 'Alâ ed-Dîn beschämt und verlegen, er ließ den Kopf hängen und senkte ihn zu Boden. Doch seine Mutter rief: ,Woher sollte er? Bei Allah, er versteht gar nichts! Einen so nichtsnutzigen Buben habe ich noch niemals gesehen. Den ganzen Tag über treibt er sich herum mit den bösen Buben des Stadtviertels, die ebenso sind wie er. Sein Vater – o mein Jammer! – starb nur aus Gram um ihn. Und ich lebe jetzt auch im Elend; mühsam spinne ich Baumwolle Tag und Nacht, um mir ein paar Laibe Brot zu verdienen, die wir gemeinsam aufessen. Ja, so ergeht es mir, lieber Schwager! Bei deinem Leben, er kommt nur zur Essenszeit zu mir, sonst nie. Ich habe schon daran gedacht, ich wollte die Haustür schließen und ihm nie mehr aufmachen und ihn laufen lassen, damit er sich einen Unterhalt suche, durch den er sein Leben fristet. Ich bin jetzt eine alte Frau, ich habe keine Kraft mehr, mich so abzuquälen und auf diese Weise für das tägliche Brot zu sorgen. Ach Gott, muß ich meinen Lebensunterhalt beschaffen? Ich brauche jemanden, der mich ernährt!' Da wandte sich der Maure an 'Alâ ed-Dîn mit den Worten: ,Wie kommt es, o Sohn meines Bruders, daß du es so böse treibst? Das ist eine Schande für dich! Das paßt sich nicht für Leute deiner Art! Du bist doch verständig, mein Sohn, und ein Kind ehrbarer Leute! Eine Schmach für dich ist es, daß deine Mutter in ihrem hohen Alter sich noch um deinen Lebensunterhalt kümmern muß, während du schon ein Mann bist, der sich nach einem Lebensweg umsehen sollte, durch den er sich ernähren kann. Schau, mein Sohn, in unserer Stadt gibt es – gottlob! – so viele Lehrmeister wie sonst nirgends; wähle dir das Handwerk aus, das dir zusagt, damit ich dich darin unterbringe; wenn du dann älter wirst, mein Sohn, so hast du deinen Beruf, von dem du leben kannst. Es ist ja möglich, daß du das Handwerk deines Vaters nicht magst; dann suche dir ein anderes aus, ein Handwerk, das dir gefällt! Erzähle mir davon; ich will dir helfen, so viel ich nur irgend vermag, mein Sohn!' Als der Maure aber sah, daß 'Alâ ed-Dîn schwieg und ihm keine Antwort gab, merkte er, daß der Knabe überhaupt keine Arbeit haben, sondern nur ein faules Leben führen wollte; und da sprach er zu ihm: ‚Sohn meines Bruders, ich will dir nicht weh tun. Wenn du denn doch kein Handwerk erlernen magst, so will ich dir einen Kaufmannsladen mit den kostbarsten Stoffen eröffnen, damit du unter den Menschen bekannt wirst, Handel treiben, kaufen und verkaufen kannst und ein angesehener Mann in der Stadt seiest.' Als nun 'Alâ ed-Dîn die Worte seines maurischen Oheims hörte, wie er die Absicht hatte, ihn zu einem Kaufherren zu machen, freute er sich sehr; denn er wußte genau, daß diese Herren alle immer feine und saubere Kleider tragen; lächelnd blickte er den Mauren an, nickte mit dem Kopfe und deutete so an, daß er einverstanden war.

Ferner ist mir berichtet worden, o größter König unserer Zeit, daß der maurische Zauberer sah, wie 'Alâ ed-Dîn lächelte;

nun wußte er, daß der Knabe damit einverstanden war, ein Kaufherr zu werden, und so sprach er denn zu ihm: ‚Da du einverstanden bist, daß ich dich Kaufmann werden lasse und dir einen Laden eröffne, Sohn meines Bruders, so zeige dich als Mann! Morgen, so Gott will, werde ich dich zunächst mit zum Basar nehmen und dir einen feinen Anzug anmessen lassen, wie ihn die Kaufleute tragen; danach werde ich dir einen Laden aussuchen und dir so mein Wort halten.' Die Mutter 'Alâ ed-Dîns hatte bisher immer noch ein wenig daran gezweifelt, daß der Maure ihr Schwager sei; aber als sie nun hörte, daß er ihrem Sohne versprach, er wolle ihm einen Kaufherrenladen eröffnen und ihm Stoffe und Kapital und dergleichen geben, da entschied die Frau in ihrem Sinne, daß dieser Maure wirklich ihr Schwager sei, weil ein fremder Mann so etwas doch nicht für ihren Sohn tun könne. Deshalb begann sie, ihren Sohn auf den rechten Weg zu leiten und ihn zu ermahnen, er solle die Torheit aus seinem Kopfe verbannen, sich als Mann erweisen, stets seinem Oheim, der ihm wie ein Vater sei, gehorchen und die Zeit, die er im Nichtstun mit seinesgleichen nutzlos hatte verstreichen lassen, wieder gutmachen. Darauf breitete die Mutter 'Alâ ed-Dîns den Tisch aus und trug das Abendessen auf; alle drei setzten sich hin und begannen zu essen und zu trinken, während der Maure sich mit 'Alâ ed-Dîn über Fragen des Kaufmannsberufes und dergleichen Dinge unterhielt. Darüber freute 'Alâ ed-Dîn sich so sehr, daß er in jener Nacht nicht schlafen konnte. Als der Maure bemerkte, daß die Nacht bald zu Ende war, ging er zu seiner Wohnstätte, nachdem er ihnen versprochen hatte, am nächsten Tage zurückzukehren, um mit 'Alâ ed-Dîn zum Basar zu gehen und ihm einen Kaufmannsanzug anmessen zu lassen. Wie es dann Morgen geworden war, klopfte er auch schon wieder an die

Tür. 'Alâ ed-Dîns Mutter erhob sich und machte ihm die Haustür auf; er wollte aber nicht eintreten, sondern verlangte nur nach 'Alâ ed-Dîn, um mit ihm zum Basar zu gehen. So kam denn 'Alâ ed-Dîn heraus, wünschte seinem Oheim einen guten Morgen und küßte ihm die Hand. Der nahm ihn bei der Hand und schritt mit ihm dahin bis zum Basar. Dort trat er in einen Tuchladen ein, in dem sich Kleider von jeglicher Art befanden. Er forderte einen vollständigen Anzug von hohem Werte; da brachte der Kaufmann, was er wünschte, in allen seinen Teilen fertig geschnitten und genäht. Nun sprach der Maure zu 'Alâ ed-Dîn: ‚Wähle dir aus, mein Sohn, was dir gefällt!' Der Knabe war hocherfreut, wie er sah, daß sein Oheim ihm die Wahl ließ, und er suchte sich nach seinem Belieben die Kleidungsstücke aus, die ihm gefielen. Dann bezahlte der Maure dem Kaufmann sofort den Preis dafür, ging fort und nahm 'Alâ ed-Dîn mit ins Badehaus. Nachdem sie gebadet hatten, verließen sie den Baderaum und tranken Scherbett in der Halle; dann legte 'Alâ ed-Dîn froh und fröhlich den neuen Anzug an, trat vor seinen Oheim hin, dankte ihm und küßte ihm, dankbar für seine Güte, die Hand.

Ferner ist mir berichtet worden, o größter König unserer Zeit, daß der Maure, nachdem er mit 'Alâ ed-Dîn das Badehaus verlassen hatte, ihn wieder bei der Hand nahm und mit ihm zum Basar der Kaufherren ging; er zeigte ihm den Basar und wie dort Handel getrieben wurde, und dann sprach er zu ihm· ‚Mein Sohn, es geziemt dir nunmehr, mit den Leuten zu verkehren, zumal mit den Kaufherren, damit du von ihnen das Handeltreiben erlernest, da dies jetzt dein Beruf geworden ist.' Darauf führte er ihn weiter, zeigte ihm die Stadt, die Moscheen und alles Sehenswerte, was es in dem Orte gab. Zuletzt trat er dort mit ihm in den Laden eines Garkoches ein; der brachte ihnen das Mittagsmahl auf silbernen Schüsseln, sie speisten und tranken, bis sie gesättigt waren, und gingen wieder fort. Nun begann der Maure dem 'Alâ ed-Dîn die Lustgärten und die großen Plätze zu zeigen; auch ging er mit ihm in das Schloß des Sultans und zeigte ihm alle die prächtigen, großen Gemächer. Nach alledem führte er ihn zum Chân der fremden Kaufleute, in dem er selber wohnte. Dort lud er einige Kaufleute ein, die in der Herberge weilten; als sie gekommen waren und sich zum Essen hingesetzt hatten, erzählte er ihnen, daß dies der Sohn seines Bruders sei und daß er 'Alâ ed-Dîn heiße. Nachdem sie gegessen und getrunken hatten, nahm er, da die Nacht bereits angebrochen war, den 'Alâ ed-Dîn und brachte ihn zu seiner Mutter zurück. Wie die aber ihren Sohn ansah, der nun einem der Kaufherren glich, war sie fast wie von Sinnen und vergoß Freudentränen. Sie begann ihrem Schwager, dem Mauren, für seine Güte zu danken, indem sie zu ihm sprach: ‚Lieber Schwager, ich könnte nie genug Worte finden, auch wenn ich dir mein ganzes Leben lang dankte und dich priese für das Gute, das du an meinem Sohne getan hast.' Der Maure antwortete ihr: ‚Frau meines Bruders, das ist gar keine Güte von mir. Er ist doch mein Sohn; und es ist meine Pflicht, daß ich für meinen Bruder eintrete und dem Kinde ein Vater werde. Darum sei nur ruhig!' Sie fuhr fort: ‚Ich bete zu Allah bei dem Ruhme der ersten und der letzten Heiligen, daß er dich behüte und erhalte, mein Schwager, und daß er dir ein langes Leben gebe, damit du diesem Waisenknaben ein schirmender Fittich seiest; er soll dir immer gehorchen und folgen und nur das tun, was du ihm gebietest!' ‚Frau meines Bruders,' erwiderte der Maure, ,'Alâ ed-Dîn ist schon herangewachsen und verständig, er stammt von trefflichen Eltern, und ich hoffe zu Allah, daß er an die Stelle seines Vater treten und dein Augentrost sein wird. Doch es tut mir leid, daß ich morgen, weil es Freitag ist, ihm noch nicht den Laden eröffnen kann, da am Freitag alle Kaufleute nach dem Gottesdienste zu den Gärten und den Lustplätzen hinausgehen. Aber, so Gott will, werde ich am Samstag mit Hilfe des Schöpfers tun, was ich vorhabe. Morgen will ich zu euch kommen und 'Alâ ed-Dîn abholen, um ihm die Gärten und Lustplätze draußen vor der Stadt zu zeigen; die hat er vielleicht bisher noch nicht gesehen; dann wird er auch die Leute treffen, die Kaufmänner und die Vornehmen, die dort lustwandeln, auf daß er sie kennen lernt und sie mit ihm bekannt werden.'

Ferner ist mir berichtet worden, o größter König unserer Zeit, daß der Maure dann fortging und jene Nacht in seiner Wohnung zubrachte. Am Tage darauf kam er wieder zum Hause des Schneiders und klopfte an die Haustür. 'Alâ ed-Dîn aber hatte aus Freude über die Kleider, die jener ihm angelegt hatte, und über das Schöne, was er am vergangenen Tage erlebt hatte – das Bad, das Essen und Trinken und das Zusammensein mit den Leuten –, und im Gedanken daran, daß sein Oheim am nächsten Morgen kommen und ihn abholen würde, um ihm die Gärten zu zeigen, in jener Nacht nicht geschlafen; ja, er hatte kein Auge zugetan und hatte gar nicht darauf warten können, bis es Tag wurde. Sowie er nun hörte, daß an die Türe geklopft wurde, sprang er eilends wie ein Feuerfunke hin, machte die Haustür auf und sah seinen Oheim aus dem Westlande vor sich. Der umarmte ihn, küßte ihn und nahm ihn bei der Hand. Dann gingen sie zusammen fort, und der Maure sprach zu dem Knaben: ‚Sohn meines Bruders, heute werde ich dir etwas zeigen, das du in deinem ganzen Leben noch nicht gesehen hast!‘ Dabei lächelte er ihn an und sprach ihm mit freundlichen Worten zu, und sie gingen zum Stadttore hinaus. Der Maure schritt zwischen den Gärten dahin und zeigte dem Knaben die großen Lustplätze und die hochragenden wunderbaren Schlösser. Sooft ihr Blick auf einen Garten oder ein Schloß oder einen Palast fiel, blieb der Maure stehen und fragte: ‚Gefällt dir das, mein Sohn 'Alâ ed-Dîn?' Dem aber war, als sollte er vor Freuden fliegen; denn er sah Dinge, die er in seinem ganzen Leben noch nie gesehen hatte. So schritten sie immer weiter und sahen sich alles an, bis sie müde wurden; da traten sie in einen großen Garten ein, der dem Herzen Freude machte und dem Auge ein schönes Schauspiel brachte; die Springbrunnen sprangen, von Blumen umfangen, und die Wasser flossen aus Mäulern von Löwen, die von goldgelbem Messing waren. Dann setzten sie sich an einem Tische nieder und ruhten aus. 'Alâ ed-Dîn war beglückt und hocherfreut, und er begann mit dem Alten zu scherzen und sich zu vergnügen, als wäre er wirklich sein Oheim gewesen. Darauf machte der Maure seinen Gürtel auf und zog einen Beutel hervor, der mit Brot und Früchten und anderen Dingen zum Essen gefüllt war, und sprach zu 'Alâ ed-Dîn: ‚Sohn meines Bruders, du bist wohl hungrig; komm, iß, was du willst!' Da trat der Knabe herzu und aß; und auch der Maure aß mit ihm. So waren sie lustig und seelenvergnügt und ruhten sich aus. Dann hub der Maure an: ‚Sohn meines Bruders, wenn du ausgeruht hast, so laß uns noch ein wenig weiter gehen!' Alsbald stand 'Alâ ed-Dîn auf, und der Maure begann mit ihm von Garten zu Garten zu gehen, bis sie an allen Gärten vorbeigegangen waren und nun zu einem hohen Berge kamen. 'Alâ ed-Dîn, der bis dahin noch nie aus der Stadt herausgekommen war und auch in seinem ganzen Leben noch nicht einen so langen Weg gemacht hatte, sprach zu dem Mauren: ‚Oheim, sag, wohin gehen wir? Wir haben doch schon alle Gärten hinter uns gelassen, und jetzt sind wir vor einem Berge. Und wenn der Weg noch lang ist, so habe ich keine Kraft mehr zum Gehen; denn ich bin schwach vor Müdigkeit. Es sind ja auch keine Gärten mehr vor uns; laß uns wieder nach der Stadt zurückgehen!' ,Mein Sohn,' erwiderte der Maure, ,dies ist ja der Weg; die Gärten sind auch noch nicht zu Ende, wir gehen jetzt, um uns einen Garten anzusehen, wie ihn selbst die Könige nicht haben. Alle Gärten, die wir bisher gesehen haben, sind nichts im Vergleich zu diesem Garten. Also nimm deine Kraft beim Gehen zusammen; du bist ja, Gott sei Dank, ein Mann.' Nun begann der Maure den Knaben mit freundlichen Worten abzulenken und ihm seltsame Geschichten zu erzählen, wahre und erdichtete, bis sie zu der Stätte gelangten, die das Ziel dieses maurischen Zauberers war, um deren willen er aus dem fernen Westlande bis nach China gereist war. Und als sie dort angekommen waren, sprach er zu 'Alâ ed-Dîn: ,Sohn meines Bruders, setze dich nieder, ruhe dich aus; denn dies ist die Stätte, die wir suchen! So Gott will, werde ich dir wunderbare Dinge zeigen, wie sie noch kein Mensch in der Welt je geschaut hat; noch nie hat jemand das zu sehen bekommen, was du nun erblicken wirst.'

Ferner ist mir berichtet worden, o größter König unserer Zeit, daß der maurische Zauberer nach seinen Worten: ,Noch nie hat ein Sterblicher das zu sehen bekommen, was du nun erblicken wirst' weiter zu 'Alâ ed-Dîn sprach: ,Doch erst, wenn du dich ausgeruht hast, steh auf und suche Brennholzstücke und Reisig, alles dürr und trocken, damit wir ein Feuer anzünden können. Dann, o Sohn meines Bruders, werde ich dir etwas zeigen – nun, laß nur, du wirst schon sehen!' Als 'Alâ ed-Dîn das hörte, brannte er vor Begierde, das, was sein Oheim ihm zeigen wollte, zu schauen; er vergaß die Müdigkeit, sprang sofort auf und begann, dürres Brennholz und trockene Reiser zu sammeln. Er sammelte, bis der Maure ihm sagte: ,Nun ist es genug, lieber Neffe!' Darauf holte der Maure eine Schachtel aus seiner Tasche, öffnete sie und nahm so viel Weihrauch aus ihr hervor, wie er nötig hatte. Und er räucherte und zauberte und beschwor und murmelte unverständliche Worte. Sofort ward es finster, es bebte und donnerte, und der Erdboden tat sich auf. Darüber erschrak 'Alâ ed-Dîn, und in seiner Angst wollte er weglaufen. Doch als der maurische Zauberer bemerkte, daß der Knabe weglaufen wollte, ergrimmte er gewaltig über ihn, da seine ganze Arbeit ohne 'Alâ ed-Dîn nichts nutzte; denn der Schatz, den er heben wollte, tat sich nur vor 'Alâ ed-Dîn auf. Wie er also sah, daß der Knabe fliehen wollte, hob er seinen Arm und traf ihn so heftig auf den Kopf, daß er ihm fast die Zähne ausschlug. Ohnmächtig sank 'Alâ ed-Dîn zu Boden. Doch nach einer kleinen Weile schon kam er durch den Zauber des Mauren wieder zu sich und fing an zu weinen; und er rief: ,Lieber Oheim, was habe ich denn getan, daß ich einen solchen Schlag von dir verdiente?' Nun begann der Maure ihn zu besänftigen, indem er zu ihm sprach: ,Mein Sohn, ich will dich doch zum Manne machen. Drum widersetze dich mir nicht, da ich dein Oheim bin, der deinen Vater vertritt. Gehorche mir in allem, was ich dir sage! Nach einer kleinen Weile wirst du all diese Qual und Mühe vergessen, wenn du die wundersamen Dinge siehest!' Als nun der Erdboden sich vor dem Magier aufgetan hatte und sich ihm eine Marmorplatte zeigte, an der sich ein Ring aus gegossenem Messing befand, wandte er sich dem Knaben zu und sprach: ,Wenn du tust, was ich dir sage, so wirst du reicher als alle Könige werden! Deswegen, mein Sohn, habe ich dich ja auch nur geschlagen, weil hier ein Schatz verborgen liegt, der auf deinen Namen lautet; und da wolltest du ihn verlassen und fortlaufen! Aber jetzt gib acht; sieh nur, wie ich die Erde durch meine magische Kunst und meine Beschwörung geöffnet habe!'

Ferner ist mir berichtet worden, o größter König unserer Zeit, daß der maurische Zauberer des weiteren zu 'Alâ ed-Dîn sprach: ,Mein Sohn 'Alâ ed-Dîn, also gib acht! Sieh, unter der Platte, an der jener Ring ist, dort ist der Schatz, von dem ich dir sagte. Lege deine Hand in den Ring und hebe die Platte! Denn kein einziger Mensch kann sie aufmachen als du allein, und niemand anders als du kann seinen Fuß in diese Schatzhöhle setzen, das alles ist dir vorbehalten. Du mußt aber auf mich hören, genau wie ich dich anweise, und darfst keine Silbe von meinen Worten außer acht lassen. Das alles, mein Sohn, geschieht zu deinem Besten; denn dieser Schatz ist gewaltig groß, kein König der Welt besitzt seinesgleichen. Er gehört dir und mir!' 'Alâ ed-Dîn, der arme Junge, vergaß nun Müdigkeit, Schläge und Tränen, er war durch die Worte des Mauren ganz berückt und freute sich, weil er so reich werden sollte, daß selbst die Könige nicht reicher als er wären. Und so sagte er: ,Lieber Oheim, befiehl mir alles, was du willst; ich gehorche deinem Befehle!' ,Ach, Sohn meines Bruders,' erwiderte jener, ,du bist mir wie mein eigen Kind, ja, noch lieber; denn außer dir, meinem Neffen, habe ich keine Verwandten. Du sollst mein Erbe und mein Nachfolger sein, mein Sohn!' Und er trat zu 'Alâ ed-Dîn und küßte ihn und fuhr fort: ,Für wen mach ich mir denn all diese Mühe, mein Sohn? Nur um deinetwillen, damit ich dich zu einem sehr reichen und vornehmen Manne mache! Drum tu alles genau, wie ich es dir sage! Nun tritt zu diesem Ringe und hebe ihn, wie ich dir gesagt habe!' Doch 'Alâ ed-Dîn antwortete: ,Oheim, dieser

Ring ist zu schwer für mich; ich kann ihn nicht allein aufheben. Komm, hilf du mir auch beim Hochheben; ich bin ja noch so jung an Jahren.' ,Lieber Neffe,' sagte darauf der Maure, ,es ist uns nicht möglich, irgend etwas zu erreichen, wenn ich dir helfe; dann wird unsere Mühe ganz vergeblich sein. Lege du nur deine Hand in den Ring und zieh ihn hoch! Dann wird er sich alsbald in deiner Hand heben. Ich habe dir doch gesagt, daß niemand als du allein ihn berühren darf; wenn du an ihm ziehst, so sprich deinen Namen und die Namen deines Vaters und deiner Mutter aus, und dann wird er sich sofort in deiner Hand heben, du aber wirst sein schweres Gewicht gar nicht spüren.' Da nahm 'Alâ ed-Dîn seine Kraft zusammen, faßte einen festen Entschluß und tat, wie ihn der Maure angewiesen hatte. Und als er seinen Namen und die Namen seines Vaters und seiner Mutter aussprach, hob er die Platte ganz leicht empor, gerade so, wie der Magier ihm gesagt hatte; und nachdem die Platte sich gehoben hatte, warf er sie beiseite.

Ferner ist mir berichtet worden, o größter König unserer Zeit, daß 'Alâ ed-Dîn, nachdem er die Platte von dem Eingange zu der Schatzhöhle gehoben hatte, einen unterirdischen Gang sah; an dessen Eingang mußte man etwa zwölf Stufen hinabsteigen. Darauf sprach der Maure zu ihm: ,'Alâ ed-Dîn, gib acht, tu alles ganz genau so, wie ich dir sage, und laß nichts davon aus. Geh mit aller Vorsicht zu diesem Gange hinunter, bis du den Boden erreichst! Du wirst dort eine Halle finden, die in vier Räume geteilt ist; in jedem dieser Räume wirst du vier goldene Krüge finden und andere Dinge aus Feingold und Silber. Doch hüte dich, etwas davon anzurühren oder etwas davon zu nehmen, sondern geh an allem vorbei, bis du in dem vierten Raume ankommst! Laß auch deine Kleider oder ihre Säume nicht die Krüge oder die Wände berühren und halte dich nicht einen einzigen Augenblick auf! Wenn du dem zuwiderhandelst, so wirst du sofort verwandelt und zu einem schwarzen Stein werden. Bist du aber in dem vierten Raume angekommen, so wirst du dort eine Tür finden; öffne die Tür, indem du die Namen sprichst, die du über der Platte ausgesprochen hast; und geh hinein! Dann wirst du in einen Garten gelangen, voll schöner Bäume, mit Früchten behangen; von dort geh auf dem Wege, den du vor dir siehst, etwa noch fünfzig Ellen weiter, so wirst du einen Saal finden, zu dem eine Treppe von etwa dreißig Stufen führt. Dann schau dich oben im Saale um!'

Ferner ist mir berichtet worden, o größter König unserer Zeit, daß der maurische Zauberer, nachdem er dem 'Alâ ed-Dîn Weisung gegeben hatte, wie er in die Schatzhöhle hinabsteigen und in ihr weitergehen sollte, des weiteren zu ihm sprach: ‚Wenn du in dem Saale bist, so wirst du dort eine Lampe finden, die von der Saaldecke herabhängt. Nimm die Lampe, gieß das Öl, das in ihr ist, aus und birg sie in deinem Busen; sei um deiner Kleider willen nicht besorgt, denn es ist kein wirkliches Öl! Wenn du dann wieder zurückkommst, so darfst du von den Bäumen abpflücken, so viel du willst; denn das alles gehört dir, solange die Lampe in deiner Hand ist.' Als nun der Maure seine Worte an 'Alâ ed-Dîn beendet hatte, zog er einen Siegelring von seinem Finger und schob ihn auf 'Alâ ed-Dîns Finger mit den Worten: ‚Mein Sohn, dieser Siegelring wird dich aus aller Not und Gefahr, die dich bedrohen könnten, befreien, unter der einen Bedingung, daß du alles, was ich dir gesagt habe, beachtest. Nun denn wohlan, steig hinab, nimm deine Kraft zusammen und laß deinen starken Mut entflammen; fürchte dich nicht, denn du bist ein Mann und kein Kind mehr! Danach, mein Sohn, wirst du in kürzester Zeit so großen Reichtum gewinnen, daß du der reichste Mann der Welt wirst.' 'Alâ ed-Dîn stieg nun in den unterirdischen Gang hinab und fand die vier Räume; in jedem Raume waren vier goldene Krüge, doch er ging an ihnen vorbei, wie der Maure ihm gesagt hatte, vorsichtig und entschlossen; dann trat er in den Garten ein und ging hindurch, bis er zu dem Saale gelangte. Er stieg die Treppe hinauf, und in dem Saale fand er die Lampe; er löschte sie aus, goß das Öl, das in ihr war, zu Boden und barg sie in seinem Busen. Dann ging er wieder zu dem Garten hinunter und begann sich die Bäume dort anzuschauen; auf ihnen saßen Vögel, die mit ihren Stimmen den allmächtigen Schöpfer lobpriesen, die er aber zuvor, als er gekommen war, nicht gesehen hatte. Und an diesen Bäumen hingen als Früchte lauter kostbare Edelsteine; jeder Baum trug Früchte von verschiedener Art und Farbe, mancherlei Edelsteine von allerlei Farben, grüne und weiße, gelbe und rote und von noch anderen Farben. Diese Edelsteine strahlten einen Glanz aus, der heller war als der Sonnenschein am Vormittage. Jeder dieser Edelsteine übertraf an Größe alles, was man beschreiben konnte, so daß kein einziger König der Welt auch nur einen besaß, der einem der größten gleich gewesen wäre, ja nicht einmal einen, der halb so groß gewesen wäre wie die kleinsten unter ihnen.

Ferner ist mir berichtet worden, o größter König unserer Zeit, daß 'Alâ ed-Dîn zwischen den Bäumen umherging; und dabei schaute er auf sie und auf all die Dinge, die den Blick blendeten und den Verstand raubten, und er betrachtete sie genau. Da sah er denn, daß die Bäume statt richtiger Früchte große Edelsteine trugen, kostbare Smaragde, Diamanten, Hyazinthen, auch Perlen und andere Juwelen, bei deren Anblicke die Sinne verwirrt wurden. Weil nun aber 'Alâ ed-Dîn solche Dinge noch nie in seinem Leben gesehen hatte und auch noch nicht erwachsen genug war, um den Wert dieser Kleinodien zu erkennen, sintemalen er ja noch ein junger Bursche war, so dachte er, alle diese Edelsteine wären aus Glas oder aus Kristall; er pflückte viele von ihnen ab und füllte seine Brusttaschen damit, und dabei schaute er sie an, ob es wohl Weintrauben und Feigen und andere eßbare Früchte wären oder nicht. Als er nun sah, daß sie wie Glas waren, fuhr er fort, von allen Arten dieser Baumfrüchte in seine Busentasche zu sammeln, ohne die Edelsteine und ihren Wert zu kennen. Und da er sein Verlangen zu essen nicht befriedigen konnte, sprach er in Gedanken: ‚Ich will mir von diesen Glasfrüchten eine Sammlung anlegen und zu Hause damit spielen.' So pflückte er immer mehr ab und steckte sie in seine Taschen an den Seiten und auf der Brust, bis er alle gefüllt hatte. Und dann pflückte er noch mehr Früchte ab, tat sie in seinen Gürtelschal und band ihn wieder um; er trug, so viel er nur irgend konnte, und sagte sich dabei, er wolle sie sich zu Hause zum Zierat hinlegen; denn er hielt sie, wie gesagt, für Glas. Aber dann begann er, aus Furcht vor seinem maurischen Oheim, rasch zu laufen, bis er wieder durch die vier Räume gekommen und den unterirdischen Gang durcheilt hatte; auf die goldenen Krüge warf er bei seiner Rückkehr keinen Blick, obgleich es ihm zu der Zeit erlaubt gewesen wäre, aus ihnen etwas zu nehmen. Als er nun wieder zu der Treppe kam, stieg er auf ihr hinauf, bis nur noch ein kleines Stück übrig blieb; das war die letzte Stufe, und die war höher als die anderen, so daß er allein nicht hinaufsteigen konnte, da er so viel bei sich trug. So rief er denn dem Mauren zu: ‚Oheim, gib mir deine Hand und hilf mir, daß ich hinaufsteigen kann!' ‚Mein Sohn,' rief jener, ‚gib mir die Lampe und erleichtere dich so; vielleicht ist sie es, die dich beschwert.' Doch er gab ihm zur Antwort: ‚Oheim, die Lampe beschwert mich gar nicht; gib mir doch deine Hand! Wenn ich oben bin, will ich dir die Lampe geben.' Der Magier aus dem Westlande aber wollte nur allein die Lampe haben, und darum fing er an, 'Alâ ed-Dîn zu drängen, er solle ihm die Lampe geben. Da aber der Knabe die Lampe tief unten in seinen Kleidern geborgen und die Edelsteinfrüchte oben darüber gelegt hatte, so war es ihm unmöglich, mit seiner Hand bis zu der Lampe vorzudringen, um sie ihm zu reichen. Nun drang der Maure weiter in ihn, er solle ihm die Lampe geben; doch wie der Knabe es noch nicht tun konnte, ward er sehr zornig über ihn, und er forderte die Lampe. Aber 'Alâ ed-Dîn konnte sie nicht erreichen, um sie ihm zu geben.

Ferner ist mir berichtet worden, o größter König unserer Zeit, daß nunmehr, als 'Alâ ed-Dîn die Lampe nicht erreichen konnte, um sie seinem falschen Oheim aus dem Westlande zu geben, dieser Maure vor Wut rasend wurde, weil er sein Ziel nicht erreichte. 'Alâ ed-Dîn aber versprach ihm, er wolle sie ihm geben, wenn er aus dem Gange heraufkäme, ohne falsche Hintergedanken und ohne böse Absicht. Nachdem der Maure nun eingesehen hatte, daß 'Alâ ed-Dîn ihm die Lampe nicht herausgeben würde, ward er von Grimm überwältigt und gab alle Hoffnung auf sie auf; und er zauberte und beschwor und warf Weihrauch ins Feuer. Da wandte die Platte sich von selbst wieder um und schloß sich über dem Eingange durch die Macht seines Zaubers, und die Erde bedeckte die Platte wie zuvor. 'Alâ ed-Dîn jedoch blieb unter der Erde, da er nicht herauskommen konnte. Der Zauberer war ja in Wirklichkeit ein Fremdling und nicht der Oheim 'Alâ ed-Dîns, wie bereits erzählt wurde, sondern er hatte sich verstellt und sich einen falschen Anschein gegeben, um durch den Knaben, der allein den Schatz heben konnte, jene Lampe zu gewinnen; nun schloß aber dieser verfluchte Maure die Erde wieder über 'Alâ ed-Dîn und überließ ihn dem Hungertode. Der verfluchte maurische Zauberer nämlich stammte aus dem fernsten Westen des Landes Afrika und hatte seit seiner Jugend die Zauberei und die Wissenschaften von den Geistern eifrig betrieben; denn das Gebiet von Afrika[1] ist berühmt ob aller dieser Wissenschaften. Dieser Maure also studierte und lernte von Jugend auf in seiner Stadt in Afrika, bis daß er sich in allen Wissenschaften vervollkommnet hatte. Und da er in einer Zeit von vierzig Jahren so übermäßig viel Zauberei und Beschwörungen gelernt und sich angeeignet hatte, entdeckte er eines Tages, daß am äußersten Ende von China eine Stadt namens el-Kal'âs[2] liege und daß in dieser Stadt ein so gewaltig großer Schatz verborgen sei, wie ihn kein König in der ganzen Welt besitze; das sonderbarste aber sei, daß sich in diesem Schatze eine Wunderlampe befinde; wer die besäße, der könne von keinem Menschen auf der Erde an Reichtum und Macht übertroffen werden, ja nicht einmal der mächtigste König der Welt könne nur einen Teil des Reichtums und der Macht und der Stärke dieser Lampe sein eigen nennen.

Ferner ist mir berichtet worden, o größter König unserer Zeit, daß der Maure durch seine Kunst entdeckte und erfuhr, daß dieser Schatz nur durch einen Knaben gehoben werden könne, der 'Alâ ed-Dîn hieße und von armer Herkunft wäre, und daß dieser Knabe aus derselben Stadt sei; auch erkannte er, daß es leicht und mühelos sei, ihn zu gewinnen. Daher rüstete er sich sofort und ohne Verzug zur Reise nach China,

1. Das eigentliche Afrika im engeren Sinne ist das Gebiet von Tunis und Algier. – 2. Vielleicht ist das Kailas-Gebirge in Südwest-Tibet gemeint, das ob seines Goldreichtums berühmt ist.

wie wir erzählt haben, und tat mit 'Alâ ed-Dîn all das, was schon berichtet ist, in dem Gedanken, er könne so in den Besitz der Lampe kommen. Aber nun waren seine Mühe und seine Hoffnung enttäuscht, seine Anstrengungen waren vergeblich gewesen, und daher beschloß er, den 'Alâ ed-Dîn umkommen zu lassen. So hatte er denn durch seine Zauberei den Erdboden über dem Knaben wieder zugedeckt, damit er dort stürbe; denn wer noch am Leben ist, an dem ist kein Mord verübt. Zweitens aber beabsichtigte er dadurch auch, daß 'Alâ ed-Dîn nicht wieder herauskommen und so auch die Lampe nicht aus dem Schoße der Erde hervorkommen solle. Darauf ging er seines Wegs und kehrte in sein Land Afrika zurück, traurig und in seiner Hoffnung enttäuscht.

Lassen wir nun den Zauberer dahinziehen und sehen wir, was mit 'Alâ ed-Dîn geschah! Als die Erde sich über ihm geschlossen hatte, begann er nach dem Mauren, den er für seinen Oheim hielt, zu rufen, damit er ihm die Hand reiche und er selbst aus dem unterirdischen Gange wieder zur Erdoberfläche emporsteigen könne. Wie er aber niemanden auf sein Rufen antworten hörte, da wußte er, daß der Maure trügerisch an ihm gehandelt hatte, und daß er gar nicht sein Oheim, sondern ein verlogener Zauberer war. Nun verzweifelte 'Alâ ed-Dîn am Leben, und traurig erkannte er, daß er nicht mehr an die Oberfläche der Erde kommen konnte; so begann er denn über sein Unglück zu weinen und zu klagen. Nach einer kleinen Weile jedoch machte er sich auf und stieg wieder hinunter, um zu sehen, ob Allah der Erhabene ihn vielleicht den Weg zu einer Tür würde finden lassen, durch die er hinausgelangen könnte. Er wandte sich nach rechts und links, aber er fand nichts als Dunkelheit und vier Wände, die sich rings um ihn geschlossen hatten; denn der maurische Zauberer hatte durch seine schwarze Kunst alle Türen geschlossen, ja auch sogar den Garten, in den 'Alâ ed-Dîn eingetreten war, um ihm gar keinen Ausweg zur Erdoberfläche zu lassen und um seinen Tod zu beschleunigen. Da begann 'Alâ ed-Dîn noch bitterer zu weinen und noch mehr zu klagen, als er sah, daß alle Türen und auch der Garten verschlossen waren. Er hatte gedacht, er könne dort ein wenig Trost finden; aber da er alles verschlossen fand, so schrie und weinte er wie einer, dem alle Hoffnung abgeschnitten ist. Und er kehrte zurück und setzte sich auf die Stufen der Treppe des unterirdischen Ganges, auf der er zuvor heruntergekommen war.

Ferner ist mir berichtet worden, o größter König unserer Zeit, daß 'Alâ ed-Dîn sich auf die Stufen der Treppe des unterirdischen Ganges setzte und dort weinte und klagte, da er alle Hoffnung aufgegeben hatte. Aber denke daran, daß Allah der Hochgepriesene und Erhabene, wenn er etwas schaffen will, nur sagt ‚Werde!' und daß es dann wird; denn mitten in der Not schafft er die Erlösung. So erging es auch 'Alâ ed-Dîn. Als der maurische Zauberer ihn in den unterirdischen Gang hinabgeschickt hatte, da hatte er ihm einen Ring gegeben und ihn ihm auf den Finger geschoben und dabei gesagt: ‚Dieser Ring wird dich aus aller Not erretten, wenn ein Unglück bei dir weilt oder ein Mißgeschick dich ereilt; er wird alle Übel von dir fernhalten und dir ein Helfer sein, wo du nur bist.' Dies war durch eine Fügung Allahs des Erhabenen geschehen, auf daß die Errettung 'Alâ ed-Dîns dadurch zustande käme. Als nun 'Alâ ed-Dîn so dasaß und über sein Unglück klagte und weinte, wie er schon am Leben verzweifelte und der Gram ihn überwältigte, da begann er im Übermaße seines Kummers die Hände zu ringen, wie es ein Trauernder tut, und seine Hände emporzuheben und zu Allah zu flehen, indem er sprach: ‚Ich bezeuge, daß es keinen Gott gibt außer dir allein, du Allgewaltiger, Allmächtiger, Allbezwinger, der du den Toten zum Leben erweckst, der du die Wünsche schaffst und sie vollendest, der du die Schwierigkeiten und Fährlichkeiten bringst und sie beendest! Mein Genüge bist du, und du bist der beste Anwalt. Und ich bezeuge, daß Mohammed dein Knecht und dein Gesandter ist. Mein Gott, bei seinem Ruhme vor dir, errette mich aus meiner Not!' Während er so zu Allah flehte und die Hände rang, im Übermaße seiner Trauer um diese Not, die über ihn gekommen war, fügte es sich, daß seine Hand an dem Ringe rieb. Und siehe da, im Nu stand ein dienender Geist vor ihm und sprach zu ihm: ‚Zu Diensten! Dein Sklave steht vor dir. Fordere, was du willst! Ich bin der Diener dessen, der diesen Ring, den Ring meines Herrn, an der Hand trägt.' Nun schaute 'Alâ ed-Dîn auf und sah einen Mârid[1], der einem der Dämonen unseres Herrn Salomo glich, vor sich stehen. Zuerst erschrak er vor seinem furchtbaren Aussehen; aber als er den Geist sagen hörte: ‚Fordere, was du willst! Ich bin dein Sklave, denn der Ring meines Herrn ist an deiner Hand', da faßte er wieder Mut und dachte an das, was der Maure zu ihm gesagt hatte, als er ihm den Ring gab. Er war hocherfreut, und mutig sprach er zu ihm: ‚Du Diener des Herrn dieses Ringes, ich wünsche von dir, daß du mich an die Oberfläche der Erde bringst!' Im selben Augenblicke, als er noch kaum diese Worte vollendet hatte, tat die Erde sich auf, und er befand sich bei dem Eingang zur Schatzhöhle draußen im Freien. Wie nun aber 'Alâ ed-Dîn, der drei Tage lang unter der Erde in der Schatzhöhle im Dunkeln gesessen hatte, sich wieder in der freien Welt befand, und wie das Tageslicht und die Sonnenstrahlen sein Antlitz trafen, konnte er seine Augen nicht so-

1. Vgl. Band I, Seite 52, Anmerkung.

gleich auftun; sondern er begann sie ein wenig zu öffnen und dann wieder ein wenig zu schließen, bis seine Augen neue Kraft gewannen und sich an das Licht gewöhnten und von der Finsternis befreit waren.

Ferner ist mir berichtet worden, o größter König unserer Zeit, daß 'Alâ ed-Dîn eine kleine Weile, nachdem er aus der Schatzhöhle herausgekommen war, seine Augen ganz öffnete und hocherfreut war, als er sich auf der Oberfläche der Erde sah. Doch nahm es ihn wunder, daß nun, da er sich über dem Eingang zur Schatzhöhle befand, durch den er hinabgestiegen war, als der maurische Zauberer ihn aufgetan hatte, die Tür wieder geschlossen und die Erde wieder geebnet war, so daß man dort ganz und gar keine Spur einer Tür mehr entdecken konnte. Sein Erstaunen wuchs immer mehr, und er glaubte schon, er befände sich an einer anderen Stelle. Nicht eher wußte er, daß er doch an derselben Stätte war, als bis er die Stelle entdeckte, wo sie das Feuer von Holzstücken und Reisig angezündet hatten und wo der maurische Zauberer geräuchert und gezaubert hatte. Darauf wandte er sich nach rechts und links und sah die Gärten in der Ferne; er schaute den Weg an und erkannte, daß es derselbe war, auf dem er gekommen war. Nun dankte er Allah dem Erhabenen, der ihn zur Oberfläche der Erde herausgeführt und ihn vom Tode errettet hatte, als er bereits am Leben verzweifelte. So machte er sich denn auf und schritt den Weg zur Stadt dahin, den er jetzt kannte, bis er die Stadt selbst erreichte. Er ging hinein und dann weiter bis zu seinem Elternhause. Dort trat er ein; doch als er seine Mutter erblickte, sank er im Übermaße der Freude, die er ob seiner Errettung empfand, vor ihr auf den Boden. Und da er solche Angst und Not hatte durchmachen müssen, da er jetzt vor Freude überwältigt, aber auch von

Hunger ermattet war, so ward er ohnmächtig. Seine Mutter hatte seit der Trennung von ihm getrauert und hatte weinend und klagend über ihn dagesessen. Als sie ihn nun eintreten sah, war sie hocherfreut; und doch ward sie wieder betrübt, wie sie ihn ohnmächtig zu Boden sinken sah. Indessen, ihre Fürsorge war um ihn dadurch nicht behindert, sondern sie eilte sofort hin, sprengte Rosenwasser auf sein Antlitz und erbat von ihren Nachbarn wohlriechende Essenzen; die ließ sie ihn riechen. Als er darauf wieder ein wenig zu sich kam, bat er sie, ihm etwas zu essen zu bringen, indem er sprach: ‚Liebe Mutter, seit drei Tagen habe ich gar nichts gegessen.' Seine Mutter brachte ihm von dem, was sie gerade vorrätig hatte, setzte es vor ihn hin und sprach: ‚Wohlan, mein Sohn, iß und sei heiter! Wenn du dich ausgeruht hast, so berichte mir, was du erlebt hast und was dir widerfahren ist! Jetzt will ich dich nicht fragen, mein Kind; denn du bist jetzt müde.'

Ferner ist mir berichtet worden, o größter König unserer Zeit, daß 'Alâ ed-Dîn aß und trank und heiter ward. Nachdem er sich dann ausgeruht und erholt hatte, sprach er zu seiner Mutter: ‚Ach, liebe Mutter, auf dir ruht eine schwere Schuld an mir, daß du mich dem verfluchten Kerl da überlassen hast, der auf mein Verderben sann und mich umbringen wollte. Wisse denn, daß ich dem Tode ins Auge geschaut habe um dieses verruchten Menschen willen, den du als meinen Oheim anerkannt hast! Ja, ich wäre tot, wenn Allah der Erhabene mich nicht errettet hätte. Denn wir beide, meine Mutter, du und ich, wir sind durch ihn betrogen worden, weil der Verruchte so viel Gutes an mir zu tun versprach und weil er mir so viel Liebe erwies. Vernimm denn, Mutter, jener Mann ist ein maurischer Zauberer, ein verfluchter Lügner, ein listenreicher Betrüger und Heuchler; ich glaube nicht, daß selbst die unterirdischen Teufel es ihm gleichtun könnten – Allah lasse ihn mit all seinen Büchern zuschanden werden! Nun höre weiter, liebe Mutter, was dieser Verfluchte getan hat! Alles, was ich dir sage, ist lautere Wahrheit. Sieh, wie der Verruchte log, denke an die Versprechen, die er mir gab, indem er sagte, er wolle mir alles Gute tun; denke auch an die Liebe, die er mir erwies, und bedenke, wie er all das nur tat, um zu seinem Ziele zu kommen! Ja, seine Absicht war, mich zu töten, aber Preis sei Allah, daß Er mich errettet hat! So vernimm, liebe Mutter, und höre, was dieser Verfluchte getan hat!' Darauf berichtete 'Alâ ed-Dîn seiner Mutter alles, was er erlebt hatte, indem er vor übergroßer Freude Tränen vergoß; so tat er ihr zuerst kund, wie er sich von ihr getrennt hatte, wie der Maure ihn zu dem Berge geführt hatte, in dem sich der Schatz befand, und wie er dort gezaubert und Weihrauch verbrannt hatte. ‚Und dabei, liebe Mutter,' so erzählte der Knabe, ‚hat er mir auch noch einen Schlag versetzt, daß ich vor Schmerzen die Besinnung verlor. Denn große Furcht hatte mich gepackt, als ich sah, wie durch seine magische Kunst der Berg sich spaltete und die Erde sich vor mir auftat; da bebte ich und erschrak vor der Stimme des Donners, die ich hörte, und vor der Finsternis, die sich verbreitete, als er den Weihrauch verbrannte und zauberte. So wollte ich denn, wie ich diese furchtbaren Dinge erleben mußte, in meiner Angst fortlaufen. Doch als er sah, daß ich mich zur Flucht anschickte, schalt er mich und schlug mich. Das tat er, weil er, obwohl die Schatzhöhle sich aufgetan hatte, doch nicht selbst in sie hinabsteigen konnte; denn der Schatz konnte nur durch mich gehoben werden, weil er auf meinen Namen lautete und ihm nicht gehörte. Nur, weil er ein arger Zauberer ist, so wußte er, daß dieser Schatz von mir gehoben werden solle und daß diese Reichtümer mir gehörten.'

Ferner ist mir berichtet worden, o größter König unserer Zeit, daß 'Alâ ed-Dîn, als er seiner Mutter alles, was ihm von dem maurischen Zauberer widerfahren war, erzählte, des weiteren zu ihr sprach: ‚Nachdem er mich aber geschlagen hatte, sah er sich gezwungen, mich wieder zu besänftigen, damit er mich überredete, in die offene Schatzhöhle hinabzusteigen, und damit er sein Ziel erreichte. Wie er mich dann hinabsandte, gab er mir einen Siegelring und schob ihn auf meinen Finger, einen Ring, der vorher an seiner Hand gewesen war. Darauf stieg ich in die Höhle hinunter und fand zuerst vier Räume, die alle mit Gold und Silber und anderen Kostbarkeiten angefüllt waren; aber das alles galt als nichts, und der Verruchte schärfte mir ein, nichts davon anzurühren. Dann kam ich in einen großen Garten, in dem lauter hohe Bäume waren mit Früchten von vielfarbigem Kristall, die mir fast den Verstand raubten, liebe Mutter. Nachdem ich dann den hochgebauten Saal erreicht hatte, in dem diese Lampe war, nahm ich sie sofort an mich, löschte sie aus und goß ihren Inhalt zu Boden.' Bei diesen Worten zog 'Alâ ed-Dîn die Lampe aus seiner Brusttasche und zeigte sie seiner Mutter. Und ebenso ließ er sie die Edelsteine sehen, die er aus dem Garten mitgebracht hatte; es waren zwei große Beutel voll solcher Juwelen, von denen sich nicht ein einziges im Besitze der Könige der ganzen Welt fand; aber 'Alâ ed-Dîn kannte ja ihren Wert nicht, sondern er glaubte, sie seien aus Glas und Kristall. Dann fuhr er in seiner Erzählung fort: ‚Liebe Mutter, nachdem ich die Lampe geholt hatte und auf meinem Rückwege wieder bis zur Tür der Schatzhöhle gekommen war, da rief ich nach dem verfluchten Mauren, der vorgab, daß er mein Onkel wäre, er solle mir seine Hand geben und mich hochziehen, damit ich hinaufsteigen könnte; denn ich trug Dinge, die mich beschwerten, und ich konnte nicht allein emporsteigen. Aber er reichte mir seine Hand nicht, sondern sagte zu mir: ‚Gib mir die Lampe her, die du bei dir hast; danach will ich dir meine Hand geben und dich herausziehen!' Da ich aber die Lampe unten in meine Tasche getan hatte und die Beutel darüber lagen, und da ich sie nicht erreichen konnte, um sie ihm zu geben, so sprach ich: ‚Oheim, ich kann dir die Lampe nicht reichen; wenn du mich herausgezogen hast, dann kann ich sie dir geben.' Aber ihm lag ja nicht daran, mich herauszuziehen, sondern er wollte nur die Lampe haben, und seine Absicht war, sie von mir hinzunehmen und dann die Erde über mir zu schließen, um mich umzubringen, wie er es ja auch nachher getan hat. Dies ist es, liebe Mutter, was mir von diesem bösen Zauberer angetan wurde.' Und nun berichtete 'Alâ ed-Dîn ihr noch alles bis zuletzt, und er begann den Mauren zu schmähen, indem sein Herz von heißem Zorn entbrannte, und er rief: ‚O über diesen Verruchten, den gemeinen, grausamen Zauberer! Er ist hartherzig, unmenschlich, er ist ein heuchlerischer Betrüger, der kein Erbarmen und kein Mitleid kennt!'

Ferner ist mir berichtet worden, o größter König unserer Zeit, daß die Mutter 'Alâ ed-Dîns, als sie von ihrem Sohne vernommen hatte, was der maurische Zauberer mit ihm getan, zu dem Knaben sprach: ‚Ja, wahrlich, mein Sohn, er ist ein Ungläubiger und ein Heuchler, der die Menschen durch seine Zauberei umbringt. Doch Allah der Erhabene war gnädig, mein Sohn, Er errettete dich vor dem Lug und Trug dieses verfluchten Zauberers, den ich wirklich für deinen Oheim hielt!' Da nun aber 'Alâ ed-Dîn drei Tage lang gar nicht geschlafen hatte und sich müde fühlte, so wollte er ruhen; er legte sich nieder und schlief ein, und ebenso begab seine Mutter sich dann zur Ruhe. Ununterbrochen schlief der Knabe, bis er erst am nächsten Tages gegen Mittag wieder aufwachte. Und wie er die Augen aufschlug, verlangte er sofort etwas zu essen, da er hungrig war. Aber seine Mutter sprach zu ihm: ‚Lieber Sohn, ich habe nichts, was ich dir zu essen geben könnte; was ich noch hatte, das hast du gestern gegessen. Warte nur ein wenig! Denn ich habe hier noch etwas gesponnenes Garn bei mir, das will ich zum Basar tragen und verkaufen, und dann will ich dir dafür etwas zu essen kaufen.' ‚Mutter,' rief nun 'Alâ ed-Dîn, ‚behalte das Garn, verkauf es nicht, sondern gib mir die Lampe, die ich mitgebracht habe! Ich will hingehen und sie verkaufen und für ihren Erlös etwas kaufen, das wir essen können; ich glaube, die Lampe wird einen höheren Preis einbringen als das Gespinst.' Da reichte die Mutter 'Alâ ed-Dîns ihrem Sohne die Lampe, aber weil sie bemerkte, daß sie schmutzig war, sprach sie zu ihm: ‚Mein Sohn, da ist die Lampe; aber sie ist schmutzig. Wenn wir sie waschen und putzen, so wird sie teurer verkauft werden können.' Sie nahm daher etwas Sand in ihre Hand und begann damit die Lampe zu reiben. Doch kaum hatte sie ein wenig an ihr gerieben, so erschien vor ihr ein Dämon, furchtbar anzuschauen, von breiter Gestalt, der einem Riesen der Vorzeit glich, und der redete sie an: ‚Sprich, was willst du von mir? Hier bin ich, ich bin dein Diener, ich bin der Diener dessen, der die Lampe in der Hand hält, doch nicht nur ich allein, sondern alle Diener der Wunderlampe, die in deiner Hand ist!' Die Mutter 'Alâ ed-Dîns aber erschrak, Furcht packte sie, und ihre Zunge ward gelähmt, als sie diese furchtbare Gestalt erblickte; und sie konnte ihm keine Antwort geben, da ihre Augen nicht an den Anblick solcher Erscheinungen gewöhnt waren.

Ferner ist mir berichtet worden, o größter König unserer Zeit, daß die Mutter 'Alâ ed-Dîns, als sie vor Angst dem Mârid nicht antworten konnte, in ihrem Schrecken ohnmächtig zu Boden sank. Ihr Sohn aber stand etwas entfernt, und er hatte ja auch schon den Dämon des Siegelrings gesehen, als er diesen in der Schatzhöhle gerieben hatte. Wie er also hörte, was der Dämon zu seiner Mutter sprach, eilte er rasch herbei, nahm die Lampe aus der Hand seiner Mutter und rief: ,O du Diener der Lampe, ich bin hungrig, und ich wünsche, daß du mir etwas zu essen bringst; es muß aber etwas Gutes sein, etwas ganz Besonderes!' Der Geist verschwand nur einen Augenblick, dann brachte er ihm einen großen kostbaren Tisch aus reinem Silber, darauf standen zwölf Schüsseln mit vielerlei köstlichen Gerichten, zwei silberne Becher, zwei Flaschen mit klarem, altem Weine, und daneben lag Brot, weißer als Schnee. All das legte er vor 'Alâ ed-Dîn hin und entschwand. Da sprengte der Knabe seiner Mutter Rosenwasser ins Antlitz und gab ihr stark duftende Essenzen zu riechen; als sie wieder zu sich kam, sprach er zu ihr: ,Liebe Mutter, auf, wir wollen diese Speisen essen, die Allah der Erhabene uns gespendet hat!' Als die Mutter 'Alâ ed-Dîns diesen großen silbernen Tisch erblickte, war sie darüber erstaunt, und sie sprach zu ihrem Sohne: ,Lieber Sohn, wer ist dieser freigebige Wohltäter, der unseres Hungers und unserer Armut gedacht hat? Wir schulden seiner Güte Dank; es scheint, daß der Sultan von unserer Not und unserer Bedürftigkeit gehört und uns diesen Tisch geschickt hat.' ,Liebe Mutter,' erwiderte er, ,es ist jetzt nicht Zeit zum Fragen. Laß uns essen; denn wir sind hungrig!' Nun setzten sie sich an den Tisch und begannen zu essen; doch da die Mutter 'Alâ ed-Dîns solche Speisen, wie sie sie in ihrem ganzen Leben noch nicht gegessen hatte, zu kosten bekam, so aßen sie rasch und mit heißer Eßlust; sie waren ja so sehr hungrig, und dann war es doch auch ein Essen, wie es sonst vor Königen aufgetragen wird.

Aber sie wußten nicht, was wertvoller war, der Tisch oder das Essen; denn sie hatten Sachen wie diese noch nie in ihrem Leben gesehen. Als sie die Mahlzeit beendet hatten und gesättigt waren, blieb ihnen noch genug für den Abend und auch für den nächsten Tag übrig. Darauf wuschen sie ihre Hände und setzten sich wieder, um zu plaudern. Nun wandte die Mutter 'Alâ ed-Dîns sich an ihren Sohn mit den Worten: ‚Mein Sohn, erzähle mir, was ist mit dem Dämon geschehen? Jetzt haben wir uns ja – Gott sei Dank! – durch seine Güte satt gegessen, und du hast keinen Grund mehr, zu sagen, du wärest hungrig.' Da erzählte 'Alâ ed-Dîn ihr alles, was er mit dem Geiste erlebt hatte, nachdem sie in ihrer Angst ohnmächtig zu Boden gesunken war. In höchster Verwunderung sprach sie: ‚Das mag wahr sein. Aber wenn auch die Geister den Menschenkindern erscheinen, so habe ich sie doch, mein Sohn, in meinem ganzen Leben noch nie gesehen. Ich glaube, dies ist wohl derselbe, der dich befreit hat, als du in der Schatzhöhle warst.' Doch er gab ihr zur Antwort: ‚Das ist nicht derselbe, liebe Mutter; dieser Geist, der dir erschienen ist, war der Diener der Lampe.' Als sie diese Worte von ihm vernahm, fragte sie ihn: ‚Wie ist denn das, mein Sohn?' Er erwiderte: ‚Dieser Geist ist von anderer Art als jener; jener war der Diener des Siegelringes, aber der, den du gesehen hast, war der Diener der Lampe, die in deiner Hand war.'

Ferner ist mir berichtet worden, o größter König unserer Zeit, daß die Mutter 'Alâ ed-Dîns, als sie von ihrem Sohne die Worte vernahm: ‚Mutter, dieser Geist, der dir erschienen ist, war der Diener der Lampe', ausrief: ‚Sieh da, sieh da, der da, das heißt der verfluchte Kerl, der mir erschien und mir einen solchen Todesschrecken einjagte, der hängt also mit der Lampe zusammen?' Wie der Knabe das bejahte, fuhr sie fort: ‚Ich bitte dich, mein Sohn, bei der Milch, die du von mir getrunken hast, wirf diese Lampe und den Ring fort; denn sie verursachen uns große Furcht; ich könnte den Anblick der Geister nicht zum zweiten Male ertragen. Auch wäre es eine Sünde für uns, mit ihnen zu verkehren; denn der Prophet – Allah segne ihn und gebe ihm Heil! – warnt uns vor ihnen.' ‚Liebe Mutter,' antwortete er, ‚deine Befehle erfülle ich sonst herzlich gern. Aber was du jetzt gesagt hast, kann ich unmöglich tun; ich kann weder die Lampe noch den Ring missen. Du hast doch selbst gesehen, welche Wohltat sie uns erwiesen hat, als wir hungrig waren! Und denke dran, Mutter, daß der maurische Zauberer, der Lügner, als ich in die Schatzhöhle gestiegen war, von mir weder Gold noch Silber, von dem die vier Räume voll waren, verlangte, sondern mir nur gebot, ihm allein die Lampe und nichts anderes zu bringen; denn er kannte die Größe ihrer Kräfte, und wenn er nicht gewußt hätte, daß sie gewaltige Zauberkraft besitzt, so hätte er sich nicht so bemüht und abgequält, er wäre nicht aus seiner Heimat auf der Suche nach ihr bis in unser Land gekommen, ja, er hätte auch nicht die Schatzhöhle wieder über mir verschlossen, als er die Lampe nicht erhielt, weil ich sie ihm nicht reichen konnte. Uns geziemt es, Mutter, diese Lampe sorgsam zu hüten und aufzubewahren; denn sie ist unser Lebensunterhalt, sie ist unser Reichtum, und wir dürfen niemandem etwas von ihr verraten. Und mit dem Ringe steht es ebenso; ich kann ihn unmöglich von meinem Finger herunternehmen; denn wäre der Ring nicht gewesen, so hättest du mich nicht wieder lebend erblickt, sondern ich wäre unter der Erde in der Schatzhöhle umgekommen. Wie könnte ich ihn da jetzt von meiner Hand ablegen? Wer weiß, was für Mißgeschick oder Unglück und welche trüben Erlebnisse mir die Zeit noch bringen wird, aus denen dieser Ring mich befreien kann? Doch um deinetwillen will ich diese Lampe fortnehmen und dich sie nie wieder sehen lassen.' Als seine Mutter diese Worte von ihm vernommen hatte und sie erwog und einsah, daß er recht hatte, sprach sie zu ihm: ‚Mein Sohn, tu, was du willst! Ich meinerseits will sie nie wieder sehen, und ich möchte jenen furchtbaren Anblick, den ich hatte, nie mehr erleben.'

Ferner ist mir berichtet worden, o größter König unserer Zeit, daß 'Alâ ed-Dîn und seine Mutter zwei Tage lang von den Speisen aßen, die ihnen der Dämon gebracht hatte; dann waren sie zu Ende. Als er dann sah, daß sie nichts mehr zu essen hatten, nahm er eine von den Schüsseln, die der Geist auf dem Tische gebracht hatte; die waren von reinem Golde, aber 'Alâ ed-Dîn wußte nicht, woraus sie bestanden. Und wie er mit ihr zum Basar ging, begegnete ihm ein jüdischer Mann, der gemeiner war als ein Teufel; dem gab er die Schüssel. Als der Jude sie erblickte, nahm er den Knaben beiseite, damit niemand ihn sähe. Dann betrachtete er die Schüssel genau und überzeugte sich, daß sie von reinem Golde war. Er wußte aber nicht ob 'Alâ ed-Dîn ihren Wert kannte oder ob er in solchen Dingen ein Neuling war. So fragte er ihn denn: ‚Wieviel soll diese Schüssel kosten, lieber Herr?' 'Alâ ed-Dîn antwortete: ‚Du weißt, wieviel sie wert ist.' Nun zögerte der Jude, wieviel er dem 'Alâ ed-Dîn dafür bieten sollte; denn der Knabe hatte ihm wie ein Geschäftsmann geantwortet, er aber wollte ihm nur wenig geben. Zugleich fürchtete er, daß 'Alâ ed-Dîn doch den Wert der Schüssel kennte, und er bedachte, ob er ihm viel bieten müsse. Dennoch sprach er bei sich selber: ‚Nun, vielleicht weiß er doch nichts davon und kennt den Wert nicht!' Darauf holte er aus seiner Tasche einen Golddinar und gab ihm den; als 'Alâ ed-Dîn den Dinar in seiner Hand sah, behielt er ihn und ging eilends fort. Da wußte der Jude, daß der Knabe den Wert der Schüssel nicht kannte, und er bereute es bitter, daß er ihm statt des Golddinars nicht einen Dreier gegeben hatte. 'Alâ ed-Dîn aber hielt sich nicht auf, sondern ging schnurstracks zum Bäcker, kaufte Brot und ließ sich den Dinar wechseln. Dann ging er damit zu seiner Mutter, gab ihr das Brot und den Rest des Dinars und sprach zu ihr: ‚Mutter, geh und kaufe für uns ein, was wir brauchen!' Da begab seine Mutter sich zum Markte und kaufte alles, was sie brauchten. Dann aßen sie und waren guter Dinge. Sooft nun der Erlös einer Schüssel ausgegeben war, nahm er eine andere und brachte sie zum Juden; der verfluchte Jude aber kaufte alle diese Schüsseln um einen geringen Preis von ihm. Ja, der Jude hätte ihm sogar gern den Preis noch heruntergedrückt; doch da er ihm das erste Mal einen Dinar gegeben hatte, so fürchtete er, daß der Knabe, wenn er ihm weniger gäbe, weggehen und an einen anderen verkaufen würde, und daß er selbst dann diesen hohen Gewinn nicht mehr erzielen würde. 'Alâ ed-Dîn verkaufte Schüssel auf Schüssel, bis er alle verkauft hatte und ihm nur noch der Tisch übrig blieb, auf dem die Schüsseln gestanden hatten. Da er aber groß und schwer war, so ging er und holte den Juden zum Hause. Dann brachte er den Tisch zu ihm hinaus, und als der Jude sah, wie groß er war, gab er ihm zehn Dinare. 'Alâ ed-Dîn nahm sie, und der Jude ging fort. Nun bestritten der Knabe und seine Mutter ihren Unterhalt von den zehn Dinaren, bis sie aufgebraucht waren. Da holte 'Alâ ed-Dîn die Lampe wieder hervor und rieb sie; sofort stieg vor ihm der Geist auf, der ihm früher erschienen war.

Ferner ist mir berichtet worden, o größter König unserer Zeit, daß der Geist, der Diener der Lampe, zu 'Alâ ed-Dîn sprach: ‚Verlange, mein Herr, was du wünschest! Denn ich bin dein Diener, der Diener dessen, der die Lampe hat.' 'Alâ ed-Dîn antwortete ihm: ‚Ich wünsche, daß du mir einen Tisch mit Speisen bringst, wie du ihn mir zuvor gebracht hast; denn ich bin hungrig.' Im Augenblick brachte der Geist den Tisch, gleich dem, den er ihm zuvor gebracht hatte; auf ihm standen zwölf kostbare Schüsseln mit feinen Speisen, dazu auch Flaschen mit klarem Wein, und neben ihnen lag weißes Brot. Die Mutter 'Alâ ed-Dîns aber war hinausgegangen, als sie erfuhr, daß ihr Sohn die Lampe reiben wolle, damit sie den Dämon nicht zum zweiten Male zu sehen brauchte. Nach einer kleinen Weile kam sie wieder zu ihm hinein und sah diesen Tisch voll von den silbernen Schüsseln, während der Duft der köstlichen Speisen sich im ganzen Hause verbreitete. Wie sie nun erstaunte und sich freute, sprach 'Alâ ed-Dîn zu ihr: ‚Schau, Mutter, du sagtest mir, ich sollte die Lampe fortwerfen; nun sieh ihre Zauberkräfte!' ‚Lieber Sohn,' erwiderte sie, ‚Gott soll es ihm lohnen; aber ich möchte ihn doch nicht wiedersehen.' Darauf setzten 'Alâ ed-Dîn und seine Mutter sich an den Tisch und aßen und tranken, bis sie gesättigt waren. Was ihnen noch übrig blieb, stellten sie für den nächsten Tag beiseite. Und als dann die Speisen, die sie erhalten hatten, aufgezehrt waren, nahm 'Alâ ed-Dîn eine von den Schüsseln unter sein Gewand und ging fort, um den Juden zu suchen und sie ihm zu verkaufen. Doch das Schicksal wollte es, daß er an dem Laden eines Goldschmieds vorbeikam, der ein ehrlicher, frommer und gottesfürchtiger Mann war. Wie der alte Goldschmied den 'Alâ ed-Dîn erblickte, fragte er ihn: ‚Mein Sohn, was hast du da vor? Ich habe dich schon viele Male gesehen, wie du hier vorbeigingst und dann mit einem jüdischen Manne verhandeltest. Ich sah auch, wie du ihm Gegenstände gabst, und ich glaube, du hast jetzt auch wieder etwas bei dir und suchst nach ihm, um es ihm zu verkaufen. Du weißt wohl nicht, mein Sohn, daß bei den Juden das Gut der Muslime, die den einigen Allah, den Erhabenen verehren, als erlaubte Beute gilt und daß sie immer die Muslime betrügen, besonders aber dieser verfluchte Jude, mit dem du verhandelt hast und dem du in die Hände gefallen bist. Hast du, mein Sohn, etwas bei dir, das du verkaufen willst, so zeige es mir; hab keinerlei Furcht, ich will dir den rechten Preis dafür geben, so wahr Allah der Erhabene lebt!' Da zeigte 'Alâ ed-Dîn die Schüssel dem Alten; und wie der sie sah, nahm er sie und wog sie auf der Waage. Dann fragte er den Knaben: ,Waren die Dinge, die du dem Juden verkauftest, so wie dies?' Jener gab zur Antwort: ,Ja, genau das gleiche.' ,Wieviel pflegte er dir dafür zu geben?' fragte der Goldschmied weiter; und 'Alâ ed-Dîn erwiderte: ,Er gab mir immer einen Dinar.'

Ferner ist mir berichtet worden, o größter König unserer Zeit, daß der alte Goldschmied, als er von 'Alâ ed-Dîn hörte, daß der Jude ihm als Preis für die Schüssel nur einen einzigen Dinar zu geben pflegte, ausrief: ,O über diesen Verruchten, der die Diener Allahs des Erhabenen betrügt!' Dann blickte er auf 'Alâ ed-Dîn und sprach zu ihm: ,Mein Sohn, dieser listige Jude hat dich betrogen und sich über dich lustig gemacht; denn deine Schüssel hier ist reines, echtes Silber. Ich habe sie gewogen und gefunden, daß ihr Wert siebzig Dinare beträgt; und wenn du den Preis dafür haben willst, so nimm ihn hin!' Mit diesen Worten zählte der alte Goldschmied ihm siebzig Dinare hin; er nahm sie von ihm in Empfang und dankte ihm für seine Güte, da er ihm den Betrug des Juden aufgedeckt hatte. Und jedes Mal, wenn der Erlös für eine Schüssel aufgebraucht war, brachte er nunmehr eine andere zu ihm. 'Alâ ed-Dîn und seine Mutter waren nun wohlhabender; aber sie lebten weiter wie bisher als Leute des Mittelstandes, ohne zu viel auszugeben und ohne Geld zu verschwenden. 'Alâ ed-Dîn gab nun auch das Nichtstun und den Verkehr mit den bösen Buben auf und begann mit den rechtschaffenen Männern zu verkehren; jeden Tag ging er zum Basar der Kaufleute, setzte sich zu vornehm und gering unter ihnen und fragte nach den Handelsverhältnissen, nach den Preisen und Waren und dergleichen. Auch ging er zum Basar der Goldschmiede und dem der Juweliere, und dort pflegte er zu sitzen, um sich mit den Juwelen vertraut zu machen und dem Kauf und Verkauf der Edelsteine zuzusehen. Da bemerkte er denn auch bald, daß die beiden Beutel, die er mit den Früchten der Bäume gefüllt hatte, als er damals in der unterirdischen Schatzhöhle war, weder Glas noch Kristall, sondern Edelsteine enthielten, und er wußte nun, daß er großen Reichtum erlangt hatte, wie ihn selbst die Könige nie besaßen. Er betrachtete genau alle Edelsteine, die im Basar der Juweliere vorhanden waren, und er sah, daß auch der größte unter ihnen nicht dem kleinsten der seinigen gleichkam. So ging er immerfort jeden Tag zum Basar der Juweliere, machte sich mit den Leuten bekannt und befreundet und fragte sie nach Kauf und Verkauf, nach Geben und Nehmen und auch nach Teurem und Billigem. Eines Tages aber, nachdem er sich am Morgen erhoben und angekleidet hatte, ging er wie gewöhnlich zum Basar der Goldschmiede; und während er so dahinging, hörte er, daß der Herold folgendermaßen ausrief: ‚Auf Befehl unseres gnädigen Herren, des größten Königs unserer Zeit, des mächtigsten Herrschers des Jahrhunderts und in Ewigkeit, sollen alle Leute ihre Lager und Läden verschließen und in ihre Häuser gehen; denn die Herrin Badr el-Budûr, die Tochter des Sultans, will sich in das Bad begeben. Jeder, der diesen Befehl übertritt, wird mit dem Tode bestraft werden, und sein Blut soll auf sein Haupt kommen!' Wie 'Alâ ed-Dîn diese Verkündigung hörte, verlangte es ihn danach, die Prinzessin zu sehen, und er sprach bei sich selber: ‚Alle Leute reden von ihrer Schönheit und Anmut; drum ist es mein höchster Wunsch, sie zu sehen.'

Ferner ist mir berichtet worden, o größter König unserer Zeit, daß 'Alâ ed-Dîn sich nach einem Mittel umzusehen begann, durch das er erreichen könnte, die Tochter des Sultans, die Prinzessin Badr el-Budûr, zu schauen. Da hielt er es denn für das beste, sich hinter der Tür des Badehauses aufzustellen, um ihr Antlitz zu sehen, wenn sie dort hineinging. Noch im selben Augenblicke begab er sich zum Badehause, ehe sie kam, und stellte sich hinter der Tür an einer Stelle auf, wo ihn kein Mensch sehen konnte. Nachdem dann die Prinzessin sich aufgemacht und die Straßen der Stadt durchzogen und in Augenschein genommen hatte, kam sie zum Badehause. Und wie sie dort angelangt war, hob sie beim Eintritt den Schleier von ihrem Gesichte. Da erstrahlte ihr Antlitz an Schönheit so reich, der leuchtenden Sonne oder einer kostbaren Perle gleich. Und sie war, wie einer der Dichter, die ihresgleichen beschrieben, von ihr gesungen hat:

> *Wer streute Zauberschminke wohl auf die Blicke ihr*
> *Und pflückte Rosenblüten wohl von der Wange ihr?*
> *Ein nächtlich Dunkel ziert der Haare schwarze Pracht,*
> *Doch ihrer Stirne Licht erhellt die finstre Nacht.*

Als sie nun den Schleier von ihrem Antlitz gehoben hatte und 'Alâ ed-Dîn sie erblickte, sprach er: ‚Wahrlich, ihre Gestalt preist den Allmächtigen, der sie gestaltet hat! Lob sei Ihm, der sie geschaffen und mit dieser Schönheit und Anmut geschmückt hat!' Seine Kraft brach zusammen, als er sie anstarrte, seine Gedanken wurden verwirrt, sein Blick bezaubert, und die Liebe zu ihr erfüllte sein ganzes Herz. Dann kehrte er nach Hause zurück und trat zu seiner Mutter ein, völlig hingerissen, wie er war. Seine Mutter begann mit ihm zu reden, doch er fragte und sagte nichts. Dann brachte sie ihm das Mittagsmahl, während er immer noch in diesem Zustande verharrte. Da sprach sie zu ihm: ‚Mein Sohn, was ist dir widerfahren? Schmerzt dich etwas? Sage mir, was ist mit dir geschehen? Du bist nicht so wie sonst. Ich rede mit dir, doch du gibst mir keine Antwort!' 'Alâ ed-Dîn aber, der bis dahin geglaubt hatte, alle Frauen seien wie seine Mutter, der zwar von der Schönheit der Prinzessin Badr el-Budûr, der Tochter des Sultans, gehört hatte, aber nicht ahnte, was Schönheit und Anmut war, wandte sich nach seiner Mutter um und sagte nur: ‚Laß mich!' Doch sie drang in ihn, er möchte zum Essen kommen; so trat er denn heran und aß ein wenig. Dann legte er sich auf sein Bett und war in Gedanken versunken, bis es Morgen ward. Auch am nächsten Tage verharrte er in diesem Zustande. Nun war seine Mutter in großer Sorge um ihren Sohn, und da sie nicht wußte, was mit ihm geschehen war, so dachte sie, er sei vielleicht krank; sie trat zu ihm und fragte ihn mit den Worten: ‚Mein Sohn, wenn du Schmerzen oder sonst etwas verspürst, so sage es mir, auf daß ich hingehe und dir einen Arzt hole. Gerade jetzt befindet sich in dieser Stadt ein Arzt aus dem Lande der Araber, den der Sultan hat kommen lassen; von dem geht der Ruf, daß er sehr geschickt sei. Wenn du also krank bist, so will ich hingehen und ihn zu dir rufen.'

Ferner ist mir berichtet worden, o größter König unserer Zeit, daß 'Alâ ed-Dîn, als er vernahm, seine Mutter wolle ihm den Arzt bringen, zu ihr sprach: ‚Liebe Mutter, ich bin gesund, ich bin nicht krank. Aber ich hatte geglaubt, alle Frauen seien so wie du; und nun habe ich gestern die Prinzessin Badr el-Budûr, die Tochter des Sultans, gesehen, wie sie zum Bade ging.' Darauf erzählte er ihr alles und jedes, was er erlebt hatte, und er schloß mit den Worten: ‚Vielleicht hast du gehört, wie der Herold ausrief, niemand dürfe seinen Laden öffnen, noch auf der Straße stehen, damit die Prinzessin Badr el-Budûr sich zum Badehause begeben könne. Ich aber habe sie gesehen, wie sie ist; denn als sie zu der Tür des Badehauses kam, hob sie den Schleier von ihrem Antlitz. Doch wie ich ihr Angesicht und ihre herrliche Gestalt sah, da ergriff mich, o Mutter, die Liebe zu ihr mit heftigem Weh, und die Sehnsucht nach ihr entbrannte in meinem ganzen Leibe, und ich finde keine Ruhe mehr, wenn ich sie nicht gewinne. Darum denke ich, ich will sie vom Sultan, ihrem Vater, nach Recht und Gesetz zur Gemahlin erbitten.' Als die Mutter 'Alâ ed-Dîns solche Worte von ihrem Sohne vernahm, zweifelte sie an seinem Verstande, und sie sprach zu ihm: ‚Mein Sohn, der Name Allahs umschirme dich! Es scheint, du hast den Verstand verloren, mein Kind. Laß dich wieder auf den rechten Weg führen und sei nicht wie die Besessenen!' ‚Nein, liebe Mutter,' rief er, ‚ich habe den Verstand nicht verloren, ich gehöre auch nicht zu den Besessenen. Diese deine Worte ändern nichts an dem, was ich im Sinne habe. Ich kann keine Ruhe finden, als bis ich mein Herzblut, die schöne Prinzessin Badr el-Budûr, gewinne; ich will um sie bei ihrem Vater, dem Sultan, freien.' ‚Ach, mein Sohn,' erwiderte sie, ‚ich beschwöre dich bei meinem Leben, rede nicht solche Worte, damit keiner dich hört und sagt, du seiest besessen! Laß ab von dieser Torheit! Wer sollte sich wohl getrauen und unterfangen, den Sultan darum zu bitten? Ich weiß auch nicht, wie du es machen willst, daß du diese Bitte zum Sultan gelangen lässest, wenn deine Worte wirklich ernst gemeint sind. Durch wen willst du denn um sie freien?' Da gab 'Alâ ed-Dîn ihr zur Antwort: ‚Durch wen, liebe Mutter, sollte ich wohl um sie werben lassen, so lange du noch da bist? Wer ist mir ein treuerer Freund als du? Ich wünsche, daß du selbst für mich diese Werbung vorbringst!' ‚Mein Sohn,' rief sie aus, ‚Allah behüte mich davor! Habe ich denn wie du den Verstand verloren? Verbanne diesen Gedanken aus deinem Sinne, denke daran, wessen Sohn du bist! Mein Kind, du bist der Sohn des ärmsten und geringsten Schneiders, den es in dieser Stadt gibt; auch ich, deine Mutter, stamme von ganz armen Leuten ab. Wie kannst du es wagen, um die Tochter des Sultans zu werben, deren Vater sie nicht einmal mit einem Prinzen aus dem Hause eines Königs oder eines Sultans zu vermählen geruht, es sei denn, daß er ihm an Macht, Rang und Ehre gleich ist; wenn jener aber nur um eine Stufe niedriger steht, so gibt er ihm seine Tochter nicht.'

Ferner ist mir berichtet worden, o größter König unserer Zeit, daß 'Alâ ed-Dîn wartete, bis seine Mutter ihre Rede beendet hatte, und dann zu ihr sprach: ‚Liebe Mutter, alles, woran du gedacht hast, das weiß ich; ich bin mir auch wohl bewußt, daß ich ein Kind armer Leute bin. Aber alle diese deine Worte werden mich nie von meinem Entschlusse abbringen; und ich flehe dich an, wenn anders ich dein Sohn bin und du mich lieb hast, tu mir diesen Gefallen; sonst wirst du mich verlieren, und der Tod wird mich bald ereilen, wenn ich nicht bei meiner Herzliebsten das Ziel meiner Wünsche erreiche. Ich bin doch auch, liebe Mutter, immer noch dein Sohn!' Als seine Mutter diese Worte aus seinem Munde vernahm, begann sie in ihrer Trauer um ihn zu weinen, und sie sprach: ‚Mein Sohn, ja, ich bin deine Mutter, und ich habe kein anderes Kind, kein Herzblut als dich. Es ist mein höchster Wunsch, mich deiner zu erfreuen und dich zu vermählen; und wenn du willst, so will ich dir eine Frau suchen unter unseresgleichen und Leuten unseres Standes. Aber sie werden sofort fragen, ob du ein Handwerk hast oder Landbesitz, ein Gewerbe oder einen Garten, um davon zu leben. Was soll ich ihnen dann antworten? Wenn ich also nicht einmal Leuten, die so arm sind wie wir, Antwort stehen kann, wie könnte ich es da wagen, mein Sohn, um die Tochter des Königs von China zu werben, der vor und nach seinesgleichen nicht hat? Überlege das alles mit deinem Verstande! Und wer soll um sie für einen Schneiderssohn werben? Ich weiß sicher, wenn ich davon spreche, so wird das unser Unglück nur noch vermehren, da es uns in große Gefahr von seiten des Sultans stürzen kann; ja, vielleicht wird es mir und dir den Tod bringen. Und ich selbst, wie könnte ich mich zu einer so gefährlichen und verwegenen Tat hinreißen lassen? Mein Sohn, in welcher Weise soll ich denn für dich beim Sultan um seine Tochter anhalten? Wie kann ich zu ihm Zutritt erlangen? Und was soll ich antworten, wenn man mich fragt? Vielleicht wird man mich für eine Verrückte halten. Und nimm einmal an, ich ginge hin und verlangte Zutritt zum Sultan, was für ein Geschenk soll ich für Seine Majestät mitnehmen?'

Ferner ist mir berichtet worden, o größter König unserer Zeit, daß die Mutter 'Alâ ed-Dîns mit ihren Worten an ihren Sohn fortfuhr: ‚Ja, mein Kind, ich weiß, daß der Sultan milde ist, daß er niemanden abweist, der ihm naht und ihn um Gerechtigkeit oder Gnade anfleht oder sich in seinen Schutz begibt oder ihn um eine Gabe bittet, denn er ist gütig und gnädig gegen nah und fern; aber er erweist seine Gnade auch nur dem, der ihrer wert ist, der vor ihm eine Heldentat im Kriege vollbracht hat oder der sein Land geschützt hat. Und du nun, mein Sohn, sag mir, welche Großtat hättest du wohl vor dem Sultan oder vor der Regierung vollbracht, daß du von ihm einen solchen Gnadenbeweis verdientest? Und zweitens, diese Gnade, nach der du strebst, ist dir nicht angemessen, und es ist unmöglich, daß der König sie dir gewährt. Wer dem Könige naht und von ihm eine Huld erbittet, der muß ihm ein Geschenk bringen, das sich für seine Majestät ziemt, wie ich dir schon gesagt habe. Wie wäre es denn nur möglich, daß du dich vor den Sultan wagtest und dann vor ihm ständest, um seine Tochter von ihm zur Frau zu erbitten, ohne daß du ein Geschenk bei dir hättest, das seines Ansehens würdig wäre?' ,Liebe Mutter,' gab 'Alâ ed-Dîn ihr zur Antwort, ,deine Worte sind recht, und deine Gedanken treffen das Richtige. Ich hätte an all das denken sollen, an das du mich erinnert hast. Und doch, o Mutter, die Liebe zur Tochter des Sultans, der Prinzessin Badr el-Budûr, ist mir tief ins Herz gedrungen, und ich finde keine Ruhe mehr, wenn ich sie nicht gewinne. Du hast mich an etwas erinnert, das ich vergessen hatte; doch das ist es gerade, was mir den Mut dazu gibt, um seine Tochter bei ihm durch dich zu werben. Du fragst mich, Mutter, was für ein Geschenk ich hätte, um es dem Könige nach der Sitte der Menschen darzubieten. Nun wohl, ich habe ein Geschenk, eine Gabe, und ich glaube, kein einziger König besitzt etwas, das ihr gliche oder auch nur ähnlich wäre.'

Ferner ist mir berichtet worden, o größter König unserer Zeit, daß 'Alâ ed-Dîn weiter zu seiner Mutter sprach: ,Liebe Mutter, was ich für Glas und Kristalle hielt, das sind lauter Edelsteine. Ich glaube, alle Könige der Welt haben nicht einmal einen Stein, der dem kleinsten von meinen Juwelen gleichkäme. Durch meinen Verkehr mit den Juwelieren habe ich erfahren, daß es kostbare Edelsteine sind, jene, die ich aus der Schatzhöhle in den Taschen mitgebracht habe. Wenn du so gut sein willst, so bemühe dich und hole mir die Porzellanschüssel, die wir besitzen, auf daß ich sie mit diesen Edelsteinen fülle und du sie als Geschenk dem Sultan bringst. Ich bin gewiß, daß dir hierdurch deine Aufgabe erleichtert wird, wenn du vor dem Sultan stehst und ihn um das bittest, was ich wünsche. Wenn du aber mir nicht behilflich sein willst, daß ich mein Ziel bei der Prinzessin Badr el-Budûr erreiche, so wisse, Mutter, daß ich sterben muß. Mache dir wegen dieses Geschenkes keine Sorgen! Denn es besteht aus den kostbarsten Juwelen. Glaube mir, Mutter, ich bin viele Male zum Basar der Juweliere gegangen, und da habe ich gesehen, wie diese Leute Edelsteine, die an Schönheit nicht ein Viertel der unsrigen wert waren, für so hohe Summen verkauften, daß der menschliche Verstand sie nicht erfassen kann. Als ich das sah, da sagte ich mir, daß die Edelsteine, die wir haben, ganz außerordentlich wertvoll sind. Drum steh auf, liebe Mutter, wie ich dir gesagt habe, hole mir die Porzellanschüssel, von der ich sprach, damit wir einige von diesen Juwelen hineinlegen und sehen, wie sie sich darin ausnehmen.' Da ging die Mutter 'Alâ ed-Dîns hin und holte die Porzellanschüssel, indem sie bei sich selber sprach: ‚Ich will doch einmal sehen, ob das, was mein Sohn von diesen Steinen sagt, wahr ist oder nicht!' Nachdem sie dann die Schüssel vor ihn hingesetzt hatte, holte 'Alâ ed-Dîn Edelsteine aus den Beuteln hervor und legte sie in die Schüssel; Edelsteine verschiedenster Art legte er ohne Unterlaß hinein, bis er sie angefüllt hatte. Und als sie ganz voll war, blickte die Mutter des Knaben auf die Schüssel; aber sie konnte nicht lange hinsehen, sondern sie mußte vielmehr mit den Augen blinzeln, weil die Edelsteine strahlten und leuchteten und hell blitzten. Zwar ward ihr fast der Sinn durch sie verwirrt, aber sie war doch noch nicht ganz sicher, ob der Wert der Steine wirklich so sehr hoch war oder nicht. Immerhin sagte sie sich, daß ihr Sohn vielleicht doch recht hatte, wenn er sagte, dergleichen finde sich nicht im Besitze der Könige. Da wandte 'Alâ ed-Dîn den Blick zu ihr und sprach: ‚Siehst du, Mutter, daß dies ein großes Geschenk für den Sultan ist? Ich bin sicher, daß du dadurch bei ihm hochgeehrt werden wirst und daß er dich mit aller Achtung empfangen wird. Jetzt, liebe Mutter, hast du keine Ausrede mehr; drum sei so gut, nimm diese Schüssel und geh mit ihr zum Schlosse!' ‚Jawohl, mein Sohn,' erwiderte sie, ‚dies Geschenk ist sehr teuer und wertvoll, und niemand besitzt seinesgleichen, so wie du gesagt hast. Doch wer hätte den Mut, sich dem Sultan zu nahen und bei ihm um seine Tochter Badr el-Budûr zu werben? Ich kann mich nicht erkühnen, zu ihm zu sagen: ‚Ich wünsche deine Tochter', wenn er mich fragt, was ich wünsche. Nein, nein, mein Sohn, meine Zunge wäre dann gebunden. Und gesetzt den Fall, Allah gäbe mir Kraft und ich fände den Mut ihm zu sagen: ‚Ich wünsche mich durch die Heirat deiner Tochter, der Prinzessin Badr el-Budûr, mit meinem Sohne 'Alâ ed-Dîn zu verschwägern', so würde man mich dann doch für verrückt halten und mich mit Schimpf und Schande fortjagen, um nichts davon zu sagen, daß ich in Todesgefahr geraten würde, nicht nur ich allein, sondern auch du. Aber trotz alledem, mein Sohn, um deinetwillen muß ich mir ein Herz fassen und hingehen. Doch, mein Sohn, wenn der König um des Geschenkes willen mich ehrenvoll aufnimmt, so will ich ihm wohl deine Bitte vortragen.'

Ferner ist mir berichtet worden, o größter König unserer Zeit, daß die Mutter 'Alâ ed-Dîns des weiteren zu ihrem Sohne sprach: ‚Ich will dem Sultan wohl deine Bitte vortragen, nämlich die Vermählung mit seiner Tochter, aber wenn er mich fragt, wie groß dein Besitz und deine Einkünfte seien, wie die Menschen zu fragen pflegen, was soll ich ihm dann antworten? Vielleicht, mein Sohn, wird er eher danach als nach dir fragen.'

Doch 'Alâ ed-Dîn erwiderte: ‚Es ist unmöglich, daß der Sultan danach fragt, wenn er die Edelsteine und ihre Pracht sieht. Darum sorge dich nicht um Dinge, die nicht geschehen werden, sondern mache dich nur auf, bringe ihm diese Juwelen und wirb für mich bei ihm um seine Tochter! Sitze nicht länger da, indem du dir über die Sache schwere Gedanken machst! Früher hast du doch schon um die Lampe gewußt, die ich habe, die jetzt für unseren Lebensunterhalt sorgt und die mir alles verschafft, was ich von ihr verlange. Ich hoffe, daß ich mit ihrer Hilfe auch wissen werde, wie ich dem Sultan antworten soll, wenn er mich danach fragt.‘ In dieser Weise sprachen 'Alâ ed-Dîn und seine Mutter die ganze Nacht hindurch miteinander. Als es dann aber Morgen ward, faßte die Mutter sich ein Herz, besonders da ihr Sohn ihr noch einiges von den Kräften und Eigenschaften der Lampe erklärt hatte, daß sie ihnen nämlich alles verschaffen würde, was sie nur wünschten; freilich als 'Alâ ed-Dîn sah, daß seine Mutter Mut schöpfte, weil er ihr die Kräfte der Lampe auseinandersetzte, da fürchtete er, sie würde davon zu den Leuten reden, und darum sprach er zu ihr: ‚Mutter, hüte dich, irgend jemandem etwas von der Lampe und ihrer Zaubergewalt zu sagen; denn sie ist unser größter Schatz. Nimm dich davor in acht, zu irgendeinem Menschen von ihr zu schwätzen, damit wir sie nicht verlieren und das glückliche Leben, das wir führen und das wir ihr verdanken, entbehren müssen!‘ Die Mutter gab ihm zur Antwort: ‚Das brauchst du nicht zu befürchten, mein Sohn‘, nahm die Schüssel mit den Edelsteinen, nachdem sie sie in ein feines Tuch gehüllt hatte, und ging beizeiten fort, um den Staatssaal zu erreichen und zu betreten, ehe er sich mit Menschen füllte. So zog sie denn mit der Schüssel zum Schlosse. Als sie dort ankam, war die Staatsversammlung noch nicht vollzählig, und sie konnte sehen, wie der Wesir und einige Große des Reiches in die Regierungshalle des Sultans eintraten. Bald darauf jedoch füllte sich der Saal mit den Wesiren, den Großen und Häuptlingen des Reiches, den Emiren und den Vornehmen. Dann nach einer kleinen Weile erschien der Sultan, und die Wesire und die anderen Häuptlinge und Großen warteten ihm auf. Der Herrscher setzte sich im Staatssaale auf den Königsthron nieder, während alle dort Anwesenden mit gekreuzten Armen vor ihm standen und warteten, bis er ihnen befehlen würde, sich zu setzen. Als er das getan hatte, setzten sie sich, ein jeder auf seinen Platz; dann wurden die Rechtsfälle dem Sultan vorgetragen, und er entschied eine jede Sache in ihrer Weise, bis die Versammlung beendet war. Da erhob der König sich, begab sich wieder in das Schloß zurück, und ein jedes Wesen ging seines Weges.

Ferner ist mir berichtet worden, o größter König unserer Zeit, daß die Mutter 'Alâ ed-Dîns, weil sie vor der Menge gekommen war, hatte eintreten können; aber weil niemand ihr ein Wort sagte, um sie vor den Sultan zu führen, so blieb sie dort stehen, bis die Staatsversammlung beendet war, der Sultan sich erhob und sich ins Schloß begab und alle anderen ihres Weges gingen. Als sie sah, daß der Sultan seinen Thron verlassen hatte und in den Harem gegangen war, machte auch sie sich auf, ging ihren Weg zurück und trat in ihr Haus ein. Wie ihr Sohn 'Alâ ed-Dîn sie mit der Schüssel in der Hand erblickte, wußte er, daß ihr wohl etwas zugestoßen war; aber er wollte sie nicht eher fragen, als bis sie drinnen im Hause die Schüssel niedersetzte und ihm selbst berichtete, was ihr widerfahren sei. Schließlich sprach sie zu ihm: ‚Lieber Sohn, Preis sei Allah, daß ich heute Mut hatte und mir einen Platz im Staatssaale gesucht habe! Und wenn es mir auch noch nicht möglich war, den Sultan zu sprechen, werde ich doch, so Gott der Erhabene will, morgen mit ihm reden. Heute waren auch noch viele andere Leute da, die wie ich keine Gelegenheit fanden, mit dem Sultan zu sprechen. Doch sei gutes Muts, mein Sohn, morgen werde ich sicher mit ihm reden, dir zuliebe, komme was will!' Wie 'Alâ ed-Dîn die Worte seiner Mutter vernommen hatte, war er hocherfreut, obgleich er im Übermaß seiner Liebe und seiner Sehnsucht nach der Prinzessin Badr el-Budûr von Stunde zu Stunde auf die Entscheidung wartete. Trotzdem faßte er sich in Geduld, und so warteten beide bis zum nächsten Morgen. Da machte die Mutter sich wieder auf und ging mit der Schüssel zum Staatssaale des Sultans. Dort sah sie, daß der Saal geschlossen war, und als sie die Leute darüber befragte, sagten sie ihr: ‚Der Sultan hält immer nur dreimal in der Woche eine Staatsversammlung ab.' So mußte sie an jenem Tage wieder nach Hause zurückkehren. Und nun ging sie jeden Tag hin. Wenn sie sah, daß Versammlung war, so stellte sie sich vor dem Staatssaale auf, so lange bis alles zu Ende war, und kehrte heim; und an den anderen Tagen fand sie den Saal geschlossen. Dabei blieb sie eine ganze Woche. Der Sultan aber bemerkte sie bei jeder Versammlung; und als sie am letzten Tage wieder hingegangen war und sich wie gewöhnlich vor dem Staatssaale aufgestellt hatte, bis die Versammlung geschlossen wurde, ohne daß sie den Mut fand, vorzutreten oder ein Wort zu sagen, wandte der Sultan sich beim Eintritt in den Harem an den Großwesir, der ihn begleitete, mit den Worten: ‚Wesir, seit sechs bis sieben Tagen sehe ich zu jeder Staatsversammlung diese Alte hierher kommen, und ich sehe, wie sie immer etwas unter ihrem Mantel trägt. Weißt du etwas von ihr, o Wesir, oder von ihrem Anliegen?' ‚O unser Herr und Sultan,' erwiderte der Wesir, ‚die Frauen haben geringe Verstandeskräfte; vielleicht kommt diese Frau, um sich bei dir über ihren Mann oder über jemanden von ihren Angehörigen zu beklagen.' Der Sultan jedoch gab sich mit der Antwort des Wesirs nicht zufrieden, sondern er befahl ihm, wenn die Frau wieder zum Staatssaale käme, so solle er sie vor seinen Thron führen. Sofort legte der Wesir seine Hand auf sein Haupt und sprach: ‚Ich höre und gehorche, o unser Herr und Sultan!'

Ferner ist mir berichtet worden, o größter König unserer Zeit, daß die Mutter 'Alâ ed-Dîns, die sich schon daran gewöhnt hatte, jeden Tag zum Staatssaale zu gehen und dort angesichts des Sultans zu stehen, obgleich sie betrübt und sehr ermattet war, die aber dennoch ihrem Sohne 'Alâ ed-Dîn zuliebe alle Mühe für leicht erachtete, nun wieder einmal eines Tages zur Regierungshalle ging, wie immer, und sich vor den Augen des Sultans aufstellte. Als der sie erblickte, befahl er seinem Wesir: ‚Da ist ja die Frau, von der ich dir neulich gesprochen habe; bringe sie jetzt vor mich, damit ich ihr Anliegen erfahre und ihre Sache entscheide!' Sofort ging der Wesir hin und führte die Mutter 'Alâ ed-Dîns vor den Thron. Als die alte Frau nun vor dem Herrscher stand, machte sie die Reverenz vor ihm, wünschte ihm Macht und langes Leben und ewiges Glück und küßte den Boden vor ihm. ‚Du Frau,' hub der Sultan an, ‚seit wieviel Tagen sehe ich dich schon zum Staatssaale kommen, ohne daß du ein Wort sagst! Nun tu mir kund, ob du ein Anliegen hast, auf daß ich es dir erfülle!' Wiederum küßte die Mutter 'Alâ ed-Dîns den Boden und flehte den Segen des Himmels auf den König herab; dann begann sie: ‚Jawohl, bei deinem Haupte, o größter König unserer Zeit, ich habe ein Anliegen. Aber vor allen Dingen geruhe, mir Sicherheit zu versprechen, auf daß ich mein Anliegen den Ohren unseres Herrn und Sultans unterbreiten kann; denn vielleicht wird deine Majestät mein Anliegen seltsam finden.' Der Sultan wollte nun gern erfahren, was sie für ein Anliegen hatte, und er war auch von Natur ein sehr gütiger Mann; so versprach er ihr denn Sicherheit, befahl zugleich, daß alle Anwesenden fortgehen sollten, und blieb mit dem Großwesir allein dort. Darauf redete er sie an mit den Worten: ‚Trag deine Sache vor; du stehst unter dem Schutz Allahs des Erhabenen!' ‚O größter König unserer Zeit,' erwiderte sie, ‚ich bitte auch dich um Verzeihung.' ‚Allah verzeihe dir!' sprach er darauf, und sie fuhr fort: ‚O unser Herr und Sultan, ich habe einen Sohn, der heißt 'Alâ ed-Dîn. Er hat eines Tages gehört, wie der Herold ausrief, niemand solle seinen Laden auftun oder sich auf den Straßen der Stadt zeigen, weil die Prinzessin Badr el-Budûr, die Tochter unseres Herrn und Sultans, sich zum Badehause begebe. Als mein Sohn das hörte, wollte er sie so gern anschauen, und er versteckte sich an einer Stelle, von der aus er sie gut sehen konnte; das war hinter der Tür des Bades. Und als sie dann kam, schaute er sie und sah sie noch besser, als er gewollt hatte. Aber seitdem er sie erblickt hat, o größter König unserer Zeit, bis zu diesem Augenblick, ist ihm das Leben keine Freude mehr, und er hat von mir verlangt, ich sollte sie von deiner Majestät erbitten, auf daß du sie mit ihm vermählest. Es ist mir nicht möglich gewesen, ihm diesen Gedanken aus dem Sinne zu vertreiben; denn die Liebe zu ihr hat sein Herz so sehr gefangen genommen, daß er sogar zu mir gesagt hat: ‚Wisse, Mütterchen, wenn ich meinen Wunsch nicht erfüllt sehe, so bin ich sicher bald tot.' Ich bitte deine Majestät um Milde und Verzeihung für dies verwegene Unterfangen, in meinem und in seinem Namen. Nimm uns dies nicht übel!' Als der König ihre Worte angehört hatte, begann er, da er ja ein gütiger Herr war, zu lächeln und fragte: ‚Was ist denn das, was du bei dir hast? Was ist das für ein Bündel?' Wie die Mutter

'Alâ ed-Dîns sah, daß der Sultan nicht zornig wurde, sondern lächelte, öffnete sie sofort das Tuch und reichte ihm die Schüssel mit den Juwelen. Der Sultan blickte auf die Edelsteine, und da nun das Tuch von ihnen abgenommen war, schien es, als ob die ganze Halle von Kronleuchtern und Kandelabern erleuchtet sei; er ward geblendet und verwirrt von dem Glanze der Juwelen und erstaunte über ihre Pracht, ihre Größe und ihre Schönheit.

Ferner ist mir berichtet worden, o größter König unserer Zeit, daß der Sultan, als er auf die Edelsteine blickte, erstaunt ausrief: ‚Bis jetzt habe ich noch nie etwas Ähnliches gesehen wie diese Juwelen; so schön, so groß und so herrlich sind sie. Ich glaube, in meinen Schatzkammern findet sich nicht ein einziger wie sie!‘ Und zu seinem Wesir gewandt fuhr er fort: ‚Was meinst du, Wesir, hast du je in deinem Leben etwas gesehen wie diese Edelsteine?‘ Der Wesir antwortete: ‚Ich habe es nie gesehen, o unser Herr und Sultan, und ich glaube auch nicht, daß in den Schatzkammern meines Herrn und Königs sich ein Stein fände, der so groß wäre wie der kleinste von ihnen.‘ Darauf sagte der König: ‚Wahrlich, wer mir solche Juwelen schenkt, der verdient es, der Gemahl meiner Tochter Badr el-Budûr zu werden; denn soweit ich sehe, ist keiner ihrer würdiger als er.‘ Doch wie der Wesir die Worte des Sultans vernahm, ward ihm die Zunge vor Kummer wie gelähmt; er ward von tiefem Gram ergriffen, weil der König ihm versprochen hatte, er wolle seine Tochter mit seinem Sohne vermählen. Nach einer kleinen Weile aber hub er an: ‚O größter König unserer Zeit, verzeih mir! Deine Majestät hat mir versprochen, Prinzessin Badr el-Budûr solle meinem Sohne zuteil werden. Möge die Güte deiner erlauchten Hoheit eine Frist von drei Monaten zu gewähren geruhen! So Gott will, wird das Geschenk von meinem Sohne noch größer sein als dies!' Obgleich der König wohl wußte, daß dies weder dem Wesir noch auch dem mächtigsten König möglich war, so geruhte er doch in seiner Güte, einen Aufschub von drei Monaten zu gewähren, wie der Minister gebeten hatte. Darauf wandte er sich wieder zu der alten Mutter 'Alâ ed-Dîns und sprach zu ihr: ,Geh zu deinem Sohne und sag ihm, ich gäbe ihm mein Wort, daß meine Tochter für ihn bestimmt sei; doch ich müsse sie erst ausstatten und die nötigen Vorbereitungen treffen, deshalb solle er sich noch drei Monate gedulden.' Nachdem die Mutter 'Alâ ed-Dîns diese Antwort erhalten hatte, dankte sie dem Sultan, betete für sein Wohl und ging fort; vor Freude fliegend eilte sie dahin, bis sie zu Hause ankam, und ging hinein. Als ihr Sohn 'Alâ ed-Dîn sah, daß ihr Antlitz lächelte, da freute er sich, daß sie ihm gute Botschaft bringen würde, zumal sie diesmal so bald wiedergekommen und nicht so lange ausgeblieben war wie sonst immer und auch die Schüssel nicht zurückgebracht hatte. So richtete er denn an sie die Fragen: ,Liebe Mutter, bringst du mir, so Gott will, gute Botschaft? Haben die Juwelen und ihr Wert ihre Sache ausgerichtet? Bist du gut bei dem Sultan aufgenommen, hat er sich dir gnädig gezeigt und deine Werbung angenommen?' Da berichtete sie ihm alles, wie der Sultan sie aufgenommen und sich über die Größe und Pracht der Edelsteine gewundert habe, ebenso wie der Wesir; und sie schloß mit den Worten: ,Er hat mir versprochen, daß seine Tochter für dich bestimmt ist; doch, mein Sohn, der Wesir hat noch heimlich mit ihm geredet, ehe er mir das Versprechen gab. Und dann, nachdem der Wesir mit ihm insgeheim gesprochen hatte, versprach er sie mir nach drei Monaten; ich fürchte, daß der Wesir Unheil brütet und den Sinn des Königs umstimmen will.'

Ferner ist mir berichtet worden, o glücklicher König, daß 'Alâ ed-Dîn, als er von seiner Mutter hörte, daß der Sultan seine Tochter ihm nach drei Monaten geben wolle, heiteren Gemüts und hocherfreut war und sprach: ‚Wenn der Sultan sie nach drei Monaten zu geben versprochen hat, so ist das zwar eine lange Frist; doch auf jeden Fall ist meine Freude groß.' Und er dankte seiner Mutter herzlich für ihre Mühe, indem er zu ihr sprach: ‚Bei Allah, liebe Mutter, jetzt ist mir, als hätte ich im Grabe gelegen und du hättest mich daraus emporgezogen. Ich preise Allah den Erhabenen; denn nun bin ich sicher, daß es in der ganzen Welt niemanden gibt, der reicher oder glücklicher wäre als ich!' Dann wartete er, bis zwei von den drei Monaten vergangen waren. Da ging die Mutter 'Alâ ed-Dîns eines Tages gegen Abend zum Basar, um Öl zu kaufen; aber sie fand alle Basare geschlossen und die ganze Stadt geschmückt und sah, wie die Einwohner Lichter und Blumen in ihre Fenster gestellt hatten. Dann sah sie auch die Soldaten und die Garden und die Aghas hoch zu Rosse im feierlichen Aufzuge, bei brennenden Fackeln und Lichtern. Verwundert über diese seltsame Ausschmückung ging sie zu dem Laden eines Ölhändlers dort, der geöffnet war, und kaufte Öl von ihm. Und sie bat den Ölhändler: ‚Bei deinem Leben, Oheim, sage mir, was gibt es heute in der Stadt, daß die Leute all diesen Schmuck angelegt haben, daß all die Basare und Häuser geschmückt sind und daß die Truppen aufziehen?' ‚Frau,' erwiderte der Ölhändler, ‚ich glaube, du bist wohl fremd und nicht aus dieser Stadt!' ‚Nein,' sagte sie, ‚ich bin aus dieser Stadt.' Da fuhr er fort: ‚Du willst aus dieser Stadt sein und weißt nicht einmal, daß der Sohn des Großwesirs heute abend seine Hochzeit mit Badr el-Budûr, der Tochter des Sultans, feiert? Jetzt ist er gerade im Badehaus und diese Emire und Soldaten sind sein Ehrengeleit; sie stehen und warten, bis er aus dem Bade herauskommt, dann werden sie ihn im feierlichen Aufzuge ins Schloß zu der Tochter des Sultans bringen.' Als die Mutter 'Alâ ed-Dîns diese Worte von ihm vernommen hatte, war sie betrübt, und sie wußte nicht, wie sie es machen sollte, um ihrem Sohne diese traurige Nachricht mitzuteilen; denn ihr armer Sohn wartete von Stunde zu Stunde auf das Ende der drei Monate. Doch sie kehrte sofort nach Hause zurück; und als sie ankam und zu ihrem Sohne eintrat, sprach sie zu ihm: ‚Mein Sohn, ich will dir eine Kunde melden; aber der Kummer, den sie dir bereitet, wird schwer auf mir lasten.' ‚Sprich, was ist das für eine Kunde?', erwiderte er ihr. Da fuhr sie fort: ‚Der Sultan hat sein Versprechen gebrochen, das er dir in betreff seiner Tochter, der Prinzessin Badr el-Budûr, gegeben hat; heute abend feiert der Sohn des Wesirs Hochzeit mit ihr. Ich habe von Anfang an gedacht, mein Sohn, daß der Wesir den Sinn des Sultans umstimmen wolle, wie ich dir ja auch sagte, daß er vor mir heimlich mit ihm redete.' Nun fragte 'Alâ ed-Dîn sie: ‚Wie hast du denn das erfahren, daß der Sohn des Wesirs heute abend mit der Prinzessin Badr el-Budûr, der Tochter des Sultans, Hochzeit feiern wird?' Da berichtete seine Mutter ihm alles, was sie gesehen hatte, wie die Stadt ausgeschmückt war, als sie hinging, um das Öl zu kaufen, wie die Aghas und die Großen des Reiches in feierlichem Aufzuge warteten, bis der Sohn des Wesirs aus dem Badehause käme, und daß dies seine Hochzeitsnacht sei. Wie 'Alâ ed-Dîn dies hören mußte, erfaßte ihn ein Fieberanfall vor Kummer; aber gleich darauf dachte er an die Lampe, und erfreut sprach er zu seiner Mutter: ‚Bei deinem Leben, liebe Mutter, ich glaube, der Sohn des Wesirs wird sich ihrer nicht so erfreuen, wie du denkst. Doch laß uns jetzt davon schweigen! Setze uns das Abendessen vor, auf daß wir speisen. Hernach, wenn ich ein wenig in meine Kammer gegangen bin, wird schon alles gut werden.'

Ferner ist mir berichtet worden, o größter König unserer Zeit, daß 'Alâ ed-Dîn nach dem Abendessen in seine Kammer ging, die Tür hinter sich verschloß, die Lampe holte und sie rieb. Sofort erschien der Geist vor ihm und sprach: ,Verlange, was du wünschest; denn ich bin dein Diener, der Diener dessen, der diese Lampe in der Hand hält, ich und alle Diener der Lampe!' Da sagte 'Alâ ed-Dîn: ,Höre, ich habe den Sultan gebeten, mir seine Tochter zur Frau zu geben, und er hat mir versprochen, es nach drei Monaten zu tun. Er hat aber sein Versprechen nicht gehalten, sondern er hat sie dem Sohne des Wesirs gegeben, und in dieser Nacht will der mit ihr Hochzeit feiern. Nun befehle ich dir, so du ein getreuer Diener der Lampe bist, wenn du in dieser Nacht Braut und Bräutigam zusammen ruhen siehst, so trag sie auf ihrem Lager an diese Stätte. Dies ist, was ich von dir verlange.' Der Mârid erwiderte: ,Ich höre und gehorche! Und wenn du noch einen anderen Dienst begehrst als diesen, so befiehl mir alles, was du wünschest!' Doch 'Alâ ed-Dîn sprach: ,Jetzt verlange ich nichts anderes als dies, was ich dir gesagt habe.' Da verschwand der Geist, und 'Alâ ed-Dîn kehrte zu seiner Mutter zurück, um den Rest des Abends mit ihr zu verbringen. Als dann die Zeit nahte, in der er das Kommen des Geistes erwartete, erhob er sich und ging in seine Kammer. Kaum war er dort, da brachte auch schon der Geist die beiden Neuvermählten auf ihrem Bette. Als 'Alâ ed-Dîn sie erblickte, war er hocherfreut, und er sprach zu dem Geiste: ,Trag diesen Galgenstrick von hier fort und leg ihn im Abtritt nieder!' Im Augenblick trug der Geist den Sohn des Wesirs fort und legte ihn im Abtritt nieder; doch bevor er ihn wieder verließ, blies er ihn mit einem Hauche an, durch den er ihn erstarren machte, und so blieb der Sohn des Wesirs in elendem Zustande dort. Darauf kehrte der Geist zu 'Alâ ed-Dîn zurück und fragte ihn: ‚Hast du noch ein anderes Begehr, so tu es mir kund!' 'Alâ ed-Dîn antwortete ihm: ‚Kehre am Morgen zurück, damit du sie wieder an ihre Stätte bringest!' ‚Ich höre und gehorche!' sprach der Geist und verschwand. 'Alâ ed-Dîn aber hatte kaum geglaubt, daß ihm alles so gut gelingen würde. Und wie er nun die Prinzessin Badr el-Budûr in seinem Hause sah, bewahrte er, obgleich er seit geraumer Zeit in Liebe zu ihr entbrannt war, dennoch Zurückhaltung ihr gegenüber, und er sprach zu ihr: ‚O Herrin der Schönen, glaube nicht, daß ich dich hierher gebracht habe, um deine Ehre zu schänden. Das sei ferne! Nein, ich wollte nur nicht, daß ein anderer sich deiner erfreut; denn dein Vater, der Sultan, hat dich mir versprochen. So ruhe denn unbesorgt!'

Ferner ist mir berichtet worden, o größter König unserer Zeit, daß die Prinzessin Badr el-Budûr, die Tochter des Sultans, als sie sich in diesem ärmlichen und dunkeln Raume sah und die Worte 'Alâ ed-Dîns vernahm, von Furcht und Schrecken ergriffen wurde; ja, sie war so verstört, daß sie dem 'Alâ ed-Dîn keine Antwort geben konnte. Darauf zog 'Alâ ed-Dîn seine Obergewänder aus, legte ein Schwert zwischen sich und sie und ruhte an ihrer Seite auf demselben Lager, ohne etwas Schmähliches zu tun; wollte er doch nur die Ehe des Sohnes des Wesirs mit ihr verhindern. Freilich, die Prinzessin Badr el-Budûr verbrachte eine sehr üble Nacht, und in ihrem ganzen Leben hatte sie noch keine schlimmere als sie kennen gelernt. Der Sohn des Wesirs aber lag im Abtritt und konnte sich in seiner Furcht, die er vor dem Geiste hegte, nicht rühren. Doch als es Morgen war, trat der Geist, ohne daß 'Alâ ed-Dîn die Lampe gerieben hätte, vor ihn hin und sprach zu ihm: ‚Mein

Gebieter, wenn du etwas wünschest, so befiehl es mir, auf daß ich es gern und mit Freuden ausrichte!' 'Alâ ed-Dîn gab ihm zur Antwort: ‚Geh, trage Braut und Bräutigam wieder an ihre Stätte zurück!' Im Augenblicke führte der Geist den Befehl 'Alâ ed-Dîns aus, legte den Sohn des Wesirs neben die Prinzessin Badr el-Budûr, trug sie fort und legte sie so an ihrer Stätte im Schlosse nieder, wie sie zuvor gewesen waren, ohne daß jemand sie sah; doch sie wären fast vor Angst gestorben, als sie sahen, wie sie von Ort zu Ort getragen wurden. Kaum hatte jedoch der Geist sie an ihrer Stätte niedergelegt, da erschien auch schon der Sultan bei seiner Tochter, um sie zu besuchen. Sowie der Sohn des Wesirs hörte, daß die Tür geöffnet wurde, erhob er sich sofort von dem Lager, da er wußte, daß niemand anders als der Sultan selbst eintreten durfte. Aber es ward ihm sehr sauer; denn er wollte sich gern noch wärmen, da er ja gerade erst den Abtritt verlassen hatte. Doch er erhob sich und legte seine Kleider an.

Ferner ist mir berichtet worden, o größter König unserer Zeit, daß der Sultan bei seiner Tochter, der Prinzessin Badr el-Budûr, eintrat, sie auf die Stirn küßte, ihr einen guten Morgen wünschte und sie fragte, ob sie mit ihrem jungen Gemahle zufrieden sei. Doch sie gab ihm keinerlei Antwort. Da blickte er auf sie mit dem Auge des Zornes, und nachdem er sie noch mehrere Male angeredet hatte, während sie stillschwieg und ihm kein einziges Wort erwiderte, ging der Sultan seines Weges und verließ sie. Darauf trat er zur Königin ein und erzählte ihr, wessen die Prinzessin Badr el-Budûr sich erdreistet hatte. Die Königin jedoch, die es verhindern wollte, daß der Sultan gegen die Prinzessin Groll hege, sprach zu ihm: ‚O größter König unserer Zeit, das ist so bei den meisten Neuvermählten; am Tage nach der Hochzeitsnacht schämen sie sich und zieren sich ein wenig. Nimm es ihr nicht übel; nach einigen Tagen wird sie sich schon auf sich selbst besinnen und mit den Menschen reden! Aber jetzt, o größter König unserer Zeit, hält die Scham sie davon ab, zu sprechen. Doch ich will zu ihr gehen und nach ihr schauen.' Darauf legte die Königin ihre Gewänder an, begab sich zu ihrer Tochter, der Prinzessin Badr el-Budûr, trat an sie heran, wünschte ihr einen guten Morgen und küßte sie auf die Stirn; aber die Prinzessin erwiderte ihr kein einziges Wort. Nun sagte sich die Königin, es müsse ihr etwas Seltsames zugestoßen sein, das sie so verstört habe, und darum fragte sie sie: ,Liebe Tochter, was veranlaßt dich zu einem solchen Verhalten? Tu mir kund, was dir begegnet ist, so daß du mir, die ich jetzt zu dir gekommen bin und dir einen guten Morgen gewünscht habe, keine Antwort gibst!' Da hob die Prinzessin Badr el-Budûr ihr Haupt und sprach: ,Sei mir nicht böse, liebe Mutter! Ich hätte dir mit aller Höflichkeit und Ehrfurcht begegnen sollen, da du mich mit deinem Besuche beehrt hast. Doch ich bitte dich, höre die Ursache meines Verhaltens und sieh, wie diese Nacht, die nun hinter mir liegt, für mich die allerschlimmste Nacht war! Denn kaum hatten wir uns niedergelegt, liebe Mutter, da hob einer, dessen Gestalt wir nicht kennen, das Lager auf und trug uns zu einem dunkeln, schmutzigen und armseligen Raume.' Und nun berichtete Prinzessin Badr el-Budûr ihrer Mutter, der Königin, alles, was sie in jener Nacht erlebt hatte, wie ihr junger Gemahl weggenommen wurde, wie sie allein blieb, wie dann gleich darauf ein anderer Jüngling kam und an der Stelle ihres Gemahls ruhte, nachdem er zwischen sie und sich ein Schwert gelegt hatte. Und sie schloß mit den Worten: ,Am Morgen kehrte er, der uns fortgetragen hatte, zurück und brachte uns wieder hierher an unsere Stätte. Kaum aber hatte er uns hierher gebracht und uns verlassen, da trat auch schon mein Vater, der Sultan, ein, in demselben Augenblick, in dem wir hier angekommen waren. Da versagten mir Herz und Zunge, und ich konnte mit meinem Vater, dem Sultan, nicht sprechen, weil so gewaltiges Entsetzen und Grauen mich gepackt hatten. Vielleicht ist mein Vater mir deswegen gram; darum bitte ich dich, liebe Mutter, erzähle ihm den Grund meines Benehmens, damit er es mir nicht verarge, daß ich ihm keine Antwort gab, und mich nicht tadle, sondern mich entschuldige!'

Ferner ist mir berichtet worden, o größter König unserer Zeit, daß die Königin, als sie die Worte ihrer Tochter Badr el-Budûr vernommen hatte, zu ihr sprach: ‚Liebe Tochter, sei darauf bedacht, vor niemandem davon zu reden! Sonst würde man sagen, die Tochter des Sultans habe den Verstand verloren. Du hast recht getan, daß du deinem Vater nichts davon gesagt hast. Hüte dich, hüte dich, meine Tochter, ihm davon zu erzählen!' Doch die Prinzessin Badr el-Budûr gab ihr zur Antwort: ‚Mutter, ich habe bei klarem Bewußtsein mit dir gesprochen; ich habe den Verstand noch nicht verloren. Dies habe ich wirklich erlebt; und wenn du es mir nicht glaubst, so frage meinen Gemahl!' ‚Höre, Tochter,' sagte die Königin darauf, ‚verbanne diese Torheiten aus deinem Sinn; lege deine Kleider an und schau den Hochzeitsfeierlichkeiten zu, die um deinetwillen in der Stadt begangen werden und an denen das ganze Land teilnimmt! Lausche auf den Klang der Trommeln und auf den Gesang; sieh, wie schön alles für deine Hochzeit geschmückt ist, liebe Tochter!' Dann ließ die Königin sofort die Kammerfrauen kommen, und die kleideten und schmückten die Prinzessin Badr el-Budûr. Darauf begab die Königin sich zum Sultan und berichtete ihm, ihre Tochter habe in der Nacht wirre Traumgesichte gehabt, und sie bat ihn, es ihr nicht zu verargen, daß sie ihm keine Antwort gegeben habe. Ferner ließ sie den Sohn des Wesirs insgeheim kommen und fragte ihn, was geschehen sei und ob die Worte der Prinzessin Badr el-Budûr wahr seien oder nicht. Der Sohn des Wesirs aber fürchtete, er könne seine junge Frau aus den Händen verlieren, und so antwortete er: ‚Hohe Herrin, ich weiß nichts von dem, was du sagst.' Da war die Königin fest überzeugt, daß ihre Tochter nur wirre Traumgesichte gesehen habe. Die Hochzeitsfeiern dauerten den ganzen Tag hindurch; die Tänzerinnen tanzten, die Sängerinnen sangen, und alle Musikinstrumente erklangen, während die Königin und der Sohn des Wesirs sich eifrig bemühten, die Festesfreude zu erhöhen, damit die Prinzessin froh würde und ihren Kummer vergäße. Ja, sie ließen an jenem Tage vor ihr nichts ungetan, was zur Freude anregte, auf daß sie von ihren Gedanken abließe und sich aufheitere. Doch all das machte gar keinen Eindruck auf sie, sondern sie verharrte in Stillschweigen und dachte immer wie verstört an das, was ihr in jener Nacht widerfahren war. Freilich war es dem Sohne des Wesirs noch schlimmer ergangen als ihr, da er im Abtritt gelegen hatte; aber er hatte das Geschehnis abgeleugnet und dachte nicht mehr an seine Qual, weil er fürchtete, er könne seine Gemahlin und sein Ansehen verlieren, zumal ja alle Leute ihn um dies Glück beneideten, weil er dadurch zu hohen Ehren gekommen war; und zweitens, weil die Prinzessin Badr el-Budûr von so großer Anmut und hoher Schönheit war. Auch 'Alâ ed-Dîn ging an jenem Tage aus und sah sich die Feiern an, die in der Stadt und im Schlosse abgehalten wurden; doch er mußte lächeln, besonders als er hörte, wie die Leute von der hohen Ehre redeten, die dem Sohne des Wesirs zuteil geworden sei, und von seinem großen Glück, da er der Eidam des Sultans geworden war, und von der großen Pracht, die bei seiner Hochzeitsfeier entfaltet sei. Bei sich selber nämlich sprach 'Alâ ed-Dîn: ‚Ihr wißt ja nicht, ihr armen Teufel, was ihm heute nacht widerfahren ist; sonst würdet ihr ihn nicht beneiden!' Als es dann Nacht geworden war und die Zeit des Schlafens herannahte, ging 'Alâ ed-Dîn in seine Kammer und rieb die Lampe; da stand im selben Augenblicke der Geist vor ihm.

Ferner ist mir berichtet worden, o größter König unserer Zeit, daß 'Alâ ed-Dîn, als der Geist vor ihm stand, ihm den Befehl gab, er solle die Tochter des Sultans mit ihrem jungen Gemahl wie in der vergangenen Nacht herbeibringen, noch ehe er ihr das Mädchentum nähme. Der Geist zauderte nicht, sondern verschwand auf der Stelle und blieb nur eine kleine Weile fort, bis die Zeit gekommen war; da erschien er wieder mit dem Lager, auf dem die Prinzessin Badr el-Budûr und der Sohn des Wesirs ruhten. Dann tat er mit dem jungem Mann dasselbe wie in der Nacht zuvor; er packte ihn und legte ihn im Abtritt nieder und ließ ihn dort starr vor übergroßer Angst und Furcht liegen. 'Alâ ed-Dîn aber legte das Schwert zwischen die Prinzessin Badr el-Budûr und sich und begab sich zur Ruhe. Als es Morgen ward, kam der Geist wieder und brachte die beiden an ihre Stätte zurück; 'Alâ ed-Dîn aber war von Schadenfreude über den Sohn des Wesirs erfüllt. Als nun der Sultan sich in der Frühe erhob, dachte er daran, sich zu seiner Tochter, der Prinzessin Badr el-Budûr, zu begeben, um zu sehen, ob sie es wieder mit ihm so machen würde wie am Tage zuvor. Nachdem er also aus dem Schlafe erwacht war, legte er seine Gewänder an und ging zum Schlosse seiner Tochter. Kaum öffnete er die Tür, da sprang auch schon der Sohn des Wesirs auf, verließ das Lager und begann, seine Kleider anzuziehen, obgleich ihm die Rippen vor Kälte klapperten; denn als der Sultan kam, hatte der Geist sie gerade erst soeben dorthin geschafft. Der Sultan trat ein und näherte sich seiner Tochter, der Prinzessin Badr el-Budûr, die auf ihrem Lager ruhte. Er hob den Vorhang, wünschte ihr einen guten Morgen, küßte sie auf die Stirn und fragte sie nach ihrem Befinden. Doch als er sah, wie sie die Stirn runzelte, ihm keine Antwort gab, sondern nur ihn zornig anblickte und sich in einem jämmerlichen Zustande befand, da ergrimmte er über sie, weil sie ihn keines Wortes würdigte, und er argwöhnte, es stünde nicht recht mit ihr. Er zückte das Schwert und rief ihr zu: ‚Was ist mit dir geschehen? Entweder du sagst mir jetzt, was mit dir vorgefallen ist, oder ich nehme dir in diesem Augenblick das Leben! Achtest und ehrst du mich so, daß du mir kein Wort erwiderst, wenn ich zu dir spreche?' Wie die Prinzessin Badr el-Budûr nun sah, daß ihr Vater, der Sultan, ergrimmt war und das gezückte Schwert in der Hand hielt, da schwand ihr alle Furcht, sie hob ihr Haupt und sprach: ‚Mein geliebter Vater, zürne mir nicht und übereile dich nicht in deinem Grimme; denn ich habe keine Schuld an dem Elend, in dem du mich jetzt siehst! Höre denn, was mir widerfahren ist; und das ist sicher, wenn du meinen Bericht über das, was mir in diesen beiden Nächten widerfahren ist, gehört hast, so wirst du mich von Schuld freisprechen, und deine Majestät wird mit mir herzliches Mitleid haben, wie ich es von deiner Liebe zu mir erwarte.' Darauf erzählte die Prinzessin Badr el-Budûr ihrem Vater, dem Sultan, alles was ihr widerfahren war, und sie schloß mit den Worten: ‚Mein Vater, wenn du mir nicht glaubst, so frage meinen Gemahl; er wird deiner Majestät alles berichten; denn ich ahnte nicht, was man mit ihm tun würde, als man ihn von meiner Seite nahm, ja, ich wußte nicht einmal, wohin man ihn brachte.'

Ferner ist mir berichtet worden, o größter König unserer Zeit, daß der Sultan, als er die Worte seiner Tochter vernommen hatte, betrübt ward und, mit Tränen in den Augen, das Schwert wieder in die Scheide steckte. Er beugte sich über seine Tochter, küßte sie und sprach zu ihr: ‚Liebe Tochter, warum hast du mir das nicht schon gestern gesagt? Dann hätte ich diese Not und Angst, die dich in der letzten Nacht heimgesucht haben, von dir fernhalten können. Doch gräme dich nicht! Scheuche diese Gedanken von dir! Heute abend will ich Wächter für dich aufstellen, die dich behüten sollen; dann wird dir solch Elend nicht wieder begegnen.‘ Nun begab der Sultan sich in sein Schloß zurück und ließ sofort den Wesir zu sich rufen. Als der erschienen war und des Befehles gewärtig vor dem Throne stand, fragte der Sultan ihn: ‚Wie siehst du diese Dinge an? Vielleicht hat dein Sohn dir von dem berichtet, was ihm und meiner Tochter widerfahren ist.‘ ‚O größter König unserer Zeit,‘ erwiderte der Wesir, ‚ich habe meinen Sohn weder gestern noch heute gesehen.‘ Darauf berichtete der Sultan ihm alles, was seine Tochter Badr el-Budûr ihm erzählt hatte, und er fügte hinzu: ‚Jetzt ist es mein Wunsch, daß du deinen Sohn nach dem wahren Sachverhalte befragst; denn es ist ja möglich, daß meine Tochter vor Furcht nicht genau weiß, was mit ihr geschehen ist. Dennoch glaube ich, daß alle ihre Worte wahr sind.‘ Sofort machte der Wesir sich auf, ging hin und ließ seinen Sohn kommen; dann befragte er ihn nach alledem, was der Sultan ihm berichtet hatte, ob es wahr sei oder nicht. Da rief der Jüngling: ‚O Wesir, mein Vater, das sei ferne, daß die Prinzessin Badr el-Budûr die Unwahrheit gesprochen hätte! Nein, alles was sie gesagt hat, ist wahr! Diese beiden Nächte waren für uns die elendesten, die es gibt, anstatt daß sie uns Nächte des Glücks und der Freuden gewesen wären. Aber

was mir widerfuhr, war das Schlimmste; denn ich mußte, anstatt bei meiner Gemahlin auf dem Lager zu ruhen, im Aborte liegen, einem finsteren, furchtbaren, übelriechenden, verfluchten Orte, und meine Rippen zogen sich vor Kälte zusammen.'
Kurz, der Jüngling erzählte alles, was ihm widerfahren war, und zuletzt fügte er noch hinzu: ,Lieber Vater, ich flehe dich an, sprich mit dem Sultan, daß er mich von dieser Ehe befreie! Freilich ist es eine hohe Ehre für mich, der Eidam des Sultans zu sein, zumal ja auch die Liebe zur Prinzessin Badr el-Budûr mein Herz ganz gefangen hält. Aber ich habe keine Kraft mehr, noch eine einzige Nacht wie die beiden letzten zu ertragen.'
Ferner ist mir berichtet worden, o größter König unserer Zeit, daß der Wesir, als er die Worte seines Sohnes vernommen hatte, sehr betrübt und bekümmert ward; denn er hatte doch seinen Sohn dadurch, daß er ihn zum Eidam des Sultans machte, zu Ehre und Ansehen bringen wollen. So versank er in Gedanken und war ratlos, was er nun in dieser Sache tun sollte. Es war sehr hart für ihn, die Ehe wieder aufzuheben, und er hatte schon vor Freuden die zehn Heiligen angerufen, weil ihm ein solches Glück widerfahren war; so sprach er denn zu seinem Sohne: ,Warte, mein Sohn, wir wollen sehen, was in der nächsten Nacht geschieht; wir wollen Wächter für euch aufstellen, die euch behüten sollen. Diese hohe Ehre, die dir allein zuteil geworden ist, laß dir doch nicht wieder entgehen!' Darauf verließ der Wesir ihn, kehrte zum Sultan zurück und berichtete ihm, daß alles, was die Prinzessin Badr el-Budûr gesagt hatte, wahr sei. Da sprach der Sultan: ,Sintemalen sich die Sache also verhält, so brauchen wir keine Hochzeit mehr!' Und er befahl, sofort die Feier abzubrechen und die Ehe für nichtig zu erklären. Alles Volk, alle Einwohner der Stadt wun-

derten sich sehr über die sonderbare Begebenheit, zumal als sie den Wesir und seinen Sohn aus dem Palaste kommen sahen, die sich vor Gram und übermäßigem Ingrimm in einem jämmerlichen Zustande befanden. Alsbald begannen die Leute zu fragen: ‚Was ist denn geschehen? Weshalb ist die Hochzeit ungültig gemacht und die Ehe gelöst?' Niemand wußte, was geschehen war, außer allein der Urheber des Ganzen, 'Alâ ed-Dîn, der sich ins Fäustchen lachte. So wurde denn die Hochzeit für nichtig erklärt; der Sultan aber dachte und erinnerte sich nicht mehr an das Versprechen, das er der Mutter 'Alâ ed-Dîns gegeben hatte. Auch der Wesir tat das nicht, und beide wußten nicht, woher das sonderbare Erlebnis gekommen war. 'Alâ ed-Dîn wartete noch bis zum Ablauf der drei Monate, nach denen, wie der Sultan ihm versprochen hatte, seine Hochzeit mit der Prinzessin Badr el-Budûr stattfinden sollte. Dann aber schickte er sofort seine Mutter zum Sultan, um von ihm die Erfüllung seines Versprechens zu erbitten. Da ging die alte Frau zu dem Schlosse, und als der Sultan in den Staatssaal eintrat und die Mutter 'Alâ ed-Dîns vor sich stehen sah, dachte er an das Versprechen, das er ihr gegeben hatte, daß er nämlich nach drei Monaten seine Tochter mit ihrem Sohne vermählen wolle. So wandte er sich an den Wesir mit den Worten: ‚Wesir, da ist die Frau, die mir die Juwelen gebracht hat und der wir unser Wort gegeben haben, daß wir nach drei Monaten...! Bringe sie vor allen anderen zuerst zu mir!' Der Wesir ging hin und brachte die Mutter 'Alâ ed-Dîns zum Sultan. Als sie dann vor dem Throne stand, machte sie Reverenz, wünschte ihm Macht, langes Leben und Glück. Der Sultan fragte sie, ob sie ein Anliegen habe, und sie gab ihm zur Antwort: ‚O größter König unserer Zeit, die drei Monate, die du bei deinem Versprechen als Frist gesetzt hast, sind abgelaufen; nun ist es Zeit, daß du meinen Sohn 'Alâ ed-Dîn mit deiner Tochter, der Prinzessin Badr el-Budûr, vermählest!' Der König war ratlos ob dieser Mahnung, zumal er schaute, daß die Mutter 'Alâ ed-Dîns ärmlich aussah und daß sie zum niedrigsten Volke gehörte. Aber das Geschenk, das sie ihm gebracht hatte, war ja sehr wertvoll und unbezahlbar. Er redete also wieder den Wesir an mit den Worten: ‚Was rätst du zu tun? Ich habe ihr in der Tat mein Wort gegeben; doch es ist offenbar, daß sie arme Leute sind und nicht zu den Vornehmen gehören.'

Ferner ist mir berichtet worden, o größter König unserer Zeit, daß der Wesir, der fast vor Neid starb und der über das, was seinem Sohne widerfahren war, sich ganz besonders grämte, bei sich selber sprach: ‚Wie? Soll ein solcher Bursche wie der da die Tochter des Sultans heiraten, während mein Sohn dieser Ehre verlustig geht?' Zum Sultan aber sprach er: ‚Hoher Herr, es ist ein leichtes, diesen Fremdling von uns fernzuhalten; denn es ziemt sich für deine Majestät nicht, deine Tochter einem Kerl wie dem da zu geben, von dem man nicht weiß, was er ist.' Da fragte der Sultan: ‚Auf welche Weise können wir diesen Menschen denn von uns fernhalten, wo ich ihm doch mein Wort gegeben habe? Das Wort der Könige ist eine Urkunde!' ‚Hoher Herr,' erwiderte der Wesir, ‚mein Rat geht dahin, daß du von ihm vierzig Schüsseln aus reinem Waschgold verlangst, die mit solchen Edelsteinen gefüllt sein sollen, wie die Frau sie dir damals brachte, ferner vierzig Sklavinnen, die die Schüsseln tragen, und vierzig Sklaven.' Der König entgegnete: ‚Bei Allah, Wesir, du hast recht gesprochen; das ist etwas, was er nicht wird tun können, und so können wir uns auf gute Weise seiner entledigen!' Darauf sprach der Sultan zu der Mutter 'Alâ ed-Dîns: ‚Geh, sag deinem Sohne, daß ich bei dem Versprechen, das ich ihm gegeben habe, bleibe, aber nur, wenn er die Brautgabe für meine Tochter beschaffen kann: ich verlange von ihm vierzig Schüsseln aus reinem Golde, die sollen alle mit solchen Edelsteinen, wie du sie mir gebracht hast, gefüllt sein; ferner vierzig Sklavinnen, die sie tragen, und vierzig Sklaven zu ihrer Bedienung und Begleitung! Wenn dein Sohn dies alles zu beschaffen vermag, so will ich ihn mit meiner Tochter vermählen.' Da machte die Mutter 'Alâ ed-Dîns sich auf den Heimweg, indem sie den Kopf schüttelte und bei sich sprach: ‚Woher sollten meinem armen Sohne solche Schüsseln und Juwelen zuteil werden? Angenommen, er kehrte zu der Schatzhöhle zurück und holte die Schüsseln und pflückte die Edelsteine von den Bäumen, obgleich ich nicht glaube, daß es ihm möglich sein wird – doch angenommen, er brächte sie wirklich, woher soll er die Sklavinnen und die Sklaven nehmen?' In dieser Weise redete sie immerfort mit sich selber, bis sie zu Hause ankam. 'Alâ ed-Dîn wartete schon auf sie; doch als sie eingetreten war, sprach sie zu ihm: ‚Mein Sohn, habe ich dir nicht gesagt, du solltest nicht denken, daß du die Prinzessin Badr el-Budûr jemals gewinnen könntest? Das ist etwas für Leute, wie wir es sind, ganz Unmögliches!' ‚Sag an, was gibt es?' fragte er darauf; und sie fuhr fort: ‚Mein Sohn, der Sultan hat mich mit allen Ehren empfangen, wie es sein Brauch ist, und es scheint mir, daß er es gut mit uns meint; aber dein Feind ist der verruchte Wesir. Denn als ich in deinem Namen so zu dem Könige gesprochen hatte, wie du mir gesagt hast, nämlich, daß die Frist für sein Versprechen abgelaufen sei, und nachdem ich ihm gesagt hatte: ‚Möchte deine Majestät nunmehr den Befehl erteilen, daß die Prinzessin Badr el-Budûr mit meinem Sohne 'Alâ ed-Dîn vermählt werde', da wandte er sich zu dem Wesir und sprach mit ihm; und der antwortete ihm mit heimlichem Geflüster. Und zuletzt gab mir der Sultan seine Antwort.' Darauf erzählte sie ihrem Sohne, was der Sultan verlangt habe, und fügte hinzu: ‚Mein Sohn, er will von dir sofort Antwort haben; aber ich glaube, wir haben keine Antwort für ihn.'

Ferner ist mir berichtet worden, o größter König unserer Zeit, daß 'Alâ ed-Dîn, als er die Worte seiner Mutter vernahm, zu lachen begann und zu ihr sprach: ‚Liebe Mutter, du sagst, wir könnten ihm keinen Bescheid geben, und du glaubst, die Sache sei sehr schwer! Sei so gut, geh hin und hole mir etwas zu essen. Nach dem Essen wirst du, so der Barmherzige will, meinen Bescheid sehen. Der Sultan denkt ebenso wie du, daß er etwas Gewaltiges gefordert hat, so daß er mich von der Prinzessin Badr el-Budûr fernhalten kann; in Wirklichkeit aber hat er etwas viel Leichteres verlangt, als ich gedacht hatte. Doch geh jetzt hin, kaufe uns etwas zu essen und laß mich allein, damit ich die Antwort vorbereiten kann!' Da machte seine Mutter sich auf und ging fort, um auf dem Basar zu kaufen, was sie für die Mittagsmahlzeit brauchte. 'Alâ ed-Dîn aber ging in seine Kammer, holte die Lampe und rieb sie. Im selben Augenblicke stand der Geist vor ihm und sprach: ‚Mein Gebieter, verlange, was du wünschest!' 'Alâ ed-Dîn antwortete: ‚Ich habe um die Tochter des Sultans geworben, auf daß ich mich mit ihr vermähle. Nun aber hat der Sultan von mir vierzig Schüsseln aus reinem Golde verlangt; davon soll eine jede zehn Pfund wiegen und mit solchen Juwelen gefüllt sein, wie sie in dem Garten der Schatzhöhle sind. Vierzig Sklavinnen sollen die vierzig Schüsseln tragen, bei jeder Sklavin soll ein Eunuch sein, so daß es im ganzen auch vierzig Eunuchen sind. Nun wünsche ich von dir, daß du mir dies alles bringst.' ‚Ich höre und gehorche, mein Gebieter!' sprach der Dämon, und nachdem er eine Weile verschwunden war, brachte er die vierzig Sklavinnen, deren jede von einem Eunuchen begleitet war und auf dem Haupte eine Schüssel aus reinem Golde trug, die mit den kostbarsten Edelsteinen gefüllt war. Er führte sie vor 'Alâ ed-Dîn, indem er sprach: ‚Hier ist das, was du verlangt hast; sage mir, ob du noch eine Sache oder einen anderen Dienst begehrst!' Da gab 'Alâ ed-Dîn ihm zur Antwort: ‚Ich begehre jetzt nichts; wenn ich aber etwas nötig habe, so werde ich dich rufen und es dir sagen.' Darauf verschwand der Geist wieder. Nach einer kleinen Weile kam auch die Mutter 'Alâ ed-Dîns zurück und trat in ihr Haus ein. Da erblickte sie die Sklaven und die Sklavinnen, und verwundert rief sie aus: ‚Das alles kommt von der Lampe; Allah erhalte sie meinem Sohne immerdar!' Aber noch ehe sie ihren Mantel ablegte, rief 'Alâ ed-Dîn: ‚Mutter, jetzt ist es Zeit für dich, bevor der Sultan zu seinem Schloß in seinen Harem geht! Drum nimm, was er verlangt hat, und bring es ihm sofort, damit er weiß, daß ich seine Forderungen erfüllen kann, ja noch mehr als das; auch daß er von seinem Wesir betrogen wurde, als er mit ihm der Meinung war, sie könnten sich meiner durch eine mir unmögliche Aufgabe entledigen.' Sofort ging 'Alâ ed-Dîn hin, machte die Haustür weit auf und ließ die Sklavinnen und die Eunuchen in Paaren hinausgehen, immer eine Sklavin von einem Eunuchen begleitet, bis sie fast die ganze Straße erfüllten. Ihnen voran schritt die Mutter 'Alâ ed-Dîns; die Leute im Stadtviertel aber blieben stehen, als sie das herrliche, wunderbare Schauspiel erblickten, sahen es sich an, staunten, betrachteten die schönen und lieblichen Gestalten der Sklavinnen in ihren golddurchwirkten und juwelenbesetzten Gewändern, von denen das geringste Tausende wert war. Auch blickten sie auf die Schüsseln und sahen den Glanz, der von ihnen ausging und das

Sonnenlicht überstrahlte, obgleich eine jede von ihnen, mit einem Stück Goldbrokat bedeckt war, das gleichfalls einen Besatz aus kostbaren Juwelen trug.

Ferner ist mir berichtet worden, o größter König unserer Zeit, daß die Mutter 'Alâ ed-Dîns, während das Volk und die Leute des Stadtviertels stehen blieben und dies wunderbare Schauspiel anstaunten, dahinschritt, begleitet von den Sklavinnen und den Eunuchen in wohlgeordnetem Zug. Und immer wieder blieben die Menschen stehen, um die Schönheit der Sklavinnen zu betrachten, und priesen den allmächtigen Schöpfer, bis der Zug ans Ziel gelangte. Dann trat die Mutter 'Alâ ed-Dîns mit ihnen ins Schloß ein. Doch als die Aghas und die Kammerherren und die Hauptleute der Truppen sie erblickten, wurden sie von Verwunderung ergriffen, und sie waren wie geblendet durch diesen Anblick, dessengleichen sie noch nie in ihrem Leben gesehen hatten, besonders auch durch die Sklavinnen, von denen eine jede sogar einem Gottesmanne den Verstand hätte rauben können. Obwohl nun die Kammerherren und die Hauptleute der Truppen des Sultans alle von Vornehmen und Emiren abstammten, so wunderten sie sich doch am meisten über die kostbaren Gewänder, mit denen die Mädchen bekleidet waren, und über die Schüsseln, die sie auf ihren Häuptern trugen, und vor denen sie wegen ihres hellen Blitzens und Funkelns kaum die Augen auftun konnten. Darauf gingen die wachhabenden Soldaten hinein und erstatteten dem Sultan Bericht, und sofort gab der Herrscher Befehl, die Ankommenden sollten vor ihn in den Staatssaal geführt werden. Da trat die Mutter 'Alâ ed-Dîns mit ihnen ein, und als sie vor dem Throne standen, machten sie alle Reverenz vor dem Sultan in vollendeter Höflichkeit und Ehrerbietung, wünschten ihm Macht und Glück, nahmen die Schüsseln von ihren Häuptern und legten sie vor ihm nieder; dann standen sie mit gekreuzten Armen da, nachdem sie die Decken von den Schüsseln abgenommen hatten. Der Sultan war auf das höchste erstaunt; er wurde durch die unbeschreibliche Schönheit und Anmut der Mädchen verwirrt, und sein Verstand war wie geblendet, als er die goldenen Schüsseln voll von Edelsteinen, die den Blick bezauberten, vor sich sah. Ja, der Sultan war ganz ratlos in seiner Verwunderung, so daß er einem Stummen glich und im Übermaße des Staunens kein Wort sagen konnte. Und sein Sinn ward noch mehr verwirrt durch den Gedanken daran, daß dies alles in einer Stunde gekommen war. Darauf gab er Befehl, die Sklavinnen sollten mit allem was bei ihnen war, auch den Schüsseln, in das Schloß der Prinzessin Badr el-Budûr gehen. Die Mädchen hoben nun die Schüsseln wieder auf und traten dort ein. Dann trat die Mutter 'Alâ ed-Dîns vor und sprach zum Sultan: ,Hoher Herr, das ist nicht viel im Vergleich zu der hohen Ehrenstellung der Prinzessin Badr el-Budûr; sie verdient das Vielfache von diesem.' Doch der Sultan wandte sich an den Wesir mit den Worten: ,Was sagst du nun, Wesir? Ist er, der in kurzer Zeit einen solchen Reichtum herbeischaffen konnte, nicht wert, der Eidam des Sultans zu werden und die Tochter des Sultans zur Frau zu erhalten?' Der Wesir war zwar noch mehr als der Herrscher über die Größe dieses Reichtums erstaunt; aber tödlicher Neid fraß an ihm und ward immer noch stärker, als er sah, daß der Sultan mit der Morgengabe und dem Brautgeschenk zufrieden war. Nun konnte er aber nicht der Wahrheit widersprechen noch zum Sultan sagen, all das sei ihrer nicht würdig; und so sann er über ein Mittel nach, durch das er den Sultan veranlassen könnte, seine Tochter Badr el-Budûr dem 'Alâ ed-Dîn zu versagen. Darum sprach er zu ihm: ,Hoher Herr, alle Schätze der Welt sind nicht so viel wert wie ein Nagel von der Hand deiner Tochter; deine Hoheit überschätzt dies im Vergleiche zu ihr.'

Ferner ist mir berichtet worden, o größter König unserer Zeit, daß der Sultan, als er die Worte des Wesirs vernommen hatte, bemerkte, wie diese seine Rede ihm nur von seinem übermäßigen Neid eingegeben war; und so redete er denn die Mutter 'Alâ ed-Dîns mit den Worten an: ,Frau, geh zu deinem Sohne, sage ihm, daß ich die Morgengabe von ihm angenommen habe, daß ich mein Versprechen halte, daß meine Tochter nunmehr seine Braut und er mein Eidam ist! Und sage ihm ferner, er solle hierher kommen, damit ich ihn kennen lerne; er soll von mir mit hoher Ehre und Achtung empfangen werden, und heute abend soll die Hochzeitsfeier beginnen. Aber, wie gesagt, laß ihn ohne Verzug zu mir kommen!' Da eilte die Mutter 'Alâ ed-Dîns so schnell, daß die Winde sie kaum einholen konnten, nach Hause zurück, um ihrem Sohne die frohe Botschaft zu bringen; ja, sie flog vor Freuden, wenn sie daran dachte, daß ihr Sohn der Eidam des Sultans werden sollte. Der Sultan aber gab, nachdem die Mutter 'Alâ ed-Dîns fortgegangen war, den Befehl, die Staatsversammlung zu beenden, ging zum Schlosse der Prinzessin Badr el-Budûr und gebot, man solle die Sklavinnen mit den Schüsseln zu ihm und seiner Tochter bringen, damit er sie ihr zeigen könnte. Als man nun die Mädchen gebracht hatte, betrachtete die Prinzessin Badr el-Budûr die Edelsteine, und voll Entzücken rief sie aus: ,Ich glaube, in allen Schatzhäusern der Welt findet sich nicht ein einziges Juwel von ihrer Art!' Darauf schaute sie die Sklavinnen an und fand großes Gefallen an ihrer Schönheit und Anmut. Wie sie dann erfuhr, daß dies alles von ihrem neuen Bräutigam komme und daß er es ihr zu Ehren gesandt hatte, da freute sie sich, obwohl sie gerade noch um ihren früheren Gemahl, den Sohn des Wesirs, betrübt und traurig gewesen war. Eine gewaltige Freude kam über sie, als sie die Juwelen und die schönen Mädchen sah, und da sie so froh war, freute sich ihr Vater herzlich mit ihr. Wie er also sah, daß Gram und Trauer gewichen waren, richtete er an sie die Worte: ‚Liebe Tochter, Prinzessin Badr el-Budûr, gefällt dir dies? Ich glaube, dein neuer Gemahl wird noch schöner sein als der Ministersohn. So Gott will, wirst du viel Freude an ihm erleben.'

So weit der Sultan. Wenden wir uns nun wieder zu 'Alâ ed-Dîn! Als seine Mutter heimgekehrt und mit freudestrahlendem Antlitz in ihr Haus eingetreten war, und als er sie gesehen hatte, da wußte er, daß alles gut stand, und so sprach er: ‚Allah sei ewig Preis! Jetzt ist mein Wunsch erfüllt!' ‚Frohe Botschaft, mein Kind,' sprach die Mutter, ‚sei gutes Muts und freudigen Sinnes, da du dein Ziel erreicht hast! Der Sultan hat deine Gabe angenommen als Brautgeschenk und Morgengabe für die Prinzessin Badr el-Budûr. Sie ist nun deine Braut; noch heute abend, mein Sohn, soll eure Hochzeit stattfinden, dann wirst du zu der Prinzessin eingehen. Der Sultan hat, um mir sein Wort zu bekräftigen, vor aller Welt verkündet, daß du sein Eidam bist, und er hat gesagt, dies solle die Hochzeitsnacht sein. Dann fügte er aber auch hinzu: ‚Laß deinen Sohn zu mir kommen, auf daß ich ihn kennen lerne; ich will ihn mit hohen Ehren und Auszeichnungen empfangen!' Nun denn, mein Sohn, mein Auftrag ist erledigt; was noch übrig bleibt, das liegt dir ob.' Da küßte 'Alâ ed-Dîn die Hand seiner Mutter und dankte ihr; dann ging er in seine Kammer, nahm die Lampe und rieb sie. Sofort stand der Geist vor ihm und sprach: ‚Zu Diensten! Verlange, was du wünschest!' ‚Ich wünsche,' erwiderte 'Alâ ed-Dîn, ‚daß du mich in ein Bad bringst, dessengleichen es sonst in der Welt nicht gibt, und daß du mir dann ein so kostbares Königsgewand herbeischaffst, wie es sonst kein König hat.' ‚Ich höre und gehorche!' sprach der Mârid, hob ihn auf und brachte ihn in ein Bad, wie es die Kaiser und die Perserkönige noch nie gesehen hatten; es war ganz aus Marmor und Karneol, wundersame Malereien, die den Blick bezauberten, waren in ihm angebracht, und in ihm befand sich eine Halle, die ganz mit kostbaren Edelsteinen ausgelegt war. In dem Bade befand sich kein Mensch; doch als 'Alâ ed-Dîn eintrat, kam zu ihm ein Dämon in menschlicher Gestalt, wusch ihn und ließ ihm alle Pflege des Bades, die er nur wünschen konnte, zuteil werden.

Ferner ist mir berichtet worden, o größter König unserer Zeit, daß 'Alâ ed-Dîn, nachdem er sich gewaschen und die Pflege des Bades genossen hatte, aus dem Baderaume in die äußere Halle hinüberging; dort bemerkte er, daß seine eigenen Kleider fortgenommen waren und daß an ihrer Stelle das allerprächtigste Königsgewand lag. Darauf wurden ihm Scherbette und Kaffee mit Ambra gebracht. Nachdem er getrunken hatte, kam eine Schar von Sklaven zu ihm und legte ihm die Prachtgewänder an; und wie er sich angekleidet hatte, sprengte er duftende Wohlgerüche über sich. 'Alâ ed-Dîn war ja, wie du weißt, ein armer Schneiderssohn; aber jetzt hätte niemand das gedacht, sondern jeder hätte gesagt: ‚Dies ist der allervornehmste Prinz' – Preis sei Ihm, der verändert und unveränderlich ist! Dann erschien der Geist wieder vor ihm, hob ihn auf und trug ihn in sein Haus zurück. Dort sprach er zu ihm: ‚Mein Gebieter, wünschest du noch etwas?' ‚Jawohl,' antwortete 'Alâ ed-Dîn, ‚ich wünsche, daß du mir achtundvierzig Mamluken bringst, von denen vierundzwanzig vor mir und vierundzwanzig hinter mir herziehen sollen, dazu auch die Rosse, Rüstungen und Waffen für sie, und alles, was sie und ihre Rosse tragen, soll vom Teuersten und Wertvollsten sein, wie es sich selbst in den Schatzhäusern der Könige nicht findet. Ferner bringe mir einen Hengst, wie ihn die Perserkönige reiten, dessen Geschirr aus Gold und ganz mit kostbaren Edelsteinen besetzt ist! Schaffe mir auch achtundvierzigtausend Dinare herbei, für jeden Mamluken tausend! Ich will mich jetzt zum Sultan begeben; so säume denn nicht, denn ohne all das, was ich dir genannt habe, kann ich nicht zum Herrscher kommen! Bringe mir aber auch noch zwölf Sklavinnen von einzigartiger Schönheit, die mit den prächtigsten Kleidern angetan sind, auf daß sie meine Mutter zum Palaste des Sultans begleiten; jede Sklavin soll ein Gewand tragen, wie es sich für die Kleidung von Frauen der Könige ziemt!' ‚Ich höre und gehorche!' erwiderte der Geist, verschwand eine kurze Weile, aber im Augenblicke brachte er schon alles, was ihm aufgetragen war. An der Hand führte er einen Hengst, wie er sich selbst unter den Rossen der echten Araber nicht findet; der trug ein Sattelzeug aus dem kostbarsten golddurchwirkten Stoffe. Da führte 'Alâ ed-Dîn sofort seine Mutter herbei, übergab ihr die zwölf Sklavinnen und reichte ihr die Gewänder, damit sie sich kleidete und sich mit den Sklavinnen zum Palaste begäbe. Darauf sandte er einen der Mamluken, die der Dämon ihm gebracht hatte, zum Sultan, um zu erfahren, ob der Sultan den Harem verlassen habe oder nicht. Der Mamluk machte sich schneller als der Blitz auf den Weg und kehrte eilends wieder zurück mit der Meldung: ‚Mein Gebieter, der Sultan erwartet dich!' Da saß 'Alâ ed-Dîn auf; auch die Mamluken vor ihm und hinter ihm bestiegen ihre Rosse, und ihr Anblick war ein Lobpreis für den Herrn, der sie in all der Schönheit und Anmut, die sie zierte, geschaffen hatte. Und sie streuten die Goldstücke unter das Volk vor ihrem Herrn 'Alâ ed-Dîn, der sie alle durch seine Schönheit und Anmut übertraf, von den Söhnen des Königs ganz zu schweigen – Preis sei dem Spender, dem Ewigen! Und all das geschah durch die Zauberkräfte der Wunderlampe, die ihrem Besitzer Schönheit und Herrlichkeit, Reichtum und Kenntnisse verlieh. Das Volk aber erstaunte über die Freigebigkeit und die ganz außergewöhnliche Großmut 'Alâ ed-Dîns, und alle waren entzückt, als sie seine herrliche Schönheit und seine majestätische Würde sahen, und sie priesen den Barmherzigen für diese edle Gestalt; alle riefen den Segen des Himmels auf ihn herab, obgleich sie ihn als den Sohn des Schneiders Soundso kannten. Keiner beneidete ihn, sondern ein jeder rief: ‚Er verdient es!'

Ferner ist mir berichtet worden, o größter König unserer Zeit, daß 'Alâ ed-Dîn, während das Volk von ihm und seiner großmütigen Freigebigkeit entzückt war, auf seinem Wege zum Sultanspalaste die Goldstücke ausstreute, und daß alle, groß und klein, den Segen des Himmels auf ihn herabriefen, bis er zum Schlosse kam, begleitet von den Mamluken, die vor ihm und hinter ihm auch Gold an die Leute verteilten. Nun hatte der Sultan die Vornehmen des Reiches bei sich versammelt und ihnen mitgeteilt, daß er sein Wort gegeben habe, er wolle seine Tochter mit 'Alâ ed-Dîn vermählen; und er befahl ihnen, sie sollten auf ihn warten, bis er käme, und ihm dann alle entgegenziehen. Alle Emire, Wesire, Kammerherren, Statthalter und Hauptleute der Truppen hatte er versammelt und beim Schloßtore sich aufstellen lassen, um 'Alâ ed-Dîn zu erwarten. Als jener nun eintraf, wollte er am Tore absitzen; aber einer von den Emiren, den der König für diesen Auftrag ausersehen hatte, sprach zu ihm: ‚Mein Gebieter, es ist Befehl gegeben, daß du zu Rosse einziehst und erst an der Tür des Staatssaales absteigst!' Alle gingen vor ihm her, während er einritt, bis sie ihn zur Tür des Staatssaales gebracht hatten; da traten die einen vor und hielten ihm den Steigbügel, andere stützten ihn auf beiden Seiten, noch andere faßten ihn bei der Hand und halfen ihm beim Absteigen. Wiederum zogen die Emire und die Großen des Reiches vor ihm her und führten ihn in den Staatssaal hinein, bis er dicht vor dem Thron des Sultans stand. Sofort stieg der Sultan von seinem Thron herunter, umarmte ihn und hinderte ihn, den Teppich zu küssen; ja, er küßte seinen Eidam selbst und ließ ihn zu seiner Rechten sitzen. 'Alâ ed-Dîn aber huldigte und sprach Segenswünsche, wie es sich vor Königen gebührt und geziemt, und dann fuhr er fort: ‚O unser Herr und Sultan, die Gnade deiner Majestät hat geruht, mir deine Tochter, die Prinzessin Badr el-Budûr, zu gewähren, obgleich ich diese große Huld nicht verdiene, da ich einer der geringsten unter deinen Dienern bin. So bete ich denn zu Allah, daß er dir ein langes Leben verleihe. Und wahrlich, o König, meine Zunge vermag die Dankbarkeit gegen dich nicht auszudrücken, so groß ist diese über alle Maßen hohe Gnade, die du mir zu erweisen geruht hast. Nun bitte ich deine Majestät noch, mir ein Gelände anweisen zu wollen, dazu geeignet, daß ich auf ihm ein Schloß, das der Prinzessin Badr el-Budûr würdig ist, erbauen lasse.' Der Sultan war ganz überrascht, als er 'Alâ ed-Dîn in diesem königlichen Gewande erblickte; er schaute und richtete die Augen auf seine liebliche Schönheit; er sah auch die Mamluken, die zu seinen Diensten dastanden und so herrlich anzuschauen waren. Sein Erstaunen aber war noch größer, als die Mutter 'Alâ ed-Dîns hereintrat, so kostbar und prächtig gekleidet, als ob sie eine Königin wäre. Und weiter erblickte er die zwölf Sklavinnen, die ihr zu Diensten mit gekreuzten Armen vor ihr standen, in ehrerbietiger und achtungsvoller Haltung. Dann bedachte er auch die reine und feine Redeweise 'Alâ ed-Dîns, und er wunderte sich darüber ebenso wie alle anderen, die bei ihm in der Regierungshalle zugegen waren. Doch im Herzen des Wesirs brannte das Feuer des Neides gegen 'Alâ ed-Dîn, so daß er fast bersten wollte. Nachdem der Sultan die Segenswünsche 'Alâ ed-Dîns angehört und sein hoheitsvolles und doch ehrerbietiges Benehmen sowie seine Beredsamkeit bemerkt hatte, da zog er ihn an seine Brust, küßte ihn und sprach zu ihm: ‚Es ist mir leid, mein Sohn, daß ich nicht schon früher durch dich beglückt worden bin.

Ferner ist mir berichtet worden, o größter König unserer Zeit, daß der Sultan, als er 'Alâ ed-Dîn so vor sich sah, hocherfreut wurde und sogleich Befehl gab, daß die Musikkapellen spielen sollten. Dann begab er sich mit 'Alâ ed-Dîn zum Schlosse; dort war die Abendmahlzeit gerüstet, und die Diener breiteten die Tische aus. Der Sultan setzte sich und ließ 'Alâ ed-Dîn zu seiner rechten Seite sitzen; darauf setzten sich auch die Wesire und die Vornehmen des Reiches und die hohen Würdenträger des Landes, ein jeder nach seinem Range. Nun spielten auch die Kapellen, und man feierte ein großes Freudenfest im Schlosse. Der Sultan begann sich mit 'Alâ ed-Dîn zu unterhalten und mit ihm zu plaudern, während dieser ihm mit aller Höflichkeit und Feinheit der Rede antwortete, als ob er in den Palästen der Könige erzogen wäre oder stets mit ihnen verkehrt hätte. Je länger die Unterhaltung zwischen ihnen währte, desto größere Freude empfand der Sultan, weil er so schöne Antworten und so fein gewählte Worte aus seinem Mund vernahm. Nachdem man gegessen und getrunken hatte und die Tische fortgetragen waren, gab der Sultan Befehl, die Kadis und Zeugen zu rufen. Die kamen und schlossen das Ehebündnis und schrieben die Eheurkunde zwischen 'Alâ ed-Dîn und der Prinzessin Badr el-Budûr. Darauf erhob 'Alâ ed-Dîn sich und wollte fortgehen; doch der Sultan hielt ihn zurück und sprach zu ihm: ‚Wohin des Wegs, mein Sohn? Die Freude ist da, und die Hochzeit ist nah; geschlossen ist der Pakt und geschrieben der Kontrakt.' ‚Mein Herr und König,' erwiderte 'Alâ ed-Dîn, ‚ich möchte für die Prinzessin Badr el-Budûr ein Schloß erbauen lassen, das ihrem Range und Stande angemessen ist, und ich kann nicht eher zu ihr eingehen, als bis das geschehen ist. So Gott will, wird der Bau des Schlosses durch den höchsten Eifer deines Dieners und durch den Segen des Blickes deiner Majestät in allerkürzester Zeit vollendet sein. Ja, es ist wahr, ich sehne mich danach, mich jetzt schon der Prinzessin Badr el-Budûr zu erfreuen; doch es liegt mir ob, ihr zu dienen, und ich muß mich alsbald ans Werk machen.' Der Sultan gab ihm darauf zur Antwort: ‚Suche dir ein Gelände aus, mein Sohn, das du für deinen Plan geeignet findest, und nimm es hin! Alles steht dir zur Verfügung! Doch scheint es mir das beste zu sein, daß du auf dem weiten Platze, der hier gegenüber meinem Palaste liegt, wenn er dir gefällt, das Schloß bauen lässest.' Mit den Worten: ‚Es ist auch mein höchster Wunsch, deiner Majestät nahe zu sein' nahm 'Alâ ed-Dîn Abschied von dem Sultan, ging hinaus und ritt davon, begleitet von seinen Mamluken, die vor und hinter ihm ritten, während alles Volk für ihn betete und sprach: ‚Bei Allah, er verdient es!' Als er dann bei seinem Hause ankam, stieg er von seinem Rosse ab, trat in seine Kammer ein und rieb die Lampe. Da stand auch der Geist schon wieder vor ihm und sprach zu ihm: ‚Verlange, was du wünschest, mein Gebieter!' 'Alâ ed-Dîn erwiderte ihm: ‚Ich wünsche, daß du mir einen wichtigen Dienst leistest; der ist, daß du mir ein Schloß gegenüber dem Sultanspalaste in aller Eile errichtest; es soll von wunderbarem Bau sein, derart, daß selbst Könige seinesgleichen noch nicht gesehen haben, und es soll vollkommen eingerichtet sein, versehen mit großen königslichen Teppichen und allem anderen Zubehör.' ‚Ich höre und gehorche!' erwiderte der Geist.

Ferner ist mir berichtet worden, o größter König unserer Zeit, daß der Geist darauf verschwand; doch ehe noch die Morgenröte aufstieg, kam er wieder zu 'Alâ ed-Dîn und sprach zu ihm: ‚Mein Gebieter, sieh, das Schloß ist fertig und so vollkommen, wie man nur wünschen kann. Wenn du es dir ansehen willst, so mache dich auf und nimm es in Augenschein!' Da erhob 'Alâ ed-Dîn sich, und der Geist trug ihn in einem Augenblicke zu dem Schlosse. Als der Jüngling es erblickte, war er von diesem Bau überrascht, da alle seine Steine aus grünem Achat, Marmor, Porphyr und Mosaik bestanden. Dann führte der Geist ihn in eine Schatzkammer, gefüllt mit allen Arten von Gold- und Silbersachen und mit Edelsteinen in unzählbarer und unberechenbarer Menge, die niemand bezahlen, niemand auch nur abschätzen konnte. Und weiter führte er ihn in einen anderen Raum; dort erblickte 'Alâ ed-Dîn alles Tischgerät, Schüssel und Löffel, Kannen und Becken aus Gold und aus Silber, dazu auch Krüge und Becher. Dann führte der Geist ihn in die Küche; dort sah er die Köche ausgerüstet mit allem möglichen Küchengerät, das gleichfalls ganz aus Gold und Silber bestand. Und wiederum führte er ihn in einen anderen Raum; den fand 'Alâ ed-Dîn voll von Truhen, die mit königlichen Gewändern angefüllt waren, Sachen, die den Verstand raubten, golddurchwirkten Stoffen aus Indien und China und Brokaten. So führte er ihn in viele Räume, alle voll von Dingen, die keine Worte beschreiben können. Und schließlich führte er ihn in den Marstall; dort sah 'Alâ ed-Dîn Rosse, wie kein König in der ganzen Welt ihresgleichen besaß. Und noch weiter drinnen zeigte der Geist ihm die Rüstkammer; dort fand 'Alâ ed-Dîn lauter kostbare Zäume und Sättel, die alle mit

Perlen und kostbaren Steinen besetzt waren, und andere ähnliche Dinge. All das war das Werk einer einzigen Nacht. 'Alâ ed-Dîn war wie geblendet vor Staunen über die Größe eines solchen Reichtums, wie ihn selbst der mächtigste Herrscher der Welt nicht sein eigen nennen konnte. Nun war das Schloß auch noch voll von Eunuchen und Sklavinnen, die durch ihre Anmut einen Gottesmann hätten verführen können. Das größte Wunder aber von allem, das er im Schlosse sah, war im oberen Stockwerke ein Kiosk mit vierundzwanzig Nischen, die ganz mit Smaragden, Hyazinthen und anderen Edelsteinen ausgelegt waren. Eine Nische aber war nicht vollendet; das war auf Wunsch 'Alâ ed-Dîns geschehen, damit der Sultan sich außerstande zeigen sollte, sie zu vollenden. Nachdem 'Alâ ed-Din das ganze Schloß angesehen hatte, ward er von großer Freude durchdrungen. Dann wandte er sich an den Geist mit den Worten: ‚Ich wünsche von dir eins, das noch fehlt und das ich dir zu sagen vergessen habe.' Der Geist erwiderte: ‚Verlange, was du wünschest, mein Gebieter!' Da fuhr 'Alâ ed-Dîn fort: ‚Ich wünsche von dir einen großen Teppich aus Brokat, der ganz mit Gold durchwirkt ist, und der, wenn er ausgebreitet ist, sich von meinem Schlosse bis zum Sultanspalaste erstreckt, damit die Prinzessin Badr el-Budûr, wenn sie hierher kommt, auf ihm schreiten kann und ihr Fuß nicht den Erdboden zu berühren braucht!' Der Geist verschwand einen Augenblick, kehrte zurück und sprach zu ihm: ‚Mein Gebieter, was du wünschest, ist da!' Dann führte er ihn und zeigte ihm den Teppich, der die Sinne berückte, ausgebreitet vom Sultanspalaste bis zum Schlosse 'Alâ ed-Dîns. Zuletzt trug der Geist den 'Alâ ed-Dîn in sein Haus zurück.

Ferner ist mir berichtet worden, o größter König unserer Zeit, daß bald, nachdem der Geist den Teppich dem Jüngling gezeigt und ihn in sein Haus zurückgebracht hatte, der Morgen graute. Da erwachte der Sultan aus dem Schlafe, stand auf und öffnete das Fenster seines Prunkgemaches und blickte hinaus; als er vor seinem Palaste ein Gebäude erblickte, begann er sich die Augen zu reiben und sie dann weit aufzureißen, um genau hinzusehen. Nun schaute er ein großes Schloß, das die Sinne blendete, und blickte auf einen Teppich, der von seinem Palaste bis zu jenem Schlosse ausgebreitet dalag. Auch die Türhüter und alle Leute, die im Schlosse waren, erstaunten so sehr, daß sie fast den Verstand darüber verloren. Mittlerweile kam auch der Wesir, und gerade wie er eintreten wollte, sah er das neue Schloß und den Teppich; da ward auch er ganz verwundert. Nachdem er dann zum Sultan eingetreten war, begannen sie über dies Wunder zu sprechen und gaben ihrem Staunen Ausdruck, da sie etwas sahen, das den Blick berückte und das Herz entzückte. Und sie sprachen: ‚Wirklich, dies ist ein Schloß, von dem wir glauben, daß kein König seinesgleichen erbauen kann!' Der Sultan aber wandte sich an den Wesir mit den Worten: ‚Siehst du nun ein, daß 'Alâ ed-Dîn es verdient, der Gemahl meiner Tochter, der Prinzessin Badr el-Budûr, zu werden? Hast du dir diesen königlichen Bau, diesen Reichtum, den keines Menschen Verstand begreifen kann, genau angesehen?' Doch in seinem Neide auf 'Alâ ed-Dîn erwiderte der Wesir: ‚O größter König unserer Zeit, wisse, dieser Bau und dieses Schloß und dieser Reichtum kann nur durch Zauberei entstanden sein. Kein Mensch in der ganzen Welt, weder der mächtigste Herrscher noch der allerreichste Mann, kann diesen Bau in einer einzigen Nacht aufführen und errichten.' Dagegen sprach der König: ‚Ich wundere mich über dich, wie du immer etwas Schlechtes von 'Alâ ed-Dîn denken mußt! Ich glaube, das kommt nur davon, daß du neidisch auf ihn bist. Du warst doch zugegen, wie ich ihm dies Gelände schenkte, als er mich um ein Grundstück bat, um darauf ein Schloß für meine Tochter zu erbauen; ich selber habe ihm doch in deiner Gegenwart erlaubt, auf diesem Gelände einen Palast zu erbauen. Und wer mir als Morgengabe für meine Tochter Edelsteine gebracht hat, von denen selbst Könige nicht einen einzigen besitzen, sollte der nicht imstande sein, ein solches Schloß zu erbauen?'

Ferner ist mir berichtet worden, o größter König unserer Zeit, daß der Wesir, wie er diese Worte aus dem Munde des Sultans hörte und daraus entnahm, daß dieser den 'Alâ ed-Dîn sehr lieb hatte, noch neidischer auf ihn wurde; aber da er doch nichts gegen ihn tun konnte, so schwieg er und gab keine Antwort. Als nun auch 'Alâ ed-Dîn sah, daß es hell wurde und daß es Zeit war, zum Schlosse zu gehen, weil die Hochzeitsfeier beginnen sollte und die Emire und Wesire und die Vornehmen des Reiches sich beim Sultan versammelten, um an dem Feste teilzunehmen, da erhob er sich und rieb die Lampe. Der Geist erschien und sprach: ‚Mein Gebieter, verlange, was du wünschest; ich stehe vor dir zu deinen Diensten!' Da erwiderte 'Alâ ed-Dîn: ‚Ich will jetzt zum Palaste des Sultans gehen; denn heute ist die Hochzeit. Und da brauche ich zehntausend Dinare; ich wünsche, daß du sie mir bringst.' Der Geist verschwand einen Augenblick und kehrte mit zehntausend Dinaren zu ihm zurück. Dann stieg 'Alâ ed-Dîn zu Pferde, auch die Mamluken vor ihm und hinter ihm saßen auf, und so zog er zum Palaste; dabei verteilte er das Gold an das Volk, während er vorüberzog, so daß die Leute von Liebe zu ihm ergriffen wurden und seine Freigebigkeit rühmten. Als er dann vor dem Palaste erschien und die Emire und Aghas und Soldaten, die seiner harrten, ihn erblickten, eilten sie sofort zum Sultan und brachten ihm die Meldung. Da erhob sich der Sultan, ging ihm entgegen, umarmte ihn, küßte ihn und führte ihn an der Hand in den Palast; dort setzte er sich nieder und ließ 'Alâ ed-Dîn zu seiner Rechten sitzen. Die ganze Stadt war geschmückt, die Musikinstrumente erklangen im Palaste, und die Gesänge erschollen. Darauf gab der Sultan Befehl, das Mittagsmahl aufzutragen; nun eilten die Diener und Mamluken und breiteten die Tische aus, Tische, wie sie die Könige für sich passend finden. Dann setzten sich der Sultan und 'Alâ ed-Dîn, die Vornehmen des Reiches und die höchsten Würdenträger des Landes, und sie aßen und tranken, bis sie gesättigt waren. Es war ein großes Fest im Schlosse und in der Stadt, alle Vornehmen des Reiches waren erfreut, und alle Einwohner des Landes waren vergnügt. Auch die Vornehmen aus den Provinzen und die Statthalter der Länder kamen aus fernen Gebieten, um das Hochzeitsfest 'Alâ ed-Dîns mitzuerleben. Der Sultan aber wunderte sich in Gedanken auch über die Mutter 'Alâ ed-Dîns, wie sie früher in ärmlichen Kleidern zu ihm zu kommen pflegte, während ihr Sohn doch über so gewaltige Reichtümer verfügte. Die Einwohner der Stadt kamen zum Sultanspalaste herbeigeströmt, um sich die Hochzeit 'Alâ ed-Dîns anzusehen. Und wie sie dort den neuen Palast und seinen schönen Bau erblickten, kam große Verwunderung über sie, daß ein so prächtiges Schloß in einer einzigen Nacht errichtet worden war. Und alle flehten den Segen des Himmels auf 'Alâ ed-Dîn herab, indem sie riefen: ‚Allah gebe ihm Freude! Bei Allah, er verdient es! Allah segne seine Tage!'

Ferner ist mir berichtet worden, o größter König unserer Zeit, daß 'Alâ ed-Dîn, nachdem die Mahlzeit beendet war, sich erhob und vom Sultan Abschied nahm und mit seinen Mamluken zu seinem Schlosse ritt, um sich dort auf den Empfang seiner Gemahlin, der Prinzessin Badr el-Budûr, vorzubereiten.

Alle Menschen aber riefen ihm, während er vorbeizog, wie aus einem Munde zu: ‚Allah gebe dir Freude! Allah vermehre deinen Ruhm! Allah gebe dir ein langes Leben!' So hatte er einen ungeheuer großen Hochzeitszug von Leuten aus dem Volk, die ihn bis zu seinem Schlosse geleiteten, während er Goldstücke an sie verteilte. Wie er bei seinem Schlosse ankam, stieg er ab und ging hinein; dann setzte er sich auf den Diwan, und die Mamluken stellten sich mit gekreuzten Armen vor ihm auf. Nach einer kleinen Weile wurden ihm die Scherbette gebracht. Dann gab er seinen Mamluken, Sklavinnen, Dienern und allen, die in seinem Schlosse waren, Befehl, sie sollten sich für den Empfang der Prinzessin Badr el-Budûr, seiner Gemahlin, rüsten. Als nun die Zeit des Nachmittags herankam, die Luft frischer wurde und die Hitze der Sonne nachließ, gebot der Sultan den Soldaten, den Emiren des Reichs und den Wesiren, zum Blachfelde hinabzuziehen; da zogen denn alle dorthin, und auch der Sultan selbst ritt mit ihnen. Desgleichen machte auch 'Alâ ed-Dîn sich auf und ritt ebenfalls mit seinen Mamluken auf den Plan; dort zeigte er seine ritterliche Kunst und begann das Turnier auf dem Plane, so daß keiner vor ihm standhalten konnte; und dabei ritt er einen Hengst, wie seinesgleichen sich nicht unter den Rossen der echten Araber fand. Seine Gemahlin, die Prinzessin Badr el-Budûr, sah ihm vom Fenster ihres Schlosses aus zu; und als sie an ihm solche Schönheit und Ritterlichkeit erschaute, ward sie von Liebe zu ihm ergriffen, und es war ihr, als solle sie vor Freuden fliegen. Nachdem nun mehrere Kampfspiele auf dem Plan ausgetragen waren, in denen ein jeder von ihnen gezeigt hatte, was er an Rittertugend besaß, und nachdem 'Alâ ed-Dîn sie alle besiegt hatte, begab sich der Sultan zu seinem Palaste, und ebenso kehrte 'Alâ ed-Dîn zu seinem Schlosse zurück. Als es jedoch Abend ward, zogen die Vornehmen des Reiches und die Wesire mit 'Alâ ed-Dîn im Hochzeitszuge dahin und geleiteten ihn in das berühmte Sultansbad; er ging hinein, badete und salbte sich mit wohlriechenden Essenzen. Dann begab er sich aus dem Baderaum in die Halle, legte ein Gewand an, das noch prächtiger war als das frühere, und stieg wieder zu Pferde. Die Soldaten und die Emire ritten vor ihm her und geleiteten ihn in einem großen Hochzeitszuge, während vier von den Wesiren rings um ihn die Schwerter hochhielten. Alle Einwohner der Stadt, alle Fremden und Soldaten schritten vor ihm im Festzuge dahin mit Fackeln, Trommeln, Pfeifen und anderen Musikinstrumenten mancherlei Art, bis sie ihn zu seinem Schlosse gebracht hatten. Dort saß er ab und ging hinein; er setzte sich mit den Wesiren und Emiren, die ihn begleitet hatten, nieder; die Mamluken kamen mit Scherbetten und Süßigkeiten und bewirteten auch all das Volk, das mit im Zuge gekommen war, eine zahllose Menge. Ferner gab 'Alâ ed-Dîn seinen Mamluken Befehl, vor das Tor des Schlosses zu treten und Goldstücke an die Leute zu verteilen.

Ferner ist mir berichtet worden, o größter König unserer Zeit, daß der Sultan, als er vom Turnierfelde zurückgekehrt und wieder in seinem Palast angekommen war, alsbald Befehl gab, seine Tochter, die Prinzessin Badr el-Budûr, im Hochzeitszuge zum Schlosse ihres Gemahls 'Alâ ed-Dîn zu geleiten. Sofort stiegen die Krieger und die hohen Würdenträger des Reiches, die den 'Alâ ed-Dîn geleitet hatten, zu Pferde, und die Sklavinnen und Diener kamen mit Fackeln heraus; und alle geleiteten die Prinzessin Badr el-Budûr in einem prächtigen Hochzeitszuge, bis sie sie in das Schloß ihres Gemahls 'Alâ ed-Dîn gebracht hatten. Dabei schritt die Mutter 'Alâ ed-Dîns ihr zur Seite, und vor ihr her zogen die Frauen der Wesire und

Emire, der Vornehmen und der hohen Würdenträger; in ihrer Begleitung waren auch die achtundvierzig Sklavinnen, die 'Alâ ed-Dîn ihr geschenkt hatte, und eine jede von ihnen trug eine große Kerze von Kampfer und Ambra in einem goldenen Leuchter, der mit Edelsteinen besetzt war. Auch alle Frauen und Männer, die im Palaste waren, zogen mit ihr aus und schritten alle vor ihr her bis zum Schlosse ihres jungen Gemahls. Dort führten die Frauen sie in ihr Gemach im Söller, legten ihr die verschiedenen Kleider an und stellten sie darin zur Schau. Und nachdem die Schaustellung beendet war, führten sie sie in das Gemach ihres Gemahls 'Alâ ed-Dîn. Darauf trat er zu ihr ein, während seine Mutter noch bei ihr war. Als aber 'Alâ ed-Dîn zu ihr trat und ihr den Schleier abnahm, begann die Mutter die Schönheit und Anmut der jungen Frau zu betrachten. Dann blickte sie auch in dem Gemache umher, in dem sie sich befand; das war ganz aus Gold und Edelsteinen gearbeitet, und in ihm hing ein goldener Kronleuchter, der ganz mit Smaragden und Hyazinthen besetzt war. Da sprach sie bei sich selber: ‚Früher meinte ich, der Palast des Sultans sei prächtig; aber schon allein dies Gemach ist derart, daß ich glaube, keiner von den großen Perserkönigen und von den Kaisern hat je etwas Ähnliches besessen, ja, ich glaube sogar, daß die ganze Welt ein Gemach wie dieses nicht herstellen kann.' Auch die Prinzessin Badr el-Budûr begann sich umzuschauen, und sie staunte über dies Schloß und seine Pracht. Darauf wurden die Tische ausgebreitet, man aß und trank und war guter Dinge. Zuletzt kamen achtzig Sklavinnen, von denen jede ein Musikinstrument in der Hand trug, das waren Instrumente von mancherlei Art. Nun begannen die Mädchen ihre Finger zu regen, sie griffen in die Saiten und spielten klagende Weisen, so daß sie die Herzen der Hörer zerrissen. Die Prinzessin Badr el-Budûr aber wunderte sich immer mehr, und sie sprach bei sich selber: ‚In meinem ganzen Leben habe ich noch nie solche Weisen gehört!' Ja, sie vergaß sogar zu essen, um besser zuhören zu können. 'Alâ ed-Dîn schenkte ihr indessen Wein ein und reichte ihr den Becher mit eigener Hand; und so herrschte bei ihnen Vergnügen und helle Freude, und es war eine so herrliche Nacht, wie sie selbst Alexander der Große zu seiner Zeit nie erlebt hatte. Doch als Essen und Trinken beendet und die Tische vor ihnen fortgetragen waren, erhob 'Alâ ed-Dîn sich und ging zu seiner Braut ein. Und als es wieder Morgen ward, brachte ihm der Schatzmeister ein herrliches, kostbares Gewand, die allerprächtigste Herrscherkleidung. 'Alâ ed-Dîn legte es an und setzte sich nieder, während ihm Kaffee mit Ambra gereicht wurde. Nachdem er getrunken hatte, befahl er, die Rosse zu bringen. Die wurden gesattelt, und da saß er mit seinen Mamluken, die vor ihm und hinter ihm ritten, auf und begab sich zum Sultanspalaste. Wie er dort ankam und ins Tor trat, eilten die Diener hinein und meldeten dem Sultan, daß 'Alâ ed-Dîn da sei.

Ferner ist mir berichtet worden, o größter König unserer Zeit, daß der Sultan, als er von 'Alâ ed-Dîns Ankunft hörte, ihm alsbald entgegenging, ihn umarmte und küßte, als wäre er sein eigener Sohn, und ihn zu seiner Rechten sitzen ließ. Die Wesire und die Emire, die hohen Würdenträger des Reiches und die Vornehmen des Landes sprachen ihm ihre Glückwünsche aus; und auch der Sultan wünschte ihm Glück und Segen. Dann befahl der Herrscher, die Frühmahlzeit zu bringen; das geschah, und sie speisten gemeinsam. Nachdem sie nun sich satt gegessen und getrunken hatten und als die Diener die Tische vor ihnen fortgenommen hatten, wandte 'Alâ ed-Dîn sich an den Sultan mit den Worten: ‚Hoher Herr, würde deine Majestät geruhen, mich heute zum Mittagsmahle bei der Prinzessin

Badr el-Budûr, deiner geliebten Tochter, zu beehren, und würde deine Majestät mit ihrem Gefolge, allen Wesiren und Vornehmen des Reiches kommen wollen?' ‚Mit Vergnügen, mein Sohn!' erwiderte der Sultan, der sich darüber freute, und gab sofort den Wesiren und Vornehmen des Reiches und hohen Würdenträgern des Landes Anweisung. Dann saß er auf, auch sein Gefolge stieg zu Pferde, und 'Alâ ed-Dîn ritt mit ihnen zu seinem Schlosse. Wie der Sultan in das Schloß eintrat und diesen Wunderbau mit den kostbaren Steinen, die nur aus grünem Achat und Karneol bestanden, genauer betrachtete, ward sein Geist geblendet und verwirrt ob solcher Herrlichkeit, solchen Reichtums und solcher Pracht. Zum Wesir gewandt, sprach er darauf: ‚Was sagst du nun, Wesir? Hast du in deinem ganzen Leben je etwas Ähnliches gesehen? Gibt es selbst bei dem mächtigsten König der Welt so viel Reichtum, so viel Gold und Juwelen, wie wir in diesem Schlosse hier erblicken?' ‚Mein Herr und König,' entgegnete der Wesir, ‚dies ist etwas, das nicht in der Macht eines Herrschers unter den Menschenkindern steht; alles Volk der Erde zusammen könnte ein solches Schloß nicht erbauen, ja, es würden sich nicht einmal Baumeister finden, die eine solche Arbeit vollbringen könnten. Nein, dies konnte, wie ich deiner Majestät bereits gesagt habe, nur durch Zauberkraft geschehen.' Aber der Sultan wußte, daß der Wesir immer nur aus Neid gegen 'Alâ ed-Dîn redete und ihn davon überzeugen wollte, daß dies alles nicht durch Menschenkraft entstanden, sondern lauter Zauberwerk sei, und so sprach er denn zu ihm: ‚Genug, Wesir, du brauchst nichts mehr zu sagen! Ich kenne den Grund recht wohl, der dich veranlaßt, solche Worte zu reden.' Darauf ging 'Alâ ed-Dîn vor dem Sultan her, bis er ihn zu dem oberen Kiosk geführt hatte; dort blickte der Herrscher auf die gewölbte Decke, die Fenster und Gitter, die alle aus Smaragden, Hyazinthen und anderen kostbaren Edelsteinen hergestellt waren. Er staunte und starrte, seine Sinne wurden geblendet und seine Gedanken verwirrt. Dann aber begann der Sultan in dem Kiosk umherzuschreiten und sich alle diese Dinge, die das Auge gefangen nahmen, anzusehen. Da erblickte er auch das Fenster, das 'Alâ ed-Dîn mit Absicht unfertig und unvollendet gelassen hatte. Wie der Sultan es anschaute und sah, daß es noch nicht fertig gearbeitet war, rief er: ‚Ach, wie schade um dich, o Fenster, daß du nicht vollkommen bist!' Und indem er sich zum Wesir wandte, fragte er: ‚Weißt du den Grund, weshalb dies Fenster mit seinen Gittern nicht vollendet worden ist?'

Ferner ist mir berichtet worden, o größter König unserer Zeit, daß der Wesir dem Sultan antwortete: ‚Hoher Herr, ich glaube, daß dies Fenster deshalb nicht vollendet wurde, weil deine Majestät die Hochzeit für 'Alâ ed-Dîn so sehr beeilte, daß er keine Zeit mehr hatte, es fertigzustellen.' Unterdessen war 'Alâ ed-Dîn zu seiner jungen Gemahlin, der Prinzessin Badr el-Budûr, gegangen, um ihr die Ankunft ihres Vaters, des Sultans, zu melden. Als er nun zurückkehrte, fragte der Sultan ihn: ‚Mein Sohn 'Alâ ed-Dîn, was ist der Grund dafür, daß ein Gitter in diesem Kiosk nicht vollendet ist?' Der Jüngling gab ihm zur Antwort: ‚O größter König unserer Zeit, da die Hochzeit so beschleunigt werden mußte, konnten die Meister es nicht mehr ganz fertigstellen.' ‚Ich will es vollenden', sprach der Sultan; und 'Alâ ed-Dîn sagte darauf: ‚Allah gebe dir ewigen Ruhm, o König! So wird dein Andenken im Schlosse deiner Tochter verewigt werden.' Sofort befahl der Sultan, die Juweliere und Goldschmiede zu rufen, und gab auch Anweisung, man solle ihnen aus seinem Schatze alles geben, was sie nötig hätten, Gold, Juwelen und Edelmetalle. Wie nun die Juweliere und Goldschmiede erschienen, beauftragte der Sultan sie, das fehlende Stück im Gitter des Kioskes zu arbeiten. Inzwischen war auch die Prinzessin Badr el-Budûr aus ihren Gemächern herausgetreten, um ihren königlichen Vater zu begrüßen. Als sie ihm entgegentrat und er ihr freudestrahlendes Antlitz sah, umarmte er sie, küßte sie und ging mit ihr zu ihren Gemächern, und alle traten zusammen ein. Nun war aber die Zeit des Mittagsmahles herangenaht, und die Tische waren bereit gestellt, einer für den Sultan, die Prinzessin Badr el-Budûr und 'Alâ ed-Dîn und ein zweiter für den Wesir, die Großen des Reiches, die hohen Würdenträger des Landes, die Hauptleute der Truppen, die Kammerherren und Statthalter. Der Sultan setzte sich zwischen seine Tochter, die Prinzessin Badr el-Budûr, und seinem Eidam 'Alâ ed-Dîn; und als er seine Hand nach dem Mahle ausstreckte und davon kostete, wunderte er sich über solche Speisen und solche würzigen, kostbaren Gerichte. Vor ihnen standen die achtzig Sklavinnen, von denen eine jede zum Vollmonde hätte sagen können: ‚Erhebe dich, auf daß ich mich an deinen Platz setze!' Und eine jede von ihnen hielt ein Musikinstrument in der Hand; nun stimmten sie ihre Instrumente, griffen in die Saiten und spielten so ergreifende Weisen, daß ein betrübtes Herze darüber seinen Kummer vergessen hätte. Der Sultan ward froh und heiter, und er verlebte eine so schöne Zeit, daß er rief: ‚Wirklich, so etwas können Kaiser und Könige nicht haben!' Man begann zu essen und zu trinken, und der Becher kreiste bei ihnen, bis sie sich gesättigt hatten. Dann wurden Süßigkeiten, Früchte und anderes Konfekt gereicht, jedoch in einem zweiten Saale. Dorthin begaben sie sich und genossen von dem Naschwerk, bis sie gesättigt waren. Darauf aber erhob sich der König, um zu schauen, ob das Werk der Juweliere und Goldschmiede dem anderen Werke in dem Schlosse gleich würde. Er ging also zu ihnen hinauf und sah zu, wie sie ihre Arbeit gemacht hatten; doch er sah, daß sie weit davon entfernt waren, eine solche Arbeit wie die im Schlosse 'Alâ ed-Dîns zu schaffen.

Ferner ist mir berichtet worden, o größter König unserer Zeit, daß der Sultan, nachdem er das Werk der Goldschmiede und Juweliere gesehen und diese ihm mitgeteilt hatten, sie hätten alle Edelsteine gebracht, die sie in seinem Schatze gefunden hätten, und das sei noch nicht genug, nunmehr den Befehl gab, man solle das große Schatzhaus öffnen und den Werkmeistern alles geben, was sie nötig hätten; und wenn das noch nicht genug sei, so solle man das nehmen, was 'Alâ ed-Dîn ihm geschenkt hatte. Also nahmen die Juweliere alle die Edelsteine, die der Sultan ihnen zugewiesen hatte, und arbeiteten mit ihnen; aber sie entdeckten, daß sie auch daran nicht genug hatten, ja, sie hatten damit nicht einmal die Hälfte des Stückes, das an dem Gitter des Kioskes fehlte, vollenden können. Darauf befahl der Sultan, alle Edelsteine, die sich im Besitze der Wesire und der Vornehmen des Reiches befänden, sollten hinzugenommen werden; die Juweliere nahmen sie alle und verarbeiteten sie, aber wiederum war es nicht genug. Am anderen Morgen ging 'Alâ ed-Dîn hinauf, um das Werk der Juweliere zu sehen; und er bemerkte, daß sie noch nicht die Hälfte des fehlenden Stückes in dem Gitter vollendet hatten. Sofort befahl er ihnen, alles, was sie gearbeitet hatten, wieder auseinanderzunehmen und die Edelsteine ihren Besitzern zurückzugeben. Sie führten seinen Befehl aus und sandten alles zurück: was des Sultans war, zum Sultan, und was den Wesiren gehörte, an die Wesire. Dann gingen die Juweliere zum Sultan und teilten ihm mit, daß 'Alâ ed-Dîn ihnen das befohlen habe. Der fragte sie: ‚Was hat er euch da gesagt? Was ist der Grund?

Warum hat er denn nicht gewollt, daß ihr das Gitter fertigmachen solltet? Und warum hat er das, was ihr gemacht habt, wieder vernichtet?' ‚O unser Gebieter,' erwiderten sie, ‚wir wissen gar nichts davon, sondern er hat uns nur befohlen, alles, was wir gemacht haben, zu vernichten.' Sofort gab der Sultan Befehl, die Pferde zu bringen, saß auf und begab sich zum Schlosse 'Alâ ed-Dîns. Der war inzwischen, nachdem er die Goldschmiede und Juweliere entlassen hatte, in seine Kammer gegangen und hatte die Lampe gerieben. Im selben Augenblicke erschien der Geist vor ihm und sprach: ‚Verlange, was du wünschest; dein Knecht steht vor dir!' 'Alâ ed-Dîn aber sagte: ‚Ich wünsche, daß du das Gitter im Kiosk vollendest, das du unfertig gelassen hast.' ‚Herzlich gern!' erwiderte der Geist; dann verschwand er, und als er nach einer kleinen Weile zurückkehrte, sagte er: ‚Mein Gebieter, was du mir befohlen hast, das habe ich vollendet.' Da ging 'Alâ ed-Dîn zum Kiosk hinauf und sah, daß alle seine Gitter vollendet waren. Während er sie gerade betrachtete, trat plötzlich ein Eunuch zu ihm ein und sprach: ‚Hoher Herr, der Sultan kommt zu dir; er ist schon bei dem Schloßtore.' Sogleich stieg 'Alâ ed-Dîn hinab und begrüßte ihn.

Ferner ist mir berichtet worden, o größter König unserer Zeit, daß der Sultan, als er 'Alâ ed-Dîn erblickte, zu ihm sprach: ‚Warum, mein Sohn, hast du das getan? Warum hast du die Juweliere nicht das Gitter im Kiosk vollenden lassen, damit keine Stelle in deinem Schlosse unfertig bliebe?' ‚O größter König unserer Zeit,' erwiderte 'Alâ ed-Dîn, ‚ich habe sie ja doch absichtlich unfertig gelassen, und ich war auch nicht außerstande, sie zu vollenden. Ich konnte auch unmöglich wünschen, daß deine Majestät mich in einem Schlosse beehrte, in dem noch etwas fehlte. Möge deine Majestät jetzt sehen, daß ich nicht unfähig bin, alles vollkommen zu machen, und darum hinaufsteigen und die Gitter des Kioskes betrachten, ob noch etwas an ihnen fehlt!' Darauf stieg der König in den Söller hinauf, trat in den Kiosk und schaute dort nach rechts und nach links; aber er konnte keinerlei Fehl an seinen Gittern entdecken, nein, er fand sie alle von vollkommener Art. Als er das sah, wunderte er sich, schloß 'Alâ ed-Dîn in die Arme, küßte ihn und sprach zu ihm: ,Lieber Sohn, was für ein Wunder ist das! In einer einzigen Nacht schaffst du ein Werk, das die Juweliere in Monaten nicht herstellen können! Bei Allah, ich glaube, du hast in der ganzen Welt nicht deinesgleichen!' 'Alâ ed-Dîn sagte darauf: ,Allah schenke dir langes Leben und ewige Dauer! Dein Knecht ist dieses Lobes nicht würdig.' ,Bei Allah, mein Sohn,' rief der König, ,du verdienst jegliches Lob; denn du hast etwas geschaffen, dessen alle Baumeister der ganzen Welt nicht fähig sind!' Darauf ging der Sultan wieder hinab und trat in die Gemächer seiner Tochter, der Prinzessin Badr el-Budûr, ein, um sich bei ihr auszuruhen. Er sah, daß sie sehr froh war über all diese herrliche Pracht, mit der sie umgeben war. Und nachdem er sich bei ihr eine kleine Weile ausgeruht hatte, kehrte er in seinen Palast zurück. 'Alâ ed-Dîn aber ritt von nun ab jeden Tag durch die Stadt, während seine Mamluken hinter ihm und vor ihm die Goldstücke an das Volk nach rechts und nach links austeilten. Und alles Volk hatte ihn gern, Fremde und Landsleute, von nah und fern, weil er so über die Maßen freigebig und großmütig war. Er vermehrte die Einkünfte der Armen und Bedürftigen, ja, er teilte auch mit eigener Hand Gaben an sie aus. Durch solche Taten gewann er großen Ruhm im ganzen Lande; auch die meisten der Vornehmen des Reiches und der Emire pflegten an seinem Tische zu speisen, und die Leute schworen nur noch bei seinem teuren Leben. Von Zeit zu Zeit pflegte er auch auf die Jagd zu gehen oder auf dem Blachfelde sich zu Rosse zu tummeln und an den Kriegsspielen vor dem Sultan teilzunehmen. Sooft die Prinzessin Badr el-Budûr ihn sah, wie er sich auf den Rücken der Rosse tummelte, ward ihre Liebe zu ihm nur noch stärker, und sie dachte bei sich, daß Allah ihr doch ein sehr großes Glück beschert habe, als er sie das Erlebnis mit dem Sohne des Wesirs durchmachen ließ, um sie für ihren richtigen Gemahl 'Alâ ed-Dîn aufzusparen.

Ferner ist mir berichtet worden, o größter König unserer Zeit, daß 'Alâ ed-Dîns trefflicher Ruf und Ruhm mit jedem Tage zunahmen; die Liebe zu ihm ward immer inniger in den Herzen aller Untertanen, und er stand in den Augen der Leute hoch und hehr da. In diesen Tagen zogen feindliche Reiterscharen wider den Sultan heran; da rüstete der gegen den Feind ein Heer aus und machte 'Alâ ed-Dîn zum Oberbefehlshaber der Truppen. Nun zog dieser mit den Streitkräften aus, bis er nahe am Feinde war; die Truppen des Feindes aber waren sehr zahlreich. Da zückte 'Alâ ed-Dîn sein Schwert und stürmte auf die Feinde los. Nun entbrannte Schlacht und Streit, und das Kampfgetümmel ward heftig; doch 'Alâ ed-Dîn brach ihre Macht und trieb sie in die Flucht. Die meisten von ihnen erschlug er, und ihr Hab und Gut erbeutete er; unzählbar und unausrechenbar reiche Beute brachte er heim. Als stolzer Sieger kehrte er zurück und zog in die Stadt ein, die ihm zu Ehren im Freudenschmucke prangte. Der Sultan selbst ritt ihm entgegen, beglückwünschte ihn und umarmte und küßte ihn; und im ganzen Lande ward mit viel Freude ein großes Fest gefeiert. Der Sultan aber ritt mit 'Alâ ed-Dîn zu dessen Schloß; dort trat ihm die Prinzessin Badr el-Budûr, seine junge Gattin, freudig bewegt entgegen, küßte ihn auf die Stirn und führte ihn mit sich in ihre Gemächer. Nach einer kurzen Weile kam der

Sultan ihnen nach; sie setzten sich und tranken, nachdem die Sklavinnen die Scherbette gebracht hatten. Dann gab der Sultan Befehl, das ganze Land solle den Sieg 'Alâ ed-Dîns über die Feinde feiern; und nun gab es für Bürger und Soldaten, für alle Leute nur noch Allah im Himmel und 'Alâ ed-Dîn auf Erden. Sie liebten ihn noch immer mehr und mehr; denn er war ja nicht nur über alle Maßen freigebig und großmütig, sondern er hatte auch das Land beschützt und durch seine Tapferkeit die Feinde zurückgeschlagen.

Lassen wir nun 'Alâ ed-Dîn und sehen wir einmal, was inzwischen aus dem maurischen Zauberer geworden war! Der hatte, nachdem er in sein Land zurückgekehrt war, diese ganze Zeit über traurig dagesessen, weil er so viel Mühen und Plagen hatte durchmachen müssen, um die Lampe zu gewinnen, und sich doch ganz vergeblich abgemüht hatte; weil ihm der Bissen, den er schon an den Mund geführt hatte, doch noch aus der Hand davongeflogen war. Und wenn er trauernd darüber nachdachte, dann pflegte er 'Alâ ed-Dîn zu verfluchen, weil er so gewaltig auf ihn erbost war. Manchmal aber pflegte er auch zu sagen: ‚Daß dieser Bastard unter der Erde verreckt ist, darüber bin ich doch wirklich froh. Nun habe ich doch noch Hoffnung, daß ich in den Besitz der Lampe kommen kann, da sie noch gut aufgehoben ist.' Eines Tages aber warf er den Sand zum Zaubern, so daß die Figuren sich zeigten; die ordnete er in festen Gruppen und zeichnete sie auf, um sie genau zu betrachten und daraus sicher festzustellen, daß 'Alâ ed-Dîn tot und die Lampe noch unter der Erde wohlverwahrt sei. Er schaute die Figuren, die Mütter und die Töchter[1], sorgfältig an, aber er sah die Lampe nicht mehr. Da packte ihn die Wut, und er warf

---

[1]. Da die geomantischen Figuren aus Linien und Strichen bestehen, sind diese auch wohl hier gemeint.

den Sand noch einmal, um sich von 'Alâ ed-Dîns Tod zu überzeugen. Aber er sah den Jüngling nicht mehr in der Schatzhöhle. Da ward seine Wut noch größer, und sie steigerte sich noch immer mehr, als er feststellte, daß 'Alâ ed-Dîn noch auf Erden lebte, und erfuhr, daß er aus der Erde herausgekommen sei und die Lampe besitze, um deren willen er so viel Qualen und Mühen, die kaum ein Mensch ertragen kann, ausgehalten hatte. Nun sprach er bei sich selber: ‚Ich habe viele Qualen ertragen, ich habe Mühsale auf mich genommen, die niemand als ich ertragen kann, nur um der Lampe willen: und dieser Verruchte nimmt sie sich ohne Anstrengung! Sicherlich, wenn er die Zauberkraft der Lampe kennt, so ist er jetzt der reichste Mann in der Welt.'

Ferner ist mir berichtet worden, o größter König unserer Zeit, daß der maurische Zauberer, als er mit Sicherheit erkannt hatte, daß 'Alâ ed-Dîn aus der Erde hervorgekommen war und sich des Zaubers der Lampe erfreute, bei sich selber fortfuhr: ‚Ich muß darauf hinwirken, daß er zu Tode kommt!' Darauf warf er den Sand noch einmal, erforschte die Figuren und sah nunmehr, daß 'Alâ ed-Dîn ungeheuren Reichtum besitze und mit der Tochter des Sultans vermählt sei. Da lohte in ihm vor Neid das Feuer des Zornes auf, und zur selbigen Stunde machte er sich bereit und auf den Weg nach dem Lande China. Als er bei der Hauptstadt des Sultans, in der 'Alâ ed-Dîn lebte, angekommen war, ging er hinein und stieg in einer der Herbergen ab. Dort hörte er, wie die Leute immer nur von der Pracht des Schlosses 'Alâ ed-Dîns redeten. Nachdem er sich von der Reise ausgeruht hatte, legte er seine Kleider wieder an und ging aus, um in den Straßen der Stadt umherzustreifen. Aber er konnte bei keinem Menschen vorbeigehen, ohne daß man von diesem Schlosse und seiner Pracht erzählte oder von der strahlenden Schönheit, der hochherzigen Freigebigkeit und den trefflichen Eigenschaften 'Alâ ed-Dîns redete. Da trat der maurische Zauberer zu einem der Leute, die in dieser Weise von 'Alâ ed-Dîn sprachen, und fragte ihn: ‚Guter Jüngling, wer ist der Mann, den ihr schildert und preist?' Jener antwortete ihm: ‚Mann, du scheinst ein Fremdling zu sein, und du bist wohl aus einem fernen Lande gekommen. Nehmen wir an, daß du von weit her bist, hast du denn noch nichts von dem Emir 'Alâ ed-Dîn gehört, von dessen Ruf, wie ich dachte, die ganze Welt erfüllt ist? Sein Schloß ist ein Weltwunder, von ihm hat fern und nah gehört. Wie kommt es, daß du weder davon noch von dem Namen des 'Alâ ed-Dîn, dem der Herr seinen Ruhm mehren und Freude bescheren möge, je etwas gehört hast?' Nun fuhr der Maure fort: ‚Es ist mein höchster Wunsch, mir das Schloß anzusehen. Wenn du mir einen Gefallen erweisen willst, so führe mich dorthin; denn ich bin ein Fremdling.' ‚Ich höre und gehorche!' erwiderte der Mann, ging vor ihm her und führte ihn zum Schlosse 'Alâ ed-Dîns. Der Maure begann dies Schloß zu betrachten und erkannte, daß all das ein Werk der Lampe war. Und da rief er aus: ‚Ach! Ach! Ich muß diesem Verruchten, dem Schneiderssohne, der früher nicht einmal genug hatte, um zu Abend zu essen, eine Grube graben. Wenn das Geschick mir Kraft verleiht, so werde ich auch seine Mutter wieder am Rade spinnen lassen, wie sie es früher tun mußte. Ihm selber aber nehme ich das Leben.' Darauf kehrte er zum Chân zurück, betrübt, bekümmert und traurig, wie er in seinem Neid auf 'Alâ ed-Dîn war.

Ferner ist mir berichtet worden, o größter König unserer Zeit, daß der maurische Zauberer, als er wieder in den Chân gekommen war, sein astrologisches Gerät hervornahm und den Sand warf, um zu erfahren, wo die Lampe wäre; da entdeckte er, daß sie in dem Schlosse war, jedoch nicht bei 'Alâ ed-Dîn selbst. Darüber war er hocherfreut, und er sprach: ‚Jetzt ist es eine leichte Sache, diesem Verruchten das Leben zu nehmen, und ich sehe schon einen Weg, um die Lampe zu gewinnen!' Dann ging er zu einem Kupferschmied und sprach zu ihm: ‚Mache mir ein paar Lampen; du sollst von mir mehr als den gewöhnlichen Preis erhalten! Nur verlange ich von dir, daß du sie rasch fertigstellest.' ‚Ich höre und gehorche!' erwiderte der Schmied, machte sich an die Arbeit und stellte sie fertig. Als sie nun fertig waren, bezahlte der Maure ihm so viel dafür, wie er verlangte, nahm sie, ging fort und kam zur Herberge zurück. Dort legte er sie in einen Korb und begann in den Straßen und Basaren der Stadt umherzugehen, indem er ausrief: ‚O, wer vertauscht alte Lampen gegen neue Lampen!' Als die Leute ihn so ausrufen hörten, lachten sie ihn aus und sagten: ‚Dieser Mann da ist doch sicher verrückt, daß er umherzieht und neue Lampen für alte weggibt!' Nun lief auch das Volk hinter ihm her, und die Gassenbuben verfolgten ihn von Ort zu Ort und lachten ihn aus. Er aber hielt nicht inne und kümmerte sich nicht darum, sondern zog immer weiter in der Stadt umher, bis er unten bei dem Schlosse 'Alâ ed-Dîns ankam. Dort rief er, so laut er nur konnte, während die Kinder schrieen: ‚Ein Verrückter! Ein Verrückter!' Nun traf es sich, daß die Prinzessin Badr el-Budûr in dem Kiosk war und hörte, wie jemand ausrief, während die Buben ihn anschrieen, aber sie verstand nicht, um was es sich handelte. Da gab sie einer ihrer Sklavinnen den Befehl: ‚Geh hin und schau, was das für ein Mann ist, der da ruft, und was er ausruft!' Die Sklavin ging hin, schaute nach und sah einen Mann, der da ausrief: ‚O, wer vertauscht alte Lampen gegen neue!' während die

Gassenbuben hinter ihm ihn auslachten. Dann kehrte die Sklavin zurück und berichtete ihrer Herrin, der Prinzessin Badr el-Budûr, indem sie sprach: ‚Der Mann da ruft aus: O, wer vertauscht alte Lampen gegen neue! Und die Kinder laufen hinter ihm her und lachen ihn aus.' Da lachte auch die Prinzessin Badr el-Budûr über diese sonderbare Erscheinung. 'Alâ ed-Dîn aber hatte die Lampe in seinem Gemache liegenlassen, ohne sie in seine Schatzkammer zu legen und dort zu verschließen. Eine der Sklavinnen hatte das gesehen, und die hub an: ‚Hohe Herrin, ich denke, ich habe im Gemache meines Herrn 'Alâ ed-Dîn eine alte Lampe gesehen. Laß uns die bei diesem Manne gegen eine neue eintauschen, damit wir sehen, ob seine Worte wahr oder falsch sind!'

Ferner ist mir berichtet worden, o größter König unserer Zeit, daß die Prinzessin Badr el-Budûr zu der Sklavin sprach: ‚Hole die alte Lampe, von der du sagst, du hättest sie im Gemache deines Herrn gesehen!' Denn die Prinzessin wußte nichts von der Lampe, noch von ihren Zauberkräften, noch ahnte sie, daß die es war, die ihrem Gatten 'Alâ ed-Dîn all diese große Pracht verschafft hatte. Jetzt war es ihr höchster Wunsch, durch einen Versuch den Verstand dieses Mannes, der Neues für Altes vertauschte, zu ergründen. So ging denn die Sklavin hin, stieg zum Gemache 'Alâ ed-Dîns hinauf und kehrte mit der Lampe zu der Prinzessin Badr el-Budûr zurück. Da nun auch niemand von der List und Bosheit des maurischen Zauberers ein Arg hatte, so befahl die Prinzessin dem Obereunuchen, er solle hinuntergehen und die Lampe gegen eine neue vertauschen. Jener nahm die Lampe, ging hinunter und gab sie dem Mauren; und nachdem er eine neue Lampe von ihm erhalten hatte, kehrte der Obereunuch zur Prinzessin zurück und gab ihr die Lampe, die er eingetauscht hatte. Sie betrachtete sie und sah, daß sie wirklich neu war; da begann sie, über den Verstand des Mauren zu lächeln. Der aber steckte die Lampe, nachdem er sie erhalten und als die Lampe aus der Schatzhöhle erkannt hatte, sofort in seinen Busen und ließ all die anderen Lampen den Leuten, die mit ihm tauschen wollten. Eilends lief er fort, bis er draußen vor der Stadt war; dann schritt er über die ebenen Fluren dahin, bis die Nacht hereinbrach. Und da er nun sah, daß er in der Steppe allein war, daß niemand außer ihm dort war, holte er die Lampe aus seinem Busen und rieb sie. Sofort erschien der Mârid vor ihm und sprach zu ihm: ‚Zu Diensten! Dein Knecht steht vor dir! Verlange von mir, was du wünschest!' Der Maure erwiderte: ‚Ich wünsche, daß du das Schloß 'Alâ ed-Dîns mit seinen Bewohnern und allem, was darinnen ist, von seiner Stelle aufhebst und mich mit ihm in meinem Lande, im Lande Afrika, auf den Boden setzest. Du kennst meine Stadt; und ich wünsche, daß dies Schloß in meiner Stadt zwischen den Gärten stehe!' ‚Ich höre und gehorche!' sprach der dienende Mârid, ‚schließ die Augen und öffne die Augen, so wirst du dich mit dem Schlosse in deinem Lande wiederfinden.' Und sofort geschah es also; in einem Augenblicke ward der Maure mit dem Schlosse 'Alâ ed-Dîns und allem, was darin war, in das Land Afrika gebracht.

So weit der maurische Zauberer. Kehren wir nun zum Sultan und zu 'Alâ ed-Dîn zurück! Der Sultan pflegte an jedem Tage, wenn er des Morgens aufstand, in seiner treuen Liebe zu seiner Tochter, der Prinzessin Badr el-Budûr, gleich nach dem Erwachen das Fenster zu öffnen und hinauszuschauen. So machte er denn auch an jenem Tage nach seiner Gewohnheit das Fenster auf, um nach seiner Tochter hinüberzuschauen.

Ferner ist mir berichtet worden, o größter König unserer Zeit, daß der Sultan, als er aus dem Fenster seines Gemaches nach dem Schlosse 'Alâ ed-Dîns hinüberschaute, dort nichts erblickte, sondern nur eine kahle Stätte sah, wie sie früher dort gewesen war; weder Schloß noch sonst einen Bau konnte er sehen. Da kam ein maßloses Erstaunen über ihn, sein Verstand ward verwirrt, und er begann seine Augen zu reiben, da sie ja vielleicht getrübt oder verdunkelt sein konnten. Dann spähte er wieder aus, doch schließlich überzeugte er sich, daß von dem Schlosse keine Spur mehr vorhanden war; und er wußte nicht, was mit ihm geschehen, was mit ihm vorgegangen war. Da geriet er in noch größere Verwirrung, er rang die Hände, und die Tränen begannen ihm auf den Bart zu rollen, da er nicht wußte, was aus seiner Tochter geworden war. Sofort sandte er aus und ließ den Wesir rufen. Der kam, und als er zum Herrscher eintrat und ihn in solch trauriger Verfassung erblickte, sprach er: ,Verzeih mir, o größter König unserer Zeit, Allah halte alles Übel von dir fern! Warum bist du betrübt?' Der Sultan rief: ,Weißt du denn noch nichts von meiner Not?' ,Wahrlich nein, hoher Herr,' erwiderte der Wesir, ,bei Allah, ich habe gar keine Kunde!' Darauf der Sultan: ,Dann hast du also noch nicht nach dem Schlosse 'Alâ ed-Dîns geblickt!' ,Das ist wahr, mein Gebieter,' sagte der Wesir, ,jetzt ist es wohl noch verschlossen.' Doch der König fuhr fort: ,Sintemalen du gar keine Kunde hast, nun denn, schau aus dem Fenster und sieh, wo das Schloß 'Alâ ed-Dîns ist, von dem du sagst, daß es noch verschlossen sei!' Da schaute der Wesir aus dem Fenster nach dem Schlosse 'Alâ ed-Dîns hinüber; aber er fand nichts, weder Schloß noch sonst etwas. Ganz verwirrt und verstört blickte er wieder auf den Sultan, und der fuhr fort: ,Weißt du jetzt den Grund meiner Trauer? Hast du das Schloß 'Alâ ed-Dîns gesehen, von dem du sagst, es sei wohl verschlossen?' ,O größter König unserer Zeit,' sagte der Wesir nun,

,ich habe schon früher deiner Majestät zu sagen gewagt, daß dies Schloß und all diese Dinge Zauberei seien.' Da entflammte der Sultan von Zorn, und er rief: ,Wo ist 'Alâ ed-Dîn?' Als der Wesir antwortete, er sei auf der Jagd, gab der Herrscher im selben Augenblick Befehl, einige von den Aghas und den Soldaten sollten fortreiten und 'Alâ ed-Dîn an Händen und Füßen gefesselt zur Stelle schaffen. Die Aghas und Soldaten zogen fort, bis sie 'Alâ ed-Dîn trafen; und da sprachen sie zu ihm: ,O du unser Herr 'Alâ ed-Dîn, sei uns nicht böse, der Sultan hat uns befohlen, wir sollten dich an Händen und Füßen gefesselt zu ihm bringen. Wir bitten dich, miß uns keine Schuld bei, denn wir stehen unter seinem königlichen Befehle, wir können ihm nicht zuwiderhandeln!' Wie 'Alâ ed-Dîn die Worte der Aghas und Soldaten vernahm, ward er von Staunen ergriffen; seine Zunge war wie gelähmt, da er ja die Ursache von alledem nicht kannte. Dann aber redete er sie an und sprach: ,Ihr Leute, kennt ihr nicht den Grund zu diesem Befehle des Sultans? Ich weiß mich unschuldig, ich habe kein Verbrechen gegen den Sultan noch gegen das Land begangen.' ,Unser Gebieter,' erwiderten sie, ,wir haben gar keine Kunde!' Da sprang 'Alâ ed-Dîn von seinem Rosse ab und sprach zu ihnen: ,Tut mit mir, was der Sultan euch befohlen hat! Denn dem Gebote des Sultans muß willig gehorcht werden.'

Ferner ist mir berichtet worden, o größter König unserer Zeit, daß die Aghas dem 'Alâ ed-Dîn Fußfesseln und Handschellen anlegten, ihn so in eisernen Ketten fortschleppten und mit ihm in die Stadt kamen. Als die Bürger ihn mit eisernen Fesseln an Händen und Füßen erblickten, da wußten sie, daß der Sultan ihm das Haupt abschlagen lassen wolle. Weil er aber so über alle Maßen beliebt bei ihnen war, taten sich alle Bürger zusammen, nahmen ihre Waffen in die Hand, verließen ihre Häuser und folgten den Soldaten, um zu sehen, was geschehen würde. Wie dann die Soldaten mit dem Gefangenen bei dem Palaste angekommen waren, erstatteten sie dem Sultan Meldung; und der sandte sofort dem Henker Befehl, er solle kommen und jenem den Kopf abschlagen. Doch als die Bürger diesen Befehl des Sultans vernahmen, verrammelten sie die Tore des Palastes und ließen dem Sultan sagen: ‚In diesem Augenblick werden wir den Palast über den Häuptern aller, die in ihm sind, und auch über deinem Haupte niederreißen, wenn dem 'Alâ ed-Dîn das geringste Leid geschieht!' Der Wesir ging zum Sultan hinein und meldete ihm: ‚O größter König unserer Zeit, es wird mit uns zu Ende gehen! Es ist darum das beste, wenn du dem 'Alâ ed-Dîn verzeihest, damit uns nicht ein Unheil widerfährt; denn die Bürger lieben den 'Alâ ed-Dîn mehr als uns!' Der Henker hatte aber schon das Blutleder hingebreitet, den 'Alâ ed-Dîn darauf gesetzt und ihm die Augen verbunden. Und jetzt ging er dreimal um ihn herum, gewärtig des letzten Befehles vom Sultan. Doch der Sultan sah nun, wie die Volksmenge gegen den Palast anstürmte und schon hinaufkletterte, um ihn niederzureißen. Sofort gab er dem Henker Befehl, von 'Alâ ed-Dîn abzulassen, und er gebot dem Ausrufer, vor das Volk hinauszutreten und zu verkünden, daß der Herrscher dem 'Alâ ed-Dîn verziehen und ihn begnadigt habe. Wie dieser sich nun in Freiheit fühlte und den Sultan auf dem Throne sitzen sah, trat er auf ihn zu und sprach: ‚Hoher Herr, da deine Majestät geruht hat, mir das Leben zu schenken, so möge sie auch geruhen, mir mitzuteilen, worin mein Verbrechen besteht!' ‚Ha, Verräter,' rief der Sultan, ‚kennst du dein Verbrechen noch nicht?' Dann wandte er sich an den Wesir mit den Worten: ‚Nimm ihn und laß ihn aus dem Fenster sehen, wo sein Schloß ist!' Als der Wesir ihn dorthin geführt hatte, und als 'Alâ ed-Dîn durch das Fenster nach seinem Schlosse hinüberschaute, sah er die Stätte kahl, wie sie zuvor gewesen war, ehe das Schloß dort gebaut war; doch vom Schlosse entdeckte er keine einzige Spur mehr. Da ward er starr vor Staunen und wußte nicht, was geschehen war. Doch wie er zurücktrat, rief der Sultan ihm zu: ‚Nun, was hast du gesehen? Wo ist dein Schloß? Wo ist meine Tochter, mein Herzblut, mein einziges Kind, außer dem ich kein anderes habe?' ‚O größter König unserer Zeit,' erwiderte 'Alâ ed-Dîn, ‚ich weiß nichts davon; ich weiß ja nicht, was geschehen ist!' Dann fuhr der Sultan fort: ‚Wisse, 'Alâ ed-Dîn, ich habe dir verziehen, damit du dich aufmachst und diese Sache erforschest und nach meiner Tochter suchst. Doch laß dich nur mit ihr wiedersehen; wenn du sie mir nicht bringst, so lasse ich dir – bei meinem Haupte! – den Kopf abschlagen!' ‚Ich höre und gehorche, o größter König unserer Zeit!' antwortete 'Alâ ed-Dîn, ‚doch gib mir eine Frist von vierzig Tagen; wenn ich sie dir nach Ablauf dieser Zeit nicht bringe, so laß mir den Kopf abschlagen und tu, was dir beliebt!'

Ferner ist mir berichtet worden, o größter König unserer Zeit, daß der Sultan darauf zu 'Alâ ed-Dîn sprach: ‚Ich gewähre dir die gewünschte Frist von vierzig Tagen. Glaube aber nicht, daß du meiner Hand wirst entrinnen können; denn ich werde dich zur Stelle schaffen, nicht nur auf Erden, sondern auch, wenn du über den Wolken schwebtest!' ‚O mein Herr und Sultan,' gab 'Alâ ed-Dîn zur Antwort, ‚wie ich zu deiner Majestät gesagt habe, wenn ich sie dir nicht in dieser Frist bringe, so will ich vor dich treten, damit du mir das Haupt abschlagen lässest.' Als nun die Bürger und all das Volk den 'Alâ ed-Dîn sahen, waren sie hocherfreut über seinen Anblick und jubelten, daß er in Freiheit war; doch die Schmach dieses

Erlebnisses und die Scham und die Schadenfreude der Neider hatten das Haupt 'Alâ ed-Dîns gebeugt. So eilte er denn fort und irrte ziellos in der Stadt umher und wußte nicht, wie alles gekommen war. Zwei Tage lang blieb er in der Stadt, in tiefstem Leid, ohne zu wissen, was er tun solle, um seine junge Frau, die Prinzessin Badr el-Budûr, und sein Schloß wiederzufinden. Und während dieser Tage kamen einige von den Einwohnern heimlich mit Speisen und Trank zu ihm. Danach aber verließ er die Stadt und streifte auf dem freien Felde umher, ohne darauf zu achten, nach welcher Richtung er sich wandte. Wie er so immer weiter dahinging, kam er dort auf seinem Wege in die Nähe eines Flusses; da gab er im Übermaße des Grams, der seine Seele erfüllte, alle Hoffnung auf und wollte sich in das Wasser stürzen. Aber weil er ein frommer Muslim war, der sich nur zu Allah allein bekannte, so fürchtete er Gott in seinem Herzen, und er blieb am Ufer des Flusses stehen, um die religiöse Waschung vorzunehmen. Und wie er nun das Wasser mit der Hand schöpfte und die Finger gegeneinander rieb, geschah es, daß auch der Siegelring gerieben ward. Da erschien auch schon der Mârid vor ihm und sprach: ,Zu deinen Diensten! Dein Knecht steht vor dir! Verlange, was du wünschest!' Als 'Alâ ed-Dîn den Geist erblickte, war er hocherfreut und sprach zu ihm: ,Knecht, ich wünsche von dir, daß du mir mein Schloß mit meiner Gemahlin, der Prinzessin Badr el-Budûr, darinnen samt allem, was in ihm ist, hierherbringest.' Doch der Mârid antwortete ihm: ,Mein Gebieter, es tut mir sehr leid, du forderst etwas von mir, dessen ich nicht mächtig bin. Denn dies ist etwas, das von den Dienern der Lampe abhängt; ich kann es nicht wagen.' Da fuhr 'Alâ ed-Dîn fort: ,Sintemalen dies etwas ist, das über deine Kraft geht, so nimm mich und setze mich neben meinem

Schlosse nieder, in welchem Lande es auch sein mag.' ,Ich höre und gehorche, mein Gebieter!' erwiderte der Geist, hob ihn empor und setzte ihn im selben Augenblicke neben seinem Schlosse im Lande Afrika nieder, gerade vor dem Gemache seiner Gemahlin. Es war um die Zeit, da die Nacht anbrach; aber mit einem Blick erkannte er sein Schloß, und da wichen Sorgen und Kummer von ihm, und er betete zu Allah, er möchte ihn, nachdem er schon alle Hoffnung aufgegeben hatte, seine Gemahlin noch einmal wiedersehen lassen. Dann dachte er an die geheimnisvollen Wege der Gnade Allahs, dessen Allmacht hochherrlich ist, wie der Ring ihm Hilfe gebracht hatte, ja, wie er selbst alle Hoffnung aufgegeben hätte, wenn Allah ihm nicht den Geist des Ringes gesandt hätte. So war er froh, und all seine Trauer ward von ihm genommen. Doch da er seit vier Tagen im Übermaße seines Grams, seiner Sorge und seines Kummers und wegen seiner quälenden Gedanken nicht geschlafen hatte, so trat er an das Schloß heran und legte sich unter einem Baume zum Schlafe nieder; denn das Schloß befand sich ja, wie bereits erzählt wurde, im Lande Afrika zwischen den Gärten außerhalb der Stadt.

Ferner ist mir berichtet worden, o größter König unserer Zeit, daß 'Alâ ed-Dîn in jener Nacht neben seinem Schlosse unter einem Baume in aller Ruhe schlief. Freilich, wer einen Hammelkopf beim Garkoch hat, der schläft nicht bei Nacht[1]; dennoch übermannte ihn der Schlummer, da er so müde war und seit vier Tagen nicht geschlafen hatte. Und so schlief er, bis er am Morgen durch das Zwitschern der Vögel geweckt wurde. Da stand er auf und begab sich zu einem Flusse, der

1. Sprichwörtliche Redensart. Die Morgenländer geben die Köpfe eines geschlachteten Tieres dem Manne, der solche Köpfe kocht und zubereitet; dabei sind sie dann manchmal in Sorge um ihr Eigentum.

von dort aus durch die Stadt floß. Er wusch seine Hände und sein Gesicht, verrichtete die religiöse Waschung und betete das Frühgebet. Als er das Gebet zu Ende gesprochen hatte, kehrte er zurück und setzte sich unter den Fenstern der Gemächer der Prinzessin Badr el-Budûr nieder. Nun pflegte die Prinzessin in ihrer großen Trauer über ihre Trennung von ihrem Gemahl und von ihrem Vater, dem Sultan, sowie über all die Not, die der verfluchte maurische Zauberer über sie gebracht hatte, jeden Tag im frühesten Morgengrauen aufzustehen; und dann saß sie da und weinte. Des Nachts schlief sie nie mehr, und sie hatte Essen und Trinken von sich verbannt. Wenn sie die Grußformel am Schlusse des Frühgebets gesprochen hatte, pflegte eine Sklavin zu ihr einzutreten, um sie anzukleiden. An jenem Tage aber traf es sich, daß die Sklavin das Fenster öffnete, um ihre Herrin durch den Anblick der Bäume und der Bäche zu erfreuen und zu trösten. Als sie nun aus dem Fenster schaute, erblickte sie ihren Herren 'Alâ ed-Dîn, wie er unter den Fenstern des Söllers saß, und da rief sie der Prinzessin Badr el-Budûr zu: ‚O Herrin, o Herrin, da sitzt ja mein Herr 'Alâ ed-Dîn, unten an der Mauer des Schlosses!' Die Prinzessin eilte rasch herbei, blickte aus dem Fenster hinaus und sah ihn auch. Gerade hob 'Alâ ed-Dîn seinen Kopf, und er schaute sie an. Da grüßte sie ihn, und er grüßte sie, und beide flogen fast vor Freuden. Sie rief ihm zu: ‚Steh auf, komm herein zu mir durch die geheime Pforte; denn der Verruchte ist jetzt nicht hier!' Dann ging auf ihren Befehl hin die Sklavin nach unten und öffnete ihm die geheime Pforte. 'Alâ ed-Dîn trat durch sie ein, und seine Gemahlin, die Prinzessin Badr el-Budûr, kam ihm bis dorthin entgegen. Da umarmten und küßten sie einander in heller Freude, ja, im Übermaße ihres Glückes begannen sie zu weinen. Dann setzten sie sich nieder, und nun hub 'Alâ ed-Dîn an: ‚Prinzessin Badr el-Budûr, vor allem anderen möchte ich dich etwas fragen; ich hatte eine alte Messinglampe in meinem Gemache an die und die Stelle gelegt...' Doch sowie die Prinzessin das hörte, seufzte sie und unterbrach: ‚Ach, mein Freund, die ist ja die Ursache davon, daß wir in dies Elend geraten sind!' ‚Wie ist denn das gekommen?' fragte 'Alâ ed-Dîn sie; und die Prinzessin Badr el-Budûr erzählte ihm alle ihre Erlebnisse von Anfang bis zu Ende, wie sie die alte Lampe gegen eine neue umgetauscht hatten, und dann schloß sie mit den Worten: ‚Am Tage darauf sahen wir uns frühmorgens in diesem Lande, und er, der uns betrogen und die Lampe eingetauscht hatte, tat mir kund, daß er durch die Kraft seiner Zauberei mit Hilfe der Lampe dies mit uns getan hatte, daß er ein Maure aus Afrika sei und daß wir in seiner Stadt seien.'

Ferner ist mir berichtet worden, o größter König unserer Zeit, daß 'Alâ ed-Dîn, nachdem die Prinzessin ihre Worte beendet hatte, zu ihr sprach: ‚Sage mir, was hat dieser Verruchte mit dir im Sinne? Wie redet er denn mit dir? Was sagt er zu dir? Was will er von dir?' Sie gab ihm zur Antwort: ‚Jeden Tag kommt er nur ein einziges Mal zu mir, und er will mich verleiten, ihn zu lieben; er will, daß ich ihn statt deiner zum Gemahl nehme, daß ich dich vergesse und deiner nicht mehr gedenke. Er hat mir auch gesagt, mein Vater, der Sultan, habe dir den Kopf abschlagen lassen. Und dabei sagte er immer von dir, du wärest ein Sohn armer Leute, und er wäre der Grund deines Reichtums. So redet er mir immer freundlich zu, aber er sieht an mir nichts als Tränen und Weinen, und er hat von mir noch kein süßes Gelispel zu hören bekommen.' Da fuhr 'Alâ ed-Dîn fort: ‚Sage mir, wohin er die Lampe gelegt hat, wenn du es weißt!' Und sie entgegnete ihm: ‚Immer trägt er sie bei sich; er kann sich nicht einen Augenblick von ihr trennen. Damals, als er mir alles erzählte, was ich dir berichtet habe, nahm er die Lampe aus seinem Busen und zeigte sie mir.' Wie 'Alâ ed-Dîn diese Worte vernahm, freute er sich sehr, und er sprach zu ihr: ,Prinzessin, höre, ich will jetzt fortgehen. Aber ich komme bald zurück, mit anderen Kleidern angetan; wundere du dich nicht über mich. Laß immer eine Sklavin an der Geheimpforte stehen, damit sie, wenn sie mich kommen sieht, mir sofort die Tür aufmacht! Ich will auf Mittel und Wege sinnen, daß ich diesen Verruchten zu Tode bringe.' Darauf ging 'Alâ ed-Dîn aus dem Tore des Schlosses hinaus und schritt dahin, bis er auf seinem Wege einen Bauern traf. Zu dem sprach er: ,Du, Mann, nimm meine Kleider und gib mir die deinen!' Der Bauer wollte es nicht tun; aber 'Alâ ed-Dîn zwang ihn dazu, nahm ihm seine Kleider ab, zog sie selber an und gab ihm seine eigenen kostbaren Gewänder. Dann ging er auf dem Wege zur Stadt weiter, bis er in sie eintrat, begab sich zum Drogenbasar und kaufte sich bei den Spezereihändlern von starkem Bendsch, das augenblicklich wirkt, zwei Dram[1] für zwei Dinare. Darauf ging er auf demselben Wege zurück, bis er wieder bei dem Schlosse ankam. Als die Sklavin ihn sah, machte sie ihm die geheime Pforte auf, und er ging zur Prinzessin Badr el-Budûr hinein.

Ferner ist mir berichtet worden, o größter König unserer Zeit, daß 'Alâ ed-Dîn, nachdem er zu seiner Gemahlin, der Prinzessin Badr el-Budûr, eingetreten war, zu ihr sprach: ,Höre, ich wünsche, daß du dich schön kleidest und schmückest und die Trauer abtust. Wenn dann der Maure kommt, so nimm ihn mit herzlichem Willkommensgruß auf, empfang ihn mit lächelndem Antlitz und lade ihn ein, mit dir zu spei-

1. 1 Dram = 3,2 Gramm.

sen. Tue ihm gegenüber, als ob du deinen geliebten 'Alâ ed-Dîn und deinen Vater vergessen, ihn dagegen sehr lieb gewonnen hättest; verlange von ihm roten Wein, stelle dich vor ihm völlig vergnügt und froh und trink auf sein Wohl! Wenn du ihm aber zwei bis drei Becher Wein zu trinken gegeben hast, so daß er achtlos geworden ist, dann tu ihm dies Pulver in den Becher und fülle ihn wieder mit Wein! Wenn er diesen Becher, in dem dies Pulver ist, getrunken hat, wird er sofort wie tot auf den Rücken fallen.' Als die Prinzessin Badr el-Budûr diese Worte aus dem Munde 'Alâ ed-Dîns vernommen hatte, sprach sie zu ihm: ‚Das ist für mich eine Aufgabe, die ich nur sehr schwer zu erfüllen vermag. Doch da wir von der Gemeinheit dieses Verruchten, der mich durch die Trennung von dir und von meinem Vater so gequält hat, befreit werden können, ist es erlaubt, den Schurken zu töten.' Darauf aß und trank 'Alâ ed-Dîn mit seiner Gemahlin, doch nur so viel, daß er Hunger und Durst stillte, stand alsbald wieder auf und verließ das Schloß. Prinzessin Badr el-Budûr aber ließ ihre Kammerfrau kommen, und die kleidete und schmückte sie. Sie legte prächtige Kleider an und salbte sich mit Wohlgerüchen. Und als das geschehen war, kam auch schon der verfluchte Maure. Wie der sie in diesem Schmuck erblickte, freute er sich sehr; noch mehr aber, als sie ihn mit lächelndem Antlitze begrüßte, ganz gegen ihre Gewohnheit; da ward die Flamme der Liebe zu ihr noch stärker in ihm entfacht, und es verlangte ihm nach ihr. Dann zog sie ihn an ihre Seite, lud ihn ein, sich zu setzen, und sprach zu ihm: ‚Mein Geliebter, wenn du willst, so komme heute abend zu mir, damit wir zusammen speisen. Ich bin der Trauer überdrüssig; denn wenn ich auch tausend Jahre traurig dasäße, so nützte es nichts, 'Alâ ed-Dîn kann doch nicht aus dem Grabe wiederkehren. Ich verlasse mich auf das, was du mir neulich sagtest, daß nämlich mein Vater im Übermaße seines Schmerzes wegen der Trennung von mir ihn wohl hat töten lassen. Wundre dich heute nicht über mich, weil ich anders aussehe als gestern! Der Grund ist, daß ich mich besonnen habe, dich zu meinem Geliebten und Gefährten zu machen an 'Alâ ed-Dîns Statt, da ich niemanden mehr habe als dich. So hoffe ich denn, daß du heute abend kommen wirst, auf daß wir zusammen speisen und ein wenig Wein miteinander trinken. Ich möchte, daß du mich von dem Weine deines Landes Afrika kosten ließest; vielleicht ist er besser als der Wein, den ich hier habe und der aus unserem Lande stammt. Ja, ich habe den heißen Wunsch, den Wein eures Landes zu kosten.'

Ferner ist mir berichtet worden, o größter König unserer Zeit, daß der Maure, als er sah, welche Liebe die Prinzessin Badr el-Budûr ihm bezeugte, und wie sie ganz anders war als früher, da sie noch betrübt war, nunmehr dachte, sie habe ihre Hoffnung auf 'Alâ ed-Dîn aufgegeben, und hocherfreut rief: ‚Mein Leben, ich höre und gehorche allem, was du wünschest und mir befiehlst! Ich habe in meinem Hause einen Krug von dem Weine unseres Landes, den ich seit acht Jahren unter der Erde aufbewahrt habe; jetzt will ich hingehen und aus ihm so viel abfüllen, wie wir brauchen. Dann komme ich flugs wieder zu dir zurück.' Die Prinzessin aber, die ihn in immer größere Sicherheit wiegen wollte, erwiderte ihm: ‚Ach, mein Lieb, geh nicht fort von mir, schicke einen deiner Diener, daß er uns daraus abfülle, bleib du bei mir sitzen, damit ich mich deiner Gesellschaft erfreue!' ‚Meine Herrin,' sagte er darauf, ‚niemand kennt den Ort des Kruges außer mir; ich werde nicht lange von dir fortbleiben.' Dann ging der Maure fort und kehrte nach einer kleinen Weile mit so viel Wein zurück, wie sie brauchten. Die Prinzessin Badr el-Budûr rief ihm zu: ‚Du hast dir Mühe machen müssen, und ich habe dich belästigt, mein Liebling!' ,Ganz und gar nicht, mein Augenstern,' gab er ihr zur Antwort, ,ich fühle mich geehrt, wenn ich dir dienen kann.' Darauf setzte die Prinzessin Badr el-Budûr sich mit ihm zu Tische, und sie begannen zu essen. Alsbald aber begehrte die Prinzessin zu trinken; sofort füllte die Dienerin ihr den Becher und schenkte dann auch dem Mauren ein. Nun trank die Prinzessin auf sein Leben und seine Gesundheit, während er auf ihr Wohl trank. So begann sie mit ihm ein fröhliches Gelage, und da sie wunderbar schön und fein reden konnte, betörte sie ihn bald, indem sie in süßen, bedeutungsvollen Worten mit ihm plauderte, um in ihm immer heißere Liebesglut zu entfachen. Er aber, der Maure, dachte, all das komme ihr wirklich von Herzen, und er ahnte nicht, daß diese Andeutung ihrer Liebe zu ihm nur eine Schlinge war, die seinen Tod herbeiführen sollte. Darum ward seine Leidenschaft zu ihr immer stärker, und er wollte vor Liebe zu ihr vergehen, als er hörte, welche zärtlichen Worte sie ihm darbot; er war wie geistesabwesend, sein Kopf begann sich vor Wonne zu drehen, und die ganze Welt galt ihm nichts mehr in seinen Augen. Als sie die Mahlzeit fast beendet hatten und der Wein ihm bereits zu Kopfe gestiegen war, sagte die Prinzessin Badr el-Budûr, die dessen gewahr geworden war, zu ihm: ,In unserem Lande haben wir eine Sitte, doch ich weiß nicht, ob ihr sie in diesem Lande auch übt oder nicht.' ,Was das ist für eine Sitte?' fragte der Maure; und sie antwortete ihm: ,Die besteht darin, daß am Ende der Mahlzeit ein jeder den Becher seines Freundes nimmt und ihn austrinkt.' Darauf nahm sie sofort seinen Becher und füllte ihn für sich mit Wein, und sie befahl der Sklavin, ihm ihren Becher zu reichen, in dem der Wein mit Bendsch gemischt war, gemäß der Anweisung, die sie vorher der Sklavin gegeben hatte.

Alle Sklavinnen und Diener im Schlosse wünschten nämlich seinen Tod und waren darüber eines Sinnes mit der Prinzessin Badr el-Budûr. Die Sklavin reichte ihm also den Becher; doch wie er ihre Worte vernahm und sah, daß sie aus seinem Becher trank und ihm ihren eigenen Becher zu trinken gab, da fühlte er sich wie Alexander der Große, weil er einen solchen Liebesbeweis von ihr sehen durfte. Sie aber sprach zu ihm, indem sie sich hin und her wiegte und ihre Hand in die seine legte: ‚Ach, meine Seele, da ist dein Becher bei mir und mein Becher bei dir! So trinken die Liebenden einer aus dem Becher des anderen.' Dann führte die Prinzessin Badr el-Budûr seinen Becher zum Munde, trank ihn und setzte ihn nieder; darauf neigte sie sich zu dem Mauren hinüber und küßte ihn auf die Wange. Ihm war, als flöge er vor Freuden gen Himmel, und um nun das gleiche zu tun wie sie, hob er den Becher an den Mund und leerte ihn ganz, ohne darauf zu achten, ob in ihm etwas Schädliches wäre. Sogleich, im selben Augenblicke, sank er wie tot auf den Rücken, und der Becher entfiel seiner Hand. Des freute sich die Prinzessin Badr el-Budûr, und die Sklavinnen liefen um die Wette hin und machten ihrem Herrn 'Alâ ed-Dîn das Schloßtor auf; und er trat ein.

Ferner ist mir berichtet worden, o größter König unserer Zeit, daß 'Alâ ed-Dîn, nachdem er in das Schloß eingetreten war, hinauf zum Gemache seiner Gemahlin, der Prinzessin Badr el-Budûr, eilte und dort sah, wie sie am Tische saß, der Maure aber wie tot vor ihr lag. Da trat er auf sie zu, küßte sie und dankte ihr für ihr Tun, erfüllt von herzlicher Freude. Dann redete er sie mit den Worten an: ‚Geh du jetzt mit deinen Sklavinnen in dein Gemach da drinnen, laß mich nun allein, damit ich mein Werk vollende!' Die Prinzessin zauderte nicht, sondern begab sich mit ihren Dienerinnen in das innere Gemach.

'Alâ ed-Dîn schloß aber die Tür hinter ihnen, ging auf den Mauren zu, legte seine Hand in dessen Busen und holte die Lampe von dort heraus, dann zog er sein Schwert und hieb des Mauren Kopf ab. Darauf rieb er die Lampe; sofort erschien der dienende Mârid vor ihm und sprach zu ihm: ‚Zu Diensten, mein Gebieter! Was wünschest du?' Da erwiderte 'Alâ ed-Dîn: ‚Ich wünsche, daß du dies Schloß aus diesem Lande fortnimmst und in das Land China trägst und an derselben Stätte niedersetzest, an der es früher war, gegenüber dem Palaste des Sultans.' ‚Ich höre und gehorche, mein Gebieter!' antwortete der Mârid. Nun ging 'Alâ ed-Dîn zu seiner Gemahlin hinein, setzte sich zu ihr, umarmte sie und küßte sie, und sie küßte ihn wieder. Und während sie im trauten Verein beieinander saßen, trug der Mârid das Schloß mit ihnen dahin und setzte es an seiner Stätte nieder, gegenüber dem Palaste des Sultans. 'Alâ ed-Dîn aber hatte den Sklavinnen Befehl gegeben, und die breiteten den Tisch vor ihm aus; da setzte er sich mit seiner Gemahlin, der Prinzessin Badr el-Budûr, zu Tische, und sie begannen, in reiner Freude und Fröhlichkeit, zu essen und zu trinken, bis sie gesättigt waren. Darauf begaben sie sich in das Zimmer der fröhlichen Gelage, setzten sich nieder, tranken und plauderten und küßten einander in heißem Verlangen. Sie waren ja auch seit langer Zeit nicht miteinander froh gewesen, und so verweilten sie bei diesem löblichen Tun, bis die Sonne des Weines in ihren Köpfen schien; dann kam der Schlaf über sie, und sie legten sich in aller Behaglichkeit auf ihr Lager nieder. Am nächsten Morgen erhob 'Alâ ed-Dîn sich und weckte seine Gemahlin, die Prinzessin Badr el-Budûr; da kamen auch schon die Sklavinnen, kleideten sie in ihre Gewänder, zierten und schmückten sie. Auch 'Alâ ed-Dîn legte sein prächtigstes Gewand an. Dabei wollten die beiden fast vergehen vor

Freuden darüber, daß sie jetzt nach der Trennung wieder miteinander vereint waren; und die Prinzessin war ganz besonders erfreut, daß sie an jenem Tage ihren Vater wiedersehen sollte.

Wenden wir uns nun von 'Alâ ed-Dîn und der Prinzessin Badr el-Budûr wieder zu dem Sultan! Der war, nachdem er den 'Alâ ed-Dîn freigelassen hatte, über den Verlust seiner Tochter immerfort traurig gewesen. Zu jeder Zeit und Stunde saß er da und weinte um sie wie klagende Frauen, da sie ja sein einziges Kind gewesen war. Und jeden Morgen, sobald er aus dem Schlafe erwachte, ging er eilends zum Fenster, machte es auf, blickte nach der Stätte hin, an der das Schloß 'Alâ ed-Dîns gestanden hatte, und weinte, bis seine Augen fast erblindeten und seine Lider sich von Wunden entzündeten. An jenem Tage nun erhob er sich früh wie gewöhnlich, öffnete das Fenster und schaute hinaus. Da sah er vor sich ein Gebäude, rieb sich die Augen, blickte wiederum genau hin, und da war er sicher, daß es 'Alâ ed-Dîns Schloß war. Im selben Augenblicke rief er nach den Pferden; die wurden gesattelt, er eilte hinab, saß auf und ritt zu dem Schlosse. Als 'Alâ ed-Dîn ihn kommen sah, eilte er hinab und ging ihm auf halbem Wege entgegen. Er faßte ihn bei der Hand und stieg mit ihm zum Gemache seiner Tochter, der Prinzessin Badr el-Budûr, hinauf. Doch auch sie hatte solches Verlangen nach ihrem Vater, daß sie hinuntereilte und ihn schon an der Tür des Treppenhauses gegenüber der unteren Halle begrüßte. Da schloß ihr Vater sie in die Arme und küßte sie und weinte Freudentränen; und sie tat desgleichen. Dann geleitete 'Alâ ed-Dîn die beiden in das obere Gemach, und alle setzten sich nieder; nun begann der Sultan seine Tochter mit Fragen zu bestürmen, wie es ihr gehe und was ihr widerfahren sei.

Ferner ist mir berichtet worden, o größter König unserer Zeit, daß die Prinzessin Badr el-Budûr darauf ihrem Vater, dem Sultan, alles berichtete, was sie erlebt hatte, indem sie also begann: ‚Lieber Vater, erst gestern bin ich wieder lebendig geworden, als ich meinen Gemahl erblickte; er ist es, der mich aus dem Gefängnisse des maurischen Mannes, des verfluchten Zauberers, befreit hat. Ich glaube, es gibt auf der ganzen Erde keinen gemeineren Menschen als den Mann; wäre mein geliebter 'Alâ ed-Dîn nicht gewesen, so wäre ich nicht aus seinen Händen befreit worden, ach, dann hättest du mich nie im Leben wiedergesehen. Ja, lieber Vater, Trauer und tiefer Kummer hielten mich umfangen, nicht nur weil ich von dir getrennt war, sondern auch weil ich meinem Gemahl fern sein mußte; ihm werde ich alle Tage meines Lebens für seine Güte dankbar sein, da er mich aus der Gewalt dieses verruchten Magiers befreit hat.' Darauf berichtete die Prinzessin Badr el-Budûr ihrem Vater alles, was sie erlebt hatte; sie erzählte ihm, was für ein Mensch der Maure gewesen war, und was er ihr angetan hatte; wie er sich als Lampenhändler verkleidet hatte, um neue gegen alte zu vertauschen. ‚Weil ich nun glaubte,' so sagte sie, ‚daß er das aus Unverstand täte, fing ich an, über ihn zu lachen; denn ich hatte ja kein Arg von seinem listigen Plan. So nahm ich denn eine alte Lampe, die im Gemache meines Gatten war, schickte sie durch einen Eunuchen hinab, und der tauschte von ihm eine neue Lampe dafür ein. Am nächsten Tage jedoch, lieber Vater, fanden wir uns frühmorgens mit dem Schlosse und allem, was darinnen war, in Afrika; ich wußte immer noch nichts von den Zauberkräften der Lampe meines Gemahles, die ich vertauscht hatte. Schließlich kam 'Alâ ed-Dîn selbst zu uns und ersann eine List gegen den Zauberer, um uns aus seinen Händen zu befreien. Und hätte mein

Gatte uns nicht zur rechten Zeit erreicht, so hätte der Verfluchte seinen Willen getan und mich vergewaltigt. Doch 'Alâ ed-Dîn gab mir ein Pulver; das tat ich ihm in einen Becher Weines zu trinken, er trank es und fiel wie tot nieder. Danach kam mein Gemahl zu uns, und ich weiß nicht, was er tat, so daß er uns aus dem Lande Afrika wieder hierher an unsere Stätte brachte.' ‚Mein Gebieter,' fuhr nun 'Alâ ed-Dîn fort, ‚als ich hinaufstieg und sah, daß er wie ein Erschlagener dahingestreckt lag, vom Bendsch betäubt, da sprach ich zu der Prinzessin Badr el-Budûr: ‚Geh du mit deinen Sklavinnen in das innere Gemach!' Sie ging darauf mit den Dienerinnen vor dem schrecklichen Anblick fort; ich aber trat an den verfluchten Mauren heran, legte meine Hand in seinen Busen und holte die Lampe heraus; denn die Prinzessin Badr el-Budûr hatte mir gesagt, daß er sie stets in seinem Busen trug. Nachdem ich die nun wiedererhalten hatte, zog ich mein Schwert und schlug dem Verruchten den Kopf ab. Darauf gebrauchte ich die Lampe und befahl den Geistern, die ihr dienen, das Schloß mit allem, was darinnen war, fortzutragen und uns hier an unserer Stätte niederzusetzen. Doch wenn deine Majestät gegen meine Worte Zweifel hegt, so geruhe mit mir den verfluchten Mauren anzusehen!' Da machte der König sich auf, und 'Alâ ed-Dîn führte ihn in den Söller. Als der Sultan den Mauren erblickte, gab er sofort Befehl, man solle die Leiche fortschaffen und verbrennen und ihre Asche in den Wind streuen. Dann umarmte er den 'Alâ ed-Dîn, küßte ihn und sprach zu ihm: ‚Miß mir keine Schuld bei, mein Sohn, weil ich dir das Leben nehmen wollte, um der Gemeinheit jenes verfluchten Zauberers willen, der dich in diese Grube stürzte! Lieber Sohn, ich bin für das, was ich dir getan habe, zu entschuldigen; denn ich sah, daß ich meine Tochter verloren hatte, mein einziges Kind, die mir lieber war als mein Reich. Und du weißt doch, wie sehr sich das Herz der Eltern nach den Kindern sehnt; besonders aber tat ich es, weil ich niemanden außer der Prinzessin Badr el-Budûr hatte.' So bat der Sultan den 'Alâ ed-Dîn um Entschuldigung, und der gewährte sie ihm.

Ferner ist mir berichtet worden, o größter König unserer Zeit, daß 'Alâ ed-Dîn darauf zum Sultan sprach: ‚Du hast nichts wider mich getan, das gegen das heilige Gesetz ist; doch auch ich habe keine Schuld. All das Unglück kam von diesem Mauren, dem gemeinen Zauberer.' Dann befahl der König, die Stadt zu schmücken; das geschah auch, und nun begannen die Freudenfeste. Er gebot ferner dem Herold, in der Stadt auszurufen: ‚Dieser Tag ist ein hoher Feiertag, an ihm beginnen die Freudenfeste im ganzen Lande, und sie sollen einen Monat, dreißig Tage, dauern, weil die Prinzessin Badr el-Budûr mit ihrem Gemahle 'Alâ ed-Dîn heimgekehrt ist!'

All dies hatte 'Alâ ed-Dîn mit dem Mauren erlebt. Und doch sollte er trotzdem noch keine Ruhe vor dem verfluchten Westländer finden, obgleich sein Leichnam verbrannt und die Asche in den Wind gestreut war! Dieser Schurke hatte nämlich einen Bruder, der noch durchtriebener war als jener in Zauberei, Geomantie und Astrologie, wie es im Sprichworte heißt: ‚Eine Saubohne, die zwei Hälften hat.'[1] Ein jeder von beiden hauste in einer anderen Weltgegend, um sie mit seiner Zauberei, seiner Arglist und seiner Tücke zu erfüllen. Nun begab es sich eines Tages, daß der Bruder des Mauren wissen wollte, wie es

---

1. Das heißt: sie gleichen einander wie die beiden Hälften einer Saubohne. In einer anderen Handschrift steht hier noch das Sprichwort: ‚Ein Hund hinterließ einen jungen Hund; der war noch schlimmer als sein Vater.' Ein anderes arabisches Sprichwort lautet: ‚Die Schlange bringt immer nur junge Schlangen hervor.'

seinem Bruder ergehe; darum warf er den Sand, führte die Figuren aus, betrachtete und erforschte sie genau, und da erkannte er, daß sein Bruder gestorben und ein Bewohner des Totenreichs war. Da ward er betrübt und wußte sicher, daß sein Bruder tot war; doch er warf den Sand noch ein zweites Mal, um zu erfahren, wie sein Bruder zu Tode gekommen und wo er gestorben war. Da erkannte er, daß sein Bruder im Lande China gestorben war und daß er den allerschimpflichsten Tod gefunden hatte. Ferner erkannte er, daß der, durch den er umgekommen war, ein Jüngling sei des Namens 'Alâ ed-Dîn. Sofort machte er sich auf, rüstete sich zur Reise und zog fort; er durchquerte Steppen und Wüsten und Gebirge viele Monate lang, bis er in China ankam, und zwar in der Sultansstadt, in der 'Alâ ed-Dîn lebte. Dort begab er sich in die Herberge der Fremden, mietete sich einen Raum und ruhte sich in ihm zunächst ein wenig aus. Dann begann er die Straßen der Stadt zu durchstreifen, um einen Weg zu finden, der ihm die Möglichkeit bot, sein arges Ziel zu erreichen; und das war, daß er an 'Alâ ed-Dîn Blutrache für seinen Bruder nehmen wollte. So trat er denn dort in ein Kaffeehaus am Markte, ein großes Gebäude, in dem sich viel Volks zum Spiele versammelte; die einen spielten Steinchenspiel, die anderen Dame, noch andere Schach und dergleichen. Er setzte sich da nieder und hörte, wie die Leute, die neben ihm saßen, von einer alten frommen Frau namens Fâtima redeten, die immer in ihrer Klause vor der Stadt weilte und Gott diente, und nur an zwei Tagen im Monat in den Ort selbst kam; auch hieß es, sie tue viele Wunder. Als der maurische Zauberer das hörte, sprach er bei sich selber: ‚Jetzt habe ich gefunden, was ich suche. So Gott der Erhabene will, werde ich durch diese Frau mein Ziel erreichen!'

Ferner ist mir berichtet worden, o größter König unserer Zeit, daß der maurische Zauberer an die Leute, die von den Wundern jener frommen Alten redeten, herantrat und zu einem von ihnen sagte: ‚Lieber Oheim, ich höre, wie ihr von den Wundern einer Heiligen sprecht, die Fâtima heißt. Wo ist sie, und wo befindet sich ihre Wohnstätte?' ‚Sonderbar!' rief der Mann aus, ‚wie ist es möglich, daß du in dieser Stadt weilst und noch nicht von den Wundern der heiligen Fâtima gehört hast? Du Armer, du scheinst ein Fremdling zu sein, daß dir bisher noch nichts von dem Fasten, der Weltentsagung und der reinen Gottesfurcht dieser frommen Frau zu Gehör gekommen ist.' ‚Ja freilich, lieber Herr,' erwiderte der Maure, ‚ich bin ein Fremder. Vorgestern abend bin ich in dieser eurer Stadt angekommen; und ich bitte dich, erzähle mir von den Wundern dieser tugendreichen Frau! Sag, wo ist ihre Wohnstätte? Denn mich hat ein Unglück betroffen, und ich will zu ihr gehen, um sie zu bitten, daß sie für mich bete; vielleicht wird Allah, der Allgewaltige und Glorreiche, mich durch ihr Gebet von meinem Unglück befreien.' Da erzählte der Mann ihm von den Wundern, der Gottesfurcht und dem lauteren Gottesdienst der frommen Fâtima, nahm ihn bei der Hand, führte ihn aus der Stadt hinaus und zeigte ihm dort den Weg zu ihrer Stätte in einer Höhle auf der Höhe eines kleinen Berges. Der Maure dankte dem Manne herzlich für seine Güte und ging zu seiner Wohnung im Chân zurück. Es traf sich nun, daß Fâtima am nächsten Tage in die Stadt herunterkam. Der Maure verließ früh am Morgen die Herberge und sah, wie die Menschen sich drängten. Als er näher trat, um zu schauen, was es gäbe, sah er Fâtima dort stehen; ein jeder, der ein Leiden hatte, ließ sich von ihr segnen und bat sie, für ihn zu beten, und wenn sie ihn berührte, so wurde er alsbald von dem Leiden, mit dem er behaftet war, geheilt. Der maurische Zauberer folgte ihr, bis sie zu ihrer Höhle zurückkehrte; dann wartete er den Abend ab, bis es dunkel ward, trat in den Laden eines Weinhändlers, trank einen Becher und ging aus der Stadt hinaus zu der Höhle der frommen Fâtima. Als er dort angekommen war, trat er in die Klause ein und sah, wie die Heilige auf einer alten Matte rücklings schlief. Er sprang auf sie zu, setzte sich auf ihren Leib, zog den Dolch und schrie sie an. Sie erwachte, und wie sie die Augen aufschlug, sah sie einen Mann, einen Mauren, mit gezücktem Dolche auf ihrem Leib sitzen, der im Begriffe war, sie zu töten. Sie war zu Tode erschrocken; und da fuhr er sie an: ‚Höre, wenn du ein Wort sagst oder schreist, so töte ich dich im selben Augenblick! Jetzt aber tu alles, was ich dir sage!' Und er schwor ihr einen Eid, wenn sie täte, was er ihr sage, so wolle er sie am Leben lassen. Dann stand er auf von ihrem Leib und fuhr fort: ‚Gib mir deine Kleider und nimm die meinen!' Da gab sie ihm ihre Kleider, ihre Kopfbinden, ihren Schleier und ihren Mantel. Und weiter sprach er zu ihr: ‚Du mußt mich auch mit etwas einreiben, so daß mein Gesicht dieselbe Farbe erhält wie deines!' Darauf ging Fâtima in das Innere der Höhle und holte ein Fläschchen mit Salbe; aus ihm nahm sie etwas in ihre Hand und salbte ihm das Gesicht. So erhielt es dieselbe Farbe wie das ihre. Schließlich gab sie ihm auch ihren Stab, zeigte ihm, wie er gehen und was er tun solle, wenn er in die Stadt käme, legte ihm ihren Rosenkranz um den Hals, und zuletzt reichte sie ihm den Spiegel mit den Worten: ‚Schau, jetzt ist kein Unterschied mehr zwischen dir und mir!' Der Maure blickte hinein und sah, daß er selbst das genaue Abbild der Fâtima war, an dem nichts fehlte und zu dem nichts hinzukommen durfte. Aber er brach seinen Eid, als er seinen Zweck erreicht hatte; denn er forderte von ihr einen Strick, und als sie ihm den gebracht hatte, nahm er ihn und erdrosselte sie damit in ihrer Höhle. Wie sie dann tot war, schleppte er die Leiche hinaus und warf sie in eine Grube, die sich draußen vor der Höhle befand.

Ferner ist mir berichtet worden, o größter König unserer Zeit, daß der Maure, nachdem er Fâtima ermordet und in die Grube geworfen hatte, wieder zur Höhle zurückging und dort schlief, bis der Tag anbrach. Dann machte er sich auf, ging zur Stadt hinunter und kam bis zum Schlosse 'Alâ ed-Dîns. Nun versammelte sich das Volk bei ihm, da alle sicher glaubten, er sei die heilige Fâtima. Er begann auch so zu tun, wie sie zu tun pflegte, legte seine Hand auf die Leidenden, sprach für den einen die erste Sure, für den andern eine andere Sure des Korans, und für noch andere betete er. Da nun das Volk sehr drängte und lärmte, horchte die Prinzessin Badr el-Budûr auf, und sie sprach zu den Sklavinnen: ‚Schaut nach, was es gibt, und was die Ursache dieses Lärmens ist!' Darauf ging ein Agha von den Eunuchen hinunter, um zu schauen, was es gäbe. Dann kehrte er zurück mit den Worten: ‚Hohe Herrin, dieser Lärm findet um der heiligen Fâtima willen statt. Wenn du mir zu gebieten geruhst, so will ich sie zu dir bringen, damit auch du ihres Segens teilhaftig wirst.' ‚Geh,' rief die Prinzessin, ‚und bring sie zu mir! Denn ich habe schon immer von ihren Wundern und Tugenden gehört, und ich trage Verlangen danach, sie zu sehen, damit ich von ihr gesegnet werde. Die Leute haben mir viel von ihren Tugenden berichtet.' Der Eunuchen-Agha ging hin und brachte den maurischen Zauberer, der ja genau wie Fâtima gekleidet war; und der trat nun vor die Prinzessin Badr el-Budûr. Als er sie erblickte, begann er vor ihr eine Reihe von Gebeten herzusagen; und kein einziger Mensch zweifelte daran, daß er die heilige Fâtima selbst sei. Die Prinzessin aber trat auf ihn zu, begrüßte ihn und ließ ihn zu ihrer Seite sitzen; dann sprach sie zu ihr: ‚Heilige Fâtima, ich möchte, daß du immer bei mir bliebest, damit ich durch dich gesegnet werde, von dir die Wege der Frömmigkeit und der Gottesfurcht erlerne und dir nacheifere.' Das war ja gerade der Wunsch dieses verruchten Zauberers, und er beschloß nun, seinen Betrug noch mehr zu vollenden. Darum sprach er zu ihr: ‚Hohe Herrin, ich bin eine arme Frau, die in der Wüste haust; meinesgleichen ist es nicht wert, in Königsschlössern sich aufzuhalten.' ‚Sorge dich nicht, du heilige Fâtima!' erwiderte die Prinzessin. ‚Ich will dir ein Gemach in meinem Hause anweisen, in dem du Gott dienen kannst, und wo kein einziger Mensch zu dir hineinkommen soll; dort wirst du deinen Gottesdienst besser ausüben können, als wenn du in deiner Höhle wärest.' Der Maure sagte darauf: ‚Ich höre und gehorche, hohe Herrin! Ich will deinen Worten nicht widersprechen; denn was die Kinder von Königen sagen, darf man nicht mißachten, noch zurückweisen. Doch ich bitte dich, du wollest mich in meiner Kammer essen und trinken und allein sitzen lassen; niemand soll zu mir eintreten dürfen. Ich brauche auch keine prächtigen Speisen; nein, erweise du mir nur die Gnade, mir jeden Tag durch eine Sklavin ein Stück Brot und einen Trunk Wasser in meine Kammer schicken zu lassen, dann werde ich, wenn mich hungert, allein in meinem Gemache essen.' Das tat der Verruchte, weil er fürchtete, wenn er beim Essen den Schleier höbe, so würde sein Geheimnis verraten werden, und man würde ihn an seinem Barte auf Kinn und Lippen als Mann erkennen. Nun erwiderte ihm die Prinzessin Badr el-Budûr: ‚Heilige Fâtima, sei gutes Muts! Alles soll nur nach deinem Wunsch geschehen. Doch jetzt komm mit mir, auf daß ich dir das Gemach zeige, das ich für deinen Aufenthalt bei uns herrichten lassen will!'

Ferner ist mir berichtet worden, o größter König unserer Zeit, daß die Prinzessin Badr el-Budûr den Magier, der sich für die fromme Fâtima ausgab, zu dem Raume führte, den sie ihm zum Aufenthaltsorte bestimmt hatte. Und dort sprach sie zu ihm: ,Heilige Fâtima, hier sollst du wohnen; dies Gemach gehört jetzt dir. Hier sollst du in aller Ruhe und beschaulicher Abgeschlossenheit verweilen.' Der Maure dankte ihr für ihre Güte und flehte den Segen des Himmels auf sie herab. Dann führte die Prinzessin ihn auch noch in den Kiosk, zeigte ihm dort die gewölbte Decke und die Juwelen, die an vierundzwanzig Fenstern erstrahlten, und fragte ihn: ,Was meinst du, heilige Fâtima, zu diesem wunderbaren Gemach?' Der Maure antwortete ihr: ,Bei Allah, es ist wunderbar, ja, noch mehr als das! Ich glaube, in der ganzen Welt findet sich nicht seinesgleichen. Es ist über die Maßen prächtig; doch schade um eins, das seine Schönheit und Herrlichkeit doch noch erhöhen könnte!' Da fragte die Prinzessin Badr el-Budûr: ,Heilige Fâtima, was fehlt ihm denn noch? Was ist's, das es noch mehr zieren könnte? Sage es mir! Ich dachte, es wäre ganz und gar vollkommen.' ,Hohe Herrin,' gab der Zauberer ihr zur Antwort, ,was ihm noch fehlt, ist das Ei des Vogels Roch, das in seiner Kuppel hängen müßte. Wenn das in der Kuppel hinge, so würde dies Gemach in der ganzen weiten Welt nicht seinesgleichen haben!' Nun fragte die Prinzessin weiter: ,Was ist denn das für ein Vogel? Wo könnten wir sein Ei finden?' ,Hohe Herrin,' versetzte der Maure, ,dies ist ein gewaltig großer Vogel, der Kamele und Elefanten mit seinen Klauen aufheben und sie im Fluge davontragen kann, da er so groß und so stark ist. Dieser Vogel findet sich zumeist auf dem Berge Kâf; und der Meister, der dies Schloß gebaut hat, der kann dir auch das Ei dieses Vogels bringen.' Dann hielten sie mit dieser Rede inne, und da es Zeit zum Mittagsmahle war, so breiteten die Sklavinnen den Tisch aus. Die Prinzessin Badr el-Budûr setzte sich und bat auch den verruchten Magier, mit ihr zu speisen. Er aber lehnte ab und weigerte sich und begab sich in sein Gemach, das die Prinzessin ihm angewiesen hatte; und die Sklavinnen brachten ihm das Mahl dorthin. Als es nun Abend ward und 'Alâ ed-Dîn von der Jagd heimkehrte, kam die Prinzessin Badr el-Bu dûr ihm entgegen und begrüßte ihn. Er umarmte sie und küßte sie, doch als er ihr ins Antlitz schaute, sah er, daß sie ein klein wenig bekümmert war und nicht lächelte, wie sie es sonst zu tun pflegte. Darum fragte er sie: ,Was ist dir geschehen, mein Lieb? Sag mir, ist dir etwas begegnet, das deinen Sinn beunruhigt?' ,Es ist weiter nichts, mein Lieb!' antwortete sie; ,aber ich hatte doch geglaubt, daß in unserem Schlosse ganz und gar nichts fehle. Und doch, 'Alâ ed-Dîn, du mein Augenstern, erst wenn in der Kuppel des Obergemachs das Ei des Vogels Roch hinge, dann gäbe es in der weiten Welt nichts, was unserem Schlosse gleichkäme.' Da rief 'Alâ ed-Dîn: ,Deswegen bist du bekümmert? Das ist für mich so leicht wie nur irgend etwas! Sei wohlgemut, sag mir nur alles, was du wünschest, ich schaffe es dir herbei, auch aus den Tiefen der Welt, in schnellster Zeit, in kürzester Frist!'

Ferner ist mir berichtet worden, o größter König unserer Zeit, daß 'Alâ ed-Dîn, nachdem er das Gemüt der Prinzessin Badr el-Budûr beruhigt und ihr alles versprochen hatte, was sie wünschte, sofort in seine Kammer ging und die Lampe rieb. Im selben Augenblicke erschien der Mârid vor ihm und sprach: ,Verlange, was du wünschest!' 'Alâ ed-Dîn erwiderte: ,Ich wünsche von dir, daß du mir das Ei des Roch bringest und es in der Kuppel des Obergemaches aufhängst!' Doch wie der Mârid diese Worte aus dem Munde des 'Alâ ed-Dîn vernahm, runzelte er die Stirn und rief zornig mit gewaltiger Stimme: ‚Du Undankbarer, ist es dir nicht genug, daß ich und alle Geister der Lampe dir zu Diensten sind? Nun verlangst du auch noch, daß ich dir unsere Herrin bringe, damit du sie zu deinem Vergnügen in der Kuppel deines Söllers aufhängst, auf daß du mit deiner jungen Frau dich daran ergötzest? Bei Allah, ihr beiden verdient, daß ich euch in diesem Augenblicke zu Asche verbrenne und euch in den Wind streue. Aber da ihr beiden von diesen Dingen nichts wißt und den inneren Sinn nicht vom äußeren Schein unterscheiden könnt, so will ich euch verzeihen; denn ihr seid unschuldig. Die Schuld liegt an dem verruchten Kerl, dem Bruder des maurischen Zauberers, der sich hier aufhält und sich für die fromme Fâtima ausgibt, der ihre Kleider angelegt und sie in ihrer Höhle ermordet hat, der ihr Aussehen und ihr Tun angenommen hat und hierher gekommen ist in der Absicht, euch umzubringen, um an dir Blutrache für seinen Bruder zu nehmen. Er ist es, der deine Frau gelehrt hat, dies von dir zu verlangen.' Darauf verschwand der Mârid vor den Augen 'Alâ ed-Dîns. Doch als der diese Worte vernommen hatte, war er fast wie von Sinnen, und seine Glieder zitterten, da der Mârid mit solcher Donnerstimme geschrieen hatte. Dennoch faßte er wieder Mut und ging sofort aus seiner Kammer hinaus. Er trat zu seiner Gemahlin ein und gab vor, er habe Kopfschmerzen; denn er wußte, daß Fâtima dafür bekannt war, daß sie die geheime Kraft besäße, alle Schmerzen zu heilen. Als die Prinzessin Badr el-Budûr nun sah, daß er seine Hand an den Kopf legte und hörte, wie er über seine Schmerzen klagte, da fragte sie ihn nach dem Grunde. ‚Ich weiß nicht,' gab er ihr zur Antwort, ‚nur mein Kopf tut mir so weh.' Sofort rief sie nach Fâtima, damit diese ihm ihre Hand auf den Kopf lege. ‚Wer ist Fâtima?' fragte 'Alâ ed-Dîn;

und die Prinzessin Badr el-Budûr teilte ihm mit, daß sie die fromme Fâtima bei sich im Schlosse wohnen habe. Die Sklavinnen gingen nun hin und brachten den verfluchten Mauren herbei. Da tat 'Alâ ed-Dîn vor ihm, als wisse er nichts von seinem wahren Wesen, vielmehr begrüßte er ihn, als ob er die wirkliche fromme Fâtima begrüße, küßte den Saum seines Ärmels und hieß ihn willkommen; dann sprach er zu ihm: ‚Heilige Fâtima, ich bitte dich, erweise mir deine Güte! Ich weiß, daß du gewohnt bist die Schmerzen zu heilen, und ich habe jetzt heftige Kopfschmerzen!' Der verruchte Maure glaubte kaum den Worten, die er hörte; denn dies war es ja gerade, was er wollte.

Ferner ist mir berichtet worden, o größter König unserer Zeit, daß der maurische Zauberer nun zu 'Alâ ed-Dîn als fromme Fâtima herantrat, um ihm die Hand auf den Kopf zu legen und ihn von seinen Schmerzen zu heilen. Doch wie er neben dem Jüngling stand, legte er seine eine Hand auf dessen Haupt, während er mit der anderen unter seine Gewänder griff um einen Dolch herauszuziehen, mit dem er 'Alâ ed-Dîn töten wollte. Aber der war auf seiner Hut; er wartete nur, bis jener den Dolch ganz herausgezogen hatte, da packte er ihn plötzlich bei der Hand, entriß ihm den Dolch und bohrte ihn ihm ins Herz. Als die Prinzessin Badr el-Budûr das sah, schrie sie laut auf und rief: ‚Was hat diese tugendreiche, fromme Frau getan, daß du nun durch ihr Blut eine so schwere Schuld auf dich geladen hast? Fürchtest du nicht die Strafe Allahs für eine solche Tat, daß du Fâtima, die fromme Frau, deren Wunder weitberühmt sind, ermorden konntest?' Doch 'Alâ ed-Dîn rief zurück: ‚Ich habe ja nicht Fâtima getötet, nein, ich habe den Mörder der Fâtima umgebracht! Das ist doch der Bruder des verfluchten Mauren, des Zauberers, der dich raubte und das

Schloß mit dir durch seine Zauberkraft nach Afrika brachte. Und dieser verruchte Kerl hier, sein Bruder, ist in dies Land gekommen und hat solche Missetaten verübt: er hat Fâtima ermordet, ihre Kleider angelegt und ist hierher gekommen, um an mir Blutrache für seinen Bruder zu nehmen; er ist es ja auch, der dich gelehrt hat, das Ei des Roch von mir zu verlangen, auf daß ich dadurch den Tod fände. Wenn du noch an diesen meinen Worten zweifelst, so tritt herzu und schau, wer es ist, den ich getötet habe!' Damit hob 'Alâ ed-Dîn den Schleier des Mauren empor; die Prinzessin Badr el-Budûr schaute hin und sah einen Mann, dessen Gesicht vom Bart bedeckt war. Nun erkannte sie die Wahrheit und sprach zu 'Alâ ed-Dîn: Mein Geliebter, ach, zweimal habe ich dich in Todesgefahr gestürzt!' Doch ihr Gemahl antwortete: ‚Das laß dich nicht bekümmern! Prinzessin Badr el-Budûr, um deiner Augen willen nehme ich alles mit reiner Freude auf mich, was von dir kommt!' Als die Prinzessin ihn so sprechen hörte, eilte sie auf ihn zu, schloß ihn in die Arme, küßte ihn und sprach: ‚Ach, mein Geliebter, all dies geschah doch nur wegen meiner Liebe zu dir; ich wußte ja nichts davon, und ich achte deine Liebe wahrlich nicht gering.' Da küßte 'Alâ ed-Dîn sie und preßte sie an die Brust, und ihre Liebe zueinander ward noch inniger. Zur selbigen Zeit kam auch der Sultan, und nun erzählten sie ihm alles, was durch den Bruder des maurischen Zauberers geschehen war, und zeigten ihm auch seinen Leichnam. Da befahl der Sultan, ihn zu verbrennen und seine Asche in den Wind zu streuen, wie man mit seinem Bruder getan hatte. Und von nun ab lebte 'Alâ ed-Dîn mit seiner Gemahlin, der Prinzessin Badr el-Budûr, in eitel Freude und Glück, frei von aller Gefahr. Nach einer Weile aber starb der Sultan; und da bestieg sein Eidam den Königsthron, sprach Recht und Gerechtigkeit über die Untertanen, und alles Volk liebte ihn. Und er führte mit seiner Gemahlin, der Prinzessin Badr el-Budûr, ein Leben der Zufriedenheit und Glückseligkeit, bis Der zu ihnen kam, der die Freuden schweigen heißt und die Freundesbande zerreißt. ‒ ‒ «

Da bemerkte Schehrezâd, daß der Morgen begann, und sie hielt in der verstatteten Rede an. Doch als die *Zweihundertundsiebenzigste Nacht* anbrach, erzählte sie

DIE GESCHICHTE VON ALI BABA UND DEN VIERZIG RÄUBERN[1]

Es wird berichtet ‒ Allah aber ist Allwisser seiner verborgenen Absichten und kann über sie am besten richten! ‒ in den Erzählungen aus alter Zeit und aus der Völker Vergangenheit und von Nationen, die längst dem Untergange geweiht, daß in früheren Tagen, die weit in entschwundene Zeitalter ragen, in einer Stadt von Chorasân im Perserlande zwei Brüder von gleichem Vater und gleicher Mutter lebten, von denen der eine Kâsim, der andere aber Ali Baba hieß. Ihr Vater war bereits gestorben, und was er ihnen hinterlassen hatte, war ein Erbteil von geringem Wert, eine Habe, die nicht sehr beschwert. Da teilten die beiden, was ihr Vater ihnen vermacht hatte, wenn es auch nur wenig war, in Recht und Gerechtigkeit, ohne Widerspruch und ohne Streit. Nachdem sie also die Erbschaft von ihrem Vater geteilt hatten, vermählte Kâsim sich mit einer

---

1. Diese Erzählung ist erst 1910 im arabischen Urtexte bekannt geworden durch Macdonalds Ausgabe der Oxforder Handschrift; nach ihr habe ich hier übersetzt. Die Übergangsformel zur 270. Nacht ist von mir hinzugefügt. Die Schreibung Ali, nicht ’Alî, ist hier gewählt, weil der Träger des Namens als Türke gedacht wird. Die Formeln der Überschrift und der Unterschrift des arabischen Originals sind in der Übersetzung weggelassen.

reichen Frau; die besaß Grundstücke und Gärten in großer Zahl, Weinberge und Läden zumal, und diese wiederum waren voll von prächtigen Dingen und kostbaren Waren, die ins Unermeßliche gingen. So begann er denn Handel zu treiben, zu verkaufen und zu kaufen; er kam zu Wohlstand, das Geschick war ihm günstig, und er gewann großen Ruf unter den Kaufleuten weit und breit sowie unter den Leuten von Reichtum und Vornehmheit. Doch sein Bruder Ali Baba nahm ein armes Mädchen zur Frau, der kein Dirhem, kein Dinar, kein Haus, kein Grundstück zu eigen war. Darum gab er auch in kurzer Zeit alles aus, was er von seinem Vater geerbt hatte; so geschah es, daß bald die Not mit ihrem Gram und die Armut mit ihren schweren Sorgen über ihn kam. Er war ratlos, was er tun sollte, er sah keinen Weg mehr, seine Nahrung und seinen Lebensunterhalt zu beschaffen; und doch war er ein Mann von Wissen und Verstand, in Gelehrsamkeit und feiner Bildung gewandt. Nun klagte er sein Leid in diesen Versen:

> *Sie sagen zu mir wohl: ‚Du bist in der Welt*
> *Durch dein Wissen gleich wie die mondhelle Nacht.'*
> *Ich sag: ‚Laßt mich mit euren Reden in Ruh;*
> *Denn Wissen bedeutet doch nichts ohne Macht.*
> *Verpfändet man mich und mein Wissen mit mir,*
> *Dazu jedes Buch und das Tintengerät*
> *Um Brot eines Tages, – das Pfand käm zurück,*
> *Man würf's zum Papier, darauf Abweisung steht.*
> *Der Arme –, o sehet des Armen Geschick,*
> *Das Leben des Armen, wie trüb ist es doch!*
> *Im Sommer, da fehlt ihm das tägliche Brot,*
> *Im Winter wärmt er sich am Kohlentopf noch.*
> *Die Hunde der Straße stehn auf gegen ihn,*
> *Und jeder Gemeine schreit schimpfend ihn an;*
> *Wenn er seine Lage bei jemand beklagt,*
> *So tut ihn ein jeglich Geschöpf in den Bann.*

*Kommt nur solch ein Los auf den Armen herab,
So wär es das beste, er läge im Grab!'*

Nachdem er diese Verse gesprochen hatte, begann er über seine Lage nachzudenken; wohin sollte er sich flüchten? wie sollte er seinen Lebensunterhalt gewinnen? was sollte er tun, um sein täglich Brot zu verdienen? So sprach er denn bei sich selber: ‚Wenn ich nun mit dem Gelde, das mir noch verblieben ist, eine Axt und ein paar Esel kaufe und mit ihnen ins Gebirge ziehe, dort Holz abschlage, dann wieder herunterkomme und es auf dem Markt der Stadt verkaufe, so wird der Erlös davon mir sicher so viel einbringen, daß meine Not aufhört und daß ich meine Familie unterhalten kann!' Diesen Plan hielt er also für den richtigen, und so beeilte er sich, die Esel und die Axt zu kaufen. Des Morgens zog er nun mit drei Eseln, von denen ein jeder so groß wie ein Maultier war, ins Gebirge; dann blieb er den Tag über dort, damit beschäftigt, Holz zu hacken und die Bündel zusammenzubinden. Wenn es dann Abend ward, belud er seine Esel und zog mit ihnen zur Stadt hinab, bis er auf den Markt kam. Dort verkaufte er das Holz, und mit dem Erlös davon konnte er für sich selbst sorgen und die Ausgaben für seine Familie bestreiten; so wurde der Kummer von ihm genommen, und er war nicht mehr von Sorgen beklommen. Da pries und lobte er Allah und verbrachte die Nacht mit frohem Herzen, mit freudigem Gemüte und mit ruhiger Seele. Wie es dann wieder Morgen ward, machte er sich von neuem auf, zog ins Gebirge und tat wie am Tage zuvor. Das ward nun seine Gewohnheit: jeden Morgen begab er sich ins Gebirge, und am Abend kehrte er zur Stadt zurück, ging auf den Markt, um sein Holz zu verkaufen, und bestritt mit dem Erlös die Ausgaben für seine Familie. So sah er denn dies Handwerk für einen Segen an und blieb immerfort dabei, bis er eines Tages, während er im Gebirge dastand und Holz hackte, plötzlich eine Staubwolke sah; die wirbelte empor und legte der Welt einen Schleier vor. Doch als die Wolke sich hob, da erschien unter ihr eine Schar von Rittern, dräuenden Löwen gleich; die starrten in Waffen, sie waren mit Panzern angetan, mit Schwertern gegürtet, sie trugen die Lanzen unter den Armen und die Bögen über den Schultern. Ali Baba erschrak vor ihnen; zitternd und bebend eilte er zu einem hohen Baume, kletterte hinauf und verbarg sich zwischen den Zweigen, um vor den Rittern sicher zu sein, da er sie für Räuber hielt. Als er nun hinter den belaubten Zweigen versteckt war, richtete er den Blick auf die Männer.

Ferner sagte mir der Erzähler dieser wunderbaren Geschichte und der unterhaltenden, seltsamen Berichte, daß Ali Baba, nachdem er auf den Baum gestiegen war, und die Ritter mit scharfem Blicke gemustert hatte, sich davon überzeugte, daß sie Räuber und Wegelagerer waren. Dann zählte er sie und fand, daß sie vierzig Männer waren, von denen ein jeder auf einem edlen Rosse saß. Da fürchtete er sich noch mehr, und die Angst bedrückte ihn schwer; seine Glieder erbebten, sein Speichel ward ihm trocken gar, und er wußte nicht mehr, wo er war. Nun hielten die Ritter an, stiegen von ihren Rossen ab und hängten ihnen die Futtersäcke mit Gerste um; darauf griff ein jeder von ihnen zu einer Satteltasche, die über dem Rücken seines Renners lag, nahm sie ab und hängte sie sich über die Schulter. All das geschah, während Ali Baba sie beobachtete und ihnen vom Baume herab zuschaute. Der Räuberhauptmann schritt den anderen voran, ging mit ihnen zu einer Felswand und blieb vor einer kleinen Stahltür an einer Stelle stehen, die so dicht mit Gestrüpp bewachsen war, daß man die Tür nicht sehen konnte; so viel Dorngebüsch befand sich dort.

Auch Ali Baba hatte sie bisher übersehen; nie hatte er sie geschaut oder bemerkt. Als nun die Räuber vor der Stahltür standen, rief ihr Hauptmann, so laut er konnte: ‚Sesam, öffne dein Tor!‘[1] Und in demselben Augenblick, in dem er diese Worte gesprochen hatte, öffnete sich die Tür. Der Hauptmann ging hinein, und die Räuber folgten ihm, mit den Satteltaschen beladen. Da wunderte Ali Baba sich über ihr Tun, und er schloß in Gedanken, daß jede Satteltasche voll von geprägtem weißem Silber und rotem Gold sein müsse. Dem war auch wirklich so. Denn jene Diebe pflegten auf den Landstraßen zu lauern, auf Dörfer und Städte loszujagen und die Einwohner zu plagen. Und jedesmal, wenn sie eine Karawane geplündert oder ein Dorf überfallen hatten, brachten sie ihre Beute an diesen abgelegenen versteckten Ort, der den Blicken der Menschen fern war. Ali Baba blieb unterdessen in seinem Versteck auf dem Baume; er verhielt sich ruhig und rührte sich nicht, aber er schaute den Räubern unverwandt nach und beobachtete ihr Tun, bis er sie wieder, geführt von dem Hauptmanne, mit den leeren Satteltaschen herauskommen sah. Sie banden die Taschen wieder auf den Rücken der Pferde fest, wie sie vorher gewesen waren, legten den Tieren die Gebisse um, saßen auf und zogen in derselben Richtung ab, aus der sie gekommen waren. Sie ritten immer weiter dahin, bis sie weit in der Ferne den Blicken entschwanden. Auch dies alles geschah, während Ali Baba still dasaß und in seiner Angst sich nicht rührte, ja,

---

1. Die Sesam-Pflanze wird bereits in babylonisch-assyrischen Beschwörungsformeln, die zum Lösen eines Zaubers dienen sollen, genannt. Bei den Arabern gelten noch heute die Sesamölpressen als Wohnstätten von Geistern. In der Formel: ‚Sesam, öffne dein Tor!‘ ist Sesam (arabisch: *sumsum*) wohl nur ein magisches oder kabbalistisches Wort. ‚Öffne dein Tor‘ soll heißen: ‚Öffne das Tor, für das du wirksam bist.‘

nicht einmal zu atmen wagte. Erst als die Räuber in der Ferne seinem Blicke entschwunden waren, stieg er von dem Baume herab.

Und weiter berichtete mir der Erzähler, daß Ali Baba, als er sich vor Schaden von ihnen sicher fühlte und sich von seinem Schrecken erholt und beruhigt hatte, von dem Baume heruntersteig und zu der kleinen Tür hinging. Dort blieb er stehen, und indem er sie betrachtete, sprach er bei sich selber: ‚Ob sich die Tür, wenn ich so wie der Räuberhauptmann rufe: ‚Sesam, öffne dein Tor!‘ wohl öffnen wird oder nicht?‘ Dann trat er dicht herzu, sprach diese Worte, und siehe da, die Tür sprang auf. Die Sache verhielt sich nämlich so: diese Stätte war von den Geistern, den Mârids, hergerichtet, verzaubert und durch einen starken Talisman gebunden. Doch die Worte ‚Sesam, öffne dein Tor!‘ waren die geheime Formel, die dazu bestimmt war, den Talisman zu lösen und die Tür zu öffnen. Wie nun Ali Baba die Tür offen sah, ging er hindurch; aber kaum hatte er die Schwelle überschritten, da schloß sich das Tor hinter ihm. Darüber war er so sehr erschrocken, daß er die Worte sprach, die keinen, der sie spricht, im Stiche lassen: ‚Es gibt keine Macht und es gibt keine Majestät außer bei Allah dem Erhabenen und Allmächtigen!‘ Und als er dann wieder an die Worte ‚Sesam, öffne dein Tor!‘ dachte, legten sich Furcht und Schrecken, die über ihn gekommen waren; denn er sagte sich: ‚Es geht mich nichts an, wenn die Tür sich schließt, da ich ja das Geheimnis kenne, durch das ich sie wieder öffnen kann!‘ Nun ging er etwas weiter, und da er der Meinung war, die Höhle wäre ein dunkler Raum, so geriet er in die größte Verwunderung, als er dort eine aus Marmor erbaute weite, helle Halle schaute, die war mit hohen Säulen geziert und in prächtiger Weise ausgeführt, und in ihr war alles aufgespeichert, was das Herz an Speisen und Getränken wünschen konnte. Von dort aus schritt er in eine zweite Halle weiter, die noch größer und geräumiger war als die erste; in ihr sah er Güter von wundersamer Art mit den seltensten Kleinodien gepaart, deren Glanz die Augen entzückt und deren Beschreibung keinem Menschen glückt. Dort lag eine Menge Barren von Gold, echt und rein, und anderer Dinge von Silber fein; gemünzte Dinare und Dirhems, unübersehbar; all das in Haufen wie von Kieseln und Sand, bei denen jede Zahl und Berechnung schwand. Nachdem er sich eine Weile in dieser wunderbaren Halle umgeschaut hatte, tat sich vor ihm noch ein anderes Tor auf; er ging hinein und kam in eine dritte Halle, die war noch herrlicher und schöner als die zweite, und die war angefüllt mit den feinsten Gewändern aus allen irdischen Gebieten und Ländern; in ihr fanden sich Stoffe, aus kostbarer feiner Baumwolle hergestellt, und Kleider aus Seide und den prächtigsten Brokaten der Welt; ja, es gab keine einzige Art von Stoffen, die sich nicht in diesem Raume gefunden hätte: sie stammten von Syriens Auen und aus Afrikas fernsten Gauen, aus China und dem Industal, aus Nubien und Hinterindien zumal. Und weiter schritt er in die Halle der edelen Steine, das war die größte und wunderbarste von allen; sie enthielt Perlen und Juwelen, die konnte man weder erfassen noch zählen, Hyazinthe und Smaragde, Türkise und Topase; Berge von Perlen lagen dort, und Achate sah man neben Korallen am selben Ort. Schließlich ging er in die Halle der Spezereien und des Weihrauchs und der Wohlgerüche, und das war die letzte jener Hallen. Dort fanden sich von diesen Dingen Sorten so zart und von jeder feinsten Art. Der Duft von Aloeholz und Moschus wallte dort empor; Ambra und Zibet strahlten in ihrer vollen Schönheit hervor; der Zauber von

Rosenwasser und Nadd¹ erfüllte die Luft; von Weihrauch und Safran stieg auf ein köstlicher Duft; wie Scheite zum Brennen lag Sandelholz dort umher; aromatische Wurzeln waren wie Reisig fortgeworfen, als brauchte man sie nicht mehr. Ali Baba ward durch den Anblick dieser unermeßlichen Schätze geblendet, seine Sinne schwindelten ihm, und sein Verstand war ratlos; er stand eine Weile da, vollkommen überwältigt und hingerissen. Dann trat er näher heran, um genauer hinzuschauen; das eine Mal hielt er der Perlen köstlichste in der Hand; ein ander Mal hatte er unter den Juwelen den edelsten Stein erkannt; bald hatte er ein Stück Brokat beiseite getan; bald lockte das Gold im Strahlenglanze ihn an; das eine Mal ging er zu den Stoffen von Seide zart und fein; ein anderes Mal sog er die Düfte von Aloeholz und Weihrauch ein. Darauf sagte er sich in Gedanken, daß diese Räuber, auch wenn sie immerdar lange Tage und manches Jahr darauf verwendet hätten, die wunderbaren Schätze zu sammeln, doch nicht einmal einen kleinen Teil davon hätten aufspeichern können; dieser Schatz mußte schon vorhanden gewesen sein, ehe die Räuber auf ihn gestoßen waren; und jedenfalls hatten sie ihn nicht auf gesetzliche Weise und rechtlichem Wege erworben; so würde er denn auch, wenn er die Gelegenheit sich zunutze machte und ein wenig von all diesen unzählbaren Gütern an sich brachte, keine Schuld begehen und brauchte sich keines Tadels zu versehen. Und ferner, da der Schätze so viele waren, daß die Räuber sie nicht zählen und ausrechnen konnten, so würden sie es nicht merken, wenn etwas davon genommen würde, und würden nichts davon erfahren. Daraufhin faßte er den Plan, von dem Golde, das dort umherlag, so viel zu nehmen, wie er tragen konnte, und so begann er

1. Ein Parfüm aus Ambra, Moschus und Aloeholz.

denn Säcke mit Goldstücken aus dem Inneren der Schatzhöhle nach draußen zu schleppen; und jedesmal, wenn er eintreten oder nach draußen gehen wollte, rief er: ‚Sesam, öffne dein Tor!' dann tat die Tür sich auf. Als er aber mit dem Hinausschaffen der Schätze fertig war, belud er seine Esel damit, indem er die Säcke mit Gold unter einer dünnen Schicht von Brennholz versteckte. Und nun trieb er seine Lasttiere dahin, bis er wieder zur Stadt gelangte, und zog heiteren und zufriedenen Sinnes nach Hause.

Und weiter berichtete mir der Erzähler, daß Ali Baba, als er in sein Haus eingetreten war, die Haustür verschloß, da er befürchtete, die Leute könnten ihn überraschen. Nachdem er dann seine Esel im Stalle angebunden und ihnen die Futtersäcke um den Hals gelegt hatte, nahm er einen Goldsack, trug ihn zu seiner Frau hinauf und warf ihn vor sie hin. Dann ging er wieder hinunter und brachte einen neuen, und so immer weiter, Sack auf Sack, bis er alle hinaufgeschafft hatte. Seine Frau sah seinem Tun mit wachsendem Staunen zu; doch als sie einen der Säcke berührte und die dicken Goldstücke verspürte, da erblichen ihre Wangen, und ihr Geist ward ganz befangen; denn sie glaubte, ihr Mann hätte all dies viele Geld gestohlen. So rief sie denn: ‚Was hast du da getan, du Unglücksmensch? Wir brauchen kein unrecht erworbenes Gut, und nach der Habe anderer Menschen steht mir nicht der Mut. Ich lasse mir an dem genügen, was Allah mir zugeteilt hat; ich bin mit meiner Armut zufrieden, und ich danke Gott für das, was er mir beschieden. Ich strebe nicht nach dem, was andere Menschen besitzen, ich will kein unrecht Gut haben!' ‚Frau,' erwiderte er ihr, ‚hab Zuversicht und quäl dich nicht! Das sei ganz ferne, daß meine Hand unrecht Gut anrührt! Dies Geld hier habe ich in einer Schatzhöhle gefunden; ich habe die Gelegenheit ergriffen, es an mich genommen und hierher gebracht.' Dann erzählte er ihr, was er mit den Räubern erlebt hatte, von Anfang bis zu Ende – doch alles noch einmal zu erzählen, würde die Hörer nur quälen. Nachdem er seinen Bericht beendet hatte, ermahnte er sie, ihre Zunge im Zaume zu halten und das Geheimnis nicht zu verraten. Wie sie dies von ihm vernommen hatte, staunte sie sehr und fürchtete sich nicht mehr, und gewaltige Freude erfüllte ihre Brust. Als Ali Baba dann die Säcke mitten im Zimmer geleert hatte und als das Gold in einem Haufen dalag, begann die Frau, die wegen der Menge so überrascht war, die Dinare zu zählen. Da sprach er zu ihr: ‚Du da, du kannst sie doch nicht zählen, nicht einmal in zwei Tagen! Das ist ein unnützes Beginnen, das brauchst du jetzt nicht zu tun. Ich halte es für das richtige, daß wir jetzt ein Loch graben und sie darin verstecken, damit wir die Sache nicht verraten und unser Geheimnis niemandem entdecken.' Doch sie erwiderte: ‚Wenn du nicht willst, daß sie gezählt werden, so müssen sie doch gemessen werden, damit wir ungefähr wissen, wie viele es sind.' ‚Tu, was dir gut dünkt!' sagte er darauf, ‚doch ich fürchte, daß die Leute erfahren, wie es um uns steht, daß dann der Schleier von uns gelüftet wird und uns die Reue kommt, wenn die Reue nichts mehr frommt.' Aber sie kümmerte sich nicht um seine Worte und achtete ihrer nicht, sondern sie ging fort, um ein Scheffelmaß[1] zu borgen; denn sie hatte kein Gerät zum Messen im Hause, weil sie so arm und bedürftig war. So ging sie denn zu ihrer Schwäherin, der Frau des Kâsim, und erbat von ihr ein Scheffelmaß. Die versprach es ihr herzlich gern; aber während sie hinging, um es zu holen, sagte sie sich: ‚Die Frau des Ali Baba ist doch so arm, und sonst pflegte sie nie etwas zu messen. Was für Korn

1. Arabisch *kaila*, in Syrien = sechsunddreißig Liter.

mag sie wohl heute haben, daß sie den Scheffel gebraucht?' Das wollte sie nun gern erfahren und genau wissen, darum tat sie etwas Wachs auf den Boden des Maßes, damit etwas von dem gemessenen Korn an ihm haften bliebe. Dann gab sie es ihrer Schwäherin; die nahm es, dankte ihr für den Gefallen, den sie ihr erwiesen hatte, und kehrte in aller Eile nach Hause zurück. Wie sie nun wieder dort war, setze sie sich nieder, um das Gold zu messen; und sie fand, daß es zehn Scheffel waren. Hocherfreut berichtete sie es ihrem Manne, der inzwischen eine weite Grube gegraben hatte. Nun versteckte er das Gold darin und schüttete die Erde wieder darauf. Seine Frau aber beeilte sich, den Scheffel ihrer Schwäherin zurückzubringen.

Lassen wir nun die beiden und wenden wir uns zu der Frau Kâsims! Als die Frau Ali Babas sie verlassen hatte, wendete sie das Scheffelmaß um und entdeckte darin einen Dinar, der im Wachs haften geblieben war. Darüber war sie befremdet, da sie ja wußte, daß Ali Baba ein armer Mann war; und sie blieb eine Weile ratlos sitzen. Dann vergewisserte sie sich noch einmal, daß es echtes Gold war, was man gemessen hatte, und nun rief sie: ,Ali Baba behauptet, arm zu sein, und mißt das Gold mit Scheffeln! Woher hat er diesen Reichtum? Wie mag er zu diesem vielen Golde gekommen sein?' Da bemächtigte der Neid sich ihres Herzens, und in ihrem Inneren ward ein Feuer entfacht. So erwartete sie denn ihren Mann voll schmerzlicher Ungeduld. Kâsim, ihr Gatte, pflegte jeden Tag frühmorgens zu seinem Laden zu gehen und dort bis zum Abend zu bleiben, indem er sich dem Verkauf und Kauf und allen Handelsgeschäften widmete. An jenem Tage aber wartete seine Frau sehnlichst auf sein Kommen, da sie so sehr von Kummer und Neid verzehrt wurde. Als es nun Abend geworden war und die Nacht bereits hereinbrach, schloß Kâsim seinen Laden und begab sich nach Hause. Wie er dort eintrat, sah er seine Frau mit düsterem Blick und trüber Miene dasitzen; ihre Augen waren verweint, und ihr Herz war voll Kummer. Da er sie sehr lieb hatte, fragte er sie sogleich: ‚Was ist dir geschehen, du Freude meiner Augen, du mein Herzenskind? Warum bist du betrübt? Warum weinst du?' Sie gab ihm zur Antwort: ‚Du kannst doch nur wenig schaffen, du bist arm an Kraft! Hätte ich nur deinen Bruder geheiratet! Ja der, wenn er auch Armut vorschützt und nach außen Bedürftigkeit zeigt und behauptet, er habe kein Vermögen, der hat doch so viel Gold, daß nur Allah seine Menge kennt und daß man es nur mit Scheffeln messen kann. Du aber, der du behauptest, vermögend und wohlhabend zu sein, der du mit Reichtum dich brüstest, du bist in Wirklichkeit nur ein armer Tropf, verglichen mit deinem Bruder. Du zählst deine Dinare einzeln; du hast dich mit dem Wenigen begnügt und ihm das Viele überlassen.' Dann erzählte sie ihm, was sie mit der Frau Ali Babas erlebt hatte, wie die von ihr das Scheffelmaß geborgt, wie sie selbst etwas Wachs darin auf den Boden gelegt hatte, und wie der Dinar daran haften geblieben war. Als Kâsim diese Worte von seiner Frau vernommen und den Dinar, der unten im Scheffel haftete, genau betrachtet hatte, war er sicher, daß sein Bruder sehr reich sein müsse. Aber er freute sich nicht darüber; nein, der Neid bemächtigte sich seines Herzens, und er sann auf Böses wider ihn. Denn er war neidisch und abgünstig, gemein und geizig. So verbrachte er denn jene Nacht mit seiner Frau in elender Verfassung, so schwer war ihr Leid, so bitter ihre Traurigkeit; sie schlossen kein Augenlid, da Schlaf und Schlummer sie mied. Unruhig und schlaflos lagen sie die ganze Nacht hindurch da, bis es Allah gefiel, daß der Morgen sich einstellte und die Welt mit seinem Licht und Glanz erhellte. Nachdem nun Kâsim das Frühgebet gesprochen hatte, ging er alsbald zu seinem Bruder und trat unerwartet zu ihm ins Haus. Wie Ali Baba ihn erblickte, hieß er ihn willkommen und nahm ihn in aller Freundlichkeit auf; er bezeugte ihm seine herzliche Freude und bat ihn, sich auf den Ehrenplatz zu setzen. Nachdem Kâsim sich dort gesetzt hatte, sprach er zu seinem Bruder: ‚Lieber Bruder, warum tust du, als wärest du arm und bedürftig, während du doch Reichtümer besitzest, die selbst die Flammen nicht verzehren können? Aus welchem Grunde bist du so geizig und führst ein so elendes Leben, während du doch ein großes Vermögen hast und viel mehr ausgeben könntest? Was nutzt denn das Geld, wenn der Mensch es nicht gebraucht? Weißt du nicht, daß der Geiz zu den schlechten und häßlichen Handlungen gehört und zu den gemeinen und unreinen Eigenschaften gezählt wird?' Da erwiderte ihm sein Bruder: ‚Ach, wenn es nur so um mich stände, wie du sagst! Nein, ich bin ein armer Mann, ich besitze keine Güter als meine Esel und meine Axt. Was du da geredet hast, kommt mir sehr befremdlich vor, ich weiß keinen Grund dafür, ja, ich verstehe es ganz und gar nicht!' Aber Kâsim fuhr fort: ‚Dein Lug und Trug nützt dir jetzt nichts mehr, du kannst mich nicht hintergehen. Denn die Wahrheit über dich ist an den Tag gekommen, und was du über dich verbargst, ist offenbar geworden.' Dann zeigte er ihm das Goldstück, das in dem Wachs haften geblieben war, und sprach zu ihm: ‚Dies ist es, was wir in dem Scheffel gefunden haben, den ihr von uns geborgt habt. Wenn du nicht sehr viel Gold hättest, so hättet ihr das nicht nötig gehabt und würdet das Gold nicht mit Scheffeln messen!' Jetzt wußte Ali Baba, daß der Schleier von ihm genommen und sein Geheimnis ans Licht gekommen, weil seine Frau so dumm gewesen war, das Gold messen zu wollen, und daß er einen Fehler gemacht hatte, als er ihr darin nachgab. Allein, welchen Renner gäbe es, der nicht einmal fiel? welches Schwert verfehlte nicht einmal sein Ziel? Er sah also ein, daß er sein Versehen nicht anders wieder gutmachen konnte als durch die Preisgabe seines Geheimnisses, und daß es nun das richtige sei, nicht mehr zurückzuhalten und seinem Bruder sein Erlebnis mitzuteilen; auf alle Fälle würde ja auch, da das Gold so über alle Begriffe und Erwartungen viel war, sein eigenes Glück nicht dadurch verringert, wenn er sich mit seinem Bruder darein teilte und ihm davon abgab; ja, sie würden es nicht aufbrauchen können, wenn sie auch hundert Jahre lebten und davon ihre täglichen Ausgaben bestritten. Auf Grund dieser Erwägung berichtete er seinem Bruder die Geschichte mit den Räubern und erzählte ihm, was er mit ihnen erlebt hatte; wie er in die Schatzhöhle eingedrungen war, und wie er eine Menge Gold, sowie auch alles, was er von den Edelsteinen und Stoffen begehrte, fortgeschafft hatte. Und er schloß mit den Worten: ‚Bruder, alles was ich heimgebracht habe, soll mir und dir gemeinsam gehören, wir wollen es gleichmäßig teilen. Wenn du aber noch mehr als das haben willst, so will ich es dir holen; denn ich habe den Schlüssel zu der Schatzhöhle bei mir, der mir den Eintritt und die Rückkehr gewährt, ganz wie ich will, ohne daß jemand mich hindern oder zurückhalten kann.' ‚Das ist eine Teilung, die mir nicht gefällt,' antwortete Kâsim, ‚ich wünsche, daß du mir den Weg zu der Schatzhöhle zeigst und mir das Geheimnis, wie man sie öffnen kann, mitteilst. Denn du hast in mir das Verlangen nach ihr erweckt; ich will sie selbst sehen, auch wie du hineingegangen und aus ihr genommen hast, so viel du nur begehrtest. Es ist mein Wunsch, hinzugehen, zu sehen, was darin ist, und zu nehmen, was mir gefällt. Wenn du mir meinen Wunsch nicht erfüllst, so verklage ich dich bei dem Statthalter und enthülle ihm dein Geheimnis; dann wird dir schon etwas zuteil werden, was dir nicht lieb ist.' Als Ali Baba diese Worte aus seinem Munde vernommen hatte, sprach er zu ihm: ,Warum drohst du mir mit dem Statthalter? Ich will dir ja in nichts widersprechen. Ich werde dir gern kundtun, was du wissen willst; und ich zögerte nur deshalb, weil ich befürchtete, die Räuber könnten dir ein Leids antun. Wenn du nun selbst in die Schatzhöhle hineingehen willst, so bringt das mir weder Schaden noch Nutzen. Nimm dir von dort alles, was dir gefällt! Wenn du auch noch so viel schleppst, du kannst doch nicht alles fortschaffen, was sie enthält; und was du zurücklassen mußt, das ist immer noch viele Male mehr als das, was du fortnimmst.' Darauf beschrieb er ihm den Weg zum Gebirge und die Stelle der Schatzhöhle und lehrte ihn die Worte: ,Sesam, öffne dein Tor!' Er fügte auch noch hinzu: ,Behalte diese Worte fest im Sinne! Hüte dich, sie zu vergessen! Sonst bin ich um dich wegen der Tücke der Räuber und wegen des Ausgangs dieser ganzen Sache besorgt.'

Ferner berichtete mir der Erzähler, daß Kâsim, nachdem er die Stelle der Schatzhöhle erfahren und den Weg, wie er zu ihr gelangen konnte, kennen gelernt sowie auch die Zauberworte behalten hatte, voller Freude seinen Bruder verließ, ohne sich um seine Warnung zu kümmern und ohne auf seine Mahnung zu achten. Darauf kehrte er mit strahlendem Antlitz, aus dem die Freude hervorleuchtete, nach Hause zurück und erzählte seiner Frau, was er mit Ali Baba erlebt hatte. Er schloß mit den Worten: ,Morgen früh werde ich, so Gott will, ins Gebirge gehen und zu dir mit viel mehr Gold, als mein Bruder heimgebracht hat, zurückkehren. Denn deine Vorwürfe haben mich gequält und beunruhigt; und ich möchte etwas tun, was mir dein Wohlgefallen einbringt.' Darauf rüstete er zehn Maultiere und lud auf jedes Maultier zwei leere Kisten; dazu versah er jedes Lasttier mit den nötigen Packsätteln und Stricken. Dann verbrachte er die Nacht in der frohen Aussicht, daß er am nächsten Tage zu der Schatzhöhle gehen und dort gewinnen würde, was sie an Gütern und Schätzen enthielt, ohne sich darin mit seinem Bruder teilen zu müssen. Sobald die Morgendämmerung aufstieg und der Tag anbrach, machte er seine Maultiere bereit und trieb sie vor sich her, dem Gebirge zu, bis er es erreichte. Als er dort angekommen war, richtete er sich nach den Wegzeichen, die sein Bruder ihm beschrieben hatte, um die Tür zu finden. Und er suchte immer weiter nach ihr, bis sie in der Felswand zwischen dem Gestrüpp und Gebüsch vor ihm stand. Kaum hatte er sie erblickt, da rief er alsbald: ‚Sesam, öffne dein Tor!' Und siehe da, die Tür öffnete sich vor ihm, und voller Staunen lief er in aller Eile in die Schatzhöhle hinein, begierig, die Schätze zu holen. Nachdem er aber die Schwelle überschritten hatte, schloß die Tür sich wieder wie gewöhnlich. Dann ging Kâsim in der ersten Halle weiter, von ihr aus gelangte er in die zweite und dritte, und so begab er sich von Halle zu Halle, bis er alle Hallen durchschritten hatte. Er war von den Wundern, die er sah, berückt, und von den Kostbarkeiten, die er fand, entzückt; fast geriet er vor Freuden ganz außer sich, und am liebsten hätte er die Schätze samt und sonders mitgenommen. Wie er dann nach rechts und nach links gegangen war und eine Weile hin und her überlegt hatte, was er von dem Golde und den Kostbarkeiten wünschte, da entschied er sich für das Gold, nahm einen Sack voll Gold, hob ihn auf die Schulter und trug ihn zur Tür hin. Nun wollte er die Zauberworte zum Öffnen der Tür sprechen, das heißt, er wollte sagen: ‚Sesam, öffne dein Tor!'

Aber sie kamen ihm nicht auf die Zunge, da sie ihm ganz entschwunden waren. Also setzte er sich nieder, um über sie nachzudenken; dennoch kamen sie ihm nicht in den Sinn, und er konnte sie sich nicht in Gedanken vorstellen, nein, er hatte sie ganz und gar vergessen. Er rief: ‚Gerste, öffne dein Tor!' aber die Tür tat sich nicht auf. Dann rief er: ‚Weizen, öffne dein Tor!' doch die Tür rührte sich nicht. Und weiter rief er: ‚Kichererbse, öffne dein Tor!' aber die Tür blieb geschlossen, wie sie war. Immer weiter nannte er eine Frucht nach der andern, bis er alle Namen von Kornfrüchten genannt hatte. Allein an die Worte ‚Sesam, öffne dein Tor!' konnte sein Geist sich nicht mehr erinnern. Als er nun sicher wußte, daß es nichts mehr fruchtete, alle die Namen von Körnerarten zu nennen, warf er das Gold von seiner Schulter, setzte sich wieder und dachte nach, was das wohl für ein Korn sein konnte, dessen Namen sein Bruder ihm angegeben hatte; doch es kam und kam ihm nicht in den Sinn. So blieb er eine Weile in größter Unruhe und Angst; und während alledem konnte er sich den Namen nicht in seinen Gedanken vorstellen. Dann begann er Kummer und Schmerz und Reue zu empfinden über das, was er getan hatte, als die Reue ihm nichts mehr nützte. Und er sprach: ‚Wäre ich doch mit dem zufrieden gewesen, was mein Bruder mir anbot! Hätte ich doch von der Gier gelassen, die mich nun ins Verderben stürzen wird!' Dabei schlug er sich immerfort ins Gesicht, raufte sich den Bart, zerriß seine Gewänder, streute Staub auf sein Haupt und weinte Tränen in Strömen. Bald schrie und klagte er, so laut er nur konnte; bald weinte er still in seinem Schmerze. Die Stunden wurden ihm lang, die er so in dieser Not verbrachte; ja, während die Zeiten verstrichen, kam ihm jede Minute, die dahinging, wie eine lange Spanne Zeit vor. Je länger er in der Schatzhöhle war, desto mehr nahmen Furcht und Angst in ihm zu, bis er schließlich an seiner Rettung verzweifelte. Und da sprach er: ‚Ich muß umkommen, daran ist kein Zweifel; es gibt keinen Weg zur Befreiung aus diesem engen Gefängnis!'

Wenden wir uns nun von ihm zu den Räubern! Die hatten inzwischen eine Karawane angetroffen, in der sich Kaufleute mit ihren Waren befanden. Die plünderten sie aus, und so machten sie große Beute. Darauf begaben sie sich nach der Schatzhöhle, um ihren Raub dort zu bergen, wie es ihre Gewohnheit war. Doch als sie in ihre Nähe kamen, erblickten sie die Maultiere, die dort mit den Kisten beladen standen. Da sie Verdacht schöpften und die Sache ihnen nicht geheuer vorkam, so stürmten sie wie ein Mann auf sie los. Die Maultiere flüchteten und zerstreuten sich im Gebirge; die Räuber aber kümmerten sich nicht mehr um sie, sondern hielten ihre Pferde an, saßen ab und zogen ihre Schwerter, um vor den Besitzern der Maultiere auf der Hut zu sein, da sie argwöhnten, es könnten ihrer viele sein. Weil sie nun draußen vor der Schatzhöhle niemanden sahen, so näherten sie sich der Tür. Als jedoch Kâsim das Getrappel der Pferde und die Stimmen der Männer hörte, lauschte er hin und war bald sicher, daß es die Räuber waren, von denen sein Bruder ihm erzählt hatte. Da hoffte er entrinnen zu können, und mit der Absicht, rasch davonzulaufen, verbarg er sich dicht hinter der Tür, bereit zu fliehen. Dann trat der Räuberhauptmann vor und sprach: ‚Sesam, öffne dein Tor!' Als die Tür sich auftat, sprang Kâsim hervor, um dem Unheil zu entrinnen und die Rettung zu gewinnen. Doch wie er hervorsprang, traf er auf den Hauptmann und stieß ihn zu Boden. Eilends rannte er zwischen den Räubern hindurch; er kam auch am ersten, zweiten und dritten vorbei, aber es waren ja vierzig Mann, und er konnte doch nicht ihnen allen entwischen. Einer von ihnen trat ihm entgegen und stieß ihm die Lanze durch die Brust, so daß die Spitze ihm blinkend zum Rücken herausfuhr; so fand Kâsim den Tod. Das ist der Lohn eines Mannes, den die Begier überwältigt und der auf Tücke und Verrat wider seinen Bruder sinnt! Als darauf die Räuber in die Schatzhöhle eintraten und sahen, was dort weggenommen war, ergrimmten sie gewaltig, und die meisten glaubten, daß der getötete Kâsim ihr Widersacher sei und auch all das genommen habe, was an ihrem Besitze fehlte. Aber sie konnten es nicht begreifen, wie er an diesen unbekannten, abgelegenen und versteckten Ort hatte gelangen können und wie er das Geheimnis, um die Tür zu öffnen, erfahren hatte; denn niemand als Allah, der Gepriesene und Erhabene, kannte es außer ihnen. Als sie ihn nun tot dahingestreckt und regungslos daliegen sahen, freuten sie sich und beruhigten sich wieder; denn sie glaubten, jetzt werde kein anderer als er mehr kommen und in die Schatzhöhle eindringen. Und sie sprachen: ‚Preis sei Allah, der uns vor diesem verfluchten Kerl Ruhe verschafft hat!' Um nun andere durch seine Bestrafung zu warnen und abzuschrecken, zerschnitten sie seinen Leib in vier Teile und hängten sie hinter der Tür auf, als warnendes Beispiel für einen jeden, der es wagen würde, diese Stätte zu betreten. Darauf gingen sie wieder hinaus, und die Tür schloß sich, wie sie zuvor gewesen war. Dann bestiegen sie ihre Pferde und ritten ihres Weges.

Lassen wir sie dahinziehen und wenden wir uns nun zu der Frau Kâsims! Die saß den ganzen Tag da und wartete auf ihn, voller Hoffnung, ihr Ziel zu erreichen, und voller Erwartung, die weltlichen Güter, die sie begehrte, bald zu besitzen, bereit, die Dinare und die geliebten Goldstücke zu greifen. Als es jedoch Abend ward, und er immer noch ausblieb, ward sie unruhig und ging zu Ali Baba; dem erzählte sie, ihr Mann sei am Morgen ins Gebirge gezogen und bis zu dieser Stunde noch nicht heimgekehrt, und darum fürchte sie, es könne ihm ein Hindernis begegnet oder ein Unglück geschehen sein. Ali Baba beruhigte sie, indem er sprach: ‚Sorge dich nicht! Wenn er bis zu dieser Stunde ausgeblieben ist, so hat er sicher seine Gründe. Ich glaube, er zögert, bei Tage in die Stadt zu kommen, weil er fürchtet, sein Geheimnis könnte offenbar werden; und er will nur bei Nacht hereinkommen, um sein Vorhaben im Verborgenen auszuführen. Es wird nur noch eine kurze Weile dauern, dann wirst du ihn sehen, wie er mit dem Golde zu dir heimkehrt. Als mir berichtet wurde, er wolle ins Gebirge gehen, da habe ich es mir versagt, auch hinaufzusteigen, wie ich es sonst zu tun pflege, damit er nicht durch meine Gegenwart gestört werde und glauben könne, ich wolle ihm nachspüren. Der Herr mache ihm leicht, was schwer ist, und führe seine Sache zu einem guten Ende! Du aber, geh in dein Haus zurück und befürchte nichts! So Gott will, wird sich alles zum Guten wenden. Dann wirst du sehen, wie er unversehrt und von Beute beschwert zu dir zurückkommt!' Die Frau Kâsims kehrte nun in ihr Haus zurück, aber sie war doch noch unruhig. Dort setzte sie sich betrübt nieder, mit tausend Seufzern im Herzen wegen des Ausbleibens ihres Mannes; sie begann, sich lauter düstere Gedanken zu machen und die schlimmsten Erwartungen zu hegen, bis die Sonne unterging und es dunkel ward und die Nacht hereinbrach, ohne daß sie ihn hätte heimkehren sehen. Da wollte sie sich nicht zur Ruhe legen und verbannte den Schlaf von ihren Augen, weil sie nur auf ihn wartete. Als aber zwei Drittel der Nacht vergangen waren und sie ihn immer noch nicht zurückkehren sah, gab sie die Hoffnung auf sein Kommen auf und hub an, zu weinen und zu klagen. Doch sie enthielt sich, so laut zu schreien, wie es sonst die Frauen zu tun pflegen; denn sie befürchtete, die Nachbarn könnten davon erfahren und sie dann nach dem Grunde ihres Weinens fragen. So verbrachte sie die Nacht wachend und klagend, in Unruhe, Trauer und Sorgen, in Furcht und Kummer, – eine böse Nacht! Doch als sie bemerkte, daß der Morgen begann, eilte sie sogleich zu Ali Baba und tat ihm kund, daß sein Bruder nicht heimgekehrt sei; während sie sprach rannen ihr in ihrem Kummer die Tränen in Strömen, und sie war in unsäglicher Not. Als Ali Baba vernommen hatte, was sie ihm berichtete, rief er: ‚Es gibt keine Macht und es gibt keine Majestät außer bei Allah dem Erhabenen und Allmächtigen! Jetzt bin ich ratlos, weil er bis zu dieser Zeit ausgeblieben ist. Doch ich will selbst hingehen und nachforschen, wie es um ihn steht; dann will ich dir die volle Wahrheit über ihn berichten. Möge Allah der Beschützer zum Guten sein, und nicht der Gegner zu Not und Pein!' Darauf rüstete er sofort seine Esel, nahm seine Axt und begab sich auf das Gebirge, wie er es jeden Tag zu tun pflegte. Wie er sich jedoch dem Tore der Schatzhöhle näherte und dort keine Maultiere fand, aber Blutspuren entdeckte, da gab er alle Hoffnung für seinen Bruder auf und war von seinem Tode überzeugt. Er trat an die Tür heran; doch dabei war er voll Angst und ahnte, was geschehen war. Kaum hatte er gerufen: ‚Sesam, öffne dein Tor!' da tat sich durch diese Worte schon die Tür auf, und er entdeckte den Leichnam Kâsims, der in vier Teile zerstückelt war und hinter der Tür hing. Bei diesem Anblick lief ein Schauer über seinen Leib, seine Zähne schlugen aufeinander, und seine Lippen zuckten zusammen; und fast wäre er vor Schrecken und Grauen ohnmächtig geworden. Schmerzlicher Kummer um seinen Bruder überkam ihn, und er ward um seinetwillen tief betrübt. Da sprach er dann: ‚Es gibt keine Macht und es gibt keine Majestät außer bei Allah dem Erhabenen und Allmächtigen! Wir sind Gottes Geschöpfe, und zu Ihm kehren wir zurück. Niemand entgeht dem, was geschrieben steht. Und was einem Manne im Verborgenen bestimmt ist, das muß an ihm erfüllt werden.' Doch dann sah er ein, daß es jetzt nichts nutzte noch frommte, zu weinen und zu trauern, und daß es das beste und nötigste war, die Kräfte des Verstandes zusammenzunehmen und den rechten Plan und einen festen Entschluß zu fassen. Und so dachte er zunächst daran, daß es ihm als eine religiöse Pflicht des Islams obliege, seinen Bruder in das Leichentuch zu hüllen und zu begraben. Alsbald nahm er die vier Teile der zerstückelten Leiche, lud sie auf seine Esel und bedeckte sie mit einigen von den Stoffen des Schatzes. Dazu fügte er noch einiges von den anderen Schätzen, was nicht beschwert und doch von hohem Wert. Zuletzt ergänzte er die Lasten seiner Esel mit Brennholz. Dann wartete er eine ganze Weile, bis die Nacht anbrach. Als es aber dunkel geworden war, zog er zur Stadt und ging hinein, tiefer betrübt als eine Mutter, die ihr Kind verloren hat, ohne zu wissen, was er mit der Leiche tun, ja, was er überhaupt beginnen solle. So trieb er denn, versunken im Meere der quälenden Gedanken, seine Esel dahin, bis er vor dem Hause seines Bruders anhielt. Er klopfte an die Tür, und es öffnete ihm eine braune abessinische Sklavin, die dort als Dienerin war. Die war eine der schönsten Sklavinnen, von anmutigem Aussehen, von lieblichem Wuchs, jung an Jahren, von hübschem Gesichte, mit geschminkten Augenwimpern und in jeder Hinsicht vollkommen; aber noch mehr als das, sie hatte auch klare Einsicht, durchdringenden Verstand, hohen Sinn und tapferen Mut zur Zeit der Not, und im Ersinnen von Mitteln und Wegen übertraf sie den erfahrensten und klügsten Mann. Die Geschäfte des Hauses waren ihr überlassen, und die Beschaffung dessen, was gebraucht wurde, war ihr anvertraut. Als nun Ali Baba in den Hof trat, sprach er zu ihr: ‚Jetzt gilt es, dich zu zeigen, Mardschâna! Wir brauchen deine Hilfe in einer wichtigen Sache, die ich dir vor deiner Herrin erklären will. Komm mit mir herein, damit ich zu dir sprechen kann.' Darauf ließ er die Esel im Hofe, ging zu der Frau seines Bruders hinauf, während Mardschâna ihm folgte, verwirrt und ungewiß über das, was sie von ihm gehört hatte. Als aber die Frau Kâsims ihn erblickte, rief sie: ‚Was bringst du, Ali Baba, Gutes oder Schlimmes? Hast du eine Spur von ihm gefunden oder eine Kunde über ihn erhalten? Schnell, beruhige mich, kühle das Feuer meines Herzens!' Doch wie er mit der Antwort zauderte, erkannte sie schon, wie es in Wahrheit stand; und sie begann zu schreien und zu klagen. Er aber sprach zu ihr: ‚Enthalte dich jetzt des Schreiens, erhebe deine Stimme nicht, auf daß die Leute nichts von uns erfahren und du uns nicht alle ins Verderben bringst!' Darauf erzählte er ihr, wie es stand und was er erlebt hatte; wie er die Leiche seines Bruders, in vier Teile zerstückelt und drinnen in der Schatzhöhle hinter der Tür aufgehängt, gefunden hatte. Dann fuhr er fort: ‚Denke daran und sei gewiß, daß unser Gut und unser Leben und unsere Angehörigen die Gaben Allahs sind! Glück und Unglück werden uns anvertraut. Es geziemt uns zu danken, wenn Er gibt, und auszuharren, wenn Er heimsucht. Trauer ruft keinen Toten ins Leben zurück und wehrt keinen Kummer von uns ab. Darum liegt es dir ob, auszuharren. Auf das Ausharren muß Glück und Heil folgen. Sich den Beschlüssen Allahs zu fügen, ist besser als zu jammern und sich zu widersetzen. Jetzt aber ist dies der rechte und richtige Plan: ich werde dir zum Ehemann und nehme dich als Gattin an. Ich will dich heiraten, und meiner Frau wird es nicht leid tun, denn sie ist verständig und züchtig im Denken und Handeln, sie ist fromm und gottesfürchtig. Dann wollen wir alle zusammen eine Familie sein, und – Gott sei Dank! – wir haben ja Geld und Gut genug, daß wir uns nicht zu mühen und plagen und quälen brauchen, um unseren Lebensunterhalt zu verdienen. Darum sollen wir dem Geber danken, der uns gespendet hat, und ihn für das preisen, was er uns gnädig gewährt hat!' Wie die Frau Kâsims die Worte Ali Babas vernommen hatte, wurden die Trauer und der tiefe Schmerz, die sie empfand, ein wenig beruhigt; sie hörte auf zu weinen, trocknete ihre Tränen und sprach zu ihm: ,Ich will dir ein folgsames Weib und eine gehorsame Dienerin sein. Was immer du für richtig hältst, dem will ich mich fügen. Doch was soll jetzt mit dieser Leiche geschehen?' Er gab ihr zur Antwort: ,Die Sache des Toten überlasse deiner Sklavin Mardschâna; du weißt doch, wie groß ihr Verstand, wie trefflich ihre Einsicht ist, wie richtig sie planen kann, wie geeignet sie ist, Mittel und Wege zu finden!' Dann verließ er sie und ging seiner Wege.

Als die Sklavin Mardschâna diesen Worten zugehört hatte und auf ihren Herrn, der tot und geviertelt war, blickte und als sie ferner den Grund von alledem genau verstanden hatte, beruhigte sie ihre Herrin, indem sie sprach: ,Sorge dich nicht, sei ruhig! Ich werde mich seiner annehmen. Ich werde dir alles so einrichten, daß wir Ruhe finden und daß der Schleier des Geheimnisses nicht von uns genommen wird.' Darauf ging sie fort und begab sich zu einem Spezereienhändler, der in derselben Straße wohnte; das war ein alter, hochbetagter Mann, berühmt ob seiner Kenntnisse in allen Arten der Heilkunst und Arzneiwissenschaft, von dem man wußte, daß er eine reiche

Erfahrung darin hatte, Arzneien zu bereiten, und daß er alle Drogen und Heilkräuter kannte. Von ihm forderte sie eine Paste, wie sie nur bei schweren Krankheiten verschrieben wird. Da fragte er sie: ‚Wer hat diese Paste in eurem Haushalte nötig?' Sie antwortete: ‚Mein Herr Kâsim ist von einer schweren Krankheit betroffen, die ihn ganz und gar niedergeworfen hat, so daß er jetzt wohl dem Ende nahe ist.' Der Drogist reichte ihr nun die Paste mit den Worten: ‚Möge Allah dadurch Heilung schaffen!' Sie nahm das Mittel aus seiner Hand entgegen, zahlte ihm einige Dirhems dafür und kehrte nach Hause zurück. Am nächsten Morgen früh ging sie wieder zu dem Spezereihändler und forderte von ihm eine Arznei, die nur dann eingegeben wird, wenn alle Hoffnung geschwunden ist. Als er fragte: ‚Hat denn die Paste von gestern nichts genützt?' gab sie zur Antwort: ‚Nein, bei Allah! Mein Herr liegt in den letzten Zügen; er kämpft mit dem Tode. Und meine Herrin hat schon begonnen zu weinen und zu klagen.' Er gab ihr die Arznei, und nachdem sie sie in Empfang genommen und den Preis dafür bezahlt hatte, ging sie fort. Sie begab sich jedoch zu Ali Baba und erzählte ihm, was für eine List sie angewandt hatte, und sie empfahl ihm, er möchte jetzt oft zum Hause seines Bruders kommen und dabei Trauer und Kummer zur Schau tragen. Er befolgte ihren Rat, und als die Leute des Stadtviertels ihn sahen, wie er im Hause seines Bruders aus und ein ging mit den Zeichen der Trauer im Gesichte, fragten sie ihn, was der Grund davon sei. Er erzählte ihnen von der Krankheit seines Bruders und daß sein Leiden sehr schwer sei. Die Kunde verbreitete sich bald in der Stadt, und die Leute begannen davon zu reden. Am nächsten Morgen aber ging Mardschâna vor Anbruch der Dämmerung fort, schritt durch die Straßen der Stadt dahin, bis sie zu einem Schuhflicker kam, namens Scheich Mustafa, einem alten Manne, der einen dicken Schädel, einen kurzen Leib und einen langen Bart auf Kinn und Lippen hatte. Der pflegte immer seinen Laden früh zu öffnen, als erster im Basar; und die Leute wußten auch, daß er diese Gewohnheit hatte. Zu ihm also ging die Sklavin; sie grüßte ihn mit ausgesuchter Höflichkeit und legte ihm ein Goldstück in die Hand. Als Scheich Mustafa es glänzen sah, betrachtete er es eine Weile in der Hand und sprach: ‚Dies ist ein gesegneter Anfang!' Und da er merkte, daß sie ein Anliegen an ihn hatte, sprach er zu ihr: ‚Tu mir kund, was du für Wünsche hast, du Herrin der Sklavinnen, damit ich sie dir erfülle!' ‚O Scheich,' erwiderte sie, ‚nimm Faden und Nadeln, wasche deine Hände, lege deine Sandalen an, und laß mich dir die Augen verbinden! Dann mache dich auf und komm mit mir, um ein gutes Werk zu tun, das dir mit irdischem und himmlischem Lohne winkt, ohne daß es dir den geringsten Schaden bringt!' Er fuhr fort: ‚Wenn du von mir etwas verlangst, an dem Allah und der Prophet Gefallen haben, so will ich es herzlich gern tun und dir nicht widersprechen. Ist es aber ein Verbrechen oder ein Vergehen, ein schuldbringend oder sündhaft Versehen, so will ich dir darin nicht Folge leisten; dann suche dir jemand anders, daß er es vollbringt!' ‚Nein, bei Allah, o Scheich Mustafa,' sagte sie darauf, ‚es gehört zu den erlaubten und gestatteten Dingen; hab keine Besorgnis!' Mit diesen Worten drückte sie ihm ein zweites Goldstück in die Hand. Sobald er das erblickte, konnte er nicht mehr widersprechen noch sich entziehen; er sprang auf die Füße und sprach zu ihr: ‚Ich stehe dir zu Diensten; was du mir nur immer befiehlst, werde ich für dich tun.' Darauf verschloß er seine Ladentür und nahm, was er an Faden, Nadeln und anderen Nähwerkzeugen nötig hatte. Mardschâna aber hatte eine Binde bereit gehalten; die holte sie jetzt rasch hervor und verband ihm damit die Augen, wie verabredet war, damit es ihm unmöglich wäre, den Ort zu erkennen, zu dem sie mit ihm gehen wollte. Dann nahm sie ihn bei der Hand und führte ihn fort, während er hinter ihr ging, durch die Straßen und Gassen; und er glich einem Blinden, der nicht wußte, wohin er ging, noch was damit bezweckt wurde. So gingen die beiden zusammen dahin, bald schlug sie einen Weg nach rechts ein, bald bog sie nach links ab, indem sie absichtlich einen Umweg wählte, um ihn zu verwirren und ihn nicht wissen zu lassen, wohin sie mit ihm ging. Immer weiter führte sie ihn in dieser Weise, bis sie bei dem Hause des dahingeschiedenen Kâsim halt machte. Dort klopfte sie leise an die Tür, und im selben Augenblicke ward ihr aufgemacht. Da führte sie den Scheich Mustafa hinein und brachte ihn in den Raum, in dem der Leichnam ihres Herrn lag. Sobald er dort stille stand, löste sie ihm die Binde von den Augen. Als aber der Scheich Mustafa die Augen öffnete und sich an einem Orte sah, den er nicht kannte, und nun gar vor sich die Leiche eines erschlagenen Mannes schaute, geriet er in Angst, und sein Leib erbebte. Doch Mardschâna sprach zu ihm: ‚Fürchte dich nicht, Alterchen; dir geschieht kein Leid! Von dir wird nur gewünscht, daß du die Teile dieses getöteten Mannes fest aneinandernähst und seine Glieder zusammenfügst, so daß sein Leib wieder aus einem Stück besteht.' Mit diesen Worten reichte sie ihm das dritte Goldstück. Scheich Mustafa nahm es, legte es in seine Brusttasche und sprach bei sich selber: ‚Jetzt gilt es, sich zusammenzunehmen und den rechten Entschluß zu fassen. Ich bin an einem Orte, den ich nicht kenne, und unter Leuten, von denen ich nicht weiß, was sie vorhaben. Handle ich ihnen zuwider, so werden sie mir sicher ein Leids antun; und so bleibt mir nichts übrig, als mich dem zu fügen, was sie verlangen. Auf alle Fälle bin ich ja an dem Blute dieses erschlagenen Mannes unschuldig, und die Bestrafung seines Mörders steht bei Allah, dem Gepriesenen und Erhabenen. Und schließlich, es ist doch keine Sünde, einen Leichnam zusammenzunähen; deswegen kann keine Schuld auf mich kommen und keine Strafe mich treffen!' Also setzte er sich nieder und begann die Teile des Getöteten zu nähen, und er fügte sie zusammen, bis sie wieder ein vollständiger Leib wurden. Wie er dann mit seiner Arbeit fertig war und seine Aufgabe erfüllt hatte, legte Mardschâna ihm wieder die Binde um die Augen, nahm ihn bei der Hand und führte ihn zur Gasse hinab. Dann ging sie mit ihm von Straße zu Straße, bog in eine Gasse nach der anderen ein und leitete ihn bis zu seinem Laden zurück, noch ehe die Leute aus ihren Häusern kamen, so daß keiner sie beobachten konnte. Als sie dann wieder bei dem Laden ankam, nahm sie ihm die Binde von den Augen und sprach zu ihm: ‚Hüte dies Geheimnis! Nimm dich in acht, darüber zu sprechen oder von dem, was du gesehen hast, zu erzählen; schwätze nicht viel von dem, was dir nichts besagt, sonst kann dir begegnen, was dir nicht behagt!' Darauf gab sie ihm das vierte Goldstück, verließ ihn und ging fort. Als sie wieder zu Hause ankam, holte sie warmes Wasser und Seife, setzte sich nieder und wusch den Leichnam ihres Herrn, bis sie ihn von dem Blute gereinigt hatte; dann zog sie ihm seine Kleider an und legte ihn auf seine Lagerstatt. Wie sie mit allem fertig war, schickte sie zu Ali Baba und seiner Frau; und als sie gekommen waren, berichtete sie ihnen, was sie getan hatte, und sie schloß mit den Worten: ‚Gebt jetzt den Tod meines Herrn Kâsim bekannt und tut ihn den Leuten kund!' Im selben Augenblick begannen auch die Frauen zu weinen und zu klagen, sie erhoben den Trauergesang und das Wehgeschrei und schlugen ihre Wangen, bis die Nachbarn es hörten. Nun kamen die Freunde, um an der Trauer über ihn teilzunehmen. Des Weinens ward viel, das Klagen nahm zu, das Wehgeschrei ward allgemein, und der Jammer war groß. Dann ward die Kunde von dem Tode Kâsims in der ganzen Stadt bekannt; die Freunde sprachen Segenswünsche über ihn aus, doch die Feinde zeigten ihre Schadenfreude. Nach einer Weile kamen die Leichenwäscher, um ihn gemäß dem religiösen Brauche zu waschen. Doch Mardschâna ging zu ihnen hinunter und sagte ihnen, er sei schon gewaschen, gesalbt und mit dem Leichentuche bekleidet; und dabei gab sie ihnen als ihren Lohn mehr, als man sonst zu geben pflegte. Die Leute zogen mit frohem Sinn wieder ab, und obgleich sie den Grund nicht einsahen, fragten sie doch nicht nach dem, was sie nichts anging. Darauf brachten die Leute die Bahre, holten die Leiche herunter, legten sie darauf und trugen sie zum Friedhofe, während die Einwohner seinem Leichenzuge folgten, Mardschâna aber mit den anderen Frauen sowie die Klageweiber hinterdrein gingen und weinten und klagten, bis man zu der Grabstätte kam. Dort gruben sie ihm ein Grab und bestatteten ihn – die Barmherzigkeit Gottes sei mit ihm! Darauf kehrten die Leute wieder um, zerstreuten sich und gingen ihrer Wege. Auf diese Weise blieb die Ermordung Kâsims unbekannt, keiner erfuhr etwas von dem wahren Sachverhalt, und alle Leute meinten, er sei eines natürlichen Todes gestorben.

Nachdem nun die gesetzliche Frist[1] verstrichen war, heiratete Ali Baba die Frau seines Bruders, ließ die Eheurkunde für

---

1. Eine Witwe darf nach islamischem Gesetze, wenn vier Monate und zehn Tage seit dem Tode ihres Mannes verstrichen sind, eine neue Ehe eingehen.

sie schreiben und wohnte ihr bei! Die Leute fanden sein Tun schön, und sie schrieben es seiner großen Liebe zu seinem Bruder zu. Danach schaffte er seinen Hausrat in ihr Haus hinüber und wohnte dort mit ihr und seiner ersten Frau; auch brachte er das Geld, das er aus der Schatzhöhle mitgenommen hatte, hinüber. Dann dachte er nach, was aus dem Laden seines dahingeschiedenen Bruders werden sollte. Allah hatte ihm einen Sohn geschenkt, der jetzt zwölf Jahre alt war; der war früher bei einem Kaufherrn in die Lehre gegangen und hatte von ihm das Kaufmannsgeschäft gelernt, so daß er gut darin Bescheid wußte. Da nun sein Vater jemanden nötig hatte, der den Laden hütete, nahm er ihn von dem Kaufherrn fort und ließ ihn in dem Laden sitzen, um zu verkaufen und zu kaufen; er übergab ihm alle Güter und Waren, die der Oheim hinterlassen hatte, und er versprach auch, ihn zu vermählen, wenn es mit seinem Tun gut und erfolgreich stehe und wenn er den Weg des Rechtes und der Tugend gehe.

Wenn wir uns nun von diesen wieder zu den Räubern wenden, so sehen wir, daß sie nach einer kurzen Weile zu der Schatzhöhle zurückkehrten. Als sie eintraten und die Leiche Kâsims nicht mehr fanden, wußten sie, daß noch ein anderer von ihren Widersachern um ihr Tun wußte, daß der Tote Genossen gehabt haben mußte, und daß ihr Geheimnis nun unter den Menschen bekannt wurde. Der Gedanke lastete auf ihnen, und sie empfanden bitteren Kummer. Dann sahen sie nach, was aus der Schatzhöhle fortgenommen war, und fanden, daß es doch auf eine beträchtliche Menge kam; darüber waren sie sehr erzürnt, und nun sprach der Hauptmann zu ihnen: ‚Ihr Degen, ihr Männer im Kampf und Streit verwegen, jetzt ist eure Zeit gekommen, auf daß ihr Blutrache nehmt! Wir glaubten, es sei nur ein Mann gewesen, der die Tür geöffnet hat, aber nun sind es doch mehrere gewesen; nur kennen wir die Zahl der Leute nicht und wissen nicht, wo ihre Wohnstätte ist. Sollen wir uns in Gefahr begeben und unser Leben in die Schanze schlagen, um Schätze zu sammeln, und sollen dann andere Leute den Nutzen davon haben, ohne Plage, ohne Mühe? Das ist doch etwas zu Arges, das wir nicht ertragen können! Wir müssen also auf Mittel und Wege sinnen, durch die wir an unseren Feind herankommen, und wenn wir ihm begegnen, so wollen wir blutige Rache an ihm nehmen. Ja, ich will ihn mit diesem Schwerte erschlagen, mag es auch den Untergang für mich bedeuten. Jetzt ist die Zeit da, sich zu mühen, sich mannhaft, tapfer und tüchtig zu zeigen! Zerstreut euch, zieht in Dörfer und Flecken, in große Städte und weite Länderstrekken, sucht Nachrichten zu erhalten, fragt, ob ein Armer reich geworden ist oder ob ein Erschlagener begraben ist. Es ist möglich, daß ihr so unserem Feinde auf die Spur kommt und daß Allah euch mit ihm zusammenführt. Ganz besonders brauchen wir jetzt einen listigen und verschlagenen Mann, der wahren Mannesmut besitzt, der dazu bestimmt werden soll, diese Stadt zu durchforschen; denn unser Widersacher ist einer von ihren Einwohnern, das steht fest und ist ganz sicher. Dieser Mann muß sich als Kaufmann verkleiden, unauffällig in die Stadt hineingehen und in ihr Nachrichten zu erhalten suchen; er muß danach fragen, wie es in ihr aussieht, was für Ereignisse sich in ihr begeben haben, wer in der letzten Zeit dort gestorben oder getötet ist, was für Verwandte er hat, wo sein Haus steht und wie es ihm ergangen ist. Vielleicht wird das uns zum Ziele führen; denn die Sache des Getöteten kann nicht verborgen bleiben; die Kunde davon muß schon in der Stadt verbreitet sein, groß und klein wird von seiner Geschichte wissen. Wenn nun der Kundschafter unseren Feind in seine Gewalt bringt oder uns benachrichtigt, wo er weilt, so soll ihm ein hoher Vorrang unter uns zuteil werden, ich werde ihm seinen Rang und seine Würde erhöhen und ihn zu meinem Nachfolger machen. Wenn er aber seine Aufgabe nicht erfüllt, sein Versprechen nicht hält und unsere Erwartungen enttäuscht, so werden wir wissen, daß er ein dummer Tropf und von schwachem Verstande ist, daß er bei kluger Tat versagt und eine schwierige Sache nicht ausführen kann; und dann werden wir ihn für sein schlechtes Tun und seinen Mangel an Eifer bestrafen. Ja, wir werden ihn eines schimpflichen Todes sterben lassen; denn wir brauchen keinen, der wenig Mut besitzt, und es frommt nicht, einen zu behalten, der keine Einsicht hat. Ein guter Räuber ist nur der Mann, der andere übertrifft und der in allen Künsten und Listen erfahren ist. Was meint ihr dazu, ihr Tapferen? Und wer von euch tritt freiwillig vor, um diesen schweren, gefährlichen Auftrag zu übernehmen?' Als sie seine Worte und seine Ansprache gehört hatten, waren sie mit seinem Plan einverstanden; sie nahmen die Bedingungen an, die er ihnen vorgeschlagen hatte, beschworen sie und versprachen, sie zu halten. Darauf trat einer von ihnen vor, ein Bursche von hohem Wuchs und breitem Leib, um diesen schwierigen und steinigen Weg zu übernehmen; er nahm auch die Bedingungen auf sich, die bereits genannt wurden und über die man sich geeinigt hatte. Da küßten die anderen ihm die Füße, erwiesen ihm hohe Ehre, priesen seinen Mut und seine Tapferkeit und lobten seine treffliche Entscheidung und Entschlossenheit; sie dankten ihm für den kühnen Mut in seiner Männerbrust und bewunderten seine kraftvolle Abenteuerlust. Dann ermahnte der Hauptmann ihn, ruhig und entschlossen zu sein und Trug, Verschlagenheit und geheime Listen zu gebrauchen; er lehrte ihn, wie er in die Stadt als Kaufmann gehen sollte, um dort dem äußeren Scheine nach Handel zu treiben, im geheimen aber zu spionieren. Nachdem er ihm alle diese Ermahnungen gegeben hatte, ließ er ihn davonziehen, und die Räuber zerstreuten sich.

Jener Räuber aber, der sich freiwillig erboten hatte, sein Leben für seine Brüder aufs Spiel zu setzen, legte Kaufmannsgewänder an, verkleidete sich so und verbrachte die Nacht in der Absicht, sich in die Stadt zu begeben. Als nun die Nacht zu Ende ging und die Morgendämmerung anbrach, zog er dahin, auf den Segen Allahs des Erhabenen vertrauend, geradeswegs auf das Stadttor zu, ging in ihr durch Straßen und über Plätze, durchschritt die Basare und die Gassen, während die meisten Einwohner noch im süßen Schlummer versunken waren. So ging er immer weiter dahin, bis er zu dem Basar kam, in dem Hâddsch[1] Mustafa, der Schuhflicker, seinen Laden hatte. Er bemerkte, daß der seinen Laden bereits aufgemacht hatte und dasaß, mit dem Flicken von Sandalen beschäftigt; denn er pflegte wie wir schon erzählt haben, früh zum Basar zu gehen und eher als die anderen Leute des Viertels aufzumachen. Zu dem ging der Kundschafter hin und begrüßte ihn mit schönen Worten, indem er ihm überschwengliche Ehre erwies und sprach: ‚Allah segne deinen Eifer und kröne dich mit hoher Ehre! Du bist ja der allererste im Basar, der seinen Laden öffnet!' ‚Mein Sohn,' erwiderte Scheich Mustafa, ‚eifrige Arbeit ist für den Erwerb des Lebensunterhaltes besser als Schlafen. So pflege ich jeden Tag zu tun.' Der Räuber fuhr fort: ‚Aber, Alterchen, ich wundere mich, wie du zu dieser Zeit so gut nähen kannst, ehe die Sonne aufgegangen ist, obgleich du doch sicher nicht gut sehen kannst bei deinem hohen Alter und bei dem Mangel des Tageslichts.' Wie Scheich Mustafa diese Worte von ihm vernahm, fuhr er ihn zornig an, und indem er einen

1. Das ist: Mekkapilger.

grimmigen Blick auf ihn warf, sprach er: ‚Ich glaube, du bist ein Fremdling in dieser Stadt; denn wenn du ein Einheimischer wärest, so würdest du nicht solche Reden führen. Ich bin bekannt bei reich und arm wegen meiner scharfen Augen; ich bin berühmt bei groß und klein wegen meiner trefflichen Geschicklichkeit in der Kunst des Nähens; ja, neulich haben mich sogar Leute geholt, damit ich ihnen an einem dunklen Orte einen Toten zusammennähen sollte, und ich habe ihn gut genäht. Wenn ich nicht so scharf sehen könnte, so hätte ich das nicht tun können!' Kaum hatte der Räuber diese Worte vernommen, da freute er sich, daß er schon ans Ziel gekommen; denn er wußte nun, daß die göttliche Vorsehung ihn so geleitet hatte, daß er sogleich auf den traf, den er suchte. So sprach er denn zu ihm, indem er sich verwundert zeigte: ‚Du irrst dich wohl, Alterchen; ich glaube, du hast doch nur das Leichentuch genäht, denn ich habe noch nie davon gehört, daß ein Toter genäht würde.' Der Alte versetzte darauf: ‚Ich habe die reine Wahrheit gesagt und nur berichtet, was sich zugetragen hat. Aber es scheint mir, daß du die Absicht hast, die Geheimnisse der Menschen auszuspüren. Wenn das deine Absicht ist, so geh fort von mir und versuche deine Listen bei jemand anders! Vielleicht findest du gar, ich wäre geschwätzig und wortreich; aber ich heiße der Schweiger, ich verrate nie, was ich geheimhalten will, ich werde dir also nichts davon erzählen!' Dadurch ward der Räuber in seiner festen Überzeugung bestärkt, daß jener Tote der Mann gewesen sein müsse, den sie bei der Schatzhöhle getötet hatten, und er sprach weiter zu Scheich Mustafa: ‚O Scheich, ich habe nach deinen Geheimnissen kein Verlangen; und wenn du darüber schweigst, so ist es besser. Denn es heißt: Ein Geheimnis zu verbergen gehört zu den Eigenschaften der Frommen. Ich wünsche von dir nur, daß du mich zu dem Hause dieses Toten führest; vielleicht ist er einer von meinen Verwandten oder Bekannten, und da wäre es doch meine Pflicht, seinen Angehörigen meine Trauer über ihn auszusprechen. Ich bin seit langer Zeit von dieser Stadt fern gewesen, und ich weiß nicht, was in ihr während der Zeit meines Fernseins geschehen ist.' Dann steckte er seine Hand in seine Tasche und holte ein Goldstück heraus; das drückte er dem Scheich Mustafa in die Hand. Doch der wollte es nicht annehmen, sondern er sprach zu dem Räuber: ,Du fragst mich nach etwas, das ich dir nicht beantworten kann. Denn man hat mich erst dann zu dem Hause des Toten geführt, nachdem man mir eine Binde um die Augen gelegt hatte, und darum kenne ich den Weg nicht, der dorthin führt.' Da hub der Räuber wieder an: ,Das Goldstück schenke ich dir, ob du mir meinen Wunsch erfüllest oder nicht. Nimm es, Gott segne es dir! Ich brauche es nicht zurück. Doch vielleicht ist es möglich, daß du, wenn du ein wenig nachdenkst, mich auf den Weg leiten kannst, den du gegangen bist, während deine Augen geschlossen waren.' Scheich Mustafa erwiderte: ,Das ist mir nur möglich, wenn du mir eine Binde um die Augen legst, wie jene es damals mit mir getan haben. Denn daran kann ich mich noch erinnern, wie man mich bei der Hand faßte, und wie man mich führte und wie man mit mir zur Seite abbog und wie man mich dann stillstehen ließ. So werde ich dann vielleicht doch zu dem Orte, den du suchst, hingeleitet und kann ihn dir zeigen.' Der Räuber freute sich, als er diese Worte hörte, war vergnügt und reichte dem Scheich Mustafa ein zweites Goldstück, indem er zu ihm sprach: ,Wir wollen es so machen, wie du gesagt hast!' Darauf sprangen die beiden auf die Füße, Scheich Mustafa schloß seinen Laden, der Räuber nahm eine Binde und legte sie dem Alten um die Augen. Dann faßte er ihn bei der Hand und ging mit ihm weiter; dabei lenkte Scheich Mustafa den Räuber bald zur Rechten, bald bog er mit ihm nach links ab, und dann wieder ging er geradeaus, ganz so wie die Sklavin Mardschâna damals mit ihm gegangen war, bis er schließlich in eine kleine Gasse gelangte, in der er ein paar Schritte vorwärts ging und dann stehen blieb. Nun sagte er zu dem Räuber: ‚Ich glaube, an dieser Stelle bin ich damals stehen geblieben.' Da löste der Räuber die Binde von seinen Augen, und siehe da, die Vorsehung hatte es wirklich so gefügt, daß der Schuhflicker jetzt gegenüber dem Hause des unglücklichen Kâsim stand. ‚Kennst du den Herrn dieses Hauses?' fragte ihn der Räuber. ‚Nein, bei Allah,' erwiderte er, ‚diese Straße ist zu weit von meinem Laden; ich kenne auch die Leute dieses Stadtviertels nicht.' Darauf sprach der Räuber ihm seinen Dank aus und gab ihm das dritte Goldstück mit den Worten: ‚Geh fort und sei Allah dem Erhabenen befohlen!' Scheich Mustafa kehrte also zu seinem Laden zurück, erfreut, daß er die drei Goldstücke eingeheimst hatte. Der Räuber aber blieb stehen, beobachtete das Haus und sah es sich genau an; da entdeckte er, daß die Haustür genau so aussah, wie die Türen der anderen Häuser in der Gasse. Nun befürchtete er, er könne sie später nicht wiederfinden, und darum nahm er Kreide und machte damit ein kleines weißes Zeichen an die Tür, um sich später dadurch leiten zu lassen. Darauf kehrte er zu seinen Genossen ins Gebirge zurück, froh und heiteren Sinnes und überzeugt, daß der Auftrag, wegen dessen er ausgesandt war, ausgeführt sei und daß man jetzt nur noch die Rache zu vollstrecken brauche.

Lassen wir ihn einstweilen dort und wenden wir uns zu der Sklavin Mardschâna! Als sie aus dem Schlafe erwacht war und ihrer täglichen Gewohnheit gemäß das Frühgebet gesprochen hatte, machte sie sich an die Arbeit und ging fort, um den Tagesbedarf an Speisen und Trank zu holen. Wie sie dann vom Basar zurückkam, erblickte sie an der Haustür ein weißes Zeichen. Sie sah es genauer an, wunderte sich darüber, und etwas beunruhigt sprach sie bei sich selber: ‚Es ist ja möglich, daß dies von Kinderspiel herrührt oder ein Gekritzel ist, das die Gassenbuben gemalt haben; aber am wahrscheinlichsten ist es doch, daß ein alter Feind oder ein Neider, der es böse meint, dies Zeichen gemacht hat, weil er einen schlimmen Plan bei sich trägt und eine verderbliche Absicht hegt. So wollen wir denn beschließen, ihn irrezuführen und seinen gemeinen Plan zu vereiteln.‘ Darauf nahm sie Kreide und malte auf die Haustüren der Nachbarn Zeichen genau so wie jenes, das der Räuber gezeichnet hatte. Mit diesem Zeichen versah sie etwa zehn Haustüren in der Gasse. Darauf ging sie ins Haus; doch sie sagte nichts von der Sache.

Sehn wir nun aber, was mit dem Räubersmanne geschah! Als er seine Genossen im Gebirge traf, trat er froh auf sie zu und brachte ihnen die gute Botschaft, daß ihre Hoffnung erfüllt sei und daß sie ihr Ziel erreicht hätten, da sie binnen kurzem Rache an ihrem Widersacher nehmen könnten. Dann erzählte er ihnen, wie er zufällig bei einem Schuhflicker, der den Leichnam zusammengenäht hatte, vorbeigegangen sei und wie der ihn zu dem Hause geführt und wie er selbst ein Zeichen daran gemacht habe, damit sie sich nicht irrten und die Tür nicht übersähen. Der Hauptmann dankte ihm und lobte sein mannhaftes Tun; und hoch erfreut sprach er die Räuber an: ‚Verteilt euch in Gruppen! Legt die Kleider der gemeinen Leute an, verbergt eure Waffen, zieht zur Stadt und geht auf verschiedenen Wegen in sie hinein und sammelt euch dann in der großen Moschee! Ich will inzwischen mit diesem Manne, dem Kundschafter, das Haus unseres Widersachers suchen, und wenn wir es gefunden und sicher wiedererkannt haben, so wollen wir zu euch in die Moschee kommen. Dort wollen wir dann beraten, was zu tun ist, und wollen uns über das, was am wichtigsten ist, einigen, mag es heißen, daß wir bei Nacht das Haus überfallen, oder mag es etwas anderes sein.' Nachdem die Räuber seine Ansprache angehört hatten, erklärten sie seine Worte für gut und richtig und stimmten seinem Plane zu. Darauf verteilten sie sich, legten die Kleider der gemeinen Leute an, verbargen darunter ihre Schwerter, wie der Hauptmann ihnen befohlen hatte, und gingen auf verschiedenen Wegen in die Stadt hinein, damit die Einwohner nicht auf sie aufmerksam würden; dann trafen sie sich in der großen Moschee, gemäß ihrer Verabredung. Der Hauptmann und der Kundschafter jedoch begaben sich auf die Suche nach der Straße, in der ihr Gegner wohnte. Und als sie dort ankamen, entdeckte der Hauptmann ein Haus mit einem weißen Zeichen. Er fragte seinen Begleiter, ob dies das gesuchte Haus sei, und der bejahte es. Aber zufällig fiel sein Blick auf ein anderes Haus, und da sah er auch an dessen Tür ein weißes Zeichen. Nun fragte er den Mann: ,Welches von beiden ist das Haus, das wir haben wollen, das erste oder das zweite?' Der Räuber war verwirrt und konnte keine Antwort geben. Dann ging der Hauptmann ein paar Schritte weiter, und als er mehr als zehn Häuser mit solchen Zeichen fand, fragte er: ,Hast du alle diese Häuser gezeichnet oder nur eins von ihnen?' Er gab zur Antwort: ,Nein, nur eins!' Da fuhr der Hauptmann fort: ,Wie kommt es denn, daß es jetzt zehn und noch mehr sind?' ,Ich weiß nicht, warum das ist', erwiderte der Räuber. Weiter fragte der Hauptmann: ,Kannst du zwischen diesen Häusern das herauskennen, das du mit deiner eigenen Hand gezeichnet hast?' ,Nein,' antwortete er, ,denn die Häuser gleichen einander und sind alle von derselben Bauart, und die Zeichen sind auch alle von derselben Gestalt.' Als der Hauptmann diese Worte vernahm, wußte er, daß es ihm nichts mehr nützen würde, noch länger dort zu warten, und daß er diesmal keine Möglichkeit hatte, Rache zu nehmen, da seine Hoffnung sich als trügerisch erwiesen hatte. So ging er denn mit dem Manne zu der Hauptmoschee und befahl seinen Kumpanen, ins Gebirge zurückzukehren, nachdem er sie ermahnt hatte, sich auf die Straßen zu verteilen, wie sie es bei ihrem Kommen getan hatten. Als sie dann im Gebirge alle wieder an ihrer gewohnten Stätte zusammengekommen waren, erzählte er ihnen, was er mit dem Räuber erlebt hatte und daß er außerstande gewesen sei, das Haus ihres Feindes wiederzuerkennen. Er schloß mit den Worten: ‚Jetzt liegt es uns ob, an ihm die Strafe zu vollziehen, wie es die Verabredungen, die wir miteinander getroffen haben, erfordern.' Alle stimmten ihm zu. Da nun der Räuber, der auf Kundschaft gegangen war, ein tapferer Mann war und ein unerschrockenes Herz besaß, so wich er nicht zurück, als er diese Worte hörte, und war nicht feige, sondern er trat mit festem Sinn und ohne zu zagen vor ihn hin und sprach: ‚Es ist recht, ich verdiene die Todesstrafe, da mein Plan mißglückt ist und meine Klugheit nicht ausreichte; ich habe meinen Auftrag nicht auszuführen vermocht, und so habe ich keine Lust mehr, am Leben zu bleiben. Der Tod ist besser als ein Leben in Schande.' Im selben Augenblicke zückte der Hauptmann sein Schwert, hieb auf seinen Nacken und trennte ihm das Haupt vom Rumpfe. Dann rief er: ‚Ihr Mannen, seid bereit zu Kampf und Streit! Wer unter euch ist ein Mann voll Tapferkeit und Heldenblut, mit kühnem Herzen und starrköpfigem Mut, der sich darbietet zu dieser Aufgabe voll großer Schwierigkeit, diesem Unternehmen voll gewaltiger Fährlichkeit? Aber kein Versager soll vortreten, kein Schwacher soll zu mir kommen, nein, nur der soll nahen, der imstande ist, mit festem Plan und voll starker Kraft zu beginnen, auf das Rechte zu sinnen und wirkende Listen zu gewinnen!' Da trat einer aus der Mannschaft hervor, der hieß Ahmed el-Ghadbân; das war ein Mann von langem Leib mit einem dicken Schädel daran, von furchtbarem Gesichte und einem Ruf voll übler Berichte, von dunkler Farbe und gräßlicher Gestalt; er hatte einen Schnauzbart wie ein Kater, der auf Mäusejagd geht, und einen Kinnbart wie ein Ziegenbock, der zwischen den Geißen und Lämmern steht. Er rief nun: ‚Ihr heldenhaften Leute, für diese Aufgabe bin nur ich geeignet; ich werde euch, so Gott will, die wichtige Kunde bringen und euch sicher zu dem Hause des Widersachers führen!' Der Hauptmann sagte darauf: ‚Wer diese Aufgabe übernimmt, muß sich auch den Bedingungen unterwerfen, die wir früher bestimmt haben. Wenn du unverrichteter Sache zurückkehrst, so wird dir von uns nichts anderes zuteil, als daß dir der Kopf abgeschlagen wird. Kommst du aber von Erfolg gekrönt wieder, so wollen wir dich durch eine höhere Stellung ehren und dir Ansehen und Achtung mehren; alles Gute soll dir dann zuteil werden.' Darauf legte Ahmed el-Ghadbân Kaufmannskleider an und begab sich vor Anbruch der Morgendämmerung in die Stadt. Ohne sich aufzuhalten, ging er geradeswegs zu der Straße des Scheichs Mustafa, des Schuhflickers, zu der er nach der früheren Beschreibung seines Genossen den Weg fand. Er traf den Alten, wie er in seinem Laden saß, begrüßte ihn, setzte sich zu ihm, gab ihm freundliche Worte und begann mit ihm ein Gespräch; schließlich kam der Scheich auch auf die Geschichte mit dem Toten zu sprechen und erzählte, wie er ihn zusammengenäht hatte. Da bat Ahmed el-Ghadbân ihn, er möchte ihn zu dem Hause führen. Scheich Mustafa weigerte sich, das zu tun, und wollte auch nicht mehr davon reden. Doch als der Räuber ihm Aussicht auf Gold machte, konnte er nicht widerstehen; denn das Geld ist ein treffsicherer Pfeil und ein Fürsprech, den niemand abweist. Also legte der Räuber ihm wieder eine Binde um die Augen, und er tat mit ihm, was er mit seinem Genossen getan hatte, wie wir bereits erzählt haben. Er ging mit ihm dahin, bis er in die Gasse des dahingeschiedenen Kâsim gelangte, und blieb vor dessen Hause stehen. Nachdem der Räuber so den Weg zu dem Hause gefunden hatte, nahm er ihm die Binde von den Augen, gab ihm den Lohn, den er ihm versprochen hatte, und ließ ihn seiner Wege gehen. Ahmed el-Ghadbân aber, der zwar sein Ziel erreicht hatte, fürchtete, er könnte später davon abirren, und um dieser Gefahr vorzubeugen, machte er an der Haustür ein kleines rotes Zeichen an einer versteckten Stelle, in dem Glauben, dort könne niemand es entdecken. Dann kehrte er zu seinen Genossen zurück und berichtete ihnen, was er getan hatte; dabei war er in froher Stimmung und zweifelte nicht mehr am Erfolg, weil er fest glaubte, daß niemand das kleine und versteckte Zeichen entdecken würde.

So weit die beiden; sehen wir aber, was die Sklavin Mardschâna tat! Die ging am nächsten Morgen früh aus nach ihrer Gewohnheit, um Fleisch, Gemüse, Früchte, Naschwerk und andere Dinge, die für den Haushalt gebraucht werden, einzukaufen. Und als sie vom Basar wieder nach Hause kam, da entging ihr das rote Zeichen doch nicht, sondern ihr Blick fiel darauf, und sie sah es genau an. Sie war beunruhigt und erstaunt darüber, und in ihrem Scharfsinn und durchdringenden Verstande erkannte sie, daß dies das Werk eines Feindes aus der Ferne sei oder eines Neiders nahebei, der Böses gegen die

Hausbewohner im Schilde führte. Um den irrezuleiten, malte sie mit roter Farbe auf die Türen der Nachbarn Zeichen von derselben Art wie jenes, und zwar brachte sie sie an derselben Stelle an, die Ahmed el-Ghadbân gewählt hatte. Doch sie verschwieg die Sache und sprach nicht davon, damit ihr Herr sich nicht darüber beunruhigte oder ängstigte.

Wenden wir uns nun von ihr zu dem Räuber zurück! Als der wieder bei seinen Genossen war, erzählte er ihnen, was er mit dem Schuhflicker erlebt hatte; wie er den Weg zum Hause des Widersachers gefunden und wie er dort ein rotes Zeichen angebracht hatte, um das Haus zu erkennen, wenn die Zeit es erforderte. Sofort befahl der Hauptmann ihnen, Kleider des gewöhnlichen Volkes anzulegen, die Waffen darunter zu verbergen und auf verschiedenen Wegen in die Stadt zu gehen. Dann fügte er noch hinzu: ‚Sammelt euch in der und der Moschee und wartet dort, bis wir zu euch kommen!' Darauf nahm er Ahmed el-Ghadbân mit sich und begab sich mit ihm auf die Suche nach dem Hause, das sie finden wollten, um es dies Mal sicher zu erkennen. Doch als sie in die bekannte Straße kamen, konnte Ahmed el-Ghadbân das Haus nicht bestimmen, da sich dasselbe Zeichen auf sehr vielen Türen befand. Er war ganz niedergeschlagen bei diesem Anblick und sagte kein Wort. Als aber der Hauptmann sah, daß jener das Haus nicht erkennen konnte, zitterten ihm die Glieder, er runzelte die Stirn und geriet in gewaltigen Zorn. Notgedrungen mußte er zu jener Zeit seine Wut verbergen, und so ging er mit dem kleinlaut gewordenen Räuber zu der Moschee. Nachdem er dort mit seinen Leuten zusammengetroffen war, befahl er ihnen sofort, ins Gebirge zurückzukehren. Sie verteilten sich, begaben sich auf getrennten Wegen zu ihrer Lagerstätte und setzten sich zur Beratung nieder. Nun tat der Hauptmann ihnen kund, was vorgefallen war, und daß ihnen das Geschick nicht beschieden hätte, die Rache zu vollstrecken und die Schmach zuzudecken, weil Ahmed el-Ghadbân seine Sache so schlecht gemacht und das Haus des Widersachers nicht hätte erkennen können. Darauf zog er sein Schwert, hieb den Schuldigen auf den Nacken, so daß sein Schädel von dannen rollte und sich fort von dem Leibe trollte. Und Allah sandte seine Seele alsbald ins Höllenfeuer, eine Stätte, an der es nicht geheuer. Nun dachte der Hauptmann über diese ganze Sache nach und sprach bei sich selber: ,Meine Leute passen zum Kampf und zum Streit, zum Plündern, zum Blutvergießen und zum Angriff; aber sie haben kein Verständnis für die Arten von Listen und für die Dinge, bei denen es sich um Lug und Trug handelt. Wenn ich nun auch einen nach dem andern von ihnen aussende, um diese Aufgabe zu erfüllen, so schwinden sie mir doch auf diese Weise alle dahin, ohne Nutzen und ohne Gewinn. Daher ist es das richtigste, wenn ich mich selbst dieser schwierigen Sache annehme!' Er setzte die Räuber davon in Kenntnis und sagte ihnen, er wolle allein in die Stadt gehen. Da gaben sie ihm zur Antwort: ,Du kannst befehlen und verbieten; tu, was dir gut dünkt!' Er verkleidete sich also und begab sich am nächsten Morgen zur Stadt; dort suchte er nach dem Hâddsch Mustafa, dem Schuhflicker, wie es seine beiden Kundschafter getan hatten, von denen wir früher erzählt haben. Als er ihn gefunden hatte, trat er auf ihn zu, begrüßte ihn, sprach ihn freundlich an und begann mit ihm ein Gespräch; schließlich brachte er die Rede auch auf die Geschichte mit der Leiche des getöteten Mannes und setzte ihm so lange zu, indem er ihm klingende Münzen versprach, bis er ihn überredet hatte und Scheich Mustafa seinem Plane zustimmte. So erreichte der Hauptmann von ihm, was er wollte, und lernte das Haus seines Feindes kennen, und zwar auf ebendieselbe Weise, wie wir früher beschrieben haben. Als er vor dem Hause stand, gab er dem Scheich Mustafa seinen Lohn, noch mehr als er ihm versprochen hatte, und entließ ihn. Dann beobachtete er das Haus und betrachtete es genau; aber er brauchte keine Zeichen daran zu machen, sondern er zählte die Haustüren der Straße bis zu der Tür des gesuchten Hauses und merkte sich die Zahl. Ferner zählte er auch die Ecken und Fenster des Hauses und prägte sich alle Merkmale so genau ein, daß er es nun sicher kannte; das tat er aber, während er auf der Straße hin und her ging, damit die Bewohner keinen Verdacht gegen ihn schöpfen sollten, wenn er so lange stehen blieb. Darauf kehrte er zu seinen Leuten zurück und berichtete ihnen, was er getan hatte; und er fügte hinzu: ‚Jetzt kenne ich das Haus unseres Widersachers; jetzt ist, so Gott will, die Zeit gekommen, die Blutrache zu vollstrecken. Ich habe nun darüber nachgedacht, auf welchem Wege wir das Ziel erreichen, und durch welches Mittel wir zu ihm eindringen und über ihn herfallen können. Das will ich euch erklären. Wenn ihr es für geeignet anseht, so wollen wir uns an die Arbeit machen; aber wenn ihr es nicht für richtig haltet, so möge jener, der ein wirksameres Mittel als das meine erdenkt, es kundtun und sagen, was ihm gut dünkt.' Darauf weihte er sie in den Plan ein, den er sich erdacht hatte; sie hießen ihn gut und verabredeten, ihn auszuführen, und dabei schworen sie einander den Eid, daß keiner von ihnen hinter seinem Gefährten beim Vollstrecken der Rache zurückstehen wolle. Darauf schickte er einige von ihnen in die nächste Stadt und befahl ihnen, vierzig große Schläuche zu kaufen, die anderen von seinen Leuten schickte er in die umliegenden Dörfer mit dem Befehle, zwanzig Maultiere zu kaufen. Als die Leute das, was er ihnen befohlen hatte, erworben hatten, brachten sie alles vor ihn. Dann machten sie die Öffnung eines jeden Schlauches so groß, daß ein Mann hineinkriechen konnte; und ein jeder von den Räubern dort kroch, mit dem Dolche in der Hand, in einen der weitgeöffneten Schläuche hinein. Wie dann alle drinnen waren und in diesem engen Gefängnisse saßen, nähte der Hauptmann die Öffnungen wieder so eng zusammen, wie sie früher gewesen waren. Dann bestrich er die Schläuche mit Öl, so daß jeder, der sie ansah, glauben mußte, sie seien mit Öl gefüllt. Nun lud er immer je zwei Schläuche auf ein Maultier; die beiden Schläuche aber, die leer geblieben waren, füllte er wirklich mit Öl und legte sie auf das letzte Maultier. So wurden denn die zwanzig Maultiere beladen, neunzehn mit Männern und eines mit Öl; denn die Zahl der Räuber betrug ja nur noch achtunddreißig, da die beiden, die der Hauptmann getötet hatte, nicht mehr da waren. Nachdem er alle seine Vorbereitungen getroffen hatte, trieb er die Maultiere vor sich her und zog mit ihnen in die Stadt, als die Sonne bereits untergegangen, der Abend hereingebrochen und das Tageslicht dem Dunkel gewichen war. Dann suchte er das Haus Ali Babas, das er sich gemerkt hatte und genau kannte. Als er dort ankam, traf er Ali Baba selbst, wie er draußen vor der Tür auf einer Bank saß; unter sich hatte er eine Lederdecke, und er lehnte sich auf ein schönes Kissen. Der Hauptmann sah, wie Ali Baba vergnügt und froh und wohlgemut seinen Wohlstand und sein Glück genoß. Als er bei ihm ankam, grüßte er ihn bescheiden, mit demütiger Höflichkeit und ehrerbietiger Unterwürfigkeit. Dann sprach er zu ihm: ‚Ich bin ein Fremdling aus fernem Land, dessen Wiege weit von hier stand; ich habe eine große Menge Öl gekauft, in der Hoffnung, ich könnte es in dieser Stadt mit Gewinn und Verdienst wieder verkaufen. Aber ich konnte erst am Abend hier ankommen, da die Reise so weit und der Weg so rauh war; da fand ich denn die Basare geschlossen und suchte ratlos umher nach einer Stätte oder einer Herberge, in der ich mit meinen Tieren über Nacht bleiben könnte. Ich fand aber keine, und ich zog immer weiter, bis ich jetzt zu dir gekommen bin. Und da ich dich sah, dankte ich Gott und pries ihn, weil ich nun die frohe Aussicht hatte, meinen Wunsch erfüllt zu sehen und mein Ziel zu erreichen. Denn die Großmut leuchtet aus deinem edlen Gesicht, während Mannestugend aus deinem gütigen Auge spricht. Du gehörst sicher zu den Leuten, die zu Glück und Wohlstand gekommen, zu den Gottesfürchtigen und Frommen. Wäre es dir möglich, mich für diese Nacht bei dir aufzunehmen und meine Maultiere zu beherbergen? Dann wirst du mir eine große Wohltat erweisen und bist ob deiner Güte zu preisen; dann wirst du um meinetwillen durch Lohn von dem allgütigen Wohltäter geehrt, von Ihm, der Gutes für Gutes beschert und der für Missetaten Verzeihung gewährt. Morgen früh, so Gott will, werde ich zum Markte hinabziehen und mein Öl verkaufen; dann werde ich mit Dank gegen dich von dir gehen, indem ich dich ob deiner Güte preise.' Ali Baba erklärte sich gern damit einverstanden, indem er zu ihm sprach: ,Ein herzliches Willkommen dem Bruder, der bei Nachtzeit zu uns kommt! Du bist heute mein gesegneter Gast; du sollst uns in dieser glücklichen Nacht durch deine Gesellschaft erfreuen.' Ali Baba war ein edler und hochgesinnter Mann, freigebig, von gutem Herzen und trefflichen Eigenschaften; er hatte ein reines Gemüt und dachte immer nur Gutes von den Menschen. So ahnte er denn nicht, daß der angebliche Kaufmann ihn belog, und es kam ihm gar nicht in den Sinn, daß er der Räuberhauptmann aus dem Gebirge war; er konnte ihn auch nicht erkennen, da er ihn ja nur einmal gesehen hatte, noch dazu in ganz anderer Gestalt. Nun rief er seinen Sklaven 'Abdallâh und befahl ihm, die Maultiere hereinzuführen. Der Sklave führte den Befehl aus, und der Hauptmann ging hinter seinen Tieren hinein, um die Lasten abzuladen. Er und 'Abdallâh nahmen die Schläuche von den Maultieren herunter und stellten sie an der Wand auf im Hofe des Hauses. Dann nahm der Sklave die Maultiere, führte sie in den Stall und hängte ihnen Futtersäcke mit Gerste um den Hals. Der Hauptmann wollte im Hofe bei seinen Schläuchen übernachten und bat, ihn zu entschuldigen, wenn er nicht in die Halle komme, indem er vorgab, er fürchte den Hausbewohnern lästig zu fallen. Aber in Wirklichkeit wollte er seinen Plan ausführen und eine Gelegenheit haben, um die Schurkerei, die er plante, zu verüben. Doch Ali Baba wollte das nicht zugeben, sondern beschwor ihn, doch hereinzukommen, und er drang so lange in ihn, bis er ihn schließlich mit Gewalt und gegen seinen Willen hereinziehen wollte. Da konnte jener nicht mehr widersprechen und ging mit ihm hinein. Nun sah der Hauptmann sich in einer weiten, schönen Halle, deren Boden mit Marmor belegt war; rings herum waren Ruhelager aufgestellt, eins dem anderen gegenüber, die mit prächtigen Lederdecken und Teppichen ausgestattet waren, und an der Wand gegenüber dem Eingange stand ein Ruhelager, größer als die anderen, das mit fürstlicher Seide überzogen war, mit Silber bedeckte Stufen hatte und von einem Baldachin gekrönt war. Ali Baba ließ ihn auf diesem Lager sitzen und befahl, die Kerzen anzuzünden. Dann ließ er Mardschâna kommen, teilte ihr die Ankunft seines Gastes mit und befahl ihr, zum Abendessen feine Speisen zu bereiten, wie sie für ihn paßten. Darauf setzte er sich zu ihm und plauderte und unterhielt sich mit ihm, bis es Zeit zum Essen war. Da wurde denn der Tisch gebreitet, man brachte

Speisen in silbernen und goldenen Schüsseln und setzte die Tischplatte vor den Hauptmann hin. Der aß mit Ali Baba von allen Arten, bis sie gesättigt waren. Dann wurden die Speisen fortgeräumt, und man brachte alten Wein; da kreiste denn der Becher bei ihnen. Als sie dann genug gegessen und getrunken hatten und mit dem Mahle zu Ende waren, setzten sie sich wieder hin, um zu plaudern und sich zu unterhalten, bis ein Teil der Nacht verstrichen war. Und wie die Zeit der Ruhe und des Schlafes nahte, erhob der Hauptmann sich und ging in den Hof hinab, indem er sagte, er wolle die Tiere vor dem Schlafengehen zudecken; in Wirklichkeit aber wollte er sich mit seinen Leuten über die Lage verständigen. Er trat also an den ersten heran und sprach zu ihm mit verhaltener Stimme: ‚Wenn ich aus dem Fenster Steinchen auf euch werfe, so schneidet die Schläuche mit euren Dolchen auf und kommt zu mir!' Dann sprach er ebenso zum zweiten und zum dritten, bis er zu dem letzten kam. Da nun Ali Baba die Absicht hatte, am nächsten Morgen ins Bad zu gehen, so beauftragte er Mardschâna, die Tücher, die er brauchte, zu rüsten; ferner befahl er ihr, sie dem 'Abdallâh zu geben und für ihn selbst eine Fleischbrühe zu machen, die er beim Verlassen des Bades trinken wollte. Darauf empfahl er ihr noch, den Gast ehrenvoll zu behandeln, ihm reiche Decken hinzulegen, wie sie seinem Stande gebührten, ihn selbst zu bedienen und dafür zu sorgen, daß alle Pflichten der Gastfreundschaft an ihm erfüllt würden. ‚Ich höre und gehorche!' erwiderte sie, und darauf begab er sich zu seinem Ruhelager und legte sich zum Schlafe nieder.

Sehen wir nun, was der Hauptmann tat, indem wir uns sagen: ‚Doch die Hilfe steht bei Allah!' Als jener sich mit seinen Genossen und Helfershelfern verabredet und mit ihnen vorbereitet hatte, was zu tun war, ging er zu Mardschâna hinauf und fragte sie, wo seine Schlafstätte sei. Da nahm sie eine Kerze und führte ihn in ein Zimmer, das mit den prächtigsten Teppichen ausgelegt war und in dem sich alles befand, was an Schlafteppichen, Decken und anderen Gegenständen für die Schlafstätte nötig war. Sie wünschte ihm eine gute Nacht und ging dann wieder in die Küche, um den Befehl ihres Herrn auszuführen. Sie legte die Tücher und was sonst für das Bad gebraucht wurde, zurecht und übergab das alles dem Sklaven 'Abdallâh. Dann machte sie das Fleisch zurecht und zündete das Feuer unter dem Kessel an. Währenddessen aber wurde das Licht der Lampe immer kleiner und kleiner, weil zu wenig Öl darin war, bis es schließlich ganz erlosch. Da holte sie sich den Ölkrug, aber sie entdeckte, daß er leer war. Weil nun auch die Kerzen zu Ende waren, wußte sie nicht, was sie tun sollte; denn sie brauchte noch Licht, um die Brühe fertig zu kochen. Als 'Abdallâh ihre Verlegenheit bemerkte, sagte er zu ihr: ‚Mach dir doch keine Sorgen und sei nicht traurig! Es ist ja noch Öl im Hause vorhanden, und zwar in Menge; hast du denn die Schläuche des fremden Kaufmanns vergessen, die mit Öl gefüllt im Hofe des Hauses liegen? Geh hinunter, nimm daraus, so viel du willst; morgen früh wollen wir ihm den Preis des Öles bezahlen!‘ Als sie diese Worte von ihm vernahm, pries sie den guten Rat, der aus ihnen kam, dankte ihm für seinen trefflichen Vorschlag, ging mit dem Krug hinunter und trat an die Schläuche heran. Nun waren die Räuber aber schon ungeduldig geworden, weil sie so lange in ihrem engen Gefängnisse gesessen hatten; sie waren müde von der krummen Rückenlage, sie fühlten sich beengt, ihre Glieder waren wie zerbrochen, wie gerädert waren ihre Knochen, sie konnten diesen Zustand nicht mehr ertragen und vermochten die lange Gefangenschaft nicht mehr auszuhalten. Als sie daher

Mardschâna kommen hörten, meinten sie in ihrer Unachtsamkeit, es sei der Hauptmann; denn der Pfeil des Schicksals hatte sie getroffen, und der Befehl Gottes des Herrn war über sie gekommen. Und so fragte einer der Räuber: ‚Ist die Zeit zum Herauskommen da?‘

Ferner sagte mir der Erzähler dieser wunderbaren Geschichte und der unterhaltenden, seltsamen Berichte, daß Mardschâna, als sie die Stimme eines Mannes aus dem Innern des Schlauches reden hörte, gewaltig erschrak; sie erbebte vor Furcht und geriet in große Angst. Jemand anders als sie wäre vor Schrecken umgefallen oder hätte laut geschrieen; aber sie hatte ja ein mutiges Herz und einen schnellen Verstand, und so durchschaute sie sofort die ganze Sachlage und wußte im Augenblick, daß es Räuber waren, die Arges im Schilde führten. Ohne sich zu besinnen, faßte sie sofort den rechten Entschluß; denn sie wußte, wenn sie schrie oder sich rührte, so würde sie sicher umkommen und ebenso ihr Herr und alle Bewohner des Hauses. Darum schrie sie nicht und bewegte sich nicht, sondern begann sofort den listigen Plan, den sie gefaßt hatte, auszuführen. Mit leiser Stimme sprach sie zu dem ersten: ‚Sie ist bald da; es bleibt nur noch eine kurze Frist.‘ Dann ging sie zu dem zweiten Schlauche; und als der Räuber dieselbe Frage an sie richtete wie der erste, gab sie ihm die gleiche Antwort. So ging sie an allen Schläuchen vorbei; die Räuber fragten sie einer nach dem anderen, und sie antwortete ihnen, indem sie zur Geduld mahnte, bis sie zu den Ölschläuchen am Ende der Reihe kam. Da diese still blieben, merkte sie, daß keine Männer in ihnen waren; sie schüttelte sie, und als sie sicher wußte, daß sie mit Öl gefüllt waren, öffnete sie einen von den beiden, schöpfte mit dem Kruge heraus so viel, wie sie brauchte, kehrte zur Küche zurück und zündete die Lampe an. Dann holte sie einen großen kupfernen Kessel, ging mit ihm zum Hofe hinab und füllte ihn mit Öl; darauf ging sie wieder nach oben, stellte ihn auf das Feuer, schürte viel Brennholz unter ihm an, bis das Öl zum Sieden kam. Und als es siedend heiß war, ging sie mit dem Kessel wieder hinunter und goß mit dem Kruge das Öl in die Öffnung eines jeden Schlauches. Wie nun das siedende Öl auf die Köpfe der Räuber fiel, machte es ihnen den Garaus, und sie fanden alle bis zum letzten Manne den Tod. Darauf, als sie sich überzeugt hatte, daß keiner mehr übrig war und daß sie alle tot waren, kehrte sie in die Küche zurück und kochte die Fleischbrühe fertig, wie ihr Herr es ihr befohlen hatte. Nachdem sie ihre Arbeit vollendet hatte, löschte sie das Feuer und die Lampe aus und setzte sich nieder, um abzuwarten und zu sehen, was der Hauptmann tun würde. Der hatte inzwischen, nachdem er das Zimmer, das für ihn zurechtgemacht war, betreten hatte, die Tür verriegelt, die Kerze ausgelöscht und sich auf das Bett gelegt, als ob er schliefe; aber er war wach geblieben und wartete nur darauf, Zeit und Gelegenheit zu benutzen, um die böse Tat, die er gegen die Bewohner des Hauses plante, ausführen zu können. Als nach seiner Meinung alle Augen schliefen und sich nichts mehr regte, stand er ganz leise auf und sah sich vorsichtig um. Und da er kein Licht sah und keinen Laut hörte, glaubte er, alle Bewohner des Hauses schliefen nun. Da nahm er Kieselsteine und warf sie in den Hof, gemäß der Verabredung mit seinen Kumpanen. Dann hielt er einen Augenblick inne, in der Erwartung, seine Leute würden herauskommen. Doch als sie still blieben und kein Laut und keine Bewegung von ihnen ausging, war er erstaunt und warf andere Kieselsteine aus dem Fenster und zielte genau, so daß sie auf die Schläuche fielen. Aber die Leute blieben immer noch still, und keiner von ihnen regte sich. Das war ihm schon verdächtig. Aber er warf noch ein drittes Mal Steine und wartete wieder vergeblich, daß die Räuber herauskommen sollten. Nun war er ganz verzweifelt, und die Furcht beschlich sein Herz; er ging hinunter, um zu erfahren, was mit ihnen geschehen war und warum sie sich ruhig verhielten. Schon gleich bei dem ersten Schlauch stiegen ein übler Gestank und der Geruch des verbrannten Öles in seine Nase. Darüber verlor er fast den Verstand, und seine Angst und sein Schrecken wurden noch größer. Dann ging er an ihnen entlang und redete einen nach dem andern an; aber sie verharrten in ihrem eisigen Schweigen. Darauf rüttelte und schüttelte er die Schläuche und blickte in sie hinein: nun mußte er sehen, daß seine Leute mausetot waren. Als er dann auch noch entdeckte, daß Öl aus den Schläuchen genommen war, wußte er, auf welche Weise sie ums Leben gekommen waren und was ihnen den Tod gebracht hatte. Da kam wildes Weh über ihn, und er weinte bitterlich über den Verlust seiner Gefährten. Aber er fürchtete auch, daß er selbst gefaßt werden könnte, und so entschloß er sich, sofort die Flucht zu ergreifen, ehe ihm die Auswege versperrt würden. Deshalb öffnete er die Gartentür, kletterte über die Mauer, sprang auf die Straße und lief davon; durch Flucht wollte er die Rettung finden und trachtete eiligst zu verschwinden, betrübt und gepeinigt von Seelenschmerzen und mit viel tausend Seufzern im Herzen. Mardschâna aber hatte ihn bei alledem von ihrem Verstecke beobachtet, und als sie sicher war, daß er das Haus verlassen hatte und davongelaufen war, ging sie hinab, schloß die Gartentür, die der Räuber geöffnet hatte, wieder zu und kehrte an ihre Stätte zurück.

Wenden wir uns nun von ihr zu Ali Baba! Als auf Allahs Geheiß der Morgen erwachte und sein feuriges Licht entfachte und die Sonne dem Schönsten der Schönen ihren Gruß darbrachte, da wichen von ihm des Schlafes Kleid und der süßen Träume Geleit. Er legte seine Gewänder an und schritt hinaus, um ins Bad zu gehen; sein Sklave 'Abdallâh aber folgte ihm mit den Waschgeräten und den Tüchern, die er brauchte. So betrat er den Baderaum, wusch sich und ruhte aus, heiter und guter Dinge, ohne zu ahnen, was sich während der letzten Nacht in seinem Hause zugetragen und vor welcher Gefahr Allah ihn geschützt hatte. Als er mit allem fertig war, legte er andere Kleider an und ging wieder in die Wohnung. Während er durch den Hof kam, sah er die Schläuche noch an ihrer Stelle; das nahm ihn wunder, und daher fragte er Mardschâna: ‚Was ist es mit diesem fremden Kaufmanne, daß er so spät zum Basar geht?' ‚Mein Gebieter,' antwortete sie ihm, ‚Allah hat dir ein langes Leben vorherbestimmt und dir hohes Glück zugemessen; denn du bist in dieser Nacht einer großen Gefahr entronnen, und Allah hat dich um deines reinen Herzens willen vor dem Verderben und vor einem schmählichen Tode beschützt, dich und die Deinen. Sie aber, die dir eine Grube gegraben hatten, hat Allah in sie fallen lassen; er hat sie für ihre böse Absicht bestraft, denn der Gemeinheit folgt Schmach und Untergang. Ich habe alles gelassen, wie es war, auf daß du mit eigenen Augen siehst, was der verlogene Kaufmann gegen dich vorbereitet hatte, auf daß du seine Gemeinheit und die Tüchtigkeit deiner Sklavin Mardschâna erkennst. Tritt herzu und schau, was im Innern dieser Schläuche ist!' Da trat Ali Baba näher, und als er in dem Schlauch, der ihm am nächsten war, einen Mann mit einem Dolche in der Hand sah, erblichen seine Wangen, und sein Wesen ward befangen, und er wich ängstlich zurück. Doch sie sprach zu ihm: ‚Fürchte dich nicht; denn dieser Mann ist tot!' Darauf zeigte sie ihm die anderen

Schläuche, und er fand in jedem einzelnen Schlauche einen toten Mann, der in seiner Hand einen Dolch hielt. Voller Furcht blieb er eine ganze Weile stille stehen und blickte bald auf Mardschâna, bald auf die Schläuche, entsetzt und erschrokken; denn er wußte nicht, was das alles bedeutete. Dann aber rief er: ‚Schnell, erkläre mir das, was ich dort sehe; doch mache nicht viel Worte! Was ich dort erblicke, hat mich mit furchtbarem Grauen erfüllt.' Sie gab ihm zur Antwort: ‚Warte einen Augenblick und sprich nicht laut, damit die Nachbarn nicht erfahren, was nicht bekannt werden darf. Beruhige dich, gehe in deine Halle, setze dich in deinen Sessel, damit du dich ausruhen kannst; ich will dir die Fleischbrühe bringen, die ich für dich gekocht habe, und wenn du die getrunken hast, so wird der Schrecken, der dich befallen hat, sich legen!' Darauf ging sie in die Küche, brachte ihm die Brühe und reichte sie ihm; da trank er sie. Dann begann sie folgendermaßen zu ihm zu sprechen: ‚Gestern befahlst du mir, die Dinge für das Bad zu richten und dir eine Fleischbrühe zu bereiten. Während ich, deinem Befehle gemäß, damit beschäftigt war, ging meine Lampe aus, weil kein Öl mehr darin war. Da holte ich den Ölkrug; aber ich entdeckte, daß er leer war. Nun wußte ich nicht, was ich tun sollte; doch da sagte 'Abdallâh zu mir: ‚Sei unbesorgt! Denn bei uns gibt es immer noch Öl im Überfluß; geh nur hinunter und nimm so viel, wie du brauchst, aus den Schläuchen des Kaufmannes, der bei uns übernachtet. Wir wollen ihm morgen den Preis dafür bezahlen.' Ich hielt seinen Rat für gut und ging mit dem Krug hinunter. Doch als ich in die Nähe der Schläuche kam, hörte ich, wie von drinnen eine Stimme sprach: ‚Ist die Zeit zum Herauskommen da?' Da wußte ich, daß man dir nach dem Leben trachtete. Und so sagte ich, ohne Furcht und Angst, zu ihm: ‚Nein; aber es bleibt uns nur noch eine kurze Frist!' Dann ging ich an den anderen Schläuchen entlang, und ich entdeckte, daß in jedem Schlauche ein Mann war, der dieselbe Frage an mich richtete oder mich mit ähnlichen Worten anredete. Ich gab stets die gleiche Antwort, bis ich schließlich zu zwei Schläuchen kam, die wirklich mit Öl gefüllt waren. Da füllte ich meinen Krug aus ihnen, zündete meine Lampe an, nahm einen großen Kessel, den ich mit dem Öl füllte, und stellte ihn auf das Feuer, bis das Öl zum Sieden kam. Dann goß ich davon in die Öffnung eines jeden Schlauches, bis die Räuber alle von dem siedenden Öl verbrüht waren, wie du sie jetzt gesehen hast. Nachdem ich die Lampe ausgelöscht hatte, wartete ich, um den Kerl da, den betrügerischen, falschen, verlogenen Kaufmann, zu beobachten. Bald sah ich, wie er Kieselsteine aus dem Fenster warf, um seine Leute aufzuwecken; das tat er mehrere Male. Als sie aber nicht herauskamen und er die Hoffnung aufgab, sie zu sehen, ging er hinunter, um zu schauen, weswegen sie ausblieben; da sah er denn, daß sie alle bis zum letzten Mann tot waren. Nun fürchtete er, daß er selbst gefaßt und getötet werden könnte; darum kletterte er auf die Gartenmauer, sprang von ihr auf die Straße und lief eiligst davon. Ich wollte dich aber nicht wecken, da ich fürchtete, es könnte unter den Hausbewohnern ein Lärm entstehen. Darum wartete ich auf deine Rückkehr, um dir die Geschichte zu erzählen. Dies ist mein Bericht über mein Erlebnis mit jenen Verrätern – doch Allah weiß alles am besten. Jetzt muß ich dir aber auch noch etwas kundtun, was sich vor kurzem begeben hat, was ich dir aber verborgen habe. Es ist das Folgende: Als ich vor einiger Zeit einmal vom Basar heimkehrte, sah ich an unserer Haustür ein weißes Zeichen. Bei diesem Anblick wurde ich stutzig und schöpfte Verdacht; denn ich merkte, daß dies von einem Feinde, der Böses gegen uns im Schilde führte, gemacht war. Um ihn irrezuführen, malte ich an die Haustüren der Nachbarn ganz gleiche Zeichen. Dann nach einigen Tagen sah ich, daß man ein rotes Zeichen an unserer Haustür angebracht hatte; deshalb machte ich an die Türen der Nachbarn ebensolche Zeichen mit roter Farbe. Aber ich verbarg es vor euch, damit ihr nicht dadurch beunruhigt würdet. Es ist kein Zweifel, daß die Leute, die jene Zeichen gemacht haben, dieselben sind wie diese toten Männer dort, und daß sie die Räuber sind, die du im Gebirge getroffen hast. Da sie nun den Weg zu unserer Wohnung kennen, so werden wir keine Ruhe, keine Sicherheit vor ihnen haben, solange sich noch einer von ihnen auf dem Erdboden befindet. Darum müssen wir auch vor der Arglist des Mannes, der davongelaufen ist, auf unserer Hut sein; denn er wird uns sicher nach dem Leben trachten. Also müssen wir uns in acht nehmen. Und ich will dir die erste dabei sein, aufzupassen und zu wachen.'

Ferner berichtete mir der Erzähler, daß Ali Baba, nachdem er den Bericht seiner Sklavin Mardschâna angehört hatte, über das seltsame Begebnis, das ihm und ihr zugestoßen war, auf das höchste erstaunt war. Und er sprach zu ihr: ‚Meine Befreiung aus dieser Not und meine Rettung aus der Gefahr, die mich bedroht, kam durch die Allmacht des Schöpfers, der gütig ist, und der uns seine Gnaden und Wohltaten schenkt zu jeglicher Frist und auch durch dein richtiges Überlegen und dein vortreffliches Erwägen!' Darauf dankte er ihr, weil sie so gut gehandelt, solchen Mut bewiesen, so trefflich überlegt und so richtig geplant hatte; und er fügte hinzu: ‚Von jetzt ab bist du frei und keine Sklavin mehr, vor dem Angesichte Allahs! Deine Wohltaten an uns sollen nie vergessen werden, und ich will dich mit lauter Gutem belohnen. Es ist, wie du gesagt hast; ohne Zweifel sind jene Männer die Räuber aus dem Walde. Allah sei gepriesen, daß wir von ihnen befreit sind! Doch jetzt müssen wir sie begraben und das, was wir mit ihnen erlebt haben, geheimhalten!' Dann rief er seinen Sklaven 'Abdallâh und befahl ihm, zwei Hacken zu bringen; die eine nahm er selbst, die andere gab er dem Sklaven. Dann gruben sie einen langen Graben im Garten, schleppten die Leichname der Räuber einen nach dem andern dorthin, warfen sie hinein und bedeckten sie mit Erde, bis ihre Spuren verschwunden waren. Die Maultiere verkauften sie im Basar zu verschiedenen Zeiten, und ebenso taten sie mit den Schläuchen.

Das ist es also, was mit den Räubern geschah. Sehen wir nun, was ihr Hauptmann tat! Als der aus dem Hause Ali Babas davongelaufen, in den Wald gekommen und in elendem Zustande die Schatzhöhle betreten hatte, weinte er, weil er nun so allein und verlassen war. Er setzte sich nieder und trauerte schmerzlich, daß ihm nur Enttäuschung beschert und daß sein Tun sich gegen ihn gekehrt. Er sehnte sich nach seinen Leuten und hatte keine Lust mehr zu leben; ja, er sehnte den Tod herbei, indem er rief: ‚Weh um euch, ihr größten Helden der Zeit, ihr Männer, zu Raub und Kampf bereit, ihr Ritter, dem Streit auf dem Blachfeld geweiht! O wäre doch der Tod im Kriege und Kampfe zu euch gekommen, hättet ihr doch im Streiten und Ringen ein seliges Ende genommen! Doch ach, ihr seid eines schmählichen Todes gestorben. Und ich Elender, ich bin der Grund, daß die umgekommen sind, für die ich mein Leben hätte hingeben sollen. O hätte ich doch den Kelch des Unheils geleert, ehe mir ein solch trauriges Geschick beschert! Und doch, der allmächtige und glorreiche Herr hat mich am Leben gelassen, auf daß ich die Rache vollstrecke und die Schande zudecke. Ja, ich will an meinem Feinde die grausamste Rache nehmen; ich will ihm bitteres Leid und gewaltige Traurigkeit zu kosten geben. Ich will ihn für sein Tun bestrafen, wenn ich auch allein wäre. Was ich mit Hilfe vieler Leute nicht erreicht habe, das werde ich jetzt, so Gott will, allein vollenden!' Die Nacht über irrte sein Geist auf dem Meere der trüben Gedanken umher, und sein Herz war ihm so schwer, da es immer auf Mittel sann, durch die er zu seinem Ziele gelangen könnte, und er verscheuchte den süßen Schlummer. Am Morgen wies er auch das liebe Essen zurück und richtete seinen Sinn nur darauf, eine List zu erfinden, durch die er glaubte, seinen Wunsch erreichen zu können. Und schließlich faßte er einen Plan, durch den er hoffte, sein Ziel zu erreichen und seine Wunden zu heilen. Als es dann heller Tag geworden war, kleidete er sich in die Gewänder eines Kaufmannes, begab sich zur Stadt und mietete dort ein Zimmer in einer der großen Herbergen, sowie einen Laden im Basar der Kaufleute. Dorthin schaffte er, zu verschiedenen Malen, aus der Schatzhöhle schöne, kostbare Waren und golddurchwirkte feine Stoffe; darunter waren Stücke aus Indien und Tuche aus Syrien, Kleider aus Brokat und Ehrengewänder zum Staat, Anzüge aus Seide und Leinen und Juwelen von kostbaren Steinen. Alles das war durch Beutezüge, die er in den Ländern gemacht, aus dem Hab und Gut der Menschen zusammengebracht und war in der Schatzhöhle niedergelegt worden. Dann setzte er sich in seinem Laden nieder, verkaufte und kaufte und trieb Handel; dabei pflegte er billig zu verkaufen und die Preise niedrig zu machen, er bot den Leuten, was sie begehrten, und redete mit ihnen, was sie gern hörten. So ward er überall bekannt, sein Name ward weit und breit genannt, sein Ruf verbreitete sich im Land, und jeder wußte von seinem Stand. Die Großen kamen zu ihm in Mengen, und die Kleinen begannen sich um ihn zu drängen; er empfing die Menschen mit großer Zuvorkommenheit, behandelte sie mit freundlicher Höflichkeit und zeigte ihnen ein lächelndes Antlitz und feine Sitten. Stets redete er sie gütig an und gab ihnen freundliche Antworten dann, bis ihn ein jeder Mensch lieb gewann. Und dabei war dies alles doch gegen seine Natur; denn er war innerlich roh und hart, von grober und rauher Art; er pflegte auf Mord und Raub zu sinnen, Blut zu vergießen und Beute zu gewinnen. Aber die Not hat ihre Gesetze, und sie zwang ihn zu solchem Tun.[1]

Nun hatte der Allgewaltige und Glorreiche, um einen Plan auszuführen und eine Fügung an dem Menschen zur Tat zu machen, es also bestimmt, daß der Laden dieses falschen Schurken gegenüber dem Laden von Ali Babas Sohn, der Mohammed hieß, gelegen war. Weil sie aber Nachbarn waren, so lagen ihnen auch die Rechte und Pflichten der Nachbarschaft ob, und deswegen lernten sie einander kennen und wurden vertraut. Allein keiner wußte von dem andern, wer er war und woher er stammte. Dennoch gewannen sie große Zuneigung und Liebe zueinander, saßen oft beieinander, und keiner von beiden konnte seinen Nachbarn mehr entbehren. Eines Tages traf es sich, daß Ali Baba zu seinem Sohne Mohammed kam, um ihn zu besuchen und sich im Basare der Kaufleute umzusehen. Da fand er denn den fremden Kaufmann bei seinem Sohne sitzen. Sowie der Räuberhauptmann ihn erblickte, erkannte er ihn genau, und er war sicher, daß jener sein Wider-

---

[1] In der Oxforder Handschrift folgt hier eine langatmige und schwülstige Beschreibung aller der Menschenklassen, die zu dem Räuber-Kaufmann als Kunden kamen. Sie stört den Zusammenhang und ist ohne Zweifel von einem Skribenten, der sein kärgliches Licht leuchten lassen wollte, hier eingeschoben. Ich habe sie daher in der Übersetzung weggelassen.

sacher war, den er suchte; darüber war er hocherfreut, und er frohlockte in dem Gedanken, bald seinen Wunsch erfüllt zu sehen, sein Ziel zu erreichen und seine Rache zu nehmen. Aber er verbarg diesen Gedanken und verzog keine Miene. Als Ali Baba dann wieder fortgegangen war, fragte er seinen Sohn nach ihm, indem er so tat, als ob er ihn nicht kenne. Mohammed erwiderte ihm: ‚Das ist mein Vater.' Wie nun der Räuber diese sichere Kunde hatte, pflegte er noch öfter bei Mohammed zu sitzen; er erwies ihm noch mehr Ehren und begann die Zeichen der Achtung zu mehren, und er trug aufrichtige Freundschaft und herzliche Zuneigung zur Schau. Nun lud er ihn auch zu sich zum Essen ein, gab ihm Gastmähler und Schmausereien, bat ihn zu abendlichen Plaudereien, vergaß ihn nie an festlichen Tagen bei Unterhaltungen und Gelagen und schenkte ihm wertvolle Gaben und kostbare Kleinodien. Das alles tat er nur, um den Plan, den er im Sinne hatte, auszuführen und um die schurkische Gemeinheit, die er beabsichtigte, zur Tat zu machen. Als Mohammed seine große Zuvorkommenheit gewahrte und sein höfliches Benehmen sowie seine große Freundschaft sah, da ward auch seine Zuneigung und Liebe zu ihm ungewöhnlich groß, eben weil er in ihm nur die reinste Absicht und die aufrichtigste Gesinnung vermutete. Nun konnte er seine Gesellschaft keinen Augenblick mehr entbehren und konnte sich bei Tag und Nacht nicht mehr von ihm trennen. Darum erzählte er auch seinem Vater, wie zuvorkommend der fremde Kaufmann gegen ihn war und welche innige Freundschaft er ihm bezeugte, daß er auch ein reicher, edler und freigebiger Mann sei und zu den Ersten seines Standes gehöre; er pries ihn sehr und erwähnte dabei, daß er ihn jederzeit zu feinen Mahlzeiten einlüde und ihm kostbare Kleinodien zu Geschenken machte. Da sprach sein Vater zu ihm: ‚Es ziemt sich für dich, mein Sohn, daß du ihm sein freundliches Tun vergiltst, ihm ein Gastmahl bereitest und ihn einlädst; das soll am Freitag sein. Wenn ihr dann zusammen vom Freitagsgottesdienste kommt, um die Mittagszeit, und an unserem Hause vorbeigeht, so bitte ihn, einzutreten. Ich werde dann alles vorbereitet haben, was sich für diesen geehrten Gast geziemt und gebührt.' Am nächsten Freitag ging der Räuberhauptmann gegen Mittag zusammen mit Mohammed zur Moschee. Nachdem sie das gemeinschaftliche Gebet verrichtet hatten, gingen sie zusammen fort, um sich in der Stadt zu vergnügen. Wie sie nun umhergingen, kamen sie auch in die Straße Ali Babas; und als sie vor dem Hause standen, bat Mohammed seinen Gefährten, einzutreten und dort zu speisen, indem er sprach: ,Sieh, dies ist unser Haus.' Jener aber lehnte ab und wollte sich der Einladung entziehen, indem er mancherlei Gründe vorschützte. Doch Mohammed drang in ihn und bat ihn inständigst und ließ nicht eher von ihm ab, bis er einwilligte, indem er sprach: ,Ich will mich deinem Wunsche fügen und einkehren, um der Freundschaft willen und um dich zufriedenzustellen. Aber es geschieht nur unter der Bedingung, daß du kein Salz an die Speisen kommen lässest; denn ich habe die größte Abneigung dagegen und kann es weder essen noch auch riechen.' ,Das ist ja sehr einfach,' antwortete Mohammed, ,wenn dein Magen das Salz nicht vertragen kann, so sollen dir nur Speisen ohne Salz vorgesetzt werden.' Als der Räuber diese Worte hörte, freute er sich sehr in seinem Inneren; denn es war ja sein höchster Wunsch, in das Haus hineinzukommen, und alle Listen, die er bisher gesponnen hatte, sollten nur dazu dienen, dies Ziel zu erreichen und diese Absicht zu verwirklichen. Nun also war er sicher, daß er Rache nehmen würde, und er war überzeugt, daß er seine Strafe vollstrecken würde;

und er sprach bei sich selber: ‚Allah hat sie mir jetzt in die Hand gegeben; das ist sicher und ohne Zweifel!' Nachdem er dann die Schwelle überschritten hatte, trat er in das Haus ein. Ali Baba hieß ihn willkommen und begrüßte ihn mit der größten Höflichkeit und Achtung. Er ließ ihn auf dem Ehrenplatze in der Halle sitzen, in der Meinung, jener sei ein vornehmer Kaufmann; denn er ahnte nicht, daß jener der Mann mit dem Öle in eigener Person war, weil er seine Kleidung und sein Aussehen verändert hatte, und es kam ihm nicht in den Sinn, daß er den Wolf zwischen die Schafe und den Löwen zwischen die Herden eingelassen hatte, sondern er setzte sich nieder, plauderte mit ihm und unterhielt ihn. Sein Sohn Mohammed aber ging zu Mardschâna und beauftragte sie, kein Salz an die Speisen zu tun, da ihr Gast es nicht essen dürfe. Das ärgerte sie zunächst, da sie die Speisen schon bereitet hatte und nun andere ohne Salz kochen sollte; aber dann fand sie es seltsam, und die Sache kam ihr verdächtig vor, und so wünschte sie doch einmal den Mann zu sehen, der Salz nicht wünschte und nicht anrührte, anders als alle anderen Menschen, denn das war wirklich etwas, das man nie zu hören und zu sehen bekam. Als das Essen fertig war und die Zeit der Abendmahlzeit gekommen war, trug sie zusammen mit 'Abdallâh den Tisch hinein und setzte ihn den Herren vor. Dabei fiel ein Blick von ihr auf den fremden Kaufmann; sofort erkannte sie ihn, da sie ein scharfes Auge und einen durchdringenden Verstand besaß. Sie war sicher, daß er der Räuberhauptmann war; das war zweifellos und unumstößlich. Dann ließ sie ihren Blick noch länger auf ihm verweilen, und da erblickte sie unter seinem Mantel den Griff eines Dolches. Sofort sagte sie sich: ‚Jetzt verstehe ich auch den Grund, weshalb dieser Verruchte sich weigerte, Salz mit meinem Herrn zu essen! Er will meinen Herrn umbringen, aber es gilt ihm doch als zu gemein, dies zu tun, wenn er Salz gegessen hat. Allein – mit Hilfe Allahs des Erhabenen – er soll sein Ziel nicht erreichen und diese Tat nicht vollenden!' Dann machte sie sich an ihre Arbeit, während 'Abdallâh aufwartete. Man aß nun von allen Gerichten; dabei erwies Ali Baba seinem Gaste hohe Ehre und forderte ihn immer zum Essen auf. Als sie gesättigt waren, wurden die Speisen fortgetragen, und man brachte den Wein und die Zukost, Süßigkeiten, Früchte und Zuckerwerk. Sie begannen von den Süßigkeiten und den Früchten zu essen; dann kreiste der Becher bei ihnen. Der Verruchte aber reichte den beiden immer den Wein, während er selber sich des Trinkens enthielt; dadurch wollte er bewirken, daß die beiden trunken würden, während er selbst wach und nüchtern und bei klarem Verstande blieb, um seinen Plan auszuführen. Und der bestand darin, daß er, wenn die beiden von Trunkenheit überwältigt eingeschlafen wären, die Gelegenheit ergreifen könnte, um ihrer beider Blut zu vergießen und sie mit seinem Dolche zu ermorden; danach wollte er durch die Gartentür davoneilen, wie er es schon früher getan hatte. Während die drei nun so fröhlich beieinander saßen, traten plötzlich Mardschâna und 'Abdallâh bei ihnen ein. Mardschâna trug ein Hemd von durchbrochener, alexandrinischer Arbeit, dazu eine Jacke aus königlichem Brokat und andere prächtige Kleider, und sie war mit einem goldenen Gürtel, der mit allerlei Edelsteinen besetzt war, geschmückt. Ihr Leib war schmal, und darunter wölbten sich ihre Hüften. Auf ihrem Haupte lag ein Perlennetz und um ihren Hals eine Kette von Smaragden, Hyazinthen und Korallen; und darunter wölbten sich ihre beiden Brüste wie zwei Granatäpfel. Sie war mit Schmuck und schönen Kleidern geziert; sie glich einer Blume des Frühlings, wenn er zuerst erwacht, und dem Monde in seiner Vollendung Nacht. Aber auch 'Abdallâh trug prächtige Gewänder, und er hatte ein Tamburin in der Hand, das er schlug, während sie wie die kunstvollen Tänzerinnen tanzte. Als Ali Baba sie sah, freute er sich und sprach lächelnd zu ihr: ‚Willkommen der freundlichen Maid, der Dienerin voller Lieblichkeit! Du hast trefflich gehandelt, denn wir sehnten uns gerade nach dem Tanze; so vollendet sich unsere Glückseligkeit, so krönt sich unsere heitere Fröhlichkeit.‘ Darauf sprach er zu dem Räuberhauptmanne: ‚Diese Maid hat nicht ihresgleichen; sie ist erfahren in allen Dingen und getreu im Dienste, und nichts von allem, was zur feinen Bildung gehört, ist ihr fremd. Sie besitzt Schönheit, treffliche Eigenschaften, klare Einsicht und schnellen Verstand, ja, sie hat in der Tat zu jetziger Zeit nicht ihresgleichen. Sie hat mir auch eine große Wohltat erwiesen, und sie ist mir lieber als eine eigene Tochter. Sieh doch, edler Herr, die Lieblichkeit ihres Antlitzes, die Schlankheit ihres Wuchses, die Schönheit ihres Tanzes, wie sie sich zierlich biegt und sich anmutig wiegt!‘ Jener aber achtete nicht auf seine Worte und lauschte nicht auf seine Rede, sondern er war außer sich vor heftigem Zorn und Grimm über das Eintreten dieser beiden Personen, die ihm den bösen Plan, den er gegen die Bewohner des Hauses geschmiedet hatte, und den gemeinen Verrat, den er im Schilde führte, vereitelt hatten. Dann tanzte Mardschâna wieder einen schönen Tanz ganz wie die kunstvollen Tänzerinnen, und sie begann sich rascher zu bewegen, bis sie schließlich einen Dolch aus ihrem Gürtel zog, und tanzte, indem sie ihn mit der Hand schwang, wie es die Beduinenmädchen tun; dabei legte sie die Klinge bald auf ihre eigene Brust, bald auf die Brust Ali Babas, bald näherte sie sie der Brust seines Sohnes Mohammed, bald berührte sie mit ihr die Brust des Räuberhauptmanns. Darauf nahm sie das Tamburin aus der Hand 'Abdallâhs und hielt es dem Ali Baba hin, indem sie ihm ein Zeichen gab, er möchte ihr eine Gabe schenken; da warf er ihr einen Dinar zu. Nun ging sie weiter zu seinem Sohne Mohammed; auch der warf ihr einen Dinar hin. Schließlich trat sie an den Hauptmann heran, in der einen Hand den Dolch, in der andern das Tamburin. Er wollte ihr etwas geben und griff deshalb mit der Hand in seine Tasche. Aber da, plötzlich, wie er damit beschäftigt war, das Geld, das ihm zur Hand war, herauszuholen, – bohrte sie ihm den Dolch in die Brust. Er röchelte einmal gewaltig, dann gab er den Geist auf; und Allah sandte seine Seele schleunigst ins Höllenfeuer, eine Stätte, an der es nicht geheuer. Doch als Ali Baba und sein Sohn sahen, was sie getan hatte, sprangen sie sofort auf, blieben entsetzt stehen und schrieen sie an: ‚Du gemeines Weib, du Bastard, du Metze, du Kind ohne Herkunft, was veranlaßte dich zu diesem furchtbaren Verrat? Was trieb dich zu dieser scheußlichen Tat? Du hast uns in ein Unglück gestürzt, aus dem es für uns gar keine Rettung gibt, du bist die Ursache, daß wir umkommen und unser Leben verlieren. Allein zuerst trifft die Strafe dich, du Verruchte, und wenn du auch den Händen des Richters entgehst, so sollst du doch unseren Händen nicht entgehen!' Furchtlos entgegnete sie ihnen: ‚Beruhigt euch! Besänftigt eure Erregung! Wenn dies der Lohn für die ist, die ihr Leben für euch hingibt, so wird niemand mehr es wagen, eine gute Tat zu tun. Urteilt nicht vorschnell schlecht über mich, auf daß ihr es später nicht zu bereuen braucht! Hört vielmehr zuerst meine Worte an, und beschließt über mich, was ihr wollt! Dieser Mann da ist kein Kaufmann, wie er vorgibt und wie ihr beiden denkt, nein, er ist ja der Räuberhauptmann aus dem Walde, der früher vorgab, er sei ein Ölhändler, und der die vielen Männer in euer Haus, in Schläuchen versteckt, hineinbrachte, um euch zu töten und euch auszurotten. Als ich ihm damals seine List vereitelte, so daß seine Hoffnung und sein Wunsch fehlschlugen, da mußte er fliehen und von dannen ziehen. Allein er ließ sich dadurch nicht warnen noch abschrecken, sondern es wuchs in ihm die wilde Wut gegen mich und gegen euch, und er beharrte in seiner schändlichen Absicht. Um nun seinen Wunsch zu erfüllen und sein Begehren zu stillen, öffnete er einen Laden im Basar der Kaufleute und füllte ihn mit prächtigen, kostbaren Waren. Dann übte er geheimen Lug und versteckten Betrug und heidnische Listen genug, bis er meinen Herrn Mohammed überlistete und betrog, indem er ihm falsche Liebe und unehrliche Freundschaft bezeugte. So lange verfolgte er ihn mit der Betrügerei, bis es ihm möglich ward, in euer Haus einzudringen und mit euch an demselben Tische zu sitzen. Da wartete er nun darauf, die Gelegenheit zu benutzen, um an euch Verrat zu üben, euch den schmählichsten Tod zu bringen und eure Spur von der Erde zu tilgen; und dabei vertraute er auf die Schärfe seiner Waffe und auf die Kraft seiner Arme. Es gibt keine Macht und es gibt keine Majestät außer bei Allah dem Erhabenen und Allmächtigen! Preis sei Allah, der ihm ein rasches Ende und Verderben durch meine Hände bereitet hat! Sehet sein Gesicht an und betrachtet es genau; dann wird euch die Wahrheit meiner Worte offenbar werden!' Darauf deckte sie seinen Mantel auf und zeigte ihnen beiden den Dolch, der unter seinen Kleidern versteckt war. Als sie nun ihre Antwort vernommen und ihnen der Sinn ihrer Worte zum Bewußtsein gekommen, und als sie ferner das Gesicht des falschen, verlogenen Kaufmanns genau betrachtet hatten, da erkannten sie ihn gut wieder und waren ganz sicher, daß er der Ölhändler selber war. Und durch den Anblick des Dolches erkannten sie klar, daß Allah sie vor großer Fährlichkeit und vor bitterem Todesleid durch ihre Dienerin Mardschâna behütet hatte. Sie sahen die Wahrheit ihrer Worte ein, und der Mut ihres Herzens und ihres Handelns erstrahlte vor ihnen in herrlichem Schein. Da dankten sie ihr für das treffliche Tun ihrer Hand und lobten sie, weil sie alles so richtig geplant und erkannt. Dann sprach Ali Baba zu ihr: ‚Als ich dir damals die Freiheit schenkte, versprach ich dir noch mehr als das. Und jetzt ist es an der Zeit, daß ich meines Wortes walte und mein Versprechen halte, und daß ich dir sage, was ich im Sinne hatte, um dir deine Wohltaten an uns zu vergelten und dich für dein gutes Handeln zu belohnen, und das ist, daß ich dich mit meinem Sohne Mohammed vermählen will. Was sagt ihr beiden dazu?' Da gab Mohammed ihm zur Antwort: ‚Ich höre und gehorche dir in allem, was du anordnest und bestimmst, und ich widerspreche dir nicht in dem, was du mir gibst und nimmst, wäre es auch ein Ding, das mich ängstigen und beunruhigen könnte. Doch was die Vermählung mit Mardschâna betrifft, so ist das mein höchster Wunsch und das Ziel meines Strebens!' So sprach er, weil er sie seit langer Zeit liebte; ja, seine Leidenschaft zu ihr war heiß entbrannt und kannte weder Gesetz noch Band. Denn die Maid besaß Schönheit und Lieblichkeit und strahlende Vollkommenheit, in ihr waren ein trefflicher Sinn und Eigenschaften von schöner Art mit edlem Stamm und vornehmer Abkunft gepaart. Darauf machten sie sich daran, den Räuberhauptmann zu begraben; sie schaufelten für ihn im Garten eine weite Grube aus und scharrten ihn dort ein, und so lag er bei seinen Kumpanen, den verruchten, den Ketzern, den verfluchten. Und keines von den Geschöpfen Allahs erfuhr etwas von diesen seltsamen Geschehnissen und wunderbaren Begebnissen.

Sehen wir nun noch, was mit seinem Laden geschah! Als der Kaufmann eine so lange Zeit von dort fernblieb, als niemanden

Kunde von ihm erreichte und keine Spur sich von ihm zeigte, da bemächtigte der Staatsschatz sich seines Besitzes an Waren und an andern Gütern und Hinterlassenschaften.

Wie dann Ali Baba und die Seinen Ruhe und Frieden fanden und in ihrem Leben befestigt standen, wie sich alle Dinge geklärt, die Freude ihnen beschert und das Böse abgewehrt, da vermählte Mohammed sich mit der Dienerin Mardschâna. Er ließ die Eheurkunde für sie vor dem Kadi der Gläubigen niederschreiben, gab ihr die erste Morgengabe und verpflichtete sich zu der zweiten. Die Hochzeitsgäste versammelten sich, das Freudenfest begann, und die fröhlichen Nächte durchwachte man; manch Gastmahl ward gefeiert, manche Schmauserei, und man holte die Spielleute, Sängerinnen und Spaßmacher herbei. Schließlich ward die Braut vor ihm entschleiert, er blieb mit ihr allein und nahm ihr das Mädchentum. Drei Tage hatte die Hochzeit gedauert. Darauf, aber erst nachdem ein ganzes Jahr seit diesen Ereignissen verstrichen war, beschloß Ali Baba, wieder zu der Schatzhöhle zu gehen. Er hatte das seit dem Tode seines Bruders nicht mehr getan, aus Furcht vor der Tücke der Räuber. Dann nachdem Allah achtunddreißig Mann von ihnen durch die Hände Mardschânas hatte sterben lassen, und nachdem ihr Hauptmann ihnen im Tode gefolgt war, glaubte Ali Baba immer noch, es seien zwei Mann von ihnen übrig; denn er hatte sie ja damals im Gebirge gezählt und festgestellt, daß es vierzig Leute waren. Deswegen scheute er sich auch während dieser ganzen Zeit wieder hinzugehen, aus Furcht vor ihrer Tücke. Als ihn aber keine Kunde von ihnen erreichte und sich auch keine Spur von ihnen zeigte, war er überzeugt, daß sie verschwunden wären, und so wagte er es, sich dorthin zu begeben. Er nahm seinen Sohn mit sich, um ihm die Schatzhöhle zu zeigen und ihm das Geheimnis, wie man zu ihr gelangen und in sie eintreten konnte, zu offenbaren. Als sie sich nun der Schatzhöhle näherten, fanden sie, daß das Gebüsch und das Dornengestrüpp vor der Tür ganz dicht geworden war und den Weg versperrte. Dadurch erkannten sie, daß seit einer langen Zeit in diesen Hort keine Menschenseele, kein Laut, kein Wort mehr eingedrungen war. So waren sie denn sicher, daß die beiden letzten Räuber auch umgekommen sein mußten. Ihre Furcht schwand, und sie wagten es, näher zu treten und weiter vorzudringen. Da nahm Ali Baba eine Axt, hieb das Gestrüpp und die Dornbüsche ab, bis daß ein Weg gebahnt und der Zutritt zur Tür frei war. Darauf sprach er: ‚Sesam, öffne dein Tor!' Sofort tat die Tür sich auf, er trat mit seinem Sohne ein und zeigte ihm alle die Schätze und Seltsamkeiten und die wunderbaren Kostbarkeiten, die sie enthielt. Mohammed war bei ihrem Anblicke wie geblendet und geriet in das höchste Erstaunen. Nachdem sie dann die Schatzhöhle durchstreift hatten und überall in ihren Hallen umhergegangen waren und sattsam die Juwelen und Edelmetalle angeschaut hatten, beschlossen sie heimzukehren. Da nahmen sie, was ihnen von den Kleinodien der Schatzhöhle gefiel, was nicht beschwert und doch von hohem Wert, und kehrten nach Hause zurück voll Fröhlichkeit und über den Gewinn der Schätze erfreut. Und von nun ab holten sie immerfort aus der Schatzhöhle alles, was sie nur wünschten. So führten sie ein herrliches und glückliches Leben, bis Der zu ihnen kam, der die Freuden schweigen heißt und die Freundesbande zerreißt, der die Schlösser vernichtet und die Gräber errichtet.'

INHALT DES ZWEITEN BANDES

ENTHALTEND DIE ÜBERSETZUNG VON BAND I
SEITE 552 BIS BAND II SEITE 125 DER CALCUTTAER
AUSGABE VOM JAHRE 1839 SOWIE DER PARISER
HANDSCHRIFT VON 'ALÂ ED-DÎN UND
DER OXFORDER HANDSCHRIFT VON ALI BABA

SCHLUSS DER GESCHICHTE DES KÖNIGS
'OMAR IBN EN-NU'MÂN UND SEINER
SÖHNE UND DESSEN, WAS IHNEN WIDER-
FUHR AN MERKWÜRDIGKEITEN UND
SELTSAMEN BEGEBENHEITEN *Hundertund-
siebente bis hundertundfünfundvierzigste Nacht*.............. 7 – 224

Die Erzählung von Tâdsch el-Mulûk und der
Prinzessin Dunja........................... 7 – 133
   Die Geschichte von 'Azîz und 'Azîza............ 25 – 79
Die Geschichte vom Haschischesser .... 193 – 195

DIE GESCHICHTE VON DEN TIEREN UND
DEM MENSCHEN *Hundertundsechsundvierzigste bis
hundertundsiebenundvierzigste Nacht*................. 225 – 239

DIE GESCHICHTE VON DEM EINSIEDLER
UND DEN TAUBEN *Hundertundsiebenundvierzigste
bis hundertundachtundvierzigste Nacht*................. 239 – 240

DIE GESCHICHTE VON DEM FROMMEN
HIRTEN .... 240 – 244

DIE GESCHICHTE VOM WASSERVOGEL
UND DER SCHILDKRÖTE *Hundertundachtundvierzigste Nacht*.................................... 244 – 248

DIE GESCHICHTE VOM WOLF UND VOM
FUCHS *Hundertundachtundvierzigste bis hundertundfünfzigste Nacht* .... 249 – 268

Die Geschichte vom Falken und vom Rebhuhn ... 257 – 258

DIE GESCHICHTE VON DER MAUS UND
DEM WIESEL .... 268 – 270

DIE GESCHICHTE VOM RABEN UND VON
DER KATZE............................ 270 – 271

DIE GESCHICHTE VOM FUCHS UND VOM
RABEN *Hundertundfünfzigste bis hundertundzweiundfünfzigste Nacht*. .... 272 – 280

Die Geschichte vom Floh und von der Maus ...... 273 – 276
Die Geschichte vom Sakerfalken und von den
Raubvögeln .... 277 – 278
Die Geschichte vom Sperling und vom Adler .... 278 – 280

DIE GESCHICHTE VOM IGEL UND VON DEN
HOLZTAUBEN .... 280 – 284

Die Geschichte vom Kaufmann und von den
beiden Gaunern .... 283 – 284

DIE GESCHICHTE VOM DIEB MIT DEM
AFFEN................................ 284 – 286

Die Geschichte vom törichten Weber .... 285 – 286

DIE GESCHICHTE VOM PFAU UND VOM
SPERLING............................. 286 – 289

DIE GESCHICHTE VON 'ALÎ IBN BAKKÂR
UND SCHAMS EN-NAHÂR *Hundertunddreiundfünf-
zigste bis hundertundneunundsechzigste Nacht*........... 289 – 357

DIE GESCHICHTE VON KAMAR EZ-ZAMÂN
*Hundertundsiebenzigste bis zweihundertundneunundvierzigste
Nacht* .... 357 – 569

Die Geschichte von Ni'ma ibn er-Rabî' und seiner
Sklavin Nu'm .... 530 – 561

DIE GESCHICHTE VON 'ALÂ ED-DÎN ABU
ESCH-SCHAMÂT *Zweihundertundneunundvierzigste bis
zweihundertundneunundsechzigste Nacht* .... 569 – 658

DIE GESCHICHTE VON 'ALÂ ED-DÎN UND
DER WUNDERLAMPE .... 659 – 791

DIE GESCHICHTE VON ALI BABA UND DEN
VIERZIG RÄUBERN *Zweihundertundsiebenzigste Nacht* 791 – 859